KB060086

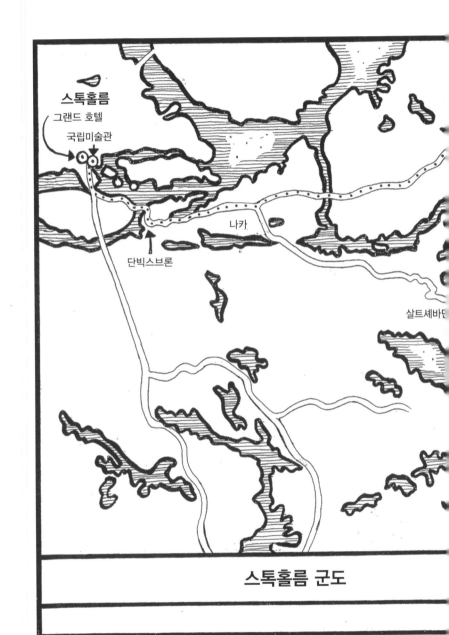

스톡홀름
그랜드 호텔
국립미술관

나카

단빅스브론

살트셰바댄

스톡홀름 군도

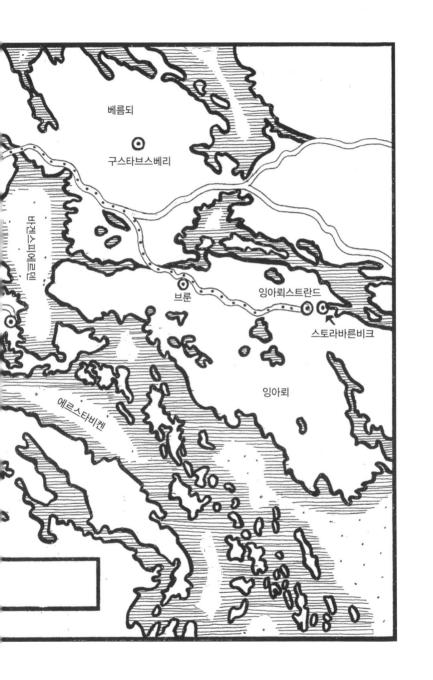

베름되

구스타브스베리

바켄스피요르덴

브룬

잉아뢰스트란드

스토라바른비크

에르스타비켄

잉아뢰

벌집을
발로 찬
소녀

LUFTSLOTTET SOM SPRÄNGDES (MILLENNIUM 3)
by Stieg Larsson

밀레니엄 3권

벌집을 발로 찬 소녀

스티그 라르손 장편소설

임호경 옮김

문학동네

일러두기

1. 주석은 모두 옮긴이주이다.
2. 본문 중 고딕체는 원서에서 이탤릭체 등으로 강조한 부분이다.
3. 인명, 지명 등 외래어는 국립국어원의 외래어표기법을 따랐으나 일부는 관습표기를 존중했다.
4. 장편 문학작품과 기타 단행본은 『 』, 단편소설과 시는 「 」, 연속간행물과 곡명 등은 〈 〉로 구분했다.

등장인물

리스베트와 주변인물
리스베트 살란데르 실력자 해커. 자신의 능력을 숨기고 살아간다.
앙네타 살란데르 리스베트의 엄마.
카밀라 살란데르 리스베트의 여동생.
홀게르 팔름그렌 변호사. 리스베트의 전 후견인.
닐스 에리크 비우르만 변호사. 리스베트의 현 후견인.
드라간 아르만스키 보안회사 '밀톤 시큐리티' 대표.
미리암 우 리스베트와 가까운 친구.
플레이그 리스베트의 해커 동료.

미카엘과 사회고발 잡지 <밀레니엄>
미카엘 블롬크비스트 탐사기자. 〈밀레니엄〉 공동 사주 겸 발행인.
에리카 베리에르 〈밀레니엄〉 공동 사주 겸 편집장.
크리스테르 말름 〈밀레니엄〉 공동 사주 겸 디자이너.
하리에트 방에르 〈밀레니엄〉 공동 사주.
말린 에릭손 편집부 차장.
모니카 닐손 편집부 기자.
헨리 코르테스 편집부 기자.
로티 카림 편집부 기자.
소니 망누손 광고 유치 담당자.

스톡홀름 검찰청 및 경찰청
리샤르드 엑스트룀 검찰청 소속 검사.
얀 부블란스키 경찰청 강력반 반장.
소니아 모디그 경찰청 강력반 형사.
한스 파스테 경찰청 강력반 형사.

쿠르트 스벤손 경찰청 강력반 형사.

예르케르 홀름베리 경찰청 소속 현장감식관.

스웨덴 국가안보기관 세포Säpo

에베르트 굴베리 전직 세포 요원.

프레드리크 클린톤 전직 세포 요원.

군나르 비에르크 외국인 담당 특별부 차장.

비리에르 바덴셰 특별 분석 섹션 부장.

요나스 산드베리 특별 분석 섹션 요원.

토르스텐 에드클린트 헌법수호부 부장.

모니카 피게롤라 헌법수호부 요원.

그 외 인물들

그레게르 베크만 조형예술가. 에리카의 남편.

안니카 잔니니 변호사. 미카엘의 여동생.

살라 스웨덴 범죄조직의 리더.

로날드 니더만 살라의 범죄조직원.

칼망누스 룬딘 폭주족 클럽 'MC 스바벨셰' 회장.

소니 니에미넨 폭주족 클럽 'MC 스바벨셰' 부회장.

페테르 텔레보리안 정신과 전문의.

안데르스 요나손 살그렌스카 병원 의사.

망누스 보리셰 스웨덴 최대 일간지 〈SMP〉 회장.

안데르스 홀름 〈SMP〉 편집부장.

페테르 프레드릭손 〈SMP〉 편집부 차장.

I 복도에서 마주치다

4월 8일~12일

남북전쟁 전투에 참가한 여성 병사의 수는 대략 600명으로 추산된다. 그들은 남장을 하고 참전했다. 왜 할리우드는 이처럼 의미심장한 역사의 한 장을 송두리째 놓쳐버렸을까? 혹시 어떤 이념적 취향에 거슬렸던 건 아닐까? 역사가들은 성의 틀을 깨뜨린 여성들을 언급해야 할 때면 여전히 당혹스러워한다. 전쟁과 무기를 사용하는 영역보다 이러한 구분이 뚜렷한 곳은 없다.

고대로부터 현대에 이르기까지 역사는 여전사—아마조네스—가 등장하는 이야기들로 넘쳐난다. 그중 가장 유명한 예들은 '여왕', 다시 말해 권력계급 가운데 대표자의 신분을 지녔던 여성들이 등장하는 역사서에서 찾아볼 수 있다. 누군가에겐 불쾌한 진실로 느껴질 수 있겠지만 여성들은 정치적 승계를 통해 종종 권좌에 오르곤 한다. 그런데 전쟁이란 성별 따위에 전혀 관심이 없는 법이다. 여성이 나라를 이끌고 있다 해도 전쟁은 일어날 수 있다. 그 결과 역사서들은 처칠, 스탈린, 혹은 루스벨트와 조금도 다름없는 모습을 보여준 전사-여왕들을 언급하지 않을 수 없게 되었다. 아시리아 제국을 창건한 니네베의 세미라미스, 로마군에 맞서 가장 피비린내 나는 반란을 일으켰던 부디카가 그 예다. 빅벤을 마주보고 있는 템스 강변에는 부디카의 동상이 우뚝 서 있다. 혹시 그곳을 지날 일이 있으면 잊지 말고 인사하기 바란다.

반면 역사서들은 보통 병사였던 여전사들에 대해선 별로 말이 없는 편이다. 무기 다루는 법을 훈련하고, 부대에 속해 남성들과 똑같은 조건에서 적군과 맞서 전투를 벌여야 했던 그 이름 없는 여성들 말이다. 이런 여성들은 분명히 존재했다. 여성의 참여 없이 치러진 전쟁은 거의 없었다.

1장
4월 8일 금요일

새벽 1시 반이 조금 못 된 시각, 간호사 한나 니칸데르가 안데르스 요나손을 흔들어 깨웠다.

"무슨 일이에요?" 그가 잠이 덜 깬 목소리로 물었다.

"헬리콥터가 들어왔어요. 응급환자 두 명을 싣고요. 나이든 남자 하나와 젊은 여자 하나. 여자는 총상을 입었고요."

"알았어요. 가봅시다……" 대꾸하는 안데르스의 얼굴에는 피로가 잔뜩 묻어 있었다.

밤새 겨우 삼십 분 쪽잠 잔 게 전부여서 깨어나 움직이면서도 몽롱하기만 했다. 그는 예테보리 살그렌스카 병원 응급실에서 당직 근무중이었다. 지난 저녁에 특히 일이 많아 이미 녹초가 됐다. 당직 근무를 시작한 6시부터 난리였다. 린도메 부근에서 차량이 정면충돌하는 사고로 네 사람이 실려왔다. 그중 하나는 중상을 입었고 다른 하나는 도착한 지 얼마 안 되어 사망 판정을 받았다. 안데르스는 레스토랑 주방에서 끓는 물에 두 다리를 덴 웨이트리스를 치료한 다음,

장난감 자동차 바퀴를 삼켜 호흡을 못하는 네 살배기 남자아이도 구해야 했다. 자전거를 타고 가다 구덩이에 빠져버린 십대 소녀의 부러진 곳들을 치료할 시간도 내야 했다. 도로공사는 참으로 현명하게도 자전거전용로 출구 근처에 구멍을 파놓았고, 못지않게 현명한 누군가가 그 주위에 쳐둔 바리케이드를 치워버렸다. 덕분에 소녀는 얼굴을 열네 바늘이나 꿰매고 새 앞니를 두 개 얻어야 했다. 또한 안데르스는 열정 넘치는 아마추어 목공이 부주의하게 대패로 밀어버린 오른쪽 엄지 끝을 꿰매 붙여주기도 했다.

밤 11시쯤 되자 응급환자가 조금 줄어들었다. 안데르스는 입원 환자들을 회진하며 상태를 체크한 다음 잠시 긴장을 풀기 위해 휴게실에 들렀다. 당직 근무는 아침 6시까지였다. 환자가 없을 때에도 근무 중에 잠을 자는 경우가 거의 없는 그가 이날 밤은 어쩐 일인지 자리에 앉자마자 자신도 모르게 잠이 들고 말았다.

한나 니칸데르가 차를 담은 머그잔을 그에게 내밀었다. 그녀에게는 지금 들어오는 환자들에 대한 상세한 정보가 아직 없었다.

안데르스는 힐끗 창밖을 내다보았다. 바다 위 검은 하늘이 커다란 번개들로 갈가리 찢기고 있었다. 헬리콥터가 착륙하기에 쉽지 않은 날씨였다. 그러다 갑자기 비가 거세게 퍼붓기 시작했다. 폭풍우가 예테보리를 덮치고 있었다.

그렇게 창문 앞에 서 있는데 엔진 소리가 들려오면서 헬리콥터가 광풍에 심하게 흔들리며 착륙장으로 접근하는 게 보였다. 그는 조종사가 착륙하는 데 몹시 애를 먹고 있다는 걸 느끼고는 자신도 모르게 숨을 죽였다. 이윽고 헬리콥터가 시야에서 사라지면서 엔진 소리가 잦아들었다. 그는 차를 한 모금 마신 다음 머그잔을 내려놓았다.

안데르스는 응급실 입구에서 구급대원들을 맞았다. 함께 당직을 서던 동료 카타리나 홀름이 들것에 실려온 첫번째 환자를 맡았다. 나이가 꽤 들어 보이는 남자의 얼굴에는 엄청난 상처가 나 있었다. 안데르스의 몫이 된 두번째 환자는 총에 맞은 여자였다. 빠르게 살펴보니 심각한 중상을 입고 온몸이 흙과 피로 범벅이 된 십대 소녀였다. 그는 구급대원들이 감싸놓은 담요를 들춰보았다. 누군가 엉덩이께의 상처를 널찍한 은색 접착테이프로 덮어놓은 게 보였다. 꽤 영리한 응급처치였다. 접착테이프는 세균 감염과 출혈을 동시에 막을 수 있다. 총알 하나가 둔부 바깥쪽에 적중해 엉덩이 근육조직으로 완전히 파고든 듯했다. 어깨를 들어올리자 등짝에 구멍이 하나 더 있었다. 총알이 빠져나간 구멍은 없으니 어깨 어딘가에 박혀 있을 것이다. 총알이 허파를 뚫고 들어가지 않았기만을 바랄 뿐이었다. 입안에 피가 고여 있지 않은 걸 보니 다행히 그건 아닌 듯했다.

"엑스레이!" 안데르스가 간호사를 향해 말했다. 지금으로선 다른 지시가 불필요했다.

마침내 그는 구급대원들이 그녀의 머리에 칭칭 둘러놓은 붕대를 잘라냈다. 손가락으로 상처 부위의 구멍을 더듬는 순간 그의 몸에 한 줄기 전율이 흘렀다. 머리에도 한 발을 맞은 것이다. 역시 총알이 빠져나간 구멍은 없었다.

안데르스는 잠시 동작을 멈추고 그녀를 물끄러미 내려다보았다. 갑자기 비관적인 생각이 엄습했다. 그는 종종 자신의 작업을 골키퍼와 비교하고는 했다. 매일 그의 작업장에는 숱한 사람들이 실려온다. 상태는 가지각색이지만 목적은 단 하나, 도움을 받으려는 것이다. 노르스탄 상가에서 심장마비로 쓰러진 74세 노부인, 드라이버에 왼쪽 폐가 뚫린 14세 소년, 엑스터시를 먹고 열여덟 시간을 쉬지 않고 춤추다가 얼굴이 새파래져 뻗어버린 16세 소녀, 온갖 안전사고와 폭력의 희생자들, 바사 광장에서 투견들에게 공격당한 아이들, 약간의 손재주를 믿고 전기톱으로 널판 몇 장 자르려다 결국 손목 뼈까지 잘라버린 남자들.

안데르스는 이런 환자들과 장의사 사이에 서 있는 골키퍼인 셈이었다. 매 순간 어떻게 적절한 조치를 취할지 결정하는 게 그가 맡은 일이었다. 만약 잘못된 결정을 내린다면 환자는 죽거나 아니면 평생 지고 갈 불구의 몸으로 깨어나게 된다. 그는 다행히 대부분 올바른 결정을 내릴 수 있었지만 대체로 부상자들이 지닌 문제가 명확해 판단이 어렵지 않았기 때문이다. 이를테면 칼로 한쪽 폐를 찔린 경우나 자동차 사고로 입은 타박상은 이해하기 쉬우면서도 분명한 상처들이었다. 즉 환자의 생존 여부는 상처의 성격과 안데르스의 솜씨에 달려 있었다.

환자들이 입은 부상 가운데는 안데르스가 끔찍이 싫어하는 유형이 두 가지 있었다. 첫째는 심한 화상이다. 의사가 어떤 방법을 취하든 이 경우는 대부분 고통이 가득한 삶으로 이어지게 된다. 그리고 두번째가 머리에 입은 상처다.

지금 그의 앞에 누워 있는 이 소녀도 엉덩이와 어깨에 총알을 품은 채라면 살아가는 데 문제는 없었다. 하지만 두뇌 어딘가에 박힌 총알은 전혀 얘기가 달라진다. 문득 간호사 한나의 말소리가 들렸다.

"지금 뭐라고 했죠?"

"그녀예요."

"무슨 말이에요?"

"리스베트 살란데르요. 몇 주 전부터 경찰이 쫓고 있는 스톡홀름 삼중살인 사건 용의자라고요."

안데르스는 환자의 얼굴을 들여다보았다. 한나의 말이 맞았다. 그 자신과 스웨덴 국민 대부분이 지난 부활절부터 담뱃가게 유리창마다 그녀의 사진이 대문짝만하게 붙어 있는 걸 봐오지 않았던가. 그 살인범이 중상을 입은 채 이렇게 누워 있다. 정의가 가장 극적인 형태로 실현된 경우라고나 할까.

그로선 어쨌든 상관없었다. 그의 일은 다만 환자의 생명을 구하는 것이니. 그녀가 삼중살인범이든 노벨평화상 수상자든, 아니면 그 둘 다이든 중요치 않았다.

응급실 특유의 일사불란함이 시작되었다. 안데르스와 일하는 간호사들은 노련했고 각자가 해야 할 일을 정확히 알고 있었다. 우선 리스베트가 아직 걸치고 있던 옷들이 싹둑싹둑 잘려나갔다. 간호사가 혈압을 측정하자 100/70이 나왔다. 그사이 안데르스는 환자의 가슴에 청진기를 갖다댔다. 심장박동은 비교적 규칙적이었으나 호흡은 그리 고르지 않았다.

그는 조금도 망설이지 않고 진단을 내렸다. 리스베트는 지극히 위태로운 상태였다. 다만 어깨와 둔부의 상처는 잠시 두어도 괜찮을 듯했다. 압박붕대를 둘러도 되고, 아니면 누군가 신통하게 붙여놓은 접착테이프도 도움이 될 터였다. 문제는 머리였다. 그는 CT 촬영을 지시했다. 납세자들의 돈을 꽤나 쏟아부은 그 CT 스캐너를 쓰라고 말이다.

금발에 푸른 눈인 안데르스는 스웨덴 북부, 더 정확히는 우메오 출신이었다. 그는 이십여 년간 살그렌스카와 외스트라에 있는 병원들에서 연구원, 병리학자, 응급전문의 등으로 일해왔다. 그는 동료들에게는 당혹감을, 후배들에게는 그와 함께 일하는 것에 대한 자부심을 안겨주는 특별한 면모가 있었다. 즉 자신이 당직을 설 때는 죽는 환자가 없어야 한다는 원칙을 갖고 있었다. 실제로도 사망률 제로의 기록을 기적적으로 이어오고 있는 중이다. 물론 사망하는 환자도 있었지만 그건 응급실 이후의 치료에서 혹은 그의 책임이 아닌 다른 이유로 일어나는 일들이었다.

안데르스는 이따금 정통적이지 않은 의학관을 펼치기도 했다. 그는 의사들이 결코 정당화될 수 없는 결론을 내리는 경향이 있다고 생각한다. 그가 보기에 그들은 너무 빨리 포기하며, 문제를 정확히 규정하는 데 많은 시간을 소모하는 나머지 오히려 환자를 적절히 치료할 기회를 놓쳐버리기 일쑤다. 사실 의학 교과서가 권고하는 태도이긴 하지만, 의사들이 고민만 하고 있을 때 환자는 죽어버릴 수도 있다. 최악의 경우는 환자의 상태가 절망적이라는 결론에 도달해 의사가 치료를 중단해버리는 것이다.

이런 안데르스에게도 머리 한가운데에 총알이 박힌 환자는 처음이었다. 신경외과 전문의에게 반드시 수술을 받아야 했다. 자신이 이 환자를 맡을 능력이 안 된다는 건 알았지만, 어쩌면 자격은 없을지라도 자신에게 운은 있을지 모른다는 생각이 문득 스쳤다. 손을 씻고 멸균 헤어캡을 쓰기 전에 한나를 향해 외쳤다.

"프랭크 엘리스라는 미국인 교수가 하나 있어요! 스톡홀름 카롤린스카 연구소*에서 일하는데 지금 예테보리에 와 있어요. 유명한 신경외과 전문의예요. 나하고는 친한 친구고요. 아베뉜에 있는 라디손 호텔에 묵고 있으니까 전화번호를 찾아봐줘요!"

안데르스가 여전히 CT 결과를 기다리고 있을 때 한나가 라디손 호텔 전화번호를 가지고 돌아왔다. 그는 손목시계를 한번 쳐다본 다음—새벽 1시 42분이었다—수화기를 집어들었다. 라디손 호텔의 야간 근무자는 밤늦게 투숙객을 깨우는 건 곤란하다는 원칙만 고수했다. 어쩔 수 없이 안데르스는 극도로 강력한 표현들까지 동원하여 상황의 심각성을 설명한 끝에 간신히 프랭크의 방에 연결될 수 있었다.

"잘 있었나, 프랭크?" 마침내 저쪽에서 수화기를 드는 소리가 들리자 안데르스가 말했다. "나야, 안데르스! 자네가 예테보리에 왔다는 소식을 들었어. 지금 살그렌스카 병원으로 달려와줄 수 있겠나? 뇌수술을 해야 하는데, 날 좀 도와줘야겠어."

---

* 스웨덴의 의과대학 겸 연구기관.

"자네 지금 장난해?" 수화기 저편에서 어이없어하는 목소리가 들려왔다. 프랭크는 오래전부터 스웨덴에 거주하면서 스웨덴어를 유창하게 구사했지만—물론 미국 억양이 남아 있었다—그가 기본적으로 쓰는 언어는 영어였다. 안데르스가 스웨덴어로 말하면 프랭크는 영어로 대답했다.

"프랭크, 내가 자네 강연회를 놓친 건 유감이지만 자네에게 특별 수업을 받는 것도 나쁘지 않겠다는 생각이 들었어. 지금 여기 머리에 총알을 한 발 맞은 여자가 있어. 왼쪽 귀 바로 위에 총알 구멍이 나 있다고. 내가 지금 보충 의견 따위나 필요했다면 자네에게 전화하지도 않았어. 그리고 이런 케이스에 자네만큼 능력 있는 사람을 떠올리기도 어렵고."

"지금 농담하는 건 아니지?" 프랭크가 다시 물었다.

"25세쯤 되는 여성이야."

"머리에 총을 맞았다고?"

"들어간 구멍은 있는데 나간 구멍이 전혀 보이지 않아."

"그런데 살아 있다는 거야?"

"맥박은 약하지만 규칙적이야. 호흡은 약간 불규칙하고. 혈압은 100에 70. 어깨에도 총알이 하나 박혀 있고 둔부에도 총상이 있어. 이 두 가지 문제는 내가 해결할 수 있을 것 같아."

"흠, 괜찮아 보이는데?" 프랭크가 말했다.

"괜찮다고?"

"머리에 총상을 입었는데 아직 살아 있다면 상당히 희망을 가질 수 있는 상황이야."

"그래, 날 도와줄 수 있겠어?"

"친구들 몇 명하고 저녁을 함께 보냈어. 새벽 1시에 겨우 잠자리에 들었다고. 아마 지금 혈중 알코올 농도가 꽤 높을 걸?"

"내가 집도할 거야. 수술중에 결정도 내가 내릴 거고. 다만 옆에서

도와주면서 잘못된 부분을 지적해줄 사람이 필요해. 이봐, 프랭크 교수! 자네가 아무리 고주망태가 됐다고 해도 훼손된 뇌를 파악하는 데는 나보다 훨씬 낫잖아?"

"좋아, 갈게! 대신 자네도 나중에 내 부탁 하나 들어줘야 해!"

"호텔 앞으로 택시 불러줄게."

프랭크 교수는 이마에 안경을 올려놓고 목덜미를 긁적였다. 그러고는 리스베트의 뇌를 구석구석 보여주는 모니터에 시선을 고정했다. 새치가 희끗희끗 섞인 검은 머리에 턱과 볼에는 수염이 까슬한 쉰세 살의 그는 TV 시리즈 〈ER〉의 어느 조연과도 비슷해 보였다. 탄탄한 몸매는 그가 일주일에 적어도 몇 시간씩 피트니스 클럽에서 땀을 쏟는다는 사실을 알게 했다.

프랭크는 스웨덴 생활에 만족하고 있었다. 1970년대 말에 젊은 교환연구원으로 스웨덴에 와 두 해를 보냈다. 그후로도 이런저런 기회로 스웨덴에 드나들기를 반복하다가 결국 카롤린스카 연구소에서 교수직을 제의받기에 이르렀다. 그때는 이미 전 세계에 그의 명성이 퍼져 있었다.

안데르스가 프랭크와 알고 지낸 지는 십사 년이 되었다. 스톡홀름에서 열린 어느 세미나에서 처음 만났다가 플라잉낚시에 열광한다는 공통점을 발견했다. 안데르스가 노르웨이 낚시 여행에 그를 초대한 후로 둘은 계속 관계를 유지해왔고 같이 낚시도 여러 번 다녔다. 하지만 두 사람이 함께 일한 적은 한 번도 없었다.

"뇌는 신비 덩어리야." 프랭크가 말했다. "내가 이걸 연구해온 지가 벌써 이십 년이네. 아니, 그 이상이지."

"알고 있어. 자고 있는 사람을 끌어내서 정말 미안하네. 하지만……"

"괜찮아." 프랭크는 아무것도 아니라는 듯 손을 내저었다. "다음에 낚시 갈 때 자네가 크래건모어 위스키 한 병 사면 되잖아."

"좋았어. 자네는 비싸게 굴지 않아 좋단 말이야!"

"이 환자를 보니 몇 해 전 보스턴에서 일할 때 맡았던 케이스가 생각나는군. 〈뉴 잉글랜드 의학저널〉에도 소개한 적이 있지. 이 환자와 나이가 같은 여성이었어. 학교 가는 길에 누군가가 석궁을 쏜 거야. 왼쪽 눈썹 끄트머리께로 화살이 들어가서 머리통 전체를 관통한 후 목덜미 중간 부분으로 빠져나왔어."

"뭐야? 그런데 살았다고?" 안데르스가 입을 딱 벌리며 물었다.

"응급실에 실려왔을 땐 그야말로 엉망진창이었지. 우선 화살을 자르고 CT 스캐너 안으로 머리를 집어넣었어. 화살이 뇌를 완전히 가로질렀더군. 이론적으로나 상식적으로나 외상의 규모를 보면 그녀는 죽었거나 최소한 혼수상태에 있어야 했어."

"그런데 어떤 상태였지?"

"시종 정신이 말짱했어. 그것만이 아니야. 당연히 크게 겁에 질려 있었는데 생각은 조리가 분명했지. 머리통이 화살로 꿰뚫렸다는 게 유일한 문제였어."

"그래서 자네는 어떻게 했는데?"

"그냥 펜치를 가져다가 화살을 뽑아줬지. 그런 다음 붕대로 감아주고. 뭐, 그게 전부야."

"그래, 목숨은 건졌고?"

"물론 퇴원하기 전까지 오랫동안 위험한 상태였어. 하지만 아주 솔직히 말하자면 응급실에 들어온 그날 당장 집으로 돌려보내도 될 정도였지. 그렇게 팔팔한 환자를 본 적이 없어."

안데르스는 지금 프랭크가 자신을 놀리는 게 아닌가 하는 생각이 들었다.

"이런 일도 있었지. 몇 년 전 스톡홀름에서 42세 남성 환자가 왔어. 창틀에 머리를 부딪혔다고 했어. 두개골에 살짝 타격을 입은 정도였는데 메슥거림을 느끼다가 상태가 급속도로 악화됐고. 급기야 구급차로 응급실에 실려왔어. 내가 봤을 때는 의식이 없는 상태였지. 조그만 혹이 하나 나 있었고 출혈도 아주 약간 있었어. 하지만 결국 깨어나지 못했고, 집중치료까지 받았지만 구 일 후에 사망했네. 난 지금까지도 그가 왜 죽었는지 이유를 모르겠어. 부검 소견서에는 '사고에 따른 뇌출혈'이라고 적긴 했지만 우리 중에 이런 분석에 만족한 사람은 아무도 없었지. 출혈 부분이 극도로 작은데다 다친 부위도 몸에 아무런 해를 줄 수 없는 곳이었거든. 그런데 간, 신장, 심장, 그리고 폐가 차례차례 기능을 멈추는 거야. 나이를 먹어갈수록 이건 복권과 비슷한 게 아닐까 하는 생각을 하게 돼. 내가 보기에 뇌가 어떻게 기능하는지 정확히 알아내는 건 영원히 불가능해…… 자네는 이제 어떻게 할 생각인가?"

프랭크가 볼펜으로 모니터를 탁탁 두드리며 물었다.

"자네가 가르쳐주기를 바라고 있었지, 뭐."

"우선 자네가 내린 진단을 말해줘."

"좋아. 먼저 소구경 총알 하나가 관자놀이로 들어가서 뇌를 4센티미터 정도 파고들어가 박혔어. 측뇌실에 맞닿아 있고 출혈도 있는 듯해."

"취해야 할 조치는?"

"자네가 쓰는 용어대로라면 겸자를 하나 가져와서 총알이 들어간 곳을 따라 빼내면 되겠지."

"훌륭해! 다만 여기에서 가장 가느다란 겸자를 써야겠지."

"그렇게 간단한 일인가?"

"지금 이 경우에는 다른 방법이 없잖아? 총알을 그냥 놔둘 수도 있어. 그 상태로 백 살까지 살 수도 있겠지. 하지만 그건 요행을 바라는 거야. 간질에 걸릴 수도 있고 끔찍한 두통이며 온갖 고통에 시달릴 수도 있다고. 게다가 일 년 후에 반드시 수술해야 할 필요가 생긴다고 가정해봐. 상처가 다 아문 마당에 두개골을 드릴로 뚫고 쇠톱으로 잘라내야 하는 건 아무도 원치 않겠지. 지금 총알이 대정맥에서 약간 떨어진 곳에 있으니 그냥 제거해버리라고 권하고 싶네. 하지만……"

"하지만?"

"내가 가장 걱정하는 건 총알이 아니야. 두개골에 총알이 박혔는데도 살아남았다는 건 그걸 빼내도 살아남을 가능성이 있다는 뜻이야. 진짜 문제는 오히려 여기지." 프랭크가 손가락을 화면으로 가져가 한 곳을 짚었다. "총알이 들어간 구멍 주위에 뼛조각들이 잔뜩 있어. 최소한 몇 밀리미터짜리 조각들이 여남은 개는 돼. 어떤 것들은 뇌 조직에 박혀 있고. 이걸 조심해서 다루지 않으면 환자를 죽일 수도 있는 거야."

"뇌에서 이 부분은 언어와 숫자 기능에 연결된 걸로 알고 있는데……"

프랭크가 어깨를 으쓱했다.

"다 쓸데없는 소리야. 이 회백질 세포들이 무슨 일을 하는지 솔직히 난 모르겠어. 자네는 그냥 최선을 다하면 돼. 자, 어서 수술하러 들어가라고. 난 뒤에 서서 도와줄 테니. 우선 수술가운 좀 가져다주고 손 씻을 곳을 알려주겠어?"

손목시계를 들여다본 미카엘은 새벽 3시가 조금 지난 시간임을 확인했다. 손목에는 수갑이 채워져 있었다. 그는 잠시 눈을 감았다. 기진맥진한 상태였지만 온몸에 들끓는 아드레날린 덕분에 간신히 버티고 있었다. 그리고 다시 눈을 떠 앞에 있는 경찰관을 노려보았다. 토마스 파울손 경감이 당황한 눈으로 그를 흘끔 쳐다보았다. 그들은 지금 농가의 주방 식탁에 마주앉아 있었다. 농가가 있는 마을은 미카엘이 열두 시간 전에 생전 처음으로 들어본 고세베르가라는 곳이었다. 두 사람은 방금 전에 대재앙이 일어났다는 사실을 분명히 확인했다.

"얼간이 같으니!" 미카엘이 내뱉었다.

"음, 그게 말이오……"

"얼간이 같으니라고, 빌어먹을. 내가 분명히 그자는 위험하다고 말했잖아요! 안전핀 뽑힌 수류탄처럼 다뤄야 한다고 말하지 않았나? 그자는 적어도 세 사람을 죽인데다 탱크 같은 체격에 맨손으로 사람을 때려죽일 수 있는 괴물이란 말이에요. 그런데 당신, 어떻게 했죠? 동네잔치에 주정뱅이 잡으러 가듯 달랑 마을 순경 두 사람만 보내고 말았잖습니까!"

미카엘은 다시 눈을 감았다. 오늘밤에 또 무슨 한심한 일이 터질지 모른다는 생각에 그저 답답하기만 했다.

그가 심각한 중상을 입은 리스베트를 발견한 건 자정이 조금 지나서였다. 즉시 경찰에 전화해 그들을 설득한 끝에 리스베트를 살그렌스카 병원으로 이송할 헬리콥터를 확보하는 데 성공했다. 리스베트가 입은 상처들과 총알이 머리에 남긴 구멍을 상세히 묘사하자 어느 똑똑한 경찰 하나가 그녀에게 치료가 시급하다는 사실을 금방 이해한 덕분이었다.

그럼에도 헬리콥터는 삼십 분이 지나서야 도착했다. 미카엘은 차고로도 쓰이는 헛간에서 차 두 대를 끌고 나와 전조등으로 농가 앞 벌판을 환히 밝혀 헬리콥터가 착륙할 장소를 알렸다.

헬리콥터 조종사와 두 구급대원은 노련한 전문가답게 움직였다. 대원 하나가 먼저 리스베트를 응급처치했다. 그러는 동안 다른 한 사람은 본명이 '알렉산데르 살라첸코'인 칼 악셀 보딘을 살폈다. 리스베트의 생부이자 최악의 적이기도 한 이 사내는 자기 딸을 살해하려다 실패했다. 미카엘이 그를 발견한 곳은 이 외진 농가에 딸려 있는 장작을 쌓아두는 헛간 안이었다. 아마 도끼로 맞은 듯 얼굴에는 차마 볼 수 없는 끔찍한 상처가 가로지르고 있었고 다리에도 중상을 입은 상태였다.

헬리콥터를 기다리는 동안 미카엘은 자신이 할 수 있는 한에서 최대한 리스베트를 보살폈다. 우선 옷장에서 깨끗한 시트를 한 장 찾아내서 잘라 임시 붕대로 쓰기로 했다. 머리에 난 구멍을 들여다보니 피가 엉겨서 일종의 마개가 형성되어 있었다. 그 위에 붕대를 칭칭 감아도 되는 건지 판단이 서지 않았다. 결국 감염을 막기 위해서라도 아주 느슨하게나마 머리 둘레에 시트를 감아놓기로 했다. 반면, 총상으로 인한 둔부와 어깨의 출혈은 더없이 단순한 방법으로 막았다. 벽장에서 찾아낸 큼직한 은색 접착테이프를 잘라 상처 위에 붙여놓았다. 그리고 물 적신 수건으로 얼굴을 뒤덮은 진흙을 할 수 있는 데까지 닦아냈다.

살라첸코를 보살피려고 굳이 헛간을 찾아가지는 않았다. 솔직히 그가 어찌되든 상관없다는 생각이었다.

구급대원들을 기다리는 동안 에리카에게도 전화를 걸어 상황을 설명했다.

"자기는 다친 데 없어?" 에리카가 물었다.

"난 괜찮아. 리스베트가 많이 다쳤어."

"불쌍한 친구!" 에리카가 답했다. "오늘 저녁에 나도 군나르가 세포에 제출했다는 보고서를 읽어봤어. 그래, 이 일을 어떻게 처리할 생각이야?"

"지금은 기운이 다 빠져서 아무 생각이 없어."

긴 의자 옆에 주저앉아 에리카와 통화하면서도 그는 리스베트를 계속 주시했다. 둔부에 난 상처를 동여매주려고 그녀의 바지와 신발을 벗기다가 긴 의자 발치에 던져놓은 옷가지에 손이 닿았다. 한쪽 호주머니에서 뭔가가 만져지기에 꺼내보니 팜 텅스텐 T3였다.

미카엘은 미간을 찌푸리고 이 휴대용 컴퓨터를 물끄러미 내려다보았다. 그러는 사이 헬리콥터 소리가 들려와 자신의 재킷 안주머니에 그것을 집어넣고, 사람들이 도착하기 전에 몸을 굽혀 리스베트의 다른 호주머니들도 뒤졌다. 모세바케 아파트의 열쇠꾸러미와 이레네 네세르 명의의 여권도 하나 나왔다. 그는 지체 없이 그것들을 자신의 노트북 가방에 달린 바깥주머니에 쑤셔넣었다.

헬리콥터가 착륙하고 나서 몇 분 후에는 트롤헤탄 경찰서 소속의 프레드리크 토르스텐손과 군나르 안데르손이 탄 첫번째 경찰차가 도착했다. 그들과 같이 온 토마스 파울손 경감은 오자마자 마구잡이로 지시를 내리기 시작했다. 미카엘은 그에게 가서 무슨 일이 일어났는지 설명했다. 마치 고집 세고 자만심 가득한 병장과 대화하는 느낌이었다. 경감이 도착함과 동시에 일들이 꼬이기 시작했다.

경감은 미카엘이 설명하는 내용을 전혀 이해하지 못했다. 그는 상당히 당황하는 듯했다. 유일하게 알아들은 말은, 지금 저 긴 의자 앞에 처참한 상태로 누워 있는 여자가 수배중인 삼중살해범 리스베트 살란데르이며 따라서 엄청난 거물을 체포했다는 사실뿐이었다. 그는 그렇잖아도 정신 없는 구급대원에게 지금 이 여자가 체포 가능한 상태인지 세 번이나 물었다. 결국 구급대원은 벌떡 일어나 그에게 저리 떨어져 있으라고 소리를 지르고 말았다.

그러자 그의 관심이 헛간에 쓰러져 있는 알렉산데르 살라첸코에게로 옮겨갔다. 잠시 후 미카엘은 그가 무전기에 대고 리스베트가 또한 사람을 살해하려 했다며 떠드는 소리를 들을 수 있었다.

그는 미카엘이 하려는 말을 한마디도 듣지 않았다. 화가 머리끝까지 치민 미카엘은 언성을 높이며 당장 스톡홀름에 있는 얀 부블란스키 형사를 부르는 게 좋을 거라고 충고했다. 자신의 휴대전화를 꺼내 얀의 번호를 눌러주겠다고까지 했다. 하지만 경감은 그의 말에 도통 관심이 없었다.

여기서 미카엘은 두 가지 실수를 범하고 말았다.

우선 그는 로날드 니더만이라는 남자가 진짜 삼중살해범이라고 설명했다. 대전차 로봇 같은 체격에 선천성 무통각증 환자인 로날드가 지금 노세브로 도로의 표지판 기둥에 꽁꽁 묶여 있다고 말이다. 로날드가 있는 정확한 위치를 알려주면서 그를 데려오려면 중무장한 소대를 보내야 할 거라고도 덧붙였다. 어떻게 로날드가 그 기둥에 묶이게 됐는지 토마스가 묻자 미카엘은 자신이 한 손으로 총을 겨눈 채 다른 손으로 그를 결박했다고 별생각 없이 대답했다.

"총기를 써서 위협했군!" 토마스 경감이 말을 끊었다.

이 대목에서 미카엘은 그가 앞뒤 꽉 막힌 밥통임을 알아챘어야 했다. 즉시 전화기를 꺼내 얀에게 당장 이곳으로 달려와 저 경감의 눈을 몽롱하게 가리고 있는 안개를 제발 걷어달라고 요청했어야 했다. 하지만 그렇게 하는 대신 미카엘은 호주머니에 들어 있던 무기를 꺼내 경감에게 맡기는 두번째 실수를 하고 말았다. 스톡홀름에 있는 리스베트의 아파트에서 가져와 로날드를 제압하는 데 썼던 콜트 1911 거번먼트였다.

참으로 어리석은 행동이 아닐 수 없었다. 그 즉시 토마스가 불법무기소지죄로 미카엘을 체포했다. 그러고 나서 프레드리크 토르스텐손과 군나르 안데르손에게 미카엘이 알려준 노세브로 도로로 가보라고 지시했다. 무스들이 지나는 곳에 세워진 표지판에 사내가 묶여 있을 거라고 주장하는 이 친구의 이야기가 과연 맞는지 확인하라는 말이었다. 그리고 그게 사실이라면 그 사내에게 수갑을 채워 이곳 고세베르가 농가로 끌고 오라고 했다.

미카엘은 즉시 항변했다. 로날드는 그렇게 간단하게 수갑을 채워 체포할 수 있는 사람이 아니라 가공할 힘을 지닌 킬러라고 말이다. 하지만 경감은 들은 척도 하지 않았다. 미카엘은 하루 동안 쌓인 피로가 한꺼번에 몰려들면서 온몸에 힘이 쭉 빠져버렸지만, 토마스 경감에게 한심한 얼간이라고 욕을 퍼붓는 동시에 프레드리크와 군나르에게는 지원군이 도착할 때까지 절대로 로날드의 결박을 풀지 말라고 고래고래 외쳤다.

그 대가로 미카엘은 손목에 수갑이 채워진 채 경감의 자동차 뒷좌석에 처박히는 신세가 되고 말았다. 그리고 프레드리크와 군나르가 차를 타고 떠나는 모습을 속 타는 심정으로 바라봐야 했다. 이 캄캄한 절망 속에 빛이 하나 있다면 리스베트를 실은 헬리콥터가 나무 꼭대기들 너머 살그렌스카 방향으로 사라지고 있다는 사실이었다. 하지만 그뿐이었다. 미카엘은 모든 정보와 단절된 채 이렇게 묶여 있는 자신이 그저 무력하게만 느껴졌다. 이제 그가 할 수 있는 일은 오직 하나, 리스베트가 제대로 된 의사의 손에 맡겨지기를 비는 것뿐이었다.

안데르스는 두개골에 난 구멍에 두 차례 깊숙이 손가락을 집어넣어 말려들어간 두피를 끄집어냈다. 그리고 겸자를 써서 구멍 주위의 피부를 벌려놓았다. 간호사가 석션기를 집어넣어 피를 빼냈다. 그다음은 썩 유쾌하지 않은 단계였다. 뼈에 난 구멍을 드릴로 넓혀야 했다. 조심스럽게 느릿느릿 진행된 터라 시술자 자신이 고문을 받는 기분이었다.

마침내 리스베트의 뇌에 접근할 만큼 충분히 넓은 구멍이 확보되자 이번에는 그 안에 천천히 소식자를 삽입해 통로를 몇 밀리미터 벌려놓았다. 그런 다음 한층 가느다란 소식자를 넣어 총알이 박힌 위치를 확인했다. 엑스레이를 보니 조금 돌아간 총알이 통로에서 45도 각도로 비뚤어져 있었다. 안데르스는 총알 언저리에 소식자 끝을 살짝 걸친 다음 몇 번을 시도한 끝에 똑바른 각도로 세울 수 있었다.

마지막으로는 아주 가느다랗고 긴 겸자를 삽입해 총알 밑부분을 꽉 붙잡는 데 성공했다. 이내 겸자를 똑바로 잡아당기자 거의 아무런 저항도 없이 총알이 쑥 딸려나왔다. 안데르스는 아주 잠깐 조명에 총알을 비춰본 후 파손된 부분이 없음을 확인하고 작은 그릇에 딸그락 떨어뜨렸다.

"탈지면." 그의 지시에 간호사들이 즉각 움직였다.

심전도기를 흘끗 쳐다보니 환자의 심장이 아직 규칙적으로 뛰고 있었다.

"겸자."

이번엔 머리 위에 걸린 고성능 확대경을 끌어내려 노출된 부위에 초점을 맞췄다.

"조심히!" 프랭크가 말했다.

안데르스가 구멍 주위에서 최소한 서른두 개의 조그만 뼛조각을 전부 들어내기까지 약 사십오 분이 걸렸다. 그중 가장 작은 건 육안 으로 식별하기 힘든 크기였다.

미카엘이 허탈한 기분으로 재킷 윗주머니에서 휴대전화를 꺼내려 고 낑낑거릴 때—양손에 수갑을 차고 있으니 거의 불가능한 일이었 다—경찰관과 감식요원을 실은 차량 여러 대가 고세베르가에 도착 했다. 그들은 먼저 토마스에게 브리핑을 들은 다음 헛간에 있는 명백 한 물증을 수집하러, 혹은 총기가 여러 정 발견된 집안을 보다 샅샅 이 조사하러 곳곳으로 흩어졌다. 미카엘은 체념한 채 경감의 자동차 뒷좌석에 앉아 이 모든 야단법석을 망연히 지켜보았다.

한 시간쯤 지나서야 토마스는 로날드를 체포하러 떠난 프레드리 크와 군나르가 아직 돌아오지 않았다는 사실을 알아챈 듯했다. 걱정 이 됐는지 갑자기 얼굴이 어두워진 그가 주방으로 미카엘을 불러 도 로의 위치를 다시 한번 물었다.

미카엘은 눈을 감았다. 그리고 두 경찰을 지원하러 파견된 병력이 돌아올 때까지 토마스와 함께 주방에 앉아 있었다. 군나르는 목이 부 러져 사망한 상태로 발견됐다. 그의 동료 프레드리크는 아직 숨이 붙 어 있었지만 심각한 중상을 입은 채였다. 두 사람 모두 무스들이 지 나는 곳의 표지판 옆 배수로에서 발견됐다. 그들의 총기와 경찰차는 사라지고 없었다.

아까 토마스 경감은 비교적 간단한 상황 하나만 처리하면 됐었다. 하지만 이제 그에게는 살해된 경찰관 한 명과 권총으로 무장하고 도주한 킬러라는 과제가 안겨졌다.

"이렇게 멍청할 수가!" 미카엘이 다시 한번 으르렁댔다.

"경찰한테 욕해봤자 소용없어!"

"당신을 보아하니 그런 것 같군요. 그런데 난 당신이 저지른 직무상 과실행위를 온 천하에 밝힐 수 있어요. 그럼 당신이 좀 다치겠죠. 내가 당신을 완전히 끝장내기도 전에 모든 스웨덴 언론이 달려들어 당신이 이 나라에서 최고로 멍청한 경찰관이라고 헤드라인을 내걸 테니까."

미디어에게 먹잇감으로 던져질 거라는 위협이 이 밥통 같은 토마스의 유일한 아킬레스건인 듯했다. 그의 얼굴에 불안한 기색이 떠올랐다.

"그래, 제안하고 싶은 게 뭐요?"

"스톡홀름에 있는 얀 부블란스키 형사를 불러주세요. 지금 당장!"

소니아 모디그는 방 저쪽에서 충전되고 있던 휴대전화가 울리자 소스라치듯 놀라며 잠에서 깼다. 협탁 위 알람시계로 눈을 돌리니 새벽 4시밖에 되지 않았다는 사실에 절망적인 기분이 들었다. 남편은 태평하게 코를 골고 있었다. 폭탄이 쏟아져내려도 계속 잠을 잘 사람이었다. 소니아는 비척비척 침대에서 나와 휴대전화의 응답 버튼을 눌렀다.

얀 부블란스키, 하기야 또 누가 있겠어?

"트롤헤탄 쪽에서 난리가 났어!" 얀이 다짜고짜 말했다. "예테보리 행 X2000이 5시 10분에 출발해."

"도대체 무슨 일인데요?"

"미카엘이 리스베트와 로날드, 그리고 살라첸코까지 찾아냈어. 그런데 지금 자신은 경찰모독에 체포불응에 불법무기소지 혐의로 체포돼 있다는군. 리스베트는 머리에 총상을 입고 살그렌스카 병원으로 호송됐다고 하고. 살라첸코도 도끼로 머리를 한 방 맞고 같은 병원으로 실려갔대. 로날드는 도주했고. 그놈이 새벽에 경찰을 한 명 죽였다는군."

소니아는 눈을 두 번 깜빡였다. 물에 젖은 소금 부대처럼 온몸이 피곤해졌다. 다시 침대로 돌아가 푹 자고 일어난 뒤 한 달간 휴가를 내고 싶은 마음이 간절했다.

"X2000, 5시 10분 열차. 알았어요. 구체적으로 제가 뭘 해야 하죠?"

"택시를 잡아타고 역으로 가. 거기서 예르케르 홀름베리와 합류할 수 있을 거야. 현장으로 가서 트롤헤탄 소속 경감 토마스 파울손이라는 사람을 만나봐. 지난밤에 일어난 일을 맡은 친구 같은데 미카엘이 한 말 그대로라면 '상상을 초월하는 상명청이'라는군."

"미카엘과는 얘기해보셨어요?"

"지금 구금된 모양이야. 토마스를 설득해서 잠시 통화할 수 있었어. 하여튼 난 지금 쿵스홀멘*으로 가고 있어. 대체 무슨 일이 벌어지고 있는 건지 자세히 좀 파악하려고. 자, 우린 휴대전화로 연락하자고."

소니아는 다시 한번 시계를 보았다. 그런 다음 콜택시를 부르고 후다닥 몸을 씻었다. 이어 양치질을 하고 머리를 대충 빗은 후 검정 바지와 검정 티셔츠, 그리고 회색 재킷을 걸쳤다. 숄더백에 권총을 쑤셔넣은 다음 적갈색 가죽코트를 골라 입고서 모든 준비를 마쳤다. 마지막으로 남편을 흔들어 깨워 지금 자신이 가는 곳을 설명하고는 아침에 아이들을 챙기라고 말했다. 그녀가 아파트 정문을 열고 나왔을

---

* 스톡홀름 경찰청이 있는 곳.

때 택시가 길가에 막 멈춰 서고 있었다.

그녀는 예르케르를 찾아 헤맬 필요가 없었다. 식당칸에 동료가 있으리라는 예상 그대로 그는 과연 거기에 있었다. 벌써 그녀를 위해 샌드위치와 커피를 주문해놓은 터였다. 간단한 아침식사를 하는 오 분 동안 그들은 아무 말도 나누지 않았다. 마침내 예르케르가 커피잔을 스윽 밀면서 입을 열었다.

"직업을 바꿔야 하는 게 아닌지 모르겠어."

새벽 4시, 예테보리 경찰서 강력반 소속 마르쿠스 엘란데르 형사가 드디어 고세베르가에 도착해 능력 밖의 업무를 맡아 쩔쩔매고 있는 토마스 파울손으로부터 수사를 인계받았다. 마르쿠스는 희끗희끗한 머리에 몸집이 뚱뚱한 오십대 남자였다. 그가 현장에 와서 맨 처음 취한 조치는 미카엘의 수갑을 풀어준 다음 그에게 브리오슈와 보온병에 담긴 커피를 건넨 것이었다. 두 사람은 따로 이야기를 나누기 위해 거실에 자리를 잡았다.

"스톡홀름의 얀 부블란스키와 통화했습니다." 마르쿠스가 이야기를 시작했다. "얀 형사와는 오래전부터 아는 사이죠. 그나 나나 토마스가 한 일을 유감스럽게 생각합니다."

"새벽에 그자 때문에 경찰관이 하나 죽었어요." 미카엘이 치를 떨었고 마르쿠스는 고개를 끄덕였다.

"군나르 안데르손 경관과는 개인적으로도 알고 있습니다. 트롤헤탄으로 이사 오기 전에는 예테보리에서 근무했죠. 세 살 된 딸이 하나 있고."

"정말 유감입니다. 그 둘에게 위험하다는 걸 알리려고 애를 썼는데……"

"그 얘긴 나도 들었습니다. 당신이 너무 강하게 얘기하는 모습이 토마스의 비위에 거슬려서 수갑을 채웠겠죠. 당신이 작년에 벤네르스트룀의 비리를 폭로한 사람이라고 들었습니다. 얀 형사 말로는 아무데나 쑤시고 다니는 빌어먹을 기자에 완전히 못 말리는 사립 탐정지만 어쩌면 뭔가를 알고 있을지도 모르겠다고 하더군요. 자, 내가 이해할 수 있게끔 상황을 설명해줄 수 있겠습니까?"

"지난밤에 일어난 일은 엔셰데에 살았던 제 친구들인 다그 스벤손과 미아 베리만 살인 사건의 결말이라고 할 수 있습니다. 그리고 제 친구는 아니지만 다른 한 사람의 죽음과도 관련된 결말이고요. 바로 리스베트 살란데르의 후견인, 닐스 비우르만 변호사입니다."

마르쿠스는 자기도 안다는 뜻으로 고개를 끄덕였다.

"형사님도 아시다시피 지난 부활절 이후로 경찰은 리스베트를 수배해왔습니다. 그녀에게 삼중살인의 혐의를 둔 거죠. 하지만 먼저 이것부터 알려드리고 싶습니다. 리스베트는 이 살인들을 저지르지 않았습니다. 오히려 이 모든 일 가운데 있는 희생자일 뿐이죠."

"난 리스베트 사건에는 조금도 관여하지 않았어요. 하지만 매체들이 보도한 내용에 비추어볼 때 그녀에게 전혀 죄가 없다는 말은 선뜻 믿기지가 않는군요."

"하지만 그게 진실입니다. 한마디로 그녀에게는 죄가 없습니다. 진짜 살인범은 로날드 니더만입니다. 새벽에 당신 동료 군나르 안데르손을 죽인 사람 말입니다. 그는 칼 악셀 보딘 밑에서 일하고 있죠."

"머리에 도끼가 박혀서 지금 살그렌스카 병원에 있다는 그 보딘 말이군요."

"엄밀히 따져 말하자면 도끼는 더이상 그의 머리에 박혀 있지 않죠. 그자를 그 꼴로 만들어놓은 건 아마 리스베트일 겁니다. 그의 본명은 알렉산데르 살라첸코예요. 리스베트의 생부이고 소련 군사 정보국 GRU에서 킬러로 활동했죠. 1970년대에 탈영해 소련이 붕괴할 때까지 세포를 위해 스파이로 일했습니다. 그후에는 자신의 범죄조직을 이끌어왔고요."

마르쿠스는 지금 자신의 맞은편 소파에 앉아 있는 사내를 물끄러미 바라보았다. 미카엘은 온통 땀으로 번들거렸지만 몹시 추워 보였고 거의 탈진 상태인 듯했다. 지금까지 그가 한 말은 매우 합리적이고도 일관성이 있었다. 하지만 토마스 경감—마르쿠스로선 그다지 신뢰하지 않는 인물이었지만—이 해준 얘기는 달랐다. 그의 주장에 따르면 미카엘이 '소련 스파이'니 '독일 킬러'니 운운하면서 횡설수설한다고 했다. 그를 미친놈 취급하는 토마스의 태도를 전혀 이해할 수 없는 건 아니었다. 소련 스파이나 독일 킬러 따위는 스웨덴 경찰이 자주 다루는 사건이 아니니까. 그래서 토마스는 미카엘의 얘기를 완전히 무시해버렸을 것이다. 하지만 노세브로 방면 길가에서 경찰관 한 명이 살해되고 또 한 명이 중상을 입었다면 상황이 달라진다. 그렇게 귀기울일 준비가 되어 있었음에도 마르쿠스의 말투에 믿기 힘들어하는 기색이 약간 섞여드는 건 어쩔 수 없었다.

"소련 킬러라…… 좋아요, 그렇다고 합시다."

미카엘의 입가에 씁쓰레한 미소가 떠올랐다. 자신이 하는 이야기가 터무니없게 들린다는 걸 스스로도 아주 잘 알고 있었으므로.

"그래요, 소련 킬러입니다. 내가 하는 이야기는 모두 증명할 수 있어요."

"계속해보시죠."

"살라첸코는 1970년대에 자신의 첩보요원 경력에 정점을 찍었습니다. 그후 조직을 떠났고, 세포는 그에게 은신처를 제공했죠. 내가 아는 바로는 소비에트연방이 해체된 후 이런 상황에 처한 사람이 그만은 아니었고요."

"오케이."

"어젯밤에 여기에서 정확히 어떤 일이 일어났는지는 잘 모르겠지만 리스베트가 지난 십오 년간 보지 못했던 자기 아버지를 찾아낸 듯합니다. 리스베트의 어머니를 학대해 결국 죽게 만든 자이죠. 리스베트도 죽이려 했고요. 로날드 니더만을 통해 다그와 미아를 살해한 것도 바로 그자입니다. 그것만이 아니에요. 리스베트의 친구인 미리암 우를 납치한 사건도 그의 소행입니다. 파올로 로베르토가 뉘크바른에서 벌인 그 유명한 타이틀 매치에 대해 형사님도 들어보셨겠죠?"

"만일 리스베트가 자기 아버지의 머리에 도끼를 박았다면 전혀 죄가 없다고는 말하지 못하겠군요."

"리스베트도 몸에 총알을 세 발 맞았습니다. 그녀의 행위도 어느 정도는 정당방위로 인정받아야 하지 않을까요? 그리고 내 생각으로는……"

"뭐죠?"

"리스베트는 온몸이 모래와 진흙으로 뒤덮여 있었습니다. 머리카락이 한데 뭉쳐 딱딱한 진흙 덩어리가 됐을 정도로요. 옷속에도 모래가 가득했습니다. 마치 땅속에 묻혔던 것처럼 말입니다. 로날드는 사람들을 땅에다 묻는 성향이 있죠. 쇠데르텔리에 경찰이 뉘크바른 부근에 있는 MC 스바벨셰 소유의 창고에서 무덤 두 개를 발견하기도 했고요."

"정확히는 무덤 세 개예요. 어제 저녁 늦게 하나가 더 발견됐거든요. 하지만 리스베트가 정말로 총에 맞고 땅속에 묻혔다면 어떻게 빠져나와서 도끼를 들고 돌아다닐 수 있었을까요?"

"말씀드렸지만 난 무슨 일이 일어났는지 모릅니다. 하지만 리스베트는 수가 무궁무진한 여자예요. 어쨌든 이곳으로 탐지견들을 파견해달라고 토마스를 설득해봤습니다만……"

"개들은 곧 도착합니다."

"잘됐네요."

"토마스가 당신을 경찰모독죄로 체포했다던데요."

"단지 그에게 '멍청이' '천치' 그리고 '한심한 밥통'이라고 말했을 뿐입니다. 그 상황에서는 이 가운데 어느 것도 '모독'이 아니죠."

"흠, 그렇다고 할 수 있겠군요. 하지만 불법무기소지 혐의도 있었다고 하던데."

"그에게 무기를 넘긴 게 실수였습니다. 하지만 내 변호사와 상의하기 전에는 더이상 말하지 않겠습니다."

"오케이. 그 일은 나중에 얘기하기로 하죠. 지금은 더 중요한 문제들이 있으니까. 로날드에 대해서 아는 게 있습니까?"

"살인자예요. 뭔가 이상한 점이 있는 녀석이죠. 키는 2미터가 넘고 골격은 탱크 같아요. 그가 어떤 인간인지 알려면 함께 겨뤄봤던 파올로에게 물어보세요. 선천성 무통각증 환자예요. 신경섬유의 전달기능이 작동하지 않아서 통증을 느끼지 못하는 거죠. 함부르크에서 태어난 독일인이고, 십대 때는 스킨헤드 생활도 했습니다. 극도로 위험한 자가 지금 마음껏 돌아다니고 있는 상황인 거예요."

"그가 몸을 숨길 만한 장소를 알고 있습니까?"

"아뇨. 이미 놈을 제대로 묶어놓았기 때문에 그 트롤헤탄의 밥통이 사건을 접수했을 때만 해도 그냥 가서 집어오기만 하면 되는 상태였다는 것, 이게 내가 아는 전부입니다."

새벽 5시가 조금 못된 시각, 안데르스는 더러워진 라텍스 장갑을 벗어 휴지통에 던졌다. 간호사가 둔부의 상처에 거즈를 겹쳐 붙였다. 세 시간에 걸친 수술이 끝났다. 안데르스는 리스베트의 머리를 내려다보았다. 머리카락이 빡빡 밀리고 참혹하게 망가진 머리는 벌써 붕대로 칭칭 감겨 있었다.

불현듯 그녀를 향한 애정이 솟아나는 게 느껴졌다. 자신이 수술한 환자들 앞에서 그가 종종 느끼는 감정이었다. 신문 보도에 따르면 리스베트는 사이코패스 연쇄살인범이라고 했다. 하지만 그에 눈에는 처참하게 뭉개진 한 마리 참새로 보였다. 너무도 안타까운 마음에 고개를 설레설레 흔들고는 옆을 보니 프랭크가 재미있다는 눈빛으로 지켜보고 있었다.

"자네 정말 훌륭한 의사야."

"내가 아침을 대접해야지?"

"잼 바른 팬케이크를 먹을 수 있을까?"

"와플은 어때?" 안데르스가 말했다. "우리집에서 말이야. 먼저 아내한테 전화해두고 택시로 가자고." 하지만 그가 이내 걸음을 멈추더니 손목시계를 들여다보았다. "다시 생각해보니 전화는 하지 않는 게 좋겠어."

안니카 잔니니 변호사는 소스라치듯 잠에서 깼다. 오른쪽으로 고개를 돌려 시계를 보니 새벽 5시 58분이었다. 아침 8시에 고객과 첫 번째 미팅이 예정되어 있었다. 왼쪽으로 고개를 돌려 평화롭게 자고 있는 남편 엔리코 잔니니를 보았다. 일러야 8시에나 침대에서 일어날 사람이었다. 그녀는 눈을 여러 번 꿈쩍거려 자꾸 달라붙는 잠을 쫓아버렸다. 그런 다음 침대에서 빠져나와 커피머신의 스위치를 올린 뒤 샤워를 했다. 욕실에서 충분한 시간을 보내고 나와서는 검정 바지와 흰색 터틀넥 스웨터, 그리고 빨간 재킷을 골라 입었다. 식빵 두 쪽을 구워 그 위에 오렌지 마멀레이드, 치즈, 그리고 얇게 썬 사과 등을 얹어 거실로 가보니 TV에서 막 아침 6시 30분 뉴스가 시작된 참이었다. 커피 한 모금을 마시고는 식빵 한 조각을 와작 깨물려고 입을 크게 벌리는데 헤드라인을 전하는 소리가 귓전을 때렸다.

경찰관 한 명이 살해되고 다른 한 명은 중상을 입었습니다. 삼중살인범리스베트 살란데르가 체포된 어젯밤에 일어난 참극입니다.

맨 처음 그녀는 상황을 정확하게 파악할 수 없었다. 리스베트가 경찰관을 죽였다고 생각했을 정도였다. 뉴스가 전하는 정보들은 단편적이고 두서가 없었다. 하지만 이내 경찰 살해범으로 수배된 자가 어떤 남자라는 사실을 알 수 있었다. 아직 신원이 밝혀지지 않은 35세 남성에 대해 전국적으로 지명수배가 내려졌다. 중상을 입은 걸로 보이는 리스베트는 지금 예테보리의 살그렌스카 병원에 있다고 했다.

안니카는 채널을 돌려봤지만 다른 방송에서도 그 이상의 정보는 알아낼 수 없었다. 이번에는 휴대전화를 집어들어 오빠 미카엘의 번호를 눌렀다. 지금 통화할 수 없다는 음성메시지만 흘러나왔다. 그녀의 표정이 살짝 어두워졌다. 어젯밤에 미카엘이 전화를 걸어 지금 예테보리로 가고 있다고 말했기 때문이다. 리스베트를 찾으러 간다고도 했다. 그리고 로날드 니더만이라는 킬러도 찾는다고 했다.

동이 터올 때 눈 밝은 경찰관이 헛간 뒤쪽 땅 위에서 핏자국을 발견했다. 경찰견을 앞세워 자취를 따라가보니 고세베르가 농가로부터 북동쪽으로 약 400미터 떨어진 숲속 빈터에서 구덩이 하나가 발견되었다.

미카엘은 마르쿠스 형사와 동행했고, 두 사람은 묵묵히 현장을 살폈다. 구덩이 안과 그 주변에 상당한 혈흔이 흩어져 있었다.

분명 삽 대신 썼을 법한 우그러진 담배 케이스도 발견됐다. 마르쿠스는 그것을 증거물 봉지에 넣은 다음 라벨을 붙였다. 그리고 피가 묻은 흙덩이도 샘플로 몇 개 채취했다. 제복을 입은 경찰관이 구덩이에서 몇 미터 옆에 떨어진 필터 없는 팔말 담배 꽁초를 하나 발견했다. 그 역시 증거물 봉지로 들어갔고 라벨이 붙었다. 미카엘은 살라첸코의 주방 싱크대 위에서 본 팔말 담배 한 갑을 떠올렸다.

마르쿠스가 하늘을 힐끗 올려다보니 묵직한 비구름이 걸려 있었다. 밤새 예테보리를 휩쓴 폭풍우가 이제 노세브로 남부로 건너오는 모양이었다. 조금 있으면 한바탕 비가 쏟아질 분위기였다. 그는 순경 한 사람에게 몸을 돌려 방수포를 한 장 찾아다 구덩이를 막아두라고 지시했다.

"당신 말이 맞는 듯합니다." 마침내 마르쿠스가 미카엘에게 말했다. "혈액분석 결과로 십중팔구 리스베트가 여기 묻혔다는 사실이 밝혀질 겁니다. 이 담배 케이스에서는 분명 그녀의 지문이 나올 듯하네요. 누군가가 그녀를 쏜 다음 여기에 묻었는데 어찌어찌해서 살아남아 구덩이를 빠져나오는 데 성공한 거죠. 그리고……"

"…… 농가로 돌아가 살라첸코의 머리통에 도끼를 박은 겁니다." 미카엘이 대신 마무리했다. "상당히 질긴 여자거든요."

"그럼 그녀가 로날드에게는 어떻게 한 거죠?"

미카엘은 어깨를 으쓱했다. 거기에 대해 어리둥절하기로는 그도 마르쿠스와 다를 바가 없었다.

2장
4월 8일 금요일

소니아와 예르케르가 예테보리 중앙역에 도착한 건 아침 8시가 조금 지나서였다. 그전에 다시 전화를 걸어온 얀에게 새로운 지시를 전달받았다. 이제 두 사람은 고세베르가는 놔두고 택시를 타고 뉘아울레비에 있는 경찰청사로 가야 했다. 베스트라예탈란드의 주^州경찰청이 있는 곳이었다. 그들은 마르쿠스 형사가 미카엘과 함께 고세베르가에서 돌아올 때까지 거의 한 시간을 기다렸다. 미카엘은 전에 만난 적 있는 소니아에게 인사를 건넸고 예르케르와는 악수를 나누었다. 그리고 이어서 마르쿠스의 동료가 로날드의 추적 상황을 보고하고자 합류했다. 내용은 매우 간단했다.

"주경찰청 산하에 전담 수사팀을 꾸렸습니다. 물론 전국에 지명수배를 내렸고요. 탈취당했던 경찰차는 오전 6시에 알링소스에서 발견됐습니다. 현재 파악한 범인의 자취는 거기까지입니다. 그가 차량을 바꿨을 거라고도 생각합니다만 아직 차량 도난신고가 접수된 건 없어요."

"언론의 반응은 어떤가요?" 소니아가 양해를 구하듯 미카엘에게 살짝 눈짓하며 물었다.

"경찰관이 살해된 일이라 난리가 났죠. 오전 10시에 합동 기자회견이 있을 예정입니다."

"혹시 리스베트의 상태에 대해 아는 분 계십니까?" 미카엘이 물었다. 이상하게도 로날드를 추적하는 일에는 별 관심이 생기지 않는 그였다.

"간밤에 수술을 마쳤습니다. 총알을 하나 빼냈죠. 아직 깨어나지는 않았고요."

"예후는 어떻다던가요?"

"그녀가 깨어나기 전까지 아무것도 알 수 없답니다. 집도한 의사로는 말로는 예상치 못한 합병증만 발생하지 않는다면 살아날 가능성도 충분하다는군요."

"살라첸코는 어떻게 됐죠?"

"누구요?" 마르쿠스의 동료가 되물었다. 이 이야기의 얽히고설킨 사연을 알지 못하는 그로서는 당연한 반응이었다.

"칼 악셀 보딘 말입니다."

"아, 그 사람이요? 그도 간밤에 수술을 했습니다. 얼굴과 무릎뼈 바로 아래를 도끼로 심하게 찍힌 모양이던데요. 상태가 썩 좋다고는 할 수 없지만 생명에 지장이 있을 정도는 아니랍니다."

미카엘은 고개를 끄덕였다.

"피곤해 보이네요." 소니아가 말했다.

"제대로 보셨어요. 한숨도 못 자고 지낸 지가 벌써 사흘째입니다."

"노세브로에서 여기로 오는 차 안에서 잠시 주무시던데요." 마르쿠스가 싱긋 웃었다.

"혹시 힘이 좀 남았다면 이 이야기를 처음부터 한번 들려줄 수 있겠습니까?" 예르케르는 이렇게 부탁을 하고 탄식했다. "이거야 원,

개인수사관이 경찰을 3 대 0으로 따라잡은 형국이군요!"

미카엘이 엷은 미소를 지으며 대꾸했다.

"그 말이 얀 형사님의 입에서 나왔다면 참 좋았을 텐데 말입니다."

그들은 경찰청 카페테리아로 가서 함께 아침을 먹었다. 미카엘이 어떻게 살라첸코에 관한 그 복잡한 이야기를 한 걸음씩 재구성해나갈 수 있었는지 설명하는 데는 약 삼십 분이 걸렸다. 그가 이야기를 마쳤을 때 경찰관들은 한동안 침묵했다.

"그런데 이야기에서 몇 군데 구멍이 보이네요." 마침내 입을 연 예르케르가 지적했다.

"네, 그럴 수 있습니다." 미카엘이 수긍했다.

"살라첸코에 관한 세포의 비밀 보고서를 어떻게 입수하게 됐는지 설명하지 않으셨죠."

미카엘은 고개를 끄덕였다.

"사실은 어제 리스베트의 은신처를 결국 찾아냈습니다. 보고서는 거기서 발견했고요. 아마 그녀는 닐스 비우르만의 시골집에서 그 보고서를 찾아냈을 겁니다."

"그러니까 리스베트의 은신처를 알아냈다고요?" 소니아가 물었다.

미카엘은 고개를 끄덕이며 인정했다.

"그래서요?"

"그곳은 여러분이 직접 찾아내길 바라겠습니다. 그 거처는 리스베트가 너무도 고생해 마련한 곳인데다 난 그 비밀을 누설할 의향이 조금도 없어요."

소니아와 예르케르의 얼굴이 약간 어두워졌다.

"미카엘 씨…… 우리는 지금 살인 사건을 수사하고 있는 겁니다." 소니아가 힐난하듯 말했다.

"아직까지 이해하지 못하겠어요? 리스베트에게는 아무런 죄가 없는데 당신네 경찰은 상상을 초월하는 방식으로 그녀의 사생활을 짓

밟아왔다는 걸 말입니다. 사탄적인 레즈비언 그룹? 아니, 그런 사람들은 도대체 어딜 가야 만난답니까? 만일 리스베트가 당신들에게 사는 곳을 밝히고 싶은 마음이 있다면 직접 알려줄 테니 가만히들 있는 게 좋을 겁니다."

"이해가 안 되는 점이 또 있어요." 예르케르가 고집스레 파고들었다. "닐스는 어떻게 이 이야기에 끼어든 겁니까? 당신 말에 따르면 그가 살라첸코와 접촉해 리스베트를 살해해달라고 부탁하면서부터 이 모든 이야기가 시작된 듯한데…… 왜 그가 그런 일을 했느냔 말입니다."

미카엘은 한동안 머뭇거렸다.

"내 생각에는 닐스가 리스베트를 제거하려고 살라첸코를 고용했던 것 같습니다. 그녀를 뉘크바른의 창고로 끌어들여서 처리할 계획이었고요."

"닐스는 그녀의 후견인이었어요. 대체 무슨 동기로 그녀를 제거하려 했느냔 말입니다."

"설명하기가 좀 복잡합니다."

"그래도 해보세요."

"닐스에게는 지독하게 절실한 동기가 있었죠. 그가 어떤 일을 저질렀거든요. 그 일에 대해 알고 있었던 리스베트는 그의 미래와 번영을 심각하게 위협하는 존재였던 거고요."

"도대체 무슨 짓을 했길래요?"

"그건 리스베트가 직접 설명하는 편이 낫다고 생각합니다." 미카엘은 예르케르의 눈을 마주보았다.

"내가 한번 알아맞혀볼까요?" 소니아가 끼어들었다. "닐스는 당신이 아끼는 그 친구에게 뭔가 나쁜 짓을 한 거예요."

미카엘은 고개를 끄덕였다. 그러자 소니아가 넌지시 물었다.

"그렇다면…… 그가 리스베트를 성폭행했다고 생각해도 될까요?"

미카엘은 어깨만 으쓱할 뿐 긍정도 부정도 하지 않았다.

"혹시 닐스의 복부에 새겨진 문신에 대해서는 알고 있었나요?" 다시 그녀가 물었다.

"문신이요?"

"아마추어의 솜씨로 보이는 문신인데 복부 전체에 이렇게 새겨져 있었어요. 나는 가학증 걸린 돼지요, 개자식이요, 강간범입니다. 우린 이 의미가 대체 뭔지 상당히 궁금해했고요."

미카엘이 갑자기 웃음을 터뜨렸다.

"뭐가 그렇게 우습죠?"

"그녀가 어떻게 복수를 했을지 항상 궁금했거든요. 하지만 아까 밝힌 것과 똑같은 이유로 여기에 대해서도 더이상 말하고 싶지 않아요. 이건 그녀의 사생활입니다. 이 사건에 희생자가 있다면 그건 리스베트예요. 만약 우리에게 해줄 얘기가 있다면 그녀가 직접 정할 겁니다. 미안해요."

미카엘은 정말로 미안해하는 얼굴을 했다.

"정말 강간을 당했다면 신고를 했어야죠." 소니아가 말했다.

"나도 그렇게 생각합니다. 하지만 리스베트는 이 년 전에 일어난 이 일을 경찰에 신고하지 않았어요. 즉 그럴 생각이 없었단 뜻이죠. 개인적으로는 그녀의 원칙에 동의하지 않지만 어쨌거나 이건 그녀가 결정할 일입니다. 게다가……"

"게다가?"

"그녀에게는 경찰을 신뢰할 만한 이유가 별로 없어요. 그녀가 경찰에게 살라첸코가 얼마나 나쁜 놈인지 설명하려 했지만 그 결과가 뭐였습니까? 당신네들은 리스베트를 정신병원에 가두지 않았습니까?"

금요일인 그날 오전, 예비수사 책임자인 리샤르드 엑스트룀 검사는 수사팀장 얀 부블란스키에게 책상 맞은편에 앉기를 청하면서 상당히 긴장한 상태였다. 리샤르드는 안경을 고쳐 쓰고서 세심하게 다듬은 턱수염을 쓰다듬었다. 지금 그는 혼란스럽고도 불길한 상황에 봉착했다. 리스베트를 추적하는 예비수사 책임자로 일한 지난 한 달간 그는 그녀가 정신병자이자 위험한 사이코패스라고 공공연히 주장해왔다. 그리고 앞으로 있을 재판에서 자신에게 유리하게 작용할 정보들을 슬그머니 언론에 흘려왔다. 모든 게 원하는 방향으로 흘러가고 있는 듯했다.

그는 리스베트가 세 사람을 죽인 살인범이라는 사실을 추호도 의심하지 않았다. 그리고 재판은 자신이 주연으로 활약해온 이 나라에 이름을 떨치게 될 멋진 미디어 쇼, 너무나도 손쉬운 승리가 되리라고 굳게 믿었다. 그런데 갑자기 모든 게 어긋나더니 전혀 예상치 못했던 살인범이 불쑥 튀어나왔고, 자신은 도무지 끝을 알 수 없는 혼돈 속에 갇혀버렸다. 빌어먹을 리스베트!

"이거 갑자기 전부 개판이 돼버렸어요!" 리샤르드가 말했다. "오늘 아침에 뭐 찾아낸 거라도 있습니까?"

"로날드 니더만을 전국에 지명수배했는데 행방이 묘연해요. 현재로서는 경찰관 군나르 안데르손을 살해한 혐의로만 수배했습니다. 하지만 스톡홀름에서 일어난 살인 사건 세 건에 대한 혐의도 추가해야 할 것 같아요. 그런 의미에서 합동 기자회견을 열어야 하지 않을까요?"

얀이 합동 기자회견을 제안한 이유는 오직 하나, 기자회견이라면 자다가도 비명을 지를 리샤르드를 엿 먹이기 위해서였다.

"기자회견은 좀 기다렸다가 해도 늦지 않아요." 리샤르드가 황급히 대답했다.

얀은 새어나오는 미소를 애써 감췄다.

"지금 벌어지고 있는 일들은 우선 예테보리 서가 맡고 있으니까." 리샤르드가 보다 명확한 설명을 덧붙였다.

"글쎄요. 이미 소니아와 예르케르가 예테보리에 가서 그들과 협력 중인데요."

"됐습니다! 기자회견은 사정을 좀더 알아보고 난 후에 하죠." 리샤르드는 권위적인 목소리로 잘라 말했다. "내가 알고 싶은 건 이겁니다. 당신은 스톡홀름에서 일어난 살인 사건들에 로날드가 연루됐다고 주장하는데, 그게 확실한 사실이라고 말할 수 있는 겁니까?"

"백 퍼센트 확신하고 있습니다. 물론 검사님 말대로 증거가 충분치 못하지만요. 그 사건들에는 증인도 전혀 없고 과학적 물증도 없습니다. MC 스바벨셰의 마게 룬딘과 소니 니에미넨은 발언을 거부하면서 로날드의 이름도 들어본 적이 없다고 주장하는 상황이고요. 하지만 로날드가 군나르 경관을 살해한 죄로 중형을 받아야 한다는 사실만큼은 확실합니다."

"바로 그겁니다!" 리샤르드 말했다. "지금 우리에게 중요한 건 경찰관이 살해된 일이지 다른 게 아니란 말이죠. 그런데…… 아까 말한 스톡홀름 사건들에 어떤 식으로든 리스베트가 연루됐다는 단서는 혹시 없습니까? 그녀와 로날드가 함께 범행을 벌였다고 생각할 수는 없겠어요?"

"저는 그렇게 생각하지 않습니다. 그런 가정을 일반에 퍼뜨릴 생각도 전혀 없고요."

"그렇다면 이 모든 일 가운데 왜 그녀가 끼어 있는 거죠?"

"이건 아주 복잡한 이야기입니다. 미카엘이 애초에 말했듯이 살라…… 알렉산데르 살라첸코라는 인물을 중심으로 얽히고설킨 이야기죠."

미카엘의 이름이 튀어나오자 검사는 부르르 몸을 떨었다.

"살라는 냉전시대에 소련 킬러로 활동하다가 1970년대에 조직을 벗어나 이곳에 왔습니다. 악랄한 작자죠. 리스베트의 생부이고요. 그리고 세포 내부의 한 조직이 이자를 후원하면서 그가 범법행위를 저지를 때마다 뒤처리를 해줬죠. 그러다 열세 살 먹은 리스베트 덕분에 살라첸코의 비밀이 폭로될 위험에 처하자 세포 요원 하나가 그녀를 소아정신병원에 넣어버렸고요."

"솔직히 말해서 쉽게 믿기지 않는 이야기예요. 게다가 이런 내용을 대중에게 발표할 수는 없는 노릇이고요. 내가 정확히 이해했다면 살라첸코에 관한 모든 건 국가기밀에 속하는 문제니까."

"하지만 이게 진실이에요. 증명할 자료도 있고요."

"어디 한번 볼 수 있을까요?"

얀은 1991년의 경찰 보고서가 든 문서철을 책상 저편으로 밀었다. 리샤르드는 국가안보기밀임을 나타내는 직인과 세포 고유의 일련번호 등을 묵묵히 바라본 뒤 수백여 장에 달하는 보고서를 재빠르게 넘겨본 후 아무 곳이나 펼쳐 몇 장을 더 읽어보기도 했다. 그리고 마침내 보고서를 내려놓았다.

"우리 좀 냉정해질 필요가 있겠어요. 잘못하면 우리가 통제할 수 없는 방향으로 상황이 흐를 수도 있으니까…… 자, 정리해봅시다. 리스베트가 정신병원에 갇혔던 건 자기 아버지, 그러니까 살라첸코를 살해하려 했기 때문이에요. 그리고 이번에는 그의 머리통에 도끼질을 했고요. 어쨌든 살인미수에 해당하는 행위 아닙니까? 스탈라르홀멘에서 마게 룬딘에게 총질한 일도 기소 대상이고."

"기소하고 말고는 검사님 자유겠지만 나 같으면 좀더 신중하게 처신하겠습니다."

"세포가 연루된 이 이야기가 새어나가는 날이면 어마어마한 스캔들이 될 겁니다."

얀은 어깨를 으쓱했다. 그의 임무는 범죄를 밝히는 일이지 스캔들 관리가 아니었으니까.

"그런데 세포의 그 개자식, 군나르 비에르크 말입니다. 그가 맡은 역할이 뭐였는지 알고 있습니까?"

"이 사건의 주역 중 하나죠. 지금은 디스크 때문에 병가를 내고 스모달라뢰에서 지내고 있습니다."

"오케이. 당분간은 세포에 대해 아무 말도 하지 않는 겁니다. 이건 한 경찰관이 살해된 사건일 뿐 절대 다른 게 아니란 말입니다. 우리의 임무가 혼란을 야기하는 일은 아니니까."

"이 일을 완전히 덮기란 건 쉽지 않아 보이는데요."

"왜죠?"

"군나르 비에르크를 심문하기 위해 쿠르트에게 데려오게 했거든요." 얀은 손목시계를 들여다보았다. "어디 보자…… 지금쯤 한참 작업하고 있겠군요."

"뭐라고요?"

"실은 드라이브도 할 겸 내가 직접 스모달라뢰에 내려가려고 했었어요. 그런데 그 경찰관이 살해되는 바람에 못 간 겁니다."

"나는 군나르 비에르크를 체포하라고 허가한 적이 없는데요."

"이건 체포가 아닙니다. 심문을 위해 데려오게 한 거죠."

"정말 마음에 안 드네!"

이때 얀이 앞으로 몸을 스윽 기울이며 나직이 말했다.

"여보세요, 검사님…… 객관적인 사실을 말할게요. 리스베트는 어렸을 때부터 끊임없이 인권을 침해당해온 희생자입니다. 그리고 난 이런 짓거리가 계속되게 놔둘 생각이 추호도 없고요. 물론 당신이 이 수사에서 날 배제해버릴 수 있겠죠. 그렇다면 나는 이 일에 대한 매우 신랄한 보고서를 쓰지 않을 수 없을 겁니다."

리샤르드는 벌레를 씹은 표정이 되었다.

스모달라뢰에 있는 별장에서 병가중인 세포의 외국인 담당 특별부 차장 군나르 비에르크가 현관문을 열었다. 문 앞에는 짧은 금발과 다부진 체구에 검정 가죽점퍼를 걸친 사내가 서 있었다.

"군나르 비에르크 씨를 찾아 왔습니다."

"나요."

"경찰청 소속 쿠르트 스벤손입니다." 그가 명함을 내밀었다.

"그래서요?"

"쿵스홀멘에 있는 경찰청까지 동행해주셔야겠습니다. 리스베트 살란데르를 수사하고 있는데 협조 좀 해주시죠."

"어…… 뭔가 착오가 있는 것 같소만……"

"착오는 없습니다." 쿠르트가 잘라 말했다.

"당신은 잘 모를 거요. 나도 경찰이란 말이오. 상관에게 연락해서 확인해보시오."

"바로 제 상관이 군나르 비에르크 씨와 얘기하고 싶어합니다."

"안 되겠군…… 전화 좀 한 통 해야겠소……"

"전화는 쿵스홀멘에 가서 하실 수 있습니다."

군나르는 갑자기 힘이 쭉 빠졌다. '이런 엿 같은 미카엘! 빌어먹을 리스베트!'

"날 체포하는 거요?"

"지금은 아닙니다. 하지만 정 원하신다면 고려해볼 수 있죠."

"아니오, 아니오, 당연히 따라가야지! 나도 경찰인데 동료들을 도와야 하지 않겠소?"

"잘됐군요." 쿠르트는 이렇게 말하면서 집안으로 들어갔다. 군나르가 주섬주섬 외투를 챙기고 커피머신을 끄는 동안 그에게서 눈을 떼지 않았다.

오전 11시, 미카엘은 자신의 렌터카가 여전히 고세베르가 농가 입구의 헛간 뒤쪽에 주차되어 있다는 사실을 떠올렸다. 하지만 너무도 기진해서 거기까지 갈 엄두가 나지 않았다. 거리가 제법 되어 사고를 내지 않고 차를 몰고 올 자신은 더욱 없었다. 이런 고충을 마르쿠스에게 털어놓자 친절하게도 아직 현장에서 작업중인 감식요원에게 차를 가져오게 해주었다.

"당신이 간밤에 받은 그 고약한 대우에 대한 보상이라고 생각하시죠."

미카엘은 고개를 끄덕이고는 택시를 잡아타고서 아베뉜 대로 근처 로렌스베리스가탄에 있는 시티 호텔로 갔다. 그리고 하룻밤에 800크로나짜리 싱글룸을 잡은 다음 곧바로 객실로 올라갔다. 옷을 훌훌 벗어던진 그는 알몸으로 침대에 앉아 재킷 안주머니에 넣어두었던 리스베트의 팜 텅스텐 T3를 꺼내 손바닥 위에 올려놓고 무게를 가늠해보았다. 토마스 파울손 경감이 몸을 수색할 때 이 PDA를 압수하지 않았다는 사실은 지금 생각해도 놀라웠다. 그는 이것을 미카엘의 물건이라고 생각한 듯했고, 그때는 정식으로 구속된 상태도 아니었기 때문에 무기를 제외한 다른 소지품은 빼앗지 않았던 것이다. 미카엘은 잠시 생각한 다음 노트북 가방에 PDA를 집어넣었다. 거기에는 '비우르만'이라고 쓰인 리스베트의 CD도 들어 있었는데 멍청한 토마스는 그것마저 놓쳤다. 미카엘은 이런 행위가 법적으로는 증거은닉에 해당한다는 사실을 알고 있었다. 하지만 이런 물건들이 엉뚱한 자들의 수중에 들어가는 걸 리스베트가 좋아할 리 없었다.

미카엘은 휴대전화를 켜보았다. 배터리가 거의 바닥이라 우선 충전을 했다. 잠시 후에 여동생인 안니카 변호사에게 전화를 걸었다.

"안니카, 나야!"

"간밤에 일어난 경찰관 살해 사건은 오빠하고 무슨 관계야?"

다짜고짜 묻는 동생의 말에 미카엘은 일어난 일을 간략하게 설명했다.

"오케이. 그럼 리스베트는 중환자실에 있다는 말이네."

"맞아. 상태가 얼마나 심각한지는 깨어나봐야 알 수 있어. 그건 그렇고, 리스베트에게 변호사가 한 명 필요하게 될 거야."

안니카는 잠시 생각에 잠겼다.

"리스베트가 나를 원할까?"

"아무 변호사도 원하지 않을 가능성도 있어. 누군가에게 도움을 청하는 스타일이 아니거든."

"내가 전에도 말했지만 리스베트에게 필요한 사람은 형사 전문 변호사일 거야. 그래도 오빠가 가지고 있는 자료를 한번 훑어볼 테니까 보내봐."

"에리카한테 얘기해서 사본을 하나 달라고 해."

여동생과 통화가 끝나자마자 미카엘은 에리카에게 전화를 걸었다. 휴대전화를 받지 않아 이번에는 〈밀레니엄〉 편집부 번호를 눌렀다. 전화를 받은 건 헨리 코르테스였다.

"편집장님은 나가셨어요."

미카엘은 헨리에게 상황을 요약해 설명한 후 에리카에게 이를 전해달라고 부탁했다.

"알겠습니다. 우리는 뭘 어떻게 하면 되죠?"

"글쎄, 오늘 할 일이 뭐 있겠어?" 미카엘이 대답했다. "난 잠 좀 자야겠어. 별일 없으면 스톡홀름에는 내일 돌아갈 거야. 이 사건은 〈밀레니엄〉 다음 호에나 실을 수 있으니 아직 한 달이나 남았다고."

미카엘은 전화를 끊었다. 그러고는 이불 속으로 기어들어가 삼십 초도 안 돼 곯아떨어졌다.

주경찰청 부청장 모니카 스퐁베리는 물잔 가장자리를 볼펜으로 탁탁 두드려 좌중에게 정숙할 것을 요청했다. 경찰청사 내 그녀의 집무실에는 회의 테이블 주위로 십여 명—여자 셋에 남자 일곱—이 모여 있었다. 강력반 반장과 부반장, 마르쿠스 엘란데르를 포함해 강력반 형사 세 명, 예테보리 경찰서 공보관, 그리고 검찰청에서 예비수사 책임자로 앙네타 예르바스가 나와 있었고, 스톡홀름 경찰청 강력반 소속인 소니아와 예르케르도 자리를 함께했다. 이들을 회의에 참석시킨 건 수도에서 온 동료들에게 기꺼이 그들과 협력할 의사가 있음을 보여주기 위해서였다. 진정한 경찰수사가 무엇인지 한번 보여주고 싶은 마음도 있었다.

남성들의 세계인 이곳에서 종종 홍일점이 되곤 하는 모니카 부청장은 형식적인 예절을 지키는 데 시간을 허비하지 않는 사람으로 유명했다. 유로폴 회의 참석차 마드리드에 가 있는 경찰청장이 경관이 살해됐다는 보고를 받고서 출장을 중단하고 귀국길에 올랐지만 이곳에는 오늘 저녁 늦게나 도착할 거라고 그녀가 설명했다. 그러고는 곧바로 강력반 반장 안데르스 페르손에게 고개를 돌려 상황을 설명해달라고 했다.

"군나르 안데르손이 노세브로 방면 도로변에서 살해된 지 이제 열시간이 조금 지났습니다. 살인범의 이름은 로날드 니더만. 사진은 확보하지 못했습니다."

"이십 년 전에 찍은 사진이 스톡홀름 서에 있습니다. 파올로 로베르토가 제공한 건데, 거의 사용하기 힘든 상태입니다." 예르케르가 말했다.

"좋습니다. 절도당한 경찰차는 오늘 아침 알링소스에서 발견됐습니다. 역에서 약 350미터 떨어진 갓길에 서 있었죠. 하지만 오늘 아침까지 그 일대에서 차량 도난신고는 없었습니다." 안데르스 페르손이 설명을 계속했다.

"수사 진행 상황은요?"

"우선 스톡홀름과 말뫼에서 오는 열차들을 확인하고 있습니다. 로날드에 대해 전국 수배령을 내렸고, 노르웨이와 덴마크 경찰에도 통보했습니다. 경찰관 서른여 명이 수사에 직접 투입됐으며 전 인원이 비상근무중입니다."

"찾아낸 건 없고요?"

"아직은 아무것도 없습니다. 하지만 로날드 같은 체격을 지닌 자가 사람들 눈에 띄지 않고 돌아다닐 수는 없는 법이죠."

"혹시 프레드리크 토르스텐손의 소식을 아는 분이 계십니까?" 강력반 형사 하나가 물었다.

"살그렌스카 병원에 입원했어요. 교통사고를 당한 사람처럼 심하게 다쳤어요. 인간이 완력만을 써서 그런 부상을 입힐 수 있다는 게 믿기지 않을 정도입니다. 갈비뼈가 부러졌고 여기저기 골절상을 입은데다 척추도 망가졌습니다. 퇴원 후에는 일부가 마비된 몸으로 살아가야 할지 모른답니다."

모든 이가 묵묵히 동료가 처한 상황을 생각하면서 몇 초를 보낸 후에 모니카가 다시 입을 열며 마르쿠스를 향해 몸을 돌렸다.

"고세베르가에서는 대체 무슨 일이 일어난 겁니까?"

"고세베르가에서요? 뭐, '토마스 파울손'이라는 사고가 있었죠."

자리에 모인 사람들의 입에서 거의 동시에 신음이 흘러나왔다.

"왜 그 빌어먹을 인간을 조기퇴직시키지 않는 거지? 그야말로 걸어다니는 재앙인데 말이야……"

"나도 토마스를 잘 알아요." 모니카가 딱딱하게 말을 끊었다. "그에 대해 불평하는 사람은 아무도 없었잖아요? 적어도 지난 이 년 동안은."

"저쪽 경찰서장이 토마스와 친한 친구 사이라 그를 감싸주는 모양입니다. 물론 선의로 한 행동일 테니 서장을 비난할 생각은 없어요. 하지만 어젯밤에 그가 저지른 일들은 너무나 이해하기 어려워서 심지어 그쪽 부하들이 제게 이야기해줄 정도였습니다."

"도대체 무슨 짓을 했는데요?"

마르쿠스는 곁눈으로 소니아와 예르케르를 힐끗 쳐다보았다. 자기 조직의 결함이 스톡홀름의 동료들에게 노출되는 걸 거북해하는 표정이 역력했다.

"가장 이상했던 점은 감식요원 하나를 보내 살라첸코가 발견된 헛간에서 목록을 작성하게 했던 것입니다."

"헛간에서 목록을 작성해요?" 모니카가 놀라며 되물었다.

"네…… 그러니까…… 거기에 장작이 몇 개나 있는지 알고 싶었던 거죠. 보다 정확한 보고서를 위해서요."

회의 테이블 주위에 잠시 무거운 침묵이 감돌았다. 마르쿠스가 다시 말을 이었다.

"토마스가 적어도 두 종류의 항정신성 약물을 복용하고 있다는 걸 오늘 아침에 알아냈습니다. 알프라졸람과 벤라팍신입니다. 사실 그는 병가를 내고 쉬어야 마땅한데 이런 상태를 동료들에게 숨겨왔어요."

"이런 상태, 라니요?" 모니카가 날카롭게 물었다.

"그에게 정확히 어떤 문제가 있는지는 모르겠습니다. 아시다시피 의사들은 직업상 비밀을 철저히 지키니까요. 하지만 토마스가 복용하는 항정신성 약물 중 하나는 강력한 안정제고, 다른 하나는 흥분제입니다. 한마디로 그는 지난밤에 약물을 복용하고 헤롱거리는 상태였어요."

"맙소사." 모니카가 신음하듯 내뱉었다. 그녀의 얼굴은 지난밤 예테보리를 뒤덮은 뇌운처럼 컴컴해졌다. "토마스와 얘기를 좀 해야겠어요. 지금 당장!"

"그건 어려워 보입니다. 오늘 아침에 과로로 쓰러져서 입원했어요. 하필 그때 그가 당직이었던 게 우리로서는 정말 재수 없는 일이었죠."

"질문이 하나 있습니다." 강력반 반장이 끼어들었다. "그럼 간밤에 토마스가 미카엘을 체포한 거였나요?"

"그가 작성한 보고서에 따르면 미카엘에게 공무원 모욕 및 폭력적인 저항, 그리고 불법무기소지 혐의가 있었답니다."

"그가 사실을 인정했어요?"

"모욕을 준 행위는 인정했지만 일종의 정당방위였다고 주장하고 있습니다. 그리고 자신이 저항한 일이 있다면 두 경찰이 지원인력도 없이 로날드를 데리러 가는 걸 막아보려고 일부러 강한 언어를 사용했다는 것뿐이에요."

"증인은 있고요?"

"프레드리크 토르스텐손과 군나르 안데르손, 두 사람뿐입니다. 저는 '폭력적인 저항' 운운하는 토마스의 보고서를 한순간도 믿지 않았어요. 그 목적이야 뻔하지 않겠어요? 나중에 미카엘이 자기를 고소할지도 모르니 미리 방어막을 쳐놓으려던 거죠."

"하지만 미카엘 혼자서 로날드를 제압했다면서요?" 앙네타 예르바스 검사가 물었다.

"무기로 위협해서요."

"미카엘에게 무기가 있었다는 말이네요. 그렇다면 그를 체포하려 했던 건 어쨌거나 근거 있는 행동이었어요. 무기는 어디서 난 거죠?"

"거기에 대해서는 변호사와 협의하기 전에는 발언하지 않겠답니다. 하지만 토마스는 미카엘이 먼저 무기를 맡기려고 하는데 체포해버린 겁니다."

"제가 비공식적인 제안을 하나 해도 될까요?" 소니아가 조심스럽게 입을 열었다. 모두가 그녀 쪽으로 고개를 돌렸다.

"저는 이번 수사를 해오면서 미카엘을 여러 차례 만났습니다. 기자치고는 정신이 제대로 박힌 사람이라는 느낌을 받았죠. 제가 알기로 검사님께서 그에 대한 기소 여부를 결정하신다고요……" 소니아가 쳐다보자 앙네타가 고개를 끄덕였다. "'모욕'이나 '폭력적 저항' 따위는 말도 안 되는 얘기들이니 검사님께서 간단히 무시하시리라 생각합니다."

"그럴 수 있겠죠. 하지만 불법무기소지는 좀더 심각한 문제예요."

"검사님이 조금만 기다려주셨으면 합니다. 미카엘은 이 사건에 얽힌 이야기를 혼자서 재구성해 알아냈어요. 지금 그가 경찰보다 한참 앞서 있다는 얘기죠. 이런 상황에서는 그와 좋은 관계를 유지하면서 협력하는 편이 낫다고 생각합니다. 괜히 그를 자극해서 언론을 통해 경찰 전체가 묵사발이 되는 것보다는 훨씬 유익하지 않을까요?"

소니아가 말을 마쳤다. 몇 초쯤 흐른 후 마르쿠스가 목청을 가다듬었다. 소니아가 저렇게 용기 있게 나오는데 자기만 눈치를 보고 싶지는 않았다.

"저도 같은 생각입니다. 저 역시 그가 분별력 있는 사람이라고 생각해요. 간밤에 그가 받은 부당한 대우에 대해서는 제가 사과했습니다. 지나간 일은 더이상 문제삼지 않을 듯 보였어요. 게다가 꽤나 강직한 사람이더군요. 리스베트의 거처를 찾아냈지만 우리에게 주소를 밝히기를 거부하고 있어요. 경찰과 한바탕 공개적인 설전도 불사하겠다는 태세입니다. 만약 그렇게 된다면 언론을 통해 나가는 그의 목소리는 토마스의 주장 따위보다 훨씬 무게가 있을 겁니다."

"그런데 그가 리스베트에 대한 정보를 경찰에 제공하지 않으려 한다고요?"

"그건 우리가 리스베트에게 직접 물어보면 되는 일이라고 하더군요."

"무기는 뭐였나요?"

"콜트 1911 거번먼트였습니다. 일련번호는 아직 모릅니다. 일단 과학수사연구소에 보냈고요. 그 총이 스웨덴 내에서 범죄행위에 쓰였는지도 아직 밝혀지지 않았습니다. 만일 그렇다면 이 문제를 전면적으로 재검토해야겠죠."

모니카가 볼펜을 치켜들었다.

"앙네타. 미카엘에 대한 예비수사 여부를 결정하는 건 당신이에요. 하지만 나로서는 과학수사 결과가 나올 때까지 기다리는 게 좋겠다고 말하고 싶네요. 자, 계속합시다. 이 살라첸코라는 사람…… 스톡홀름에서 오신 동료 분들, 이 사람에 대해 아는 것 좀 말씀해주시죠."

"사실은," 소니아가 대답했다. "어제 오후까지만 해도 우리 역시 살라첸코와 로날드에 대해 이름도 들어보지 못했어요."

"스톡홀름에서 당신들은 사탄주의 레즈비언 그룹을 쫓고 있다고 들었는데요?" 예테보리 서의 누군가가 말했다. 몇 사람은 슬며시 미소를 지었고, 예르케르는 자기 손톱만 들여다보았다. 소니아가 질문에 대답했다.

"우리끼리 얘깁니다만 사실 우리 쪽에도 '토마스 파울손'이 하나 있어요. 사탄주의 레즈비언 그룹이라는 멍청한 이야기는 그 사람 덕분에 빠지게 된 진창이었죠."

이어 약 삼십 분에 걸쳐 소니아와 예르케르는 지금까지의 수사 상황을 설명했다. 설명이 끝나자 테이블 주위에 오랫동안 침묵이 감돌았다.

"군나르 비에르크에 대한 정보가 정확하다면 앞으로 세포 쪽 애들 귀가 꽤 근지럽겠군요." 마침내 강력반 부반장이 한마디 덧붙였다. 이에 모두가 고개를 끄덕였고, 뒤이어 앙네타가 손을 들었다.

"지금 여러분이 품고 있는 의심들은 대부분 가정과 추측에 근거하고 있습니다. 검사로서 저는 확실한 증거가 없다는 게 마음에 걸리네요."

"우리도 그 점은 의식하고 있습니다." 예르케르가 대답했다. "무슨 일이 일어났었는지 대충은 알겠지만 아직 해결해야 할 의문점들이 꽤 많이 남아 있죠."

"당신이 쇠데르텔리에 부근의 뉘크바른에서 시체를 발굴했다고 들었어요." 이번에는 모니카가 물었다. "그렇다면 이 사건과 관련해 지금까지 파악된 살인이 전부 몇 건이나 되는 겁니까?"

예르케르는 피곤한 듯 눈을 껌뻑거렸다.

"우선 스톡홀름에서 발생한 살인 세 건에서 시작했습니다. 용의자는 리스베트였고, 변호사 닐스 비우르만, 기자 다그 스벤손, 그리고 박사 과정의 미아 베리만이 희생자였죠. 뉘크바른의 창고 부근에서는 지금까지 무덤 세 개가 발견됐습니다. 첫번째 무덤에는 꽤나 이름이 알려져 있던 마약상 겸 잡범 하나가 토막 난 상태로 묻혀 있었고, 두번째 무덤에서는 신원미상의 여자가 나왔습니다. 세번째 무덤이 가장 오래된 걸로 보이는데 아직 완전히 발굴하지 못한 상황입니다. 미카엘은 여기에다 몇 달 전 쇠데르텔리에에서 살해당한 성판매 여성까지도 연결시키고 있어요."

"이번에 고세베르가에서 살해된 군나르 안데르손까지 합치면 최소한 여덟 건의 살인이라는 얘긴데…… 정말이지 소름끼치는 숫자군요. 이 살인 사건들 전부 로날드에게 혐의를 두는 겁니까? 만일 그렇다면 이자는 미치광이에 연쇄살인범이란 얘긴데……"

소니아와 예르케르는 서로 시선을 교환했다. 이제 자신들의 입장을 분명히 밝혀야 할 순간이었다. 소니아가 입을 열었다.

"아직 결정적 증거를 확보하지 못했지만 우리 쪽 수사팀장 얀 부블란스키 형사와 저는 미카엘의 주장에 무게를 두고 있어요. 스톡홀름에서 일어난 살인 사건 세 건이 로날드의 소행이라는 얘기 말입니다. 이는 리스베트의 결백을 의미하겠죠. 그리고 로날드는 무덤세 개가 발견된 뉘크바른의 창고와도 관련이 있어요. 리스베트의 친구인 미리암 우를 납치해 간 곳이 바로 거기니까요. 십중팔구 그녀는 거기에 묻히는 네번째 희생자가 되었겠죠. 하지만 문제의 창고는 MC 스바벨셰 회장의 친척이 소유한 곳이라 희생자들의 신원이 밝혀지기 전까지는 결론을 보류해야 할 겁니다."

"한 사람은 신원이 확인됐다고 했는데……"

"켄네트 구스타프손입니다. 당시 44세로 마약상이었고요. 십대 때부터 온갖 범죄를 저질러 악명을 떨쳤죠. 여기서 금방 떠오르는 가정은 그가 조직 내부에서 벌어진 복수극에 희생되었다는 겁니다. MC

스바벨셰는 메스암페타민 판매를 포함해 온갖 범죄들에 연루되어 있거든요. 그렇다면 그 장소는 MC 스바벨셰와 문제를 일으킨 사람들을 처리해온 공동묘지일 가능성이 있습니다. 반면……"

"반면?"

"쇠데르텔리에에서 살해된 그 성판매 여성 말이에요. 당시 22세, 이름은 이리나 페트로바."

"그런데요?"

"부검 결과를 보면 이리나는 특히 잔혹하게 희생됐어요. 야구방망이 혹은 그와 유사한 둔기에 맞아 죽은 사람에게서 발견되는 상처들이 있었죠. 그런데 그 외상들을 판별하기가 쉽지 않아서 아직까지 법의관들은 어떤 둔기가 쓰였는지 밝혀내지 못하고 있어요. 여기서 미카엘이 아주 날카로운 지적을 했습니다. 이리나의 상처는 사람이 맨손으로 만들어낸 것일 수 있다는……"

"로날드?"

"상당히 타당성 있는 가정이에요. 아직 증거는 없지만."

"자, 그럼 이제 어떻게 해야 하죠?" 모니카가 물었다.

"저는 우선 얀과 상의해봐야겠어요. 논리적으로 다음 단계는 살라첸코를 심문하는 일이겠죠. 스톡홀름에서 벌어진 살인 사건들에 대해 그가 무슨 말을 할지 궁금하니까요. 당신들은 살라첸코의 사업에서 로날드가 어떤 역할을 맡았었는지 알아내야겠죠. 그러다보면 어디로 가야 그를 잡을 수 있는지도 알 수 있을 겁니다."

예테보리의 형사 하나가 검지를 치켜들었다.

"질문이 하나 있습니다. 고세베르가의 농가에선 무얼 찾아냈죠?"

"별건 없어요." 마르쿠스가 대답했다. "권총 네 정뿐이었죠. 기름칠하려고 식탁 위에 분해해둔 시그사우어 한 정, 긴 의자 옆에 떨어져 있던 폴란드제 P-83 바나드 한 정, 그리고 미카엘이 토마스에게 맡기려고 했던 콜트 1911 거번먼트 한 정. 마지막으로 브라우닝 22구

경은 다른 총들에 비해 장난감처럼 보일 정도로 소형이죠. 리스베트
가 뇌에 총알이 박힌 채 살아 있는 걸로 보아 아마 이 총에 맞지 않았
나 싶어요."

"다른 건 없습니까?"

"20만 크로나가 넘는 현금 자루 하나요. 로날드가 쓰는 이층 방에
있었습니다."

"그게 그의 방인지 어떻게 알죠?"

"로날드는 XXL 사이즈를 입잖아요. 살라첸코는 기껏해야 M 사이
즈 체격이고."

"살라첸코를 범죄행각에 결부시킬 만한 단서라도 있었습니까?" 이
번에는 예르케르가 물었다.

마르쿠스는 고개를 저었다.

"모든 건 압수된 무기들을 어떻게 해석하느냐에 달려 있어요. 이
무기들과 집 주변에 설치된 최첨단 전자 감시장치 말고는 이 고세베
르가 농가를 보통 시골집과 구별할 만한 점이 전혀 발견되지 않았어
요. 가구는 거의 보이지 않았고요."

정오를 조금 앞둔 시각, 제복 차림의 한 경찰관이 노크를 하고 들
어와 모니카 스퐁베리에게 종이를 한 장 내밀었다. 그녀는 손가락 하
나를 들어올리며 말했다.

"지금 신고 전화가 들어왔는데, 알링소스에서 사람 한 명이 실종됐
습니다. 오전 7시 30분, 27세 치과 간호사 아니타 카스페르손이 집에
서 나섰고, 유치원에 아이를 맡긴 그녀가 정상대로라면 8시 이전에
직장에 도착해야 했답니다. 하지만 그러지 않았고요. 도난당한 경찰
차가 발견된 자리에서 약 150미터 떨어진 곳에 그녀가 일하는 치과
가 있다고 합니다."

마르쿠스와 소니아가 거의 동시에 각자의 손목시계를 들여다보
았다.

"네 시간 전이네…… 차종이 뭐죠?"

"1991년형 진청색 르노입니다. 자, 이건 차량 등록번호예요."

"즉시 이 차량에 대해 전국 수배령을 내려야 해요. 지금쯤이면 오슬로나 말뫼, 스톡홀름까지 갔을지도 모릅니다."

잠시 후 그들은 소니아와 마르쿠스가 함께 살라첸코를 심문하기로 결정하고는 회의를 마쳤다.

헨리는 눈썹을 찌푸리고 에리카가 그녀의 사무실에서 나와 탕비실로 들어가는 모습을 눈으로 좇았다. 잠시 후 에리카는 커피가 든 머그잔을 들고 자기 방으로 돌아갔다. 그러고는 방문을 닫아버렸다.

헨리로서는 도대체 뭐가 문제인지 영문을 알 수 없었다. 〈밀레니엄〉은 모든 직원이 서로 숨기는 것 없이 터놓고 지내는 작은 회사였다. 그는 이 잡지사에서 사 년 전부터 파트타임으로 일해왔고, 엄청난 풍파도 몇 차례 겪었다. 미카엘이 명예훼손죄로 석 달간 감옥에 들어가 있었을 때가 가장 어려운 시기였다. 동료 다그 스벤손과 그의 부인 미아 베리만을 잃는 아픔도 겪어야 했다.

이 모든 폭풍우 속에서 에리카는 그 무엇에도 흔들릴 것 같지 않은 견고한 기둥이었다. 이날 에리카가 꼭두새벽부터 자신과 로티 카림을 회사로 불러냈지만 그다지 놀라지 않았다. 리스베트 사건은 마침내 그 실체를 드러내기 시작했고, 미카엘은 예테보리에서 한 경찰관이 살해된 사건에 연루되어 있었다. 이렇듯 상황이 급박하게 돌아갔지만 모든 게 제대로 통제되고 있었다. 로티 카림은 무언가 확실한 정보를 얻어보려고 쿵스홀멘 경찰청에 갔다. 그리고 헨리 자신은 이곳저곳에 전화를 걸어보고, 간밤의 사건들을 재구성해보려고 애쓰면서 아침나절을 보냈다. 미카엘과도 통화를 시도해봤지만 전화를 받지 않았다. 하지만 헨리는 다양한 통로를 통해 밤사이에 일어난 일에 대해 비교적 선명한 그림을 얻어낼 수 있었다.

반면, 에리카는 정신이 딴 데 팔린 듯 오전 내내 멍한 얼굴을 하고 있었다. 그녀가 자기 사무실 문을 닫아두는 경우는 극히 드물었다. 손님이 있을 때나 작업에 집중해야 할 때가 아니면 거의 일어나지 않는 일이었다. 오늘 오전에는 방문객도 없었고, 일하는 것도 아니었다. 헨리는 두어 번 새로 들어온 소식을 보고하러 노크를 하고 그녀의 방에 들어갔었다. 그때마다 그녀는 창문 앞 소파에 몸을 묻은 채무언가 깊은 생각에 잠겨 저 아래 예트가탄 거리를 지나는 인파를 멍한 눈으로 내려다보고 있었다.

뭔가 문제가 있는 게 분명했다.

문 쪽에서 나는 초인종 소리에 헨리는 상념에서 깨어났다. 나가서 문을 열어보니 안니카 잔니니가 서 있었다. 그는 미카엘의 여동생을 여러 차례 만난 적 있었지만 그리 친한 사이는 아니었다.

"안녕하세요, 안니카 씨." 그가 인사를 했다. "오늘 미카엘 기자님은 여기 없어요."

"알고 있어요. 에리카를 만나러 왔어요."

헨리가 안니카를 들여보내자 창가 소파에 앉아 있던 에리카가 재빨리 몸을 추슬렀다. 방에는 두 여자만 남았다.

"안녕하세요." 에리카가 인사했다. "미카엘은 오늘 여기 없어요."

안니카는 미소를 지었다. 그녀는 상대방의 얼굴에서 어두운 그림자를 감지했다.

"네, 알고 있어요. 군나르 비에르크가 세포에 제출한 보고서 때문에 왔어요. 내가 리스베트를 변호하게 될지도 모르니 한번 훑어보라고 미카엘이 부탁해서요."

에리카는 고개를 끄덕였다. 그러고는 일어나서 책상 위에 놓인 문서철 하나를 집어 안니카에게 건넸다.

문서철을 받아든 안니카는 잠시 머뭇거렸다. 그대로 방을 나가려다가 생각을 바꿔 에리카 앞에 마주앉았다.

"이건 그렇고…… 뭐 안 좋은 일이라도 있어요?"

"내가 곧 〈밀레니엄〉을 떠나게 돼요. 그런데 아직 미카엘에게 말을 꺼내지도 못했어요. 리스베트 문제로 너무도 정신이 없어서 조용히 얘기할 기회가 없었죠. 게다가 그에게 말하기 전에 다른 사람들에게 말할 수도 없는 노릇이고요. 어쨌거나 지금 이런 제가 몹쓸 인간처럼 느껴져요."

안니카는 아랫입술을 깨물며 걱정스러운 표정을 지었다.

"자, 그럼 대신 내게 얘기해보세요. 왜 떠나게 됐어요?"

"〈SMP〉에서 편집국장 직을 제안했어요."

"세상에나! 이건 슬퍼하거나 이를 갈 게 아니라 축하해야 할 일이 잖아요!"

"하지만 이런 식으로 〈밀레니엄〉을 떠날 생각은 없었어요. 이렇게 끔찍한 폭풍우 속을 지나는 배에서 나만 혼자 빠져나간다는 건 정말…… 그런데 마른하늘에서 날벼락이 떨어지듯 갑작스럽게 제안이 왔을 때 도저히 거절할 수 없었어요. 일생에 한 번밖에 없을 기회이니까요. 게다가 이 제안은 다그와 미아가 살해되기 직전에 받은 것이라 그 난리통에 차마 얘기를 꺼낼 수 없었죠. 지금은 내가 세상에서 제일 나쁜 년 같다는 생각이 들어요."

"그 심정 충분히 이해해요. 그래서 차마 미카엘에게 사실을 털어놓지 못하고 있군요."

"아무에게도 얘기하지 못했어요. 사실 〈SMP〉의 편집국장 일을 이번 여름이 지나고 시작하게 될 줄 알았어요. 사람들에게 알릴 시간이 충분하다고 생각했죠. 하지만 그사이 저쪽도 사정이 생겨서 내가 당장 일을 시작하기를 원해요."

그녀는 입을 다물고 안니카를 쳐다보았다. 금방이라도 울음을 터뜨릴 듯한 얼굴이었다.

"사실상 지금이 내가 〈밀레니엄〉에서 일하는 마지막 주예요. 다음

주에는 여행을 떠나요. 그리고…… 재충전하려면 이 주일쯤 휴가가 필요하겠죠. 5월 1일부터는 〈SMP〉에서 일을 시작해야 해요."

"그럼 당신이 차에 치였다고 가정해봐요. 그럼 여긴 곧바로 편집장 없는 회사가 되지 않나요?"

에리카가 시선을 치켜들었다.

"나는 차에 치인 게 아니잖아요. 몇 주간 이 사실을 의도적으로 숨겨왔다고요."

"지금 이곳 상황이 어렵다는 건 나도 이해해요. 하지만 미카엘과 크리스테르, 그리고 다른 직원들이 충분히 헤쳐나갈 수 있을 거예요. 다만 이 사실을 빨리는 알려야 할 것 같네요."

"그래요. 하지만 당신의 그 빌어먹을 오라버니는 오늘 예테보리에 있어요. 쿨쿨 자고 있는지 전화도 안 받네요."

"그러게요. 전화를 안 받기로는 미카엘만큼 재능이 뛰어난 사람이 없죠. 하지만 에리카, 이건 단지 당신과 미카엘만의 문제가 아니에요. 두 사람이 이십 년간 동고동락하면서 이 일을 함께 해왔다는 건 나도 알지만, 크리스테르와 다른 직원들 생각도 해야 하지 않겠어요?"

"이렇게 끝까지 감추고 있었다는 걸 미카엘이 알면……"

"그래요. 물론 놀라서 펄쩍 뛰겠죠. 그런데 이십 년간 당신이 단 한 번 저지른 실수를 그가 받아주지 못한다면요? 미카엘이 그런 사람이라면 당신은 이십 년간 헛수고한 거예요.."

에리카는 한숨을 내쉬었다.

"자, 힘을 내요! 크리스테르와 다른 사람들을 불러요. 지금 당장!"

크리스테르는 몇 초 동안 멍하게 앉아 있었다. 〈밀레니엄〉의 조그만 회의실에 전 직원이 모였다. 금요일이라 일찍 퇴근하려고 준비하고 있는데 에리카가 불과 몇 분 전에 모두를 불러 모았다. 크리스테르는 자신만큼이나 놀라 입을 딱 벌린 헨리와 로티를 힐끗 쳐다보았다. 편집차장 말린 역시 얼떨떨한 표정이었고, 모니카 닐손과 광고 담당 소니 망누손도 마찬가지였다. 이 자리에 없는 직원은 예테보리에 가 있는 미카엘뿐이었다. 크리스테르의 머릿속에 이런 생각이 스쳤다.

맙소사. 미카엘도 이 사실을 모르고 있었다니! 대체 녀석이 어떻게 반응할까?

에리카가 말을 마치자 그는 회의실 안에 새하얀 정적이 감도는 걸 느꼈다. 크리스테르가 부르르 고개를 흔들고 일어섰다. 그러고는 에리카를 포옹하며 뺨에 가볍게 키스했다.

"축하해, 리키! 〈SMP〉의 편집국장이라니. 우리 조그만 〈밀레니엄〉에서 그야말로 거물이 나온 거네."

헨리도 멍한 상태에서 깨어나 갑자기 박수를 치기 시작했다. 에리카가 손을 들었다.

"그만! 오늘 난 박수를 받을 자격이 없어."

그녀는 말을 잠시 멈추고 좁은 회의실에 앉아 있는 사람들을 둘러보았다.

"그러니까…… 이런 식으로 작별을 알리게 돼서 정말로 미안해. 사실은 몇 주 전부터 여러분에게 말하려고 했는데 살인 사건이 일어나고서 모든 게 너무도 정신없이 돌아갔어. 미친듯이 일하고 있는 미카엘과 말린에겐 말을 꺼낼 기회 자체가 없었지. 그래서 결국 이렇게 되어버렸네."

말린은 끔찍할 정도로 분명히 깨달았다. 에리카가 떠나고 나면 이 편집부에서 그녀의 빈자리가 얼마나 크게 느껴질 것인가를. 어떤 일이 일어나든, 주위의 상황이 얼마나 혼란스럽든, 폭풍우 속에서도 끄떡하지 않는 에리카는 말린이 언제나 기댈 수 있는 바위였다. 그렇다…… 스웨덴 최대의 조간 일간지를 보유한 언론이 그녀를 스카우트한 건 조금도 놀라운 일이 아니었다. 하지만 이제 어떻게 해야 한단 말인가? 지금까지 에리카는 〈밀레니엄〉의 중심, 그 자체였는데.

"몇 가지 분명히 해둘게. 내가 떠나면 〈밀레니엄〉이 다소 혼란스러워질 거라는 건 나도 잘 알고 있어. 내가 원하는 바는 아니지만 부인할 수 없는 사실이지. 첫째, 난 〈밀레니엄〉을 완전히 내팽개치지 않을 거야. 여전히 주주로 남아 이사회에도 꼬박꼬박 참석할 거야. 편집권에 대해선 물론 아무런 영향력도 행사하지 못하겠지. 내가 일할 신문사와 이해관계가 충돌할 수 있으니."

크리스테르가 묵묵히 고개를 끄덕였다.

"둘째, 나는 공식적으로 여기서 4월 30일까지 근무해. 하지만 실제로는 오늘이 마지막날이지. 다음주에 휴가를 떠나거든. 여러분도 알다시피 이건 오래전에 결정된 일이니까. 그리고 휴가가 끝난 후에 인수인계를 하러 다시 출근하지 않을 거야."

에리카는 잠시 멈췄다가 다시 말을 이었다.

"〈밀레니엄〉 다음 호는 내 컴퓨터 안에 준비되어 있어. 몇 가지 디테일만 다듬으면 될 거야. 내가 작업한 마지막 호가 되겠지. 그다음부터는 누군가 다른 사람이 내 일을 맡아줘야 해. 오늘 저녁에 내 책상을 깨끗이 치워놓을게."

회의실 안에는 침 삼키는 소리 하나 들리지 않았다.

"새 편집장은 이사회가 협의해서 선택해야겠지. 하지만 편집부 직원들도 같이 논의해야 할 문제야."

"미카엘이 좋겠지." 크리스테르가 제안했다.

"아니, 다른 사람은 몰라도 미카엘은 안 돼. 여러분이 선택할 수 있는 최악의 편집장이 될 테니까. 미카엘은 발행인으로서 완벽하고, 결함 있는 글을 출판할 수 있는 기사로 만들어내는 데 천재적이야. 하지만 그렇게 하면서 시간을 질질 끌지. 편집장은 재빠르고도 공격적인 사람이어야 해. 게다가 미카엘은 자기 앞에 놓인 문제들에 파묻히는 경향이 있는데다 때로는 몇 주씩 잠적해버리기도 하잖아. 한번 불이 붙으면 완벽한 기자이지만 규칙적인 업무에는 꽝인 사람이야. 여러분 모두가 알다시피."

크리스테르가 고개를 끄덕였다.

"〈밀레니엄〉이 여태까지 잘 굴러왔다면 그건 당신과 미카엘이 서로를 잘 보완해왔기 때문이었어."

"아니, 그렇지도 않아. 미카엘이 저 헤데스타드 산골짜기에 일 년이나 고집스럽게 처박혀 있을 때를 생각해봐. 그때 〈밀레니엄〉은 그가 없어도 잘 돌아갔어. 그리고 지금은 나 없이 잘 돌아가야 해."

"오케이. 그렇다면 네 계획은 뭔데?"

"크리스테르, 난 당신을 편집장으로 선택하고 싶어."

"오, 난 절대로 안 돼!" 크리스테르가 두 손을 번쩍 들었다.

"…… 물론 네가 거절할 줄 알았기 때문에 다른 해결책을 생각해놨지. 말린, 오늘부터 네가 임시 편집장이야."

"제가요?" 말린이 놀라 외쳤다.

"그래. 지금까지 편집차장으로서 훌륭하게 잘해왔잖아."

"하지만 저는……"

"한번 해봐. 오늘 저녁에 책상을 치워놓을 테니 월요일 아침에 물건을 옮기도록. 5월호는 거의 다 준비됐으니 벌써 짐 하나는 덜었잖아. 두 달 합병호인 6월호만 내고 나면 한 달간 여름휴가야. 그렇게 해보다가 잘 안 되면 8월에 다른 사람을 찾도록 해. 헨리는 풀타임 직원이 됐으니 말린의 편집차장 자리를 이어받도록 해. 그리고 헨리의 자리를 채울 직원을 하나 채용하고. 이 모든 건 여러분과 이사회가 결정할 일이지만."

에리카는 입을 다물고 생각에 잠긴 눈으로 직원들을 천천히 둘러보았다.

"한 가지 더. 이제부터 난 다른 신문사에서 일해. 〈SMP〉와 〈밀레니엄〉이 실제적인 경쟁관계는 아니지만 다음 호에 실릴 내용 그 이상을 내가 알아선 안 되지. 그러니까 이제부터 여러분은 모든 걸 말린과 상의하도록."

"리스베트 사건은 어떻게 하죠?" 헨리가 물었다.

"그건 미카엘하고 상의해. 리스베트에 관한 정보는 나도 알고 있지만 그건 봉인할 거야. 〈SMP〉로는 가져가지 않겠다는 뜻이야."

문득 에리카는 깊은 안도감을 느꼈다.

"자, 내가 할말은 이게 다야." 그녀는 이렇게 말하고 몸을 일으킨 후 아무런 말 없이 자기 사무실로 돌아갔다.

직원들은 멍한 얼굴로 제자리에 앉아 있었다. 그리고 한 시간 후, 말린이 에리카의 사무실 문을 두드렸다.

"계세요?"

"응?" 에리카가 고개를 들었다.

"직원들이 할 얘기가 있대요."

"뭔데?"

"편집장님이 직접 오셔야 해요."

에리카는 일어나서 사무실을 나왔다. 테이블 위에 커다란 케이크와 함께 커피가 준비되어 있었다.

"진짜 환송회는 나중에 열기로 하고……" 크리스테르가 설명했다. "우선은 커피와 케이크로 대신하자고."

이날 처음으로 에리카의 얼굴에 미소가 떠올랐다.

3장
4월 8일 금요일~4월 9일 토요일

저녁 7시, 소니아와 마르쿠스가 병실에 들어섰을 때 살라첸코는 여덟 시간 전부터 깨어 있었다. 그는 광대뼈의 꽤 넓은 부위를 다시 맞추고 티타늄 나사로 고정하는 비교적 큰 수술을 받아야 했다. 머리는 붕대로 칭칭 감겨 있어서 왼쪽 눈 하나만 빼꼼 나와 있었다. 의사가 설명하기를 도끼질에 광대뼈가 으스러졌고 이마에도 큰 손상을 입었으며, 오른쪽 얼굴의 살점은 대부분 떨어져나간데다 안와는 위치가 어긋나버렸다고 했다. 이러한 상처들은 극심한 통증을 유발했다. 살라첸코는 많은 양의 진통제를 맞은 상태였지만 정신은 비교적 또렷했고 말도 할 수 있었다. 하지만 그를 피로하게 해서는 안 된다는 주의를 받았다.

"안녕하십니까, 살라첸코 씨." 소니아가 인사를 건넸다. 그녀는 자신을 소개한 다음 이어서 동료 마르쿠스도 소개했다.

"칼 악셀 보딘이라고 하오." 살라첸코는 꽉 다문 치아 사이로 힘들게 말했다. 차분한 목소리였다.

"당신이 누군지는 잘 알고 있어요. 당신과 관련된 세포의 보고서를 읽어거든요."

물론 이건 사실이 아니었다. 세포는 그녀에게 어떤 문건도 넘긴 일이 없었다.

"그건 아주 오래전 얘기요." 살라첸코가 대꾸했다. "지금 내 이름은 칼 악셀 보딘이라고."

"그래, 몸은 좀 어때요?" 소니아가 말을 이었다. "지금 얘기를 좀 나눌 만한가요?"

"내 딸년을 고소할 참이오. 그년이 날 죽이려 했어."

"우리도 알고 있어요. 그 일도 때가 되면 수사를 받아야겠죠." 이번에는 마르쿠스가 말했다. "지금은 그보다 더 시급한 일을 얘기해야 됩니다."

"아니, 살인미수보다 더 급한 게 있다고?"

"스톡홀름에서 일어난 세 건의 살인 사건, 뉘크바른에서 발견된 최소 세 구의 시체, 그리고 한 건의 납치 사건에 대해 질문을 좀 하겠습니다."

"거기에 대해서 난 아무것도 모르오. 누가 죽었는데?"

"보딘 씨. 우리는 당신의 동업자인 35세 로날드 니더만이 이 사건들의 범인이라는 혐의를 포착했습니다. 지난밤엔 트롤헤탄의 한 경찰관을 살해하기도 했고요."

소니아는 마르쿠스가 살라첸코의 뜻대로 그를 보딘이라고 부르는 모습을 보고 적잖이 놀랐다. 그는 마르쿠스를 볼 수 있게끔 머리를 조금 돌렸다. 그의 목소리가 사뭇 부드러워졌다.

"음…… 유감이군. 난 로날드가 무슨 짓을 하고 다니는지 모르오. 그리고 난 경찰관을 죽인 일이 없소. 오히려 간밤에 누가 날 죽이려 했다고."

"로날드는 지금 지명수배된 상태입니다. 그가 숨어 있을 만한 곳을 혹시 아십니까?"

"난 그가 어떤 자들하고 몰려다니는지 전혀 모르오. 난……"살라첸코가 잠시 머뭇거렸다. 그러더니 은근한 목소리로 말을 이었다. "그래, 우리끼리 얘긴데…… 나도 가끔 로날드 때문에 걱정을 했었소."

마르쿠스가 그에게로 약간 몸을 굽혔다.

"왜 그랬죠?"

"사납게 돌변할 수 있는 놈이란 걸 알게 됐으니까. 맞소. 난 그놈이 두려웠소."

"로날드에게서 위협을 느꼈단 말인가요?" 마르쿠스가 물었다.

"그렇소. 난 노인네요. 스스로 방어할 힘이 없는 사람이지."

"그와는 어떤 관계인지 설명해주시겠습니까?"

"난 장애인이요." 살라첸코가 자신의 다리를 가리켰다. "사실 딸년이 날 죽이려고 한 게 이번이 벌써 두번째라오. 어쨌든 이런 몸이라서 여러 해 전에 로날드를 조수로 고용했소. 날 보호해줄 거라고 생각했지만 도리어 그놈이 내 삶을 접수해버렸소. 제멋대로 쏘다녔고, 내 말은 씨도 먹히지가 않았소."

"그가 어떤 일로 당신을 도왔죠?" 소니아가 말을 끊고 끼어들었다. "당신이 손수 하기 힘든 일들을 해준 건가요?"

살라첸코는 한쪽 눈으로 한참 동안 소니아를 물끄러미 쳐다봤다.

"십여 년 전에 리스베트가 당신 차 안에 휘발유가 든 우유팩 하나를 던진 일이 있지요." 소니아가 말을 이었다. "그녀가 왜 그런 행동을 하게 됐는지 설명해줄 수 있습니까?"

"그 질문은 내 딸년에게 직접 하는 게 좋을 거요. 그년은 정신병자라고."

그의 목소리에서 다시 적의가 느껴졌다.

"1991년에 리스베트가 당신을 공격한 데는 아무런 이유가 없었다는 말인가요?"

"내 딸년은 정신병자라니까. 그걸 증명하는 서류도 있다고."

소니아는 얼굴을 찌푸리며 옆으로 고개를 돌렸다. 살라첸코는 그녀가 질문을 하면 훨씬 더 공격적이고 부정적인 태도를 보인다는 것을 느낀 것이다. 마르쿠스 역시 그걸 느끼고 있는 듯했다. 오케이……당신에겐 좋은 경찰과 나쁜 경찰이 있단 말이지? 소니아는 목소리를 높였다.

"리스베트의 행동이 당신이 저지른 일과도 관계가 있다고 생각하지 않나요? 당신은 그녀의 어머니를 폭행해서 회복 불가능한 뇌 손상을 입혔다던데."

살라첸코는 소니아를 쳐다보았다.

"다 헛소리요. 그애 어미는 창녀였다고. 손님들이 팼겠지. 난 가끔 들르기만 했을 뿐이오."

소니아가 눈썹을 치켜세웠다.

"그럼 당신은 아무 죄도 없다는 말인가요?"

"물론이오."

"살라첸코…… 지금 내가 당신 말을 제대로 이해한 건지 다시 한번 확인해봅시다. 그러니까 당신은 당시 연인이었던 앙네타 소피아 살란데르, 즉 리스베트 살란데르의 모친을 폭행했다는 사실을 부인하는 건가요? 세포에서 당신을 담당했던 군나르 비에르크가 쓴 장문의 비밀 보고서에 이 모든 일들이 언급되고 있는데도요?"

"난 한 번도 유죄판결을 받은 적이 없소. 기소된 일도 없고. 그 첩보경찰 얼간이가 뭐라고 써놨는지는 모르지만 난 그런 짓을 한 적이 없소. 혐의가 있었다면 최소한 경찰 조사라도 받았을 것 아니요?"

소니아는 말문이 막혀버렸다. 살라첸코는 붕대 뒤에서 미소를 짓고 있는 듯했다.

"내 딸년을 고소하고 싶소. 날 살해하려 한 혐의로."

소니아는 한숨을 내쉬었다.

"리스베트가 왜 당신 머리통에 도끼를 박아야 할 필요를 느꼈는지 이제 이해되기 시작하는군."

마르쿠스가 목청을 가다듬었다.

"죄송합니다만, 보딘 씨…… 로날드 니더만의 활동에 대해 당신이 알고 있는 이야기로 돌아와볼까요?"

소니아는 살라첸코의 병실 앞, 병원 복도에서 얀 부블란스키 형사에게 전화를 걸었다.

"아무것도 못 건졌어요."

"아무것도?" 얀이 되물었다.

"리스베트를 폭행과 살인미수 혐의로 고소할 거래요. 스톡홀름 살인 사건들과 자신은 아무런 관련이 없다고 주장하고 있고요."

"고세베르가 농가에 리스베트가 매장된 사실은 어떻게 설명하던가?"

"감기에 걸려서 그날 하루종일 잠만 잤대요. 리스베트가 고세베르가에서 총을 맞았다면 아마도 로날드가 제멋대로 한 짓일 거라고요."

"오케이. 다른 건 없어?"

"리스베트는 브라우닝 22구경 권총에 맞았어요. 그래서 아직 살아 있는 거죠. 무기는 찾아냈어요. 살라첸코는 그 무기가 자기 것이라고 인정했고요."

"아하, 그렇다면 우리가 거기서 자기 지문을 찾아내리라는 것도 알겠네."

"그렇죠. 하지만 그는 자기 책상 서랍 속에서 그 총을 마지막으로 봤다고 주장하고 있어요."

"그가 자고 있을 때 그 신통방통한 로날드가 권총을 가져다가 리스베트를 쐈다는 말이군. 어떻게 반박할 수는 없겠어?"

소니아는 잠시 생각해본 후에 대답했다.

"스웨덴 법제와 경찰수사 절차를 잘 알고 있는 작자예요. 모든 혐의를 부인하면서 로날드에게 돌리고 있죠. 지금으로선 우리가 무엇을 입증할 수 있을지 전혀 모르겠어요. 우선은 마르쿠스에게 살라첸코가 입고 있었던 옷을 과학수사연구소에 보내달라고 요청했어요. 혹시 화약이 묻어 있을까 해서요. 이틀 전에 그 총으로 사격 연습을 했다고 둘러대겠죠."

리스베트는 아몬드와 에탄올이 섞인 듯한 냄새를 맡았다. 마치 입속에 술이 든 것만 같았다. 삼키려고 해봐도 혀가 뻣뻣하게 마비된 상태였다. 눈을 떠보려고도 했으나 잘 되지 않았다. 멀리서 누군가 자신에게 말을 거는 듯한 소리가 들려왔지만 무슨 뜻인지 알 수 없었다. 갑자기 그 목소리가 맑고 또렷해졌다.

"깨어나고 있나봐요."

누군가 이마를 만지자 그녀는 그 짜증나는 손을 뿌리치려고 했다. 그 순간 왼쪽 어깨에 강렬한 고통이 파고들었다. 리스베트는 몸에서 힘을 빼지 않을 수 없었다.

"내 목소리 들려요?"

꺼져.

"눈 뜰 수 있겠어요?"

뭐야, 계속 날 성가시게 하는 이 개자식은?

결국 리스베트는 눈을 떴다. 처음엔 이상한 불빛 같은 것들만 보이더니 이윽고 실루엣 하나가 어렴풋하게 나타났다. 그녀는 초점을 맞추려고 애썼지만 실루엣은 끊임없이 미끄러져 달아났다. 엄청난 숙취로 해롱거리는 느낌인데다 침대는 계속 뒤쪽으로 기울어지는 것만 같았다.

"진…… 통……" 그녀가 말했다.

"뭐라고 말했죠?"

"개…… 자식……"

"그래, 좋아요. 자, 다시 한번 눈을 떠볼래요?"

그녀의 얼굴에 가느다란 홈이 두 개 벌어졌다. 망막에 낯선 얼굴이 비쳤고, 그녀는 아주 세세한 부분까지 머릿속에 입력했다. 금발에 푸른 눈이 강렬한 남자였다. 그의 각진 얼굴이 수십 센티미터 위쪽에서 비스듬히 기울어져 그녀의 얼굴을 내려다보고 있었다.

"안녕하세요? 안데르스 요나손이에요. 난 의사예요. 지금 당신은 병원에 있고요. 중상을 입어서 수술을 받고 지금 깨어났어요. 당신 이름이 뭔지 알아요?"

"살란데……" 그녀가 대답했다.

"좋아요. 내가 부탁 하나 할게요. 자, 열까지 세어볼까요."

"하나, 둘, 넷…… 아니, 셋, 넷, 다섯, 여섯……"

그리고 그녀는 다시 잠이 들었다.

안데르스는 리스베트가 보인 반응에 흡족해했다. 그녀는 자기 이름을 말했고 숫자도 셌다. 다시 말해 인지능력에 이상이 없는데다 식물인간이 되지도 않았다는 뜻이었다. 그는 리스베트가 깨어난 시각인 밤 9시 6분을 기록했다. 수술을 마친 뒤 열여섯 시간 하고도 조금 더 지난 때였다. 그는 낮 동안 집에서 잠을 자다가 저녁 7시 무렵에야 살그렌스카 병원으로 돌아온 터였다. 사실 이날은 비번이었지만 처리해야 할 서류가 잔뜩 쌓여 있었다.

그런데 자신도 모르게 발걸음이 중환자실로 향했다. 아침에 자신이 뇌를 마구 헤집어놓은 그 환자가 보고 싶어서였다.

"이 환자, 더 자게 해요. 뇌파계에서 눈을 떼지 말고요. 뇌에 부종이나 출혈이 있을지도 모르니까. 그리고 어깨를 움직이려고 하면 통증이 심한 모양이에요. 잠에서 깨면 시간당 2밀리그램씩 모르핀을 투여해주세요."

살그렌스카 병원의 중앙 출입구를 나서는 그는 이상하게도 낙관적인 기분이 들었다.

새벽 2시가 조금 못된 시각, 리스베트는 다시 깨어났다. 천천히 눈을 떠보니 천장에 빛줄기가 하나 보였다. 몇 분이 흐른 후 옆으로 고개를 돌리려던 그녀는 자신의 목에 보호대가 채워져 있다는 걸 알게 됐다. 몸의 중심을 조금 옮겨보려고 하니 머리가 빠개질 듯 아팠고 어깨에도 에는 듯한 통증이 느껴졌다. 눈을 감았다.

병원이군. 내가 여기서 뭘 하고 있는 거지?

몸에는 힘이 한 방울도 남아 있지 않았다.

무엇보다 좀처럼 생각이 정리되지 않았다. 기억은 조각조각 부서져 있었다.

몇 초 후 기억의 파편 몇 개가 떠오르자 리스베트는 끔찍한 공황감에 사로잡혔다. 자신은 어느 무덤에서 빠져나오려고 미친듯이 흙을 파헤치고 있었다. 그녀는 이를 악물고 온 정신을 호흡에 집중했다.

그녀는 자신이 살아 있다는 걸 확인할 수 있었다. 하지만 이게 좋은 일인지 나쁜 일인지 판단이 서지 않았다.

무슨 일이 있었는지는 명확히 기억나지 않았다. 장작 헛간의 광경이 조각난 이미지로 흐릿하게 떠올랐다. 맹렬히 도끼를 쳐들어 아버지의 얼굴에 내리치는 자신의 모습이 보였다. 살라첸코였다. 그가 죽었는지 살았는지는 알 수 없었다.

로날드와 있었던 일은 전혀 기억나지 않았다. 그가 걸음아 나 살려라 줄행랑을 놓는 모습에 놀랐던 기억이 어렴풋했지만 그가 왜 그랬는지는 알 수 없었다.

갑자기 빌어먹을 칼레 블롬크비스트를 보았던 일이 떠올랐다. 어쩌면 꿈을 꾼 건지도 모른다. 하지만 어떤 주방—아마도 고세베르가 농가의 주방일 것이다—이 떠오르면서 그가 다가왔던 적이 있는 것만 같은 느낌이 들었다. 내가 무슨 환각에라도 빠졌던 모양이야.

고세베르가 농가에서 있었던 일들은 벌써 아득한 과거처럼, 혹은 어떤 황당무계한 꿈처럼 느껴졌다. 리스베트는 현재에 정신을 집중했다.

자신은 중상을 입었다. 누구에게 물어볼 필요도 없는 일이었다. 오른손을 들어 머리통을 더듬어보았다. 머리 전체가 붕대로 감겨 있었다. 돌연 로날드가 떠올랐다. 그다음엔 살라첸코. 그 엿 같은 늙은이도 권총을 들고 있었다. 브라우닝 22구경이었다. 다른 권총에 비하면 아이들 장난감 같은 무기였다. 그래서 자신이 아직 살아 있는 것이리라.

난 머리에 총을 맞았어. 총알이 들어간 구멍에 손가락을 집어넣었고, 뇌까지 만졌어……

그녀는 아직 살아 있다는 사실이 놀라웠지만 이상하게도 어쨌거나 상관없는 일처럼 느껴졌다. 만일 죽음이라는 게 자신이 방금 빠져나온 그 컴컴한 공간이라면, 죽음을 두려워할 이유는 전혀 없었다. 그녀는 죽음과 그 텅 빈 어둠이 뭐가 다른지 알 수 없었다.

이런 난해한 상념과 함께 눈을 감았고 다시 잠이 들었다.

그것은 몇 분간의 선잠에 불과했다. 뭔가가 움직이는 소리를 들은 리스베트는 한쪽 눈을 가는 홈처럼 살짝 떠보았다. 흰 옷을 입은 간호사가 자기 위로 몸을 굽히는 게 보였다. 눈을 감고 자는 척했다.

"지금 깬 거 맞죠?" 간호사가 물었다.

"으음……" 리스베트가 대답했다.

"안녕하세요? 난 마리안네예요. 지금 내가 하는 말, 알아들을 수 있죠?"

리스베트는 고개를 끄덕여 보이려다가 보호대로 목이 고정됐다는 사실을 떠올렸다.

"아니, 움직이려 하지 마요. 이제 아무 걱정할 필요 없어요. 당신은 부상을 입어서 수술을 받았어요."

"물을 좀……"

마리안네가 그녀에게 빨대로 물을 마실 수 있게 해주었다. 물을 마시는 사이 리스베트는 왼쪽에 또 한 사람이 나타나는 걸 보았다.

"안녕하세요, 리스베트? 내 말 들려요?"

"으음……" 다시 리스베트가 대답했다.

"난 헬레나 엔드린 박사예요. 여기가 어딘지 알아요?"

"병원."

"지금 당신은 예테보리의 살그렌스카 병원에 있어요. 조금 전에 수술을 받고 지금은 중환자실에 있는 거예요."

"음."

"걱정할 것 없어요."

"난 머리에 총을 맞았어요."

헬레나 박사는 잠시 머뭇거렸다.

"맞아요. 무슨 일이 있었는지 기억해요?"

"그 늙은 개자식이 권총을 가지고 있었어요."

"어…… 맞아요, 그랬어요."

"22구경."

"아, 그래요? 난 몰랐어요."

"내가 많이 다쳤나요?"

"예후는 좋아요. 아주 크게 다쳤지만 내가 보기에는 완쾌할 가능성이 높아요."

리스베트는 지금 들은 정보에 대해 곰곰이 생각했다. 뒤이어 엔드린 박사에게 시선을 고정했다. 자신의 시야가 흐릿하다는 걸 알 수 있었다.

"살라첸코는 어떻게 됐죠?"

"누구?"

"그 늙은 개자식. 살아 있나요?"

"아, 칼 악셀 보딘 말이군요."

"아뇨. 알렉산데르 살라첸코요. 그게 진짜 이름이에요."

"그래요? 난 몰랐네요. 어쨌든 당신과 함께 입원한 노인은 중상을 입었지만 위험한 상태에서는 벗어났어요."

리스베트는 가슴이 철렁 내려앉았다. 의사가 한 말을 곰곰이 생각해봤다.

"그자는 어디에 있죠?"

"옆방에 있어요. 하지만 그 사람은 신경쓰지 말아요. 지금은 본인의 회복에 온 힘을 쏟아야 할 때예요."

리스베트는 눈을 감았다. 지금 침대에서 빠져나가 무기가 될 만한 걸 찾아내 자신이 시작한 일을 끝낼 힘이 남아 있는지 잠시 생각해보았다. 하지만 곧 그런 생각을 접었다. 지금 자신은 눈꺼풀을 올리고 있을 힘조차 없었다. 살라첸코를 죽일 수 있는 기회를 놓쳤다. 또다시 내 손을 빠져나갔어.

"잠깐 진찰 좀 할게요. 그러고 나서 다시 자도 돼요." 헬레나 박사가 말했다.

미카엘은 뚜렷한 이유 없이 갑자기 잠에서 깼다. 몇 초 동안은 지금 자신이 어디에 있는지 몰랐다. 그러다 직접 시티 호텔에 방을 잡았다는 사실을 떠올렸다. 밤이라 객실 안은 컴컴했다. 그는 머리맡에 있는 등을 켜고 손목시계를 들여다보았다. 새벽 2시 30분. 열다섯 시간을 내리 잔 것이었다.

미카엘은 몸을 일으켜 화장실에 다녀왔다. 그런 다음 잠시 생각했다. 이제 와 다시 잠들 수는 없는 노릇이라 샤워를 하기로 했다. 긴 시간을 들여 씻고 나온 그는 청바지에 와인색 스웨터를 입었다. 둘 다 시급히 세탁해야 할 옷들이었다. 배가 몹시 고파 안내데스크에 전화를 걸어 이렇게 이른 시간에도 커피와 샌드위치를 주문할 수 있는지 물었다. 가능하다고 했다.

그는 로퍼를 신고 재킷을 걸친 다음 로비로 내려가 커피 한 잔과 포장된 치즈와 간 페이스트 샌드위치 하나를 사 들고는 다시 방으로 올라왔다. 그걸 먹으며 아이북을 켜고 인터넷 케이블을 연결했다. 그리고 〈아프톤블라데트〉 온라인판을 열었다. 예상대로 리스베트가 체포됐다는 기사가 헤드라인을 장식하고 있었다. 기사 내용은 여전히 우왕좌왕이었지만 적어도 이제 방향은 제대로 잡고 있는 듯했다. 35세 로날드 니더만은 경찰관 한 명을 살해한 혐의로 수배중이며, 스톡홀름에서 일어난 살인 사건들과의 연관성에 대해서도 경찰이 조사할 계획이라고 했다. 하지만 경찰은 리스베트에 대해서는 별다른 언급이 없었고, 살라첸코에 대해서는 그 어느 기사에서도 이름조차 밝히지 않았다. 단지 고세베르가에 거주하는 65세 토지 소유자로만 언급될 뿐이었다. 아직까지 언론들은 그를 무고한 희생자로 추측하는 모양이었다.

기사를 읽고 난 미카엘은 휴대전화를 열었다. 문자메시지가 스무 통이나 와 있었다. 그중 세 통은 에리카가 전화해달라고 보낸 것이었다. 두 통은 안니카에게서 왔고, 열네 통은 여러 언론사 기자들이 남긴 것들이었다. 그리고 크리스테르가 단호한 말투로 이렇게 보냈다. **첫차를 타고 빨리 스톡홀름으로 오는 게 좋을 거야.**

미카엘은 눈썹을 찌푸렸다. 평소 크리스테르답지 않은 메시지였다. 문자가 전송된 시각은 전날 저녁 7시였다. 당장 전화를 걸고 싶었지만 새벽 3시에 사람을 깨울 수는 없는 노릇이었다. 인터넷으로 열차시간표를 찾아보니 5시 20분에 스톡홀름행 첫차가 있었다.

그는 워드 프로그램을 열었다. 그러고는 담배 한 대를 피워 물고서 삼 분쯤 꼼짝하지 않고 텅 빈 화면만 뚫어지게 응시했다. 마침내 그는 손가락을 들어 자판을 두드리기 시작했다.

그녀의 이름은 리스베트 살란데르. 스웨덴 국민들이 그녀를 알게 된 건 경찰 기자회견과 석간신문의 헤드라인을 통해서였다. 나이는 27세, 신장은 150센티미터이다. 사람들은 그녀를 사이코패스, 살인마, 사탄주의에 빠진 레즈비언 등으로 묘사해왔다. 그녀를 둘러싸고 퍼지는 이 황당무계한 소설들에는 도무지 한계가 없었다. 〈밀레니엄〉은 이번 호에서 리스베트 살란데르의 이야기를 다루고자 한다. 국가공무원들이 어느 병적인 살인마를 보호하려고 꾸민 음모에 희생된 한 여성의 이야기를 말이다.

그는 천천히 글을 써내려갔고, 일단 쓴 내용은 거의 고치지 않았다. 그렇게 오십여 분을 집중해 글을 써서 A4 용지 네 장 분량을 채웠다. 살해된 다그 스벤손과 미아 베리만을 자신이 직접 발견했던 그날 밤의 상황을 요약하고, 어째서 경찰이 살인 용의자로 리스베트를 지목하게 되었는지를 설명했다. 그리고 사탄주의 레즈비언 운운하는 석간신문의 기사 제목들을 인용하면서 이 살인 사건들에 들척지근한 사도마조히즘의 풍미를 첨가하고 싶어하는 그들의 음험함을 고발했다.

손목시계를 힐끗 쳐다본 미카엘은 서둘러 아이북을 덮었다. 그리고 가방을 챙겨 부리나케 로비로 내려갔다. 신용카드로 숙박비를 계산한 그는 예테보리 중앙역으로 가기 위해 택시를 잡아탔다.

열차에 올라탄 미카엘은 곧장 식당칸으로 가 아침식사를 주문했다. 그러고는 아이북을 열어 새벽녘에 썼던 글을 다시 한번 읽어보았다. 너무도 열중한 나머지, 소니아 형사가 옆에 다가와 있는 것도 몰랐다. 그녀는 헛기침을 하고 동석해도 괜찮겠느냐고 물었다. 그제 서야 고개를 든 미카엘은 아이북을 닫았다.

"스톡홀름으로 돌아가세요?" 소니아가 물었다.

미카엘이 고갯짓으로 그렇다고 했다.

"그쪽도 그런 것 같네요?"

그녀도 고개를 끄덕였다.

"같이 왔던 동료는 하루 더 있을 거예요."

"리스베트의 상태에 대해 좀 아세요? 당신들과 헤어지고 나서 난 줄곧 잠만 잤어요."

"어제 저녁에야 깨어났어요. 의사들 말로는 위기를 넘겼고 잘 회복 될 거라고 하네요. 엄청나게 운이 좋았어요."

미카엘은 고개를 끄덕였다. 불현듯 자신이 그녀에 대해 전혀 걱정 하지 않았다는 사실을 깨달았다. 무조건 그녀가 살아날 거라고 믿었 다. 그 외의 가능성은 생각해보지도 않았다.

"그리고 뭐, 다른 일은 없나요?" 미카엘이 물었다.

소니아는 그를 쳐다보며 잠시 망설였다. 기자에게 경찰 내부의 일 을 털어놔도 괜찮은 건지 알 수 없었다. 심지어 그는 이 사건에 대해 자기보다 더 많은 걸 알고 있는 사람이었다. 하지만 다가가서 동석을 요청한 것도 자신이었다. 그리고 지금쯤이면 적어도 백여 명의 기자 들이 경찰청에서 브리핑을 받았을 것이다.

"…… 내 이름은 밝히지 말았으면 해요." 마침내 소니아가 입을 열 었다.

"걱정 마세요. 순전히 개인적인 관심으로 묻는 거니까."

그녀는 고개를 끄덕인 후 설명했다. 지금 경찰이 전국적으로 로날 드를 쫓고 있으며, 특히 말뫼 지역을 중점적으로 수색하고 있다고 말 이다.

"살라첸코는요? 당신이 그를 심문했나요?"

"네, 그랬어요."

"그래서요?"

"내용은 밝힐 수 없어요."

"이봐요, 소니아! 어차피 당신이 얘기해주는 건 내가 사무실에 들어가고 나서 한 시간만 지나도 쫙 퍼질 내용이에요. 난 당신이 해준 이야기를 한 줄도 써먹지 않을 거고요."

그녀는 한동안 망설인 끝에 미카엘의 눈을 마주보았다.

"그가 리스베트를 살인미수로 고소할 거예요. 그녀는 아마 중상해 및 살인미수 혐의로 기소되겠죠."

"분명 리스베트는 정당방어였다고 주장할 거예요."

"나도 그녀가 그래주길 바랄 뿐이에요."

미카엘은 흠칫 놀라 그녀를 쳐다보았다.

"형사가 내뱉은 발언치고는 정말 뜻밖인데요?"

"보딘…… 그러니까 살라첸코는 뱀장어 같은 자더군요. 질문할 때마다 어찌나 교묘하게 빠져나가던지…… 어쨌든 그를 보고 나서 어제 당신이 한 말이 사실이라는 걸 확신했어요. 리스베트가 열두 살 때부터 지속적으로 사법권 남용에 희생되어왔음을 알게 된 거죠."

미카엘은 고개를 끄덕였다.

"난 그 이야기를 기사로 쓸 겁니다."

"음…… 어떤 집단들은 좋아하지 않을 텐데요?"

그녀는 이렇게 말하고서 잠시 뜸을 들였고 미카엘은 기다렸다.

"삼십 분 전쯤에 얀과 통화했어요. 별다른 얘기는 안 했지만 당신의 동료들을 살해한 혐의를 받았던 리스베트에 대한 예비수사는 보류된 모양이에요. 이제부터는 로날드에게 초점을 맞추는 거죠."

"그 말은 그러니까……"

미카엘은 질문을 끝맺지 못했고, 두 사람은 묵묵히 시선만 교환했다. 소니아는 어깨를 으쓱했다.

"그럼 리스베트는 누가 맡아서 수사합니까?" 다시 미카엘이 물었다.

"모르겠어요. 고세베르가 사건은 일차적으로 예테보리 경찰청이 맡겠죠. 그리고 곧 스톡홀름 쪽에서 모든 수사를 총괄할 누군가가 임명되지 않겠어요?"

"흠, 그렇군요…… 수사권이 세포 쪽으로 넘어갈 가능성은 없나요?"

소니아는 부르르 고개를 흔들었다.

기차가 알링소스에 조금 못 미쳤을 때 미카엘은 그녀 쪽으로 몸을 지그시 기울였다.

"소니아…… 지금 상황이 어떤지 잘 아시죠? 만일 살라첸코의 이야기가 발표되면 엄청난 스캔들이 일어나요. 세포 요원 몇몇이 정신과 전문의하고 계획하고 리스베트를 정신병원에 가뒀다고요. 그럼 이제 그들이 할 수 있는 일은 뭘까요? 오직 하나, 리스베트가 정말로 정신병자이며, 따라서 1991년의 강제 입원은 정당했다고 완강하게 주장하는 거죠."

소니아가 고개를 끄덕였다.

"난 그들의 이런 주장을 무너뜨리기 위해 할 수 있는 모든 걸 할 겁니다. 리스베트는 당신이나 나와 마찬가지로 멀쩡한 사람이에요. 조금 괴팍한 구석이 있지만 그녀의 지적 능력에는 아무런 문제가 없다고요."

소니아는 다시 고개를 끄덕였다. 미카엘은 잠시 뜸을 들였다가 속에 담아두었던 생각을 마침내 내뱉었다.

"난…… 당신 쪽 내부에 누군가 신뢰할 만한 사람이 필요합니다."

그녀는 미카엘의 눈을 똑바로 마주보았다. 그러고는 이렇게 대답했다.

"내겐 리스베트가 정신적으로 문제가 있는지 없는지를 판단할 능력이 없어요."

"없죠. 하지만 그녀가 사법권 남용의 희생자인지 아닌지를 판단할 수는 있어요."

"…… 내게 뭘 원하는 거죠?"

"당신 동료들을 밀고하라고는 하지 않겠어요. 다만 리스베트를 겨냥해 또다른 사법권 남용의 움직임이 보이면 내게 알려줘요."

소니아는 아무 말도 하지 않았다.

"세부적인 수사 내용에 대해 알고 싶은 게 아니에요. 하지만 당신들이 어떤 방향으로 그녀를 기소하려는지는 알고 있어야 해요."

"경찰에서 쫓겨나기 딱 좋은 일이네요."

"말하자면 당신이 내 정보제공자예요. 절대 이름을 발설하지 않을 테고, 당신을 곤경에 빠뜨리는 일도 결코 없을 겁니다."

미카엘은 수첩을 꺼내 이메일 주소를 하나 적었다.

"자, 익명으로 된 핫메일 주소입니다. 내게 뭔가 말해줄 게 있으면 여기로 보내요. 당신도 다들 아는 이메일 주소를 쓰지 말고 핫메일에 임시 계정을 하나 만드는 게 좋을 겁니다."

소니아는 그가 건네는 쪽지를 받아서 재킷 안주머니에 넣었다. 하지만 아무런 약속도 하지 않았다.

토요일 아침 7시, 마르쿠스 형사는 전화벨 소리에 잠에서 깼다. TV 소리가 들렸고, 아내가 벌써 부산하게 움직이고 있는 주방에서는 향긋한 커피 냄새가 풍겨왔다. 묄른달에 있는 집에 들어온 게 새벽 1시였으니 다섯 시간 남짓 잔 셈이다. 그전까지 공무를 수행하느라 거의 스물두 시간을 쉬지 않고 움직였다. 수화기를 향해 손을 뻗던 그는 비몽사몽이었다.

"나야, 모르텐손. 야간 당직 섰어. 일어났나?"

"아니. 잠들었나 싶었는데 사람을 깨우네…… 그래, 무슨 일이야?"

"소식이 있어. 아니타 카스페르손을 찾았대."

"어디서?"

"보로스 남쪽에 있는 세글로라 마을 부근에서."

마르쿠스는 머릿속으로 지도를 그려보았다.

"남쪽으로 튀었군. 지방도로를 통해 빠진 거야. 처음엔 180번 국도를 타고 가다가 보로스에서 남쪽으로 틀었어…… 말뫼에는 알려줬나?"

"물론이지. 헬싱보리, 란스크로나, 트렐레보리에도 연락했어. 칼스크로나에도. 발트해로 가는 페리선들도 잊지 않았네."

마르쿠스는 일어나서 목덜미를 주물렀다.

"놈은 우리보다 24시간 앞선 셈이군. 벌써 이 나라를 떴다는 얘긴데…… 그래, 아니타라는 여자는 어떻게 찾아낸 거야?"

"세글로라 마을 초입에 있는 어느 집 문을 두드렸다는군."

"뭐?"

"문을 두드렸다고."

"그래, 알아들었어! 그녀가 살아 있다는 얘기야?"

"아, 미안. 내가 말을 잘못했어. 문을 두드린 게 아니라 발로 찼어. 새벽 3시에 문을 발로 차는 바람에 그 집 부부와 아이들이 겁먹었지. 맨발에 심각한 저체온증 상태였다는군. 양손은 등 뒤로 묶여 있었고. 지금은 보로스 병원에 있는데 남편이랑 만났대."

"거참 놀라운 일이네! 그녀가 살아 있으리라고는 아무도 생각하지 않았는데."

"살다보면 가끔 놀라운 일들이 일어나지."

"게다가 이건 좋은 일이고 말이야."

"자, 그럼 이제 자네에게 나쁜 소식을 전해줄 차례야. 모니카 부청장께서 새벽 5시부터 사무실에 나와 계셔. 당장 보로스로 달려가 아니타에게 진술을 받아오라고 말씀하셨지."

토요일 아침이었으므로 미카엘은 〈밀레니엄〉 사무실에 아무도 없으리라고 생각했다. 그래서 고속열차 X2000이 오르스타 다리를 건너고 있을 때 크리스테르에게 전화를 걸어 대체 왜 그런 문자를 보냈느냐고 물었다.

"아침은 먹었어?" 크리스테르는 대답 대신 이렇게 물었다.

"열차에서 대충 때웠지."

"오케이. 우리집으로 와. 든든한 요리를 만들어줄 테니까."

"무슨 일이야?"

"여기 오면 말해줄게."

미카엘은 지하철을 타고 시민 광장으로 간 다음 걸어서 알헬고나가탄 거리에 도착했다. 문을 열어준 사람은 크리스테르의 연인 아르놀드 망누손이었다. 아무리 애를 써도 미카엘은 그를 볼 때마다 광고라도 보는 듯한 기분이 들었다. 종종 왕립연극극장 무대에 서는 아르놀드는 스웨덴에서 굉장히 인기 있는 배우였다. 실제로 그를 볼 때마다 기분이 묘했다. 보통 미카엘은 연예인들을 눈여겨보는 편이 아니었다. 하지만 아르놀드는 정말로 특별한 외모의 소유자인데다 영화나 드라마에서 맡은 역할 역시 굉장히 잘 소화해냈다. 매우 인기 높았던 어느 드라마에서 연기한 다혈질이지만 정의로운 군나르 프리스크 경감 역은 특히나 그와 한몸 같아서 미카엘은 그가 항상 군나르 경감처럼 행동해주기를 기대하는 마음이 있었다.

"안녕, 미케?" 아르놀드가 인사했다.

"안녕." 미카엘이 대꾸했다.

"주방에 있어." 아르놀드가 그를 들어오게 하면서 알려줬다.

크리스테르는 따끈따끈한 와플에 노란 호로딸기잼과 커피를 곁들여 내놓았다. 앉기도 전에 입에 침이 가득 고인 미카엘은 자기 접시를 향해 달려들었다. 크리스테르는 고세베르가에서 일어난 일에 대해 물었고, 미카엘은 상세히 설명해주었다. 세번째 와플을 집어들고

서야 미카엘은 대체 무슨 일이냐고 물었다.

"네가 예테보리에 가 있을 때 〈밀레니엄〉에 조그만 문제가 하나 있었어." 크리스테르가 대답했다.

미카엘은 눈을 치켜뜨며 물었다.

"뭔데?"

"심각한 건 아니야. 에리카가 〈SMP〉의 편집국장이 됐어. 어제는 에리카가 〈밀레니엄〉에서 일한 마지막날이었고."

미카엘은 와플을 먹으려다 말고 손에 든 채 굳어버렸다. 방금 들은 말의 의미를 완전히 이해하기까지 몇 초가 걸렸다.

"…… 왜 사실을 미리 말하지 않았지?" 마침내 입을 열어 물었다.

"에리카는 네게 먼저 말하려고 했대. 그런데 너는 벌써 몇 주째 이렇게 혼자서 밖을 쏘다니고 있잖아? 그리고 에리카는 리스베트 문제만으로도 네가 너무 힘들어하고 있다고 생각했던 거야. 아무튼 네게 제일 먼저 말하려고 했기 때문에 다른 사람들에게는 얘기를 못했고, 그렇게 계속 시간만 흘러갔지…… 갑자기 엄청난 죄책감에 사로잡혀 풀이 죽어서 지냈어. 우리는 전혀 낌새를 못 채고 있었고."

미카엘은 두 눈을 감았다.

"빌어먹을!"

"그래, 네 심정 이해해. 어쨌든 이런 사정 때문에 우리 가운데 네가 가장 늦게 이 사실을 알게 되는 사태가 벌어진 거야. 네 등뒤에서 일을 꾸몄다는 오해를 할까봐 일부러 널 불러서 설명하는 거야."

"단 일 초도 그런 오해는 한 적이 없어. 하지만 세상에…… 그 자리를 얻은 건 멋진 일이야. 에리카가 정말로 〈SMP〉에서 일하고 싶은 마음이 있다면 축하해줄 일이지…… 하지만 우리는? 우리 〈밀레니엄〉은 어떻게 하고?"

"말린이 임시 편집장을 맡아 다음 호부터 진행하기로 했어."

"말린이?"

"혹시 네가 편집장을 하고 싶은 마음이 있다면……"

"아, 난 안 돼!"

"그럴 줄 알았어. 그래서 말린이 그 자리를 맡은 거야."

"그럼 편집차장 자리는 어쩌고?"

"헨리 코르테스. 우리랑 일한 지 벌써 사 년이 되었으니 더이상 풋내기 수습기자가 아냐."

미카엘은 이 제안에 대해 묵묵히 생각했다.

"내가 한마디 거들어도 돼?"

"아니."

미카엘이 마른 웃음을 지었다.

"오케이! 당신들이 결정한 대로 해. 말린은 도무지 겁이 없지만 실은 자신감도 부족한 사람이야. 헨리는 너무 덤벙대는 게 탈이고. 그 둘을 잘 도와줘야 할 거야."

"맞아."

미카엘은 입을 다물었다. 에리카가 떠남으로써 얼마나 큰 공백이 생길 것인가? 〈밀레니엄〉의 미래가 불투명하게 보였다.

"에리카에게 전화를 걸어봐야겠어. 그래서……"

"좋은 생각 같지 않은데."

"왜?"

"에리카는 지금 사무실에서 자고 있거든. 직접 가서 깨우는 게 낫지 않겠어?"

· 미카엘이 편집부 사무실로 들어가보니 에리카가 소파베드 위에서 깊이 잠들어 있었다. 서가와 서랍을 비우고, 따로 가져갈 개인적인 물건과 서류를 챙기느라 밤을 꼬박 새운 것이다. 그렇게 이삿짐 박스 네 개가 꽉 차 있었다. 미카엘은 문턱에 서서 그런 그녀를 오랫동안

쳐다보다가 소파베드 가장자리에 엉덩이를 붙이고 앉아 그녀를 깨웠다.

"이렇게 꼭 밤을 새워서 짐을 싸야 했다면 우리집이 코앞인데 대체 왜 거기 가서 자지 않은 건지 설명해볼래?"

"안녕, 미카엘."

"크리스테르에게 다 들었어."

에리카가 뭔가를 말하기 시작했지만 미카엘은 몸을 굽혀 그녀의 볼에 입을 맞췄다.

"화났어?" 그녀가 물었다.

"엄청나게."

"미안해. 그 제안을 거절할 수 없었어. 내 행동이 정당해 보이진 않아. 이렇게 힘든 상황에서 모두를 남겨두고 나 혼자만 빠져나간다는 게."

"폭풍우 속에서 배를 버리고 도망가는 일이라면 나도 널 비판할 자격이 없지. 이 년 전에 지금보다 더 지독한 거름통에 빠진 널 남겨두고 떠나버린 게 나니까."

"그건 완전히 다른 상황이었잖아. 그때 자긴 잠시 일을 쉬었을 뿐이야. 나는 완전히 떠나는 거고. 게다가 그 사실을 숨겨왔지. 정말 할 말이 없어."

미카엘은 잠시 침묵을 지켰다. 그러고는 쓸쓸한 미소를 지어 보였다.

"운명의 시간이 온 거지, 뭐. 무릇 여자란 응당 할 일을 해야 하는 것 아니겠어?"

에리카가 빙그레 웃었다. 미카엘이 마지막에 덧붙인 말은 예전에 그가 헤데뷔로 떠났을 때 그녀가 해줬던 말*에서 한 단어만 고친 것

---

* 밀레니엄 1권 『여자를 증오한 남자들』 235쪽, "무릇 남자란 응당 할 일을 해야 한다".

이었다. 미카엘은 손을 내밀어 장난스럽게 에리카의 머리칼을 헝클어뜨렸다.

"자기가 이 미친놈들의 소굴을 떠나고 싶어하는 마음은 이해해. 하지만 그 늙다리들의 신문사, 스웨덴에서 가장 멍청하고 한심한 신문사의 편집국장이 되려 한다는 걸 이해하려면 시간이 좀 걸릴 것 같네."

"거기서 일하는 젊은 여성들도 많아."

"다 쓰레기야. 거기 사설 좀 보라고. 정말 고리타분하고 틀에 박힌 말들뿐이잖아. 자긴 정말 대단한 마조히스트야. 자, 커피나 마시러 갈까?"

에리카가 일어나 앉았다.

"어젯밤 고세베르가에서 무슨 일이 있었어?"

"지금 그 사건을 기사로 쓰고 있어. 우리가 이걸 발표하면 한바탕 전쟁이 일어날 거야."

"'우리'가 아니라 '너희'겠지."

"그래, 안다고. 재판이 열릴 때 이걸 발표할 생각이야. 이 이야기를 〈SMP〉로 가져가진 않을 거지? 자기가 〈밀레니엄〉을 떠나기 전에 살라첸코에 대해 글 한 편 써주면 좋겠는데."

"미케, 난……"

"자기의 마지막 사설이야. 아무 때나 쓰면 돼. 재판이 열리기 전에는 발표하지 않을 거야. 재판이 언제 열릴지는 아무도 모르고."

"그렇게 좋은 생각 같지 않아…… 그래, 어떤 내용을 다뤄야 하는데?"

"윤리에 대해서." 미카엘이 대답했다. "그리고 십오 년 전부터 국가가 소임을 다하지 못한 탓에 우리 동료 중 하나가 죽게 된 일에 대해서."

미카엘은 더이상 설명할 필요가 없었다. 에리카는 그가 어떤 사설을 원하는지 정확히 알고 있었다. 잠시 생각했다. 결국 다그 스벤손이 살해당한 날, 〈밀레니엄〉호의 선장은 자신이었다. 에리카는 불현듯 마음이 훨씬 가벼워지는 걸 느꼈다.

"좋아! 내가 쓰는 마지막 사설이야!"

4장
4월 9일 토요일~4월 10일 일요일

토요일 1시, 쇠데르텔리에의 마르티나 프란손 검사는 마침내 오랜 숙고를 마쳤다. 뉘크바른 숲속 암매장 터는 온갖 악이 실뭉치처럼 얽혀 있는 소굴이었고, 파올로 로베르토가 그곳 창고에서 로날드 니더만과 권투 시합을 벌인 지난 수요일 이후로 강력반 형사들은 연일 특근을 이어오고 있었다. 처리해야 할 사안이 그야말로 한 보따리 였다. 우선 최소한 사람 셋이 살해당한 후 암매장된 사건에다가, 리스베트의 친구가 그곳으로 납치되어 폭행당한 사건, 거기에 방화 사건까지. 스탈라르홀멘에서 일어난 일도 이 뉘크바른에 연결시켜야 했다. 스탈라르홀멘은 같은 관할구역이 아니지만 거기서 체포된 MC 스바벨셰의 칼망누스 룬딘이 이 모든 일의 열쇠임에 분명했기 때문이다. 지금 그는 한쪽 다리에 깁스를 하고 턱뼈는 철사로 고정한 채 쇠데르텔리에 병원에 있다. 따라서 이 모든 사건들은 주 관할 경찰의 소관이 되었다. 스톡홀름*에서 최종 결정을 내리게 된 것이다.

금요일에는 구속영장 심사가 있었다. 일명 마게 룬딘은 뉘크바른 사건과 관련해 정식으로 기소됐다. 그리고 마침내 뉘크바른 창고가 스페인 푸에르토바누스에 거주하는 52세 안넬리 칼손의 소유임이 밝혀졌다. 마게의 사촌인 그녀는 전과 기록이 없는 걸로 보아 단순히 명의만 빌려준 듯했다.

마르티나 프란손은 예비수사 서류철을 덮었다. 예비수사는 이제 시작됐을 뿐이고 공판에 가기 전까지 수백 장의 서류가 더 갖춰져야 했다. 하지만 몇 가지 문제에 대해서는 지금 결정을 내려야 한다. 마르티나 검사는 동료 경찰관들을 둘러보았다.

"미리암 우를 납치한 혐의로 마게 룬딘을 기소할 증거는 충분해요. 그가 납치 차량을 운전하는 걸 목격했다고 파올로 로베르토가 증언했으니까. 그리고 그에게 방화 가담 혐의도 추가할 겁니다. 다만 창고 부근에 암매장된 시체 세 구에 대한 살인 공모 혐의는 잠시 보류할 생각이에요. 적어도 그 셋의 신원이 정확히 밝혀질 때까지는."

경찰관들이 고개를 끄덕였다. 그들이 예상한 바였다.

"소니 니에미넨은 어떻게 하죠?"

마르티나는 책상 위에 두껍게 쌓인 서류를 한참 뒤적여 니에미넨을 찾아냈다.

"전력이 매우 화려하네요. 무장강도, 불법무기소지, 폭행, 상해, 살인, 그리고 마약까지. 이자가 스탈라르홀멘에서 마게와 함께 체포됐단 말이죠. 그러니 이 모든 일에 그가 연루된 건 분명해요. 증거가 전혀 없다는 게 문제지만."

"이놈 말로는 뉘크바른 창고에 자신은 한 번도 가본 일이 없대요. 그날은 마게와 오토바이를 타고 바람이나 쐬려고 따라 나왔을 뿐이랍니다." 스탈라르홀멘 사건을 맡은 쇠데르텔리에 경찰서 강력반 형사가 말했다. "마게가 스탈라르홀멘에 뭘 하러 갔는지 자기는 전혀

---

* 쇠데르텔리에와 뉘크바른은 스톡홀름주에 속해 있다.

몰랐다는 거예요."

마르티나는 당장이라도 스톡홀름의 리샤르드 엑스트룀 검사에게 이 골치 아픈 문제들을 넘겨버리고 싶은 마음뿐이었다.

"소니 니에미넨은 거기서 무슨 일이 있었는지 도통 말하려고 하지 않아요. 자신은 아무 범죄에도 연루되지 않았다고만 강력하게 주장하고 있죠." 강력반 형사가 말을 이었다.

"빌어먹을. 누가 들으면 그자들이 스탈라르홀멘의 피해자들인 줄 알겠네." 손가락 끝으로 책상 위를 짜증스럽게 탁탁 두드리며 마르티나가 내뱉었다.

"그리고 리스베트 살란데르," 그녀가 조금 미심쩍어하는 말투로 덧붙였다. "들어보니 외모는 십대 같고 키는 150센티미터밖에 안 된다는데, 이런 연약한 아가씨가 무슨 힘으로 혼자서 마게와 소니를 제압했다는 거죠?"

"그 아가씨가 권총 한 자루만 들고 있어도 얘기가 달라지죠."

"사건을 재구성해보면 앞뒤가 맞지 않는데요?"

"아니죠. 리스베트는 먼저 최루액 스프레이를 뿌린 다음 마게의 사타구니와 얼굴을 걷어찼습니다. 고환이 터지고 턱뼈가 으스러질 정도로 세차게 차버린 거죠. 발에 박힌 총알은 그다음에 쐈을 테고요. 하지만 그녀가 처음부터 총을 들고 거기에 갔다고 생각하기는 어렵습니다."

"마게를 쏜 권총에 대해서는 과학수사 분석 결과가 나왔습니다." 또다른 형사가 끼어들었다. "폴란드제 P-83 바나드에 총알은 마카로프. 예테보리 근처 고세베르가에서 그 총이 발견됐고, 리스베트의 지문이 묻어 있었어요. 즉 그녀가 권총을 가지고 고세베르가로 갔다고 생각할 수 있죠."

"맞습니다. 하지만 권총 일련번호를 보면 외레브로의 한 총기상에서 사 년 전에 도난당한 물건이에요. 절도범은 잡혔지만 무기는 이미 처분한 후였어요. 마약 좀 하는 그 지역 깡패였는데 MC 스바벨셰 주변에서 놀았죠. 그 권총이 마게나 소니 쪽에서 나온 게 아닐까 싶어요."

"그렇다면 해답은 간단합니다. 마게가 권총을 가져왔고, 리스베트가 빼앗은 거죠. 그러다 우연히 총알이 발사돼 발에 맞았고요. 그가 살아 있는 걸 보면 죽일 의도는 없었어요."

"아니면 순전히 가학적 욕구 때문에 발에다 한 방 박아줬는지도 몰라요. 누가 알겠어요? 그런데 리스베트가 소니는 어떻게 요리한 걸까요? 겉보기엔 멀쩡하던데요."

"아뇨, 다친 데가 있어요. 가슴 두 곳에 화상을 입었죠."

"뭘로요?"

"전기충격기 같아요."

"그럼 리스베트가 전기충격기에 최루액 스프레이, 거기다 권총까지 들고 있었다…… 이걸 다 합치면 꽤 무거울 텐데요? 아무래도 마게나 소니가 권총을 가져왔고, 리스베트가 그걸 빼앗은 것 같습니다. 그리고 어떻게 마게가 총을 맞게 됐는지는 두 인간 중 하나가 입을 열어야 알 수 있겠죠."

"그렇죠."

"자, 그럼 얘기를 정리해봅시다." 지금까지 듣고 있던 마르티나가 입을 열었다. "아까 말한 혐의들을 근거로 마게를 기소할 겁니다. 하지만 소니에 대해선 잡아둘 거리가 없으니 오늘 오후에 놈을 풀어줄 수밖에 없겠네요."

쇠데르텔리에 경찰서 유치장을 나서는 소니 니에미넨의 기분은 그야말로 엿 같았다. 목도 말랐다. 곧장 동네 슈퍼로 가 펩시 콜라 하나를 사서는 그 자리에서 벌컥벌컥 들이켰다. 럭키 스트라이크와 코 담배도 한 갑씩 샀다. 그러고서 휴대전화를 꺼내 배터리를 확인한 후 한스오케 발타리의 번호를 눌렀다. 서른세 살의 한스오케는 MC 스바벨셰의 삼인자였다. 신호음이 네 번 울린 다음 그가 응답했다.

"나, 소니야. 경찰에서 나왔어."

"축하해."

"지금 어디야?"

"뉘셰핑."

"빌어먹을 뉘셰핑에서 대체 뭘 하는데?"

"너하고 마게가 붙잡히고 나서 우린 잠수를 타기로 결정했어. 상황이 좀 파악될 때까지."

"자, 그럼 이제 상황이 파악됐어? 다른 애들은 어디 있는데?"

한스오케는 MC 스바벨셰의 나머지 다섯 멤버들이 어디에 있는지 설명했다. 하지만 그것은 소니를 진정시키지도 만족시키지도 못했다.

"이런 니미럴! 다들 빌어먹을 계집애처럼 숨어 있으면 클럽은 누가 관리해?"

"우리한테 그런 말 할 자격 있어? 너와 마게는 우리가 전혀 알지도 못하는 일을 벌이면서 싸돌아다니다가 온 스웨덴 경찰이 쫓고 있는 그 계집애하고 총질을 벌였잖아. 그러다가 마게는 총을 맞고, 넌 경찰에 잡혀버렸고. 그것뿐이야? 뉘크바른 창고에서는 경찰이 시체들을 끄집어내고 있다고."

"그래서?"

"우린 너희가 뭔가를 숨기고 있다고 의심했지."

"그게 뭐라고 생각하는데? 우리가 클럽에 일거리를 물어다주는 거 몰라?"

"하지만 창고가 숲속에 처박힌 공동묘지라는 소리는 들은 적이 없어. 그 시체들은 대체 뭐야?"

소니는 혀끝까지 욕이 올라왔지만 간신히 참았다. 한스오케가 둘도 없는 멍청이인 건 사실이지만 지금은 언쟁을 벌일 때가 아니었다. 조직을 재정비하려면 빨리 움직여야 했다. 더구나 다섯 번 심문을 받는 동안 모든 걸 부인하고 나온 마당에 경찰서에서 불과 200미터 떨어진 곳에서 휴대전화에 대고 뭔가를 알고 있다고 떠들어대는 건 결코 똑똑한 짓이 아니었다.

"난 아무것도 몰라. 시체들은 신경쓰지 마. 그리고 지금 마게는 엿 같이 돼버렸어. 당분간 감방에서 지내게 됐다고. 그동안은 내가 보스야."

"좋아. 그럼 이제 어떻게 할 건데?" 한스오케가 물었다.

"그렇게 다들 도망가 있으면 클럽하우스는 누가 지키지?"

"베니 칼손이 남아 있어. 너희가 체포됐던 날 경찰이 들이닥쳐 수색했지만 아무것도 찾아내지 못했어."

"뭐야, 베니 칼손?" 소니는 고함을 질렀다. "지금 베니 칼손이라고 했어? 그 염병할 애송이?"

"걱정 마. 지금 그 금발 녀석하고 같이 있으니까. 너하고 마게하고 가끔 어울려다니던 녀석 있잖아?"

그 순간 소니는 몸이 얼어붙었다. 재빨리 주위를 둘러본 후 슈퍼 출입구에서 몇 미터 떨어진 곳으로 갔다.

"지금 뭐라고 했지?" 그가 목소리를 낮추고 물었다.

"알잖아? 너하고 마게하고 가끔 만나던 덩치 큰 금발 녀석. 그놈이 갑자기 나타나서는 몸 좀 숨겨달랬어."

"니미럴! 이봐 한스, 그 자식은 짭새 한 명을 죽여서 온 경찰한테 쫓기고 있단 말이야!"

"그래…… 그래서 숨겨달라고 했었군. 그럼 어떻게 하지? 그래도 너나 마게랑은 친구 아냐?"

소니는 몇 초간 눈을 질끈 감았다. 로날드 니더만이 수년간 MC 스바벨셰에 꽤 많은 일거리와 두둑한 돈다발을 가져다준 건 사실이었다. 하지만 그자는 절대 친구가 아니다. 그는 끔찍한 개자식에 사이코패스였다. 그것도 경찰이 맹렬히 쫓고 있는 미친놈이었다. 소니는 한 번도 로날드를 신뢰한 적이 없었다. 최상의 해결책은 놈의 머리통에 총알을 한 방 박아주는 것이리라. 그렇게 하면 적어도 미쳐 날뛰는 경찰들을 좀 진정시킬 수 있지 않겠는가.

"그래서 그 자식을 어떻게 했는데?"

"베니가 맡았어. 빅토르네 집으로 데려갔지."

빅토르 예란손은 클럽의 회계 담당이자 재정 전문가로 예르나 교외에 살고 있다. 대학에서 경제학을 전공한 후 술집을 몇 개 경영하던 어느 유고슬라비아인의 재정고문으로 경력을 시작했다가 탈세 혐의로 패거리 전체와 함께 감방에 들어갔었다. 그리고 1990년대 초반, 쿰라 교도소에서 마게 룬딘을 만났다. 그는 MC 스바벨셰에서 유일하게 정장에 넥타이 차림을 하고 다니는 자였다.

"한스, 나 지금 쇠데르텔리에에 있으니까 차 몰고 나와. 사십오 분 후에 통근열차 출발역 앞에서 날 태워줘."

"알았어, 알았어. 왜 그렇게 급해?"

"최대한 빨리 상황을 장악해야 하니까 그렇지. 그럼 내가 버스를 타야겠어?"

차가 스바벨셰를 향해 달리고 있을 때 아무 말 없이 까칠한 표정을 짓고 있는 소니를 한스오케는 슬금슬금 살폈다. 마게와 달리 소니는 가까워지기 힘든 친구였다. 미남이었고 겉보기엔 부드러웠지만 쉽게 폭발하는 성격이었다. 특히 술에 취했을 때는 정말로 끔찍해질 수 있는 인간이었다. 다행히 지금은 정신이 말짱했지만 한스오케는 그가 클럽을 이끈다는 생각을 하니 왠지 모르게 불안해졌다. 마게는 소니의 불같은 성격을 그럭저럭 제어해왔다. 하지만 그가 없는 지금은 클럽이 대체 어디로 흘러갈지 알 수 없었다.

클럽하우스에 베니는 없었다. 소니가 두 번이나 전화를 걸어봤지만 받지 않았다.

둘은 클럽하우스에서 1킬로미터쯤 떨어져 있는 소니의 집으로 갔다. 경찰이 들이닥쳐 한바탕 수색을 벌이고 간 뒤였다. 하지만 그들은 뉘크바른 사건과 관련해 쓸 만한 증거를 전혀 건지지 못했고, 그 덕분에 소니는 석방됐다.

한스오케가 주방에서 참을성 있게 기다리는 동안 소니는 샤워를 하고 옷을 갈아입었다. 그런 다음 둘은 집 뒤쪽에 펼쳐진 숲으로 150미터쯤 걸어들어가 땅속에 묻어둔 궤짝 위에 덮인 흙을 쓸어냈다. 궤짝 안에는 AK-5 소총을 비롯해 총기 여섯 정, 그리고 상당한 양의 탄약과 2킬로그램짜리 폭약이 들어 있었다. 소니의 개인 무기고였다. 그중에는 폴란드제 p-38 바나드도 두 정 있었다. 스탈라르홀멘에서 리스베트에게 빼앗긴 권총을 포함해 세 정 한 세트로 구입했던 것이었다.

그는 리스베트에 관한 생각을 머릿속에서 쫓아내려고 했다. 불쾌하기 짝이 없는 기억이었다. 쇠테르텔리에 경찰서 유치장에서 그 장면이 수십 번도 더 떠올랐다. 그와 마게가 닐스 비우르만의 시골별장에 도착해 뜰에서 그녀를 발견했던 그때의 일이.

일은 전혀 예측하지 못한 방향으로 흘러갔다. 그와 마게는 그 집에 불을 놓으러 갔었다. 빌어먹을 금발 거인의 명령이었다. 그런데 거기서 리스베트를 만난 것이다. 그녀는 혼자였다. 키는 150센티미터나 될까. 몸집도 막대기처럼 비쩍 말랐다. 저렇게 말라서 몇 킬로그램이나 나갈지 궁금할 정도였다. 상황은 이상하게 흘러가더니 두 남자 모두 예상하지 못했던 격렬한 폭력 파티가 한바탕 펼쳐졌다.

순수하게 기술적인 관점에서 일이 어떻게 벌어졌는지 설명할 수는 있었다. 우선 리스베트는 최루액 스프레이를 마게의 얼굴에 뿌렸다. 그는 대비했어야 했지만 불행하게도 그러지 못했다. 이어 그녀는 발길질을 두 번 했고, 턱뼈를 부수는 데는 엄청난 근력이 필요하지 않았다. 급습을 했기 때문이다. 여기까지는 그도 이해할 수 있었다.

그다음에 리스베트는 그를 공격했다. 제대로 훈련받은 남자들조차 맞붙기를 꺼리는 소니 니에미넨을 말이다. 그녀는 엄청나게 빠른 속도로 다가와 있었다. 그는 권총을 뽑을 시간도 없었다. 그리고 리스베트는 너무나도 쉽게 그를 박살내버렸다. 마치 모기를 쫓듯 손 한 번을 휙 휘둘러서 말이다. 그녀의 손에는 전기충격기가 들려 있었다. 그리고 그녀는……

깨어나보니 거의 아무것도 생각나지 않았다. 마게는 발에 총알이 박혀 뒹굴고 있었고, 경찰이 출동해 와 있었다. 스트렝네스 경찰과 쇠데르텔리에 경찰이 관할구역 문제로 지겹게도 말씨름을 한 끝에 그는 결국 쇠데르텔리에 경찰서 유치장에 갇히는 신세가 됐다. 리스베트는 마게의 할리 데이비슨을 타고 유유히 사라진 후였다. 게다가 소니의 가죽재킷에서 MC 스바벨셰의 마크를 도려내 가져갔다. 그걸 입고 술집에 들어서면 사람들을 썰물처럼 물러서게 하는 그 마크를, 평범한 인간들은 이해조차 할 수 없는 위엄을 지닌 그 상징을 말이다. 리스베트는 그를 능욕했다.

소니는 속이 부글부글 끓었다. 경찰 심문이 이어지는 동안 그는 계속 입을 다물고 있었다. 죽으면 죽었지 스탈라르홀멘에서 있었던 일은 절대 밝힐 수 없었다. 그때까지만 해도 그에게 리스베트는 아무것도 아닌 존재였다. 마게가—이번에도 그 빌어먹을 로날드의 요구로—맡은 시시한 자투리 일감에 불과했다. 하지만 지금 그는 스스로 놀랄 만큼 격렬히 그녀를 증오했다. 평소에 그는 차갑고도 냉철했지만 지금은 그녀에게 복수를 해 이 수치를 씻고 말겠다는 집념으로 활활 타올랐다. 그러나 우선은 리스베트와 로날드 때문에 MC 스바벨셰가 빠지게 된 이 혼돈을 정리할 필요가 있었다.

소니는 궤짝에서 폴란드제 권총 두 정을 꺼내 장전한 후 한스오케에게 하나를 건넸다.

"특별한 계획이라도 있는 거야?"

"가서 로날드하고 얘기를 좀 해야겠어. 놈은 우리 편이 아니고, 전과도 없어. 경찰에 체포되면 어떻게 행동할지 몰라. 만일 놈이 다 불어버리면 우리가 엿 먹을 수 있다고. 그 즉시 모두 감방 신세야."

"그렇다면 우리가 그 자식을……"

소니는 이미 로날드를 제거하기로 결정한 터였다. 하지만 미리부터 한스오케를 겁먹게 할 필요는 없다고 판단했다.

"모르겠어. 일단 놈을 한번 떠봐야겠어. 만약 놈에게 계획이 있어서 금방 외국으로 빠져나갈 수 있다면 우리가 도와줄 수도 있지. 하지만 경찰에게 붙잡힐 위험이 있는 한 우릴 위협하는 존재라고."

땅거미가 졌을 무렵 소니와 한스오케가 도착하자 예르나 근교에 있는 빅토르 예란손의 농가는 불이 모두 꺼져 있었다. 그것만으로도 불길한 느낌이 들었다. 그들은 잠시 차 안에서 기다렸다.

"모두들 외출한 건지도 모르겠네." 한스오케가 말했다.

"그럴지도 모르지. 로날드하고 술 한잔 마시러 갔을지도." 소니가 차문을 열면서 대꾸했다.

현관문은 잠겨 있지 않았다. 소니가 들어가서 천장등을 켰다. 둘은 이 방 저 방을 살펴보았다. 모든 게 깔끔하게 정리되어 있었다. 빅토르와 함께 사는 여자 덕분이었다.

그들이 빅토르와 그의 동거인을 찾아낸 곳은 지하실이었다. 그들은 세탁실에 쑤셔박혀 있었다.

소니가 몸을 굽혀 시체들을 들여다보았다. 손가락을 뻗어 자신도 이름을 기억하고 있는 여자의 몸을 눌러봤다. 차디차게 경직되어 있었다. 아마도 죽은 지 24시간은 됐을 거라는 얘기였다.

법의관의 설명이 없어도 소니는 그들이 어떻게 죽었는지 알 수 있였다. 여자의 목은 180도 꺾여 부러진 채였다. 청바지에 티셔츠 차림인 그녀에게 다른 상처는 보이지 않았다.

빅토르는 달랑 팬티 하나만 걸치고 있었다. 심하게 구타를 당했는지 온몸이 상처와 멍투성이였다. 부러진 두 팔은 방향도 제멋대로 널려 있어 꼭 비틀린 전나무 가지 같았다. 고문에 가까운 폭행을 당한 게 분명했다. 그가 판단하기에 최종 사인은 목에 가해진 강력한 타격 한 방이었다. 울대뼈가 목구멍 깊숙이 처박혀 있었다.

소니는 다시 몸을 일으켜 지하실 계단을 통해 밖으로 나왔다. 한스오케가 그 뒤를 따랐다. 소니가 뜰을 가로질러 50미터 떨어진 곳에 있는 헛간으로 갔다. 걸쇠를 젖히고 문을 열었다.

헛간 안에는 1991년형 진청색 르노가 한 대 있었다.

"빅토르의 차가 뭐였지?" 소니가 물었다.

"사브를 몰았어."

그는 고개를 끄덕였다. 그러고는 호주머니에서 열쇠꾸러미를 꺼내 헛간 가장 안쪽에 있는 문 하나를 열었다. 그는 자신이 너무 늦게 도착했음을 단번에 알 수 있었다. 무기를 보관하는 묵직한 캐비닛이 활짝 열려 있었다.

이내 그는 얼굴을 찡그렸다.

"80만 크로나가 넘는 돈인데······"

"뭐?" 한스오케가 되물었다.

"80만 크로나가 넘는다고! MC 스바벨셰의 자금이 이 안에 들어 있었단 말이야!"

MC 스바벨셰가 투자와 돈세탁을 앞두고 돈을 보관하는 장소를 알고 있는 사람은 셋이었다. 빅토르, 마게 그리고 소니. 도주중인 로날드는 현금이 필요했다. 그리고 그는 빅토르가 클럽의 재정을 담당한다는 사실을 알고 있었다.

소니는 문을 닫고 천천히 헛간을 걸어나왔다. 지금 그의 머리는 확인된 재앙의 규모를 파악하기 위해 핑핑 돌고 있었다. MC 스바벨셰의 자금 일부는 주식에 투자되어 있으니 그건 그 자신도 처분할 수 있을 터였다. 또다른 일부는 마게의 도움을 받으면 회수할 수 있었다. 하지만 투자처 대부분은 오직 빅토르만이 알고 있었다. 그가 마게에게 일일이 투자 상황을 보고했다면 얘기가 달라지겠지만 그럴 리는 없었다. 마게는 경제에 관한 한 그렇게 똑똑하지 않았다. 소니가 대략 계산해보니 빅토르의 죽음으로 MC 스바벨셰는 거의 자금의 60퍼센트를 잃은 셈이었다. 특히 당장에 써야 하는 현금이 사라졌다는 게 문제였다.

"이제 어떻게 하지?" 한스오케가 물었다.

"무슨 일이 일어났는지 경찰한테 알려야지."

"경찰에 알려?"

"그래, 니미럴! 이 집 사방에 내 지문이 묻어 있다고. 경찰이 가급적 빨리 빅토르와 저 여자 시체를 발견해야 내가 유치장에 있었을 때 사건이 일어났다는 걸 알 거 아냐?"

"아, 그렇군!"

"좋아. 이제 베니 칼손을 찾아야 해. 그 자식하고 얘기 좀 해야겠어. 아직 살아 있다면 말이야. 그런 다음 로날드를 찾으러 가자고. 우리랑 연결된 스칸디나비아반도 쪽 조직들에도 죄다 연락해서 눈 부릅뜨고 있으라고 해야 돼. 그 개자식의 목을 딸 거야. 아마 빅토르의 사브를 타고 돌아다니겠지. 차량번호도 찾아봐!"

리스베트가 깨어나보니 토요일 오후 2시였다. 의사가 그녀의 몸을 콕콕 누르고 있었다.

"안녕하세요?" 그가 말했다. "난 베니 스반테손, 의사예요. 지금 몸에 통증이 있나요?"

"네." 리스베트가 대답했다.

"조금 있다가 진통제를 줄게요. 먼저 진찰을 좀 해야겠어요."

그는 만신창이가 된 리스베트의 몸을 여기저기 누르기도 하고 주무르기도 했다. 시간이 길어지자 리스베트는 짜증이 일었지만 꾹 참았다. 이곳 생활을 싸움으로 시작하기에는 너무도 지쳐 있었다.

"내가 지금 어떤 상태죠?" 그녀가 물었다.

"아마 괜찮을 거예요." 이렇게 말한 의사는 뭔가를 적은 다음 일어섰다.

대답치고는 너무도 애매했다.

그가 떠난 후 간호사가 들어와 용변 보는 걸 도왔다. 그러고 나서 리스베트는 다시 잠을 잘 수 있었다.

알렉산데르 살라첸코, 일명 칼 악셀 보딘은 유동식으로 아침을 먹었다. 얼굴 근육을 조금만 움직여도 턱뼈와 광대뼈가 깨질 듯 아팠고, 씹는 것은 아예 꿈도 꾸지 못했다. 지난밤 수술에서 그의 턱뼈에 티타늄 나사 두 개가 박혔다.

고통은 끔찍했지만 그럭저럭 견뎌내고 있었다. 살라첸코는 고통에 익숙한 사람이었다. 이 고통이 아무리 심하다 해도 십오 년 전 룬다가탄 길가에 세워둔 차 안에서 횃불처럼 불에 탄 후 몇 주간 겪었던 고통에 비하면 정말이지 아무것도 아니었다. 그후에 받은 치료는 타는 듯한 고통의 마라톤이었을 뿐이다.

의사들은 그가 위기를 넘겼다고 판단했다. 하지만 부상의 심각성과 고령임을 감안해 아직 며칠은 집중 치료를 받아야 한다고 했다.

토요일에 그를 찾아온 면회객은 네 명이었다.

오전 10시경에는 마르쿠스 형사가 다시 찾아왔다. 이번에는 그 건방진 소니아 모디그는 없었고 대신 훨씬 호감이 가는 예르케르 홀름베리라는 수사관과 함께였다. 그들은 로날드에 대해 어제 저녁과 거의 비슷한 질문을 던졌다. 살라첸코는 미리 이야기를 꾸며놓았기 때문에 조금도 실수하지 않았다. 여성인신매매와 그밖의 범죄에 연루된 가능성에 대해서도 질문이 쏟아졌지만 그는 아무것도 모른다고 뚝 잡아뗐다. 장애인 연금으로 근근이 살아가고 있으며, 지금 당신들이 무슨 말을 하는지 전혀 모르겠다고 했다. 그는 모든 책임을 로날드에게 돌렸고, 수배중인 살인범을 찾아내는 데 협조를 아끼지 않겠다고 약속했다.

하지만 실제로는 그들에게 아무런 도움이 되지 않을 진술이었다. 그는 로날드가 어떤 부류들과 어울렸는지 전혀 모른다고 했고, 따라서 그에게 은신처를 제공할 만한 사람에 대해서도 아는 바가 없다고 했다.

11시경에는 검찰청 파견인의 짧은 방문이 있었다. 파견인은 살라첸코에게 리스베트 살란데르에 대한 폭행 및 살인미수 혐의가 있음을 공식적으로 알렸다. 살라첸코는 오히려 피해자는 자신이며, 리스베트가 자신을 죽이려 했다고 끈질기게 설명했다. 파견인은 법적 도움을 줄 만한 국선변호인을 붙여주겠다고 제안했고, 이에 살라첸코는 고려해보겠다고 대답했다.

그 제의를 수락할 뜻은 전혀 없었다. 그에게는 이미 변호사가 있었다. 그날 아침 가장 먼저 한 일이 변호사에게 전화를 걸어 최대한 빨리 오라고 요청한 것이었다. 그리하여 마르틴 토마손이 그날 세번째 면회객이 되었다. 여유 있는 얼굴로 병실에 들어온 그는 숱 많은 금발머리를 손으로 쓱 빗어 올리고는 안경을 고쳐 쓴 다음 고객과 악수를 나누었다. 겉으로는 날씬해 보이지만 적당히 군살이 붙은 몸매에 꽤나 매력적인 외모의 사내였다. 유고슬라비아 마피아의 하수인으로 일한 혐의 때문에 지금도 수사 대상에 올라 있지만 어쨌든 맡은 소송만큼은 결코 지는 법 없다는 평판을 받고 있었다.

살라첸코와 마르틴의 관계는 오 년 전으로 거슬러올라간다. 당시 살라첸코는 리히텐슈타인에서 자신이 운영하던 소규모 투자회사의 자금구조를 재조정해야 했고, 사업상 알게 된 지인을 통해 마르틴을 소개받았다. 엄청난 액수가 걸려 있었던 건 아니지만 그는 기막힌 수완을 발휘해 살라첸코의 세금을 절약할 수 있게 해주었다. 그후에도 살라첸코가 몇 차례 더 도움을 청했다. 마르틴은 그의 돈이 모종의 범죄 활동에서 나온다는 사실을 짐작하고 있었지만 별로 괘념하는 눈치가 아니었다. 결국 살라첸코는 자신과 로날드의 명의로 새 회사를 하나 만들어 그 안에 기존의 잡다한 사업들을 정리해 넣기로 마음먹었다. 그러면서 마르틴을 찾아가 익명으로 제3의 파트너가 되어 회사 재무를 맡아주지 않겠느냐고 제의했다. 그는 깊이 생각해보지도 않고 이를 수락했던 터였다.

"음, 그러니까 보딘 씨, 썩 유쾌한 상황 같아 보이지는 않는군요."

"난 폭행과 살인미수 행위의 피해자요."

"그래 보이는군요. 내가 아는 게 맞다면 리스베트 살란데르가 그랬다죠?"

살라첸코가 목소리를 낮춰 말했다.

"우리 파트너, 로날드가 엿 같은 상황에 빠져버렸소. 당신도 잘 알고 있겠지만."

"네, 나도 알아요."

"그런데 경찰은 이 모든 일에 내가 연루됐다고 의심하고 있소……"

"아, 물론 그렇지 않죠! 당신은 피해자예요. 즉시 손을 써서 매체에 이 사실을 퍼뜨리게끔 만들어야죠. 다행히 리스베트는 이미 부정적인 평을 상당히 받았으니…… 내가 알아서 처리하죠."

"고맙소."

"하지만 내가 형사 전문 변호사가 아니라는 사실을 아셔야 해요. 지금 당신은 전문가의 도움이 필요할 거예요. 믿을 만한 사람을 하나 찾아드리죠."

네번째 면회객은 토요일 밤 11시에 도착했다. 늦은 시간이라 간호사들이 막아섰지만 그는 신분증을 내보이며 긴급한 용무로 왔다고 설명했다. 결국 간호사들은 그에게 병실을 알려주었다. 환자는 여전히 깨어 있었고 무언가 깊은 생각에 잠긴 채였다.

"저는 요나스 산드베리입니다." 면회객이 인사하며 손을 내밀었지만 살라첸코는 거들떠보지도 않았다.

남자는 삼십대 중반으로 보였다. 머리는 연갈색이었고 청바지에 체크무늬 셔츠, 그리고 가죽재킷 차림이었다. 살라첸코는 십오 초 가까이 아무 말 없이 그를 쏘아보기만 했다.

"너희가 언제쯤 나타날까 궁금하던 참이었지."

"세포에서 나왔습니다." 요나스가 신분증을 보여주며 말했다.

"그렇지 않을 걸?"

"네? 뭐라고 말씀하셨죠?"

"네가 세포 직원일지는 몰라도 널 보낸 사람은 따로 있잖아?"

요나스는 잠시 침묵을 지키며 주위를 둘러보았다. 그런 다음 면회객용 의자를 끌어당기며 말했다.

"제가 이렇게 늦은 시간에 온 건 주위의 이목을 끌지 않기 위해서입니다. 우린 어떻게 당신을 도울지 의논했고, 이제는 앞으로 해야 할 일들을 결정해야 합니다. 오늘 제가 찾아온 목적은 간단합니다. 지금까지 무슨 일이 있었는지, 앞으로의 의향은 어떠한지 당신에게 직접 듣고 공동의 전략을 마련하기 위해서죠."

"그래, 어떤 '공동 전략'을 생각하고 있는데?"

요나스는 침대에 누운 사내를 묵묵히 쳐다보다가 두 손을 펼쳐 보이며 대답했다.

"살라첸코 씨…… 이번 사건 때문에 우리로서도 예측하기 힘든 곤란한 결과가 일어날까 자못 염려됩니다. 우린 이 상황에 대해 논의했습니다. 고세베르가의 무덤, 그리고 리스베트가 총알을 세 발 맞았다는 사실은 어쨌든 변명하기 힘들게 됐습니다. 하지만 전혀 희망이 없는 건 아니죠. 당신이 왜 그토록 그녀를 두려워할 수밖에 없었는지, 나아가 왜 그런 극단적인 방법을 사용할 수밖에 없었는지를 당신과 딸의 갈등관계가 설명해줄 테니까요. 하지만 아무리 그렇다 해도 징역 몇 달 정도는 각오해야겠죠."

갑자기 기분이 좋아진 살라첸코는 지금 이런 몸 상태가 아니었다면 한바탕 웃음을 터뜨렸을 것이다. 대신 경련하듯 입술을 가볍게 뒤트는 걸로 만족했다. 다른 표정은 너무 큰 통증을 유발할 터였다.

"그래, 그게 바로 우리의 공동 전략인가?"

"살라첸코 씨. '피해 최소화'라는 개념을 잘 알고 계시죠? 우린 공동 노선을 찾아야 합니다. 변호사 등을 동원해 당신을 돕는 일에 최선을 다할 거예요. 그러니 당신도 우리에게 협조해주셔야 하고, 또 어떤 식으로든 보장을 해주셨으면 합니다."

"좋아, 보장해주지. 대신 이 모든 상황을 깨끗이 정리해줘야 해!" 살라첸코는 무언가를 휙 쓸어버리는 손짓을 했다. "로날드를 이번 일의 희생양으로 써. 아무도 다시는 그를 찾지 못할 거라고 보장해주지."

"하지만 당신에 대한 기술적인 증거들이……"

"기술적인 증거 같은 개소리는 집어치워! 중요한 건 수사를 어떤 식으로 하느냐, 사실을 어떻게 제시하느냐에 달린 거 아냐? 보장을 원해? 그럼 하나 해주지. 너희가 마술 부리듯 이 모든 상황을 싹 정리해주지 않는다면 내가 기자회견을 열 거야. 그 이름들, 날짜들, 그리고 일어난 일들까지 아주 잘 기억하고 있으니까. 내가 어떤 사람이었는지는 네가 더 잘 알잖아?"

"지금 이해를 제대로 못하신 것 같은데……"

"아니, 아주 잘 이해하고 있어. 넌 피라미 심부름꾼일 뿐이잖아. 지금 내가 한 말을 네 두목한테 전해. 그자는 무슨 뜻인지 금방 이해할 테니까. 가서 이렇게 말해. 내겐 모든…… 사본이 있다고. 너희를 모조리 침몰시켜버릴 수 있다고 말이야."

"살라첸코 씨. 우린 합의가 필요해요."

"대화는 끝났어. 꺼져. 그리고 다음번엔 나와 얘기가 될 만한 어른을 보내라고 전해."

살라첸코는 고개를 옆으로 돌리고 더이상 면회객과 눈을 마주치지 않았다. 요나스는 살라첸코를 잠시 내려다보았다. 그런 다음 어깨를 으쓱하고는 몸을 일으켰다. 걸음을 옮겨 거의 문 앞에 이르렀을 때 다시 살라첸코의 목소리가 들렸다.

"또 한 가지……"

요나스가 몸을 돌렸다.

"리스베트."

"그녀가 왜요?"

"그년은 사라져버려야 해."

"무슨 말씀이시죠?"

극히 짧은 순간에 요나스가 몹시 불안한 표정을 보이자 그 모습에 살라첸코는 드릴로 턱뼈를 뚫는 듯한 고통에도 불구하고 미소를 짓지 않을 수 없었다.

"그래. 너희들 모두 한심한 겁쟁이라 그년을 죽일 수 없다는 걸 잘 알아. 그런 일을 벌일 만한 방법도 너희한테는 없다는 걸 내가 잘 알지. 하기야 누가 그 일을 맡겠어, 자네가? ……그년은 사라져버려야 해. 그년의 증언이 무효판결을 받아야 한다고. 다시 시설로 돌아가서 남은 생을 거기 처박혀 지내야 한단 말이야!"

리스베트는 병실 문 앞을 지나가는 누군가의 발소리를 들었다. 요나스 산드베리라는 이름은 명확하게 들리지 않았고, 발소리도 처음 듣는 것이었다.

그녀의 병실 문은 십 분마다 들락거리는 간호사들 때문에 온종일 열려 있었다. 리스베트는 병실 문과 아주 가까운 곳에서 어떤 남자가 간호사에게 설명하는 소리를 들었다. 몹시 급한 용무로 칼 악셀 보딘 씨를 꼭 만나야 한다고 했다. 그러면서 명함을 보여주는 모양이었지만 그의 이름이나 명함의 성격을 짐작케 해주는 단서는 한마디도 오가지 않았다.

간호사는 칼 악셀 보딘 씨가 깨어 있는지 보고 올 테니 기다려달라고 했다. 여기서 리스베트는 그 명함에 꽤나 설득력 있는 내용이 적혀 있으리라는 결론을 이끌어냈다.

간호사는 복도 왼쪽으로 열일곱 걸음을 걸어 목적지에 이르렀고, 이어 면회객은 같은 거리를 열네 걸음에 주파했다. 평균 잡아 열다섯 걸음 반이었다. 그렇다면 한 걸음을 대략 60센티미터로 하고 여기에 15.5를 곱하면 복도 왼쪽으로 930센티미터 떨어진 병실에 살라첸코가 있다는 얘기였다. 10미터쯤 되는 거리였다. 리스베트 자신의 병실 너비가 약 5미터라는 점을 감안하면 살라첸코의 병실은 옆옆 방이었다.

머리맡 탁자에 놓인 전자시계의 녹색 숫자를 보니 면회는 정확히 구 분간 이루어졌다.

요나스가 떠난 후에도 살라첸코는 오랫동안 잠을 이루지 못했다. 그는 요나스 산드베리가 그자의 본명이 아닐 거라고 짐작했다. 스웨덴의 풋내기 첩보요원들은 꼭 필요치 않은 경우에도 가명을 써야 한다는 강박관념에 사로잡혀 있다는 걸 경험을 통해 알고 있었기 때문이다. 어쨌거나 이 요나스(혹은 그자의 이름이 무엇이든)의 방문은 그가 처한 상황을 '섹션'이 알게 되었다는 첫번째 방증이었다. 하기야 미디어가 이렇게 떠들어대고 있는데 모른다면 그게 오히려 이상한 일이었다. 아울러 그의 방문을 통해 섹션이 이 상황을 몹시 불안하게 여기고 있다는 사실을 확인할 수 있었다. 그들이 제대로 판단한 것이다.

살라첸코는 앞으로 일어날 일들의 장단점들을 따져보았다. 여러 가능성을 검토했고, 어떤 것들은 포기했다. 이에 앞서 그는 일이 완전히 엉망이 되어버렸다는 사실을 깨달았고, 또 받아들였다. 지금쯤 자신은 고세베르가 집에 편안히 앉아 있고, 로날드는 이 나라 밖에서 아무 걱정 없이 활보하고 있어야 이상적인 상황이었다. 리스베트는 땅속 깊이 묻혀 있어야 마땅하고. 물론 그는 어떤 일이 일어났는지 잘 알았다. 하지만 대체 그애가 어떻게 무덤에서 기어나와 농가로 돌아올 수 있었는지, 어떻게 도끼질 두 번으로 자신의 삶을 완전히 망가뜨려놓을 수 있었는지, 아무리 생각해도 이해되지 않았다. 정말이지 터무니없을 정도로 대단한 계집애인 것만은 틀림없었다.

반면 로날드에게 무슨 일이 일어났는지는 아주 잘 이해하고 있었다. 왜 그가 리스베트를 재빨리 죽여버리지 못하고 줄행랑을 놓았는지 너무도 잘 알았다. 정신적으로 문제가 있어서 로날드가 환영과 유령을 본다는 사실을 그는 알았다. 로날드가 괴상하게 행동하고 알 수 없는 공포에 사로잡혀 바짝 움츠러드는 바람에 결국 자신이 개입하지 않을 수 없었던 때가 어디 한두 번이었던가.

바로 이 점이 지금 그를 불안하게 했다. 아직 체포되지 않은 걸 보면 고세베르가를 뜬 후 적어도 아직까지는 합리적으로 행동한 게 분명했다. 지금쯤 아마 탈린으로 가려고 안간힘을 쓰고 있을 터였다. 그곳에 가면 살라첸코의 범죄 제국에 속한 이들로부터 보호를 받을 수 있기 때문이다. 불안한 점은 그의 고질병이 언제 발작해 정신이 마비될지 모른다는 사실이었다. 만일 도주중에 그 일이 벌어지면 실수를 저지를 테고, 그러면 체포될 게 뻔했다. 순순히 끌려갈 위인은 절대 아니었다. 그렇다면 경찰관 몇 명이 또 죽을 수 있거나 로날드 자신도 죽을 가능성이 컸다.

이런 생각에 살라첸코는 속이 바짝바짝 타들어갔다. 그는 로날드가 죽는 걸 원치 않았다. 어쨌거나 자신의 아들이었으니까. 하지만 냉정한 현실도 직시하고 있었다. 유감스러운 일이지만 그가 산 채로 체포되는 상황이 절대 벌어져서는 안 된다. 지금까지 한 번도 경찰에 체포된 적 없는 그가 심문을 받으며 어떻게 행동할지 살라첸코로서는 전혀 예측할 수 없었다. 그가 생각하기에 안타깝게도 로날드는 입을 열 가능성이 컸다. 그렇다면 경찰에 붙잡혀 사살되는 편이 나았다. 물론 아들을 잃는다면 더없이 비통하겠지만 그렇지 않을 경우 더 고약한 상황이 기다리고 있었다. 즉 살라첸코 자신이 감옥에서 남은 생을 보내야 하는 것이다.

로날드가 도망치고 나서 벌써 48시간이 지났지만 그는 여전히 붙잡히지 않았다. 좋은 징조였다. 이건 그의 상태가 쌩쌩하다는 뜻이고, 쌩쌩한 로날드는 무적이다.

한편 장기적으로 볼 때 또다른 불안요소도 있었다. 곁에서 삶을 이끌어주던 아비를 잃게 된 로날드가 혼자서 어떻게 앞일을 헤쳐나갈지 도무지 마음이 놓이지 않았다. 여태껏 자신은 아들에게 끊임없이 지시를 내려왔고, 조금이라도 고삐를 풀어 결정권을 쥐여주면 곧바로 무기력한 상태에 빠져든다는 걸 여러 차례 확인하지 않았던가.

살라첸코는 아들의 이런 면이 정말로 재앙이라는 사실을 다시 한번 절감했다. 로날드는 매우 총명했고 모두가 두려워하지 않을 수 없는 엄청난 신체적 특성을 지녔다. 게다가 냉정하게 일을 계획하고 집행하는 능력도 특출했다. 다만 리더로서의 본능이 없다는 게 문제였다. 해야 할 일을 끊임없이 얘기해주는 누군가의 존재가 필요한 녀석이었다.

하지만 지금 그는 살라첸코의 손 밖에 있었다. 이제는 살라첸코 자신의 일에 더 신경을 써야 할 때였다. 그 자신의 상황이 몹시 위태로웠다. 그 어느 때보다도 더.

낮에 마르틴 토마손 변호사가 찾아오기는 했지만 그리 안심되지는 않았다. 그는 회사법 전문 변호사였다. 그쪽 방면에서는 분명 능력이 있었지만 지금 상황에서는 별다른 도움이 될 수 없었다.

그다음에 요나스 산드베리가 찾아왔다. 그는 훨씬 듬직한 구명밧줄처럼 느껴졌다. 하지만 이 밧줄 또한 함정일 수 있었다. 살라첸코는 자신이 든 카드패를 교묘하게 써서 상황을 통제할 필요가 있었다. 그렇다, 가장 중요한 것은 통제였다.

결국 마지막으로 비빌 언덕은 바로 자신뿐이었다. 지금은 의사들의 치료가 필요한 몸이다. 하지만 며칠 후, 어쩌면 일주일 정도 후에는 체력을 회복할 수 있을 터였다. 만일 일이 꼬여 최악으로 치달으면 믿을 건 오직 자신밖에 없는 상황이 오리라. 다시 말해 지금 주위에서 뱅뱅 돌고 있는 저 경찰들의 감시를 뚫고 어떻게든 사라져야 한다는 뜻이다. 그다음엔 은신처와 여권과 현금이 필요하겠지만 그건 마르틴이 마련해줄 수 있을 것이다. 우선은 몸을 충분히 회복해 도망갈 수 있는 힘을 마련하는 게 중요했다.

새벽 1시, 당직 간호사가 살라첸코의 상태를 살피러 왔다. 그는 잠든 척했다. 간호사가 문을 닫고 나가자 그는 힘들게 윗몸을 일으켜 두 다리를 겨우 침대 밖으로 내밀었다. 그런 다음 왼쪽 발을 천천히 바닥에 내려놓아보았다. 도끼로 찍힌 곳이 이미 망가졌던 오른쪽 다리였다는 게 불행 중 다행이었다. 그는 팔을 뻗어 침대 옆 옷장에 기대어진 의족을 잡아 뭉툭하게 잘린 오른쪽 다리에 끼웠다. 그러고는 일어섰다. 건강한 왼쪽 다리에 체중을 실은 뒤 왼쪽 다리로 바닥을 디뎌보려고 했다. 그 위에 체중을 조금 싣자 타는 듯한 통증이 온몸에 흘러들었다.

살라첸코는 이를 악물고 한 걸음을 걸어보았다. 목발이 필요해 보였지만 그건 곧 병원에서 마련해줄 일이었다. 손으로 벽을 짚으면서 문까지 절뚝절뚝 걸어갔다. 거기까지 가는 데는 시간이 좀 필요했고,

한 걸음 걷고 나면 통증을 다스리기 위해 한동안 꼼짝 않고 서 있어야 했다.

그는 성한 다리로 서서 문을 빠끔히 열고 복도를 살폈다. 아무도 보이지 않자 고개를 좀더 내밀어보았다. 왼쪽에서 희미하게 목소리들이 들려와 고개를 돌렸다. 당직 간호사실은 복도 맞은편으로 20미터쯤 떨어진 곳에 있었다.

오른쪽으로 고개를 돌리자 복도 끝에 있는 출구가 눈에 들어왔다.

아까 그는 간호사들에게 리스베트의 상태를 물었다. 어쨌거나 친부이니 물을 자격이 있지 않은가. 간호사들은 환자의 상태에 대해 함구하라는 지시를 받은 눈치였다. 한 명이 건조하고 짧막하게, 리스베트의 상태가 어느 정도 안정됐다고 대답해주었다. 그러면서 그녀는 무의식적으로 복도 왼쪽으로 흘깃 눈길을 돌렸다.

살라첸코 자신의 병실과 간호사실 사이에 있는 병실들 가운데 한 곳에 리스베트가 누워 있다는 걸 알 수 있었다.

그는 살며시 문을 닫은 후 절뚝거리며 침대로 돌아가 의족을 뺐다. 마침내 이불 속으로 기어들었을 때는 온몸이 땀으로 흥건했다.

예르케르 홀름베리가 스톡홀름으로 돌아온 건 일요일 정오경이었다. 배가 고팠고 녹초가 되어 있었다. 그는 지하철을 타고 시청까지 갔다가 거기서부터 베리스가탄에 있는 경찰청사까지 걸어갔다. 곧바로 얀 형사의 사무실로 올라가보니 소니아와 쿠르트가 벌써 와 있었다. 일요일임에도 불구하고 얀이 회의를 소집한 건 예비수사 책임자 리샤르드가 업무차 다른 곳에 간 틈을 이용하기 위해서였다.

"모두들 나와줘서 고마워." 얀이 말했다. "우리끼리 차분하게 얘기하면서 이 엉망으로 헝클어진 사건을 한번 정리해보고 싶어서 말이야. 예르케르, 뭐 새로운 거라도 있나?"

"전화로 보고한 그대로야. 살라첸코는 털끝만큼도 인정하려 들지 않아. 자기는 전적으로 결백하다면서 우릴 도울 일은 전혀 없다고 버티더군. 다만……"

"다만?"

"소니아, 자네 말이 맞았어. 내가 만난 인간들 중 가장 기분 나쁜 부류였어. 사실 이렇게 말하는 건 좋지 않지. 경찰이 이런 식으로 사고해선 안 되니까. 하지만 빠지르르하고 계산적인 얼굴 뒤로 뭔가 섬뜩한 게 느껴지더군."

"오케이." 얀이 마른기침을 했다. "자, 소니아, 우리가 알아낸 게 뭐지?"

그녀는 씁쓸한 미소를 지어 보였다.

"이번 라운드에선 사립 탐정들이 이긴 듯해요. 살라첸코에 대한 공식 기록은 어디에도 없어요. 반면 칼 악셀 보딘의 기록은 있죠. 그는 1941년 우데발라에서 태어났어요. 부모의 이름은 예오리 보딘과 마리안네 보딘. 1946년에 둘 다 사고로 사망했죠. 그후 칼 악셀 보딘은 노르웨이에 있는 삼촌 집에서 자랐어요. 따라서 그가 스웨덴에 온 1970년대 이전까지 아무런 기록이 없는 실정입니다. 이에 대해 미카엘은 그가 소련 GRU 소속 첩보요원이었다고 설명하고 있어요. 확인은 불가능하지만 저는 이 설명이 맞을 거라는 느낌이 들어요."

"그렇다면 얘기가 어떻게 되지?"

"분명 그는 가짜 신분을 부여받았어요. 당국의 동의하에 이루어진 일이겠죠."

"세포 말인가?"

"미카엘은 그렇게 주장하고 있어요. 그게 정확히 어떤 식으로 이루어졌는지 모르겠지만요. 아마 출생증명서나 기타 서류를 위조해서 스웨덴 행정명부에 끼워넣었겠죠. 이러한 행위의 합법성에 대해 왈가왈부할 생각은 없어요. 모든 건 누가 결정했느냐에 달려 있으니까. 하지만 그 서류들이 결국 법적인 효력을 획득했다면 결정은 대부분 정부 차원에서 내려지지 않았겠어요?"

얀의 사무실에 무거운 정적이 내려앉았다. 네 명의 강력반 형사들은 이 사실의 모든 함의를 곱씹어보고 있었다.

"오케이." 이윽고 얀이 침묵을 깼다. "어차피 우리는 말단 형사들일 뿐이야. 설사 이 일에 정부가 연루되었다 해서 그들을 심문할 생각은 없다고."

"흠," 쿠르트가 입을 열었다. "이건 헌법적 위기로 번질 수 있는 문제예요. 미국에서는 정부인사들을 일반 법정에 세우는 게 가능하죠. 스웨덴에서는 헌법위원회를 거쳐야 하고요."

"제일 윗선에다 한번 물어볼 수는 있지 않을까?" 예르케르가 끼어들었다.

"제일 윗선?" 얀이 되물었다.

"토르비에른 펠딘 말이야. 당시 수상이었던 양반."

"그래, 대체 어디 사는지도 모르는 전 수상을 찾아내서 전향한 어느 소련 첩보요원을 위해 서류를 위조한 일이 있느냐고 물어보겠다? 별로 좋은 생각 같지 않은데."

"지금 펠딘은 헤르뇌산드시 오스에 살고 있어. 나도 거기 출신이고. 그 양반 집에서 불과 몇 킬로미터 떨어진 곳에서 살았다고. 우리 부친이 보수파에 펠딘과 아주 친한 사이야. 어렸을 때도 그랬지만 성인이 되고 나서도 여러 번 만났지. 아주 소탈한 양반이야."

강력반 형사 셋이 뚱그래진 눈으로 예르케르를 쳐다보았다.

"자네가 펠딘을 안다고?" 얀이 미심쩍게 물었다.

예르케르가 고개를 끄덕이자 얀도 자못 놀랍다는 듯 입을 쭉 내밀고 고개를 까닥거렸다.

"솔직히 말해서……" 예르케르가 말을 이었다. "만일 전 수상이 이 복잡한 사건에 대해 대략 윤곽만이라도 잡아준다면 우린 꽤 많은 문제를 해결할 수 있어. 내가 거기로 내려가서 그 양반을 만나볼 수 있다고. 그가 입을 열지 않으면 어쩔 수 없겠지만. 만일 뭔가를 말해주면 상당히 시간을 절약할 수 있지 않겠어?"

안은 이 제안을 골똘히 생각해보았다. 그러고는 고개를 설레설레 저었다. 곁눈으로 보니 소니아와 쿠르트 역시 그의 부정적인 의견에 동의하듯 고개를 작게 끄덕이고 있었다.

"예르케르…… 흥미로운 제안이긴 한데 일단은 접어두자고. 자, 다시 사건으로 돌아가지. 소니아?"

"미카엘의 설명에 따르면 살라첸코는 1976년에 스웨덴에 들어왔답니다. 그리고 제가 이해한 바로 미카엘에게 이 사실을 알려줄 수 있었던 사람은 단 하나예요."

"군나르 비에르크." 그를 직접 연행해온 쿠르트가 말했다.

"군나르가 우리한테는 뭐라고 진술했나?" 예르케르가 물었다.

"별다른 건 없어요. 직무상 기밀 유지를 내세우면서 상관들 허락 없이는 아무것도 밝힐 수 없다네요."

"그 상관들이 누군데?"

"밝히길 거부하고 있어요."

"그럼 그자는 어떻게 되는 건가?"

"우선 그를 성구매자처벌법 위반 혐의로 구속했어요. 다그 스벤손 덕분에 입증 자료는 충분하죠. 리샤르드 검사는 이 사실을 알고 열통이 터지는 모양이지만, 일단 제가 보고서를 작성한 이상 수사하지 않고 어물쩍 넘어갈 수는 없게 돼버렸어요. 그러면 검사 자신에게도 문제가 생길 테니까요." 쿠르트가 말했다.

"그렇지. 성구매자처벌법 위반이라. 그거 뭐 별거 있겠나? 결국 벌금 약간 무는 걸로 끝날 텐데……"

"그럴 수도 있겠죠. 하지만 그걸 빌미로 우리가 그를 공식적으로 심문할 수 있게 됐잖아요."

"이거 우리가 세포의 안방을 흙발로 걸어들어가는 형국인데…… 그러다 괜히 풍파나 일으키는 거 아냐?"

"문제는 애초에 세포가 개입하지 않았다면 이 모든 일들이 일어나지 않았을 거라는 사실이죠. 살라첸코가 정말로 소련 첩보요원이고, 중도에 변심해 정치망명을 요청했을 수 있어요. 그리고 전문가나 정보원 그 무엇으로든 봉사했기 때문에 세포가 그에게 가짜 신분과 이름을 제공할 이유가 충분했을지도 몰라요. 그러나 그에게는 세 가지 문제가 있어요. 첫째, 리스베트 살란데르를 감금하는 걸로 마감된 1991년의 수사는 분명한 불법이었어요. 둘째, 그후 살라첸코가 한 활동은 스웨덴의 국가안보와 하등 관계가 없는 것들이었고요. 그는 다만 범죄자였을 뿐이고, 일련의 살인 사건 및 기타 범죄에 연루됐을 가능성이 아주 큽니다. 셋째, 그가 리스베트에게 총을 쏜 뒤 고세베르가에 있는 자기 땅에 매장해버린 건 조금도 의심할 수 없는 사실이에요."

"이야기가 나왔으니 말인데 나도 그놈의 보고서 좀 한번 읽어봐야겠어!"

예르케르의 말에 얀이 얼굴을 찌푸렸다.

"금요일에 리샤르드가 가져가버렸어. 돌려달라고 했더니 복사를 해놓고 주겠다더군. 그런데 나를 다시 불러서는 자신이 검찰총장과 얘기를 해보았는데 문제가 생겼다는 거야. 이게 안보기밀 문서라 배포해도 안 되고 복사해서도 안 된다고. 그러더니 사건의 전모가 명확히 밝혀질 때까지 우리가 가진 사본들까지 모조리 회수하겠다고 했어. 그래서 소니아가 가지고 있던 사본까지 내놓아야 했고."

"그러니까 우리한테는 보고서가 없다는 거야?"

"응."

"젠장!" 예르케르가 말했다. "어째 조짐이 별로 좋지 않군."

"그래, 안 좋아. 그리고 더 큰 문제는 따로 있어. 검찰총장이 그렇게 나온 걸 보면 우리를 방해하는 누군가가 있다는 뜻이야. 게다가 아주 신속하고도 효율적으로 움직이고 있어. 뒤집어 말하면 그 보고서가 이 사건의 본질과 맞닿아 있다는 얘기지."

"그렇다면 어떤 놈이 방해하고 있는지부터 밝혀내야겠네." 예르케르가 말했다.

"잠깐만요." 소니아가 끼어들었다. "페테르 텔레보리안도 한번 생각해볼 수 있어요. 우리 수사에 도움을 주겠다며 일부러 찾아와 리스베트의 프로파일링을 제공한 일이 있었죠. "

"그랬었지." 얀의 목소리가 한층 어두워졌다. "그때 그가 뭐라고 했었지?"

"그녀의 안전이 걱정된다, 그녀가 잘됐으면 좋겠다, 어쩌고저쩌고 했었죠. 하지만 이렇게 빈말을 늘어놓은 다음에는 그녀가 위험한 인물인데다 체포하려 들면 격렬하게 저항할 거라고도 했어요. 그리고 그 말이 이후 우리의 수사 방향에 큰 영향을 미쳤죠."

"특히 한스 파스테를 한껏 달궈놓았지." 예르케르가 맞장구쳤다. "그런데 한스에게서는 소식이 없나?"

"휴가중이야." 얀이 차갑게 내뱉었다. "자, 이제 문제는 앞으로 우리가 어떻게 해야 할지를 정하는 거야."

이후 두 시간 동안 그들은 자신들이 취할 수 있는 다양한 행동에 대해 논의했다. 유일하게 결정된 실질적인 일은 혹시 리스베트에게 할말이 있을지도 모르니 다음날 소니아가 다시 예테보리에 내려가기로 한 것이었다. 마침내 긴 회합이 끝나고 소니아와 쿠르트가 함께 주차장으로 내려왔을 때 문득 쿠르트가 걸음을 멈췄다.

"있지…… 갑자기 이런 생각이 들어."

"뭔데?" 소니아가 되물었다.

"저번에 페테르 박사와 얘기할 때 우리 팀에서 너만 질문도 하고, 그의 의견을 쉽사리 받아들이지도 않았잖아."

"그랬지."

"그래서…… 직감이 훌륭했단 얘기야."

쿠르트는 쉽게 누군가를 칭찬하는 성격이 아니었다. 게다가 그가 소니아에게 긍정적이고 격려가 되는 말을 던진 건 정말이지 처음이었다. 그렇게 멍하니 자기 차 앞에 서 있는 소니아를 놔두고 그는 자리를 떴다.

5장

4월 10일 일요일

미카엘은 토요일에서 일요일로 넘어가는 밤을 에리카와 함께 보냈다. 섹스를 하지는 않았고 이런저런 얘기를 나누었다. 주로 살라첸코에 대한 상세한 내용들이었다. 둘의 신뢰는 아주 깊었기 때문에 곧 다른 신문사에서 일하게 될 그녀였지만 미카엘은 개의치 않고 모든 걸 털어놓았다. 에리카 역시 살라첸코 이야기를 훔쳐갈 의사가 전혀 없었다. 애당초 〈밀레니엄〉의 특종이었다. 그녀로선 이 기사가 실릴 잡지를 만드는 데 참여하지 못하는 아쉬움만 남을 뿐이었다. 그냥 〈밀레니엄〉에 남아 미카엘과 함께 자신의 경력을 마무리해도 즐거울 터였다.

그들은 이런 새로운 상황이 미래의 〈밀레니엄〉에 가져올 변화에 대해서도 의논했다. 비록 몸은 떠나지만 여전히 지분을 보유하고 이사회 임원으로 남겠다는 그녀의 뜻은 확고했다. 반면 잡지의 내용에는 관여할 수 없다는 데에 두 사람의 생각이 일치했다.

"〈SMP〉에서 몇 년만 일할 수 있게 해줘…… 누가 알아? 은퇴할 쯤 되면 내가 다시 〈밀레니엄〉에 돌아올지."

둘은 조금은 복잡한 자신들의 관계에 대해서도 얘기했다. 피차 지금까지 이어온 습관을 바꾸고 싶은 마음은 전혀 없었지만 앞으로는 전처럼 자주 볼 수는 없을 터였다. 그렇다면 1980년대로 돌아가는 셈이었다. 〈밀레니엄〉을 창간하기 전, 각자 다른 곳에서 일하던 그때로 말이다.

"이제는 이따금 약속을 정해 만나는 수밖에 없겠지." 에리카가 희미하게 미소 지으며 말했다.

일요일 아침, 에리카는 남편 그레게르 베크만이 기다리고 있는 집으로 들어가야 했으므로 서둘러 작별을 고했다.

"무슨 말을 해야 할지 모르겠네." 떠나기 전에 그녀가 말했다. "이것만 말할게. 이번에도 자긴 일에 빠져들려는 조짐이 보여. 한 가지에만 골몰하고 다른 건 다 잊어버리는 그런 상태 말이야. 이럴 땐 자기가 꼭 사이코패스처럼 변한다는 사실, 알고 있어?"

미카엘은 미소를 지으며 그녀를 안아주었다.

에리카가 떠난 후 그는 리스베트의 상태를 알아보기 위해 살그렌스카 병원에 전화를 거느라 아침 시간을 다 보냈다. 아무도 알려주려 하지 않아 결국 마르쿠스 형사에게 전화를 했다. 미카엘을 가엾게 여긴 그가 들려준 설명에 따르면, 현재 리스베트의 상태는 심각한 중상을 입은 사람치고 괜찮은 편이며 의사들도 낙관적으로 생각하고 있었다. 미카엘은 면회가 가능한지 물었다. 지금 그녀는 공식적으로 구속된 상황이므로 면회가 허용되지 않지만, 설사 만난다 해도 대화할 상태는 아니라는 게 마르쿠스의 대답이었다. 미카엘은 그에게 리스베트의 상태가 악화될 경우 곧바로 알려주겠다는 약속을 받아냈다.

미카엘은 그동안 휴대전화로 들어온 전화와 메시지들을 확인했다. 모두 해서 42건이었는데 대부분 필사적으로 그를 찾는 기자들이 보낸 것들이었다. 미카엘이 리스베트를 처음 발견해 구조대에 연락한 사실, 그리고 그가 일련의 사건들에 밀접히 연결된 사실이 알려지면서 지난 24시간 동안 기자들 사이에서는 온갖 억측이 난무하는 모양이었다.

미카엘은 기자들이 보낸 메시지를 모조리 지워버렸다. 그런 다음 여동생 안니카에게 전화를 걸어 점심 약속을 정했다.

그런 다음 밀톤 시큐리티 대표인 드라간 아르만스키에게 전화했다. 드라간은 리딩외에 있는 자택에서 전화를 받았다.

"아무튼 톱뉴스 만드는 데는 재주가 있으시군요." 드라간이 대뜸 말했다.

"주중에 전화를 못 드려 죄송합니다. 저를 찾는 메시지를 보긴 했지만 시간이 없어서······"

"실은 우리 밀톤에서도 나름대로 조사를 했어요. 그런데 홀게르 팔름그렌 씨가 당신에게 몇 가지 중요한 정보가 있다는 말을 하더군요. 어쨌든 당신은 우리보다 수백 킬로미터는 앞서 있는 듯하네요."

미카엘은 잠시 머뭇거렸다. 어떤 식으로 말을 꺼내야 할지 막연했다.

"당신을 믿어도 되겠습니까?"

이 뜬금없는 질문에 드라간은 깜짝 놀랐다.

"무슨 말이죠?"

"당신은 리스베트의 편입니까, 아닙니까? 그녀가 잘되기를 진심으로 바라나요?"

"그녀는 내 친구예요. 물론 당신도 알겠지만 그녀가 날 친구로 여기고 있는지는 잘 몰라도요."

"네, 무슨 말인지 압니다. 하지만 내가 묻고 싶은 건 그게 아니에요. 지금 그녀의 링사이드에 서서, 그녀를 잡아먹으려고 하는 적들하고 한판 붙을 각오가 되어 있느냐는 뜻입니다. 이 싸움엔 수많은 라운드가 있을 겁니다."

드라간은 잠시 생각한 뒤에 대답했다.

"그녀 편에 서겠어요."

"그럼 내가 당신에게 몇 가지 정보를 공개하고 함께 일을 상의해도 그것들이 경찰이나 다른 쪽으로 누출되지 않을 거라고 안심해도 되겠습니까?"

"난 범죄에는 절대로 끼어들고 싶지 않아요."

"그걸 물은 게 아닙니다."

"당신이 내게 털어놓을 일들이 범죄적인 활동이나 그와 비슷한 무엇이 아닌 이상 날 전적으로 신뢰해도 됩니다."

"좋습니다. 그럼 우리 한번 만납시다."

"오늘 저녁에 시내에 나가는데, 저녁이나 같이 할까요?"

"아뇨, 오늘은 시간이 없네요. 내일 저녁에 보면 어떨까요? 당신과 나, 둘이서 조용히 얘기해야 해요. 어쩌면 다른 사람들도 낄 수 있고요."

"그럼 밀톤 사무실이 좋겠군요. 저녁 6시 괜찮으신가요?"

"좋습니다. 한 가지 더 말하자면 두 시간 후에 난 여동생 안니카 잔니니를 만납니다. 자신이 리스베트의 변호를 맡을 수 있을지 고민하고 있는데, 물론 무료로 일할 수는 없는 노릇이죠. 수임료 일부를 제 주머니에서 충당하려고 합니다. 밀톤 시큐리티가 여기에 지원을 할 수 있겠습니까?"

"리스베트는 상당히 유능한 형사 전문 변호사가 필요할 겁니다. 미안한 말이지만 당신 동생은 적절한 선택이라고 할 수 없어요. 난 벌써 밀톤의 수석 변호사와 상의했고, 그가 우리에게 필요한 변호사를 찾아줄 겁니다. 난 페테르 알틴* 같은 사람을 염두에 두고 있어요."

---

* Peter Althin(1941~). 스웨덴의 형사 전문 변호사.

"그건 틀린 생각입니다. 지금 리스베트에게 필요한 건 단순한 변호사가 아니에요. 나중에 만나서 얘기하면 내 말뜻을 이해할 겁니다. 어쨌든 당신은 필요한 경우에 돈을 투입할 수 있는 건가요?"

"난 이미 결정을 내렸습니다. 밀톤 시큐리티에서 그녀를 위해 변호사를 고용하기로……"

"예스입니까, 노입니까? 난 리스베트에게 어떤 일이 일어났는지 알고 있어요. 이 모든 일 뒤에 무엇이 숨어 있는지 대략 파악하고 있단 말입니다. 그리고 내겐 대응 전략이 있어요."

드라간이 웃음을 터뜨렸다.

"알겠어요, 알겠어. 당신 얘기를 들어보기로 하죠. 만약 내 맘에 들지 않을 땐 발을 빼면 그만이니까."

"그래, 생각해봤어? 리스베트를 변호해달라는 내 제안?" 미카엘은 여동생의 뺨에 입을 맞추기가 무섭게 물었다. 둘은 커피와 샌드위치를 주문했다.

"응. 그리고 내 답은 부정적이야. 오빠도 알다시피 난 형사 전문 변호사가 아니야. 그녀가 살인 혐의를 벗은 건 사실이지만 그 밖에도 기소 가능한 여러 혐의들이 남아 있어. 나보단 훨씬 경험 많고 영향력 있는 다른 변호사가 필요할 거야."

"잘못 생각하는 거야. 너 역시 당당한 변호사야. 특히 여성인권 문제에서는 누구 못지않게 인정받고 있잖아. 네가 리스베트에게 가장 적합한 변호사라고."

"오빠…… 오빠는 지금 제대로 이해하지 못하는 것 같아. 이건 단순한 여성학대나 성폭력 문제가 아니라 아주 복잡한 범죄 사건이란 말이야. 만일 내가 변호를 맡는다면 우린 그대로 낭떠러지행이라고."

미카엘은 미소지었다.

"너야말로 요점을 놓친 것 같은데. 지금 리스베트가 다그와 미아를 살해한 혐의를 받고 있다면 난 실베르스키 같은 중범죄 전문 변호사를 고용했겠지. 하지만 이 재판에서는 전혀 다른 문제를 다루게 될 거야. 그리고 너는 이 상황에서 내가 상상할 수 있는 가장 완벽한 변호사고."

안니카는 한숨을 내쉬었다.

"그럼 한번 설명해봐."

그들은 두 시간 가까이 대화를 나누었다. 미카엘의 설명이 끝났을 때, 안니카는 마침내 설득당했다. 미카엘은 휴대폰을 꺼내 예테보리의 마르쿠스 형사에게 전화를 걸었다.

"안녕하십니까. 또 미카엘입니다."

"리스베트에 대해선 아직 새로운 소식이 없어요." 마르쿠스가 짜증을 내며 대꾸했다.

"무소식이 희소식. 지금 상황에 딱 맞는 말이군요. 저한테는 그녀에 관한 새로운 소식이 있습니다."

"아, 그래요?"

"리스베트에게 변호사가 생겼어요. 이름은 안니카 잔니니. 지금 제 앞에 있는데 바꿔드리죠."

미카엘은 동생에게 휴대전화를 내밀었다.

"안녕하세요. 안니카 잔니니입니다. 리스베트를 변호해달라는 의뢰를 받았어요. 리스베트가 정식으로 저를 자신의 변호인으로 선임할 수 있도록 그녀를 만나보고 싶어요. 담당 검사의 전화번호도 필요하고요."

"그렇군요……" 마르쿠스가 대답했다. "리스베트에게는 국선변호인이 붙여진 걸로 아는데요."

"그래요? 그녀에게 의견을 물어봤나요?"

그는 머뭇거렸다.

"사실 그녀와 아직 얘기할 기회가 없었어요. 내일 상태가 좀더 나아지면 얘기해보려고 합니다."

"좋아요. 그럼 지금부터 당신들은 리스베트가 거부 의사를 밝히기 전까지 저를 그녀의 변호인으로 간주해야 해요. 앞으로는 제가 입회하지 않으면 그녀를 심문할 수 없습니다. 단지 저를 자신의 변호인으로 받아들일 건지 아닌지만 물을 수 있어요. 이해하시겠어요?"

"예." 마르쿠스가 한숨을 푹 내쉬며 대답했다. 그녀가 한 말이 법적으로 타당한지 아닌지 판단할 수 없었기 때문이다. "우리의 최우선 목표는 그녀가 로날드 니더만의 소재에 대해 아는 게 있는지 알아내는 겁니다. 혹시 당신이 없어도 그건 물어볼 수 있나요?"

안니카는 망설였다.

"그건 괜찮아요…… 경찰이 로날드를 수배하는 데 관련된 질문만 가능합니다. 하지만 그녀에 대한 다른 혐의들에 대해서는 절대 물으면 안 돼요. 아시겠어요?"

"알겠습니다."

마르쿠스는 곧바로 사무실에서 나와 계단을 올라가 예비수사를 맡은 앙네타 예르바스 검사의 방문을 두드렸다. 그리고 방금 안니카와 나눈 대화 내용을 보고했다.

"뭐라고요? 리스베트에게 변호사가 있었다는 말은 처음 듣는데요?"

"나도 몰랐습니다. 안니카 잔니니를 고용한 사람은 미카엘이에요. 리스베트는 이 일을 전혀 모르는 모양이고요."

"그녀는 형사 전문 변호사가 아니에요. 여성인권 문제 전문이죠. 나도 그녀의 강연을 들은 적이 있어요. 영리한 변호사이긴 하지만 이 사건에는 전혀 적합하지 않아요."

"뭐, 그거야 리스베트가 결정할 문제 아닌가요."

"만일 그렇다면 법정에서 난 그녀의 선택에 이의를 제기하지 않을 수 없겠어요. 신문에 얼굴 실리기 좋아하는 스타가 아니라 제대로 된 변호인을 선임하는 게 그녀 자신을 위해서라도 필요하다고요. 게다가 리스베트는 후견을 받고 있잖아요. 이런 경우엔 법적으로 어떻게 되는 건지 모르겠네요."

"어떻게 하죠?"

앙네타는 미간을 찌푸리며 잠시 생각했다.

"정말 골치 아프네! 앞으로 누가 이 사건을 맡게 될지도 모르겠고…… 아마도 스톡홀름의 리샤르드 검사에게 넘어갈 것 같은데…… 그래요! 어쨌든 그녀에게 변호사가 필요하겠어요. 리스베트에게 가서 안니카 잔니니를 원하는지 물어봐요."

오후 5시에 집으로 돌아온 미카엘은 아이북을 켜고 예테보리의 호텔에서 시작했던 글을 이어서 썼다. 그렇게 일곱 시간을 쉬지 않고 작업한 끝에 이야기의 몇 가지 구멍을 발견했다. 아직도 조사할 것들이 꽤 많이 남아 있다는 뜻이었다. 현재 확보한 자료들이 대답해주지 못하는 한 가지는, 군나르 비에르크 외에 세포의 어떤 사람들이 리스베트를 정신병원에 감금할 음모를 꾸몄느냐는 것이었다. 군나르와 정신과 전문의 페테르 사이에 어떤 관계가 있는 건지도 정확히 파악되지 않았다.

자정 무렵에 그는 노트북을 끄고 자러 들어갔다. 몇 주 만에 처음으로 긴장을 풀고 푹 잘 수 있을 것 같았다. 이제 사건의 대략적인 내용은 안다. 비록 해결되지 않은 의문점이 여럿 있었지만, 지금 가진 자료만으로도 세상을 경악하게 할 톱뉴스들을 계속 터뜨려나가기에 충분했다.

밤늦은 시간이었지만 그는 전화기를 집어들었다. 에리카에게 진행 상황을 알려줄 생각이었다. 하지만 이내 그녀가 이미 〈밀레니엄〉을 떠났다는 사실이 떠올랐다. 그 순간부터 미카엘은 좀처럼 잠을 이룰 수 없었다.

저녁 7시 30분, 스톡홀름 중앙역. 갈색 서류가방을 든 남자가 예테보리발 기차에서 천천히 내려와 군중 속에 파묻혀 방향을 찾는 듯 잠시 주위를 두리번거렸다. 그는 이날 아침 8시에 라홀름에서 출발했다. 옛 지인과 점심을 먹기 위해 예테보리에 잠시 머문 다음 스톡홀름까지 여행을 계속했다. 스톡홀름에 온 건 이 년 만이었다. 사실 수도에 다시 올라올 계획은 전혀 없었다. 직장을 다니는 동안 대부분의 시간을 보낸 곳이었지만 항상 어딘가 낯설게만 느껴졌고, 이러한 느낌은 은퇴 후에 이곳에 올 때마다 갈수록 커져만 갔다.

그는 천천히 역사를 가로질렀다. 매점에서 석간신문과 바나나 두 개를 산 그는 머리에 히잡을 쓰고 자신의 옆을 재빨리 지나가는 두 이슬람 여성을 물끄러미 바라보았다. 히잡을 한 여자들에게 별다른 반감은 없었다. 사람들이 무슨 차림을 하고 다니든 그가 상관할 문제가 아니니까. 다만 스톡홀름 한복판에서 기어코 그런 차림을 하고 다니려는 걸 보면 속이 언짢았다.

그는 300미터 정도를 걸어서 바사가탄의 중앙우체국 구청사 옆에 있는 프레이 호텔에 도착했다. 가끔 스톡홀름에 올 때마다 묵는 곳이었다. 시내 중심지에 있어서 편리하기도 했고 깨끗했다. 숙박비도 쌌다. 이제 자비로 여행을 해야 하는 그로서는 중요한 고려사항이었다. 전날 방을 예약해둔 그는 에베르트 굴베리라고 자기 이름을 댔다.

그는 방으로 올라가자마자 화장실로 직행했다. 소변이 자주 마려워지는 나이였다. 도중에 깨서 소변을 보러 가는 일 없이 밤새 잠을 자본 게 벌써 몇 년 전이다.

화장실에서 나온 그는 모자를 벗었다. 진녹색에 챙이 좁다란 영국제 펠트모자였다. 넥타이도 풀었다. 키는 184센티미터에 체중은 68킬로그램이었다. 병약해 보일 정도로 마른 체격이었다. 그는 하운즈투스체크 재킷과 진회색 바지를 입고 있었다. 뒤이어 갈색 서류가

방을 열어 셔츠 두 장, 내일 바꿔 맬 넥타이 하나, 그리고 속옷 등을 꺼내 서랍장 위에 가지런히 올려놓았다. 그런 다음 외투와 재킷을 문 뒤쪽에 있는 벽장 안에 걸었다.

잠자리에 들기엔 이른 시간이었다. 하지만 나가서 저녁 산책을 해보기에도 늦은 시간이었다. 산책은 그다지 즐기는 활동이 아니기도 했다. 결국 그는 의자에 앉아 주위를 둘러보았다. TV를 켰으나 소음이 들리는 건 원치 않았으므로 볼륨을 완전히 껐다. 프런트에 전화해 커피를 시켜볼까 생각했지만 너무 늦은 시각이었다. 대신 미니바를 열어 조니워커 미니어처 한 병을 잔에 따른 다음 물을 몇 방울 섞었다. 그러고는 석간신문을 펼쳐 리스베트와 수배중인 로날드에 대한 기사들을 빠짐없이 주의깊게 읽었다. 그리고 잠시 후 가죽수첩을 꺼내 뭔가를 적었다.

세포, 즉 스웨덴 첩보경찰의 고위 간부였던 에베르트 굴베리는 올해 나이 78세로 은퇴한 지는 십사 년째였다. "노병은 죽지 않는다. 다만 사라질 뿐이다"라는 말이 딱 어울리는 인물이었다.

2차대전이 끝나고 얼마 후 그는 열아홉의 나이로 해군에 입대했다. 사관후보생으로 복무하다가 마침내 정식 장교 훈련을 받을 수 있었다. 하지만 해상 근무를 원했던 기대와 달리 해군정보국의 적군통신탐지 부서에 배속됐다. 주로 발트해 너머에서 벌어지는 일들을 알아내는 업무는 아무런 어려움이 없는 대신 따분하고 재미가 없었다. 그래도 군 통역학교에서 러시아어와 폴란드어를 배우는 수확은 있었다. 이렇게 습득한 외국어가 한 요인이 되어 1950년 스웨덴 첩보경찰에 채용될 수 있었다. 흠잡을 데 없이 올바른 사람이었던 예오리 툴린이 세포의 전신인 국가경찰 제3여단을 이끌던 시절이었다. 에베르트가 그곳에 처음 들어갔을 때 조직의 총 예산은 270만 크로나 남짓이었고 요원은 정확히 96명이었다.

그가 공식적으로 퇴임할 당시 예산은 3억 5000만 크로나로 불어 나 있었고, 조직에 포함된 인원이 얼마나 되는지는 정확히 알지 못 했다.

그는 스웨덴 첩보요원으로 평생을 일했다. 더 정확히는 이 사회민 주국가에 평생을 바쳤다고 말할 수 있으리라. 아이러니가 아닐 수 없 었다. 그는 선거 때마다 보수당에 표를 던진 충실한 우파였으니까. 딱 한 번 예외가 있었다. 1991년 총선 때 그는 현실정치 측면에서 칼 빌트*가 재앙과도 같은 인물이라고 생각해 보수당을 등졌다. 그래서 그해에는 울며 겨자 먹기로 사민당의 잉바르 칼손**에게 표를 보탤 수밖에 없었다. 그리고 이른바 '스웨덴 역사상 최고의 정부'라는 보 수당 정권은 사 년간 그의 가장 불길한 예감을 현실로 만들었다. 보 수당이 권좌에 오른 건 소련이 붕괴하던 무렵이었다. 동유럽에서 발 생하는 정치적 기회들을 따라잡고 첩보 기술을 펼치는 데 있어서 그 가 보기에 이 정권만큼 준비가 덜 된 정권도 없었다. 빌트 정부는 재 정상 이유를 내세워 대소련 첩보기관을 축소하는 동시에 보스니아- 세르비아 사태라는 국제적 진창에 제 발로 뛰어들었다. 세르비아가 언젠가 스웨덴에게 위협이 되리라고 상상했던 걸까? 결과는 처참했 다. 모스크바에 장기 첩보요원을 심어놓는 일이 불가능해졌다. 다시 말해 양국 관계가 경색되는 날—에베르트가 생각하기에 불가피한 일이었다—정치권은 다시 세포와 군 첩보부에 말도 안 되는 무리한 요구들을 해댈 것이었다. 마치 모자 속에서 토끼를 꺼내는 마술처럼 필요하면 언제든 첩보요원을 만들어낼 수 있기라도 하다는 듯이 말 이다.

---

* Carl Bildt(1949~). 스웨덴 보수파 정치인.
** Ingvar Carlsson(1934~). 1986년 올로프 팔메 총리 암살 당시 부총리였다가 1996년까지 스웨덴 총리를 지냈다.

에베르트는 국가경찰 제3여단의 대러시아 부서에서 경력을 시작했다. 사무실에서 이 년간 펜대만 놀리던 그는 1952년에서 1953년 사이 모스크바의 스웨덴 대사관에서 대위 계급의 공군 무관으로서 서투른 첫발을 내디뎠다. 기이하게도 그는 어느 유명 첩보요원이 갔던 길을 그대로 따라가고 있었다. 몇 해 전, 그 공군 무관 자리에는 악명 높은 스티그 벤네르스트룀* 대령이 앉아 있었다.

스웨덴으로 돌아온 그는 방첩 업무를 수행하다가 십 년 후인 1963년에 젊은 첩보경찰로서, 오토 다니엘손의 지휘 아래 이중간첩이었던 스티그 벤네르스트룀을 체포하고 롱홀멘 교도소에서 무기징역을 살게 하는 데 일조했다.

1964년, 첩보경찰은 페르 군나르 빙에의 지휘 아래 재편되어 국립경찰청 안보국이 되는데, 이때부터 인원이 크게 증가하기 시작한다. 이 무렵 에베르트는 세포에서 십사 년 근무한 신뢰받는 베테랑이 되어 있었다.

그는 안보경찰인 세케르헷스폴리센을 줄여 부르는 세포라는 말을 절대로 사용하지 않았다. 공식 석상에서는 '안보국', 동료들 사이에서는 '기업' '회사' 혹은 단순하게 '국'이라는 표현을 썼다. 이유는 간단했다. 여러 해 동안 회사의 가장 중요한 임무는 이른바 '인력 통제'였다. 다시 말해 공산주의적 혹은 반역적 사상을 품고 있을 수 있는 스웨덴 시민을 조사하고 색인화하는 일이었다. 회사 안에서 '공산주의자'와 '배신자'는 동의어였다. 그런데 '세포'라는 명칭은 불온한 성향의 공산주의 잡지인 〈클라르테〉가 처음 사용한 것으로, 공산주의자를 사냥하는 경찰들을 비아냥대는 뉘앙스가 담겨 있었다. 배경이 이러했기에 에베르트는 자신의 상사였던 페르 군나르 빙에가 왜 그의 회고록 제목으로 '세포의 수장 1962~1970'이라는 표현을 썼는지

* Stig Wennerström(1906~2006). 스웨덴 공군 소속 첩보요원.

도저히 이해할 수 없었다.

어쨌거나 1964년에 있었던 대대적인 조직 개편은 그의 경력에 결정적인 영향을 미쳤다.

안보국이라는 명칭은 당시 법무부 문건에 기록된 대로 종전의 국가경찰이 '현대적인 경찰기구'로 탈바꿈했음을 암시했다. 그리고 대대적인 인원 확충을 의미했다. 나아가 조직에 새 요원들이 편입되는 과정에서 갖가지 문제들이 발생하게 될 것임을 뜻하기도 했다. 점점 확장해나가는 이 조직 내부에 '적군'이 자기네 요원들을 심을 기회가 극적으로 많아진 셈이었다. 이 사실은 역으로 조직의 내부 보안이 강화되어야 함을 의미했다. 이제 첩보경찰은 더이상 고참 요원들만으로 이루어진 작은 동아리가 아니었다. 모두가 서로를 알고 있으며, 아버지가 요원이거나 요원이었다는 사실이 최고의 채용 자격이 되는 그런 좁고도 뻔한 조직이 아니었다.

1963년 방첩 부서에 있던 에베르트는 이중간첩 스티그 벤네르스트룀 사건 이후 크게 강화된 이른바 인력 통제 부서로 이동했다. 1960년대 말까지 불온한 정치사상을 지닌 스웨덴 시민 약 30만 명을 색인화하게 되는 이른바 '정치사상 기록부'의 기초가 바로 이 무렵에 놓이고 있었다. 하지만 국민 통제 못지않게 시급한 일이 있었으니, 안보경찰 자체의 내부 보안 강화였다.

스티그 벤네르스트룀 사건은 안보경찰에 큰 당혹감을 안겨주었다. 군 핵심부에 있는 대령—그는 핵무기와 안보 정책 분야의 정부 측 고문이기도 했다—이 러시아를 위해 일할 수 있었다면, 안보경찰의 핵심부에도 러시아가 심어둔 첩자가 없으란 법이 있겠는가? 회사의 간부들 가운데 러시아를 위해 일하는 자가 없다고 보장할 수 있는가? 요컨대 이중간첩들을 누가 잡아낼 것인가?

1964년 8월 어느 날 오후, 에베르트는 세포 부국장 한스 빌헬름 프란케의 사무실에서 열린 모임에 호출됐다. 거기엔 그 말고도 회사의 고위급 간부가 두 사람―사무처장과 예산처장―더 나와 있었다. 그리고 이날 해가 저물기 전에 그의 삶의 방향이 바뀌었다. 그가 선택된 것이다. 에베르트 굴베리는 새로 설치된 가칭 '특별 섹션Special Section', 줄여서 SS라는 부서의 책임자로 지목됐다. 그는 첫 조처로 '특별 분석 그룹Special Analysis Group'이라는 새 명칭을 제의했다. 그리고 몇 분 후 예산처장이 SA가 SS보다 크게 나을 게 없다고 지적하여 결국 부서 명칭은 '특별 분석 섹션Section for Specific Analysis', 즉 SSA로 결정됐다. 이후 일상적으로는 세포의 조직 전체를 지칭하는 국, 혹은 회사와 구별해 '섹션'이라 쓰기로 했다.

섹션 창설은 한스 프란케의 아이디어였다. 그는 섹션을 '최후 국가 방어선'이라고 불렀다. 회사 내에서 전략적인 위치를 점하지만 겉으로는 드러나지 않는 극도로 은밀한 그룹이었다. 그 어떤 내부 문서에도, 심지어는 예산 보고서에도 언급되지 않는, 즉 침투 불가능한 조직이어야 했다. 섹션의 임무는 국가안보를 지키고 감시하는 일이었다. 한스 프란케는 이 아이디어를 실현할 권한이 있었다. 이 은밀한 조직을 창설하기 위해서는 예산처장과 사무처장의 협조가 필요했지만, 두 사람 모두 그의 오랜 동료이자 십여 차례의 첩보전을 함께 치른 전우들이었다.

창설 첫 해, 섹션의 구성원은 에베르트 굴베리와 엄선된 팀원 세 명뿐이었다. 그러던 조직이 이후 십 년 사이에 열한 명으로 늘었다. 그중 둘은 고참 사무관이었고, 나머지는 간첩 수색 전문가였다. 조직 내 위계는 극도로 단순했다. 에베르트가 팀장이었고, 나머지는 그가 거의 매일 대면할 수 있는 팀원들이었다. 섹션에서는 위신이나 관료주의보다 효율성이 우선이었다.

공식적으로 에베르트는 자신이 매달 보고서를 제출해야 하는 세포 국장을 필두로 일련의 간부들에게 종속되어 있었지만 실제로는 예외적인 권한과 함께 독특한 위치를 부여받았다. 그는—오직 그만이—세포의 최고위 간부들에 대한 조사를 결정할 수 있었다. 만일 원한다면 세포의 수장 페르 군나르 빙에의 사생활까지 샅샅이 밝혀낼 수 있었다(그리고 실제로 그렇게 했다). 또한 그는 스스로 조사를 시작하고 도청을 하는 데 그 목적을 상부에 설명하거나 보고할 필요도 없었다. 그의 롤모델은 CIA에서 자신과 비슷한 위치에 있었으며 개인적으로도 만난 적 있는 전설적인 미 첩보요원 제임스 지저스 앵글턴이었다.

구조상 섹션은 부서 내부에 존재하는 세부 조직이 되었다. 한편 외부에서는 세포의 모든 나머지 부서와 동등하거나 그 위에 존재하는 별개의 조직인 셈이었다. 이러한 사실은 지리적인 결과로도 이어졌다. 섹션은 쿵스홀멘의 중앙경찰청사에 사무실이 있었지만 보안상의 이유를 들어 외스테르말름에 있는 방 열한 개짜리 아파트로 팀 전체가 자리를 옮겼다. 은밀하게 내부 공사를 마친 후 완벽한 보안시설을 갖춘 사무실로 개조된 아파트는 24시간 중 단 한 시간도 비는 법이 없었다. 믿음직한 비서 엘레아노르 바덴브링크가 현관에서 가장 가까운 방 두 개에 기거하며 근무하고 있었기 때문이다. 에베르트에게 엘레아노르는 전적으로 신뢰할 수 있는, 대체 불가능한 동료였다.

그와 팀원들은 철저히 숨겨진 존재였다. '특별 기금'을 통해 운영 자금을 충당했지만 국립경찰청 혹은 법무부 산하 안보국의 공식 체계 어디에도 그들은 존재하지 않았다. 심지어 세포 국장마저 민감한 사안 중에서도 가장 민감한 사안을 처리하는, 극도로 비밀스러운 이들의 존재를 모르고 있었다.

에베르트가 마흔 살 무렵일 때는 자신의 활동을 누구에게도 보고할 의무가 없으며, 자신이 선택한 그 누구에 대해서도 조사를 벌일 수 있는 막강한 위치에 있게 되었다.

에베르트는 처음부터 특별 분석 섹션이 정치적으로 민감한 조직이 될 수 있다는 것을 분명히 이해하고 있었다. 그래서 조직의 목적을 일부러 아주 애매하게 규정해놓았다. 사실 문건 자체를 거의 남겨놓지 않았다. 1964년 9월, 당시 수상 타게 에를란데르는 '국가안보를 위해 특별히 민감하고도 중요한 조사를 수행'하는 특별 분석 섹션에 특별 기금을 허가한다는 지침서에 서명했다. 이 사안은 어느 날 오후에 열렸던 수상 회의 때 세포 부국장이 가지고 들어간 유사한 안건 열두 개 가운데 하나였다. 이렇게 처리된 문건은 곧바로 특급 기밀로 분류돼 세포의 특별 문헌고로 들어갔다.

수상의 서명은 섹션이 법적으로 승인된 기구라는 사실을 의미했다. 첫해 책정된 예산은 5만 2천 크로나였다. 터무니없이 적은 예산이었으나 에베르트가 봤을 때 부국장의 솜씨가 여간 기막힌 게 아니었다. 이렇게 함으로써 다른 일반적인 사안들에 묻혀 섹션 창설이 조용히 이루어질 수 있었던 것이다.

보다 넓은 의미에서 보면, 수상의 서명은 그가 내부 인력 통제를 담당할 조직의 필요성을 인정했음을 의미했다. 나아가 이 서명은 수상이 그 자신을 포함해 세포 외부의 '특별히 민감한 인사들'에 대한 감시를 허용했다는 의미로 해석될 수도 있었다. 바로 여기에 심각한 정치적 문제들이 발생할 소지가 있었다.

에베르트는 조니워커 잔이 어느새 빈 것을 보았다. 평소 술을 즐겨 찾는 편은 아니지만 장시간 여행에 지친 몸을 달래는 데 이보다 좋은 건 없었다. 더욱이 그의 나이에는 위스키 한두 잔쯤 더 마신다고 해서 크게 달라질 게 없었다. 이제는 술이 당길 때 잔을 가득 채우기를 주저할 필요가 없다. 그는 미니어처 글렌피딕 한 병을 잔에 부었다.

그가 다뤘던 가장 민감한 사안은 말할 것도 없이 올로프 팔메였다. 1976년 총선 날에 있었던 일들을 그는 아주 세세하게 기억하고 있였다. 스웨덴 현대사에서 처음으로 우파 정권이 들어선 날이었다. 훨씬 노련하고 자격을 갖춘 에스타 보만 대신 토르비에른 펠딘이 수상으로 당선된 일은 유감이었지만 중요한 건 올로프 팔메가 패배했다는 사실이었다. 그로선 숨통이 트이는 듯했다.

올로프 팔메가 과연 적합한 수상감인가 하는 문제는 세포 내부에서 오가는 사담 가운데 자주 오르내리는 주제였다. 1969년에는 세포 국장 페르 군나르 빙에가 파면당하는 일이 있었다. 팔메 수상이 러시아 KGB에 봉사하는 스파이일 수도 있다는, 당시 세포 내부에 널리 퍼져 있던 이야기를 공공연하게 발설했기 때문이었다. 사실 당시 회사의 사상적 풍토에서 페르 빙에의 이러한 생각은 논쟁거리도 안 되는 얘기였다. 하지만 경솔하게도 그가 자신의 의견을 노르보텐 주지사인 랑나르 라시난티에게 가감 없이 밝혔다는 게 문제였다. 너무 놀란 주지사는 즉각 수상에게 이를 알렸고, 그 결과 페르 빙에는 수상과의 일대일 면담에 소환됐다.

물론 에베르트도 수상을 강하게 의심하고 있었다. 그러나 답답하게도 그가 러시아인과 접촉했다는 혐의는 좀처럼 입증되지 않았다. 진실을 밝히고 결정적 증거들을 찾아내려는 꾸준한 시도에도 불구하고 섹션은 그 어떤 증거도 찾아낼 수 없었다. 에베르트는 이 사실이 수상의 결백을 의미한다고 생각하지 않았다. 오히려 다른 러시아 스파이들과 달리 실수를 범하지 않는, 특별히 교활하고 영리한 스파이로 보일 뿐이었다. 해마다 이렇게 수상은 그들의 포위망을 피해갔다. 1982년에 그는 다시 수상이 되었고, '팔메 사안'도 다시 수면 위로 떠올랐다. 몇 년 후 스베아베겐 거리에서 총성이 몇 번 울렸고, 이 문제는 영원히 미제로 남게 되었다.

섹션에게 1976년은 위기의 해였다. 세포 내부—좀더 정확히는 섹션의 존재를 알고 있는 몇몇 사람들 가운데서—에서 섹션에 대한 비판이 고개를 들고 있었다. 지난 십 년간 이른바 정치적 신뢰도가 부족하다는 이유로 66명이나 되는 세포 직원이 해고된 터였다. 대부분은 혐의를 전혀 입증할 수 없는 성격의 문제였다. 결국 몇몇 고위 간부들은 섹션의 사람들을 두고 어디서든 음모의 냄새를 맡는 편집증 환자라고 쑥덕거리기 시작했다.

에베르트에겐 아직도 생각만 하면 부아가 치미는 기억이 하나 있다. 1968년 세포에서 채용한 장교가 하나 있었다. 당시 에베르트는 그를 회사에 전혀 적합하지 않은 인물로 판단했다. 육군 중위 스티그 베릴링이라는 그 인물은 훗날 소련 군사 정보국 GRU 소속 대령이었음이 밝혀졌다. 채용 후 몇 년간 에베르트는 조직에서 그를 쫓아내려고 네 차례나 애를 썼지만 그 시도는 번번이 무산되었다. 그러다 1977년에 그가 세포 외부에서도 의심을 사게 되면서 분위기가 바뀌었다. 하지만 너무 늦은 뒤였다. 스티그 베릴링은 스웨덴 안보경찰 역사상 최대의 스캔들이 되어버렸다.

섹션에 대한 비판의 목소리는 1970년대 전반기를 거치며 점차 커져갔다. 결국 70년대 중반에 이르러 에베르트는 섹션의 예산이 삭감될 거라는 얘기를 여러 차례 들었고, 심지어는 조직이 전혀 불필요하다는 암시도 감지했다.

이러한 비판은 섹션의 미래가 불투명해졌음을 의미했다. 그해 세포의 최우선 임무는 대테러 투쟁이었다. 첩보요원들로선 꽤나 처량한 꼴이 된 셈이었다. 매일 하는 일이라고는 아랍인 혹은 친팔레스타인 부류와 어울리는 젊은 녀석들을 쫓아다니는 것이었다. 어쨌거나 당시 세포 내에서 중요한 문제는, 스웨덴에 거주하는 외국인을 조사하기 위해 섹션에 특별한 권한을 부여해야 할지, 아니면 외국인 담당 특별부가 이 업무를 계속 전담해야 할지를 가리는 것이었다.

관료들 간의 난해한 논쟁 끝에 섹션 사람들은 외국인 담당 특별부에 대한 통제—실은 염탐을—를 강화하기 위해 믿을 만한 협력자가 필요하다는 결론을 내렸다.

이를 위해 그들이 선택한 사람은 외국인 담당 특별부의 한 젊은 직원이었다. 1970년부터 세포에서 근무해온 그는 배경이나 정치적 신뢰도 면에서 섹션의 일원으로 받아들여지기에 전혀 부족함이 없어 보였다. 개인적으로 그는 '민주연맹'이라는 단체의 회원이었다. 친사민당 매체들이 극우파라 칭하는 단체였지만 섹션 사람들에겐 전혀 문제가 되지 않았다. 섹션 가운데 세 명이 이미 이 단체에 속해 있었다. 게다가 섹션은 이 단체가 조직되는 데 큰 역할을 했으며, 지금도 자금을 일부 지원한다. 그 청년도 바로 이 단체를 통해 섹션의 눈에 띄어 발탁된 것이었다.

그의 이름은 군나르 비에르크였다.

그리고 에베르트에게 믿기지 않는 행운이 일어났다. 1976년 총선일, 알렉산데르 살라첸코가 스웨덴에 입국해 망명을 신청하러 노르말름 경찰소에 제 발로 걸어들어갔을 때, 그 접수를 받은 사람이 다름 아닌 젊은 군나르—외국인 담당 특별부 직원이자 이미 세포의 협력자—였다.

군나르는 제법 기민했다. 그는 즉각 살라첸코가 얼마나 거물인지를 이해하고 심문을 중단했다. 그러고는 망명자를 콘티넨탈 호텔에 집어넣은 다음 급히 이 비상사태를 보고했는데, 그 상대는 외국인 담당 특별부의 공식 상관이 아닌 섹션의 에베르트 굴베리였다. 전화벨이 울린 때는 투표소들의 문이 닫히고 올로프 팔메가 패배할 거라는 예측 보도가 쏟아져나오던 저녁이었다. 에베르트는 막 집으로 들어와 TV를 켜고 선거 방송을 보고 있었다. 처음에 그는 젊은 직원이 극도로 흥분해 전화로 떠들어대는 내용을 선뜻 믿지 못했다. 하지만 얼마 지나지 않아 에베르트는 살라첸코 사안을 통솔하기 위해 콘티넨탈 호텔로 향하고 있었다.

에베르트의 삶은 그날 이후 완전히 바뀌었다. '기밀'이라는 단어가 지금까지와는 전혀 다른 의미와 무게로 다가왔다. 그는 이 망명자를 중심으로 새로운 조직을 하나 꾸밀 필요가 있음을 깨달았다.

그는 즉각 '살라첸코 그룹'에 군나르 비에르크를 포함시키겠다고 결정했다. 군나르가 이미 망명자의 존재를 알고 있었으니 현명하고도 적절한 조치였다. 보안에 위협이 될 수 있는 요소는 외부에 두기보다는 내부에 포함시키는 게 훨씬 나았다. 군나르는 그의 공식 근무처인 외국인 담당 특별부에서 외스테르말름의 아파트 사무실로 자리를 옮기게 될 것이었다.

이후 흥분된 상황 속에서 에베르트는 세포 내 단 한 사람, 즉 섹션의 활동에 대해 이미 알고 있는 사무처장에게만 이 사실을 알린다는 방침을 세웠다. 그런데 며칠간 이 정보를 혼자서 간직하고 있던 사무처장이 그를 부르더니 이번 건은 너무 덩치가 큰 사안이니 세포 국장과 정부에도 알리는 게 좋겠다고 했다.

당시 취임한 지 얼마 되지 않았던 세포 신임 국장은 섹션의 존재를 알았지만 그들이 하는 일에 대해서는 극히 막연한 정보만을 가지고 있었다. 그는 이른바 '경찰 감찰부 사건'을 마무리짓기 위해 세포 국장으로 발탁되었으며, 경찰에서 더 높은 자리에 오르기 위해 벌써부터 준비하던 인물이었다. 그는 사무처장과의 비밀 대담 때 섹션에 대해 처음 들었다. 섹션은 정부가 승인한 비밀 조직으로 세포의 공식 업무와는 별도로 움직이며, 활동한 내용에 대해서는 그 어떤 질문도 불허한다는 사실을 신임 국장은 이 자리에서 처음 알게 됐다. 그는 불쾌한 대답이 나올 만한 껄끄러운 질문을 구태여 하지 않는 사람이었기에 사무처장의 설명을 듣고는 그저 고개만 끄덕였다. 세포 내에 무언가 특별한 조직이 존재한다는 사실을 인정하는 동시에, 그것이 자신과는 무관함을 밝히는 의미였다.

에베르트는 살라첸코 문제를 신임 국장에게 보고해야 한다는 게 썩 내키지 않았지만 현실을 받아들였다. 대신 이 사안에 대해 절대적인 비밀 유지가 필요하다는 사실을 강조했다. 심지어는 국장조차 특별한 보안장치 없이는 집무실 안에서도 이 문제를 거론해서는 안 되는 등 몇 가지 조건을 내걸었다. 그리고 앞으로 살라첸코 사안은 특별 분석 섹션이 관리한다는 동의를 얻어냈다.

막 선출된 신임 수상에게 해야 할 보고는 보류되었다. 정권이 교체되는 북새통에 신임 수상은 새 장관들을 임명하랴, 다른 보수당들과 협상하랴 정신이 없을 터였다. 세포 국장이 에베르트를 대동하고 총리실이 있는 로센바드 건물로 찾아간 건 새 내각이 만들어지고 한 달이 지난 뒤였다. 정부에는 아무것도 알리지 말아야 한다고 에베르트가 끝까지 주장했지만 국장도 못지않게 끈질겼다. 이런 사안을 수상에게 보고하지 않는 건 헌법적으로 용납될 수 없는 과오였기 때문이다. 결국 수상과 대면하게 된 에베르트는 살라첸코에 대한 정보가 수상 집무실 밖으로 흘러나가서는 절대 안 된다는 점을 납득시키기 위해 자신의 모든 언변을 동원했다. 외무부 장관이나 국방부 장관, 혹은 정부의 그 어떤 인물에게도 알려서는 안 된다고 역설하고 또 역설했다.

펠딘 수상은 거물급 소련 첩보요원이 스웨덴에 망명을 요청했다는 보고에 크게 당황했다. 이윽고 입을 연 그는 적어도 연립정부를 구성한 다른 당의 당수들과 협의하는 게 자신의 헌법상 의무라는 점을 지적했다. 이러한 반론을 예상했던 에베르트는 비장의 카드를 꺼냈다. 목소리를 아주 낮게 깔고는, 만일 그런 일이 벌어진다면 에베르트 자신은 즉각 사퇴하지 않을 수 없을 거라고 설명했다. 이 위협은 효과가 있었다. 여기에는 만일 이야기가 새어나가 살라첸코를 제거하기 위해 러시아가 암살 요원을 보낸다면 수상이 모두 그 책임을 져야 한다는 의미가 담겨 있었다. 또한 망명자의 안전을 책임졌던 인물이 모종의 이유로 사임할 수밖에 없었다는 사실이 폭로되기라도 한다면 역시 수상에게 엄청난 정치적 재앙이 될 거라는 암시도 깔려 있었다.

취임한 지 얼마 되지 않아 아직 자신의 역할에 확신이 없었던 수상은 수그러들었다. 그리고 섹션이 살라첸코의 안전과 심문을 책임지며, 그에 대한 정보가 절대 집무실 밖으로 새어나가지 않게 하겠다는 지침서에 서명했다. 이 지침서에 서명함으로써 수상은 보고를 받았지만 그것에 대해 말할 권리는 없음을 인정한 셈이 되었다. 간단히 말해 수상 자신은 살라첸코에 대한 문제를 잊겠다는 의미였다.

펠딘도 요구사항을 내걸었다. 내각 차관급 인사 가운데 신중하게 한 명을 골라 망명자 사안에 관해 섹션과의 접촉창구로 삼겠다는 거였다. 에베르트는 달갑지 않았지만 받아들였다. 차관급 인물 정도야 얼마든지 다룰 자신이 있었다.

세포 국장은 만족했다. 살라첸코 사안이 헌법적으로 하자가 없도록 처리되었으니 자신도 뒤탈이 없을 터였다. 에베르트 역시 만족했다. 앞으로 엄청나게 쏟아져나올 정보들을 통제할 수 있는 확실한 격리실을 만들어놓았으니 말이다. 그 혼자만이 살라첸코를 통제할 수 있게 된 것이다.

외스테르말름의 사무실로 돌아온 에베르트는 자리에 앉아 살라첸코의 존재를 알고 있는 사람들의 명단을 뽑아보았다. 에베르트 자신을 포함해 군나르 비에르크, 섹션 작전부장 한스 폰 로팅에르, 작전차장 프레드리크 클린톤, 상근 비서 엘레아노르 바덴브링크, 그리고 살라첸코가 섹션에 제공할 정보들을 취합하고 분석해나갈 두 요원까지, 모두 일곱 명이었다. 이들이 앞으로 '섹션 안의 섹션'을 이룰 터였다. 에베르트는 이 조직에 '내부 서클'이라는 이름을 붙여보았다.

비밀을 아는 섹션 외부 사람은 세포 국장과 부국장, 그리고 사무처장이었다. 여기에 수상과 차관급 인사까지 합하면 모두 열두 명이었다. 이 정도로 중대한 사안이 이처럼 한정된 그룹만의 비밀이었던 적은 여태껏 없었다.

에베르트는 얼굴을 살짝 찌푸렸다. 비밀을 아는 열세번째 인물이 있었다. 살라첸코가 망명을 요청했던 날, 군나르가 법무보조를 하나 대동하고 경찰서에 찾아갔었다. 바로 닐스 비우르만이었다. 하지만 그를 섹션의 협력자로 들인다는 건 말도 안 되는 일이었다. 그는 진정한 세포 요원이 아니었다. 세포에 잠시 발을 담근 연수생일 뿐, 이런 일에 요구되는 지식도 능력도 없는 자였다. 에베르트는 여러 가능성을 따져본 끝에 닐스를 이 일에서 슬그머니 퇴장시키기로 했다. 만일 살라첸코에 대해 단 한마디라도 발설하면 국가반역죄로 종신형에 처할 거라고 으름장을 놓았다. 그리고 당근도 내놓았다. 앞으로 좋은 일거리를 찾아주겠다고 약속하는 한편, 전도유망한 청년이라고 칭찬하며 자만심을 한껏 부풀려주었다. 실제로 그는 닐스가 유명 로펌에 취직할 수 있도록 뒤를 봐주었고, 딴생각을 할 겨를이 없도록 일거리도 수없이 물어다주었다. 능력이 형편없어서 차려준 밥상조차 제대로 챙겨먹지 못하는 인물이라는 게 유일한 문제였다. 십 년 후 그는 로펌을 나와 결국 오덴플란에 변호사 사무실을 차렸다.

그후 에베르트는 닐스를 향한 은밀한 감시의 눈길을 거두지 않다가 1980년대 말에 가서야 그 감시를 그만두었는데, 소련이 붕괴하면서 더이상 살라첸코가 최우선 순위가 아니었기 때문이다.

무엇보다 섹션이 살라첸코에게 품었던 기대는 올로프 팔메의 미스터리를 밝히는 통로가 될 수 있으리라는 것이었다. 이후 계속된 기나긴 심문에서 에베르트가 살라첸코와 주로 이야기한 주제 가운데 하나 역시 팔메였다.

하지만 이런 희망은 오래지 않아 산산이 깨지고 말았다. 살라첸코는 한 번도 스웨덴에서 암약한 적이 없었고, 이 나라에 대해 아는 것도 거의 없었다. 다만 '빨간 주자走者'라는 인물에 대해선 들어봤는데, KGB를 위해 일하는 스웨덴 고위 정치인 혹은 다른 스칸디나비아 국가 정치인이라고만 했다.

에베르트는 팔메와 연관된 인물들의 명단을 뽑아보았다. 칼 리드봄, 피에르 쇼리, 스텐 안데르손, 마리타 울브스코그, 그리고 몇 사람이 더 있었다. 그는 이후 평생 동안 이 명단을 다시 꺼내 조사하고 또 조사했지만 결코 해답을 찾아내지 못했다.

어쨌든 갑자기 에베르트는 거물이 되었다. 사람들이 그를 보면 경의 어린 인사를 보내곤 했다. 모두가 서로를 잘 알고 있으며 인물간의 접촉이 공식적 경로나 관료적 규정에 의거하지 않고 개인적 우정과 신뢰로 이루어지는 선택된 전사들의 폐쇄적인 클럽에서 말이다. 그렇게 그는 제임스 지저스 앵글턴을 만날 수 있었고, 런던의 어느 은밀한 클럽에서 MI6*의 수장과 위스키를 마실 수도 있었다. 그는 엘리트 중의 엘리트가 되었다.

이 직업에는 어두운 이면도 있었다. 예를 들어 그는 이 같은 찬란한 성공에 대해 크게 떠들 수 없었다. 심지어 유작 회고록에조차 쓸 수 없다. 그리고 항상 불안감에 시달렸다. 해외에 나갈 일이 잦은 그를 적들이 주목할 수 있었고, 그러다 자신도 모르는 사이에 러시아 요원을 살라첸코에게 이끌어다줄 가능성도 있었다.

이런 점에서는 살라첸코가 그의 최악의 적이라 할 수 있었다.

망명 첫해, 살라첸코는 섹션 소유의 평범한 아파트에서 살았다. 그 어떤 공문서에도 등록대장에도 그는 존재하지 않았다. 살라첸코 그룹 사람들은 그의 미래를 천천히 계획해도 늦지 않다고 생각했다. 1978년 봄이 되어서야 그는 칼 악셀 보딘 명의의 여권을 받고, 공

---

* 해외 첩보 업무를 담당하는 영국 정보기관.

들여 꾸며낸 이력—허구이지만 스웨덴 주민등록부에서 확인 가능한—을 얻을 수 있었다.

하지만 이미 늦어버린 후였다. 살라첸코는 벌써부터 밖으로 나다니며 앙네타 소피아 살란데르, 그러니까 원래 성은 셸란데르인 여자와 관계를 했고, 아무렇지 않게 자신의 본명을 밝혀버렸다. 에베르트는 그가 제정신이 아니라고 생각했다. 저 소련 망명자가 자신의 존재를 드러내고 싶어하는 건지, 아니면 이 나라의 스포트라이트를 받고 싶어하는 건지 의심스러웠다. 그게 아니라면 이토록 말도 안 되는 멍청한 짓을 할 수 없었다.

살라첸코는 성매매를 즐겨 했다. 어떤 때는 술을 퍼마셨고, 어떤 때는 술집 가드들과 싸움을 벌였다. 만취 상태로 소동을 벌여 세 차례, 그리고 술집에서 문제를 일으켜 두 차례 스웨덴 경찰에 체포되었다. 그때마다 섹션이 은밀하게 개입해 그를 꺼내왔다. 관련 서류를 없애고 기록을 변경하기 위해 진땀을 흘려야 했다. 에베르트는 군나르 비에르크를 시켜 24시간 내내 그를 따라다니며 베이비시터처럼 뒤치다꺼리를 하도록 했다. 간단치 않은 일이었지만 다른 방도가 없었다.

그래도 모든 게 원만하게 지나갈 수도 있었다. 1980년대 초반이 되자 살라첸코는 조금 얌전해졌고 새로운 환경에 적응하기 시작했다. 하지만 결코 앙네타 살란데르만큼은 버리지 않았다. 게다가 어느새 두 딸의 아버지가 되어 있었다. 카밀라 살란데르와 리스베트 살란데르 말이다.

리스베트 살란데르.

에베르트는 불편한 심기로 그 이름을 불러보았다.

그애들이 아홉 살 혹은 열 살이었을 때부터 에베르트는 리스베트만 생각하면 왠지 기분이 나빴다. 그애가 정상이 아니라는 걸 이해하기 위해 구태여 정신과 전문의의 설명을 들을 필요도 없었다. 군나르의 보고에 따르면, 그애는 살라첸코에게 반항적이고 공격적이며 폭력적인데다 제 아비를 털끝만치도 두려워하지 않는 듯했다. 거의 말을 하는 법이 없었지만 자기 주변에 대한 불만을 다양한 방법으로 표출했다. 요컨대 그녀는 자라나는 문제 덩어리였다. 하지만 에베르트는 이 조그만 문제 덩어리가 이토록 엄청나게 커지리라고는 정말이지 예상하지 못했다. 그가 무엇보다 두려워한 건 살란데르 가족이 처한 골치 아픈 상황이 사회복지사들을 끌어들이고, 결국 그들이 살라첸코를 조사하게 될지도 모를 가능성이었다. 그는 살라첸코에게 간청하고 또 간청했다. 제발 가족과 인연을 끊고 그들의 삶에서 사라져버리라고. 살라첸코는 그러겠다고 약속했지만 지킨 적은 한 번도 없었다. 살라첸코에겐 다른 여자들도 있었다. 수도 없이 많았다. 하지만 몇 달이 지나면 어김없이 앙네타 살란데르의 곁으로 돌아갔다.

엿 같은 살라첸코! 자기 '물건' 하나 제대로 간수 못하고 개판으로 사는 첩보요원은 첩보요원이라고 할 수도 없었다. 살라첸코는 자신이 모든 규칙들 위에 서 있는 양 행동했다. 앙네타를 만나는 일도 번번이 그녀를 폭행하지만 않았다면 그냥 넘어갈 수 있었다. 그는 습관적으로 그녀를 학대했다. 아니, 마치 살라첸코 그룹을 도발하려고 그렇게 행동하는 것 같았다. 그룹 사람들을 괴롭히려고 보란듯이 그녀를 때리는 것만 같았다.

에베르트는 살라첸코가 사악한 쓰레기임을 조금도 의심하지 않았지만 어쩔 수 없었다. GRU 출신 망명자는 골라잡을 수 있을 만큼 수가 많지 않았다. 아니, 그에겐 오직 한 명뿐이었고 살라첸코는 이 사실을 잘 알고 있었다.

그는 한숨을 내쉬었다. 당시 살라첸코 그룹은 이른바 '청소 특공대' 같은 짓을 하고 있었다. 부인할 수 없는 사실이었다. 살라첸코는 자기가 제멋대로 행동해도 괜찮다는 걸 알고 있었다. 무슨 짓을 해도 뒤에 남은 쓰레기는 착한 세포 애들이 잘 치워줄 테니 말이다. 특히 앙네타와의 일에서는 이러한 여건을 최대한 이용하고 있었다.

하지만 경계 신호들이 나타나기 시작했다. 리스베트가 열두 살 되던 해에 자기 아버지를 칼로 찔렀다. 가벼운 상처였지만 그래도 살라첸코는 상트예란 병원으로 실려가야 했고, 그룹은 상당히 힘을 들여 뒤처리를 했다. 그때 에베르트는 살라첸코와 아주 심각하게 대화를 나눴다. 앞으로 절대 살란데르 가족과 만나서는 안 된다는 걸 알아듣게 설명했고, 살라첸코는 그러겠다고 약속했다. 그는 여섯 달 동안 약속을 지켰지만 결국 앙네타의 집으로 돌아가 다시 그녀를 구타했다. 얼마나 심하게 때렸던지 그녀는 남은 생을 요양원에서 보내야 했다.

아무리 그래도 에베르트는 그 어린 리스베트가 손수 화염병을 만들 정도로 살인에 굶주린 사이코패스일 줄은 꿈에도 상상하지 못했다. 그날은 완전한 혼돈, 그 자체였다. 온갖 수사가 뒤따를 가능성이 있었고, '살라첸코 작전'의 운명이, 아니 섹션 전체의 운명이 경각에 달려 있었다. 리스베트가 입을 열면 살라첸코의 존재가 드러나버릴 수 있었다. 살라첸코의 존재가 드러나면 십오 년 전부터 유럽 각국에서 동시에 진행해온 일련의 작전들이 와해되고, 섹션은 공식 조사의 도마 위에 오를 터였다. 무슨 수를 써서라도 막아야만 하는 일이었다.

에베르트는 속이 바짝바짝 타들어갔다. 정말로 공식 조사가 시작된다면 그 충격적이었던 '경찰 감찰부 사건'조차 흔해 빠진 리얼리티 쇼처럼 보이게 되리라. 만일 섹션의 문건들이 공개된다면, 헌법을 위배한 일련의 활동들이 폭로될 터였다. 팔메 수상과 다른 사민당 인사들을 여러 해 동안 감시한 일은 특히 문제가 될 수 있었다. 에베르트를 비롯해 섹션의 다수가 기소될 것은 불 보듯 뻔했다. 하지만 그것으로 끝날까? 기자들은 팔메 암살의 배후에 섹션이 있다고 미친개처럼 짖어댈 테고, 무수한 폭로와 고발이 이어질 수도 있었다. 가장 골치 아픈 건 그동안 세포 지도부에 변동이 잦아서 심지어는 세포 국장조차 섹션의 존재를 모르고 있다는 사실이었다. 섹션과 세포와의 접촉은 사무처장 선에서 끊어졌고, 신임 사무처장은 십 년 전부터 섹션의 멤버이기도 했다.

살라첸코 그룹은 깊은 불안감에 사로잡혀 허둥댔다. 이때 군나르 비에르크가 해결책을 하나 들고 나왔다. 바로 페테르 텔레보리안이라는 정신과 전문의였다. 페테르는 전혀 다른 사안에서 세포에 협력한 적 있는 의사였다.

그는 세포 방첩부가 어느 산업스파이를 감시하던 시기에 용의자의 심리를 파악하는 데 도움을 준 고문이었다. 수사가 중대한 단계에 이르렀을 당시 세포는 문제의 인물이 심각한 스트레스에 노출될 경우 어떻게 반응할지를 알아내려 했다. 이때 젊고 명석한 전문의 페테르가 알쏭달쏭한 전문용어를 늘어놓는 대신 구체적이고도 분명한 방식으로 조언을 했다. 그의 조언 덕분에 세포는 문제의 인물이 자살까지 이르는 일만은 막을 수 있었고, 오히려 세포에 정보를 제공하는 이중간첩으로 전향시키는 성과까지 얻었다.

리스베트가 살라첸코를 공격한 사건이 터지자 군나르는 슬그머니 페테르를 빼돌려 섹션의 고문으로 데려왔다. 어느 때보다도 절실하게 그가 필요해졌기 때문이다.

페테르가 제시한 해결책은 아주 간단했다. 우선 중화상을 입은 칼 악셀 보딘을 재활 치료를 구실로 잠시 사라져 있게 했다. 머리에 치명적인 외상을 입은 앙네타도 장기 요양소에 보내버렸다. 이 사건에 관련된 모든 경찰수사 기록들은 세포 사무처장이 취합해 넘겨주어 섹션이 독점 관리할 수 있었다.

마침 페테르가 웁살라의 상트스테판 소아정신병원 부원장으로 취임한 때였다. 그와 군나르가 함께 법의학 소견서를 작성하고 여기에 지방법원이 발부한 판결문 한 장을 덧붙이면 끝이었다. 모든 건 이 일을 어떻게 포장하느냐에 달렸다. 헌법은 이 일과 아무런 상관이 없었다. 결국 이것은 국가안보에 관계된 일이 아닌가. 관련자들은 충분히 이해해줄 것이었다.

더군다나 리스베트에게 정신적으로 문제가 있다는 건 명백한 사실이었다. 정신질환자를 위한 시설에서 몇 년간 지내는 것도 그녀 자신을 위해 좋은 일이었다. 에베르트는 고개를 끄덕였고, 페테르의 제안은 승인되었다.

골치 아픈 문제들을 한 방에 해결할 수 있는 깔끔한 방안이었다. 그렇지 않아도 살라첸코 그룹은 해체되어야 했다. 소비에트 연방은 더 이상 존재하지 않았고, 살라첸코의 영광스러운 시절도 과거의 일이 되었다. 살라첸코는 유효기간이 이미 오래전에 경과한 상품이었다.

살라첸코 그룹은 세포의 비밀기금에서 퇴직수당을 두둑이 얻어내는 데 성공했다. 그들은 칼 악셀 보딘이 최상의 재활 치료를 받을 수 있도록 주선했고, 마침내 여섯 달 후에는 아를란다 국제공항으로 그를 데려가 스페인행 편도 티켓을 건넸다. 그리고 이제부터 살라첸코와 섹션이 각자의 길을 간다는 사실을 분명히 했다. 그것이 에베르트가 처리한 최후의 업무 중 하나였다. 일주일 후, 세월의 흐름만큼은 통제할 수 없었던 그가 후계자 프레드리크 클린톤에게 섹션을 넘겨주고 은퇴했다. 그후로는 특별히 민감한 사안에 대해서만 조언하며 지냈다. 그렇게 스톡홀름에서 삼 년을 더 지내며 거의 매일 섹션에 나갔지만, 임무가 점차 줄어들면서 그 자신도 서서히 일을 정리해나갔다. 고향 라홀름으로 돌아가 그곳에서도 섹션의 업무를 몇 건 처리했고, 처음 몇 해 동안은 이따금 스톡홀름에 가는 일도 있었다. 그러다 이런 방문마저 점차 드물어졌다.

에베르트는 그렇게 살라첸코를 까맣게 잊고 지냈다. 그자의 딸이 삼중살인 사건 용의자가 되어 신문의 헤드라인을 죄다 장식하고 있는 걸 발견하기 전까지.

　그는 혼란스러운 마음으로 계속 뉴스를 보았다. 리스베트의 후견인이 닐스 비우르만이었다는 사실에는 크게 놀라지 않았다. 충분히 그럴 수 있는 일이라고 생각했다. 하지만 살라첸코의 이야기가 수면 위로 떠오르는 일은 결코 없으리라 믿었다. 리스베트는 미쳤다. 그녀가 광란의 살인극을 벌였다고 해도 놀랄 일은 아니었다. 그는 살라첸코가 이 일과 전혀 무관하리라 생각했다. 어느 날 아침뉴스에서 고세베르가 사건에 대해 듣기 전까지 말이다. 그제야 에베르트는 몇 군데에 전화를 걸었고, 결국 스톡홀름행 기차표를 샀다.

　섹션은 그가 이 조직을 창설한 이래 최악의 위기에 처해 있었다. 모든 게 산산조각 날 수 있었다.

　살라첸코는 화장실까지 기어가다시피 걸어가 소변을 보았다. 병원에서 준 목발을 짚고 몸을 움직였다. 그리고 짤막하게 재활 운동을 하면서 일요일을 보냈다. 턱뼈는 여전히 지옥 같은 통증으로 깨질 듯 아팠고 아직 먹을 수 있는 건 유동식뿐이었지만 그래도 일어서서 몇 미터를 걸을 수 있었다.

　거의 십오 년간 의족을 달고 살아온 터라 목발이 어색하지는 않았다. 그는 침대 주위를 살살 왔다갔다하면서 목발을 짚고 걷는 연습을 했다. 오른발이 바닥에 스칠 때마다 끔찍한 통증이 일어 다리를 죄다 칼로 저미는 것만 같았다.

　살라첸코는 자신의 딸이 바로 옆에 있다는 사실을 상기하면서 이를 악물었다. 복도 오른쪽으로 두번째 병실에 그애가 있다는 걸 알아내는 데 꼬박 하루가 걸렸다.

　당직 간호사가 마지막 회진을 하고 나서 십 분쯤 지나니 사방이 완벽하게 고요해졌다. 새벽 2시경이었다. 살라첸코는 고통을 참으며 일어나 손을 더듬어 목발을 찾아냈다. 그러고는 문 앞으로 가서 귀를 기울였다. 아무런 소리도 들리지 않았다. 그는 조용히 문을 열고 복도로 나갔다. 그렇게 복도 끝까지 가서 계단 출입구를 열어보고 층계참을 살폈다. 텅 빈 층계참에는 엘리베이터가 있었다. 그는 복도로 돌아왔다. 그리고 리스베트의 병실 앞을 지나다 걸음을 멈추고 잠깐 목발에 기대어 서 있었다.

그날 밤, 간호사들은 리스베트의 병실 문을 열어놓았다. 그녀는 복도 쪽에서 뭔가가 가볍게 긁히는 소리에 눈을 떴다. 대체 무슨 소리인지 짐작이 가지 않았다. 누군가가 바닥에 뭔가를 살짝 끌고 다니는 듯했다. 어느 순간 다시 모든 게 조용해졌고, 그녀는 환청을 들었다고 생각했다. 하지만 잠시 후 다시 그 소리가 들렸다. 그리고 천천히 멀어져갔다. 리스베트는 점점 더 불안해졌다.

살라첸코가 거기 있었다. 저 밖 복도에.

리스베트의 몸은 마치 침대에 꽁꽁 묶여 있는 것만 같았다. 목 보호대에 피부가 닿아 쓰라렸다. 일어나고 싶은 욕구가 강렬했다. 그리고 천천히 일어나 앉는 데 성공했다. 하지만 낼 수 있는 힘은 거기까지였다. 다시 베개 위로 머리가 풀썩 떨어져내렸다.

잠시 후 그녀는 손으로 더듬어 목 보호대를 단단히 고정시킨 고리들을 찾아냈다. 고리를 풀자 보호대가 바닥으로 굴러떨어졌다. 그러자 숨을 쉬는 게 한결 편해졌다.

지금 옆에 무기가 될 만한 게 하나 있다면, 아니 몸을 일으켜세울 힘이라도 있다면 얼마나 좋을까. 그럼 그를 영원히 끝장내버릴 수 있다.

팔꿈치를 짚고 다시 몸을 일으켰다. 침대 위에 붙은 미등을 켜고서 병실을 둘러보았다. 무기가 될 만한 건 전혀 보이지 않았다. 그런데 침대에서 3미터 정도 떨어진 간호사용 테이블 위에 뭔가가 있었다. 누군가가 놓고 간 연필이었다.

리스베트는 회진하는 간호사가 들렀다 가기만을 기다렸다. 오늘 밤에는 삼십 분에 한 번씩 들르는 듯했다. 십오 분마다 들렀던 전날에 비해 회진 빈도가 뜸해진 걸 보면 상태가 좋아졌다고 판단한 모양이었다. 하지만 그녀로선 아무런 차이도 느낄 수 없었다.

다시 혼자가 된 리스베트는 젖 먹던 힘까지 다해 몸을 일으켜 앉아 침대 가장자리 아래로 두 다리를 떨어뜨렸다. 맥박이며 호흡을 체크하는 전극들이 온몸에 덕지덕지 붙어 있었지만 다행히 전선들이 연필이 있는 쪽으로 연결되어 있었다. 한쪽 발에 체중을 싣고 천천히 일어섰다. 갑자기 몸이 크게 휘청거렸다. 그 짧은 순간 기절할지도 모른다는 생각이 들었다. 이내 침대 위로 손을 짚어 균형을 잡은 후 앞에 있는 책상을 노려보며 정신을 집중했다. 그렇게 비틀거리며 세 걸음을 내디딘 끝에 팔을 뻗어 연필을 잡았다.

리스베트는 천천히 침대로 돌아왔다. 완전히 탈진해버렸다.

얼마나 지났을까. 시트를 턱까지 끌어올린 그녀는 연필을 들어 끄트머리를 살폈다. 평범한 나무 연필이었다. 방금 깎아놓은 듯 끝이 송곳처럼 뾰족했다. 얼굴이나 눈을 찌르기에 꽤 괜찮은 무기였다.

그녀는 언제든 손이 닿도록 엉덩이 옆에 연필을 붙여놓고는 잠이 들었다.

6장
4월 11일 월요일

월요일 아침, 9시가 조금 지나서 일어난 미카엘은 〈밀레니엄〉 사무실에 막 도착한 말린 에릭손에게 전화를 걸었다.

"안녕하십니까, 편집장님!" 그가 넉살을 떨었다.

"에리카가 그만두고 두 분이 절 편집장 자리에 앉히셨다니…… 아직도 정신이 멍해요."

"오, 그래?"

"에리카는 벌써 떠났어요. 책상이 텅 비어 있네요."

"그럼 오늘 하루는 그 자리로 이사나 하면서 보내는 게 어때?"

"도대체 어떻게 해나가야 할지 모르겠어요. 너무 어색해요."

"그런 생각하지 마. 지금 상황에선 말린이 최선의 선택이라는 게 우리 모두의 의견이라고. 그리고 문제가 있으면 언제든 나나 크리스테르와 상의하면 돼."

"그렇게 믿어주시니 감사합니다."

"말린은 그럴 자격이 충분하니까. 평소처럼 계속해나가면 돼. 당분간은 문제가 생기면 그때그때 생각해보자고."

"알겠어요. 그런데 다른 하실 말씀이라도 있나요?"

미카엘은 하루종일 집에서 기사를 쓸 생각이라고 말했다. 그의 말을 듣고 있던 말린은 문득 묘한 기분이 들었다. 지금 그는 예전에 에리카에게 보고하던 방식대로 말린 자신에게도 그렇게 하고 있었다. 그녀가 의견을 말해주기를 기다리고 있었다. 그렇지 않은가?

"지시하실 거라도 있나요?"

"천만에. 오히려 나한테 지시할 게 있으면 언제든 전화하라고. 난 여전히 리스베트 사건을 붙들고 있어. 그 이야기에 관련된 건 내가 결정할 거야. 잡지에 관련된 일들은 말린이 결정해. 필요하면 옆에서 도와줄 테니까."

"잘못된 결정을 내리면 어떻게 하죠?"

"그런 기미가 느껴지면 내가 얘기할게. 엄청난 실수가 아니라면 그럴 필요는 없겠지. 세상에 백 퍼센트 옳거나 틀린 결정은 없으니까. 말린이 내리는 결정은 당연히 에리카와 달라. 내가 결정을 내린다면 또 달라지겠고. 어찌 됐든 이제부터 말린의 결정이 가장 중요해."

"잘 알겠어요."

"훌륭한 리더는 다른 사람들과 문제를 잘 상의하는 사람이야. 우선은 헨리와 크리스테르랑 상의하고 그다음엔 나하고 해. 그리고 정말로 어려운 문제가 있으면 편집회의를 열어 같이 의논하기로 하고."

"최선을 다할게요."

"좋아."

통화를 끝낸 미카엘은 거실 소파에 앉았다. 그리고 무릎에 노트북을 올려놓고서 한 번도 쉬지 않고 반나절을 일했다. 마침내 작업이 끝났을 때, 그의 손에는 모두 21쪽짜리 기사 두 편이 들려 있었다. 그의 협력자였던 다그 스벤손과 미아 베리만에게—그들이 어떤 일을 했는지, 왜 그들이 살해당했으며 살인범은 누구인지—주로 초점이 맞춰져 있는 글이었다. 대략 계산해보니 이번 여름 특별호에 내려면 40쪽은 더 필요해 보였다. 리스베트의 프라이버시를 침해하는 일 없이 그녀를 묘사하기 위해 어떤 방식을 취해야 할지 결정하는 문제도 남아 있었다. 그녀로선 결코 세상에 알리고 싶지 않을 일들을 그는 알고 있었다.

같은 월요일, 에베르트 굴베리는 프레이 호텔 카페테리아에서 빵과 블랙커피로 간단하게 아침을 먹었다. 그런 다음 택시를 잡아타고 스톡홀름 중심지인 외스테르말름의 아르틸레리가탄으로 갔다. 오전 9시 15분, 그가 아파트 인터폰을 누르고 자신을 소개하자 문이 열렸다. 곧장 육층으로 올라가니 섹션의 신임부장인 쉰네 살의 비리에르 바덴셰가 현관에서 그를 맞이했다.

비리에르는 에베르트가 은퇴할 때만 해도 스카우트된 지 얼마 안 된 젊은 신참이었다.

사실 에베르트는 강단 있는 프레드리크 클린톤이 더 남아 있었으면 하는 바람이었다. 프레드리크는 에베르트의 자리를 이어받고 나서 당뇨병과 심혈관 질환 때문에 자의 반 타의 반으로 은퇴하기 전 2002년까지 섹션 부장으로 있었다. 하지만 이 비리에르는 어떤 부류의 인간인지 도통 감이 오지 않았다.

"어서 오십시오, 선배님." 비리에르가 자신의 옛 상관과 악수를 나누며 말했다. "일부러 시간을 내어 들러주셔서 감사합니다."

"가진 거라곤 시간밖에 없는 사람이네." 에베르트가 대꾸했다.

"이곳 일이 어떤지는 잘 아시지요? 존경하는 선배님들께 제대로 연락도 못 드려서 정말 죄송합니다."

에베르트는 아무런 대꾸도 하지 않았다. 서슴없이 왼쪽으로 꺾어 과거 자신의 사무실이었던 방으로 들어가 창가에 놓인 둥근 회의용 탁자에 자리를 잡았다. 비리에르―적어도 에베르트가 짐작하기에―는 벽에 샤갈과 몬드리안의 복제화를 몇 점 걸어놓았다. 그가 일하던 때는 크로난호나 바사호 같은 역사적인 전함들의 도면이 걸려 있었다. 물론 에베르트 자신의 취향이었다. 그는 항상 바다를 꿈꿨으며, 실제로 해군 장교였던 적도 있었다. 비록 병역을 위해 바다에서 몇 달 보냈던 것에 불과했지만 말이다. 사무실에는 컴퓨터도 몇 대 보였다. 이런 몇 가지만 제외하면 그가 은퇴할 때 보았던 모습 그대로였다. 비리에르가 커피를 따라주었다.

"다른 사람들도 곧 도착할 겁니다. 그동안 저희끼리 먼저 얘기를 나누죠."

"내 시절에 일하던 사람 중에 지금 몇이나 남아 있지?"

"저 말고 오토 할베리와 예오리 뉘스트룀 정도입니다. 오토는 올해 퇴직하고, 예오리는 곧 예순 살이 됩니다. 그분들 말고는 모두 나중에 들어온 사람들이죠. 그중 몇몇은 선배님도 이미 보셨을 겁니다."

"지금 섹션에서 일하는 사람이 모두 몇인가?"

"그동안 조직을 약간 개편했어요."

"오, 그런가?"

"지금 풀타임으로 일하는 사람은 모두 일곱 명입니다. 그런 면에서 조직이 축소됐다고 볼 수 있죠. 하지만 세포 전체로 보면 서른한 명의 협력자가 있습니다. 대부분 이곳에 온 적은 없고, 자신이 속한 부서에서 일하다가 필요할 때마다 은밀하게 저희를 도와주는 방식이죠. 일종의 부업이라고 할 수 있을까요."

"협력자가 서른한 명이라……"

"거기에 저희 일곱을 더해야죠. 이게 다 선배님께서 만들어놓은 시스템 아니겠습니까? 저희는 조금 다듬기만 했을 뿐이죠. 그리고 저희는 섹션을 이른바 '내부 조직'과 '외부 조직'으로 구분하고 있습니다. 외부 조직의 협력자들은 세포 내부에서 데려오는데, 그들에게 일정 기간 휴가를 내도록 한 후 우리 쪽 교육을 시킵니다. 교육은 오토 할베리가 맡고 있고요. 구체적으로는 해군학교에 보내 육 주간 교육을 받게 합니다. 그런 다음 자신의 원래 부서로 돌아가는데, 그때부터 저희의 협력자가 되는 거죠."

"음, 그렇군."

"아주 훌륭한 시스템입니다. 대부분 협력자들은 서로의 존재를 전혀 모르죠. 여기 섹션에서는 주로 협력자들의 보고를 접수하는 일을 하고요. 선배님 시절과 같은 규칙이 적용되고 있는 거죠. 점조직 운영을 원칙으로 하고 있습니다."

"작전팀은 있나?"

비리에르는 미간을 찌푸렸다. 에베르트 시절에는 노련한 팀장 한스 폰 로팅에르를 비롯해 네 명으로 구성된 작전팀이 작게나마 존재했었다.

"정확히 작전팀이라고 할 만한 건 없습니다. 한스 폰 로팅에르가 십 년 전에 죽었죠. 재능 있는 젊은 친구 하나가 가끔 현장 임무를 수행하기도 합니다만, 보통은 필요할 때마다 외부 조직의 힘을 빌립니다. 게다가 요즘은 일이 점점 더 어려워지고 있고요. 전화 도청이나 아파트 잠입 작업이 상당히 복잡해졌어요. 첨단 보안장치 같은 성가신 물건들이 많이 나와서 말이죠."

에베르트가 고개를 끄덕였다.

"예산은 어떤가?"

"연간 1100만 크로나 정도입니다. 삼분의 일은 봉급, 삼분의 일은 각종 경비, 그리고 나머지는 활동비죠."

"예산이 줄었다는 말이군."

"약간 줄었습니다. 하지만 인원도 줄었기 때문에 일인당 활동비는 오히려 늘어난 셈입니다."

"세포와의 관계는?"

비리에르는 눈썹을 약간 찌푸리며 고개를 저었다.

"사무처장과 예산처장은 우리 쪽입니다. 우리 활동에 대해 알 권한이 있는 사람은 공식적으로 사무처장뿐이고요. 언제나 그래왔지만 우리의 존재는 너무도 은밀해 세포 내에서도 없는 거나 마찬가지입니다. 차장급 두 사람이 알고 있긴 하지만 가급적 모르는 척하죠. 한마디로 우리와 엮이기 싫은 겁니다."

"그렇군. 섹션과 관련해 무슨 문제라도 생기면 지금 세포 지도부에게는 상당히 불쾌한 충격이 되겠어. 군부나 정부와는 관계가 어떤가?"

"군부와는 십 년 전쯤에 관계를 끊었습니다. 정부는 가끔 연결이 되는 정도고요."

"다시 말해 만일 폭풍우라도 몰아치면 그때는 완전히 혼자라는 얘기인가?"

비리에르가 고개를 끄덕였다.

"그게 바로 섹션 시스템의 결점입니다. 시스템의 장점을 부인할 수는 없겠죠. 하지만 그동안 우리의 업무 또한 많이 변했습니다. 소련이 붕괴한 후 유럽의 현실정치는 완전히 달라졌어요. 따라서 우리 업무에서도 간첩 색출이 차지하는 부분이 점점 줄어들고 있고요. 이제는 테러리즘, 그리고 민감한 자리에 앉아 있는 인사들의 정치적 적합성을 가려내는 일에 초점을 맞추고 있죠."

"그건 항상 그래왔어."

노크 소리가 들렸다. 에베르트는 말끔하게 정장을 입은 육십대 사내, 그리고 그보다 훨씬 젊은, 청바지에 재킷을 입은 사내가 들어오는 모습을 보았다.

"어서들 오시죠!" 비리에르가 인사를 하고서 에베르트에게 고개를 돌렸다. "선배님, 이쪽은 요나스 산드베리입니다. 사 년 전부터 여기서 일하면서 주로 현장에서 뛰고 있죠. 아까 말씀드린 그 친구입니다. 그리고 여기는 선배님도 잘 아시는 예오리 뉘스트룀."

"잘 있었나, 예오리." 에베르트가 인사했다.

둘은 악수를 나눴다. 그런 다음 에베르트는 요나스를 향해 몸을 돌렸다.

"자네는 어디 출신인가?"

"가장 최근으로 따지자면 예테보리 출신이라고 할 수 있을까요." 요나스가 농담으로 받았다. "다시 말해, 그를 보고 왔습니다."

"…… 살라첸코 말인가?" 에베르트가 물었다.

요나스가 고개를 끄덕였다.

"자, 모두들 자리에 앉으시죠." 비리에르가 말했다.

"뭐, 군나르 비에르크가?" 비리에르가 가느다란 시가에 불을 붙이고 있을 때 에베르트가 눈살을 찌푸리며 되물었다. 그는 윗옷을 벗어 놓고 회의 탁자 앞 안락의자에 앉아 등을 기댔다. 그를 흘깃 쳐다본 비리에르는 그동안 노인이 엄청나게 여윈 모습에 몹시 놀랐다.

"지난 금요일, 성구매자처벌법 위반으로 구속됐습니다." 예오리가 설명했다. "아직 법적 절차에 들어가지는 않았습니다만 일단 원칙적으론 자백을 했습니다. 풀이 푹 죽어 귀가했죠. 요즘은 휴직계를 내고 스모달라뢰에서 지내고 있어요. 매체들은 아직 이 사건을 모르는 모양이고요."

"한때는 섹션에서 뛰어난 요원이었는데 말이야." 에베르트가 말했다. "살라첸코 그룹에서 핵심적인 역할을 맡았지. 내가 은퇴하고 대체 무슨 일이 있었던 건가?"

"섹션에 있다가 외부 부서로 다시 돌아가는 경우는 아주 드문데, 군나르가 바로 그랬죠. 벌써 부장님이 계시던 시절부터 여기저기 많이 돌아다니지 않았습니까."

"그래. 휴식이 좀 필요했지. 세상 견문을 넓히고 싶다고도 했고. 그래서 1980년대에 섹션에서 무급휴가를 받아 이 년간 다른 부서에서 첩보요원으로 활동했었어. 사실 1976년부터 그때까지 살라첸코한테

24시간 붙어서 거의 미친 사람처럼 일했거든. 그래서 난 그가 잠시 쉬어야 한다고 판단했지. 그렇게 1985년부터 1987년까지 나가 있다가 다시 돌아왔고."

"그가 섹션에서 근무한 건 1994년까지입니다." 비리에르가 이어서 설명했다. "그해에 외부 조직으로 옮겨갔죠. 1996년에는 외국인 담당 특별부 차장이 됐습니다. 업무 부담이 크고 쉽지 않은 자리죠. 그러고 나서도 섹션과 접촉은 유지해왔어요. 최근까지만 해도 최소 한 달에 한 번씩 정기적으로 통화를 했습니다."

"그런데 지금은 건강이 좋지 않다고?"

"심각한 건 아닌데 통증이 상당한가봅니다. 디스크 탈출로 몇 해 전부터 고생을 한 모양이에요. 이 년 전엔 네 달간 병가를 냈고요. 그러다 작년 8월에 다시 병이 도졌죠. 원래 올해 1월 1일에 복직해야 했지만 병가를 연장할 수밖에 없었고, 지금은 수술 날을 기다리고 있는 형편이랍니다."

"그런데 그 병가 기간을 창녀들 궁둥이나 쫓아다니면서 보냈단 말이지." 에베르트가 혀를 찼다.

"네. 그는 독신이죠. 제가 아는 게 맞다면 아주 오래전부터 성판매 여성들을 만나온 듯합니다." 삼십 분 가까이 아무 말 없었던 요나스 산드베리가 입을 열었다. "다그 스벤손의 원고에 그렇게 쓰여 있더군요."

"좋아. 그렇다면 리스베트 사건은 대체 어떻게 된 이야기지? 정확히 무슨 일이 일어났는지 설명해줄 수 있겠나?"

"저희가 아는 바로는 일이 이렇게 엉망진창이 되어버린 시발점이 바로 군나르인 듯합니다. 1991년의 경찰 보고서가 닐스 비우르만 변호사의 손에 들어간 사실을 달리 설명하기가 힘들거든요."

"닐스도 창녀들을 밝혔나?"

"저희가 알기론 그렇지 않습니다. 적어도 다그 스벤손의 자료에는 나오지 않아요. 그는 리스베트 살란데르의 법정 후견인이었습니다."

요나스의 설명에 비리에르가 한숨을 푹 내쉬었다.

"그건 제 실수였습니다. 1991년에 선배님과 군나르 비에르크가 리스베트를 정신병원으로 보냈지요. 그때만 해도 그녀가 훨씬 오래 그곳에 있을 거라고 생각했지만 그녀의 법정 관리인이던 홀게르 팔름그렌 변호사가 그녀를 빼내는 데 성공했어요. 그리고 그녀는 위탁가정에 맡겨졌죠. 선배님이 은퇴한 뒤의 얘기입니다."

"그래서? 무슨 일이 일어났지?"

"그후로 우린 계속 그녀를 감시했습니다. 그동안 그녀의 쌍둥이 동생 카밀라 살란데르는 웁살라에 있는 다른 위탁가정에 맡겨졌고요. 그런데 열일곱 살이 된 리스베트가 갑자기 자신의 과거를 캐기 시작했습니다. 살라첸코를 수소문했죠. 찾아낼 수 있는 공공 기록을 샅샅이 뒤졌어요. 어떻게 알아냈는지 모르겠지만, 리스베트는 살라첸코가 있는 곳을 동생 카밀라가 알고 있다는 정보를 입수했습니다."

"정확한 정보였나?"

비리에르가 어깨를 으쓱했다.

"그건 잘 모르겠습니다. 어쨌든 리스베트는 여러 해 만나지 않았던 동생을 찾아내 아는 걸 얘기해달라고 다그쳤어요. 격렬한 언쟁과 볼 만한 난투극으로 끝났죠."

"그래서?"

"우린 그후 몇 달간 그녀를 밀착 감시했습니다. 그전에 카밀라에게는 언니가 난폭한 정신질환자라는 사실을 알렸었고요. 그래서 리스베트가 갑자기 다녀간 후에 카밀라가 우리에게 그 사실을 알려준 겁니다. 그뒤로 감시를 더욱 강화했죠."

"그렇다면 그 동생이 정보제공자였나?"

"카밀라는 언니를 극도로 두려워했거든요. 어쨌거나 리스베트는 다른 곳에서도 문제를 일으켰습니다. 사회복지사들과 수차례 마찰을 빚었고, 그런 일들 때문에 우린 그녀가 살라첸코의 익명성을 위협할 수 있다고 판단했습니다. 그러던 차에 지하철에서 그 사건이 일어났죠."

"리스베트가 소아성애자를 공격한 일 말인가?"

"네, 바로 그겁니다. 그녀에게는 명백히 폭력성이 있었고 정신적으로도 문제가 많았어요. 그녀가 다시 치료시설로 들어가준다면 모두에게 좋을 거라고 생각하고 있었는데 마침 그 사건이 일어난 거죠. 우린 기회를 잡기로 했습니다. 프레드리크 클린톤과 한스 폰 로팅에르가 일을 처리하기로 했죠. 우선 페테르 텔레보리안에게 도움을 청하고 검사와 다른 관계자들의 도움을 받아 그녀를 다시 정신병원에 입원시킬 것을 지방법원에 요청했습니다. 그런데 홀게르 팔름그렌이 그녀를 변호했고, 모두의 예상을 깨고 법원은 그의 손을 들어줬죠. 그녀가 홀게르의 후견을 받는다는 조건으로요."

"그런데 어떻게 닐스 비우르만이 이 일에 끼어들게 됐지?"

"2002년 가을, 홀게르가 뇌출혈로 쓰러졌습니다. 여전히 리스베트는 요주의 대상이었기 때문에 저는 닐스가 그녀의 새 후견인이 되도록 조치했죠. 그때 닐스는 리스베트가 살라첸코의 딸이라는 사실을 전혀 몰랐습니다. 제 의도는 단순했어요. 만일 그녀가 살라첸코에 대해 무슨 헛소리라도 지껄이면 닐스가 크게 놀라 우리에게 알릴 거라고 기대했었죠."

"젠장! 닐스는 덜 떨어진 놈이야. 살라첸코와는 절대로 연결되지 말았어야 했어. 특히 그의 딸과는." 에베르트가 비리에르를 똑바로 쳐다보았다. "그건 정말 심각한 실수였네."

"네, 저도 압니다." 비리에르가 대답했다. "하지만 당시에는 그게 올바른 선택이라고 생각했어요. 정말이지 꿈에도 상상 못했습니다. 그런……"

"그 동생은 지금 어디 있나? 카밀라 살란데르 말이야."

"모릅니다. 열아홉 살 때 짐을 싸서 위탁가정을 나가버렸어요. 그 후로는 아무런 소식이 없습니다. 사라진 거죠."

"오케이. 계속해보게."

"경찰에 우리 쪽 정보제공자가 하나 있습니다." 이번에는 요나스가 말했다. "그가 리샤르드 엑스트룀 검사한테서 들은 바로, 수사팀장 얀 부블란스키 형사는 닐스가 리스베트를 강간했다고 생각한답니다."

에베르트가 입을 딱 벌리고서 요나스를 쳐다보았다.

"강간했다고?"

"닐스의 복부에 문신이 새겨져 있었다고 해요. '나는 가학증 걸린 돼지요, 개자식이요, 강간범입니다'라고요."

요나스는 부검 사진을 탁자 위에 올려놓았다. 에베르트는 눈을 둥 그렇게 뜨고 닐스의 복부를 살폈다.

"살라첸코의 딸이 했다는 건가?"

"정황상 달리 설명하기가 어렵습니다. 얌전한 인물이 아니니까요. MC 스바벨셰의 폭주족 둘을 두들겨패서 피떡으로 만들어놓은 아가 씨입니다."

"살라첸코의 딸이 그랬다." 에베르트는 멍한 얼굴로 다시 중얼거 리더니 비리에르에게 고개를 돌렸다. "자네가 그녀를 스카우트해야 겠어!"

그가 너무나 놀란 얼굴을 하는 바람에 에베르트는 농담이었다고 덧붙이지 않을 수 없었다.

"오케이. 닐스가 리스베트를 강간했고, 그녀가 복수했다는 가설을 받아들이기로 하지. 그건 그렇다 치고, 살라첸코 얘기는 어떻게 된 거지?"

"무슨 일이 있었는지 정확히 얘기해줄 수 있는 유일한 인물이 바 로 닐스인데 그가 죽은 이상 설명을 듣기는 어렵게 되었죠. 그는 리 스베트가 살라첸코의 딸이라는 사실을 도저히 알아낼 수 없는 입장이었어요. 그 어떤 공공 기록에도 흔적이 없거든요. 그런데 어쩌다 우연히 그 관계를 발견한 모양입니다."

"이런 빌어먹을! 여보게, 비리에르. 리스베트는 자기 아버지가 어떤 사람인지 잘 알고 있었어! 닐스에게 언제고 그 사실을 털어놓을 수도 있는 일이 아닌가?"

"네, 그렇습니다. 저희가…… 깊이 생각하지 않았습니다."

"이건 도저히 용서할 수 없는 과오야!"

"알고 있습니다. 저도 수없이 제 뺨을 후려쳤습니다. 닐스는 살라첸코의 존재를 아는 극소수 가운데 하나였어요. 만일 리스베트가 살라첸코의 딸이라는 사실을 누군가가 발견한다면, 우리가 생판 모르는 인물보다는 차라리 닐스가 낫겠다고 생각한 겁니다. 사실 그녀가 누구에게든 불어버릴 수 있었으니까요."

에베르트는 자신의 귓불을 잡아당겼다.

"좋아…… 계속해봐."

"이건 아직 가정에 불과합니다만" 예오리가 조심스럽게 말문을 열었다. "닐스가 리스베트를 성폭행했고, 그래서 그녀가 이런 식으로……" 그는 부검 사진의 문신을 가리켰다. "복수를 했을 거라고 추측하고 있습니다."

"그 아비에 그 딸이군." 이렇게 내뱉는 에베르트의 목소리에는 약간의 경외감마저 감돌았다.

"그 결과, 닐스는 살라첸코와 접촉했을 겁니다. 딸을 제거해달라고요. 부장님이 더 잘 아시겠지만 살라첸코는 리스베트를 증오할 이유가 충분한 사람이니까요. 그리고 살라첸코는 자신이 어울리던 MC 스바벨셰 놈들과 로날드 니더만에게 일을 시킨 거죠."

"하지만 어떻게 닐스가 살라첸코와 접촉할 수 있었……" 에베르트는 질문을 끝맺지 못했다. 답이 너무도 분명했기 때문이다.

"군나르 비에르크입니다." 비리에르가 대답했다. "군나르가 살라첸코에 대한 정보를 주었죠."

"빌어먹을……" 에베르트가 신음했다.

리스베트는 몹시 짜증이 나 덩달아 통증도 심해졌다. 아침에 간호
사 두 명이 침대를 정리하러 들어왔다가 그녀가 숨겨둔 연필을 발견
했기 때문이다.

"이런, 이게 왜 여기 있지?" 간호사 한 명이 이렇게 말하면서 자기
호주머니에 연필을 집어넣었다. 리스베트는 그 모습을 살기 어린 눈
으로 노려보았다.

리스베트는 다시 무기 없는 신세가 됐다. 게다가 너무도 쇠약해서
항의할 힘조차 없었다.

주말 내내 그녀는 통증에 시달렸다. 머리가 끔찍이 아파서 강력한
진통제를 맞았다. 어깨에도 묵직한 통증이 있었고, 조금만 조심성 없
이 몸을 움직이거나 체중을 옮기려고 하면 칼로 후비는 듯한 고통으
로 바뀌었다. 그저 목 보호대를 하고 반듯하게 누워 있는 게 상책이
었다. 두개골의 상처가 아물기 시작할 때까지 며칠은 더 보호대를 하
고 있어야 했다. 일요일에는 열이 38.7도까지 올랐다. 헬레나 엔드린
박사는 그녀의 몸 어딘가에 염증이 있다는 진단을 내렸다. 다시 말해
그녀의 상태는 썩 훌륭하다고 할 수 없었다. 리스베트는 굳이 체온계
를 보지 않아도 그 사실을 알 수 있었다.

그녀는 자신이 또다시 '국가의 침대'에 묶인 신세가 되었음을 깨달
았다. 이번엔 꼼짝 못하게 몸을 결박하는 가죽끈은 없었지만 다를 바
없었다. 사실 지금 상황에서 가죽끈은 필요 없었다. 병실 탈출은커녕
몸을 일으킬 기력조차 없으니까.

월요일 점심 때 안데르스 요나손 박사가 그녀를 방문했다. 리스베
트는 어디선가 그를 본 듯한 느낌이 들었다.

"안녕? 나, 생각나요?"

리스베트는 고개를 살짝 저어보려 했다.

"수술 후라 정신이 없었겠지만 내가 당신을 깨웠어요. 수술도 내가 했고요. 오늘은 기분이 어떤지, 수술 경과는 괜찮은지 한번 보러 왔어요."

리스베트는 눈을 커다랗게 뜨고 의사를 올려다보았다. 자기에게 뭔가 큰 문제가 있는 게 분명했다.

"지난밤에 목 보호대를 빼버렸다고 하던데요?"

리스베트가 간신히 목을 까닥였다.

"장난으로 목에다 그걸 채운 게 아니에요. 머리를 고정시켜야 뇌가 제대로 회복할 수 있어요."

그는 묵묵부답인 그녀를 잠시 내려다보았다.

"좋아요." 그가 다시 입을 열었다. "난 그저 당신 상태가 어떤지 한번 보러 온 거예요."

그가 병실을 나가려 문 앞에 이르렀을 때 등 뒤에서 그녀의 목소리가 들렸다.

"안데르스라고 했던가요?"

놀란 그가 몸을 돌려 미소를 지었다.

"맞아요. 내 이름을 기억하는 걸 보면 생각보다 상태가 좋은 모양이네요."

"당신이 총알을 빼냈나요?"

"그래요."

"내 상태가 정확히 어떤지 얘기해줄 수 있어요? 여기선 아무도 제대로 설명해주지 않아요."

그는 침대 가까이로 돌아가 그녀의 눈을 들여다보며 말했다.

"당신은 정말 운이 좋았어요. 머리에 총알을 한 발 맞았는데 치명적인 부위를 비껴간 것 같아요. 지금은 뇌출혈의 가능성이 있기 때문에 절대 안정이 필요한 상태고. 감염 증상이 보이는데, 어깨의 상처가 원인인 듯해요. 항생제로 감염을 잡지 못하면 재수술을 해야 할 수도 있죠. 상처가 아물 때까진 고통스러운 시간이 될 거예요. 하지만 내가 보기에 충분히 완치될 수 있으니 크게 걱정 안 해도 돼요."

"뇌에 후유증이 남게 될까요?"

그는 잠시 머뭇거리다가 고개를 끄덕였다.

"물론 그럴 위험성은 존재하죠. 하지만 지금까지는 어느 모로 보나 경과가 아주 좋아요. 뇌에 상흔이 생겨서 간질 같은 고약한 문제들이 발생할 가능성도 있지만, 정말 솔직히 얘기하자면 이건 단지 이론적인 가능성일 뿐이에요. 지금은 아주 완벽해요. 잘 회복하고 있어요. 그리고 앞으로 어떤 문제가 생긴다 해도 우리가 잘 해결해나갈 수 있어요. 자, 명확한 대답이 됐나요?"

리스베트는 보일 듯 말 듯 고개를 까닥거렸다.

"이런 상태로 얼마나 누워 있어야 하죠?"

"입원 기간을 말하는 건가요? 최소한 몇 주는 더 있어야 해요."

"아니, 일어나서 걷고 활동하려면 얼마나 걸리느냐고요."

"그건 나도 몰라요. 모든 건 상처가 얼마나 빨리 아무느냐에 달려 있어요. 하지만 재활 치료를 시작하려면 적어도 이 주는 기다려야 할 거예요."

리스베트는 심각한 눈으로 한참 동안 그를 쳐다보다가 이렇게 물었다.

"혹시 담배 한 대 있어요?"

안데르스 요나손이 웃음을 터뜨리며 고개를 저었다.

"미안하지만, 병원 안에서는 금연이에요. 금연 패치나 금연 껌은 구해줄 수 있어요."

리스베트는 잠시 생각한 후 동의의 표시로 고개를 살짝 끄덕였다. 그런 다음 다시 그를 쳐다보았다.

"그 늙은이는 어떤가요?"

"누구? 아, 그러니까……"

"나와 함께 여기 들어온 인간."

"보아하니 당신 친구는 아닌 듯하군요. 어쨌든 그도 회복할 거예요. 벌써부터 일어나서 목발 짚고 돌아다닐 정도죠. 하지만 실제로는 당신보다 몸 상태가 안 좋고, 얼굴에 입은 상처 때문에 통증이 심해요. 당신이 도끼로 그의 머리를 내리쳤다고 하던데……"

"그 인간이 날 죽이려고 했어요." 리스베트가 낮은 목소리로 대꾸했다.

"좋지 않은 소식이네요…… 자, 이제 그만 가봐야겠어요. 내가 다시 들러도 괜찮겠죠?"

리스베트는 잠시 생각한 다음 고개를 살짝 끄덕였다. 그가 문을 닫고 나가자 그녀는 천장을 뚫어지게 쳐다보았다. 그렇다. 살라첸코에게 목발이 있었다. 어젯밤에 들은 소리가 바로 그거였다.

나가서 점심거리를 사오는 건 그룹에서 가장 어린 요나스 산드베리의 몫이었다. 그는 초밥과 맥주를 사 들고 와 회의 탁자 위에 늘어놓았다. 에베르트는 묘한 향수에 사로잡혔다. 그가 일하던 시절에도 꼭 이랬다. 작전이 최고로 중요한 단계에 접어들면 이렇게 24시간 비상 근무를 해야 했다.

한 가지 다른 게 있다면, 그 시절에는 점심으로 날생선 따위를 사오는 괴상한 생각은 하지 않았다. 요나스가 미트볼과 감자퓨레, 그리고 월귤 같은 걸 사왔으면 좀 좋았겠는가. 그러나 어차피 식욕이 없었으므로 그는 초밥을 옆으로 밀쳐놓았다. 빵 한 조각에 물을 한 모금 마시는 걸로 식사를 마쳤다.

그들은 식사를 하면서 회의를 했다. 상황을 요약하고 필요한 조치들을 결정해야 할 때였다. 상황이 매우 급박했다.

"난 살라첸코를 한 번도 본 적이 없어요." 비리에르가 말했다. "대체 어떤 인물입니까?"

"나도 최근에는 보지 못했지만 옛날과 똑같겠지." 에베르트가 대답했다. "아주 영리하고 사진기억력에 버금가는 놀라운 기억력의 소유자. 하지만 인간적으로는 세상에 둘도 없는 개자식이야. 약간 맛이 갔고."

"요나스, 자네가 어제 그를 보고 왔지. 자네의 결론은 무엇인가?" 비리에르가 물었다.

요나스가 젓가락을 내려놓았다.

"그는 지금 우리 목을 죄고 있습니다. 그가 보낸 최후통첩은 이미 전해드렸죠. 이 모든 상황을 단번에 사라지게 해라, 그렇지 않으면 섹션에 대해 다 불어버리겠다, 이렇게 위협하고 있어요."

"쓰레기 같은 놈!" 예오리가 이를 갈았다. "지금 온 매체가 톱뉴스로 도배를 하고 있는데 무슨 수로 사라지게 하란 말이야?"

"그건 우리가 할 수 있고 없고의 문제가 아니야." 에베르트가 말했다. "놈은 단지 우리를 틀어쥐려는 거야. 자기 마음대로 가지고 놀고 싶은 거지."

"선배님 생각으로는 그가 정말 언론에 말해버릴 것 같습니까?" 비리에르가 물었다.

에베르트는 잠시 머뭇거리다가 입을 열었다.

"그건 대답하기 아주 힘들어. 살라첸코는 허튼 위협을 하는 법이 없고, 자기에게 유리하다고 생각하면 무슨 일이든 저지르는 놈이야. 적어도 그런 면에선 예측 가능하다고 할 수 있지. 만일 언론에 떠드는 게 유리하다고 생각하면…… 사면이나 감형을 받을 수 있다고 생각하면…… 그렇게 할 거야. 혹은 자신이 배신당했다고 느껴서 우릴 엿 먹이기 위해 그럴 수도 있고."

"결과가 어찌 되든 상관하지 않는단 말입니까?"

"그는 특히 결과 따윈 상관하지 않아. 놈에게 중요한 건 자기가 우리보다 훨씬 거칠다는 걸 보여주는 일이니까."

"살라첸코가 입을 연다 해도 과연 사람들이 그 말을 믿어줄까요? 자신의 말을 증명하려면 우리의 자료가 필요합니다. 그런데 그는 그게 어디 있는지 모르잖습니까?"

"지금 모험을 해보고 싶다는 건가? 만일 살라첸코가 입을 연다면? 그다음엔 누구 차례지? 군나르 비에르크, 그놈은 끝까지 입을 다물어줄 것 같나? 만일 그자가 살라첸코의 말을 인정하는 진술서에 서명하기라도 한다면? 지금 신장투석기에 붙어 사는 프레드리크 클린톤은? 그가 지나온 삶과 세상사에 회의를 느끼고 종교에 귀의라도 한다면? 그래서 모든 걸 고해성사하고 싶어진다면? 이것 보게! 만일 누구라도 입을 열기 시작하면 섹션은 그대로 끝장이야!"

"그렇다면…… 어떻게 하죠?"

탁자 주위에 무거운 침묵이 감돌았다. 다시 말을 이은 건 에베르트였다.

"지금 따져봐야 할 문제가 한두 가지가 아니야. 우선, 살라첸코가 입을 열 경우 어떤 결과가 따를지부터 생각해봐야 해. 빌어먹을 스웨덴 헌법 전체가 우리에게 달려들겠지. 우린 그야말로 죽사발이 될 거야. 섹션 직원 가운데 감방에 가야 할 사람이 여럿 있을 거라고."

"우리 활동은 전적으로 합법적입니다. 정부의 명에 따라 일하고 있는 거 아닙니까?"

"제발 엿 같은 소리는 집어치우게!" 에베르트가 내뱉었다. "모호한 문구들로 작성된 그 1960년대 서류는 지금 아무짝에도 쓸모없다는 걸 자네도 잘 알고 있지 않은가? 살라첸코가 입을 열 경우 어떤 사태가 벌어질지, 우린 상상조차 할 수 없다고."

다시금 침묵이 내려앉았다.

"그렇다면 살라첸코가 입을 다물도록 만드는 일부터 시작해야겠군요." 이윽고 예오리가 말했다.

에베르트는 고개를 끄덕였다.

"그리고 놈의 입을 막으려면 무언가 실질적인 걸 제공해야 해. 다만 놈의 행동을 예측하기 힘들다는 게 문제지. 심술을 부리려는 목적만으로 우릴 해코지할 수 있는 놈이니까. 놈을 얌전하게 만들 방법을 생각해내야 한다고."

"그가 우리에게 요구한 건……" 요나스가 끼어들었다. "이 모든 상황을 한번에 싹 정리하고 리스베트를 다시 정신병원에 넣어달라는 것이었습니다."

"리스베트는 우리가 처리할 수 있을 거야. 문제는 살라첸코지. 자, 여기서 우리는 두번째 문제로 들어가게 돼. 바로 피해 최소화 문제. 1991년에 작성한 페테르의 소견서가 유출됐고, 지금은 살라첸코만큼이나 잠재적으로 심각한 위험 요소라고."

예오리가 목청을 가다듬었다.

"그 보고서가 새어나가 경찰 손에 들어간 사실을 알고 난 후로 제가 즉시 조치를 취했습니다. 섹션 법무팀의 포렐리우스를 시켜 검찰과 접촉하게 했어요. 그래서 검찰이 보고서를 압수해 경찰에서 빼왔고, 복사와 유포를 금지한다는 명령도 내렸습니다."

"검찰 쪽에선 얼마나 알고 있나?"

"아무것도 모릅니다. 그들은 그저 섹션의 공식 요청에 따라 움직였을 뿐이죠. 기밀사항이라고 얘기했으니 그들로서도 별 도리가 없었고요."

"좋아. 그렇다면 경찰 쪽에서 보고서를 읽은 사람은?"

"사본 두 부를 얀 부블란스키와 그의 동료 소니아 모디그, 그리고 예비수사 책임자 리샤르드 엑스트룀 검사가 읽었습니다. 그리고……" 예오리가 자신의 메모를 뒤적였다. "경찰관 두 사람이 더 읽었을 가능성이 있습니다. 쿠르트 스벤손과 예르케르 홀름베리, 이들은 적어도 내용만큼은 알고 있습니다."

"그럼 경찰 넷에 검사 하나군. 어떤 자들이지?"

"리샤르드 검사, 42세. 그쪽에선 '떠오르는 별'로 알려진 인물입니다. 스톡홀름 검찰청 소속 수사검사로 굵직한 사건을 몇 개 처리하면서 주목을 받았습니다. 치밀한 성격에 자기를 드러내기 좋아하고 출세주의자입니다."

"사회민주당인가?"

"아마도요. 하지만 활동은 안 합니다."

"다음으로 수사팀장 얀. 이자가 기자회견하는 걸 TV에서 본 적 있어. 땀을 뻘뻘 흘리는 품새가 카메라 체질은 아닌 모양이더군."

"52세이고 경력이 꽤 화려합니다만 급한 성격에 고집불통이라는 평판이 자자합니다. 보수적인 유대인 친구랍니다."

"그리고 이 여자는…… 누군가?"

"소니아 모디그. 39세, 기혼, 아이 둘을 둔 엄마입니다. 고속 승진 중이죠. 페테르 박사 말로는 아주 감정적인 여자라네요. 계속 자기에게 따지고 들었답니다."

"다음."

"쿠르트 스벤손. 아주 터프한 친구입니다. 38세. 쇠데르토르트 경찰서 조직범죄반 출신입니다. 몇 년 전 깡패 한 명을 총으로 쏴 죽여 시끄러웠던 적이 있습니다. 조사 결과, 무과실 판정을 받았죠. 얀이 군나르 비에르크를 잡아오라고 보낸 게 바로 이자입니다."

"그렇군. 이자가 사람을 한 명 죽였다는 사실을 기억해두기로 하지. 얀의 수사팀을 문제삼을 필요가 생길 때 이 '나쁜 경찰관'에 스포트라이트를 비추면 편리할 거야. 뭐, 우리가 언론 관리는 잘해나갈 테니까…… 그리고 이 마지막 친구는?"

"예르케르 홀름베리. 55세. 노를란드 출신으로, 현장감식관입니다. 몇 년 전, 간부직 연수를 제안받았지만 본인이 거절했습니다. 지금 하는 일을 좋아하는 모양이죠."

"이들 가운데 정치적 활동을 하는 친구가 있나?"

"아뇨. 대신 예르케르의 부친이 1970년대 보수당 시의원이었습니다."

"흠…… 제법 착실한 수사팀 같아 보이는군. 결속력이 꽤 강할 것 같아. 이들을 찢어놓을 방법이 없겠나?"

"이 팀에 다섯번째 경찰이 있습니다." 예오리가 대답했다. "47세, 한스 파스테입니다. 이자와 얀 형사 사이에 꽤 심각한 갈등이 있었던 모양입니다. 얼마나 심했던지 결국 한스가 병가를 내고 떠나버렸죠."

"그래, 어떤 인물이지?"

"사람들에게 물어보면 반응이 다양했습니다. 경력이 오래됐고 크게 책망받을 만한 일을 한 적은 없었죠. 경찰관으로서는 프로인 셈인데, 다만 성격이 몹시 까칠하답니다. 얀과 불화했던 원인은 리스베트였던 모양이고요."

"어째서?"

"한스가 신문에서 떠들어대는 사탄주의 레즈비언 이야기에 집착했던 모양입니다. 그는 리스베트를 별로 좋아하지 않았죠. 심지어는 그녀의 존재를 개인적인 모욕으로까지 여겼답니다. 리스베트를 둘러싼 풍문 가운데 절반은 그가 만들어냈을 가능성도 있고요. 옛 동료가 제게 털어놓은 바로는, 그가 여자들과 함께 일하는 걸 몹시 힘들어했다고 합니다."

"흥미롭군." 에베르트는 잠시 생각에 잠겼다. "신문들이 벌써 레즈비언 그룹 운운했다면, 그 이야기를 계속 키워나갈 필요가 있어. 그게 딱히 리스베트의 신뢰도를 높여주지는 않을 테니까."

"그럼, 군나르의 보고서를 읽은 경찰관들이 문제가 되는군요. 어떻게 해야 그들을 고립시킬 수 있을까요?" 요나스가 물었다.

비리에르가 또 한번 담배에 불을 붙이며 말했다.

"음, 리샤르드가 예비수사 책임자니까……"

"하지만 실제로 수사팀을 이끄는 건 얀이지." 예오리가 지적했다.

"맞습니다. 하지만 명령을 내리면 자기가 어쩌겠습니까?" 비리에르가 잠시 생각에 잠겨 말했다. 그러고는 고개를 돌려 에베르트를 쳐다보았다. "저보다 경험 많은 선배님께서 더 잘 아시겠지만, 이 이야기에는 너무도 많은 요소들이 얽히고설켜 있습니다…… 얀과 소니아 형사를 리스베트에게서 떼어놓는 게 현명하겠다는 생각이 듭니다."

"바로 그거야, 비리에르." 에베르트가 맞장구쳤다. "바로 그게 우리가 해야 할 일이라고! 얀은 닐스와 엔셰데 커플 살인 사건을 맡고 있어. 리스베트가 여기에선 혐의를 벗었지. 대신 수사는 로날드 니더만이라는 독일 놈에게 초점이 맞춰졌고. 따라서 얀의 수사팀은 로날드 사냥에 집중하게 될 거야."

"그렇죠."

"즉 리스베트는 더이상 그들의 사안이 아니란 말이야. 뉘크바른 수사도 있고. 과거의 그 미제 사건들…… 이것도 로날드와 연결되어 있어. 지금은 쇠데르텔리에 경찰서가 수사를 맡고 있지만 곧 스톡홀름으로 넘어와야 할 거야. 그럼 얀은 한동안 손이 묶이게 돼. 누가 알겠어…… 그들이 로날드를 체포하게 될지."

"음……"

"한스 파스테라는 자…… 그를 빨리 업무로 복귀시킬 방법이 없을까? 리스베트의 혐의를 조사할 인물로 아주 적격인데 말이야."

"무슨 말씀인지 알겠습니다." 비리에르가 대답했다. "리샤르드 검사에게 이 사안을 두 개로 분리하게 만들라는 거죠? 그러려면 우리가 그를 통제할 수 있어야 하는데……"

"그건 큰 문제가 아니야." 에베르트가 이렇게 말하며 예오리를 곁눈질하자 그가 고개를 끄덕이며 대꾸했다.

"리샤르드는 내가 맡을 수 있네. 왠지 이 친구, 살라첸코 사건을 묻어버리고 싶어하는 것 같아. 세포가 요청하자마자 군나르의 보고서도 재깍 넘겨줬고. 국가안보를 지키는 일이라면 뭐든 협조하겠다고 했어."

"그럼 어떻게 할 생각이죠?" 비리에르가 물었다.

"적당한 각본을 하나 짜야겠지. 한순간 경력이 끝나는 꼴을 면하고 싶으면 어떤 일들을 해야 하는지 슬며시 암시해주면 되지 않겠나?"

"자, 이제 세번째 문제로 넘어가지. 이게 가장 심각해." 에베르트가 다시 말했다. "경찰은 자기 힘으로 군나르의 보고서를 찾아낸 게 아니었어…… 어떤 기자가 그들에게 넘겨준 거지. 자, 무슨 뜻인지 다들 이해했지? 우리에게 진짜 문제는 바로 언론이야. 구체적으로는 〈밀레니엄〉."

예오리가 자신의 수첩을 펼쳤다.

"미카엘 블롬크비스트라는 자군요."

탁자에 둘러앉은 이들 모두 벤네르스트룀 사건에 대해 이미 들어본 터라 미카엘의 이름을 알고 있었다.

"살해된 다그 스벤손은 〈밀레니엄〉에서 일하는 기자였습니다." 비리에르가 설명했다. "여성인신매매에 관련된 내용을 다루고 있었죠. 그 과정에서 살라첸코의 존재를 알게 됐고요. 살인 현장을 처음 발견한 사람이 바로 미카엘이었습니다. 게다가 리스베트와 개인적으로 아는 사이예요. 줄곧 그녀가 결백하다고 믿고 있죠."

"어떻게 그자가 살라첸코의 딸을 알게 됐지…… 이거, 우연치고는 너무 엿 같군."

"우연 같아 보이지 않습니다." 비리에르가 말했다. "말하자면 리스베트는 이 모든 인물들을 잇는 연결점인 듯해요. 어떤 식으로 연결됐는지는 정확히 알 수 없지만 지금으로선 이것이 유일하게 가능한 설명입니다."

에베르트는 입을 다문 채 수첩 위에 묵묵히 동심원들을 그려나갈 뿐이었다. 이윽고 그가 고개를 들었다.

"이건 잠시 생각해봐야겠어. 잠깐 산책을 다녀오겠네. 한 시간 후에 다시 모이기로 하지."

에베르트의 산책은 한 시간이 아닌 네 시간이나 걸렸다. 경찰청사를 나온 그는 걷기 시작한 지 십 분도 안 돼 어느 카페에 들어갔다. 여러가지 별난 커피들을 파는 곳이었지만 그는 평범한 블랙커피를 주문하고 입구 근처 테이블에 앉았다. 그리고 한참을 골똘히 생각에 잠겨 이 문제가 야기할 다양한 양상들을 파악하고자 애썼다. 이따금 수첩을 펼쳐, 기억해두어야 할 것들을 적기도 했다.

한 시간 반쯤이나 흘렀을까, 한 가지 계획이 윤곽을 드러내기 시작했다. 그다지 좋은 계획이라고는 할 수 없었다. 하지만 모든 가능성들을 면밀히 고찰한 끝에 이 문제를 해결하기 위해서는 극단적인 조치가 필요하다는 결론을 내렸다.

다행히 인력은 있었다. 즉 실현 가능한 해결책이었다.

그는 일어나 공중전화 부스를 찾아내 비리에르에게 전화를 걸었다.

"회의를 조금 뒤로 미뤄야겠네. 할 일이 있어. 오후 2시에 다시 볼 수 있겠나?"

에베르트는 스투레플란 광장으로 걸어내려가 택시를 잡아탔다. 몇 푼 안 되는 공무원 연금으로 살아가는 그에게 어울리지 않는 호사였지만 한편으론 과도한 지출을 애써 삼가야 할 이유도 없는 나이였다. 그는 운전사에게 브롬마 구에 있는 주소 하나를 댔다.

목적지에 내린 그는 남쪽으로 한 블록을 걸어내려가 작은 주택의 초인종을 눌렀다. 사십대 여성이 문을 열었다.

"안녕하십니까. 프레드리크 클린톤을 보러 왔습니다."

"누구신지요?"

"옛 동료입니다."

여인은 고개를 끄덕이고는 에베르트를 거실로 안내했다. 프레드리크가 소파에서 천천히 몸을 일으켰다. 그는 올해 예순여덟이었지만 훨씬 늙어 보였다. 당뇨병과 관상동맥 질환이 겹쳐 몸이 형편없이 망가진 탓이었다.

"에베르트?" 프레드리크가 놀란 눈을 하고 물었다.

두 사람은 한참 동안 서로를 바라보았다. 그리고 늙은 첩보요원들은 악수를 나누었다.

"죽기 전에 자네를 다시 보게 될 줄은 몰랐는데." 프레드리크가 말했다. "자네가 집에서 기어나온 게 아마 이것 때문이겠지?"

그는 로날드 니더만의 사진과 함께 '경찰 살인범, 덴마크에서 추적 중'이라는 제목이 실린 석간신문의 1면을 가리켰다.

"어떻게 지내나?" 에베르트가 물었다.

"건강이 좋지 않네."

"그래 보이는군."

"신장을 기증받지 못하면 곧 죽게 될 거야. 하지만 기증받을 확률은 그리 높지 않지."

에베르트가 고개를 끄덕였다.

여인이 거실 문을 열고는 그에게 음료로는 뭐가 좋을지 물었다.

"커피 한잔 부탁합니다." 그녀가 사라지자 그는 프레드리크에게 몸을 돌렸다.

"누군가?"

"내 딸일세."

에베르트가 고개를 끄덕였다. 세포 내에서 그토록 오랜 세월을 가깝게 지낸 사람들도 사적으로는 거의 만난 일이 없다는 건 신기한 일이었다. 그는 동료들의 성격이며 각자의 장단점을 속속들이 알고 있었지만, 그들의 가족에 대해서는 거의 아는 바가 없었다. 프레드리크는 그가 이십 년간 알아온, 어쩌면 가장 가까운 동료였다. 그는 프레드리크가 결혼한 적이 있으며 자녀도 있다는 걸 알고 있었다. 하지만 그의 딸과 아내의 이름이 무엇인지, 그가 보통 어디서 휴가를 보내는지는 몰랐다. 마치 섹션 바깥의 모든 건 서로 얘기해서는 안 되는 신성한 무엇이기라도 한 것처럼.

"그래, 여긴 무슨 일로 왔나?"

"자네가 비리에르 바덴셰를 어떻게 생각하는지 물어봐도 괜찮겠나?"

프레드리크는 고개를 흔들었다.

"난 이 일에 끼고 싶지 않네."

"그걸 묻지 않았어. 자넨 그를 잘 알지. 십 년간 같이 일해왔잖나."

그는 다시 고개를 저었다.

"지금 섹션을 끌고 가는 건 그자야. 내 의견이 어떻든 중요하지 않다고."

"그가 잘 처리해낼 수 있을까?"

"바보는 아니지."

"그렇다면?"

"분석가야. 퍼즐을 맞추는 재능이 뛰어나지. 직관도 있고. 솜씨 좋게 예산을 운용하는 탁월한 행정가이기도 해. 우리로선 가능해보이지 않는 방법으로 기막히게 맞춰낸다네."

에베르트가 알겠다는 듯 고개를 끄덕였다. 정작 그가 생각하는 중요한 자질을 프레드리크는 언급하지 않았다.

"자네, 업무로 복귀할 생각 없나?"

그가 시선을 들어 에베르트를 쳐다보았다. 그러고는 오랫동안 망설였다.

"에베르트…… 난 매일 아홉 시간을 병원 투석기 옆에서 보낸다네. 몇 계단만 올라도 숨이 콱콱 막혀. 힘이 없어. 조금도 남아 있지 않아."

"난 자네가 필요해. 마지막 작전이야."

"할 수 없다니까."

"아냐, 할 수 있어. 이틀에 한 번 아홉 시간씩 투석기 신세를 지면 돼. 계단 대신 엘리베이터를 타면 되고. 이동하는 데 필요하다면 들 것을 마련해주겠네. 난 자네의 두뇌가 필요해."

프레드리크는 한숨을 쉬었다.

"그래, 얘기해봐."

"지금 우린 극도로 복잡한 상황에 처했어. 전문적인 작전능력이 절실히 필요해. 비리에르 밑에는 요나스 산드베리라는 이마에 피도 안 마른 젊은 놈이 있는데, 그 애송이가 유일한 작전요원이야. 그리고 비리에르, 그자에게 지금 마땅히 해야 할 일을 해낼 만한 배짱이 있는지 의문이야. 예산을 가지고 요술을 부리는 재주는 있는지 모르겠지만, 이 일에 개입하기로 결정하는 걸 두려워하고 있어. 바짝 졸아서는 섹션이 현장에 발을 담그는 일을 주저하고 있다고."

프레드리크가 희미한 미소를 지어 보였다.

"이 작전은 두 방향으로 진행될 거야. 우선 하나는 살라첸코. 난 그 놈을 이성적으로 행동하게 만들 거야. 방법은 이미 생각해두었어. 나머지 작전 하나는 바로 이곳 스톡홀름에서 수행해야 해. 문제는 지금 섹션 안에 그 작전을 맡을 만한 위인이 없다는 사실이지. 그래서 자네가 지휘해줬으면 해. 이번이 마지막 봉사야. 내겐 계획이 있어. 요나스 산드베리와 예오리 뉘스트룀이 현장에서 뛸 거야. 자네가 작전을 지휘하고."

"자네는 지금 자신이 내게 뭘 요구하고 있는지 잘 모르고 있는 것 같아."

"천만에. 잘 알고 있어. 이 일에 참여할지 말지 결정하는 건 자네에게 달렸어. 이것만은 알아둬. 지금 우리 노땅들이 팔을 걷어붙이고 뛰어들지 않으면, 몇 주 후에 섹션은 더이상 존재하지 않게 돼."

프레드리크는 소파 팔걸이 위에 팔꿈치를 기대고는 한동안 얼굴을 손바닥으로 감싸고 있었다. 그렇게 이 분쯤을 골똘히 생각에 잠긴 그가 마침내 입을 열었다.

"자네 계획을 말해봐."

그렇게 둘은 오랫동안 대화를 나눴다.

1시 57분, 에베르트가 프레드리크 클린톤을 뒤에 달고 나타나자 비리에르는 두 눈이 휘둥그레졌다. 프레드리크는 해골처럼 바짝 여윈 모습이었다. 걷고 숨 쉬기조차 힘이 드는지 에베르트의 어깨에 한 손을 올리고 있었다.

"아니, 이게 대체⋯⋯" 비리에르는 제대로 말을 잇지 못했다.

"자, 다시 회의를 시작하지." 에베르트가 짤막하게 말했다.

그들은 비리에르의 집무실 회의 탁자 주위에 다시 자리를 잡았다. 프레드리크는 누군가가 밀어준 의자에 조용히 몸을 내려놓았다.

"다들 프레드리크 클린톤을 알겠지?" 에베르트가 소개를 대신해 말했다.

"물론이죠." 비리에르가 대꾸했다. "다만 무슨 일로 여기 오신 건지 궁금합니다."

"프레드리크가 업무에 복귀하기로 결정했네. 지금 이 위기가 끝날 때까지 작전팀을 지휘할 거야."

비리에르가 무언가 항의하려 했으나 에베르트가 한 손을 들어 막았다.

"이 친구는 몸이 안 좋아. 도움이 필요해. 정기적으로 병원에 투석을 받으러 가야 하고. 비리에르, 프레데리크가 거동하는 데 불편하지 않게 개인 보조원 두 사람을 뽑아줘. 하나만 분명히 말해두지. 적어도 이 사안과 관련한 작전은 모두 프레데리크가 결정할 거야."

그는 입을 다물고 반응을 기다렸다. 누구도 감히 이의를 제기하지 못했다.

"내게 계획이 있네. 이 계획대로 해나가면 사태를 원만하게 수습할 수 있으리라 생각하지만, 기회를 놓치지 않으려면 빨리 행동해야 할 거야. 모든 건 요즘 섹션의 깡이 얼마나 세느냐에 달려 있겠지."

비리에르는 그의 말에서 강한 도발의 기운을 느꼈다.

"계획을 말씀해보시죠."

"첫째, 경찰에 대해선 이미 논의했었지. 아까 얘기한 대로 해나갈 거야. 즉 그들을 로날드 사냥이라는 곁길로 내몰아야 해. 그 수사에 파묻혀 고립되도록. 바로 예오리 뉘스트룀이 맡아줘야 할 임무야. 무슨 일이 일어나든 우리에게 로날드는 조금도 중요하지 않아. 그리고 한스 파스테가 리스베트의 수사를 맡게끔 손을 써야 해."

"그건 어렵지 않을 겁니다." 예오리가 말했다. "제가 리샤르드 검사와 은밀하게 얘기를 나눠보죠."

"만일 그가 뻣뻣하게 나오면……"

"그러지 않을 겁니다. 자기 이익에 민감한 출세주의자거든요. 문제가 생기면 그를 다룰 방법을 찾을 수 있을 겁니다. 스캔들에 연루되는 걸 아주 싫어할 테니까요."

"좋아. 두번째는 〈밀레니엄〉과 미카엘 블롬크비스트야. 프레드리크가 복귀한 이유가 바로 이 때문이지. 여기에는 특단의 조치가 필요할 거야."

"별로 제 맘에 들 것 같진 않군요." 비리에르가 눈썹을 찌푸렸다.

"그럴지도 모르지. 하지만 〈밀레니엄〉은 경찰이나 리샤르드처럼 간단하게 요리할 수 있는 대상이 아니야. 다만 그들이 쥐고 있는 위협 요소는 단순해. 군나르가 쓴 1991년의 경찰 보고서 하나뿐이니까. 내 추측으로 이 보고서는 두 군데, 혹은 어쩌면 세 군데에 있을 거야. 그걸 찾아낸 사람은 리스베트고. 하지만 미카엘도 그걸 입수했어. 리스베트가 수배중일 때 둘 사이에 모종의 접촉이 있었다는 뜻이지."

프레드리크가 손가락을 하나 치켜올리더니 여기 온 지 처음으로 입을 열었다.

"여기서 우리의 적이 어떤 인물인지 짐작할 수 있겠지. 미카엘은 위험을 두려워하지 않는 자야. 벤네르스트룀 사건 때도 그랬었고."

에베르트가 고개를 끄덕였다.

"미카엘은 이 보고서를 〈밀레니엄〉의 편집장 에리카 베리에르에게 넘겼고, 그녀는 다시 얀 부블란스키에게 보냈네. 만일을 대비해 사본을 만들어놨을 가능성이 있어. 그러니까 사본은 미카엘에게 한 부, 〈밀레니엄〉 편집부에 한 부가 있을 수 있지."

"그렇겠네요." 비리에르가 말했다.

"〈밀레니엄〉은 월간지야. 당장은 아무것도 발표하지 않는다는 얘기지. 우리에게 시간이 약간 있다는 뜻이고. 무슨 일이 있어도 그 사본 두 부를 가져와야 해. 다만 검찰의 도움을 받을 수는 없어."

"그렇죠."

"그러니 작전이 필요한 걸세. 미카엘의 집과 〈밀레니엄〉 사무실에 침입해야 한다고. 요나스, 자네가 처리할 수 있겠나?"

요나스가 비리에르를 슬쩍 곁눈질했다.

"선배님…… 선배님도 이해해주셔야 합니다…… 저희는 더이상 그런 일을 하지 않아요. 시대가 변했어요. 이제 우리가 하는 일은 컴퓨터 해킹이나 원격 감시 같은 겁니다. 그리고 말씀하신 작전을 수행할 인력도 없는 실정이에요."

에베르트는 탁자 위로 지그시 몸을 굽혔다.

"비리에르, 그렇다면 쓸 수 있는 인력을 지금 당장 만들어야 않겠나? 아니면 외부인을 고용해. 필요하면 유고슬라비아 마피아라도 고용해서 미카엘을 손봐야 한다고! 무슨 일이 있더라도 사본 두 부를 가져와. 그럼 그들은 자료를 잃는 거고, 그게 없으면 아무것도 증명하지 못할 거야. 이렇게 간단한 일 하나 처리할 수 없다면 그냥 멍청하니 자네 뒷구멍에 엄지손가락이나 꽂고서 헌법위원회가 이 아파트에 들이닥칠 때까지 기다리고 있으라고!" 에베르트와 비리에르는 꽤 오랫동안 서로를 쳐다보았다.

"제가 할 수 있습니다!" 갑자기 요나스가 소리쳤다.

에베르트가 젊은 친구를 흘깃 보았다.

"확실한가?"

요나스가 고개를 끄덕였다.

"좋아. 이제부터 자네 상관은 프레드리크야. 그의 지시를 따르도록 해."

그는 고갯짓으로 그러겠다고 대답했다.

"이 작전에서는 감시 업무가 많을 겁니다." 예오리가 끼어들었다. "이 방면에 인원을 보강해야 해요. 제가 몇 사람 추천하고 싶습니다. 외부 조직에 적당한 인물이 하나 있어요. 세포에서 경호를 맡고 있는 모르텐손입니다. 배짱이 대단히 좋고 여러 모로 기대가 되는 친구죠. 내부 조직으로 데려오려고 오래전부터 눈여겨보고 있었습니다. 언젠가 제 자리를 이어받으면 좋겠다고 생각했죠."

"흠, 괜찮아 보이는군." 에베르트가 대꾸했다. "최종 결정은 프레드리크가 내리겠지만."

"소식이 또 있습니다." 다시 예오리가 말했다. "세번째 사본이 있는 게 아닌가 싶습니다."

"어디에?"

"오늘 오후에 알게 된 일인데, 리스베트에게 변호사가 생겼습니다. 안니카 잔니니. 미카엘의 여동생이죠."

에베르트가 고개를 끄덕였다.

"자네 생각이 맞네. 그렇다면 미카엘은 자기 여동생한테 사본을 한 부 줬을 거야. 안 그랬다면 오히려 이상한 일이지. 다시 말해 당분간 에리카, 미카엘, 안니카, 이 세 사람을 철저히 감시해야 한다는 소리야."

"에리카는 별로 걱정하지 않아도 될 듯합니다. 오늘 보도를 보니 〈SMP〉의 새 편집국장이 됐더군요. 그녀와 〈밀레니엄〉의 관계는 이제 끝났습니다."

"좋아. 그래도 눈길을 떼지 말아야 해. 단, 〈밀레니엄〉은 철저히 감시하도록. 사무실과 모든 직원의 집을 도청하는 건 물론이고 이메일도 체크해. 누구를 만나는지, 누구와 얘기하는지도. 또 그들이 어떤 폭로 전략을 쓸지 알아내는 게 아주 중요해. 그리고 무엇보다도 그 보고서를 찾아와야겠지. 한마디로 지금 우린 할 일이 산더미야."

비리에르의 눈에 주저하는 기색이 역력했다.

"선배님. 지금 선배님이 저희에게 요구하는 건 영향력 있는 잡지와 〈SMP〉의 편집국장을 상대로 작전을 펼치라는 겁니다. 너무 위험한 일이에요."

"둘 중 하나를 선택해. 팔을 걷어붙이고 나서든가, 아니면 자네 자리를 다른 사람에게 넘기든가."

회의 탁자 위로 팽팽한 분위기가 먹구름처럼 걸렸다.

"〈밀레니엄〉은 제가 관리할 수 있을 것 같아요." 마침내 요나스가 입을 열었다. "하지만 근본적인 문제가 해결되는 건 아니죠. 살라첸코는 어떻게 합니까? 그자가 입을 열면 우리가 한 노력이 죄다 헛수고가 되지 않겠습니까?"

"알고 있네. 그게 바로 이 작전에서 내가 맡을 부분이야." 에베르트가 대답했다. "살라첸코가 입을 다물도록 할 수 있을 것 같아. 하지만 약간의 준비가 필요해. 오늘 오후에 예테보리로 내려갈 작정이야."

그는 입을 다물고 사람들을 둘러보았다. 마지막으로는 강렬한 눈빛으로 비리에르를 응시했다.

"내가 없는 동안 작전과 관련된 결정은 프레드리크가 할 거야."

잠시 후 비리에르가 알겠다는 뜻으로 고개를 까딱했다.

헬레나 엔드린 박사가 동료 안데르스 요나손과 상의한 끝에 결정을 내린 건 월요일 저녁이었다. 면회를 받아도 될 만큼 리스베트의 상태가 안정됐다는 내용이었다. 첫 면회자는 강력반 형사 두 명이었고, 십오 분간 질문할 수 있었다. 리스베트는 그들이 병실에 들어와 앉는 모습을 말없이 지켜보았다.

"몸은 좀 어때요? 강력반 형사 마르쿠스 엘란데르입니다. 이곳 예테보리 경찰서에서 근무하고 있어요. 이쪽은 스톡홀름 경찰청에서 온 소니아 모디그예요."

리스베트는 인사하지 않았다. 표정에는 털끝만큼도 변화가 없었다. 그녀는 소니아가 얀의 수사팀이라는 사실을 알고 있었다. 마르쿠스는 '쿨한' 미소를 지어 보였다.

"당신이 공무원들과 대화하는 걸 즐기는 편이 아니라고 들었어요. 그래요, 꼭 무슨 말을 해야 할 필요는 없어요. 하지만 잠시나마 우리가 하는 말을 들어준다면 고맙겠군요. 할 얘기가 많은데 애석하게도 시간을 넉넉하게 받지 못했어요. 앞으로 또 기회가 있겠죠."

리스베트는 아무 말이 없었다.

"먼저 당신의 친구 미카엘이 알려온 소식부터 전할게요. 안니카 잔니니라는 변호사가 당신을 변호할 뜻이 있다고 해요. 이 사건에 대해 잘 알고 있다고 말이에요. 미카엘 말로는 이미 당신에게 그녀에 대해서 얘기했다더군요. 그래서 당신의 뜻을 확인하고 싶어요. 그녀가 이곳 예테보리로 와서 도와주는 걸 원하는지 말이에요."

리스베트는 여전히 침묵을 지키고 있었다.

안니카 잔니니. 미카엘의 여동생. 그가 이메일에서 그녀의 이름을 언급한 적이 있었다. 하지만 리스베트는 자신에게 변호사가 필요하다고 생각해본 적이 없었다.

"미안하지만, 질문에 대답해줘야 해요. 좋다, 싫다, 말만 해줘요. 만일 당신이 원한다면 이곳 예테보리 소속 검사가 곧바로 안니카 변호사와 접촉할 거예요. 싫다면 법정에서 국선변호인을 선임해줄 거고요. 자, 어느 쪽을 원하죠?"

리스베트는 그의 제안을 곰곰이 생각해봤다. 실제로 변호사가 필요할 듯도 했다. 빌어먹을 칼레 블롬크비스트의 동생을 변호인으로 삼는 건 영 찜찜했다. 하지만 누가 될지도 모르는 국선변호인을 택했다가 여우를 피하려다 호랑이 만난 꼴이 될 수도 있었다. 결국 리스베트는 입을 열어 쉰 목소리로 한마디를 내뱉었다.

"안니카."

"좋아요. 고마워요. 이젠 제가 한 가지 묻고 싶어요. 물론 변호사가 오기 전까지 아무 말 안 해도 되지만, 당신과 직접 관련된 질문도 아니고 해를 끼치는 일도 없을 거예요. 지금 경찰은 35세 독일 시민 로날드 니더만을 쫓고 있어요. 경찰관을 한 명 살해한 혐의로요."

리스베트는 미간을 찌푸렸다. 이건 새로운 소식이었다. 그녀는 자신이 살라첸코의 머리에 도끼를 박고 난 후 벌어진 일들을 전혀 몰랐다.

"우리 예테보리 경찰은 가급적 빨리 그자를 잡고 싶어요. 스톡홀름에서 온 소니아 모디그 형사도 그자를 심문해야 하고요. 맨 처음 당신이 혐의를 받았던 삼중살인과 관련해서 말이에요. 우린 당신의 도움이 필요해요. 혹시…… 그자가 숨어 있을 만한 곳으로 짚이는 데가 있나요?"

리스베트는 의심에 찬 눈으로 마르쿠스와 소니아를 번갈아 쳐다보았다.

그들은 로날드가 그녀의 오빠라는 사실을 모르고 있었다.

리스베트는 자문했다. 로날드가 경찰에 체포되는 걸 자신이 원하는지 아닌지. 사실 그녀가 원하는 건 따로 있었다. 그자를 잡아다 고세베르가 구덩이에 파묻어버리는 것. 리스베트는 혼자서 어깨를 으쓱했다. 조심성 없는 행동이었다. 즉시 왼쪽 어깨가 타는 듯한 통증에 휩싸였다.

"오늘이 무슨 요일이죠?" 리스베트가 물었다.

"월요일입니다."

"내가 로날드 니더만이라는 이름을 처음으로 들은 게 지난 주 목요일이에요. 그를 추적해 고세베르가까지 갔죠. 지금은 그가 어디에 있는지 전혀 모르겠지만 아마 가급적 빨리 외국으로 나가려고 애쓰고 있지 않을까요?"

"왜 그렇게 생각하죠?"

"로날드가 날 파묻을 구덩이를 파러 나갔을 때 살라첸코가 말했어요. 일이 너무 시끄러워져서 한동안 그를 외국으로 내보낼 계획을 세웠다고."

그녀가 경찰과 이렇게 많은 말을 나눈 건 열두 살 이후로 처음이었다.

"살라첸코…… 당신 부친 말인가요?"

오호, 그래도 한 가지는 알아내셨군. 아마 빌어먹을 칼레 블롬크비스트 덕분이겠지.

"한 가지 더. 부친이 당신을 살인미수 혐의로 정식 고소했어요. 지금 서류가 검사 손에 들어갔으니 기소 여부가 결정날 거예요. 한편 지금 당신은 중상해 혐의로 구속된 상태고요. 당신이 살라첸코의 머리통에 도끼를 박은 건 확실하니까."

리스베트는 아무 말도 하지 않았다. 긴 침묵이 흘렀다. 이윽고 소니아가 몸을 앞으로 굽히며 나지막이 말했다.

"이것만은 말해주고 싶어요. 경찰 내부에서는 살라첸코의 말을 그다지 신뢰하지 않아요. 그러니 변호사하고 충분히 얘기를 나눠요. 우리 쪽에서는 좀더 기다려줄 수 있으니까."

마르쿠스도 고개를 끄덕였다. 그리고 두 형사는 자리에서 일어났다.

"로날드에 대해 협조해주어 고마워요."

리스베트는 매우 정중한 형사들의 모습에 놀랐다. 심지어 상냥하기까지 했다. 특히 소니아의 마지막 말은 놀라웠다. 하지만 분명 다른 꿍꿍이가 있을 거라고 생각했다.

7장
4월 11일 월요일~4월 12일 화요일

월요일 오후 5시 45분, 미카엘은 벨만스가탄에 있는 자신의 아파트에 있었다. 노트북을 닫고 식탁에서 일어선 참이었다. 그런 다음 재킷을 걸치고 나가 슬루센에 있는 밀톤 시큐리티 사옥까지 걸어갔다. 엘리베이터를 타고 사층 로비로 올라가자 곧장 회의실로 안내됐다. 그는 정확히 6시에 도착했고, 가장 마지막으로 온 사람이었다.

"안녕하십니까, 드라간 씨." 미카엘은 인사를 하며 손을 내밀었다. "이 비공식 모임을 위해 자리를 마련해주셔서 고맙습니다."

미카엘은 방안을 둘러보았다. 자신과 드라간 아르만스키 말고도, 안니카 잔니니, 홀게르 팔름그렌, 그리고 말린 에릭손이 앉아 있었다. 전직 강력반 형사이자 밀톤 직원인 소니 보만의 얼굴도 보였다. 드라간의 지시에 따라 리스베트 수사에 참여한 사람 가운데 하나였다.

홀게르에겐 이 년 만의 외출이었다. 담당의 시바르난단 박사는 그가 에르스타 재활센터를 벗어나는 걸 썩 내켜하지 않았지만 홀게르의 뜻이 확고했다. 특수 차량을 타고 요하나 카롤리나 오스카르손과 동행해 이곳까지 왔다. 서른아홉 살의 요하나는 홀게르의 개인 간병인이었다. 그에게 최상의 치료를 제공하기 위해 한 익명의 독지가가 내놓은 기금으로 봉급을 받고 있었다. 그녀는 회의실 옆에 붙어 있는 휴게실에서 책을 읽으며 기다렸다. 미카엘은 문을 닫았다.

"모르는 분들을 위해 소개하죠. 이쪽은 〈밀레니엄〉의 새 편집장 말린 에릭손입니다. 오늘 논의할 사안이 그녀의 업무와도 관련되어 이 모임에 참석해달라고 요청했습니다."

"좋습니다." 드라간이 말했다. "모두 모인 듯하니 말씀해보시죠."

미카엘은 화이트보드로 다가가 마커를 집어들었다. 그러고는 좌중을 둘러보았다.

"이건 아마 내가 평생 해본 일 가운데 가장 미친 짓이 될 겁니다. 이 일이 모두 끝나고 나면 '바보 원탁의 기사들'이라는 협회를 하나 만들까 해요. 매년 모여 리스베트를 욕하는 만찬을 개최하는 게 목적이죠. 바로 여러분이 회원이고요."

그는 잠시 뜸을 들였다.

"자, 이제부터 제가 현 상황을 정확히 설명하겠습니다." 그는 이렇게 말하며 화이트보드에 제목을 몇 개 적기 시작했다. 그리고 삼십 분은 족히 이야기를 했다. 뒤이은 토론은 거의 세 시간 동안 계속됐다.

회의가 끝난 후 에베르트는 프레드리크에게 바짝 다가가 앉았다. 그렇게 몇 분 동안 긴밀한 대화를 나누고 자리에서 일어났다. 늙어버린 두 전우는 악수를 나누었다.

에베르트는 택시를 타고 프레이 호텔로 돌아가 짐을 챙겨 체크아웃을 했다. 그리고 오후 늦게 예테보리행 열차에 몸을 실었다. 일등석 표를 끊어서 칸막이 객실 안에는 그 혼자뿐이었다. 오르스타 다리를 지날 때쯤 그는 볼펜과 노트를 꺼냈다. 그리고 잠시 생각한 다음 글을 쓰기 시작했다. 페이지를 반 정도 채웠을 때 마음에 들지 않은 듯 종이를 뜯어냈다.

문서 위조는 그의 전문 분야가 아니었고, 그의 소관이었던 적도 없었다. 지금 쓰고 있는 편지는 다름 아닌 그 자신이 서명자였기 때문에 일이 한결 쉬워졌다고 할 수 있었다. 다만 그중 한 단어도 진실이 아니라는 사실이 이 작업을 어렵게 했다.

수많은 초안을 찢어 던진 끝에 할스베리를 지날 때쯤에는 글을 대략 어떻게 써야 할지 생각이 잡혀갔다. 그렇게 해서 예테보리에 도착했을 때는 그가 만족할 만한 서신 열두 개가 만들어졌다. 그는 편지지마다 자신의 지문이 분명히 표시되게끔 세심한 주의를 기울였다.

예테보리 중앙역에 내려서는 역사 안에서 셀프 복사기를 찾아 사본을 만들었다. 그런 다음, 편지봉투와 우표를 사서 밤 9시에 수거되는 우체통에 서신들을 집어넣었다.

에베르트는 택시를 잡아타고 프레드리크가 그를 위해 예약해준 로렌스베리스가탄의 시티 호텔로 갔다. 며칠 전 미카엘이 묵었던 바로 그 호텔이었다. 곧장 객실로 올라간 그는 침대에 털썩 주저앉았다. 그야말로 녹초가 된 그는 그제서야 하루종일 빵 두 조각밖에 먹지 않았다는 사실을 깨달았다. 하지만 여전히 배가 고프지 않았다. 그는 옷을 벗고 침대에 누웠고 거의 동시에 잠이 들었다.

리스베트는 문이 열리는 소리에 소스라치듯 잠에서 깼다. 그리고 곧바로 당직 간호사가 낸 소리가 아님을 알아차렸다. 실처럼 눈을 가늘게 뜨고 살피니 문가에 목발을 짚은 실루엣이 보였다. 살라첸코였다. 그는 문을 빼꼼 열고 그 틈으로 흘러들어가는 복도의 불빛 가운데 꼼짝 않고 서서는 그녀를 뚫어지게 응시하고 있었다.

리스베트는 움직임 없이 눈동자만 돌려서 알람시계를 봤다. 새벽

3시 10분이었다.

다시 눈동자를 몇 밀리미터 옆으로 돌려보니 머리맡 탁자 언저리에 놓인 유리잔 하나가 눈에 들어왔다. 몸을 움직이지 않아도 팔만 뻗으면 잡을 수 있는 거리였다.

팔을 뻗어 잔 윗부분을 과감하게 탁자 모서리에 쳐서 깨뜨리려면 일 초가 필요했다. 그리고 자신의 위로 몸을 굽히는 살라첸코의 목에 예리해진 유리잔을 박는 데는 다시 0.5초가 필요할 터였다. 다른 가능성도 생각해봤지만, 결국 이것이 지금 유일한 무기라는 결론에 도달했다.

리스베트는 몸을 이완시키고 기다렸다.

살라첸코는 이 분 가까이 문가에 서서 꼼짝 않고 있었다.

그러더니 천천히 문을 닫았다. 그가 느릿느릿 자기 병실로 돌아가는 사이, 복도 바닥에 그의 목발 끌리는 소리가 들려왔다.

오 분쯤 지났을 때 리스베트는 팔꿈치를 짚고 몸을 벌떡 일으킨 다음 잔을 잡아 물을 한 모금 마셨다. 그리고 침대 밖으로 두 다리를 내밀고 팔과 가슴에 붙은 전극들을 떼어냈다. 일어선 그녀는 휘청거리며 잠시 서 있었다. 몸의 균형을 잡는 데 거의 일 분이 걸렸다. 그러고는 절뚝거리며 문 앞까지 걸어갔다. 벽에 몸을 기대고 가쁜 숨을 몰아쉬었다. 식은땀이 배어나왔다. 갑자기 싸늘한 분노가 치밀어올랐다.

살라첸코, 이 빌어먹을 인간! 지금 여기서 끝장을 보자고!

지금 그녀에겐 무기가 필요했다.

그런데 복도에서 종종걸음으로 다가오는 구두굽 소리가 들렸다.

젠장. 전극을 떼냈지……

"아니, 대체 왜 그렇게 서 있는 거예요?" 간호사가 소리를 질렀다.

"화장실에…… 가야…… 해요." 리스베트가 간신히 숨을 몰아쉬며 말했다.

"당장에 돌아가 자리에 누우세요!"

간호사는 그녀의 손을 잡고 침대로 돌아가는 걸 도왔다. 그런 다음 환자용 소변기를 가지러 갔다.

"화장실에 가고 싶으면 이 버튼을 눌러요. 그러라고 있는 거니까."

리스베트는 아무 말도 하지 않았다. 다만 소변 몇 방울을 만들어내려고 온 정신을 집중할 뿐이었다.

화요일, 미카엘은 10시 30분쯤 잠에서 깼다. 샤워를 하고 커피머신을 켜고 노트북 앞에 자리를 잡았다. 전날 저녁 밀톤 시큐리티에서 모임을 마치고 집으로 돌아와 새벽 5시까지 일했다. 그는 자신의 기사가 마침내 형태를 갖춰간다는 걸 느꼈다. 살라첸코의 삶은 아직 흐릿하기만 했다. 그가 가진 정보라고는 군나르를 협박해 얻어낸 것과 홀게르가 보태준 몇 가지가 전부였다. 반면 리스베트의 이야기는 거의 마무리한 것이나 다름없었다. 그는 기사에서 차근차근 설명했다. 어떻게 그녀가 세포의 냉혹한 전사 집단과 대립하게 됐는지, 살라첸코를 둘러싼 비밀이 새어나가는 걸 막기 위해 그들이 어떻게 그녀를 정신병원에 가뒀는지를.

미카엘은 자신의 글이 사뭇 만족스러웠다. 이 날벼락 같은 이야기가 발표되면 베스트셀러가 될 것이다. 스웨덴 전체가 발칵 뒤집히고, 아주 높은 곳에 앉아 계신 국가공무원들께서 상당히 불편해지리라.

그는 담배 한 대를 피워 물며 생각에 잠겼다.

아직 보완해야 할 큰 구멍이 두 개 있었다. 그중 하나는 별문제 없을 터였다. 페테르 텔레보리안의 가면을 벗겨내는 것. 그는 여기에 빨리 착수하고 싶어 손이 근질거렸다. 그 일이 끝나면 고명하신 우리의 정신과 전문의께서는 졸지에 스웨덴에서 가장 미움받는 사람으로 전락하리라.

반면 나머지 문제는 훨씬 복잡했다.

리스베트를 대상으로 음모를 꾸민 자들은—미카엘은 이들을 '살라첸코 클럽'이라고 이름 붙였다—세포 내부에 있었다. 그중 한 명은 알고 있었다. 군나르 비에르크. 하지만 이 일을 그 혼자서 벌였을 리 없었다. 그 뒤에는 필시 어떤 그룹이, 모종의 조직이 도사리고 있을 터였다. 보스와 책임자와 예산이 있을 것이다. 다만 어떻게 해야 이것들을 알아낼 수 있을지, 전혀 방향을 잡을 수 없다는 게 문제였다. 어디서부터 시작해야 할지 도무지 알 수 없었다. 미카엘은 세포라는 조직에 대해 극히 기초적인 지식만 알고 있었다.

월요일에 그는 조사를 시작하면서 헨리 코르테스를 쇠데르말름으로 보냈다. 그곳에 있는 중고서점들을 뒤져서 세포와 관련된 서적을 몽땅 사오라고 시켰다. 코르테스가 책 여섯 권을 구해 미카엘의 집으로 돌아온 건 그날 오후 4시쯤이었다. 미카엘은 탁자 위에 책들을 늘어놓았다.

미카엘 로스퀴스트의 『스웨덴의 첩보전』(템푸스, 1988), 페르 군나르 빙에의 『세포의 수장 1962~1970』(W&W, 1988), 얀 오토손과 라르스 망누손 공저 『은밀한 권력』(티덴, 1991), 에리크 망누손의 『세포의 권력 투쟁』(코로나, 1989), 칼 리드봄의 『어떤 임무』(W&W, 1990), 그리고 벤네르스트룀 사건을 다룬 토머스 화이트사이드의 『요직의 스파이』(발렌타인, 1966) 등이었다. 여기서 벤네르스트룀 사건은 2000년대 초반에 미카엘이 터뜨린 특종이 아니라, 1960년대에 있었던 이중간첩 스티그 벤네르스트룀 대령 사건을 뜻했다.

월요일에서 화요일로 넘어가는 밤 사이 미카엘은 헨리가 구해온 책들을 훑어보는 데 많은 시간을 할애했다. 그 결과 몇 가지 사실을 확인할 수 있었다. 우선 세포에 관한 저서들은 대부분 1980년대 후반에 나온 것으로 보였다. 실제로 인터넷에서 검색해보니 이 분야와 관련해 최근에 나온 책은 존재하지 않았다.

그리고 오랜 세월에 걸친 세포의 활동을 명확하게 정리해놓은 글도 찾을 수 없었다. 많은 사안이 극비로 분류돼 접근이 어려웠다는 점을 감안하면 어느 정도 이해할 수 있는 일이지만, 비판적 시각으로 세포를 연구한 기관이나 연구자나 매체가 하나도 없었다는 건 놀라운 사실이었다.

또하나 기이한 건, 헨리가 가져온 책들에는 참고문헌이 없다는 사실이었다. 각주는 있었지만 대부분은 석간신문 기사나 은퇴한 세포 직원과의 개인 인터뷰에서 가져온 정보로만 채워져 있었다.

『은밀한 권력』은 매우 흥미로운 책이었지만 주로 2차대전 이전과 전시의 사정을 다루고 있었다. 페르 군나르 빙에의 회고록은 거센 비판 속에 해고된 세전 국장이 자기방어를 위해 쓴 개인적인 선전 책자에 가까웠다. 한편 『요직의 스파이』는 첫 장부터 스웨덴에 대한 부정확한 정보들이 난무해 미카엘은 그대로 휴지통에 던져버렸다. 세포의 임무를 진지하게 묘사해보겠다는 야심을 지닌 책은 『세포의 권력 투쟁』과 『스웨덴의 첩보전』뿐이었다. 거기에는 구체적인 날짜, 이름, 그리고 조직도가 실려 있었다. 특히 에리크 망누손의 저서는 읽어둘 만했다. 미카엘의 궁금증을 직접적으로 풀어주지는 못했지만, 지난 수십 년간 세포의 조직 체계나 주요 관심사가 어떠했는지를 대략적으로나마 설명해주었다.

가장 놀라운 건 칼 리드봄의 『어떤 임무』였다. 전前 주불대사였던 저자는 올로프 팔메 암살 사건과 에베 칼손 사건 이후 정부의 지시로 자신이 세포를 조사할 때 겪었던 문제들을 썼다. 여태까지 한 번도 그의 글을 읽어본 적 없었던 미카엘은 예리한 관찰력과 결합한 풍자적 어조에 상당히 놀랐다. 하지만 그의 책 역시 미카엘이 상대해야 할 대상을 어렴풋이 알게 해줄 뿐, 질문에 명확한 답을 주지는 못했다.

미카엘은 잠시 생각한 후 휴대전화를 들어 헨리에게 전화를 걸었다.

"별일 없지, 헨리? 어제 고생해줘서 고마워."

"흠, 또 무슨 일이죠?"

"다시 고생 좀 시키려고."

"기자님, 저도 일이 있다고요. 이제 편집차장이 되었단 말이에요."

"승진을 축하해!"

"에이, 얘기해보세요!"

"창설 이래 세포에 대한 공식적인 조사들이 이루어져왔어. 칼 리드 봄이 한 것도 그중 하나지. 이런 종류의 조사들이 꽤 많았을 거야."

"그렇군요."

"이것과 관련해서 국회에서 나온 자료들을 몽땅 찾아줘. 예산, 공식 보고서, 질의 및 토론 등등. 그리고 세포의 연례보고서도 옛날 것까지 가능한 한 찾아보고."

"알겠습니다, 대장님!"

"좋아. 그리고 말이야, 헨리……"

"네?"

"…… 바로 내일까지 필요해."

리스베트는 살라첸코를 생각하며 하루를 보냈다. 그가 바로 옆옆 방에 있다는 사실을 알고 있었다. 그는 밤중에 복도를 어슬렁거렸고 새벽 3시 10분에는 그녀의 병실에까지 왔었다.

그녀는 그를 죽이려고 고세베르가까지 추적해 갔다. 하지만 실패했고, 지금 살라첸코는 멀쩡하게 살아서 10미터도 떨어지지 않은 곳에 웅크리고 있었다. 그야말로 엿 같은 상황이었다. 이 상황이 얼마나 위험한지는 아직 확실히 판단할 수 없었다. 하지만 페테르 텔레보리안이 지키고 있는 정신병원에 다시 갇히지 않으려면 이곳을 탈출해 해외로 조용히 사라질 필요가 있었다.

다만 지금은 몸을 일으켜 침대에 앉아 있을 힘조차 없다는 게 문제였다. 몸 상태가 좋아진 건 사실이었다. 머리는 여전히 아팠지만 통증은 간헐적으로 몰려왔다. 어깨의 통증도 많이 가라앉아 몸을 움직일 때만 아팠다.

복도에서 발소리가 들려 돌아보니 간호사가 문을 열고 누군가를 들여보내고 있었다. 검정 바지와 흰 블라우스에 검정 재킷을 입은 여자였다. 갈색 머리를 사내아이처럼 짧게 커트했고 날씬하면서도 예쁘장했다. 전체적으로 차분한 자신감이 느껴지는 그녀는 조그만 검정색 서류가방을 들고 있었다. 리스베트는 그녀의 눈매가 미카엘을 빼닮았다는 걸 곧바로 알아차렸다.

"안녕하세요, 리스베트? 안니카 잔니니입니다. 들어가도 될까요?"

리스베트는 무표정한 눈으로 그녀를 쳐다보았다. 갑자기 미카엘의 여동생인 그녀를 만나보고 싶은 마음이 싹 사라졌다. 변호사로 삼아달라는 제안을 선뜻 받아들인 일이 후회스러웠다.

안니카는 들어와 문을 닫은 뒤 의자를 하나 끌어왔다. 그렇게 앉은 채로 몇 초 동안 묵묵히 자신의 의뢰인을 관찰했다.

리스베트는 정말이지 꼴이 말이 아니었다. 머리는 커다란 붕대 뭉치에 불과했다. 충혈된 눈 주위는 시퍼렇게 멍이 들어 탱탱하게 부풀어 있었다.

"자, 얘기를 시작하기 전에 우선 당신이 정말로 날 변호인으로 받아들이고 싶은지 알고 싶어요. 보통 난 민사 사건만 다뤄요. 강간이나 가정폭력의 피해자들을 대변하죠. 하지만 난 당신의 이야기를 상세히 알게 되었고, 만일 당신이 원한다면 변호하고 싶어요. 한 가지 말해둬야 할 건 미카엘 블롬크비스트가 내 오빠이고, 그와 드라간 아르만스키가 수임료를 대고 있다는 사실이에요."

여기까지 말하고 그녀는 잠시 기다렸다. 하지만 의뢰인 쪽에서 아무런 반응이 없자 다시 말을 이었다.

"만일 날 변호인으로 받아들이면, 난 당신을 위해 일할 거예요. 다시 말해 우리 오빠나 드라간 씨를 위해 일하지는 않는다는 뜻이에요. 재판이 진행되는 동안에는 당신의 전 후견인 홀게르 씨의 도움을 받을 거예요. 그분 참 대단하시더군요. 당신을 돕겠다고 그 몸을 이끌고 재활센터를 나왔어요."

"홀게르?" 리스베트가 되물었다.

"그래요."

"그분을 만났나요?"

"네."

"좀 어떠시던가요?"

"노발대발하셨죠. 당신에게 일어난 일들을 들으시고요. 하지만 크게 걱정하시는 것 같지는 않더군요."

리스베트는 엷게 미소를 지었다. 한쪽 입꼬리가 비틀어진 미소였지만 살그렌스카 병원에 들어와 그녀가 처음으로 보이는 표정이었다.

"당신은 어때요?" 안니카가 물었다.

"엉망이죠."

"그렇군요. 내가 당신을 변호하길 원하나요? 드라간 씨와 미카엘이 수임료를 댈 테고……"

"싫어요."

"무슨 말이죠?"

"돈은 내가 내요. 드라간이나 칼레 블롬크비스트에겐 단 1외레*도 받지 않겠어요. 인터넷만 접속할 수 있으면 내가 당신에게 지불할게요."

"그렇군요. 그 문제는 적당한 때에 해결점을 찾아보도록 하죠. 어쨌든 내 급료는 대부분 법무부에서 나올 거니까요. 자, 그럼 내가 당

---

* 스웨덴의 화폐 단위. 1크로나의 100분의 1이다.

신을 변호하는 것에 동의하나요?"

리스베트가 짧게 한 번 고개를 끄덕였다.

"좋아요. 그럼 먼저 미카엘이 보낸 메시지부터 전달하도록 하죠. 알쏭달쏭한 내용인데, 당신은 무슨 뜻인지 이해할 거라고 하네요."

"그래요?"

"미카엘은 내게 당신과 관련된 거의 모든 걸 얘기해줬다고 했어요. 몇 가지만 빼고요. 그중 하나가 헤데스타드에서 발견한 당신의 능력 몇 가지라고 하더군요."

사진기억력을 말하는 모양이군…… 내가 해커라는 사실도 혼자 알고 있기로 한 모양이지.

"오케이."

"두번째는 DVD예요. 무얼 말하는 건지 난 잘 모르겠지만 미카엘은 당신이 결정해서 내게 말하든지 말든지 하라고 했어요. 그가 무슨 말을 하는지 이해했나요?"

닐스 비우르만이 날 강간하는 동영상.

"네."

"좋아요."

안니카의 얼굴에 갑자기 머뭇거리는 기색이 떠올랐다.

"…… 사실 난 오빠에게 조금 화가 난 상태예요. 날 변호사로 고용해놓고는 응당 해줘야 할 말을 해주지 않다니요. 당신도 내게 감출게 있나요?"

"잘 모르겠어요."

"좋아요. 앞으로 우린 아주 많은 얘기를 나눠야 할 거예요. 지금은 오래 머무를 수 없어요. 사십오 분 후에 앙네타 예르바스 검사를 만나야 하거든요. 오늘은 당신이 날 변호인으로 받아들일 건지만 확인하러 온 거예요. 하지만 떠나기 전에 한 가지 당부할게요."

"뭐죠?"

"내가 입회하지 않은 상태로는 형사가 무얼 묻더라도 한마디도 대꾸해선 안 돼요. 당신을 도발하거나 별별 혐의를 씌우려 들더라도요. 약속할 수 있겠어요?"

"그리 어려운 일 같지는 않네요." 리스베트가 대답했다.

월요일 내내 잔뜩 긴장한 탓에 녹초가 된 에베르트 굴베리는 화요일 아침 9시가 되어서야 잠에서 깼다. 평소보다 네 시간이나 늦잠을 잤다. 그는 욕실로 들어가 샤워를 하고 양치질을 했다. 한참 동안 거울에 비친 얼굴을 들여다보던 그는 이윽고 등을 끄고 옷을 입으러 나갔다. 서류가방에 한 벌 남아 있는 깨끗한 셔츠를 입고 갈색 무늬 넥타이를 맸다.

그는 호텔 식당으로 내려가 치즈와 오렌지 마멀레이드를 올린 토스트에 블랙커피를 곁들여 먹었다. 큰 잔으로 물도 벌컥벌컥 들이켰다. 그런 다음, 로비에 있는 공중전화로 가 프레드리크 클린톤에게 전화를 걸었다.

"나야. 상황은 어떤가?"

"불안정해."

"어때, 프레드리크, 해낼 수 있겠나?"

"그럼. 옛날하고 다를 것 없으니까. 한스 폰 로팅에르가 작고한 게 유감이지. 나보다 작전을 훨씬 잘 세웠을 텐데."

"자네도 못지 않았어. 언제든 그의 역할을 대신할 준비가 되어 있었잖아. 실제로도 가끔 그렇게 했고."

"그래도 우리 사이엔 미세하게 차이가 있었지. 언제나 그는 나보다 조금 나았어."

"그래, 일은 어디까지 진척됐지?"

"요나스 산드베리는 우리가 생각한 것보다 훨씬 똘똘하더군. 모르텐손도 보강 차원에서 데려왔어. 잔심부름이나 할 친구지만 그래도 쓸모가 있어. 미카엘의 휴대전화와 집 전화에 도청장치를 해놨네. 오늘은 안니카 변호사와 〈밀레니엄〉의 전화들에 설치할 거고. 사무실과 직원들의 아파트 도면을 보기 시작했어. 최대한 빨리 처리할 거야."

"먼저 사본들이 어디에 있는지 파악해야 하지 않을까?"

"그건 벌써 끝났어. 기막히게 운이 좋았지. 안니카가 오늘 아침 10시에 미카엘에게 전화를 했어. 지금 돌아다니는 사본이 모두 몇 부나 되냐고 묻더군. 대화를 종합해보면 미카엘에게 있는 사본 한 부가 전부인 듯해. 에리카 베리에르도 한 부 가지고 있었는데 그건 얀 형사에게 보냈고."

"좋아. 그럼 조금도 지체해선 안 되겠군."

"알고 있어. 한 방에 모든 걸 끝내버려야 한다는 걸. 군나르의 보고서 사본들을 한 번에 수거해오지 못하면 일이 힘들어질 거야."

"맞아."

"그런데 일이 조금 복잡해졌어. 오늘 아침에 안니카가 예테보리로 떠났어. 외부 팀원을 동원해 미행을 붙였지. 지금 비행기 안에 있을 거야."

"좋아."

에베르트는 더이상 덧붙일 말이 없었다. 한참 침묵을 지키던 그는 말했다.

"고맙네, 프레드리크."

"오히려 내가 고맙지. 오지도 않는 신장을 기다리며 앉아 있는 것보단 이게 훨씬 재미있잖아."

그들은 작별인사를 했다. 에베르트는 체크아웃을 하고 거리로 나왔다. 주사위는 던져졌다. 이제는 한 단계씩 정확히 실행하는 일만 남았다.

그는 먼저 파크애비뉴 호텔까지 걸어가 팩스를 사용할 수 있는지 물었다. 자신이 묵었던 호텔에서 팩스를 보내는 건 좋지 않았다. 그는 전날 열차에서 작성한 서신들을 팩스로 발송했다. 그런 다음 거리로 나가 택시를 찾았다. 그러다 휴지통을 발견하고 복사한 서신들을 갈가리 찢어 그 안에 던졌다.

안니카는 앙네타 검사와 십오 분간 대화를 나누었다. 안니카는 검사가 어떤 혐의로 리스베트를 기소할 생각인지 알아보고 싶었지만 지금 그녀에게 명확한 계획이 없다는 걸 금방 눈치챌 수 있었다.

"지금으로선 중상해 및 살인미수 혐의 정도를 생각하고 있어요. 그녀가 자기 아버지 머리에 도끼를 박은 일 말입니다. 당신은 정당방위였다고 변호하겠죠?"

"아마도요."

"솔직히 말씀드리면 현재 내 최우선 사안은 경찰관을 살해한 로날드 니더만이에요."

"그렇겠죠."

"검찰청과 연락해봤는데, 당신 의뢰인에 대한 모든 혐의를 취합해서 스톡홀름 쪽 검사에게 위임하는 방안을 검토하나봅니다. 거기서 일어난 사건들과 함께 한꺼번에 처리하도록."

"저도 이번 사안이 스톡홀름으로 넘어갈 거라고 생각했어요."

"좋아요. 어쨌거나 나도 그녀를 한번은 심문하고 싶어요. 언제쯤 가능할까요?"

"담당의 안데르스 요나손 말로는 아직 며칠은 심문을 받을 상태가 아니라고 합니다. 부상도 있지만 지금 강력한 진통제를 투여받고 있어서요."

"저도 비슷한 보고를 받았습니다. 당신도 알겠지만 나로선 몹시 실망스럽네요. 내 최우선 사안은 로날드 니더만인데, 당신 의뢰인은 그가 어디 숨었는지 모른다고 하니."

"그건 사실이에요. 그녀는 로날드를 잘 모릅니다. 며칠 전에야 그 자를 알아내서 고세베르가까지 추적해 간 거죠."

"좋아요. 알겠습니다."

에베르트는 살그렌스카 병원 엘리베이터에 어두운 재킷을 입은 짧은 머리 여자와 함께 타게 됐다. 그의 손에는 꽃다발이 들려 있었다. 엘리베이터가 멈추자 그는 여자가 먼저 간호사 데스크로 향하도록 정중하게 문을 잡아주었다.

"변호사 안니카 잔니니입니다. 내 의뢰인 리스베트 살란데르를 다시 보러 왔어요."

놀란 에베르트가 고개를 돌려 같이 엘리베이터를 타고 온 여자를 쳐다보았다. 그러고는 간호사가 신분증과 면회 허가인 명단을 살필 때 그녀의 서류가방을 흘깃 쳐다보았다.

"12호실입니다." 간호사가 병실을 알려줬다.

"고마워요. 아까 와봤으니 길은 알고 있어요."

안니카는 옆에 내려두었던 서류가방을 집어들고 에베르트의 시야에서 총총 사라져갔다.

"선생님께선 무슨 일로 오셨나요?" 간호사가 이번에는 그에게 물었다.

"칼 악셀 보딘에게 이 꽃을 주러 왔습니다."

"그는 면회가 허용되지 않습니다."

"알고 있습니다. 단지 이 꽃을 주러 온 거예요."

"제가 대신 가져다드리죠."

에베르트가 꽃다발을 가져간 목적은 따로 있었다. 그들과 얘기를 나누면서 병동 구조를 파악하기 위해서였다. 그는 간호사에게 감사를 전한 후 출구 쪽으로 걸음을 옮겼다. 그러면서 살라첸코의 병실 앞을 지나쳤다. 요나스가 알려준 바로는 14호실이었다.

그는 바깥 층계참에서 기다렸다. 그리고 문에 난 유리창으로 간호사가 꽃다발을 들고 살라첸코의 병실로 들어가는 모습을 보았다. 그녀가 다시 자기 자리로 돌아가자 그는 슬그머니 문을 밀고 나왔다. 그러고는 재빨리 걸어가 14호실로 들어갔다.

"안녕하신가, 살라첸코."

살라첸코가 눈을 크게 뜨고는 뜻밖의 손님을 뚫어지게 쳐다봤다.

"지금쯤이면 죽었을 거라고 생각했는데……"

"아직 아니야."

"그래, 뭘 하러 왔지?" 살라첸코가 물었다.

"네 놈 생각은?"

에베르트는 면회객용 의자를 끌어다 살라첸코 앞에 앉았다.

"아마 내가 뒤진 꼴을 보려고 왔겠지."

"맞아, 그랬다면 참 좋았을 거야. 어떻게 이렇게까지 멍청할 수 있어? 우리가 새 삶을 마련해줬는데 여기 이런 꼴로 자빠져 있다니."

할 수만 있다면 살라첸코는 킥킥 웃음을 터뜨렸을 것이다. 그가 보기에 스웨덴 첩보경찰은 허접한 아마추어 집합소였다. 그 아마추어들 가운데 에베르트와 '군나르 비에르크'라 부르는 스벤 얀손도 포함되었다. 얼간이 변호사 닐스 비우르만은 말할 것도 없었다.

"불구덩이에서 널 꺼내기 위해 우리가 다시 나서게 됐다고."

과거 뜨거운 불구덩이 맛을 경험했던 살라첸코로서는 그 표현이 마음에 들지 않았다.

"설교는 집어치우고 날 여기서 꺼낼 생각이나 해."

"그래. 바로 그 얘길 하려고 온 거야."

에베르트는 무릎에 올려둔 서류가방에서 흰 노트 한 권을 꺼내 빈 페이지를 펼쳤다. 그런 다음 살라첸코를 물끄러미 바라보았다.

"한 가지 궁금한 게 있어. 우리가 네 놈한테 그렇게까지 해줬는데, 정말로 배신할 생각이었나?"

"당신 생각은 어떤데?"

"그건 네가 얼마나 미쳤느냐에 달렸겠지."

"미치광이 취급하지 마. 단지 난 살아남으려고 애쓰는 인간이라고. 살아남기 위해 할 일을 할 뿐이야."

에베르트가 고개를 설레설레 내저었다.

"아니야, 알렉산데르…… 네가 그 모든 짓거리들을 하는 건 단지 사악하고 썩어빠졌기 때문이야. 섹션의 입장을 알고 싶다고 했지? 그래, 그걸 알려주려고 내가 여기 왔어. 이번에 우린 널 위해 손가락 하나 까딱하지 않을 거야."

살라첸코의 얼굴에 처음으로 머뭇거리는 기색이 비쳤다.

"너희에겐 다른 선택지가 없어."

"아니, 우린 항상 선택할 수 있어." 에베르트가 대꾸했다.

"그럼 난……"

"넌 아무것도 하지 못할 거야."

에베르트는 숨을 깊게 들이마셨다. 그러고는 갈색 서류가방의 바깥주머니에 손을 집어넣어 자루가 금도금된 스미스앤드웨슨 9구경 권총을 꺼냈다. 이십오 년 전 살라첸코에게서 빼낸 중요한 정보를 영국 첩보부에 제공한 대가로 받은 현금과 함께 물건이었다. 그때 넘긴 건 마치 필비*처럼 MI5에서 소련을 위해 암약해온 속기사의 이름이었고, 다름 아닌 살라첸코의 입에서 나온 정보였다.

살라첸코는 흠칫 놀란 표정을 짓더니 킬킬 웃기 시작했다.

"그걸 가지고 뭘 하려고? 날 죽이겠다고? 그럼 남은 생을 감방에서 썩어야 할 텐데?"

"난 그렇게 생각 안 해." 에베르트가 대꾸했다.

살라첸코는 지금 그가 허세를 부리는 건지 아닌지 판단하기 힘들

---

* Kim Philby(1912~1988). 소련의 이중간첩으로 활동한 영국 첩보부 간부.

었다.

"엄청난 스캔들이 일어나게 될 텐데?"

"그것도 아닐걸. 신문 헤드라인으로 몇 번 뜨겠지. 하지만 일주일 후면 아무도 살라첸코라는 이름을 기억하지 않을 거야."

살라첸코의 두 눈이 가늘어졌다.

"이 더러운 돼지 새끼." 에베르트의 목소리가 너무도 싸늘해 살라첸코는 그대로 얼어붙었다.

에베르트가 방아쇠를 당겼다. 살라첸코가 의족 달린 다리를 침대 바깥으로 내던지듯 옮기는 순간, 그의 이마 한가운데에 총알이 박혔다. 베개 위로 풀썩 떨어져내린 살라첸코의 몸은 몇 차례 경련하더니 이내 움직임을 멈췄다. 에베르트는 침대 뒤쪽 벽에 붉은 꽃처럼 피가 튄 것을 보았다. 총성으로 귀가 윙윙거리자 본능적으로 왼손 검지를 집어넣어 귓구멍을 문질렀다.

그는 몸을 일으켜 살라첸코에게 다가갔다. 관자놀이에 총구를 붙이고 두 발을 더 쏘았다. 이 늙은 개자식에게 털끝만한 가능성도 남겨두고 싶지 않았다.

첫번째 총성에 리스베트는 몸을 벌떡 일으켰다. 어깨 전체에 저미는 듯한 통증이 느껴졌다. 곧이어 총성이 두 번 더 울렸을 때 그녀는 두 다리를 침대 모서리 밖으로 내밀려고 용을 썼다.

안니카가 병실에 들어온 지 몇 분 지나지 않았을 때였다. 맨 처음 몸이 얼어붙었던 안니카는 어디서 총성이 들려오는지 가늠해보았다. 그러다 리스베트의 반응을 보고는 뭔가 심상찮은 일이 일어났음을 깨달았다.

"가만히 누워 있어요!" 안니카는 소리치면서 손바닥으로 리스베트의 가슴 쪽을 밀어 강제로 침대에 눕혔다.

그런 다음 재빨리 방을 가로질러 가 문을 열어봤다. 간호사 두 명이 옆옆 방을 향해 달려가고 있었다. 먼저 도착한 간호사가 문 앞에서 멈춰 섰다. 이내 그녀의 비명이 들렸다. "아, 그러지 말아요!" 그러고는 한 발짝 물러나면서 뒤에 서 있던 간호사와 부딪쳤다. "저 사람 총을 들었어! 빨리 도망가!"

안니카는 두 간호사가 바로 옆방 문을 열고 그 안으로 피신하는 걸 보았다.

다음 순간, 희끗희끗한 머리에 체크무늬 재킷을 입은 남자가 복도로 걸어나왔다. 손에 권총이 들려 있었다. 몇 분 전 그녀와 함께 엘리베이터를 타고 올라온 바로 그 남자였다.

둘의 시선이 마주쳤다. 그는 당황한 듯했다. 이어 안니카는 그가 자신을 향해 총구를 돌리고 앞으로 한 걸음 내딛는 걸 보았다. 얼른 머리를 움츠린 후 문을 쾅 닫고는 주위를 둘러보니 높직한 간호사용 드레싱 카트가 눈에 들어왔다. 안니카는 카트를 휙 끌어와 문고리가 돌아가지 않도록 그 밑에 단단히 괴어놓았다.

무언가가 움직이는 소리가 들렸다. 고개를 돌려보니 리스베트가 다시 침대에서 빠져나오려 애쓰고 있었다. 단 몇 걸음에 침대로 간 안니카는 자신의 의뢰인을 번쩍 안아 들었다. 그리고 몸에 붙은 전극이며 주사기 따위를 후드득 떼어내면서 화장실로 들어가 변기 덮개 위에 그녀를 앉히고 몸을 돌려 문을 잠갔다. 그런 다음 재킷 호주머니에서 전화기를 꺼내 112를 눌렀다.

에베르트는 리스베트의 병실 앞으로 다가가 문고리를 돌렸다. 문고리는 무언가에 걸려 단 1밀리미터도 움직이지 않았다.

아주 짧은 순간, 그는 확실한 판단을 내리지 못하고 엉거주춤 문 앞에 서 있었다. 방안에 안니카 잔니니가 있다는 건 알고 있었다. 만일 그녀의 서류가방에 군나르의 보고서 사본이 들어 있다면…… 그러나 문은 굳게 닫혀 있었고, 그걸 부술 힘이 그에겐 없었다.

어차피 그의 계획에 없는 일이었다. 안니카는 프레드리크가 맡아서 처리할 것이다. 자신은 살라첸코만 끝내면 그만이었다.

에베르트는 복도를 둘러보았다. 스무 명쯤 되는 간호사에 환자와 면회객들이 문을 빼꼼히 연 틈으로 자신을 주시하고 있었다. 그는 권총을 치켜들어 복도 끝 벽에 걸려 있는 그림에 대고 한 방 쏘았다. 마치 요술 지팡이라도 휘두른 듯 구경꾼들이 일시에 자취를 감췄다.

그는 꽉 닫혀 있는 문에 다시 한번 눈길을 던진 뒤 결연한 걸음으로 살라첸코의 병실로 돌아와 문을 닫았다. 그런 다음 면회객용 의자에 앉아 오랜 세월 그의 삶에서 내밀한 부분이었던 소련 망명자의 얼굴을 물끄러미 내려다보았다.

그렇게 꼼짝 않고 앉아 있은 지 십 분이나 되었을까, 복도에서 들려오는 웅성대는 소리로 그는 경찰이 도착했음을 알았다. 그 순간, 특별히 생각나는 건 없었다.

그는 마지막으로 권총을 들어 자신의 관자놀이를 겨누고 방아쇠를 당겼다.

이어진 일들은 살그렌스카 병원에서 자살을 기도하는 일이 얼마나 신중치 못한 선택이었는지를 잘 보여주었다. 에베르트는 급히 외상 전문 응급실로 옮겨졌고, 안데르스 요나손은 곧바로 필수적인 생체 기능을 유지시키기 위한 응급조치를 취했다.

뒤이어 안데르스는 대뇌 조직에서 총알을 빼내는 수술에 들어갔다. 결코 흔하지 않은 수술을 일주일도 안 되는 사이에 두 번이나 집도를 하게 된 것이다. 다섯 시간에 걸친 대수술이 끝났지만 에베르트는 여전히 위독했다. 하지만 목숨은 붙어 있었다.

에베르트의 부상은 리스베트보다 훨씬 심각했다. 그는 여러 날 동안 생사를 오갔다.

미카엘이 소식을 접한 건 호른스가탄에 있는 커피숍 '카페바'에서였다. 리스베트 살해 혐의를 받고 있는, 아직 이름이 밝혀지지 않은 육십대 남성이 예테보리 살그렌스카 병원에서 총에 맞아 숨졌다는 라디오 뉴스를 들었다. 그는 즉시 커피잔을 내려놓고 노트북 가방을 둘러매고 예트가탄에 있는 〈밀레니엄〉 사무실로 향했다. 그렇게 마리아 광장을 성큼성큼 가로질러 길모퉁이를 돌아 상트파울스가탄으로 접어드는데 휴대전화가 울렸다. 그는 최대한 빨리 다리를 놀리며 전화를 받았다.

"미카엘입니다."

"저, 말린이에요."

"방금 뉴스를 들었어. 누가 쐈는지 알아?"

"아직 몰라요. 헨리가 알아보러 나갈 거예요."

"곧 갈게. 오 분이면 도착해."

그는 사무실 앞에서 막 문을 나서는 헨리와 마주쳤다.

"리샤르드 검사가 3시에 기자회견을 연대요. 그래서 경찰청으로 가려고요." 헨리가 달려나가며 알렸다.

"어떻게 된 건지 알아?" 미카엘이 그의 등에 대고 외쳤다.

"말린에게 물어봐요!" 헨리는 이렇게 말하고 사라져버렸다.

미카엘은 곧장 에리카…… 아니, 말린의 사무실로 향했다. 말린은 노란 포스트잇에 뭔가를 바삐 적으면서 통화를 하고 있었다. 미카엘을 본 그녀가 잠깐 나가 있으라며 손짓했다. 미카엘은 주방으로 가서 '기독민주당 청년회'와 '사회민주당 청년 클럽' 로고가 새겨진 머그잔 두 개에 커피를 가득 채웠다. 그걸 들고 말린의 사무실로 돌아가보니 그녀가 통화를 마치고 있었다. 그녀에게 '사회민주당 청년 클럽'의 머그잔을 내밀었다.

"알아냈어요." 말린이 전화기를 내려놓으며 말했다. "살라첸코가 오늘 오후 1시 15분에 살해됐어요."

그러고는 미카엘을 쳐다보았다.

"방금 살그렌스카 병원 간호사와 얘기했어요. 그녀 말로는 살해범이 칠십대 남성이었고, 범행 몇 분 전에 살라첸코에게 줄 꽃다발을 들고 찾아왔대요. 살라첸코의 머리에 총을 바짝 대고 여러 발을 쏜 후에 자신도 쐈답니다. 살라첸코는 사망했어요. 범인은 죽지 않았고 현재 수술중이래요."

미카엘은 자신도 모르게 안도의 한숨을 내쉬었다. 카페바에서 뉴스를 들은 후로 리스베트가 일을 벌였을지도 모른다는 생각에 가슴이 꽉 막히고 공황에 빠진 상태였다. 만일 그랬다면 그의 계획에 심각한 문제가 생길 터였다.

"살해범 이름은?"

말린이 고개를 젓고 있는데 다시 전화벨이 울렸다. 그녀가 수화기를 들었다. 미카엘은 오가는 대화를 통해 말린이 살그렌스카 병원으로 보낸 프리랜서 기자일 거라고 짐작했다. 미카엘은 그녀에게 가볍게 손짓하고 방을 나와 자신의 사무실로 들어갔다.

마치 몇 주 만에 자신의 책상에 앉아보는 듯했다. 그는 쌓여 있는 우편물을 한쪽으로 밀었다. 그러고는 동생에게 전화를 걸었다.

"네, 안니카입니다."

"나야, 미카엘. 살그렌스카 병원에서 무슨 일이 일어났는지 들었어?"

"그렇다고 해야겠지."

"지금 어디야?"

"살그렌스카 병원. 그 나쁜 놈이 내게 총을 겨눴어."

미카엘은 할말을 잊고 멍하니 있었다. 그렇게 몇 초가 지나서야 지금 동생이 무슨 말을 했는지 이해할 수 있었다.

"빌어먹을…… 아니, 네가 거기 있었어?"

"응. 내 인생 최악의 경험이었어."

"다친 데는 없고?"

"없어. 그런데 그자가 리스베트의 병실로 들어오려고 했어. 내가 문을 막아놓고 리스베트를 데리고 화장실에 숨었기에 망정이지……"

미카엘은 갑자기 하늘이 노래졌다. 맙소사! 내 동생이 하마터면……

"리스베트는 괜찮아?"

"아무 일도 없어. 적어도 오늘 일로 다친 데는 없단 뜻이야."

그나마 한숨을 돌릴 수 있는 소식이었다.

"안니카, 살해범에 대해 아는 거라도 있니?"

"전혀. 옷을 깨끗하게 차려입은 노인이었어. 왠지 약간 긴장하고 있는 듯했어. 범행을 저지르기 몇 분 전에 나랑 엘리베이터를 같이 탔거든."

"살라첸코가 죽은 건 확실해?"

"응. 총성을 세 번 들었는데, 사람들 말로는 세 발 다 머리에 맞았대. 난리도 아니었어. 사방에서 경찰들이 뛰어다니고, 중상자들하고 움직여선 안 되는 환자들까지 밖으로 대피시키고. 경찰이 도착해서는 어떻게 했는지 알아? 글쎄 리스베트를 심문하려 드는 거야. 그녀가 어떤 상태인지 알고서야 겨우 그쳤어. 언성을 높이지 않을 수 없었지."

마르쿠스 엘란데르 형사는 반쯤 열린 문틈으로 리스베트의 방에 안니카 변호사가 있는 걸 보았다. 변호사는 귀에 휴대전화를 대고 있었고, 그는 통화가 끝나기를 기다렸다.

사건이 일어난 지 두 시간이 지났지만 병원 복도는 아직 전쟁터처럼 어수선했다. 살라첸코의 병실은 노란 테이프로 봉쇄됐다. 총격 후 즉시 의사들이 응급처치를 시도해봤지만 이내 포기했다. 살라첸코는 더이상 도움이 필요하지 않은 상태였다. 그의 시체는 영안실로 옮겨졌고, 지금은 한창 현장 감식이 진행되고 있었다.

마르쿠스의 휴대전화가 울렸다. 수사팀의 프레드리크 말름베리였다.

"살해범의 신원을 확실히 알아냈습니다. 이름은 에베르트 굴베리, 78세입니다."

일흔여덟 살. 살인범치고는 나이를 꽤 잡수셨군.

"뭐 하는 자야? 빌어먹을 에베르트 굴베리는?"

"은퇴한 사람입니다. 라홀름에 거주하고 있고요. 세무 변호사였던 모양이에요. 세포에서 전화를 한 통 받았는데, 거기서 최근 그에 대한 예비수사를 시작했답니다."

"언제, 그리고 왜?"

"언제인지는 잘 모르겠고요. 그가 몇몇 공직자들에게 횡설수설하는 내용의 협박편지를 보내곤 해서 그렇다네요."

"예를 들면 누구한테?"

"법무부 장관이요."

마르쿠스는 한숨을 내쉬었다. 정신병자군. 광적인 부류.

"세포는 오늘 아침에 여러 신문사에서 전화를 받았답니다. 에베르트가 그들에게 편지를 보냈대요. 법무부 장관도 그가 아주 명확하게 칼 악셀 보딘을 죽이겠다면서 협박해왔다고 하고요."

"그 편지들 사본 좀 구해와!"

"어디서요? 세포에서요?"

"그래, 빌어먹을! 필요하면 직접 스톡홀름으로 올라가서 구해오라고. 내가 경찰청에 들어가면 볼 수 있게 책상 위에 올려놔. 한 시간 안에."

마르쿠스는 잠시 생각하더니 질문을 하나 했다.

"세포가 자네에게 전화했다고?"

"그렇다고 말씀드렸잖아요."

"그게 아니라 자네가 그들에게 전화한 게 아니고, 그들이 자네에게 전화한 거냐고?"

"네, 맞아요."

도무지 알 수 없는 일이었다. 도대체 무슨 바람이 불어서 그들이 일반 경찰에게 연락한 걸까? 보통은 죽었는지 살았는지도 알 수 없게 조용한 그들이 말이다.

비리에르 바덴세는 방문을 왈칵 열어젖혔다. 프레드리크 클린턴이 쉬는 곳으로 사용하는 섹션 아파트의 방이었다. 침대에 누워 있던 그가 조심스럽게 몸을 일으켰다.

"이 빌어먹을 상황이 대체 무슨 의미인지 알아야겠어요!" 비리에르가 고함쳤다. "에베르트가 살라첸코를 죽였고, 그다음에 자기 머리에도 총을 쐈다고요!"

"알고 있네." 프레드리크가 대답했다.

"알고 있었다고요?" 비리에르가 기가 막히다는 듯 소리쳤다. 목과 얼굴이 시뻘게져 금방이라도 뇌출혈을 일으킬 것만 같았다.

"내가 지금 한 말 알아들었어요? 이 얼간이가 자기 머리에 총알을 박았다고! 자살을 시도했단 말입니다! 이 인간, 미친 겁니까?"

"그렇다면 아직 살아 있단 말인가?"

"지금으로선 그래요. 하지만 대뇌에 심각한 손상을 입었어요."

프레드리크가 한숨을 쉬었다.

"저런, 안됐군……" 그의 목소리에 슬픔이 짙게 배어 있었다.

"안됐다고요?" 비리에르가 또다시 소리를 질렀다. "에베르트는 완전히 미쳤어요! 당신은 그가 무슨 짓을 한 건지 이해……"

프레드리크가 말을 끊었다.

"그는 암에 걸렸어. 위와 대장, 그리고 방광. 벌써 여러 달 전에 사망선고를 받았고, 살날은 두 달밖에 안 남아 있었지."

"암?"

"그는 여섯 달 전부터 그 권총을 가지고 다녔네. 더이상 고통을 견딜 수 없는 정도가 되면, 자신이 중환자실에 누운 고깃덩어리가 되면 사용하겠다는 생각으로 말이야. 하지만 섹션을 위해 마지막 봉사를 해야 했지. 참으로 위대한 마지막 출정이었어."

비리에르는 멍한 얼굴이 되었다.

"그럼 당신은 알고 있었던 겁니까? 그가 살라첸코를 죽일 생각이 었다는 걸?"

"물론이지. 살라첸코가 입을 열 가능성을 아예 차단하는 것, 이게 바로 그의 임무였어. 자네도 잘 알잖나. 우린 그자를 위협할 수도 설득할 수도 없었다는 걸."

"이 일로 어떤 스캔들이 일어나게 될지 몰라요? 당신도 에베르트 만큼이나 돈 거예요?"

프레드리크가 힘겹게 몸을 일으켰다. 그는 비리에르의 눈을 똑바로 쳐다보면서 팩스로 받은 종이 한 뭉치를 건넸다.

"그건 작전상 내린 결정이었어. 난 지금 내 친구를 애도하고 있고, 얼마 후엔 나도 그의 뒤를 따르게 될 거야. 그리고 스캔들은…… 어느 전직 세무 변호사가 편집광 증세가 명백히 드러나는 편지들을 써서 신문사, 경찰, 그리고 법무부 장관에게 보냈네. 그중 하나를 봐. 여기서 에베르트는 살라첸코에게 갖가지 혐의를 씌우고 있어. 팔메 수상을 암살하고, 스웨덴 국민을 염소로 전부 독살하려고 했다는 식으로. 이 편지들을 살펴보면 정신질환자의 작품이라는 걸 명백히 알 수 있지. 제대로 읽히지도 않는 데가 한두 곳이 아니고, 툭 하면 나타나는 대문자와 밑줄과 느낌표, 그리고 이렇게 여백에다 깨알같이 적어 놓은 방식이 특히 마음에 들어."

편지들을 읽어내려가는 비리에르의 얼굴에 믿을 수 없다는 표정이 떠올랐다. 그는 곤혹스러운 얼굴로 이마를 어루만졌다. 프레드리크가 다시 말했다.

"살라첸코의 죽음이 섹션과 연결되는 일은 절대 없을 거야. 총을 쏜 건 맛이 간 어느 퇴직자의 소행이니까."

그는 잠시 뜸을 들였다.

"지금부터 가장 중요한 건, 자네가 정신 차리고 우리에게 협조하는 일이야. 보트가 뒤집힐 수도 있으니 흔들지 좀 말아달라고."

그는 비리에르의 눈을 똑바로 쏘아보았다. 병든 사내의 시선이 강철처럼 단단하고 싸늘했다.

"자넨 이걸 알아야 해. 섹션이 스웨덴 국방의 선봉이라는 사실을. 우린 최후 방어선이야. 우리의 임무는 이 나라의 안전을 보장하는 일이지. 나머지는 전혀 중요하지 않아."

비리에르는 의혹에 찬 눈빛으로 프레드리크를 쳐다보았다.

"우린 존재하지 않는 자들이야. 그 누구에게도 감사받지 못하는 인간들이지. 우린 그 누구도 감히 내리지 못하는 결정을 해야 해…… 특히 정치가 놈들이 하지 못하는 결정을."

마지막 말을 내뱉는 그의 목소리에는 경멸의 기색이 짙게 배어 있었다.

"내 말대로 해. 그럼 어쩌면 섹션은 살아남을 수 있어. 그러려면 우린 단호하게 행동하고 강력한 수단들을 동원해야 해!"

비리에르는 가슴이 서늘해졌다.

쿵스홀멘에 위치한 스톡홀름 경찰청. 헨리 코르테스는 기자회견실 단상에서 발표되는 내용을 한 단어도 놓치지 않으려고 정신없이 펜을 놀렸다. 먼저 발언한 이는 리샤르드 엑스트룀 검사였다. 그는 이날 오전에 내려진 결정에 따라 고세베르가에서 일어난 경찰관 살해 사건—용의자는 로날드 니더만이라고 했다—은 예테보리 검찰청 소속 검사가 수사할 것이며, 그 밖에 로날드에 관련된 건 전부 자신이 수사할 예정이라고 설명했다. 즉 다그 스벤손과 미아 베리만을 살해한 용의자 역시 로날드 니더만이었다. 닐스 비우르만 변호사에 대해선 전혀 언급하지 않았다. 리스베트 살란데르는 상당한 범법행위를 저지른 혐의로 기소될 예정이며, 그 수사 역시 리샤르드 자신이 맡을 거라고 했다.

이어서 그는 리스베트의 부친 칼 악셀 보딘이 총에 맞아 살해된 일을 포함해 이날 예테보리에서 일어난 사건들을 감안하여 이 정보들을 공개했다고 설명했다. 다시 말해 기자회견을 연 직접적인 이유는 매체들 사이에서 떠도는 잘못된 소문을 바로잡기 위해서였다. 그는 벌써 소문과 관련해 여러 통의 전화를 받았다고 밝히며 이렇게 말했다.

"지금까지 수집한 정보에 근거해 말씀드릴 수 있는 건, 오늘의 사건이 부친 칼 악셀 보딘에 대한 살인미수 혐의로 구속된 리스베트와는 아무런 관련이 없다는 사실입니다."

"그럼 살해범은 누구죠?" 〈다겐스 에코〉의 기자가 소리쳐 물었다.

"오늘 오후 1시 15분 칼 악셀 보딘을 총기로 살해하고 자살을 기도한 남성의 신원이 밝혀졌습니다. 얼마 전부터 불치병과 그 질병으로 인한 심리적 문제 때문에 치료를 받아온 78세 퇴직자입니다."

"리스베트 살란데르와는 어떤 관계인가요?"

"관계가 없습니다. 이것만은 확실하게 말할 수 있습니다. 둘은 한 번도 만난 적이 없고 알지도 못하는 사이입니다. 이 남성은 편집증 성향이 뚜렷하고 개인적 환상에 사로잡혀 혼자서 일을 벌인 불행한 인물이라 할 수 있습니다. 횡설수설하는 내용의 편지를 유명 정치인들과 매체들에 보냈고, 이 때문에 최근 세포가 수사에 착수했던 참입니다. 오늘 아침만 해도 그가 보낸 편지가 몇몇 언론사와 기관에 도착했는데, 그는 자신이 칼 악셀 보딘을 살해하겠다고 공언했습니다."

"그렇다면 왜 경찰은 보딘을 보호하지 않았나요?"

"서신들은 어제 저녁에 발송돼 그가 범행을 벌이던 때에 도착했습니다. 그래서 손쓸 틈이 전혀 없었죠."

"그 사람의 이름은 뭐죠?"

"가족에게 통지하기 전이라 아직 밝힐 수 없습니다."

"그의 과거 이력은 어떤가요?"

"그는 회계사 및 세무 변호사로 일했습니다. 은퇴한 지 십오 년 됐고요. 아직 수사중입니다만 그가 쓴 편지를 봐도 알 수 있듯이 우리 사회가 좀더 관심을 기울였다면 이런 비극은 피할 수 있었을 겁니다."

"그가 다른 사람을 위협한 적도 있나요?"

"제가 받은 정보에 의하면, 그렇습니다. 하지만 세부적인 건 밝힐 수 없습니다."

"이 일이 리스베트의 재판에 어떤 영향을 미칠까요?"

"현재로서 그럴 일은 전혀 없습니다. 경찰이 칼 악셀 보딘을 심문해 증언을 확보했고, 저희도 그녀의 혐의를 입증할 과학적 증거들을 상당히 갖고 있으니까요."

"보딘이 자기 딸을 살해하려고 했다는 얘기가 있던데, 어떻게 된 겁니까?"

"그것도 조사중입니다만, 사실일 가능성이 높습니다. 지금 상황에서 말할 수 있는 건, 이 사건들이 한 불우한 가정에서 형성된 적대관계가 불거진 케이스라는 겁니다."

헨리는 귀를 긁적이며 미간을 찌푸렸다. 자신만큼이나 정신없이 검사의 말을 받아 적는 동료 기자들의 모습이 비로소 눈에 들어왔다.

살그렌스카 병원의 총격 소식을 들었을 때 군나르 비에르크의 가슴은 쿵 하고 내려앉았다. 동시에 등짝에 끔찍한 통증이 밀려왔다.

처음 한 시간 동안은 어찌해야 할 바를 모르고 망연히 앉아 있었다. 그러고는 겨우 수화기를 들어 과거 자신의 보호자였으며 지금은 라홀름에 살고 있는 에베르트 굴베리에게 전화를 걸었다. 응답이 없었다.

그는 다시 TV를 틀고 경찰청 기자회견에서 발표된 내용을 요약한 뉴스를 들었다. 살라첸코를 죽인 범인은 78세의 전직 세무 변호사라고 했다.

빌어먹을. 일흔여덟 살이라고?

다시 한번 에베르트와 통화를 시도해봤지만 이번에도 허사였다.

그는 걷잡을 수 없는 공황감에 사로잡혔다. 이곳 스모달라뢰 임대 별장에 더이상 앉아 있을 수 없었다. 꼼짝 없이 에워싸이고 노출된 기분이었다. 어디 안전한 곳으로 가서 조용히 생각해봐야 할 것 같았다. 그는 가방에 옷가지며 진통제며 세면도구 따위를 쑤셔넣었다. 자신의 전화기는 쓰고 싶지 않아 공중전화가 있는 근처 식료품점까지 비척비척 걸어갔다. 그리고 란소르트에 전화를 걸어 등대 건물을 개조한 게스트하우스에 방을 하나 예약했다. 스웨덴 끝자락에 위치한 그곳까지 찾아올 사람은 없을 듯해 그는 이 주 예정으로 방을 예약했다.

그러고는 손목시계를 들여다보았다. 마지막 페리선을 타려면 서둘러야 했다. 끊어질 듯 아픈 등이 허용하는 범위 내에서 최대한 빨리 걸어 별장으로 돌아왔다. 그리고 곧장 주방으로 가 커피머신이 꺼졌는지 확인했다. 그런 다음 가방을 찾으러 현관 쪽으로 향했다. 무심코 거실로 시선을 던진 그는 그 자리에서 몸이 얼어붙었다.

처음엔 눈에 들어온 광경을 이해하지 못했다.

기이하게 천장등이 떼어져 티 테이블 위에 놓여 있었다. 대신 천장 고리에 매어진 끈 하나가 평소 주방에 놓여 있는 스툴 위로 늘어뜨려져 있었다.

군나르는 얼떨떨한 눈으로 끈을 쳐다보았다.

뒤에서 뭔가가 움직이는 소리가 들려왔고, 그는 두 다리에 힘이 쭉 빠졌다.

그는 천천히 돌아섰다.

삼십대 중반으로 보이는 남자 둘이 서 있었다. 남부 유럽인 같은 외모였다. 미처 반응할 새도 없이 그들은 군나르의 팔을 한쪽씩 잡고 번쩍 들어올려 스툴 쪽으로 옮겼다. 그는 저항을 시도했지만 이내 칼에 박히는 듯한 통증이 등을 관류했다. 스툴 위에 자신이 올려지는 걸 느낀 순간, 그의 몸은 거의 마비되어 있었다.

요나스 산드베리는 '팔룬'이라 불리는 마흔일곱 살 먹은 사내와 함께 움직였다. 젊었을 때 전문 절도범이었다가 열쇠공으로 전업했고, 1986년 어느 무정부주의 단체 리더의 자택 문을 따는 작전 때 섹션의 한스 폰 로팅에르가 스카우트한 인물이었다. 이후 그는 이런 종류의 작전이 사라지기 전 1990년대 중반까지, 필요할 때마다 섹션의 부름을 받곤 했다. 그리고 이날 아침, 프레드리크 클린톤이 임무를 맡기기 위해 아주 오랜만에 연락을 했다. 팔룬이 받은 제안은 십 분간 작업하고 세금 없이 1만 크로나를 벌 수 있는 일이었다. 대신 그는 목표인 아파트에서 아무것도 훔치지 않겠다고 약속해야 했다. 어쨌든 섹션은 범죄조직이 아니었다.

팔룬은 프레드리크가 정확히 누구를 위해 일하는지 몰랐다. 아마도 군과 관계가 있으리라고만 어렴풋이 추측했다. 이래 뵈도 얀 기유*의 스파이소설쯤은 읽어본 사람이었다. 즉 이런 경우 쓸데없는 질문은 삼가는 게 좋다는 걸 알고 있었다. 그로선 그토록 오랜 세월 아무런 소식이 없던 의뢰인이 다시 불러주니 그저 신이 날 뿐이었다.

그에게 맡겨진 일은 문 열기였다. 문을 따고 들어가는 일은 그의 전문 분야였다. 그럼에도 미카엘의 현관문 자물쇠를 따는 데는 오 분

---

* Jan Guillou(1944~). 스웨덴의 범죄 전문 기자이자 스파이소설 작가.

이나 필요했다. 그러고 나서 팔룬은 요나스가 아파트 안으로 들어갔을 때 층계참에 남아 망을 보았다.

"지금 들어왔습니다." 요나스가 핸즈프리 마이크에 대고 나직이 말했다.

"좋아." 이어폰에서 프레드리크의 대답이 들려왔다. "침착하고 조심스럽게 행동하게. 우선 눈에 보이는 걸 묘사해봐."

"여기는 현관입니다. 오른쪽에 옷장과 모자 놓는 선반, 그리고 왼쪽에는 욕실이 있습니다. 집은 50제곱미터 남짓한 원룸이고요. 오른쪽에 바가 딸린 조그만 주방이 있습니다."

"사무용 데스크 같은 건 없나?"

"식탁 아니면 소파에 앉아 일하는 듯합니다…… 잠깐만요."

프레드리크는 기다렸다.

"됐어요! 식탁 위에 문서철이 하나 있고 그 안에 군나르의 보고서가 있습니다. 원본인 듯해요."

"좋아. 식탁 위에 다른 흥미로운 건 없나?"

"책이 좀 있습니다. 페르 군나르 빙에의 회고록, 에리크 망누손의 『세포의 권력 투쟁』…… 이런 책들이 대여섯 권 됩니다."

"컴퓨터는?"

"없어요."

"금고 같은 건?"

"보이지 않네요."

"오케이. 집안을 구석구석 뒤져봐. 서두르지 말고 차근차근. 모르텐손의 보고로는 미카엘이 아직 〈밀레니엄〉 사무실에 있다니까. 장갑은 꼈겠지?"

"물론이죠."

마르쿠스는 안니카가 통화를 끝낼 때까지 기다렸다가 병실로 들어갔다. 그는 안니카에게 악수를 청하며 자신을 소개했다. 그런 다음 리스베트에게 다가가 인사를 건네며 기분이 어떤지 물었다. 리스베트는 아무 대꾸도 하지 않았다. 그는 안니카 쪽으로 몸을 돌렸다.

"몇 가지 질문을 드리고 싶습니다."

"좋아요."

"무슨 일이 있었는지 말씀해주시겠습니까?"

안니카는 자신이 겪은 일들, 그리고 리스베트와 함께 화장실에 숨을 때까지 한 일들을 이야기했다. 묵묵히 듣고 난 마르쿠스는 리스베트를 한번 바라보고서 다시 변호사에게 고개를 돌렸다.

"그 사람이 이 방을 향해 왔단 말이죠?"

"그가 문을 열려고 하는 소리를 들었어요."

"확실한가요? 사람은 겁에 질리거나 흥분하면 없는 일을 상상할 수도 있는 법입니다."

"분명히 들었어요. 그리고 날 쳐다봤어요. 총을 겨누기까지 했죠."

"그럼 당신까지 죽이려고 했단 말입니까?"

"모르겠어요. 일단 얼른 방안으로 머리를 숨기고 문을 막았어요."

"잘하셨습니다. 당신의 의뢰인과 함께 화장실로 피신한 건 더욱 잘한 일이고요. 병실 문이라고 해봤자 아주 얇아서 만일 총을 쐈다면 총알이 뚫고 들어왔을 겁니다. 제가 알고 싶은 건, 그가 특별히 당신을 공격할 의도가 있었는지, 아니면 당신이 쳐다봤기 때문에 본능적으로 반응했는지 하는 거예요. 그때 당신은 복도에서 그와 가장 가까이에 있는 사람이었죠?"

"네, 그래요."

"그가 당신을 개인적으로 안다거나 아니면 혹시라도 알아보는 것 같던가요?"

"아뇨. 그런 것 같진 않았습니다."

"신문 같은 데 실린 사진을 보고서 당신을 알아볼 수도 있지 않았겠어요? 유명한 사건들로 여러 차례 매체에 오르내린 분이니."

"그럴 수도 있겠죠. 하지만 전 모르겠어요."

"당신은 그 사람을 한 번도 본 적이 없었고요?"

"병원에 도착해서 엘리베이터에서 봤습니다."

"그건 몰랐네요. 얘기를 나눴나요?"

"아뇨. 그에게 잠시 눈길을 던졌을 뿐이에요. 한 손엔 꽃다발을, 다른 한 손엔 서류가방을 들고 있었어요."

"서로 눈이 마주쳤나요?"

"아뇨. 그는 똑바로 앞을 보고 있었어요."

"엘리베이터에는 누가 먼저 탔나요?"

"거의 동시에 들어갔던 것 같아요."

"혼란스러운 기색이었나요, 아니면……"

"그런 것 같진 않았어요. 꽃을 들고 차분하게 서 있었죠."

"그러고 나서요?"

"엘리베이터에서 내렸습니다. 그도 같이 나왔고, 저는 의뢰인을 보러 갔어요."

"곧바로 병실로 갔나요?"

"네, 아니, 아녜요. 먼저 간호사 데스크에 가서 신분증을 보여줬어요. 검사가 의뢰인 면회를 금지했기 때문에 그런 절차를 밟아야 했습니다."

"그때 그 남자는 어디에 있었나요?"

안니카는 잠시 머뭇거렸다.

"잘 생각이 안 나요. 아마 날 따라왔던 것 같아요. 아, 잠깐만요……그가 엘리베이터에서 먼저 내렸는데 걸음을 멈추고 내가 나올 때까지 문을 잡아줬어요. 확실하지 않지만 그도 간호사 데스크로 왔던 것 같아요. 내가 그보다 약간 먼저 도착했죠."

나이 지긋하고 매우 예의바른 살해범이라…… 마르쿠스는 생각했다.

"네, 맞습니다. 그도 간호사 데스크로 갔어요." 그가 사실을 확인해 주었다. "간호사와 얘기를 나눈 후에 그녀에게 꽃다발을 맡겼어요. 그런데 당신은 그 모습을 못 보셨다고요?"

"네, 못 본 것 같아요."

마르쿠스는 잠시 생각해봤지만 더는 질문 거리가 떠오르지 않았다. 하지만 뭔가가 부족하다는 느낌이 들어 찜찜하기 이를 데 없었다. 그는 오랜 경험을 통해 이런 느낌이 무엇을 의미하는지 잘 알았다. 지금 본능이 자신에게 무언가를 말하고 있었다.

살해범의 신원은 확인됐다. 에베르트 굴베리, 78세, 전직 회계사이자 이따금 기업 컨설턴트와 세무 변호사 일을 했다고 한다. 나이가 상당히 든 사내였다. 고위 공직자들에게 협박편지를 보낸 미치광이여서 세포가 최근에 예비수사에 착수했다고도 했다.

마르쿠스는 오랜 경험을 통해 세상에는 맛이 간 인간들이 꽤 많다는 사실을 알고 있었다. 스타들을 끊임없이 괴롭히고 그들의 집 밖 숲에 숨어 사랑을 찾는 스토커들 천지였다. 그리고 이들의 사랑은 반응을 얻지 못하면 금방 맹목적인 증오로 탈바꿈하기 일쑤였다. 유명 팝 그룹의 스물한 살짜리 가수를 꼬셔보겠다고 독일이나 이탈리아에서 날아왔다가 그녀가 즉각 사귀어주지 않는다고 성질을 부리는 어이없는 스토커들도 존재했다. 실제로 혹은 상상 속에서 자신이 겪은 억울한 일들을 곱씹다가 이따금 위협적인 행동을 보이는 망상증 환자들도 있었다. 또 보통 사람들은 보지 못하는 세상에 숨겨진 메시지들을 읽어내는 특별한 재능을 지닌 음모론자들과 순수한 사이코패스들도 적지 않았다.

그뿐인가? 단순한 환상에서 시작해 실제적인 행동으로 옮기는 미치광이들도 상당수 알았다. 안나 린드 암살 사건도 바로 그런 광적인 충동이 빚은 결과가 아니었던가.

하지만 마르쿠스는 이번 상황만큼은 영 수긍이 되지 않았다. 어느 맞이 간 전직 세무 변호사—아니, 직업이 무엇이든—가 한 손에는 꽃다발을, 다른 손에는 권총을 들고 병원에 쳐들어왔다니. 그것도 다른 목적이 아니라 지금 경찰이 수사하고 있는—그것도 마르쿠스 자신이 맡은— 인물을 없애버리기 위해. 처단 대상도 평범한 인물은 아니었다. 주민등록부상 이름은 칼 악셀 보딘이지만, 미카엘에 의하면 본명이 살라첸코인 그는 과거 소련에서 망명한 빌어먹을 첩보요원이자 킬러였다.

살라첸코는 적어도 중요한 증인일 수 있었고, 최악의 경우 숱한 살인 사건에 연루된 자일 수 있었다. 마르쿠스는 그를 두 차례 심문했지만 결백하다는 그의 주장을 단 한순간도 믿지 않았다.

그런데 그 암살자가 살라첸코뿐 아니라 리스베트, 혹은 최소한 그녀의 변호사에게도 관심을 보였다. 그녀가 있던 병실에도 들어오려고 했다.

그러고는 자기 머리에 총을 쏴 자살을 기도했다. 의사들 얘기를 들어보면 그의 시도는 거의 성공한 모양이었다. 비록 육체는 아직 '게임 오버'라는 사실을 이해하지 못한 듯하지만. 지금으로선 에베르트가 법정에 설 가능성은 거의 없어 보였다.

마르쿠스는 이 모든 상황이 전혀 마음에 들지 않았다. 하지만 에베르트의 총격이 지금 표면에 드러난 것 외에 다른 의미를 숨기고 있다는 증거는 전혀 없었다. 어쨌거나 그는 이제부터는 모든 일에 안전을 기하기로 마음먹었다. 그는 안니카를 쳐다보았다.

"리스베트 살란데르를 다른 병실로 옮기기로 결정했습니다. 간호사 데스크 우측에 짤막한 복도가 있는데, 그 끝방이 이곳보다는 안전할 겁니다. 데스크나 간호사실에서 한눈에 들어오는 위치니까요. 그리고 당신 외에 면회는 전면 금지될 겁니다. 살그렌스카 병원에서 근무하는 의사나 간호사 말고는 아무도 허가 없이 병실에 출입할수 없어요. 그리고 병실 문 앞에 보초를 세워 24시간 감시하게 할 겁니다."

"그녀를 노리는 사람이 있다고 생각하는 건가요?"

"그렇다는 단서는 전혀 없습니다. 하지만 무엇보다도 안전을 기하고 싶어서요."

리스베트는 자신의 변호사와 형사 사이에 오가는 대화를 주의깊게 들었다. 형사의 물음에 안니카가 매우 정확하고 명쾌하면서도 세심하게 대답하는 모습을 보고 적잖이 놀랐다. 지금처럼 스트레스가 심한 상황에서 냉철함을 잃지 않는 것은 놀라운 일이었다.

한 가지 문제는, 조금 전 안니카가 침대에서 자신을 끌어내 화장실로 옮겼던 후로 깨질 듯한 두통이 찾아왔다는 사실이었다. 리스베트는 본능적으로 병원 의료진과의 접촉을 최대한 줄이려고 애쓰고 있었다. 그들에게 도움을 요청하거나 약한 모습을 보이는 건 죽기보다 싫었다. 하지만 이번에 찾아온 두통은 너무도 끔찍해 제대로 생각할 수조차 없을 정도였다. 결국 그녀는 손을 뻗어 벨을 눌렀다.

안니카는 앞으로 긴 호흡을 요하게 될 공동 작업의 서장을 열겠다는 계획으로 예테보리에 내려왔다. 리스베트와 인사하고 그녀의 건강 상태를 정확히 체크하는 한편, 앞으로 있을 재판에 대비해 자신과 미카엘이 함께 세운 전략을 그녀에게 대략 설명할 생각이었다. 그런 다음 원래는 바로 그날 저녁에 스톡홀름으로 돌아가려고 했다. 하지만 살그렌스카 병원에서 일어난 비극적인 사건 때문에 지금까지도 그녀는 리스베트와 아무런 대화를 나누지 못했다. 게다가 리스베트가 안정적이라는 의료진의 말과 달리 그녀의 상태는 별로 좋아 보이지 않았다. 여전히 끔찍한 두통과 고열에 시달리고 있었고, 즉각 달려온 헬레나 엔드린 박사가 강력한 진통제와 항생제, 그리고 절대 안정을 처방하고 갔다. 새 병실로 의뢰인이 옮겨지고 그 문 앞에 경찰이 한 명 배치되자마자 안니카는 이제 그만 나가달라는 단호한 요청을 받았다.

　그녀는 투덜거리면서 손목시계를 들여다보았다. 오후 4시 반이었다. 그녀는 망설였다. 지금 스톡홀름으로 돌아갈 수 있지만 내일 다시 내려와야 할지도 모르는 상황이었다. 아니면 이곳에서 밤을 보내더라도 내일 역시 의뢰인의 상태가 여전히 좋지 않아 면회할 수 없다면 낭패였다. 게다가 호텔방도 잡아놓은 게 없었다. 의뢰인 대부분이 성폭행 피해 여성인지라, 안니카는 가뜩이나 재정적으로 어려운 그들에게 비싼 호텔비 청구서를 들이미는 일을 가급적 삼가고 있었다. 한동안 고민하던 그녀의 머릿속에 문득 한 사람이 떠올랐다. 먼저 집에 전화를 한 다음, 릴리안 요세프손에게 전화를 걸었다. 동료 변호사이자 '여성 네트워크'의 멤버이기도 한 대학 동창이었다. 이 년간 만나지 못했던 두 여자는 잠시 수다를 떨었고, 마침내 안니카가 전화한 이유를 밝혔다.

　"난 지금 예테보리에 있어. 원래는 오늘 저녁에 올라갈 예정이었는데 너무 많은 일이 일어나는 바람에 여기서 밤을 보내게 됐어. 그래서 너희 집에 쳐들어가면 어떨까 생각해봤지."

　"그럼 난 아주 좋지! 서로 못 본 지도 한참 됐잖아?"

　"방해되지 않을까?"

　"그럴 일 없어. 그리고 나 이사했어. 지금 린네가탄 쪽에 살아. 손님방도 하나 있다고. 기분 내키면 근처 바에서 조금 놀다가 들어올 수도 있고."

　"좋지, 체력이 허락하면. 자, 몇 시에 가면 돼?"

　안니카가 6시경에 찾아가기로 둘은 약속했다.

　안니카는 버스를 타고 린네가탄으로 가서 어느 그리스 식당에 들어가 한 시간쯤 있었다. 몹시 배가 고파 먹음직스러운 꼬치 요리와 샐러드를 주문했다. 그러고는 오늘 일어난 일들을 오랫동안 생각해보았다. 온몸에 차올랐던 아드레날린이 가라앉자 약간 몸이 떨렸지만 그래도 자신이 사뭇 자랑스럽게 느껴졌다. 위험한 순간에서 거침없이, 그러면서도 침착하고 효율적으로 행동했다. 본능적으로 한 행동이었지만 지금 생각해보니 모두 적절했다. 안니카는 스스로 자신감을 느끼면서 한동안 달콤한 기분에 잠겨 있었다.

얼마 후 그녀는 서류가방에서 다이어리를 꺼내 메모장을 펼쳤다. 그리고 거기에 써놓은 내용을 차근차근 읽었다. 오빠가 설명해준 계획들을 처음 들었을 때는 그럴 듯했지만 지금 다시 들여다보니 허점투성이였다. 하지만 그녀도 물러설 뜻은 전혀 없었다.

6시가 되자 음식 값을 치르고 올리베달스가탄에 있는 릴리안의 아파트 건물까지 걸어가 그녀가 알려준 대로 비밀번호를 눌렀다. 그렇게 정문을 통과해 눈으로 엘리베이터를 찾고 있는데 누군가가 난데없이 안니카를 공격해왔다. 몸이 공중에 붕 뜨듯 날아가 정문 옆 타일 벽에 세차게 부딪히기 전까지, 대체 무슨 일이 일어난 건지 파악할 수 없었다. 벽에 이마를 부딪힌 그녀는 격심한 통증을 느꼈다.

다음 순간 후다닥 달아나는 발소리가 들리는가 싶더니 문이 열렸다가 다시 닫히는 소리가 뒤를 이었다. 그녀는 몸을 일으키고 이마를 만져보았다. 손바닥에 피가 묻어 있었다. 아니, 이게 대체…… 그녀는 얼이 빠진 채 주위를 한번 둘러보고는 거리로 나갔다. 모퉁이를 돌아 스베아플란 광장 쪽으로 사라지는 한 남자의 등이 보였다. 그녀는 거의 일 분간 그 자리에서 꼼짝도 못하고 멍하니 서 있었다.

그러다 문득 서류가방이 없어졌다는 사실을 알아챘다. 아까 도둑맞은 게 분명했다. 그리고 다시 몇 초가 지나서야 그녀는 이 일이 무엇을 의미하는지 깨달았다. 안 돼! 살라첸코 문건! 그녀는 가슴이 덜컥 내려앉는 걸 느끼며 도망가는 사내를 좇아 몇 걸음을 옮겨보았다. 하지만 쓸데없는 일이었다. 그는 벌써 사라져버렸다.

그녀는 천천히 길가에 주저앉았다.

그리고 다시 펄쩍 일어나 미친듯이 재킷 호주머니를 뒤졌다. 오, 하느님 감사합니다! 다이어리는 거기 있었다. 식당에서 나올 때 서류가 방이 아닌 호주머니에 넣어둔 게 천만다행이었다. 거기엔 리스베트 재판과 관련해 그녀가 조목조목 적어놓은 전략들이 담겨 있었다.

그녀는 건물 정문으로 가서 다시 비밀번호를 누르고 안으로 들어갔다. 그렇게 사층까지 비틀비틀 올라가 릴리안네 현관문을 두드렸다.

안니카가 겨우 충격에서 벗어나 미카엘에게 전화를 걸 수 있었던 건 6시 반이 지나서였다. 한쪽 눈두덩이는 까맣게 멍들었다. 눈썹 위 찢어진 곳은 릴리안이 알코올로 닦은 후 거즈를 붙여줬다. 아니, 그녀는 병원에 가지 않겠다고 했다. 대신 차를 한잔 마시고 싶다고 했다. 그렇게 차를 마시고 나서야 머리가 제대로 돌아가기 시작했다. 그녀는 맨 먼저 오빠에게 전화를 했다.

그때 미카엘은 아직 〈밀레니엄〉 사무실에 있었다. 헨리와 말린과 함께 살라첸코 살해 사건과 관련된 정보를 수집하고 있었다. 안니카의 얘기를 듣는 그의 눈이 점점 커졌다.

"그래, 괜찮아?"

"눈이 까맣게 멍들었어. 좀 진정되면 괜찮아질 거야."

"이런 빌어먹을! 강도였어?"

"내 서류가방을 가져갔어. 그 안에 오빠가 준 살라첸코 문건이 들어 있는데."

"괜찮아. 내가 또 한 부 복사해서 주면 돼."

미카엘은 잠시 말을 멈췄다. 갑자기 머리털이 쭈뼛 치솟았다. 처음엔 살라첸코. 그리고 이번에는 안니카였다.

"안니카…… 이따 다시 전화할게!"

그는 노트북을 덮어 가방에 쑤셔넣고 한마디 말도 없이 후다닥 사무실을 뛰쳐나갔다. 그리고 벨만스가탄에 있는 집까지 달려가 한 번에 네 계단씩 뛰어올라갔다.

현관문은 잠겨 있었다.

집안으로 들어서자마자 그는 식탁부터 쳐다보았다. 없다. 그 위에 놓여 있던 파란 문서철이 사라져버렸다. 찾으려고 애쓸 필요는 없었다. 아까 집을 나서면서 확인했기 때문에 그게 어디에 있었는지는 분명히 알고 있었다. 식탁 의자에 천천히 주저앉는 그의 머릿속에 온갖 생각들이 스쳤다.

누군가가 이 집안에 들어왔다. 누군가가 살라첸코의 흔적을 지우려고 했다.

안니카가 가진 사본뿐 아니라 그의 사본까지 사라져버렸다.

그래도 얀 부블란스키에게 한 부가 남아 있었다.

혹시 그도?

미카엘은 벌떡 일어났다. 전화기 앞까지 걸어간 그는 수화기에 손을 올렸다가 동작을 멈췄다. 누군가가 이 집에 들어왔었다면…… 그는 불현듯 의심에 찬 눈으로 전화기를 내려다보며 휴대전화가 들어 있는 재킷 호주머니 속을 더듬었다. 그리고 휴대전화를 손에 든 채 서 있었다.

휴대전화를 도청하는 것도 쉬울까?

그는 휴대전화를 천천히 전화기 옆에 내려놓은 후 주위를 둘러보았다.

지금 내가 상대하는 건 프로들이야. 아파트 문을 따고 제 집처럼 드나드는 자들. 그들이 집 전체에 도청장치를 해놓는 건 식은 죽 먹기겠지.

미카엘은 다시 식탁 앞에 앉았다.

그리고 자신의 노트북이 든 가방을 쳐다보았다.

이메일을 해킹하는 건 쉬울까? 리스베트는 오 분이면 가능했지.

한참을 곰곰이 생각한 미카엘은 다시 전화기로 돌아가 예테보리에 있는 동생에게 전화를 걸었다. 그는 통화중에 사용하는 표현을 하나하나 신중하게 선택했다.

"그래, 좀 어때?"

"괜찮아, 오빠."

"살그렌스카 병원을 나와서부터 날치기를 당했을 때까지 무슨 일이 있었는지 차근차근 얘기해봐."

안니카가 설명을 마치기까지 십 분이 걸렸다. 미카엘은 그녀의 이야기에 담긴 함의에 대해서는 아무 말 하지 않고 다만 몇 가지 질문만 했다. 단지 여동생을 염려하는 오빠의 태도였지만, 그의 두뇌는 전혀 다른 차원에서 팽팽 돌아가며 이 사건의 요점을 재구성했다.

안니카는 오후 4시 반에 예테보리에 남기로 결정했어. 휴대전화로 친구에게 전화를 걸어 주소와 비밀번호를 받았지. 강도는 정확히 6시에 입구 안쪽에서 기다리고 있었고.

그녀의 휴대전화가 도청되고 있다는 얘기였다. 그 외에는 달리 설명할 수 없었다.

그렇다면 지금 자신도 도청되고 있다는 얘기였고.

달리 생각한다면, 그게 바보겠지.

"그놈들이 살라첸코 문건을 가져가버렸다고." 안니카는 같은 말을 되풀이했다.

미카엘은 잠시 망설였다. 문서철을 훔쳐간 자는 미카엘 역시 문건을 도둑맞았다는 사실을 알고 있었다. 그렇다면 그 사실을 안니카에게 밝히는 게 오히려 자연스럽게 보일 터였다.

"내 것도 훔쳐갔어."

"뭐라고?"

미카엘은 자신이 집으로 뛰어와봤더니 식탁 위에 두었던 문서철이 사라졌다고 설명했다.

"오케이……" 그리고 침울한 목소리로 말을 이었다. "이거 정말 큰 일이야. 살라첸코 문건이 사라졌으니. 우리가 제시할 수 있는 핵심적인 증거였는데 말이야."

"미안해, 오빠……"

"뭐, 나도 미안하지." 미카엘은 한숨을 내쉬었다. "망할 놈들! 안니카, 네 잘못이 아냐. 그걸 입수하자마자 발표했어야 했는데."

"이제 어쩌지?"

"나도 모르겠어. 어쨌든 이건 우리에게 일어날 수 있는 최악의 상황이야. 모든 계획이 무너져버렸어. 군나르와 페테르를 엿 먹일 증거가 다 없어져버렸으니."

둘이서 이렇게 이 분 정도 더 얘기한 다음 미카엘이 대화를 끝맺었다.

"내일 네가 스톡홀름으로 왔으면 좋겠어."

"리스베트를 만나봐야 해."

"알아. 오전에 가서 만나고 오후에 올라오라고. 앞으로 어떻게 해야 할지 같이 생각 좀 해보자."

전화를 끊은 미카엘은 소파에 앉아 눈앞의 허공을 뚫어지게 쳐다보았다. 그러는 그의 입가에서 미소가 새어나왔다. 이제 대화를 엿들은 작자는 알게 됐다. 〈밀레니엄〉이 군나르가 쓴 1991년의 경찰 보고서, 그리고 군나르와 페테르 사이에 오간 서신들을 몽땅 잃어버렸다는 사실을. 그래서 지금 미카엘과 안니카가 절망에 빠져 있다는 사실을.

미카엘은 전날 밤 세포의 역사를 공부하면서 최소한 한 가지 사실을 배울 수 있었다. 정보 조작이 모든 첩보 활동의 기초라는 것 말이다. 그리고 지금 그는 장기적으로 볼 때 엄청난 가치를 발휘할 허위 정보를 하나 심어놓았다.

그는 노트북 가방을 열고 시간이 없어 드라간에게 전해주지 못한 사본을 꺼냈다. 유일하게 남은 사본이었고, 이것마저 잃을 생각은 털끝만큼도 없었다. 즉시 이것을 다섯 부 더 복사해 적당한 장소에 두어야 했다.

그는 손목시계를 들여다본 다음 사무실에 전화를 걸었다. 전화를 받은 건 말린이었다. 퇴근하기 전에 문단속을 하는 중이었다.

"어디를 그렇게 미친 사람처럼 달려가셨어요?"

"퇴근하지 말고 잠깐 기다려줄 수 있겠어? 오늘 상의해야 할 일이 한 가지 있어."

지난 몇 주간 빨래할 시간이 없었다. 셔츠는 죄다 빨래바구니 안에 쑤셔박혀 있었다. 그는 면도기와 『세포의 권력 투쟁』을 단 한 부 남은 군나르 보고서와 함께 가방에 챙겨넣었다. 그리고 의류 매장 '드레스맨'으로 가서 셔츠 네 벌, 바지 두 벌, 그리고 팬티 열 장을 구입해 전부 〈밀레니엄〉 사무실로 들고 갔다. 말린은 그가 재빨리 샤워를 하는 동안, 대체 무슨 영문인지 알 수 없다는 듯한 얼굴로 기다렸다.

"누군가가 우리집에 침입해서 살라첸코 문건을 훔쳐갔어." 마침내 미카엘이 설명을 시작했다. "예테보리에 있는 안니카도 괴한에게 습격당해서 사본을 강탈당했고. 그리고 안니카의 휴대전화가 도청되고 있다는 사실을 확인했어. 다시 말해 내 것도, 어쩌면 자네와 〈밀레니엄〉의 전화가 전부 도청 케이블에 연결됐을 수 있다는 얘기지. 생각해봐. 애써서 우리집에 들어왔는데 도청장치를 안 해놓고 떠난다면 그야말로 바보 아니겠어?"

"그런가요……" 힘이 쭉 빠진 목소리로 말린이 대꾸했다. 그녀는 책상 위에 놓인 자신의 휴대전화를 내려다보았다.

"평소처럼 근무해. 휴대전화를 쓰되 통화중에 정보는 흘리지 마. 내일 헨리에게도 이 사실을 알리고."

"알았어요. 헨리는 한 시간 전에 퇴근했어요. 기자님 책상 위에 세포 자료를 한 무더기 놓고 갔죠. 그런데…… 여기서 뭘 하시려고요?"

"오늘밤 여기에서 잘 거야. 놈들은 오늘 살라첸코를 살해하고서 보고서를 훔치고 아파트에 도청장치를 해놨어. 이제 막 움직이기 시작했을 뿐이니 아직 여기 사무실은 손볼 기회가 없었을 거야. 하루종일 사무실에 사람이 있었으니까. 그래서 밤 사이에 이곳을 비워두고 싶지 않아."

"그렇다면 기자님은 살라첸코를 죽인 게…… 하지만 살해범은 일흔여덟 살 먹은 미친 노인이라고 했잖아요."

"난 그따위 이야기를 한순간도 믿지 않았어. 지금 누군가가 살라첸코가 남긴 흔적들을 하나하나 지워가고 있는 거라고. 맛이 간 노인네? 장관들에게 보냈다는 횡설수설하는 편지들? 사람들이 뭐라고 얘기하든 신경쓸 필요 없어. 그는 일종의 청부살인업자였을 뿐이야. 살라첸코를 죽이러 병원에 간 거지…… 어쩌면 리스베트도."

"하지만 그는 범행 후에 자살했잖아요? 적어도 자살을 기도했었죠. 청부살인업자가 그럴 수 있나요?"

미카엘은 잠시 생각했다. 그리고 편집장과 시선을 마주쳤다.

"나이가 일흔여덟에 더이상 잃을 게 없는 사람이라면 그럴 수 있지. 그는 이 모든 일과 관련된 자야. 끝까지 파헤쳐보면 증명할 수 있을 거야."

말린은 미카엘의 얼굴을 가만히 살폈다. 이처럼 차분하고도 결연한 모습을 본 적이 없었다. 그녀는 자신도 모르게 파르르 몸을 떨었다. 미카엘은 그런 그녀를 보았다.

"그리고 또 하나. 이제 우리의 게임 상대는 범죄자 떼거리가 아니라 정부 집단이야. 아주 거친 싸움이 될 거라고."

말린은 고개를 끄덕였다.

"나도 이렇게까지 멀리 가게 될지 몰랐어. 말린, 만일 지금이라도 몸을 빼고 싶으면 얘기해."

그녀는 잠시 망설였다. 에리카라면 이 상황에서 어떻게 대답할지

생각해봤다. 그리고 이내 도전의 눈빛을 번득이며 천천히 고개를 가
로저었다.

1 Jan

2 Feb

3 Mar

4 Apr

5 **May**

6 Jun

7 Jul

8 Aug

9 Sep

10 Oct

11 Nov

12 Dec

II 해커 공화국
5월 1일~22일

697년 아일랜드 법률은 여성이 병사가 되는 걸 금지했다. 다시 말해 그전에는 여성 병사가 분명히 존재했다는 얘기다. 역사를 돌아보면 이들 말고도 여성 병사가 존재했던 민족은 적지 않다. 아랍인, 베르베르족, 쿠르드족, 라지푸트족, 중국인, 필리핀인, 마오리족, 파푸아뉴기니족, 오스트레일리아 원주민, 미크로네시아족, 그리고 아메리카 원주민……

고대 그리스에는 무시무시한 여성 전사들에 대한 전설이 가득하다. 이 이야기 속에는 어렸을 때부터 병법과 무술과 육체적 극기를 훈련해온 여성들이 등장한다. 이들은 남성과 떨어져 살았으며 그들만의 군단을 꾸려 전장으로 나갔다고 한다. 그리고 이들이 전장에서 남성들과 싸워 승리를 거둔 사실이 많은 구절들에서 언급된다. 아마조네스는 예를 들어 기원전 8세기경 고대 그리스의 문학인 호메로스의 『일리아스』에서 언급된다.

아마조네스라는 단어도 그리스에서 왔다. 문자 그대로 '유방이 없는 여자'를 뜻한다. 일반적인 설명에 따르면 아마조네스는 활시위를 보다 잘 당기기 위해 오른쪽 유방을 도려냈다고 한다. 고대 그리스의 주요 인물인 의사 히포크라테스와 갈레노스는 유방 절단 수술이 무기 다루는 능력을 향상시켰다고 입을 모았지만, 이러한 관습이 실제로 존재했는지는 확실치 않다. 그리고 여기에는 언어학적으로도 의문부호가 하나 숨어 있다. 아마조네스의 접두사인 'a'는 과연 '~이 없는'이라는 의미로 쓰였을까? 혹자는 오히려 그 반대가 참이라고 주장하기도 한다. 즉, 아마조네스는 유난히 큰 유방을 지닌 여자였다는 것이다. 만일 전설이 사실이라면 오른쪽 유방이 없는 여성의 모티프가 지금까지도 남아 있어야 한다. 하지만 그런 이미지를 보여주는 예—조각이든 부적이든—는 그 어떤 박물관에서도 찾아볼 수 없다.

8장
5월 1일 일요일~5월 2일 월요일

　에리카 베리에르는 깊게 심호흡을 한 뒤 엘리베이터가 열리자 〈SMP〉 편집국 사무실로 들어갔다. 오전 10시 15분이었다. 그녀는 검은 바지와 빨간 풀오버 스웨터에 검은 재킷을 입은 단정한 차림이었다. 5월 1일 노동절이 늘 그렇듯 날씨는 눈부시게 화창했고, 이곳까지 오는 길에 곳곳에서 노동자들이 모여드는 풍경을 볼 수 있었다. 그 모습을 보고 있자니 자신은 이십 년 전부터 노동절 기념행진에 참가하지 않았다는 생각이 문득 떠올랐다.

　아주 잠시 그녀는 누구의 눈에도 띄지 않은 채 엘리베이터 문 앞에 우두커니 서 있었다. 출근 첫날이었다. 그녀가 서 있는 곳에서는 주요 뉴스 편집부를 비롯해 드넓은 편집국 사무실 거의 전체가 한눈에 들어왔다. 편집국장실의 반들거리는 유리문도 보였다. 이제는 그녀의 방이었다.

　에리카는 〈SMP〉라는 이 거대한 조직을 이끌기에 자신이 과연 적합한 인물인지 아직 확신이 없었다. 정말이지 엄청난 도약이었다. 편집부 직원이 다섯인 〈밀레니엄〉에서 그녀가 옮겨간 〈SMP〉는 기자 80명에 사무직원은 90명이 넘었고 기술직, 레이아웃 디자이너, 사진 기자, 홍보 담당, 배급 담당에 출판사, 제작처, 관리회사 등 계열사까지 합하면 230명이 넘었다.

아주 잠깐 그녀는 자기가 크나큰 실수를 저지른 게 아닌지 자문했다.

그러는 사이 두 안내 직원 중 나이든 쪽이 지금 도착한 그녀를 알아보고 데스크를 떠나 손을 내밀며 다가왔다.

"베리에르 씨죠? 〈SMP〉에 오신 걸 환영합니다."

"안녕하세요? 에리카 베리에르입니다."

"전 베아트리스예요. 호칸 모란데르 편집국장님이 계신 곳으로 안내해드릴까요? 아니, 이임 편집국장님이라고 해야 더 정확하겠네요."

"고마워요. 그런데 저 유리방에 계신 게 보이네요." 에리카가 미소를 지으며 대답했다. "혼자서도 찾아갈 수 있겠어요. 아무튼 고맙습니다."

그녀는 사무실을 성큼성큼 가로질렀다. 자신이 지나갈 때마다 와글와글하던 소음이 잦아드는 걸 느꼈다. 모든 이의 시선이 쏠리고 있었다. 그녀는 자리가 반쯤 빈 뉴스 편집부 앞에 잠시 멈춰 서서 고개를 까딱하며 친근하게 인사했다.

"여러분과는 잠시 후에 인사하기로 할게요." 그녀는 이렇게 말하고 유리방까지 걸어가 문을 두드렸다.

이임 편집국장 호칸 모란데르는 그 유리 새장 속에서 십이 년을 보내온 쉰아홉 살의 남자였다. 에리카와 마찬가지로 외부에서 영입된 인물이었고, 십이 년 전 방금 에리카가 통과한 길을 그대로 걸었다. 그는 약간 놀란 얼굴로 그녀를 쳐다보며 몸을 일으켰다.

"오, 안녕하세요, 에리카! 월요일부터 업무를 시작하는 줄 알았는데요?"

"집에 앉아 있으려니 좀이 쑤셔서 견딜 수가 있어야죠. 그래서 하루 먼저 나왔어요."

호칸이 악수를 청했다.

"어쨌든 반갑습니다. 후임으로 당신이 와서 정말로 기뻐요."

"건강은 어떠신가요?" 에리카가 물었다.

그는 어깨를 으쓱했다. 안내원 베아트리스가 커피와 우유를 트레이에 받쳐 들고 왔다.

"뭐, 벌써부터 쿨럭거리는 고물 자동차가 된 기분이죠. 사실 별로 얘기하고 싶지도 않아요. 언제나 청춘이라고, 인생은 끝이 없다고 생각하며 정신없이 돌아다녔는데, 어느 날 갑자기 살날이 얼마 안 남은 거 있죠. 하지만 한 가지는 확실합니다. 그 얼마 안 남은 시간을 이 유리방 안에서 허비하고 싶지 않아요."

그는 무의식적으로 가슴을 어루만졌다. 심혈관 계통에 문제가 있었다. 그가 갑작스레 사임을 표명하고, 에리카가 예정보다 몇 달 일찍 업무를 시작한 이유였다.

에리카는 몸을 돌려 통유리 저편에 펼쳐진 편집국 풍경을 내다보았다. 자리의 반은 비어 있었다. 기자 하나와 사진기자 하나가 바삐 엘리베이터 쪽으로 향했다. 노동절 기념행진을 취재하러 가는 것이리라.

"혹시 오늘 제가 방해가 되거나 바쁜 일이 있으시면 말씀만 하세요. 그냥 갈 테니까요."

"오늘은 노동절 행진과 관련해 4500자짜리 사설 하나만 쓰면 됩니다. 매년 수도 없이 써왔으니 눈 감고도 쓸 수 있죠. 만일 사민당이 덴마크에 선전포고를 하면, 나는 왜 그들이 틀렸는지 설명해야 해요. 사민당이 덴마크와의 전쟁을 피하려 들면, 왜 그들이 틀렸는지를 설명해야 하고요."

"덴마크요?" 에리카가 되물었다.

"맞아요, 덴마크. 노동절이면 각 당마다 기념성명에서 이민자 통합 문제에 대해 한마디씩 해야 하지 않습니까. 그런데 사민당 좌파들은 무슨 말을 하더라도 항상 틀려야만 하니까요."

그는 웃음을 터뜨렸다.

"참 시니컬하시네요." 에리카가 말했다.

"〈SMP〉 왕국에 오신 걸 환영합니다!"

에리카는 호칸 모란데르에 대해 어떤 개인적 의견을 가져본 적이 없었다. 그는 언론계의 엘리트 중에서도 숨은 파워맨이라고 할 수 있었다. 그의 사설에서 에리카는 따분하고 보수적인 느낌을 받았다. 세금 정책에 불평하는 데는 따라잡을 사람이 없었고, 언론 자유의 문제로 넘어오면 더없는 자유주의자였다. 하지만 한 번도 그와 직접 만나거나 접촉한 적은 없었다.

"업무 상황은 어떤가요?" 그녀가 물었다.

"난 6월 말에 떠납니다. 그러니 두 달은 같이 일해야겠죠. 당신은 여기서 긍정적인 면과 부정적인 면을 발견할 겁니다. 아까 당신도 말했듯, 난 시니컬한 편이라 특히 부정적인 면들을 많이 보는 것 같아요."

그는 몸을 일으켜 통유리 앞에 서 있는 에리카의 옆으로 갔다.

"앞으로 이 유리벽 너머에 꽤 많은 적들이 있다는 걸 알게 될 거예요. 당신을 결코 받아들이지 않을 작은 제국이나 개인 클럽을 구축해놓은 부장들, 혹은 베테랑 기자들이죠. 그들은 영역을 넓히고 자신의 헤드라인과 관점을 들이밀려고 할 거예요. 그들에게 휘둘리지 않으려면 각오 단단히 하고 맞서야 해요."

에리카는 고개를 끄덕였다.

"부장들 중에 빌링에르와 칼손, 두 사람이 있어요. 얘기를 하자면 각각 한 장章씩을 할애해야 할 만큼 대단한 인물들이죠. 다행히 서로를 아주 미워해서 한 패를 이루진 않았지만, 사장 겸 편집국장이나 되는 양 행동하는 양반들입니다. 당신이 앞으로 자주 접촉하게 될 편집부장 안데르스 홀름도 조심해요. 장담하는데 앞으로 그 사람과 마찰깨나 있을 겁니다. 실제적으로 매일 〈SMP〉를 만들어나가는 사람이니까요. 그리고 상을 몇 개씩 탄 대기자들, 벌써 명퇴했어야 할 기자들도 있습니다. 모두 만만찮은 상대들이죠."

"괜찮은 동료는 없는 건가요?"

호칸은 너털웃음을 터뜨렸다.

"물론 있죠. 하지만 누구와 사이좋게 지낼지는 당신이 결정할 문제예요. 아주 괜찮은 언론인들도 있답니다."

"경영진은 어떤가요?"

"망누스 보리셰 회장이 있죠. 바로 당신을 스카우트한 사람. 아주 매력적이죠. 약간 구식이지만 개혁 의지도 있는 양반이에요. 무엇보다 중요한 건 그가 결정권자라는 사실이겠죠. 그리고 이사들이 있어요. 그중 많은 수가 오너 가족이고, 대부분 앉아서 의자만 데우고 있지만 본분에 충실하려고 부산을 떠는 인간들도 있어요."

"이사회를 썩 마음에 들어하는 것 같진 않네요."

"각자의 영역이 구분되어야 하지 않을까요? 우리는 신문을 만들고, 그들은 재정이나 맡으면 되는 거예요. 신문의 내용에 참견해선 안 되는데 항상 미묘한 상황들이 발생해요. 에리카, 우리끼리 얘기지만, 일이 아주 힘들 수 있습니다."

"왜죠?"

"우리 신문이 절정기를 누렸던 1960년대 이후로 부수가 거의 15만 부나 감소했고, 곧 있으면 적자로 돌아서요. 이런 현실을 인정하고 1980년 이래로 직원 180명을 삭감해왔죠. 판형도 작고 대중적인 타블로이드판으로 바꿨고요. 사실 더 일찍 했어야 할 일이죠. 〈SMP〉는 여전히 대형 일간지이지만 자칫하면 이류 신문으로 전락할 위기에 처해 있어요. 벌써 그렇게 됐을 수도 있고요."

"그럼 왜 저를 선택했나요?" 에리카가 물었다.

"〈SMP〉 독자들의 평균 연령이 50세 이상인데 젊은 독자의 증가율은 제로에 가깝기 때문이죠. 〈SMP〉는 새로워져야 해요. 그래서 경영진이 찾아낸 해답은 그들이 생각할 수 있는 가장 의외의 편집국장을 데려온다는 거였죠."

"여자?"

"아무 여자는 아니죠. 벤네르스트룀 제국을 무너뜨린 저널리즘의 여왕이자 가장 강직한 언론인이라는 명성을 누리고 있는 여자. 생각해봐요. 누구도 거부할 수 없는 매력적인 인물 아니겠어요? 만일 당신이 이 신문을 젊게 만들지 못하면 그 어떤 누구도 할 수 없어요. 〈SMP〉가 고용한 건 단지 에리카 베리에르가 아니에요. 그 이름이 지닌 아우라 전체를 고용한 겁니다."

오후 2시가 조금 지났을 때 미카엘은 호른스툴에 있는 크바르테르스비온 영화관 옆 코파카바나 카페에서 나왔다. 선글라스를 꺼내 끼고 전철역으로 가려고 베리순드 거리를 지나는데 회색 볼보 한 대가 길 한쪽에 주차되어 있는 게 눈에 띄었다. 미카엘은 속도를 늦추지 않고 계속 걸었다. 같은 번호판이었고, 차 안에는 사람이 보이지 않았다.

지난 나흘 동안 벌써 일곱번째 보는 차였다. 저 차가 대체 언제부터 주위를 맴돌고 있었는지 미카엘로선 알 길이 없었다. 그 차의 존재를 알게 된 건 순전히 우연이었다. 처음으로 본 건 지난주 수요일 아침 〈밀레니엄〉 사무실로 가려고 집을 나왔을 때 벨만스가탄에 있는 그의 아파트 건물 근처에 그 차가 서 있었다. 그때 시선이 무심코 번호판 위를 스쳤던 순간에 그는 흠칫했다. 차량번호가 KAB로 시작됐기 때문이다. 바로 살라첸코 소유의 휴면기업, 즉 '칼 악셀 보딘 주식회사Karl Axel Bodin AB'의 약자였다. 당시엔 그저 우연이겠거니 생각하면서 잊어버렸을지 모른다. 하지만 몇 시간 후 헨리와 말린과 함께 시민광장에서 점심을 먹는데 또다시 그 번호판이 눈에 들어왔다. 이번엔 〈밀레니엄〉 사무실 건물 근처의 좁다란 길 안쪽에 세워져 있었다.

이때만 해도 자신에게 편집증세가 있는 건가 하고서 지나갔을 뿐이다. 하지만 다시 그날 오후, 홀게르 팔름그렌을 만나려고 에르스타 재활센터에 갔을 때 방문객 주차장에 회색 볼보가 서 있었다. 이건 우연이 아니라는 생각에 비로소 미카엘은 주위를 살피기 시작했다. 그리고 다음날 아침, 그 차를 다시 발견한 그는 더이상 놀라지 않았다.

운전자의 모습은 한 번도 보이지 않았다. 차량등록국에 전화로 문의해보니 그 차는 벨링뷔의 비탕이가탄에 거주하는 마흔 살의 예란 모르텐손 소유라고 했다. 미카엘이 조사해본 결과, 그는 기업 컨설턴트이면서 쿵스홀멘 구역 플레밍가탄의 사서함 주소로 존재하는 회사를 소유한 인물이었다. 그의 이력은 상당히 흥미로웠다. 1983년 열여덟의 나이로 병역을 위해 해안포병대에 들어간 그는 아예 직업군인이 됐다. 중위까지 진급한 그는 1989년에 생각을 바꿔 제대해 솔나에 있는 경찰학교에 입학했다. 1991년부터 1996년까지는 스톡홀름 경찰서에서 근무했다. 그런데 무슨 일인지 1997년에 명단에서 그의 이름이 사라졌고, 1999년에 자기 회사를 차렸다.

결론은 하나, 세포였다.

미카엘은 아랫입술을 깨물었다. 치밀한 탐사기자라면 충분히 편집증세를 일으킬 만한 정황이었다. 지금 자신이 은밀한 감시를 받고 있으며 누구인지는 몰라도 감시자가 너무도 서투르다는 사실, 이것이 미카엘이 내린 결론이었다.

하지만 그들이 정말로 서툴렀을까? 미카엘이 그 차를 주목한 유일한 이유는 어쩌다 그에게 의미를 갖게 된 묘한 번호판 때문이었다.

거기에 KAB라는 글자가 없었다면 그 차에 눈길 한 번 주지 않았을 것이다.

금요일, KAB는 보이지 않았다. 확신할 순 없었지만 이날은 빨간색 아우디가 따라다니는 것 같았다. 번호판은 확인하지 못했다. 토요일에는 볼보가 다시 나타났다.

미카엘이 코파카바나 카페에서 나온 지 정확히 이십 초 후, 길 맞은편 로소스 카페의 테라스에 앉아 있던 크리스테르는 니콘 디지털 카메라를 꺼내 사진을 여남은 장 찍었다. 그 표적은 카페에서 미카엘을 뒤따라 나와 크바르테르스비온 극장 앞을 지나가는 두 남자였다.

둘 중 하나는 삼십대 후반 내지는 사십대 초반으로 보였고 금발이었다. 더 나이들어 보이는 남자는 붉은 기 도는 금발에 짙은 선글라스를 썼다. 두 사람 모두 청바지에 어두운 가죽점퍼 차림이었다.

그들은 회색 볼보 앞에서 헤어졌다. 나이 든 남자가 차문을 열었고, 젊은 쪽은 미카엘의 뒤를 쫓아 전철역 쪽으로 걸어갔다.

크리스테르는 카메라를 내려놓으며 한숨을 내쉬었다. 미카엘에게 또 무슨 바람이 불고 있는지 알 수 없었다. 자기를 따로 부르더니 전후 설명도 없이 명령하듯 부탁했었다. 일요일 오후에 코파카바나 카페 주변을 돌아다니면서 문제의 번호판이 달린 회색 볼보를 찾아봐라. 오후 3시가 조금 지나서 누군가가 와 차문을 열지도 모르니 그 사람을 촬영할 수 있게끔 자리를 잡고 있어라. 또 자기를 미행하는 사람은 없는지 잘 살펴봐라……

이건 칼레 블롬크비스트의 새로운 모험이 시작될 거라는 전형적인 징후였다. 이번에는 어디서 무슨 냄새를 맡고 온 것일까? 선천적인 편집증 환자인 걸까, 아니면 비정상적으로 예리한 후각을 타고난 걸까? 고세베르가 사건 이후, 미카엘은 극도로 과묵해지고 비밀스러워졌다. 아주 복잡한 사건에 뛰어들었다는 얘기였다. 그에게서 느껴지는 이런 강박적이고도 비밀스러운 분위기는 벤네르스트룀 사건 때도 이미 경험했지만 이번에는 강도가 훨씬 심했다.

어쨌거나 크리스테르는 미카엘이 정말로 미행당하고 있다는 사실을 확인했다. 그는 또 새로운 악몽이 시작될지도 모른다는 생각이 들었다. 〈밀레니엄〉의 시간과 에너지, 그리고 돈을 잡아먹을 골치 아픈 이야기가 말이다. 미카엘이 '칼레 블롬크비스트 놀이'를 하는 건 자유지만 때가 별로 좋지 않다는 느낌이 들었다. 왜 하필 지금인가? '거룡'의 유혹에 넘어간 편집장이 〈밀레니엄〉호를 떠나버려 지금까지 애써 쌓아온 안정된 기반이 흔들리는 이 시점에 말이다.

비록 내키지 않았지만 크리스테르는 미카엘의 기분을 맞춰주기로 했다. 어차피 이날은 별다른 할 일이 없었다. 지난 십 년간 '퀴어 프라이드'를 제외하고는 그 어떤 시위에도 참가한 적이 없었고, 이날 노동절 행진에도 낄 생각이 없었다. 크리스테르는 자리에서 일어나 미카엘이 지시한대로 그를 미행하는 남자를 어슬렁어슬렁 따라가기 시작했다. 롱홀름스가탄에 접어들었을 때, 그 남자는 시야에서 사라졌다.

자신이 도청당하고 있을지도 모른다는 사실을 알았을 때, 미카엘은 맨 먼저 헨리를 보내 휴대전화를 사오게 했다. 헨리는 저렴한 에릭슨 T10을 한아름 안고 돌아왔다. 미카엘은 요금충전카드인 콤빅 카드를 여러 장 사서 휴대전화와 함께 말린, 헨리, 안니카, 크리스테르, 드라간 등에게 나눠주었다. 물론 자신도 하나를 가졌다. 앞으로는 보안이 필요한 통화를 할 때 반드시 이걸 사용해야 했다. 일상적인 통화는 원래 있던 전화기를 쓰기로 했다. 앞으로 그들은 모두 휴대전화를 두 개씩 가지고 다녀야 한다는 말이었다.

코파카바나 카페를 나온 미카엘은 헨리가 당직 근무를 하고 있는 〈밀레니엄〉 사무실로 향했다. 살라첸코가 살해된 후 미카엘은 밤에도 사무실이 비는 일이 없게끔 당직 리스트를 만들었다. 리스트에는 그 자신을 비롯해 헨리, 말린, 크리스테르가 포함되어 있었다. 로티 카림, 모니카 닐손, 그리고 광고유치 담당 소니 망누손은 제외했다. 그들에겐 부탁조차 하지 않았다. 우선 로티는 워낙 어두운 걸 무서워하기 때문에 받아들이지 않았을 터였다. 모니카에게는 이런 문제가 없었지만, 업무 시간 내내 미친듯이 일하고 퇴근 시간이 되면 곧장 집으로 직행하는 타입이었다. 소니는 예순한 살이라는 나이도 고려해야 했고 직책상 편집부 일과는 큰 관련이 없었다. 더구나 곧 휴가를 떠나야 할 사람이었다.

"뭐, 새로운 거 없어?"

"특별한 건 없어요." 헨리가 대답했다. "뉴스야 당연히 노동절 얘기뿐이고요."

미카엘은 고개를 끄덕였다.

"난 여기서 몇 시간 있을 거야. 볼 일 있으면 나갔다가 밤 9시까지 돌아와."

헨리가 나간 뒤 미카엘은 책상에서 비밀 휴대전화를 집어들었다. 그러고는 예테보리에 사는 프리랜서 기자인 다니엘 올로프손의 번호를 눌렀다. 〈밀레니엄〉은 몇 해 전부터 그의 글을 실어왔고, 미카엘은 그의 취재력을 깊이 신뢰하고 있었다.

"안녕, 다니엘? 나 미카엘이야. 자네 요즘 시간 있나?"

"물론이지."

"취재 좀 하나 부탁하려고. 보수는 닷새치, 기사는 쓸 필요 없어. 뭐, 자네가 굳이 쓰고 싶다면야 잡지에 실어주기는 하겠지만 우리가 필요한 건 기사보다 취재 내용이야."

"얘기해봐."

"좀 미묘한 사안이야. 이 일에 대해서는 나하고만 얘기하고, 연락은 핫메일로만 할 거야. 그리고 누구에게도 〈밀레니엄〉을 위해 취재한다는 말을 하지 않았으면 좋겠어."

"흠, 재밌는데. 원하는 게 뭐야?"

"살그렌스카 병원으로 가서 병원 탐사기사를 한 편 쓴다고 생각해. 제목은 'ER'로 해두고. 이 인기 드라마와 현실 사이에 어떤 차이들이 있는지 알아보는 거야. 그러니까 응급실과 중환자실에서 어떤 사람들이 어떤 일을 하는지 며칠 동안 살펴봐주면 좋겠어. 의사, 간호사, 청소부 등등 거기서 일하는 사람들과 얘기해봐. 근무 조건은 어떤지, 실제로 어떤 일들을 하는지, 이런 것들을 알아보는 거지. 물론 사진도 찍어두고."

"중환자실?"

"맞아, 중환자실. 무엇보다 11C 복도에 입원한 중상 환자들을 어떻게 치료하고 있는지에 초점을 맞춰줬으면 좋겠어. 병동의 구조는 어떤지, 거기서 근무하는 사람은 누구인지. 그들의 프로필과 경력도 알았으면 좋겠고."

"내 기억이 맞다면 11C 복도에는 리스베트 살란데르라는 여자가 있는 걸로 아는데?"

다니엘도 완전히 숙맥은 아니었다.

"아, 그래?" 미카엘은 짐짓 놀란 척했다. "그거 흥미롭군. 그렇다면 그녀가 몇 호실에 있고 옆방엔 무엇이 있으며 근무는 보통 어떤 식으로 이뤄지는지도 알아봐줘."

"이 탐사기사, 뭔가 냄새가 솔솔 풍기는데?"

"얘기했지만…… 병원이란 곳을 좀 알고 싶을 뿐이야."

그들은 핫메일 주소를 교환했다.

간호사 마리안네가 문을 열고 들어왔을 때, 리스베트는 병실 바닥에 등을 대고 누워 있었다.

"흠……" 마리안네는 중환자실 안에서 과연 이래도 되는 건지 의

아한 눈으로 리스베트를 내려다보았다. 하지만 그녀가 조금이나마 운동을 할 수 있는 장소는 여기뿐이라는 사실을 인정해야 했다.

리스베트는 땀에 젖어 있었다. 물리치료사가 권고한 대로 삼십 분에 걸쳐 스트레칭, 팔굽혀펴기, 윗몸일으키기를 했다. 삼 주 전 수술받은 어깨와 엉덩이의 근육을 강화시키기 위해 매일 해야 하는 운동은 가짓수가 꽤 되었다. 거세게 숨을 몰아쉬며 그녀는 자신의 몸이 너무도 약해졌음을 절감했다. 쉽게 피곤해졌고, 왼쪽 어깨는 조금만 힘을 줘도 심하게 욱신거렸다. 그럼에도 그녀는 몸이 회복되고 있음을 확연히 느꼈다. 수술 직후 그렇게나 심했던 두통은 많이 나아져 지금은 간헐적으로 나타날 뿐이었다.

그녀는 충분히 회복했다고 생각했으므로 가능하면 당장에라도 병원을 나와버리고 싶었다. 그게 아니라면 최소한 절뚝거리며 산책이라도 하고 싶었다. 물론 가능한 일이 아니었다. 의사들은 그녀가 완전히 회복됐다고 보지 않았으며, 무엇보다 굳게 잠긴 병실 문 앞에는 빌어먹을 보안업체 직원 하나가 의자를 가져다놓고 앉아 있었다.

한편 재활병동으로 병실을 옮길 정도의 몸 상태는 되었다. 경찰과 병원이 이 문제를 놓고 한참을 논의했지만 결국 지시가 있을 때까지 18호 병실에 남기로 합의를 보았다. 그 방은 L자형 복도 한쪽 끝에 외따로 떨어져 있을 뿐 아니라, 근처에 24시간 교대 근무를 하는 병원 직원들이 있어서 감시하기가 훨씬 용이했기 때문이다. 게다가 이 11C 병동 직원들은 살라첸코 살해 사건을 겪어 현상황을 충분히 이해했을 뿐 아니라 보안 수칙도 제대로 숙지하고 있었다.

어차피 살그렌스카 병원에 있는 것도 앞으로 몇 주뿐이었다. 의사들이 퇴원 허가를 내리면 그녀는 곧바로 스톡홀름의 크로노베리 구치소로 이송돼 거기에서 재판을 기다려야 했다. 이를 결정할 사람은 바로 안데르스 요나손 박사였다.

고세베르가에서 총성이 울린 지 열흘이 지나고 나서야 안데르스는 처음으로 경찰 심문을 허가했고, 안니카가 보기에 이는 리스베트를 위해 아주 잘된 일이었다.

에베르트 굴베리가 살라첸코 살해 후 자살을 기도한 소동이 있고 나서 그는 리스베트의 상태를 점검했다. 그리고 그녀가 삼중살인 혐의를 받는 상황에서 매우 심각한 스트레스에 노출되었다고 판단했다. 그녀에게 죄가 있는지 없는지에 대해서는 아무것도 몰랐다. 그런 문제는 의사인 그에게 조금도 중요하지 않았다. 단지 리스베트가 심각한 스트레스에 노출됐다는 사실을 알 뿐이었다. 게다가 그녀는 총알을 세 발이나 맞았다. 그중 한 발은 머리에 적중해 하마터면 목숨을 잃을 뻔했다. 게다가 좀처럼 가라앉지 않는 신열과 끔찍한 두통으로 힘들어하고 있었다.

그는 안전한 길을 택하기로 했다. 살인 용의자이든 아니든 그녀는 자신의 환자였다. 자신의 임무는 그녀가 최대한 빨리 회복할 수 있도록 돕는 것이었다. 따라서 검사가 내린 면회 금지령과는 별도로 그 역시 리스베트의 면회를 일절 금지시켰다. 그리고 여러 약물과 함께 절대 안정을 처방했다.

그는 문득 이 전적인 격리가 고문과 별반 다를 바 없는 비인간적인 처벌이라는 생각이 들었다. 사람들과 모든 접촉을 끊으면 오히려 건강에도 좋지 않을 듯했다. 그래서 리스베트의 변호인 안니카에게 일종의 친구 역할을 맡기기로 했다. 그는 안니카와 이 문제에 대해 진지한 대화를 나누었고, 앞으로 리스베트를 매일 한 시간씩 만날 수 있다고 말했다. 만나서 얘기를 해도 좋고, 아니면 아무 말 없이 같이 있어주기만 해도 좋았다. 단, 그녀의 신변 문제나 앞으로 있을 법정 싸움은 가급적 화제에 올리지 말아야 했다.

"리스베트는 머리에 총알을 한 발 맞았고 중상을 입었습니다." 그는 설명했다. "이제 위험한 단계는 넘겼다고 생각하지만 출혈이나 다른 합병증의 위험은 여전히 남아 있죠. 지금 그녀에겐 절대 안정과 회복 시간이 필요합니다. 법적 문제에 대한 얘기는 안전하게 회복한 후에 시작해야 합니다."

안니카는 박사의 생각을 이해할 수 있었다. 그래서 리스베트와 함께 있을 때면 가급적 일상적인 대화를 나누는 걸로 만족했다. 그러면서 가끔씩 미카엘과 함께 세운 전략을 슬쩍 암시하려고 해보았지만 그런 심각한 대화는 가능하지 않았다. 거의 탈진 상태인데다 약 기운으로 몽롱한 그녀는 대화 도중 잠에 빠져들기 일쑤였다.

드라간은 크리스테르가 촬영한 사진 몇 장을 면밀히 살폈다. 미카엘을 미행했다는 사내들이 아주 선명하게 포착되어 있었다. 이윽고 그가 입을 열었다.

"아니, 난 본 적 없는 인물들이에요."

미카엘이 고개를 끄덕였다. 월요일 아침, 두 사람은 드라간의 사무실에서 만났다. 미카엘은 지하 주차장을 통해 건물로 들어왔다.

"나이든 쪽은 예란 모르텐손입니다. 볼보의 주인이죠. 적어도 일주일간 유령처럼 내게 붙어다녔습니다. 아니, 더 오래전부터였는지도 모르죠."

"그래서 이자를 세포 요원이라고 생각한다고요?"

미카엘은 자신이 알아낸 예란의 이력을 들려줬다. 듣고 보니 더이상 의심하기 힘든 이야기였다. 드라간은 마음이 착잡해졌다.

그렇다. 첩보경찰은 종종 멍청한 짓을 저지르곤 한다. 어찌 보면 자연스러운 일이다. 비단 세포뿐 아니라 아마 전 세계의 모든 정보기관들이 그러할 것이다. 프랑스 첩보경찰은 뉴질랜드에 잠수 특공대를 보내 그린피스의 '레인보우 워리어호'를 폭파하지 않았던가. 역사상 가장 멍청한 첩보 작전을 꼽으라면 아마도 이것이리라. 아니, 멍청하기로 따지자면 닉슨 대통령 선거팀이 벌인 워터게이트 사건이 한술 더 뜨겠지만. 그런 한심한 인간들이 지휘봉을 잡았으니 스캔들이 터지지 않았다면 그야말로 이상한 일이었다. 어쨌거나 첩보경찰도 괜찮은 일들을 한다. 하지만 그런 건 전혀 발표되지 않는다. 반대로 그들이 부적절하거나 어리석은 일을 벌였다는 사실이 조금이라도 드러나면 매체들은 개떼처럼 달려든다. '그들이 이런 집단이라고 우리가 말하지 않았는가?'라고 호들갑을 떨면서.

드라간은 세포와 스웨덴 언론 사이의 관계를 도무지 이해할 수 없었다.

그들은 세포를 최고의 취재원으로 간주한다. 그래서 정치 스캔들이라도 터지면 신문 1면에는 예외 없이 '세포, 모 장관의 모 혐의를 의심'이라는 헤드라인이 뜬다.

하지만 한편으로 세포 요원이 스웨덴 국민을 사찰했다는 사실이 드러나면 언론과 정치계는 색깔에 관계없이 맹렬히 비난하고 나선다. 드라간이 볼 때는 모순적인 태도였다.

드라간은 세포의 존재에 대해 아무런 반감이 없었다. 바쿠닌*을 너무 읽어 머리가 돌아버린 사람, 혹은 네오나치가 화학비료와 휘발유로 사제 폭탄을 만들어 그걸 설치한 밴을 정부청사 앞에 주차시키는 사태가 일어나지 않게끔 책임을 지는 누군가가 있어야 했다. 드라간은 세포가 불가피하게 필요한 기관이며, 온 국민의 안전을 지킨다는 목적이라면 가벼운 대인 사찰도 크게 나쁘지 않다고 생각했다.

물론 문제는 있었다. 이처럼 국민을 사찰하는 임무를 띤 기관은 엄격한 공공의 감시 아래 있어야 했다. 다시 말해서 그들의 정보에 접근할 수 있도록 헌법이 보장해야 했다. 그런데 정치인과 국회의원을 막론하고 세포 안을 들여다보는 일은 거의 불가능했다. 적어도 서류상에는 모든 걸 들여다볼 권한이 명시되어 있는 특별감사관을 수상이 임명한다 해도 달라지는 건 없었다. 드라간은 미카엘이 빌려준 칼

* 미하일 바쿠닌(1814~1876). 제정 러시아의 혁명가, 무정부주의자.

리드봄의 『어떤 임무』를 읽으면서 놀라움에 입을 다물지 못했다. 미국이었다면 세포 요원 가운데 적어도 여남은 명은 사법 방해죄로 체포되거나 국회의 공식위원회에 출두해야 했다. 하지만 스웨덴에서 그들은 아무도 건드릴 수 없는 존재였다.

리스베트의 케이스는 지금 세포 내부에서 무언가가 삐걱대고 있다는 사실을 분명히 드러냈다. 사실 미카엘이 찾아와 비밀 휴대전화를 내밀었을 때 맨 처음 드라간은 그를 편집증 환자라고 생각했다. 하지만 자세한 설명을 듣고 크리스테르가 찍어온 사진들을 보고 나니 그 의심에 충분한 근거가 있음을 인정하지 않을 수 없었다. 드라간은 가슴이 납덩이처럼 무거워졌다. 십오 년 전 리스베트를 제거하려 했던 음모는 단지 과거의 일이 아니었다.

단순한 우연이라기엔 너무도 이상한 일들이 많았다. 살라첸코가 어느 미치광이 '정의의 사도'에게 살해당한 일은 그렇다 하더라도, 미카엘과 안니카가 자신들의 주장을 뒷받침할 증거 문서를 동시에 도둑맞은 일은, 그 참변에 가까운 사건은 어떻게 설명한단 말인가? 그리고 핵심 증인인 군나르 비에르크가 목매달아 자살한 일은?

"좋아요." 미카엘이 가져온 자료들을 주섬주섬 모으기 시작하자 드라간이 마침내 입을 열었다. "이걸 내가 접촉하는 사람에게 전달해도 괜찮겠습니까?"

"회장님이 전적으로 신뢰하는 사람이라면 괜찮겠죠."

"높은 도덕성과 철저한 민주의식을 지닌 사람입니다."

"세포 내부의 인물인 모양이죠?" 미카엘의 목소리에 짙은 불신이 배어 있었다.

"우리는 서로 합의해야 합니다. 홀게르 씨와 난 당신의 계획을 받아들였고 협력하고 있습니다. 하지만 이 일은 우리 힘만 가지고는 절대 성공할 수 없어요. 고약하게 끝나지 않으려면 관官 쪽에도 우리 편을 찾아놓아야 해요."

"무슨 말인지 알겠습니다." 미카엘은 마뜩찮은 목소리로 대답했다. "그런데 난 어떤 이야기든 잡지로 발표하기 전까진 유출하지 않아요."

"하지만 이번에는 그렇게 하지 않았나요? 나와 당신 동생, 그리고 홀게르 씨에게 벌써 얘기했잖아요."

미카엘은 고개를 끄덕였다.

"당신이 그렇게 한 데에는 이유가 있죠. 당신조차 이 일은 잡지 기사 하나로 끝날 문제가 아니란 걸 인정했기 때문이에요. 이번에 당신은 중립적인 기자가 아니라 사건의 주역이란 말입니다."

미카엘은 다시 고개를 끄덕였다.

"그리고 주역으로서 성공하려면 원군이 필요하고요."

미카엘은 다시 한번 고개를 끄덕였다. 어차피 드라간과 안니카에게 모든 진실을 털어놓은 건 아니었다. 리스베트하고만 공유한 비밀들이 남아 있었다.

그는 드라간과 악수를 나누었다.

9장
5월 4일 수요일

에리카가 〈SMP〉의 편집국장으로 업무를 시작한 지 사흘째, 이임 편집국장 호칸 모란데르가 점심 무렵에 사망했다. 호칸이 그 유리 새 장 안에 있었던 아침나절 동안, 에리카는 직원들과 인사도 나누고 업무도 파악할 겸 편집차장 페테르 프레드릭손과 함께 스포츠부와 미팅을 했다. 마흔다섯 살인 그는 에리카처럼 〈SMP〉에서 비교적 신참에 속했다. 이 신문사에서 일한 지 사 년밖에 안 됐다. 과묵한 편이었지만 성격이 좋았고, 무엇보다도 능력이 있어서 에리카는 나중에 본격적으로 편집국을 지휘하게 됐을 때 여러 모로 자문을 구해야겠다고 생각했다. 그녀는 지난 사흘간 자신이 신뢰할 수 있는 사람들, 그리고 자신을 중심으로 구성될 조직에 집어넣을 사람들을 가려내는 데 대부분의 시간을 보냈다. 물론 페테르 프레드릭손은 유력한 후보였다.

그들이 미팅을 마치고 사무실 쪽으로 돌아오고 있을 때 유리방 안에서 호칸이 일어나 문 쪽으로 걸어나오는 게 보였다.

무엇인가에 깜짝 놀란 듯한 표정이었다.

다음 순간, 상체가 앞으로 푹 꺾이더니 그가 의자의 등받이를 움켜쥐었다. 그리고 그런 자세로 몇 초간 버티다가 바닥으로 털썩 쓰러졌다.

구급차가 도착했을 때는 이미 숨을 거둔 뒤였다.

그날 오후, 편집국의 분위기는 몹시 어수선했다. 망누스 보리셰 회장이 2시경에 도착해 간단한 추모를 하기 위해 전 직원을 소집했다. 그는 이 신문사에 십오 년이라는 세월을 바친 고인에 대해, 그리고 언론인의 책무가 때로 요구하는 대가 등에 대해 사설을 늘어놓았다. 그리고 일 분간 묵념을 제안했다. 묵념이 끝나자 그는 이 위기를 어떻게 타개해야 할지 모르겠다는 듯 망연한 시선으로 주위를 둘러보았다.

직장에서 사망하는 건 통상적인 일이 아니다. 매우 드문 일이라고 할 수 있다. 품위 있는 죽음을 맞고 싶다면 어딘가 호젓한 곳으로 물러나서 죽는 편이 낫다. 양로원이나 병원 같은 곳으로 조용히 사라졌다가 어느 날 사내 카페테리아에서 화제에 오르는 것이다. "소식 들었어? 칼손이 금요일에 죽었대. 그래, 심장 때문에. 노조가 장례식 때 조화를 보내기로 했대." 직장에서, 동료들의 눈앞에서 죽는 일은 사람을 훨씬 당황스럽게 만든다. 에리카는 이 충격적인 일로 편집국의 공기가 무거워진 것을 느꼈다. 〈SMP〉는 갑자기 조타수를 잃은 상황이었다. 문득 직원들의 시선이 자신을 향하고 있는 게 느껴졌다. 그들은 이 미지의 카드를 살피고 있었다.

아무도 청하지 않았고, 그녀 자신도 무슨 말을 해야 할지 알지 못했지만 에리카는 목청을 고르고 한 걸음 앞으로 나아갔다. 그리고 차분하면서도 힘찬 목소리로 말하기 시작했다.

"저는 호칸 모란데르 씨와 사흘을 같이 지냈을 뿐입니다. 아주 짧은 시간이죠. 하지만 그간의 아주 작은 경험을 통해 전 진심으로 말씀드릴 수 있습니다. 그분을 더 알아갈 기회를 놓쳐 참으로 유감이라고요."

에리카는 잠시 말을 멈췄다. 자신을 쳐다보고 있는 망누스 회장의 모습이 눈에 들어왔기 때문이다. 그녀가 이렇게 나서서 발언하는 모습이 사뭇 놀라웠던 모양이다. 그녀는 앞으로 한 발 더 나아갔다. 미소는 짓지 말자. 그러면 자신감이 없어 보이니까. 그녀는 목소리를 약간 더 높였다.

"호칸 모란데르 씨가 타계하면서 우리 편집국에는 여러 문제가 생길 겁니다. 저는 두 달 후에 공식적으로 그분의 직위를 승계할 예정이었고, 그분의 경험으로부터 많은 것을 배울 수 있으리라 기대하고 있었습니다."

그녀는 망누스가 입을 벌려 뭔가를 말하려는 걸 보았다.

"하지만 불행히도 그럴 수 없게 되었고, 우리는 한동안 급격한 변화를 겪지 않을 수 없습니다. 문제는 호칸 씨가 일간지의 편집국장이었고, 이 신문은 내일도 어김없이 발행되어야 한다는 점이죠. 최종 인쇄까지는 아홉 시간이 남았고, 1면 최종교 마감까지는 네 시간밖에 남지 않았습니다. 그래서 묻습니다…… 여러분 가운데 누가 호칸 씨와 가장 가까웠죠?"

잠시 침묵이 돌며 직원들은 서로 얼굴만 쳐다보았다. 결국 에리카의 왼쪽에서 누군가가 입을 열었다.

"아마도 저일 것 같군요."

〈SMP〉에서 삼십오 년을 일했고 지금은 편집차장으로 1면을 담당하는 예순한 살의 군나르 망누손이었다.

"누군가가 호칸 씨의 추모 기사를 써야 해요. 내가 쓰는 건 주제넘을 것이고, 당신이 할 수 있나요?"

그는 잠시 망설이다가 고개를 끄덕였다.

"그렇게 하죠."

"그 기사로 1면을 다 채우죠. 나머지는 치워버리고."

그가 다시 고개를 끄덕였다.

"사진도 몇 장 필요한데……"

그녀가 오른쪽으로 고개를 돌리니 사진부장 렌나르트 토르켈손이 있었다. 그는 알겠다고 고갯짓을 했다.

"자, 이제 모두들 바쁘게 움직여야 해요. 한동안 배가 좀 흔들릴 수 있습니다. 제가 결정을 내리는 데 도움이 필요하면 주저 없이 여러분께 자문을 구하겠어요. 그리고 전적으로 여러분의 능력과 경험에 의지하겠습니다. 여러분은 이 신문이 어떻게 만들어지는지 잘 아는 분들이니까요. 전 얼마간 초등학생처럼 책상에 앉아 열심히 배워야겠죠."

그러고는 페테르 프레드릭손에게로 고개를 돌렸다.

"호칸 씨가 당신을 아주 신뢰했다고 들었습니다. 당분간 내 조력자 역할을 해주면서 평소보다 좀더 무거운 짐을 져야 해요. 그럴 수 있겠어요?"

그가 고개를 끄덕였다. 그런 질문 앞에서 어떻게 다른 대답을 할 수 있단 말인가?

에리카는 다시 1면 문제로 돌아왔다.

"하나 더, 오늘 아침에 호칸 씨는 사설을 쓰고 계셨어요. 군나르, 그분의 컴퓨터에 가서 원고가 완성됐는지 확인해주겠어요? 완성되지 않았어도 그냥 발표할 겁니다. 호칸 모란데르의 마지막 사설이고, 그걸 발표하지 않는다는 건 정말 부끄러운 일이니까. 오늘 우리가 만들 신문은 여전히 호칸 모란데르의 신문입니다."

침묵.

"고인을 추모하기 위해 얼마간 개인 시간이 필요하다면 얼마든지 그렇게 하세요. 하지만 원고 마감 시간은 모두들 알고 있죠?"

여전히 침묵. 에리카는 몇 사람이 머리를 조금 주억거리는 모습을 확인했다.

"자, 모두 일을 시작합시다!" 그녀의 음성은 낮고도 단호했다.

예르케르 홀름베리는 어깨를 으쓱하며 두 손바닥을 펼쳐 보였다. 얀 부블란스키와 소니아 모디그는 미심쩍은 표정으로 미간을 찌푸렸다. 쿠르트 스벤손은 별 표정이 없었다. 세 사람은 이날 오전 예르케르가 끝낸 예비수사 결과를 들여다보고 있었다.

"아무것도 없다고요?" 소니아가 놀랍다는 듯 물었다.

"아무것도 없어." 예르케르가 고개를 흔들며 대답했다. "오늘 아침에 법의관 소견서도 도착했어. 목매달아 자살한 것 외의 단서가 전혀 없다고."

그들은 스모달라뢰 별장 거실에서 촬영된 사진들을 다시 한번 훑어보았다. 모든 정황이 하나의 결론에 이르고 있었다. 세포의 외국인 담당 특별부 차장 군나르 비에르크가 자신의 의지로 스툴에 올라서서 천장등 고리에 맨 올가미를 목에 건 다음 스툴을 발로 차 몇 미터 거리로 날려보냈다는 것. 법의관은 사망 시각을 확정하지 못했지만 결국 4월 12일 오후로 결론을 내렸다. 그의 시체는 4월 17일 쿠르트가 발견했다. 그와 여러 차례 접촉을 시도하다가 연락이 안 되자, 화가 난 얀이 쿠르트를 보내 그를 잡아오게 했다.

그사이에 고리가 무게를 이기지 못해 천장에서 떨어져나가면서 시체는 바닥으로 굴러떨어졌다. 창문을 통해 그 모습을 본 쿠르트가 곧바로 보고를 했다. 현장으로 달려간 얀과 다른 형사들은 처음부터 그 집을 범죄 현장으로 간주했고, 군나르 비에르크가 누군가에게 교살당했다고 믿어 의심치 않았다. 얼마 후 감식반이 천장등 고리를 찾아냈다. 예르케르에게는 그의 정확한 사인을 알아내라는 임무가 떨어졌다.

"이게 범죄 사건이라는 단서가 전혀 없어. 하지만 그때 그가 혼자가 아니었다는 단서도 없고." 예르케르가 말했다.

"천장등은요?"

"천장등에는 이 년 전에 그 등을 단 별장 주인의 지문, 그리고 군나르 자신의 지문이 남아 있었어. 다시 말해서 그가 등을 뗀 거지."

"끈은 어디서 나온 거죠?"

"집 뒤 깃대에서. 거기서 2미터 정도를 잘라낸 거야. 그쪽으로 난 문가 창문턱에는 나이프가 하나 놓여 있었어. 별장 주인 말로는 그 칼이 자기 거라는군. 보통은 싱크대 밑 공구함에 넣어둔대. 칼날과 칼자루, 그리고 공구함에도 군나르의 지문이 묻어 있어."

"음……" 소니아가 신음했다.

"매듭은 어떤 종류죠?" 쿠르트가 물었다.

"그냥 두 번 단단히 묶은 평범한 매듭이야. 올가미도 너무 단순하고. 어쩌면 이게 유일하게 이상한 점일 거야. 그는 요트를 즐겼으니 각종 매듭을 제대로 묶을 줄 아는 사람이었거든. 하지만 자살을 눈앞에 둔 사람이 매듭 모양에 신경쓰고 있진 않겠지."

"약물은 검출됐나요?"

"독극물 소견서에 따르면 혈액에서 강력한 진통제가 발견됐다는군. 의사에게 처방받은 약이었어. 알코올도 있었지만 극히 소량이야. 다시 말해 정신이 말짱했다는 얘기지."

"법의학 소견서를 보니 긁힌 곳이 몇 군데 있다는데……"

"왼쪽 무릎 바깥 쪽에 3센티미터짜리 상처야. 말 그대로 살짝 긁힌 정도지. 원인은 수십 가지일 수 있어. 예를 들어 의자 모서리에 부딪혔다든지."

소니아는 흉측하게 변형된 그의 얼굴 사진을 집어들었다. 살 속으로 얼마나 깊이 파고들었는지 올가미는 보이지도 않았다. 얼굴은 기괴하게 부풀어 있었다.

"고리가 떨어질 때까지 아마 24시간은 족히 매달려 있었을 거야.

피가 몸으로 내려가는 걸 올가미가 막아서 머리와 두 다리 끝에 피가 몽땅 모여 있는 걸 보면. 고리가 빠져 몸이 떨어지면서 식탁 모서리에 가슴을 부딪혔어. 심한 타박상을 입었지. 하지만 이 상처는 사망한 지 한참 후에 생긴 거야."

"끔찍하게도 죽었네!" 쿠르트가 내뱉었다.

"글쎄, 꼭 그렇다고는 할 수 없어. 노끈이 아주 가늘어서 피부 깊숙이 파고들어 혈류를 차단해버렸어. 그러니 목을 매단 지 몇 초 만에 의식을 잃고 일이 분 후엔 절명했겠지. 그렇게 나쁜 죽음은 아니잖아."

얀은 얼굴을 잔뜩 찡그리며 예비수사 보고서를 덮었다. 전혀 마음에 들지 않았다. 살라첸코와 군나르 비에르크가 같은 날 죽었다는 건 정말이지 너무나 찜찜한 정황이었다. 하나는 미치광이 정의의 사도에게 살해당했고, 다른 하나는 자기 손으로 목을 매달았다. 군나르 비에르크의 죽음에 누군가가 개입했을 거라는 가설을 입증할 단서는 적어도 현장 감식 결과상에서 찾아볼 수 없었다.

"그는 엄청난 압박 속에서 살았어⋯⋯" 얀이 중얼거리듯 말했다. "그리고 알고 있었지. 살라첸코 사건이 전부 노출될 위험에 처했다는 걸. 자신은 성구매 혐의로 잡혀 들어가고 언론에 먹잇감으로 던져질 거라는 사실을. 게다가 병이 들었고, 얼마 전부턴 만성 통증에 시달렸지. 그래서⋯⋯ 글쎄, 모르겠군. 유서라도 한 장 남겼으면 좋았을 텐데."

"유서를 남기지 않는 자살자들도 꽤 있어."

"나도 알아. 어쩔 수 없지. 군나르 비에르크 건은 여기서 정리하자고."

에리카는 차마 호칸의 빈 책상을 곧바로 차지하고 앉아 그의 물건들을 한쪽으로 치워버릴 수 없었다. 그녀는 군나르 망누손을 시켜 유가족에게 연락해 적당한 때에 그가 남긴 물건들을 가져가게 했다.

에리카는 거대한 편집국 사무실 한가운데 있는 조그만 책상 하나를 치우고 그 위에 자신의 노트북을 올려놓았다. 그리고 편집국을 지휘하기 시작했다. 분위기는 여전히 어수선했다. 하지만 그녀가 신속하게 〈SMP〉의 키를 잡은 지 세 시간 만에 1면 인쇄본이 나왔다. 군나르 망누손은 호칸의 생애와 업적에 대한 4단짜리 기사를 썼다. 중앙에는 호칸의 얼굴 사진이, 좌측에는 그의 미완성 사설이, 그리고 하단에는 일련의 사진들이 배치됐다. 다 채워지지 않았지만 그 불완전성이 도리어 감동을 자아내는 레이아웃이었다.

6시가 조금 못된 시각, 에리카가 1면을 훑어보며 교열부장과 기사에 대해 논의하고 있을 때, 망누스 보리셰가 와서 그녀의 어깨를 툭 쳤다. 에리카가 고개를 들었다.

"잠깐 얘기 좀 할까?"

둘은 직원 휴게실의 커피 자판기 앞으로 갔다.

"오늘 자네가 지휘권을 장악하는 모습이 아주 멋졌다고 말하고 싶었네. 우리 모두를 놀라게 했어."

"그 상황에선 어쩔 수 없었어요. 어쨌든 제가 업무에 익숙해질 때까지는 좀 헤맬 거예요."

"우리도 알고 있네."

"우리라뇨?"

"편집국 직원들과 이사진. 특히나 이사진을 말하는 걸세. 하지만 오늘 일을 보고 나서 난 자네가 우리에게 꼭 필요한 사람이란 걸 확신했어. 아슬아슬한 시기에 이곳에 와서 아주 어려운 상황에 고삐를 틀어잡은 거야."

에리카의 볼이 붉어졌다. 사춘기 이후로 처음 있는 일이었다.

"한 가지 충고를 해도 괜찮을까?"

"물론이죠."

"편집부장 안데르스 홀름하고 이견이 좀 있다고?"

"정부의 과세 정책을 두고 기사 방향을 정하는 데 견해차가 있었어요. 지금까지 그는 뉴스 지면에 자신의 의견을 실어왔죠. 하지만 순수한 정보를 담는 공간에서는 중립적인 태도를 유지해야 합니다. 개인 의견은 사설면에 올려야죠. 제가 여기 있는 한 그렇게 할 겁니다. 저도 이따금 사설을 쓰겠지만, 전에도 말씀드렸듯이 그 어떤 정당 편도 들지 않을 겁니다. 그리고 앞으로 누가 사설면을 이끌지도 정해야 하고요."

"별다른 지시가 있기 전까지는 안데르스가 맡을 거야."

망누스의 대꾸에 에리카는 어깨를 으쓱했다.

"회장님이 누구를 선택하시든 전 상관없습니다. 하지만 우리 신문의 견해를 대변하는 사람이 사설면을 맡아야 합니다. 그리고 뉴스 지면에 사설을 실어선 안 되고요."

"무슨 말인지 알겠네. 내가 말하고 싶었던 건 자네가 안데르스에게 약간의 여지를 남겨놓았으면 좋겠다는 걸세. 〈SMP〉에서 오랫동안 근무했고 벌써 15년차 편집부장이야. 자기 할 일을 충분히 파악하고 있는 사람이지. 고지식해 보일 수도 있지만 우리에겐 꼭 필요한 인물이라고."

"저도 알고 있어요. 호칸 씨가 말해줬죠. 하지만 그가 보도 정책에서는 윗선의 눈치만 보게 될까 걱정돼요. 제가 고용된 건 이 신문을 개혁하기 위해서가 아니었던가요?"

망누스가 묵묵히 머리를 주억거렸다.

"…… 알았네. 그런 문제들은 차츰 해결해나가기로 하세."

스톡홀름으로 돌아가기 위해 예테보리 중앙역에서 고속전철 X2000에 오른 안니카 잔니니는 피곤하고도 짜증이 났다. 지난 한 달간 기차를 집 삼아 산 듯한 기분이었다. 가족은 뒷전으로 밀려나 있었다. 그녀는 식당칸에 가서 커피를 마신 다음 자리로 돌아와 리스베트와 면담하며 메모한 내용이 담긴 서류철을 펼쳤다. 그녀를 피곤하고 짜증스럽게 만드는 원인 중 하나가 바로 리스베트였다.

뭔가를 숨기고 있어. 답답하게도 진실을 얘기하지 않아. 오빠 역시 뭔가를 감추고 있고. 도대체 둘이서 무슨 일을 벌이는 건지······

미카엘과 리스베트, 두 사람은 지금까지 서로 연락할 기회가 없었다. 이 점을 감안한다면 둘의 공모 행위—실제로 존재한다면—는 어떤 자연스럽고도 암묵적인 합의에 의한 것일 터였다. 안니카는 그게 무엇인지 도무지 감을 잡을 수 없었지만 미카엘이 매우 중요하게 여기는 것이리라는 짐작은 들었다.

안니카는 혹시 미카엘의 약점이 될 어떤 윤리적인 문제가 결부된 건 아닐지 우려스러웠다. 그는 리스베트의 친구였다. 그리고 안니카는 자기 오빠가 어떤 사람인지 잘 알고 있었다. 그는 한번 친구로 여긴 사람이라면 어리석을 정도로 충직하게 대한다. 그 친구가 결함투성이 인간이든, 사리 분간 못하는 괴짜든 상관하지 않았다. 하지만 친구들의 어리석은 행동을 미련스럽게 받아주는 그에게도 넘지 말아야 할 선은 있었다. 이 선의 위치는 사람에 따라 다른 듯했고, 안니카는 그가 친구였던 사람들과 완전히 관계를 끊는 모습을 몇 번인가 보았다. 그들이 비윤리적이거나 용납할 수 없는 행위를 저질렀기 때문이었다. 그런 상황에서 미카엘은 얼음처럼 싸늘해졌다. 절교는 전적이고 결정적이며 돌이킬 수 없었다. 전화가 걸려와도 받지 않았고, 친구가 무릎을 꿇고 용서를 빌어도 소용없었다.

안니카는 미카엘이 지금 무엇 때문에 이렇게 행동하는지 대충 짐작할 수 있었다. 반면, 리스베트의 머릿속에는 대체 무슨 생각이 들었는지 도무지 감을 잡을 수 없었다. 때로는 원래 아무런 생각이 없는 사람이 아닌가 하는 느낌이 들 정도였다.

미카엘 말로는 리스베트가 느닷없이 화를 잘 내고, 주위 사람들에게 극도로 폐쇄적인 태도를 보인다고 했다. 그녀를 처음 만났을 때 안니카는 이런 상태가 일시적이며 서로에 대한 신뢰가 쌓이면 극복할 수 있으리라 믿었다. 하지만 둘이 알게 된 지 한 달이 지난 지금도—첫 이 주는 리스베트가 거의 말을 할 수 없는 상태였기 때문에 그냥 흘러갔다 해도—대화는 여전히 일방적으로 이어지고 있었다.

리스베트는 이따금 깊은 우울에 빠져들었고, 자신의 상황과 미래를 해결하는 일에는 아무런 흥미도 보이지 않았다. 변호사가 자신의 모든 정보에 접근할 수 있어야만 제대로 변호해줄 수 있다는 사실을 이해하지 못한 듯, 아니면 어찌되든 상관없다는 듯한 태도였다. 안니카로선 아무것도 모르는 채 일할 수는 없는 노릇이었다.

리스베트는 과묵했고 고집스러웠다. 한참을 말없이 생각만 하다가 몇 마디씩, 하지만 정확하게 말하곤 했다. 전혀 대답이 없는 경우도 종종 있었으며, 며칠 전에 한 질문에 느닷없이 대답을 내놓기도 했다. 경찰들과는 한 번의 예외를 제외하고는 한마디도 대화를 나누는 법이 없었다. 그 예외는 마르쿠스 엘란데르 형사가 로날드 니더만에 대해 아는 게 있느냐고 물었을 때였다. 그녀는 마르쿠스에게 시선을 돌리고 질문에 정확히 대답했다. 그가 화제를 바꾸자 그녀는 전혀 관심 없는 듯한 얼굴로 다시 앞만 똑바로 쳐다볼 뿐이었다.

안니카는 리스베트가 경찰에게 아무 말도 하지 않기를 은근히 바라고 있었다. 워낙에 공무원들과는 말을 섞지 않는 그녀였다. 이런 상황에서는 오히려 잘된 일이라 할 수 있었다. 안니카는 겉으로 리스베트에게 경찰의 질문에 대답하라고 권했지만 속으로는 그녀가 끝까지 입을 다물고 있는 게 좋았다. 이유는 간단했다. 그것은 일관성 있는 침묵이었다. 입을 다물고 있으면 거짓말이나 모순되는 진술이 튀어나오지 않을 테고, 그러면 법정에서 나쁜 인상을 주는 일도 없을 터였다.

아무리 그렇다 해도 그녀의 침묵은 너무나 완강했다. 안니카가 불안감을 느낄 정도였다. 둘만 있을 때 그녀는 리스베트에게 물었다.

왜 그렇게 도발적일 만큼 싸늘한 태도로 경찰과 대화하기를 거부하는지.

"그들은 내가 말하는 걸 왜곡해서 나한테 불리하게 써먹을 거니까요."

"하지만 자기 입장을 설명하지 않으면 당신은 유죄선고를 받게 돼요."

"어쩌겠어요, 받아들이는 수밖에. 난 이 엿 같은 이야기에 아무런 책임이 없어요. 저들이 내게 유죄판결을 내리겠다면, 그건 더이상 내 문제가 아니죠."

리스베트는 안니카에게 스탈라르홀멘에서 있었던 일을 조금씩, 그러다 결국에는 거의 모두를 얘기해줬다. 한 가지만 빼놓았다. 마게 룬딘이 어떻게 발에 총을 맞았는지는 설명하지 않았다. 안니카가 부탁하고 애원해도 소용없었다. 리스베트는 그녀를 빤히 쳐다보며 삐딱한 미소를 지을 뿐이었다.

고세베르가에서 있었던 일도 얘기해줬다. 하지만 왜 자기 아버지를 찾아갔는지는 말하지 않았다. 검사의 주장대로 그를 죽이려고? 아니면 단지 그를 얌전하게 만들기 위해? 법적인 관점에서 이 둘 사이에는 큰 차이가 있었다.

후견인이었던 닐스 비우르만 변호사 얘기를 꺼내자 리스베트는 한층 말수가 적어졌다. 그에게 총을 쏜 건 자신이 아니고, 그 범죄에 대한 혐의는 이제 자신의 기소사항에서 제외됐다고 말했을 뿐이다.

그리고 이 모든 이야기의 핵심이라고 할 부분, 즉 1991년 페테르 텔레보리안 박사의 역할에 이르자 리스베트는 무거운 침묵에 잠겼다.

이래 가지고는 아무 결과도 얻을 수 없어. 리스베트가 날 신뢰하지 않는 한 우린 재판에서 지고 말아. 미카엘과 얘기를 좀 해야겠어.

리스베트는 침대 모서리에 걸터앉아 창밖을 내다보고 있었다. 주차장 건너편 건물의 전면이 보였다. 화가 치민 안니카가 벌떡 일어나 방문을 쾅 닫고 떠나버린 후 이렇게 한 시간 동안 멍하니 앉아 있었다. 다시금 두통이 찾아왔지만 아릿하기만 하고 위험하지는 않은 통증이었다. 하지만 마음이 편치 않았다.

그녀 또한 안니카에게 짜증이 나 있었다. 현실적으로 생각해보면 왜 이 변호사가 자신의 과거를 세세하게 알아내겠다고 이토록 귀찮게 구는지 이해할 수 있었다. 순전히 이성적인 관점에서는 이해할 수 있었다. 어째서 안니카가 모든 사실들을 알아야 하는지를 말이다. 하지만 리스베트는 자신의 감정과 행동에 대해 말하고 싶은 마음이 털끝만큼도 없었다. 자신의 삶은 오직 자신의 문제일 뿐이었다. 아버지는 병적인 사디스트에 살인자였다. 하지만 그건 자신의 잘못이 아니었다. 오빠가 끔찍한 살인마인 것도 그녀의 잘못이 아니었다. 그 인간이 오빠라는 사실을 아무도 모르는 게 천만다행이었다. 그 사실이 밝혀졌다면 곧 받게 될 정신감정에서 자신에게 아주 불리하게 작용할 게 뻔했다. 다그와 미아를 죽인 것도 그녀가 아니었다. 결국 자신을 강간할 돼지를 후견인으로 지정한 것도 그녀가 아니었다.

그런데 저들이 그녀의 삶을 까뒤집겠다고 덤벼들고 있다. 왜 자신을 방어했는지 해명하라고, 그 행위에 대해 용서를 빌라고 요구하고 있다.

그녀는 조용히 살고 싶었다. 그러니 결국 홀로서기 없이는 안 될 일이었다. 그녀는 그 누구도 친구가 될 수 있으리라고 기대하지 않았다. 안니카라는 빌어먹을 여자가 아군일지는 몰라도 어디까지나 직업상 우정일 뿐이었다. 결국 그녀는 한낱 변호사였다. 그리고 저 바깥 어딘가에 돌아다니고 있을 빌어먹을 칼레 블롬크비스트…… 안니카는 자기 오빠에 대해 별로 얘기하지 않았고, 리스베트 역시 그에 대해 아무것도 묻지 않았다. 그녀는 미카엘이 자신을 위해 특별히 애를 쓸 거라고 기대하지 않았다. 다그 스벤손 살인 사건이 해결됐고, 멋진 기삿거리까지 확보한 마당에 더이상 자신에게 관심을 가질 이유가 없지 않겠는가?

리스베트는 이 모든 일들이 일어난 후에 드라간 아르만스키가 자신을 어떻게 생각할지 궁금했다.

홀게르 팔름그렌은 이 상황을 어떻게 보고 있을까?

안니카 말로는 두 사람 모두 그녀 편이라고 했지만, 결국 말일 뿐이었다. 개인적인 문제들을 해결하는 데 과연 그들이 무얼 해줄 수 있단 말인가?

그리고 지금 미리암 우가 자기를 어떻게 느끼고 있을지 궁금했다.

아니, 자신은 스스로를 어떻게 생각하는지 자문해봤다. 그리고 그녀는 깨달았다. 스스로가 자기 자신의 삶에 철저히 무관심하다는 사실을.

갑자기 그녀는 상념에서 벗어났다. 보안회사 직원이 열쇠로 문을 열고 안데르스 요나손 박사를 병실로 들여보냈다. "안녕, 리스베트 씨? 오늘은 기분이 어때요?"

"괜찮아요."

그는 차트를 체크했고 열이 내렸음을 확인했다. 리스베트는 일주일에 두세 번 있는 그의 방문에 익숙해졌다. 그녀의 몸에 손을 대는 사람들 가운데 조금이나마 신뢰감이 느껴지는 유일한 사람이었다. 그가 자신을 이상한 눈으로 쳐다본다고 느낀 적이 한 번도 없었다. 그는 병실에 찾아와 잠시 수다를 떨다가 몸 상태를 체크하곤 했다. 그러면서 로날드 니더만이나 살라첸코에 대해 묻는 법도 없었다. 그녀의 광기에 대해 암시하지도 않았고, 왜 경찰이 그녀를 병실에 가둬놓는지도 묻지 않았다. 그는 오직 그녀의 근육 상태, 뇌의 회복 정도, 그리고 전반적인 몸 상태에만 관심을 가졌다.

더구나 그는 자신의 뇌를 그야말로 속속들이 파헤친 사람이었다. 이런 일을 한 사람은 정중한 대우를 받을 자격이 있었다. 놀라운 일은, 그가 와서 단지 자신의 몸을 만져대고 차트를 들여다보며 법석을 떨다 갈 뿐이었지만 리스베트는 이 의사의 방문이 점점 더 유쾌하게 느껴진다는 것이었다.

"자, 어디 한번 봅시다."

이렇게 말하며 그는 늘 하는 검사를 시작했다. 눈동자를 살피고, 호흡 소리를 들어보고, 맥박과 혈압을 쟀다.

"그래, 저는 어떤가요?"

"지금 잘 회복하고 있어요. 내가 시킨 근육 운동은 좀더 신경써줘요. 그리고 머리에 앉은 딱지를 자꾸 긁는 듯한데 그러면 안 돼요."

그는 잠시 말을 멈췄다.

"개인적인 질문 하나 해도 될까요?"

리스베트는 앉은 채로 그를 올려다보았다. 그는 그녀가 고개를 끄덕일 때까지 기다렸다.

"이쪽에 있는 용 문신…… 전부 다 보진 못했지만 엄청나게 크고 등을 거의 덮은 듯하던데요. 그건 왜 새겼죠?"

"아직 그걸 못 본 건가요?"

그의 입가에 갑자기 미소가 번졌다.

"얼핏 보기야 했죠. 하지만 당신이 내 앞에 알몸으로 누워 있을 때, 난 출혈을 막고 몸에서 총알을 빼내느라 그야말로 정신이 없었어요."

"왜 묻는 거죠?"

"그냥 호기심으로."

리스베트는 한참을 묵묵히 생각하더니 고개를 들어 그를 쳐다보았다.

"개인적인 이유로 새겼고, 그 이유는 말하고 싶지 않아요."

안데르스는 그녀의 대답을 곱씹어본 후 천천히 고개를 끄덕거렸다.

"오케이. 물어봐서 미안해요."

"한번 보고 싶어요?"

그는 흠칫 놀란 표정을 지었다.

"그럼요. 어디 한번 봅시다."

리스베트는 그를 향해 등을 돌리고 환자복 자락을 어깨 위로 들어 올렸다. 창을 통해 들어오는 햇빛이 그녀의 등을 밝혔다. 용은 오른쪽 등 전체를 뒤덮고 있었다. 견갑골 위쪽, 그러니까 어깨에서 시작해 엉덩이 아래쪽까지 꼬리가 뻗어 있었다. 아름다웠다. 전문가의 솜씨임을 알 수 있었다. 하나의 걸작이었다.

잠시 후 리스베트가 고개를 돌렸다.

"자, 만족하셨나요?"

"멋지군요! 지독하게 아팠겠어요."

"네." 그녀는 인정했다. "많이 아팠어요."

안데르스 요나손은 약간 당황스러운 기분으로 리스베트의 병실을 나왔다. 회복 상태는 만족스러웠다. 하지만 이 이상한 아가씨가 어떤 사람인지 도무지 종잡을 수 없었다. 그녀에게 정서적으로 약간 문제가 있다는 건 굳이 심리학 학위가 없어도 충분히 짐작할 수 있었다. 그를 대하는 그녀의 말투는 정중하지만 상대를 향한 강한 의심이 서려 있었다. 다른 병원 직원들에게도 그녀는 정중하게 행동했지만 경찰만 오면 입을 닫아버렸다. 단단한 껍질 속에 숨어서 주위의 모든 사람들과 거리를 유지했다.

경찰은 그녀를 병실 안에 구금했고, 검사는 살인미수 및 중상해 혐의로 기소할 예정이라고 했다. 하지만 그로서는 도저히 믿기지 않는 일이었다. 작고 연약해 보이는 여성이 억센 완력이 필요한 그런 범죄를 저지를 수 있단 말인가? 게다가 상대는 성인 남성이었다고 했다.

그녀에게 용 문신에 대해 물어본 건 무엇보다 그녀와 개인적인 이야기를 나눠보고 싶어서였다. 사실 그녀가 왜 요란하게 몸을 장식했는지는 크게 궁금하지 않았다. 하지만 자기 몸에 그렇게 큰 문신을 새겼다는 건 어떤 특별한 의미가 있다는 얘기였다. 그는 그 문신이 보다 깊은 대화로 들어갈 수 있는 빌미가 될 수 있으리라 기대했었다.

이제 그는 일주일에 몇 차례씩 그녀를 보러 갔다. 공식적인 진료 일정과는 별개의 방문이었다. 그녀의 담당의는 헬레나 엔드린 박사였다. 하지만 외상외과 과장인 그는 리스베트의 용태를 관찰할 필요가 있었고, 무엇보다 그녀가 응급실로 실려왔던 밤에 자신이 취한 조치에 대해 자부심을 느끼고 있었다. 우선 총알을 빼내야 한다는 올바른 결정 덕분에 그녀는 생명을 건질 수 있었다. 게다가 적어도 그가 보기에 아무런 합병증 증세도 나타나지 않았다. 기억 상실도, 신체기능 저하도, 그 어떤 총상 후유증도 없었다. 만일 이런 식으로만 계속 회복해나간다면 두피에 흉터만 남은 상태로 건강하게 퇴원할 수 있을 터였다. 그녀의 영혼에도 흉터가 남겠지만 그건 별개의 문제다.

안데르스가 자신의 사무실로 돌아왔을 때였다. 한 남자가 사무실 문 앞에서 벽에 몸을 기댄 채 그를 기다리고 있었다. 곱슬머리에 말끔하게 정리한 염소수염을 달고 있었다.

"안데르스 요나손 박사십니까?"

"그렇습니다만."

"안녕하십니까? 페테르 텔레보리안입니다. 웁살라에 있는 상트스테판 정신병원 수석 의사입니다."

"네, 만나 뵌 기억이 있네요."

"시간이 있다면 긴히 이야기를 좀 나누고 싶습니다만."

안데르스는 열쇠로 사무실 문을 열었다.

"자, 말씀해보세요."

"박사님 환자에 관한 일입니다. 리스베트 살란데르. 제가 그녀를 좀 볼 필요가 있어서요."

"흠. 그렇다면 우선 검사의 허가부터 받아야 할 겁니다. 현재 그녀는 구금 상태여서 면회가 일절 금지됐어요. 모든 면회 신청은 그녀의 변호사에게 먼저 통지하게 되어 있고요."

"그래요, 다 알고 있습니다. 박사님을 찾아온 건 바로 그런 번거로운 행정 절차를 피할 수 있으리라 생각했기 때문이에요. 저는 의사입니다. 의학적인 차원에서 그녀를 볼 수 있도록 조치해줄 수 있는 거 아닙니까?"

"음, 그건 이유가 될 수 있겠어요. 하지만 당신이 그녀를 봐야 하는 이유가 정확히 뭔지 모르겠네요."

"리스베트는 오랫동안 상트스테판 정신병원에 입원해 있었고, 난 그녀의 담당의였습니다. 그런데 열여덟 살 되던 해에 법원은 후견을 받는 조건으로 그녀를 사회에 복귀시킨다는 결정을 내렸죠. 그때 제가 강력히 반대했다는 걸 말씀드리고 싶습니다. 그후 그녀는 제멋대로 떠돌아다녔고, 지금 이런 결과에 이르게 된 거죠."

"그렇군요."

"전 항상 그녀에 대해 깊은 책임감을 느껴왔습니다. 그래서 지난 십 년간 그녀의 상태가 얼마나 악화됐는지 한번 살펴보고 싶은 겁니다."

"악화됐다고요?"

"적절한 치료를 받던 십대 시절에 비해서 말입니다. 그래서 저는 우리가 적당한 해결책을 찾아낼 수 있으리라 생각했습니다. 의사끼리니 얘기가 통하지 않겠습니까?"

"그 말씀을 들으니 저도 생각나는 게 있네요. 그렇지 않아도 도통 이해되지 않는 부분이 있었는데 의사끼리니까 설명을 좀 듣고 싶습니다. 그녀가 이곳 살그렌스카 병원에 실려왔을 때 전반적인 검사를 했어요. 그때 동료 의사가 제안하는 대로 리스베트의 법의학 소견서를 입수해 참고했죠. 예스페르 H. 뢰데르만 박사라는 사람이 썼더군요."

"맞습니다. 그가 박사과정일 때 내가 지도교수였죠."

"그렇군요. 그런데 제가 보기에 그 법의학 소견서의 내용이 끔찍할 정도로 모호하더군요."

"그랬나요?"

"구체적인 진단은 전혀 포함되어 있지 않고, 말하기를 거부하는 환자에 대해 일반론이나 늘어놓는 학술논문 같았죠."

페테르가 웃음을 터뜨렸다.

"맞아요, 아주 다루기 힘든 여자예요. 소견서에 나와 있듯이 그녀는 예스페르와 대화하기를 완전히 거부했어요. 그래서 박사는 그렇게 애매한 용어들을 사용할 수밖에 없었죠. 그로서는 최선을 다한 거예요."

"그런데도 그녀를 치료기관에 입원시키라고 권고했나요? 대화도 제대로 못했다면서요?"

"그녀의 병력 때문입니다. 우린 여러 해 그녀의 증상을 관찰했어요."

"이해가 안 되는 게 바로 그 점입니다. 그녀가 여기 들어왔을 때 우린 상트스테판 병원에 그녀의 병력기록부 사본을 요청했지만 지금까지 아무것도 못 받았어요."

"그 점은 죄송합니다. 지방법원의 결정에 따라 기밀로 분류되어 있어요."

"우리 살그렌스카 병원이 그쪽의 진료 자료에 접근할 수 없는데 어떻게 당신이 말하는 적절한 치료를 제공할 수 있단 말이죠? 그럼 결론은 간단하지 않습니까? 이제 그녀에 대한 모든 의학적 책임은 잘하든 못하든 우리가 지는 겁니다."

"안데르스 박사님, 난 그녀를 열두 살 때부터 보살펴왔어요. 스웨덴에서 나보다 그녀의 병을 잘 아는 의사는 없어요."

"어떤 병인데요?"

"리스베트는 심각한 정신적 불균형 상태에 있습니다. 박사도 아시겠지만 정신의학이란 수학처럼 딱 떨어지는 과학이 아니에요. 그래서 나도 칼로 자르듯 단번에 진단을 내리는 걸 아주 싫어하죠. 하지만 그녀는 편집적 정신분열증의 특성이 뚜렷하게 나타나는 망상 환자입니다. 주기적으로 조울증까지 나타나고, 타인에 대한 공감능력은 전무하죠."

안데르스는 한참 동안 페테르 박사를 물끄러미 쳐다보다가 이윽고 두 팔을 벌리며 어깨를 으쓱했다.

"박사님 진단에 이의를 제기하고 싶은 마음은 없습니다만, 그래도 좀더 단순하게 진단해볼 수도 있지 않겠습니까?"

"어떻게요?"

"예를 들어 아스퍼거 증후군 같은 거요. 그녀에 대해 심리검사를 한 건 아니지만 자연스럽게 의견을 얘기해본다면, 난 이게 자폐증의 한 형태라고 생각합니다. 사회적 관습에 맞춰 행동하지 못하는 건 그렇게 설명될 수 있지 않을까요?"

"미안합니다만, 아스퍼거 증후군 환자들이 자기 부모를 불태우진 않아요. 정말이지 저렇게 반사회적인 성격장애를 뚜렷하게 나타내는 환자는 본 적이 없어요."

"내가 보기에 그녀는 조금 내성적일 뿐이지 편집증적이고 반사회적인 성격장애를 가진 건 절대 아닙니다."

"극도로 교활한 여자예요." 페테르가 비웃듯이 말했다. "사람들이 자기에게 어떤 행동을 기대할까를 생각해서 그대로 행동하죠."

안데르스는 살짝 미간을 찌푸렸다. 지금 페테르가 한 말은 리스베트에 대한 자신의 판단과 정면으로 배치되는 것이었다. 그가 느끼기에 다른 건 몰라도 교활함과는 거리가 먼 사람이었다. 오히려 그녀는 고집스럽게 주위 사람들과 거리를 두려 했고 아무런 감정도 보여주지 않았다. 그는 페테르가 그려주는 그림을 자신이 리스베트에게서 받은 인상과 겹쳐보려고 애썼다.

"당신은 그녀를 본 지 얼마 되지 않아요. 그것도 중상을 입어 꼼짝도 할 수 없는 상태에서만 그녀를 봐왔죠. 하지만 난 그녀가 폭력성과 맹목적인 증오를 분출하는 모습들을 봐왔어요. 여러 해 동안 그녀를 도우려고 애썼습니다. 그래서 지금 여기에도 달려온 거죠. 난 살그렌스카와 상트스테판의 협력을 제안하고 싶습니다."

"어떤 종류의 협력을 말씀하시는 거죠?"

"당신은 여기서 그녀가 육체적으로 부상당한 곳들을 치료하고 계시죠. 난 그녀가 최상의 치료를 받으리란 걸 확신해요. 하지만 그녀의 정신 상태가 무척 염려됩니다. 그래서 최대한 빨리 개입하고 싶은 거예요. 저는 할 수 있는 모든 도움을 제공할 준비가 됐습니다."

"그렇군요."

"그래서 그녀의 상태가 어떤지 직접 보고 싶단 말입니다."

"유감스럽게도 그 점에 대해선 저도 어쩔 수가 없습니다."

"뭐라고요?"

"조금 전에 말했듯이 지금 그녀는 구금 상태입니다. 만일 정신과 치료를 시작하고 싶다면 먼저 결정권자인 앙네타 예르바스 검사와 접촉해야 합니다. 안니카 변호사의 동의도 얻어야 하고요. 만일 이게 피의자에 대한 정식적인 정신감정이라면 지방법원의 허가를 받아야 하고요."

"바로 그런 지저분한 행정 절차들을 피하고 싶다고요!"

"난 그녀를 책임지고 있는 사람이에요. 곧 있으면 그녀가 법정에 서게 되는데, 그땐 이곳에서 이루어진 조치들을 정당화할 수 있는 서류가 필요할 겁니다. 우린 행정 절차를 따르지 않을 수 없어요."

"좋습니다. 이건 말씀드려야겠네요. 저는 벌써 스톡홀름의 리샤르드 검사로부터 그녀에 대한 정신감정 소견서를 작성해달라는 공식 요청을 받았습니다. 이 정신감정은 재판이 열리면 시작될 겁니다."

"오, 그거 잘됐네요. 그럼 규정을 어길 필요 없이 조만간 면회 허가를 받게 되겠어요."

"하지만 우리가 행정적인 문제에 걸려 있는 동안 그녀의 상태가 악화될 위험이 있단 말입니다. 내 관심은 오직 그녀의 건강뿐이라고요!"

"그건 나도 마찬가지입니다." 안데르스가 대꾸했다. "우리끼리 얘기지만, 난 그녀에게 정신병이 있다는 그 어떤 증거도 발견하지 못했어요. 그녀는 심하게 다쳤고, 지금 심각한 스트레스에 노출되어 있는 게 사실이에요. 하지만 그녀가 정신분열증 환자 혹은 편집적 망상증 환자라고는 전혀 생각하지 않습니다."

페테르 박사는 그후로도 한참을 안데르스의 생각을 바꿔보려고 했지만 결국 시간낭비에 불과하다는 사실을 깨닫고 자리에서 일어나 작별을 고했다.

안데르스는 페테르가 앉아 있던 의자를 한동안 멍하니 쳐다보았다. 다른 의사들이 환자를 치료하는 데 필요한 충고나 의견을 주려고 그에게 접촉해오는 건 드문 일이 아니었다. 그리고 상대 의사가 문제의 환자를 이미 지속적으로 치료해왔던 경우가 대부분이었다. 그런데 이 정신과 전문의는 난데없이 비행접시처럼 날아와 다짜고짜 모든 규칙을 무시하면서 환자를 봐야겠다고 우겼다. 그것도 벌써 오래전에 자기 손을 떠난 환자를 말이다. 처음으로 겪어보는 황당한 경우였다.

잠시 후 안데르스는 손목시계를 들여다보았다. 저녁 7시가 다 됐다. 그는 수화기를 들어 이곳 살그렌스카에서, 외상 환자들의 심리상담을 맡고 있는 마르티나 칼그렌의 전화번호를 눌렀다.

"안녕? 오늘 근무는 끝난 모양인데 제가 방해하는 건 아니죠?"

"걱정 마세요. 퇴근해서 집에서 빈둥대고 있으니까."

"뭐 좀 물어볼게요. 우리 환자 리스베트 살란데르와 얘기한 적 있죠? 인상이 어땠나요?"

"세 번 찾아가서 상담을 하자고 했었죠. 그때마다 그녀는 점잖지만 단호하게 거부했어요."

"그래서 인상이 어땠어요?"

"무슨 뜻이죠?"

"마르티나, 당신은 정신과 전문의는 아니지만 똑똑하고도 분별 있는 사람이잖아요. 그런 당신이 그녀에게서 어떤 인상을 받았는지 알고 싶어요."

마르티나는 잠시 머뭇거렸다.

"어떻게 대답해야 할지 모르겠네요. 난 그녀가 여기 오고 얼마 안 돼서 두 번 만나봤어요. 하지만 그땐 상태가 안 좋아서 진정한 교류를 한 건 아니었죠. 그리고 일주일 전에 헬레나 엔드린이 요청해서 다시 그녀를 보러 갔어요."

"헬레나가 왜 그녀를 보러 가라고 했죠?"

"리스베트는 지금 회복중이잖아요. 그런데 하루종일 꼼짝 않고 누워서 천장만 노려보고 있다고 하더군요. 그래서 저더러 가서 한번 살펴보라고 한 거죠."

"그래서 어떻게 했는데요?"

"우선 날 소개했죠. 몇 분간 얘기를 나누었어요. 요즘 컨디션은 어떤지, 대화를 나눌 사람이 필요하진 않은지 물었고요. 그녀는 필요 없다고 하더군요. 그래서 다시 물었죠. 내가 도와줄 다른 일은 없느냐고. 그랬더니 담배 한 갑 넣어줄 수 없냐는 거예요."

"화를 내거나 적대적인 태도를 보였나요?"

마르티나는 잠시 생각했다.

"아뇨, 그런 것 같진 않았어요. 차분했지만 저하고는 거리를 두려는 듯했어요. 담배를 넣어달라는 건 진지한 요청이라기보다 농담으로 이해했죠. 그래서 뭔가를 읽고 싶은지, 읽을거리를 가져다주길 원하는지 물었어요. 처음엔 싫다고 대답하더니 조금 지나자 유전학이나 뇌에 관한 연구를 다루는 과학 잡지 같은 게 있느냐고 묻더군요."

"뭘 다뤄요?"

"유전학이요."

"유전학?"

"그래서 쉽게 풀어 쓴 대중서들이 병원 도서관에 있다고 했어요. 그딴 건 관심 없다고 하더군요. 벌써 이 주제에 관한 책을 몇 권 읽었다고 하면서 난 들어본 적도 없는 제목들을 언급했어요. 이 분야의 순수 연구 쪽에 관심이 있었어요."

"세상에!" 안데르스가 놀라 입을 딱 벌렸다.

"그런 첨단 연구서는 병원 도서관에 없을 거라고 말해줬어요. 알다시피 거기엔 과학 서적보단 레이먼드 챈들러의 추리소설이 더 많잖아요. 하지만 한번 찾아보기는 하겠다고 약속했어요."

"그래서 찾아봤나요?"

"〈네이처〉와 〈뉴 잉글랜드 의학저널〉을 몇 권 대출해서 가져다줬죠. 아주 만족해하면서 수고해줘서 고맙다고 하더군요."

"전부 과학기사와 순수 연구 논문으로만 채워진 전문 잡지들이잖아요?"

"아주 흥미롭게 읽더군요."

안데르스는 잠시 할말을 잃었다.

"그녀의 정신 상태는 어때 보였어요?"

"내성적이죠. 사적인 얘기는 일절 하지 않아요."

"정신적으로 문제가 있는 것 같진 않았고요? 조울증이나 편집증 같은."

"아뇨, 전혀요. 만일 그랬다면 제가 즉시 알렸겠죠. 좀 특별한 건 사실이에요. 게다가 지금 큰 문제들을 안고 무거운 스트레스를 받고 있죠. 하지만 상당히 차분하고 객관적이면서 현상황에 대처해나갈 능력이 있다는 느낌을 받았어요."

"음, 알겠어요."

"그런데 왜 이런 걸 물어보시는 거죠? 무슨 일이라도 있었나요?"

"아니, 아무 일도 없었어요. 단지 그녀의 정체가 뭔지 알고 싶을 뿐이에요."

10장
5월 7일 토요일~5월 12일 목요일

미카엘은 프리랜서 기자 다니엘 올로프손이 예테보리에서 보내준 조사 자료를 내려놓았다. 그리고 상념에 잠긴 눈으로 창밖을 내다보았다. 예트가탄 거리에는 행인들이 물결처럼 흘러가고 있었다. 새삼 느끼지만 이 사무실은 굉장히 멋진 곳에 자리잡았다. 예트가탄 거리는 낮이나 밤이나 활기에 넘쳤고, 창가에 앉아 있으면 자신이 혼자이거나 고립되었다는 생각이 전혀 들지 않았다.

촉박하게 끝내야 할 일은 없었지만 중압감이 그를 누르고 있었다. 지금까지 미카엘은 〈밀레니엄〉 여름호에 실을 계획으로 글 몇 편을 써왔다. 하지만 다뤄야 할 내용이 너무도 방대해 특별호를 만든다 해도 다 실을 수 없다는 사실을 깨달았다. 벤네르스트룀 사건 때와 똑같은 상황에 직면한 그는 그때와 같은 결정을 내렸다. 즉 모든 글을 책 한 권에 담아내기로 했다. 지금까지 쓴 글은 150쪽 이상을 채울 수 있는 분량이었고, 완성본은 모두 350쪽 정도가 될 듯했다.

손쉬운 부분은 이미 끝냈다. 먼저 다그 스벤손과 미아 베리만이 살해된 사건을 서술하고, 자신이 그들의 시신을 처음 발견하게 된 경위를 설명했다. 왜 리스베트가 혐의를 받게 되었는지에 대해서도 썼다. 그리고 37쪽에 달하는 장을 하나 할애해 리스베트에 대한 언론기사와 리샤르드 검사의 주장을 다루면서 전체적인 경찰 수사의 방향이 어떤 점에서 잘못됐는지 논박했다. 긴 숙고 끝에 그는 얀의 수사팀에 대한 비판은 완화했다. 리샤르드의 기자회견 녹화 영상을 보고 난 끝에 내린 결정이었다. 얀이 그 자리를 극도로 불편해했을 뿐만 아니라 검사의 졸속한 결론에 화가 났다는 사실이 화면상으로도 분명히 나타났기 때문이다.

이렇게 숨가빴던 사건들로 첫머리를 장식한 후에는 시간을 거슬러올라가 살라첸코가 스웨덴에 오게 된 일, 리스베트의 유년 시절과 상트스테판의 철창에 갇히게 된 일 등을 서술했다. 페테르 텔레보리안 박사와 군나르 비에르크를 박살내는 일에는 특별히 공을 들였다. 1991년의 경찰 보고서도 언급했고, 소련 망명자를 보호하려 했던 익명의 공무원들에게 왜 리스베트가 위협 요소일 수밖에 없었는지 설명했다. 그는 페테르와 군나르 사이에 오간 서신 가운데 많은 부분을 인용했다.

살라첸코가 얻게 된 새로운 신분과 그가 벌인 범죄들에 대해서도 밝혔다. 그의 조수 로날드 니더만과 함께 미리암 우를 납치한 일, 파올로 로베르토가 개입한 일 등을 썼다. 마지막으로 리스베트가 머리에 총을 맞고 생매장된 고세베르가에서 어떻게 이 모든 이야기가 대단원을 맞았는지 요약해서 서술했다. 로날드가 생포된 상태였음에도 불구하고 경찰관 한 명이 어이없게 사망한 일도 빠뜨리지 않았다.

그다음부터는 이야기를 풀어나가기가 쉽지 않았다. 구멍이 너무 많았다. 군나르 비에르크는 단독으로 행동하지 않았다. 이 일련의 사건 뒤에는 힘과 영향력과 인력을 겸비한 어떤 조직이 분명히 숨어 있었다. 그러지 않고서야 어떻게 이 모든 일이 가능하단 말인가? 하지만 미카엘은 최소한의 인권 보장을 무시해가며 리스베트를 야만적으로 다룬 방식을 정부나 세포의 수뇌부가 승인했을 리 없다고 잠정적인 결론을 내렸다. 국가권력을 전적으로 신뢰해서가 아니라 단지 인간 본성에 대한 그의 믿음 때문이었다. 만일 여기에 어떤 정치적인 배경이 있었다면 이 정도 규모의 작전이 비밀로 남아 있을 수 없었다. 받아낼 빚이 남은 누군가가 이를 발설했을 테고, 냄새를 맡은 언론이 벌써 여러 해 전에 살라첸코 사건을 파헤쳤을 것이다.

미카엘은 살라첸코 클럽이 알려지지 않은 소수의 인물들로 이루어진 조직일 거라고 추측했다. 문제는 그들이 누구인지 알아낼 방도가 없다는 거였다. 지금까지 드러난 인물로는 예란 모르텐손 정도일까. 사업가 행세를 하지만 사실은 첩보경찰인, 그리고 지금은 미카엘을 따라다니는 그 친구 말이다.

미카엘은 리스베트의 재판이 시작되는 날 책을 배포할 수 있도록 그 전에 인쇄를 마칠 생각이었다. 크리스테르와 논의해 책을 비닐로 압축 포장해서 〈밀레니엄〉 여름호에 부록으로 끼워넣을 계획을 세웠다. 작업에 박차를 가하기 위해 헨리와 말린에게도 여러 과제를 맡겼다. 그들은 특히 세포의 역사와 IB사건* 그리고 기타 유사한 사례들에 대해 기사를 작성해야 했다.

리스베트가 법정에 서는 건 이제 확실해졌다.

마게 룬딘에 대한 중상해 혐의, 그리고 칼 악셀 보딘, 일명 알렉산데르 살라첸코에 대한 중상해 및 살인기도 혐의로 리샤르드 검사가 그녀를 기소했다.

재판 날짜는 아직 정해지지 않았지만 동료 기자들의 정보에 의하면—모든 건 리스베트의 건강 상태에 달려 있지만—리샤르드는 7월 중에 공판을 열 계획이라고 했다. 의도는 뻔했다. 여름 휴가철에 열

---

* 스웨덴 군의 첩보기관인 IB의 존재를 1973년에 두 기자가 폭로한 사건.

리는 공판은 다른 때보다 세간의 관심을 덜 끄는 법이다.

미카엘은 이마를 잔뜩 찌푸리며 창밖을 내다보았다.

아직 끝나지 않았어. 리스베트를 겨냥한 음모는 계속되고 있다고. 그게 아니라면 어떻게 설명할 수 있지? 안니카가 습격당한 일. 1991년의 경찰 보고서가 도난당한 일…… 어쩌면 살라첸코가 살해된 일도 이와 관련이 있을 거야.

하지만 아무런 증거가 없었다.

미카엘은 말린과 크리스테르와 논의해 여성인신매매를 다룬 다그 스벤손의 책도 공판에 맞춰 〈밀레니엄〉 출판부에서 펴내기로 결정했다. 이 사안과 관련된 내용들을 이왕이면 동시에 발표하기로 한 것이다. 뒤로 미룰 이유가 없었다. 이번만큼 세간의 관심을 끌 기회가 또 있을까? 말린은 다그의 책을 책임편집하고, 헨리는 리스베트 사건을 집필하는 미카엘을 보조하기로 했다. 로티와 크리스테르—달가워하지 않았지만—는 〈밀레니엄〉 출판부의 임시 편집부원이 되었고, 모니카만이 유일하게 기자로 남았다. 이처럼 모두의 일거리가 늘어나면서 말린은 다음 호에 실을 기사들을 써줄 프리랜서 여러 명과 계약해야 했다. 비용이 드는 일이었지만 다른 방도가 없었다.

미카엘은 출판할 책의 저작권 문제를 협의하기 위해 다그 스벤손의 유가족을 만나야 한다는 내용을 노란 포스트잇에 메모했다. 알아보니 외레브로에 거주하는 그의 부모가 유일한 상속자였다. 법적으로는 허가 없이도 다그의 이름으로 책을 낼 수 있었지만 미카엘은 그들을 직접 만나 허락을 받고 싶었다. 지금까지는 일이 너무 많아 미뤄왔지만 더는 그럴 수 없었다.

그 외에도 해결해야 할 세부 항목이 수없이 많았다. 그중 몇 가지는 그의 글에서 리스베트를 어떤 식으로 다루느냐 하는 문제였다. 이를 최종적으로 결정하려면 리스베트와 개인적으로 대화할 필요가 있었다. 진실을, 아니 최소한 진실의 일부를 말하기 위해서는 그녀의 승인이 필요했다. 그러나 리스베트가 구금되어 면회가 금지된 상황에서 대화 자체가 불가능했다.

이러한 면에서 동생 안니카는 아무런 도움이 되지 못했다. 그녀는 규정을 엄격히 지켰고, 두 사람 사이에서 비밀 메시지를 전달하는 심부름꾼이 될 생각은 추호도 없었다. 리스베트가 연루된 음모와 관련해 미카엘의 도움이 필요했던 내용을 제외하고는 자신이 그녀와 나눈 대화에 대해서도 일절 얘기하지 않았다. 참으로 답답한 노릇이었지만 올바른 행동이니 뭐라 할 수도 없었다. 따라서 그로선 리스베트가 안니카에게 후견인이 자신을 강간했으며 자신은 그의 복부에 문신을 새겨 복수한 사실을 밝혔는지 아닌지를 확인할 길이 없었다. 안니카가 그 문제를 언급하지 않는 상황에서 자신이 먼저 얘기를 꺼낼 수는 없는 노릇이었다.

미카엘에겐 고립된 리스베트로 인해 또다른 고민이 있었다. 그녀는 컴퓨터 전문가이며 해커였다. 그는 알고 있지만 안니카는 전혀 모르는 사실이었다. 그는 이 비밀을 누구에게도 밝히지 않겠다고 리스베트와 약속했고 실제로도 그 약속을 지켜왔다. 그런데 지금, 미카엘은 그녀의 이 특별한 능력이 간절히 필요한 상황이었다. 무슨 수를 써서라도 리스베트와 접촉해야 했다.

미카엘은 한숨을 내쉬며 다니엘 올로프손이 보내온 문서철을 펼쳐 종이 두 장을 꺼냈다. 하나는 1950년생 이드리스 기디라는 인물의 여권 신청서 사본이었다. 거뭇하게 그을린 피부, 관자놀이 부분만 희끗한 검은 모발에 콧수염을 멋지게 기른 남자였다.

다른 종이에는 다니엘 올로프손이 정리한 이드리스의 과거사가 담겨 있었다.

이드리스는 이라크 출신의 쿠르드인 난민이었다. 다니엘이 구해온 병원 직원들의 자료 가운데 그와 관련된 내용이 다른 이들에 비해 훨씬 상세했다. 이러한 불균형의 이유는 간단했다. 그가 한동안 매스컴의 조명을 받은 인물이라 자료가 풍부했던 것이다.

이라크의 북부 모술에서 태어난 이드리스 기디는 대학에서 기계 공학을 전공하고 1970년대에 이른바 '경제 대약진 운동'에 참여했다. 1984년부터는 모술 공업고등학교에서 교사로 재직했다. 정치 활동 전력은 전무했지만 불행히도 쿠르드인이었던 그는 사담 후세인이 지배하는 이라크에서는 잠재적 범죄자로 분류됐다. 1987년 10월, 그의 아버지가 쿠르드 독립운동 혐의로 체포됐다. 구체적으로 어떤 죄를 지었는지 공표되지 않았지만 1988년 1월에 국가반역죄로 처형당했다. 그로부터 두 달 후, 이라크 경찰이 들이닥쳐 그를 체포했다. 교량 건축재의 내구성에 관한 수업을 시작하려고 할 때였다. 그는 모술 외곽에 있는 감옥에 끌려가 11개월간 모진 고문을 받았다. 그의 자백을 받아내는 게 고문의 목적이었으나 그는 대체 무얼 자백해야 할지 알 수 없었고, 고문은 한없이 계속됐다.

1989년 3월, 그의 삼촌이 5만 크로나에 해당하는 돈을 마련해왔다. 그 액수면 이드리스 기디가 이라크에 끼친 해악을 보상하기에 충분하다고 여겼는지 그 지역 바스당* 위원장은 그를 풀어줬다. 감옥을 나온 그는 체중이 39킬로그램에 불과했고 제대로 걷지도 못했다. 석방하기 전 감옥에서 쇠메로 그의 오른쪽 골반을 부숴놓았는데, 앞으로 어리석은 짓을 저지르지 못하도록 하려는 조치였다.

그는 몇 주간 생사를 헤맸다. 마침내 몸이 조금 좋아지자 삼촌은 모술에서 600킬로미터 떨어진 농가로 그를 데려갔다. 그해 여름 동안 체력을 회복한 그는 목발을 짚고 그럭저럭 걸어다닐 수 있을 정도가 됐다. 하지만 완전한 회복은 영원히 불가능하다는 걸 잘 알았다. 앞으로 살아갈 일도 막막하기만 했다. 그해 8월, 그의 두 형이 비

---

* 범아랍권 민족주의 정당.

밀경찰에게 체포됐다. 다시는 형들을 보지 못할 터였다. 모술 시내 어딘가에 암매장될 테니까. 9월, 삼촌은 사담 후세인의 비밀경찰이 또다시 그를 찾는 사실을 알았다. 이에 그는 나라를 뜰 결심을 한다. 밀입국 브로커와 접촉해 3만 크로나에 해당하는 액수를 내고 터키 국경을 넘은 다음 가짜 여권을 들고 유럽으로 들어갔다.

이드리스 기디는 1989년 10월 19일 스톡홀름 아를란다 공항에 도착했다. 스웨덴어는 한마디도 할 줄 몰랐지만 즉시 출입국 관리소로 가 정치망명을 요청하라는 얘기를 듣고 온 터라 서투른 영어로 설명을 했다. 그는 웁란스베스비에 있는 난민센터로 보내졌고, 스웨덴 체류증을 획득할 만한 이유가 충분치 않다는 이민국의 결정이 떨어질 때까지 이 년을 거기서 보냈다.

그때는 이미 스웨덴어를 습득하고, 부서진 골반도 치료를 받고 난 후였다. 두 번의 수술을 거쳐 지팡이 없이도 걸어다닐 수 있게 됐다. 그사이 셰보 주민들은 투표를 통해 이민자 수용 거부 의사*를 밝혔고, 난민센터들은 테러의 표적이 되었으며, 우파인 신민주당이 창당했다.

당시 그가 매체에 그토록 빈번하게 등장했던 가장 큰 이유는, 추방열한 시간 전에 새로 고용한 변호사가 언론사를 직접 찾아가 그의 상황을 설명했기 때문이다. 스웨덴에 거주하는 모든 쿠르드인들이 이드리스 기디를 위해 팔을 걷어붙였고, 그중에는 투쟁 정신이 투철한 바크시 일가도 있었다. 항의 집회가 열리는 한편 이민국 장관 비르기트 프리예보 앞으로 청원서가 쇄도했다. 마침내 이민국은 결정을 바꾸었다. 이드리스는 스웨덴 왕국에서 체류하고 노동할 수 있는 권리를 획득했다. 1992년 1월, 그는 자유인이 되어 웁란스베스비 난

---

* 1980년대 후반에서 1990년대 초반은 스웨덴에서 이민자 유입이 늘어난 시기였다. 실업자가 늘고 각종 사회문제가 대두된다는 이유로 셰보에서는 주민투표를 열어 이민자 배척 의사를 표명했다.

민센터를 나왔다.

난민센터를 나온 이드리스 기디 앞에는 새로운 시련이 기다리고 있었다. 골반 치료가 아직 끝나지 않은 몸으로 일자리를 찾아야 했다. 그는 숙련된 토목기사로서 자신의 학력과 경력이 이곳에서는 아무 의미 없다는 사실을 깨달았다. 이후 몇 년간 그는 신문 배달, 주방 설거지, 청소, 택시 운전 등 닥치는 대로 일했다. 신문 배달은 조금 하다가 그만뒀다. 계단을 충분히 빠른 속도로 오를 수 없었기 때문이다. 택시 운전은 무척 마음에 들었지만 두 가지 문제가 있었다. 스톡홀름 지리를 전혀 모르는데다 한 시간만 운전석에 앉아 있으면 엉덩이에 견딜 수 없는 통증이 몰려왔다.

1988년 5월엔 예테보리로 이사했다. 먼 친척이 그를 가엾게 여겨 청소용역 회사에 정규직 일자리를 알선해줬다. 그는 종일 근무가 불가능했기 때문에 회사와 계약된 살그렌스카 병원에서 청소팀 팀장으로 반일 근무를 하게 됐다. 일은 쉬웠다. 병동 몇 군데—그중엔 11C 복도도 있었다—를 다니며 일주일에 6일간 부지런히 바닥을 쓸고 닦기만 하면 됐다.

미카엘은 다니엘이 요약해놓은 글과 여권 신청서에 있는 이드리스 기디의 사진을 찬찬히 살폈다. 그러고는 몇 군데 언론사 사이트에 들어가 다니엘이 요약문을 쓸 때 참고한 기사 중 여러 편을 골라냈다. 미카엘은 기사들을 주의깊게 읽고 나서 한동안 생각에 잠겼다. 그리고 담배 한 대를 피워 물었다. 에리카가 떠난 후로 금연 규정은 흐지부지됐다. 심지어 헨리는 자기 책상 위에 보란 듯이 재떨이까지 올려놓고 있었다.

마지막으로 미카엘은 안데르스 요나손 박사에 대해 다니엘이 조사한 내용이 담긴 종이를 집어들었다. 그리고 이마에 굵은 주름을 잡으며 읽어내려갔다.

미카엘은 KAB로 시작하는 차량번호판을 보지 못했다. 미행당하고 있다는 느낌도 들지 않았지만 모든 걸 철저히 해두고 싶었다. 월요일 아침 그는 대학 서점에서 나와 NK 백화점 옆문으로 들어가서 곧바로 정문으로 빠져나왔다. 이 복잡한 백화점 안에서 누군가를 제대로 미행하려면 그야말로 슈퍼맨의 능력이 필요했다. 그는 휴대전화 두 개를 전부 다 꺼버렸다. 그리고 기다란 복도 구조로 된 갈레리안 상가를 지나 구스타브 아돌프 광장으로 갔고, 거기서 다시 국회의사당 앞을 지나 감라스탄 구시가 쪽으로 들어갔다. 적어도 그가 판단하기에 따라오는 사람은 아무도 없었다. 그는 다시 골목길을 이리저리 지나 목적지에 이르러 스바르트비트 출판사의 문을 두드렸다.

그때가 오후 2시 반이었다. 아무 예고도 없이 방문했지만 편집장 쿠르도 바크시는 자리에 있었고, 미카엘을 보자 얼굴이 환해지며 일어섰다.

"아니, 이게 웬일이야?" 쿠르도가 반갑게 그를 맞았다. "어째서 그동안 통 오질 않았어?"

"그래서 지금 왔잖아."

"여길 마지막으로 들른 게 벌써 삼 년 전인 듯한데?"

그들은 악수를 나눴다.

미카엘과 쿠르도는 1980년대부터 아는 사이였다. 당시 잡지 〈스바르트비트〉를 창간한 쿠르도는 형편상 노조연맹 인쇄실을 밤마다 슬쩍 이용하곤 했는데, 그때 그를 도와준 사람 중 하나가 미카엘이었다. 어느 날 밤, 작업에 여념이 없던 쿠르도는 당시 노조연맹 연구실장이었던 페르에리크 오스트룀에게 딱 들켜버렸다. 훗날 아동보호단체 '세이브 더 칠드런' 스웨덴 지부에 몸담으면서 소아성애자 사냥꾼으로 위명을 떨치게 될 바로 그 사람이었다. 늦은 밤 인쇄실에 들어간 페르에리크는 산처럼 쌓인 〈스바르트비트〉 창간호 인쇄물과 그 옆에서 어쩔 줄 몰라 하는 쿠르도를 보게 됐다. 페르에리크는 별말

없이 레이아웃이 형편없는 표지만 물끄러미 쳐다보더니, "세상에! 이딴 식으로 잡지를 만들면 어쩌나!"라고 내뱉었다. 그러고는 직접 로고를 하나 그려줬다. 이후 십오 년간, 잡지가 없어지고 스바르트비트 출판사가 바통을 이어받기까지 표지를 장식하게 될 그 로고였다. 미카엘에게 이때는 끔찍한 노조연맹 보도부장 시절이 끝나가던 무렵이었다—보도부장을 맡은 건 그때가 처음이자 마지막이었다. 페르 에리크는 미카엘을 설득해 잡지 〈스바르트비트〉의 교정과 편집을 돕게 했다. 그때부터 쿠르도와 미카엘은 친구로 지냈다.

미카엘이 소파에 앉아 있는 동안 쿠르도가 복도 자판기에서 커피를 뽑아왔다. 그동안 어떻게 지냈는지 따위를 물으며 수다를 떨기 시작했는데, 쉴새없이 울려대는 쿠르도의 휴대전화 소리에 대화가 중단되고는 했다. 그는 전화기에 대고 쿠르드어, 아랍어, 터키어, 또는 미카엘로선 대체 어느 나라 말인지 알 수 없는 언어로 짤막하게 얘기했다. 이 출판사에 올 때마다 보는 풍경이었다. 쿠르도와 대화하려고 전 세계에서 전화를 걸어왔다.

"그런데 미카엘, 뭔가 걱정거리라도 있어? 대체 무슨 일로 여기 온 거야?" 쿠르도가 마침내 용건을 물었다.

"조용히 얘기하게 전화기를 오 분만 끌 수 있어?"

쿠르도가 휴대전화 전원을 껐다.

"자…… 뭣 좀 하나 부탁하고 싶어. 아주 중요하고, 곧바로 해야 할 일이야. 그리고 이 방 밖으로 절대 발설되어선 안 돼."

"얘기해봐."

"1989년 이드리스 기디라는 쿠르드 난민이 이라크에서 스웨덴으로 왔어. 추방 위기에 몰렸을 때 자네 가문이 그를 도운 덕분에 체류증을 얻을 수 있었지. 그때 그를 도운 사람이 자네 부친인지, 아니면 다른 사람인지는 잘 모르겠지만."

"마흐무트 바크시 삼촌이 이드리스 기디를 도왔지. 나도 아는 사이야. 그에게 무슨 문제라도 있어?"

"그는 지금 예테보리에서 일하고 있어. 한 가지 간단한 일 때문에 그의 도움이 필요해. 물론 보수는 치를게."

"무슨 일인데?"

"쿠르도, 자넬 믿어도 되겠지?"

"물론이지. 우린 친구 아닌가?"

"조금 특별한 일이야. 아니, 매우 특별한 일이지. 자네에겐 구체적으로 얘기하고 싶지 않지만 전혀 불법적인 일이 아니라는 사실만큼은 분명히 말할 수 있어. 자네나 이드리스에게 조금도 해를 끼치지 않을 거고."

쿠르도는 미카엘을 물끄러미 쳐다보았다.

"무슨 말인지 알겠어. 무슨 일인지 구체적으로 얘기하고 싶지 않다는 거지?"

"모를수록 좋은 일이야. 다만 이드리스에게 긴히 할말이 있으니 그를 좀 소개해줘."

쿠르도는 잠시 생각했다. 그런 다음 책상으로 가 수첩을 잠시 뒤적여 이드리스의 전화번호를 찾아냈다. 그는 수화기를 집어들었다. 통화는 쿠르드어로 했다. 미카엘이 듣기에 통상적인 인사말을 나누는 듯했다. 이어 그의 목소리가 심각하게 변하더니 뭔가를 설명하기 시작했다. 그리고 잠시 후 미카엘에게 돌아왔다.

"언제 만나고 싶은데?"

"가능하면 금요일 오후. 내가 집으로 찾아가도 되는지 물어봐줘."

쿠르도는 얼마간 더 통화한 다음 수화기를 내려놓았다.

"이드리스는 앙에레드에 살아. 주소 있어?"

미카엘은 고개를 끄덕였다.

"금요일 오후 5시에 자기집에서 기다리겠대."

"고마워, 쿠르도."

"지금 살그렌스카 병원에서 청소부로 일하고 있다는군."

"알고 있어."

"신문에서 읽었는데 리스베트 살란데르 사건에 자네도 얽혀 있다고 하던데?"

"맞아."

"누가 그 여자에게 총을 쐈다고?"

"그래."

"그 여자가 바로 살그렌스카 병원에 있는 모양인데?"

"그것도 맞아."

쿠르도 역시 숙맥은 아니었다.

그는 지금 미카엘이 수상쩍은 일을 벌이고 있다는 걸 눈치챘다. 이건 세상이 다 아는 그의 특기였다. 그는 미카엘을 1980년대부터 알아왔다. 가장 친한 친구 사이라고는 할 수 없었지만 쿠르도가 뭔가를 부탁하면 미카엘은 거절하는 법이 없었다. 최근 몇 년간은 파티장이나 바 같은 곳에서 마주치면 맥주 한두 잔 같이 기울이는 사이로 지내왔다.

"만일 내가 연루될 일이라면 나도 알아야 할 필요가 있지 않을까?"

"자넨 그 무엇에도 얽히지 않을 거야. 다만 아는 사람에게 날 소개해줄 뿐이야. 그리고 다시 한번 말하지만…… 난 이드리스에게 절대 불법적인 일을 부탁하지 않을 거야."

쿠르도는 고개를 끄덕였다. 그제야 충분히 안심이 됐다. 미카엘은 자리에서 일어났다.

"신세를 졌네."

"우리끼린데 뭐."

모니카 닐손은 눈살을 잔뜩 찌푸리고 헨리 코르테스를 노려보았다. 전화를 끊고 난 그가 책상 모서리를 시끄럽게 두드려댔기 때문이다. 깊은 생각에 잠겨 손가락을 톡톡거리고 있다는 건 알았다. 그녀는 자신이 요즘 지나치게 신경이 날카로워져 있음을 느끼고는 저 불쌍한 헨리에게 퍼붓는 말자고 생각했다.

모니카는 미카엘이 리스베트 사건을 가지고 또 무슨 일을 벌이려는 모양인지 헨리, 말린, 크리스테르와 계속 속닥거린다는 걸 알고 있었다. 〈밀레니엄〉 다음호 편집을 자신과 로티에게 떠맡겨버리고 말이다. 에리카가 떠난 후로 회사가 도대체 어디로 흘러가는지 알 수 없었다. 말린의 일처리는 나무랄 데가 없었다. 하지만 그녀에겐 에리카와 같은 경험과 무게가 없었다. 헨리는 풋내기일 뿐이었다.

모니카가 짜증이 나는 이유는 자신이 뒷전으로 밀렸다는 느낌 때문이 아니었다. 헨리와 말린이 일을 맡게 되어 시샘이 나서도 아니었다. 그녀에게 맡기려 했다면 진심으로 사양했을 것이다. 평소 그녀가 해온 업무는 〈밀레니엄〉 기자로서 정부와 국회, 그리고 관계기관을 면밀히 관찰하는 일이었다. 그녀는 이 일을 좋아했고 업무를 속속들이 파악하고 있었다. 그것 말고도 할 일은 많았다. 매주 노조신문에 칼럼 한 편을 써야 했고, 국제앰네스티에서 자원봉사도 했다. 이런 그녀에게 하루에 열두 시간씩 일하고 주말과 공휴일도 없는 〈밀레니엄〉 편집장 자리는 전혀 관심 밖이었다.

그렇긴 해도 뭔가가 달라졌다는 느낌이 드는 건 어쩔 수가 없었다. 이 회사가 갑자기 낯설게 느껴졌다. 정확히 뭐가 문제인지 꼬집어 말할 순 없지만 말이다.

미카엘은 항상 그렇듯 무책임했고, 수상쩍게 어디론가 사라졌다가 제멋대로 나타나곤 했다. 〈밀레니엄〉의 공동 사주이니 스스로 할 일을 결정할 권리가 있는 건 사실이었다. 아무리 그렇다 해도 최소한의 책임감은 있어야 하지 않겠는가?

또다른 공동 사주 크리스테르 역시 도움이 안 되기는 마찬가지였다. 언제든 있으나 없으나 마찬가지인 존재였다. 재능 많은 사람이란 건 두말 할 나위 없었다. 에리카가 휴가를 떠나거나 다른 일로 바쁠 때 그가 편집장 역할을 대신하기도 했다. 하지만 대부분은 사람들이 이미 결정해놓은 방침을 기계적으로 따르기만 했을 뿐이다. 그래픽 디자인이나 레이아웃의 영역에선 탁월했지만, 하나의 잡지를 기획하는 일에는 그야말로 젬병이었다.

모니카는 미간을 찌푸렸다.

아니다. 특별히 누구를 욕할 필요는 없었다. 그녀를 짜증나게 하는 건 편집부의 분위기가 이상하게 변했다는 사실이었다. 미카엘은 말린과 헨리하고만 일했고, 다른 사람들은 바깥으로 밀려났다. 셋이서 폐쇄적인 서클을 만들어 에리카, 아니 말린의 사무실에 모여 속닥거리다가 밖으로 나와서는 아무 말이 없었다. 에리카가 편집부를 지휘할 때는 모든 걸 함께했다. 모니카는 무슨 일이 있는 건지 파악할 수 없었지만 적어도 자신이 바깥에 있다는 사실만큼은 알고 있었다.

지금 미카엘은 리스베트 사건에 착수했으면서 거기에 대해선 한마디 말도 없었다. 이 역시 새로운 일은 아니었다. 벤네르스트룀 사건 때도 그는 철저히 함구했다. 심지어 에리카조차 아무것도 몰랐으니까. 그러나 이번엔 경우가 달랐다. 그는 헨리와 말린에게 비밀을 공유하고 있었다.

한마디로 모니카는 짜증이 났다. 당장에라도 휴가를 얻어 떠나버리고 싶었다. 얼마간 멀리 떨어져 있고 싶었다. 그녀는 헨리가 코듀로이 재킷을 걸치는 걸 보았다.

"잠시 다녀올게요. 말린을 보면 두 시간 정도 자리를 비운다고 얘기해줘요."

"무슨 일이야?"

"뭔가 찾아낸 것 같아요. 특종감이죠. 좌변기에 관한 거예요. 몇 가지 확인할 게 있는데 그것만 맞으면 6월호에 멋진 기사 하나 실리는 겁니다."

"뭐, 좌변기?" 떠나는 그의 뒷모습을 보며 모니카가 어이없다는 듯 외쳤다.

에리카는 어금니를 꽉 깨물고 장차 있을 리스베트 공판에 대한 기사 원고를 천천히 내려놓았다. 5면, 즉 사회면에 두 단으로 실릴 짤막한 기사였다. 그녀는 입을 불만스레 오므리고 일 분쯤 더 원고를 노려보았다. 오후 3시 반, 목요일이었다. 그녀가 〈SMP〉에서 근무한 지 십이 일째 되는 날이었다. 그녀는 인터폰을 집어들어 편집부장 안데르스 홀름을 불렀다.

"안녕하세요. 에리카예요. 요한네스 프리스크 기자를 찾아서 즉시 내 사무실로 오세요."

그녀는 수화기를 내려놓았다. 그리고 안데르스가 요한네스를 뒤에 달고 느릿느릿 유리방으로 들어올 때까지 참을성 있게 기다렸다.

"22분." 그녀가 내뱉었다.

"네?" 안데르스가 반문했다.

"22분이요. 당신이 자리에서 일어나 14미터 떨어진 요한네스의 책상까지 갔다가 여기까지 오는 데 딱 그만큼 걸렸다고요."

"급하다는 말 없었잖습니까. 나도 할 일이 많아서 말이죠."

"맞아요. 급하다고 말하지 않았어요. 대신 요한네스를 찾아서 즉시 내 방으로 오라고 했어요. 여기서 즉시라는 말은 '지금 당장'을 의미하지 다음주, 혹은 당신이 의자에서 궁둥이를 떼고 싶은 마음이 들 때를 의미하는 건 아니에요."

"뭐라고요? 아니 이거……"

"문 닫아요."

그녀는 안데르스가 등 뒤로 문을 잡아당길 때까지 기다렸다. 그리고 묵묵히 그를 관찰했다. 그는 의심의 여지 없이 능력 있는 편집부장이었다. 그의 역할은 〈SMP〉의 지면을 적절한 기사들로 채우고, 아침 편집회의 때 정한 순서와 크기에 따라 그것들을 일목요연하게 편성하는 일이었다. 그는 매일 엄청난 양의 업무를 처리하고 있었다. 그리고 조금의 실수도 없이 잘해나가고 있었다.

다만 에리카가 내린 결정을 그가 철저히 무시하고 있다는 게 문제였다. 처음 이 주간 에리카는 그와 원만하게 일할 수 있는 방법을 찾아왔다. 부드러운 말로 대화도 해봤고, 직설적으로 지시도 내려봤고, 스스로 깨달을 수 있게끔 유도해보기도 했다. 한마디로 그녀가 생각하는 방향이 무엇인지를 이해시킬 수 있는 모든 걸 해봤다.

하지만 아무런 효과가 없었다.

그녀가 오전에 분명히 거부한 기사가 퇴근해 집에 돌아와서 보면 석간신문에 버젓이 실려 있었다. 기사 하나에 문제가 생겼어요. 어떻게든 구멍을 메워야 하잖아요. 안데르스의 변명이었다.

헤드라인 역시 그녀가 결정한 건 버려지고 다른 걸로 대체되어 있기 일쑤였다. 그 선택이 항상 나쁘진 않았지만 그녀에게 한마디 말도 없이 처리해버린다는 게 문제였다. 심지어는 보란듯 거의 도발적으로 그렇게 하고 있었다.

그는 항상 사소한 일로 그녀를 괴롭혔다. 한번은 오후 2시에 예정된 편집회의가 갑자기 1시 50분으로 앞당겨졌다. 물론 그녀에겐 아무런 연락도 없이. 뒤늦게 알고 허겁지겁 달려가보면 이미 중요한 내용은 모두 결정된 후였다. 미안해요…… 연락한다는 게 깜빡 잊었네요.

에리카로선 그가 자신에게 왜 그런 태도를 보이는지 도무지 이해할 수 없었다. 한 가지 분명한 사실은 부드러운 대화나 책망은 아무 효과가 없다는 점이다. 지금까지 그녀는 다른 편집국 직원들이 있을 땐 그와의 언쟁을 피해왔다. 그에 대한 불만은 단둘이 있을 때만 표출하려고 애썼다. 하지만 그건 소용없는 일이었고 이제는 자신의 입장을 모두가 알게끔 분명히 밝혀야 할 때였다. 그래서 일부러 요한네스 프리스크를 함께 불렀다. 그리하면 편집국 전체에 소문이 퍼질 테 니까.

"내가 여기서 업무를 시작하면서 처음 한 일이 뭐였죠? 리스베트 살란데르에 관련된 모든 내용에 내가 특별한 관심을 갖고 있다고 말한 거였어요. 내가 분명히 설명했죠. 그녀에 관한 모든 기사 계획은 사전에 내게 알리라고. 그리고 발표하기 전에 먼저 내 승인을 받으라고. 난 이 얘기를 적어도 열 번은 했어요. 마지막으로는 지난 금요일 편집회의 때 얘기했고요. 자, 내가 지시한 내용 중에 이해하기 힘든 부분이 있나요?"

"계획중이거나 진행중인 모든 기사는 인트라넷 게시판에 올라 있습니다. 그리고 등록되는 즉시 국장님 컴퓨터로 전송되죠. 항상 알리고 있단 말입니다."

"거짓말도 잘하는군요. 오늘 아침 집에서 〈SMP〉를 받아서 봤어요. 리스베트와 스탈라르홀멘 사건의 수사 상황에 대한 3단 기사 하나가 떡하니 실렸더군요. 그것도 베스트 뉴스 지면에서 제일 잘 보이는 자리에."

"그건 마르가레타 오링이 쓴 겁니다. 프리랜서 기자인데 어제 저녁 7시경에야 기사를 보내왔어요."

"마르가레타가 전화로 기사를 쓰겠다고 제안한 건 어제 오전 11시였어요. 당신이 승인한 건 11시 30분이었고요. 하지만 오후 2시 편집회의 때 내게 아무 말도 안 했죠."

"그것도 인트라넷 게시판에 올려놨다고요."

"오, 그래요? 뭐라고 써놨는지 한번 볼까요? '마르가레타 오링, 마르티나 프란손 검사와 인터뷰. cf. 쇠데르텔리에에서 마약 압수.' 뭐죠, 이 뜬금없는 소리는?"

"쇠데르텔리에에서 아나볼릭 스테로이드가 압수됐고, MC 스바벨셰의 폭주족 하나가 체포됐어요. 그 일로 마르티나 검사와 인터뷰를 하고 기사로 올린다는 얘기였죠."

"오호, 그렇군요! 그런데 왜 게시판에는 MC 스바벨셰에 대해 아무것도 적지 않았죠? 이 기사가 마게 룬딘과 스탈라르홀멘, 다시 말해 리스베트에게 초점에 맞춰질 거라는 내용 역시 눈을 씻고 봐도 없네요."

"룬딘과 리스베트 얘기는 인터뷰 중에 나온 걸로 알고 있습니다."

"안데르스! 난 당신이 왜 그런 거짓말을 하는지 모르겠네요. 기사를 쓴 마르가레타와 얘기해봤어요. 그녀 말로는 인터뷰의 초점을 어디에 맞출지 당신에게 분명히 밝혔다는데요?"

"그녀가 리스베트에게 초점을 맞추겠다는 소리를 내가 잘못 이해했나보죠. 어쨌든 어제 저녁에야 그 기사를 받았단 말입니다. 그러니 어떻게 하겠어요? 다 취소해버려요? 그녀가 가져온 건 꽤 괜찮은 글이었단 말입니다."

"그건 동의해요. 아주 좋은 글이죠. 그런데 지금 거짓말한 지 십 초도 안 돼서 또 거짓말이 튀어나오는군요. 그녀가 기사를 가져온 건 3시 20분이었어요. 내가 6시에 퇴근하기 훨씬 전이었다고요!"

"국장님 말투가 별로 마음에 안 드네요."

"그래요? 나 역시 당신 말투와 변명과 거짓이 마음에 안 들어요."

"마치 내가 국장님을 겨냥해 음모라도 꾸미는 사람인 것처럼 말하는군요."

"내 질문이 아직 끝나지 않았어요. 두번째, 오늘 요한네스의 이 기사가 내 책상 위에 올라왔어요. 그런데 난 2시 편집회의 때 이것에 대해 논의한 기억이 없어요. 내가 모르는 사이에 우리 기자 하나가 하루종일 리스베트에 대한 글을 쓰고 있는 이런 상황이 어떻게 일어날 수 있죠?"

요한네스는 몸을 배배 꼬면서 눈치를 살폈다. 하지만 충분히 영악한 그는 이럴 때 입을 다물고 있는 편이 낫다는 걸 알고 있었다.

"이거야 원……" 그가 대답했다. "여긴 신문을 만드는 곳이에요. 국장님이 모르는 기사가 수백 편은 될 겁니다. 〈SMP〉에는 통상적으로 하는 업무들이 있고, 우리 모두는 그걸 해나가고 있을 뿐이라고요. 내가 어떻게 특정 기사들에만 신경쓰겠습니까? 난 그럴 시간도 능력도 없는 사람이에요!"

"난 특정 기사들에만 신경쓰라고 하지 않았어요. 내가 요구한 건두 가지였죠. 첫째, 리스베트 건은 모두 내게 보고할 것. 둘째, 그 건과 관련해 발표될 모든 기사는 내 승인을 받을 것. 자, 다시 한번 물어보죠. 이 지시사항 중에 이해 안 되는 점이라도 있나요?"

안데르스는 속이 부글거리는 듯 한숨을 내쉬며 오만상을 찌푸렸다.

"좋아요." 에리카가 다시 말을 이었다. "좀더 분명하게 말해두죠. 더이상 당신과 의미 없는 말씨름을 계속하고 싶지 않아요. 이번만큼은 내가 하는 말을 잘 들어주면 좋겠어요. 만일 이런 일이 한 번만 더 반복되면 난 당신을 편집부장 자리에서 내려오게 하겠어요. 물론 좀 시끄러워지겠죠. 하지만 얼마 후엔 '가정' 아니면 '만화' 난을 담당할 거예요. 내가 신뢰할 수 없거나 함께 일할 수 없는 편집부장, 내가 내린 결정에 재를 뿌리느라 귀중한 시간을 허비하는 편집부장은 필요 없어요. 무슨 말인지 이해했나요?"

안데르스는 자신을 향한 에리카의 비난에 어처구니가 없다는 듯 두 팔을 활짝 펼쳐 보였다.

"이해했어요? 했어요, 못했어요?"

"무슨 말인지 듣기는 했습니다."

"내 말을 이해했는지 묻고 있어요. 이해 못했나요?"

"정말 이런 식으로 해서 잘해나갈 수 있다고 믿는 겁니까? 이 신문은 나와 다른 사람들이 톱니바퀴처럼 맞물려서 뼈 빠지게 고생하는 덕에 돌아가고 있어요. 아마 이사회는……"

"이사회는 내 말을 따를 거예요. 난 이 신문을 개혁하기 위해 여기 왔어요. 나와 이사회는 협상을 통해 세세하게 조율한 계약서에 서명 했죠. 다시 말해 내게는 간부급을 포함한 편집국 전체에 대해 인사 개혁을 단행할 권한이 있어요. 난 묵은 때를 씻어내고 외부에서 신선 한 피를 수혈해올 수 있어요. 그리고 안데르스, 내 눈에 당신은 갈수 록 묵은 때처럼 보이고요."

에리카는 말을 멈췄다. 안데르스가 그녀를 똑바로 노려보았다. 분 노로 벌게진 얼굴을 하고서.

"난 국장님 말을 따를 생각이……"

"맘대로 해요. 자, 이젠 나가봐요."

그는 홱 몸을 돌려 유리방을 나갔다. 그녀는 무수히 늘어선 책상들 사이를 지나 휴게실 쪽으로 사라지는 그의 뒷모습을 지켜보았다. 요 한네스도 그를 따라 나가려고 엉거주춤 일어났다.

"요한네스, 자넨 거기 앉아."

에리카는 그의 원고를 집어들고 다시 한번 눈으로 훑었다.

"임시기자라고?"

"네, 5개월 됐습니다. 이번주가 마지막이죠."

"나이가 몇이지?"

"스물일곱입니다."

"안데르스와 싸우는 데 끌어들여서 미안해. 자네 기사에 대해 한번 얘기해보지."

"오늘 아침 우연찮게 정보가 생겨서 편집부장님에게 가져갔습니 다. 부장님이 한번 진행해보라고 하셨고요."

"좋아. 그래서 지금 경찰은 리스베트가 스테로이드 밀매에 연루됐 을 가능성을 수사하고 있단 말이지? 그렇다면 어제 쇠데르텔리에 기 사와 연관 있는 건가?"

"모르지만 그럴 수도 있을 겁니다. 어쨌든 이 스테로이드 얘기는 그녀와 복싱선수들의 관계 때문에 나온 거예요. 파올로 로베르토와 친구들 말입니다."

"그가 스테로이드를 쓰기라도 해?"

"아뇨, 물론 그건 아닙니다. 특별히 그가 그렇다는 게 아니라 복싱계 사람들이 스테로이드를 사용하곤 하잖아요. 리스베트는 스톡홀름 쇠데르에 있는 복싱 클럽에서 좀 노는 애들하고 훈련을 했었고요. 하지만 이건 제 생각이 아니라 경찰의 생각입니다. 리스베트가 스테로이드 밀매에 연루됐을 거라는 얘기는 그쪽에서 나왔어요."

"이 기사는 떠도는 풍문 외에는 근거가 전혀 없네?"

"경찰이 가능성을 가지고 수사한다는 사실 자체는 풍문이 아니죠. 그들의 생각이 맞는지 틀리는지는 제가 알 바 아니고요."

"좋아, 요한네스. 우선 이것부터 얘기해둘게. 지금 자네와 나누는 얘기는 나하고 안데르스의 관계와는 전혀 다른 문제야. 난 자네가 뛰어난 기자라고 생각해. 글을 잘 쓰고 세부를 놓치지 않는 눈이 있어. 한마디로 오늘 자네가 쓴 기사는 훌륭했다는 얘기야. 그런데 문제가 하나 있어. 이 기사 가운데 단 한 줄도 내가 믿을 수 없다는 점이야."

"하지만 이건 사실을 그대로 쓴 겁니다."

"왜 이 기사에 근본적인 결함이 있는지 설명해주지. 그 정보는 어디서 나왔지?"

"경찰 소식통에서요."

"누구?"

요한네스 머뭇거렸다. 본능적인 반응이었다. 이 세상 모든 기자들이 그렇듯 그도 정보제공자의 이름을 밝히는 걸 좋아하지 않았다. 하지만 에리카는 편집국장이었다. 자신에게 그 이름을 물을 권리가 있는 몇 안 되는 사람 중 하나였다.

"강력반 형사예요. 한스 파스테라고."

"그가 자네에게 전화했나, 아니면 자네가 그에게 전화했나?"

"그가 제게 전화를 걸어왔어요."

에리카는 한심하다는 듯 한숨을 쉬었다.

"그가 왜 자네에게 전화했을 것 같은데?"

"리스베트가 수배중일 때 그 사람을 여러 번 인터뷰했습니다. 그래서 그가 저를 잘 아는 것이고요."

"그래, 그는 자넬 잘 알고 있어. 스물일곱 살 먹은 임시기자이고, 검사가 퍼뜨리고 싶은 정보가 있을 때 써먹을 수 있는 편리한 통로라는 걸."

"그건 저도 압니다. 하지만 형사에게서 전화를 받았고, 나가서 커피를 한잔 했고, 거기서 그가 얘기해줬어요. 저는 그 말을 그대로 받아적었고요. 자, 그다음엔 어떻게 해야 합니까?"

"난 자네가 그의 말을 정확히 인용했다고 믿어. 그다음에 해야 할 일은 안데르스에게 그 정보를 보고하는 거였고, 그는 나를 찾아와 상황을 설명해야 했지. 우리가 함께 상의해서 취해야 할 입장을 결정할 수 있도록 말이야."

"압니다. 하지만 전……"

"자네는 그 정보를 안데르스에게 가져다줬어. 그래, 잘했어. 문제는 안데르스였지. 그건 그렇고 기사를 한번 분석해보지. 첫째, 한스 파스테는 왜 이 정보가 세간에 유포되기를 바랐을까?"

요한네스가 어깨를 으쓱했다.

"글쎄요, 모르겠습니다."

"오케이. 그럼 내가 이 기사는 거짓이고, 리스베트는 스테로이드와 아무런 관련이 없다고 말했다면 자넨 뭐라고 대답할 거야?"

"그건 증명할 수 없는 일이라고 하겠죠."

"그렇지. 다시 말해 어쩌면 거짓일 수도 있는 기사를, 그것이 거짓임을 증명할 수 없다는 이유 하나만으로 발표할 수 있다는 게 자네 생각인가?"

"아닙니다. 기자로서 의무가 있으니까요. 하지만 그 반대의 측면도 있다고 생각합니다. 소식통이 일부러 무언가를 분명하게 밝혀주었는데 그걸 발표하지 않고 묻어둘 수는 없는 노릇 아닌가요?"

"그건 원론적인 얘기일 뿐이야. 우리는 왜 그 소식통이 이 정보를 흘리려 했는지 의문을 품어볼 수 있다고. 자, 내가 왜 리스베트에 관련된 내용은 모두 내 책상을 거치라고 지시했는지, 그 이유를 설명해줄게. 난 리스베트 사건에 대해 〈SMP〉의 그 누구에게도 없는 특별한 정보를 갖고 있어. 하지만 그걸 이곳에서 밝히지 않는다는 게 내가 〈밀레니엄〉과 맺은 계약이고, 여기 법무팀도 그 사실을 잘 알고 있어. 왜냐면 그 정보는 내가 〈밀레니엄〉 편집장 자격으로 얻은 거니까. 얼마 후면 〈밀레니엄〉에서 기사를 발표할 텐데, 난 이곳 사람이 됐지만 여기선 아무 말도 할 수 없는 입장이야. 한마디로 난감한 상황이지. 무슨 말인지 이해하겠어?"

"네."

"그런데 〈밀레니엄〉에서 얻은 정보에 비춰 한 가지는 얘기할 수 있어. 이 기사 내용은 거짓이고, 그 목적은 공판이 열리기 전에 리스베트에게 흠집을 내는 거라고."

"벌써 온갖 게 다 밝혀진 여자인데, 더 흠집 내고 말고가 있겠습니까?"

"그녀를 둘러싼 폭로는 대부분 거짓이고 왜곡됐어. 한스 파스테가 바로 그 폭로에 앞장선 소식통이었지. 리스베트가 난폭한 편집증 환자다, 사탄주의와 사도마조히즘에 빠진 레즈비언이다 따위를 떠들어대면서. 매체들은 그가 하는 말을 주는 대로 받아먹었어. 그가 그럴듯한 소식통처럼 보였으니까. 사도마조히즘은 언제 내놓아도 장사가 되는 주제이고. 그리고 지금 그는 대중 앞에서 또 리스베트를 흠집 내기 위해 다른 시도를 하는 거야. 거기에 우리 〈SMP〉를 이용해먹겠다는 속셈이지. 하지만 내가 있는 한 그렇게 되진 않을 거야."

"이해하겠습니다."

"확실히 이해한 거야? 좋아. 그럼 내가 하고 싶은 말을 한 문장으로 요약하지. 기자로서 자네의 임무는 끊임없이 의문을 품고 비판적인 시각을 갖는 거야. 관청의 높은 인간이 말했다고 해서 그 말을 앵무새처럼 반복하는 게 아니란 얘기야. 자넨 글을 아주 잘 쓰지만 기본적인 임무를 잊으면 그 재능은 아무런 가치가 없다고."

"네."

"난 이 기사를 버릴 생각이야."

"알겠습니다."

"문제가 많은 기사야. 난 이 내용을 믿지 않아."

"이해합니다."

"그렇다고 해서 자넬 못 믿겠다는 얘기는 아니야."

"감사합니다."

"그래서 자네에게 다른 기사를 제안하고 싶어."

"네."

"나와 〈밀레니엄〉이 맺은 계약과도 관련 있는 일이야. 지금 난 리스베트 사건에 대해 아는 걸 밝힐 수 없는 입장이지. 〈SMP〉의 편집국장이기도 해. 내가 가진 정보를 편집국과 공유하지 못해서 자칫하면 이 신문사가 진창에 빠져버릴 수도 있는 상황이란 말이야."

"흐음……"

"그런 일이 일어나도록 놔둘 순 없어. 지금 이건 리스베트 사건에만 해당하는 아주 독특한 상황이야. 그래서 난 〈밀레니엄〉이 기사를 발표했을 때 우리가 망신을 당하는 일이 없도록 기자를 하나 골라서 올바른 방향으로 나아가기로 결정했어."

"그러니까 국장님은 〈밀레니엄〉이 리스베트에 대해 뭔가 굉장한 내용을 터뜨릴 거라고 생각하신단 말씀이죠?"

"생각하는 게 아니고 확실히 알고 있어. 지금 〈밀레니엄〉은 리스베트 사건을 완전히 뒤엎어버릴 특종을 준비하고 있어. 그런데 난 입도 뻥긋할 수 없으니 미칠 노릇이고."

"잠깐만요. 국장님은 제 기사가 틀렸다는 사실을 알기에 거부한다고 말씀하셨죠…… 그렇다면 이 사건에 다른 기자들이 놓치고 있는 뭔가가 숨어 있다는 의미인가요?"

"바로 그거야."

"죄송하지만 스웨덴 언론 전체가 그런 함정에 빠졌다고는 믿기 힘듭니다……"

"리스베트는 광적인 언론 몰이의 대상이었어. 그럴 때 정상적인 규칙들은 더이상 적용되지 않아. 말도 안 되는 헛소리들이 헤드라인을 차지하지."

"리스베트가 언론에 비춰진 모습과는 다르다는 말이군요."

"이렇게 한번 생각해볼 순 없겠어? 그녀는 자신이 뒤집어쓴 혐의들과 무관하다, 그녀의 이미지는 선정적인 표제들에 의해 날조됐다, 그리고 우리가 꿈에도 생각하지 못했던 어떤 힘들이 움직이고 있다……"

"그러니까 국장님은 말씀은, 그게 사실이라는 거군요."

에리카는 대답 대신 고개를 끄덕였다.

"다시 말해 제가 방금 전에 발표하려던 기사는 그녀를 해치려는 어떤 움직임의 일환이었고요."

"바로 그렇지."

"그런데 국장님은 이 움직임에 대해 정확히 밝힐 수 없고요?"

"맞아."

요한네스는 잠시 머리를 긁적거렸다. 에리카는 그가 생각을 마칠 때까지 기다렸다.

"좋습니다…… 제가 무얼 해야 하죠?"

"책상으로 돌아가서 다른 기사에 착수해줘. 서두를 필요는 없지만 공판이 열리기 직전에 두 쪽짜리 장문 기사를 발표했으면 해. 지금까지 리스베트를 둘러싸고 쏟아진 주장들이 과연 얼마나 타당했는지를 확인하는 내용으로. 우선 관련 기사들을 모두 훑어봐. 그런 다음 그녀에 대해 나왔던 주장들을 전부 목록으로 정리하고 하나씩 검토해봐."

"흐음……"

"기자처럼 생각해. 이야기를 퍼뜨린 사람은 누구인지, 왜 퍼뜨리고 있는지, 그리고 이를 통해 이익을 얻을 사람은 누구인지 조사해보라고."

"그런데 공판이 시작될 쯤엔 제가 〈SMP〉에 없을 거예요. 말씀드렸듯이 이번주가 임시기자로 일하는 마지막이에요."

에리카가 책상 서랍에서 파일을 하나 꺼내 거기서 다시 종이를 한 장 빼낸 후 요한네스 앞에 내려놓았다.

"임시근무 기간을 석 달 연장했어. 그러니까 이번주에 정상적으로 근무를 마치고 다음주 월요일부터 다시 출근하면 돼."

"흠……"

"내 말은, 여기서 계속 일하고 싶은 마음이 있다면 그러라는 거야."

"당연히 있죠."

"이번에는 일반 편집 업무가 아닌 특별 조사를 위해 채용된 거야. 지시는 내게서 직접 받아. 리스베트 공판을 취재하는 특파원인 셈이지."

"편집부장님이 제 업무에 대해서 뭐라고 하실지도 모르겠는데요……"

"안데르스는 걱정 안 해도 돼. 법률부장하고도 얘기해놨으니 저들과 충돌할 일은 없을 거야. 이제 자네 업무는 뉴스 취재가 아니라 내막을 캐는 일이니까. 어때, 괜찮겠어?"

"네, 멋지네요!"

"자, 그럼…… 할말은 끝났어. 월요일에 다시 봐."

그녀는 손을 흔들어 이제 나가라는 신호를 했다. 시선을 들어보니 안데르스 홀름이 편집국 저쪽에서 그녀를 뚫어지게 노려보고 있었다. 그러나 금방 눈을 깔고는 아무 일 없는 척했다.

11장

5월 13일 금요일~5월 14일 토요일

금요일 아침 이른 시간, 미카엘은 자신이 미행당하지 않는지 철저히 확인해가며 〈밀레니엄〉 사무실에서 나와 리스베트가 전에 살던 룬다가탄의 아파트로 걸어갔다. 그는 이드리스 기디를 만나기 위해 예테보리로 가야 했다. 문제는 아무도 모르게, 그리고 아무 흔적도 남기지 않고 거기까지 갈 수 있는 안전한 교통수단이 없다는 점이었다. 그는 곰곰이 생각한 끝에 기차는 포기했다. 신용카드를 쓰고 싶지 않았기 때문이다. 이럴 때면 에리카에게 차를 빌리곤 했는데 이제는 더이상 가능하지 않은 일이었다. 헨리나 다른 사람에게 기차표 예매를 부탁할까도 생각해봤다. 하지만 역시 흔적을 남긴다는 점에서 좋은 방법이 아니었다.

결국 확실한 해결책을 찾아냈다. 그는 예트가탄 거리에 있는 어느 현금지급기에서 상당한 현금을 인출했다. 그리고 리스베트가 살던 옛 아파트까지 가서 3월부터 그 앞에 방치된 와인색 혼다의 앞문을 그녀의 열쇠로 열었다. 미카엘은 좌석 위치를 조정한 후 계기판을 보고 아직 반은 차 있는 연료통을 확인했다. 그런 다음 시동을 걸고 릴리에홀롬스브론을 지나 E4 고속도로 쪽으로 달렸다.

예테보리에 도착한 그는 아베뉜 대로 곁길에 차를 세웠다. 오후 2시 50분이었다. 그리고 처음 눈에 띈 카페에 들어가 늦은 점심을 먹었다. 4시 10분, 전차를 타고 앙에레드로 가서 그곳 중심가에 내려 이드리스 기디의 주소지를 찾아갔다. 약속 시간보다 십 분이 늦었다.

이드리스는 다리를 절었다. 문을 연 그는 미카엘과 악수를 나누고 간소한 가구들로 꾸며진 거실로 손님을 안내했다. 미카엘이 앉은 탁자 옆에는 서랍장이 있었고 그 위에는 액자가 몇 개 놓여 있었다. 미카엘이 그것들을 쳐다보자 이드리스가 말했다.

"내 가족입니다."

그는 외국 억양이 심했다. 보수당이 제안하는 언어 심사는 결코 통과하지 못할 거라는 생각이 들었다.

"이쪽은 형님들이신가요?"

"왼쪽 끝에 있는 두 형님은 1980년대에 사담 후세인에게 학살당했습니다. 아버지도 마찬가지고요. 삼촌 두 분도 1990년대 사담에게 학살됐습니다. 어머님은 2000년에 돌아가셨고요. 세 누이는 아직 생존해 있습니다. 모두 외국에서 살고 있어요. 둘은 시리아에 살고, 여동생은 마드리드에 살아요."

미카엘은 머리를 끄덕였다. 이드리스가 커피를 내왔다.

"쿠르도 바크시가 안부 전해달랍니다."

이드리스가 고개를 끄덕였다.

"쿠르도한테 제 용건이 무엇인지 설명을 들었나요?"

"선생께서 어떤 일로 날 고용하고 싶어한다고 들었습니다. 하지만 그게 어떤 일인지는 설명하지 않았어요. 미리 말해두지만 난 불법적인 일은 절대 하지 않아요. 골치 아픈 일에는 절대로 엮이고 싶지 않습니다."

미카엘은 알겠다는 의미로 고갯짓을 했다.

"부탁드리고 싶은 일은 전혀 불법이 아니니까 안심해도 됩니다. 하지만 약간 특이한 일이죠. 작업 기간은 몇 주 정도이고 매일 해야 하지만 일 자체는 하루에 몇 분이면 충분합니다. 주급으로 1천 크로나를 드릴게요. 현찰이고, 물론 세금 신고는 안 할 겁니다."

"알겠습니다. 할 일이 뭐죠?"

"살그렌스카 병원에서 청소 일을 하신다고 들었습니다."

이드리스가 고개를 끄덕여 그렇다고 했다.

"제가 알기로 매일 하시는 일이 일주일에 6일간 11C 복도, 그러니까 중환자 병동을 청소하는 거라던데요?"

이드리스가 다시 고개를 끄덕였다.

"그럼 해야 할 일을 말씀드리겠습니다."

미카엘은 몸을 앞으로 기울여 자신의 계획을 설명하기 시작했다.

리샤르드 검사는 묵묵히 상대를 관찰했다. 예오리 뉘스트룀 경정을 만나는 건 이번이 세번째였다. 검사는 흰머리를 짤막하게 자른 사내의 주름진 얼굴을 물끄러미 쳐다보았다. 예오리가 처음 찾아온 건 살라첸코가 살해되고 얼마 되지 않은 어느 날이었다. 그는 먼저 세포 소속임을 증명하는 신분증을 보여주었다. 그리고 그들은 조용하게 긴 대화를 나눴다.

"검사님의 행동이나 업무에 영향을 끼칠 의도는 추호도 없다는 점, 이걸 반드시 이해주셔야 합니다."

리샤르드가 고개를 끄덕였다.

"내가 전달할 정보를 절대로 일반에 알려선 안 된다는 점도 분명히 해두고 싶습니다."

"네, 저도 알고 있어요."

솔직히 말하자면 리샤르드가 이 상황을 완전히 이해한 건 아니었다. 하지만 지나치게 이것저것 캐물으면 멍청한 놈으로 보일 수도 있다는 생각에 무작정 고개만 끄덕거렸다. 물론 살라첸코 사건을 아주 신중하게 다뤄야 한다는 것, 그리고 세포 최고위직의 보증을 받았지만 예오리의 방문이 전적으로 비공식적이라는 사실은 알고 있었다.

"이건 수많은 생명이 걸린 문제입니다." 처음 만났을 때부터 예오리는 이렇게 말했다. "세포 입장에서 보자면 살라첸코 사건의 진실과 관련된 건 전부 일급 기밀입니다. 살라첸코는 소련군 첩보요원이었다가 망명한 자예요. 1970년대 소련의 서유럽 첩보전에서 핵심적인 역할을 수행했던 인물이죠."

"네…… 미카엘 블롬크비스트도 그렇게 주장하는 듯하더군요."

"적어도 이 문제에 관해선 그의 주장이 전적으로 옳습니다. 스웨덴 안보 역사상 최고의 극비 사안 중 하나를 우연히 발견한 기자죠."

"그리고 그는 그걸 발표하려고 하고요."

"물론 그렇겠죠. 그는 나름대로 장단점이 공존하는 이 나라 언론을 대표하는 사람입니다. 우린 민주사회에 살고 있기 때문에 언론이 쓰는 것에 영향력을 행사하려 들어선 안 되겠죠. 하지만 문제가 있습니다. 지금 그가 알고 있는 건 살라첸코에 관한 진실 중 극히 일부에 불과해요. 그가 아는 대부분이 잘못됐다는 말입니다."

"그렇군요."

"그가 이해하지 못한 게 하나 있어요. 만일 살라첸코에 관한 진실이 알려지면, 러시아는 그쪽에서 암약하는 우리 정보제공자들과 소식통들을 찾아낼 수 있게 됩니다. 다시 말해 지금까지 민주주의를 위해 자기 목숨을 걸어온 많은 사람들이 살해당할 수도 있다는 얘기예요."

"하지만 지금 러시아도 민주국가가 아닌가요? 그러니까 이 모든 일들이 공산주의 시절에 일어났다면……"

"그건 환상이에요. 지금 이건 소련에서 간첩 활동을 했던 사람들 얘기입니다. 이런 행위를 용납하는 체제는 이 지구상에 존재하지 않아요. 수십 년 전에 저지른 일이라도 마찬가지죠. 그리고 이 정보제공자 가운데 많은 사람이 아직도 활동하고 있습니다."

실제로 그런 정보제공자는 존재하지 않았지만 리샤르드가 그 사실을 알 턱이 없었다. 그로서는 예오리의 말을 곧이곧대로 듣는 수밖에 없었다. 뿐만 아니라 국가의 일급 기밀로 분류된 정보를 이처럼 비공식적으로 공유할 수 있다는 사실에 은근한 자부심마저 느꼈다. 스웨덴 첩보경찰이 러시아 군부에 그렇게 깊숙이 침투할 수 있었다는 예오리의 말은 가벼운 충격으로 다가왔다. 이런 정보가 절대로 새어나가선 안 된다는 것도 충분히 공감하는 바였다.

"검사님과 접촉하라는 임무를 받고 나서 먼저 검사님의 배경부터 상세하게 조사해봤습니다." 예오리가 말했다.

누군가를 유혹하려면 먼저 그 사람의 약점부터 찾아내야 한다. 그의 약점은 스스로를 대단히 중요한 인물로 확신하고 있다는 점이었다. 그리고 누구나 그렇듯 아부에 무척 약했다. 자신이 특별히 선택됐다는 느낌을 받도록 만들어야 했다.

"우린 검사님이 검찰 내부에서 신망이 두터운 분이라는 사실을 확인할 수 있었습니다…… 물론 정부 쪽에서도 그렇고요." 예오리가 덧붙였다.

리샤르드는 기분이 짜릿했다. 이름은 밝히지 않았지만 정부 쪽 사람들이 자기를 신임하고 있다고 했으니, 이번 사안만 똘똘하게 처리하면 자신도 나중에 그들의 덕을 볼 수 있다는 얘기였다. 자신의 미래에 장밋빛 서광이 비치는 듯했다.

"그렇군요…… 제가 어떻게 해드려야 하겠습니까?"

"간단히 말하자면 제 임무는 검사님에게 필요한 정보들을 최대한 은밀하게 제공하는 겁니다. 검사님도 이해하셨겠지만 지금 이야기가 아주 복잡하게 되어버렸어요. 현재 공식적인 절차에 따라 예비수사가 진행중이고 검사님이 그 책임자죠. 아무도…… 정부도, 세포도, 그리고 그 누구도 검사님이 진행하는 수사에 관여할 수 없는 법입니다. 진실을 밝혀내고 죄인을 기소하는 일은 검사님 몫이니까요. 법치국가에 존재하는 가장 중요한 책무 중 하나가 바로 그것 아니겠습니까?"

리샤르드는 머리를 주억거렸다.

"하지만 다른 측면도 있습니다. 만일 살라첸코에 대한 모든 진실이 밝혀지게 되면 상상을 초월하는 규모의 국가적 대재앙이 발생한다는 점이죠."

"그래서 날 찾아오신 구체적인 목적이 뭔가요?"

"우선 이 미묘한 상황에서 검사님의 주의를 환기하고 싶습니다. 2차대전 이후로 스웨덴이 이렇게 큰 위기에 노출된 적은 없었던 듯해요. 지금 이 나라의 운명이 검사님 손 안에 있다고 해도 과언이 아닙니다."

"경정님 위에 계신 분이 누구죠?"

"죄송합니다만 이 사안에 관련된 분들의 이름은 밝힐 수 없습니다. 한 가지만 말씀드리죠. 저는 검사님이 상상할 수 있는 가장 윗선의 지시에 따라 행동하고 있어요."

세상에! 이 사람은 정부의 지시를 받고 움직이고 있어. 그걸 밝힐 순 없겠지. 어마어마한 정치적 스캔들이 될 수 있으니까.

예오리는 검사가 미끼를 덥석 무는 모습을 보았다.

"대신 전 정보를 제공해 검사님을 도울 수 있습니다. 다시 말해 필요하다고 판단되면 검사님께 이 나라 최고 기밀사항들을 열어드릴 수 있는 권한을 가지고 있지요."

"그렇군요."

"즉 무엇이든 의문점이 생기면 반드시 제게 물어보셔야 한다는 얘기입니다. 세포 내 다른 누구에게도 연락해선 안 되고 오직 저와만 얘기하셔야 해요. 이 미궁 같은 상황에서 검사님을 인도하는 게 바로 제 임무니까요. 만일 여러 이해관계가 충돌할 기미가 있으면 그때는 같이 해결책을 찾아내기로 하죠."

"알겠습니다. 혼자서는 무거울 짐을 이렇게 덜어주시겠다니 경정 님과 동료들에게 어떻게 감사드려야 할지 모르겠군요."

"상황이 어렵기는 하지만 우리는 모든 게 법적인 절차에 따라 처리되기를 바랍니다."

"걱정 마십시오. 철저히 비밀을 지킨다고 약속할 수 있습니다. 사실 일급 기밀을 다루는 게 이번이 처음은 아니에요."

"우리도 잘 알고 있습니다."

지난 방문 때 리샤르드는 여남은 개 정도의 질문을 했고, 예오리는 그걸 꼼꼼히 메모했다. 나중에 가급적 완벽한 답변을 제공하기 위해서였다. 그리고 그가 세번째로 방문한 이날, 검사는 그때 했던 질문들에 대한 답변을 들을 예정이었다. 그 가운데 가장 중요한 문제는 1991년 군나르 비에르크의 경찰 보고서를 둘러싼 진실이었다.

"바로 그게 문제입니다." 예오리가 걱정스러운 얼굴로 말을 이었다.

"이 보고서가 수면 위로 떠오른 후 정확히 무슨 일이 있었는지 알아내기 위해 분석팀을 만들어서 그야말로 밤낮없이 일하고 있습니다. 이제 어느 정도 결론에 도달했고요. 그런데 이게 아주 기분 나쁜 결론입니다."

"그렇겠군요. 보고서를 보면 세포와 정신과 전문의 페테르 텔레보리안이 협력해서 리스베트를 병원에 감금했다는 걸 알 수 있으니까요."

"그렇기만 하다면 얼마나 좋겠습니까?" 예오리가 씁쓰레한 미소를 지었다.

"그러면요?"

"그렇다면 너무도 간단한 일 아니겠어요? 죄지은 사람이 처벌받으면 그만 아닙니까? 문제는 미카엘 기자가 입수한 그 보고서가 우리 쪽에 보관된 문서와 일치하지 않는다는 점이에요."

"무슨 말이죠?"

예오리가 파란 문서철 하나를 꺼내 책상 위에 펼쳤다.

"이게 바로 1991년 군나르 비에르크가 작성한 진짜 보고서입니다. 그와 페테르 박사 사이에 오간 서신들의 원본도 우리가 보관하고 있습니다. 그런데 미카엘이 가진 보고서들과 서로 일치하지 않아요."

"그게 도대체 어떻게 된 거죠?"

"끔찍하게도 그 연유를 설명할 수 있는 군나르가 목매달아 죽어버렸습니다. 자신이 저지른 성적 비행들이 폭로될 위기에 처하자 그런 모양입니다. 〈밀레니엄〉이 그를 고발하려고 했거든요. 그래서 깊은 절망에 빠졌고, 스스로 목숨을 끊는 길을 택한 겁니다."

"그렇군요……"

"원래 보고서에는 리스베트가 생부 살라첸코를 휘발유가 든 우유 팩으로 살해하려 했던 사건을 조사한 내용이 들어 있습니다. 미카엘이 입수한 보고서에서 처음 30페이지까지는 원본과 일치해요. 사실 별다른 내용이 없으니까요. 문제는 33페이지부터입니다. 거기서 군나르가 결론을 내린 다음 몇 가지 권고안을 제의하는데, 여기서부터 차이가 발생하죠."

"어떻게요?"

"원본에서 군나르는 다섯 가지를 분명하게 권고하고 있습니다. 언론에 퍼지지 않도록 살라첸코 사건을 최대한 은폐하자는 게 핵심이었다는 것은 굳이 숨길 필요가 없겠죠. 그는 중화상을 입은 살라첸코를 재활을 위해 외국에 보내자고 제안했어요. 리스베트에게는 최상의 정신과 치료를 받게 해주자고 했고요."

"그랬었나요……"

"문제는 이런 원본에서 몇 문장이 아주 교묘하게 바뀌었다는 사실입니다. 사본 34쪽의 한 구절을 보면 군나르가 리스베트를 정신병자로 몰아가자고 제안하는 듯한 느낌이 듭니다. 어디선가 살라첸코에 대한 의문이 제기되더라도 별문제 없도록 그녀의 신뢰도를 깎아내리려 했다는 음모로 보이게 하려고요."

"그런데 원본에는 그런 구절이 없다고요?"

"없습니다. 군나르는 절대 그런 걸 제안한 적이 없어요. 어떻게 법에 어긋나는 일을 제안하겠습니까? 다만 그녀에게 필요한 치료를 받을 수 있도록 해주자고 했을 뿐이에요. 그런데 미카엘이 가진 사본에서는 이런 순수한 내용이 음모로 둔갑해버립니다."

"그 원본을 읽어볼 수 있을까요?"

"물론이죠. 내가 갈 때 돌려주세요. 군나르와 페테르 사이에 오간 서신들도 첨부되어 있으니 한번 훑어보세요. 완전히 위조됐습니다. 교묘한 변경이 아니라 지독한 날조예요."

"날조?"

"네, 그게 유일하게 적절한 표현입니다. 원본을 읽어보면 페테르가 지방법원으로부터 리스베트의 정신감정을 의뢰받았다는 사실을 알 수 있습니다. 전혀 이상할 게 없는 일이죠. 열두 살밖에 안 된 꼬마가 자기 아버지를 죽이려 했는데 정신감정을 안 한다면 그야말로 이상한 일 아니겠어요?"

"맞습니다."

"만일 그때 담당 검사였다면 어떻게 하셨겠습니까? 검사님 역시 사회적, 정신의학적 차원에서 조사를 요청하셨을 거라고 생각합니다만……"

"분명히 그랬겠죠."

"페테르는 그 무렵에 벌써 명망 있는 소아정신과 전문의였고, 법의학 쪽에도 관여하고 있었습니다. 그래서 임무를 부여받아 정상적으로 감정을 진행했고, 그 결과 리스베트에게 정신적으로 문제가 있다는 진단을 내린 겁니다…… 의학 용어는 잘 모르니 생략하도록 하죠."

"알겠습니다……"

"페테르의 진단이 담긴 소견서는 군나르에게 보내진 다음 법원에 제출되었고, 법원은 상트스테판 병원에 그녀를 입원시키도록 판결했습니다."

"그렇게 된 거군요."

"그런데 미카엘이 가진 문서에는 페테르가 진행했던 정신감정 내용이 싹 빠져 있습니다. 대신 군나르와 페테르 사이에 오간 서신이라는 게 들어 있는데, 마치 군나르가 페테르에게 가짜 소견서를 제출하라고 지시하는 것처럼 되어 있죠."

"경정님 말씀은 이게 다 날조됐다는 겁니까?"

"의심의 여지가 없습니다."

"그렇다면 날조를 해서 이득을 얻는 자는 누굴까요?"

예오리는 보고서를 내려놓고 미간을 찌푸렸다.

"이제 문제의 핵심까지 왔네요."

"답이 뭔가요?"

"모릅니다. 바로 이 그 답을 찾기 위해 우리 분석팀이 힘들게 일하고 있죠."

"미카엘이 이 모든 걸 꾸며냈다고 상상해볼 수 있을까요?"

예오리가 웃음을 터뜨렸다.

"글쎄요, 처음엔 우리도 그런 생각을 했습니다. 하지만 그럴 가능성은 별로 없어요. 아무래도 이 가짜 문서는 오래전에 만들어진 듯합니다. 아마도 진짜 보고서가 쓰였을 시기가 아닐까 싶네요."

"그렇습니까?"

"여기서 우린 불쾌한 결론에 이르게 됩니다. 우선 이 날조를 행한 자는 살라첸코 사안을 아주 잘 알고 있었습니다. 그리고 군나르가 쓰던 타자기에 접근할 수 있는 자였죠."

"그게 무슨 말이죠?"

"우린 군나르가 정확히 어디에서 보고서를 작성했는지 모릅니다. 집에 있는 타자기를 썼을 수도 있지만 직장이나 전혀 의외의 장소일 수도 있지요. 그렇다면 결론은 둘 중 하나입니다. 첫째, 날조자는 정신의학 혹은 법의학 분야에 속한 자로서 페테르를 스캔들에 빠뜨리려 했다. 둘째, 아니면 전혀 다른 목적으로 세포 내의 누군가가 날조를 저질렀다."

"왜 그랬을까요?"

"이 일이 일어난 때는 1991년입니다. 세포 내부에 침투한 러시아 첩보요원이 살라첸코의 냄새를 맡았을 수 있죠. 우린 여기에 가능성을 두고 산더미 같은 신상 기록을 하나씩 다시 보고 있습니다."

"하지만 KGB가 냄새를 맡았다면…… 이 일은 벌써 오래전에 터졌어야 하지 않을까요?"

"맞습니다. 하지만 소련이 붕괴하고 KGB가 해체된 게 바로 그 무렵이라는 사실을 잊어선 안 되겠죠. 중간에 무엇이 잘못된 것인지 우리는 모릅니다. 어떤 작전이 도중에 취소되었을 수도 있죠. KGB는 문서 위조와 정보 조작에 도가 텄으니."

"왜 KGB가 그런 짓을 했을까요?"

"그 또한 알 수 없는 일이죠. 스웨덴 정부를 스캔들의 진창에 빠뜨리는 게 목적이었다, 이게 가장 설득력 있는 설명 아닐까요?"

리샤르드는 눈썹을 찌푸리며 아랫입술을 잘근거렸다.

"그러니까 결론적으로…… 리스베트에 대한 의학적 감정은 제대로 이루어졌다는 말씀이시죠?"

"물론이죠, 조금도 주저하지 않고 단언할 수 있어요. 속된 표현을 쓰자면 완전히 맛이 간 여자예요. 그 점에 대해선 조금도 의심할 필요가 없습니다. 그녀를 시설에 입원시킨다는 결정은 전적으로 정당했어요."

"뭐, 좌변기?" 임시 편집장 말린이 외쳤다. 헨리가 사람을 놀리는 건가 했다.

"네, 좌변기요!" 헨리가 고개를 끄덕이며 되풀이했다. "〈밀레니엄〉에 좌변기 기사를 싣겠다고?"

모니카는 어이가 없어 피식 웃었다. 금요일 편집회의에 들어올 때부터 그는 들끓는 열광을 감추지 못하고 있었다. 멋진 기삿감을 찾아낸 풋내기 기자의 전형적인 증상이었다.

"오케이, 한번 설명해봐."

"아주 간단한 얘기예요." 헨리가 말했다. "스웨덴 최대의 산업은 단연 건설업이죠. 스칸스카 같은 건설회사가 런던에 지사니 뭐니 하는 것들을 두고 있지만 실제적으로 해외에 아웃소싱하기 힘든 산업이 바로 건설업이에요. 어쨌든 집이 지어져야 할 곳은 스웨덴 안이니까요."

"그리 새로운 사실은 아니잖아?"

"맞아요. 하지만 새로운 사실이 있어요. 스웨덴 건설업은 경쟁력과 효율성 측면에서 다른 산업에 비해 엄청나게 뒤처졌다는 거죠. 만일 건설업계에서 하는 식으로 볼보가 자동차를 만든다면 최신 모델이 대당 200만 크로나는 할 겁니다. 모든 산업은 어떻게든 가격을 내리려고 애쓰죠. 하지만 건축업은 정반대예요. 그들은 가격 따위 신경쓰지 않아요. 제곱미터당 건축비는 계속 올라가고, 서민은 쳐다볼 수도 없는 가격으로 집값이 치솟고 있죠. 결국 정부가 납세자들이 낸 돈으로 주택 보조금을 지불하고 있는 실정이에요."

"그게 기사가 되겠어?"

"더 들어보세요. 생각보다 복잡한 문제니까. 만일 햄버거 가격 인상률이 1970년대 이후로 동일했다면, 지금쯤 빅맥 가격은 대략 150크로나, 혹은 그 이상일 거예요. 거기다 감자튀김과 콜라 한 잔을 추가

하면 총 가격이 얼마나 될지 생각하기도 끔찍하네요. 제가 여기서 받는 봉급 가지고는 꿈도 꿀 수 없는 가격일 거예요. 이 탁자에 둘러앉은 여러분 가운데 누가 100크로나씩이나 내고 햄버거를 사먹으려고 하겠어요?"

아무도 대답이 없다.

"당연히 아무도 없겠죠. 그런데 NCC 같은 건설사는 고스하가*에 집인지 컨테이너인지 모를 것들을 뚝딱 조립해놓고는 방 세 개짜리 공간을 월세 1만에서 1만 2천 크로나에 내놓고 그래요. 자, 여러분 가운데 과연 누가 그 돈을 낼 수 있죠?"

"적어도 난 아니야." 모니카가 대답했다.

"그렇죠. 하지만 모니카는 이십 년 전 단빅스툴에 아버님이 사주신 방 두 개짜리 아파트라도 있잖아요. 그걸 팔면 150만 크로나를 손에 쥘 수 있고요. 그런데 지금 부모 집을 떠나 독립하려는 스무 살 청년은 어떻게 해야 하죠? 목돈이 없으니 임대주택을 찾는 수밖에 없겠죠. 아니면 재임대주택을 찾든가요.아니면 은퇴할 때까지 늙은 부모의 집에서 살아야겠죠."

"좌변기 얘기는 언제 나오는 거야?" 크리스테르가 끼어들었다.

"거의 다 됐어요. 왜 아파트 가격이 그렇게 비싼지 생각해봐야 해요. 바로 건축주들이 집을 짓는 데서 어디에 어떻게 돈이 들어가는지 모르기 때문이에요. 간단하게 설명해보죠. 어떤 지자체의 주택 개발자가 스칸스카 같은 건설사에 전화를 걸어서 100세대짜리 신축 아파트를 발주하고 싶은데 건축비가 얼마나 되느냐고 물어요. 스칸스카는 계산을 해본 다음 다시 전화를 걸어 5억 크로나 정도라고 대답해요. 즉 제곱미터당 건축비는 n크로나가 되고, 거기에 들어가 살려면 엄청난 월세를 내야 하죠. 하지만 집세 내는 데 허리가 휘어져도

---

* 스톡홀름 근교 리딩외의 마을. 스웨덴 정부가 임대주택 단지를 조성한 곳.

들어가 사는 수밖에 없어요. 맥도날드 햄버거는 안 먹어도 되지만 우린 어딘가에 들어가 살아야 하니까요."

"헨리, 제발…… 요점이 뭐야?"

"이게 바로 요점이에요! 함마르뷔함녠의 닭장 같은 아파트에 들어가 사는 데 그 많은 돈을 내야 하느냐고요. 제가 설명해드릴게요. 건설사들이 건축비 절감 따위에 신경쓰지 않기 때문이에요. 집값이 얼마가 되든 고객은 돈을 낼 테니까요. 건축비에서 가장 큰 부분을 차지하는 건 바로 자재비예요. 건축 자재는 도매상을 통해 거래가 이루어져요. 그런데 경쟁이 거의 없는 환경이기 때문에 도매상은 제멋대로 가격을 책정하죠. 그 결과, 스웨덴에서는 욕조 하나가 자그마치 5천 크로나나 하는 거예요. 동일한 제조사가 만든 동일한 욕조가 독일에선 2천 크로나인데 말이에요. 이 가격 차이가 도대체 어디서 생기는 건지 모르겠어요."

"오케이."

"제가 말한 내용 대부분은 1990년대 초에 활동한 건축비 실태 조사위원회의 보고서에 나와요. 그걸 읽어보면 그때나 지금이나 달라진 게 별로 없다는 걸 알게 되죠. 건축업자와 협상하거나 부당한 주택 가격을 고발하려는 사람은 하나도 없어요. 고객들은 부르는 대로 얌전히 돈을 내요. 결국 그 부담은 고스란히 실입주자와 납세자의 몫으로 돌아가고요."

"헨리, 좌변기 얘기는?"

"그 조사위원회 이후 주로 스톡홀름 부근에서 국지적으로 조금 발전이 이루어졌어요. 일부 건축주들이 높은 건축비에 넌더리를 느끼기 시작했죠. 그 예가 칼스크로나헴 주택공사예요. 누구보다도 적은 비용으로 아파트를 지었는데, 그 이유는 자재를 직접 구입했기 때문이에요. 스웨덴 상공회의소도 개입했죠. 현재의 건축 자재비가 말도 안 되는 가격이라고 생각하고 같은 품질의 제품을 낮은 가격으로 수입해 건축주들을 도우려고 노력했어요. 그 결과, 일 년 전 엘브셰 건축 박람회 때 가벼운 충돌이 일어났어요. 스웨덴 상공회의소가 어느 태국 자재상을 선정해 개당 500크로나가 조금 넘는 좌변기를 팔게 한 거죠."

"아하. 그래서?"

"그런데 비타바라라는 스웨덴 도매업체가 스웨덴제 좌변기를 개당 1700크로나에 팔고 있었죠. 머리가 빨리 돌아가는 그 지역 건축주들은 다시 생각해보지 않을 수 없었어요. 품질이 똑같은 태국제 좌변기를 개당 500크로나에 살 수 있는데, 굳이 1700크로나나 내놓아야 하는지 말이죠."

"스웨덴제가 품질이 더 좋지 않겠어?" 로티가 물었다.

"아니. 품질은 똑같아요."

"태국 하면," 크리스테르가 말했다. "아동 착취가 연상되지 않아? 그러니 좌변기 가격이 낮을 수밖에."

"아니에요." 헨리가 맞받았다. "태국에서 아동 노동은 주로 섬유 산업이나 기념품 산업 쪽에서 일어나는 일이었어요. 아동성매매 쪽은 말할 것도 없었죠. 하지만 요즘은 유엔이 아동 노동을 철저하게 감시하고 있고, 저도 문제의 좌변기 회사를 확인해봤어요. 아무 문제 없었어요. 가정용품 업계에서 훌륭하게 현대화된 대기업이었어요."

"오케이…… 하지만 그건 저임금 국가들 얘기야. 잘못하면 스웨덴 산업이 태국에 밀려 도태되어야 한다고 주장하는 기사가 될 수 있다고. 그래서 무슨 말을 하려는 건데? 스웨덴 노동자들을 해고하고 공장들 문을 닫고, 모든 걸 태국에서 수입해와라? 스웨덴 노동자들이 그런 기사를 퍽이나 좋아하겠다!"

헨리의 얼굴에 묘한 미소가 번졌다. 우스꽝스러울 정도로 우쭐대며 한껏 몸을 뒤로 젖혔다.

"땡, 틀렸습니다! 비타바라가 1700크로나짜리 좌변기를 어디서 만들고 있는지 한번 알아맞혀보세요."

편집실이 순간 쥐죽은 듯 조용해졌다.

"바로 베트남이에요." 헨리가 답을 말했다.

"말도 안 돼!" 말린이 소리쳤다.

"맞아요, 베트남이에요. 그 회사는 적어도 십 년 전부터 거기서 좌변기를 하청 생산하고 있었어요. 그 결과 1990년대부터 스웨덴 노동자들이 해고당해왔고요."

"으, 빌어먹을!"

"자, 중요한 건 이제부터예요. 만일 우리가 베트남 공장에서 좌변기를 직접 수입한다면 그 가격은 390크로나쯤 될 거예요. 그럼 태국과 베트남 사이의 가격 차이는 어떻게 설명해야 할까요?"

"설마······"

헨리는 조용히 고개를 끄덕였다. 얼굴에 미소를 가득 담고서.

"비타바라는 '퐁수산업'이라는 현지 회사에 하청을 줬어요. 그런데 적어도 2001년 기준으로 이 회사는 유엔이 작성한 아동 고용 기업 리스트에 올라 있었죠. 사실 노동자들 대부분은 죄수였지만요."

갑자기 말린이 방긋 웃었다.

"그래, 그거 괜찮겠어! 아니, 아주 괜찮을 듯해. 헨리, 좀더 크면 아주 훌륭한 기자가 될 거야. 자, 그 기사는 언제까지 끝낼 수 있지?"

"이 주 후에요. 국제 유통 구조에 대해 조사할 게 아주 많거든요. 그리고 기사가 재미있으려면 나쁜 놈도 들어가야 하지 않겠어요? 비타바라의 사주들도 조사해볼 생각이에요."

"6월호에 싣는 게 가능할까?" 말린이 기대에 찬 얼굴로 물었다.

"문제없어요!"

얀 부블란스키 형사는 무표정한 눈으로 리샤르드 엑스트룀 검사를 뚫어지게 쳐다보았다. 사십오 분간의 대화가 끝나가는 지금, 얀은 책상 모서리에 놓여 있는 『스웨덴 왕국 법전』을 집어들어 검사의 낯짝에 집어던지고 싶은 충동을 강하게 느꼈다. 만일 그렇게 하면 다음에 어떤 일이 벌어질까 생각해봤다. 타블로이드 신문들 1면에 자신의 이름이 헤드라인으로 걸리고 아마도 폭행상해죄로 구속되리라. 그는 위험한 유혹을 떨쳐버렸다. 모름지기 문명인은 그런 충동에 굴복해선 안 되는 법이다. 상대가 그 어떤 도발을 해오더라도 말이다. 그리고 그의 직업이 무엇인가? 누군가가 이런 충동에 굴복했을 때 전화를 받고 달려나가는 게 그의 임무 아니었던가.

"좋아요." 리샤르드가 말했다. "자, 이제 동의한 걸로 알겠습니다."

"천만에, 난 동의한 적 없어요." 얀이 일어서며 대답했다. "하지만 검사님이 예비수사 책임자이니 제가 어쩌겠습니까."

그는 나지막하게 투덜거리며 자기 사무실로 걸어가면서 쿠르트 스벤손과 소니아 모디그를 불렀다. 남아 있는 팀원은 두 사람뿐이었다. 아쉽게도 예르케르 홀름베리는 이 주간 휴가를 내고 떠나버렸다.

"모두들 내 사무실로 와." 그가 말했다. "커피 좀 가져오고."

다들 자리에 앉자 얀은 검사와 얘기하면서 메모를 해놓은 수첩을 펼쳤다.

"현재 상황은 이래. 우리 예비수사 책임자는 리스베트의 살인 혐의와 관련된 모든 기소 항목을 포기했어. 다시 말해 적어도 우리 입장에선 그녀에 대한 예비수사가 끝난 셈이지."

"어쨌거나 조금 발전이 있는 것 아닌가요?" 소니아가 말했다.

쿠르트는 늘 그렇듯 아무 말이 없었다.

"글쎄, 모르겠어." 얀이 대답했다. "스탈라르홀멘과 고세베르가 사건으로 그녀는 여전히 중상해 혐의를 받고 있거든. 하지만 그건 더이상 우리 소관이 아니야. 이제 우린 로날드 니더만을 찾아내고 뉘크바른 암매장 사건을 처리하는 일에 집중해야 해."

"그렇게 됐군요."

"리샤르드가 리스베트를 기소한다는 건 이제 확실해졌어. 스톡홀름으로 사건이 넘어왔고, 예전 사건들과는 완전히 구별해서 수사를 시작할 거야."

"그래요?"

"그런데 리스베트를 누가 맡게 됐는지 알아맞혀봐."

"설마……"

"한스 파스테가 복직했어. 그가 리샤르드를 보좌할 거야."

"그건 말도 안 돼요! 한스는 그녀를 수사하기에 전혀 적합하지 않은 인물이라고요."

"나도 알아. 하지만 리샤르드가 좋은 구실을 내세우더군. 한스는 지난 4월에…… 그러니까 '쓰러진' 이후로 병가중이었어. 그의 건강을 감안해서라도 이런 작고 간단한 수사가 적합하다고 하더군."

침묵.

"우리는 오늘 오후에 리스베트에 관련된 모든 문건을 그에게 넘겨줘야 해."

"그럼 군나르 비에르크와 세포, 그리고 1991년 경찰 보고서와 관련된 모든 이야기를……"

"그래. 한스와 리샤르드가 다루게 될 거야."

"정말이지 마음에 안 드네요!" 소니아가 말했다.

"나도 마찬가지야. 하지만 대장은 리샤르드이고 그의 뒤에는 아주 높으신 양반들이 있지. 다시 말해 우린 또다시 킬러나 뒤쫓아야 한다는 얘기야. 쿠르트, 현재 상황은?"

쿠르트가 고개를 설레설레 저었다.

"로날드, 이자는 꼭 땅속으로 꺼져버린 듯해요. 경찰생활 시작하고 이런 경우는 처음입니다. 제보도 없고, 그를 알거나 그가 숨을 만할 장소를 아는 사람도 전혀 없어요."

"뭔가 이상하네요." 소니아가 말했다. "어쨌든 놈은 여러 혐의로 수배중입니다. 고세베르가에서 경찰관 살해, 역시 고세베르가에서 경찰관 폭행상해, 리스베트에 대한 살인미수, 치과 간호사 아니타 카스페르손 폭행상해, 여기에 다그 스벤손과 미아 베리만 살해까지…… 이 모든 혐의를 입증할 과학적 증거도 충분하고요."

"그나마 다행이군. MC 스바벨셰 회계사에 대한 수사는?"

"이름은 빅토르 예란손입니다. 그의 애인 레나 뉘그렌까지 당했죠. 로날드와 사건 현장을 연결지을 만한 과학적 증거가 있습니다. 예란손의 사체에서 놈의 지문과 DNA가 검출됐죠. 아마 자기 주먹이 까지는 줄도 모르고 무자비하게 팼던 모양입니다."

"오케이. MC 스바벨셰와 관련해 새로운 건?"

"미리암 우 납치 사건으로 재판이 열릴 때까지 마게 룬딘이 유치장 신세를 지는 동안 소니 니에미넨이 조직 지휘권을 장악했습니다. 들리는 소문으로는 그가 로날드의 은신처를 제보하는 자에게 상당한 보상금을 약속했다는데요."

"그런데도 놈이 아직 발견되지 않은 게 참 이상하단 말이야. 빅토르 예란손의 자동차는 어떻게 됐나?"

"간호사 아니타의 차가 빅토르의 농가에서 발견된 걸로 보아 놈이 차를 바꿔 탄 게 확실합니다. 그 차 역시 아직 흔적을 찾을 수 없고요."

"그렇다면 세 가지를 질문해볼 수 있겠군. 첫째, 로날드는 아직 스웨덴 어딘가에 숨어 있는가? 둘째, 그렇다면 그게 어디이며, 누구의 집인가? 셋째, 놈은 이미 외국으로 튀었는가? 자, 어떻게들 생각해?"

"놈이 지금 외국에 있다는 단서는 전혀 없습니다. 하지만 가장 논리적인 가정이긴 하죠."

"그렇다면 차는 도대체 어디다 버린 거지?"

소니아와 쿠르트는 거의 동시에 고개를 흔들었다. 범인의 이름이 확보되면 열에 아홉은 경찰수사가 그리 복잡하지 않다. 일련의 논리적인 가정들을 늘어놓고 하나씩 풀어가기만 하면 된다. 어울리는 친구들은 누구인가? 감옥에선 누구와 함께 있었는가? 여자친구가 사는 곳은 어디인가? 누구와 함께 술을 마셨는가? 그가 마지막으로 휴대전화를 사용한 지역은 어디인가? 그의 자동차는 어디에 있는가? 이렇게 풀어가다보면 추적하는 인물의 위치는 대개 드러나게 마련이다.

문제는 로날드에겐 친구도 애인도 없고 감옥에 다녀온 일도 없으며 소유한 휴대전화도 없다는 점이었다.

따라서 수사력의 대부분은 그가 몰고 갔을 거라고 추정되는 빅토르의 자동차를 찾는 일에 집중되어 있었다. 며칠만 있으면 스톡홀름의 어느 주차장에서 문제의 차가 발견되리라는 게 그들의 처음 생각이었다. 하지만 전국 수배령을 내렸음에도 불구하고 하늘로 솟구치기라도 한듯 자동차는 행방이 묘연했다.

"만일 지금 외국에 있다면…… 어느 나라일까?"

"독일 국민이니까 그곳으로 가려는 게 자연스럽겠죠."

"독일에도 수배가 내려졌어. 함부르크에 사는 옛 친구들에게 연락한 모양도 아니고."

쿠르트가 그럴 리 없다는 듯 손사래를 쳤다.

"만일 독일로 갈 계획이었다면…… 왜 스톡홀름 쪽으로 갔겠습니까? 차라리 덴마크로 넘어갈 수 있는 다리도 있고 페리도 탈 수 있는 말뫼 쪽으로 튀었겠죠."

"그건 나도 알아. 그래서 예테보리 소속 마르쿠스 엘란데르 형사가 처음 며칠은 수사력을 그쪽에 집중했지. 덴마크 경찰에게도 빅토르의 차량 정보를 알려줬고. 하지만 지금까지 아무 흔적도 없었어. 놈이 아직 페리를 타지 않은 것도 확실하고."

"대신 스톡홀름 쪽으로 갔죠. 즉 예르나로 가서 MC 스바벨셰의 회계사를 죽인 다음에 얼마인지 알 수 없는 돈을 훔쳐서 다시 도망친 겁니다. 그렇다면 다음 단계는 뭐였을까요?"

"어쨌거나 스웨덴을 떠야겠지." 얀이 말했다. "가장 자연스러운 선택은 페리를 타고 발트해 연안국으로 가는 거야. 빅토르와 그의 애인은 4월 9일 밤늦게 살해됐어. 로날드가 다음날 아침 페리를 탔을 수 있다는 얘기지. 경찰은 빅토르가 살해된 지 열여섯 시간 만에 신고를 받고 그때부터 차를 찾기 시작했고."

"만일 페리를 탔다면 빅토르의 차가 항구 근처에 세워져 있어야 하지 않나요?" 소니아가 지적했다.

쿠르트가 고개를 끄덕였다.

"간단히 생각하면 그가 북쪽 국경 도시 하파란다를 통해 스웨덴을 빠져나갔기 때문에 우리가 빅토르의 차를 찾지 못한 건지도 몰라요. 보트니아만을 빙 둘러 굉장히 돌아가긴 하지만 그래도 열여섯 시간이면 국경을 넘어 핀란드로 빠져나가기에 충분하죠."

"맞아요. 하지만 국경을 넘고 나서는 핀란드 어딘가에 자동차를 버려야 했겠죠. 그렇다면 그곳 경찰들이 발견했어야 하는데 그렇지 못했어요."

방안에는 오랫동안 침묵이 감돌았다. 이윽고 얀이 일어나서 창문 앞에 섰다.

"논리적으로도 맞지 않고 이상한 일이지만 어쨌든 빅토르의 차가 연기처럼 사라져버렸어. 어딘가 은밀한 곳에 숨어서 기회를 엿보고 있는 걸까? 시골별장이라든가……"

"시골별장이긴 힘들죠. 지금쯤이면 주인들이 여름 휴가철을 대비해 한창 별장을 손볼 때니까요."

"MC 스바벨셰와 연결된 어딘가도 아니겠지. 누구보다도 그 클럽 놈들만큼은 피하고 싶을 테니까."

"그럼 범죄 세계 쪽도 배제해야겠죠…… 혹시 우리가 모르는 애인이 있는 건 아닐까요?"

억측들이 쏟아져나왔지만 구체적인 사실은 없었다.

쿠르트가 자기 업무를 하러 떠나자 소니아가 얀의 사무실로 돌아와 문틀을 두드렸다. 그는 들어오라고 손짓했다.

"잠깐 시간 있으세요?"

"무슨 일인데?"

"리스베트 얘기예요."

"말해봐."

"리샤르드 검사와 한스가 그녀를 맡아서 새로운 재판을 준비한다는 게 영 마음에 안 들어요. 팀장님은 군나르의 보고서를 읽으셨죠? 저도 읽었어요. 리스베트는 1991년에 부당한 일을 당했고, 리샤르드도 그 사실을 잘 알고 있어요. 그런데 빌어먹을, 이게 대체 뭘 하겠다는 거죠?"

얀이 돋보기 안경을 벗어 가슴 쪽 호주머니에 꽂아넣었다.

"나도 모르겠어."

"뭐, 짚이는 거라도 없어요?"

"리샤르드가 주장하기로는 군나르가 쓴 보고서와 페테르 박사하고 주고받은 서신이 날조됐다고 하더군."

"옛 같은 소리. 정말로 날조된 거라면 군나르가 여기 잡혀 왔을 때 가만히 있었겠어요? 날조라고 떠들어댔겠죠."

"리샤르드 말로는 안보기밀이었기 때문에 군나르가 말하기를 거부했다는 거야. 그런데 괜히 나서서 그를 연행했다고 오히려 날 비난하더군."

"리샤르드 그 인간, 점점 더 싫어지네요."

"사방에서 압력을 받는 모양이야."

"그건 변명이 못 돼요."

"소니아, 우리만 진실을 독점하고 있다고 생각해선 안 돼. 리샤르드 말로는 보고서가 가짜라는 증거를 누군가가 제시했다더군. 그 일련번호가 찍힌 보고서는 존재하지 않는다는 얘기지. 진실과 거짓이 교묘하게 버무려진 날조문이라는 거야."

"어느 부분이 진실이고, 어느 부분이 거짓이라는 거죠?"

"전체적인 스토리는 얼추 비슷한대. 리스베트의 생부인 살라첸코는 걸핏하면 그녀의 어머니를 폭행하던 망나니였다. 흔한 형태의 가정폭력이었다. 어머니는 고소하길 원치 않았고, 그런 상황은 수년간 계속됐다. 리스베트는 휘발유가 든 우유팩으로 아버지를 죽이려 했고, 군나르의 임무는 무슨 일이 있었는지 알아보는 거였다. 그리고 이를 위해 페테르와 서신을 교환했다. 그러나 우리가 보았던 그 서신은 다 날조된 문건이다. 페테르는 리스베트에 대해 통상적인 정신감정을 행했고, 그녀에게 정신적으로 문제가 있다는 결론을 내렸다. 이에 검사는 그녀에 대해 기소 포기를 결정했다. 정신과 치료가 필요한 상태였으므로 그녀는 상트스테판 병원에 입원했다……"

"그게 만일 허위 문서라면 누가 어떤 목적으로 위조한 거죠?"

얀은 어깨를 으쓱하며 두 팔을 벌렸다.

"뭐예요? 지금 장난하는 거예요?"

"아무래도 리샤르드가 정신감정을 다시 의뢰하려는 모양이야."

"절대 받아들일 수 없어요."

"이젠 상관없는 일이야. 우린 리스베트 수사에서 쫓겨났다고."

"대신 한스 파스테가 들어갔죠…… 만일 이 쓰레기들이 또다시 그녀를 공격하려 든다면 난 언론에 이 사실을 터뜨려버릴 거예요."

"안 돼, 소니아, 그러면 안 돼. 우린 더이상 보고서에 접근할 수 없게 됐어. 자네의 주장을 입증할 수 없게 됐다고. 사람들은 자넬 편집증 환자로 여길 거고, 경력도 끝장날 거야."

"아뇨, 제게 아직 그 보고서가 있어요." 소니아가 희미한 미소를 지으며 대꾸했다. "쿠르트에게 주려고 한 부 복사해뒀는데 검찰이 보고서를 회수하기 시작할 때까지 그에게 주지 않았어요."

"그걸 누출시키면 해고당하는 건 물론이고, 기밀 문건을 언론에 넘겼으니 심각한 업무상 과실죄를 범하는 거라고."

소니아는 잠시 말없이 있다가 시선을 들어 상관을 쳐다보았다.

"소니아, 절대 아무 짓도 하지 마. 약속해!"

그녀는 머뭇거렸다.

"아뇨, 저는 아무것도 약속할 수 없어요. 이 모든 이야기에서 뭔가 썩은 냄새가 나요."

얀이 고개를 끄덕였다.

"맞아, 썩은 냄새가 나지. 하지만 우리는 적이 누군지조차 모르고 있잖아. 현재로선 아무것도 해볼 수 없다고."

소니아는 고개를 앞으로 지그시 내밀었다.

"그렇다면 팀장님은, 뭔가를 해볼 생각이 있으신 건가요?"

"그건 말할 수 없어. 하지만 날 믿어. 지금은 금요일 저녁이니까 집에 가서 주말 동안 푹 쉬어. 자, 어서 퇴근해. 오늘 이 얘기는 없었던 거야."

토요일 오후 1시 30분, 보안회사 세큐리타스에서 파견된 경호원 니클라스 아담손은 삼 주 후에 치를 시험 때문에 경제학 전공서를 열심히 읽고 있었다. 청소기의 회전 브러시가 웅웅거리며 돌아가는 소리에 고개를 든 그는 구릿빛 피부의 이민자가 다리를 절뚝거리며 걸어오는 모습을 보았다. 언제나 정중하게 인사를 하는 사람이었지만 말이 별로 없었고, 니클라스가 우스갯소리를 해도 결코 웃지 않았다. 니클라스는 그가 청소액이 든 스프레이를 꺼내 안내데스크 위에 뿌린 다음 마른 걸레로 닦는 모습을 보았다. 그런 다음 그는 대걸레를 들어 청소기가 접근하지 못한 안내데스크 아래를 구석구석 닦았다. 니클라스는 다시 고개를 내리고 계속 책을 읽었다.

청소부가 복도 끝에 있는 그의 의자 앞에 이른 건 십 분 후였다. 둘은 가볍게 목례를 했다. 니클라스가 자리에서 일어나 리스베트의 병실문 앞에 놓인 의자 주변을 청소할 수 있게끔 해줬다. 이 병실 앞에서 경비를 설 때마다 늘 보는 사람이었지만 이름은 생각나지 않았다. 기억하기 힘든 외국 이름이었다. 니클라스는 그에게 신분증을 보여달라고 할 필요를 별로 느끼지 못했다. 그가 병실 안에 들어갈 일은 없었고—병실 청소는 오전에 간호사 두 명이서 했다—다리를 저는 청소부가 특별히 위험해 보이지 않았기 때문이다.

복도 끝까지 청소를 마친 그는 리스베트의 병실 옆에 있는 문을 열었다. 니클라스는 그런 모습을 곁눈질로 살폈으나 평상시에 비해 특별한 점은 없었다. 그 방은 청소용구를 보관해두는 창고였다. 그는 약 오 분간 양동이 물을 비우고 걸레를 빨고 휴지통에서 수거해온 쓰레기봉지들을 청소 카트에 실었다. 그러고는 카트를 밀고 창고로 들어갔다.

이드리스 기디는 아무래도 복도에 있는 경호원이 신경쓰였다. 스물다섯 정도로 보이는 금발 청년은 일주일에 두세 번 교대 근무를 나와서 경제학 전공서를 읽곤 했다. 그걸로 미루어 청년은 세큐리타스에서 파트타임으로 일하면서 학업을 병행하는 모양이었다. 그 공부 때문인지는 몰라도 벽에 박힌 벽돌만큼이나 주변 일에는 영 무관심한 친구였다.

실제로 누군가가 저 방에 들어가려고 하는 상황이 벌어지면 과연 저 친구가 어떻게 대응할지 이드리스로선 궁금할 따름이었다.

그는 대체 미카엘의 속셈이 뭔지 알 수 없었다. 신문을 통해 이 기자가 유별난 사람이란 걸 알고 있었고, 여기 11C 복도에 있는 리스베트와도 모종의 관계가 있다는 것을 알고 있었다. 그래서 자신에게 불법적인 일을 시킬 거라고 예상했었다. 만일 그랬다면 거절할 수밖에 없었다. 그녀의 병실에 출입할 수 없을 뿐 아니라, 그녀를 본 일조차 없었기 때문이다. 하지만 미카엘이 한 제안은 예상과 전혀 다른 종류의 일이었다.

이드리스가 생각하기에 그 일에 불법적인 구석은 전혀 없었다. 빠끔히 열린 문틈으로 내다보니 니클라스는 의자에 앉아 여전히 책에 빠져 있었다. 복도에 그 말고는 아무도 없음을 확인했다. 그리고 작업복 호주머니에 손을 넣어 신형 휴대전화를 하나 꺼냈다. 소니 에릭손 Z600. 그도 광고에서 본 적 있는 물건이었다. 3500크로나가 넘었고, 별의별 기능이 다 있는 물건이라고 했다.

화면을 들여다보니 전원이 들어와 있었다. 반면 벨소리와 진동은 꺼져 있었다. 그는 까치발을 하고 리스베트의 병실로 통하는 환풍구의 나사를 돌려 고정되어 있던 흰 원형 덮개를 빼냈다. 그러고는 미카엘이 부탁한 대로 컴컴해서 잘 보이지 않는 깊숙한 곳에 휴대전화를 밀어넣었다.

이 일을 다 마치기까지 삼십 초 정도가 걸렸다. 내일은 십 초면 충분하리라. 앞으로 그는 매일 휴대전화를 다시 꺼내 배터리를 교체한 후 제자리에 돌려놓는 일을 할 것이다. 빼낸 배터리는 집으로 가져가 밤새 충전해서 가져오면 됐다.

이것이 이드리스 기디가 해야 할 일이었다.

하지만 이 일이 어떻게 리스베트에게 도움이 된단 말인가? 저쪽 병실에도 똑같은 환풍구 덮개가 나사로 단단히 고정되어 있다. 그녀에게 십자드라이버와 사다리가 있다면 모를까, 그걸 꺼낼 방도는 없었다.

"나도 알고 있어요." 미카엘은 이렇게 대답했다. "하지만 그녀의 손이 닿을 필요는 없어요."

그는 미카엘이 더이상 계속할 필요가 없다고 할 때까지 이 일을 매일 해야 한다.

그리고 대가로 매주 1천 크로나를 현찰로 받는다. 게다가 일이 끝나고 나면 휴대전화를 가져도 된다고 했다.

미카엘이 음모를 꾸미고 있다는 건 두말하면 잔소리였지만 그게 무엇인지 도무지 감이 잡히지 않았다. 열쇠로 굳게 잠긴 창고의 환풍구 속에 전원은 켜졌지만 연결은 끊긴 휴대전화를 집어넣으라니, 이게 대체 무슨 장난이란 말인가? 만일 리스베트와 연락하고 싶다면 간호사를 하나 매수해서 전화를 받을 수 있게 하면 되는 일이었다.

이드리스는 잡생각을 털어내려고 머리를 부르르 흔들었다. 아무리 이해하기 힘들다 하더라도 매주 1천 크로나씩 받을 수 있는 일을 마다할 이유는 없었다. 이럴 때는 묻지도 생각하지도 않는 게 상책이었다.

안데르스 요나손 박사는 하가가탄에 있는 자신의 아파트 건물 창살문에 웬 사십대 남자 하나가 등을 기대고 서 있는 모습을 보고는 걸음을 늦췄다. 어디선가 본 듯한 그 사내에게 박사는 가볍게 목례를 했다.

"안데르스 요나손 박사님이시죠?"

"그렇습니다만."

"이렇게 집 앞 길거리에서 박사님을 붙잡아 대단히 죄송합니다. 꼭 드릴 말씀이 있는데 직장에서 일하시는 걸 방해하고 싶진 않았어요."

"무슨 일인데요? 그리고 누구시죠?"

"미카엘 블롬크비스트라고 합니다. 〈밀레니엄〉이라는 잡지사의 기자예요. 리스베트 문제로 찾아왔습니다."

"아, 알겠어요. 이제 생각나요. 그녀를 발견해서 구조대를 부른 게 바로 당신이죠?…… 상처에 커다란 접착테이프를 붙여놓은 것도 당신이고요."

"맞습니다."

"응급처치를 아주 잘했더군요. 하지만 미안합니다. 내 환자들에 대해 기자들과 얘기할 수 없어요. 궁금한 게 있으면 살그렌스카 병원 홍보실에 얘기하세요. 다들 그렇게 합니다."

"오해하신 모양이네요. 저는 정보를 얻으려는 게 아니라 순전히 개인으로서 찾아온 겁니다. 박사님은 제게 그 어떤 얘기를 해주실 필요도 정보를 제공하실 필요도 없습니다. 사실은 그 반대예요. 제가 몇 가지 정보를 드리려고 온 겁니다."

안데르스는 눈썹을 찌푸렸다.

"제발 부탁드립니다." 미카엘의 목소리가 간절해졌다. "길거리에서 의사들에게 달라붙는 버릇은 없습니다만, 아주 중요한 일이라 박사님과 꼭 이야기를 나누고 싶어요. 저쪽 길모퉁이에 카페가 하나 있더군요. 제가 차 한잔 대접해도 될까요?"

"대체 무슨 얘긴데 그러시죠?"

"리스베트의 미래와 행복에 대한 얘깁니다. 전 그녀의 친구예요."

안데르스는 한참을 망설였다. 상대가 미카엘이 아닌 다른 사람이었으면 거절했을 것이다. 하지만 이 나라에서 이름깨나 알려진 그였기에 이게 나쁜 장난질은 아니라는 걸 확신할 수 있었다.

"전 인터뷰 같은 건 절대 안 하고, 환자에 대해서도 얘기하지 않을 거예요."

"네, 괜찮습니다." 미카엘이 안심시켰다.

결국 안데르스는 고개를 끄덕이고 미카엘을 따라 카페로 갔다.

"자, 무슨 일입니까?" 테이블 위에 커피잔이 놓이자 그가 딱딱한 말투로 물었다. "얘기해보세요. 하지만 난 아무런 의견도 내놓지 않을 거예요."

"박사님의 말씀을 제가 마구 인용할까봐 겁내시는군요. 하지만 분명히 말씀드리는데, 그런 일은 전혀 없을 겁니다. 적어도 저는 이 만남을 전혀 없었던 일로 여길 거예요."

"알겠습니다."

"실은 박사님께 부탁을 드리고 싶습니다. 하지만 먼저 그 이유부터 말씀드리죠. 제 부탁이 도덕적으로 받아들일 수 있는 일인지 판단할 수 있도록요."

"예감이 썩 좋지 않은데요?"

"박사님께 원하는 건 단 하나, 제 말에 귀를 기울여주는 겁니다. 박사님은 리스베트의 담당의로서 그녀의 육체적, 정신적 행복을 보살필 의무가 있죠. 저 역시 그녀의 친구로서 같은 의무가 있습니다. 전 의사가 아니에요. 그녀의 두개골 안에서 총알을 빼내는 재주는 없죠. 하지만 박사님의 의술 못지않게 그녀의 행복을 위해 중요한 기술이 제게는 있습니다."

"그게 뭔데요?"

"전 기자입니다. 이것저것 조사하다가 그녀에게 일어났던 일의 진실을 발견했죠."

"오케이."

"그게 어떤 일이었는지 대략 얘기할 수 있습니다. 박사님 자신이 판단할 수 있도록요."

"그래주시겠어요?"

"우선 그녀의 변호사인 안니카 잔니니에 대해 얘기해야겠네요. 벌써 만나보셨겠죠?"

안데르스가 고개를 끄덕였다.

"안니카는 제 여동생입니다. 제가 고용해서 리스베트를 변호하도록 했죠."

"그렇군요."

"그녀가 정말로 내 여동생인지는 주민등록부에서 확인할 수 있을 겁니다. 그래서 전 안니카에겐 부탁할 수 없어요. 그녀는 리스베트에 대해 한마디도 하지 않습니다. 의뢰인의 비밀을 지켜야 할 의무가 있고, 여러 다른 제약들에 매여 있으니까요."

"흠."

"리스베트에 대해 떠들어대는 신문기사들을 박사님도 읽으셨을 겁니다."

그가 고개를 끄덕였다.

"언론은 리스베트를 레즈비언에 정신이 이상한 연쇄살인범으로 묘사하죠. 다 헛소리입니다. 리스베트는 정신병자가 아니에요. 어쩌면 박사님이나 저만큼 정신이 건강할지 모릅니다. 그녀의 성적 취향은 남이 상관할 바가 아니고요."

"내가 제대로 아는 거라면 그녀에 대한 평가가 조금 달라진 모양이던데요. 살인 사건과 관련해 이제는 어떤 독일인이 수배된 듯하더라고요."

"맞습니다. 로날드 니더만이 범인이죠. 인간적 감정이라고 전혀 없는 냉혹한 살인마입니다. 하지만 리스베트에겐 여전히 적들이 있어요. 정말로 사악하고도 강력하죠. 몇몇은 세포 내부에 있고요."

안데르스가 깜짝 놀라며 눈썹을 치켜올렸다.

"리스베트는 열두 살 되던 해에 웁살라에 있는 소아정신병원에 강제로 입원당했습니다. 세포가 무슨 수를 써서라도 은폐하려고 애썼던 어떤 비밀을 휘저어놓았기 때문이죠. 병원에서 살해된 그녀의 아버지 알렉산데르 살라첸코는 소련 첩보요원으로 활동하다가 망명한 자입니다. 냉전 시대의 추악한 유물이었죠. 특히 여자들에겐 극도록 난폭했고, 수년간 리스베트의 어머니를 폭행했어요. 열두 살 되던 해에 더이상 참지 못한 리스베트가 휘발유가 든 우유팩을 던져 그를 죽이려 했습니다. 그래서 정신병원에 갇히게 됐고요."

"잘 이해가 안 되네요. 정말 자기 아버지를 죽이려 했다면 입원해서 정신과 치료를 받을 만한 문제가 그녀에게 있지 않았을까요?"

"세간에 곧 발표할 제 이론은 이렇습니다. 세포는 살라첸코가 아내를 때린다는 사실을 알고 있었습니다. 어째서 리스베트가 그런 짓을 저지를 수밖에 없었는지 아주 잘 알고 있었단 말이죠. 하지만 귀중한 정보원이었기 때문에 세포는 그를 보호하고 싶었어요. 그래서 리스베트를 병원에 넣을 수 있도록 가짜 진단서를 만든 거죠."

너무도 미심쩍어하는 안데르스를 보며 미카엘은 쓴웃음을 짓지 않을 수 없었다.

"지금 말하는 내용들을 증명할 자료는 다 있습니다. 리스베트의 재판 기일에 맞춰 상세한 글을 한 편 발표할 생각이죠. 장담컨대 세상이 발칵 뒤집힐 겁니다."

"그렇겠네요."

"특별히 두 의사를 고발해 제대로 손을 봐줄 겁니다. 리스베트를 정신병원으로 보내는 데 혁혁한 공을 세운 세포의 사냥개들이죠. 가차없이 그들을 발가벗길 겁니다. 둘 중 하나는 우리 사회에서 존경받으면서 이름깨나 알려진 인물이죠. 말씀드렸다시피 제겐 모든 증거가 있어요."

"만일 어떤 의사가 그런 일에 관여한 게 사실이라면 의료계 전체의 수치군요."

"아뇨. 의료계 전체에 죄가 있다고 생각하진 않습니다. 수치는 그 일에 관여한 자들의 몫이죠. 세포 역시 수치를 당해야 합니다. 물론 그곳에도 성실하게 일하는 사람들이 있습니다. 제가 말하는 건 세포 내부에 존재하는 어느 음모 집단이에요. 리스베트가 열여덟 살이 됐을 때 그들은 다시 그녀를 입원시키려 했어요. 성공하진 못했지만 그래도 그녀는 후견 체제에 묶이게 되었죠. 재판이 열리면 그들은 최대한 그녀를 공격할 겁니다. 하지만 우린 안니카와 함께 싸울 거예요. 리스베트가 무죄를 선고받고 후견 체제에서 벗어날 수 있도록."

"그렇군요."

"하지만 그녀에겐 실탄이 필요해요. 공정한 게임을 하기 위한 전제 조건이죠. 경찰 내부에서도 몇 명이 이 싸움에서 리스베트의 편에

섰다는 점도 말씀드려야겠군요. 지금 예비수사를 지휘하면서 그녀를 기소한 인물과는 다르죠."

"아하!"

"한마디로 재판을 앞둔 리스베트에게는 도움이 필요합니다."

"그런데 난 변호사가 아니잖아요."

"아니죠. 하지만 박사님은 리스베트에게 접근할 수 있습니다."

안데르스의 눈이 가늘어졌다.

"제가 박사님께 부탁드리고 싶은 일은 윤리적이지 않습니다. 어쩌면 법에 저촉되는 일인지도 몰라요."

"그렇습니까?"

"하지만 도덕적으로는 올바른 일입니다. 그녀의 법적 권리가 오히려 그걸 보호해주어야 할 자들에게 짓밟히고 있으니까요."

"그렇군요."

"예를 하나 들죠. 아시다시피 지금 리스베트는 면회가 금지됐습니다. 신문을 읽을 권리도, 주변 사람들과 연락할 권리도 없죠. 게다가 검사는 변호인에게 함구령을 내렸습니다. 안니카는 묵묵히 규정을 따르고 있고요. 그런데 검사 자신은 기자들에게 온갖 정보를 흘려서 리스베트에 대해 어처구니없는 기사들을 쓰게 만들고 있습니다."

"정말입니까?"

"이런 기사들이죠." 미카엘은 일주일 전에 나온 타블로이드 신문 하나를 들어 보였다. "경찰 내부의 한 소식통이 리스베트에게 정신적으로 문제가 있다고 단언했고, 그 결과 이 신문은 그녀의 정신 상태에 대해 별의별 말들을 쏟아내고 있어요."

"그 기사, 나도 읽었어요. 정말 말도 안 되는 얘기였어요."

"그러니까 박사님은 그녀가 미쳤다고 보지 않는 거죠?"

"글쎄요, 나로선 할말이 없네요. 하지만 그녀에 대한 정신감정이 이루어지지 않았다는 건 알고 있죠. 그 기사는 쓰레기예요."

"전 어느 경찰관이 이 정보를 제공했다는 확실한 증거를 가지고 있습니다. 바로 리샤르드 검사를 보좌하는 한스 파스테라는 자입니다."

"아, 그렇습니까?"

"리샤르드 검사는 비공개 공판을 요구할 겁니다. 즉 외부인은 그녀에 대한 기소 증거들을 확인하고 평가할 수 없게 되는 거죠. 더욱 고약한 건…… 검사가 리스베트를 저렇게 고립시켜놓았기 때문에 그녀가 자신을 변호하는 데 필요한 조사를 할 수 없게 됐다는 겁니다."

"그런 건 그녀의 변호사가 해야 할 일 아닌가요?"

"이제는 박사님도 아시겠지만, 리스베트는 아주 특별한 사람입니다. 그녀에겐 몇 가지 비밀이 있어요. 전 알고 있지만 여동생에겐 밝힐 수 없는 그런 비밀입니다. 반면 리스베트는 자신을 변호하기 위해 그 비밀들을 드러내야 할지 선택할 수 있어야 합니다."

"그렇군요."

"그리고 그렇게 하기 위해선 리스베트에게 이것이 필요합니다."

미카엘은 그녀의 휴대용 컴퓨터인 팜 텅스텐 T3와 배터리 충전기를 테이블 위에 내려놓았다.

"이건 그녀의 병기고에서도 가장 중요한 무기입니다. 그녀에겐 이게 꼭 필요해요."

안데르스는 찌푸린 눈으로 PDA를 내려다보았다.

"왜 이걸 그녀의 변호사에게 맡기지 않죠?"

"오직 리스베트만이 증거에 접근할 방법을 알거든요."

안데르스는 오랫동안 PDA에 손도 대지 않은 채 침묵을 지켰다.

"…… 자, 이제 페테르 텔레보리안 박사에 대해 말씀드리겠습니다." 미카엘이 가방에서 서류철 하나를 꺼내면서 말했다.

그들은 낮은 목소리로 두 시간 동안 대화를 나눴다.

토요일 저녁 8시, 드라간 아르만스키는 밀턴 시큐리티 사옥에서 나와 상트파울스가탄을 향해 걷기 시작했다. 그 거리에 서 있는 유대교회당에 이르러 문을 두드리자 랍비가 몸소 나와 그를 맞았다.

"여기서 형제를 만나기로 했습니다." 드라간이 용건을 말했다.

"이층에서 기다리고 계십니다. 안내해드리죠."

랍비가 키파를 권하자 드라간은 머뭇거리며 머리에 썼다. 이슬람 가정에서 자란 그는 키파를 쓰고 유대교회당에 가는 일이 익숙하지 않았다. 머리에 쓴 모자가 영 어색했다.

얀 부블란스키도 키파를 쓰고 있었다.

"안녕하세요, 드라간 씨. 이렇게 와주셔서 감사합니다. 둘이서 조용하게 대화를 나누고 싶어 랍비에게 방을 빌렸어요."

드라간이 그를 마주보고 앉았다.

"이렇게 은밀한 장소로 부른 이유가 있을 듯한데요."

"말을 빙빙 돌리지 않겠습니다. 난 당신이 리스베트의 친구라는 걸 알고 있어요."

드라간이 고개를 끄덕였다.

"당신과 미카엘이 리스베트를 위해 무슨 일을 꾸미고 있는지 알고 싶습니다."

"왜 우리가 뭔가를 꾸미고 있다고 생각하시죠?"

"리샤르드 검사가 열 번은 묻더군요. 밀톤 시큐리티가 리스베트 수사에 대해서 얼마나 알고 있는지를요. 그냥 하는 질문은 아니죠. 당신들이 뭔가를 터뜨릴지 모른다고 무척 불안해하고 있어요. 언론에 큰 반향을 일으킬 무언가를요."

"흠."

"리샤르드가 저토록 불안해하는 건 당신이 뭔가를 꾸미고 있다는 사실을 알거나, 혹은 그렇다고 의심한다는 뜻이죠. 아니면 그런 의구심을 품은 누군가와 얘기를 나눴거나요."

"누군가라고요?"

"드라간 씨, 무의미한 숨바꼭질은 이제 그만합시다. 리스베트가 1991년 공권력 남용의 희생자였다는 사실을 잘 아시잖습니까. 얼마 후면 시작될 재판에서 그녀가 또 그런 희생자가 될까봐 걱정됩니다."

"당신은 민주주의 국가에서 일하는 경찰입니다. 만일 정보가 있다면 소신껏 행동하세요."

얀은 고개를 끄덕였다.

"물론 저도 그러고 싶습니다. 문제는 어떻게 행동해야 할지 모르겠다는 거죠."

"진짜 본론을 얘기해보세요."

"당신과 미카엘이 무슨 일을 하려는지 알고 싶습니다. 손가락만 빨고 있진 않을 거 아닙니까?"

"좀 복잡한 문제네요. 내가 당신을 어떻게 믿죠?"

"미카엘이 찾아낸 1991년의 그 보고서 있지 않습니까……"

"네, 나도 알아요."

"더이상 거기에 접근할 수 없게 됐어요. 리샤르드에게 쫓겨났죠."

"나도 마찬가지입니다. 미카엘과 그의 여동생이 가지고 있던 사본 두 부가 사라져버렸어요."

"사라졌다고요?" 얀이 깜짝 놀라 되물었다.

"미카엘의 사본은 누군가가 그의 집에 침입해서 훔쳐갔고, 안니카가 갖고 있던 건 예테보리에서 괴한의 습격을 받아 잃어버렸어요. 둘 다 살라첸코가 살해된 날에 일어난 일이죠."

얀은 한동안 아무 말이 없었다.

"그런데 왜 우린 아무 얘기도 듣지 못했죠?"

"미카엘이 이렇게 말하더군요. '발표를 할 적절한 시기는 단 한 번이며 부적절한 시기는 수없이 많다.'"

"아니, 그렇다면 당신들은…… 미카엘은 이걸 발표할 생각인가요?"

드라간은 고개를 짧게 까딱했다.

"예테보리에서 괴한이 습격하고 스톡홀름에선 가택침입이라. 그것도 같은 날에." 얀이 중얼거리듯 말했다. "우리의 적이 아주 잘 조직됐다는 얘기네요."

"말이 나온 김에 말씀드리죠. 안니카의 전화가 도청되고 있다고 알고 있습니다."

"누군가가 무더기로 범법행위를 벌이고 있군요."

"문제는 그게 누구냐는 거죠."

"나도 궁금합니다. 가장 먼저 떠오르는 건 세포죠. 군나르의 보고서를 묻어버려야 할 필요가 있을 테니까요. 하지만 드라간 씨……이건 스웨덴 안보경찰, 어엿한 정부기관입니다. 나로선 세포가 이런 일을 승인했다는 게 정말 믿기지 않아요. 심지어 거기에 이런 일들을 벌일 전문적인 인력이 있는지조차 모르겠습니다."

"저도 납득하기 힘듭니다. 게다가 살그렌스카 병원에 가서 살라첸코의 머리에 총알을 박는 일까지 벌일 줄이야." 얀은 아무 말이 없었다. 드라간이 쐐기를 박았다. "그리고 마치 기다렸다는 듯 보고서를 쓴 장본인도 목을 매달아버렸죠."

"그러니까 이 모든 일 뒤에 동일한 세력이 숨어 있다는 말씀인 거죠? 예테보리에서 수사를 맡고 있는 마르쿠스 엘란데르 형사를 압니다. 살라첸코 사건을 조사하면서 정신병자의 충동적 행위가 아니라는 단서를 전혀 찾아내지 못했다고 하더군요. 그리고 우리는 군나르의 죽음도 면밀하게 수사했습니다. 어느 모로 보나 자살이었어요."

드라간이 고개를 끄덕였다.

"에베르트 굴베리, 78세. 암에 걸려 시한부를 선고받았고, 살인을 저지르기 몇 달 전부터 우울증 치료를 받았죠. 밀톤 출동팀장 요한 프레클룬드를 시켜 그의 배경을 조사해봤어요."

"그런데요?"

"1940년대에 칼스로나에서 군복무를 마친 뒤 법학을 공부해서 세무 컨설턴트가 됐죠. 삼십 년간 스톡홀름에 사무실을 두었습니다. 업계에선 거의 눈에 띄지 않게 일했고, 특별한 개인 고객들을 주로 맡았던 모양이에요. 1991년에 은퇴해 1994년에 고향 라홀름으로 내려갔죠. 겉보기엔 특별한 게 없어요. 하지만……"

"하지만?"

"이상한 점이 한두 가지 있어요. 우리 출동팀장이 어디에서도 그의 이름을 찾아내지 못했어요. 신문에도 언급된 적이 없었고, 그의 고객이 누구였는지 아는 사람도 없었습니다. 마치 '세무 컨설턴트 굴베리'가 존재한 적이 없었던 것처럼 말이죠."

"무슨 말씀을 하려는 거죠?"

"세포가 명백한 연결점입니다. 살라첸코는 망명한 소련 첩보요원이었어요. 이런 인물을 세포 말고 누가 맡을 수 있겠습니까? 1991년 정신병원에 리스베트를 감금할 때 조직이 전략적으로 움직였을 거라는 사실도 고려해야 합니다. 그리고 십오 년 후에 거의 동시적으로 일어난 가택침입, 습격, 전화 도청…… 하지만 나 역시 이 모든 것들 뒤에 숨어 있는 게 세포라고 생각하진 않아요. 미카엘은 그들을 살라첸코 클럽이라고 부릅니다…… 냉전 시대의 전사들, 긴 동면에서 깨어나 세포의 어둑한 곳에 웅크리고 있을 소규모 집단."

얀이 고개를 끄덕이며 물었다.

"그럼 어떻게 해야 하죠?"

12장
5월 15일 일요일~5월 16일 월요일

세포 헌법수호부 부장 토르스텐 에드클린트는 귓불을 만지작거리
면서 드라간 아르만스키가 하는 말에 귀를 기울였다. 이 평판 좋은
보안업체의 대표가 난데없이 전화를 걸어와 일요일에 리딩외의 자
기집에서 꼭 저녁을 먹자고 강요에 가까운 초대를 했다. 드라간의 아
내 리트바는 맛이 기가 막힌 소고기 스튜를 대접했다. 세 사람은 음
식을 즐기며 이러저런 대화를 점잖게 나누었다. 그러면서도 토르스
텐은 대체 무슨 일로 드라간이 자신을 불렀을지 생각했다. 저녁식사
가 끝나자 리트바는 TV 앞으로 갔고 식탁에는 두 남자만 남았다. 드
라간이 리스베트에 대한 이야기를 시작했다.

토르스텐은 레드 와인이 담긴 잔을 천천히 돌렸다.

그는 드라간이라는 사람을 잘 알았다. 결코 엉뚱한 짓을 하는 이가
아니었다.

두 사람은 벌써 십이 년 전부터 알아온 사이였다. 당시 어느 여성
국회의원이 익명의 인물에게 몇 차례 살해 위협을 받은 적이 있었다.

그녀가 원내 대표에게 호소하자 이내 국회 보안팀에게 이 사실이 보고됐다. 익명의 인물이 의원의 신상을 훤히 알고 있다는 걸 암시하는 비열한 편지를 보내 협박을 하고 있었다. 결국 이 사안은 세포에까지 넘어갔고, 수사가 진행되는 동안 의원은 세포의 보호를 받았다.

당시 요인보호부는 세포 내에서 예산이 가장 적은 부서였다. 재원은 한정된 반면 맡겨진 임무는 적지 않았다. 스웨덴 왕가와 수상을 보호해야 했을 뿐 아니라, 경우에 따라 장관들과 각 정당 당수들의 개인 경호까지 맡아야 했다. 하지만 인력과 재원이 턱없이 부족해 의원들 대부분은 제대로 된 경호를 받지 못하는 실정이었다. 문제의 의원도 공식석상에서는 경호를 받았지만 퇴근 후, 다시 말해 그 정신이상자가 습격할 수도 있는 시간에는 아무런 대책 없이 방치됐다. 상황이 이러하니 세포에 대한 의원의 불신은 나날이 깊어갔다.

그녀는 나카에 있는 개인 주택에 살았다. 어느 날, 격렬한 설전이 오갔던 재무위원회에 참석했다가 저녁 늦게 귀가한 그녀는 누군가가 테라스 문을 열고 집안에 침입했음을 알게 되었다. 거실로 들어와 벽마다 난잡하기 이를 데 없는 형용사들을 휘갈겨 써놓았고, 침실에서는 자위를 했는지 침대까지 더럽혀놓았다. 그녀는 즉시 밀톤 시큐리티에 전화해 개인 경호를 의뢰했다. 그리고 이 사실을 세포에게 알리지 않았고, 다음날 그녀가 테비의 한 학교를 방문했을 때 안보경찰들과 밀톤의 경호원들이 충돌하는 해프닝이 벌어졌다.

그 무렵, 토르스텐은 세포 요인보호부 임시 차장을 맡고 있었다. 그는 국가기관이 맡은 일에 사설업체의 덩치들이 끼어든 사태에 본능적으로 혐오감을 느꼈다. 하지만 얼마 지나지 않아 의원이 자신들에게 불만을 가질 만했다는 걸 깨달았다. 그녀의 더럽혀진 침대는 정부의 비효용성을 증명하기에 충분한 증거였다. 그는 피차 능력을 따지려 드는 대신 마음을 가라앉히고 밀톤의 대표인 드라간과 점심 약속을 잡았다. 그렇게 만난 두 사람은, 지금 상황이 세포가 처음 생각했던 것보다 훨씬 심각하며 이 의원의 경호를 강화해야 한다는 결론에 이르렀다. 영리한 토르스텐은 대화만으로도 드라간의 직원들이 어떠한지 충분히 파악할 수 있었다. 그들은 이 일에 요구되는 능력을 갖췄을 뿐 아니라 세포 요원 못지않게 훈련된 전문가들이었다. 보유한 장비는 오히려 그들이 나을 수도 있겠다는 생각까지 들었다. 이렇게 해서 둘은 문제를 해결하기 위해 합의했다. 드라간의 직원들이 밀착 경호를 책임지고, 세포는 수사를 진행하면서 모든 경비를 부담한다는 내용이었다.

이 일을 통해 둘은 한 가지 사실을 더 발견했다. 서로 모두 존중할 만한 사람들이며, 일하는 동안 호흡이 척척 맞는다는 사실이었다. 이후에도 협력할 일이 있어 몇 번 더 만났다. 그러면서 토르스텐은 드라간이 갖춘 전문적 능력을 깊이 존경하게 되었고, 그가 저녁식사에 초대하거나 은밀한 대화 자리를 마련하면 언제든 응할 준비가 되어 있었다.

하지만 그는 드라간이 심지가 타들어가는 폭탄을 자기 무릎 위에 턱 올려놓을 줄은 정말이지 꿈에도 생각하지 못했다.

"그러니까 자네 말은 우리 세포가 지금 범죄행위를 벌이고 있단 말이야?"

"아냐, 그건 자네가 잘못 이해했어." 드라간이 대답했다. "세포에 고용된 특정한 인물들 몇몇이 그런 일을 저지르고 있단 말이야. 세포 지휘부나 정부가 이런 행위를 승인했을 거라고는 단 일 초도 생각해본 적 없어."

토르스텐은 크리스테르 말름이 찍은 사진들을 들여다보았다. 차량번호가 KAB로 시작하는 자동차에 올라타는 한 사내의 모습이었다.

"드라간…… 이게 농담은 아니지?"

"차라리 농담이면 좋겠네."

토르스텐은 미간을 찌푸리고 잠시 생각했다.

"자, 그럼 내가 어떻게 해주길 바라는데?"

다음날 오전, 토르스텐은 안경알을 꼼꼼히 닦으며 골똘히 생각에 잠겨 있었다. 그는 머리가 희끗희끗했고 귀가 큼직했으며 얼굴은 강하고도 정력적인 인상을 풍겼다. 다만 이날은 얼굴에 당혹감이 더 짙었다. 지금 그는 쿵스홀멘에 있는 경찰청사에서 자신의 사무실에 앉아 있었다. 드라간에게 들은 정보를 어떻게 처리해야 할지 생각하느라 지난밤을 꼬박 새우다시피 하고 출근한 터였다.

마음이 착잡하고도 무거웠다. 세포는 모순적인 기관이었다. 거의 모든 정당들이 불가피하게 세포가 필요하다는 사실을 인정하고 있지만, 한편으론 온갖 어처구니없는 음모론들을 쏟아내며 의심의 눈초리를 보내기도 했다. 물론 그동안 스캔들이 적지 않았다. 특히 급진 좌파가 득세했던 1970년대에는 위헌적 행위들이 심심찮게 벌어졌다. 다섯 차례의 특별조사와 거센 비판을 받은 이후, 세포는 새로운 세대의 공무원들로 채워졌다. 일반 경찰의 금융범죄 단속반, 불법 무기 단속반, 사기범죄 단속반 등에서 스카우트된 이들은 정치적 환상을 추적하기보다는 실제적인 범죄를 수사하는 데 더 익숙한 전문 인력이었다.

세포는 현대화됐고, 특히 헌법수호부는 새롭고도 중요한 역할을 부여받았다. 정부가 규정한 대로 국가 안전을 위협하는 모든 내부 요소를 색출하고 예방하는 일이었다. 다시 말해 의사 결정권이 있는 정치 기구나 당국자를 특정한 방향으로 결정을 내리도록 유도하거나 시민에게 헌법에 규정된 자유와 권리를 누리지 못하게 하기 위해 스웨덴 헌법을 변질시키려는 목적으로 폭력, 위협, 혹은 강제력 등을 사용하는 모든 불법적 활동을 방지하는 것이었다.

즉 헌법수호부의 임무는 실제적이거나 존재하리라고 추정되는 반

민주적 음모에 맞서 스웨덴의 민주주의를 지키는 일이었다. 주요 경계 대상은 무정부주의자와 네오나치였다. 아나키스트들은 시민 불복종이라는 미명하에 고급 모피점을 방화하는 자들이었고, 네오나치는 정의 그대로 민주주의의 적이었다.

토르스텐은 법학 공부를 마친 뒤 검사로 경력을 시작했고, 그후론 이십일 년간 세포에서 일했다. 처음엔 요인보호부에서 현장 임무를 수행하다가 헌법수호부로 자리를 옮겨 분석과 관리 업무를 하면서 마침내는 부서의 총책임자 자리에까지 올랐다. 다시 말해 그는 스웨덴 민주주의의 방어를 책임지는 경찰 병력의 최고 수장이었다. 토르스텐은 스스로를 민주주의 옹호자로 여겼다. 그의 논리는 매우 간단했다. 헌법은 의회가 세웠으며, 자신의 임무는 헌법이 훼손되지 않도록 지키는 일이었다.

스웨덴의 민주주의는 '의사표현 자유법'이라는 단 하나의 법 위에 서 있다고 할 수 있다. 이 법은 무엇이든 표현하고 생각하고 믿을 수 있는 불가침의 권리를 규정하고 있다. 그리고 이 권리는 모든 스웨덴 시민에게 부여된다. 제정신 아닌 나치들로부터 걸핏하면 돌팔매질에 나서는 무정부주의자들에 이르기까지, 그리고 그사이에 위치한 모든 종류의 인간들에게 이 권리는 공평하게 주어진다.

그 밖의 모든 기본법들—예를 들어 내각법—은 '의사표현 자유법'의 실천적인 연장일 뿐이다. 다시 말해 이 법에 민주주의의 생사가 달려 있다. 따라서 토르스텐은 각자가 원하는 바대로 자유롭게 생각하고 표현하는 스웨덴 시민들의 권리를 지키는 일이야말로 자신의 가장 중요한 책무라고 생각했다. 설사 그들의 생각과 발언이 자신으로선 전혀 동의할 수 없는 것이라 할지라도 말이다.

하지만 자유는 모든 걸 허용한다는 뜻이 아니다. 어떤 이들—특히 소아성애자들과 인종주의자 그룹—은 문화 정책을 논하면서 극단적인 표현의 자유를 주장하지만 그건 헛소리일 뿐이다. 모든 민주주의에는 한계가 있는 법이며, '의사표현 자유법'의 한계는 '언론 자유 규제법'으로 설정되어 있다. 이 법률은 원칙적으로 네 가지 제한을 규정한다. 첫째, 아동 포르노나 그 어떤 종류의 성폭력 장면을 발표하는 걸 금지한다. 제작자가 주장하는 예술성이 아무리 드높다 할지라도. 둘째, 반역이나 범죄를 범하도록 선동하는 일을 금지한다. 셋째, 다른 시민에 대한 험담과 중상을 금지한다. 넷째, 인종적 증오를 부추기는 행위를 금지한다.

'언론 자유 규제법' 역시 국회의 비준을 거쳤으며, 사회적·민주적으로 용인될 수 있는 하나의 사회적 제약, 다시 말해 문명사회의 틀이 되는 사회계약이다. 이 법안의 핵심 의미는 어떤 인간도 타인을 박해하거나 모욕할 권리가 없다는 것이다.

'의사표현 자유법'이나 '언론 자유 규제법' 둘 다 국가법이기 때문에 법률에 대한 준수를 보장하기 위해 책임 기관이 있어야 한다. 스웨덴에서는 두 기관이 분담하고 있다. 첫번째는 검찰총장실로 '언론 자유 규제법' 위반 행위를 기소하는 임무를 수행한다.

토르스텐은 이 점이 전혀 만족스럽지 못했다. 그가 생각하기에 검찰총장실은 스웨덴 헌법에 직접적으로 위배되는 범죄행위들을 기소하는 데 지나치게 관용적인 자세를 취하고 있었다. 민주주의 원리는 굉장히 중요하기 때문에 극단적인 경우에만 개입하고 기소해야 한다는 게 검찰총장실의 다변이었다. 하지만 사람들은 이러한 태도에 대해 점점 더 의문을 제기했다. 특히 스웨덴 헬싱키위원회 사무총장 로베르트 호르드가 검찰총장실의 활동이 최근 몇 년간 얼마나 부족했는지 보여주는 보고서를 제출한 이후 이러한 의문은 더욱 커졌다. 보고서는 인종 혐오를 부추긴 인물을 기소하고 유죄판결하는 일은 거의 불가능하다고 주장했다.

두번째 기관은 세포 내 부서인 헌법수호부로 토르스텐은 자신의 임무를 매우 심각하게 받아들였다. 자신의 직책이야말로 스웨덴 경찰이 맡을 수 있는 가장 멋지고도 중요한 자리라고 확신했으며, 검찰과 경찰을 막론하고 스웨덴의 그 어떤 자리와도 맞바꿀 의향이 없었다. 간단히 말해 그는 스웨덴 경찰 전체에서 정치경찰 역할을 수행하도록 공식적으로 임명받은 유일한 존재였다. 그것은 큰 지혜와 엄정한 정의 감각이 요구되는 미묘한 책무였다. 정치경찰이 민주주의에 대한 최대 위협으로 쉽사리 둔갑할 수 있다는 사실을 너무도 많은 나라들의 역사가 보여주지 않았던가?

언론매체와 일반 대중은 나치 추종자들과 극단적 채식주의자들을 관리하는 게 헌법수호부의 주요 임무라고 생각한다. 그런 집단들이 헌법수호부의 관심 대상인 건 사실이지만 이외에도 수많은 기관들과 사회적 현상들이 직무 영역에 포함된다. 예를 들어 스웨덴 국왕 혹은 군사령관이 의회제도는 더이상 시대에 맞지 않으며 국회는 군사독재 체제로 대체되어야 한다는 생각을 품었을 경우, 국왕과 군사령관은 즉시 헌법수호부의 감시 대상이 된다. 아니면 경찰관들이 어느 개인의 헌법적 권리를 침해할 정도로 법을 자유롭게 해석하기로 결정했다면 이 역시 헌법수호부가 대응할 대상이었다. 그리고 사안이 심각할 경우엔 검찰총장실도 수사에 관여하고 총지휘권을 행사하게 되어 있다.

문제는 헌법수호부가 사안을 분석하고 확인하는 기능만 수행할 뿐 실제적으로 개입할 수단은 지니지 못했다는 점이었다. 그 때문에 나치 추종자들을 체포할 때는 보통 경찰이나 세포의 다른 부서가 출동하곤 했다.

토르스텐은 이런 상황이 몹시 못마땅했다. 거의 모든 민주국가에서는 일정한 형태로 독립적인 헌법재판소를 두어 권력기관이 민주주의를 침해하는 일이 없도록 임무를 부여하고 있다. 스웨덴에서 이 임무는 검찰총장이나 일종의 행정감찰관인 '의회 옴부즈맨'*에게 주어진다. 하지만 사건을 실제적으로 처리할 때는 관련 부처의 결정에 따라야 한다는 제약이 있다. 스웨덴에도 헌법재판소가 있었다면 리스베트의 변호사는 국가가 그녀의 헌법상 권리를 침해한 사건에 대해 즉각 소송을 제기했을 것이다. 그러면 헌법재판소는 사건이 해결될 때까지 모든 관련 서류를 제출하도록 요구하고, 수상을 포함한 관련자를 전부 소환했을 것이다. 하지만 현상황에서 그녀의 변호사는 기껏해야 의회 옴부즈맨에게 민원을 제기할 수 있을 뿐이다. 세포에 찾아가서 문건을 보자고 요구할 권한도 없는 그 기관에 말이다.

여러 해 동안 토르스텐은 헌법재판소 설치를 열렬히 지지해왔다. 헌법재판소만 있었다면 드라간이 준 정보를 간단하게 처리할 수 있었다. 경찰에 사건을 신고하고 헌법재판소에 관련 자료를 넘기면 그만이다. 그럼 가차없이 법적 절차가 시작되리라.

지금 상황에서는 예비수사를 벌일 법적 권한이 토르스텐에게 없었다.

그는 한숨을 쉬면서 코담배 가루를 조금 집었다.

만일 드라간이 말한 정보가 사실이라면 세포의 고위 간부 몇 사람이 한 스웨덴 여성에게 가해진 심각한 범죄들을 눈감아주었다는 뜻이다. 그리고 허위 진단서를 근거로 내세워 그녀의 딸을 정신병원에 가뒀으며, 소련 첩보요원 출신의 남자가 무기와 마약과 섹스를 마음껏 밀매할 수 있도록 허가해줬다는 얘기다. 토르스텐은 자신도 모르게 얼굴을 찡그렸다. 대체 이들은 그동안 얼마나 많은 위법행위를 저질러왔단 말인가? 그 수를 일일이 헤아려볼 엄두도 나지 않았다. 거기다 미카엘의 아파트에 침입하고 리스베트의 변호사를 습격한 일, 어쩌면 살라첸코의 암살을—토르스텐은 믿고 싶지도 않았다—공모한 일까지 더한다면……

그야말로 진흙탕 같은 이야기였고, 그로선 거기에 발을 들여놓고

---

* 스웨덴에서 창안한 옴부즈맨 제도는 국민을 대신해 공공조직의 활동을 감시한다.

싶은 생각이 조금도 없었다. 하지만 불행하게도 드라간이 초대한 저녁식사에 응한 바로 그 순간 그의 발은 이미 그 속에 빠져 있었다.

이제 이 일을 어떻게 처리해야 할까? 기술적으로 보면 대답은 간단했다. 드라간이 한 이야기가 사실이라면 지금까지 리스베트는 헌법이 보장하는 자유와 권리를 행사할 기회를 철저히 박탈당해왔다. 헌법적 관점에서 보면 마치 뱀 둥지처럼 얽히고설킨 골치 아픈 문제였다. 즉 어떤 정치기관 혹은 결정권을 가진 당국자들이 결정을 내리는 데 모종의 입김을 받았을 수 있다는 뜻이다. 이는 헌법수호부가 맡은 임무의 핵심에 맞닿아 있었다. 토르스텐은 경찰로서 범죄가 벌어지고 있다는 사실을 알게 됐고, 이를 검사에게 알리는 게 그의 임무였다. 하지만 실제적으로 해답은 그리 간단치 않았다. 아니, 너무도 복잡했다.

모니카 피게롤라 형사는 이름은 이국적이지만 스웨덴 토박이였다. 달라르나에서 태어났으며, 그녀의 가문은 구스타브 바사 시대, 즉 16세기부터 스웨덴에서 살아왔다. 어딜 가나 사람들의 눈길을 끄는 여자였고, 거기엔 여러 이유가 있었다. 올해 서른여섯 살인 그녀는 키가 184센티미터에 달했다. 눈은 파랬고 곱슬곱슬한 금발은 짧게 잘랐다. 워낙에 미인인데다 패션 감각까지 좋아서 더욱 매력적으로 보였다.

그녀는 운동으로 다져진 탄탄한 몸매의 소유자였다. 십대 시절에 꽤 실력 있는 육상선수였고, 열일곱 살엔 올림픽 국가대표감으로 이름이 오르내리기도 했다. 이후 운동을 그만두었지만 매주 닷새씩 체육관에서 강도 높은 트레이닝을 계속해왔다. 운동에 대한 그녀의 열정은 일종의 중독에 가까웠다. 운동할 때 분비되는 엔도르핀이 마치 마약처럼 작용해 운동을 쉴 때면 견딜 수 없는 결핍감을 느꼈다. 그녀는 조깅, 근력 운동, 테니스, 가라테를 즐겼으며 십 년간 보디빌딩에 열중하기도 했다. 매일 두 시간씩 역기를 들며 극단적으로 육체의 아름다움을 추구했던 그녀는 이 년 전부터 운동 시간을 크게 줄였다. 이제는 하루에 삼십 분씩만 운동을 하지만 근육과 체력은 여전해서 짓궂은 동료들은 그녀를 '미스터 피게롤라'라고 부르곤 했다. 민소매 셔츠나 여름 원피스를 입을 때면 유난히 튼튼한 이두박근과 어깨가 눈에 띄었다.

이러한 그녀의 체격에 적잖은 남성 동료들이 심기 불편해했다. 그녀는 두뇌 또한 명석했다. 고등학교를 수석으로 졸업한 후 스무 살에 경찰학교에 입학했고, 구 년간 웁살라에서 근무했다. 남는 시간엔 법학을 공부했으며 심심풀이로 정치학 학위를 따기도 했다. 추리소설이나 다른 문학 작품은 거의 읽지 않았다. 반면 국제법에서 고대사까지 다양한 교양서들을 흥미롭게 탐독했다.

순경으로 경찰 경력을 시작한 그녀는—웁살라 거리의 안전을 생각하면 큰 손실이었지만—범죄 수사관으로 진급해 범죄수사대와 경제사범 특별수사대 등에서 근무했다. 2000년에 세포 웁살라 지부에 지원했고, 2001년에는 스톡홀름 본부로 들어왔다. 처음엔 방첩 업무를 맡았지만 거의 동시에 헌법수호부로 스카우트됐다. 그녀의 부친과 아는 사이였던 토르스텐이 그녀를 관심 있게 지켜보고 있었기 때문이다.

마침내 드라간이 준 정보에 대해 무언가 행동을 취해야겠다고 결정한 토르스텐은 잠시 생각한 뒤 수화기를 들어 자기 방으로 모니카를 불렀다. 그녀가 헌법수호부에서 근무한 지는 아직 삼 년이 안 됐다. 다시 말해 틀이 잡힌 사무직 요원이라기보다 아직은 팔팔한 현장 경찰관에 가까웠다.

이날 그녀는 달라붙는 청바지와 감청색 재킷 차림에 굽 낮은 청록색 샌들을 신고 있었다.

"자네 요즘 무슨 일을 하고 있지?" 토르스텐이 자리를 권하며 인사를 대신해서 물었다.

"식료품 가게에서 발생한 강도 사건을 조사하고 있어요. 아시죠? 이 주 전 베름란드 순네에서 일어난 사건."

물론 식료품 가게에서 일어나는 강도 사건은 세포의 소관이 아니라 전적으로 일반 경찰의 몫이었다. 모니카는 요원 다섯 명으로 구성된 팀을 이끌며 정치사범을 분석하는 일을 하고 있었다. 그들의 가장 중요한 도구는 일반 경찰의 사건 보고 네트워크에 연결된 컴퓨터들이었다. 스웨덴 전역의 경찰서에서 작성되는 거의 모든 조서는 모니카 팀의 컴퓨터로 들어오게 되어 있었다. 특별한 프로그램이 깔린 컴퓨터들이다. 조서가 입력되면 그 프로그램은 자동으로 내용을 스캔한 뒤 310가지 특정한 키워드들—깜둥이, 스킨헤드, 하켄크로이츠, 이민자, 무정부주의자, 히틀러식 경례, 나치, 국민민주당, 조국의 배신자, 유대인 창녀, 이슬람교도 등등—에 반응했다. 경찰 조서에 이러한 단어가 나타나면 컴퓨터는 경보를 보내고, 문제의 조서는 면밀하게 검토된다. 그리고 필요한 경우에는 보다 정확한 확인을 위해 진행중인 예비수사에 접근할 권한을 요구할 수 있었다.

헌법수호부의 업무 중 하나는 〈국가 안전 위협 요소〉라는 연례보고서를 발표하는 일이다. 정치사범에 관해 신뢰할 만한 통계를 제공하는 유일한 자료라 할 이 보고서는 전적으로 경찰서에서 작성한 조서들에 근거한다. 이번 강도 사건의 경우 '이민자' '견장' '깜둥이'라는 세 가지 키워드에 반응했다. 복면을 하고 권총으로 무장한 두 젊은 남자가 이민자가 경영하는 식료품 가게를 털었다. 그들은 현금 2780크로나와 담배 한 줄을 강탈했다. 강도 한 명이 입은 점퍼에는 스웨덴 국기 견장이 달려 있었다. 다른 강도는 가게 주인에게 '더러운 깜둥아!'라고 수차례 소리쳤으며 그를 바닥에 납작 엎드리게 했다.

이 정도면 모니카 팀이 예비수사 자료를 입수해 들여다볼 이유가 충분했다. 강도들이 베름란드의 네오나치 그룹들과 연결됐는지, 이 사건을 인종주의 범죄로 분류해야 할지를 판단해야 했다. 만일 그렇다면 이 강도 사건은 다음번 통계에 포함되고, 그다음엔 빈의 유럽연합 사무국에서 매년 펴내는 통계 자료에 들어가 분석된다. 반면 강도들이 단순한 치기로 스웨덴 국기가 달린 점퍼를 샀고, 이민자 가게에 들어간 것도, '깜둥이'를 외친 것도 순전히 우연이었다고 밝혀질 수도 있었다. 그렇다면 모니카 팀은 이 사건을 통계 자료에서 삭제한다.

"자네에게 골치 아픈 일을 하나 맡겨야겠어." 토르스텐이 말했다.

"그렇습니까?"

"자네에게 큰 문제를 가져올 수도 있는 일이야. 심지어는 경력을 크게 망가뜨릴 수도 있어."

"말씀하세요."

"반대로 일이 잘되면 경력에 굉장한 발전이 있을 거야. 난 자네를 헌법수호부 출동 수사팀으로 옮기려고 해."

"죄송하지만 헌법수호부엔 출동 수사팀에 없잖습니까?"

"있어. 이제부터 말이야. 오늘 아침에 만들었네. 현재는 팀원이 자네 혼자뿐이지만."

모니카는 미심쩍은 표정을 지었다.

"헌법수호부는 국내에 존재하는 위협 요소들에 맞서 헌법을 수호하는 일을 하지. 네오나치나 무정부주의자 같은 이들 말이야. 하지만 헌법을 위협하는 요소가 우리 조직 내부에 있다면 어떻게 해야 할까?"

이어 그는 약 삼십 분에 걸쳐 지난밤 드라간이 준 정보를 그녀에게 상세히 들려주었다.

"그런데 정보원이 누군가요?"

"현재로선 그건 조금도 중요하지 않아. 우리 손에 들어온 정보 자체에만 집중해."

"제가 알고 싶은 건, 그 정보제공자가 신뢰할 만한 인물이냐는 거예요."

"난 그를 여러 해 전부터 알아왔고 아주 신뢰할 만한 사람으로 여기고 있어."

"이 모든 얘기들은…… 글쎄, 잘 모르겠네요. 있을 법하지 않은 얘기라고나 할까요?"

"스파이소설처럼 말이지."

"그래서 제가 무얼 하길 바라시는 겁니까?"

"지금부터 다른 일은 모두 내려놔. 이제 자네가 할 일은 단 하나야. 이 이야기가 어디까지 진실인지를 검토해줘. 이 이야기가 사실인지, 아니면 헛소리인지 말이야. 단, 보고는 나한테만 직접 하도록. 다른 사람에게 해서는 안 돼."

"이 일을 하면서 다칠 수도 있다고 하신 말씀이 무슨 뜻인지 알겠네요."

"그래. 하지만 이 이야기가 사실이라면…… 극히 일부만이라도 사실이라면 우리가 관리해야만 하는 매우 심각한 헌법적 위기야."

"무엇부터 시작할까요? 제가 어떻게 해야 하죠?"

"가장 간단한 일부터 시작해. 먼저 1991년에 군나르 비에르크가 쓴 이 경찰 보고서부터 읽어봐. 그런 다음, 지금 미카엘 블롬크비스트를 감시하는 자들을 모두 파악하도록. 정보제공자 말로는 자동차 주인은 경찰 출신인 40세의 예란 모르텐손이야. 주소지는 벨링뷔의 비탕이가탄이고. 미카엘이 가져온 사진들에 나오는 다른 인물들도 신원을 확인해봐."

"알겠습니다."

"그다음엔 에베르트 굴베리의 과거를 조사해봐. 난 이름을 들어본 적이 없지만, 분명 세포와 관계가 있을 거라고 하더군."

"세포의 누군가가 78세의 노인에게 첩보요원 암살을 의뢰했다는 뜻인가요? 믿기지 않는 얘기네요."

"그래도 확인해봐. 이 수사는 비밀리에 진행하도록 해. 뭐든 조치를 취할 일이 생기면 먼저 내게 알려줘. 어떤 파문도 일으키고 싶지 않으니까."

"지금 부장님이 지시하시는 건 엄청난 수사예요. 어떻게 그걸 혼자서 할 수 있죠?"

"혼자 하게 되지는 않을 거야. 일차적으로 확인하는 작업만 해줘. 만일 아무것도 찾아내지 못한다면 거기서 끝이야. 반대로 수상쩍은 게 나오면, 그때 가서 어떻게 할지 생각해보자고."

모니카는 경찰청 체육관에서 역기를 들며 점심시간을 보냈다. 그녀는 점심으로 블랙커피와 미트볼 샌드위치, 그리고 비트 샐러드를 사무실로 들고 갔다. 문을 닫고 책상 위를 치운 후 샌드위치를 먹으며 군나르의 보고서를 읽기 시작했다.

부록으로 첨부된 군나르와 페테르 박사의 서신도 읽었다. 그러면서 확인해야 할 이름과 사건을 빠짐없이 적었다. 두 시간쯤 지났을 때 그녀는 일어나 커피머신으로 가서 커피를 더 가져왔다. 사무실을 떠날 때는 문 잠그는 걸 잊지 않았다. 세포의 일상적인 절차에 속하는 일이었다.

그녀는 문건의 일련번호를 확인하는 일부터 시작했다. 문헌 담당자에게 전화로 문의해보니 그런 보고서는 존재하지 않는다고 했다. 그다음엔 언론 자료를 훑어보았다. 여기선 더 많은 정보를 얻을 수 있었다. 석간신문 두 개와 조간신문 하나에 1991년 그날 룬다가탄 거리에서 일어난 자동차 화재 사건에 관한 기사가 실려 있었다. 피해자는 이름이 알려지지 않은 중년 남성이었다. 한 석간신문이 보도한 목격자 증언에 따르면 어린 소녀가 고의로 화재를 일으켰다고 한다. 바로 이것이 리스베트가 살라첸코라는 소련 첩보요원에게 휘발유가

든 우유팩을 던졌다는 사건인 모양이었다. 적어도 실제로 일어난 사건은 맞는 듯했다.

보고서를 쓴 군나르 비에르크도 실존한 인물이었다. 외국인 담당 특별부 소속에 꽤 알려진 간부급 직원으로, 병가를 내고 쉬다가 자살했다고 했다.

세포 인사부는 1991년에 그가 무슨 임무를 진행했는지 알려줄 수 없었다. 그에 대한 정보는 심지어 세포 요원들에게도 기밀이었다. 이것도 특별한 일이라고는 할 수 없었다.

리스베트가 1991년에 룬가가탄에 살았고, 그후 이 년간 상트스테판 정신병원에 있었다는 사실은 쉽게 확인됐다. 적어도 이 부분은 보고서 내용과 실제가 일치했다.

페테르 텔레보리안은 방송에 자주 출연하는 꽤 유명한 정신과 전문의였다. 1991년에 상트스테판 정신병원에서 근무했으며 지금은 그곳의 수석 의사다.

모니카는 한참 동안 이 보고서가 의미하는 바를 생각해봤다. 그런 다음 인사부 차장에게 전화를 걸었다.

"문의할 게 있는데요. 약간 복잡합니다."

"뭐죠?"

"헌법수호부에서 사안 하나를 분석하고 있습니다. 어떤 사람의 신뢰도와 정신 건강 상태를 평가하는 일이죠. 그래서 정신과 의사 같은 전문가가 필요해요. 단, 기밀을 다룰 자격이 있는 사람으로요. 페테르 텔레보리안 박사 얘기를 들었어요. 혹시 그 사람을 써도 되는지 궁금합니다."

잠시 후에 답변이 돌아왔다.

"페테르 텔레보리안 박사는 몇 차례 우리와 함께 일한 외부 고문입니다. 그에게 기밀 취급 허가가 나 있으니 일반적인 용어로 그와 기밀들을 논의할 수 있어요. 하지만 그와 접촉하려면 먼저 행정 절차를 거쳐야 합니다. 당신 상관의 승인을 받아 페테르 박사의 자문을 허가해달라는 공식 신청서를 제출해야 해요."

그녀는 심장이 쿵 내려앉았다. 지금 자신은 극소수의 사람만이 알고 있을 내용을 확인했다. 그렇다. 페테르는 세포와 관계가 있었다. 보고서 내용이 어느 정도 믿을 만하다는 얘기였다.

그녀는 이쯤에서 보고서를 내려놓고 토르스텐이 준 다른 자료로 넘어갔다. 크리스테르 말름이 촬영한 두 인물을 검토하기 시작했다. 5월 1일 코파카바나 카페에서부터 미카엘 기자를 미행했다는 자들이었다.

차량 등록 데이터베이스를 조회한 결과, 예란 모르텐손은 실존 인물이며 문제의 번호판을 단 회색 볼보의 소유주였다. 세포 인사부에 문의해보니 분명 세포의 직원이었다. 이건 그녀가 할 수 있는 가장 간단한 조사였고, 이 정보마저 문제가 없어 보였다. 그녀의 심장이 한번 더 내려앉았다.

예란 모르텐손은 세포 요인보호부 소속이었다. 경호원으로서 수상의 보안을 여러 차례 담당했던 팀의 일원이었다. 하지만 몇 주 전부터 방첩부에서 임시로 근무하고 있었다. 4월 10일부터였다. 살라첸코와 리스베트가 살그렌스카 병원에 입원하고 난 며칠 후부터 다른 부서로 임시 전출된 것이다. 이 역시 특별한 일이라고는 할 수 없었다. 급한 상황에서 인력을 이동하는 일은 세포에선 다반사로 일어났다.

모니카는 방첩부 차장에게 전화를 걸었다. 그녀 역시 그 부서에서 잠시 일한 적이 있었고, 그때부터 개인적으로 알고 지내는 사람이었다. 그녀는 지금 예란 모르텐손이 중요한 임무를 수행하고 있는지, 아니라면 헌법수호부에 와서 일을 좀 도와줄 수 없겠는지 물었다.

방첩부 차장은 당황스러워했다. 그는 미안하다는 말과 함께 뭔가 잘못된 정보를 받은 모양이라면서 요인보호부 소속이었던 예란은 방첩부에서 일하지 않는다고 했다.

수화기를 내려놓은 모니카는 거의 이 분간 전화기만 뚫어지게 쳐다보았다. 요인보호부는 그가 방첩부로 가 임시 근무를 하고 있다고 알고 있었다. 그런데 방첩부는 그에게 도움을 요청한 적이 없다고 한다. 이러한 인사 이동을 승인하고 관리하는 사람은 세포 사무처장이다. 그녀는 사무처장과 통화해보려고 수화기에 손을 뻗었다가 이내 생각을 바꿨다. 만일 요인보호부가 그를 보냈다면 분명 사무처장이 승인했을 터였다. 하지만 그는 방첩부에 없다. 사무처장은 이 사실 역시 알고 있을 것이다. 그가 미카엘을 미행하는 부서에서 일하고 있다면 사무처장은 그 또한 알고 있을 것이다.

토르스텐은 파문을 일으키지 말라고 당부했다. 지금 사무처장에게 질문을 하는 건 조그만 연못에 커다란 돌덩이를 던지는 일이나 마찬가지였다.

월요일 오전 10시 반이 조금 넘은 시각이었다. 에리카는 유리방 책상 앞에 앉아 땅이 꺼질 듯 긴 한숨을 내쉬었다. 방금 휴게실에서 가져온 커피가 절실하게 필요한 상태였다. 출근해서 몇 시간 동안 두 건의 회의를 했다. 십오 분 만에 끝난 첫번째 회의에서는 편집차장 페테르 프레드릭손이 그날 일정을 설명해주었다. 안데르스 홀름을 좀처럼 신뢰할 수 없었기 때문에 갈수록 페테르의 판단에 의존하게 되는 상황이었다.

그후 한 시간 동안 계속된 두번째 회의의 참석자는 〈SMP〉 회장 망누스 보리셰, 재무국장 크리스테르 셸베리와 예산부장 울프 플로딘이었다. 우선 광고시장 침체와 판매부수 감소 같은 이야기가 이어졌다. 재무국장과 예산부장은 적자를 줄이기 위한 조치가 필요하다는 데 뜻을 같이 했다.

"올해 1분기는 광고 수입이 약간 증가하고 연초에 고액 연봉자 두 명이 퇴직한 덕분에 그럭저럭 넘겼어요. 두 자리는 아직 공석이고요." 울프 플로딘이 설명했다. "이번 분기는 약간 적자를 볼 듯합니다. 그런데 현재 〈메트로〉나 〈스톡홀름 시티〉 같은 무가지들이 광고 시장을 크게 잠식해들어오는 실정이에요. 아마 3분기에는 상당한 적자를 보리라고 예상합니다."

"그럼 대응 방안은요?" 망누스가 물었다.

"유일한 선택은 인력 삭감이에요. 2002년 이후로 정리 해고가 없었어요. 제 생각엔 올해 말까지 적어도 열 자리는 없애야 하지 않을까 싶습니다."

"어떤 자리를요?" 에리카가 물었다.

"여기서 조금, 저기서 조금, 그런 식으로 긁어내야겠죠. 지금 스포츠부에는 전일 근무 여섯 자리와 반일 근무 한 자리가 있어요. 이걸 전일 근무 다섯 자리로 내려야 합니다."

"내가 알기로 거긴 지금 맡은 일만으로도 허덕대고 있어요. 여기서 인원을 삭감한다는 건 스포츠 지면 자체를 줄이겠다는 말이나 마찬가지라고요."

울프가 어깨를 으쓱했다.

"어디 더 좋은 생각이 있다면 기꺼이 경청하죠."

"더 좋은 생각은 없습니다. 다만 원리를 잊지 말자는 거죠. 인력을 감축하면 신문은 얇아질 수밖에 없습니다. 신문이 얇아지면 독자 수도 감소하고 결과적으론 광고주 수도 감소해요."

"끝없는 악순환이죠, 뭐." 재무국장이 한탄했다.

"난 이런 흐름을 역전시키려고 채용됐습니다. 신문을 변화시키고 독자들 눈에 더욱 매력적으로 보이기 위해 공격적인 전략을 취하겠다는 뜻입니다. 하지만 인원을 감축하면 그게 가능하겠습니까?"

그녀는 망누스 쪽으로 고개를 돌렸다.

"이 신문은 얼마 동안 출혈을 버틸 수 있죠? 회복 불가능점에 이르기 전에 앞으로 얼마나 더 적자를 감당할 수 있냐는 뜻입니다."

망누스 입술을 내밀었다.

"1990년대 초반 이후로 〈SMP〉는 자산의 상당 부분에서 손실을 보았네. 주식 포트폴리오 가치는 지난 십 년 사이에 거의 30퍼센트나 내려갔고. 그중 대부분이 IT 쪽에 투자됐는데, 그쪽으로 막대한 돈이 빠져나갔지."

"〈SMP〉가 독자적으로 기사 편집 시스템을 개발했다던데요. AXT라는 프로그램 말이에요. 거기에 얼마 들었나요?"

"500만 크로나 정도."

"도무지 이해가 안 되는군요. 그보다 훨씬 싼 프로그램들이 시장에 널렸잖아요? 왜 꼭 독자적으로 프로그램을 개발해야 했죠?"

"에리카, 그러니까…… 실은 나도 그 이유를 알고 싶네. 전임 IT 책임자가 그렇게 하자고 우릴 설득했어. 장기적으로 이익인데다 프로그램 사용권을 다른 신문사에도 팔 수 있다고 했지"

"그래서 누가 샀나요?"

"음, 노르웨이에 있는 지방 신문사."

"참 장하네요." 에리카가 차갑게 내뱉었다. "자, 그럼 다음 질문. 우리가 쓰는 컴퓨터가 모두 오륙 년은 됐는데……"

"올해는 새 컴퓨터를 사는 데 들일 예산이 없어요." 울프가 잘라 말했다.

토론은 이런 식으로 계속됐다. 에리카는 자신이 이의를 제기하면 울프와 크리스테르에게 즉각 무시당한다는 걸 알아차렸다. 그들에게 중요한 건 오직 비용 절감뿐이었다. 물론 예산부장과 재무국장의 입장에선 그럴 수 있지만 신임 편집국장으로선 결코 받아들일 수 없는 일이었다. 가장 짜증나는 건 그들이 보이는 태도였다. 아무리 진지하게 얘기해도 그저 인자한 미소를 띤 채 거듭 그녀의 말을 뭉개버렸다. 에리카는 마치 어려운 문제를 풀어보겠다고 끙끙대는 여고생이 된 기분이었다. 이런 그들의 모습이 너무도 케케묵은 구식이라 우스꽝스럽기까지 했다. 얘야, 그렇게 복잡한 문제를 가지고 골머리 썩을 필요 없단다……

망누스는 큰 도움이 되지 못했다. 그는 자신의 관점을 제시하기보다 다른 사람들이 할말을 다 쏟아낼 때까지 기다리는 편을 택한 듯했다. 그래도 사람을 은근히 깔아뭉개는 태도를 보이진 않았다.

에리카는 한숨을 쉬며 노트북을 켰다. 새로 들어온 메일이 19개나 됐다. 그중 4개는 스팸 메일이었다. '비아그라 판매' '분당 4달러라는 저렴한 가격으로 인터넷에서 가장 섹시한 롤리타들과 사이버섹스를' '애니멀 섹스, 우주에서 가장 달콤한 말과의 섹스를 감상' 'fashion.nu에 가입하세요'…… 아무리 차단하려고 애를 써도 이 쓰레기 같은 메일들의 물결은 끊임없이 밀려들었다. 다른 7개 메일은 이른바 '나이지리아의 편지'였다. 사망한 아부다비 중앙은행장의 부인임을 자처하는 발신인이 믿기지 않는 금액을 보내주겠다는 내용이었다. 단, 서로 신뢰를 쌓는 의미에서 돈을 얼마 입금해야 한다는 조건이 있었다.

나머지 메일은 오전 사내 공지, 정오 사내 공지, 그날 사설에서 변경된 부분들을 보고하는 편집차장 페테르 프레드릭손의 메일, 〈밀레니엄〉에서 〈SMP〉로 옮기면서 발생한 수입 변화를 논의하기 위해 미팅을 갖자는 개인 회계사의 요청, 그리고 석 달마다 있는 치과 진료 알림 등이었다. 그녀는 스케줄러에 치과 진료를 적어두려다 그날 중요한 편집회의가 있어 약속을 변경해야 한다는 걸 알았다.

마지막으로는 centralred@smpost.se라는 발신인이 '편집국장에게'라는 제목으로 보낸 메일을 열었다. 그러면서 천천히 커피잔을 내려놓았다.

이 더러운 년아! 뭔데 그렇게 잘난 척이야, 걸레 같은 게. 그렇게 폼 잡고서 네 뜻대로 될 거라고 생각한다면 큰 오산이야. 네 뒷구멍에 드라이버를 하나 박아줄 테니 기다려, 더러운 년. 여기서 빨리 꺼지는 게 신상에 좋을걸?

에리카는 눈을 들어 편집부장 안데르스 홀름을 찾아봤다. 자리에도 없었고 편집국 사무실 어디에도 보이지 않았다. 다시 한번 발신인을 확인한 다음 수화기를 들어 IT 책임자 페테르 플레밍에게 전화를 걸었다.

"안녕하세요. centralred@smpost.se라는 주소를 쓰는 사람이 누구죠?"

"그런 사람은 없습니다. 우리 회사에 없는 주소예요."

"방금 전에 내가 이 주소로 메일을 받았거든요?"

"가짜 주소입니다. 그 안에 바이러스가 있던가요?"

"모르겠어요. 안티바이러스 프로그램이 반응하지 않은 건 확실해요."

"그렇군요. 그런 주소는 존재하지 않습니다. 진짜 같은 주소를 만드는 건 아주 쉬운 일이죠. 그런 메일을 발송할 수 있는 사이트는 수없이 많답니다."

"발신인을 추적할 수 있나요?"

"거의 불가능하다고 봐야죠. 발신자가 자기 컴퓨터를 사용할 정도로 멍청했다 하더라도요. IP 주소를 통해 서버를 찾아낼 순 있지만 핫메일 같은 계정을 썼다면 추적은 거기까지입니다."

에리카는 고맙다고 말하고 전화를 끊었다. 그러고는 잠시 생각했다. 이상한 사람들에게 협박 메일이나 쪽지를 받은 게 처음은 아니었다. 이번 메일은 명백히 그녀가 〈SMP〉의 편집국장이 된 일과 관련이 있었다. 대체 누구일까? 누군가가 호칸 모란데르의 장례식 때 그녀를 보고 엉뚱한 의심을 품은 걸까? 아니면 이 편집국 안에 있는 사람일까?

모니카는 에베르트 굴베리를 어떤 방식으로 조사해야 좋을지 여러모로 깊이 생각해봤다. 헌법수호부에서 일하면서 좋은 점 하나는, 전 스웨덴 경찰의 수사 자료 가운데 인종주의나 정치범죄와 관련된 것은 거의 모두 열람할 권한이 있다는 사실이었다. 살라첸코는 이민자였다. 그리고 그녀가 맡은 업무 중에는 외국인 거주민에게 가해진 폭력을 조사하고 거기에 인종주의적 성격이 있는지를 판별하는 일도 있었다. 살라첸코를 살해한 에베르트가 인종주의 조직과 연결되어 있는지, 혹은 이 범행과 관련해 인종주의적 발언을 한 적이 있는지 알아내기 위해 그녀에게는 수사 자료를 열람할 법적 권한이 있었다. 그녀는 자료를 요청해서 주의깊게 읽어나갔다. 에베르트가 법무부 장관에게 보낸 편지들을 발견했고, 인신공격적 욕설 가운데 '깜둥이들의 친구' '조국의 배신자' 같은 표현들이 섞여 있음을 알았다.

그때가 오후 5시였다. 모니카는 모든 자료를 금고에 넣고 열쇠로 잠갔다. 그리고 컴퓨터를 끄고 커피잔을 씻어놓은 후 퇴근길에 올랐다. 그녀가 활기찬 발걸음으로 찾아간 곳은 상트에리크 광장에 있는 피트니스 클럽이었고, 그곳에서 한 시간쯤 가볍게 몸을 풀었다.

운동을 마친 후에는 폰톤예르가탄에 있는 방 두 개짜리 아파트까지 걸어갔다. 샤워를 하고는 조금 늦긴 했지만 식이조절엔 별문제가 없을 저녁을 먹었다. 그녀는 같은 거리에서 세 건물 떨어진 곳에 사는 다니엘 모그렌을 부를지 잠시 생각했다. 목공이자 보디빌더인 다니엘은 삼 년 전부터 함께 운동하는 사이였다. 최근 몇 달 동안에는 편하게 섹스하는 관계가 됐다.

체육관에서 땀을 흠뻑 흘리는 일 못지않게 만족감이 큰 행위였다. 지금 자신은 서른을 훌쩍 넘어 마흔으로 달려가는 나이이니, 이젠 보다 지속적으로 함께 지낼 수 있는 남자에게 관심을 가져야 할지도 모른다. 아이를 갖는 일도 진지하게 고민해봐야 하리라. 하지만 분명히 다니엘 모그렌과는 아니었다.

　그녀는 잠시 망설이다가 이날 저녁에는 아무도 만나지 않기로 마음먹었다. 그리고 고대사 책을 한 권 들고 침대로 향했다.

13장
5월 17일 화요일

화요일 아침, 모니카는 6시 10분에 잠에서 깼다. 먼저 노르멜라르 스트란드 대로를 따라 한 바퀴 달린 후 샤워를 하고 8시 10분에 경찰청으로 출근했다. 오전은 전날 이끌어낸 결론들을 토대로 보고서를 작성하는 데 보냈다.

오전 9시, 토르스텐 에드클린트가 출근했다. 그녀는 그가 메일 처리 같은 잡무를 마칠 수 있도록 이십 분 정도 기다렸다가 사무실 문을 두드렸다. 그리고 자신의 상관이 보고서를 다 읽을 때까지 십 분을 기다렸다. 그는 네 장짜리 보고서를 처음부터 끝까지 두 번 읽었다. 그리고 이내 그녀를 쳐다보았다.

"사무처장이라······" 그는 중얼거리듯 말했다.

그녀는 고개를 끄덕였다.

"그가 분명 예란 모르텐손의 임시 전출을 승인했습니다. 그러니까 방첩부에 예란이 없다는 사실을 알고 있다는 얘깁니다. 요인보호부에선 그가 거기 있는 걸로 알고 있지만요."

토르스텐은 안경을 벗고 휴지를 한 장 빼내 세심하게 닦기 시작했다. 그리고 곰곰이 생각했다. 사무처장 알베르트 스헨케는 크고 작은 회의 자리에서 수없이 마주쳤지만 개인적으로 잘 아는 인물은 아니었다. 작달막한 키에 머리는 붉은 빛이 감도는 금발이었고, 나이가 들면서 배에 점점 살이 붙는 듯했다. 토르스텐은 그가 쉰다섯 살은 되었고, 세포에선 이십오 년 혹은 그 이상 근속했다는 걸 알았다. 사무처장이 된 지는 십 년이며 그전에는 사무부처장을 비롯해 조직에서 여러 자리들을 거쳤다. 그가 보기에 과묵한 사내였고, 필요하다면 주저 없이 거친 수단을 사용할 수도 있는 사람이었다. 그가 쉬는 시간을 어떻게 보내는지는 알 수 없었다. 어느 날 경찰청사 주차장에서 편한 옷차림을 하고 어깨에 골프 가방을 둘러멘 모습을 본 적은 있다. 몇 년 전에는 오페라 공연을 보러 갔다가 그와 마주치기도 했다.

"이상하다고 느낀 게 하나 있어요."

"뭐지?"

"에베르트 굴베리 말이에요. 1940년대에 군복무를 했고, 그다음엔 세무 변호사가 됐다가 1950년대에는 어디론가 슬그머니 사라져버렸어요."

"그래서?"

"어제 부장님과 얘기할 때는 마치 그가 청부살인업자 같았잖아요."

"설득력 없는 소리긴 하지만……"

"이상한 건 그의 과거 자료가 너무도 부족해서 마치 경력을 꾸며낸 듯한 느낌이 든다는 점이에요. 1950년대에서 60년대 사이에 세포와 군 첩보부는 외부에 위장 회사들을 만들고는 했었죠."

토르스텐은 고개를 끄덕였다.

"난 자네가 언제 그걸 생각해낼지 궁금했지."

"1950년대 인사 기록을 조회할 수 있도록 허가를 얻었으면 해요."

"안 돼." 토르스텐이 고개를 가로저었다. "그걸 열람하려면 사무처장에게 승인을 받아야 한다고. 우리가 좀더 뭔가를 알아내기 전까지 그가 눈치채선 안 돼."

"그렇다면 이제 뭘 해야 하죠?"

"예란 모르텐손. 지금 그가 뭘 하고 있는지 알아봐."

리스베트가 문 잠긴 병실 안에서 환기창을 자세히 관찰하고 있을 때 열쇠 돌아가는 소리가 들렸다. 고개를 돌려보니 안데르스 요나손 박사였다. 화요일 밤 10시가 넘은 시간이었다. 탈출 계획을 짜느라 한참 골몰해 있을 때 그가 불쑥 들어왔다.

그녀는 창문 크기를 가늠해봤다. 그 정도면 충분히 머리가 빠져나가고 몸도 문제없이 따라나갈 수 있을 것이다. 삼층이었지만 침대 시트를 찢어서 3미터 남짓한 스탠드 전선을 이으면 해결할 수 있었다.

그렇게 머릿속으로 치밀한 탈출 계획을 세웠지만 문제는 옷이었다. 지금 걸친 것이라곤 팬티에 환자용 가운, 그리고 간호사한테 빌린 고무 샌들뿐이었다. 다행히 수중에 현금 200크로나가 있었다. 안니카가 병원 매점에서 과자라도 사먹으라고 쥐여준 거였다. 이 돈이면 구제품 가게에서 싸구려 청바지와 티셔츠를 사 입을 수 있다. 물론 이 넓은 예테보리 바닥에서 그런 가게가 어디에 있는지 찾아내야 하겠지만. 남은 돈으론 플레이그에게 전화해야 했다. 그러면 모든 일이 순조롭게 풀린다. 리스베트는 탈출하고 며칠 후에 지브롤터로 날아가 새로운 신분을 만들어 어딘가에서 숨어 살 생각이었다.

안데르스가 면회객용 의자에 앉았다. 리스베트는 침대 모서리에 걸터앉았다.

"안녕, 리스베트? 요 며칠 자주 못 들러서 미안해요. 응급실 일로 정신이 없는데다 돌봐야 할 인턴이 둘이나 생겼어요."

그녀가 고개를 끄덕였다. 그가 특별 회진을 와준 건 뜻밖의 일이었다.

그는 차트를 들고 체온 그래프와 투약 상황을 체크했다. 체온은

37도에서 37.2도 사이로 안정적이었고, 지난 일주일간 두통 때문에 진통제가 필요한 적은 없었다.

"담당의가 헬레나 엔드린 박사죠? 그녀와는 잘 맞나요?"

"네, 괜찮아요." 리스베트는 건조하게 대답했다.

"내가 진찰 좀 해도 괜찮겠어요?"

그녀는 고개를 끄덕였다. 박사는 호주머니에서 펜라이트를 꺼내 앞으로 몸을 기울이고 눈동자에 빛을 비춰 홍채가 수축한 정도를 확인했다. 입을 벌리게 해서 후두도 검사했다. 그러고는 두 손으로 부드럽게 목을 감싸듯 잡아 머리를 앞뒤로 돌려본 다음 양 옆으로도 몇 번 움직여봤다.

"목덜미에 문제는 없나요?"

그녀는 고개를 흔들었다.

"두통은?"

"가끔씩 있어요. 하지만 곧 지나가요."

"아직 상처가 아무는 중이에요. 두통도 점점 사라질 거고요."

머리가 얼마 자라지 않아서 머리숱을 조금만 옆으로 젖히면 귀 위에 수술 자국이 만져졌다. 흉터엔 아무런 문제가 없었지만 아직 조그만 딱지가 붙어 있었다.

"또 흉터를 긁으셨군. 그러면 안 돼요, 알겠어요?."

그녀는 고개를 끄덕였다. 박사가 왼팔 팔꿈치를 잡아 팔을 들어보았다.

"혼자서 팔을 들어올릴 수 있나요?"

그녀는 팔을 올렸다.

"근육이 당겨요?"

"약간."

"어깨 근육을 좀더 단련해야겠어요."

"이렇게 갇혀 있으니 쉽지 않아요."

박사가 미소를 지었다.

"영원히 이렇게 있진 않을 거예요. 물리치료사가 가르쳐준 운동은 열심히 하고 있나요?"

그녀는 고개를 끄덕였다.

이번에 그는 청진기를 자신의 손목에 대어 따뜻하게 데웠다. 그러고는 침대 모서리에 걸터앉아 그녀의 가운 단추를 풀어 심장박동 소리를 들은 뒤 맥박을 쟀다. 상체를 앞으로 구부리게 하고 등에 청진기를 대 폐에서 나는 소리도 들었다.

"기침해봐요."

그녀가 기침했다.

"좋아요. 이제 옷을 입어도 돼요. 의학적으로 보면 어느 정도 회복하고 있네요."

그녀가 고개를 끄덕였다. 이제는 박사가 며칠 후에 다시 오겠다고 말하면서 일어설 거라고 생각했다. 그런데 그는 계속 침대 모서리에 앉아 있었다. 한동안 아무 말이 없었다. 뭔가를 골똘히 생각하는 표정이었다. 그녀는 참을성 있게 기다렸다.

"리스베트, 내가 왜 의사가 됐는지 알아요?" 그가 불쑥 물었다.

그녀는 고개를 저었다.

"난 노동자 집안 출신이에요. 항상 의사가 되고 싶었죠. 십대 시절에는 정신과 의사가 되고 싶었어요. 애치고는 끔찍이도 똑똑했거든요."

정신과 의사란 말에 리스베트는 흥미를 느끼며 그를 쳐다보았다.

"하지만 그 어렵다는 의학 공부를 끝까지 해낼 자신이 없었어요. 그래서 고등학교를 졸업한 뒤 용접공 훈련을 받았고 몇 년간 그 일을 했죠."

그는 진실을 말한다는 뜻으로 고개를 끄덕였다.

"확실한 기술을 배우면 의학 공부에 실패하더라도 기댈 언덕은 있겠다, 뭐, 그런 생각이었죠. 용접공과 의사가 크게 다르지도 않고요.

둘 다 무언가를 뚝딱 고치는 직업이잖아요. 지금은 이 병원에서 당신 같은 환자들을 고치고 있죠."

그녀는 미간을 찌푸렸다. 지금 자기를 놀리는 건지 의심이 들었다. 하지만 그의 표정이 너무도 심각했다.

"리스베트…… 만일 내가……"

그의 침묵이 너무 길어 대체 원하는 게 뭐냐고 묻고 싶었지만 그녀는 꾹 참고 기다렸다.

"내가 당신에게 사적인 질문을 하나 해도 괜찮을지 모르겠네요. 이건 한 개인으로서 묻는 거예요. 다시 말해 의사로서 묻는 게 아니고요. 난 당신의 대답을 기록하지도 않을 거고, 그 누구와도 얘기하지 않을 거예요. 그리고 원치 않는다면 대답하지 않아도 돼요."

"뭔데요?"

"이건 개인적이고도 매우 불쾌할 수 있는 질문이에요."

그녀가 그의 시선을 마주보았다.

"당신은 열두 살 때 상트스테판 정신병원에 갇힌 이후로 정신과 전문의가 대화를 시도할 때마다 거부해왔어요. 왜 그랬죠?"

그녀의 두 눈이 어두워졌다. 그리고 아무 감정 없는 눈으로 그를 똑바로 쳐다보았다. 그렇게 거의 이 분간 그녀는 아무 말이 없었다.

"그걸 왜 묻죠?" 마침내 그녀가 되물었다.

"솔직히 말하자면 나도 잘 모르겠어요. 아마 뭔가를 이해하고 싶어서겠죠."

그녀의 입술이 약간 비틀렸다.

"미친 의사 놈들과 얘기하지 않는 이유는 그들이 내 말을 절대 듣지 않기 때문이죠."

그는 고개를 끄덕이더니 갑자기 웃기 시작했다.

"오케이. 그럼…… 페테르 텔레보리안에 대해선 어떻게 생각해요?"

느닷없이 그 이름이 튀어나와서 리스베트는 그대로 벌떡 일어설 뻔했다. 그리고 두 눈이 아주 가늘어졌다.

"빌어먹을! 지금 뭐하자는 거죠? 무슨 엿 같은 스무고개예요? 나한테 뭘 원하는 건데요?"

그녀의 목소리가 갑자기 사포처럼 거칠어졌다. 박사는 몸을 앞으로 기울였다. 그녀의 개인적 영역으로 거의 침범해 들어갔다.

"왜냐면…… 당신 표현대로 말하자면…… 미친 의사 놈 하나가, 그러니까 의학계에서 이름이 꽤 알려진 페테르 텔레보리안이라는 사람이 얼마 전에 당신을 검사하겠다고 두 번이나 날 찾아왔기 때문이에요."

그녀는 얼음 같은 한기가 등골을 타고 흘러내리는 걸 느꼈다.

"법원은 당신을 정신감정할 의사로 그를 지명할 거예요."

"그래서요?"

"난 그 사람이 마음에 들지 않아요. 그래서 당신을 만날 수 없다고 말했죠. 그런데도 두 번이나 불시에 나타나 간호사에게 되도 않는 거짓말을 해가며 이 방에 들어오려고 했어요."

그녀는 입을 꽉 다물었다.

"그런 행동이 내 눈엔 약간 이상했죠. 지나치게 집요해서 정상적으로 보이지 않았어요. 그래서 당신이 그를 어떻게 생각하는지 알고 싶어졌고요."

이번에는 리스베트가 입을 열 때까지 그가 인내심을 발휘해야 했다.

"페테르는 개자식이에요." 그녀가 마침내 입을 열었다.

"둘 사이에 어떤 개인적인 일이라도 있었나요?"

"그렇다고 할 수 있죠."

"그리고 난 정부에서 나왔다는 사람하고도 얘기를 했어요. 페테르가 당신을 볼 수 있도록 해주라고 하더군요."

"그래서요?"

"그래서 물었죠. 과연 그가 의사로서 리스베트의 상태를 판단할 자

격이 있느냐고요. 지옥으로 꺼져버리라고 했어요. 물론 좀더 외교적
인 표현을 사용해서요."

"오케이."

"마지막으로 한 가지 물을게요. 왜 내게 이 모든 걸 말해줬죠?"

"박사님이 물어봤잖아요."

"맞아요. 하지만 나도 의사예요. 정신의학을 공부하기도 했고요.
그런데 왜 내겐 얘기해줬죠? 당신이 날 신뢰하고 있다는 뜻으로 이
해해도 될까요?"

그녀는 대답하지 않았다.

"그럼, 그렇다는 뜻으로 해석하겠어요. 다만 이걸 알아줬으면 해
요. 당신은 내 환자예요. 난 오직 당신을 위해 일하지 다른 누구를 위
해 일하지 않는다는 말이에요."

그녀는 의심이 가시지 않은 눈으로 그를 쳐다보았다. 그는 아무 말
없이 잠시 그녀를 마주보았다. 그러더니 갑자기 경쾌해진 목소리로
말했다.

"의학적으로 이제 당신은 어느 정도 회복됐다고 할 수 있어요. 물
론 완전히 회복하려면 몇 주가 더 필요하겠지만. 그런데 불행하게도
당신은 지금 상태가 너무 좋아요."

"불행하게도?"

"그래요." 그가 의미심장한 미소를 지었다. "지나치게 팔팔하단 얘
기예요."

"그게 무슨 말이죠?"

"그러니까 이곳에 당신을 격리해두어야 할 정당한 사유가 없다는
뜻이에요. 그럼 검사는 스톡홀름 구치소로 당신을 보내 육 주 후에
있을 공판 때까지 거기 머물게 할 수도 있어요. 내 생각엔 아마 다음
주에 요청이 올 것 같아요. 즉, 페테르 텔레보리안에게 당신을 검사
할 기회가 주어진다는 얘기죠."

그녀는 여전히 꼼짝 않고 앉아 있었다. 박사는 약간 산만한 기색으로 몸을 굽혀 그녀의 베개를 바로 잡았다. 그러고는 마치 혼잣말을 하듯 큰 소리로 말했다.

"자, 이젠 두통도 없고 열도 없단 말이야. 그러니까 헬레나 박사가 병원에서 내보낼 수도 있겠어."

그가 갑자기 몸을 일으켜세웠다.

"오늘 내게 얘기해줘서 고마워요. 당신이 이송되기 전에 다시 들를게요."

문 앞에 이르렀을 때 그녀가 말했다.

"박사님."

그가 몸을 돌렸다.

"고마워요."

그는 짤막하게 고개를 끄덕이고는 밖으로 나가 열쇠로 문을 잠갔다.

리스베트는 한참을 그대로 앉아 잠겨버린 병실 문을 계속 쳐다보았다. 그러다 바로 누워 천장을 쳐다보았다.

바로 그때, 목덜미 밑에서 뭔가 딱딱한 물체가 느껴졌다. 베개를 들춰본 그녀는 깜짝 놀랐다. 그 밑에 작은 천 주머니 하나가 놓여 있었다. 분명히 그전에는 없었던 물건이다. 놀란 눈으로 주머니를 열어보는 그녀 앞에 팜 텅스텐 T3와 배터리 충전기가 모습을 드러냈다. 좀더 자세히 살펴보니 위쪽 모서리에 작게 긁힌 자국이 눈에 들어왔다. 내 거잖아. 아니, 어떻게 이런…… 경악한 그녀는 입을 다물지 못하고 잠긴 문 쪽을 흘깃 쳐다보았다. 정말이지 안데르스 박사는 끝없이 놀라움을 안겨주는 사람이었다. 곧장 켜보니 컴퓨터에는 비밀번호가 걸려 있었다.

그녀는 맥이 탁 풀린 눈으로 깜빡거리는 화면을 쳐다보았다. 아니, 어떤 바보들인지 몰라도 나더러 어떻게…… 다음 순간 그녀의 시선은 천 주머니 쪽으로 향했고 그 안에 접힌 쪽지 하나가 들어 있는 걸 발견했다. 문장 한 줄이 말끔한 글씨로 쓰여 있었다.

넌 해커들의 여왕 아니야? 찾아낼 수 있겠지? 칼레 B.

리스베트는 실로 몇 주 만에 웃음을 터뜨렸다. 그래, 이번엔 내가 한 방 맞았네. 그녀는 잠시 생각했다. 그런 다음 터치펜을 잡아 9277을 눌렀다. WASP에 해당하는 숫자였다. 빌어먹을 칼레 블롬크비스트가 피스카르가탄에 있는 아파트에 침입해 경보를 울렸던 그때 찾아내야 했던 비밀번호였다.

반응이 없었다.

KALLE에 해당하는 52553을 시도해봤다.

여전히 반응이 없었다. 빌어먹을 칼레 블롬크비스트는 분명히 자신이 이 PDA를 사용하기를 원할 것이다. 그렇다면 당연히 아주 간단한 비밀번호를 선택했을 터였다. 미카엘은 쪽지에 칼레 블롬크비스트라는 별명을 보란 듯이 써놓았다. 평소 그가 그토록 싫어하는 별명을 말이다. 리스베트는 이것저것 떠올려봤다. 해답은 분명 상대를 약올리는 단어일 것이다. 74774를 눌러봤다. '말괄량이 삐삐'에서 PIPPI에 해당하는 숫자였다.

비로소 PDA가 얌전히 말을 듣기 시작했다.

화면에는 스마일 이모티콘과 함께 말풍선이 나타났다.

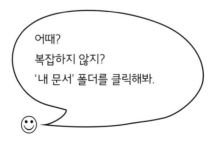

어때?
복잡하지 않지?
'내 문서' 폴더를 클릭해봐.

폴더를 연 리스베트는 목록의 맨 위에서 '안녕 샬리'라는 제목의 파일을 발견했다. 더블클릭해 내용을 읽었다.

우선, 이건 너와 나, 둘만 알아야 해. 네 변호사, 그러니까 내 동생 안니카는 네가 이 PDA에 접근할 수 있다는 사실을 알아선 안 돼. 이건 앞으로 꼭 지켜줘.

네가 그 굳게 잠긴 방 바깥에서 일어나는 일들을 얼마나 알고 있는지 나로선 전혀 알 수 없어. 그런데 참 희한한 일이 하나 있어. 너의 그 유별난 성격에도 불구하고 충성심으로 똘똘 뭉친 바보들 몇 명이 널 위해 일하고 있다는 거야. 이 모든 일이 끝나면 난 '바보 원탁의 기사들'이라는 협회를 하나 창설할까 해. 협회의 목적은 단 하나, 연례만찬에 함께 모여서 널 실컷 욕하기(미안, 널 초대하진 않을 거야).

자, 이제 본론으로 들어가게. 지금 안니카는 네 공판을 열심히 준비하고 있어. 그런데 문제가 있어. 그녀는 널 위해 일하지만 '비밀 유지 의무' 같은 답답한 걸로 스스로를 꽁꽁 묶고 있지. 심지어 나한테도 너와 주고받은 얘길 해주지 않아. 정말로 답답한 노릇이야. 그래도 내가 주는 정보는 받겠다고 하니 불행 중 다행이랄까.

그리고 우리 약속하자.

더는 내 이메일 주소로 무얼 보내지 마.

날 편집증 환자로 여길지 모르겠지만 나 말고도 다른 사람이 읽을 수 있으니까. 이렇게 의심하는 데는 충분한 이유가 있어. 내게 뭔가를 보내고 싶으면 야후 그룹 '바보 원탁'으로 들어와. 아이디는 pippi이고 패스워드는 p9i2p7p7i야. /미카엘.

리스베트는 그가 쓴 편지를 두 번이나 읽고는 어안이 벙벙한 눈으로 컴퓨터를 내려다보았다. 오랫동안 컴퓨터와 단절되어 있었기 때문에 지독한 결핍증을 앓고 있던 참이었다. 하지만 미카엘에게 욕을 퍼붓지 않을 수 없었다. PDA를 몰래 넣어준 건 고맙지만 휴대전화가 있어야 인터넷에 연결할 수 있다는 사실을 잊으면 대체 어쩌란 말인가.

리스베트가 누워서 이런 생각들을 하는 사이에 복도에서 발소리가 들렸다. 급히 PDA를 끄고 베개 밑에 쑤셔넣었다. 열쇠가 돌아가고 있을 때 천 주머니와 충전기가 아직 머리맡 탁자 위에 놓여 있는 게 눈에 들어왔다. 재빨리 손을 뻗었다. 주머니는 이불 속에, 충전기와 코드는 허벅지 사이에 숨겼다. 간호사가 들어와 상냥하게 인사를 하고 몸은 괜찮은지, 필요한 건 없는지 물어보는 동안 리스베트는 얌전히 누워 천장만 멀뚱히 쳐다보았다.

리스베트는 다 괜찮지만 담배 한 갑만 있으면 좋겠다고 대답했다. 간호사는 부드러우면서도 단호하게 거절했다. 대신 니코틴 껌은 가져다줄 수 있다고 했다. 간호사가 다시 나갈 때 잠시 열린 문틈으로 복도 의자에 앉아 있는 보안회사 경호원이 보였다. 리스베트는 발소리가 멀어지기를 기다렸다가 다시 PDA를 꺼냈다.

화면을 켜고 인터넷 신호를 찾아봤다.

리스베트는 전율했다. 인터넷 접속 신호가 떴다. 세상에, 인터넷에 **연결됐어! 말도 안 돼!**

그녀는 자신도 모르게 벌떡 일어났다. 너무 급하게 일어나는 바람에 다친 둔부에 통증이 엄습했다. 믿기지 않는 심정으로 사방을 둘러보았다. 대체 어떻게 이런 일이? 그녀는 눈으로 방을 찬찬히 한 바퀴 훑으면서 구석구석을 살폈다. 없어. 이 방에 휴대전화 같은 건 없어…… 하지만 분명히 PDA는 인터넷에 연결됐다. 이윽고 살짝 삐딱한 미소가 그녀의 얼굴에 번졌다. 이건 당연히 무선 인터넷이었다. 반경 12미터 안에서 기능하는 블루투스가 내장된 휴대전화를 통해 연결되었을 터였다. 그녀의 시선이 벽 위에 달린 환풍구 쪽으로 향했다.

그렇다. 칼레 블롬크비스트가 병실 바로 옆에 휴대전화를 하나 심어놓은 모양이었다. 이것이 유일하게 가능한 설명이었다.

왜 직접 병실에 넣어주지 않았을까…… **그렇지, 배터리!**

이 PDA는 사흘에 한 번씩 배터리를 충전해줘야 했다. 반면 휴대전화 배터리는 그녀가 활발하게 인터넷을 사용한다면 훨씬 빨리 소모된다. 미카엘, 혹은 그에게 고용돼 저 바깥에 있을 누군가가 부지런히 배터리를 갈아주어야 하는 것이다.

그는 리스베트가 직접 쓰는 기기의 배터리는 넣어주었다. 물건 두 개보단 하나가 감추거나 사용하기가 훨씬 쉬웠기 때문이다. **칼레 블롬크비스트, 그렇게 멍청한 인간은 아니란 말이야.**

리스베트는 어디에 PDA를 숨겨야 할지 생각했다. 은닉처를 한 군데 찾아야 했다. 병실 안에는 콘센트가 두 개 있었다. 문 옆에 그리고 침대 뒤쪽 벽에. 머리맡 램프와 전자시계의 코드를 꽂아놓은 곳이었다. 침대 머리맡에는 라디오가 내장된 수납장이 있는데 마침 라디오가 빠져 빈 공간이 있었다. 리스베트는 미소를 지었다. PDA와 충전기를 숨겨두기에 적당한 곳이었다. 침대 뒤 콘센트는 낮 동안 기기를 충전하는 데 쓰면 되었다.

리스베트는 더없이 행복했다. 두 달 만에 처음으로 기기를 켜고 인터넷의 대양으로 항해를 시작했을 때 그녀의 심장은 세차게 고동쳤다.

손바닥만한 화면에 터치펜이 붙은 PDA로 인터넷을 하는 건 17인치 파워북으로 하는 것보다는 쉽지 않았다. **하지만 접속되어 있으니 그게 어디인가.** 살그렌스카 병원의 침대 위에서 그녀는 전 세계 어디로든 갈 수 있었다.

그녀는 먼저 어느 개인 사이트에 들어갔다. 펜실베이니아주 잡스빌에 사는 길 베이츠라는 아마추어 사진가의 그저 그런 사진들을 홍보하는 곳이었다. 리스베트가 한번 잡스빌이란 곳을 확인해봤지만 그런 도시는 존재하지 않았다. 어쨌거나 길 베이츠는 잡스빌의 풍경을 200장이 넘는 사진에 담아 섬네일 형태로 사이트에 올려놓았다. 리스베트는 곧바로 167번 사진으로 내려가 클릭했다. 확대된 사진은 잡스빌 교회 건물이었다. 종탑 꼭대기로 커서를 옮겨 다시 클릭하자 곧바로 그녀의 아이디와 비밀번호를 묻는 창이 나타났다. 터치 펜을 잡아 아이디로는 Remarkable을, 그리고 비밀번호로는 A(89) Cx#magnolia를 각각 적어넣었다.

대화창이 하나 떴다. 'ERROR-You have the wrong password' (오류-잘못된 비밀번호를 입력했습니다)란 메시지와 함께 'OK-Try again'(재시도) 버튼이 나타났다. 리스베트는 알고 있었다. 재시도 버튼을 누르고 다른 비밀번호를 입력해도 똑같은 창이 뜬다는 사실을. 수없이 반복해도 결과는 마찬가지다. 리스베트는 'ERROR'의 'O' 자 위에 커서를 대고 클릭했다.

화면이 새카매졌다. 그리고 문 하나가 열리더니 라라 크로프트* 같이 생긴 인물이 걸어나왔다. 말풍선이 떴다. "WHO GOES THERE?" (거기, 누구야?)

리스베트는 말풍선을 클릭한 다음 그 안에 Wasp라고 입력했다. 곧바로 'PROVE IT-OR ELSE……'(증명해봐. 그렇지 않으면……) 라는 대답이 뜨면서 라라 크로프트가 권총 안전장치를 풀었다. 그녀는 이게 헛된 위협이 아니란 걸 알고 있었다. 비밀번호를 세 번 틀리면 페이지가 꺼져버리면서 Wasp라는 아이디도 회원 명단에서 자동 삭제된다. 주의를 기울여 비밀번호 'MonkeyBusiness'를 입력했다.

화면이 다시 바뀌면서 파란색 바탕에 글이 나타났다.

---

* 컴퓨터게임 시리즈 '툼레이더'의 주인공.

와스프 시민, 해커 공화국에 온 걸 환영한다. 마지막으로 방문한 지 56일이 경과했다. 10명의 시민이 접속중이다. 다음 중 원하는 것은?

(a)게시판 둘러보기 (b)메시지 발송 (c)자료 탐색 (d)대화 (e)그 짓

리스베트는 '(d)대화'를 클릭했다. 메뉴에서 '접속중 대화자' 버튼을 누르자 주르륵 아이디가 떴다. 앤디Andy, 밤비Bambi, 다코타Dakota, 자바Jabba, 벅로저스BuckRogers, 맨드레이크Mandrake, 프레드Pred, 슬립Slip, 시스터젠SisterJen, 식스오브원SixOfOne, 그리고 트리니티Trinity.

"안녕, 친구들!" 와스프가 인사했다.

"와스프. 정말로 너야?" 식스오브원이 즉시 대꾸했다. "야, 오랜만이다!"

"그동안 어디 있었어?" 트리니티가 물었다.

"플레이그가 그러는데 요즘 골치 아픈 일 많다며?" 다코타도 물었다.

확실하진 않지만 리스베트가 생각하기에 다코타는 여자였다. 지금 접속중인 다른 사람들은 시스터젠을 포함해서 모두 남자였다. 해커 공화국 시민은 (지난번 접속했을 때를 기준으로) 모두 62명이었으며 그중 넷이 여자였다.

"트리니티, 안녕." 리스베트가 다시 인사했다. "다들 반가워."

"왜 트리니티한테만 인사해?" 다코타가 항의했다. "우리한테 바이러스라도 있나?"

"우리 전에 데이트했거든." 트리니티가 설명했다. "와스프는 똑똑한 사람하고만 어울린다고."

그 즉시 다섯 사람으로부터 엿 먹어란 글이 날아들었다.

시민 62명 가운데 와스프가 실제로 만나본 사람은 둘이었다. 이

상하게도 오늘은 접속하지 않은 플레이그, 그리고 트리니티였다. 영국인인 트리니티는 런던에 살고 있었다. 이 년 전, 몇 시간 동안 만난 적이 있었다. 하리에트 방에르를 찾던 그녀와 미카엘을 돕기 위해 조용한 근교 세인트올번스에서 전화 도청 일을 해주었다. 리스베트는 불편하기 짝이 없는 터치펜을 열심히 놀렸다. 키보드가 없는 게 애석했다.

"와스프, 아직 거기 있어?" 맨드레이크가 물었다.

리스베트는 펜으로 한 자씩 찍어서 문장을 만들었다.

"미안. 가진 게 PDA뿐이라. 좀 느릴 거야."

"네 컴퓨터는 어떻게 됐는데?" 프레드가 물었다.

"잘 있지. 문제는 나야."

"무슨 일인지 이 형님한테 얘기해봐." 슬립이 끼어들었다.

"국가가 날 가둬놓고 있어."

"뭐? 왜?" 세 명이 동시에 반응했다.

리스베트는 상황을 다섯 줄로 요약해 설명했고, 걱정하는 술렁거림이 뒤를 이었다.

"몸은 괜찮아?" 트리니티가 물었다.

"머리에 구멍이 하나 났어."

"그래? 달라진 걸 못 느끼겠는데?" 밤비가 농담을 던졌다.

"와스프는 항상 머리에 나사가 하나 빠져 있지 않았어?" 시스터젠이 장단을 맞췄다. 그러자 와스프의 지능을 폄하하는 농담들이 쏟아졌다.

리스베트는 미소를 지었다. 대화를 다시 이은 건 다코타였다.

"잠깐. 지금 해커 공화국 시민이 공격을 받는 상황이잖아. 우리가 어떻게 대응해야 하지?"

"스톡홀름에 핵폭탄을 한 방 날릴까?" 식스오브원이 제안했다.

"뭐, 그 정도까지……" 와스프가 말했다.

"그럼 콩알만한 미니 폭탄 하나?"

"엿 먹어, 식스오브원."

"스톡홀름 전체를 셧다운시킬까?" 맨드레이크가 제안했다.

"바이러스로 정부를 셧다운 해버리는 건 어때?"

일반적으로 해커 공화국 시민들은 바이러스를 퍼뜨리지 않는다. 그들은 해커다. 다시 말해 인터넷을 교란하고 컴퓨터를 고장내겠다는 유일한 목적으로 바이러스를 만들어내는 멍청이들과 정 반대편에 서 있다. 정보중독자인 그들은 무엇이든 해킹할 수 있도록 인터넷이 제대로 돌아가기를 바라는 입장이다.

하지만 스웨덴 정부의 전산 시스템을 셧다운 하겠다는 제안은 공연한 위협이 아니었다. 해커 공화국은 최고 중 최고인 실력자로 구성된 매우 폐쇄적인 클럽이다. 만일 이 정예들을 사이버 전쟁의 조력자로 고용할 수만 있다면 그 어느 나라 국방부라도 억만금을 아낌없이 지불할 것이다. 물론 그 국가에 충성심을 갖도록 이들을 설득해야겠지만. 그럴 가능성은 낮았다.

한편 이들은 '컴퓨터 마법사'이기도 했다. 컴퓨터 바이러스를 만드는 방법쯤은 훤히 꿰고 있었다. 꼭 필요한 상황이라면 특별한 작전을 벌이자고 이들을 설득하는 일도 그다지 어렵지 않았다. 몇 해 전 캘리포니아에서 소프트웨어를 만드는 프리랜서 제작자가 어느 벤처 회사에게 특허권을 도둑맞은 일이 있었다. 그 회사는 배짱 좋게도 그를 고소해 법정에 세우기까지 했다. 해커 공화국 시민들로선 도저히 묵과할 수 없는 일이었다. 그들은 여섯 달간 상당한 에너지를 쏟아부어 그 회사의 모든 컴퓨터를 해킹하고 망가뜨렸다. 사업상 비밀들과 메일들—이 회사가 탈세를 하고 있다고 의심하게 할 만한 위조 자료들과 함께—을 신나게 인터넷에 올렸다. CEO와 내연관계인 여성의 신상과 할리우드의 파티장에서 그가 코카인을 흡입하는 사진들도 잊지 않았다. 회사는 여섯 달 만에 파산했다. 그로부터 여러 해가 지났지만 해커 공화국 민병대의 몇몇 이들은 아직도 분을 풀지 못하고 그를 따라다니며 괴롭혔다.

만일 세계에서 가장 뛰어난 해커 오십 명이 힘을 뭉쳐 한 국가를 공격하기로 마음먹는다면, 그 국가는 살아남는다 하더라도 상당한 출혈을 각오해야 할 것이다. 리스베트가 엄지를 들어올리기만 하면 스웨덴 정부는 수십억짜리 피해를 볼 수도 있다. 그녀는 잠시 생각했다.

"지금은 그럴 필요 없어. 하지만 일이 생각대로 안 풀리면 그때 어쩌면 도움이 필요할 수도 있어."

"언제든 말만 해." 다코타가 말했다.

"정부를 엿 먹여본지도 참 오래됐네." 맨드레이크였다.

"납세 시스템을 뒤집어놓는 게 어때? 노르웨이 같은 작은 나라에 맞게 맞춤형으로." 밤비가 제안했다.

"나쁘진 않은데, 스톡홀름은 스웨덴에 있는 거 아냐?" 트리니티가 지적했다.

"무슨 상관이야. 중요한 건⋯⋯"

리스베트는 몸을 뒤로 젖혀서 베개에 기대고는 미소 띤 얼굴로 이들의 대화를 계속 읽어나갔다. 그녀 스스로도 궁금한 일이었다. 직접 대면하는 사람들에겐 그토록 자신에 대해 얘기하는 걸 어려워하면서 인터넷 공간에서 만난 얼굴도 모르는 괴짜들에겐 어째서 가장 은밀한 비밀들까지 스스럼없이 털어놓는 걸까? 사실 이유가 없진 않았다. 만일 그녀에게 가족이, 소속된 집단이 있다면 그건 바로 이 못 말리는 괴짜들일 터였다. 스웨덴 내에서 곤경에 처한 자신에게 직접적인 도움을 줄 수 있는 사람은 아무도 없었다. 하지만 이들은 필요하다면 힘을 과시하기 위해서라도 시간과 정력을 쏟아부어줄 사람들이었다. 만약 리스베트가 외국에 은신처를 구해야 한다면 그 또한 이 네트워크에 힘입어 가능할 터였다. 이레네 네세르라는 이름으로 노르웨이 여권을 얻을 수 있었던 것도 플레이그를 통해서였다.

해커 공화국 시민들이 어떻게 생겼는지 리스베트는 전혀 아는 바가 없었다. 그들이 인터넷 밖에서 무슨 일을 하는지도 극히 애매하게만 알고 있었다. 시민들은 특히나 자신의 정체에 대해 말을 아꼈다. 식스오브원은 미국인 흑인 남성이라고 밝혔다. 가톨릭교도이며 캐나다의 토론토에 살고 있다고 주장했다. 그러나 그는 스웨덴 셰브데에 사는 루터교도 백인 여성일 수도 있었다.

리스베트가 가장 잘 아는 사람은 플레이그였다. 이 클럽에 그녀를 소개해준 사람이 바로 그였다. 이 폐쇄적인 클럽의 멤버가 되려면 시민의 강력한 추천이 있어야 했다. 즉 해커 공화국의 시민을 개인적으로 알고 있어야 했는데 리스베트의 경우엔 플레이그였다.

플레이그는 똑똑하고 사회성 좋은 시민이었다. 한편 현실에선 스톡홀름 근교 순드뷔베리에서 장애인 연금으로 살아가는 비사회적이고 뚱뚱한 삼십대 남자였다. 거의 씻는 법이 없었고 집안에선 지독한 냄새가 났다. 리스베트는 그의 집에 직접 가는 걸 최대한 자제했다. 인터넷에서 만나는 것만으로 충분했다.

채팅이 계속되는 동안 리스베트는 해커 공화국 개인 우편함에 도착한 메일들을 내려받았다. 거기엔 '포이즌Poison'이 보낸 것도 있었다. 예전에 자신이 개발한 프로그램 아스픽시아 1.3을 모든 공화국 시민이 이용할 수 있도록 자료실에 올려놨는데 포이즌이 그 기능을 향상시켜 보내준 것이다. 아스픽시아는 인터넷을 통해 다른 사람의 컴퓨터를 마음대로 통제할 수 있게 해주는 프로그램이었다. 포이즌은 자신이 시험해보니 업데이트된 프로그램이 쓸 만하고 유닉스, 애플, 윈도우 최신 버전과 호환된다고 설명했다. 리스베트는 감사하는 짤막한 답장을 보냈다.

그후 한 시간 사이에 미국 땅에는 어스름이 깔리기 시작하면서 시민들 대여섯 명이 접속해 들어와 와스프와 인사를 나누고 대화에 끼어들었다. 그녀가 로그아웃을 하려고 할 즈음에 시민들은 스웨덴 수상의 컴퓨터로 세계 각국의 정부 수반들에게 정중하게, 하지만 완전히 정신 나간 메시지를 보내는 문제를 놓고 토론을 벌였다. 좀 더 면밀히 검토하려고 작업팀까지 만드는 모양이었다. 리스베트는 터치펜을 부지런히 두드려 짤막한 메시지를 띄우는 걸로 대화를 끝냈다.

"얘기들 계속해. 하지만 내 동의 없인 아무것도 하지 마. 접속할 수 있을 때 다시 돌아올게."

모두가 그녀에게 키스와 포옹을 보내면서 구멍난 머리를 잘 돌보라고 말했다.

해커 공화국에서 나온 리스베트는 곧바로 www.yahoo.com에 들어가 '바보 원탁' 그룹에 접속했다. 회원은 단 두 사람, 그녀 자신과 미카엘이었다. 우편함에 들어 있는 단 한 통의 메일은 이틀 전에 발송된 것이었다. 제목은 '우선 이것부터 읽어봐'였다.

안녕, 살리? 현재 상황을 알려줄게.

(1) 경찰은 아직 네 주소를 못 찾아냈고, 닐스 비우르만의 DVD도 입수하지 못했어. 아주 중요한 증거물이지만 네 허락 없이 안니카에게 주고 싶진 않아. 네 아파트 열쇠들과 이레네 네세르 명의 여권도 내가 가지고 있어.

(2) 경찰이 네가 고세베르가에 메고 갔던 배낭을 가지고 있어. 그 안에 너한테 불리할 만한 게 들어 있을지 모르겠다.

리스베트는 잠시 생각해봤다. 가방 안에 별 물건은 없었다. 커피가 반쯤 든 보온병 하나, 사과 몇 알, 그리고 갈아입을 옷가지 몇 벌. 염려할 필요 없었다.

넌 살라첸코에 대한 중상해 및 살인미수 혐의, 그리고 스탈라르홀멘에서 MC 스바벨셰의 칼망누스 룬딘에게 중상을 입힌 혐의로 기소될 거야. 그들은 네가 그의 발에 총상을 입히고 발길질로 턱뼈를 부서뜨렸다고 생각하고 있어. 하지만 믿을 만한 경찰 쪽 정보제공자 말로는 이 두 건 모두 증거가 충분치 않대. 자, 다음은 중요한 사항이야.

(1) 살해되기 전 살라첸코는 자신의 모든 혐의를 부인했고, 총으로 널 쏘고 숲속에 파묻은 건 로날드 니더만일 거라고 주장했어. 그리고 널 살인미수 혐의로 고소했지. 검사는 네가 살라첸코를 살해하려고 시도한 게 이번이 두번째라는 걸 강조할 거야.

(2) 칼망누스 룬딘과 소니 니에미넨은 스탈라르홀멘 사건에 대해 한마디도 하지 않았어. 칼망누스는 미리암 우를 납치한 혐의로 구속됐지. 소니는 석방됐고.

리스베트는 미카엘이 써놓은 말들을 곰곰이 생각해보고 어깨를 으쓱했다. 이미 안니카와 충분히 논의한 내용들이었다. 엿 같은 상황인 건 분명했지만 새로운 일은 없었다. 안니카에게 고세베르가에서 있었던 일들을 숨김없이 털어놓았지만 닐스에 대해선 아무 얘기하지 않았다.

지난 십오 년간 살라첸코는 무슨 짓을 저지르든 철저히 보호받았어. 그자에게 몇 사람의 경력이 걸려 있었기 때문이지. 그래서 그가 난장판을 벌이면 쫓아가서 설거지를 해주곤 한 거야. 이 모든 건 명백한 범죄행위야. 개인들에게 자행된 범죄행위를 은폐하는 걸 스웨덴 당국자들이 도왔다는 얘기지.

이 모든 사실이 알려지면 정치 스캔들이 일어나게 돼. 사민당뿐 아니라 우파 쪽 사람들도 다치게 될 엄청난 스캔들. 무엇보다 세포의 높은 자리에 있는 몇몇은 범죄적이고 비윤리적인 일을 공모한 자들로 세상에 알려지겠지. 물론 범죄들 각각에 공소시효가 적용되겠지만 스캔들을 피할 순 없어. 이미 은퇴했거나 은퇴가 머지않은 거물급들 얘기야. 그들은 피해를 막으려고 별짓을 다 할 거야. 졸지에 네가 또다시 체스 말이 되었다는 얘기지. 그런데 이번엔 그들의 스파이 게임에서 졸병 하나를 희생시키는 문제가 아니야. 그들 자신을 보호하기 위해 적극적으로 피해를 줄여야 하는 상황이지. 따라서 넌 반드시 당하게 될 거야.

리스베트는 이 말들의 의미를 곱씹으며 아랫입술을 깨물었다.

자, 앞으론 일이 이렇게 될 거야. 그들은 이제 살라첸코에 관한 비밀을 더이상 오래 숨길 수 없다는 걸 알고 있어. 기자인 난 이 이야기를 알고 있고. 그들은 조만간 내가 이 이야기를 발표하리라는 것도 알지. 물론 살라첸코가 죽은 이상 그렇게 중요한 기밀은 아니야. 하지만 이제 그들은 생존을 위해 싸워야 해. 그들의 최우선 과제는 다음과 같아.

(1) 그들은 지방법원을 설득해야 해(사실 진정으로 설득하려는 대상은 대중이지). 1991년 상트스테판 정신병원에 널 가둔 결정은 정당했고, 그때 정말로 네게는 정신질환이 있었다고 주장할 거야.

(2) 그들은 '리스베트 사건'과 '살라첸코 사건'을 완전히 분리해야 해. 그래서 다음처럼 주장할 수 있는 여건을 확보하려고 하지. "살라첸코는 개자식이다. 하지만 이 사실은 그녀의 딸을 가둔 일과 아무런 관계가

없다. 그녀의 딸이 감금된 건 정신병자였기 때문이다. 이 밖의 모든 주장들은 까칠한 기자들이 꾸며낸 병적인 소설일 뿐이다. 우린 살라첸코가 범죄를 저지를 때 방조한 적이 없다. 그건 정신이 이상한 십대 소녀가 지껄이는 우스꽝스러운 헛소리일 뿐이다.

(3) 네가 무죄판결을 받는다면 그들에게 큰일이지. 법원이 무죄를 선고했다는 건 네가 미치지 않았다고 판정했다는 뜻이니까. 그렇다면 1991년에 있었던 강제 입원은 수상쩍은 사건이 돼. 다시 말해 그들은 무슨 수를 써서라도 다시 널 시설에 가둬야 하는 거야. 만일 법원이 네게 정신적으로 문제가 있다고 판정하면 언론은 흥미를 잃고 더이상 리스베트 사건을 파헤치려 들지 않을 테니까. 그게 바로 언론의 생리야.

자, 다 이해했어?

리스베트는 혼자서 고개를 끄덕였다. 그녀 역시 오래전부터 같은 결론에 도달해 있었다. 다만 어떻게 해야 이 상황을 해결할 수 있을지를 모른다는 게 문제였다.

리스베트, 이건 심각하게 말하는 건데, 이 싸움이 끝나는 곳은 법정이 아니라 언론이 될 거야. 불행히도 '당신의 프라이버시를 보호하기 위해' 재판이 비공개로 진행될 예정이거든.

살라첸코가 살해된 날 우리집에 누군가가 침입했었어. 문을 부순 흔적도, 도둑맞은 물건도 없었지. 닐스의 여름별장에서 나온 문서철, 즉 군나르 비에르크의 1991년 경찰 보고서가 포함된 그 문서철 말고는. 그리고 그날 안니카도 습격을 당해 갖고 있던 보고서 사본을 도둑맞았어. 그 자료들이야말로 우리에게 가장 중요한 증거물인데 말이야.

난 살라첸코 자료들을 모두 잃어버린 척했어. 실은 드라간에게 주려고 세번째 사본을 만들어놨었지. 그걸 다시 여러 부 복사해서 여기저기에 감춰놓았어.

물론 높으신 양반들과 정신과 의사들이 포함된 우리의 적군도 리샤르드 검사와 함께 열심히 재판을 준비하고 있어. 내겐 경찰 쪽 정보제공자가 있어서 그들이 무슨 일을 꾸미는지 조금씩 알려주고 있어. 하지만 적절한 정보들을 찾아내는 일이라면 나보다 네가 훨씬 낫지 않을까…… 만일 움직일 생각이 있다면 서둘러.

검사는 널 정신병원에 넣으려고 할 거야. 너의 옛 친구 페테르 텔레보리안의 도움을 받겠지.

그리고 자기들에게 유리한 정보들을 흘리면서 언론전을 벌일 거야. 하지만 안니카는 그럴 수 없어. 여러 제약에 묶여 있으니까.

다행히도 내겐 그런 골치 아픈 제약이 없지. 내가 원하는 대로 글을 쓸 수 있어. <밀레니엄>, 그러니까 내 마음대로 이용할 수 있는 매체도 있고.

그러려면 내겐 두 가지가 필요해. 아주 중요한 것들이야.

(1) 리샤르드 검사가 여전히 널 정신병원에 넣으려는 목적으로 페테르와 부적절하게 협력하고 있다는 사실을 입증할 뭔가가 있으면 좋겠어. TV 황금 시간대에 내가 짠 나타나서 검사의 주장을 뭉개버릴 수 있는 자료를 제시하고 싶다는 뜻이야.

(2) 세포에 맞서 언론전을 벌이려면 네가 사적인 일이라고 여길 만한 것들에 대해 나와 공개적으로 얘기할 수 있어야 해. 지난 부활절 이후로 신문들은 너에 대해 온갖 말들을 다 쏟아냈어. 이런 마당에 자신을 감추려고만 드는 건 더이상 좋은 전략이 아니라고 생각해. 난 완전히 새로운 너의 언론용 이미지를 만들어낼 필요가 있어(넌 프라이버시를 침해하는 짓이라고 생각할지 모르지만). 가급적이면 네 동의하에 그랬으면 좋겠어. 자, 이해하겠어?

리스베트는 '바보 원탁'의 자료실을 열었다. 거기에는 용량이 다양한 문서가 스물여섯 개나 들어 있었다.

14장
5월 18일 수요일

수요일 새벽 5시 정각에 일어난 모니카 피게롤라는 간단히 조깅을 마친 후 샤워를 하고 블랙진과 하얀 민소매 티셔츠에 가벼운 회색 리넨 재킷을 걸쳤다. 그런 다음 샌드위치를 만들고 보온병에 커피를 가득 채웠다. 이번엔 권총집 달린 멜빵을 메고 무기 보관장에서 시그 사우어를 꺼냈다. 6시가 조금 지났을 때 그녀는 하얀 사브 9-5를 몰고 벨링뷔의 비탕이가탄으로 갔다.

예란 모르텐손은 교외에 있는 조그만 삼층짜리 아파트 꼭대기층에 살고 있었다. 전날 그녀는 공문서 기록에서 그에 대해 찾을 수 있는 건 다 확인했다. 그는 독신이었다. 그렇다고 해서 꼭 혼자 살고 있으란 법은 없다. 전과도 없었고 큰 재산도 없었으며, 그다지 화려한 생활을 하고 있는 듯 보이진 않았다. 병가를 낸 일도 극히 드물었다.

유일하게 눈에 띄는 점은 총기면허가 열여섯 개나 된다는 사실이었다. 그중 세 개는 엽총이었고, 나머지는 다양했다. 면허가 있으니 무기를 가졌다고 해서 범법행위는 아니었다. 하지만 이처럼 끝없이 무기를 수집하는 사람들에 대해 모니카는 의심의 눈초리를 거두기가 힘들었다.

KAB로 시작하는 번호판이 달린 볼보는 모니카가 주차한 곳에서 30여 미터 떨어진 주차장에 서 있었다. 그녀는 종이컵에 블랙커피 반잔을 따른 다음 샐러드와 치즈를 넣은 샌드위치를 하나 먹었다. 이어 오렌지 껍질을 벗기고는 한 조각씩 쪽쪽 빨아먹었다.

오전 회진 때 리스베트는 몸 상태가 그리 좋지 않았다. 끔찍한 두통이 있었다. 진통제를 요청하자 간호사는 별말 없이 내줬다.

한 시간 후 두통이 더 심해졌다. 벨을 눌러 간호사를 오게 해 진통제를 한 알 더 부탁했다. 이번에도 아무 효과가 없었다. 정오 무렵에도 너무 머리가 아프다고 하자 간호사는 헬레나 엔드린 박사를 불렀다. 그녀는 간단히 진찰한 후에 더 강력한 진통제를 처방했다.

리스베트는 혀 밑에 알약을 숨겨뒀다가 혼자가 되면 뱉어버렸다.

오후 2시 무렵, 리스베트가 구토를 했다. 그리고 3시에 다시 토하기 시작했다.

4시 무렵, 헬레나 박사가 퇴근 준비중일 때 안데르스 요나손이 들렀다. 그들은 잠시 리스베트에 대해 얘기를 나누었다.

"구토 증세를 보이고 심한 두통이 있어요. 그래서 덱소폰을 처방했죠. 대체 무슨 일인지 모르겠네요…… 요즘 경과가 정말 좋았는데. 독감인지도 모르겠어요."

"열이 있어요?" 안데르스가 물었다.

"아뇨. 한 시간 전에 재봤더니 37.2도였어요. 혈압도 정상이고요."

"오케이. 내가 오늘 저녁에 한번 들러볼게요."

"내가 오늘부터 삼 주간 휴가를 떠나요." 헬레나가 말했다. "당신이나 스반테손 중 한 사람이 그녀를 맡아야 할텐데…… 그는 리스베트에 대해 잘 몰라요."

"좋아요. 당신이 없는 동안 내가 그녀를 담당할게요."

"그러면 정말 좋죠. 혹시 상태가 급격히 나빠지거나 다른 도움이 필요하면 주저 말고 전화해요."

두 의사는 함께 리스베트를 보러 갔다. 그녀는 이불을 코밑까지 바짝 끌어올린 채 누워 있었다. 상태가 형편없어 보였다. 안데르스가 그녀의 이마에 손을 대봤다. 축축했다.

"내가 간단하게 진찰 좀 해볼게요."

그가 작별인사를 하자 헬레나 박사는 방을 나갔다.

5시경 안데르스는 리스베트의 체온이 37.8도로 오른 걸 발견하고 차트에 기록했다. 그는 그날 저녁에 세 번 더 들렀고 차트에는 체온이 38도 부근에 머물러 있다고 적었다. 정상치보다는 높지만 큰 문제가 있다고 보기에는 어려운 수치였다. 저녁 8시 무렵에 그는 두부 방사선 촬영을 지시했다.

사진이 나오자 그는 면밀하게 검토했다. 특별한 이상은 눈에 띄지 않았다. 하지만 총알이 들어간 구멍 주변이 보일 듯 말 듯 어둡게 변한 걸 발견했다. 그는 다소 애매한 표현들을 신중하게 골라가며 차트를 작성했다.

"방사선 사진 소견상 그 어떤 결정적인 결론도 내릴 수 없으나 환자의 상태가 금일 하루 사이에 현저히 악화됨. 방사선 사진에 나타나지 않는 소규모 내출혈 가능성을 배제할 수 없음. 환자는 수일간 절대 안정과 엄격한 관찰을 요함."

목요일 아침 6시 30분, 〈SMP〉에 출근한 에리카에게 메일 23통이 와 있었다.

그중 redaktion-sr@sverigesradio.com이라는 발신인이 보낸 메일이 있었다. 내용은 극히 간단했다. 한마디였다.

더러운 년.

에리카는 한숨을 내쉬며 곧장 메일을 삭제하려고 했으나 마지막 순간에 생각을 바꾸었다. 편지함으로 들어가 이틀 전에 받았던 메일을 열어봤다. 이때 발신인은 centralred@smpost.se였다. 흠…… 두 메일 모두 '더러운 년'이라는 표현을 썼고, 가짜 주소를 쓴 발신인이 언론계 종사자라…… 그녀는 '언론계 미친놈'이라는 새 편지함을 만들어 두 메일을 집어넣었다. 그런 다음 오전 사내 공지를 검토하기 시작했다.

예란 모르텐손은 7시 40분에 집에서 나왔다. 볼보에 올라 시내 쪽으로 출발한 그는 스토라에싱엔과 그뢴달을 지나 쇠데르말름 방향으로 달렸다. 그러다 호른스가탄 대로를 잠시 달린 후 브렌쉬르카가탄을 거쳐 마침내 벨만스가탄 거리에 도착했다. 그는 '비숍스 암스'라는 술집에서 좌회전해 타바스트가탄 거리로 들어가 바로 그 모퉁이 부근에 차를 세웠다.

모니카는 운이 좋았다. 그녀의 차가 비숍스 암스 앞에 막 도착했을 때 마침 거기 서 있던 밴 한 대가 출발하면서 자신이 주차할 수 있었던 것이다. 그녀가 차를 세운 곳은 벨만스가탄과 타바스트가탄이 만나는 교차로 부근이었다. 비숍스 암스가 마주 보이는 그곳은 지대가 높아서 시야가 훌륭했다. 타바스트가탄에 세워놓은 예란의 볼보 뒤 창이 조금 보였다. 앞쪽으로는 프뤼스그렌드 골목으로 내려가는 가파른 비탈길이 뻗어 있었고 그 비탈길 왼쪽에 벨만스가탄 1번지가 있었다. 그녀가 있는 곳에서는 1번지 건물의 측면만 보이고 정문은 가려졌지만 건물에서 누가 거리로 나오면 금방 눈에 들어왔다. 예란이 여기에 온 이유가 바로 저곳 때문이라는 건 뻔했다. 미카엘이 사는 건물이었다.

모니카는 벨만스가탄 1번지 부근이 무얼 감시하기엔 끔찍한 장소라는 사실을 파악했다. 건물 정문을 곧장 볼 수 있는 장소는 벨만스가탄 거리 끝, 즉 마리아 엘리베이터와 라우린스카 건물 옆에 있는 산책로와 육교였다. 하지만 산책로에 주차할 수는 없는 노릇이었고, 가느다란 육교 위에 서 있으면 전깃줄에 달랑 앉아 있는 참새 한 마리처럼 금방 눈에 띈다. 모니카가 차를 세운 곳은 차 안에 앉아서 일대를 감시할 수 있는 유일한 지점이었다. 하지만 주의깊은 사람이라면 쉽사리 차 안을 들여다볼 수 있어서 형편없는 장소이기도 했다.

그래도 그녀는 차에서 나와 주변을 어정거리고 싶지 않았다. 자신이 눈에 잘 띄는 외모라는 걸 잘 알았기 때문이다. 경찰 일을 하기엔 유리한 조건이 아니었다.

모니카가 고개를 돌렸다. 미카엘이 건물 밖으로 나왔다. 오전 9시 10분이었다. 그녀는 시각을 적었다. 그가 벨만스가탄 거리 위에 구름다리처럼 걸쳐진 육교를 훑는 모습이 보였다. 그러고는 그녀가 있는 방향으로 비탈길을 걸어올라오기 시작했다.

모니카는 핸드백에서 스톡홀름 지도를 꺼내 조수석 위에 펼쳤다. 그런 다음 수첩을 열고 호주머니에서 볼펜을 꺼냈다. 이어 귀에 휴대전화를 대고 누군가와 통화하는 척했다. 전화기를 잡은 손으로 얼굴을 가릴 수 있도록 머리를 살짝 내린 채였다.

그녀는 미카엘이 타바스트가탄 쪽을 흘깃 쳐다보는 모습을 보았다. 그는 자신이 감시당하고 있다는 사실을 알고 있었고, 예란의 자동차 역시 분명히 보았을 터였다. 하지만 그는 그 차에 별다른 관심을 보이지 않고 계속 걸었다. 아주 침착하고 냉정하게 행동하고 있군. 다른 사람 같았으면 당장 달려가 차문을 열고 놈의 멱살을 잡았을 텐데.

다음 순간, 미카엘이 그녀의 차 앞을 지나갔다. 모니카는 통화를 계속하며 펼쳐놓은 지도에서 주소를 찾는 척했지만 그가 지나가면서 자신을 쳐다보는 걸 느꼈다. 주변을 전부 경계하고 있군. 그녀는 백미러를 통해 호른스가탄 쪽으로 걸어가는 그의 뒷모습을 보았다. TV 에서 몇 번 본 적은 있었지만 실제로 보는 건 처음이었다. 그는 청바지에 티셔츠, 그 위에 회색 재킷을 걸친 차림이었다. 어깨에는 숄더백을 하나 걸치고 휘적휘적 걸었다. 제법 잘생긴 남자였다.

이때 비숍스 암스 앞 길모퉁이에서 예란이 나타나 미카엘의 뒷모습을 눈으로 좇았다. 역시 어깨에 큼직한 스포츠 가방을 하나 걸친 그는 누군가와 통화를 마무리하는 중이었다. 모니카는 그가 미카엘을 따라갈 거라고 예상했지만, 놀랍게도 그녀의 차 바로 앞에서 길을 건너더니 왼쪽으로 꺾어 미카엘의 집이 있는 쪽으로 내려갔다. 바로 다음 순간, 파란색 작업복 차림의 남자가 그녀의 차 옆을 지나 예란을 바짝 따라갔다. 이런! 넌 어디서 튀어나온 거야?

그들은 아파트 정문 앞에서 걸음을 멈췄다. 예란이 비밀번호를 누른 후 둘은 계단으로 사라졌다. 그래, 집안을 뒤져보시겠다? 정말 프로답지 못한 짓이잖아. 저렇게 막 나가도 되는 거냐고!

그런 다음 무심코 백미러로 시선을 옮기던 그녀는 화들짝 놀랐다. 미카엘이 다시 보였다. 그는 돌아와서 그녀 뒤로 10미터 정도 떨어진 곳에 서 있었다. 그렇게 벨만스가탄 1번지가 굽어보이는 언덕에 서서 예란의 일행을 눈으로 좇았다. 모니카는 그의 얼굴을 훔쳐보았다. 그는 그녀를 보지 못했고, 예란이 정문 안으로 사라지는 모습을 주시했다. 잠시 후 그는 몸을 돌려 다시 호른스가탄 쪽으로 걷기 시작했다.

모니카는 삼십 초쯤 꼼짝 않고 앉아 있었다. 그는 자신이 미행당하고 있다는 걸 알고 있어. 주위를 전부 관찰하고 있고. 그런데 왜 전혀 반응하지 않는 걸까? 보통 사람 같으면 그야말로 난리가 날 텐데…… 맞아. 뭔가 꿍꿍이가 있는 거야.

미카엘은 수화기를 내려놓고 책상 위 수첩을 묵묵히 내려다보았다. 차량등록국에 전화를 걸어 아까 벨만스가탄 거리에서 본 금발 여성의 자동차에 대해 문의했다. 소유주는 쿵스홀멘의 폰톤예르가탄에 사는 1969년생 모니카 피게롤라였다. 미카엘은 차에 타고 있던 바로 그녀일 거라고 추측했다.

그녀는 통화하면서 조수석에 펼쳐놓은 스톡홀름 지도를 들여다보고 있었다. 그녀가 살라첸코 클럽과 관계가 있다고 의심할 만한 이유는 전혀 없었다. 하지만 그는 자기 주변, 특히 집 근처에서 눈에 띈 특이한 일들을 빠짐없이 기록하고 있었다.

그는 큰 소리로 로티 카림을 불렀다.

"이 여자, 뭐하는 사람일까? 사진 좀 찾아봐. 직장도 어딘지 알아보고 이력도 찾을 수 있는 대로 죄다 조사해와."

"네, 알겠습니다!" 로티 역시 큰 소리로 대답하고 자기 자리로 돌아갔다.

〈SMP〉 재무국장 크리스테르 셸베리는 어안이 벙벙한 얼굴이었다. 매주 열리는 이 예산위원회의에서 오늘 그는 에리카가 제출한 아홉 가지 제안이 담긴 문서를 옆으로 밀어버렸다. 예산부장 울프 플로딘은 곤란한 얼굴이었고, 회장 망누스 보리셰는 평소처럼 별 표정이 없었다.

"이건 불가능해요." 크리스테르가 점잖게 미소 지으며 말했다.

"왜죠?" 에리카가 물었다.

"이사회가 절대 받아들이지 않을 거예요. 상식과 동떨어진 제안이니까."

"처음부터 다시 얘기해보죠." 에리카가 말했다. "내가 채용된 건 〈SMP〉를 다시 이익을 내는 회사로 만들기 위해서였어요. 그 목적을 달성하려면 내겐 일할 재료가 있어야 해요. 그렇지 않습니까?"

"그래요. 하지만……"

"내가 저 유리방에 갇혀서 주문만 외운다고 해서 뉴스 거리가 평 튀어나오는 게 아니란 말입니다."

"당신은 재정 실정을 아무것도 몰라요."

"그럴 수 있겠죠. 하지만 난 어떻게 신문을 만드는지는 알아요. 그런데 지난 십오 년간 〈SMP〉의 전체 인력이 118명이나 감소했어요. 좋아요. 그중 반은 신기술 때문에 대체된 그래픽 디자이너들이라고 합시다. 하지만 기사를 만들어내는 기자들도 이 기간 동안 48명이나 줄어든 건 어떻게 설명하죠?"

"필요한 삭감이었어요. 그렇게 하지 않았다면 이 신문은 이미 없어졌을 겁니다. 적어도 호칸 모란데르는 삭감의 필요성을 이해했었어요."

"잠깐, 무엇이 필요하고 무엇이 그렇지 않은지 분명히 구별해야죠. 지난 삼 년간 기자직 19개가 없어졌어요. 게다가 지금은 아홉 자리가 비었고 프리랜서로 채워졌죠. 스포츠부는 인력 부족이 위험 수준에 이르렀어요. 거기엔 적어도 아홉 명이 필요한데 지금 일 년이 넘도록 두 자리가 비어 있는 실정이죠."

"돈을 아끼려고 그러는 겁니다. 간단한 얘기 아니에요?"

"문화부엔 세 자리가 비었어요. 경제부에는 한 자리가 없고요. 법률부는 존재하지 않는 거나 마찬가지죠. 부장만 달랑 있어서 필요할 때마다 사회부 기자들을 빌려다 쓰는 실정이니까요. 적어도 지난 팔년간 〈SMP〉는 관공서나 정부기관에 대해 제대로 된 기사를 낸 적이 없습니다. 그쪽 기사는 전적으로 프리랜서나 TT 통신이 주는 정보에 의존하죠. 알다시피 TT 통신도…… 몇 해 전에 행정 데스크를 없애버렸어요. 지금 스웨덴에는 정부와 행정기관을 관찰할 데스크가 단 하나도 없다는 얘기예요."

"그건 지금 신문 사업이 처한 상황이 매우 미묘하기 때문에……"

"지금 현실은 당장 가게 문을 닫든지, 그게 싫으면 적극적으로 공세를 펼치든지, 둘 중 하나를 선택하라고 〈SMP〉에 요구하고 있어요. 기자 수가 줄어들면서 각 기자가 내야 할 기사는 갈수록 많아지고 있죠. 갈수록 평범하고 피상적인 기사가 나오니 신뢰도 낮아지고요. 결과적으로 사람들은 더이상 〈SMP〉를 읽지 않습니다."

"상황을 이해하지 못했나본데……"

"말끝마다 내가 상황을 이해하지 못한다고 하시는데 듣기가 좀 그렇네요. 난 여기 놀러온 철부지 고등학생이 아닙니다."

"하지만 당신이 제안한 건 너무 터무니 없어요."

"그래요? 왜 그렇죠?"

"그건 이익을 내지 말자는 말이나 마찬가지니까요."

"여보세요, 크리스테르 셀베리 씨. 당신은 올해 회사 주주들 스물세 명에게 엄청난 배당금을 지급할 거예요. 어디 그것뿐인가요? 〈SMP〉 이사회에 앉아 계신 아홉 분들에게 1천 만 크로나에 달하는 말도 안 되는 보너스를 지급하기 위해 피 같은 회사 돈을 쓸 거고요. 그리고 직원들 모가지를 시원하게 잘라버린 당신 자신에게는 40만 크로나를 보너스로 주겠죠. 물론 스칸디아 투자사 간부들이 받는 돈에 비하면 새 발의 피겠지만 내가 보기에 당신은 단 1외레의 보너스도 받을 자격이 없어요. 보너스는 회사를 튼튼하게 만든 사람에게 줘야 하는 것 아닙니까? 당신은 사람들을 해고해서 〈SMP〉의 체력을 약하게 만들고 우리가 처한 위기를 더 악화시켰을 뿐이에요."

"정말 어처구니없군요! 내 제안은 전부 이사회 승인을 받았다고요."

"물론 이사회는 당신의 제안을 승인했겠죠. 당신이 해마다 짭짤한 배당금을 쥐여줄 거니까. 그런 악순환을 당장 멈춰야 한단 얘기입니다."

"그러니까 당신은 모든 배당금과 보너스를 지급하지 말기로 이사회가 결정해야 한다고 아주 심각하게 제안하는 거군요. 주주들이 이 제안을 어떻게 받아들일지 한번 생각해봤습니까?"

"내 제안은, 올해에 제로 수익 시스템을 시행하자는 겁니다. 그러면 2100만 크로나에 달하는 돈을 절약해서 인력과 재정을 강화할 수 있어요. 간부들 봉급도 내리자고 제안하고 싶어요. 난 월급으로 8만 8천 크로나를 받는데, 이건 완전히 미친 짓이에요. 아니, 스포츠부에 꼭 필요한 인력도 충당해주지 못하는 신문사가 이렇게 퍼주다니요."

"그렇다면 당신 봉급을 깎겠다는 겁니까? 지금 일종의 임금 공산주의를 옹호하겠다는 건가요?"

"헛소리 좀 그만해요. 당신은 연간 보너스까지 합치면 매달 11만 2천 크로나를 받아요. 미친 짓이죠. 회사가 안정적이고 수익도 높이 올린다면 보너스로 얼마를 가져가든 아무 상관 안 하겠어요. 하지만 올해는 자기 보너스를 올리고 있을 때가 아니에요. 간부들 봉급을 반으로 삭감할 것을 제안합니다."

"뭔가 착각한 모양인데, 주주들이 계속 남으려는 건 돈을 벌기 위해서예요. 그걸 바로 자본주의라고 하죠. 만일 그들에게 돈을 잃게 될 거라고 말한다면 당장에 주주를 그만둘 겁니다."

"내가 손해를 보라고 제안하는 건 아니지만 그렇게 될 가능성은 충분히 있죠. 주주가 된다는 건 책임을 진다는 뜻입니다. 방금 당신도 말했듯이 우리에게 가장 중요한 건 자본주의예요. 〈SMP〉 주주들은 수익을 내고 싶어하죠. 시장이 수익과 손실을 결정하는 게 바로 자본주의 법칙 아닌가요? 그런데 당신은 그 법칙이 〈SMP〉 직원들에게만 적용되어야 하고 당신과 주주들은 예외라는 듯이 얘기하는군요."

재무국장은 한숨을 푹 내쉬고 멍하니 위를 올려다보았다. 그리고 좀 도와달라는 얼굴로 망누스를 쳐다보았다. 그는 에리카가 제출한 제안서를 묵묵히 읽고 있을 뿐이었다.

모니카는 예란 모르텐손과 미지의 사내가 아파트에서 나올 때까지 사십구 분을 기다렸다. 그들이 그녀 쪽을 향해 비탈길을 걸어오르기 시작했을 때 300밀리미터 망원렌즈가 달린 니콘 카메라를 들어 사진을 두 장 찍었다. 그런 다음 조수석 사물함에 얼른 카메라를 넣고는 다시 스톡홀름 지도를 들여다보는 척했다. 무심코 엘리베이터 쪽으로 시선을 던진 그녀는 두 눈이 휘둥그레졌다. 엘리베이터 출입구 바로 옆에서 한 갈색 머리 여자가 예란 일행을 디지털카메라로 촬영하고 있었다. 세상에…… 오늘 벨만스가탄에서 무슨 스파이 대회라도 열린 건가?

예란과 미지의 사내는 거리가 끝나는 곳에서 말없이 헤어졌다. 예란은 타바스트가탄에 세워놓은 자기 차로 돌아갔다. 시동을 걸고 보도에서 떨어져나오더니 모니카의 시야에서 사라져버렸다.

그녀가 다시 백미러를 보니 청색 작업복 사내의 등이 보였다. 뒤이어 디지털카메라를 든 여자가 촬영을 중단하고 라우린스카 빌딩 앞을 지나 그녀 쪽으로 걸어오는 게 보였다.

어느 쪽을 쫓을 것인가? 모니카는 예란의 정체와 직업을 이미 알고 있었다. 반면 청색 작업복 사내와 카메라 든 여자는 미지의 카드였다. 차에서 나갈 수는 없었다. 카메라 든 여자의 눈에 띌 위험이 있었다.

모니카는 꼼짝하지 않았다. 다시 백미러로 시선을 돌려보니 청색 작업복 사내가 오른쪽으로 꺾어 브렌쉬르카가탄으로 접어드는 게 보였다. 카메라 든 여자가 자신 앞에 있는 교차로까지 오기를 기다렸다. 여자는 사내를 뒤쫓지 않고 반대로 몸을 돌려 벨만스가탄 1번지 쪽으로 내려갔다. 모니카가 보기에 그녀는 삼십대 중반 정도였다. 짧은 갈색 머리에 어두운 청바지와 검은 재킷 차림이었다. 그녀가 비탈길을 조금 내려가자마자 모니카는 지체 없이 차문을 열고 나가 브렌쉬르카가탄으로 내달렸다. 청색 작업복 사내는 보이지 않았다. 바로 뒤이어 도요타 밴이 한 대 출발하고 있었다. 뒤쪽에서 그 운전자의 옆모습이 비스듬히 보였다. 그녀는 차량번호를 외워뒀다. 만일 번호를 놓쳤다 하더라도 찾아내는 데 문제는 없을 터였다. 밴 측면에 '라르스 파울손 열쇠·자물쇠 서비스' 광고가 전화번호와 함께 커다랗게 붙어 있었다.

그를 따라갈 필요는 없었다. 그녀는 천천히 차가 있는 곳으로 돌아왔다. 다시 언덕에 서니 카메라 든 여자가 막 미카엘의 아파트 건물 안으로 들어가는 게 보였다.

그녀는 다시 차에 올라타 도요타 밴의 차량번호와 전화번호를 수첩에 적었다. 그리고 머리를 긁적였다. **젠장, 이 아파트 주변에 웬 인간들이 이렇게 들끓는 거야?** 그녀는 눈을 들어 벨만스가탄 1번지 건물의 지붕을 바라보았다. 그녀는 미카엘의 집이 맨 꼭대기층이라는 걸 알고 있었다. 건축물 대장을 조사해보니 그의 집은 건물 반대편에 있었고 리다르피에르덴만과 구시가 쪽으로 창문이 나 있었다. 이 역사적인 옛날 동네 안에서도 아주 멋진 위치라고 할 수 있었다. 그녀는 미카엘이라는 이 남자가 폼 잡기 좋아하는 졸부는 아닌 건지 궁금해졌다.

그렇게 구 분을 더 기다리니 카메라 든 여자가 건물에서 나왔다. 그녀는 타바스트가탄 쪽으로 올라오는 대신 아래로 내려가 오른쪽으로 꺾어 프뤼스그렌드 골목으로 들어갔다. 흠…… 만일 그녀가 그 골목 어딘가에 차를 주차해놨다면 따라가봤자 놓칠 가능성이 컸다. 하지만 차가 없다면 그 골목에서 빠져나갈 수 있는 출구는 단 하나, 슬루센 근처의 푸스테그렌드 골목을 통해 브렌쉬르카가탄으로 나가는 길뿐이었다.

모니카는 차에서 내려 브렌쉬르카가탄을 지나 슬루센 쪽으로 뛰어갔다. 푸스테그렌드 골목 어귀에 거의 이르렀을 때 그 여자가 튀어나왔다. 빙고! 예상이 적중했다. 모니카는 그녀를 쫓아 쇠데르만 광장에 있는 힐튼 호텔과 슬루센 시립미술관 앞을 지났다. 주변엔 전혀 관심이 없는 듯 그 여자는 앞만 보고 총총히 걸었다. 모니카는 30미터 정도 거리를 두고 뒤따랐다. 그녀가 슬루센 전철역 안으로 들어갔다. 걸음을 재촉하던 모니카는 순간적으로 걸음을 멈췄다. 그녀가 개찰구를 통과하는 대신 지하철 매점 쪽으로 향하는 걸 보았기 때문이다.

모니카는 매점에 줄을 선 그녀를 관찰했다. 키 170센티미터 정도에 조깅화를 신은 모습이 스포츠를 즐기는 사람 같았다. 매점 앞에 흔들림 없이 선 그 모습을 보고 있던 모니카는 문득 무언가를 감지했다. 그렇다, 이 여자는 경찰이다! 그녀는 무연 담배를 한 통 산 다음 쇠데르말름 광장으로 올라가 오른쪽에 있는 카타리나베겐 거리로 들어갔다.

계속 그녀를 쫓았다. 그녀가 자신의 존재를 알아채지 못했다고 어느 정도 확신하면서. 그리고 그녀는 맥도날드 근처 길모퉁이에서 모습을 감췄다. 모니카는 40미터쯤 뒤처져 있었다.

급히 달려가 모퉁이를 돌아보니 그녀는 온데간데없었다. 모니카는 걸음을 멈추었다. 이런 젠장! 늘어선 문들 앞을 천천히 지났다. 그러던 그녀의 시선이 한 간판 위에 꽂혔다. 밀톤 시큐리티.

모니카는 고개를 끄덕이고는 벨만스가탄으로 돌아갔다.

그녀는 차를 몰고 〈밀레니엄〉 사무실이 있는 예트가탄으로 가서 삼십 분 정도 그 부근을 누볐다. 예란의 자동차는 보이지 않았다. 정오 무렵 쿵스홀멘 경찰청사로 돌아와서는 체육관으로 직행해 한 시간 동안 쇳덩이들과 씨름했다.

"문제가 있어요!" 헨리가 소리쳤다.

말린과 미카엘이 앞으로 책이 되어 나올 살라첸코 원고로부터 시선을 들어올렸다. 오후 1시 반이었다.

"서 있지 말고 앉아." 말린이 권했다.

"비타바라 얘기예요. 베트남에서 형편없는 변기를 만들어 1700크로나에 팔아먹는 회사."

"그래, 문제가 뭔데?" 미카엘이 물었다.

"비타바라 지분을 100퍼센트 소유한 회사가 있어요. 바로 스베아뷔그죠."

"엄청 큰 건설사잖아?"

"맞아요. 그곳 대표이사는 망누스 보리셰라는 사람이죠. 뭐랄까, 기업 이사만을 전문으로 한다고 할까? 여러 곳에서 대표이사를 겸직하고 있는데 그중 하나가 〈SMP〉예요. 소유 지분은 10퍼센트이고요."

미카엘은 헨리에게 날카로운 시선을 던졌다.

"확실해?"

"네. 알고 보니 에리카 국장님네 대표가 베트남 아동을 착취하는 개자식이었네요."

"세상에나!" 말린은 벌린 입을 다물지 못했다.

편집차장 페테르 프레드릭손이 거북한 표정으로 에리카의 유리방을 두드린 건 오후 2시경이었다.

"무슨 일이죠?"

"좀 당혹스러운 문제인데요. 편집국 직원 하나가 국장님께 메일을 받았다고 합니다."

"나한테서요?"

"네. 그렇습니다."

"무슨 메일이죠?"

그가 A4 용지 몇 장을 건넸다. 스물여섯 살 된 문화부 임시기자 에바 칼손에게 발송된 메일들이 인쇄되어 있었다. 그 위에 적힌 발신인은 erika.berger@smpost.se였다.

사랑하는 에바. 널 애무하고 네 가슴에 입맞추고 싶어. 내 몸이 너무도 달아올라서 참기가 힘들어. 제발 내 애틋한 감정에 대답해줘. 우리 언제 만날 수 있을까? /에리카.

에바 칼손은 답신을 보내지 않았다. 이후 며칠간 메일 두 통이 더 날아들었다.

나의 사랑하는 에바. 제발 날 거부하지 마. 난 욕망으로 불타고 있어. 네 알몸을 갖고 싶어. 어떤 대가를 치르더라도 갖고 싶어. 너도 나와 함께 있으면 좋을 거야. 결코 후회하지 않을 거야. 키스하고 싶어. 네 알몸 구석구석을. 네 황홀한 젖가슴과 달콤한 동굴을. /에리카.

에바. 왜 대답이 없지? 날 두려워하지 마. 날 거부하지 마. 넌 고결한 성녀가 아니라고. 내 말이 무슨 뜻인지 알지? 너와 섹스하고 싶어. 충분히 보답해줄게. 네가 착하게 굴면 나도 잘해줄 거야. 계약을 연장해달라고 신청했지? 난 그렇게 해줄 권한이 있는 사람이야. 게다가 정규직으로 전환해줄 수도 있어. 오늘밤 9시, 주차장에서 내 차 안에 있을 테니까 거기로 와. 너의 에리카.

"좋아요." 에리카가 고개를 끄덕였다. "그러니까 지금 에바 칼손은 정말로 내가 이 쓰레기 같은 메일들을 보낸 건지 궁금해하고 있단 말이죠?"
"꼭 그렇다는 얘기가 아니라……"
"페테르. 우물거리지 말고 똑바로 얘기해요."
"첫번째 메일을 받았을 땐 무척 놀라긴 했지만 반쯤은 믿었던 모양이에요. 하지만 이내 깨달았죠. 너무 어처구니 없는 내용일 뿐 아니라 이건 국장님 스타일이 아니라고요. 그래서……"

"그래서?"

"이걸 국장님께 직접 말하기가 너무 거북해서 어떻게 해야 할지 모르겠다고 하더군요. 사실 에바는 국장님께 강한 인상을 받았고, 국장님을 아주 좋아하고…… 그러니까 상관으로 좋아하고 있었거든요. 그래서 절 찾아와 의견을 구한 겁니다."

"고마워요. 가서 그녀에게 전해주겠어요? 십 분 후에 날 보러 오라고."

에리카는 그사이에 메일을 한 통 썼다. 진짜 자신의 이름으로 보내는 메일이었다.

여러분에게 중요한 사실을 한 가지 알리겠습니다. 직원 중 한 사람이 발신인이 나로 된 이메일을 몇 통 받았습니다. 극도로 상스러운 성적 암시가 포함된 메일이었죠. 그리고 나 역시 <SMP>의 'centralred'라고 자칭하는 발신인으로부터 상스러운 메시지들을 받았습니다.

기술 담당자에게 문의해 발신인 주소를 위조하는 건 아주 쉽다는 설명을 들었습니다. 자세한 방법은 모르겠지만 그런 서비스를 해주는 인터넷 사이트들이 존재하는 모양입니다. 그래서 난 이런 일을 즐기는 정신 이상자가 우리 가운데 있다는 서글픈 결론에 도달하게 되었습니다.

이런 이상한 메일을 받은 직원이 또 있는지 알고 싶습니다. 만일 있다면 즉시 편집차장 페테르 프레드릭손에게 연락해주시기 바랍니다. 이런 추잡한 행위가 계속될 경우 어쩔 수 없이 경찰에 신고하도록 하겠습니다.

편집국장 에리카 베리에르.

그녀는 이 메일을 한 장 인쇄한 다음 전송 버튼을 눌러 <SMP>의 모든 직원에게 보냈다. 동시에 에바 칼손이 방문을 두드렸다.

"어서 와, 거기 앉아." 에리카가 말했다. "내가 보낸 메일을 몇 통 받았다고?"

"어휴, 국장님께서 그걸 보냈다고는 단 일 초도 생각해보지 않았어요."

"좀전에 자네에게도 내가 보낸 메일이 도착했을 거야. 내가 직접 써서 전 직원에게 보낸 메일이지."

에리카가 그녀에게 인쇄된 메일을 내밀었다.

"…… 네, 이제 분명히 알겠네요." 메일을 읽어본 에바가 말했다.

"이 불쾌한 일을 벌이고 있는 자가 자넬 목표로 삼아서 정말 유감이야."

"웬 미친놈이 하는 짓에 국장님이 사과하실 필요는 없어요."

"이 이메일과 관련해서 자네가 내게 한 점의 의심도 품지 않도록 확실히 해두고 싶을 뿐이야."

"국장님이 이런 걸 보냈다고는 꿈에도 생각해보지 않았어요."

"그럼 됐어. 고마워." 에리카는 미소를 지으며 말했다.

모니카 피게롤라는 정보를 수집하며 오후를 보냈다. 우선 라르스 파울손의 증명사진을 요청했다. 아까 예란 모르텐손과 같이 있던 그 사내가 맞는지 확인하기 위해서였다. 이어 경찰 전과 기록 데이터베이스에 그의 이름을 입력했고 곧바로 기대하던 결과를 얻어냈다.

팔룬이라는 별명으로 알려진 마흔일곱 살의 라르스 파울손은 열일곱 살 때 자동차 절도로 전과 기록에 이름을 올렸다. 1970년대와 80년대 사이에 가택침입, 절도, 장물 은닉 등의 혐의로 두 차례 체포와 기소를 당했다. 첫번째는 가벼운 금고형으로 끝났으나 두번째는 징역 삼 년을 선고받았다. 그 무렵 그는 범죄 세계에서 '떠오르는 별'로 여겨졌다. 적어도 세 차례나 가택침입과 절도 혐의로 조사를 받았으며, 그중 베스테로스의 한 백화점 금고 탈취는 기술적으로 복잡한 사건이어서 당시에 전파를 꽤 탔었다. 1984년에 형을 치르고 나온 그는 상당히 얌전해졌다. 어쨌든 남의 집 문을 따고 들어가서 체포되거나 재판받는 일은 없었다. 그리고 직업을 바꾸었는데, 얄궂게도 열쇠 수리업이었다. 그는 1987년에 노르툴에 주소를 둔 '라르스 파울손 열쇠·자물쇠 서비스'라는 사업체를 설립했다.

예란과 라르스를 촬영했던 여자의 신원을 알아내는 건 훨씬 쉬웠다. 그녀는 간단하게 밀톤 시큐리티에 전화를 걸었다. 얼마 전에 밀톤의 여자 직원을 만났었는데 이름이 잘 기억나지 않는다고 하며 그녀의 인상착의를 묘사했다. 안내 담당자는 아마 수산네 린데르일 거라면서 전화를 돌려줬다. 그녀가 전화를 받자 모니카는 잘못 걸었다며 사과했다.

주민등록부에서 조회해보니 스톡홀름에 수산네 린데르라는 이름을 가진 사람은 열여덟 명이었다. 그중 삼십대 중반은 세 명이었다. 하나는 노르텔리에, 다른 하나는 스톡홀름 시내, 세번째는 나카에 살았다. 모니카는 이들의 증명사진을 요청했고 자신이 미행했던 여자가 나카에 주소지를 둔 수사네 린데르임을 확인할 수 있었다.

모니카는 이날의 상황을 요약한 보고서를 토르스텐 에드클린트의 사무실로 가지고 갔다.

오후 5시 무렵, 미카엘은 불편한 기색으로 헨리가 가져온 조사 보고서를 덮었다. 크리스테르도 벌써 네 번이나 읽고서 그의 기사를 내려놓았다. 말린의 소파에 앉아 있는 헨리는 마치 죄지은 사람 같은 얼굴을 하고 있었다.

"커피?" 말린이 일어서며 물었다. 그리고 잠시 후 머그잔 세 개와 커피포트를 들고 돌아왔다.

미카엘은 한숨을 쉬었다.

"정말로 기막힌 이야기야. 조사도 나무랄 데 없고, 수집한 자료에도 빈틈이 없어. 나쁜 놈 설정도 완벽해. 제도를 이용해서 완전히 합법적으로 스웨덴 국민을 등쳐먹은데다, 베트남 아이들을 착취하는 회사에 투자할 정도로 탐욕스럽고 어리석은 인간이니 말이야."

"글도 아주 잘 썼어." 크리스테르도 맞장구쳤다. "이게 발표되는 날 망누스 회장은 즉시 스웨덴 재계에서 외면당할 거야. 방송도 가만히 있지 않겠지. 스캔들을 일으켰던 스칸디아 임원들과 똑같은 신세가 될 거야. 정말로 멋진 특종이야! 잘했어, 헨리!"

미카엘은 고개를 끄덕였다.

"다 좋은데 에리카가 문제란 말이야."

그 말에 크리스테르도 고개를 끄덕였다.

"아니, 에리카에게 무슨 문제가 된다는 거죠?" 말린이 반문했다. "에리카가 사기꾼인 건 아니잖아요? 그리고 우린 그 어떤 기업 대표라도 조사할 권리가 있어요. 설사 그게 에리카의 상관이라 해도."

"문제가 그렇게 간단치 않아." 미카엘이 말했다.

"에리카가 여길 완전히 떠난 게 아니란 말이야." 크리스테르가 설명했다. "〈밀레니엄〉 지분을 30퍼센트 소유한 이사회 임원이야. 심지어는 대표이사이기도 해. 8월에 있을 회의에서 하리에트 방에르가 새 대표로 선출되기 전까지 말이야. 동시에 에리카는 〈SMP〉를 위해 일하면서 그곳 이사회의 임원이지. 그런데 우린 지금 그녀의 상관을 고발하려는 거고."

무거운 침묵이 흘렀다.

"어떻게 하죠?" 헨리가 물었다. "이 기사, 버릴까요?"

미카엘은 헨리의 눈을 똑바로 쳐다보았다.

"천만에, 헨리. 우린 이 기사를 절대로 버리지 않을 거야. 〈밀레니엄〉은 그런 식으로 일하지 않아. 번거롭지만 처리할 일이 좀 있을 거야. 갑자기 에리카에게 찬물을 퍼부을 순 없는 법이니까."

크리스테르가 고개를 끄덕이며 손가락을 흔들었다.

"그래. 에리카는 우리 때문에 아주 난처한 상황에 빠질 거야. 둘 중 하나를 선택해야겠지. 자기 지분을 팔고 즉각 〈밀레니엄〉 이사직을 사임하느냐, 아니면 〈SMP〉에서 해고당하느냐. 어느 쪽을 선택하든 끔찍한 갈등이 일어날 거야. 솔직하게 말해서, 헨리…… 기사를 발표해야 한다는 미카엘의 의견에는 나도 동의해. 하지만 그 시점을 한 달 정도 미뤄야 할 수도 있어."

미카엘은 고개를 끄덕였다.

"우리 역시 의리 때문에 갈등해야 하니까."

"미카엘, 내가 에리카한테 전화할까?"

"아니. 내가 전화해서 만날 약속을 정할게. 오늘 저녁에."

모니카는 미카엘의 아파트 주변에서 한바탕 벌어졌던 서커스를 요약해 설명했고 토르스텐은 주의깊게 들었다. 그는 땅이 흔들리는 듯한 충격을 받았다.

"세포 요원 하나가 열쇠공으로 전직한 왕년의 금고털이범을 데리고 미카엘의 아파트 건물로 들어갔다는 거야?"

"맞습니다."

"자넨 그들이 건물 안으로 들어가서 무얼 했다고 생각하나?"

"모르겠어요. 어쨌든 그들은 사십구 분 동안 보이지 않았습니다. 물론 라르스가 아파트 문을 따주고 예란이 그 안에 들어갔다고 추측할 수 있겠죠."

"무얼하러?"

"단지 도청장치를 설치하러 들어갔다고 보기는 어렵습니다. 일 분밖에 안 걸리는 일이니까요. 미카엘의 문서, 혹은 그의 집에 보관된 무언가를 뒤졌다고 봐야겠죠."

"하지만 그가 바짝 조심하고 있을 텐데. 벌써 그들은 군나르 비에르크의 보고서를 훔쳐가지 않았던가?"

"그렇습니다. 그는 자신이 감시당하고 있다는 걸 알아요. 자기를 감시하는 자들을 역으로 감시하고 있고요. 침착하기 이를 데 없더군요."

"무슨 말이지?"

"그에게는 뭔가 꿍꿍이가 있어요. 증거를 모아서 예란을 고소하겠다는 거죠. 그게 유일한 설명입니다."

"그리고 그 여자. 갑자기 튀어나왔다는 수산네 린데르라는 여자 말이야."

"수산네 린데르, 34세, 주소지는 나카입니다. 전직 경찰이죠."

"경찰?"

"경찰학교를 나와 육 년간 쇠데르말름 강력반에서 근무했습니다. 그러다 갑자기 퇴직했어요. 서류엔 이유가 적혀 있지 않았어요. 그렇게 몇 달간 실업자로 지내다가 밀톤 시큐리티에 채용됐죠."

"음, 드라간……" 그는 무언가를 생각하며 중얼거렸다. "그녀는 건물 안에 얼마나 있었지?"

"구 분입니다."

"그동안 무얼 했는데?"

"그녀가 밖에서 예란과 라르스를 촬영하고 있었다는 걸 감안하면 그들이 벌인 일들의 증거를 수집한 듯해요. 그러니까 지금 밀톤 시큐리티는 미카엘과 협력하고 있고, 그의 집안이나 계단에 감시카메라를 설치해놨다는 얘기죠. 아마 그녀는 카메라에 찍힌 장면을 수거하려고 들어갔을 겁니다."

토르스텐은 자신도 모르게 한숨을 쉬었다. 살라첸코 사건이 아주 복잡해지고 있었다.

"그래, 고마워. 이젠 퇴근해. 난 생각 좀 해봐야겠어."

모니카는 한바탕 운동을 하러 상트에릭스플란에 있는 피트니스 클럽으로 향했다.

미카엘은 에리카에게 전화를 걸기 위해 비밀 휴대전화인 파란색 에릭손 T30를 꺼냈다. 그녀는 국제 테러리즘에 관한 기사를 두고 방향을 어떻게 잡을지 기자들과 한창 토론중이었다.

"오, 안녕…… 잠깐만 기다려."

그녀는 송화구를 손바닥으로 덮고 사람들을 둘러보았다.

"회의는 여기서 끝내야겠어요." 그러면서 마지막으로 몇 가지를 지시했다.

유리방에 혼자 남게 된 에리카는 전화기에서 손을 뗐다.

"잘 있었어, 미카엘? 그동안 연락 못해서 미안해. 일이 산더미야. 파악할 것들도 너무 많고."

"나도 빈둥거리진 않았어."

"리스베트 사건은 어떻게 돼가?"

"괜찮아. 하지만 그것 때문에 전화한 건 아니야. 우리 좀 만나야겠어. 오늘 저녁에."

"나도 그러고 싶어. 하지만 8시까지 여기 남아 있어야 해. 그리고 너무 피곤해. 아침 6시부터 일하고 있다고."

"리키…… 노닥거리자고 만나자는 게 아니야. 긴히 할 얘기가 있어. 아주 중요해."

에리카는 잠시 입을 다물었다.

"무슨 일인데?"

"만나서 얘기해줄게. 썩 유쾌한 얘기는 아냐."

"오케이. 8시 30분에 집으로 갈게."

"안 돼, 우리집은 안 돼. 얘기하자면 긴데 한동안 우리집은 약속 장소로 좋지 않아. 사미르스 그뤼타에서 봐. 시원한 맥주 한잔 하자고."

"운전해야 해."

"그럼 무알코올 맥주로 하지."

8시 30분경 식당으로 들어서는 에리카의 마음은 썩 유쾌하지 않왔다. 〈SMP〉에 들어간 후로 미카엘에게 아무 소식도 전하지 않아 죄의식을 느끼고 있었다. 하지만 요즘처럼 일에 치여서야 사람 구실을 할 수 없었다.

창가 쪽 테이블에 자리잡고 앉은 미카엘이 그녀에게 손짓했다. 에리카는 문 앞에서 잠시 멈칫했다. 아주 짧은 그 순간, 미카엘이 전혀 낯선 사람처럼 느껴졌다. 저 사람이 누구지? 아, 내가 너무 피곤한 건가? 그가 일어나서 에리카의 뺨에 입술을 댔다. 그제서야 그녀는 깨달았다. 자신이 몇 주간 한 번도 그를 생각하지 않았다는 사실을, 하지만 실제로는 그를 몹시 그리워하고 있었다는 사실을. 그동안 〈SMP〉에 보낸 시간이 한갓 꿈처럼 느껴졌고, 자신은 불현듯 〈밀레니엄〉 편집실의 소파 위에서 잠이 깬 것만 같은 기분이었다. 모든 게 비현실적으로 다가왔다.

"잘 있었어, 미카엘?"

"그동안 안녕하셨습니까, 편집국장님. 저녁은 드셨습니까?"

"벌써 8시 반이야. 난 당신처럼 아무 때나 음식을 먹는 사람이 아니라고."

그 순간, 그녀의 배가 꼬르륵거렸다. 주인 사미르가 메뉴판을 들고 왔다. 에리카는 무알코올 맥주 한 잔, 그리고 오징어와 감자를 함께 볶은 가벼운 음식을 주문했다. 미카엘이 고른 건 푸짐한 쿠스쿠스와 맥주 한 잔이었다.

"그래, 어떻게 지내?" 그녀가 먼저 물었다.

"아주 흥미로운 시절을 보내고 있지. 심심하진 않아."

"리스베트는 어때?"

"그녀도 흥미로운 것 중 하나지."

"미케, 그쪽 이야기를 훔치지 않을 테니 너무 걱정하지 마."

"미안…… 대답을 회피하려는 건 아니야. 다만 요즘 들어 이야기가 너무 복잡해져서 그래. 그걸 다 얘기하려면 밤을 새워야 한다고.

〈SMP〉 편집국장 생활은 어때?"

"〈밀레니엄〉에 있을 때 같진 않지, 뭐."

그녀는 잠시 침묵을 지켰다.

"집에 돌아가면 그대로 풀썩 쓰러져 잠들고, 아침에 깨면 눈앞에 예산서 숫자들이 어른거리는 생활이야…… 미케, 그리웠어. 자기네 집으로 같이 들어가고 싶어. 피곤해서 섹스는 못하겠지만 자기한테 꼭 몸을 붙이고 자고 싶어."

"미안해, 리키. 요즘 우리집이 괜찮은 상태가 아니라서."

"왜? 무슨 일이라도 있었어?"

"그러니까…… 지금 어떤 일당이 우리집에 도청장치를 해놓고 내가 하는 모든 말을 엿듣고 있어. 나 역시 감시카메라를 설치해서 내가 없는 동안 무슨 일이 일어나는지 지켜보고 있지. 자기의 벌거벗은 엉덩이를 온 세상에 보이는 일은 삼가는 게 좋겠지?"

"설마 농담은 아니겠지?"

그는 고개를 가로저었다.

"그런데 내가 꼭 만나야겠다고 한 건 그 문제 때문이 아냐."

"그럼 무슨 일인데? 오늘 좀 이상하네."

"그러니까…… 넌 〈SMP〉에서 일을 시작했지. 그리고 〈밀레니엄〉은 너의 상관을 침몰시킬 이야기를 우연히 발견했어. 베트남에서 아이들과 정치범들의 노동을 착취하는 어떤 사안에 그가 연루됐더군. 그래서 네가 갈등하는 상황에 처할 것 같아."

에리카는 포크를 내려놓고 미카엘을 똑바로 쳐다보았다. 지금 그가 농담을 하는 게 아니라는 걸 즉각 깨달았다.

"상황은 이래." 다시 미카엘이 말했다. "망누스는 스베아뷔그의 대표이사이자 대주주야. 스베아뷔그 자회사인 비타바라는 베트남 기업에 하청을 줘서 좌변기를 만들고 있지. 그런데 그 하청 회사가 아동을 노동 착취하는 기업으로 유엔 리스트에 올라 있어."

"좀더 자세히 얘기해주겠어?"

미카엘은 헨리가 조사해온 내용을 상세히 들려줬다. 그리고 가방을 열어 복사해온 자료를 꺼냈다. 에리카는 헨리가 쓴 기사를 천천히 읽어내려갔다. 갑자기 비합리적인 공황감이 몰려들면서 마음 한 구석에서 의심이 일었다.

"한 가지 물을게. 왜 내가 떠나고 나서 첫번째로 벌인 작업이 〈SMP〉 이사회 사람들을 뒷조사하는 일이었지?"

"그렇게 된 게 아니야, 리키."

미카엘은 기사가 나오게 된 경위를 설명했다.

"그래, 이 사실을 언제 알았어?"

"오늘 오후. 나 역시 일이 이렇게 돼서 너무 기분이 안 좋아."

"그래서 어떻게 할 건데?"

"글쎄…… 여하튼 발표해야지. 네 상관이라는 이유로 예외를 둘 수는 없으니까. 하지만 우리 누구도 네게 상처주는 걸 바라지 않아. 그래서 힘들어하고 있지. 특히 헨리가."

"난 여전히 〈밀레니엄〉 이사회의 임원이야. 주주이기도 하고…… 분명 사람들은……"

"나도 사람들이 어떻게 생각할지 알고 있어. 〈SMP〉에서 자기의 입장이 엿같이 돼버리겠지."

에리카는 극심한 피로가 엄습하는 걸 느꼈다. 제발 이 기사를 덮어달라고 부탁하고픈 충동을 억누르려고 이를 꽉 물어야 했다.

"빌어먹을! 그거 정말 확실한 얘기야?"

미카엘은 천천히 고개를 끄덕였다.

"오후 내내 헨리가 조사해온 자료를 검토해봤어. 이제 망누스는 도살장으로 직행하는 일만 남았어."

"그래서 어떻게 할 생각인데?"

"만일 우리가 두 달 전에 이 이야기를 알게 됐다면 자기는 어떻게 했겠어?"

에리카는 이십 년 전부터 친구이자 연인이었던 사람을 물끄러미 바라보았다. 그러고는 아래로 시선을 떨궜다.

"내가 어떻게 했을지 잘 알잖아."

"정말 재수없는 우연이야. 절대로 자기를 겨냥한 건 아니었어. 정말로 미안해. 그래서 당장 만나자고 했던 거야. 이제 우리가 어떤 행동을 취할지 결정해야 해."

"우리?"

"그러니까…… 원래 이 기사는 6월호에 싣기로 예정했던 거야. 내가 뒤로 미루자고 했어. 일러도 8월호에나 나올 텐데 만일 자기가 필요하다면 더 늦출 수도 있어."

"그렇군."

에리카의 목소리에 쓰디쓴 감정이 배어 있었다. 미카엘이 다시 말했다.

"오늘 저녁에는 아무것도 결정하지 말자고. 자료를 가지고 집으로 돌아가서 차분하게 생각해봐. 우리의 공동 전략을 마련하기 전까지는 아무것도 하지 말고. 아직 시간이 충분하니까."

"공동 전략?"

"둘 중 하나를 택해야겠지. 이 기사를 발표하기 전에 〈밀레니엄〉 이사회에서 빠져나오거나 아니면 〈SMP〉에서 사임하거나. 지금 이 상황에서 양다리를 걸치고 있을 순 없는 노릇이잖아."

그녀는 고개를 끄덕였다.

"내가 〈밀레니엄〉과 관계가 깊다는 건 세상이 다 알아. 설사 거기서 나온다고 해도 내가 이 기사와 아무 관련이 없다는 걸 누가 믿어줄까?"

"방법이 또 있어. 이 기사를 가져가서 〈SMP〉에 내고 망누스에게 사임을 요구해. 헨리도 분명히 동의할 거야. 하지만 모두가 합의하기 전까진 절대 아무 일도 벌이지 마."

"그러니까 내가 새 직장에 들어가서 맨 처음 벌이는 일이 바로 날 채용한 사람을 내쫓는 거라는 얘기군."

"미안해."

"그렇게 나쁜 사람은 아니야."

"그렇겠지. 하지만 탐욕스러워."

에리카는 일어섰다.

"그만 들어가볼게."

"리키, 난……"

그녀는 말을 끊었다.

"너무 피곤해서 들어가는 거야. 미리 알려줘서 고마워. 어떻게 해야 할지 잘 생각해볼게."

미카엘이 고개를 끄덕였다.

그녀는 뺨에 입도 맞추지 않고 미카엘 앞에 계산서를 남겨둔 채 밖으로 나갔다.

에리카의 차는 식당에서 200미터쯤 떨어진 곳에 서 있었다. 절반 정도 걸었을 때 심장이 너무도 빠르게 뛰는 걸 느낀 그녀는 걸음을 멈추고 벽에 몸을 기댔다. 구역질이 올라왔다.

5월의 신선한 밤공기를 들이마시며 오랫동안 그렇게 서 있었다. 문득 지난 5월 1일 이후로 하루에 열다섯 시간씩 일해왔다는 사실을 깨달았다. 벌써 삼 주째였다. 삼 년 후엔 어떻게 될까? 호칸 모란데르는 편집국에서 쓰러져 죽음을 맞이했을 때 과연 어떤 느낌이었을까?

십 분 후 에리카는 다시 식당으로 돌아갔다. 미카엘이 막 나오고 있었다. 그는 깜짝 놀라 멈춰 섰다.

"에리카……"

"미카엘, 아무 말 하지 마. 우린 오래전부터 친구였고 무엇도 이 관계를 깰 수 없어. 자긴 나의 가장 좋은 친구고, 지금 이 상황은 마치 이 년 전 자기가 헤데스타드로 사라져버렸던 그때와 똑같이 느껴져. 단지 입장이 바뀌었을 뿐이야. 나 지금 너무 힘들고 불행해."

미카엘은 고개를 끄덕이고는 그녀를 안아주었다. 에리카의 눈에 눈물이 솟구쳤다.

"〈SMP〉에서 고작 삼 주를 보냈을 뿐인데 벌써 난 부서져버렸어." 그녀가 쓰게 웃으며 말했다.

"진정해, 에리카 베리에르. 자긴 그 정도로 부서질 여자가 아냐."

"아파트가 엉망이라고 했지. 그런데 너무 피곤해서 살트셰바덴 집까지 갈 수 없겠어. 이 상태로 운전하다간 사고가 날 거야. 스칸딕 크라운 호텔까지 걸어가서 방을 잡으려고. 나랑 같이 가."

"이젠 힐튼 호텔로 이름이 바뀌었어."

"상관없잖아."

그들은 별로 길지 않은 거리를 말없이 걸었다. 미카엘이 에리카의 어깨에 팔을 두른 채였다. 그녀는 미카엘을 슬그머니 쳐다보았다. 그도 자신만큼이나 피곤해한다는 걸 깨달았다.

둘은 안내데스크로 가서 더블룸을 잡고 에리카가 신용카드로 계산했다. 곧장 객실로 올라가 옷을 벗고 이불 속으로 기어들었다. 마치 스톡홀름 마라톤 대회에서 달리기라도 한 듯 에리카는 온몸이 부서질 듯 쑤셨다. 둘은 두세 번 볼에 입을 맞춘 후 깊은 잠에 빠져들었다.

그들 중 누구도 자신들이 감시당하고 있다는 사실을 알지 못했다. 호텔 입구에서 그들을 주시하는 남자를 보지 못했다.

15장

5월 19일 목요일~5월 22일 일요일

리스베트는 미카엘이 쓴 기사들과 거의 완성되어가는 원고를 읽으며 목요일 밤을 보냈다. 리샤르드 검사가 재판일을 7월로 잡으려고 했기 때문에 미카엘은 인쇄일을 6월 20일로 잡았다. 다시 말해 칼레 블롬크비스트가 집필을 마치고 기사와 원고의 부족한 부분을 보완할 시간이 한 달밖에 남지 않았다는 얘기였다.

리스베트는 그 짧은 시간에 어떻게 그걸 해낼 수 있을지 알 수 없었지만 그의 문제지 자신의 문제가 아니었다. 그녀가 처리할 문제는 따로 있었다. 바로 미카엘이 자신에게 던진 질문에 어떻게 대답해야 할지 정해야 했다.

그녀는 PDA를 꺼냈다. '바보 원탁'에 들어가 어제 이후 그가 새로 써놓은 게 있는지 확인해봤다. 아무것도 없었다. 이번엔 미카엘이 '중요한 질문들'이라고 제목 붙인 파일을 열었다. 이미 다 외워버린 내용이었지만 한번 더 읽어봤다.

그는 거기에 안니카가 이미 얘기해줬던 전략을 대략 설명해놓았다. 안니카가 말해줄 땐 자기와 상관없는 문제인 양 건성으로 들었다. 하지만 미카엘은 안니카가 모르는 그녀의 비밀들을 알고 있었다. 그래서 훨씬 설득력 있게 전략을 설명할 수 있었다. 리스베트는 네번째 단락으로 내려왔다.

네 미래를 결정할 수 있는 사람은 오직 너 자신뿐이야. 나, 안니카, 드라간, 홀게르, 그리고 그 누가 널 도우려 아무리 노력한다 해도 그건 그리 중요하지 않아. 어떤 식으로 행동하라고 널 설득할 생각은 없어. 어떻게 행동해야 할지 결정해야 할 사람은 너 자신이니까. 넌 재판을 유리하게 이끌 수도 있고, 반대로 유죄판결을 받을 수도 있어. 하지만 재판에서 이기길 원한다면 싸워야 해.

리스베트는 컴퓨터를 끄고 천장을 응시했다. 지금 미카엘은 그가 써낼 책에서 진실을 말하게 해달라고 부탁하고 있었다. 하지만 닐스 비우르만이 자신을 강간한 사실만큼은 덮어두려는 듯했다. 그 일과 관련된 부분은 이미 써놓았다. 미카엘은 살라첸코와 모종의 거래를 한 닐스가 갑자기 겁에 질려 날뛰는 바람에 로날드 니더만이 그를 죽일 수밖에 없었다고 얼버무렸다. 그들이 거래하게 된 동기에 대해서는 아무런 설명도 없었다.

빌어먹을 칼레 블롬크비스트는 그녀의 삶을 정말이지 복잡하게 만들고 있었다.

새벽 2시, 리스베트는 다시 PDA를 켜고 워드프로세서를 열었다. '새 문서'를 클릭한 다음 터치펜을 들어 글자들을 콕콕 두드리기 시작했다.

내 이름은 리스베트 살란데르다. 1978년 4월 30일에 태어났다. 어머니의 이름은 앙네타 소피아 살란데르였다. 그녀는 열여덟의 나이로 나를 낳았다. 알렉산데르 살라첸코라는 이름의 아버지는 사이코패스에 살인자에 여자들을 때리는 자였다. 원래 그는 소련 군사 정보국 요원으로 유럽에서 암약했다.

글쓰기는 느릿느릿 계속됐다. 터치펜으로 한 글자씩 찍어서 써야 했기 때문이다. 먼저 머릿속으로 문장을 생각한 후에 글자를 썼다. 쓰고 나서는 한 자도 고치지 않았다. 그렇게 새벽 4시까지 계속한 후 PDA를 닫고 머리맡 탁자 뒤에 난 구멍에 집어넣었다. A4 용지 두 장을 빈 줄 없이 꽉 채울 분량이었다.

에리카는 7시에 잠에서 깼다. 충분히 잤다고는 할 수 없었지만 어쨌든 여덟 시간을 쉬지 않고 잤다. 옆으로 눈을 돌려보니 미카엘은 여전히 깊은 잠에 빠져 있었다.

먼저 휴대전화를 켜고 메시지부터 확인했다. 화면을 보니 남편 그레게르 베크만이 열한 번이나 전화를 했다. '이런! 자고 들어간다고 말하는 걸 깜빡했어.' 에리카는 남편에게 전화를 걸어 지금 자신이 어디에 있으며, 왜 어제 들어가지 못했는지 설명했다. 그는 단단히 화가 났다.

"에리카, 다시는 그러지 마! 미카엘 잘못이 아닌 건 알지만 어젯밤에 불안해서 미치는 줄 알았다고! 무슨 일이라도 일어났을까봐 얼마나 걱정했는지 알아? 집에 들어오지 못할 때는 알려줘야 하는 거 아냐? 앞으론 절대 잊지 마."

그러게르는 미카엘이 자기 아내의 연인이라는 걸 잘 알고 있었다. 둘의 관계를 승인하고 묵인했다. 다만 미카엘의 집에서 자기로 할 때마다 에리카는 언제나 먼저 남편에게 전화를 걸어 상황을 설명했다. 하지만 이번에 힐튼호텔로 갔을 때는 오직 쓰러져 잘 생각밖에 없었다.

"미안해. 어제 저녁엔 너무 피곤해서 기어갈 힘도 없었어."

그는 좀더 으르렁댔다.

"그레게르, 그만 화내. 지금은 화를 받아줄 기력도 없어. 화내려면 오늘 저녁에 하라고."

그는 이따 저녁에 보자며 으르렁댔다.

"…… 좋아. 미카엘은 어때?"

"지금 자고 있어." 에리카가 갑자기 웃음을 터뜨렸다. "믿거나 말거나 어젯밤엔 침대에 누워서 오 분 만에 곯아떨어졌다니까. 우리 사이에 이런 일은 처음이야."

"에리카, 이건 좀 심각해. 병원에 가서 진찰을 받아볼 필요가 있겠어."

남편과 통화를 끝낸 그녀는 〈SMP〉에 전화를 걸어 편집차장 페테르 프레드릭손에게 메시지를 남겼다. 사정이 생겨서 평소보다 조금 늦게 출근할 거라고. 그리고 문화부와 회의는 취소해달라고 부탁했다.

그녀는 가방을 찾아 칫솔을 꺼내 욕실로 들어갔다. 그리고 다시 침대로 돌아와 미카엘을 깨웠다.

"잘 잤어?" 미카엘이 웅얼댔다.

"안녕. 빨리 욕실로 가서 세수하고 이도 닦고 와."

"뭐…… 뭐라고?"

미카엘은 일어나 앉아 멍한 눈으로 주위를 둘러보았다. 하도 어리둥절해서 에리카는 지금 자신들이 힐튼 호텔에 있다고 설명해줘야 했다. 그가 고개를 끄덕였다.

"자, 빨리 욕실에 다녀와."

"왜?"

"섹스가 고프니까."

그녀는 손목시계를 들여다보았다.

"어서! 11시에 회의가 있어. 화장하려면 삼십 분은 필요해. 회사에 갈아입고 갈 블라우스도 사야 하고. 낭비한 시간을 만회하려면 두 시간밖에 없어."

미카엘은 총알같이 욕실로 향했다.

헤르뇌산드시 람비크 외곽에 있는 오스 마을. 전 수상 토르비에른 펠딘의 집 마당에 예르케르 홀름베리가 부친의 포드를 세웠다. 그리고 차에서 내려 주위를 둘러보았다. 목요일 오전이었다. 보슬비가 내리는 전원은 물감으로 칠한 듯 초록 일색이었다. 펠딘은 올해 일흔아홉이니 농사지을 수 있는 나이는 아니었다. 예르케르는 대체 누가 저 밭에 씨를 뿌리고 수확하는지 궁금했다. 그는 누군가가 주방 창가에서 자신을 주시하고 있다는 걸 알았다. 그건 시골 사람들의 규칙 가운데 하나였다. 그 역시 자신이 생각하기에 세상에서 가장 아름다운 고장인 산데브론에서 얼마 떨어지지 않은 람비크 외곽 할레달 마을에서 자랐기 때문에 잘 알고 있었다.

그는 현관 계단을 걸어올라가 문을 두드렸다.

왕년에 중앙당을 이끌었던 그는 훨씬 늙어보였지만 여전히 활력 넘치는 모습이었다.

"안녕하세요. 전 예르케르 홀름베리라고 합니다. 전에 뵌 적이 있어요. 벌써 몇 년 됐지만요. 제 부친은 구스타브 홀름베리입니다. 1970년대와 80년대에 중앙당 소속으로 이 지역 대의원으로 선출됐었죠."

"오, 어서 오게나. 그래 기억나는군, 예르케르. 지금은 스톡홀름에서 경찰관으로 있지? 마지막으로 본 게 십오 년 전이었던가?"

"아마 더 됐을 겁니다. 들어가도 될까요?"

예르케르는 주방 식탁에 자리를 잡았고 펠딘이 커피를 준비했다.

"자네 부친은 여전히 건강하시고? 부친 일로 여기까지 온 건 아니겠지?"

"아뇨, 아버님은 아주 건강하십니다. 시골별장의 지붕을 다시 깔 계획까지 세우고 계세요."

"지금 연세가 어떻게 되시지?"

"올해 일흔하나입니다."

"그렇군." 펠딘이 자리에 앉으며 말했다. "그럼 무슨 일로 이렇게 방문해주셨나?"

예르케르는 창밖을 내다보았다. 그의 자동차 근처에 까치 한 마리가 내려앉아 땅을 살피고 있었다. 그는 펠딘에게 고개를 돌렸다.

"이렇게 불쑥 찾아와서 정말 죄송합니다. 큰 문제가 하나 있어서 그랬습니다. 사실 이 대화가 끝나면 전 해고당하게 될지도 모릅니다. 직업상 필요로 이곳에 왔습니다만 제 상관인 스톡홀름 경찰청 강력반의 얀 부블란스키 형사는 이 사실을 모르고 있어요."

"뭔가 심각한 얘기 같군."

"다시 말해 상관들이 제가 여기 왔다는 걸 알게 되면 전 아주 힘들어집니다."

"무슨 말인지 이해하겠네."

"하지만 제가 이렇게 하지 않으면 아주 끔찍한 사법적 실수가 벌어질 위험이 있습니다. 그것도 두번째로 말입니다."

"어디 한번 설명해보게."

"알렉산데르 살라첸코라는 자와 관련된 이야기입니다. 그는 GRU 요원으로 1976년 선거일에 스웨덴으로 정치망명을 요청했습니다. 그 요청이 받아들여졌고, 그는 세포를 위해 일하기 시작했죠. 그리고 전직 수상께서 이 이야기를 알고 계시리라고 생각할 만한 이유가 몇 가지 있습니다."

펠딘은 예르케르를 물끄러미 쳐다보았다.

"설명을 드리자면 좀 깁니다." 그는 지난 몇 달간 자신이 참여해온 예비수사에 대해 말하기 시작했다.

에리카는 몸을 굴려 배를 깔고 엎드려서는 두 주먹 위에 머리를 괴었다. 그리고 피식 실소를 터뜨렸다.

"미카엘, 우리 둘 다 완전히 정신 나간 인간들이라고 생각해본 적 없어?"

"무슨 소리야?"

"적어도 난 그래. 자기에 대한 욕망이 미친듯이 솟구쳐. 아직도 철 부지 십대처럼 말이야."

"오, 그래?"

"하지만 다음 순간엔 집으로 돌아가 남편과 잠자리에 들고 싶어지지."

"내가 좋은 심리치료사를 하나 소개해줄게."

그녀는 손가락으로 미카엘의 배를 콕 찔렀다.

"미카엘. 내가 〈SMP〉에 들어간 게 아주 심각한 실수였나 하는 생각이 들기 시작했어."

"무슨 말이야. 이건 엄청난 기회라고. 이 세상에서 그 늙은 시체를 소생시킬 수 있는 사람은 오직 자기뿐이야."

"어쩌면 그럴 수도 있겠지. 하지만 바로 그게 문제야. 〈SMP〉가 가망 없는 시체라는 점. 거기다 자긴 어제 저녁에 '망누스 보리셰'라는 보너스까지 안겨줬지."

"일이 어떻게 흘러가는지 한번 지켜보자고."

"그래야지. 하지만 망누스 건은 정말 심각해. 어떻게 처리해야 할지 정말 모르겠어."

"나도 모르겠어. 뭔가 해결책이 나오겠지."

그녀는 잠시 침묵을 지켰다.

"미카엘, 자기가 그리웠어."

그는 고개를 끄덕이고는 에리카를 마주보았다.

"나도 그리웠어."

"어떻게 해야 자길 〈SMP〉 편집부장으로 데려올 수 있지?"

"그런 일은 절대 없을 거야. 지금 편집부장이 안데르스 홀름이지?"

"맞아. 멍청한 인간이야."

"제대로 봤네."

"그 사람 알아?"

"물론이지. 1980년대 중반에 그 인간 밑에서 임시기자로 일한 적 있어. 사람들 이간질하는 데는 선수인 개자식이지. 게다가……"

"게다가?"

"아무것도 아냐. 험담을 하고 싶진 않으니까."

"말해봐."

"이름이 '울라'였나 하는 여자가 하나 있었어. 나처럼 임시기자였는데 홀름이 자기를 성적으로 괴롭혀왔다고 주장했어. 그게 사실인지 아닌지는 모르겠지만 노조는 개입하지 않았고, 처음 약속과 달리 그녀는 계약을 연장하지 못했지."

에리카는 손목시계를 들여다보았다. 그러고는 한숨을 내쉬고 침대에서 내려와 욕실로 사라졌다. 그녀가 수건으로 몸을 닦으며 돌아와 재빨리 옷을 입을 때 미카엘은 계속 누워 있었다.

"난 여기 좀더 있다 가야겠어."

에리카는 그의 볼에 입술을 한 번 댄 후 손을 흔들고 방을 빠져나갔다.

올로프 팔메 거리에서 얼마 떨어지지 않은 룬트마카르가탄에서 모니카는 예란의 볼보 뒤쪽으로 20미터쯤 떨어진 곳에 차를 세웠다. 그리고 그가 주차요금 정산기 쪽으로 걸어가는 모습을 지켜보았다. 계산을 마친 그는 스베아베겐 대로 쪽으로 향했다.

모니카는 주차증을 끊지 않았다. 정산기 앞에서 꾸물거리다가 그를 놓쳐버릴 수 있었기 때문이다. 그녀는 예란을 따라가다가 대로와 쿵스가탄이 교차하는 곳에서 왼쪽으로 돌았다. 그는 쿵스토르네트 카페로 들어갔다. 모니카는 혀를 찼으나 어쩔 수 없었다. 바깥에서 삼 분 정도 기다렸다가 카페 안으로 들어갔다. 그는 일층에 앉아서 금발 남자와 얘기하고 있었다. 서른다섯 전후로 보이는 남자는 한눈에도 몸집이 건장해 보였다. 경찰이군……

좀더 자세히 보니 크리스테르 말름이 5월 1일 코파카바나 카페 앞에서 촬영한 남자 중 하나였다.

그녀는 커피를 사서 반대편 끝에 자리잡고 앉아 〈다겐스 뉘헤테르〉를 펴들었다. 예란과 그의 파트너는 낮은 목소리로 얘기를 나누고 있어, 그녀의 귀에는 한마디도 들리지 않았다. 모니카는 휴대전화를 꺼내들고 통화하는 시늉을 했다. 불필요한 연극이었다. 두 남자 중 누구도 그녀를 신경쓰지 않았다. 모니카는 휴대전화로 사진을 한 장 찍었다. 72dpi밖에 되지 않아 사진은 형편없겠지만 적어도 저들이 만났다는 분명한 증거가 될 수 있었다.

십오 분 정도가 지나자 금발 남자가 일어나 카페를 나갔다. 모니카는 속으로 욕을 내뱉었다. 젠장, 왜 내가 밖에서 기다리지 않았지? 그랬다면 그가 나올 때 얼굴을 알아볼 수 있었을 것이다. 그녀는 당장에라도 그를 쫓아가고 싶었다. 그러나 예란이 아직 남은 커피를 느긋하게 다 마시는 중이었다. 신원미상의 저 남자를 따라가려고 일어섰다가 예란의 주의를 끄는 일은 피하고 싶었다.

일 분 정도 지나자 예란이 일어나 화장실로 향했다. 화장실 문이 닫히자마자 모니카는 벌떡 일어나 쿵스가탄 거리로 나갔다. 길 양쪽을 다 살펴봤지만 금발 남자는 종적을 감춘 후였다.

그녀는 모든 걸 운에 맡기고 스베아베겐 교차로로 달려가보았다. 어디에도 그는 보이지 않았다. 큰 기대 없이 전철역 안으로도 들어가

보았다.

쿵스토르네트 카페로 돌아왔을 땐 예란마저 사라지고 없었다.

어제 저녁 BMW를 세워놨던 곳으로 돌아온 에리카는 욕을 내뱉었다.

차는 제자리에 있었지만 밤사이에 누군가가 타이어를 네 개 다 터뜨려놨다. 어떤 더러운 쥐새끼들이야? 그녀는 끓어오르는 분노를 욕으로 쏟아냈다.

할 수 있는 일은 없었다. 긴급 출동 서비스에 전화를 걸어 상황을 설명했다. 거기에 남아 기다리고 있을 시간은 없었으므로 정비사들이 와 차문을 열 수 있도록 배기관 속에 차 키를 넣어두었다. 그런 다음 마리아 광장까지 걸어가 택시를 잡아탔다.

해커 공화국에 다시 들어간 리스베트는 플레이그가 접속한 걸 확인했다. 그리고 그에게 메시지를 보냈다.

"안녕, 와스프. 살그렌스카 병원은 어때?"

"편안하지, 뭐. 네 도움이 필요해."

"이런, 빌어먹을."

"너한테 이런 부탁을 하게 될 줄은 꿈에도 몰랐어."

"심각한 문제인가보군."

"벨링뷔에 사는 예란 모르텐손. 그의 컴퓨터에 들어가고 싶어."

"오케이."

"거기 있는 모든 자료를 〈밀레니엄〉의 미카엘 블롬크비스트에게 보내줘."

"오케이. 그렇게 해주지."

"빅브라더가 칼레 블롬크비스트의 전화를 감시하고 있으니 아마 메일도 훔쳐볼 거야. 그러니까 핫메일 주소로 보내줘."

"오케이."

"만일 내가 연락할 수 없는 처지가 되면 미카엘은 네 도움이 필요할 거야. 그가 너와 접촉할 수 있어야 해."

"흠……"

"고지식하지만 믿을 순 있을 거야."

"흠……"

"자, 얼마를 원해?"

플레이그는 잠시 말이 없었다.

"지금 네가 처한 상황과 관계있는 거야?"

"그래."

"너한테 도움이 돼?"

"그래."

"좋아. 그럼 내가 한 턱 쏘지."

"고마워. 하지만 난 빚은 안 지는 사람이야. 재판이 열릴 때까지 네 도움이 필요할 거야. 3만 크로나를 낼게."

"그럴 능력이 돼?"

"돼."

"오케이."

"트리니티의 도움도 필요할 거야. 그를 스웨덴에 오게 할 수 있겠어?"

"뭐하러?"

"그가 잘하는 거. 기본요금+경비."

"오케이. 대상은?"

리스베트는 그들이 해야 할 일을 설명했다.

책상 저쪽에서 상당히 짜증난 얼굴을 하고 있는 한스 파스테를 물끄러미 바라보며 안데르스 요나손 박사는 걱정 어린 표정을 지었다.

"유감이에요." 안데르스가 말했다.

"정말 이해할 수 없네요. 리스베트가 당연히 회복했을 거라고 생각했는데요. 내가 예테보리에 온 목적은 두 가지예요. 우선 그녀를 심문하고, 그다음엔 지금 그녀가 마땅히 있어야 할 스톡홀름의 구치소로 이송하기 전에 미리 준비를 해두려고 했단 말입니다."

"유감이에요." 안데르스가 다시 말했다. "이곳 병상 사정이 썩 좋지 않아 저 역시 그녀를 빨리 내보내고 싶은 심정이에요. 하지만……"

"혹시 꾀병은 아닐까요?"

안데르스가 웃음을 터뜨렸다.

"그럴 가능성은 별로 없다고 생각해요. 아무리 그래도 리스베트는 머리에 총상을 입은 중환자란 말입니다. 나는 그 뇌에서 총알을 하나 빼냈고, 그녀가 살아날 확률은 로또처럼 희박했어요. 그런데 살아났고 예후도 특별히 만족스러웠죠…… 굉장히 좋았기 때문에 퇴원 결정을 내리려던 참이었어요. 그런데 어제 갑자기 상태가 악화된 겁니다. 심한 두통을 호소하더니 갑자기 열이 오르락내리락하고 있어요. 어젠 체온이 38도였고 두 번이나 구토 증세를 보였죠. 밤사이에 열이 내려 체온이 거의 정상으로 돌아왔지만 일시적인 현상으로 보였어요. 역시나 오늘 아침에 다시 재보니 39도에 가깝더라고요. 심각한 상태죠. 오늘 낮에는 다시 열이 내렸고요."

"도대체 문제가 뭡니까?"

"잘 모르겠어요. 체온이 오르락내리락하니 독감 같은 감염 증상은 아니에요. 정확히 진단을 내릴 순 없지만 어쩌면 알레르기 같은 아주 간단한 문제일 수도 있어요. 예를 들면 약이나 접촉하는 물건에 대한 알레르기."

안데르스는 컴퓨터에 사진을 한 장 띄우고 한스에게 보여줬다.

"두개골 방사선 촬영을 지시했습니다. 자, 보세요. 상처 바로 옆에 약간 어두운 부분이 보이시죠. 나도 이게 뭔지 잘 모르겠어요. 상처가 아문 자리일 수도 있고, 아니면 미세한 출혈일 수도 있죠. 원인을 확실히 알아내기 전에는 그녀를 내보낼 수 없어요. 경찰 쪽 사정이 아무리 급하다 해도 말이죠."

한스는 체념한 표정으로 고개를 끄덕였다. 의사에게 따질 순 없는 노릇이었다. 생사를 다루는 존재, 만일 이 땅 위에 신의 대리인이 있다면 가장 근접한 존재는 바로 의사일 것이다. 경찰관은 아니다. 어쨌든 한스에게는 리스베트의 상태가 얼마나 나쁜지 판단할 수 있는 권한도 지식도 없었다.

"그럼 이제 어떻게 되는 겁니까?"

"어깨와 둔부에 입은 부상 때문에 받았던 재활 치료를 중단하고 절대 안정하라고 지시했습니다."

"오케이…… 스톡홀름에 있는 리샤르드 검사님께 연락해야겠군요. 어쨌든 뜻밖의 상황이라서 말입니다. 뭐라고 보고해야 하죠?"

"이틀 전만 하더라도 이번 주말에 이송을 승인할 생각이었어요. 하지만 지금 상황에선 조금 기다려야 합니다. 검사님에겐 이렇게 보고하세요. 이번주에 결정을 내리기는 힘들고, 스톡홀름 구치소로 그녀를 이송하려면 아마 이 주 정도 더 필요하겠다고요. 모든 건 앞으로의 예후에 달려 있어요."

"재판 날짜가 7월로 잡혀 있단 말입니다……"

"뜻밖의 일이 발생하지 않는다면 그전엔 회복할 거예요."

얀 부블란스키 형사는 테이블 맞은편에 앉아 있는 체격이 탄탄한 여자를 경계심 가득한 눈으로 쳐다보았다. 그들은 노르멜라르스트란드 거리의 한 카페테라스에 마주 앉아 있었다. 5월 20일 금요일이었지만 날씨는 벌써 여름 같았다. 5시에 퇴근하려고 나선 그 앞에 웬 여자가 불쑥 나타나 세포 요원 모니카 피게롤라임을 증명하는 신분증을 내밀었다. 그러면서 개인적으로 할말이 있으니 커피를 한잔 마시자고 제안했다.

　처음에 얀은 퉁명스럽고 적대적인 태도로 그녀를 대했다. 얼마 후 그녀는 그를 똑바로 쳐다보며 말했다. 지금 그녀에겐 그를 심문할 권한이 없으니 원치 않는다면 아무 말 하지 않아도 상관없다고 했다. 대체 원하는 게 뭐냐고 얀이 물었다. 그러자 그녀는 아주 솔직하게 설명했다. '리스베트 사건'으로도 알려진 이른바 '살라첸코 사건'에서 어디까지가 진실이고 거짓인지를 자신의 상관이 개인적으로 알고 싶어한다고. 비공식 조사 임무를 맡았지만 그녀 자신에게 이렇게 질문할 권리가 있는 건지 잘 모르겠으니 대답할지 말지는 전적으로 얀이 결정하라고 했다.

　"정확히 알고 싶은 게 뭡니까?" 마침내 얀이 입을 뗐다.

　"리스베트 살란데르, 미카엘 블롬크비스트, 군나르 비에르크, 그리고 알렉산데르 살라첸코에 대해 당신이 아는 걸 전부 얘기해주세요. 이 퍼즐들이 도대체 어떻게 맞춰지는지를요."

　그들은 두 시간 넘게 대화를 나누었다.

　토르스텐 에드클린트는 앞으로 자신이 나아갈 방향에 대해 여러모로 깊이 생각했다. 모니카가 닷새간의 조사 끝에 가져온 정보들은 지금 세포 내부의 무언가가 크게 잘못됐다는 사실을 분명히 보여줬다. 하지만 충분한 증거가 확보될 때까지는 지극히 조심스럽게 움직여야 했다. 그는 법적으로 곤란한 위치에 있었다. 그에게는 비밀수사를 벌일 권한이 없었다. 동료 경찰들에 대해서는 더욱 그랬다.

　토르스텐은 자신의 행동에 정당성을 부여해줄 구실을 찾아내야 했다. 일이 고약하게 틀어진다 해도 자신은 경찰이며, 그 첫째 임무는 범죄를 밝히는 일이라는 원칙에 기댈 수 있었다. 하지만 지금 이 범죄는 극도로 민감한 사안이라 조금이라도 헛발을 짚으면 자신의 목이 날아갈 판국이었다. 그는 금요일 내내 사무실에 혼자 처박혀 이런저런 문제에 대해 골똘히 생각했다.

그는 마침내 결론에 도달했다. 아무리 터무니없게 들릴지라도 드라간의 주장이 옳았다. 지금 세포 내부에는 어떤 음모가 존재하며, 정상적인 활동과는 상관없는 일들을 벌이는 사람들이 있었다. 이 일들은 여러 해 전부터—최소한 살라첸코가 스웨덴에 들어온 1976년부터—진행되어왔다. 다시 말해 이것은 조직적인 활동이며, 상부의 승인 아래 이루어져왔다. 하지만 이 음모가 상부의 어느 선까지 올라가는지는 알 수 없었다.

그는 메모지에 이름 세 개를 썼다.

> 예란 모르텐손, 세포 요인보호부, 범죄 수사관.
> 군나르 비에르크, 세포 외국인 담당 특별부 차장, 사망(자살?).
> 알베르트 스헨케, 세포 사무처장.

모니카가 도달한 결론에 따르면, 요인보호부 소속의 예란 모르텐손이 방첩부로 임시 전출됐을 때 지시를 내린 것은 사무처장이다. 그렇게 사라진 예란은 기자인 미카엘 블롬크비스트를 감시하며 시간을 보냈고 이는 방첩 업무와는 전혀 무관한 일이었다.

이 리스트에는 세포 외부에 있는 몇 사람도 추가해야 했다.

> 페테르 텔레보리안, 정신과 전문의.
> 라르스 파울손, 열쇠 수리공.

페테르 텔레보리안은 1980년대 말과 90년대 초에 몇 차례 정신의학 자문을 맡아 세포에 고용된 적 있는 인물이었다. 정확하게 세 차례였고, 토르스텐은 보관된 자료들을 이미 읽어봤다. 첫번째 케이스가 제법 굵직한 사안이었다. 방첩부가 스웨덴 전기통신공사 내부에서 소련 첩보요원을 발견했고, 그의 과거 이력을 보았을 때 정체가 탄로나면 자살할 염려가 있었다. 이때 페테르가 적절하게 정신분석을 행해 그를 이중간첩으로 전향시키도록 제안한 덕분에 세포에 큰 도움이 됐다. 나머지 두 케이스는 자잘한 자문 요청이었다. 하나는 알코올 문제가 있는 세포 요원, 다른 하나는 어느 아프리카 외교관의 괴상한 성적 행태와 관련된 일이었다.

페테르와 특히 라르스 파울손은 세포 내에 직책이 없었으나 이들에게 임무를 맡겼다는 건 세포와 연결되어 있다는 의미였다. 하지만…… 대체 세포의 어디와 연결되었단 말인가?

이 음모는 죽은 살라첸코와 밀접한 관련이 있었다. GRU 요원이었다가 망명한 살라첸코는 스웨덴에 1976년 선거일에 들어왔다고 했다. 그런데 지금까지 아무도 그에 대해서 들어본 적이 없었다. 어떻게 이런 일이 가능하단 말인가?

토르스텐은 한번 상상해봤다. 살라첸코가 망명한 1976년에 만일 자신이 세포의 핵심 간부였다면 과연 무슨 일이 일어났을까? 자신은 과연 어떻게 행동했을까? 철저히 보안을 유지했으리라. 당연했다. 망명 사실은 철저히 폐쇄된 작은 그룹만이 알고 있어야 했다. 그렇지 않으면 러시아의 귀에 정보가 흘러들어가…… 그런데 그 작은 그룹이란 대체 무엇일까?

어떤 작전팀?

알려지지 않은 작전팀?

만일 이 사안이 정상적으로 처리됐다면 살라첸코는 당연히 방첩부에 맡겨졌어야 했다. 군 첩보부가 맡았어야 옳았겠지만 그들에겐 이런 작전에 필요한 자원도 전문 능력도 없었다. 그래서 세포가 일을 맡게 된 것이다.

하지만 방첩부는 살라첸코를 맡은 일이 없다. 군나르 비에르크가 열쇠였다. 그가 살라첸코를 관리한 이들 중 하나라는 사실에는 의심의 여지가 없었지만 방첩부와는 아무런 관계가 없는 자였다. 미스터리한 인물이었다. 공식적으로 1970년대 이후 그는 외국인 담당 특별부에서 직책을 맡아왔다. 그러나 사실은 달랐다. 그 부서 사람들은 1990년대 이전까지 그를 한 번도 본 적이 없다고 했다. 어느 날 갑자기 그가 차장으로 임명되어 왔다고 했다.

이자는 미카엘의 주요 정보원이었다. 어떻게 미카엘은 그런 핵폭탄 같은 비밀을 털어놓게 할 수 있었을까? 그것도 기자인 그에게 말이다.

성판매 여성들이 문제였을까? 그는 미성년 성판매 여성들과 접촉했었고, 지금 〈밀레니엄〉은 그를 고발하려고 한다. 미카엘이 그를 협박한 게 분명했다.

그다음에 리스베트 살란데르가 등장했다.

죽은 닐스 비우르만 변호사는 군나르 비에르크처럼 외국인 담당 특별부에서 일했다. 그들이 살라첸코를 맡았다. 하지만 그들이 살라첸코를 데리고 무얼 할 수 있었단 말인가?

분명 결정을 내리는 누군가가 있었다. 이 정도 수준의 망명자라면 훨씬 높은 곳에서 지시가 내려와야 했다.

정부일 것이다. 정부와 긴밀히 연결되어 있는 게 분명했다. 그렇지 않으면 도저히 이런 일들이 일어날 수 없다.

만일 정부가 아니라면?

기분 나쁜 불안감이 엄습하면서 오싹해졌다. 이 모든 정황들은 이해할 수 있는 일이었다. 살라첸코 같은 거물급 망명자는 극도로 은밀하게 다루어야 마땅하다. 자신이었어도 그렇게 했을 터였다. 그래서 펠딘 정부도 그렇게 결정했던 것이고. 여기까지는 충분히 이해할 수 있었다.

반면 1991년에 일어난 일은 전혀 정상적이지 않았다. 군나르는 페테르 박사를 고용해 정신적인 문제가 있다는 구실로 리스베트를 소아 정신병원에 입원시켰다. 명백한 범죄행위였다. 그야말로 엄청난 범죄였고, 토르스텐은 다시금 메스꺼운 불안감을 느끼며 식은땀을 흘렸다.

누군가가 그런 결정을 내렸다. 그게 정부일 리는 없었다. 당시 수상은 잉바르 칼손이었고 칼 빌트가 뒤를 이었다. 법과 정의를 깡그리 무시한, 만일 폭로된다면 참혹한 스캔들을 초래할 이런 일을 감히 그 어떤 정치인이 결정할 수 있단 말인가?

만일 이 사건에 정부가 연루된 게 사실이라면 스웨덴은 가장 형편 없는 독재국가보다 나을 게 없다고 할 수 있었다.

그건 있을 수 없는 일이었다.

그리고 4월 12일 살그렌스카 병원에서 일어난 사건들…… 고맙게도 살라첸코는 죽어주었다. 암살자는 정신적 문제가 있는 '정의의 사도'라고 했다. 살라첸코가 살해당하는 동안 미카엘의 집에는 도둑이 들었고, 안니카는 괴한의 습격을 받았다. 그리고 둘 다 군나르가 1991년에 작성한 보고서를 도둑맞았다. 이건 드라간이 비공개로 알려준 정보였다. 두 사건 모두 경찰에 신고하지 않았기 때문이다.

그사이에 군나르는 스스로 목을 맸다. 토르스텐이 그 누구보다 심각하게 대화를 나눠보고 싶은 인물인데 말이다.

토르스텐은 이렇게 거대한 우연이 존재할 수 있다고 믿지 않았다. 강력반 형사 얀 부블란스키도 그런 우연을 믿지 않았다. 미카엘도 마찬가지였다. 그는 다시 사인펜을 잡았다.

에베르트 굴베리, 78세, 세무 전문가???

빌어먹을 에베르트 굴베리는 대체 누구란 말인가?

세포 국장에게 전화해 물어보고 싶은 생각도 들었지만 꾹 참았다. 이 음모가 어느 선까지 올라가는지 알 수 없었으니까. 한마디로 그 누구도 믿을 수 없는 상황이었다.

세포 내부의 누군가와 상의해볼 마음을 접어버린 그는 잠시 일반 경찰과 접촉하는 일도 생각해봤다. 지금 로널드 니더만 사건을 수사 중인 얀 형사라면 이 사건에 연관된 모든 정보에 관심을 가지리라. 하지만 정치적 관점에서 보면 그와 접촉할 수도 없는 일이었다.

천근같은 무게가 그의 어깨를 짓눌렀다.

결국 해결책은 하나였다. 헌법적으로 올바를 뿐 아니라 장차 그가 정치적으로 곤경에 처하게 되면 방패가 되어줄 방법. 자신의 상관에게 가야 했다. 그 상관으로부터 자신이 한 행동에 대한 정치적 지원을 얻어야 했다.

손목시계를 들여다보았다. 곧 오후 4시였다. 그는 수화기를 들어 법무부 장관에게 전화를 걸었다. 오래전부터 알아왔고 법무부에 출입하며 수도 없이 만난 사이였다. 오 분도 안 돼 장관과 연결되었다.

"안녕하신가, 토르스텐." 장관이 인사했다. "오랜만이야. 그래 무슨 일이지?"

"솔직히 말하자면 자네가 날 얼마나 신뢰하고 있는지 확인해보고 싶어서 전화했네."

"얼마나 신뢰하느냐고? 괴상한 질문이군. 난 자네를 깊이 신뢰하지. 왜 그런 질문을 하나?"

"자네에게 아주 심각하고 특별한 부탁을 하고 싶어서야…… 자넬 만나고 싶네. 자네와 수상을. 아주 시급한 사안이야."

"이런."

"조용한 곳에서 만나 설명하고 싶네. 지금 내 책상 위에 너무도 놀라운 안건이 있어서 자네와 수상에게 꼭 전해야 해."

"심각해 보이는군."

"심각하네."

"혹시 테러 협박 같은 거야? 아니면……"

"훨씬 더 심각한 일이야. 지금 내 이름과 경력을 모두 걸고 자네에게 전화해 부탁하는 거라고. 극도로 심각한 상황이라고 판단하지 않았다면 이렇게 하지도 않았을 걸세."

"알겠어. 그래서 자넬 신뢰하느냐고 물어봤었군…… 그럼 언제 수상을 만나고 싶지?"

"가능하다면 오늘 저녁에 당장."

"음, 사람 불안하게 만드는군."

"다 듣고 나면 정말 불안해질지도 몰라."

"그래, 대화가 얼마나 길어질 것 같은데?"

토르스텐은 잠시 생각했다.

"자세히 얘기하려면 한 시간은 걸릴 거야."

"내가 잠시 후에 전화하겠네."

십오 분쯤 후에 장관이 다시 전화를 걸어왔다. 오늘 밤 9시 30분에 관저에서 수상을 만날 수 있다고 했다. 수화기를 내려놓는 그의 손바닥이 축축하게 젖어 있었다. 이제 내일 아침이면 모가지가 날아갈 수도 있겠군.

그는 다시 수화기를 들어 모니카에게 전화를 걸었다.

"모니카, 오늘 밤 9시에 공무가 있어. 단정하게 입고 나와줘."

"전 항상 단정한 차림이에요." 모니카가 대꾸했다.

수상은 눈썹을 잔뜩 찌푸리고 반신반의하는 표정으로 헌법수호부 부장을 물끄러미 쳐다보았다. 토르스텐은 수상의 안경 너머에서 톱니바퀴들이 빠르게 돌아가는 게 느껴졌다.

부장이 긴 이야기를 이어나가는 동안 한마디도 하지 않은 모니카에게로 수상이 시선을 돌렸다. 보기 드물게 훤칠하고 단단한 체격의 그녀는 정중함과 인내심이 담긴 눈빛으로 그를 마주보았다. 이어 수상은 이야기를 듣는 동안 낯빛이 해쓱해진 법무부 장관 쪽을 향했다.

그리고 길게 숨을 내쉰 후 안경을 벗고는 흐릿해진 눈으로 먼 곳을 응시했다.

"자, 커피 한잔씩 더 하는 게 어떻겠어요?" 드디어 수상이 입을 열었다.

"네, 감사합니다." 모니카가 대답했다.

토르스텐도 고개를 끄덕였고, 장관은 보온병 마개를 열었다.

"내가 제대로 이해했는지 다시 한번 요약해보죠." 수상이 말했다. "그러니까 지금 세포 내부에 헌법적 권한을 벗어난 음모가 존재하고, 그 때문에 오랜 세월 일련의 범죄활동이 벌어져왔다고 의심한다는 말이죠?"

토르스텐이 그렇다고 고개를 끄덕였다.

"그리고 당신은 세포 지휘부를 신뢰하지 못해서 결국 나를 찾아왔고요?"

"그렇기도 하고, 아니기도 합니다. 제가 수상을 직접 찾아뵙기로 결정한 건, 그들의 활동이 헌법에 위배되는 건 사실이지만 제가 그 목적을 확실히 모르거나 잘못 이해했을지도 모른다고 생각했기 때문입니다. 이 활동은 정부의 승인 아래 있을 수도, 다시 말해 결국 합법적인 것일 수도 있으니까요. 그렇다면 전 그릇되거나 잘못 해석된 정보에 따라 행동하는 것이며, 결과적으로 비밀리에 진행중인 작전을 노출시킬 위험이 있습니다."

수상은 법무부 장관을 쳐다보았다. 두 사람은 지금 그가 빠져나갈 구멍을 만들기 위해 이런 말을 한다는 걸 잘 알았다.

"난 이런 일이 있다는 걸 들어본 적이 없습니다. 장관은 뭔가를 알고 있나요?"

"전혀 모릅니다. 세포 내 그 어떤 보고서에서도 이 사안과 관련된 내용을 본 적이 없습니다."

"미카엘 블롬크비스트는 세포 내부에 존재하는 어떤 그룹의 소행이라고 보고 있습니다. 그는 그들을 살라첸코 클럽이라고 부르죠." 토르스텐이 말했다.

"난 그들에 대해서도 들어본 적이 없어요. 거물급 러시아 망명자를 스웨덴이 받아들이고 보호해왔다는 얘긴데……" 다시 수상이 말했다. "그자가 펠딘 정부 때 망명했다고요?"

"전 펠딘이 이 사안을 은폐했다고는 생각하지 않습니다." 장관이 말했다. "그 정도의 거물급 망명자는 정권이 바뀔 때 반드시 다음 정부로 인계하도록 되어 있죠."

토르스텐이 몇 차례 헛기침을 하며 목청을 골랐다.

"펠딘의 보수 정권 다음에 온 건 팔메의 진보 정권이었죠. 그 세포의 선임자들이 팔메에 대해 부정적인 견해를 지녔다는 건 공공연한 비밀이고요."

"그러니까 누군가가 사민당 정부에 이 사안을 전달하는 걸 잊어버렸다……"

토르스텐이 고개를 끄덕였다.

"펠딘은 두 차례 수상을 역임했죠. 두 번 다 연정이 붕괴됐고요. 첫 번째 연정 붕괴가 있었던 1979년에 소수당이던 자유당의 올라 울스텐에게 자리를 내줬습니다. 보수당이 연정에서 탈퇴한 1982년에는 펠딘의 중앙당이 자유당과 함께 정부를 꾸려나가야 했죠. 이처럼 정권이 쪼개지고 바뀌는 소용돌이 속에서 인수인계에 차질이 생겼다고 생각합니다. 혹은 살라첸코 사안이 극소수만이 알고 있었던, 즉 펠딘 수상마저 제대로 접근하지 못했던 기밀이었을 가능성도 있다고 생각합니다. 실은 올로프 팔메에게 인계할 내용도 별로 없었던 거죠."

"그렇다면 이 일은 대체 누구한테 책임이 있는 겁니까?" 수상이 물었다.

모니카를 빼고 다들 설레설레 고개를 저었다.

"이 일은 필연적으로 언론에 누출될 것 같습니다만." 수상이 다시 말했다.

"미카엘 기자와 〈밀레니엄〉은 이 이야기를 발표할 예정입니다. 지금 우린 빠져나갈 길이 없습니다."

토르스텐은 일부러 '우리'라는 표현을 썼고, 수상은 고개를 끄덕였다. 상황의 심각성을 깨달은 것이다.

"좋아요. 우선 이 일을 이토록 신속히 알려줘서 고맙습니다. 보통 이렇게 예정에 없는 방문은 받아들이지 않죠. 하지만 법무부 장관이 그러더군요. 당신 같은 신중한 사람이 모든 절차를 건너뛰면서까지 날 보고 싶어한다는 건 뭔가 심각한 일이 벌어진 거라고요."

토르스텐은 조금 숨을 내쉴 수 있었다. 적어도 불벼락은 피한 것 같았다.

"이제 우린 이 모든 걸 어떻게 처리할지 결정해야 합니다. 좋은 제안이라도 있습니까?"

"네, 어쩌면요." 토르스텐이 주저하듯 대답했다.

하지만 이렇게 말해놓고 너무 오래 침묵을 지키는 바람에 결국 모니카가 헛기침을 하고는 끼어들었다.

"제가 말씀 좀 드려도 될까요?"

"얘기해보세요." 수상이 대답했다.

"만일 정부가 이 작전을 모른다는 게 사실이라면 이건 불법입니다. 실무 책임자, 즉 자신의 권한을 벗어난 행위를 한 공무원들은 범죄자인 것이고요. 만일 우리가 미카엘의 주장들을 전부 증명할 수 있다면 세포 소속 공무원들이 모종의 범죄 활동을 벌여왔다는 뜻이 됩니다. 그렇다면 문제는 다시 두 부분으로 나뉩니다."

"그게 무슨 얘기죠?"

"첫째, 우리는 이런 질문들에 대답해야 합니다. 이 모든 일이 어떻게 가능했는가? 누구에게 책임이 있는가? 확고한 경찰 조직 안에서 어떻게 이런 음모가 전개될 수 있었는가? 여기서 한 가지 말씀드리자면, 저 역시 세포에 몸담고 있으며 무한한 자부심을 느낍니다. 도대체 어떻게 그런 일이 그토록 오래 계속될 수 있었을까요? 어떻게 그토록 철저히 은폐되었고, 거기에 자금까지 조달될 수 있었을까요?"

수상이 머리를 주억거렸다.

"앞으로 이런 문제들을 다룬 책들이 많이 나올 겁니다." 모니카가 말을 이었다. "하지만 적어도 한 가지 사실은 확실합니다. 거기에는 분명히 자금이 조달됐고, 그 액수는 매년 수백에서 수천만 크로나에 달했으리라는 거죠. 제가 세포의 예산을 들여다봤지만 살라첸코 클럽에 대한 항목은 찾아볼 수 없었습니다. 하지만 아시다시피 사무처장과 예산부장만이 아는 비자금이 있죠. 전 거기에 접근할 수 없고요."

수상이 침울하게 고개를 끄덕였다. 왜 세포를 관리하는 건 매번 이렇게 악몽 같은가?

"두번째는 바로 누가 이 일에 가담했느냐 하는 문제입니다. 좀더 구체적으로 말하자면, 과연 누가 체포되어야 하느냐죠."

수상이 입을 쭉 내밀었다.

"제 관점에서 볼 때, 이 문제에 대한 답은 바로 지금부터 몇 분 안에 수상님께서 개인적으로 내리실 결정에 달려 있습니다."

토르스텐은 자신도 모르게 숨을 멈췄다. 할 수만 있었다면 책상 밑에서 모니카의 정강이를 걷어찼을 것이다. 지금 그녀가 모든 설명을 생략하고 느닷없이 던진 말, 그것은 수상도 이 일에 개인적으로 책임이 있다는 암시였다. 사실 자신이 말했어도 같은 결론에 도달했을 것이다. 기나긴 외교적 사설로 교묘히 포장했겠지만.

"내가 어떤 결정을 내려야 한다고 생각하죠?"

"전 우리의 관심사가 같다고 생각합니다. 삼 년 전부터 헌법수호부에서 일해온 저는 제 일이 스웨덴의 민주주의를 지키기 위해 최우선으로 중요한 임무라고 생각합니다. 세포 역시 최근 몇 해 동안 헌법의 틀 안에서 올바르게 활동해왔습니다. 따라서 이 사안이 몇몇 특정한 개인들이 벌인 범죄 활동에 불과할 뿐이라는 사실을 보여주는 게 중요합니다."

"우리 정부가 이런 활동을 승인한 적은 없습니다." 장관이 말했다.

모니카는 고개를 끄덕이고는 잠시 생각한 후 다시 말했다.

"정부도 이 스캔들로 타격을 입고 싶지는 않을 겁니다. 하지만 정부가 이 사건을 은폐하려 든다면 문제는 달라지겠죠."

"우리 정부는 범죄 활동을 은폐하지 않아요." 장관이 항변했다.

"그렇죠. 하지만 정부에게 그럴 생각이 있다고 가정해봅시다. 그렇다면 상상하기 어려운 규모의 스캔들이 터질 겁니다."

"계속해보세요." 수상이 끼어들었다.

"현상황은 복잡합니다. 헌법수호부가 이 사건의 실체를 규명하려면 규칙에 위배되는 활동을 해야 하기 때문이죠. 저희가 벌이는 활동에 법적으로 그리고 헌법적으로 하자가 없었으면 합니다."

"우리 모두가 그렇게 바라고 있습니다." 수상이 말했다.

"그렇다면 저의 제안은 이렇습니다. 수상의 자격으로 이 복잡한 사건을 가급적 신속하게 규명하라는 명령을 헌법수호부에 내려주세요. 저희의 임무와 필요한 권한을 명시한 문서도 한 장 발부해주세요."

"당신의 제안이 합법적인 건지 모르겠군요." 장관이 말했다.

"아뇨, 합법입니다. 헌법이 불법적인 방식으로 위협받는다면 정부는 광범위하게 대응할 권한이 있습니다. 만일 군인 혹은 경찰이 독립적인 대외 정책을 추진해가기 시작했다면 사실상 국가 안에서 쿠데타가 일어났다고 간주해야 합니다."

"대외 정책이라?" 장관이 물었다.

반면 수상은 갑자기 고개를 끄덕였다.

"살라첸코는 강대국에서 넘어온 망명자입니다." 모니카가 설명했다. "미카엘의 주장에 따르면 그는 대외정보부에 정보를 제공해왔습니다. 만일 정부가 이 사실을 보고받지 못했다면 그게 바로 쿠데타죠."

"무슨 말을 하려는지 알겠어요." 수상이 나섰다. "자, 이제 내 생각을 말하죠."

그가 일어나 테이블을 돌아 걸었다. 그리고 토르스텐 앞에 멈춰 섰다.

"아주 똑똑한 직원을 뒀네요. 말을 빙빙 돌리지 않아서 더 좋고요."

토르스텐은 침을 꿀꺽 삼키고 고개를 끄덕였다. 수상이 이번엔 법무부 장관에게로 몸을 돌렸다.

"국무장관과 법무 담당관에게 연락하세요. 헌법수호부에 특별 권한을 부여하는 문서를 내일 아침까지 준비해놓도록 하고요. 구체적으로 명시할 임무는 첫째, 우리가 논의한 주장들의 진위 여부를 규명한다. 둘째, 관련 자료들을 수집한다. 셋째, 책임자 및 관련자를 확인한다."

토르스텐이 고개를 끄덕였다.

"이 문서에는 헌법수호부장이 예비수사를 벌인다고 명시하면 안될 겁니다. 이런 상황에서는 오직 검찰만이 예비수사 책임자를 지명할 수 있죠. 하지만 진실 규명을 위해 내가 직접 단독 조사 임무를 부여할 수 있습니다. 당신은 국가의 자격으로 공식 조사를 벌이는 겁니다. 이해하시겠어요?"

"네. 그리고 저 역시 전직 검사입니다."

"음…… 그렇다면 법무 담당관에게 얘기해서 어떻게 해야 형식적으로 하자가 없는지 검토해봐야겠군요. 어쨌든 이 조사의 책임자는 오직 하나, 당신입니다. 필요한 요원들은 직접 지명하고요. 만일 범죄 활동에 대한 증거를 찾아내면 검찰에 제출하세요. 그럼 검찰이 기소 항목을 결정할 겁니다."

그러자 법무부 장관이 끼어들었다. "토르스텐, 내가 관련 법조항들을 확인해보겠지만, 아마 의회 대변인과 헌법위원회에도 알릴 의무가 있을 거야. 그럼 이 모든 이야기는 급속도로 퍼져나가게 돼."

"즉, 빨리 움직여야 한다는 뜻이죠." 수상이 덧붙였다.

"음……" 모니카가 우물거렸다.

"할말이 있나요?" 수상이 물었다.

"두 가지 문제가 남았습니다…… 우선 〈밀레니엄〉이 이 사건을 발표하면 우리의 조사 활동에 지장이 있을 수 있습니다. 그리고 리스베트 살란데르의 공판이 몇 주 후에 열립니다."

"〈밀레니엄〉이 언제쯤 발표할지 알 수 없을까요?"

"얼마든지 물어볼 순 있겠죠." 토르스텐이 대답했다. "하지만 다른 건 몰라도 언론에 참견하는 일만큼은 절대 피하고 싶습니다."

"그리고 리스베트……" 장관이 말을 꺼내고는 잠시 뜸을 들였다. "정말로 그녀가 〈밀레니엄〉이 주장하는 대로 공권력에 희생당했다면 정말 끔찍한 일입니다…… 정말 가능한 얘길까요?"

"유감이지만 사실인 듯합니다." 토르스텐이 고개를 끄덕였다.

"그렇다면 국가가 배상해야죠. 무엇보다 그녀가 또다른 공권력에 희생되는 일이 없도록 해야겠고." 수상이 말했다.

"구체적으로 우리가 어떻게 해야 합니까?" 장관이 물었다. "정부는 어떤 경우에도 기소중인 사안에 개입할 수 없습니다. 위법이죠."

"검사와 얘기해볼 수 있지 않을까요?"

"안 됩니다." 이번엔 토르스텐이 말했다. "수상께선 진행중인 사법 절차에 어떤 방식으로도 영향력을 행사하실 수 없습니다."

"다시 말해 리스베트 살란데르는 결국 법정에서 싸워야 합니다." 장관이 지적했다. "정부가 개입하는 건 그녀가 패소했을 때만이 가능하죠. 정부가 나서서 그녀를 사면해주거나, 아니면 검사에게 재심할 여지가 없는지 검토해보도록 지시할 수 있습니다."

그러고 나서 그가 덧붙였다.

"하지만 이것도 그녀가 징역형을 선고받았을 때만 가능한 얘깁니다. 만일 그녀를 정신병원에 수용하라는 판결이 내려지면 정부로선 아무것도 할 수 없습니다. 그때는 이 사안이 의료 문제가 되어버리니까요. 그녀가 정신적으로 건강한지 아닌지를 결정할 권한이 수상에게는 없고요."

금요일 밤 10시, 리스베트는 열쇠 돌아가는 소리를 들었다. 그녀는 곧바로 PDA를 끄고 베개 밑에 밀어넣었다. 눈을 들어보니 안데르스 박사가 문을 닫고 있었다.

"안녕, 리스베트? 오늘 밤에는 컨디션이 어때요?"

"머리가 빠개질 듯 아프고 몸에서 열도 나요."

"흠, 그거 안 좋은데."

그녀가 신열이나 두통으로 특별히 힘들어하는 기색은 없었다. 안데르스는 십여 분 동안 그녀를 진찰했다. 그리고 이날 저녁에 체온이 다시 급격히 올라갔음을 확인했다.

"지금 이런 일이 일어나다니 유감이에요. 아주 잘 회복하고 있었는데 말이죠. 안타깝지만 적어도 이 주일 안에는 퇴원시켜줄 수 없을 듯해요."

"이 주면 충분할 거예요."

그는 리스베트를 오랫동안 바라보았다.

런던과 스톡홀름 사이의 거리는 육로로 대략 1800킬로미터이고 주파하는 데는 이론상 20시간 정도 걸린다. 하지만 이론상 계산일뿐 실제로는 독일-덴마크 국경까지 가는 데만도 스무 시간이 걸렸다. 하늘에 먹구름이 무겁게 걸린 월요일, 트리니티라 불리는 남자가 외레순드 대교를 건널 때 비가 억수같이 쏟아지기 시작했다. 그는 속도를 줄이고 와이퍼를 작동시켰다.

트리니티는 유럽 대륙에서 운전하는 일이 악몽 같다는 걸 깨달았다. 왜 대륙 사람들은 죄다 도로의 반대편으로 달리려 한단 말인가? 그는 토요일 아침에 자신의 승합차를 정비해서 도버와 칼레를 잇는 페리에 올랐다. 상륙해서는 리에주를 거쳐 벨기에를 횡단해 국경을 넘어 독일의 아헨으로 들어간 다음 고속도로를 타고 함부르크와 덴마크 쪽으로 달렸다.

동업자 '밥 더 도그'는 뒷좌석에서 잠들었다. 그들은 교대로 운전대를 잡았고, 끼니를 해결하려고 한 시간씩 멈춘 것 말고는 시속 90킬로미터를 일정하게 유지하며 달려왔다. 18년이나 된 고물 승합차라 그 이상 속도를 내기에는 힘에 부쳤다.

런던에서 스톡홀름까지 가는 더 간단한 방법도 있었다. 하지만 불행하게도 30킬로그램이나 되는 전자장비를 정식 항공편을 통해 스웨덴으로 반입하기는 힘들었다. 스웨덴까지 가려면 여섯 번이나 국경을 통과해야 했지만 트리니티는 한 번도 세관이나 국경경찰로부터 검문을 받지 않았다. 그는 대륙 방문을 이렇게나 간단하게 해주는 유럽연합을 열렬하게 지지했다.

서른두 살의 트리니티는 브래드퍼드에서 태어났지만 아주 어렸을 때부터 런던 북부에서 살았다. 정규 교육도 제대로 받지 못했다. 직업학교에 다니면서 전기통신기술 1급 자격증을 취득해 열아홉 살 때부터 삼 년간 브리티시텔레콤에서 근무했다.

그는 전기전자와 컴퓨터공학 분야에 방대한 지식을 가졌고, 입만 한번 열면 그 어떤 오만한 전문가라도 코를 납작하게 해줄 수 있는 실력자였다. 열 살 때부터 컴퓨터를 끼고 살았고, 열세 살 때 처음으로 해킹을 했다. 그때 맛본 짜릿한 경험 이후로 발전을 거듭해 열여섯 살 때는 세계 최고들과 겨루는 수준에 올랐다. 한때는 자는 시간 외에 컴퓨터 앞에 붙어서 살며 소프트웨어를 만들고 스팸 메일을 뿌리며 시간을 보냈다. BBC, 영국 국방부, 그리고 런던 경찰국에 침투하는 데 성공했으며, 심지어는 잠시나마 북해를 순항하는 영국 핵잠수함의 통제 시스템을 장악하기도 했다. 다행히 트리니티는 심술궂은 컴퓨터 테러리스트라기보다 호기심 많은 탐구자에 가까웠다. 그의 열정은 컴퓨터의 보안 시스템을 파괴하고 거기에 침투할 수 있는 경로를 찾아내는 순간 멈추었다. 더 나아가봤자 잠수함 컴퓨터의 설정을 바꿔서 현재 위치를 묻는 함장에게 오늘 코가 삐뚤어지게 술이나 마시라는 대답을 보내는 따위의 유치한 장난을 치는 정도였다. 바로 이 사건 때문에 영국 국방부에서는 연달아 비상회의가 열렸다. 이때 트리니티는 이런 방식으로 자신의 지식을 과시하는 일이—특히 각국 정부가 해커들에게 무거운 징역형으로 응징하겠다고 심각하게 경고하는 이 시대에는—그리 현명치 못하다는 걸 깨달았다.

그가 전기통신기술 교육을 받은 건 전화 네트워크가 어떻게 작동하는지 이미 훤히 꿰고 있었기 때문이다. 이 네트워크가 절망적일 정도로 구닥다리라는 사실을 금방 파악해버린 그는 보안 전문가로 전업해 경보 시스템을 설치하고 도난방지 시스템을 점검해주는 일을 했다. 엄선된 몇몇 고객에게는 전화 감시와 도청 같은 특별 서비스도 제공했다.

그리고 그는 와스프가 시민으로 있는 해커 공화국의 창설자 중 하나였다.

트리니티와 밥 더 도그가 스톡홀름 교외에 도착한 건 일요일 저녁 7시 30분이었다. 차로 셰르홀멘의 쿵엔스 쿠르바를 지날 때 트리니티는 휴대전화를 꺼내 저장해둔 번호를 눌렀다.

"플레이그?"

"지금 어디야?"

"이케아를 지나면 전화하라고 했잖아."

플레이그는 영국에서 온 동료들을 위해 예약해둔 롱홀멘의 호스

텔로 가는 길을 알려주었다. 플레이그는 좀처럼 집밖으로 나가는 성격이 아니었기에, 그들은 다음날 오전 10시에 그의 집에서 만나기로 약속했다.

얼마간 골똘히 생각에 잠긴 플레이그는 엄청난 결심을 했다. 손님들이 오기 전에 설거지와 청소를 하고 창문을 활짝 열어 집을 환기하기로 한 것이다.

III 디스크 크래쉬
5월 27일~6월 6일

기원전 1세기경 역사가 디오도로스 시켈로스(어떤 역사가들은 신빙성 없는 인물로 여기지만)는 리비아의 아마조네스에 대해 기록했다. 여기서 '리비아'란 당시 이집트 서부에서 북아프리카 전역을 아우르는 지명이다. 아마조네스 제국은 여성지배체제였고, 여성만이 군직을 포함한 모든 공직을 점유할 자격이 있었다. 전설에 따르면 제국의 여왕 미리나는 여성만으로 구성된 삼만 보병과 삼천 기병을 이끌고 숱한 남성 군대들을 굴복시키며 이집트와 시리아를 거쳐 에게해까지 진군했다고 한다. 이 군대는 미리나 여왕이 패배하자 뿔뿔이 흩어졌다.

미리나의 군대는 지역에 흔적을 남겼다. 아나톨리아 지역이 캅카스인에게 침략당해 남성들이 거의 전멸하자 용감하게 일어나 무기를 잡은 건 바로 여성들이었다. 그들은 활, 칼, 도끼, 창을 포함해 온갖 종류의 무기로 훈련했다. 그리고 그리스인들을 모방한 청동사슬 갑옷이며 투구를 착용했다.

그들은 결혼을 거부했으며 결혼을 일종의 굴복으로 여겼다. 대를 잇기 위해 휴가를 주고 인근 마을에서 무작위로 고른 남자들과 동침하게 했다. 전투에서 남자를 죽인 여자만이 동정을 버릴 권리를 가졌다.

16장

5월 27일 금요일~5월 31일 화요일

미카엘은 금요일 밤 10시 30분에 〈밀레니엄〉 사무실을 나섰다. 우선 일층으로 내려간 그는 거리로 나가는 대신 로비에서 왼쪽으로 돌아 지하실로 내려갔다가 안뜰로 다시 올라온 후 옆 건물을 통해 회센스 거리로 나왔다. 모세바케 쪽에서 내려오는 젊은 사람들 한 무리와 마주쳤지만 그들 가운데 그를 눈여겨보는 사람은 없었다. 감시자는 아직도 그가 사무실에 남아 있다고 생각할 것이다. 그는 4월부터 이런 방식을 써왔다. 지금 사무실에서 야간 당직을 서는 사람은 크리스테르였다.

그는 모세바케 주위로 얽혀 있는 거리며 골목을 십오 분가량 어정거리다가 피스카르가탄 9번지로 발길을 옮겼다. 건물 정문에서 비밀번호를 누른 후 곧장 꼭대기층으로 올라가 리스베트의 열쇠로 아파트 문을 열었다. 들어가서는 곧바로 경보 시스템을 해제했다. 다 해서 방이 스물한 칸이나 되는데 그중 달랑 세 칸에만 가구가 놓여 있는 이곳에 들어올 때마다 그는 기분이 묘했다.

먼저 커피를 끓이고 샌드위치를 만든 후 서재로 들어가 그녀의 노트북을 켰다.

군나르 비에르크의 보고서를 도둑맞고 자신이 감시당한다는 사실을 알게 된 4월 중순의 그날부터 미카엘은 리스베트의 아파트를 자신의 비밀 사령부로 삼고 있었다. 중요한 자료를 모두 이곳으로 옮겨다놓았다. 그녀의 침대에서 자고 그녀의 컴퓨터로 일하면서 일주일에 며칠 밤을 여기서 지냈다. 살라첸코와 결판을 내려고 고세베르가로 떠나기 전 리스베트는 컴퓨터 데이터를 몽땅 삭제해버렸다. 미카엘은 그녀가 돌아올 뜻이 없었을 거라고 짐작했다. 그는 시스템 디스크로 컴퓨터를 복원했다.

4월 이후로는 자신의 컴퓨터에서 인터넷 케이블을 아예 뽑아버렸다. 그는 리스베트의 컴퓨터로 인터넷에 접속해 메신저 프로그램인 ICQ를 띄운 후, 그녀가 직접 만들어 '바보 원탁' 게시판을 통해 알려준 주소로 들어갔다.

"안녕, 살리."

"얘기해요."

"이번주에 우리가 논의했던 장章 두 개를 다시 손봤어. 야후에서 수정 원고를 볼 수 있을 거야. 넌 얼마나 작업했어?"

"17쪽까지 썼어요. 지금 '바보 원탁'에 올릴게요."

핑.

"오케이. 받았어. 읽어보고 다시 얘기해."

"하나 더 있어요."

"뭔데?"

"야후 그룹을 하나 만들었어요. 이름은 '기사들'."

"좋아. '바보 원탁의 기사들'이군."

"비밀번호는 yacaraca12예요."

"오케이."

"회원은 네 명. 당신, 나, 플레이그, 트리니티."

"미스터리한 인터넷 친구들이군."

"보안을 유지해줘요."

"알았어."

"플레이그가 리샤르드 검사의 컴퓨터에서 정보를 몇 개 빼냈어요. 4월에 해킹했죠."

"오케이."

"만약 내가 PDA를 사용할 수 없게 되면 그가 연락할 거예요."

"알았어. 고마워."

미카엘은 ICQ 접속을 끊고 야후 그룹 '기사들'에 들어갔다. 나타난 건 단 하나, 숫자로만 된 인터넷 주소였다. 플레이그가 올려놓은 것이었다. 미카엘은 주소를 복사해 익스플로러 창에 넣고 엔터키를 눌렀다. 곧 사이트가 하나 떴고, 리샤르드 검사의 16기가바이트짜리 하드디스크가 고스란히 들어 있었다.

복잡한 걸 싫어하는 플레이그가 그의 하드디스크를 몽땅 복사해 버린 것이다. 미카엘은 한 시간 동안 쓸 만한 자료를 추려냈다. 시스템 파일, 자질구레한 프로그램, 몇 년 전 것으로 보이는 온갖 수사 파일들은 모조리 버렸다. 그가 내려받은 건 폴더 네 개였다. 그중 세 개에는 각각 '예비수사/살란데르' '휴지통/살란데르' 그리고 '예비수사/니더만'이라는 이름이 붙어 있었다. 네번째 폴더에는 검사가 전날 오후 2시까지 받은 메일 사본들이 들어 있었다.

"고마워, 플레이그." 미카엘은 작게 중얼거렸다.

그후 예비수사 자료와 리스베트 공판을 대비한 전략안을 읽는 데 세 시간쯤 걸렸다. 예상대로 많은 내용이 그녀의 정신 상태와 연결되어 있었다. 검사는 철저한 정신감정을 요구했고, 최대한 빨리 크로노베리 구치소로 그녀를 이송하려는 목적으로 이메일을 수없이 발송했다.

로날드 니더만을 추적하는 수사는 제자리걸음을 하는 듯했다. 수사 책임자는 얀 부블란스키였다. 다그 스벤손과 미아 베리만 살해 사건과 닐스 비우르만 변호사 살해 사건에 로날드가 연루됐다는 물증을 확보한 모양이었다. 지난 4월, 미카엘도 세 차례의 긴 심문에 협조해 이 물증을 확보하는 데 기여했고, 로날드가 체포된다면 다시 증언대에 올라야 했다. 닐스의 아파트에서 채취한 땀 몇 방울과 모발 몇 가닥에서 확인된 DNA가 고세베르가 농가 그의 방에서 나온 것과 일치했다. 그리고 MC 스바벨셰의 재무 담당 빅토르 예란손의 시체에서도 그의 DNA가 다량 검출됐다.

반면, 리샤르드가 보유한 살라첸코 관련 정보는 놀라울 만큼 적었다.

미카엘은 담배를 한 대 피워 물었다. 그리고 창가에 서서 유르고르덴섬 쪽을 물끄러미 바라보았다.

리샤르드는 두 건의 예비수사를 명확히 구분해서 진행하고 있었다. 리스베트와 관련된 건 전부 한스 파스테가 도맡아서 수사했다. 얀은 오직 로날드 사건만 맡고 있었다.

예비수사 과정에서 살라첸코라는 이름이 튀어나왔을 때 리샤르드가 취할 수 있는 가장 자연스러운 행동은 무엇이었을까? 당연히 세포 국장과 접촉해 살라첸코의 진짜 정체를 문의했을 것이다. 그의 메일에서는 이런 접촉을 했다는 흔적을 발견하지 못했다. 일기나 메모에도 없었다. 이상한 건, 어느 모로 보나 그가 살라첸코에 대해 어떤 정보를 가지고 있다는 느낌이 든다는 점이었다. 예를 들어 메모 가운데 이런 아리송한 내용이 섞여 있었다.

리스베트 보고서는 허위다. 군나르가 쓴 보고서 원본은 미카엘이 가진 것과 일치하지 않는다. 일급 기밀로 분류할 것.

그다음엔 리스베트가 편집증 환자이자 정신분열증 환자임을 주장하는 메모가 적혀 있었다.

1991년에 리스베트를 입원시킨 것은 올바른 결정이었다.

'휴지통/살란데르'에서 발견한 건 두 수사와 관련된 내용들이었고, 검사가 예비수사와는 상관없다고 판단해 공판 때 그녀를 기소할 증거로는 쓰지 않을 부수적인 정보였다. 대부분 살라첸코의 과거와 관련된 것들이었다.

이 예비수사는 그야말로 허점투성이였다.

대체 어디까지가 우연이고, 어디까지가 꾸며진 건지 알 수 없었다. 그 경계선은 어디인가? 아니, 리샤르드는 여기에 어떤 경계선이 존재한다는 걸 의식하긴 했을까?

누군가 고의적으로 그럴 듯해 보이지만 실은 허위인 정보들을 그에게 제공하고 있는 걸까?

마지막으로 미카엘은 핫메일에 접속해 대여섯 개 만들어놓은 익명 계정을 확인하느라 십여 분을 보냈다. 소니아 모디그 형사에게 주었던 메일 계정을 그동안 매일같이 확인해왔으나, 그녀가 연락해올 거라고는 크게 기대하지 않았기 때문에 메일함을 열자마자 ressallskap9april@hotmail.com이 보낸 메일을 보고 놀라지 않을 수 없었다. 메시지는 한 줄이었다.

토요일 오전 11시, 마들렌 카페 1층.

미카엘은 묵묵히 고개를 끄덕였다.

자정 무렵, 리스베트가 후견인 홀게르 팔름그렌과 보냈던 시절에 대해 한창 글을 쓰고 있을 때 플레이그가 메시지를 보내왔다. 방해받은 그녀는 짜증난 눈으로 화면을 노려보았다.

"무슨 일이야?"

"안녕, 와스프? 나도 네 소식을 들어서 정말 반가워."

"그래, 알았다고. 무슨 일이야?"

"페테르 텔레보리안."

리스베트는 몸을 벌떡 일으켜 앉으면서 상기된 얼굴로 화면을 들여다보았다.

"얘기해봐."

"트리니티가 기록적인 시간 안에 끝내버렸어."

"어떻게?"

"그 미친 박사님은 한자리에 붙어 있지 않더군. 끊임없이 움살라와 스톡홀름을 오가는 통에 '적대적 인수'를 할 수 없었어."

"알고 있어. 그래서 어떻게 했는데?"

"그는 일주일에 두 번씩 테니스를 쳐. 매번 두 시간은 족히 되더군. 그런데 한번은 실내 주차장에 차를 세우고 노트북을 놓고 내렸어."

"아하."

"트리니티가 아주 쉽게 경보장치를 멈추고 노트북을 꺼냈지. 파이어와이어*로 삼십 분만에 노트북을 송두리째 복사하고 보너스로 아스픽시아**까지 깔았어."

"그게 어디 있는데?"

플레이그는 페테르의 하드디스크를 저장해놓은 주소를 알려줬다.

"트리니티의 표현을 빌리자면…… 좀 '심하게 더러운' 것들이야."

---

* 대용량 데이터를 빠르게 전송할 때 쓰는 케이블.
** 리스베트가 직접 만든 해킹 프로그램.

"?"

"직접 하드디스크를 열어봐."

리스베트는 플레이그와 대화를 마치고 그가 알려준 주소로 들어갔다. 그리고 거의 세 시간에 걸쳐 페테르의 노트북에 담긴 폴더들을 하나씩 열어봤다.

먼저 눈에 들어온 건 그가 누군가와 주고받은 서신들이었다. 핫메일 주소를 쓰는 그 사람은 암호화된 메일을 보내왔다. 그녀에겐 페테르의 PGP 키가 있었기 때문에 내용을 읽는 데 아무 문제 없었다. 상대방의 이름은 요나스였고 성은 적혀 있지 않았다. 두 사람은 그녀의 몸 상태가 썩 좋지 않은 데에 불건전하게 지나친 관심을 보이고 있었다.

예스…… 여기에 뭔가 음모가 있다는 걸 증명할 수 있겠어.

하지만 그녀의 관심을 끈 건 따로 있었다. 끔찍한 소아성애 장면을 연출한 사진 8756장이 담긴 폴더 47개였다. 그녀는 대략 열다섯 살이 안 되어 보이는 아이들 사진을 한 장씩 열어봤다. 아주 어린 아이들도 있었다. 대부분 여자아이였다. 가학적인 이미지도 꽤 많았다.

적어도 여남은 명은 되어 보이는 몇몇 나라 사람들이 아동 포르노물을 교환하는 링크도 찾아냈다.

리스베트는 문득 열두 살 때 겪었던 일이 떠올랐다. 그녀는 상트스테판 정신병원에서 모든 자극이 제거된 병실에 묶여 있었다. 페테르는 시도 때도 없이 들어와 문틈으로 새어 들어온 미광에 희미하게 비친 그녀를 물끄러미 내려다보곤 했다.

그녀는 알고 있었다. 그가 한 번도 자신의 몸에 손을 대지는 않았지만 항상 알고 있었다.

리스베트는 스스로에게 욕을 퍼부었다. 벌써 몇 년 전에 이자를 해치웠어야 했다. 하지만 이 욕망을 꾹 누른 채 그의 존재를 무시하려고 애썼다.

그리고 그가 날뛰어도 모른 척했다.

얼마간 시간이 흐른 후 그녀는 ICQ로 미카엘에게 메시지를 보냈다.

미카엘은 피스카르가탄에 있는 리스베트의 아파트에서 밤을 꼬박 새웠다. 컴퓨터를 끈 건 아침 6시 반이었다. 끔찍한 아동 포르노 사진들이 눈앞에 어른거리며 잠이 드나 싶었는데 깨어보니 10시 15분이었다. 후다닥 일어나 샤워를 하고 전화로 택시를 불렀다. 그리고 쇠드라 극장 앞으로 달려가 택시에 몸을 실었다. 비리에르얄스가탄에 도착한 건 10시 55분이었고, 거기서부터 걸어서 마들렌 카페로 갔다.

소니아는 블랙커피 한잔을 앞에 놓고 기다리고 있었다.

"안녕하십니까!" 미카엘이 인사했다.

"난 엄청난 위험을 무릅쓰고 이 일을 하는 겁니다." 그녀는 인사도 생략하고 대뜸 이렇게 말했다. "내가 당신을 만났다는 걸 누구라도 알게 되면 난 곧바로 파면당하고 법정으로 끌려갈 수도 있어요."

"적어도 나는 아무한테도 얘기하지 않을 겁니다."

그녀는 중압감이 심한 듯 얼굴을 잔뜩 찌푸리고 있었다.

"최근 동료 하나가 전 수상 토르비에른 펠딘을 만나러 갔어요. 개인 자격으로 찾아갔고, 그 역시 엄청난 위험을 무릅쓰고 있죠."

"이해합니다."

"우리 둘의 신원을 철저히 보장해주어야 합니다."

"당신이 말하는 동료가 누구인지도 모르는데요."

"곧 말하겠어요. 그를 정보제공자로서 보호해주겠다고 약속해 줘요."

"약속하겠습니다."

그녀는 손목시계를 흘깃 내려다보았다.

"바빠요?"

"네. 십 분 후에 스투레갈레리안 쇼핑센터로 남편과 아이들을 만나러 가야 해요. 남편은 내가 지금 직장에 있다고 알고 있고요."

"얀 형사도 모르겠군요."

"몰라요."

"오케이. 당신과 당신 동료를 정보제공자로서 철저히 보호해드리겠습니다. 두 사람 모두요. 이 약속은 무덤까지 가져가죠."

"내가 말한 동료는 당신이 예테보리에서 만난 적 있는 예르케르 홀름베리예요. 그의 부친이 중앙당 당원이었고, 예르케르는 어렸을 때부터 펠딘을 알았다는군요. 살라첸코에 관한 얘기를 나눠보려고 개인 자격으로 그를 찾아갔어요."

"그렇군요."

미카엘의 심장이 쿵쿵 뛰기 시작했다.

"펠딘은 올바른 사람 같아요. 살라첸코에 대해 아는 바가 있느냐고 물었더니 처음엔 아무 대답도 안 했습니다. 살라첸코를 보호하려는 자들이 리스베트를 강제로 정신병원에 입원시킨 걸로 의심된다고 하니 펠딘이 깜짝 놀라며 분개했다는군요."

"으흠."

"그러더니 비로소 털어놓기 시작했대요. 수상으로 취임한 지 얼마 안 되었을 때 세포 국장과 동료 하나가 찾아왔다고요. 스웨덴으로 망명한 소련 첩보요원에 대해 놀라운 이야기를 했답니다. 스웨덴에서 가장 민감한 군사기밀이며, 스웨덴 안보에서 이 사안만큼 중요한 건 없다고 했다는군요."

"흠."

"펠딘은 이 사안을 어떻게 처리해야 할지 모르겠다고 대답했답니다. 갓 수상에 임명된 참이었고 그의 내각에도 경험 있는 사람이 전무했거든요. 사십 년간 사민당이 장기 집권한데다 그걸 이어받은 풋내기 정부였으니 그럴 수밖에 없었죠. 그러자 그들이 이런 말을 했답니다. '수상 혼자서 결정을 내려라, 만일 이 사안을 다른 각료들과 상의한다면 세포는 손 떼겠다'라고요. 펠딘에겐 몹시 불쾌한 기억이었다네요."

"그래서 어떻게 했죠?"

"세포에서 나온 그들의 제안을 따르는 것 말고는 별 도리가 없다는 걸 느꼈답니다. 그리고 세포에 살라첸코의 독점 관리권을 부여하는 지침서를 작성했습니다. 그 누구와도 이 사안에 대해 얘기하지 않겠다고 약속했고요. 지금까지 망명자 이름조차 모르고 지내왔답니다."

"기막힌 일이네요."

"그후 임기를 두 번 치르는 동안 이 사안에 대해 거의 아무것도 듣지 못했습니다. 하지만 아주 현명하게도 조치를 취해놨더군요. 정부와 살라첸코를 보호하는 자들 사이에 중개자가 필요할 경우를 대비해 차관 한 사람과 기밀을 공유해야 한다고 주장한 거죠."

"오, 그래서요?"

"베르틸 K. 야네뤼드라는 차관이었어요. 63세, 스웨덴 대사로 헤이그에 나가 있죠."

"세상에, 달랑 한 사람이라니!"

"펠딘이 이 예비수사의 심각성을 이해하고 그 자리에 앉아 베르텔 대사 앞으로 편지를 한 통 썼답니다."

소니아가 봉투를 하나 내밀자 미카엘은 편지를 꺼내 읽었다.

친애하는 베르틸,

내 임기 동안 우리가 유지해왔던 비밀과 관련해 매우 심각한 질문들이 제기되고 있네. 그 사안과 관련된 인물은 지금 죽었기 때문에 더이상 문제될 수는 없지. 하지만 다른 사람들이 피해를 입을 수 있는 상황이라네.

따라서 몇 가지 피할 수 없는 질문들에 명확히 답변하는 일이 지금 매우 중대하다네.

이 서신을 지니고 가는 사람은 비공식적으로 일하고 있으며, 내가 신임하고 있네. 그가 하는 이야기를 듣고 질문에 대답해주었으면 해.

그대의 뛰어난 분별력을 잘 발휘해주면 좋겠군.

TF

"예르케르 홀름베리를 말하는 모양이군요."

"아뇨. 예르케르는 이름을 명시하지 말아달라고 부탁했어요. 헤이그에 누가 가게 될지 모른다고 분명히 전한 거죠."

"그렇다면……"

"예르케르와 이 문제를 상의해봤어요. 우리 둘은 이미 물에 빠질 만큼 빠졌기 때문에 필요한 건 고무튜브가 아니라 구명보트일 거라고요. 우린 헤이그까지 가서 대사를 인터뷰할 권한이 없어요. 하지만 당신은 그럴 수 있죠."

미카엘이 편지를 접어 재킷 호주머니에 집어넣으려는데 소니아가 그의 팔을 잡았다. 그러고는 손아귀에 힘을 꽉 주었다.

"정보 대 정보예요. 베르틸 대사가 당신에게 한 말을 우리에게도 알려줘야 합니다."

미카엘은 고갯짓으로 동의했다. 소니아가 일어섰다.

"잠깐만요. 펠딘을 찾아온 게 세포의 두 사람이라고 했죠? 하나는 국장이었고, 다른 하나는 누구죠?"

"펠딘은 그 사람을 그때 한 번 만났을 뿐이고 이름은 기억하지 못한다고 했대요. 메모해둔 것도 없고요. 기억하기로는 마른 체구에 콧수염이 가느다란 남자였대요. 특별 분석 섹션인지 뭔지 하는 부서 책임자라고 소개했답니다. 나중에 펠딘이 세포 조직도를 확인해봤는데 그런 부서는 없었다는군요."

살라첸코 클럽이군.

소니아가 다시 의자에 앉았다. 뭔가를 심각하게 고민하는 얼굴이
었다.

"오케이." 그녀가 마침내 입을 열었다. "총살당할 각오로 말하겠어
요. 펠딘도 방문객들도 생각하지 못했던 기록이 하나 있었어요."

"뭐죠?"

"수상 관저 방문객 기록부요."

"그래서요?"

"예르케르가 열람을 요청했어요. 접근 가능한 공공 자료였죠."

"그래서요?"

소니아가 다시 머뭇거렸다.

"기록부에 적힌 내용은 간단했어요. 일반적 주제를 논의하기 위해
수상은 세포 국장과 직원 한 명을 만났다."

"이름이 적혀 있었나요?"

"E. 굴베리."

미카엘은 온몸의 피가 머리로 솟구치는 걸 느꼈다.

"에베르트 굴베리." 그가 말했다.

소니아는 어금니를 악문 것 같았고, 이내 고개를 끄덕였다. 그리고
자리에서 일어나 걸어나갔다.

마들렌 카페에 혼자 남은 미카엘은 곧장 비밀 휴대전화를 열어 헤
이그행 항공편을 예약했다. 비행기는 아를란다 공항에서 오후 2시
50분에 이륙한다. 그는 드레스맨으로 가서 셔츠와 갈아입을 속옷 몇
벌을 산 다음 클라라 약국에서 칫솔과 세면도구 따위를 구입했다. 그
러고는 미행당하고 있진 않은지 철저히 확인해가며 공항행 셔틀버
스를 향해 달렸다.

비행기가 암스테르담 스히폴 공항에 착륙한 건 오후 4시 50분이 었다. 6시 30분에는 헤이그 중앙역에서 도보로 십오 분 거리에 있는 조그만 호텔에 방을 잡았다.

그후 스웨덴 대사의 행방을 알아내려고 두 시간 동안 갖은 고생을 한 끝에 마침내 밤 9시쯤에 그와 통화할 수 있었다. 미카엘은 그를 설득하기 위해 자신의 모든 능력을 쏟아내야 했다. 너무도 긴급한 일이어서 자신이 여기까지 달려오지 않을 수 없었다는 점을 가장 강조했다. 결국 굴복한 대사는 일요일 오전 10시에 미카엘과 만나기로 했다.

미카엘은 호텔 바로 옆에 붙어 있는 레스토랑에 가서 가볍게 저녁을 먹었다. 잠이 든 건 밤 11시였다.

베르틸 K. 아네뤼드 대사는 집에 온 손님에게 커피를 대접하긴 했지만 대화를 나눌 기분은 아닌 듯했다.

"그래서…… 뭐가 그렇게 급하다는 거죠?"

"알렉산데르 살라첸코 얘기입니다. 1976년에 스웨덴으로 들어온 소련 망명자." 미카엘은 펠딘의 편지를 내밀었다.

대사는 놀란 듯 입을 벌렸다. 그러고는 편지를 읽은 다음 천천히 내려놓았다.

미카엘은 삼십 분에 걸쳐 이 일의 배경과 펠딘이 편지를 써준 이유를 설명했다. 묵묵히 듣고 있던 그가 결국 입을 열었다.

"난…… 난 그 문제에 대해 얘기할 수 없습니다."

"아닙니다. 할 수 있습니다."

"아니, 헌법위원회에서만 얘기할 수 있어요."

"물론 충분히 그렇게 하실 수도 있겠죠. 하지만 이 편지에는 대사님의 뛰어난 분별력을 잘 사용하라고 되어 있습니다."

"펠딘은 정직한 사람이에요."

"저도 그 사실은 의심치 않습니다. 대사님이나 전 수상께 피해를 끼치고 싶은 마음도 없고요. 살라첸코가 혹시 밝혔을지 모르는 군사 기밀을 말해달라는 요구 따위는 하지 않을 겁니다."

"난 기밀은 아는 게 없어요. 그자의 이름이 살라첸코라는 사실조차 몰랐지…… 단지 암호명만 알았죠."

"그게 뭐였죠?"

"우린 그를 루벤이라고 불렀어요."

"네, 좋습니다. 그래서요?"

"아니, 더이상 말할 수 없습니다."

"아닙니다. 말해주셔야 합니다." 미카엘은 이렇게 맞받고는 몸을 똑바로 세워 앉았다. "제가 이유를 말씀드릴까요? 이 모든 이야기는 곧 세상에 발표됩니다. 매체들은 대사님을 맹렬히 공격하거나, 아니면 형편없는 상황을 수습하기 위해 최선을 다했던 정직한 공직자로 묘사할 겁니다. 대사님께선 살라첸코를 맡은 자들과 수상 사이에서 중개자 역할을 하라는 임무를 부여받지 않았습니까? 전 이미 그 사실을 알고 있습니다."

베르틸이 고개를 끄덕였다.

"자, 말씀해주시죠."

그는 거의 일 분간 입을 다물고 있었다.

"그들은 내게 아무것도 알려주지 않았어요. 난 비교적 젊은 편이었고…… 그들을 어떻게 다뤄야 할지 전혀 몰랐으니. 그들을 만난 건 일 년에 두 번 정도였습니다. 만나면 이렇게 말하곤 했죠. 루벤…… 아니 살라첸코는 건강하게 잘 있다, 잘 협력하고 있고 값으로 따질 수 없는 정보들을 제공하고 있다, 하지만 자세한 설명을 들은 적은 없었습니다. 그들 말로는 내가 굳이 알 필요 없다고 하더군요."

미카엘은 기다렸다.

"그 망명자는 다른 나라에서 주로 활동했고 스웨덴에 대해선 아무것도 모르는 자였어요. 우리 쪽 안보 정책에서 최우선 순위는 아니었지. 그자에 대해 수상에게 두세 번 얘기할 기회가 있었지만 솔직히 보고할 내용이 거의 없었죠."

"그랬군요."

"그들은 항상 말했소. 관례에 따라 그 망명자를 관리하고 있고, 그가 제공하는 정보는 정상적인 채널을 통해 처리하고 있다고요. 거기에 내가 무슨 말을 덧붙일 수 있었겠어요? 지금 당신들이 한 말이 무슨 뜻이냐고 물으면 그저 미소를 지으면서 매번 내 권한 밖의 기밀이라고 대답하더군요. 그럴 땐 꼭 내가 바보처럼 느껴졌죠."

"일이 그런 식으로 돌아가는 게 이상하다고 생각해본 적은 없습니까?"

"그런 생각은 해본 적이 없어요. 기본적으로 난 세포가 자기들 스스로 무슨 일을 하는지 확실히 인지하는데다 적절한 관례와 경험까지 갖춘 사람들이라고 생각했으니까⋯⋯ 가만, 여기서 더 얘기하면 안 될 것 같군요."

하지만 이미 그는 몇 분 째 말을 늘어놓은 상황이었다.

"사실 이 모든 건 별로 중요한 얘기가 아닙니다. 지금 중요한 건 단 하나예요." 마침내 미카엘이 본론을 꺼냈다.

"그게 뭐죠?"

"대사님이 만났던 사람들의 이름입니다."

그는 어리둥절한 표정으로 미카엘을 쳐다보았다.

"살라첸코를 맡았던 자들은 주어진 권한에서 아주 크게 벗어났습니다. 중대한 범죄를 저질렀으니 예비수사 대상이 되어야 합니다. 그 때문에 전 수상께서 절 여기에 보낸 거고요. 전 수상께선 그 이름을 모릅니다. 그자들을 만난 건 바로 대사님이니까요."

베르틸은 눈을 깜빡거리고는 입술을 물었다.

"대사님은 에베르트 굴베리를 만나셨죠⋯⋯ 그자가 우두머리입니다."

그가 고개를 끄덕였다.

"그를 몇 번이나 만났습니까?"

"우리가 만날 때면 항상 나왔어요. 단 한 번 빠졌었고요. 펠딘이 수
상으로 재임하는 동안 열 차례 정도 만났죠."

"어디서 만났나요?"

"주로 호텔 로비에서 만났고 셰러턴 호텔을 자주 이용했습니다. 쿵
스홀멘에 있는 아마란텐 호텔과 콘티넨탈 호텔 바에서도 몇 차례 만
났고요."

"거기엔 누가 참석했나요? 대사님과 에베르트 말고요."

그는 체념한 표정으로 눈을 깜빡였다.

"하도 오래전 일이라…… 기억이 잘 안 나는군요."

"생각해보세요."

"뭐라더라…… 클린톤이라는 자가 있었어요. 미국 대통령 이름하
고 같았지."

"성인가요, 이름인가요?"

"프레드리크 클린톤. 그 자를 네 번 만났어요."

"그렇군요…… 다른 사람은요?"

"한스 폰 로팅에르. 우리 모친을 통해서 아는 사람이었죠."

"대사님 모친이요?"

"모친이 로팅에르 가문하고 친분이 있어요. 그자는 괜찮은 사람입
니다. 어느 날 모임에 에베르트와 함께 불쑥 나타나기 전까지만 해도
그가 세포에서 일한다는 걸 전혀 몰랐죠."

"아뇨, 그는 세포에서 일하지 않았습니다." 미카엘이 잘라 말했다.

베르틸의 얼굴이 창백해졌다.

"그는 특별 분석 섹션이라는 조직에서 일했습니다. 그자들이 이 그
룹에 대해 무슨 말을 하던가요?"

"아무것도…… 그저 망명자를 관리한다고 했을 뿐입니다."

"맞습니다. 하지만 그들은 세포 조직 어디에도 없습니다. 정말 이상하지 않습니까?"

"말도 안 돼……"

"네, 이상하죠? 미팅 약속은 어떻게 정했습니까? 그들이 대사님을 불렀나요, 아니면 대사님이 그들을 불렀나요?"

"아니…… 만날 때마다 다음 미팅 날짜와 장소를 정했어요."

"대사님이 먼저 그들을 만나야 할 필요가 있을 때는 어떻게 했나요? 예를 들어 미팅 날짜를 바꿔야 할 때는요?"

"나한테 전화번호가 하나 있었어요."

"번호가 뭐였죠?"

"솔직히 기억이 나질 않네요."

"누구의 전화번호였습니까?"

"모르겠군요. 한 번도 써본 적이 없으니."

"알겠습니다. 다음 질문으로 넘어가죠…… 누가 대사님 뒤를 이었습니까?"

"무슨 말이오?"

"펠딘이 사임했을 때 말입니다. 누가 대사님 일을 대신 했느냐고요."

"모릅니다."

"대사님은 보고서를 쓰셨습니까?"

"아니. 모든 게 기밀이라 메모할 권리조차 없었어요."

"그럼 후임자에게 이 사안을 전달한 적이 없었단 말입니까?"

"없습니다."

"그게 대체 어떻게 된 일이죠?"

"그러니까…… 펠딘이 중도 사퇴하고 올라 울스텐에게 수상직을 넘겼죠. 그러자 그자들이 다음 선거 때까지 대기 상태로 있으라고 하더군요. 펠딘이 다시 수상으로 선출됐을 때 미팅이 재개됐고요. 그러고 나서 1982년 선거에서는 사회주의자들이 승리했죠. 난 막연히 신임 수상 팔메가 내 후임을 임명할 거라고 생각했어요. 그리고 난 외무부로 보내져 외교관으로 일했어요. 그후론 이집트와 인도 등을 전전해왔고."

미카엘은 몇 분 동안 더 질문한 후에 그에게서 더는 알아낼 게 없다는 걸 확인했다. 베르틸이 줄 수 있었던 정보는 세 개의 이름뿐이었다.

프레드리크 클린톤.

한스 폰 로팅에르.

그리고 살라첸코를 죽인 에베르트 굴베리.

바로 이들이 살라첸코 클럽이었다.

미카엘은 베르틸에게 정보를 제공해주어 감사하다고 말한 후 중앙역으로 돌아가기 위해 택시를 잡아탔다. 뒷좌석에 앉은 그는 그제야 호주머니에 손을 넣어 녹음기를 멈췄다.

스톡홀름 공항으로 돌아온 건 일요일 저녁 7시 30분이었다.

에리카는 모니터에 뜬 사진을 묵묵히 쳐다보았다. 그러고는 시선을 들어 유리벽 저편에 반쯤 비어 있는 편집국 사무실을 둘러보았다. 대놓고든 숨어서든 그녀에게 관심을 보이는 사람은 없는 듯했다. 편집국의 누군가가 그녀에게 나쁜 마음을 품고 있다고 생각할 이유도 없었다.

그 메일은 일 분 전에 도착했다. 발신인은 redax@aftonbladet. com이었다. 왜 하필 〈아프톤블라데트〉일까? 이것도 가짜 주소라는 뜻이었다.

오늘 온 메일에는 글은 없고 JPG 이미지 파일 하나뿐이었다. 그녀는 포토샵으로 파일을 열었다.

가슴이 유난히 크고 목줄을 한 여자의 나체 사진이었다. 짐승처럼 네 발로 엎드린 그녀 뒤에는 남자가 올라타 있었다.

여자의 얼굴은 변형되어 있었다. 기술이 썩 매끄럽진 않았지만 중요한 건 그게 아니었다. 원래 얼굴이 있어야 할 자리에 에리카의 얼굴이 대신 붙어 있었다. 〈밀레니엄〉 시절에 썼던 필자 소개용 사진으로, 인터넷에서 쉽게 내려받을 수 있었다.

사진 밑에는 스프레이 도구로 쓴 듯한 글자가 휘갈겨 있었다.

더러운 년.

스웨덴 유명 언론사에서 발송한 것으로 된, 그녀를 '더러운 년'으로 취급하는 메시지를 받은 건 이번이 아홉번째였다. 그녀에게 사이버 스토커가 생긴 게 분명했다.

전화 도청은 컴퓨터를 감시하는 일보다 훨씬 어려웠다. 트리니티가 리샤르드 검사의 집 전화 케이블 위치를 파악하는 건 쉬웠다. 다만 그가 업무용으로는 집 전화를 거의 쓰지 않는다는 게 문제였다. 쿵스홀멘 경찰청사에 있는 그의 사무실 전화에 도청장치를 설치하는 건 꿈도 꾸지 않았다. 스웨덴 케이블 네트워크에 접근하는 건 트리니티의 능력 밖이었다.

대신 트리니티와 밥 더 도그는 일주일을 꼬박 매달렸고, 경찰청 반경 1킬로미터 이내의 휴대전화 20여만 대가 발생시키는 소음 속에서 리샤르드의 신호를 찾아내 분리했다.

둘은 RFTS* 기술을 사용했다. 미 국가안보국 NSA가 개발한 이 기술은 그 수가 알려지지 않은 인공위성들에 장착돼 세계 수도들과 특별한 관심을 요하는 위기 지역들을 세밀하게 주시하는 데 쓰였다.

NSA는 막대한 자원과 광범위한 네트워크를 통해 한 지역 안에서

---

* Random Frequency Tracking System, 불규칙 주파수 추적 시스템.

동시에 발생하는 상당한 통화 신호들을 포착할 수 있었다. 이때 통화 내용들은 추출된 후 디지털 신호로 변환돼 '테러리스트' '칼라시니코프' 같은 특정 단어에 반응하는 프로그램으로 들어간다. 이런 단어가 출현해 프로그램이 자동적으로 경보를 발하면 요원이 개입해 통화를 들으면서 흥미로운 내용이 있는지 판단한다.

특정 휴대전화를 인식해내려면 한결 복잡한 작업이 필요하다. 사람에게 지문이 있듯 휴대전화에도 저마다 고유한 숫자 암호가 있다. 그 덕분에 NSA는 고감도 장비를 써서 특정 지역 내에 오가는 휴대전화 통화들을 구별하고 청취할 수 있다. 기술은 간단하지만 백 퍼센트 확실한 건 아니다. 거는 전화는 구별하기 어려운 데 반해 받는 전화는 한결 쉽다. 걸려오는 신호를 포착할 수 있도록 휴대전화의 지문이라 할 암호가 먼저 활성화되기 때문이다.

트리니티와 NSA는 똑같이 도청을 했지만 양자의 경제적인 차이는 하늘과 땅만큼이나 컸다. NSA에는 수십억 달러에 달하는 연간 예산, 1만 2천 명에 가까운 전담 요원, 그리고 IT 및 통신 부문의 첨단 기술이 있었다. 트리니티에겐 소형 밴에 실린 30킬로그램짜리 전자 장비가 전부였고, 그나마 대부분은 밥 더 도그네 집에서 만든 허접하기 이를 데 없는 것들이었다. NSA는 지구를 에워싼 인공위성을 통해 세계 어디에 있는 건물에라도 초고감도 안테나를 몇 개씩 들이댈 수 있었다. 하지만 트리니티는 밥 더 도그가 만들어준 유효 반경 500미터짜리 안테나 하나로 작업해야 했다.

기술력이 보잘 것 없는 탓에 트리니티는 베리스가탄 거리나 경찰청 근처에 밴을 세워놓고 리샤르드의 휴대전화 지문을 잡아내기 위해 장비들과 씨름했다. 스웨덴어를 몰랐기 때문에 잡아낸 통화 내용은 다시 휴대전화를 통해 플레이그의 집으로 중계했고, 거기서 그가 본격적으로 도청 작업을 했다.

꼬박 닷새 동안 플레이그는 점점 더 퀭해져가는 눈으로 경찰청과 근처 건물에서 오가는 끔찍한 양의 통화들을 진이 빠지도록 들어야 했다. 진행중인 수사에 대한 단편적인 내용과 애인들 간의 밀회 약속과 시시껄렁한 수다가 대부분이었다. 닷새째 되는 날, 트리니티가 밤 늦게 리샤르드의 휴대전화 신호를 보내왔다. 플레이그는 정확히 그 주파수에 안테나를 고정했다.

RTFS 기술은 리샤르드에게 들어오는 신호들을 더 잘 감지했다. 트리니티의 안테나가 잡아낸 건 스웨덴 상공으로 발신된 그 휴대전화의 탐색 신호였다.

통화 내용을 녹음할 수 있게 된 트리니티는 플레이그가 처리할 수 있는 검사의 성문聲紋도 얻어냈다.

플레이그는 리샤르드의 목소리를 성문 인식 프로그램에 넣었다. 그리고 '오케이'나 '살란데르'처럼 그가 자주 사용하는 단어를 여남은 개 지정했다. 단어마다 표본이 다섯 개씩 확보되면 발음 시간, 높낮이, 주파수 범위, 말꼬리의 억양 등 십여 개의 지표에 따라 데이터화된 후 그래프로 출력된다. 이로써 플레이그는 검사가 거는 전화도 잡아낼 수 있다. 그의 안테나는 여남은 개 되는 단어들의 그래프와 일치하는 신호를 끊임없이 추적했다. 물론 이 기술은 완벽하지 않았지만 그들이 계산하기로 경찰청 안이나 근처에서 리샤르드가 거는 전화의 50퍼센트는 도청할 수 있었다.

불행히도 이 기술에는 큰 결점이 하나 있었다. 검사가 경찰청사를 떠나려 할 때 트리니티가 목적지를 알아내 바로 근처에 밴을 세워놓지 않는 한 도청이 불가능하다는 점이다.

최고위층의 승인장을 손에 쥔 토르스텐 에드클린트는 이제 합법적인 수사팀을 만들 수 있게 됐다. 그는 최근 세포가 일반 경찰에서 스카우트한 젊고 똑똑한 이들 네 명을 골랐다. 그중 둘은 사기범죄 수사대, 하나는 경제범죄 수사대, 그리고 다른 하나는 강력범죄 수사대에 몸담았었다. 토르스텐의 사무실로 호출된 그들은 임무의 성격과 절대적인 기밀 유지의 필요성에 대해 설명을 들었다. 그는 이 수사가 수상의 특별한 지시에 따라 진행된다는 점을 강조했다. 팀장으로 임명된 모니카 피게롤라는 그녀의 완력만큼이나 강력하게 수사를 이끌었다.

하지만 진척이 느렸다. 무엇을 혹은 누구를 수사해야 할지 확실하지 않다는 게 큰 문제였다. 토르스텐과 모니카는 예란 모르텐손을 체포해야 할지 여러 차례 고민했다. 하지만 매번 기다리기로 결정했다. 누군가를 체포하면 이 수사를 공개해버리는 꼴이 되므로.

화요일, 그러니까 수상을 만나고 온 지 11일째 되는 날, 모니카는 토르스텐의 사무실 문을 두드렸다.

"뭔가 건진 것 같아요."

"앉게."

"에베르트 굴베리 얘기예요."

"뭐지?"

"우리 요원 하나가 살라첸코 살해 사건을 수사하고 있는 마르쿠스 엘란데르 형사를 만나고 왔습니다. 살라첸코가 살해되고 나서 에베르트가 쓴 협박편지에 대해 알리려고 세포가 예테보리 경찰서로 연락을 했대요. 그런데 살인이 일어나고나서 단 두 시간 만에 그 연락이 왔답니다."

"동작 한번 빠르군."

"지나치게 빨랐죠. 세포는 에베르트가 쓴 편지 아홉 통을 예테보리 서에 팩스로 보냈대요. 그런데 이상한 점이 하나 있습니다."

"뭔데?"

"그중 두 통은 법무부로 보낸 거였죠. 하나는 법무부 장관이, 다른 하나는 차관이 수신인이었고요."

"그건 나도 알고 있어."

"그런데 차관 앞으로 온 편지는 그다음날에야 법무부 우편물 기록부에 등재됐습니다. 하루 늦게 배달된 거죠."

토르스텐은 모니카를 뚫어지게 쳐다보았다. 자신의 의심이 정당화될지도 모른다는 예감에 가슴이 서늘했다. 그녀의 표정에는 조금도 변화가 없었다.

"그러니까 세포는 아직 수신인에게 도착하지도 않은 협박편지를 팩스로 보낸 겁니다."

"맙소사!" 토르스텐이 자신도 모르게 신음했다.

"팩스를 발송한 사람은 요인보호부 직원이었습니다."

"누구지?"

"전 그가 이 일과는 아무런 관련이 없을 거라고 생각합니다. 오전에 그에게 편지들이 전해졌고, 살인 사건이 일어나고 얼마 후에 예테보리 서에 연락하라는 지시를 받은 듯해요."

"그 지시는 누가 내렸지?"

"사무처장입니다."

"맙소사! 모니카…… 그게 무슨 뜻인지 자네도 알지?"

"네."

"살라첸코 살해 사건에 세포가 연루되었다는 거라고!"

"아니요. 정확히 말하자면 세포 내부에 있는 누군가가 사건이 일어나기 전에 알고 있었다는 뜻이죠. 문제는 그게 누구냐는 거고요."

"사무처장이……"

"전 살라첸코 그룹이 조직 외부에 존재할지도 모른다는 생각이 들기 시작했어요."

"그게 무슨 뜻이지?"

"예란 모르텐손 말입니다. 요인보호부에서 전출돼 단독으로 움직이고 있어요. 지난 일주일 24시간 그를 감시했지만 우리가 아는 조직 내 인물과는 접촉한 적이 없습니다. 그리고 도청이 불가능한 휴대전화를 쓰는데, 번호는 모르지만 어쨌든 그의 것은 아닙니다. 어떤 금발 남자도 만났는데, 역시 아직까지 신원을 밝혀내지 못했고요."

토르스텐의 이마에 굵은 주름이 잡혔다. 이때 안데르스 베리룬드가 노크했다. 경제범죄 수사대에서 일하다 새로 온 요원이었다.

"에베르트 굴베리를 찾아낸 것 같습니다."

"들어오게."

그는 귀퉁이가 떨어져나간 흑백사진 한 장을 책상 위에 올려놓았다. 둘은 사진을 들여다보았다. 사진 속 주인공이 전설적인 첩보요원 스티그 벤네르스트룀 대령임을 금방 알아봤다. 건장한 두 사복 경찰의 경호를 받으며 문을 통과하고 있었다.

"이 사진은 '오렌 앤드 오케르룬드' 출판사에서 받았고, 원래는 1964년 잡지 〈세〉에 실렸던 겁니다. 대령이 무기징역을 선고받은 재판 때 촬영됐고요."

"으흠."

"스티그 대령 뒤쪽에 세 사람이 보이시죠. 오른쪽에 있는 사람이 대령을 체포한 오토 다니엘손 형사입니다."

"그렇군……"

"그리고 왼쪽 뒤에 있는 이 사람을 보시죠."

가느다란 콧수염을 기르고 모자를 쓴 키 큰 남자였다. 어딘지 모르게 소설가 대실 해밋을 닮았다.

"이 증명사진과 비교해보세요. 에베르트가 66세에 찍은 겁니다."

토르스텐은 미간을 찌푸렸다.

"전혀 같은 사람으로 안 보이는데……"

"같은 사람입니다." 안데르스가 말했다. "사진 뒷면을 보세요."

이 사진이 오렌 앤드 오케르룬드 출판사 소유이며, 사진사의 이름은 율리우스 에스톨름이라는 내용이 기재되어 있었다. 그리고 연필로 다음과 같은 것도 적혀 있었다. 두 경관의 경호를 받으며 스톡홀름 지방법원에 들어서는 스티그 벤네르스트룀. 배경에 보이는 사람은 O. 다니엘손, E. 굴베리, H. W. 프란케이다.

"에베르트 굴베리네요." 모니카가 말했다. "세포의 에베르트 굴베리."

"아니죠." 안데르스가 고개를 저었다. "엄밀히 말하자면 세포의 굴베리는 아닙니다. 적어도 이 사진을 찍었을 때는 아니었어요."

"아니, 왜?"

"세포는 이로부터 네 달 후에야 창설되거든요. 이 사진을 찍었을 때는 국가비밀경찰 소속이었습니다. 세포의 전신 말입니다."

"이 H. W. 프란케는 누구지?" 모니카가 물었다.

"한스 빌헬름 프란케." 토르스텐이 대신 대답했다. "1990년대에 죽은 사람인데 50년대 말에서 60년대 초에 국가비밀경찰 부국장으로 있었어. 오토 다니엘손과 함께 전설 같은 인물이었지. 나도 두어 번 만나본 적이 있어."

"그렇군요." 모니카가 말했다.

"그는 1960년대 말에 세포를 떠났어. 페르 빙에와 항상 의견이 맞지 않았거든. 그래서 오십대 초반에 반강제로 사임했을 거야. 그리고 회사를 차렸지."

"회사요?"

"기업 보안자문 일을 했어. 스투레플란에 사무실도 있었지. 세포에서 내부 교육이 있을 때 가끔 와서 강연도 했어. 나도 그때 그를 만났고."

"페르 빙에와 불화가 있었다는 얘기는 뭐죠?"

"둘은 극과 극이었어. 한스 프란케는 모든 사람을 KGB 간첩으로 의심하면서 설치고 다니는 카우보이였지. 반면 페르 빙에는 고지식한 관료였고. 얼마 안 가서 빙에도 파면됐어. 좀 아이러니한 일이었지. 팔메 수상이 KGB와 일한다고 확신하면서 그걸 떠벌리고 다녔거든."

"흐음······" 모니카는 그 둘이 나란히 서 있는 사진을 흥미롭게 들여다보았다.

"다시 한번 법무부를 찾아가야 할 때가 온 것 같아." 토르스텐이 말했다.

"오늘 〈밀레니엄〉에서 잡지가 나왔어요." 모니카가 말했다.

토르스텐이 그녀에게 날카로운 시선을 던졌다.

"살라첸코 사건에 대한 얘기는 한마디도 없었어요."

"다음 호가 나올 때까지 우리에게 한 달이 더 주어졌군. 다행이야. 다만 미카엘 블롬크비스트를 잘 관리해야 할 필요가 있겠어. 이 모든 난장판 가운데서 안전핀 뽑힌 수류탄 같은 존재니까."

17장
6월 1일 수요일

벨만스가탄 1번지 꼭대기층 집으로 통하는 마지막 층계참을 돌던 미카엘은 누군가가 거기 있으리라고 전혀 예상하지 못했다. 저녁 7시였다. 금발 곱슬머리를 짧게 자른 여자가 계단 맨 위에 걸터앉아 있는 모습을 보고는 걸음을 멈췄다. 그 순간 로티 카림이 구해왔던 증명사진이 뇌리에 스쳤다. 세포의 모니카 피게롤라였다.

"안녕하세요, 미카엘 씨." 그녀는 읽고 있던 책을 덮으며 명랑하게 인사했다.

제목을 흘깃 보니 신神에 대한 고대의 관념을 다룬 영어 서적이었다. 미카엘은 책에서 눈을 떼고 뜻하지 않은 방문객의 모습을 훑어보았다. 그녀가 일어섰다. 소매가 짤막한 하얀 여름 원피스 차림이었고, 계단 난간에 적갈색 가죽재킷을 걸쳐놓았다.

"드릴 말씀이 있어요." 모니카가 말했다.

미카엘은 그녀를 자세히 관찰했다. 일단 키가 컸다. 자신보다 컸다. 그녀가 두 계단 위에 서 있어서 거대한 느낌은 더 강했다. 미카엘의 시선은 그녀의 팔을 타고 내려와 다리로 이어졌다. 자신보다 훨씬 근육질이었다.

"일주일에 꽤 많은 시간을 체육관에서 보내시는 모양이군요."

모니카는 미소를 지으며 신분증을 꺼냈다.

"내 이름은……"

"모니카 피게롤라. 1969년생. 주소지는 폰톤예르가탄. 보를렝에 출신으로 웁살라 경찰서에서 순경으로 근무. 삼 년 전부터 세포에서 근무. 헌법수호부 소속. 근력 운동 마니아로 한때 유능한 육상선수였고 올림픽 국가대표가 될 뻔했음…… 자, 원하는 게 뭡니까?"

모니카는 깜짝 놀랐지만 곧바로 자세를 가다듬었다.

"잘됐네요." 그녀는 가볍게 대꾸했다. "내가 누군지 알고 있으니 무서워하지 않아도 된다는 걸 아시겠군요."

"흠, 그런가요?"

"당신과 조용히 얘기하고 싶어하는 사람들이 있습니다. 하지만 당신 아파트와 휴대전화는 도청당하고 있는 듯하군요. 은밀히 해야 하는 이야기라 초대의 말을 전하러 왔어요."

"내가 세포에서 나온 사람을 따라갈 거라고 생각하세요?"

모니카는 잠시 말을 멈췄다.

"당신은 이 개인적이고 우호적인 초대에 응할 수 있어요. 혹은 내가 수갑을 채워서 끌고 갈 수도 있고요."

이렇게 말하며 모니카는 큼직한 미소를 지어 보였다. 미카엘은 씁쓸한 미소로 맞받았다.

"이봐요, 미카엘 씨…… 세포 사람을 신뢰하지 못하는 입장을 충분히 이해해요. 하지만 그곳 사람들이 전부 당신의 적은 아니라고요. 그리고 당신이 내 상관들을 만나봐야 할 이유가 있을지도 모르잖아요?"

미카엘은 말이 없었다.

"자, 어느 쪽을 선택하겠어요? 수갑을 차겠어요, 아니면 기꺼이 따라가보시겠어요?"

"올해 들어 벌써 경찰한테 수갑이 채워진 적이 있습니다. 한 번이면 충분하지 않겠어요? 자, 어딥니까?"

모니카가 몰고 온 사브 9-5는 프뤼스그렌드 골목 한쪽에 세워져 있었다. 차에 오르자마자 그녀는 휴대전화를 꺼내 단축번호를 눌렀다.

"십오 분 후에 도착합니다."

그리고 미카엘에겐 안전벨트를 매라고 했다. 그녀는 슬루센을 지나 외스테르말름으로 가서 아르틸레리가탄 거리에 붙은 곁길에 차를 세웠다. 바로 내리지 않고 앉아서 잠시 그를 쳐다보았다.

"미카엘 씨, 이걸 아셔야 합니다…… 이건 우호적인 초대입니다. 당신에게 아무런 위험도 없어요."

미카엘은 대답하지 않았다. 상황을 확실히 파악하기 전까지 모든 판단을 보류하고 싶었다. 모니카는 건물 정문에서 비밀번호를 눌렀다. 둘은 엘리베이터를 타고 사층으로 올라갔고, '마르틴손'이라는 명판 앞에 이르렀다.

"오늘 만남을 위해 특별히 빌린 아파트예요." 모니카가 문을 열며 설명했다. "오른쪽 거실로 들어가세요."

처음 눈에 들어온 사람은 토르스텐 에드클린트였다. 미카엘은 별로 놀라지 않았다. 세포는 이 일에 깊이 연관되어 있었고, 그녀의 상관이란 걸 알았기 때문이다. 이렇게 헌법수호부 부장까지 나서서 자신을 여기까지 데려온 걸 보니 지금 누군가가 굉장히 곤란해하는 모양이었다.

이어 창가에 서 있던 남자가 몸을 돌리는 모습이 보였다. 법무부 장관이었다. 이번에는 조금 놀랐다.

그리고 오른쪽에서 부스럭거리는 소리가 들리더니 아주 낯익은 인물이 안락의자에서 몸을 일으켰다. 미카엘은 그녀가 자신을 데려온 곳이 수상까지 가담한 음모자들의 회합일 줄은 상상도 하지 못했다.

"미카엘 블롬크비스트 씨, 안녕하세요." 수상이 인사를 건넸다. "갑자기 이곳으로 오게 한 걸 용서하세요. 하지만 현상황을 논의하면서 당신과 이야기를 나눌 필요가 있다는 데 의견을 모았습니다. 우선 커피나 다른 음료라도 들겠어요?"

미카엘은 주위를 둘러보았다. 크고 어두운 목재 테이블 위에 유리잔, 빈 커피잔, 그리고 먹다 남은 타르트 조각이 널려 있었다. 벌써 몇 시간 전부터 이렇게 모여 있었던 모양이다.

"람뢰사*를 마시겠습니다."

모니카가 물을 가져다주었다. 그들은 나지막한 테이블 주변에 놓인 소파에 자리를 잡았고 그녀는 뒤쪽으로 물러서 있었다.

"미카엘 씨는 제가 누구인지 알고 있었습니다. 사는 곳과 근무처, 그리고 근력 운동 마니아라는 사실까지 전부 파악하고 있었습니다." 모니카가 보고했다.

수상은 토르스텐을 힐긋 보고서 다시 미카엘을 쳐다보았다. 그 순간 미카엘은 깨달았다. 지금 이 대화에서 주도권을 쥘 수 있는 쪽은 저들이 아니라 오히려 자신이었다. 수상은 무언가가 필요한 듯했지만 자신이 이 일을 어디까지 알고 있는지 몰라 머뭇거리는 눈치였다.

"서커스 같은 이 이야기의 등장인물들을 나름대로 정리해보는 중이죠." 미카엘은 농담하듯 툭 던졌다.

그래. 한번 세게 나가보는 거야.

"모니카의 이름은 어떻게 알았죠?" 토르스텐이 물었다.

미카엘은 헌법수호부 부장의 표정을 슬그머니 살폈다. 수상이 무슨 생각으로 외스테르말름에 아파트까지 빌려서 자신을 비밀리에

---

* 탄산수 브랜드.

불렀는지 알 수 없는 일이었지만 문득 뭔가 느껴졌다. 현실적으로 이런 일이 일어날 수 있는 원인은 많지 않았다. 그렇다, 드라간 아르만스키였다. 그는 신뢰하는 누군가에게 정보를 제공했다. 그건 아마 토르스텐 에드클린트나 측근 가운데 하나였을 것이다. 미카엘은 모험을 해보기로 했다.

"우리를 둘 다 아는 어떤 사람이 당신에게 정보를 주었죠." 미카엘은 토르스텐을 향해 말하기 시작했다. "당신은 피게롤라 씨에게 무슨 일이 일어나고 있는지 조사해보라고 지시했고요. 그녀는 세포에 소속 요원들이 불법 도청과 가택침입을 비롯해 일련의 범죄행위들을 저지르고 있다는 걸 발견했습니다. 그러니까 당신은 살라첸코 클럽의 존재를 확인하게 된 거죠. 충격적인 일이라 당신은 뭔가를 해야 할 필요성을 느꼈겠고요. 하지만 누구와 상의해야 할지 몰라 한동안은 사무실에 우두커니 앉아만 있었죠. 그러다 결국 법무부 장관에게 말했고, 그는 다시 수상께 알린 겁니다. 그래서 우리가 이렇게 모인 거죠. 자, 나한테서 원하는 게 뭡니까?"

미카엘은 이 모든 걸 자기 뒤에 확실한 정보제공자가 있어서 토르스텐의 일거수일투족을 다 파악해오고 있었다는 듯한 투로 말했다. 그리고 그의 눈이 둥그레진 모습을 보고는 자신의 트릭이 성공했음을 알았다. 미카엘은 말을 이었다.

"지금 살라첸코 클럽은 날 감시하고 있고, 역으로 난 그들을 감시하고 있습니다. 그리고 당신은 살라첸코 클럽을 감시하고 있죠. 상황이 이쯤 되었으니 수상께선 노여우시면서도 한편으론 불안하시겠죠. 이 모임이 끝나면 대형 스캔들이 기다리고 있고, 정부는 살아남지 못할 거라는 사실을 아시니까요."

모니카가 갑자기 새어나오는 미소를 감추려 람뢰사 잔을 들어올렸다. 그가 지금 거짓말하고 있다는 걸 알았기 때문이다. 그리고 그가 어떻게 자기 이름은 물론 신발 사이즈까지 꿰고 있는지 비로소 이해할 수 있었다.

그래. 벨만스가탄에서 차 안에 있는 날 본 거였어. 극도로 주의깊은 사람이야. 차량번호를 외워 가서 내 정체를 알아냈고. 하지만 나머진 전부 짐작으로 두드려 맞추고 있군.

그녀는 아무 말 하지 않았다.

수상의 얼굴에 근심스러운 기색이 비쳤다.

"그게 정말인가요?" 수상이 물었다. "정말로 정부를 무너뜨릴 만한 스캔들이 있는 겁니까?"

"정부는 제가 상관할 바가 아닙니다." 미카엘이 대답했다. "제 임무는 살라첸코 클럽 같은 더러운 존재를 만천하에 밝히는 일이죠."

수상은 고개를 끄덕였다.

"내 임무는 이 나라를 헌법에 기반해서 이끄는 일이에요."

"다시 말해 저의 문제가 정부의 문제이기도 하다는 거군요. 하지만 그 역은 성립하지 않습니다."

"자, 공허한 얘기는 그만둡시다. 내가 왜 이 자리를 마련했다고 생각하시죠?"

"제가 무엇을 알고 있는지, 그리고 제 의도가 뭔지를 알고 싶으신 거겠죠."

"부분적으로는 그래요. 정확하게 말하자면 지금 우리가 헌법적 위기에 직면해 있기 때문입니다. 우리 정부는 이 일과 아무런 관계가 없다는 걸 먼저 말해두고 싶군요. 우리로서도 전혀 뜻밖의 일이에요. 지금까지 한 번도…… 당신 표현을 빌리자면 '살라첸코 클럽'에 대해 들어본 적 없소. 법무부 장관 역시 마찬가지고. 심지어는 세포에서 오랫동안 높은 직위에 있었던 토르스텐도 전혀 들어본 적 없어요."

"그 역시 저와는 상관없는 문제입니다."

"알고 있어요. 다만 당신이 언제 이 이야기를 발표할지 알고 싶습니다. 그리고 정확히 어떤 내용을 발표할 생각인지도. 이건 그저 질문이에요. 우리 관리들이 어떻게든 손해를 적게 보려고 이런다고 생각하겠지만 그런 뜻은 전혀 없어요."

"정말 없으십니까?"

"미카엘 씨, 내가 이 상황에서 저지를 수 있는 최악의 행동은 바로 당신의 기사에 영향력을 행사하려 드는 일입니다. 오히려 난 협력을 제안하고 싶어요."

"한번 설명해보시죠."

"국가 행정부에 소속된, 극도로 중요한 부처에 모종의 음모가 존재한다는 사실이 확인됐기 때문에 이를 조사하도록 지시했어요." 수상은 법무부 장관에게 고개를 돌렸다. "그 지시가 정확히 뭐였는지 장관께서 대신 설명해주시겠어요?"

"간단합니다. 토르스텐이 지시받은 임무는 이 모든 이야기를 증명하는 일이 가능한지를 정확히 알아보는 겁니다. 기소 여부를 결정할 수 있도록 확실한 증거를 수집해 검찰에 넘기는 것이죠. 지시 내용은 아주 명확했습니다."

미카엘이 고개를 끄덕였다. 다시 수상이 말을 이었다.

"오늘 저녁, 토르스텐이 조사 상황을 보고했어요. 그리고 거기에 관련된 헌법적인 문제들을 오랫동안 논의했죠. 당연히 우린 모든 일이 합법적으로 진행되기를 바라고 있습니다."

"물론 그러시겠죠." 미카엘은 수상의 말을 조금도 믿지 못하겠다는 듯 삐딱하게 대꾸했다.

"지금 조사는 매우 민감한 단계에 접어들었어요. 누가 이 일에 연루되었는지 아직 정확히 파악하지 못한 상태죠. 시간이 좀더 필요해요. 그래서 모니카 요원을 보내 당신을 이 자리에 초대한 겁니다."

"엄밀히 말해서 초대는 아니었죠."

수상이 미간을 찌푸리며 모니카를 힐끗 쳐다보았다.

"중요한 건 아니니 잊으십시오. 그녀는 충분히 적절하게 행동했습니다. 이제 요점을 얘기해주세요."

"언제 글을 발표할 건지 알고 싶어요. 지금 우린 극비리에 조사를 진행하고 있는데 토르스텐이 일을 마치기 전에 당신이 개입하면 모든 걸 망칠 수 있습니다."

"흠…… 제가 언제 발표하기를 원하십니까? 다음 선거 후에요?"

"그건 당신이 결정할 문제예요. 거기에 난 아무 영향력도 행사할 수 없어요. 단지 부탁하고 싶은 건, 우리가 조사를 마쳐야 할 최종 기한을 세울 수 있도록 당신의 발표 일정을 알려달라는 겁니다."

"그러시군요. 그런데 아까 '협력'에 대해 말씀하시지 않았나요?"

수상은 고개를 끄덕였다.

"정상적인 상황이었다면 이런 모임에 기자를 부를 생각은 절대로 하지 않았을 거란 걸 말해두지요."

"정상적인 상황이었다면 무슨 수를 써서라도 기자들이 이런 모임에 오지 못하게 하셨겠죠."

"그래요. 당신을 움직이게 하는 요인에는 여러 가지가 있는 것 같더군요. 부패 문제에 있어서는 인정사정없는 기자라고 명성이 자자했고. 적어도 그 점에서 우리 둘은 견해 차이가 없는 것 같습니다."

"정말 견해 차이가 없는 겁니까?"

"전혀 없어요. 정확히 말하자면…… 법적인 차원에선 있을 수 있겠지만 추구하는 목적에는 차이가 없죠. 살라첸코 클럽이 정말로 존재한다면, 그건 단순 범죄 집단이 아니라 국가안보에 대한 위협입니다. 따라서 그들을 체포하고 책임자들은 응분의 대가를 치러야 합니다. 여기에는 우리의 의견이 같다고 생각해요."

미카엘은 그렇다고 고갯짓을 했다.

"당신은 이 일에 대해 그 누구보다도 많은 걸 알고 있죠. 당신이 아는 걸 우리와 공유해달라고 제안하는 겁니다. 일반 범죄를 경찰이 정상적으로 수사하는 일이었다면 책임자가 당신을 소환해 심문하면 그뿐이지만 알다시피 지금은 매우 특별한 상황에 처해 있으니까……"

미카엘은 재빨리 상황을 판단해보았다.

"제가 협력하면 그 대가로 무얼 받게 됩니까?"

"아무것도 없어요. 당신과 거래를 하는 게 아닙니다. 내일 아침에 기사를 발표하고 싶다면 그렇게 하세요. 난 헌법적으로 의심받을 수 있는 거래에 발을 담그고 싶지 않아요. 단지 국익을 위해 협력해달라고 부탁할 뿐입니다."

"국익에는 여러 얼굴이 있을 수 있죠." 미카엘이 차갑게 응수했다. "제가 한 가지 말씀 드릴까요? 전 지금 몹시 화가 났습니다. 열두 살 소녀를 아무 이유 없이 정신병원에 가두고서 사회적 무능력자로 만들기 위해 수단과 방법을 가리지 않은 국가와 정부와 세포, 그 개자식들에게 몹시 화가 났다고요!"

"리스베트 살란데르는 이제 국가적 사안이 되었습니다." 수상이 미소를 머금으며 말했다. "미카엘 씨, 그녀에게 일어난 일들에 대해선 나도 분개하고 있어요. 그리고 장본인들에게 꼭 책임을 묻겠다는 내 약속을 믿어주세요. 하지만 우린 먼저 그자들이 누구인지 알아야 합니다."

"그건 각하의 문제입니다. 저의 문제는 리스베트가 무죄선고를 받고 정당한 법적 권리를 되찾는 것이고요."

"그건 내가 도와줄 수 없지요. 난 법 위에 있을 수 없고, 검사와 법원의 판결을 지휘할 수도 없으니까요. 그녀가 무죄판결을 받는 건 전적으로 법원에 달려 있죠."

"좋습니다! 협력을 원한다고 하셨죠? 헌법수호부 조사에 접근할 수 있게 해주세요. 그럼 저도 언제, 그리고 무엇을 발표할지 말씀드리겠습니다."

"나로선 그럴 수 없어요. 기자 에베 칼손에게 올로프 팔메 암살을 따로 조사하게 했던 전 법무부 장관의 전철을 밟는 셈이니까."

"전 에베 칼손이 아닙니다." 미카엘이 차분하게 말했다.

"알아요. 하지만 조사 내용 가운데 어떤 부분을 당신과 공유할지는 부장이 스스로 결정할 일이기 때문에……"

"흠, 알겠습니다." 미카엘은 토르스텐에게 고개를 돌리며 물었다. "에베르트 굴베리가 어떤 인물이었는지 알고 싶습니다."

테이블 주위에 잠시 침묵이 감돌았다.

"…… 에베르트 굴베리는 당신이 살라첸코 그룹이라 부르는 세포 내 섹션에서 오랫동안 수장으로 있었을 겁니다." 토르스텐이 대답했다.

수상은 부장에게 싸늘한 시선을 던졌다.

"미카엘 씨도 아마 알고 있을 겁니다." 그가 변명했다.

"맞습니다." 미카엘이 말했다. "그는 1950년대부터 세포에서 일하기 시작했고, 특별 분석 섹션이라고 이름 붙여진 조직의 부장이 됐죠. 살라첸코를 전체적으로 관리해온 게 바로 이 사람입니다."

수상이 고개를 흔들며 한숨을 내쉬었다.

"정말이지 당신은 지나치게 많은 걸 알고 있군요. 대체 어떻게 이 모든 걸 찾아냈는지 궁금하지만 묻지 않겠어요."

"제 기사에는 구멍이 몇 개 있습니다. 그것들을 메우고 싶어요. 정보를 주세요. 뒤통수치는 일은 절대 없을 겁니다."

"수상인 내가 그 정보들을 줄 수는 없습니다. 부장 역시 그걸 내주면 위태롭긴 마찬가지고."

"엿 같은 소리는 이제 그만 하시죠! 수상께서 뭘 원하는지 알고 있습니다. 수상께서도 제가 뭘 원하는지 알고 계시고요. 제게 그 정보를 주시면 각하를 정보제공자로 취급해 철저히 비밀을 지킬 겁니다. 자, 제 말을 정확하게 들어주세요! 저는 본 대로 진실되게 기사를 쓸 겁니다. 만일 각하께서 이 일에 연루되어 있으면 이를 고발해서 다시는 재선되는 일이 없도록 할 겁니다. 지금까지만 보면 그럴 만한 이유는 없는 듯하지만요."

수상은 토르스텐을 힐끔 쳐다보았다. 그러고는 잠시 후 고개를 끄덕였다. 미카엘이 보기에 그건 하나의 신호였다. 지금 수상이 위법행위―지극히 이론적인 위법일 뿐이지만―를 범했다는 신호, 미카엘이 기밀 정보에 접근하도록 무언으로 동의했다는 신호였다.

"이 문제는 아주 간단히 해결할 수 있습니다." 토르스텐이 말했다. "난 이 조사의 책임자로서 필요한 협력자들을 직접 결정해서 고용합니다. 미카엘 씨가 조사원으로 채용될 수는 없어요. 기밀 준수 서약에 서명해야 하니까요. 하지만 외부고문으로 고용할 순 있죠."

에리카가 호칸 모란데르의 편집국장 자리를 이어받은 후로 그녀의 24시간은 온갖 회의와 업무로 정신없이 흘러갔다.

〈SMP〉 회장 망누스 보리셰의 문제를 들여다볼 시간이 생긴 건 수요일 저녁, 미카엘이 헨리의 자료를 건네준 지 이 주가 지나서였다. 서류를 펼치면서 그녀는 비로소 깨달았다. 지금껏 바쁘기도 했지만 무엇보다 그러고 싶은 마음이 없었기 때문에 이 일을 미뤄왔다는 사실을. 어떻게 해도 이 일은 재앙으로 끝날 수밖에 없다는 걸 이미 그녀는 알고 있었다.

에리카가 살트셰바덴 집에 돌아온 건 평소보다 이른 저녁 7시였다. 현관에서 경보 시스템을 해제하고 안으로 들어간 그녀는 남편 그레게르가 보이지 않자 깜짝 놀랐다. 얼마 지나고 나서야 오늘 아침 그에게 특별히 긴 키스를 해준 일이 떠올랐다. 그는 강연을 하러 파리로 떠나 주말에야 돌아올 예정이었다. 하지만 그녀는 남편이 어떤 사람들 앞에서 어떤 강연을 하는지, 그리고 언제 이 강연을 하기로 결정했는지도 모르고 있었다.

신이시여, 절 용서하세요! 제 남편을 잃어버렸어요! 그녀는 문득 자신이 리처드 슈워츠* 저서의 등장인물처럼 느껴졌고, 부부 상담 같은 걸 받아봐야 하나 생각했다.

에리카는 이층으로 올라가 욕조에 물을 틀고 옷을 벗었다. 그리고 헨리의 자료를 들고 욕조에 들어가 삼십 분쯤 내용을 훑어보았다. 다 읽고 난 그녀는 미소를 짓지 않을 수 없었다. 헨리에게서 대기자가 될 싹이 보였다. 올해 스물여섯인 그는 저널리즘을 공부하고 육 년 전부터 〈밀레니엄〉에서 일해왔다. 에리카는 어떤 자부심마저 느꼈다. 좌변기와 망누스에 대한 그 기사에서는 처음부터 끝까지 〈밀레니엄〉의 냄새가 느껴졌고, 한 줄 한 줄 탄탄한 증거로 뒷받침되어 있었다.

서글프기도 했다. 망누스는 그녀가 좋아할 만한 괜찮은 사람이었다. 요란하지 않으면서 다른 사람 말에 귀기울일 줄 알았으며, 매력이 있었고 소탈하게도 느껴졌다. 더구나 그녀의 상관이자 고용주였다. **빌어먹을, 망누스! 어떻게 이토록 멍청할 수 있지?**

에리카는 이 사안을 다르게 해석하거나 정상 참작해줄 만한 여지가 있을지 잠시 생각해봤지만 이미 불가능하다는 걸 알고 있었다.

일단 창턱에 자료를 올려놓고 좀더 차분히 생각해보려고 욕조 물 안에서 몸을 쭉 폈다.

〈밀레니엄〉은 이 이야기를 발표할 것이다. 피할 수 없는 일이다. 그녀가 아직도 〈밀레니엄〉의 편집장이었다면 단 일 초도 망설이지 않았을 것이다. 미리 이 정보를 준 건 그녀가 입을 피해를 최소화하려는 전 동료들의 사적인 배려였을 뿐이다. 만일 상황이 반대였다면, 즉 〈밀레니엄〉의 대표가 연루된 지저분한 얘기들을 〈SMP〉가 찾아냈다면, 그녀는 조금도 주저하지 않고 발표했을 것이다.

이 기사를 발표하면 망누스는 큰 타격을 입는다. 심각한 문제는,

---

* 부부와 가족의 심리 연구로 잘 알려진 미국 심리학자.

그가 소유한 비타바라가 아동 착취 기업으로 유엔 리스트에 오른 베트남 회사에 좌변기를 주문했다는 사실이 아니었다. 그 회사가 아이들뿐 아니라 정치범이 포함된 죄수들까지 노예처럼 부리고 있다는 사실도 아니었다. 그가 이런 사실들을 알고 있었으며, 그럼에도 그 회사에 좌변기를 주문했다는 게 가장 심각한 문제였다. 스칸디아 전 CEO 같은 경제사범들이 남긴 비리 여파가 아직도 남아 있는 이때, 스웨덴 국민들이 이런 탐욕스러운 태도를 그냥 넘길 리 만무했다.

물론 망누스는 베트남 풍수산업의 실정을 잘 몰랐다고 주장할 것이다. 하지만 헨리는 그에 대한 증거를 충분히 확보해놓았다. 그가 허튼소리를 내뱉는다면 거짓말까지 한다고 욕을 더 먹을 터였다. 1997년 6월, 그는 첫 계약서에 서명하러 베트남을 찾았다. 그때 거기서 6일간 지내면서 특히 풍수산업의 공장들을 방문했다. 만일 그곳 직공 가운데 대다수가 열두 살 혹은 열세 살밖에 안 된 아이들이었다는 걸 전혀 눈치채지 못했다고 주장한다면 그는 완전히 바보로 낙인찍힐 것이다.

헨리는 1999년 유엔 아동권리위원회가 풍수산업을 아동 착취 기업에 포함시켰음을 증명할 수 있었다. 당시 기사들이 쏟아져나왔고, 아동 노동을 막고자 투쟁하는 두 민간단체—그중 하나는 런던에 본부를 둔 명성 높은 '국제아동노동방지협력단'이었다—는 풍수산업에 하청을 주는 기업들에게 공개서한을 보냈다. 비트바라에도 일곱 번이나 서신이 발송되었고, 그중 두 번은 망누스 앞으로 보내졌다. 이런 사정이 있었기에 헨리가 요청했을 때 런던의 단체는 기꺼이 자료를 보내주었다. 비타바라가 한 번도 답장을 보낸 일이 없다는 점을 특별히 강조하면서.

게다가 망누스는 계약을 갱신하러 2001년과 2004년에 베트남을 다시 방문했다. 그야말로 치명타였다. 자신은 몰랐다고 주장할 수 있는 가능성은 거기서 끝났다.

이제 피할 수 없게 된 언론의 폭풍이 몰고올 결과는 오직 하나뿐이었다. 그가 똑똑한 사람이라면 사과를 한 후 여기저기서 차지한 자리들에서 물러날 것이다. 만일 끝까지 싸우기로 결심한다면 가차없이 무너지리라.

망누스가 비타바라의 회장이든 아니든 에리카에겐 조금도 중요하지 않았다. 중요한 건 그가 〈SMP〉의 대표라는 사실이었다. 폭로는 그의 사임을 의미했다. 생사의 기로에 선 신문이 이제 막 개혁을 시작하려는 이 시점에 〈SMP〉는 부패한 인물을 회장으로 모시고 있을 겨를이 없었다. 그러면 회사가 너무 힘들어진다. 그는 〈SMP〉를 떠나주어야 한다.

에리카는 결정을 내렸다. 우선 그를 찾아가 자료를 보여주고 기사가 발표되기 전에 스스로 사임하게 만들 생각이었다.

그가 버틴다면 긴급 이사회를 소집해 이 상황을 알리고 이사회에서 그를 파면하게 할 것이다. 만일 이사회가 따르지 않는다면 그 즉시 〈SMP〉 편집국장 자리를 박차고 나올 생각이었다.

얼마나 깊이 생각에 잠겨 있었던지 물이 차갑게 식어버린 줄도 모르고 있었다. 에리카는 샤워기로 몸을 헹구고 물기를 닦은 후 침실로 들어가 가운을 걸쳤다. 그런 다음 휴대전화를 들어 미카엘에게 전화를 걸었다. 응답이 없자 일층으로 내려가 커피를 끓였다. 〈SMP〉에서 일을 시작하고 나서 처음으로 편히 볼 만한 영화라도 있을지 찾아보고 싶은 마음이 들었다.

그렇게 거실 입구를 지나는데 발바닥에 찌르는 듯한 통증이 느껴졌다. 아래를 내려다보니 피가 흐르고 있었다. 한 걸음 더 떼자 칼로에는 듯 발이 아파왔다. 우선 앤티크 의자가 있는 데까지 한 발로 뛰어가 앉았다. 발을 들어올려 뒤꿈치에 유리 조각 하나가 박혀 있는 걸 보고는 놀라지 않을 수 없었다. 이내 어지러운 기분이 들었다. 하지만 정신을 가다듬고 유리 조각을 꼭 쥐어 발에서 빼냈다. 지독하게 아팠고, 상처에서는 피가 솟구쳤다.

그러고는 급히 현관으로 가 스카프, 장갑, 모자 따위를 넣어두는 서랍장을 열었다. 거기서 실크 스카프 한 장을 꺼내 발을 칭칭 감은 다음 꼭 동여맸다. 충분치 않아 다른 걸로도 대충 붕대를 대신했다. 출혈은 어느 정도 잦아들었다.

에리카는 놀란 눈으로 피에 물든 유리 조각을 바라보았다. 이게 어떻게 여기 들어왔지? 가만히 보니 거실 바닥에 다른 유리 조각들도 보였다. 아니, 대체 이게 무슨…… 벌떡 일어나 거실로 눈길을 던지니 살트셴호수가 시원하게 내다보이는 대형 유리창이 박살나 있고, 바닥은 온통 유리 조각 천지였다.

일단 현관으로 돌아가 들어올 때 벗어놓은 신발을 신었다. 정확히 말하자면 상처 입은 발은 엄지발가락만 살짝 집어넣은 정도였다. 그렇게 한 발로 뛰다시피 하면서 무슨 일이 벌어진 건지 확인하러 거실로 들어갔다.

테이블 한가운데에 벽돌이 하나 놓여 있었다.

그녀는 테라스 쪽으로 절뚝절뚝 걸어가 정원으로 나가봤다.

누군가가 그쪽 벽면에 스프레이로 높이가 1미터쯤 되는 글자를 갈겨놓았다.

더러운 년.

모니카가 미카엘에게 차문을 열어준 건 밤 9시가 조금 지난 시각이었다. 그런 다음 차를 둘러 가서 운전석에 올랐다.

"댁으로 갈까요, 아니면 다른 데 내려줄까요?"

미카엘은 멍한 눈을 하고 앉아 있었다.

"솔직히…… 내가 지금 어디 있는지 모르겠네요. 수상을 협박해본 건 처음이라."

모니카는 웃음을 터뜨리며 말했다.

"당신이 든 패를 멋지게 쓰더군요. 블러프 포커를 그렇게 잘하는지 몰랐네요."

"허튼소리는 한마디도 하지 않았어요."

"알아요. 내 말은 당신이 실제보다 훨씬 많은 걸 알고 있는 척했다는 거예요. 당신이 내 정체를 어떻게 알아냈는지 파악했을 때 눈치챘어요."

미카엘이 고개를 돌려 그녀를 쳐다보았다.

"내가 당신 집 근처 비탈길에 차를 세워놨을 때 차량번호를 봤겠죠."

그가 고갯짓으로 맞다고 인정했다.

"그러고는 수상 관저에서 어떤 얘기가 오갔는지 훤히 알고 있다는 식으로 거짓말한 거죠?"

"그런데 왜 아무 말도 하지 않았나요?"

모니카는 그를 힐긋 쳐다본 다음 그레브투레가탄 쪽으로 방향을 틀었다.

"게임의 규칙이니까요. 난 거기에 차를 세우지 말아야 했어요. 하지만 마땅한 자리가 거기뿐이더군요⋯⋯ 앞으로 미카엘이라고 불러도 될까요?"

"물론이죠."

"미카엘, 당신은 주변을 아주 세세하게 관찰하고 있더군요. 맞나요?"

"당신은 조수석에 지도를 펼쳐놓고 전화를 하고 있었죠. 혹시 몰라 차량번호를 기억해뒀다가 확인해봤어요. 낌새가 이상한 차는 빠짐없이 확인해보고 있어요. 대부분은 헛수고로 끝나지만 당신은 세포에서 일한다는 걸 알게 됐고요."

"난 예란 모르텐손을 감시하고 있었어요."

"아하, 그랬군요!"

"그리고 당신이 밀톤 시큐리티의 수산네 린데르를 통해 모르텐손을 감시하고 있다는 걸 알게 됐고요."

"드라간 아르만스키가 그녀를 파견했습니다. 우리집 주변에서 일어나는 모든 일을 살피려고요."

"그녀가 당신의 건물로 들어가는 걸 보고, 밀톤이 감시장치를 설치해뒀다고 생각했죠."

"맞아요. 그자들이 어떻게 우리집에 들어와 내 서류들에 손을 댔는지, 그 영상을 전부 가지고 있죠. 예란은 휴대용 복사기를 가지고 다니더군요. 그자와 같이 다니는 남자는 확인해봤나요?"

"별로 중요하지 않은 인물이에요. 전과가 있는 열쇠공이죠. 아마 문을 따주는 대가로 몇 푼 받았을 거예요."

"이름은?"

"정보원 비밀은 보장해주나요?"

"당연하죠."

"라르스 파울손. 47세. 일명 팔룬. 1980년대에 금고털이 및 잡다한 범죄를 저질러 유죄선고. 현재는 노르툴에서 가게를 운영중."

"고마워요."

"내일 미팅까지는 혼자만 알고 있어요."

아까 그 모임은 서로 정보를 교환하기 위해 미카엘이 다음날 헌법수호부에 방문하기로 하고 끝을 맺었다. 미카엘은 잠시 생각했다. 차가 세르겔 광장을 막 지날 때였다.

"그런데 알아요? 지금 배가 무지 고파요. 2시쯤에 점심을 먹고 집으로 돌아가 파스타를 해먹을 생각이었는데 당신이 날 데려갔어요. 당신은 뭘 좀 먹었어요?"

"나도 먹은 지 한참 됐네요."

"어디 음식을 먹을 만하게 하는 식당을 알고 있으면 좀 데려다줘요."

"세상에 먹을 만하지 않은 음식도 있나요?"

미카엘은 그녀를 힐끗 쳐다보았다.

"다이어트 마니아 아닌가요?"

"아뇨. 근력 운동 마니아죠. 운동을 열심히 하는 한 마음껏 먹어도 돼요. 물론 적당해야 하지만."

모니카는 클라라베리 고가도로에 진입해 어디로 갈지 생각했다. 쇠데르말름 쪽으로 방향을 트는 대신 쿵스홀멘 방향으로 직진했다.

"쇠데르 쪽엔 괜찮은 식당을 잘 몰라요. 프리드헴스플란 광장에 보스니아 레스토랑이 하나 있어요. 부렉*이 기가 막히죠."

"좋네요!" 미카엘이 외쳤다.

리스베트는 한 글자씩 눌러서 자신의 진술서를 써나가고 있었다. 매일 평균 다섯 시간씩 작업했다. 아주 정확한 표현을 사용했고, 자신에게 불리하게 작용할 수 있는 세부사항은 드러나지 않도록 특별히 신경썼다.

병실에 갇힌 이 상황이 오히려 유리하게 작용했다. 혼자 남겨지면 마음놓고 글을 쓰다가 열쇠꾸러미가 절그럭거리거나 구멍에 열쇠 들어가는 소리가 들리면 곧바로 PDA를 숨겼다.

스탈라르홀멘에서 닐스 비우르만의 별장 문을 잠그려 할 때 칼망누스 룬딘과 소니 니에미넨이 오토바이를 타고 도착했다. 그들은 살라첸코/로날드 니더만의 지시에 따라 한동안 나를 찾아 헤맸으나 아무 소득이 없는 와중에 거기서 마주치자 몹시 놀랐다. 칼망누스는 오토바이에서 내리면서 "저 레즈비언 년에게 물건맛 좀 보여줘야겠어"라고 말했다. 그들이 너무도 위협적으로 행동했기 때문에 난 정당한 방어를 하지 않

---

* 고기와 야채 등을 채워 굽거나 튀긴 페이스트리 파이.

을 수 없었다. 난 칼망누스의 오토바이를 타고 그 장소를 떠났고, 엘브 셰의 엑스포 공원 앞에 버렸다.

리스베트는 방금 쓴 부분을 다시 한번 읽어보고는 고개를 끄덕였다. 칼망누스가 "이 더러운 잡년"이라고 소리치자 자신이 소니의 P-83 바나드를 주워 그의 발에 총알을 한 발 먹여 응징했다는 정보까지 제공해야 할 이유는 없었다. 경찰이 추측할 수도 있었지만 그녀가 했다는 걸 증명하는 일은 그들의 몫이었다. 중상해 혐의로 감옥에 갈 수도 있는 일을 인정하면서까지 그들을 돕고 싶은 생각은 없었다.

진술서는 이제 33쪽 분량이 됐고 결말에 가까워지고 있었다. 어떤 부분들은 세부적으로 쓰기를 극도로 꺼렸다. 어떤 증거들은 그녀가 주장하는 내용들을 상당수 뒷받침해줄 수 있었지만 오히려 드러내지 않으려고 신경썼다. 심지어는 아주 확실한 증거가 될 수 있는 것들까지 은폐해버리고는 다음 사건으로 건너뛰곤 했다.

리스베트는 잠시 생각한 뒤 스크롤을 올려 닐스 비우르만에게 가학적이고도 난폭하게 강간당했던 장면 부분을 다시 한번 읽어봤다. 쓰는 데 가장 많은 시간을 들인데다 만족하기까지 몇 번이나 고쳐 쓴 몇 안 되는 단락 중 하나였다. 모두 해서 19줄이었다. 그가 어떻게 자신을 구타하고, 침대에 엎드리게 하고, 수갑을 채우고, 입을 테이프로 막았는지를 객관적으로 서술했다. 이어 그가 항문과 구강 삽입을 포함해 갖가지 방법으로 성폭행한 사실을 밝혔다. 강간중에 그녀가 입고 있던 티셔츠로 목을 감아 아주 오랫동안 조르는 바람에 잠시 의식을 잃은 일도 썼다. 그다음 몇 줄에서는 그가 다뤘던 도구들을 열거했다. 짤막한 채찍, 애널 플러그, 큰 딜도, 그리고 유두를 물린 집게 등등.

리스베트는 찌푸린 얼굴로 글을 훑어보았다. 마지막으로 터치펜을 들어 몇 줄을 더 첨가했다.

　내 입이 여전히 테이프로 막힌 상태에서 그는 유두에 달린 고리를 포
함한 피어싱과 문신이 내 몸에 상당히 많다는 사실을 지적했다. 그리고
내게 피어싱을 원하느냐고 물은 뒤 잠시 방을 떠났다. 그는 핀 하나를
가지고 돌아와 그걸로 내 오른쪽 유두를 꿰뚫었다.

　새로 쓴 이 단락을 다시 한번 읽어본 그녀는 고개를 끄덕였다. 사
무적인 문체로 쓴 글에서는 초현실적인 분위기마저 감돌았고, 그 때
문에 꾸며낸 어처구니없는 이야기처럼 느껴졌다.
　한마디로 전혀 신빙성이 느껴지지 않는 글이었다.
　그것이 바로 그녀가 의도한 바였다.
　바로 그때, 보안회사 경호원의 열쇠꾸러미가 절그럭거리는 소리
가 들렸다. 곧바로 PDA를 꺼서 머리맡 탁자 뒤 빈 공간에 밀어넣었
다. 안니카 잔니였다. 리스베트는 미간을 찌푸렸다. 벌써 밤 9시가
넘은 시간이었고, 그녀가 이렇게 늦게 방문하는 일은 드물었기 때문
이다.
　"안녕, 리스베트."
　"안녕하세요."
　"몸은 어때요?"
　"아직 안 좋아요."
　안니카는 한숨을 쉬었다.
　"리스베트…… 재판 날짜가 잡혔어요. 7월 13일."
　"네, 좋아요."
　"아니, 좋지 않아요. 시간은 금방 지나갈 텐데 당신은 여전히 내게
마음을 닫고 있어요. 당신을 변호하겠다고 수락한 게 엄청난 실수는
아니었는지 의문이 들기 시작한다고요. 조금이라도 이길 가능성을

높이고 싶다면 날 신뢰해야 해요. 우린 협력해야 한다고요."

리스베트는 안니카를 관찰하듯 한참을 쳐다보았다. 머리를 뒤로 젖히고 천장을 응시했다.

"내가 어떻게 해야 하는지 알고 있어요. 미카엘의 계획을 이해했어요. 그리고 그가 옳아요."

"난 꼭 그렇게 생각하지 않는데요?"

"난 그렇게 생각해요."

"경찰이 다시 당신을 심문할 거예요. 스톡홀름에서 오는 한스 파스테라는 사람이죠."

"심문하라고 해요. 난 한마디도 하지 않을 테니까."

"하지만 진술은 해야 해요."

리스베트는 날카로운 시선으로 안니카를 쳐다보았다.

"다시 한번 얘기할게요. 난 경찰한테 한마디도 하지 않아요. 우리가 법정에 갔을 때 검사가 근거로 삼을 만한 내용은 조서에 단 한 줄도 적혀 있지 않을 거예요. 그가 갖게 될 건 단 하나, 지금 내가 쓰고 있는 글이에요. 대부분이 터무니없게 느껴질 진술서죠. 그마저도 재판 며칠 전에야 받을 거고요."

"언제 펜을 들고 그 진술서를 쓸 건데요?"

"당신은 며칠 후면 받게 될 거예요. 하지만 검사는 재판 며칠 전에 받게 되죠."

안니카는 믿을 수 없다는 표정을 지었다. 리스베트가 갑자기 삐딱하면서도 옅은 미소를 지었다.

"아까 신뢰에 대해 말했죠? 당신을 신뢰해도 되나요?"

"물론이죠."

"그럼 내가 인터넷으로 사람들과 접촉할 수 있게 PDA 한 대만 몰래 반입해줄래요?"

"안 돼요, 당연히 안 되죠. 발각되면 난 법정에 서야 하고 변호사 자격증도 잃어요."

"만일 누군가가 몰래 넣어줬다면 경찰에 알릴 건가요?"

안니카의 두 눈이 커졌다.

"내가 그 사실을 모르는 한……"

"아니, 만일 알고 있다면, 어떻게 할 건가요?"

안니카는 한참을 생각했다.

"눈감아주겠어요. 그건 왜 묻는 거죠?"

"가상의 컴퓨터가 곧 당신에게 가상의 메일을 한 통 보낼 거예요. 그걸 읽고 나서 다시 와줬으면 해요."

"리스베트……"

"잠깐. 이 상황을 정확히 이해해야 해요. 지금 검사는 표시된 카드를 가지고 게임을 하고 있어요. 이런 조건에서 난 무슨 짓을 해도 결국 밀릴 수밖에 없어요. 이 재판의 의도는 날 정신병원에 처넣는 거라고요."

"나도 알아요."

"살아남으려면 나 역시 불법적인 수단을 써서 싸워야 해요."

안니카는 결국 고개를 끄덕일 수밖에 없었다.

"당신이 처음 날 보러 왔을 때 미카엘의 메시지를 전해줬죠. 그는 당신에게 몇 가지만 빼놓고 거의 모든 걸 얘기해줬다고 했었고요. 그 중 하나는 우리가 헤데스타드에서 같이 있을 때 그가 알게 된 내 능력이에요."

"그렇군요."

"그는 내가 컴퓨터에 능하다는 사실을 알았어요. 리샤르드 검사의 컴퓨터 안에 든 자료들을 전부 읽고 복사할 수 있을 정도죠."

안니카의 얼굴이 창백해졌다.

"당신은 이 일에 끼어들 수 없어요. 재판에서 이 자료를 사용할 수 없죠."

"사용할 수 없어요."

"당신은 이 자료의 존재를 모르는 거예요."

"알겠어요."

"반면 다른 사람, 예를 들어 당신의 오빠는 그 자료에서 일부를 가져와 발표할 수 있어요. 그러니 당신은 재판 전략을 세울 때 이 점을 반드시 고려해야 해요."

"이해하겠어요."

"안니카, 이건 더 강력한 방법을 쓰는 쪽이 이기는 재판이에요."

"알아요."

"당신이 내 변호사인 게 기뻐요. 난 당신을 믿어요. 도움이 필요해요."

"흐음……"

"하지만 내가 윤리적이지 못한 방법을 쓰는 것에 당신이 반대한다면 우린 재판에서 지게 돼요."

"그래요."

"그래서 난 지금 알았으면 해요. 그렇다면 미안하지만 다른 변호사를 구해야 하니까요."

"리스베트, 난 법에 어긋나는 행동을 할 수 없어요."

"당신한테 그러라는 게 아니에요. 그 일은 내가 하고 당신은 눈만 감아주면 돼요. 그렇게 해줄 수 있어요?"

리스베트는 안니카가 고개를 끄덕이기까지 거의 일 분을 참을성 있게 기다렸다.

"좋아요. 그럼 내 진술서에 담긴 내용을 대략 얘기해줄게요."

그들은 두 시간 동안 대화를 나누었다.

모니카 피게롤라의 말이 맞았다. 보스니아 레스토랑의 부렉은 맛이 기가 막혔다. 미카엘은 화장실에서 돌아오는 그녀의 모습을 슬쩍 쳐다보았다. 발레리나만큼이나 움직임이 우아했다. 그리고 그녀의 몸매에…… 미카엘은 매혹되지 않을 수 없었다. 손을 뻗어 팽팽한 다리 근육을 만져보고픈 충동이 치밀었지만 꾹 참았다.

"근력 운동을 시작한 지는 얼마나 됐나요?"

"십대 때부터요."

"일주일에 몇 시간이나 하는데요?"

"하루에 두 시간이요. 세 시간일 때도 있고."

"왜죠? 그러니까 사람들이 운동하는 이유는 나도 아는데, 어째서……"

"내가 좀 지나치단 얘기겠죠?"

"글쎄요, 어떻게 설명해야 할까……"

그녀는 미소를 지었다. 그의 질문에 화가 난 건 아닌 듯했다.

"아마 근육질 여자와 같이 있는 게 좀 짜증나는 거겠죠. 여성적이지도 않고 에로틱하지도 않다고 느끼는 거죠?"

"오, 천만에요! 난 아주 좋아요. 당신은 정말 섹시해요."

그녀가 다시 웃었다.

"요즘은 운동 강도를 낮추고 있어요. 십 년 전만 해도 본격적으로 보디빌딩을 했었죠. 재미있었어요. 하지만 지금은 근육이 지방으로 변해 흐늘흐늘해지는 걸 막는 정도로만 운동하고 있어요. 역기 드는 건 일주일에 한 번 정도이고 보통 조깅, 배드민턴, 수영, 뭐 이런 것들을 해요. 목숨 걸고 하는 운동이 아니라 몸을 위해서 하는 거죠."

"그렇군요."

"내가 이렇게 운동을 하는 건 기분이 아주 좋기 때문이에요. 열심히 운동하는 사람들에게 흔히 나타나는 현상이죠. 운동을 하면 우리 몸은 의존성 있는 진통 물질을 만들어내요. 그래서 매일 뛰지 않으면 금단현상이 나타나고요. 몸 안에 있는 모든 걸 쏟아부을 때 그 행복감은 정말이지 굉장해요. 섹스만큼이나 강렬하죠."

미카엘은 웃었다.

"당신도 운동 좀 해야겠어요. 허리에 살이 좀 붙었네요."

"알아요. 이것 때문에 항상 죄의식을 느끼죠. 달리기를 다시 시작해보려고 가끔 시도도 해봐요. 그렇게 몇 킬로그램 정도 살을 뺐다가 다시 일이 바빠져 한두 달 시간을 못내죠."

"요 몇 달간 아주 바빴던 게 사실이잖아요?"

이 말에 미카엘은 갑자기 심각해졌다. 그리고 고개를 끄덕였다.

"지난 이 주간 당신에 대해 상당히 많은 글을 읽었어요. 경찰보다 훨씬 먼저 살라첸코를 찾고 로날드의 정체까지 알아냈다고요?"

"리스베트가 나보다 한발 빨랐죠."

"로날드가 고세베르가에 있다는 건 어떻게 알아냈죠?"

미카엘은 어깨를 으쓱했다.

"뭐, 보통 하는 조사였죠. 내가 찾아낸 건 아니었어요. 우리 편집장 말린 에릭손이 특허국 기업등록부를 뒤져서 찾아낸 겁니다. 살라첸코 소유 회사 'KAB'에 그가 이사회 임원으로 올라 있었어요."

"알고 보니 간단하군요."

"당신은 왜 세포에 들어갔어요?" 이번엔 그가 물었다.

"믿을지 모르겠지만 난 구식이면서도 민주적인 사람이에요. 사회에 경찰은 반드시 필요하고, 민주주의는 정치적 안전장치로 보호받아야 한다고 생각하죠. 그래서 헌법수호부에서 일하는 데 큰 자부심을 느끼고 있고요."

"흠."

"세포를 그다지 좋아하지 않는 모양이네요."

"난 의회로부터 정상적인 감시를 받지 않는 기관을 별로 좋아하지 않아요. 그 기관들의 의도는 어떨지 모르지만 공권력을 남용하기 딱 좋은 위치에 있죠…… 그런데 고대 신화에 관심이 많아 보이던데 왜죠?"

모니카는 흠칫 놀란 얼굴을 했다.

"아파트 계단에서 그런 책을 읽고 있었잖아요."

"아, 그거요? 맞아요. 난 고대 신화를 정말 좋아해요."

"그렇군요."

"난 많은 것들에 관심이 있어요. 순경생활을 하면서 법학과 정치학을 공부했죠. 그전엔 철학과 사상사를 공부했고요."

"도무지 약점이 보이지 않는군요."

"문학은 읽지 않아요. 영화관에도 안 가고 TV로는 뉴스만 봐요. 당신은요? 왜 기자가 됐어요?"

"의회도 접근할 수 없는 세포 같은 기관들이 존재하기 때문이죠. 그들을 때때로 고발해줘야 할 필요가 있지 않을까요?"

미카엘은 미소를 지으며 말하다가 이내 심각한 표정을 지었다.

"솔직히 말하자면 나도 잘 모르겠어요. 어쩌면 당신과 같은 이유인지도 모르죠. 나도 헌법 민주주의의 가치를 믿습니다. 이따금 그걸 수호해야 할 때도 있죠."

"금융인 벤네르스트룀을 말하는 건가요?"

"비슷해요."

"독신이죠? 에리카 베리에르와 사귀나요?"

"에리카는 기혼자입니다."

"그렇다면 두 분에 관한 소문들은 모두 헛소리였군요. 애인은 있어요?"

"꾸준히 사귀는 사람은 없어요."

"그럼 결국 소문은 맞는 거네요."

미카엘은 어깨를 으쓱하고는 다시 미소를 지었다.

말린 에릭손은 오르스타에 있는 자신의 집에 있었다. 주방 식탁에 앉아 자정이 넘도록 있었다. 〈밀레니엄〉의 예산 자료들을 잔뜩 펼쳐놓고 계산에 몰두해 있는 그녀에게 대화를 시도하던 남자친구 안톤은 결국 포기해버렸다. 그는 설거지를 한 뒤 밤늦게 샌드위치를 만들고 커피를 끓여주었다. 그런 다음 그녀를 남겨두고는 〈CSI〉를 재방영해주는 TV 앞에 자리를 잡았다.

말린은 지금까지 살아오면서 가계부 이상으로 복잡한 건 만져본 적이 없었다. 매달 회계장부를 관리하는 에리카를 도와왔기 때문에 기본적인 내용을 이해하는 정도였다. 이런 그녀가 갑자기 편집장 자리에 앉으면서 회사 살림을 떠맡게 됐다. 자정이 지났을 때쯤 그녀는 결심했다. 앞으로 상황이 어떻게 흘러갈지는 모르겠지만 어쨌든 자신을 도와줄 회계사를 고용하기로. 일주일에 한 번씩 나와 회계 업무를 봐주는 잉엘라 오스카르손은 예산을 책정할 권한이 없었다. 프리랜서에게 보수를 얼마나 지급해야 할지, 혹은 계획에 없던 레이저프린터를 구입할 만한 여력이 있는지 결정할 때에도 잉엘라는 아무런 도움이 되지 못했다. 사실 회사의 실정은 우스울 정도로 형편없었다. 표면적으론 흑자였다. 하지만 그건 에리카가 극도의 긴축재정을 실시해 요술을 부린 덕이었다. 4만 5천 크로나짜리 컬러 레이저프린터 같은 기기 대신 8천 크로나짜리 흑백 프린터로 만족했기에 가능한 일이었다.

잠시나마 에리카가 부럽다는 생각이 들었다. 막대한 예산을 굴리는 〈SMP〉에서 그녀에게 이 정도의 지출은 껌값에 불과하리라.

지난 주주총회 때 보고한 〈밀레니엄〉의 재정 상태는 상당히 양호했지만 흑자액 대부분이 벤네르스트룀 사건에 대해 쓴 미카엘의 책에서 나온 것이었다. 그리고 흑자액 중 투자 비용으로 들어가는 액수는 급속도로 줄어들고 있었다. 리스베트 사건과 관련해 미카엘이 발생시키는 각종 지출이 그 요인 중 하나였다. 자동차 렌트비, 호텔비, 택시비, 첨단 장비 및 휴대전화 구입비 등등. 이처럼 지출이 한도 끝도 없이 부풀어오르기만 해서야 직원 한 사람 봉급이라도 제대로 감당할 수 있을지 의문이었다.

말린은 예테보리의 프리랜서 기자 다니엘 올로프손에게 지불할 비용 청구서에 서명했다. 땅이 꺼질 듯 한숨을 쉬었다. 미카엘은 기사로 쓸 것도 아닌 주제를 일주일간 조사하는 데 보수로 1만 4천 크로나를 지출했다. 역시 예테보리에 산다는 이드리스 기디라는 사람에게 지불할 금액은 한층 가관인데다 어느 익명 계좌로 송금하게 되어 있었다. 그러면 세무감사관이 청구서나 영수증의 부재를 지적할 테고, 결국 이사회가 결정해서 해결해야 할 사안으로 확대될 게 뻔했다. 게다가 〈밀레니엄〉은 안니카 잔니니에게도 비용을 지급하고 있었다. 물론 국가가 환급해주겠지만 우선 기차표를 끊고 당장에 써야 할 돈도 만만치 않았다.

그녀는 볼펜을 내려놓고 합산한 숫자들을 내려다보았다. 미카엘은 리스베트 사건을 취재하면서 무려 15만 크로나나 되는 돈을 날려버려 회사의 빈약한 책정 예산을 가볍게 뛰어넘었다. 더이상 이런 상황을 지속할 순 없었다.

그녀는 미카엘과 담판을 지어야겠다고 생각했다.

에리카는 소파에 몸을 묻고 느긋하게 영화를 보겠다는 바람과 달리, 나카 병원 응급실에서 저녁을 보내야 했다. 유리 조각이 얼마나 깊이 박혔는지 피가 좀처럼 멈추지 않았다. 뾰족한 파편이 아직도 살 속에 박혀 있어 얼른 빼내야 한다고 했다. 결국 국부 마취 수술을 받고 세 바늘을 꿰매는 걸로 상처를 봉합했다.

병원에 있는 내내 에리카는 속으로 온갖 욕을 해대면서 그레게르와 미카엘에게 번갈아 전화를 걸었다. 하지만 합법적인 남편도, 애인도 도무지 전화를 받지 않았다. 밤 10시경, 그녀의 발은 붕대로 칭칭 감겨 거대해졌다. 그리고 병원에서 준 목발을 짚고 택시를 불러 집으로 돌아갔다.

그녀는 성한 발과 다친 발의 뒤꿈치를 써서 뒤뚱뒤뚱 움직여 거실 바닥을 청소한 다음 창유리 서비스점에 전화해 새 유리를 주문했다. 운이 좋았다. 이날따라 시내가 평온했던지 이십 분도 안 돼 설치기사가 왔다. 운이 나쁘기도 했다. 거실 창이 커서 맞는 유리가 없었다. 기사가 임시로나마 합판으로 창을 막아놓자고 제안했다. 그녀로선 고맙게 받아들일 수밖에 없었다.

합판을 설치하는 동안에는 사설 보안회사 '나카 통합 프로텍션'에 전화를 걸었다. 당직 근무자가 전화를 받자마자 에리카는 거세게 따지기 시작했다. 누군가 벽돌을 던져 가장 큰 유리창을 박살냈는데도 당신들이 자랑하는 빌어먹을 경보장치는 어째서 작동하지 않았느냐고 말이다.

보안회사는 즉시 확인을 하러 차량을 한 대 보냈고, 마침내 도착해 진단하기를 몇 년 전 경보장치를 설치한 기술자가 거실에 전선을 까는 걸 잊었던 모양이라고 했다.

에리카는 그저 할말을 잃었다.

보안회사 직원이 내일 당장 설치하겠다고 했지만 그녀는 그런 수고를 할 필요 없다고 대답했다. 대신 밀튼 시큐리티 긴급센터에 전화해 상황을 설명한 뒤 가급적 빨리 완벽한 경보장치를 설치해달라고 했다. 네, 계약서 먼저 작성해야 한다는 건 알아요. 그런데 우선 드라간 씨에게 에리카 베리에르가 전화했다고 전해주세요. 그리고 당장 내일 아침에 장치가 설치될 수 있도록 해주세요.

마지막으로 경찰에도 전화했다. 지금 차가 없어 사건을 접수하러 갈 수 없다는 말이 돌아왔다. 대신 내일 근처 파출소를 찾아가보라고 했다. 고맙군요. 다들 엿이나 처드시지!

에리카는 끓어오르는 분을 삭이며 한동안 앉아 있었다. 아드레날린이 조금 가라앉자 문득 섬뜩한 현실을 깨달았다. 자신을 '더러운 년' 취급하며 폭력성을 노골적으로 드러내는 자가 지금 주변을 배회

하는데 경보장치도 없는 가건물 같은 집에서 홀로 밤을 보내야 했다.

시내로 가서 호텔방을 얻는 게 나을지 잠시 생각했다. 하지만 그녀는 협박당하는 것도 싫었지만 협박에 굴복하는 건 더더욱 싫었다. 그 개자식한테 쫓겨 내 집에서 나간다는 건 말도 안 돼!

그녀는 기본적인 안전 대책을 몇 가지 마련하기로 했다.

미카엘에게서 리스베트가 연쇄살인범 마르틴 방에르를 골프채로 처치했다는 얘기를 들은 적이 있었다. 차고로 내려가 십여 분쯤 뒤진 끝에 십오 년 전부터 쓰지 않고 있는 골프가방을 찾아냈다. 우선 아이언 클럽을 하나 골라 침대 옆 손이 잘 닿는 곳에 두었다. 현관에는 퍼터 하나를, 주방에는 또다른 아이언을 두었다. 그리고 지하실로 내려가 공구함에서 망치를 하나 꺼내 침실과 붙은 욕실에 놨다.

핸드백에 넣고 다니는 최루액 스프레이는 머리맡 탁자에 놓았다. 마지막으로 고무 스토퍼를 하나 찾아내 문이 열리지 않도록 아래 틈에 단단히 받쳐놓았다. 이제는 자신을 창녀 취급하면서 창문을 박살 낸 그 자식이 멍청하게도 이 밤중에 다시 찾아와줬으면 하는 바람이 들기까지 했다.

이 정도면 충분히 안전하다고 생각하고 시계를 보니 벌써 새벽 1시였다. 아침 8시까지 출근해야 했다. 스케줄러를 보니 10시부터 미팅 네 건이 예정되어 있었다. 발은 통증이 너무 심해 제대로 걸을 수도 없었다. 일단 옷을 벗고 이불 속으로 기어들어갔다. 십대 때부터 알몸으로 잤지만 그래도 오늘만큼은 티셔츠나 다른 뭐라도 걸쳐야 하는 게 아닌지 생각했다. 하지만 창문을 깨고 들어온 벽돌 한 장 때문에 습관을 바꾸는 짓 따위는 하지 않겠다고 독하게 마음먹었다.

물론 좀처럼 잠이 오지 않았다. 그녀는 뒤척이며 우울한 상념에 빠져들었다.

더러운 년.

지금까지 받은 아홉 통 메일에 전부 이 단어가 있었고, 메일들은 각각 다른 언론사에서 보낸 걸로 되어 있었다. 첫번째 메일은 〈SMP〉 편집국에서 발송됐지만 발신자는 가짜였다.

에리카는 침대에서 나와 노트북을 찾으러 갔다. 편집국장으로 일하게 되면서 회사에서 지급해준 새 노트북이었다.

드라이버로 뒷구멍을 찔러주겠다는 내용이 담긴 가장 비열하고 위협적이었던 첫번째 메일은 5월 16일, 즉 이 주 전쯤에 도착했다.

두번째 메일이 온 건 그로부터 이틀 후인 5월 18일이었다.

그리고 일주일간 잠잠하다가 다시 메일이 오기 시작했다. 이번엔 24시간에 한 번 꼴로 규칙적으로 날아들었다. 그리고 집이 테러를 당했다. 역시 '더러운 년'이라는 말을 남겼다.

그사이에 〈SMP〉 문화부의 에바 칼손은 '에리카 베리에르'의 서명이 포함된 괴상한 메일들을 받았다. 에바가 이런 메일들을 받았다면 그자가 다른 곳에도 비슷한 장난을 쳤을 가능성이 충분했다. 그러니까 다른 사람들도 에리카의 메일을 받고 있는데 본인만 모르고 있을 수 있었다.

생각만 해도 끔찍했다.

하지만 가장 불안한 건 집이 테러를 당했다는 사실이었다.

누군가가 살트셰바덴까지 와 집을 찾아내서 창문을 겨냥하고 벽돌을 던졌다. 스프레이 페인트까지 가져온 걸 보면 치밀하게 계획한 테러였다. 그리고 이내 에리카는 오싹해졌다. 공격당한 목록에 추가해야 할 사건이 또하나 떠올랐다. 슬루센 힐튼 호텔에 미카엘과 함께 묵었던 밤, 누군가가 자동차 바퀴를 전부 터뜨려놓지 않았던가.

결론은 불쾌하면서도 명확했다. 스토커가 자신을 쫓아다니고 있었다.

알 수 없는 이유로 자신을 괴롭히기로 작정한 누군가가 저 바깥 어딘가에서 어슬렁거리고 있었다.

집이 공격당한 건 그렇다 칠 수 있다. 어디로 옮길 수도 숨길 수도 없는 곳이니 언제든 쳐들어와 공격할 수 있다. 하지만 쇠데르말름 거리에 세워둔 자동차까지 공격당했다는 건 이 스토커가 항상 그녀를 바짝 따라다니고 있다는 뜻이었다.

18장
6월 2일 목요일

아침 9시 5분, 에리카는 휴대전화 벨소리에 잠에서 깼다.

"안녕하세요, 에리카 씨. 드라간 아르만스키입니다. 어젯밤에 무슨 문제가 있었다고요?"

에리카는 어제 있었던 일을 설명하고 나카 통합 프로텍션이 하던 일을 밀톤 시큐리티가 대신 맡아줄 수 있는지 물었다.

"저희가 경보장치만큼은 제대로 작동하는 걸로 달아드릴 수 있습니다." 드라간이 엉터리 보안업체를 조소하는 듯 말했다. "문제는 가장 가까운 야간 출동 차량이 나카 시내에 있다는 겁니다. 댁까지 도착하려면 삼십 분은 걸리죠. 꼭 저희와 계약하고 싶다면 하청을 줘야 합니다. 마침 그쪽에 협력사가 하나 있어요. 피스크세트라에 있는 '아담 시큐리티'라는 보안업체입니다. 별문제가 없다면 댁까지 도착하는 데 십 분 정도 걸립니다."

"아예 오지 않는 나카 통합 프로텍션보다야 백배 낫네요."

"아담 시큐리티는 아버지와 두 아들, 그리고 사촌 몇 명이서 함께 운영하는 가족회사예요. 그리스인들이고 정직한 사람들이죠. 그쪽 아버지와는 오래전부터 알아온 사이고요. 일 년에 320일 근무하고, 휴가 등으로 출동하지 못하는 날에는 사전에 알리고 나카에 있는 우리 차량이 대신 근무할 겁니다."

"좋아요."

"오전에 사람을 보내겠습니다. 다비드 로신이라는 직원이 이미 출발했어요. 먼저 보안 상태부터 분석할 겁니다. 댁에 계시지 않는다면 열쇠가 필요하고요. 지붕에서부터 바닥까지 샅샅이 살피려면 당신 허락이 필요하죠. 그리고 집안과 대지와 집 주변을 사진으로 촬영해야 합니다."

"알겠어요."

"경험이 풍부한 직원이니 분석을 마친 뒤에 적절한 보안 시스템을 제안할 겁니다. 그러면 며칠 안에 완전한 보안 계획이 준비되죠. 신변 보호, 화재 경보, 긴급 대피 시스템, 주택 경비 등이 포함됩니다."

"네."

"무슨 일이 생겼을 때 피스크세트라에 있는 경비 차량이 도착하는 십분 동안 당신이 해야 할 일을 숙지해야 합니다."

"알겠어요."

"각종 경보장치는 당장 오늘 오후에 설치하겠습니다. 그러고 나서 계약서를 작성하죠."

드라간과 통화를 마친 에리카는 늦잠을 잤다는 걸 알았다. 편집차장 페테르 프레드릭손에게 전화를 걸어 부상을 입었으니 10시 미팅을 취소해달라고 부탁했다.

"괜찮으세요?"

"발을 심하게 베었어요. 절뚝거리긴 하지만 가급적 빨리 갈게요."

통화를 마친 그녀는 먼저 침실과 붙은 화장실부터 들렀다. 그런 다음 검정색 바지를 입고, 붕대 감은 발도 들어갈 수 있는 남편의 슬리

퍼를 신었다. 검은 블라우스를 고르고 재킷도 찾아 걸쳤다. 문 아래에 밀어넣은 고무 스토퍼를 빼내기 전에 최루액 스프레이를 챙기는 것도 잊지 않았다.

온몸의 촉각을 곤두세우고 천천히 집안을 가로질러 부엌으로 가 커피머신을 켰다. 식탁에 앉아 아침을 먹으면서도 주위에서 무슨 소리라도 나는지 귀를 쫑긋 세웠다. 밀톤의 다비드 로신이 문을 두드린 건 커피잔을 두번째로 채웠을 때였다.

모니카 피게롤라는 베리스가탄까지 걸어가 아침회의에 팀원 네 명을 소집했다.

"시한이 정해졌어요." 그녀가 말했다. "재판이 시작되는 7월 13일 이전에 작업을 끝내야 해요. 한 달 남짓 남은 거죠. 현 시점에서 해결해야 할 가장 중요한 문제가 무엇인지 정리해봅시다. 누구부터 시작하겠어요?"

안데르스 베리룬드가 목청을 골랐다.

"예란 모르텐손을 만난 그 금발 남자 말입니다. 대체 누구죠?"

모두가 고개를 끄덕였다.

"사진은 있는데 누구인지 전혀 알 수가 없습니다. 지명수배를 할 수도 없는 노릇이고요."

"에베르트 굴베리는 어떤가요? 이 사람 뒤에 뭔가 스토리가 있을 것 같지 않아요? 1950년대부터 세포가 창설된 1964년까지 국가비밀경찰에 있었습니다. 그러고는 어디론가 사라져버렸죠."

모니카가 고개를 끄덕였다.

"그럼 살라첸코 클럽이 1964년에 만들어졌다고 결론 내릴 수 있을까요? 하지만 살라첸코가 스웨덴에 들어오기 훨씬 전이죠."

"그해에 뭔가가 만들어졌다면 목적이 전혀 달랐을 겁니다…… 예를 들어 조직 내에 존재하는 비밀 그룹 같은 거죠."

"그땐 스티그 벤네르스트룀 사건이 일어난 직후였어요. 모두가 편집증에 걸린 시절이었죠."

"비밀경찰을 감시하는 일종의 스파이?"

"외국에도 비슷한 것들이 있었죠. 1960년대 CIA에서는 내부 첩자를 색출하는 특별 그룹이 만들어졌죠. 제임스 앵글턴이라는 자가 이끈 그 그룹이 CIA 전체를 작살낼 뻔했어요. 광적이고 편집증적이었던 그룹은 CIA의 모두를 소련 첩보요원으로 의심했죠. 결국 CIA 활동이 상당 부분 마비됐고요."

"하지만 그건 추측일 뿐이죠……"

"옛 인사기록부는 어디 보관되어 있나요?"

"확인해봤는데 에베르트는 없었어요."

"그럼 예산은요? 그 정도 규모의 조직이면 반드시 재원이 필요할 텐데요……"

토론은 점심때까지 계속됐다. 모니카는 조용히 생각하고 싶어 양해를 구하고 혼자 체육관으로 갔다.

에리카는 정오 무렵이 되어서야 절뚝거리며 〈SMP〉 편집국에 들어섰다. 너무 아파서 발을 땅에 디딜 수조차 없었다. 한 발로 뛰다시피 해 간신히 유리방에 들어온 그녀는 털썩 의자에 주저앉았다. 페테르가 자기 자리에 앉아 그 모습을 바라보고 있었다. 그녀가 들어오라고 손짓을 했다.

"무슨 일이에요?"

"깨진 유리 조각을 밟았어요. 발뒤꿈치에 깊숙이 박혔죠."

"끔찍하네요."

"네, 좀 그랬어요. 페테르, 또 누가 이상한 메일을 받았다는 소리 없었어요?"

"제가 아는 바로는 없었습니다."

"오케이. 앞으로 사람들이 하는 말을 잘 들어봐요. 이 〈SMP〉에서 어떤 이상한 일들이 일어나는지 알고 싶으니까."

"이상한 일들이라뇨?"

"날 타깃으로 삼아 여기저기 고약한 메일을 보내면서 장난질하는 미친놈이 있는 듯해요. 그래서 혹시나 이상한 소리를 들으면 알려달라는 거예요."

"에바 칼손이 받은 메일 같은 거 말씀이신가요?"

"그래요. 정상적이지 않은 모든 것들이요. 입에 담지 못할 욕을 하면서 나한테 온갖 지저분한 짓들을 하겠다고 협박하는 메일을 벌써 한 다발 받았어요."

페테르가 얼굴을 찌푸렸다.

"언제부터 그랬나요?"

"몇 주 됐어요. 그건 그렇고. 내일 신문에 실을 게 뭔가요?"

"흐음……"

"왜 그래요?"

"편집부장과 법률부장이 국장님하고 한바탕하겠다고 씩씩대고 있습니다."

"왜요?"

"요하네스 프리스크 때문이죠. 국장님이 임시기자직을 연장해주고 탐사기사를 쓰라고 하셨다면서요. 그런데 요하네스가 기사 주제를 말해주지 않아요."

"그는 주제를 밝힐 수 없어요. 내 지시죠."

"그렇게 말하더군요. 그래서 편집부장과 법률부장이 뿔이 난 거죠."

"무슨 얘긴지 알겠어요. 법률부하고 3시에 회의를 잡아줘요. 내가 직접 상황을 설명할게요."

"편집부장이 상당히 화가 났던데요……"

"마찬가지예요. 나도 그에게 상당히 열이 올라 있으니까."

"엄청 흥분해서 이사회에까지 찾아가 불평을 늘어놓았답니다."

에리카는 천장을 올려다보았다. 빌어먹을! 망누스 회장 문제도 처리해야 하는데.

"회장님은 오늘 오후에 오십니다. 국장님을 만나고 싶어하세요. 아마 편집부장이 뒤에서 들쑤시지 않았나 싶어요."

"오케이. 몇 시죠?"

"오후 2시예요."

이어서 페테르는 오후 사내 공지에 대해 설명을 시작했다.

안데르스 요나손 박사는 점심시간에 리스베트의 병실에 들렀다. 그녀는 병원에서 준 채소볶음 접시를 한쪽으로 밀었다. 늘 그렇듯 그는 간단하게 진찰했다. 평소와 달리 건성으로 진찰한다는 걸 느낄 수 있었다.

"이제 다 나았어요." 그가 말했다.

"흠…… 여기 음식에 조치 좀 취해주셔야겠어요."

"음식?"

"피자 같은 건 줄 수 없나요?"

"미안해요. 그러면 예산 초과예요."

"그럴 줄 알았어요."

"…… 리스베트. 내일 종합검사를 받을 거예요."

"알겠어요. 전 다 나았단 말이죠?"

"네. 크로노베리 구치소로 이송되어도 좋을 만큼 깨끗하게 나았어요."

그녀는 고개를 끄덕였다.

"내가 이송을 일주일 정도 더 늦출 순 있지만 동료들이 수군거리기 시작했어요."

"그러실 것 없어요."

"확실해요?"

리스베트는 그렇다고 고갯짓을 까딱했다.

"전 준비됐어요. 그리고 언젠가는 해야 할 일이에요."

그가 고개를 끄덕였다.

"그럼 좋아요. 내일 퇴원해도 좋다고 말하겠어요. 당신은 아주 빠른 시일 내에 이송될 거예요."

그녀는 고개를 끄덕였다.

"바로 이번 주말일 수도 있어요. 총무과에선 당신을 오래 두고 싶어하지 않아요."

"이해해요."

"어…… 그럼 그 장난감은……"

"이 수납장 뒤쪽 구멍에 들어 있어요."

"오케이."

잠시 침묵이 흐른 후 안데르스가 자리에서 일어났다.

"내 도움이 더 필요한 환자들을 보러 갈게요."

"고마웠어요. 신세를 졌어요."

"내 일을 했을 뿐이에요."

"아뇨. 그것보다 훨씬 많은 걸 해주셨어요. 결코 잊지 않을게요."

미카엘은 폴헴스가탄 거리로 난 문을 통해 쿵스홀멘 경찰청사로 들어갔다. 모니카가 그를 맞아 헌법수호부 사무실이 있는 곳으로 안내했다. 엘리베이터 안에 선 그들은 묵묵히 시선을 교환했다.

"내가 이렇게 경찰청사 안을 돌아다니는 게 과연 현명한 행동일까요?" 미카엘이 물었다. "누군가 날 보고 수상쩍게 생각하지 않겠어요?"

모니카가 고개를 끄덕였다.

"이번 한 번뿐이에요. 앞으론 우리가 프리드헴스플란에 빌려놓은 조그만 사무실에서 보게 될 거예요. 오늘도 걱정할 필요는 없어요. 헌법수호부는 거의 독립적으로 움직이는 작은 부서라서 누구도 신경쓰지 않거든요. 세포의 부서들과 전혀 다른 층을 쓰기도 하고요."

미카엘은 악수는 하지 않고 고개만 까딱해 토르스텐에게 인사를 했고, 이번 조사에 참여하는 걸로 보이는 두 요원에게도 목례했다. 그들은 스테판과 안드레스라고 자신을 소개했다. 미카엘은 그들이 성을 밝히지 않았다는 걸 알았다.

"자, 무엇부터 시작하죠?" 미카엘이 물었다.

"우선 커피부터 한잔 합시다…… 모니카?"

"네, 고맙습니다." 그녀가 꼼짝도 하지 않고 대답했다.

미카엘은 헌법수호부장이 잠시 머뭇거리는 모습을 보았다. 그는 일어나 커피포트 쪽으로 가서 벌써 잔들이 가지런히 놓여 있는 회의 탁자로 커피를 들고 왔다. 아마 그는 모니카에게 커피를 차려달라고 말하려던 모양이었다. 부장은 혼자서 미소를 짓고 있었다. 미카엘이 보기에 좋은 징조였다. 하지만 곧 그의 얼굴이 심각해졌다.

"솔직히 이 상황을 어떻게 해야 할지 모르겠습니다. 세포 회의에 기자가 참석하는 건 처음 있는 일이니…… 우리가 나눌 이야기는 상당수 일급 기밀에 속하는 것들입니다."

"난 군사기밀엔 관심 없습니다. 내가 관심 있는 건 살라첸코 클럽입니다."

"우선 적당한 선을 그을 필요가 있습니다. 첫째, 기사에 우리 팀원들의 이름을 명시해선 안 됩니다."

"알겠습니다."

토르스텐은 흠칫 놀라며 미카엘을 쳐다보았다.

"둘째, 당신은 나와 모니카를 제외한 다른 팀원과 얘기해선 안 됩니다. 당신에게 밝힐 수 있는 내용은 우리 둘이 결정합니다."

"그렇게 요구사항이 많았다면 어제 얘기하시지 그랬습니까."

"어제는 깊이 생각해볼 겨를이 없었어요."

"그럼 나도 한 가지 밝히겠습니다. 아직 발표하지 않은 기사를 경찰에게 밝히는 건 내 기자 경력에서 이번이 처음이자 유일한 경우입니다. 방금 부장님의 표현을 빌리자면…… 나 역시 이 상황을 어떻게 해야 할지 모르겠네요."

탁자 주위에 침묵이 감돌았다.

"어쩌면 이렇게 해볼 수도……"

"그럼 이렇게 하는 게……"

토르스텐과 모니카가 동시에 뭔가를 말하려다 입을 다물었다.

"내 목적은 살라첸코 클럽을 파헤치는 겁니다." 미카엘이 대신 말했다. "당신들이 원하는 건 그들을 기소하는 거고요. 그럼 이걸 중심으로 생각해보죠."

토르스텐이 고개를 끄덕였다.

"자, 그쪽은 뭘 알고 있습니까?" 미카엘이 물었다.

토르스텐은 팀원들이 찾아낸 것들을 설명했다. 우선 에베르트 굴베리가 간첩 스티그 벤네르스트룀 대령과 같이 찍은 사진을 보여줬다.

"좋습니다. 이 사진을 복사해주면 좋겠군요."

"오렌 앤드 오케르룬드 출판사 자료실에서 구할 수 있을 거예요." 모니카가 말했다.

"지금 여기 탁자 위에도 있습니다. 뒷면에 글이 적힌 걸로요." 미카엘이 맞받았다.

"오케이. 복사해서 드려." 토르스텐이 말했다.

"그러니까 살라첸코는 섹션에게 살해당했다는 얘기군요."

"암으로 죽어가고 있던 에베르트 한 사람이 저지른 살인이죠. 범행 후에 자살을 기도했고요. 아직 살아 있지만 의사들이 진단하기로 몇 주 안 남았다고 하더군요. 머리에 심각한 손상을 입어 식물인간 상태이고요."

"살라첸코가 망명했을 때 그를 맡은 책임자가 바로 에베르트였죠."

"그건 어떻게 알았죠?"

"살라첸코 망명 육 주 후, 에베르트가 펠딘 수상을 만나러 갔습니다."

"그 사실을 증명할 수 있나요?"

"수상 관저 방문객 기록부에 적혀 있습니다. 당시 세포 국장과 함께 갔어요."

"지금은 죽은 사람이죠."

"하지만 수상은 생존해 있고, 말할 준비도 되어 있습니다."

"그럼 당신이……"

"아뇨. 난 수상과 얘기하지 않았습니다. 다른 사람이 그를 만났죠. 이름은 밝힐 수 없습니다. 정보제공자를 보호해야 하니까요."

미카엘은 펠딘이 살라첸코에 관한 이야기를 듣고 어떻게 반응했는지, 그리고 자신이 네덜란드로 가 베르틸 K. 야네뤼드와 어떤 얘기를 나누었는지 설명했다.

"결론적으로 살라첸코 클럽은 이 건물 어딘가에 있습니다." 미카엘이 사진을 가리키며 말했다.

"부분적으론 맞는 말입니다. 우린 그 클럽이 조직 안의 조직이라고 생각해요. 이 건물 안에 있는 핵심 인사들의 도움 없이는 존재할 수 없으니까. 하지만 특별 분석 섹션의 본거지는 이 건물 밖이 아닐까 합니다."

"그럼 세포에 고용돼 봉급을 받으면서 보고서는 다른 고용주에게 제출할 수도 있단 얘긴가요?"

"비슷합니다."

"그렇다면 이 건물에서 누가 살라첸코 클럽을 돕는 거죠?"

"우리는 아직 모릅니다. 하지만 의심 가는 사람들은 있죠."

"예란 모르텐손." 미카엘이 한 명을 꼽았다.

토르스텐이 고개를 끄덕였다.

"그는 세포에서 일하다가 살라첸코 클럽에서 필요하다고 하면 임시 전출되죠." 모니카가 설명했다.

"어떻게 그런 일이 실질적으로 가능하죠?"

"아주 좋은 질문입니다." 토르스텐이 희미한 미소를 흘렸다. "미카엘 씨, 혹시 여기로 들어와 함께 일해볼 생각은 없나요?"

"죽었다 깨어나도 그럴 일은 없습니다."

"농담입니다. 하지만 질문이 너무도 예리하군요. 의심 가는 사람이 한 명 있지만 확실한 증거는 없습니다."

"가만 있자…… 분명 행정적으로 권한이 큰 사람이겠군요."

"우린 사무처장 알베르트 스헨케를 의심하고 있어요." 모니카가 끼어들었다.

"이게 바로 우릴 망하게 할 첫번째 암초가 될 수 있지." 토르스텐이 말했다. "당신에게 이름 하나를 알려줬지만 입증하긴 힘든 정보인데, 어떻게 써먹을 생각입니까?"

"날 보호해줄 증거가 없는 한 무턱대고 이름을 발표할 순 없는 노릇이죠. 만일 사무처장이 결백하다면 〈밀레니엄〉을 명예훼손 혐의로 고소할 테니까요."

"좋아요. 그럼 합의를 본 겁니다. 이 협력은 무조건 상호 신뢰를 기반으로 이루어져야 한다는 걸 명심해주세요. 자, 이제 당신 차례입니다. 무얼 알고 있죠?"

"이름 세 개입니다." 미카엘이 대답했다. "그중 두 사람은 1980년대에 살라첸코 클럽 일원이었죠."

토르스텐과 모니카가 귀를 쫑긋 세웠다.

"한스 폰 로팅에르와 프레드리크 클린톤입니다. 한스는 죽었고, 프레드리크는 은퇴했습니다. 하지만 둘 다 살라첸코와 가장 가까운 영역에 속해 있었죠."

"세번째 이름은?" 토르스텐이 물었다.

"페테르 박사가 '요나스'라는 자와 연결되어 있습니다. 성은 모르지만 어쨌든 지금 살라첸코 그룹에 속해 있어요. 코파카바나 카페 근처에서 찍은 사진에 예란과 같이 있던 자일 거라고 생각합니다."

"요나스라는 이름은 어디서 발견했습니까?"

리스베트가 페테르의 컴퓨터를 해킹했지. 그가 주고받은 메일들을 보니 1991년에 군나르 비에르크와 했던 것과 똑같은 방식으로 지금은 요나스와 공모하고 있더군.

"요나스가 페테르 박사에게 지시를 내리고 있습니다. 그리고 지금 우린 두번째 암초를 향해 가고 있군요." 미카엘이 씽긋 웃어 보이며 토르스텐에게 말했다. "난 내 주장을 얼마든지 입증할 수 있지만 그러면 정보제공자를 밝히게 됩니다. 그러니 내 말을 그냥 받아들여주세요."

토르스텐은 나름대로 머리를 굴리는 듯했다.

"아마 웁살라에 있는 박사의 동료겠죠. 오케이. 그럼 프레드리크 클린톤과 한스 로팅에르부터 시작해봅시다. 당신이 아는 걸 얘기해보세요."

망누스 보리셰가 임원 회의실 옆에 붙은 그의 집무실에서 에리카를 맞았다. 그의 얼굴에 근심이 가득했다.

"발을 다쳤다고 하던데." 그가 에리카의 발을 가리키며 물었다.

"괜찮아질 거예요." 그녀는 망누스의 책상에 목발을 기대어놓고 손님용 소파에 앉았다.

"다행이군. 자네가 여기 온 지도 벌써 한 달이 되었으니 중간 점검을 해보고 싶네. 지금까지의 감상은?"

비타바라 문제를 얘기해야 해. 하지만 어떻게? 언제?

"어느 정도 상황을 파악하기 시작했어요. 두 가지 측면으로 말할 수 있습니다. 우선 〈SMP〉는 재정적 문제가 있고 예산 때문에 질식해가는 중이죠. 한편으론 편집국에 쓸데없는 짐이 너무 많아요."

"긍정적인 면은 없던가?"

"있죠. 일이 뭔지 아는 노련한 프로들이 있어요. 잘 돌아가는 기계에 모래를 뿌리는 자들 또한 있다는 게 문제죠."

"편집부장 안데르스가 와서 말하기를……"

"알고 있습니다."

"자네에 대해 할말이 상당히 많은 모양이더군. 대부분 부정적인 것들이지."

"상관없어요. 나 역시 할말이 꽤 많으니까요."

"부정적인 건가? 둘이 함께 일할 수 없다면 곤란한데……"

"난 그와 일하는 데 아무 문제 없습니다. 하지만 그가 나와 일하는 데 문제를 느끼고 있죠."

에리카는 한숨을 쉬었다.

"그는 정말 사람을 미치게 만들어요. 물론 노련한 인물이죠. 내가 겪어본 편집부장 가운데서 가장 유능한 편이에요. 동시에 엿 같은 인간이고요. 끊임없이 술수를 쓰거나 자기 목적을 이루려고 사람들을 이간질해요. 나도 이 바닥에서 생활한 지 벌써 이십오 년인데, 관리자 가운데 저런 사람은 처음이에요."

"편집부장 일을 제대로 해내려면 터프해질 수밖에 없겠지. 사방에서 압력을 받는 자리이니."

"터프한 건 얼마든지 좋습니다. 하지만 멍청이처럼 굴어도 된다는 뜻은 아니죠. 불행히도 그는 편집국의 재앙이에요. 팀워크를 박살내는 주범이란 말입니다. 사람들을 분열시키면서 지배하는 게 자신의 임무라고 생각하는 것 같아요."

"말을 거침없이 하는군."

"그에게 마음을 고쳐먹을 시간으로 한 달을 줬어요. 그래도 변화가 없다면 편집부장 자리를 빼앗는 수밖에요."

"그럴 순 없어. 조직을 깨는 건 자네 일이 아니야."

에리카는 입을 다물고 회장을 물끄러미 쳐다보았다.

"또 상기시켜드려서 죄송한데, 회장님이 절 스카우트한 건 바로 그 때문이 아닌가요? 서명한 계약서에 명시되어 있죠. 필요한 경우 편집국을 변화시킬 재량권이 있다고요. 내 임무는 이 신문을 개혁하는 일이고, 그건 조직과 관습을 변화시킬 때만 가능합니다."

"안데르스는 〈SMP〉에 평생을 바친 사람이야."

"맞아요. 지금 쉰여덟이고 육 년 후에 은퇴할 사람이죠. 난 그때까지 이 짐짝을 지고 있을 수 없어요. 망누스 회장님, 나라는 사람을 똑바로 알아주세요. 저 유리방에 들어간 순간부터 내 목적은 〈SMP〉의 질을 개선하고 판매부수를 올리는 겁니다. 안데르스는 둘 중 하나를 선택해야 해요. 내 방식에 따라 일하든지, 아니면 다른 일을 찾아보든지. 내 길을 가로막거나 〈SMP〉에 해가 되는 사람을 그냥 놔둘 순 없습니다."

젠장…… 비타바라 얘기를 꺼내야 하는데…… 망누스 보리셰는 물러나야 해.

망누스가 갑자기 씽긋 웃었다.

"자네도 상당히 터프하군."

"맞아요. 이번 일은 좀 유감이에요. 반드시 여기까지 올 필요는 없었는데 말이죠. 어쨌든 내 업무는 좋은 신문을 만드는 일이고, 제대로 된 지휘권과 자기 일을 즐길 줄 아는 팀원들이 주어졌을 때 가능합니다."

망누스와 이야기를 마친 에리카는 다리를 절뚝거리며 유리방으로 돌아왔다. 기분이 개운치 않았다. 그와 사십오 분이나 대화했지만 비타바라 얘기는 꺼내지도 못했다. 그의 앞에서 솔직하지도 정직하지도 못했다.

책상에 앉아 컴퓨터를 켜보니 MikBlom@millennium.nu로부터 메일 한 통이 와 있었다. 〈밀레니엄〉에 이런 주소는 없다는 걸 잘 알았기 때문에 스토커가 보낸 안부인사일 거라고 쉽게 짐작할 수 있었다. 어쨌거나 메일을 열었다.

더러운 년, 망누스가 널 구해줄 거라고 생각해? 발은 좀 어떠셔?

에리카는 눈을 들어 편집국을 바라보았다. 곧장 안데르스에게 시선을 보냈다. 그는 그녀를 바라보고 있었다. 그러고는 고개를 한번 까딱하더니 빙그레 웃었다.

이 메일들…… <SMP>의 누군가가 쓰고 있어.

헌법수호부 미팅은 오후 5시가 지나서야 끝났다. 그들은 다음주에 다시 만나기로 하고 그전에 미카엘이 세포와 접촉할 일이 있으면 모니카에게 연락하기로 했다. 미카엘은 노트북 가방을 들고 자리에서 일어났다.

"이 건물에서 빠져나가려면 어떻게 해야 합니까?"

"여기서 혼자 돌아다니면 좋지 않을 텐데." 토르스텐이 말했다.

"나가는 길을 알려드리죠." 모니카가 나섰다. "사무실에 들러서 물건을 챙겨올 테니 잠시만 기다려줘요."

둘은 크로노베리 공원 방면으로 빠져나와 프리드헴스플란으로 향했다.

"앞으로 어떻게 되는 거죠?" 미카엘이 물었다.

"계속 연락해야죠."

"세포와 접촉하는 일이 슬슬 좋아지기 시작하는데요." 미카엘이 웃으며 말했다.

"이따 저녁에 함께 식사하는 게 어때요?"

"또 보스니아 레스토랑?"

"아뇨, 저녁마다 레스토랑에서 식사할 만큼 부자는 아니에요. 우리집에서 뭐라도 간단하게 먹자는 얘기죠."

이렇게 말한 그녀가 걸음을 멈추고는 미소를 지었다.

"지금 내가 정말로 하고 싶은 게 뭔지 알아요?"

"글쎄요."

"당신을 당장 우리집으로 데려가서 옷을 벗기고 싶어요."

"그러면 일이 복잡해질 텐데요."

"알아요. 우리 대장한테 알릴 생각은 없어요."

"앞으로 이 일이 어떻게 될지 전혀 모르잖아요? 나중에 적으로 만나 서로 총을 겨누게 될지도 모르는데."

"운에 맡기겠어요. 자, 제 발로 따라 오실래요, 아니면 수갑을 채울까요?"

미카엘이 고개를 끄덕였다. 모니카는 그의 어깨를 팔로 감싸듯 하면서 폰톤예르가탄으로 안내했다. 현관문이 닫힌 지 삼십 초 만에 둘은 알몸이 되었다.

에리카가 저녁 7시쯤 집에 돌아와보니 밀톤에서 나온 상담원 다비드 로신이 기다리고 있었다. 그녀는 끔찍이도 아픈 발을 질질 끌면서 간신히 주방까지 걸어가 가까운 의자에 털썩 주저앉았다. 그가 커피를 내려 그녀에게 따라주었다.

"고마워요. 커피도 서비스에 포함되는 모양이죠?"

그는 점잖게 미소 지었다. 다비드 로신은 통통한 몸집에 쉰 살 정도로 보이는 남자였다.

"오늘 하루 주방을 빌려주셔서 고맙습니다."

"최소한 그 정도는 해드려야죠. 자, 어떻게 되어가나요?"

"낮에 기술팀이 와서 제대로 경보장치를 설치하고 갔습니다. 작동법은 조금 있다가 알려드리죠. 제가 지하실부터 다락방까지 샅샅이 살펴봤고 집 주변도 돌아봤습니다. 회사로 돌아가면 에리카 씨가 처한 상황을 논의한 후 며칠 안에 분석 보고서를 들고 당신과 다시 의논할 겁니다. 다만 그때까지 알아두실 게 몇 가지 있습니다."

"얘기해보세요."

"우선, 형식적인 절차들을 거쳐야 합니다. 최종 계약서는 나중에 작성하겠지만, 에리카 씨가 의뢰해 오늘 밀톤 시큐리티가 경보장치를 설치했다는 내용 동의서에 서명해주세요. 밀톤이 고객에게 요구하는 사항과 고객 비밀 유지 등 밀톤이 지켜야 할 의무가 기재된 일반 계약서입니다."

"나한테 뭘 요구한다고요?"

"그렇습니다. 경보장치는 하나의 도구일 뿐이지 만일 거실에 미친 사람이 총을 들고 쳐들어온다면 큰 의미가 없습니다. 따라서 이 모든 장치를 효과적으로 쓰기 위해 당신과 남편께서 몇 가지 내용을 숙지하셔야 하고, 저희가 일상적으로 취해놓은 조치들도 받아들이셔야 합니다."

"계속해보세요."

"최종적으로 분석 결과가 나오겠지만 우선 제가 파악한 상황은 이렇습니다. 두 분은 대저택에 살고 계십니다. 집 뒤로 해변이 있고, 근처에도 저택들이 몇 채 있죠. 이 집은 이런저런 것들로 가려져 이웃에서 잘 보이지 않는데다 비교적 고립되어 있습니다."

"맞아요."

"다시 말해 사람들 눈에 띄지 않고도 괴한이 쉽게 접근할 수 있다는 뜻입니다."

"오른쪽 집에 사는 사람들은 여행을 자주 떠나고, 왼쪽 집에 사는 노부부는 일찍 잠자리에 들어요."

"그렇습니다. 게다가 이웃집들은 창문이 거의 없는 측면과 마주보고 있습니다. 도로에서 벗어나 5초 안에 이를 수 있는 이 집 뒤뜰에 괴한이 침입한다면 이웃에서 그를 목격할 방법이 없죠. 게다가 뒤뜰은 높직한 산울타리와 창고, 그리고 외따로 떨어진 별채로 둘러싸여 있고요."

"남편이 쓰는 작업실이에요."

"예술가이신 모양이군요."

"네. 그다음은요?"

"괴한은 창문을 박살내고 건물 전면에 스프레이 낙서를 하는 동안 별다른 방해를 받지 않았을 겁니다. 창문 깨지는 소리를 듣고 누군가 내다볼지도 모른다는 것 정도는 각오했을 수 있습니다. 하지만 건물이 L자형이라 꺾인 벽면에 소리가 부딪혀 약해졌겠죠."

"아, 그런가요?"

"에리카 씨는 아주 큰 집에 사십니다. 250제곱미터 가까이 되는 집에 다락과 지하실까지 딸려 있죠. 이층에만 방이 열두 개고요."

"괴물 같은 집이에요. 남편이 어렸을 때부터 살아왔고, 나중에 부모님에게 물려받았죠."

"이렇게 큰 집이니 침입 방법이 수없이 많습니다. 정문, 뒤뜰 테라스, 이층 베란다, 차고 등을 통해 들어올 수 있죠. 게다가 일층 창문들과 여섯 개나 되는 지하실 창문들에는 경보장치 하나 달려 있지 않습니다. 마지막으로 소방 사다리를 쓰면 걸쇠 하나로 잠겨 있는 다락방 천창을 통해 집 뒤쪽으로 침입할 수 있죠."

"이 집에 달린 문들은 슈퍼마켓 자동문이나 마찬가지네요. 어떻게 해야 할까요?"

"오늘 설치한 경보장치는 임시용입니다. 다음주에 일층과 지하실에 있는 모든 창문에 정식으로 장치를 설치할 예정이에요. 주로 두 분이 집을 비웠을 때를 대비한 침입방지 시스템이라고 할 수 있죠."

"흠."

"이런 일이 일어난 건 특정한 개인이 당신을 직접적으로 위협했기 때문입니다. 아주 심각한 상황이에요. 그자가 누구인지, 동기는 무엇인지, 또 그가 어디까지 나갈지 전혀 모르는 상태지만 몇 가지 결론을 끌어낼 순 있습니다. 단순히 익명으로 협박편지를 보내는 선에서 그칠 일이라면, 저희는 이 위험성을 좀더 낮게 평가할 겁니다. 하지만 이자는 테러를 하려고 먼 살트셰바덴에 있는 집까지 일부러 찾아왔어요. 결코 좋은 징조가 아니죠."

"전적으로 동감해요."

"오늘 드라간 씨와도 얘기해봤는데, 상당히 심각한 위협이라고 의견을 모았습니다."

"그렇군요."

"그자에 대해 좀더 알아낼 때까지 만일의 경우를 생각해 철저히 대비해야 합니다."

"그러니까……"

"첫째, 오늘 설치한 경보장치는 두 종류입니다. 하나는 집에 사람이 없을 때 켜놓는 일반적인 침입경보장치이고, 다른 하나는 두 분이 밤에 이층에 계실 때 켜놓는 동작감지장치입니다."

"네."

"좀 불편할 수 있습니다. 일층에 내려올 때마다 경보장치를 해제해야 하니까요."

"이해해요."

"둘째, 침실 문도 교체했습니다."

"방문을요?"

"강철 안전문을 달았죠. 걱정 안 하셔도 됩니다. 흰색으로 칠해놔서 겉보기엔 일반 문과 똑같습니다. 다만 문을 닫으면 자동으로 잠기죠. 안에서 문을 열려면 문고리만 돌리세요. 하지만 바깥에서 열려면 문고리 밑에 붙은 번호판에서 비밀번호 세 자리를 눌러야 하죠."

"알겠어요."

"그러니 집안에서 습격받는 일이 일어나도 이젠 대피할 수 있는 안전한 방이 있는 겁니다. 벽은 매우 튼튼하고, 문을 부수려고 도구를 쓴다 해도 꽤 많은 시간이 필요합니다. 그리고 셋째, 감시카메라를 설치해서 침실에서도 뒤뜰과 일층에서 일어나는 일을 파악할 수 있게 할 겁니다. 이번주 안에 집 외부에 동작감지기와 함께 설치하겠습니다."

에리카는 땅이 꺼질 듯 한숨을 쉬었다.

"앞으로 침실은 그렇게 낭만적인 장소가 되지 못하겠네요."

"아주 조그마한 모니터입니다. 벽장이나 옷장 같은 곳에 넣어두면 그렇게 거슬리지 않을 겁니다."

"알겠어요."

"이번주 안에 서재와 일층에 있는 문도 교체할 겁니다. 무슨 일이 생기면 재빨리 그 안으로 대피해 구조대가 올 때까지 문을 잠그고 계세요."

"네."

"실수로 침입경보장치를 발동시키면 즉시 밀톤 출동센터에 전화해 취소해주세요. 취소할 땐 우리 쪽에 등록해놓은 코드를 알려주셔야 하고요. 코드를 잊어버린 경우에는 어쨌든 출동도 이루어지고 계좌에서 벌금도 빠져나갑니다."

"네."

"넷째, 지금 집안에는 네 곳에 습격경보장치가 설치되어 있습니다. 여기 주방, 거실, 이층 서재, 그리고 침실입니다. 습격경보를 발동시키려면 버튼 두 개를 동시에 삼 초간 누르고 있어야 합니다. 한 손으론 누를 수 없으니 실수할 위험은 없죠."

"아하."

"습격경보를 발동하면 세 가지 일이 일어납니다. 첫째, 밀톤에서 차량을 보냅니다. 일단 가장 가까운 피스크세트라의 아담 시큐리티에서 먼저 출동하죠. 십 분 내지 십이 분 내로 건장한 요원 둘이 도착할 겁니다. 둘째, 나카에서 대기하는 밀톤 출동 차량이 갑니다. 빠르면 이십 분, 보통 이십오 분 정도 걸리죠. 셋째, 경찰에게도 자동적으로 신고됩니다. 그러니까 몇 분 간격으로 차량 여러 대가 현장으로 몰려들 겁니다."

"오케이."

"침입경보와는 달리 습격경보는 취소할 수 없습니다. 전화를 걸어 실수였다고 말할 수 없는 거죠. 출동한 요원들을 현관문에서 맞이하며 실수였다고 설명해도 우리는 안으로 들어갑니다. 괴한이 숨어서 남편의 관자놀이에 권총을 대고 있을지도 모를 일이니까요. 그러니 습격경보는 정말로 위급한 상황일 때만 사용하셔야 합니다."

"알겠어요."

"반드시 신체적인 공격이 있을 때만 사용하라는 건 아닙니다. 누군가 집에 침입하려고 하거나 뒤뜰에 불쑥 나타날 수도 있죠. 조금이라도 위험한 상황이라고 생각이 들면 경보를 울려야 합니다. 물론 적절하게 판단하셔야 하겠지만요."

"약속드리죠."

"집안 여기저기에 골프채가 있더군요."

"네. 어제 여기서 혼자 잤어요."

"저 같으면 호텔방을 잡았을 겁니다. 스스로 안전 대책을 세운 것에 대해선 뭐라 말씀드릴 수 없겠습니다만 골프채로는 사람도 쉽게 죽일 수 있다는 사실을 알아주셨으면 합니다."

"흠."

"만약 그랬다면 살인 혐의로 기소될 겁니다. 게다가 골프채를 손이 닿기 쉬운 곳에 놓아두지 않았습니까? 그건 계획적 살인으로까지 몰릴 수 있는 일입니다.”

“그렇다면 내가……”

“무슨 말 하실지 압니다.”

“그러면 내가 공격받는 상황에서 가만히 있을까요? 분명 그자의 머리통을 박살내버리려고 하겠죠.”

“이해합니다. 하지만 밀턴에 의뢰하셨다는 건 대안을 찾고 싶다는 뜻이죠. 이제부턴 구조를 요청할 수 있는 가능성이 생긴 겁니다. 무엇보다 누군가의 머리통을 박살내야 하는 상황에 처하지 않도록 노력해야겠죠.”

“알겠어요.”

“그리고 상대가 총을 들고 있다면 골프채가 무슨 소용이겠습니까? 가장 좋은 안전 대책은 항상 상대보다 한 걸음 앞서서 행동하는 겁니다.”

“스토커가 날 따라다니고 있는 상황이라면 어떻게 처신해야 하죠?”

“그가 접근할 수 있는 상황이 생기지 않도록 조심하세요. 경보장치를 설치하는 건 앞으로 며칠 후에나 끝납니다. 또 저희가 남편분과도 얘기를 나눠야 하고요. 에리카 씨의 안전을 위해서는 남편께서도 철저한 안전 의식을 갖추셔야 합니다.”

“흠.”

“그때까지는 여기에 계시지 않는 게 좋을 것 같습니다만.”

“다른 곳에 가 있을 형편이 못 돼요. 남편은 며칠 후에나 돌아오고요. 그 사람이나 나나 여행을 많이 해서 이렇게 혼자 지낼 때가 있어요.”

“무슨 말인지 알겠습니다. 다만 경보장치가 완전히 설치될 때까지 며칠만 그렇게 해달라는 겁니다. 혹시 가서 지낼 만한 친구 집이라도 없나요?”

에리카는 잠시 미카엘을 떠올렸지만 지금 그럴 만한 상황이 아니라는 게 생각났다.

"고마워요…… 하지만 그냥 집에 있겠어요."

"전 걱정되는데요. 그렇다면 누굴 불러서 주말 동안 같이 지내는 게 어떻겠습니까?"

"글쎄요."

"여기 와서 며칠 묵을 만한 사람이 있을까요?"

"어쩌면요. 하지만 뒤뜰에서 미치광이 살인마가 어슬렁거리는데, 저녁 7시 반 넘어서까지 남아 있으려는 사람은 없겠죠."

다비드는 잠시 생각했다.

"좋습니다. 그럼 밀톤 직원과 함께 지내시는 건 어떻겠습니까? 수산네 린데르라는 여성 직원이 있습니다. 전화해서 오늘 저녁에 시간이 되는지 물어보겠습니다. 몇 백 크로나가 추가로 들어오는 일인데 마다하진 않을 거예요."

"정확히 얼마나 지불해야죠?"

"그건 그녀와 둘이서 얘기하시면 됩니다. 비공식적인 일이니까요. 저는 정말 에리카 씨를 여기 혼자 남겨놓고 싶지 않습니다."

"난 어둠을 무서워하는 사람이 아니에요."

"저도 그렇게 생각합니다. 그렇지 않았다면 어젯밤에 여기서 혼자 주무시지 않았겠죠. 수산네 린데르는 경찰 출신입니다. 며칠만 참으시면 됩니다. 밀착 경호를 해야 할 일이 생기면 문제가 달라지겠지만요. 물론 비용도 상당히 올라갑니다."

다비드의 진지한 태도가 에리카의 마음을 움직였다. 그리고 그녀는 문득 깨달았다. 지금 이 사람은 정말로 그녀의 생명이 위험할 수도 있다는 사실을 차분하게 말하고 있었다. 과장된 얘기일까? 순전히 직업적 우려에 불과할까? 그렇다면 왜 자신은 밀톤에 전화해 경보장치를 설치해달라고 했단 말인가?

"좋아요. 그녀를 불러주세요. 손님방을 치워놓겠어요."

모니카와 미카엘이 몸을 시트로 둘둘 말고 침실에서 나온 건 밤 10시가 다 되어서였다. 그들은 주방으로 가 참치와 베이컨 등 냉장고에 있는 잡다한 재료를 넣어 파스타 샐러드를 만들었다. 물도 벌컥벌컥 들이켰다. 모니카가 갑자기 웃음을 터뜨렸다.

"왜 그래요?"

"이런 우리 모습을 보면 부장님이 어떤 얼굴을 할까요? 당신과 긴밀하게 접촉을 유지하라고 했지만 당신과 같이 자라는 뜻은 아니었을 텐데 말이에요."

"당신이 시작한 일이죠. 수갑을 차든지 제 발로 따라오든지, 둘 중 하나를 택하라고 협박하다니."

"알아요. 하지만 설득하기가 그리 힘들진 않던데요?"

"스스로 의식하지 못할 수도 있겠지만—그래도 분명히 알고 있을 거라고 생각해요—당신은 온몸에서 성적 매력이 철철 넘쳐흘러요. 세상에 어떤 남자가 거기에 저항할 수 있겠어요?"

"고마워요. 하지만 난 그렇게 섹시하지 않아요. 섹스를 자주 즐기지도 않고요."

"흠."

"정말이에요. 여러 남자와 섹스를 즐기는 편은 아니죠. 이번 봄에 어떤 남자와 데이트를 좀 했는데, 지금은 다 끝났어요."

"왜죠?"

"꽤 귀여운 남자였는데, 결국 진 빠지는 힘겨루기만 하다 끝을 맺었어요. 난 그보다 더 강했고, 그는 그걸 견디지 못했죠."

"아."

"당신도 그런 남자인가요? 나와 힘겨루기 하고 싶어하는?"

"당신이 나보다 더 탄탄하고 힘도 세다는 걸 못마땅하게 여기는 그런 남자냐고 묻는 건가요? 아뇨."

"솔직히 말해봐요. 사실 많은 남자들이 내게 관심을 보여요. 하지만 시간이 조금 지나면 공연히 시비를 걸기 시작하면서 무슨 수를 써서라도 날 지배하려 들죠. 특히 내가 경찰이라는 걸 알고 나면 더 그래요."

"난 당신하고 힘을 겨룰 생각이 전혀 없어요. 내가 당신보다 잘하는 게 있고, 당신이 나보다 잘하는 게 있는 거 아니겠어요?"

"좋아요. 맘에 드네요."

"그런데 왜 날 골랐죠?"

"난 보통 충동에 잘 넘어가요. 당신도 그 충동 가운데 하나였죠."

"오케이. 하지만 당신은 경찰이잖아요. 그것도 세포에 소속된 경찰. 내가 관계된 사건을 조사하는 마당에……"

"내 행동이 프로답지 못했다는 뜻이죠? 맞아요. 절대 해서는 안 되는 일이었어요. 만일 알려지면 큰 문제가 생기겠죠. 부장님은 펄펄 뛸 테고."

"일러바치진 않을게요."

"고맙군요."

둘은 잠시 말이 없었다.

"앞으로 이 관계가 어떻게 될지 모르겠네요. 당신은 여자 관계가 꽤나 화려하다고 하던데?"

"불행히도 그래요. 그리고 난 오래 만날 애인을 찾고 있진 않아요."

"오케이. 그 경고 접수하겠어요. 나 역시 그런 애인을 찾는 건 아니에요. 어때요, 앞으로 우리 그냥 친구로 지내는 게?"

"좋아요. 모니카, 우리 사이에 있었던 일은 아무한테도 얘기하지 않을게요. 만일 이 일이 꼬이면 나와 당신 동료들 사이에서 분쟁이 일어날 수 있으니까요."

"그렇진 않을 거예요. 부장님은 올바른 사람이에요. 그리고 우리 둘 다 살라첸코 클럽을 꼭 잡고 싶은 마음이 있잖아요. 만약 당신이 우려하는 일이 일어난다면 그야말로 어처구니없는 경우죠."

"두고 봅시다."

"그리고 당신은 리스베트 살란데르와도 관계가 있었죠."

미카엘은 눈을 들어 그녀를 똑바로 쳐다보았다.

"이런…… 난 아무나 기웃거릴 수 있는 공개 일기장이 아니에요. 나와 리스베트의 관계는 다른 사람과 아무 상관 없어요."

"그녀는 살라첸코의 딸이에요."

"그래요. 그녀는 그 짐을 지고 살아야 해요. 하지만 그녀가 살라첸 코는 아니죠. 여기엔 큰 차이가 있어요."

"내 말은 그런 뜻이 아니었어요. 단지 당신이 이 이야기에 어떤 식으로 연루되어 있는지 궁금했을 뿐이에요."

"리스베트는 내 친구예요. 설명은 이걸로 충분하고요."

수산네 린데르는 청바지와 가죽재킷 차림에 조깅화를 신고 있었다. 9시쯤 살트셰바덴에 도착한 그녀는 다비드 로신으로부터 간단한 설명을 들은 뒤 그와 함께 집 주변을 돌아보았다. 그녀가 챙겨온 장비는 노트북, 곤봉, 최루액 스프레이, 수갑, 칫솔 등이었고, 이것들이 담긴 녹색 군용배낭을 에리카의 손님방에 풀었다. 에리카는 그녀에게 커피를 대접했다.

"고맙습니다. 저를 격식 차려서 대접할 손님으로 여기실 필요는 없습니다. 결코 손님으로 온 게 아닙니다. 며칠 잠깐 머물다 사라질 일용품 같은 존재라고 할 수 있죠. 육 년간 경찰로 일했고, 밀톤에서 근무한 지는 사 년 됐어요. 자격증이 있는 전문 경호원이죠."

"그렇군요."

"지금 에리카 씨를 위협하는 존재가 있죠. 전 당신이 편히 일을 하거나 책을 읽거나 잠자리에 들 수 있도록, 혹은 원하는 일을 할 수 있게 도와드리는 경비원이에요. 하실 말씀이 있다면 언제든지 해주세요. 그렇지 않을 때는 책을 읽으려고 한 권 가져왔어요."

"알겠어요."

"다시 말해 절 신경쓰지 마시고 평소처럼 생활하시라는 뜻입니다. 그러지 않으면 금방 절 거추장스럽게 느끼실 테니까요. 일시적인 직장 동료라고 생각하세요."

"사실 이런 상황에 별로 익숙하지 않아요. 〈밀레니엄〉 편집장일 때 몇 번 협박받은 적은 있었죠. 하지만 그땐 일과 관련된 협박이었어요. 그런데 지금은 너무나도 불쾌한 작자가……"

"개인적으로 들러붙고 있는 거죠."

"뭐, 비슷해요."

"이게 만일 본격적으로 받는 밀착 경호라면 큰 비용을 내고 드라간 씨와 상의하셔야 해요. 그러려면 아주 명백하고도 구체적인 위협이 있어야겠죠. 저한테 이건 어쩌다 하는 아르바이트일 뿐이에요. 주말까지 야간에만 여기서 지내기로 하고 일당 500크로나를 받았으면 해요. 절대 비싼 건 아닙니다. 정식으로 밀톤을 통해 이 일을 했다면 훨씬 더 많이 책정됐을 거예요. 괜찮으시겠어요?"

"아주 좋아요."

"만일 무슨 일이 생기면 침실로 대피하시고 제가 일을 처리하게 해주세요. 습격경보 버튼은 직접 눌러주시고요."

"알았어요."

"심각하게 말씀드리는 겁니다. 무슨 일이 발생하면 제 곁으로는 절대 오지 마세요."

에리카는 밤 11시에 자러 들어갔다. 침실 문을 닫으니 딸깍 하고 잠기는 소리가 났다. 옷을 벗은 후 생각에 잠긴 채 침대에 누웠다.

수산네가 신경쓰지 않아도 된다고 했지만 에리카는 주방 식탁에서 그녀와 두 시간을 보냈다. 그리고 그녀와 대화가 무척 잘 통한다는 걸 느꼈다. 둘은 여자를 스토킹하는 남자의 심리에 대해 얘기를 나누었다. 수산네는 장황한 심리학 이론 따위엔 관심이 없다고 선언했다. 미치광이들이 저지르는 짓을 실제로 막는 일이 그녀에겐 가장 중요했다. 밀톤에서 그런 자들을 막는 방패 역할을 하는 일이 그녀는 무척 좋았다.

"경찰에선 왜 나왔죠?"

"오히려 왜 경찰이 되었느냐고 물어보시죠."

"오케이. 왜 경찰이 되셨죠?"

"열일곱 살 때 가까운 친구 하나가 동네 깡패 셋에게 성폭행을 당했어요. 경찰이 하는 일에 낭만을 품고 있었죠. 경찰이 그런 범죄들을 막아준다고 믿었거든요."

"음......"

"그런데 경찰이 되어보니 범죄를 막기는 커녕…… 항상 사건이 벌어지고 난 후에야 현장에 도착했어요. 거만한 얼굴로 버티고 앉아 심문한답시고 멍청한 질문이나 던지는 나 자신이 너무도 한심했어요. 심지어 어떤 사건들은 수사하지도 않고 넘어간다는 걸 알았어요. 에리카 씨의 경우가 단적인 예죠. 무슨 일이 있었는지 경찰에 알리셨나요?"

"네."

"그래서 경찰이 왔던가요?"

"아니요. 그냥 가까운 파출소에 신고하라고 하더군요."

"그것 보세요. 하지만 밀톤은 달라요. 범죄가 일어나기 전에 현장으로 출동하죠."

"주로 협박받는 여성들을 경호하나요?"

"다양한 일을 해요. 보안 상태 분석, 밀착 경호, 감시 등등. 의뢰인 대부분이 협박받는 사람들이죠. 어쨌든 경찰에 있을 때보다 훨씬 만족해요."

"그렇군요."

"하지만 단점도 있어요."

"뭐죠?"

"돈을 지불할 수 있는 고객만 도울 수 있잖아요."

침대에 누운 에리카는 그녀가 한 말을 곱씹었다. 모든 사람이 믿을 만한 보안 시스템을 갖출 수 있는 건 아니다. 그녀 자신은 문짝을 여러 개 교체하고 기술팀을 불러 이중 경보장치를 설치하라는 다비드의 제안을 고민하지 않고 받아들였다. 이 모든 공사에 들어간 비용은 5만 크로나에 달했다. 하지만 그녀에겐 여력이 있었다.

에리카는 아까 편집국에서 문득 스쳤던 느낌, 지금 자신을 위협하는 자가 〈SMP〉 사람일 거라고 추측했던 그 순간을 잠시 떠올려봤다. 편집국에 있지 않다면 그녀가 발을 다친 사실을 알 수 없었을 것이다. 안데르스 홀름을 생각했다. 물론 그녀가 그를 싫어하기 때문에 의심이 쏠린다고 할 수도 있었다. 하지만 그녀가 목발을 짚고 나타나자마자 국장이 발을 다쳤다는 소문이 편집국에 쫙 퍼졌다는 사실도 무시할 수 없었다.

망누스 보리셰도 문제였다.

그 순간 에리카가 벌떡 일어나 앉았다. 미간을 찌푸리고 주위를 둘러보았다. 헨리가 준 망누스와 비타바라 자료를 어디다 뒀지?

그녀는 침대에서 내려와 가운을 걸치고 목발을 짚었다. 침실 문을 열고 서재로 가 전등을 켰다. 아니, 그녀는 서재에 들어간 적이 없었다…… 어젯밤 욕조에 앉아 자료를 읽었던 이후로는 그랬다. 자료는 욕실 창턱에 올려놓았었다.

뒤이어 욕실로 가보았다. 창턱 위에 자료가 없었다.

한참 동안 꼼짝 않고 서서 곰곰이 기억을 되짚었다.

욕조에서 나와 커피머신을 켜러 갔고, 유리 조각을 밟았고, 그다음부턴 정신이 없었어.

갑자기 얼음 같은 한기가 엄습했다. 오 분쯤 욕실을 구석구석 살폈고, 주방과 침실에 쌓여 있는 종이며 신문 더미를 뒤져보았다. 결국에는 헨리가 준 자료가 사라져버렸다는 걸 인정할 수밖에 없었다.

그녀가 유리 조각을 밟고 나서부터 다비드 로신이 오기 전까지, 그사이에 누군가 욕실에 들어가 자료를 가져가버렸다.

다른 생각이 벼락처럼 떠올랐다. 집안에는 비밀 자료들이 또 있었다. 에리카는 한 발로 콩콩 뛰다시피 해 침실로 들어가 침대 가까이에 있는 서랍장에서 맨 아래 서랍을 열었다. 가슴 속에 돌덩이 하나가 쿵 떨어져내렸다. 누구에게나 비밀이 있다. 에리카는 자신의 비밀을 침실 서랍장에 숨겨두었다. 일기를 꾸준히 쓰진 않았지만 그러던 시절도 있었다. 서랍 안에는 일기 말고도 십대 때 쓴 연애편지들이 있었다.

그리고 봉투가 하나 있었다. 한때 재미로 찍었지만 세상에 내놓기엔 부적절한 사진들이 들어 있었다. 스물다섯 즈음에 그녀는 가죽 애호가들이 모여 은밀한 파티를 열던 '클럽 익스트림'의 회원이었다. 그런 파티에서 찍은 사진들은 말짱한 정신으로 그녀가 보기에도 얼굴이 화끈거렸다.

하지만 진정한 재앙은 따로 있었다. 1990년대 초 휴가철에 남편과 함께 유리공예가 토르켈 볼링에르가 소유한 스페인 코스타 델 솔 해안의 별장으로 초대받은 일이 있었다. 그때 영상을 하나 촬영했었다. 거기 머무는 동안 남편에게 양성애 성향이 있다는 걸 알게 된 에리카는 토르켈과 함께 셋이서 침대에 올랐다. 참으로 멋진 휴가였다. 그들은 당시만 해도 보기 드문 기기였던 비디오카메라를 재미삼아 써보았고, 그렇게 해서 만들어진 영상은 아이들에게 보이기엔 곤란한 것이었다.

서랍 안은 휑하니 비어 있었다.

어떻게 이렇게까지 멍청할 수 있지!

서랍 바닥에는 이제 친숙한 그 단어가 스프레이로 휘갈겨져 있었다.

19장
6월 3일 금요일~6월 4일 토요일

금요일 새벽 4시경, 리스베트는 진술서를 완성해 야후 그룹 '바보 원탁'에 복사본을 올려 미카엘에게 전달했다. 그런 다음 침대에 꼼짝 않고 누워 천장을 응시했다.

문득 4월 30일이 자신의 생일이었다는 걸 알았다. 지금껏 생각도 못하고 있다가 불현듯 떠올랐다. 지금 그녀는 갇힌 몸이었다. 상트 스테판 정신병원에서도 똑같은 일을 겪었고, 이번 일이 고약하게 흘러간다면 앞으로도 어느 수용소에서 꽤 많은 생일을 보내게 될 수 있다.

결코 받아들일 수 없는 일이었다.

지난번 감금을 당했을 때는 십대 어린아이에 불과했다. 하지만 이제 그녀는 성인이었고 그때는 없었던 지식과 특별한 능력을 지니고 있었다. 그녀는 잠시 생각했다. 여기서 탈출해 외국의 안전한 곳으로 가서 새 신분과 새 삶을 마련하기까지 시간이 얼마나 필요할까?

리스베트는 침대에서 나와 화장실로 가 거울 속 자신을 들여다보았다. 더이상 절뚝거리지 않았다. 엉덩이 바깥쪽을 더듬어봤다. 총알이 꿰뚫고 지나가 생긴 상처는 이미 아물어 흉터로 남았다. 두 팔을 앞으로 바짝 감싸고 어깨 근육을 당겨봤다. 여전히 뻣뻣했지만 거의 나은 듯했다. 머리를 더듬어봤다. 총알이 박혔어도 뇌는 그렇게 심각한 손상을 입은 것 같지 않았다.

지독히도 운이 좋았다.

PDA를 손에 넣기 전까지는 어떻게 하면 이 병원을 탈출할 수 있을까 궁리하며 시간을 보냈다.

안데르스 박사와 미카엘이 몰래 PDA를 쓸 수 있게 해주자 계획이 바뀌었다. 리스베트는 미카엘이 쓴 글을 읽으며 곰곰이 생각했다. 일련의 사건들이 어떻게 귀결될지 분석해보고, 미카엘이 세운 계획을 꼼꼼히 확인하면서 여러 가능성을 따져보았다. 그리고 이번 한 번만 그의 제안을 따르기로 결심했다. 미카엘은 그녀로선 잃을 게 전혀 없다고 설득하면서 전혀 다른 방식의 탈출 가능성을 제시했다. 만일 그의 계획이 실패한다면? 그때 가서 상트스테판이든 다른 정신병원이든 갇혔다가 다시 탈출할 방법을 찾아내면 그만이었다.

미카엘과 게임을 해보기로 결심하게 된 결정적 동기는 복수심이었다.

리스베트는 그 무엇도 용서하지 않았다.

살라첸코, 군나르 비에르크, 그리고 닐스 비우르만은 죽었다.

하지만 페테르 텔레보리안이 살아 있었다.

오빠인 로날드 니더만도 마찬가지였다. 사실 로날드는 그녀와 상관없는 사람이었다. 어쩌다 고세베르가에서 그녀를 공격하고 땅에 파묻은 건 사실이지만 리스베트는 그를 부차적인 문제로 여겼다. 나중에 그와 마주치면 어찌될지 모르겠지만 적어도 지금은 경찰이 다룰 문제야.

미카엘의 생각이 맞았다. 이 음모 뒤에는 그녀가 모르는 자들이 숨어 있다. 지금까지 그녀의 인생을 조종해온 자들이. 그 이름과 얼굴을 찾아내야 했다.

그래서 미카엘의 계획을 따르기로 마음먹었다. 그리고 40쪽에 달하는, 건조하고도 차가운 자서전 형태로 자신의 삶을 숨김 없이 써내려갔다. 정확하게 서술하려고 특별히 신경을 썼다. 그녀가 말한 모든건 진실이었다. 스웨덴 언론이 이미 그녀를 괴물 같은 존재로 만들어놓았으니 적나라한 진실을 조금 보여준다 해서 이미지가 더 나빠질일은 없을 거라는 미카엘의 논리를 받아들였다.

그 자서전은 그녀의 삶에 대한 진실을 **전부 다 애기하지 않았다는** 점에서 한편으론 허위였지만 전부 다 털어놓을 이유는 전혀 없었다.

리스베트는 침대로 돌아가 이불 속으로 들어갔다. 아까부터 설명하기 힘든 짜증스러운 느낌에 사로잡혀 있었다. 안니카에게 받았으나 지금껏 거의 쓰지 않았던 노트로 손을 뻗었다. 첫 장을 펼쳐 한 줄을 썼다.

$$(x^3 + y^3 = z^3)$$

지난겨울, 리스베트는 앤틸리스제도에 머물며 페르마의 정리를 풀어보려고 몇 주간 미친듯 몰두했다. 스웨덴에 돌아와서도 살라첸코 사냥을 시작하기 전까지는 방정식들과 씨름했다. 그리고 지금, 자신이 과거에 어떤 해법을 얼핏 본 듯한…… 아니, 어떤 해법을 체험한듯한 느낌이 계속 어렴풋하게 맴돌았다.

그런데 그게 무엇이었는지 생각나지 않았다.

무언가를 기억하지 못한다는 건 그녀에게 낯선 일이었다. 한번 실험해보기로 하고 인터넷에 들어갔다. HTML 코드를 아무거나 몇 개찾아내 쭉 훑으며 기억한 다음 다시 써보았다. 한 자도 틀림없이 그대로 복기했다.

그녀의 사진기억력은 없어지지 않았다. 한때는 스스로 저주라고 여겼던 그 능력은 고스란히 남아 있었다.

그녀의 머릿속은 전부 정상이었다.

한 가지만 빼놓고 말이다. 페르마의 정리에 대한 해법을 본 듯한 생각은 나지만 언제, 어디에서, 어떻게 이루어졌는지 도통 기억나지 않았다.

가장 기분 나쁜 건 아예 이 수수께끼에 관심이 없어졌다는 사실이었다. 페르마의 정리가 더이상 흥미롭게 느껴지지 않았다. 이건 좋지 않은 징조였다. 항상 어떤 수수께끼에 빠져들면 일단 해답을 찾아야 흥미를 잃었다. 매번 그랬다. 하지만 이번엔 아니었다.

지금 페르마의 정리는 더이상 그녀의 어깨에 걸터앉아, 집중해서 머리를 쥐어짜라고 요구하는 작은 악마가 아니었다. 시시하게 보이는 공식, 종이에 끼적거린 의미 없는 낙서에 불과했다. 파고들고 싶은 마음이 조금도 일지 않았다.

바로 이런 상황이 그녀를 불안하게 했다. 그녀는 노트를 내려놓았다.

이제는 잠을 좀 자야 했다.

하지만 다시 PDA를 꺼내 인터넷에 접속했다. 잠시 생각한 다음 드라간의 하드디스크로 들어갔다. 이 기기를 손에 넣고 나서 한 번도 들어가보지 않았다. 그가 미카엘과 협력한다는 건 알고 있었지만 구체적으로 하는 일을 당장 알아야 할 필요는 없었기 때문이다. 우선 그의 이메일들을 건성으로 읽어내려갔다.

그러다 다비드 로신이 에리카의 집을 방문하고 작성한 보고서를 찾아냈다. 그녀의 두 눈썹이 번쩍 올라갔다.

에리카 베리에르를 따라다니는 스토커가 있군.

수산네 린데르가 보낸 보고서도 찾아냈다. 지금 에리카의 집에 머무르면서 밤사이에 이 보고서를 보낸 모양이었다. 새벽 3시가 되기 전에 발송된 이 메일에는, 에리카의 일기, 편지, 사진과 함께 지극히 사적인 비디오테이프 하나를 누군가가 침실 서랍장에서 훔쳐갔다는 내용이 담겨 있었다.

에리카 씨와 논의한 결과, 그녀가 유리 조각을 밟고 나서 나카 병원에 있을 때 도난 사건이 일어났음을 알 수 있었습니다. 약 두 시간 반 동안 집에는 아무도 없었고, 나카 통합 프로텍션의 경보장치는 불완전한 상태였습니다. 그 나머지 시간에는 다비드 로신 혹은 에리카 씨가 집에 있었습니다.
여기서 내릴 수 있는 결론은, 당시 스토커가 에리카 씨와 가까운 곳에 있었고, 그녀가 택시를 타고 떠나는 모습부터 다리를 다쳐 절뚝거리는 모습까지 보았을 가능성이 있다는 것입니다. 그렇게 집이 빈 틈을 타서 침입한 것 같습니다.

리스베트는 드라간의 하드디스크를 닫고 생각에 잠긴 채 PDA 전원을 껐다. 여러 모순적인 생각들이 그녀를 사로잡았다.
에리카란 여자를 좋아해야 할 이유는 전혀 없었다. 일 년 반 전 12월 30일, 호른스가탄 거리에서 미카엘과 함께 어디론가 사라지는 그녀의 모습을 보면서 느꼈던 모멸감이 아직도 뇌리에 생생했다.
자신의 삶을 통틀어 가장 멍청했던 순간이었고, 다시는 스스로에게 그 따위 감정을 허락하지 않기로 했다.
리스베트는 그때 느꼈던 비이성적인 증오, 그녀를 따라가서 해치고 싶었던 그 욕구가 떠올랐다.
무척 고통스러웠다.
지금은 다 나았다.
그렇다. 어쨌거나 그녀를 좋아해야 할 이유는 없었다.
잠시 후 리스베트는 그 사적인 비디오가 궁금해졌다. 그런 비디오는 그녀에게도 있다. 닐스 비우르만이 그녀를 능욕하는 장면이 담겨 있다. 리스베트는 만일 누군가가 집에 침입해 그 비디오를 훔쳐간다면 자신은 어떻게 반응했을지 생각해봤다. 바로 미카엘이 한 짓이었다. 물론 그의 목적은 그녀를 해치려는 게 아니었지만.

흠……

어쨌든 무척 심란하리라.

금요일 밤, 에리카는 좀처럼 잠을 이룰 수 없었다. 그녀는 수산네가 지켜보는 가운데 절뚝거리며 끊임없이 집안을 왔다갔다했다. 그녀가 내뿜는 고뇌가 무거운 안개처럼 온 집안을 드리웠다.

새벽 2시 30분, 수산네는 에리카를 설득해 잠은 못 자더라도 최소한 어딘가에 누워 쉬게 하는 데 성공했다. 그렇게 그녀가 침실 문을 닫는 걸 보고는 안도의 한숨을 내쉬었다. 수산네는 곧바로 노트북을 열어 지금까지 발생했던 일을 요약해 드라간에게 메일을 보냈다. 그렇게 보내기 버튼을 눌렀는데 에리카가 또다시 일어나 부스럭대는 소리가 들렸다.

아침 7시, 수산네는 에리카에게 회사에 전화해 하루 병가를 내라고 간곡히 설득했고, 마침내 동의를 얻어냈다. 에리카는 저절로 잠기는 눈으로 업무를 처리할 수 없다는 사실을 마지못해 받아들였다. 그리고 합판으로 막아놓은 창가 소파에 누워 잠이 들었다. 수산네가 이불을 찾아다가 덮어줬다. 그런 다음 커피를 끓이고 드라간에게 전화해 왜 자신이 이곳에 있는지, 어째서 다비드 로신이 자기를 불렀는지 설명했다.

"저도 한숨을 못 잤어요."

"오케이. 계속 에리카 씨와 함께 있어. 자네도 몇 시간 눈 좀 붙이고."

"비용은 어떻게 해야 할까요?"

"나중에 해결책을 찾아보지."

에리카는 오후 2시 30분까지 잤다. 깨어나보니 수산네가 거실 맞은편 소파에서 곤히 잠들어 있었다.

금요일 아침, 제 시간에 일어나지 못한 모니카 피게롤라는 출근 전에 늘 하는 아침운동을 못했다. 전부 미카엘 때문이라고 투덜대면서 샤워를 한 후 그를 발로 차 침대에서 끄집어냈다.

미카엘은 사무실로 직행했다. 사람들은 평소답지 않게 일찍 출근한 그를 보고 깜짝 놀랐다. 그는 우물거리며 변명을 늘어놓은 후 일단 커피를 마시고 말린과 헨리를 불렀다. 발행일이 얼마 남지 않은 특집호 기사들을 점검하고, 출간 예정인 원고들이 얼마나 진척됐는지 살피는 데 세 시간이 걸렸다.

"다그 스벤손의 원고는 어제 인쇄소로 넘겼어요." 말린이 말했다. "페이퍼백으로 나올 거예요."

"오케이."

"특집호 제목은 '리스베트 살란데르 스토리'로 정했습니다." 이번에는 헨리가 보고했다. "저들은 공판 날짜를 바꾸려고 하는데, 현재로선 7월 13일 수요일로 정해졌어요. 잡지는 그전에 인쇄를 마치겠지만 배포일은 그 주로 잡으려고요. 정확한 날짜는 기자님이 결정하세요."

"좋아. 그럼 살라첸코 원고만 남는군. 이것 때문에 요즘 완전히 악몽 같아. 제목은 '섹션'. 전반부는 특집호에 실릴 내용과 비슷해. 다그와 미아 살해 사건부터 시작해서 리스베트 지명수배, 그리고 살라첸코와 로날드 사냥을 차례로 다룰 거야. 후반부는 섹션에 대해 우리가 알아낸 내용으로 채우고."

"물론 인쇄소에서 최선을 다해주겠지만 늦어도 6월 30일까지는 인쇄용 원고를 완성해야 해요." 이번엔 말린이었다. "크리스테르가 디자인을 잡는 데 일주일은 필요하고요. 그러니까 우리에겐 이 주 조금 넘게 남았을 뿐이에요. 그사이에 어떻게 끝낼 수 있을지 모르겠네요."

"물론 그 시간 안에 완전한 이야기를 만들어낼 순 없겠지." 미카엘이 인정했다. "하지만 설사 일 년이 남았다 하더라도 완벽하게 끝낼 수 없을 거라고 생각해. 우리가 할 일은 일어난 일을 있는 그대로 쓰는 거야. 우리의 주장을 뒷받침해줄 정보가 없다면 그렇다고 쓸 거야. 우리의 생각이 추측에 불과하다면 실상을 증명해낼 거고. 실제로 일어난 일과 우리가 증명할 수 있는 사실을 쓰면서 다른 한편으론 우리가 믿는 것을 쓸 거란 말이지."

"참 애매한 글이 되겠네요." 헨리가 개운치 않다는 듯 말했다.

미카엘은 고개를 저었다.

"만일 내 아파트에 세포 요원이 숨어들어왔다는 걸 내가 영상으로 증명할 수 있다고 말한다면 그건 이미 증명된 거야. 만일 그를 보낸 게 섹션이라고 말한다면 그건 추측이지. 하지만 우리가 증명하게 될 여러 사실들에 비춰볼 때 그건 타당한 추측이 되는 거야. 무슨 말인지 알겠어?"

"네, 알겠어요."

"내가 그 원고를 다 쓸 시간은 없을 거야. 헨리, 몇 가지 부분을 좀 정리해줘야겠어. 50페이지쯤 될 거야. 말린도 헨리를 도와줄 수 있겠지? 다그의 책을 만들었을 때처럼 말이야. 물론 책 표지에는 우리 세 사람 이름이 올라가고. 어때, 괜찮겠지?"

"좋아요." 말린이 대답했다. "하지만 시급한 문제가 더 있어요."

"뭐지?"

"기자님이 살라첸코 때문에 정신없이 뛰어다니는 동안 여기에는 갈수록 할 일이 쌓여가고 있어요."

"내가 편집부 일을 제쳐놓고 있다?"

말린이 고개를 끄덕였다.

"그건 사실이야. 미안해."

"사과할 필요는 없어요. 기자님이 한 가지에 빠지면 다른 일을 전혀 중요하게 여기지 않는다는 건 모두가 아는 사실이니까요. 하지만 우린 달라요. 특히 저는 더 그렇고요. 에리카는 저한테 기댈 수 있었어요. 그리고 지금 제게는 헨리가 있고요. 물론 유능한 직원이지만 리스베트 사건에 기자님만큼이나 시간을 쏟고 있다고요. 기자님이 도와준다고 해도 편집부에는 직원 둘이 더 필요해요."

"두 명이나?"

"전 에리카가 아니에요. 그녀에겐 도저히 흉내낼 수 없는 노하우가 있었어요. 전 지금 일을 배워가는 중이고요. 모니카 닐손은 과도한 업무에 등이 휘어질 지경이에요. 로티 카림도 마찬가지고요. 그런데 아무도 잠시 멈추고 이 상황에 대해 생각해보려고 하지 않아요."

"이건 일시적일 거야. 재판만 시작하면……"

"아뇨. 그런다고 해서 이런 상황이 멈추진 않을 거예요. 재판이 시작되면 오히려 지옥이겠죠. 벤네르스트룀 사건 때 어땠는지 한번 생각해보세요. 두 달간 기자님 얼굴도 못 보겠죠. 이 방송 저 방송 불려나가 인터뷰를 해야 할 테니까요."

미카엘은 한숨을 쉬었다. 그러고는 천천히 고개를 끄덕였다.

"그래서 어떻게 했으면 좋겠어?"

"이번 가을에도 〈밀레니엄〉을 굴러가게 하고 싶다면 새 피를 수혈해야 해요. 최소한 두 사람, 어쩌면 그 이상이요. 우리가 계획하는 일들에 비해 능력은 턱없이 부족해요. 그리고……"

"그리고?"

"저 스스로도 이런 식으로 계속하고 싶은 마음이 있는지 잘 모르겠어요."

"흠, 그렇군."

"정말 심각하게 말하는 거예요. 저도 편집차장으로선 꽤 일을 잘했어요. 에리카가 있었을 땐 식은 죽 먹기였죠. 그리고 우린 이 체제를 여름 동안 실험해보겠다고 했고요…… 자, 이제 실험해봤잖아요? 난 좋은 편집장이 아니에요."

"그게 무슨 헛소리예요?" 헨리가 말했다.

말린은 고개를 흔들었다.

"알겠어." 미카엘이 말했다. "무슨 말인지 잘 알아들었어. 하지만 이번만은 아주 특별한 상황이었다는 걸 고려하자고."

말린은 미소를 지어 보였다.

"그냥 직원 하나가 불평했다고 생각하세요."

헌법수호부 수사팀은 미카엘이 제공해준 정보의 진위를 확인하는 데 금요일을 보냈다. 팀원 두 명이 프리드헴스플란에 차려진 임시 본부로 자리를 옮겨서 자료를 취합했다. 경찰청사 안에서만 내부 전산 망을 이용할 수 있었으므로, 매일 두 건물을 왔다갔다해야 한다는 점에서 썩 편리하다고는 할 수 없었다. 걸어서 십 분밖에 되지 않는 거리였지만 번거로운 건 사실이었다. 정오쯤 그들은 프레드리크 클린톤과 한스 폰 로팅에르가 1960년대와 70년대 초 세포와 관련이 있었음을 입증할 자료를 상당량 확보했다.

한스는 군 첩보부 출신으로, 국방부와 안보경찰 사이의 중개 역할을 하는 부서에서 여러 해 동안 일했다. 프레드리크는 한때 공군에 몸담았던 인물로, 1967년부터 세포 요인보호부에서 근무한 걸로 되어 있다.

두 사람 다 1970년대 초반에 세포를 떠났다. 프레드리크는 1971년에, 한스는 1973년이었다. 프레드리크는 민간으로 나가 기업 컨설턴트 일을 했고, 한스는 스웨덴 원자력공사에 특채로 들어가 런던에서 조사관이 되었다.

오후 늦게 모니카가 토르스텐의 사무실 문을 두드렸다. 그리고 두 인물의 경력이 위조되었을 가능성이 크다고 보고했다. 프레드리크의 이력은 추적하기 힘들었다. 기업 컨설턴트라는 직함은 너무나 애매해 사실상 아무런 의미가 없었다. 게다가 민간에서 일하고 있었으니 국가에 자신의 활동을 보고할 의무도 없었다. 소득신고서를 보니 수입이 상당했지만 불행히도 그의 고객들은 주로 스위스 등 다른 나라에 소재한 익명 기업이었다. 그의 직업이 위조됐다는 정황을 증명하기가 쉽지 않았다.

반면, 한스는 그가 근무한 걸로 되어 있는 런던 사무실에 발을 디딘 적도 없었다. 그가 출근했어야 할 사무실 건물은 1973년에 허물어졌고 그 자리에는 확장한 킹스크로스 역사가 들어섰다. 이력을 만들어낸 누군가가 멍청한 실수를 저지른 모양이었다. 그날 모니카 팀은 스웨덴 원자력공사에서 은퇴한 직원 여러 명에게 문의해봤지만 한스 폰 로팅에르라는 이름을 들어본 사람은 한 명도 없었다.

"자, 확인됐군." 토르스텐이 말했다. "이제 그자들이 실제로 무슨 일을 했는지 알아내는 일만 남았어."

모니카가 고개를 끄덕였다.

"미카엘 씨는 어떻게 할까요?"

"무슨 뜻이지?"

"이 두 사람에 대해 찾아낸 걸 알려주겠다고 약속했잖아요."

토르스텐은 잠시 생각했다.

"좋아. 그도 끝까지 파내면 언젠간 찾아낼 정보겠지. 그렇다면 빨리 알려주고 사이좋게 지내는 편이 나아. 정보를 주도록 하지. 잘 판단해서 전달하도록."

모니카는 그러겠다고 약속했다. 뒤이어 그들은 몇 분간 주말 일정을 논의했다. 팀원 둘이 계속 작업하기로 했다. 모니카는 쉴 생각이었다.

퇴근한 그녀는 상트에릭스플란에 있는 피트니스 클럽에 가 빼먹은 운동을 보충하려고 두 시간 동안 맹렬히 땀을 흘렸다. 7시쯤 집에 돌아와 샤워를 하고 가볍게 저녁을 먹은 뒤 뉴스를 보려고 TV를 켰다. 7시 30분, 그녀는 이미 참을 수 없어져서 급히 운동복을 걸치고 말았다. 그리고 문 앞에 이르렀을 때 잠시 멈춰 서서 생각했다. **빌어 먹을 블롬크비스트!** 그녀는 휴대전화를 열어 미카엘의 비밀 전화번호를 눌렀다.

"한스 폰 로팅에르와 프레드리크 클린톤에 대해 몇 가지 정보를 찾아냈어요."

"얘기해봐요."

"우리집에 오면 얘기해줄게요."

"흐음……"

"방금 전에 운동복으로 갈아입었어요. 넘쳐나는 에너지 좀 쏟아내고 오려고. 내가 갈까요, 아님 당신이 올래요?"

"9시 이후에 가면 될까요?"

"아주 좋아요."

금요일 저녁 8시, 안데르스 박사가 리스베트를 찾았다. 그는 면회객 의자에 앉아 앞으로 몸을 기울였다.

"진찰하시려고요?"

"오늘 저녁은 아니에요."

"그렇군요."

"오늘 의사들이 당신 차트를 모두 검토했고, 이제 퇴원시킬 준비가 됐다고 검사에게 알렸어요."

"알겠어요."

"당장 오늘 저녁에 예테보리 구치소로 이송하겠대요."

"그렇게 빨리요?"

그가 고개를 끄덕였다.

"아마 스톡홀름 경찰청에서 압력을 넣는 모양이에요. 그래서 내일 몇 가지 검사를 더 해야 한다고 말했어요. 일요일까진 퇴원시킬 수 없다고요."

"왜 그러셨죠?"

"모르겠어요. 그들이 서두르는 걸 보니까 좀 짜증이 치밀어서요."

리스베트는 미소를 지었다. 이번엔 비틀린 미소가 아니었다. 자신에게 몇 년만 주어진다면 안데르스 박사를 괜찮은 무정부주의자로 만들어놓을 수 있을 것 같았다. 아무튼 개인적 차원에서 시민 불복종 성향이 농후한 사람이었다.

"프레드리크 클린톤." 모니카의 침대에 누운 미카엘이 천장을 쳐다보며 말했다.

"그 담배 피우기만 해요. 그대로 뺏어서 배꼽을 지져줄 테니." 모니카가 경고했다.

미카엘은 재킷 호주머니에서 꺼낸 담뱃갑을 놀란 눈으로 내려다보았다.

"미안! 그럼 발코니 좀 써도 될까요?"

"피우고 나서 양치질을 하겠다면요."

그는 고개를 끄덕이고는 시트로 몸을 둘렀다. 그녀도 그를 따라 주방으로 가 큰 잔에다 냉수를 가득 따랐다. 그러고는 발코니 문틀에 몸을 기댔다.

"프레드리크 클린톤은 왜요?"

"아직 살아 있어요. 과거와 연결될 수 있는 끈이죠."

"그는 죽어가고 있어요. 새 신장을 기다리면서 투석 치료를 받으며 대부분의 시간을 보내는 사람이에요."

"하지만 살아 있잖아요. 우리가 그를 만나 단도직입적으로 물어볼 수 있다고요. 어쩌면 말하려고 할지도 몰라요."

"안 돼요." 모니카가 잘라 말했다. "우선 이건 일종의 예비수사고, 수사를 진행하는 건 경찰이에요. 여기에 '우리'란 있을 수 없어요. 당신은 부장님과 약속한 협정에 따라 정보를 제공받잖아요. 수사를 어지럽히지 않겠다고 분명히 약속했고요."

미카엘은 그녀를 쳐다보며 미소를 지었다. 그는 피우고 있던 담배를 짓눌러 껐다.

"이런, 세포가 내 목줄을 잡아당기는군요!"

그녀의 표정이 갑자기 심각해졌다.

"미카엘, 지금 농담하는 거 아니에요."

토요일 아침, 차를 몰고 회사로 향하는 에리카는 마음이 천근만근 무거웠다. 그녀는 신문 편집 일을 어느 정도 장악하기 시작했다고 생각했고, 그 보상으로 〈SMP〉에 들어와 처음으로 주말다운 주말을 즐기겠다고 마음먹었었다. 하지만 망누스 보고서와 자신의 가장 내밀하고 사적인 물건들이 사라졌다는 걸 알게 된 후로 여유로운 휴식은 꿈도 꿀 수 없게 됐다.

지난밤에도 잠을 거의 이루지 못했다. 많은 시간을 수산네와 함께 주방에서 보냈고, 그 '더러운 펜'이 다시 한번 쳐들어올 뿐만 아니라 남들에게 내보이기 힘든 사진들까지 급속도로 퍼질 거라고 예상했다. 미치광이에게 인터넷은 완벽한 도구였다. 맙소사, 우리 부부가 다른 남자와 셋이서 섹스하는 광경이라니…… 전 세계의 신문에 실리겠지. 내 가장 사적인 일이……

에리카는 공황감과 두려움에 밤새 몸부림쳤고, 결국 수산네가 강제로 잠을 재웠다.

그리고 아침 8시에 일어나 〈SMP〉로 향했다. 회사에서 떨어져 있으니 오히려 더 불안했다. 어차피 편집국에 태풍이 몰아칠 거라면 다른 사람들보다 먼저 나가 맞고 싶었다.

토요일의 편집국은 출근자가 적은 것 말고는 모든 게 보통 때와 같았다. 중앙 데스크 옆을 지나는 그녀에게 직원들이 반갑게 인사했다. 안데르스 홀름은 출근하지 않았다. 페테르 프레드릭손이 편집부장 일을 대신하고 있었다.

"안녕하세요? 오늘 출근 안 하시는 걸로 알고 있었는데요?"

"나도 그럴 생각이었어요. 그런데 어제 몸이 안 좋아서 출근을 못 했더니 할 일이 많아요. 무슨 사건이라도 있나요?"

"아뇨. 오늘 아침엔 별 뉴스가 없어요. 가장 큰 소식이라고 해봐야 달라르나 지방 목재 산업이 호전되고 있다는 것, 그리고 노르셰핑에 무장강도가 들어 부상자가 한 명 발생했다는 정도예요."

"오케이. 내 사무실에서 일 좀 할게요."

에리카는 자리에 앉아 서가에 목발을 기대어놓고 인터넷에 접속했다. 메일부터 열어봤다. 여러 통이 와 있었지만 '더러운 펜'이 보낸 건 없었다. 그녀는 미간을 찌푸렸다. 도난 사건이 일어난 지 벌써 이틀이 지났는데, 그야말로 '가능성의 보물창고'를 발견했을 그자는 아직 아무런 반응이 없었다. 왜? 전략을 바꾸려는 걸까? 내 속이 타들어가는 꼴을 보고 싶은 건지도 모르지.

사실 특별히 할 일이 없었기 때문에 최근 쓰고 있었던 〈SMP〉 전략 보고서를 열었다. 그렇게 십오 분을 멍하니 모니터를 쳐다보았지만 한 글자도 읽지 못했다.

그레게르에게 전화를 걸었지만 도무지 연결이 되지 않았다. 그가 로밍을 해갔는지조차 모르고 있었다. 좀더 노력해보면 그를 찾아낼 수도 있었지만 그러기엔 힘이 빠져 있었다. 그녀는 절망했고, 완전히 마비됐다.

망누스 보고서를 도둑맞았다는 걸 알리려고 미카엘에게 전화를 걸었다. 그 역시 응답하지 않았다.

오전 10시. 아무 일도 못하고 시간만 보낸 그녀는 집으로 돌아가야겠다고 마음먹었다. 컴퓨터를 끄려고 손을 내미는데 메신저 ICQ에서 알람이 울렸다. 그녀는 깜짝 놀라 메뉴 바를 들여다보았다.

ICQ가 무슨 프로그램인지 정도는 알았지만 평소에 채팅을 하는 일은 거의 없었다. 특히 〈SMP〉에서 일하기 시작한 후로는 아예 쓴 적이 없었다.

그녀는 주저하면서 응답 버튼을 클릭했다.

"안녕, 에리카."

"누구죠?"

"밝힐 수 없어요. 혼자인가요?"

함정인가? 더러운 펜?

"그래요. 당신은 누구죠?"

"한번 만났었죠. 칼레 블롬크비스트가 산드함에서 돌아왔을 때 그의 아파트에서."

에리카는 화면을 계속 쳐다보았다. 누구인지 생각해내기까지 한참이 걸렸다. 리스베트 살란데르. 말도 안 돼.

"아직 거기 있나요?"

"네."

"이름은 적지 말아요. 내가 누군지 알죠?"

"이게 함정이 아니라는 걸 어떻게 증명하겠어요?"

"미카엘의 목에 있는 흉터가 어떻게 생겼는지 알아요."

에리카는 침을 삼켰다. 그 흉터가 생긴 연유를 아는 사람은 오직 네 명밖에 없었다. 리스베트도 그중 하나였다.

"오케이. 그런데 어떻게 나와 채팅할 수 있는 거죠?"

"컴퓨터 실력이 괜찮은 편이죠."

그래, 리스베트는 컴퓨터에 능하다고 했어. 하지만 지난 4월부터 살그렌스카 병원에 갇혀 있을 텐데 대체 무슨 수를 쓴 거지?

"오케이."

"당신을 믿어도 되겠어요?"

"무슨 뜻이죠?"

"이 대화를 우리만의 비밀로 한다는 것."

지금 자신이 인터넷에 접속할 수 있다는 걸 경찰이 모르길 바라는군. 당연해. 그러니까 대형 일간지 편집국장에게 말을 걸었겠지.

"걱정 말아요. 원하는 게 뭐죠?"

"빚 갚는 것."

"무슨 뜻이에요?"

"〈밀레니엄〉은 날 지지해줬죠."

"우리가 할 일을 했을 뿐이에요."

"다른 언론들과는 달리."

"당신이 저지르지도 않은 범죄를 사람들이 덮어씌웠으니까요."

"당신을 괴롭히는 개자식이 하나 있죠."

에리카의 심장이 쿵쾅거렸다. 한참을 망설인 끝에 다시 자판을 두드렸다.

"무얼 알고 있나요?"

"도둑맞은 비디오. 가택침입."

"맞아요. 당신이 뭔가 해볼 수 있나요?"

에리카는 방금 자신이 이런 질문을 했다는 사실을 스스로도 믿을 수 없었다. 말도 안 되는 질문이었다. 리스베트는 지금 살그렌스카 병원에 입원해 있다. 오히려 그녀 자신보다 더 심각한 문제에 파묻힌 사람이었다. 도움을 청하기엔 세상에서 가장 적합하지 않은 상대였다.

"모르겠어요. 한번 해볼게요."

"어떻게요?"

"질문할게요. 그 자식이 〈SMP〉에 있는 것 같나요?"

"증명할 순 없어요."

"왜 그렇게 생각하죠?"

에리카는 한참을 생각한 후에 대답했다.

"그냥 느낌이에요. 이 일은 내가 〈SMP〉에 왔을 때부터 시작됐어요. 다른 직원들도 '더러운 펜'으로부터 불쾌한 메일을 받았는데 마치 내가 보낸 것처럼 되어 있었죠."

"더러운 펜?"

"내가 그 개자식에게 붙인 이름이에요."

"오케이. 왜 '더러운 펜'은 다른 사람이 아닌 당신을 타깃으로 삼았을까요?"

"몰라요."

"개인적인 문제라는 걸 암시하는 뭔가가 있나요?"

"무슨 뜻이죠?"

"거기 직원이 몇이나 되죠?"

"출판사까지 합해서 약 230명."

"개인적으로 아는 사람은 몇이나 돼요?"

"글쎄요. 여러 해 다양한 일로 많은 기자들과 편집부원들을 만났었죠."

"전에 당신과 싸웠던 사람이 있나요?"

"없어요. 특별한 건 전혀 없어요."

"복수하고 싶어하는 사람이라도 있나요?"

"복수? 무엇에 대한?"

"복수는 강력한 동기죠."

에리카는 모니터를 응시하며 지금 그녀가 무얼 암시하는 건지 이해하려 애썼다.

"아직 거기 있어요?"

"예. 그런데 왜 복수에 대해 말했죠?"

"다비드 로신의 리스트를 읽어봤어요. 당신이 '더러운 펜'과 연결지은 사건을 모두 적은 리스트."

왜 난 놀라지도 않지?

"그래서요???"

"스토커로 보이진 않아요."

"무슨 말이죠?"

"스토커는 성적 집착으로 행동하는 사람이에요. 지금은 누군가가 스토커를 흉내내고 있고요. 뒷구멍에 드라이버를 박는다…… 이건 과장된 흉내에 불과해요."

"그래요?"

"난 진짜 스토커들을 봤어요. 훨씬 변태적이고 지저분하고 기괴해요. 사랑과 증오를 동시에 표현하죠. 그런데 지금은 뭔가 어색해요."

"이게 충분히 지저분하지 않다고 생각해요?"

"그래요. 에바 칼손에게 보낸 메일은 완전히 엉터리예요. 그저 당신을 엿 먹이고 싶은 거죠."

"알겠어요. 이 일을 그런 식으로 생각해보진 않았어요."

"이건 변태성욕자가 아니에요. 당신에 대한 개인적 원한 때문에 저지른 짓이죠."

"좋아요. 그럼 어떻게 하면 좋죠?"

"날 믿나요?"

"어쩌면요."

"〈SMP〉 인트라넷에 접속해야 해요."

"진도가 너무 빠르네요."

"난 곧 다른 데로 이송돼요. 인터넷을 못하게 될 수 있어요."

에리카는 거의 십 초 동안 망설였다. 〈SMP〉를 송두리째 넘겨달라고? 그것도…… 괴상하기 짝이 없는 여자에게? 물론 사람들의 주장과 달리 그녀는 결백하지만 보통 사람들과 많이 다른 게 사실이었다.

하지만 지금 그녀가 잃을 게 무엇인가?

"어떻게 하면 되죠?"

"당신 컴퓨터에 있는 한 프로그램 안으로 내가 들어가야 해요."

"방화벽이 있어요."

"도와줄게요. 인터넷을 열어요."

"벌써 열었어요."

"익스플로러인가요?"

"네."

"주소를 하나 쓸게요. 복사해서 익스플로러 창에 붙여요."

"했어요."

"프로그램이 여러 개 보일 거예요. '아스픽시아 서버'를 클릭하고 내려받아요."

에리카는 그녀가 시키는 대로 했다.

"했어요."

"아스픽시아를 시작해요. 설치 버튼을 클릭하고 익스플로러를 선택해요."

삼 분이 걸렸다.

"오케이. 컴퓨터를 껐다가 다시 켜요. 우린 잠시 연결이 끊기겠죠."

"오케이."

"컴퓨터를 다시 시작하면 내가 당신의 하드디스크를 다른 서버에 옮길 거예요."

"오케이."

"자, 재부팅해요."

에리카는 컴퓨터가 천천히 켜지는 동안 홀린 듯이 모니터를 들여다보았다. 지금 제정신인가 하는 생각마저 들었다. 이윽고 ICQ에서 다시 알람이 울렸다.

"다시 안녕."

"안녕."

"이 과정은 당신 쪽에서 하면 더 빨라요. 인터넷을 열고 내가 보내는 주소를 창에 복사해요."

"오케이."

"질문 창이 보일 거예요. 시작 버튼을 클릭해요."

"오케이."

"이제 하드디스크에 이름을 붙이라고 할 거예요. 'SMP-2'라고 적어요."

"오케이."

"가서 커피 한잔 가져와요. 시간이 좀 걸리니까."

토요일 아침 8시, 모니카가 잠에서 깼다. 평소보다 두 시간 늦은 기상이었다. 그녀는 침대에 걸터앉아 미카엘을 내려다보았다. 코를 골고 있었다. 그래, 세상에 완벽한 사람은 없지.

모니카는 미카엘과 자신의 관계가 어떻게 흘러가게 될지 궁금했다. 그의 이력을 조사하며 알게 됐지만 그는 오랜 관계를 계획할 수 있을 만큼 충실한 사람은 아니었다. 그녀 자신도 크게 다를 바 없었다. 결혼해서 집을 사고 아이를 키우며 변치 않는 관계를 원한다고 단언하기 어려웠다. 십대 이후로 남녀관계에서 여남은 번 실패를 거치면서 '변치 않는 관계'란 과대평가된 신화에 불과하다는 생각이 점점 커졌다. 웁살라에서 동료 경관과 이 년간 만났던 것이 가장 길게 지속한 관계였다.

그녀는 하룻밤 즐기고 헤어지는 관계에 탐닉하진 않았지만, 섹스에는 거의 모든 잔병을 치유해주는 놀라운 효과가 있다는 걸 많은 사람들이 잊고 있다고 생각했다. 그리고 미카엘과의 섹스는 아주 좋았다. 아니, 단순히 좋은 것 이상이었다. 그는 괜찮은 남자였다. 만날수록 더 함께하고 싶은 생각이 드는 사람이었다.

여름 로맨스? 한순간의 불장난? 아니면 진짜 사랑에 빠진 걸까?

그녀는 욕실로 가서 세수하고 이를 닦았다. 그런 다음 반바지에 운동복 상의를 입고 살금살금 집을 빠져나왔다. 먼저 스트레칭을 하고서 사십오 분간 조깅을 했다. 프레드헬 방면으로 롤람브스호브 병원을 한 바퀴 돌아 스메드수덴을 거쳐 집으로 돌아왔다. 그렇게 9시쯤 집에 돌아와보니 미카엘은 여전히 꿈속을 헤매고 있었다. 그녀는 몸을 굽혀 잠이 덜 깬 눈을 뜰 때까지 그의 귀를 잘근잘근 물었다.

"자기야, 좋은 아침. 등 밀어줄 사람이 필요해요."

미카엘은 그녀를 올려다보며 뭐라고 웅얼댔다.

"뭐라고요?"

"샤워할 필요 없겠다고요. 벌써 온몸이 흠뻑 젖었네요."

"한 바퀴 달리고 왔어요. 자기도 끌고 갔어야 했는데."

"당신 페이스를 따라가다간 구급차를 불러야 할지도 모른다고요. 노르멜라르스트란드 대로에서 심장마비로."

"바보 같은 소리 그만해요. 자, 이제 일어나야죠!"

미카엘은 그녀의 등을 밀어주고 어깨에 비누칠을 했다. 뒤이어 엉덩이, 배, 그리고 가슴. 얼마 안 있어 완전히 샤워에 흥미를 잃어버린 모니카는 다시 그를 침대로 끌고 갔다. 11시에 집에서 빠져나온 둘은 노르멜라르스트란드에서 커피를 마셨다.

"이러다 정말 습관되겠어요." 모니카가 말했다. "알게 된 지 며칠밖에 안 됐는데 말이에요."

"난 요즘 당신한테 푹 빠졌어요. 당신도 알겠지만."

그녀는 고개를 끄덕였다.

"왜 그렇죠?"

"미안하지만 대답은 못하겠어요. 다른 여자들에겐 아무런 흥미도 못 느끼는데 왜 특정한 몇몇 여자들에겐 갑자기 미친듯이 이끌리는지, 내겐 영원한 수수께끼예요."

모니카는 상념에 잠긴 표정으로 미소를 지었다.

"…… 오늘 난 일하지 않아요." 그녀가 입을 열었다.

"난 아니에요. 재판이 열리기 전까지 마쳐야 할 일이 산더미인데 벌써 사흘 밤이나 당신 집에서 보냈어요."

"유감이네요."

미카엘은 고개를 끄덕이고는 일어나 그녀의 뺨에 키스했다. 모니카가 그의 소매를 잡았다.

"미카엘, 당신과 계속 만나고 싶어요."

"나도 그래요. 하지만 이 이야기가 해피엔딩이 되려면 굴곡이 좀 있을 거예요."

그는 한트베르카르가탄 쪽으로 사라졌다.

에리카는 커피를 들고 돌아와 다시 모니터를 들여다보았다. 오십삼 분간 스크린세이버가 이따금 작동하는 것 말고는 아무런 일도 일어나지 않았다. 그러다 다시 알람이 울렸다.

"다 됐어요. 당신 하드디스크 안에 지저분한 게 잔뜩 쌓여 있더군요. 바이러스까지 두세 개나 있고."

"미안해요. 그다음엔 뭘 하죠?"

"〈SMP〉 인트라넷 관리자가 누구죠?"

"몰라요. 아마 IT 책임자인 페테르 플레밍일 거예요."

"오케이."

"난 뭘 해야 하죠?"

"당신이 할 건 아무것도 없어요. 집에 들어가요."

"그냥 이렇게요?"

"연락할게요."

"컴퓨터는 계속 켜둬야 하나요?"

리스베트는 벌써 메신저를 떠났다. 에리카는 낙담한 마음으로 화면을 쳐다보았다. 결국 컴퓨터를 끄고 혼자 조용히 생각할 수 있는 카페를 찾아 밖으로 나갔다.

20장

6월 4일 토요일

슬루센에서 버스를 내린 미카엘은 카타리나 옥외 엘리베이터를 타고 모세바케 거리로 올라갔다. 그런 다음 피스카르가탄으로 들어가 9번지에 있는 리스베트의 아파트로 올라갔다. 시의회 건물 앞 조그만 식품점에서 사온 빵, 우유, 치즈 따위를 먼저 냉장고에 쟁여 넣었다. 리스베트의 컴퓨터를 켠 건 그다음이었다.

그는 잠시 생각한 후 파란색 에릭손 T10도 켰다. 원래 쓰던 휴대전화는 아예 신경쓰지 않았다. 살라첸코 사건과 관계 없는 사람과는 통화할 생각이 없었다. 지난 24시간 사이에 걸려온 전화는 모두 여섯 통이었다. 헨리가 세 번, 말린이 두 번, 그리고 에리카가 한 번.

먼저 헨리에게 전화를 걸었다. 그는 바사스탄 어느 카페에 있었고, 몇 가지 세부사항을 의논하는 것 말고는 급한 일은 없었다.

말린은 단지 안부를 물으려고 전화한 것이었다.

그러고 나서 에리카에게 전화해보니 통화중이었다.

'바보 원탁' 게시판을 열자 리스베트가 쓴 자전적 진술서의 최종

버전이 올라와 있었다. 그는 미소 띤 얼굴로 고개를 끄덕이고 진술서를 인쇄한 다음 읽기 시작했다.

리스베트는 팜 텅스텐 T3의 화면을 부지런히 찍어댔다. 에리카의 계정으로 〈SMP〉 인트라넷에 들어가 탐험한 지 한 시간 째였다. 페테르 플레밍의 계정에는 손대지 않았다. 인트라넷 전체에 접근할 권한까지는 필요하지 않았다. 그녀가 관심 있는 건 〈SMP〉의 인사 파일이었고, 그것에 접근하는 데는 에리카의 계정만으로 충분했다.

미카엘이 손바닥만한 PDA 대신 제대로 된 키보드와 17인치 화면을 갖춘 자신의 파워북을 넣어주지 못한 게 못내 아쉬울 따름이었다. 어쨌든 〈SMP〉에서 일하는 모든 직원들의 명단을 내려받아 작업에 들어갔다. 총 223명이었고, 그중 여성은 82명이었다.

여자는 모두 지웠다. 여자들이 이런 미친 짓과 상관없는 존재라고 생각하는 건 아니었다. 하지만 통계에 따르면 여자를 스토킹하는 사람의 대다수는 남자였다. 리스트에는 141명이 남았다.

통계를 보면 '더러운 펜'은 대부분 십대 아니면 중년이었다. 〈SMP〉에 고용된 십대는 없었으므로 연령 그래프를 만들어 55세 이상과 25세 이하는 탈락시켰다. 이제 103명이 남았다.

리스베트는 잠시 생각했다. 시간이 없었다. 아마 24시간도 안 될 듯했다. 빨리 결정을 내렸다. 칼로 큰 가지를 쳐내듯 배급, 홍보, 디자인, 관리, 기술 부서를 제외시켰다. 그렇게 기자와 편집부원에 초점을 맞춰 26세에서 54세 사이의 남성 48명으로 구성된 명단을 얻었다.

열쇠꾸러미가 절그럭거리는 소리가 나자 즉시 PDA를 꺼서 이불 밑 자신의 허벅지 사이로 밀어넣었다. 마지막 토요일 점심식사가 도착했다. 리스베트는 체념한 눈으로 배추스튜를 쳐다보았다. 점심을 먹고 나면 한동안은 조용히 작업하기 힘들 터였다. PDA를 슬그머니 서랍장 뒤에 집어넣고는 에리트레아 출신 여자 두 명이 진공청소기를 밀고 침대를 정리하는 모습을 물끄러미 지켜보았다.

그중 사라라는 청소부가 지난 한 달간 정기적으로 말보로 라이트를 몇 개비씩 몰래 가져다줬다. 라이터까지 하나 줘서 리스베트는 머리맡 서랍장 뒤에 숨겨놓았다. 그녀는 기꺼이 담배 두 개비를 받아들었고, 밤시간에 사람들이 불쑥 들어올 걱정이 없을 때 창문 환기구 앞에서 피울 생각이었다.

오후 2시가 되어서야 평화가 찾아왔다. 다시 PDA를 꺼내 인터넷에 접속했다. 먼저 〈SMP〉 일로 돌아가볼까 생각했지만 해결해야 할 자신의 문제들도 있다는 걸 깨달았다. 매일 하던 일 먼저 해치우려고 '바보 원탁'부터 열어봤다. 오늘도 미카엘은 아무것도 올리지 않았다. 벌써 사흘째다. 대체 뭘 하고 다니는 건지 알 수 없었다. 빌어먹을 인간, 분명 가슴 크고 야한 여자랑 재미 보고 있겠지.

다음엔 '기사들'로 들어가 플레이그가 추가해놓은 건 없는지 확인했다. 아무것도 없었다.

이어 리샤르드 검사(앞으로 있을 재판과 관련된 대수롭지 않은 메일 한 통)와 페테르 박사의 하드디스크를 체크했다.

정말이지 페테르 박사의 하드디스크는 열어볼 때마다 체온이 몇 도씩 떨어지는 느낌이었다.

리스베트는 자신의 법의학 정신감정 소견서를 발견했다. 공식적으로 그녀를 진찰할 기회를 얻기 전에는 작성할 수 없는 것이었지만 박사는 이렇게 미리 완성해두었다. 문장을 여기저기 다듬긴 했지만 그가 항상 주장하는 내용과 크게 다르지 않았다. 그녀는 소견서를 내려받아 '바보 원탁'에 올렸다. 그런 다음 지난 24시간 사이에 온 박사의 메일을 차례로 훑어보았다. 짧지만 매우 중요한 메일 하나를 그냥 지나칠 뻔했다.

토요일 오후 3시, 중앙역 '링'에서. / 요나스.

빌어먹을, 요나스라니. 박사가 받은 메일에 자꾸 나타나는 이름이잖아. 핫메일 계정. 아직 확인되지 않은 인물.

리스베트는 머리맡 탁자 위에 있는 전자시계로 시선을 돌렸다. 2시 28분. 곧장 ICQ로 미카엘을 불렀다. 아무런 응답이 없었다.

미카엘은 220페이지에 달하는 완성 원고를 인쇄한 뒤 컴퓨터를 껐다. 그런 다음 교정을 보기 위해 리스베트의 주방 식탁에 연필을 들고 앉았다.

그는 글이 마음에 들었다. 하지만 아직 커다란 구멍 하나가 남아 있었다. 대체 섹션의 나머지를 어떻게 찾아낸단 말인가? 말린의 말이 맞았다. 이건 불가능했다. 그에겐 시간이 없었다.

맥이 탁 풀린 리스베트는 욕을 내뱉고서 ICQ로 플레이그를 찾았다. 그 역시 응답이 없었다. 시계를 쳐다보았다. 2시 30분.

침대 모서리에 걸터 앉아 기억을 더듬어 몇 사람의 ICQ 계정을 찾아봤다. 먼저 헨리와 말린에게 메시지를 보냈다. 아무도 응답하지 않았다. 오늘 토요일이지. 다들 일하지 않을 거야. 그녀는 다시 시계를 보았다. 2시 32분.

이번엔 에리카를 시도해봤다. 헛수고였다. 젠장. 내가 곧장 집에 들어가라고 했지. 2시 33분.

미카엘에게 문자를 보낼 수도 있었지만…… 그는 도청을 당하고 있다. 그녀는 아랫입술을 질끈 깨물었다.

결국 절망적인 심정으로 탁자 쪽으로 몸을 돌리고 벨을 눌러 간호사를 불렀다. 시계가 2시 35분을 가리켰을 때 열쇠 돌아가는 소리가 들렸다. 쉰 살 정도 된 간호사 앙네타가 고개를 삐죽 내밀었다.

"안녕? 무슨 일이라도 있어요?"

"안데르스 요나손 박사님, 오늘 근무하나요?"

"몸이 안 좋아요?"

"괜찮아요. 하지만 할말이 있어요. 가능하다면요."

"조금 전에 본 것 같은데. 무슨 일이죠?"

"내가 직접 말해야 해요."

앙네타는 미간을 찌푸렸다. 리스베트는 격심한 두통이나 큰 문제가 아니면 간호사를 거의 부르지 않는 환자였다. 말썽을 부린 적도 없었고, 특별히 어떤 의사를 보자고 한 적도 없었다. 앙네타는 세상과 담을 쌓고 살면서 지금은 구속 상태인 이 환자와 안데르스 박사가 가끔 시간을 보내는 모습을 보았다. 그녀의 눈엔 박사가 이상한 환자와 모종의 관계를 맺은 걸로 보였다.

"알았어요. 선생님께서 시간이 되는지 보고 오죠." 앙네타는 친절하게 대답하고는 문을 닫았다. 그리고 열쇠로 문을 잠갔다. 2시 36분에서 2시 37분으로 넘어가고 있었다.

리스베트는 침대를 떠나 창가로 다가갔다. 시선은 줄곧 시계를 향했다. 2시 39분. 2시 40분.

2시 44분. 복도에서 발소리가 나더니 이어 세큐리타스 경호원의 열쇠꾸러미가 절그럭거렸다. 문을 열고 들어와 어리둥절한 기색으로 리스베트를 쳐다보던 안데르스 박사는 그녀의 절망 어린 시선을 보고 걸음을 멈췄다.

"무슨 일 있었어요?"

"지금 일이 벌어지고 있어요. 휴대전화 갖고 있어요?"

"뭐라고요?"

"휴대전화요. 지금 당장 전화를 걸어야 해요."

안데르스는 문 쪽을 쳐다보며 머뭇거렸다.

"박사님…… 지금 당장 휴대전화가 필요해요!"

안데르스는 절망 섞인 그녀의 목소리를 듣고 자신도 모르게 호주 머니에 손을 넣었다. 모토롤라를 꺼내 내밀었다. 리스베트는 냉큼 다시 피 그걸 낚아챘다. 미카엘에겐 걸 수 없었다. 적들이 그를 도청하는 듯했다. 문제는 그가 익명으로 개설한 에릭손 T10의 번호를 알려주지 않았다는 사실이었다. 그럴 이유가 전혀 없었다. 고립된 방에 갇힌 그녀가 자신에게 전화할 수 있을 거라고 생각하지 않았을 테니. 리스베트는 아주 잠시 망설인 다음 에리카의 번호를 눌렀다. 신호음이 세 번 울린 후에 그녀가 응답했다.

BMW를 몰고 가던 에리카는 살트셰바덴 집까지 1킬로미터쯤 남았을 때 뜻하지 않은 전화를 받았다.

"네, 에리카입니다."

"리스베트예요. 설명할 시간이 없어요. 미카엘의 익명 전화번호를 알아요? 그건 도청되지 않죠?"

"네. 그래요."

"그에게 전화해요. **지금 당장**! 페테르 박사가 3시에 중앙역 링에서 요나스를 만날 거예요. 알죠? 난간이 링처럼 둘러진 곳."

"아니, 대체……"

"서둘러요. 페테르. 요나스. 중앙역 링. 오후 3시. 십오 분 남았어요."

리스베트는 그대로 전화를 끊었다. 그래야 에리카가 쓸데없는 질문을 던져 귀중한 몇 초를 허비하지 않을 테니. 시계를 쳐다보니 2시 46분으로 넘어가고 있었다.

에리카는 브레이크를 밟아 도로변에 차를 세웠다. 그리고 몸을 굽혀 핸드백에서 수첩을 꺼내 미카엘이 사미르스 그뤼타에서 건네준 전화번호를 찾아 급히 종이를 넘겼다.

미카엘은 휴대전화가 울리는 소리를 들었다. 식탁에서 일어나 리스베트의 서재로 가 책상 위에 두었던 전화기를 집어들었다.

"여보세요?"

"에리카야."

"안녕?"

"페테르가 3시에 중앙역 링에서 요나스를 만나. 몇 분 안 남았어."

"뭐? 뭐라고?"

"페테르가……"

"들었어. 그걸 어떻게 알았어?"

"따지지 말고 빨리 서둘러."

미카엘은 시계를 힐끗 쳐다보았다. 2시 47분.

"고마워. 끊을게."

미카엘은 가방을 낚아채고 달려나가 엘리베이터를 기다리는 대신 계단으로 뛰어내려갔다. 달리면서 헨리의 비밀 전화번호를 눌렀다.

"네, 헨리입니다."

"지금 어디야?"

"아카데미 북스토어요."

"페테르가 3시에 중앙역 링에서 요나스를 만나. 나도 지금 가고 있는데, 그쪽에서 더 가깝겠어."

"맙소사! 당장 달려갈게요!"

미카엘은 가볍게 달려 예트가탄 거리로 내려와 슬루센 쪽을 향해 전속력으로 뛰었다. 슬루스플란에 이르러 숨이 턱 끝까지 차올라 시계를 쳐다보았다. 모니카가 옳았다. 이제부터라도 조깅을 다시 시작해야 했다. 2시 56분. 이래서는 도저히 제 시간에 도착할 수 없었다. 그는 택시를 찾았다.

리스베트는 안데르스에게 전화기를 내밀었다.

"고마워요."

"페테르?" 그가 물었다. 다른 건 몰라도 그 이름만큼은 귀에 들어왔다.

그녀는 고개를 끄덕이고는 박사와 눈을 마주쳤다.

"아주 못된 인간이죠. 당신은 상상도 못할 정도로."

"난 몰라요. 하지만 지금 뭔가가 일어나고 있다는 건 알겠어요. 당신을 치료하면서 이렇게 흥분한 모습은 본 적이 없으니까요. 지금 한일이 올바른 결정이었기를 바랄게요."

그녀는 특유의 비틀린 미소를 지어 보였다.

"머지않아 답을 알게 될 거예요."

헨리는 미친 사람처럼 서점에서 뛰어나왔다. 그는 매스테르 사무엘스가탄 육교로 스베아베겐 거리를 건넜다. 똑바로 클라라노라 가까지 달려가서 이번엔 클라라베리 육교로 올라가 바사가탄 거리를 지났다. 클라라베리스가탄 거리를 건널 때에는 맹렬히 경적을 울려대는 버스 한 대와 승용차 두 대 사이에서 지그재그로 달려야 했다. 그렇게 중앙역 문으로 막 들어서니 3시 정각이었다.

중앙홀로 이어지는 에스컬레이터를 세 계단씩 뛰어내려온 그는 신문 판매점 앞에 이르러 이목을 끌지 않으려고 걸음을 늦췄다. 링부근을 지나는 사람들의 얼굴을 자세히 관찰했다.

페테르도, 그리고 크리스테르가 코파카바나 카페 앞에서 촬영한 요나스로 추정되는 남자도 보이지 않았다. 헨리는 시계를 보았다. 3시 1분. 그는 막 스톡홀름 마라톤 대회에서 달리고 난 사람처럼 숨을 몰아쉬었다.

행운을 바라는 심정으로 홀을 가로질러 바사가탄 방면으로 나가 봤다. 주위를 둘러보며 자신의 시야 안에서 오가는 사람들을 하나씩 살폈다. 페테르도 요나스도 눈에 띄지 않았다.

발길을 돌려 안으로 들어왔다. 3시 3분. 링 부근에는 사람이 별로 없었다.

그러다 무심코 시선을 들어올리는데 부스스한 머리에 염소수염을 한 페테르의 모습이 얼핏 보였다. 그가 막 신문 판매점에서 나오고 있었다. 다음 순간, 크리스테르가 찍어온 사진 속 인물이 눈앞에 나타났다. 요나스였다! 두 남자는 홀을 가로질러 북문을 통해 바사가탄 쪽으로 사라졌다.

헨리는 숨을 내쉬었다. 손바닥으로 이마의 땀을 훔친 다음 그들을 쫓기 시작했다.

미카엘이 택시를 타고 스톡홀름 중앙역에 도착한 건 3시 7분이었다. 곧장 중앙홀로 달려갔지만 페테르도 요나스도 보이지 않았다. 헨리도 없었다.

헨리에게 전화를 하려고 에릭손 T10을 꺼내는 순간 벨이 울리기 시작했다.

"놈들을 잡았어요. 지금 바사가탄 '트레 렘마레 클럽'에 있어요. 철로 쪽으로 내려가는 도로 근처예요."

"좋았어, 헨리! 지금 어디야?"

"카운터에 앉아 있어요. 맥주를 한잔 하고 있죠. 그럴 만한 자격 있죠?"

"오케이. 놈들이 내 얼굴을 아니까 바깥에 있을게. 거기서 하는 말을 들을 순 없겠지?"

"불가능해요. 요나스는 등을 보이고 앉았고, 빌어먹을 페테르는 소곤거리고 있어요. 입술이 움직이는 것조차 안 보일 정도로요."

"알겠어."

"그런데 숙제가 하나 있어요."

"뭔데?"

"요나스가 테이블 위에 지갑과 휴대전화를 올려놨어요. 그 옆엔 차

키를 뒀고요."

"알았어. 내가 처리하지."

모니카 피게롤라의 전화벨이 울렸다. 영화 〈옛날 옛적 서부에서〉
의 주제곡이었다. 그녀는 읽고 있던 책을 옆에 내려놓았다. 신에 관
한 고대의 관념을 다룬 이 책을 과연 끝까지 읽어낼 수 있을지 의문
이 드는 순간이었다.

"안녕? 나 미카엘이에요. 뭐 해요?"

"옛 애인들의 사진을 정리하고 있었어요. 유감스럽지만 마지막 애
인은 오늘 아침에 날 버리고 갔죠."

"미안해요. 근처에 당신 차 있어요?"

"마지막으로 봤을 때 지하 주차장에 잘 있었어요."

"좋아요. 나와서 시내 한 바퀴 돌면 어때요?"

"별로 생각 없는데요. 무슨 일이죠?"

"페테르 텔레보리안이 바사가탄에서 요나스와 한잔 하고 있어요.
내가 지금 슈타지* 같은 세포 관료님들과 협력하고 있으니까 혹시 미
행하는 일에 흥미가 있으실까 해서요."

모니카는 이미 벌떡 일어나 차 키를 찾아 들었다.

"농담 아니죠?"

"아니에요. 그리고 요나스가 테이블에 차 키를 올려놨어요."

"곧 가요."

말린은 도통 전화를 받지 않지만 미카엘에게 아주 운이 없지는
않았다. 남편의 생일선물을 사러 오렌스 백화점에 간 로티 카림과 통
화하는 데 성공했다. 미카엘은 그녀에게 몇 시간 추가 근무를 해달라

---

* 동독 비밀경찰.

고 부탁하면서 당장 그 술집으로 가 헨리를 도우라고 했다. 그러고 나서 헨리에게 전화했다.

"자, 계획을 알려줄게. 오 분 있으면 내 쪽으로 차가 한 대 올 거야. 술집 아래에 있는 예른베그스가탄 길가에 차를 세워놓을게."

"네."

"몇 분 후면 로티가 거기로 가서 도와줄 거야."

"좋아요."

"놈들이 술집에서 나오면 요나스를 맡아. 미행하면서 내 전화로 위치를 알려줘. 그자가 차에 타려고 다가가는 게 보이면 곧바로 알려줘. 페테르는 로티에게 맡으라고 해. 우리 차가 늦게 도착하면 차량번호를 적어놔."

"알겠습니다."

모니카는 노르딕 라이트 호텔 앞 아를란다 공항행 셔틀버스 정류장 근처에 차를 세웠다. 미카엘은 그녀가 차를 세운 지 일 분 후에 조수석 문을 열고 올라탔다.

"어느 술집이죠?"

미카엘이 그곳을 가리켰다.

"지원 병력을 요청해야겠어요."

"안 그래도 돼요. 지키고 있는 사람들이 있으니까. 셰프가 많으면 요리를 망치는 법이죠."

모니카는 미심쩍은 눈으로 그를 쳐다보았다.

"그런데 이들이 만난다는 건 어떻게 알았죠?"

"미안해요. 정보원 보호 때문에."

"대단하네요! 〈밀레니엄〉에 직속 정보기관이 있나요?" 그녀가 기가 막히다는 듯 외쳤다.

미카엘은 만족스럽게 미소 지었다. 세포의 전문 영역에서 그들을 보기 좋게 꺾었으니 흐뭇하지 않을 수 없었다.

　실은 미카엘 자신도 영문을 몰랐다. 대체 어떤 연유로 에리카가 뜬 금없이 전화를 걸어 저 두 인물이 만난다는 사실을 알려주게 되었는지 말이다. 지난 4월 10일 이후로 그녀는 〈밀레니엄〉 편집부 일에서 손을 뗀 상태였다. 그녀는 물론 페테르를 알고 있었다. 하지만 요나스가 등장한 건 5월이었다. 미카엘이 아는 한 그녀는 요나스의 존재조차 몰랐다. 게다가 이 미지의 인물이 세포와 〈밀레니엄〉의 최대 관심사라는 사실은 더더욱 모를 터였다.

　에리카와는 빨리 한번 만나야 할 필요가 있었다.

　리스베트는 입을 꾹 다문 채 심각한 얼굴로 PDA를 들여다보았다. 안데르스 박사에게 전화기를 빌려 통화를 마친 뒤 그녀는 섹션 문제를 한쪽으로 치워놓고 에리카에게 집중했다. 곰곰이 생각한 끝에 26세에서 54세 남성 가운데 기혼자는 제외했다. 리스베트는 지금 자신의 작업이 매우 거칠다는 걸 충분히 알고 있었다. 이 결정에는 아무런 합리적·통계적·과학적 근거가 없었다. '더러운 펜'은 다섯 자녀와 애완견 한 마리를 키우는 기혼 남성일 수도 있었다. 관리부에서 일하는 기술자일 수도 있었다. 심지어 남자가 아니라 여자일 수도 있었다.

　그녀는 명단을 가득 채운 이름들을 줄이고 싶었다. 이 마지막 결정 덕분에 48명이었던 후보자가 18명으로 대폭 줄어들었다. 이렇게 해서 남은 명단의 대다수는 35세 이상의 주요 기자나 차장 혹은 부장 등 중견 직원이었다. 이들 가운데서 흥미로운 점이 발견되지 않는다면 그때 가서 명단을 확장하면 그만이었다.

　오후 4시, 그녀는 해커 공화국에 들어가 플레이그에게 명단을 보냈다. 몇 분 후에 그가 나타났다.

　"이름 18개. 이게 뭐지?"

"작은 곁다리 프로젝트. 연습문제 하나 푼다고 생각해."

"그래서?"

"이 이름들 중에 썩어빠진 놈이 하나 있어. 한번 찾아봐."

"판별 기준은?"

"빨리 해줘. 내일 그들이 내 접속을 끊어버릴 거야. 그 전에 찾아내야 해."

리스베트는 '더러운 펜'에 대해 설명했다.

"오케이. 그런데 뭐 생기는 거라도 있어?"

그녀는 잠시 생각했다.

"있어. 순드뷔베리에 있는 네 집을 불질러버리진 않을게."

"진심이야?"

"너한테 일을 부탁할 때마다 꼬박꼬박 돈을 지불해왔어. 하지만 이건 날 위한 일이 아니야. 그냥 세금 징수라고 생각해."

"이거 사회의식의 싹이 보이는데?"

"어떻게 할 거야?"

"알았어."

그녀는 플레이그에게 〈SMP〉 편집국 비밀번호를 보낸 다음 ICQ에서 나갔다.

헨리는 4시 20분이 되어서야 다시 전화를 걸어왔다.

"놈들이 이제 움직일 것 같아요."

"오케이. 여기도 준비됐어."

침묵.

"술집 앞에서 헤어졌어요. 요나스는 북쪽으로 갔습니다. 로티는 남쪽으로 가는 페테르를 맡았어요."

미카엘이 손가락을 들어 바사가탄 거리를 지나가는 요나스를 가리켰다. 모니카가 고개를 끄덕였다. 몇 분 후 미카엘의 시야에 헨리도 나타났다. 그녀가 시동을 걸었다.

"바사가탄 거리를 지나 쿵스가탄 쪽으로 계속 가고 있어요." 헨리가 말했다.

"그자한테 들키지 않도록 거리를 유지해."

"걱정 마세요. 거리에 사람들이 꽤 많아요."

침묵.

"그는 쿵스가탄을 통해 북쪽으로 올라가고 있어요."

"쿵스가탄. 북쪽." 미카엘이 그녀에게 알렸다.

모니카는 기어를 올리고 바사가탄 거리로 들어섰다. 그리고 잠시 빨간불에 발이 묶였다.

"헨리, 지금 어디야?" 차가 쿵스가탄으로 들어서자 미카엘이 물었다.

"PUB 백화점 근처요. 걸음이 빨라요. 잠깐, 드로트닝가탄으로 들어갔어요. 북쪽 방향이에요."

"드로트닝가탄, 북쪽." 미카엘이 알렸다.

"오케이." 모니카는 불법 유턴을 감행해 클라라노라 골목으로 들어가 올로프 팔메 거리로 향했다. 거리에 들어서서는 SIF 건물 앞에서 멈췄다. 요나스가 거리를 지나 스베아베겐 쪽으로 향하는 게 보였다. 건너편에서 요나스를 따라가는 헨리도 보였다.

"동쪽으로 틀었어요……"

"알아. 여기서 두 사람 다 보여."

"다시 홀렌다르가탄 골목으로 들어갔어요…… 듣고 있어요? 차예요. 빨간 아우디."

"차가 있대요." 미카엘은 헨리가 급히 불러주는 차량번호를 적었다.

"어느 방향으로 차를 세웠죠?" 모니카가 물었다.

"남쪽이요." 헨리가 알렸다. "올로프 팔메 거리고, 빠져나와서 두 분 앞쪽으로 가고 있어요…… 지금이요."

모니카는 벌써 차를 움직여 드로트닝가탄 거리를 지났다. 빨간불인데도 횡단보도를 건너려 하는 보행자들에게 그녀가 경적을 울리며 비키라고 손짓했다.

"고마워, 헨리. 여기서부턴 우리가 맡을게."

빨간 아우디는 스베아베겐 거리를 따라 남쪽으로 내려갔다. 모니카는 뒤를 쫓으면서 왼손으로 휴대전화를 쥐고 번호를 눌렀다.

"차량번호 좀 조회해줘요. 차종은 빨간색 아우디." 그녀는 헨리가 알려준 번호를 불렀다.

"네, 여보세요. 요나스 산드베리. 1971년생. 다시 한번…… 키스타의 헬싱예르스가탄. 고마워요."

미카엘은 그녀가 알아낸 정보를 받아 적었다.

그들이 쫓는 빨간 아우디는 함가탄과 스트란드베겐을 지나 좌회전한 후 아르틸레리가탄 거리로 들어갔다. 요나스는 군사박물관에서 한 블록 떨어진 건물 앞에서 멈췄다. 차에서 내려 길을 건너더니 1800년대 후반에 지어진 한 건물의 정문 안으로 사라져버렸다.

"흠." 모니카가 미카엘을 쳐다보았다.

그도 고개를 끄덕였다. 방금 요나스가 들어간 건물은 전에 수상과의 비밀 회합을 위해 빌렸던 아파트에서 한 블록밖에 떨어져 있지 않았다.

"어쨌든 아주 멋졌어요." 모니카가 말했다.

그때 로티가 전화를 걸어왔다. 페테르가 중앙역 에스컬레이터를 타고 클라라베리스가탄 거리로 나가 경찰청 쪽으로 갔다고 했다.

"경찰청? 토요일 오후 5시에?" 미카엘이 놀라 물었다.

둘은 좀처럼 믿기지 않는다는 눈으로 서로를 쳐다보았다. 모니카는 몇 초간 곰곰이 생각했다. 그리고 전화기를 꺼내 얀 부블란스키 형사에게 걸었다.

"안녕하세요. 세포 소속 모니카입니다. 얼마 전에 노르멜라르스트란드에서 만났었죠?"

"그래요. 무슨 일이죠?"

"이번 주말에 당직하는 분이 계신가요?"

"소니아 모디그예요."

"부탁할 일이 생겨서요. 그녀가 지금 청사에 있나요?"

"아마 없을 거예요. 날씨가 화창한 토요일 오후잖아요."

"오케이. 지금 소니아 씨나 아니면 수사팀의 다른 분께 연락해서 리샤르드 검사 사무실이 있는 복도를 한 바퀴 돌아보게 할 수 있나요? 지금 거기서 어떤 회의가 있는지 궁금해서요."

"회의?"

"자세히 설명할 시간이 없어요. 다만 지금 그가 누군가를 만나고 있는지 알고 싶을 뿐이에요. 만일 그렇다면 그 사람이 누구인지도요."

"지금 내 상관 검사를 염탐하라는 겁니까?"

모니카는 미간을 찌푸렸다. 그러고는 어깨를 으쓱했다.

"네, 맞아요."

"오케이." 얀은 수화기를 내려놨다.

소니아는 얀이 걱정했던 것보다 훨씬 가까운 곳에 있었다. 그녀는 남편과 함께 바사가탄에 있는 친구네 집 발코니에서 느긋하게 커피를 즐기고 있었다. 일주일간 방학을 맞아 소니아의 부모님이 아이들을 데려가주어 오랜만에 둘만 남게 된 부부는, 외식을 한 다음 영화를 보는 구식 데이트를 계획하고 있었다.

얀은 전화한 이유를 설명했다.

"이렇게 갑자기 검사님 방에 가야 하는 이유가 뭔데요?"

"어제 새로 갱신한 로날드 니더만 자료를 주겠다고 해놓고 퇴근 전에 들르는 걸 잊었어. 서류는 내 책상 위에 있고."

"알겠어요."

소니아는 남편과 친구를 쳐다보았다.

"청사에 들어가봐야겠어. 차 좀 가져갈게. 운 좋으면 한 시간 안에 돌아올 수 있을 거야."

남편이 한숨을 폭 쉬었다. 친구도 한숨을 쉬었다.

"어차피 오늘 내가 당직이니까." 소니아는 이렇게 자신의 불행을 정당화했다.

그녀는 베리스가탄에 차를 세우고 얀의 사무실로 올라갔다. 그의 책상 위에는 A4 용지 세 장짜리 보고서가 있었다. 경찰 살해범 로날드 니더만을 수사하면서 얻어낸 빈약한 결과물이었다. 참, 초라하기도 하네,

어쨌든 계단을 걸어 위층으로 올라갔다. 그리고 복도로 들어가는 문 앞에서 잠시 멈춰 섰다. 화창한 주말 오후라 청사가 텅 비어 있었다. 그녀는 굳이 자기 모습을 감추려하지는 않고 그냥 조용히 걸었다. 이내 닫힌 사무실 문 앞에 섰다. 안에서 목소리가 들렸고, 그녀는 아랫입술을 잘근 깨물었다.

갑자기 용기가 사라지면서 자신이 바보처럼 느껴졌다. 평소 같으면 노크를 하고 선뜻 문을 연 다음, '어, 안녕하세요, 아직 계셨네요!'라고 놀란 척한 뒤 걸어들어갔을 것이다. 그러나 지금은 그런 식으로 행동할 수 없다는 느낌이 들었다.

소니아는 주위를 둘러보았다.

갑자기 얀이 자기를 부른 이유는 무엇일까? 이 회의는 대체 뭐지?

사무실 맞은편에 있는 조그만 회의실 하나가 그녀의 눈에 들어왔다. 열 명 정도 들어갈 수 있는 공간이었고, 거기서 열린 브리핑에 그녀도 여러 차례 참석했었다.

그녀는 회의실로 들어가 소리 나지 않게 문을 닫았다. 창문 블라인드는 내려져 있고 복도 쪽 유리벽의 커튼도 모두 쳐져 있었다. 방

안은 어두컴컴했다. 그녀는 의자를 하나 가져다 앉은 후 커튼 자락을 조금 벌려 가느다란 틈으로 복도를 내다보았다.

마음이 몹시 불안했다. 만일 누가 문을 연다면 자신이 여기서 무얼 하고 있었는지 설명하기가 매우 난감하리라. 휴대전화를 꺼내 화면을 보았다. 저녁 6시가 조금 못 된 시간이었다. 벨소리를 진동으로 해놓고 의자 등받이에 몸을 기대고 굳게 닫힌 사무실 문을 물끄러미 바라보았다.

저녁 7시, 플레이그가 리스베트에게 말을 걸었다.

"됐어. 이제 내가 〈SMP〉의 관리자야."

"어디야?"

그는 URL 주소를 하나 전송했다.

"24시간 안에 일을 끝내기는 힘들 거야. 18명의 이메일 주소는 모두 확보했지만 개인 컴퓨터들을 해킹하려면 며칠이 필요해. 토요일 저녁이라 대부분 인터넷에 접속하지도 않았을 거고."

"그럼 넌 개인 컴퓨터에 집중해. 그들이 〈SMP〉에서 쓰는 컴퓨터는 내가 맡을게."

"나도 그러려고 했어. 네 PDA가 좀 떨어지니까. 특별히 집중해야 할 놈이라도 있어?"

"없어. 그 누구라도 될 수 있어."

"알았어."

"플레이그."

"왜."

"내일까지 아무것도 찾아내지 못하면 네가 이 일을 계속해줘."

"알겠어."

"그땐 돈을 낼게."

"잊어버려. 농담이었다고."

리스베트는 ICQ를 나와 플레이그가 〈SMP〉의 모든 관리자 권한을 전송해놓은 URL 주소로 들어갔다. 먼저 페테르 플레밍이 편집국에서 접속중인지부터 확인했다. 그렇지 않았다. 우선 그의 권한을 빌려 〈SMP〉 이메일 서버에 들어갔다. 이제 그녀는 거기서 일어나는 모든 활동을 들여다볼 수 있게 됐다. 심지어는 개인 계정에서 오래전에 삭제한 메일까지 볼 수 있었다.

에른스트 테오도르 빌링부터 시작했다. 43세인 그는 조간판 편집부장 가운데 한 명이었다. 메일함을 열어 최근에 온 순서대로 훑어보았다. 발신자와 내용만 대략 파악하면 됐으므로 메일 하나를 확인하는 데 2초면 충분했다. 그리고 몇 분 지나지 않아 사내 공지나 업무 스케줄처럼 지금 그녀에게 중요하지 않은 일상적인 메일들을 분간할 수 있었다. 그런 것들은 스크롤을 내려 지나쳤다.

3개월 사이에 오간 메일은 하나하나 확인했다. 그다음부턴 제목만 훑으면서 흥미를 끄는 것이 있을 때만 열어보면서 빨리 지나갔다. 에른스트는 사귀고 있는 소피아라는 여자에게 매우 불쾌한 말투를 썼다. 평소에 기자나 디자이너 같은 사람들에게도 비슷하게 말한다는 점을 감안하면 그렇게 이상하다고 할 수는 없었다. 하지만 리스베트로선 이해할 수 없는 태도였다. 어떻게 자기 애인에게 '뚱땡이' '멍청한 년' '미친년' 같은 상스러운 욕을 내뱉을 수 있단 말인가?

일 년 전 메일까지 훑어본 그녀는 거기서 멈췄다. 그리고 익스플로러로 들어가 그가 주로 무얼 검색하는지 살펴보았다. 그 나이 먹은 남성들이 흔히 그렇듯 정기적으로 포르노 사이트에 들락거리는 듯했지만 나머지 대부분은 업무와 관련된 것들이었다. 자동차에도 관심이 많은지 새 모델을 소개하는 사이트에 자주 간다는 걸 알 수 있었다.

이렇게 한 시간쯤 탐색한 그녀는 리스트에서 에른스트를 지웠다. 법률부 베테랑 기자인 51세의 외르얀 볼베리로 넘어갔다.

토요일 저녁 7시 30분경, 토르스텐 에드클린트가 쿵스홀멘 경찰청에 도착했다. 모니카와 미카엘이 그를 기다리고 있었다. 그들은 전날 미카엘과 앉았던 회의 탁자 주변에 자리를 잡았다.

토르스텐은 살얼음판을 걷는 기분이었다. 미카엘에게 이 복도에 들어오는 걸 허가한 순간, 자신은 내부 규정을 상당수 위반한 셈이었다. 특히 모니카처럼 그를 임의로 데리고 들어와서는 안 되었다. 이 복도에는 요원들의 배우자조차 함부로 들어올 수 없었다. 만날 일이 있다면 세포 본부 입구에서 기다려야 하는 게 원칙이다. 더구나 미카엘은 기자였다. 그는 앞으로 미카엘의 출입 권한을 프리드헴스플란 임시 사무실로 국한시켜야겠다고 생각했다.

권한이 없는 사람들도 특별 초청을 받아 이 복도에 들어올 수는 있었다. 그런 식으로 들락거리는 외국인 방문자, 연구원, 대학 교수, 임시 고문 등을 심심찮게 볼 수 있었고, 미카엘도 임시 고문의 범주에 포함될 수 있었다. 사실 보안 등급을 분류하기 위해 만들어진 모든 규정은 무의미한 말장난에 불과했다. 결국 누구든 특정한 사람에게 보안 등급을 부여할 수 있었다. 비판이 일어나면 토르스텐 자신이 직접 미카엘에게 보안 등급을 부여했다고 주장할 생각이었다.

만일 문제가 생긴다면 그렇게 할 거라는 말이다. 토르스텐은 의자에 앉아 모니카를 쳐다보았다.

"그들이 만난다는 건 어떻게 알아냈지?"

"오후 4시경에 미카엘 씨가 전화했습니다." 그녀가 미소 지으며 대답했다.

"그럼 당신은 어떻게 알았습니까?"

"정보원이 귀띔해줬죠."

"그렇다면 당신이 페테르에게 감시를 붙였다고 결론 내려도 될까요?"

모니카가 고개를 흔들었다.

"처음엔 저도 그렇게 생각했습니다." 그녀는 그 자리에 미카엘이 없기라도 하다는 듯 거침없이 말했다. "하지만 앞뒤가 맞지 않아요. 설사 미카엘의 지시를 받고 페테르를 쫓아다니는 사람이 있었다 해도 그가 만나러 가는 사람이 요나스 산드베리라는 걸 어떻게 알 수 있었겠습니까?"

토르스텐은 머리를 끄덕였다.

"그렇다면…… 뭐죠? 불법 도청 같은 겁니까?"

"분명히 말씀드리죠. 난 불법 도청을 한 적도 없고, 누가 그런 짓을 한다는 얘기를 들은 적도 없습니다." 미카엘은 이 자리에 자신도 있다는 사실을 환기시키기 위해 끼어들었다. "좀 현실적으로 생각합시다. 불법 도청은 국가의 전문 영역 아닙니까?"

토르스텐이 입을 삐죽 내밀었다.

"그래서 그 정보를 어떻게 얻었는지 말해줄 수 없단 겁니까?"

"말씀드렸잖아요. 정보원이 귀띔해줬다고요. 그리고 전 정보원을 보호해야 합니다. 자, 그 덕분에 우리가 찾은 것들에나 집중하면 어떻겠습니까?"

"난 애매한 건 좋아하지 않습니다." 토르스텐이 말했다. "하지만 어쩔 수 없죠. 자, 우리가 알아낸 정보는?"

"그자의 이름은 요나스 산드베리입니다." 모니카가 설명을 시작했다. "해군 잠수특공대 출신이고 1990년대 초에 경찰학교를 다녔습니다. 처음엔 웁살라에서, 다음엔 쇠데르텔리에에서 근무했습니다."

"자네도 웁살라에서 근무하지 않았나?"

"네. 하지만 한두 해 차이로 어긋났습니다. 제가 근무를 시작했을 때 그는 이미 쇠데르텔리에로 떠났어요."

"오케이."

"1998년, 세포 방첩부에서 그를 스카우트합니다. 2000년에는 해외의 한 비밀 직위로 소속을 바꾸고요. 우리가 가진 자료에 따르면 공식적으로는 주마드리드 스웨덴 대사관에 속한 걸로 되어 있습니다. 대사관에 연락해서 확인해보니 요나스 산드베리가 누구인지 모르더군요."

"예란 모르텐손처럼 말이지. 공식적으로는 소속이 바뀌었는데 실제론 그곳에 존재하지 않는 자."

"오직 사무처장만이 이런 일을 할 수 있습니다."

"보통 때였으면 서류상 착오로 여기고 넘어갔겠지. 그런데 지금은 우리가 특별히 관심을 가지고 있으니 알아챈 거고. 만일 누군가가 끈질기게 캐고 들면 그들은 간단히 대답할 거야. 기밀이라든지, 테러와 관련된 일이라고 하면서."

"확인해봐야 할 회계 문제가 여전히 많습니다."

"예산처장?"

"아마도요."

"오케이. 또다른 건?"

"요나스 산드베리는 솔렌투나에 거주합니다. 결혼은 안 했지만 쉐데르텔리에에 있는 교사 사이에서 아이를 하나 뒀습니다. 전과는 없고요, 총기면허가 두 종입니다. 조용히 생활하는 편이고 술은 입에도 대지 않습니다. 좀 특이한 건 독실한 신자라는 점입니다. 1990년대부터 생명의말씀 교회에 다녔습니다."

"그건 어디서 알아냈지?"

"웁살라에서 제 상관이었던 분과 얘기했습니다. 그를 아주 잘 기억하더군요."

"좋아, 총기 두 정과 쉐데르텔리에에 아이 하나가 있는 기독교도 잠수부라. 다른 건?"

"그의 신원을 확인한 지 아직 세 시간밖에 되지 않았습니다. 이 정도면 상당히 많이 알아낸 것 같은데요."

"미안하네. 그럼 아르틸레리가탄에 있는 건물은?"

"별다른 건 없었습니다. 스테판이 구청 직원을 꽤나 괴롭힌 끝에 건물 도면을 열람할 수 있었다네요. 1800년대 후반에 지어진 조합 아파트입니다. 육 층 건물에 스물두 세대, 안뜰 부속 건물에 여덟 세대가 있습니다. 입주자들에게서 눈에 띌 만한 건 없었고요, 그중 두 명이 전과자였습니다."

"누구지?"

"일층에 사는 63세의 린스트룀입니다. 1970년대에 보험 사기로 유죄판결을 받았습니다. 삼층에 사는 47세의 비트펠트는 전처를 의도적으로 폭행해 두 차례 판결을 받았고요."

"흠."

"입주자 대부분이 착실한 중산층입니다. 그런데 수상쩍은 집이 하나 있어요."

"무슨 집인데?"

"맨 꼭대기층입니다. 방이 열한 칸이나 되는 게 아주 럭셔리하죠. 소유주는 '벨로나 주식회사'예요."

"무슨 일을 하는 회사지?"

"오직 신만이 아시겠죠. 마케팅 분석 일을 한다는데, 연매출이 무려 3천만 크로나입니다. 주주들은 모두 외국에 거주하는 걸로 되어 있고요."

"아하."

"왜요?"

"아무것도 아냐. 벨로나에 대해 계속 얘기해보게."

이때, 미카엘이 '스테판'으로만 알고 있는 요원이 들어와 토르스텐에게 직접 보고했다.

"부장님, 재미있는 걸 찾아냈습니다. 벨로나 아파트에 뭐가 얽혀 있는지 알아봤어요."

"뭔데?" 모니카가 물었다.

"벨로나는 1970년대에 설립됐습니다. 그 아파트는 1917년생 크리스티나 세데르홀름이라는 전 회사 소유주가 유산으로 남긴 걸 매입한 거고요."

"그래서?"

"그녀의 남편이 바로 한스 빌헬름 프란케입니다. 세포 설립 당시에 페르 군나르 빙에와 자주 충돌했던 카우보이 말입니다."

"좋아." 토르스텐이 말했다. "아주 좋아. 모니카, 그 건물을 24시간 감시하도록. 거기서 쓰는 전화를 모조리 찾고, 들락거리는 사람과 차량을 모두 파악해줘! 항상 하던 대로."

토르스텐은 미카엘을 힐끗 쳐다보았다. 뭔가를 말하려다가 입을 다무는 듯했다. 미카엘은 그저 눈썹을 들어올렸다.

"홍수처럼 넘쳐나는 정보들에 만족하십니까?" 결국 토르스텐이 물었다.

"두말할 필요 있을까요? 부장님은 〈밀레니엄〉이 기여한 일에 만족하세요?"

토르스텐은 천천히 고개를 끄덕였다.

"이 일로 내가 지옥에 빠질 수도 있다는 건 충분히 아시겠죠?"

"저 때문에 그런 일이 일어나진 않을 겁니다. 여기서 얻은 내용들은 정보원이 제공한 걸로 간주하고 있으니까요. 사실을 기반으로 글을 쓰겠지만 그걸 어떻게 얻었는지는 결코 밝히지 않을 겁니다. 그전에 부장님과 정식으로 인터뷰를 하고 싶습니다. 답변하고 싶지 않다면 '노 코멘트' 하면 됩니다. 특별 분석 섹션을 쓰고 싶다면 얼마든지 그렇게 하고요. 결국 모든 건 부장님에게 달려 있습니다."

토르스텐이 머리를 주억거렸다.

미카엘은 만족스러웠다. 불과 몇 시간 사이에 섹션의 구체적인 형태가 드러났다. 꽉 막혔던 벽에 구멍이 뻥 뚫린 기분이었다.

절망스럽게도 회의는 한없이 길어졌다. 소니아는 누군가가 회의 테이블 위에 버리고 간 생수병을 쳐다보았다. 남편에게 두 번이나 문자를 보내 아직도 일로 붙잡혀 있다고 알렸다. 가능한 한 빨리 돌아가 멋진 저녁 시간을 보내는 걸로 죄를 씻겠다고도 약속했다. 이러고 있으려니 슬슬 초조해지기 시작하면서 자신이 침입자처럼 느껴졌다.

회의는 7시 반이 되어서야 끝났다. 갑자기 문이 열리면서 한스 파스테가 나오는 모습을 보고 멍하니 있던 소니아는 깜짝 놀랐다. 바로 뒤따라 페테르 박사가 걸어나왔다. 그다음으로 나온 건 희끗한 머리에 나이가 지긋해 보이는 남자였는데, 그녀가 한 번도 보지 못한 인물이었다. 마지막으로 나온 사람은 리샤르드 검사였다. 그는 재킷을 걸치며 불을 끈 뒤 열쇠로 문을 잠갔다.

소니아는 커튼 자락 사이에 휴대전화를 대고 비록 해상도는 낮지만 검사의 사무실 앞에 모인 이들의 모습을 두 장 찍었다. 그들은 잠시 문 앞에 머물러 있다가 복도 저쪽으로 걸어가기 시작했다.

그녀가 웅크리고 있는 회의실 앞을 그들이 지나갈 때 소니아는 숨을 죽였다. 마침내 계단으로 통하는 문이 닫히는 소리가 들렸고, 식은땀으로 흥건히 젖은 그녀는 후들거리는 두 다리를 간신히 가누며 몸을 일으켰다.

8시가 조금 지났을 때, 얀이 모니카에게 전화를 걸었다.

"검사가 누굴 만났는지 알고 싶다고 하셨죠?"

"그래요."

"그들이 방금 회의를 마쳤어요. 그가 만난 사람은 페테르 텔레보리안 박사, 얼마 전까지 나와 함께 일했던 한스 파스테 형사, 그리고 우리가 모르는 나이 지긋한 남자, 이렇게 세 명이었어요."

"잠깐만요." 모니카는 손바닥으로 전화기를 덮으면서 사람들 쪽으로 몸을 돌렸다. "우리가 제대로 봤어요. 페테르는 리샤르드를 보러 갔어요."

"듣고 있습니까?"

"미안해요. 알 수 없는 세번째 남자의 인상착의를 말해줄 수 있을까요?"

"더 좋은 게 있죠. 그 사람 사진을 보낼게요."

"사진, 좋네요. 큰 신세를 졌어요."

"더 잘해드릴 수도 있어요. 대체 지금 무슨 일이 벌어지는 건지 알려준다면요."

"다시 전화 드리죠."

회의 탁자 주위에 잠시 침묵이 감돌았다.

"오케이." 마침내 토르스텐이 입을 열었다. "페테르는 섹션과 만났고, 그다음엔 곧바로 리샤르드 검사에게 갔군. 대체 무슨 얘기를 하러 간 거지?"

"왜 그걸 내게 물어보지 않는 거죠?" 미카엘이 말했다.

토르스텐과 모니카가 동시에 그를 쳐다보았다.

"한 달 후에 열릴 재판에서 리스베트를 무너뜨릴 세부 전략을 다 듬기 위해 만났을 겁니다."

모니카가 천천히 고개를 끄덕였다.

"그건 추측일 뿐입니다." 토르스텐이 말했다. "당신에게 초능력이 있는 게 아니라면 말이에요."

"이건 추측이 아니에요." 미카엘이 대꾸했다. "그들은 리스베트의 정신감정 소견서를 논의하려고 만난 거예요. 페테르가 작성을 다 마쳤거든요."

"말도 안 됩니다. 아직 검사도 하지 않았는데."

미카엘은 어깨를 으쓱하고는 가방을 열었다.

"페테르는 그런 자질구레한 절차에 묶이는 인간이 아닙니다. 이게 바로 그가 최근에 쓴 법의학 정신감정 소견서예요. 보시다시피 작성일은 재판이 시작되는 주로 적혀 있고요."

토르스텐과 모니카는 앞에 놓인 문서를 내려다보았다. 그런 다음 서로 마주보고는 다시 미카엘에게로 시선을 돌렸다.

"도대체 이건 어떻게 입수했습니까?" 토르스텐이 물었다.

"미안합니다. 정보원을 보호해야 해요."

"미카엘 씨…… 우린 서로를 신뢰해야 합니다. 그런데 당신은 정보들을 다 내놓지 않고 있어요. 이런 식으로 감추고 있는 깜짝 뉴스들이 아직도 있는 겁니까?"

"그렇죠. 물론 비밀이 있습니다. 부장님도 제게 세포의 모든 걸 볼 권한을 주지 않으셨잖아요. 아닌가요?"

"그건 경우가 같지 않아요."

"천만에요, 똑같은 겁니다. 이런 걸 바로 협력이라고 하죠. 말씀하신 대로 우린 서로를 믿어야 합니다. 그리고 난 아무것도 감추지 않았어요. 섹션의 윤곽을 파악하고 그들이 저지른 범죄를 알아내는 데 도움이 될 수 있는 건 조금도 숨기지 않고 내놓고 있단 말입니다. 전 벌써 텔레보리안이 1991년에 군나르 비에르크와 작당해 범죄를 저질렀음을 증명하는 자료를 그쪽에 건넸습니다. 그리고 그가 이번에도 똑같은 목적으로 고용될 거라는 것도 알려드렸죠. 그게 사실임을 증명하는 자료까지 이렇게 내놓았고요."

"하지만 여전히 비밀이 있지요."

"물론입니다. 부장님이 선택하시면 됩니다. 이 협력을 중단하든지, 아니면 지금 이 방식대로 계속 가든지."

모니카가 손가락을 하나를 들어 중재에 나섰다.

"잠깐만요, 그렇다면 리샤르드 검사가 섹션을 위해 일하고 있다는 얘긴가요?"

미카엘은 눈썹을 찌푸렸다.

"그건 잘 모르겠어요. 오히려 세포가 편리하게 이용해먹고 있는 얼간일 거라는 생각이 들어요. 출세주의자이긴 합니다만 정직하면서도 한편으론 꽉 막힌 인물 같아요. 정보원에게 들은 바로는 리스베트가 수배중일 때 그녀에 대해 페테르가 제공한 이야기를 모두 곧이곧대로 받아들였다고 하더군요."

"그를 마음대로 가지고 놀기란 그렇게 어려운 일이 아니다, 이 말을 하고 싶은 건가요?"

"맞습니다. 그리고 한스 파스테는 리스베트가 사탄주의 레즈비언이라고 믿는 멍청이예요."

에리카는 살트셰바덴 집에 혼자 있었다. 온몸이 마비된 듯 아무 일도 손에 잡히지 않았다. 금방이라도 누군가가 전화를 걸어와 지금 자신의 사진들이 인터넷에 떴다는 소식을 알려줄 것만 같았다.

그녀는 자신이 계속 리스베트를 생각하고 있다는 걸 깨달았다. 그리고 그녀에게 지나친 기대를 걸고 있다는 사실에 부르르 머리를 흔들었다. 지금 리스베트는 살그렌스카 병원에 감금되어 있는 몸이었다. 면회도 금지되어 있고, 신문 읽을 권리조차 없었다. 하지만 놀랄 만큼 수가 많은 사람이기도 했다. 그렇게 고립되어 있으면서도 ICQ와 전화로 접촉해왔으니 말이다. 이 년 전엔 혼자서 벤네르스트룀 제국을 무너뜨리고 〈밀레니엄〉까지 구해주지 않았던가.

저녁 8시, 수산네 린데르가 문을 두드렸다. 에리카는 누군가가 방 안에서 총을 쏘기라도 한 듯 벌떡 일어났다.

"안녕하세요. 이 컴컴한 방에 그렇게 계시니 너무 우울해 보이네요."

에리카는 고개를 끄덕이고 불을 켰다.

"안녕하세요. 내가 가서 커피를……"

"아녜요. 제가 할게요. 뭐, 새로운 소식이라도 있어요?"

물론 있지. 리스베트가 연락을 해와서 내 컴퓨터를 장악해버렸어. 전화까지 해서는 페테르와 요나스라는 사람이 오늘 오후 중앙역에서 만날 거라고 말해줬고.

"아니, 아무것도 없어요. 그런데 한 가지 물어볼게요."

"네."

"범인이 스토커가 아니라 날 엿 먹이고 싶어하는 주변 인물일 가능성에 대해 어떻게 생각해요?"

"차이가 뭐죠?"

"내가 모르는 누군가가 나한테 집착한다면 그건 스토커예요. 반면 어떤 개인적인 이유로 내게 복수하거나 내 삶을 망치려 드는 사람일 수도 있다는 거예요."

"흥미로운데요? 어떻게 그런 생각을 하게 되신 거죠?"

"그러니까…… 오늘 어떤 사람하고 이 일에 대해 얘기했어요. 누구인지는 밝힐 수 없지만, 아무튼 그 사람은 진정한 스토커들이 하는 위협은 양상이 다르다고 주장하더군요. 특히 스토커들은 에바 칼손이 받은 메일 같은 건 절대 쓰지 않는대요. 전혀 말이 안 되는 행동이라고요."

수산네는 고개를 끄덕였다.

"일리 있는 말이네요. 그런데 전 그 메일을 본 적이 없어요. 한번 볼 수 있을까요?"

에리카는 노트북을 꺼내 주방 식탁 위에 올려놓았다.

밤 10시, 모니카는 미카엘을 데리고 경찰청을 빠져나왔다. 그들은 저번에 걸음을 멈췄던 크로노베리 공원 앞 같은 장소에 섰다.

"또 같은 곳으로 왔네요. 이대로 사라져서 일하러 들어갈래요, 아님 나와 함께 들어가 잘래요?"

"어……"

"미카엘, 나 때문에 부담 느낄 필요는 없어요. 일하고 싶으면 그렇게 해요."

"이런, 모니카, 정말이지 당신은 중독성이 강해서 거부하기 힘들어요."

"그 무엇에도 의존하는 사람이 되고 싶지는 않다는 뜻인가요?"

"아니, 그런 건 아니에요. 오늘밤에 얘기를 좀 나눠야 할 사람이 있는데 좀 걸릴 거예요. 다 끝나면 잠들어 있을 시간이라서."

그녀는 고개를 끄덕였다.

"그럼 다음에 봐요."

미카엘은 그녀의 뺨에 입을 맞추고 프리드헴스플란 방면 버스 정류장으로 올라갔다.

"미카엘!"

"네?"

"난 내일도 일이 없어요. 시간 되면 아침 먹으러 와요!"

21장
6월 4일 토요일~6월 6일 월요일

리스베트는 〈SMP〉 편집부장 안데르스 홀름의 메일들을 훑으며 기분 나쁜 떨림을 몇 차례 느꼈다. 쉰여덟 살인 그는 제외 대상이었지만 에리카와 갈등이 있었기에 포함시켰다. 음흉한 책략가였고, 형편없이 일하는 이들을 험담하는 메일을 여기저기 쓰며 시간을 보내는 인물이었다.

그가 에리카를 좋아하지 않는다는 건 명백했다. 메일 대부분이, 그 여자가 이런 말을 혹은 저런 짓을 했다는 언급으로 채워져 있었다. 인터넷 방문 기록을 살펴보니 업무와 관련된 곳만 이용하고 있었다. 개인적 관심사는 자유 시간에 다른 컴퓨터로 찾아보는 모양이었다.

리스베트는 그를 후보에서 완전히 탈락시키진 않았지만 너무 쉬운 해결책 같다는 생각을 떨칠 수 없었다. 그녀는 어째서 그가 범인이 아닌 것 같은지를 생각해봤다. 그는 익명 메일 같은 우회적인 방법을 구사하기에는 너무 오만했다. 만일 에리카를 '더러운 년' 취급하고 싶었다면 공개적으로 했을 것이다. 그리고 한밤중에 남의 집에 숨어들어가는 위험천만하고도 고생스러운 짓을 벌일 인물로 느껴지지 않았다.

밤 10시경, 리스베트는 하던 일을 잠시 멈추고 '바보 원탁'에 들어 갔다. 미카엘이 돌아온 흔적은 여전히 보이지 않았다. 그녀는 약간 짜증이 돋았다. 대체 어디서 무얼 하고 다니는지, 페테르와 요나스가 회합하는 장소에는 제때 가봤는지 알 수 없었다.

다시 〈SMP〉 서버로 돌아왔다.

29세의 스포츠부 차장 클라에스 룬딘으로 넘어갔다. 그의 메일함에 막 들어간 그녀는 잠시 동작을 멈추고 아랫입술을 잘근 깨물었다. 그리고 창을 닫고서 에리카의 메일함을 열어봤다. 리스베트는 시간을 거슬러올라갔다. 에리카의 계정은 5월 2일에야 개설됐기 때문에 받은 메일이 비교적 적었다. 첫번째 메일은 페테르 프레드릭손이 보낸 사내 공지였다. 첫날에 많은 사람이 그녀에게 환영 메일을 보냈다.

리스베트는 에리카가 받은 메일을 하나씩 주의깊게 읽어보았다. 편집부장 안데르스 홀름이 보낸 메일은 첫날부터 적대적인 어조가 짙었다. 둘은 사사건건 의견이 맞지 않았고, 안데르스는 아무것도 아닌 일을 가지고 두세 통씩 메일을 보내 에리카의 골머리를 썩였다.

리스베트는 광고, 스팸, 그리고 사내 공지 같은 것들은 건너뛰었다. 대신 개인적인 어조가 섞인 메일에만 집중했다. 내부의 예산결의서, 광고 및 마케팅 결과 보고서, 그리고 재무국장 크리스테르 셸베리와 인력 삭감을 둘러싸고 일주일간 벌인 일대 설전까지 전부 훑어볼 수 있었다. 법률부장이 성난 어조로 쓴 메일도 보였다. 에리카가 요하네스 프리스크라는 임시기자에게 취재를 맡긴 일이 법률부장은 영 못마땅한 모양이었다. 첫날의 환영 메일을 제외하고는 간부급 가운데 그녀의 주장이나 제안에 대해 긍정적으로 말하는 사람은 한 명도 없었다.

잠시 후 리스베트는 목록 맨 위로 올라가 통계적으로 계산을 해봤다. 그 결과, 간부급 직원 가운데 오직 네 사람만이 그녀의 위치를 위협하지 않는다는 걸 알 수 있었다. 대표이사 망누스 보리셰, 편집차장 페테르 프레드릭손, 1면 담당자 군나르 망누손, 그리고 문화부장 세바스티안 스트란드룬드였다.

대체 <SMP>에는 여자가 없나? 간부들이 하나같이 남자뿐이네.

에리카와 가장 왕래가 없는 사람은 문화부장이었다. 그동안 세바스티안과 주고받은 메일은 두 통뿐이었다. 가장 친절하고 호의적인 메일을 보내는 사람은 1면 담당자 군나르 망누손이었다. 회장 망누스 보리셰는 간략하게 요점만 말하는 편이었다. 이 외에 나머지 간부들은 규칙이 허용하는 범위에서 그녀를 향해 일종의 게릴라전을 펼치고 있었다.

이 빌어먹을 남자 패거리들은 왜 에리카를 고용했지? 온종일 개떼처럼 달려들어 그녀를 물어뜯을 거면서.

에리카가 가장 많이 접촉하는 직원은 페테르 프레드릭손인 듯했다. 매번 회의 내용을 보고서로 제출하는 건 항상 그의 몫이었다. 그리고 에리카에게 사내 공지를 준비해주고 다양한 기사와 이슈를 브리핑해주면서 일이 돌아가게끔 했다.

그는 매일 에리카와 메일을 열댓 개씩 주고받았다.

리스베트는 그가 에리카에게 보낸 메일들을 모두 모아 하나씩 읽었다. 그가 에리카의 의견에 맞선 건 두세 번 정도였다. 자신이 반대하는 이유를 정확하게 설명했다. 에리카는 그를 신뢰하는 모양인지 그녀가 내렸던 결정을 변경하거나 그의 의견을 받아들였다. 그는 한 번도 적대적인 모습을 보이지 않았다. 반면, 둘 사이의 개인적인 관계를 짐작케 하는 내용은 전혀 찾아볼 수 없었다.

리스베트는 메일함을 닫고 잠시 생각에 잠겼다.

그리고 페테르 프레드릭손의 계정을 열었다.

플레이그는 〈SMP〉 직원들의 개인 컴퓨터를 기웃거리며 저녁 시
간을 다 보냈지만 별다른 성과가 없었다. 쉽게 접근할 수 있었던 건
편집부장 안데르스 홀름의 컴퓨터였다. 안데르스는 진행하는 작업들
을 아무 때나 할 수 있도록 사무실 컴퓨터와 자기집 컴퓨터를 연결
해놓고 계속 켜두었다. 그의 컴퓨터는 플레이그가 지금까지 해킹해
온 것들 중 가장 지루했다. 리스베트가 준 18개 이름들에 대해선 운
이 좋지 않았다. 플레이그가 침입을 시도한 컴퓨터들 가운데 토요일
저녁까지 인터넷에 접속되어 있는 건 하나도 없었다. 이 불가능한 과
업이 슬슬 지겨워지기 시작할 때 리스베트가 10시 30분경에 모습을
드러냈다.

"또 뭐야?"

"페테르 프레드릭손."

"알았어."

"다른 이름들은 잊어버려. 이놈한테만 집중해."

"왜?"

"직감."

"시간이 좀 걸릴 듯한데."

"지름길이 있어. 그는 편집차장이야. '인터그레이터'라는 프로그램
을 써서 회사 컴퓨터를 집에서도 확인할 수 있도록 해놓았어."

"난 인터그레이터를 전혀 몰라."

"몇 년 전에 나온 작은 프로그램일 뿐이야. 지금은 완전 구닥다리
지. 인터그레이터에 버그가 하나 있어. 해커 공화국 자료실에 정보가
있으니까 찾아봐. 이론상 프로그램을 역전해서 〈SMP〉 컴퓨터에서
그의 개인 컴퓨터로 침입하는 게 가능해."

플레이그는 긴 한숨을 쉬었다. 한때 자신의 제자였던 그녀가 이제

는 자기보다 위에 있었다.

"오케이. 해볼게."

"뭔가 찾아냈을 때 내가 오프라인이면 칼레 블롬크비스트에게 내용을 전해줘."

미카엘이 피스카르가탄에 있는 리스베트의 아파트로 돌아온 건 자정이 조금 못된 시각이었다. 몹시 피곤해 샤워부터 하고 커피머신을 켰다. 그런 다음 리스베트의 컴퓨터를 켜고 ICQ로 그녀를 불렀다.

"기다렸잖아요."

"미안해."

"며칠 동안 어디 있었죠?"

"어떤 첩보요원과 침대에. 요나스도 추적했어."

"거기엔 제 시간에 갔나요?"

"응. 네가 에리카에게 알려줬었어???"

"당신과 연락할 수 있는 유일한 방법이었죠."

"똑똑하군."

"내일 구치소로 이송돼요."

"알고 있어."

"인터넷에 관한 것들은 플레이그가 도와줄 거예요."

"좋아."

"이제 결승전만 남았네요."

미카엘은 혼자서 고개를 끄덕였다.

"살리…… 우린 해야 할 일을 할 거야."

"알아요. 당신은 예측할 수 있는 사람이죠."

"넌 언제나 매력적이고."

"내가 알아야 할 다른 일이 있나요?"

"없어."

"그렇다면 난 인터넷으로 해야 할 일들이 있어요."

"알았어. 잘 지내."

이어폰에서 삑삑거리는 소리가 나는 바람에 수산네는 잠에서 깼다. 일층에 설치한 동작감지기에 움직임이 포착됐다. 한쪽 팔꿈치로 침대를 짚으며 몸을 일으켜 시계를 보았다. 일요일 새벽 5시 23분이었다. 그녀는 조용히 침대에서 내려와 청바지와 티셔츠를 입고 운동화를 신었다. 바지 뒷주머니에는 최루액 스프레이를 찔러 넣고 길게 늘어나는 곤봉도 집어들었다.

살금살금 에리카의 침실 앞을 지났다. 제대로 닫힌 문은 안에서 잠겼을 터였다.

우선 계단 위쪽에서 걸음을 멈추고 귀를 기울였다. 달그락거리는 소리, 그리고 뭔가가 움직이는 어렴풋한 소리가 일층에서 들려왔다. 천천히 내려가 현관에 멈춰 서서 다시 귀를 기울였다.

주방에서 의자 끌리는 소리가 났다. 수산네는 곤봉을 꽉 쥐고 주방문 쪽으로 살금살금 다가갔다. 식탁 앞에 한 남자가 앉아 있었다. 면도를 제대로 못했는지 수염이 덥수룩한 민머리 남자가 오렌지주스 잔을 앞에 놓고 〈SMP〉를 읽고 있었다. 그가 인기척을 느끼고 시선을 들어올렸다.

"당신 누구시죠?"

수산네는 긴장을 풀고 문틀에 몸을 기댔다.

"그레게르 베크만 씨겠군요. 안녕하세요? 전 수산네 린데르라고 합니다."

"그 곤봉으로 내 머리를 내려칠 건가요, 아니면 같이 오렌지주스를 마실 건가요?"

"아, 고맙습니다." 수산네는 곤봉을 내려놓으며 대답했다. "주스 좀 주세요."

그레게르는 식기 건조대에서 잔 하나를 집어들고 종이팩에 든 주스를 따랐다.

"전 밀톤 시큐리티 직원입니다. 왜 제가 여기 와 있는지는 에리카 씨께 직접 들으시는 게 좋겠네요."

그레게르가 의자에서 일어났다.

"에리카에게 무슨 일이라도 있었나요?"

"부인께선 잘 계세요. 하지만 문제가 좀 있죠. 그레게르 씨께 연락하려고 파리에 몇 차례 전화했었습니다."

"파리요? 난 헬싱키에 있었어요."

"그렇군요. 부인께선 파리에 계신 줄 아셨어요."

"파리는 다음 달에 갑니다."

그레게르는 문쪽으로 향했다.

"침실 문은 잠겨 있어요. 열려면 비밀번호가 필요합니다."

"비밀번호요?"

수산네가 숫자 세 개를 알려줬다. 그는 계단을 뛰어올라갔다. 그녀는 팔을 뻗어 그가 놔두고 간 〈SMP〉를 집어들었다.

일요일 오전 10시, 안데르스 요나손 박사가 리스베트의 병실에 들어왔다.

"안녕, 리스베트."

"안녕하세요."

"그냥 들렀어요. 12시쯤에 경찰이 온다는 걸 알려주려고."

"알겠어요."

"그렇게 걱정하는 얼굴은 아닌데요?"

"그렇죠."

"선물이 하나 있어요."

"선물? 왜요?"

"당신은 정말 재미있는 환자였어요. 당신 같은 환자를 아주 오랜만에 만났죠."

"그럴리가요."

"듣자하니, DNA와 유전학에 관심이 많다고요?"

"누가 그렇게 떠들었죠? 아, 그 심리상담사 부인."

안데르스가 고개를 끄덕였다.

"자, 최근에 나온 DNA 연구 저서예요. 구치소에서 심심할 때 봐요."

그가 두툼한 책을 한 권 내밀었다. 도쿄대학교 교수 다카무라 요시토가 저술한 『DNA의 신비』였다. 리스베트는 책을 펼쳐 목차를 훑어보았다.

"멋지네요."

"나도 전혀 이해하지 못하는 학술논문들을 어떻게 그렇게 줄줄 읽을 수 있는 건지, 당신은 아주 흥미로운 사람이에요."

안데르스가 방에서 나가자마자 리스베트는 PDA를 꺼내 들었다. 마지막 기회였다. 〈SMP〉 인사과 자료를 찾아보니 페테르 프레드릭손이 육 년 전부터 이 신문사에서 일해왔다는 걸 알 수 있었다. 그 사이에 그는 장기 병가를 두 번이나 냈다. 2003년에 2개월, 그리고 2004년에 3개월이었다. 인사기록부에는 두 번 다 스트레스로 인한 심신 소진이 이유였다고 기록되어 있었다. 에리카의 전임자 호칸 모란데르는 그가 과연 편집차장 자리에 계속 있어도 되는 건지 문제를 제기한 적도 있었다.

이 모든 말, 말, 말…… 아직 구체적이고도 확실한 단서가 될 만한 건 전혀 없었다.

11시 45분, 플레이그가 ICQ에 나타나 그녀를 찾았다.

"왜?"

"아직 살그렌스카에 있어?"

"알아맞혀봐."

"그놈이야."

"확실해?"

"삼십 분 전에 놈이 집에서 사무실 컴퓨터에 접속했어. 그 틈을 타서 개인 컴퓨터에 들어갔지. 하드디스크에 스캔한 에리카의 사진들이 있더군."

"고마워."

"그 여자, 몸매가 끝내주던데?"

"플레이그."

"알았어. 그럼 이제 어떻게 할까?"

"놈이 사진들을 인터넷에 퍼뜨렸어?"

"내가 아는 한은 아니야."

"그 컴퓨터에 폭탄 하나 박아줄 수 있어?"

"벌써 했지. 놈이 사진을 메일로 보내려 하거나 인터넷에 20킬로바이트 넘는 파일을 올리려고 하면 그 순간 하드디스크는 사망이야."

"훌륭하군."

"난 좀 자야겠어. 이제 혼자 해낼 수 있겠어?"

"항상 그래왔잖아."

리스베트는 ICQ를 나왔다. 시계를 보니 곧 정오였다. 재빨리 메시지를 하나 써서 '바보 원탁'에 올렸다.

"미카엘, 중요한 거예요. 곧장 에리카한테 전화해서 말해줘요. '더러운 펜'은 페테르 프레드릭손이다."

막 메시지를 발송한 순간 복도에서 인기척이 들렸다. 리스베트는 팜 텅스텐 T3를 들어 화면에 입을 맞추었다. 그리고 전원을 끈 후 머리맡 서랍장 뒤에 집어넣었다.

"잘 지냈어요, 리스베트?" 안니카 잔니니가 문 앞에서 인사했다.

"안녕하세요."

"조금 있으면 경찰이 올 거예요. 내가 옷을 가지고 왔어요. 잘 맞으면 좋겠는데."

리스베트는 잔뜩 찌푸린 눈으로 어두운색 바지와 밝은색 블라우스 몇 벌을 내려다보았다.

예테보리 경찰서 소속 여경 둘이 정복 차림으로 리스베트를 연행하러 왔다. 안니카가 구치소까지 동행할 예정이었다.

그들이 병실을 나와 복도에 들어섰을 때 리스베트는 병원 직원들이 호기심 어린 눈으로 자신을 쳐다본다는 걸 느꼈다. 그녀가 친근하게 목례를 하자 그들 중 하나는 손을 흔들어줬다. 마치 우연처럼 안데르스 박사가 간호사 데스크 옆에 서 있었다. 그들은 서로를 쳐다보며 고개를 끄덕였다. 그들이 그 부근을 완전히 벗어나기도 전에 이미 박사는 그녀가 묵었던 병실 쪽으로 움직이기 시작했다.

구치소로 이송되기 전 모든 절차를 밟는 동안 리스베트는 경찰들에게 단 한마디도 하지 않았다.

미카엘이 자신의 아이북을 닫고 일을 중단한 건 일요일 아침 7시였다. 그는 허공을 뚫어질 듯 응시하며 리스베트의 책상 앞에 잠시 앉아 있었다.

그는 침실로 가 그녀의 거대한 더블베드를 물끄러미 내려다보았다. 얼마 있다가 다시 서재로 돌아온 그는 휴대전화를 들어 모니카 피게롤라에게 전화를 걸었다.

"안녕."

"안녕. 벌써 일어났어요?"

"방금 일을 마치고 자려던 참이에요. 그냥 잘 있는지 인사하려고 전화했어요."

"그냥 인사하려고 전화하는 남자들에겐 대개 흑심이 있더군요."

그는 웃었다.

"미카엘, 원한다면 여기로 와서 자도 돼요."

"난 형편없는 애인이 될 거예요."

"익숙해지겠죠."

그는 택시를 잡아타고 폰톤예르가탄으로 향했다.

에리카는 남편 그레게르와 함께 일요일 아침을 침대 위에서 보냈다. 누워서 얘기도 하고 잠깐 눈을 붙이기도 했다. 오후에는 함께 옷을 걸치고 산책에 나섰다. 증기선 부두까지 갔다가 마을을 한 바퀴 도는 긴 산책이었다.

"〈SMP〉를 선택한 건 큰 실수였어." 집으로 돌아왔을 때 에리카가 말했다.

"그런 말 하지 마. 지금 힘이 드는 건 사실이지만 예상했었잖아. 어느 정도 지나면 괜찮아질 거야."

"일 때문이 아냐. 그건 잘해낼 수 있어. 문제는 거기 분위기라고."

"흠……"

"전혀 편하지가 않아. 달랑 몇 주 일하고 사표를 던질 수도 없는 노릇이고."

그녀는 침울한 얼굴로 주방 식탁 앞에 앉아 힘없이 멍하니 앞을 바라보았다. 그레게르는 지금껏 이렇게나 풀죽어 있는 아내의 모습을 본 적이 없었다.

한스 파스테는 말로만 들어왔던 리스베트를 드디어 볼 수 있게 됐다. 일요일 12시 30분, 예테보리 경찰서 여경이 그녀를 데리고 마르쿠스 엘란데르 형사의 사무실에 도착했을 때였다.

"야, 너 잡는다고 무진장 힘들었다!" 한스가 대뜸 던진 첫마디였다.

리스베트는 그를 물끄러미 쳐다보았다. 이런 멍청이 같은 존재를 신경쓰느라 시간을 허비할 필요는 없다고 결론을 내렸다.

"스톡홀름까지 여기 구닐라 베링 형사가 동행할 겁니다." 마르쿠스가 여경을 가리키며 말했다.

"아, 그렇습니까? 그럼 당장 떠나면 되겠군요." 한스가 말했다. "리스베트, 너랑 얘기하고 싶어하는 사람들이 아주 많이 기다리고 있거든."

마르쿠스가 잘 가라고 말을 건넸지만 리스베트는 본 척도 하지 않았다.

스톡홀름까지는 경찰차로 이동하는 게 편할 거라고 의견을 모았다. 구닐라 베링이 핸들을 잡았다. 차가 달리기 시작하고 한동안은 조수석에 앉은 한스가 고개를 뒤로 돌려 리스베트와 몇 마디라도 나눠보려고 했다. 하지만 알링소스를 지날 때쯤 되자 목이 아파오기 시작해 이내 그만두었다.

리스베트는 창밖 풍경만 물끄러미 바라보았다. 그녀의 정신 속에 한스 파스테는 존재하지 않는 듯했다.

페테르 박사 말이 맞았어. 저년은 완전히 정신병자야. 스톡홀름에 가면 저 따위 태도를 고쳐주고 말겠어.

그는 리스베트를 흘끔 살피면서 지금까지 온갖 고생을 하며 자신이 쫓았던 여자가 과연 어떤 인물인지 평가해보려고 했다. 그 가녀린 몸집을 보니 한스 역시 의심하지 않을 수 없었다. 실제로 몸무게가 얼마나 될지 궁금했다. 그는 그녀가 레즈비언이라는 사실, 따라서 진짜 여자가 아니라는 사실을 상기했다.

사탄주의 운운하는 이야기들은 과장됐을 수도 있겠다는 생각이 들었다. 어느 모로 보나 그녀가 악마처럼 생기지는 않았으니까.

한스는 그녀가 애당초 혐의대로 삼중살인을 저질러 체포됐으면 훨씬 좋았을 거라고 생각했다. 하지만 괴이한 현실이 수사팀의 뒤통수를 쳤다. 아무리 성냥개비 같은 여자라도 총을 쏠 수 있다. 그런데 리스베트는 MC 스바벨셰의 두목에게 중상해를 입힌 혐의로 체포됐다. 의심의 여지가 없는 사실이었다. 분명히 범행을 부인하고 나설 그녀를 꼼짝 못하게 할 법의학적 증거들도 충분했다.

모니카가 미카엘을 깨운 건 오후 1시쯤이었다. 그녀는 베란다에 앉아 침실에서 들려오는 미카엘의 코 고는 소리를 들으며 고대 신들에 관한 책을 끝까지 다 읽었다. 평화로운 시간이었다. 방으로 돌아가 그 모습을 내려다보았을 때, 자신이 그동안 만나왔던 어떤 남자들보다 그에게 깊이 끌리고 있음을 깨달았다.

달콤하면서도 불안했다. 그는 지금 여기에 있지만 그녀의 삶에서 안정적인 존재라고는 할 수 없었다.

그가 잠에서 깬 후 둘은 노르멜라르스트란드 거리로 내려가 커피를 마셨다. 그녀는 다시 집으로 미카엘을 데려가 남은 오후 동안 사랑을 나눴다. 그가 집을 나선 건 저녁 7시였다. 미카엘이 그녀의 뺨에 키스를 해주고 현관문을 닫은 순간부터 모니카는 그가 그립기 시작했다.

일요일 저녁 8시 무렵, 수산네가 에리카네 현관문을 두드렸다. 남편이 돌아왔으니 아직 잠자리에 들지 않았을 터였다. 이번엔 업무가 아닌 개인적인 방문이었다. 함께 지낸 며칠간 두 사람은 주방에서 많은 대화를 나누며 아주 가까워졌다. 수산네는 그녀에게 인간적으로 끌리고 있었다. 절망에 찬 얼굴로 자기 앞에 앉아 있던 그녀는, 두꺼운 가면을 쓰고 아무 일도 없다는 듯 직장에 나가지만 실은 고뇌와 불안의 덩어리였다.

수산네가 느끼기에 그녀가 이렇게 힘들어하는 건 비단 '더러운 펜' 때문만은 아닌 듯했다. 하지만 자신은 상담사가 아니었다. 에리카의 삶과 문제들은 수산네의 것이 아니었다. 따라서 지금은 에리카의 집에 별문제가 없는지 가볍게 확인차 들르는 거였다. 에리카와 그녀의 남편이 앉아 있는 주방은 무거운 분위기에 잠겨 있었다. 그들에게 닥친 심각한 문제들을 얘기하며 일요일을 보낸 모양이었다.

그레게르가 커피를 준비했다. 에리카의 휴대전화가 울린 건 수산네가 들어온 지 불과 몇 분 지나지 않았을 때였다.

이날 에리카는 걸려오는 전화를 받을 때마다 세상에 종말이 다가온 듯 가슴이 철렁 내려앉았다.

"에리카입니다."

"안녕, 리키."

미카엘. 이런, 망누스 보고서가 없어졌다는 얘기도 못했지.

"안녕, 미케."

"오늘 리스베트가 예테보리에서 스톡홀름 구치소로 이송됐어."

"그랬구나."

"당신한테…… 메시지를 하나 전해달래."

"그래?"

"아주 알쏭달쏭해."

"뭔데?"

"'더러운 펜'은 페테르 프레드릭손이다."

에리카는 한동안 아무 말도 하지 못했다. 머릿속에서 온갖 생각들이 뒤엉켰다. 말도 안 돼. 절대 그럴 사람이 아냐. 리스베트가 틀렸을 거야.

"다른 말은 없었어?"

"그게 전부야. 무슨 뜻인지 알겠어?"

"응."

"리키. 그런데 둘이서 무슨 음모라도 꾸미는 거야? 리스베트가 전화로 박사의 소식을 알려주더니 이번엔……"

"고마워, 미케. 그 얘긴 다음에 하기로 해."

에리카는 전화를 끊고 분노 어린 눈빛으로 수산네를 쳐다보았다.

"어서 얘기해봐요."

수산네는 뭔가 석연찮았다. 에리카가 어디선가 걸려온 전화를 받더니 느닷없이 '더러운 펜'이 편집차장 페테르 프레드릭손이라고 말하는 게 아닌가. 그러고는 정신없이 말을 쏟아냈다. 이내 수산네가 물었다. 그자가 페테르 프레드릭손이라는 걸 어떻게 알았느냐고.

에리카가 갑자기 조용해졌다. 그녀의 눈을 바라본 수산네는 왠지 모르게 에리카의 태도가 변했다는 걸 느꼈다. 에리카가 당황하기 시작했다.

"말할 수 없어요……"

"무슨 뜻이죠?"

"수산네, '더러운 펜'은 그자예요. 하지만 그 사실을 어떻게 알게 됐는지는 말할 수 없어요. 이해해주세요."

"내가 도울 수 있으려면 말해줘야 해요."

"난…… 난 할 수 없어요. 당신은 모를 거예요."

에리카는 일어나 수산네를 등지고 주방 창가에 섰다. 잠시 후 다시 몸을 돌렸다.

"이 개자식, 집에 쳐들어가서 한번 봐야겠어."

"그런 생각은 하지도 말아요. 아무데도 가면 안 돼요. 특히 당신에게 격렬한 증오를 품고 있는 그자에겐 절대로 가면 안 돼요."

에리카는 잠시 머뭇거렸다.

"앉으세요. 무슨 일이 있었는지 얘기해보세요. 전화한 사람이 미카엘 블롬크비스트 씨였죠?"

에리카가 고개를 끄덕였다.

"내가…… 어느 해커에게 부탁했어요. 〈SMP〉 직원들의 개인 컴퓨터를 뒤져봐달라고."

"심각한 사이버 범죄에 동조했으니 죄의식을 느낀 거군요. 해커가 누구인지는 밝힐 수 없고요?"

"절대 말하지 않겠다고 약속했어요…… 다른 사람들도 연루되어 있어요. 미카엘이 취재하고 있는 사안과 관련해서요."

"미카엘 씨가 '더러운 펜'에 대해 알고 있나요?"

"아뇨. 그는 메시지만 전달한 거예요."

수산네는 머리를 갸우뚱 기울이고 에리카의 표정을 유심히 관찰했다. 갑자기 머릿속에서 일련의 사건들이 사슬처럼 이어져 펼쳐졌다.

에리카 베리에르. 미카엘 블롬크비스트. 〈밀레니엄〉. 미카엘의 아파트에 침입해 도청장치를 설치한 수상한 경찰들. 난 그자들을 감시했지. 미카엘은 리스베트에 대한 기사를 쓰는 데 열중하고 있고.

리스베트가 컴퓨터에 능하다는 사실은 밀톤 시큐리티 직원이라면 다 알았다. 아무도 그녀가 그런 기술을 어디서 배웠는지 알 수 없었고, 수산네는 그녀가 해커라는 말도 들어본 적 없었다. 하지만 드라간이 언젠가 말했었다. 그녀가 대인 조사에 착수하면 자기 눈을 의심케 하는 보고서들을 만들어온다고. 해커란 얘기였다.

하지만 그녀는 예테보리에 갇혀 있잖아.

있을 수 없는 일이었다.

"지금 리스베트 얘긴가요?" 수산네가 슬쩍 찔러보았다.

에리카는 벼락이라도 맞은 듯 크게 움찔했다.

"이 정보가 어디서 왔는지는 얘기할 수 없어요. 한마디도요."

수산네가 갑자기 피식 웃었다.

리스베트군. 이보다 더 분명하게 인정할 순 없지. 저렇게 당황해서 어쩔 줄 몰라하다니.

하지만 불가능해.

빌어먹을, 대체 어떻게 된 일이지?

수산네가 생각하기에 감금된 리스베트가 '더러운 펜'을 찾아낼 수는 없었다. 그럴 가능성은 제로였다.

그녀는 곰곰이 생각해봤다.

수산네는 리스베트에 대해 잘 몰랐다. 사람들이 그녀를 두고 어떤 얘기를 하는지도 잘 몰랐다. 밀톤에서 일하는 동안 그녀와 마주친 적은 다섯 번 정도에 불과했고, 개인적인 대화는 한마디도 나눈 적 없었다. 그녀의 눈에 비친 리스베트는 골칫덩이 문제아, 혹은 굴착기로도 뚫리지 않을 두꺼운 껍질을 뒤집어쓴 반사회적인 사람이었다. 들리는 소문으로는 드라간이 그녀를 무척 감싼다고 했다. 수산네는 자신도 존경해 마지않는 드라간이 그 괴팍한 여자를 그렇게 대한다면 이유가 있을 거라고 생각했다.

'더러운 펜'은 페테르 프레드릭손이다.

그녀의 생각이 과연 옳을까? 증거는 있을까?

뒤이어 두 시간에 걸쳐 수산네는 에리카에게 이런저런 질문을 했다. 〈SMP〉에서 그의 역할이 무엇인지, 지금까지 둘의 관계는 어떠했는지, 한마디로 그녀가 페테르 프레드릭손에 대해 알고 있는 모든 걸 물었다. 하지만 그녀의 대답에선 아무런 단서도 찾지 못했다.

에리카는 보는 사람이 다 진이 빠질 정도로 오락가락했다. 당장이라도 그의 집에 달려가 멱살을 잡을 기세로 흥분하다가도, 다음 순간에는 이게 정말 사실일까 하는 의혹 속으로 빠져들기를 반복했다. 결국 수산네는 지금 그에게 달려가 따지고 드는 건 현명하지 못하다고 설득했다. 만일 그가 결백하다면 에리카는 그야말로 우스운 꼴이 되어버린다고 말이다.

수산네는 자신이 나서서 처리하겠다고 했다. 하지만 그 약속을 내뱉자마자 후회했다. 대체 어떻게 이 일을 해결해야 할지 사실 아무런 대책이 없었다.

어쨌든 지금 그녀는 자신의 피아트 스트라다를 피스크세트라까지 몰고 와 페테르 프레드릭손의 아파트 부근에 세웠다. 그녀는 차문을 잠근 뒤 주위를 둘러보았다. 지금 자신이 하는 행동에 전혀 확신이 없었다. 하지만 다른 대안도 없었다. 그의 집에 무턱대고 들어가서 어떤 방법을 쓰든 자신의 질문에 대답하게 만들자고 생각했다. 이 일이 밀톤의 규정 업무 범위에서 완전히 벗어난데다 드라간이 알면 불같이 노할 거라는 사실 역시 충분히 알고 있었다.

결코 좋은 계획은 아니었다. 그리고 이 계획은 실행하기도 전에 깨져버렸다.

수산네가 안뜰로 들어가 건물 쪽으로 다가가는 사이에 정문이 열렸다. 그녀는 그를 금방 알아보았다. 에리카의 컴퓨터에 있던 인사기록카드에서 사진을 본 적이 있다. 그녀는 내색하지 않고 똑바로 걸었고 이내 두 사람은 엇갈려 지나쳤다. 주춤거리며 돌아서보니 그는 차고 쪽으로 사라지고 있었다. 밤 11시를 조금 남긴 늦은 시각에 그는 어디론가 가려고 했다. 그녀 역시 차를 세워둔 곳으로 달려갔다.

에리카가 갑자기 전화를 끊고 난 후 미카엘은 한참 동안 휴대전화를 내려다보았다. 대체 무슨 일인지 알 수 없었다. 그는 낙담한 눈으로 리스베트의 컴퓨터를 흘끗 쳐다보았다. 지금쯤이면 스톡홀름 구치소에 있을 테니 그녀에게 물어볼 수도 없었다.

파란색 에릭손 T10을 꺼내 앙에레드에 사는 이드리스 기디에게 전화를 걸었다.

"안녕하십니까, 미카엘 블롬크비스트입니다."

"잘 지내셨습니까?"

"여태껏 해주신 일을 이젠 그만하셔도 된다고 말씀드리려고요."

이드리스는 말없이 고개를 끄덕였다. 미카엘이 전화하리라는 건 이미 알고 있었다. 리스베트가 구치소로 이송됐다는 소식을 들은 터였다.

"알겠습니다."

"전에 말했듯이 전화기는 가지셔도 됩니다. 잔금은 이번주 안으로 보내드리죠."

"고맙습니다."

"고마워해야 할 사람은 오히려 저죠."

미카엘은 그의 아이북을 열고 일을 시작했다. 지난 며칠간 일어난 사건들 때문에 원고를 상당 부분 고쳐야 했다. 전혀 새로운 이야기가 하나 추가될 가능성도 컸다.

그는 한숨을 쉬었다.

밤 11시 15분. 페테르 프레드릭손은 에리카의 저택에서 세 블록 떨어진 곳에 차를 세웠다. 그의 목적지가 어딘지 알고 있었던 수산네는 앞에서 달리는 차를 일부러 놓쳤다. 그가 차를 세우고 떠난 후 이 분쯤 지나서야 그 옆을 지날 수 있었다. 차 안은 비어 있었다. 그녀는 에리카의 집도 지나쳐 멀찌감치 떨어진 곳에 차를 세웠다. 두 손이 땀으로 축축했다.

그녀는 '캐치 드라이' 통을 열어 윗입술과 치아 사이에 무연 담배를 하나 끼워넣었다.

그런 다음 차문을 열고 주위를 둘러보았다. 아까 그의 차가 살트셰바덴으로 향하는 걸 본 순간 그녀는 리스베트의 정보가 옳았음을 알았다. 대체 무슨 수로 알아냈는지 알 수 없었지만, 페테르가 '더러운 펜'이라는 사실에는 더이상 의심의 여지가 없었다. 이 밤중에 바람을 쐬겠다고 살트셰바덴까지 올 리는 없었다. 무언가 속셈이 있는 게 분명했다.

여기서 그를 현행범으로 체포할 수 있다면 더 바랄 게 없었다.

그녀는 차문에 달린 수납칸에서 곤봉을 꺼내들고 잠시 그 무게를 가늠해보았다. 손잡이의 풀림 장치를 눌러 묵직하고도 유연한 강철봉을 길게 늘였다. 그리고 어금니를 꽉 깨물었다.

그녀가 쇠데르말름 기동순찰대에서 나오게 된 건 바로 곤봉 때문이었다.

당시 헤게르스텐의 어느 가정집으로 하루에만 세 번 출동한 적이 있었다. 결국 수산네는 격렬한 분노를 폭발시켰다. 그 집 부인이 경찰에 전화해 남편에게 맞고 있다고 울부짖었다. 세 번 모두 부인이 건 전화였고, 세 번 모두 순찰대가 도착했을 땐 상황이 정리되어 있었다.

순찰대는 남자를 계단으로 나오게 해놓고 안으로 들어가 여자를 심문했다. 아녜요, 난 신고할 생각이 없어요. 아녜요, 실수였어요. 아녜요, 저이는 친절하고…… 사실 내 잘못이에요. 내가 먼저 시비를 걸었어요.

그러는 내내 그 개자식은 빙글거리며 수산네의 눈을 빤히 쳐다보았다.

그때 자신이 왜 그렇게 행동했는지 지금도 설명할 수 없었다. 별안간 그녀의 내부에서 무언가 탁 끊기는 게 느껴지면서 곤봉을 꺼내들어 사내의 주둥이를 향해 휘둘렀다. 첫번째 타격은 강도가 약했다. 그가 몸을 젖혀 피하는 바람에 곤봉은 그의 입술만 터뜨렸다. 그후 십 분간―동료들이 그녀를 붙잡아 밖으로 끌어낼 때까지―그의 등과 허리와 엉덩이와 어깨를 사정없이 후려갈겼다.

그녀는 구속되지 않았다. 대신 그날 저녁에 사표를 쓰고 집으로 돌아와 일주일 동안 울었다. 그리고 몸을 추슬러 드라간의 사무실을 찾아갔다. 그녀는 자신이 해온 일과 경찰을 떠나게 된 이유를 설명했다. 그리고 일거리를 찾는다고 했다. 그때 드라간은 망설이면서 생각해보겠다고 했다. 육 주 후, 그녀가 거의 포기했을 때 그가 전화를 걸어와 우선은 임시로 고용해보겠다고 했다.

수산네는 얼굴을 사납게 일그러뜨리고 허리띠 뒤로 곤봉을 찔러 넣었다. 재킷의 오른쪽 호주머니에 최루액 스프레이가 들어 있는지, 운동화 끈은 단단히 매어졌는지 확인했다. 그리고 에리카의 저택까지 걸어가 살그머니 뜰 안으로 숨어들었다.

뒤뜰에 아직 동작감지기가 설치되지 않았다는 걸 알고 있는 그녀는 뜰 경계에 심어진 산울타리를 따라 잔디 위를 조용히 걸어갔다. 그는 보이지 않았다. 그렇게 집을 따라 돌다가 홀연 동작을 멈췄다. 그가 보였다. 그레게르의 작업실 근처, 어둠 속에 검은 그림자 하나가 숨어 있었다.

여길 다시 온다는 게 얼마나 멍청한 짓인지 모르는 건가? 오지 않고는 견딜 수 없었던 모양이군.

그는 몸을 웅크리고 거실에 딸린 조그만 응접실의 커튼 사이를 통해 집안을 들여다보려고 했다. 그런 다음 베란다로 올라가 아직 합판으로 막아놓은 대형 창가 옆 창문에 내려진 블라인드 틈으로도 들여다보았다.

수산네가 갑자기 미소를 지었다.

그가 등을 돌리고 있는 틈을 타서 살금살금 뜰을 가로질러 저택 옆쪽으로 다가갔다. 그녀는 까치밥나무 뒤에 몸을 숨기고 기다렸다. 나뭇가지 사이로 그의 모습이 보였다. 그가 선 자리에서 현관과 주방 한쪽이 보이는 모양이었다. 흥미로운 광경이라도 발견했는지 십 분 동안이나 집안을 구경하던 그가 마침내 움직이기 시작했다. 그는 수산네가 있는 방향으로 다가왔다.

그가 모서리를 돌아 앞을 지날 때 그녀는 몸을 일으키고 나지막이 말했다.

"안녕, 페테르 프레드릭손!"

걸음을 멈춘 그가 몸을 돌렸다.

어둠 속에서 그의 눈이 반짝 빛났다. 얼굴은 보이지 않지만 크게 놀라 숨이 멎는 소리가 들렸다.

"자, 이 상황을 해결할 방법은 두 가지야. 쉬운 방법과 어려운 방법. 우선 네 차로 함께 가서……"

그가 홱 몸을 돌려 내달리기 시작했다.

수산네는 곤봉을 치켜들고 그의 왼쪽 무릎 바깥쪽에 고통스럽고도 강력한 한 방을 내려쳤다.

퍽 소리와 함께 그가 땅 위로 나뒹굴었다.

그녀는 한 대 더 때리려고 곤봉을 들었다가 이내 생각을 바꿨다. 드라간의 부릅뜬 두 눈이 떠올라 목덜미가 따가웠다.

일단 그녀는 몸을 굽혀 그를 굴려서 엎드리게 했다. 그런 다음 등 아래쪽을 한쪽 무릎으로 찍어 눌렀다. 마지막으로 그의 오른팔을 잡아 뒤쪽으로 비틀어 수갑을 채웠다. 그는 작은 새처럼 약했고 조금도 저항하지 않았다.

에리카는 거실 불을 끄고 절뚝거리며 계단을 올라갔다. 더이상 목발은 필요 없었지만 다친 발을 디딜 때마다 발바닥이 욱신거렸다. 그레게르는 주방 불을 끈 후 아내를 따라 올라갔다. 그녀가 이토록 힘들어하는 모습을 본 적이 없었다. 어떤 말로도 그 고통을 달래주거나 덜어주지 못할 것 같았다.

그녀는 옷을 벗고 침대로 올라가 그레게르에게 등을 돌리고 누웠다.

"그레게르, 이건 당신 잘못이 아니야." 남편이 침대로 올라오는 소리를 듣고 그녀가 말했다.

"당신, 정말 안 좋아 보여. 며칠만이라도 집에서 쉬면 좋겠어."

그가 에리카의 어깨를 팔로 감쌌다. 그녀는 뿌리치려 하지 않았다. 그저 수동적으로 받아들일 뿐이었다. 그는 몸을 굽혀 그녀의 목덜미에 부드럽게 입을 맞추고 꼭 끌어안아줬다.

"당신이 무슨 말을 하고 어떤 행동을 한다고 해도 이 상황은 조금도 나아지지 않아. 휴식이 필요하다는 건 나도 알고 있어. 고속열차를 탔는데 곧 탈선한다는 걸 알게 된 사람의 심정이야."

"며칠 요트 여행을 떠나는 건 어때? 모든 걸 내려놓고 좀 쉬잔 말이야."

"안 돼. 이 모든 걸 내팽개칠 수는 없어."

에리카가 그를 향해 몸을 돌렸다.

"내가 이 상황에서 할 수 있는 최악의 행동이 뭔지 알아? 도망가는거야. 난 이 문제를 해결할 거야. 그러고 나서 떠날 거야."

"좋아. 내가 큰 도움이 되지는 못하는군."

"그래, 큰 도움은 못 돼. 하지만 같이 있어줘서 고마워. 난 당신을정말 사랑해. 당신도 알지."

그는 그렇다고 고갯짓을 했다.

"범인이 페테르 프레드릭손이었다는 게 아직도 믿기지 않아." 에리카가 말을 이었다. "그한테서 적대감 같은 건 전혀 느껴지지 않았는데……"

일층 불이 꺼지는 걸 본 수산네는 초인종을 눌러야 할지 생각했다. 페테르 프레드손을 쳐다보았다. 그는 아직껏 아무 말이 없었다. 전적으로 순순한 태도였다. 그녀는 한참을 곰곰이 생각한 끝에 결정을 내렸다.

그녀는 몸을 굽혀 수갑을 잡아 그를 일으켜세웠다. 그런 다음 저택 벽에 기대고 서게 했다.

"설 수 있겠어?"

그는 대답이 없었다.

"좋아. 간단한 규칙을 정하지. 조금이라도 저항한다면 오른쪽 다리에도 똑같은 일을 당하게 될 거야. 계속 나대면 양쪽 팔이 나갈 테고. 알아들어?"

그의 호흡이 빨라졌다. 공포 탓일까?

그녀는 그를 앞장세우고 세 블록 떨어진 곳에 있는 차로 갔다. 그는 절룩거렸고, 그녀가 부축했다. 차에 도착했을 때 개 한 마리를 데리고 산책하는 주민을 만났다. 남자가 걸음을 멈추고 그의 수갑을 쳐다보았다.

"경찰이에요." 수산네가 단호한 목소리로 말했다. "어서 집에 들어가세요."

그녀는 그를 뒷좌석에 앉히고 피스크세트라에 있는 그의 집까지 차를 몰았다. 밤 12시 반이었고, 아파트 건물에서는 누구와도 마주치지 않았다. 수산네는 그의 열쇠를 빼낸 다음 삼층에 있는 집까지 계단을 오르게 했다.

"당신은 내 집에 들어갈 수 없어."

수갑을 차고 나서 그가 처음으로 내뱉었다.

"그럴 권리가 없잖아. 수색 영장 가져와."

"난 경찰이 아냐." 그녀가 나지막이 속삭였다.

페테르는 믿을 수 없다는 눈으로 그녀를 바라보았다.

수산네는 그의 셔츠를 틀어잡고 거실로 끌고 간 뒤 긴 소파 위에 내동댕이치듯 앉혔다. 깔끔하게 정리된 방 세 개짜리 아파트였다. 거실 왼쪽에는 침실이, 현관 맞은편에는 주방이 있고, 거실에 붙은 조그만 서재도 보였다.

서재 안을 들여다본 그녀는 안도의 한숨을 내쉬었다. 스모킹 건*이 여기 있군. 에리카의 앨범 사진들이 금방 눈에 들어왔다. 컴퓨터 옆 책상 위에 여기저기 흩어져 있었다. 벽에도 압정으로 삼십여 장이 꽂

---

* 범죄 혐의를 입증할 결정적 단서.

혀 있었다. 사진들을 훑어보는 그녀의 눈썹이 번쩍 올라갔다. 정말이지 에리카는 굉장히 예뻤다. 그리고 자신보다 훨씬 즐거운 성생활을 하는 듯했다.

그녀는 페테르프레드릭손이 부스럭거리는 소리를 듣고 거실로 갔다. 우선 곤봉으로 한 대 갈긴 후 서재로 질질 끌고 와 바닥에 앉혔다.

"움직이지 마." 그녀가 경고했다.

주방으로 가 콘숨 슈퍼마켓 종이봉투를 하나 찾아왔다. 그런 다음 벽에 붙은 사진들을 하나씩 떼어냈다. 뜯겨져나간 앨범과 일기장도 찾아냈다.

"비디오는 어딨어?"

페테르는 대답하지 않았다. 그녀는 거실로 가서 TV를 켰다. 비디오플레이어에 테이프가 하나 들어 있었다. 그리고 잠시 리모컨을 여기저기 눌러본 끝에 비디오 채널을 찾아내 문제의 영상을 확인했다. 테이프를 꺼낸 후 혹시 그가 만들어놓은 복사본이 있는지 한참을 찾았다.

에리카가 십대 시절에 쓴 연애편지들과 망누스 보고서도 찾아냈다. 수산네는 그의 컴퓨터에 집중했다. 스캐너 하나가 연결되어 있었다. 스캐너 덮개를 들추자 그 안에 사진이 또 있었다. 사진 속 벽에 걸린 현수막을 보니 1986년 1월 1일에 열린 클럽 익스트림 파티에 에리카가 참석했던 모양이었다.

"비밀번호가 뭐지?"

바닥에 앉은 그는 고집스럽게 꿈쩍도 안 하면서 입을 열기를 거부했다.

수산네는 갑자기 마음이 아주 차분해지는 걸 느꼈다. 그녀는 지금이 어떤 상황인지 알고 있었다. 엄밀히 말해 그녀는 오늘밤 꽤 많은 범죄를 저지르고 있었다. 불법 강압에 심지어는 특수 납치까지 포함될 수 있었다. 하지만 별 신경쓰지 않았다. 오히려 기분이 좋기까지 했다.

그렇게 버티는 그를 잠시 내려다보던 수산네는 어깨를 으쓱했다. 그리고 호주머니에서 스위스 군용 칼을 꺼내들었다. 컴퓨터 본체에 연결된 선을 모두 뺀 다음 십자드라이버로 커버를 열었다. 그렇게 십오 분쯤 작업한 끝에 컴퓨터 본체를 분해해 하드디스크를 떼어냈다.

그녀는 주위를 둘러보았다. 가져갈 건 모두 챙긴 듯했지만 신중을 기하기 위해 책상 서랍, 서류 더미, 책꽂이 등을 샅샅이 뒤졌다. 문득 창턱에 놓인 오래된 학교 앨범이 눈에 들어왔다. 자세히 보니 유르스홀름 고등학교의 1978년도 연례 앨범이었다. 가만, 에리카가 이 일류 학교 출신이라고 했던 것 같은데…… 그녀는 앨범을 펼쳐 졸업반 학생들을 하나씩 훑어보았다.

에리카의 사진이 거기에 있었다. 사각모를 쓴 열여덟 살의 그녀는 예쁜 보조개를 보이며 햇살처럼 환한 미소를 짓고 있었다. 하늘하늘한 하얀색 면 원피스를 입었고 손에는 꽃다발을 들었다. 수석으로 졸업하는 순수한 십대 소녀의 전형적인 모습이었다.

수산네는 하마터면 중요한 장면을 놓칠 뻔했다. 그다음 페이지였다. 사진만 봐선 절대 알아볼 수 없었겠지만 그 밑에 의심의 여지가 없는 설명이 붙어 있었다. 페테르 프레드릭손. 에리카와는 다른 반이었다. 가냘픈 체격에 심각한 표정을 한 소년은 사각모 챙 아래에서 카메라 렌즈를 응시하고 있었다.

수산네가 시선을 들어보니 그가 쳐다보고 있었다.

"그때부터 더러운 년이었어."

"음, 흥미롭군."

"모든 남자애들이랑 그 짓을 했어."

"글쎄, 별로 믿기지 않는데."

"정말 더러운……"

"그만해. 대체 무슨 일이 있었지? 그녀가 널 팬티 안에 안 들여보내주기라도 한 거야?"

"날 쳐다보지도 않았어. 날 비웃었지. 〈SMP〉에 처음 왔을 때 날 알아보지도 못하더군."

"알았어, 알았어." 피곤해진 수산네가 말을 끊었다. "몹시 우울한 소년 시절을 보낸 모양이네? 그건 그렇고 잠시 진지하게 얘기 좀 할까?"

"뭘 원하는 거야?"

"난 경찰이 아냐. 다만 너 같은 인간들을 다루는 일을 하지."

수산네는 그가 상상력을 마음껏 발휘하도록 잠시 기다렸다.

"그녀의 사진을 인터넷에 올렸는지 알고 싶어."

그가 고개를 흔들었다.

"정말 확실해?"

이번엔 고개를 끄덕였다.

"널 성희롱, 상해, 가택침입으로 고소할지, 아니면 당사자 간 합의로 처리할지는 에리카에게 달려 있어."

그는 아무 말 하지 않았다.

"만일 그녀가 널 무시해버리기로 결정한다면―내가 보기에 너한테는 그 정도로 감지덕지이겠지만―내가 계속 널 지켜볼 거야."

수산네는 곤봉을 들어 보였다.

"한 번만 더 그녀의 집 근처를 기웃거리거나, 그녀에게 메일을 보내거나, 어떤 식으로든 귀찮게 군다면 내가 이 집으로 쳐들어올 거야. 네 엄마조차 못 알아보게 묵사발로 만들어놓겠어. 알아들어?"

그는 아무 말이 없었다.

"그러니까 넌 이 이야기의 결말에 영향력을 조금이나마 행사할 수 있게 된 거야. 어때, 관심 있어?"

그가 천천히 고개를 끄덕였다.

"그렇다면 네가 도망칠 수 있도록 내가 에리카에게 얘기해주지. 이제부터 더이상 회사에 나갈 필요 없어. 지금 이 순간부터 해고야."

그는 고개를 끄덕였다.

"그녀의 삶에서, 그리고 스톡홀름에서 사라져. 그렇다면 어딜 가서 무얼 하든 난 상관 안할 테니까. 예테보리나 말뫼 쪽에서 일거리를 구하든지, 아니면 병가라도 내든지. 어쨌든 에리카를 조용히 내버려둬."

그는 고개를 끄덕였다.

"자, 동의하는 거야?"

금방이라도 흐느낄 듯한 표정이었다.

"그녀를 해칠 생각은 전혀 없었어. 단지……"

"그녀의 삶을 지옥으로 만들고 싶었겠지. 그래, 넌 성공했어. 이제 약속할 수 있겠어?"

그는 고개를 끄덕였다.

수산네는 다시 그를 엎드리게 한 다음 수갑을 풀어줬다. 그렇게 마룻바닥에 널브러진 그를 남겨두고 그녀는 에리카의 사생활이 담긴 콘숨 종이봉투를 챙겨 떠났다.

수산네가 페테르의 아파트 건물을 나온 건 새벽 2시 30분이었다. 날이 샐 때까지 기다릴까도 생각해봤지만 자신이 당사자라면 이 사실을 곧바로 알고 싶을 것이다. 살트셰바덴에 자신의 차가 세워져 있기도 했다. 그녀는 택시를 불렀다.

그레게르는 그녀가 초인종을 누르기도 전에 문을 열어줬다. 청바지 차림이었고, 잠을 잔 기색이 보이지 않았다.

"에리카 씨, 깨어 있어요?"

그가 고개를 끄덕였다.

"뭐, 새로운 거라도 있나요?"

수산네는 그렇다고 고갯짓을 하고 미소를 지었다.

"들어와요. 둘이서 주방에서 얘기를 나누던 참이에요."

그들은 안으로 들어갔다.

"안녕하세요, 에리카 씨. 가끔은 눈 좀 붙이는 걸 배우셔야겠어요."

"무슨 일이라도 있었어요?"

그녀가 종이봉투를 내밀었다.

"페테르 프레드릭손이 앞으로는 당신을 귀찮게 하지 않겠다고 약속했어요. 그자를 완전히 믿어도 될지 잘 모르겠지만 어쨌든 그가 약속을 지킨다면 고소하고 재판까지 가는 것보다 훨씬 덜 힘들 거예요. 결정은 당신한테 달렸어요."

"정말 그였어요?"

수산네가 고개를 끄덕였다. 그레게르가 커피를 마시겠느냐고 물었지만 그녀는 사양했다. 지난 며칠간 지나치게 많이 마셨다. 그녀는 의자에 앉아 밤사이에 집 앞에서 어떤 일이 있었는지 에리카에게 이야기했다.

에리카는 오랫동안 아무 말이 없었다. 그리고 일어나서 이층으로 올라가 고등학교 앨범을 가지고 내려왔다. 그녀는 페테르 프레드릭손의 얼굴을 한참동안 들여다보았다.

"그래요, 생각나네요." 에리카는 마침내 입을 열었다. "〈SMP〉에서 일하는 그가 페테르인 줄은 전혀 몰랐어요. 사실 앨범을 보기 전엔 누구인지조차 생각나지 않았을 거예요."

"그와 어떤 일이 있었나요?" 수산네가 물었다.

"아무것도요. 정말 아무 일도 없었어요. 말이 없고 눈에 띄지 않는 다른 반 남자애였을 뿐이에요. 아마 수업을 하나 같이 들었을 거예요. 프랑스어였나."

"그의 말로는 당신이 자기를 쳐다보지도 않았다고."

에리카는 고개를 끄덕였다.

"그럴 수 있어요. 난 그를 알지도 못했고 함께 어울리는 무리도 아니었어요."

"그를 따돌렸다거나 괴롭힌 일은 없나요?"

"천만에요! 결코 그런 짓은 하지 않았어요. 당시 학교에선 괴롭힘 추방 캠페인을 벌였었고, 난 학생회장이었다고요. 그가 내게 말을 걸어온 기억이 전혀 없어요. 심지어는 오가면서 한마디 나눈 기억조차 없다고요."

"오케이. 어쨌든 그가 당신에게 큰 원한을 품고 있는 건 사실이에요. 그가 두 번이나 병가를 낸 적이 있다고 했죠. 전부 스트레스에 과로가 원인이었고요. 하지만 우리가 모르는 다른 이유가 있었을지도 모르죠."

수산네는 일어나서 가죽재킷을 걸쳤다.

"하드디스크는 내가 가져가겠어요. 엄밀히 따지면 일종의 장물이라 이 집에 놔두면 안 돼요. 걱정하실 필요는 없어요. 우리집에 가져가서 부숴버릴게요."

"잠깐, 수산네…… 대체 이 은혜를 어떻게 갚아야 하죠?"

"글쎄요. 만일 드라간의 벼락 같은 분노가 나한테 떨어지면 그때 좀 도와주세요."

에리카는 걱정스러운 눈빛으로 수산네를 응시했다.

"이 일 때문에 당신이 곤란해지는 건가요?"

"모르겠어요…… 정말 모르겠네요."

"어쨌든 수고비를 지불할 수는 없을까요? 이번 일도……"

"아뇨. 하지만 드라간 씨 이름으로 청구서를 발행할 수는 있어요. 차라리 그랬으면 좋겠어요. 청구서를 발행한다는 건 내가 한 일을 그가 승인한다는 뜻이니까요. 그렇다면 날 내쫓긴 힘들겠죠."

"그가 청구서를 발행하도록 내가 힘써볼게요."

에리카는 일어나서 수산네를 오랫동안 껴안았다.

"고마워요, 수산네. 언젠가 도움이 필요한 일이 생기면 내가 당신의 친구란 걸 잊지 말아요. 그 어떤 일이라도 좋아요."

"고마워요. 그리고 사진들을 아무데나 두지 마세요. 말이 나온 김에 알려드리면, 밀톤은 믿을 만한 특수 금고 서비스를 제공합니다."

에리카가 미소를 지었다.

22장
6월 6일 월요일

　월요일 아침 6시, 에리카가 잠에서 깼다. 한 시간도 채 못 잤지만 몸은 놀랄 만큼 가뿐했다. 그녀는 이것이 일종의 신체적 반응일 거라고 생각했다. 몇 달 만에 처음으로 운동복을 걸치고 사뭇 진지하게 증기선 부두를 향해 달리기 시작했다. 처음 100미터가량은 맹렬한 기세로 달려보았지만 다친 뒤꿈치가 얼마나 욱신거리는지 결국 속도를 낮춰 차분하게 달렸다. 발을 내디딜 때마다 오는 통증은 고통보단 쾌감으로 느껴졌다.

　다시 태어난 기분이었다. 마치 저승사자가 문 앞까지 찾아왔다가 마지막 순간에 생각을 바꿔 옆집으로 가버린 것만 같았다. 자신이 얼마나 운이 좋았는지 믿기지 않았다. 어떻게 페테르 프레드릭손은 사진을 가지고 있으면서 사흘 동안 아무 짓도 안할 수 있었는지. 사진을 스캔해놓았다고 하니 꿍꿍이가 있었던 모양이지만 행동으로 옮기진 않았다.

　어쨌든 올해 크리스마스에는 수산네 린데르에게 값비싸고 깜짝 놀랄 만한 선물을 할 생각이다. 정말로 특별한 무언가를.

7시 30분. 아직 잠들어 있는 남편을 침실에 놔두고 에리카는 BMW에 올라 노르툴에 있는 〈SMP〉 편집국으로 향했다. 도착해서는 주차장에 차를 세우고 엘리베이터를 타고 편집국으로 올라가 자신의 유리방에 들어갔다. 제일 먼저 경비원을 불렀다.

"페테르 프레드릭손이 오늘부로 〈SMP〉를 그만뒀어요. 상자에 그의 물건을 다 담아서 오전에 집으로 보내주세요."

에리카는 편집국을 물끄러미 바라보았다. 안데르스 홀름이 막 출근해 자리에 앉았다. 눈이 마주치자 그가 목례를 했다.

그녀도 목례를 했다.

물론 그는 고약한 인간이었다. 하지만 지난 몇 주간 언쟁이 오간 후로는 더이상 문제를 일으키려 들지 않았다. 이처럼 긍정적인 태도를 계속 보여준다면 편집국장으로 계속 일할 수 있을 듯했다. 어쩌면 말이다.

이제 모든 걸 바꿀 수 있을 것만 같은 자신감이 생겼다.

8시 45분. 망누스가 엘리베이터에서 내려 내부 계단을 통해 위층에 있는 자기 사무실로 올라가는 모습이 보였다. 오늘 당장 그와 얘기해야겠어.

에리카는 커피를 가져와 사내 공지를 훑어보았다. 별다른 뉴스 거리가 없는 날이었다. 유일하게 눈을 끄는 건, 리스베트가 전날 스톡홀름 구치소로 이송되었음을 알리는 단신이었다. 그녀는 이 기사에 발표 허가를 내고 안데르스에게 메일을 보냈다.

8시 59분. 망누스가 전화를 걸어왔다.

"당장 내 사무실로 올라와."

그러고는 전화를 끊었다.

문을 연 에리카의 눈에 망누스의 새하얀 얼굴이 들어왔다. 서 있던 그가 몸을 돌리더니 종이 한 뭉치를 테이블 위에 집어던졌다.

"이 빌어먹을 게 대체 뭐지?" 그가 고함쳤다.

에리카의 심장이 바위처럼 쿵 내려앉았다. 그가 이날 아침 우편으로 무얼 받았는지 파악하는 데는 종이 뭉치 맨 윗장을 흘깃 쳐다보는 걸로 충분했다.

페테르 프레드릭손은 사진을 처리할 시간은 없었지만 망누스에게 헨리의 보고서를 보낼 시간은 있었다.

에리카는 침착하게 그의 앞에 앉았다.

"이건 헨리 코르테스라는 기자가 썼고, 〈밀레니엄〉이 일주일 전에 발행한 잡지에 실으려고 예정했던 기사예요."

망누스가 거칠게 나왔다.

"이게 무슨 빌어먹을 짓이지? 내가 당신을 〈SMP〉에 들어오게 했어. 그런데 처음 한다는 짓이 뒤에서 음모를 꾸미는 일이야? 당신 뭐야? 이 바닥의 더러운 년 같으니."

에리카의 두 눈이 가늘어지면서 표정이 얼음처럼 차가워졌다. 들을 만큼 들은 더러운 년이란 말이 또 튀어나왔다.

"누가 이따위 것에 관심이나 가질 거라고 생각했나? 이런 엿 같은 헛소리로 날 쓰러뜨릴 수 있다고 생각한 거야? 그리고 이걸 왜 익명으로 보냈지?"

"일이 그렇게 된 게 아니에요, 망누스."

"그럼 얘기해봐. 어떻게 된 건지."

"이걸 익명으로 보낸 사람은 페테르 프레드릭손입니다. 어제 내가 그를 해고했죠."

"도대체 무슨 말을 하는 거야?"

"얘기하자면 길어요. 이 이야기를 어떻게 꺼내야 할지 몰라서 품고만 있은 지 벌써 이주 째였어요."

"이 기사 뒤에 당신이 숨어 있었군."

"아뇨. 헨리 코르테스가 취재하고 기사를 썼습니다. 난 전혀 몰랐고요."

"나더러 그 말을 믿으란 말인가?"

"〈밀레니엄〉동료들이 이 사건에 당신이 연루된 걸 밝히게 되었고, 미카엘이 즉각 발표를 중지시켰어요. 나를 불러 사본을 줬죠. 이곳에 있는 내 입장을 배려해서요. 그리고 누군가가 이 사본을 훔쳐갔었는데, 지금 당신 방에 놓여 있네요. 〈밀레니엄〉은 이 기사를 발표하기 전에 내가 당신과 논의하길 바랐어요. 그리고 오는 8월호에 실을 생각이었죠."

"살다가 이렇게 뻔뻔스러운 언론인은 처음 보는군! 정말이지 믿기지 않아!"

"좋아요. 이 보고서를 읽어봤다면 뒤에 붙은 참고자료 목록도 훑어봤겠죠? 아주 탄탄한 기사예요. 당신도 그걸 알고 있고요."

"그래서 어쩌자는 거지?"

"〈밀레니엄〉이 이 기사를 발표할 때까지 당신이 대표 자리에 남아 있으면 〈SMP〉는 큰 타격을 입어요. 그동안 해결책을 찾으려고 머리를 쥐어짜봤지만 실패했고요."

"무슨 뜻이야?"

"당신은 사임해야 해요."

"지금 농담해? 난 그 어떤 위법행위도 저지르지 않았어."

"이 기사가 어떤 파장을 일으킬지 정말 모르겠어요? 이사회를 소집하게 만들진 마세요. 너무 고통스러운 일이니까."

"아무것도 소집 못해. 당신은 이제 〈SMP〉에서 끝났어."

"이사회만이 날 쫓아낼 수 있어요. 원하신다면 특별이사회를 소집하시죠. 당장 오늘 오후라도 좋아요."

망누스가 책상을 빙 돌아서 다가와 그녀 곁에 섰다. 하도 가까이 다가서서 숨결이 느껴질 정도였다.

"에리카…… 당신이 여기서 살아남을 수 있는 기회를 주지. 빌어먹을 〈밀레니엄〉 놈들한테 찾아가서 절대 이 기사를 발표하지 못하게 해. 일을 잘 처리한다면 당신이 한 짓을 잊어주는 것도 고려해보지."

에리카는 한숨을 쉬었다.

"망누스, 지금 이게 얼마나 심각한 일인지 모르는 모양이군요. 난 〈밀레니엄〉이 발표할 기사에 조금도 영향력을 행사할 수 없어요. 내가 가서 무슨 말을 하든 기사는 발표된다는 말입니다. 내 관심사는 단 하나, 이 일이 우리 〈SMP〉에 어떤 영향을 미치느냐예요. 바로 그렇기 때문에 당신은 사임해야 해요."

망누스가 두 손으로 의자 등받이를 붙잡고는 그녀 쪽으로 몸을 굽혔다.

"이 엿 같은 기사가 발표되는 순간, 당신이 그대로 모가지라는 사실을 알게 된다면 그쪽 친구들도 생각을 고쳐먹지 않을까?"

그는 다시 몸을 세웠다.

"난 오늘 노르셰핑에 회의가 있어서 떠나." 그는 에리카를 빤히 쳐다보며 강조하듯 또박또박 말했다. "스베아뷔그 건설사로."

"아, 그래요?"

"내일 내가 돌아왔을 때 이 일이 해결됐다는 내용으로 보고서를 올리도록 해. 알겠어?"

그는 재킷을 걸쳤다. 에리카는 가늘게 뜬 눈으로 그를 지켜보았다.

"이 일을 예쁘게 처리해봐. 그럼 〈SMP〉에 남을 수도 있으니까. 이제 내 사무실에서 나가줘."

에리카는 일어나 유리방으로 돌아왔고, 꼼짝도 않고 이십 분을 앉아 있었다. 그녀는 수화기를 들어 안데르스 홀름을 사무실로 오게 했다. 지난번 실수를 통해 교훈을 얻은 그가 잽싸게 나타났다.

"앉아요."

그는 한쪽 눈썹을 실쭉 치켜세우며 자리에 앉았다.

"이번엔 내가 또 무슨 잘못을 했습니까?" 그가 빈정거렸다.

"안데르스, 오늘이 〈SMP〉에서 내 마지막날이에요. 난 사임해요. 지금 당장요. 그래서 부회장을 비롯해 이사들을 오찬회의에 부르려고 해요."

그가 깜짝 놀라 에리카를 멍하니 쳐다보았다.

"당신을 임시 편집국장으로 추천할 생각이에요."

"뭐라고요?"

"어때요, 맘에 들어요?"

그는 의자 등받이에 몸을 기댄 채 여전히 에리카를 쳐다보았다.

"이런, 편집국장이 되겠다는 생각은 해본 적이 없어요."

"알아요. 하지만 당신은 이 일을 감당할 완력이 있어요. 좋은 기사 한 편을 내기 위해 시체들을 밟고 지나갈 배짱도 있고요. 단지 조금만 더 상식적이라면 참 좋겠네요."

"무슨 일이 있었던 겁니까?"

"당신과 난 스타일이 달라요. 우린 같은 일에서도 접근방식이 달라 항상 충돌했고, 앞으로도 마음이 맞는 일은 없겠죠."

"맞아요. 그런 일은 영원히 없을 겁니다. 내 스타일이 구식이긴 하죠."

"구식이란 표현이 적당한지 모르겠네요. 당신은 괜찮은 편집부장이에요. 다만 하는 행동이 지저분하죠. 그럴 필요가 전혀 없는데 말이에요. 우리 사이에서 가장 문제였던 게 뭔지 알아요? 당신이 늘상 내세웠던 주장이에요. '개인적 차원으로 고려할 일들이 기삿거리를 평가하는 데 영향을 미쳐선 안 된다.'"

에리카가 그를 향해 음험한 미소를 지어 보였다. 이어 자신의 가방에서 망누스 보고서의 원본을 꺼냈다.

"자, 그럼 당신의 평가 감각을 한번 테스트해볼까요? 여기에 〈밀레니엄〉 기자 헨리 코르테스가 쓴 기사 한 편이 있어요. 그리고 오늘 아침에 난 이 기사를 〈SMP〉 1면에 싣기로 결정했어요."

에리카는 그의 무릎 위로 보고서를 툭 던졌다.

"당신은 우리의 편집부장이죠. 당신도 나와 같은 평가를 내릴지 한 번 들어보고 싶군요."

안데르스가 보고서를 펼쳐서 읽기 시작했다. 시작부터 눈이 휘둥그레졌다. 의자에 기댄 몸을 곧추세우고 에리카를 뚫어지게 쳐다보았다. 그리고 다시 시선을 내려 처음부터 끝까지 단숨에 읽었다. 참고자료 목록도 주의깊게 살폈다. 십 분이 걸렸다. 이윽고 그가 천천히 자료를 내려놓았다.

"엄청난 태풍을 몰고 오겠군요."

"알아요. 그래서 내가 오늘까지만 일하는 거죠. 〈밀레니엄〉은 6월호에 이 기사를 실으려고 했는데 미카엘이 막았어요. 자신들이 발표하기 전에 망누스와 먼저 얘기해보라고 내게 전해준 거예요."

"그래서요?"

"망누스는 이 이야기를 묻어버리라고 지시했고요."

"알겠네요. 골이 나서 신문에 실을 생각을 했군요."

"아뇨. 골이 나서가 아니에요. 그게 유일한 출구이기 때문이에요. 만일 〈SMP〉가 이 기사를 발표하면 명예를 더럽히지 않고 이 수렁에서 빠져나올 수 있어요. 망누스는 떠나야 해요. 그리고 나 또한 여기에 남아 있을 수 없다는 걸 의미하죠."

안데르스는 한참 동안 묵묵히 그녀를 응시했다.

"제기랄, 에리카…… 당신이 이렇게 배짱 있는 여자인지 몰랐어요. 그 정도로 강단 있는 사람이었다니. 내가 이런 말을 하게 될 줄은 정말 몰랐는데, 당신이 떠나는 게 진심으로 유감스럽군요."

"당신은 이 기사를 싣지 않을 수 있어요. 하지만 우리 둘이 승인한다면…… 한번 가볼 생각 있어요?"

"물론입니다. 당연히 내야죠. 어차피 조만간 다 알게 될 사실인데."

"바로 그거예요."

안데르스가 일어섰다. 하지만 금방 떠나지 못하고 에리카의 책상 앞에서 잠시 우물쭈물했다.

"가서 일하세요." 에리카가 말했다.

에리카는 편집부장이 방을 나가고 나서 오 분을 더 기다렸다가 수화기를 들어 말린 에릭손에게 전화를 걸었다.

"안녕, 말린? 사무실에 헨리 있어?"

"네, 자기 자리에요."

"그럼 방으로 불러주겠어? 같이 얘기하게 스피커폰으로 돌려주고."

헨리가 십오 초 만에 나타났다.

"무슨 일입니까?"

"헨리. 내가 오늘 비윤리적인 짓을 했어."

"무슨 일이죠?"

"네가 쓴 비타바라 기사를 우리 편집부장 안데르스 홀름에게 넘겼어."

"네······"

"그리고 내일자 〈SMP〉에 그 기사를 실으라고 지시했어. 네 이름으로 말이야. 물론 고료도 지급할 테니 액수는 네가 정해."

"아니, 에리카······ 대체 무슨 일이죠?"

에리카는 지난 몇 주 사이에 있었던 일들과, 페테르 프레드릭손 때문에 자신이 낭떠러지 끝까지 몰렸던 일을 털어놓았다.

"세상에!"

"이건 분명히 네 기사라는 걸 나도 알아. 하지만 내겐 다른 선택지가 없어. 어때, 허락해줄 수 있겠어?"

헨리는 잠시 아무 말이 없었다.

"전화해줘서 고마워요. 내 이름으로 기사가 나간다면 오케이예요. 말린도 오케이 한다면 말이죠."

"나도 괜찮아요." 말린이 고개를 끄덕였다.

"좋아. 미카엘에게도 이 소식을 전해줄 수 있겠어? 아직 출근하지 않은 모양인데."

"내가 말할게요." 말린이 대답했다. "그런데 에리카, 그럼 오늘부터 실업자가 된다는 말이에요?"

에리카가 웃음을 터뜨렸다.

"연말까지 휴가를 보내기로 결정했어. 정말이지 〈SMP〉라면 지난 몇 주 경험한 걸로 충분해."

"지금 휴가 계획을 세우는 건 좋지 못한 생각 같아요." 말린이 말했다.

"왜지?"

"오늘 오후에 여기 들를 수 있어요?"

"왜?"

"제가 도움이 필요해서요. 만일 여기 편집장 자리로 다시 돌아오고 싶다면 당장 내일 아침부터 오시면 돼요."

"말린, 〈밀레니엄〉의 편집장은 너야. 다른 건 생각하지 마."

"좋아요. 그럼 편집차장으로 시작해보면 어떻겠어요?" 말린이 웃으면서 말했다.

"진심으로 하는 얘기야?"

"빌어먹을…… 에리카, 정말로 당신이 그리워요. 매일 조금씩 말라가다가 죽을 지경이라고요. 왜 내가 〈밀레니엄〉에서 일하려고 한 줄 알아요? 이유야 많지만 무엇보다 당신과 함께 일할 기회를 얻고 싶어서였어요. 그런데 다른 신문사로 떠나버렸죠."

에리카는 한동안 아무 말도 하지 않았다. 〈밀레니엄〉으로 돌아간다는 가능성은 한 번도 생각해보지 않았다.

"정말로 날 환영하는 거야?" 그녀가 천천히 물었다.

"당신 생각은요? 우린 대대적인 환영 파티부터 시작할 거예요. 내가 주최하고요. 그리고 당신은 우리가 '그걸' 발표할 시점에 딱 맞춰 복귀하는 거죠."

에리카는 벽시계를 쳐다보았다. 오전 9시 55분이었다. 불과 한 시간 사이에 그녀의 세상이 뒤집혀버렸다. 그리고 문득 깨달았다. 자신이 얼마나 〈밀레니엄〉의 계단을 다시 오르고 싶어하는지를.

"앞으로 몇 시간은 여기서 두세 가지 처리할 일이 있어. 이따가 오후 4시에 들르면 되겠어?"

수산네 린데르는 드라간을 똑바로 쳐다보며 지난밤에 벌어졌던 일을 사실대로 보고했다. 리스베트가 페테르 프레드릭손의 컴퓨터를 해킹했을 거라는 자신의 생각은 빼놓고. 이유는 두 가지였다. 병원에 갇힌 그녀가 해킹을 한다는 건 현실적으로 불가능했다. 그리고 어떤 연유로든 리스베트 사건에 드라간이 미카엘과 함께 깊이 관여하고 있음을 알았기 때문이다.

드라간은 그녀의 말을 주의깊게 들었다. 이야기를 마친 수산네는 조용히 그의 반응을 기다렸다.

"한 시간 전에 그레게르 베크만이 전화했었어." 마침내 그가 입을 열었다.

"그랬군요."

"이번 주 안에 계약서에 서명하러 두 사람이 들를 거야. 밀톤이 제공한 서비스에, 특히나 자네가 해준 일에 감사를 표하고 싶다고 하더군."

"알겠습니다. 고객이 만족했다는 건 좋은 일이죠."

"집에 특수 금고도 하나 설치해달라고 하더군. 경보장치들은 이번 주 안으로 설치가 끝날 거고."

"잘됐네요."

"그리고 이번 주말에 자네가 한 일에 대해 청구서를 발행해달라고 했어."

"흠."

"그럼 청구서에 상당한 금액이 더 가산될 거야."

"네."

드라간은 한숨을 쉬었다.

"수산네. 자네도 모르진 않겠지? 페테르 프레드릭손이 경찰을 찾아가 꽤 많은 명목으로 자네를 고소할 수도 있다는 사실을 말이야."

그녀는 고개를 끄덕였다.

"물론 그렇게 하면 자신도 걸려들겠지. 그것도 상당히 심각한 죄목으로. 하지만 그럴 만한 가치가 있다고 생각할 수도 있어."

"경찰에 찾아갈 만큼 배짱 있는 인간이라곤 생각하지 않아요."

"뭐, 그렇다고 해두지. 하지만 자네가 내부 규정을 죄다 어긴 것도 사실이야."

"압니다."

"내가 어떻게 대응해야 하겠나?"

"그건 대표님이 결정하실 문제죠."

"아니, 자네 생각은 어떤지 묻는 거야."

"제 생각은 아무런 상관이 없습니다. 언제든지 저를 해고하셔도 됩니다."

"그러긴 어렵지. 자네 같은 직원을 놓친다는 건 있을 수 없는 일이야."

"고맙습니다."

"하지만 앞으로 또 비슷한 일을 벌인다면 그땐 쉽게 넘어가지 못할 거야."

수산네가 고개를 끄덕였다.

"하드디스크는 어떻게 했지?"

"파괴했습니다. 오늘 아침에 산산조각냈어요."

"오케이. 그럼 이 일은 여기서 끝내기로 하지."

에리카는 〈SMP〉 이사회 임원들에게 전화를 하느라 오전을 다 보냈다. 부회장은 박스홀름의 별장에 있었다. 그녀는 얼른 차를 몰아 무조건 빨리 편집국으로 돌아오라고 했다. 점심시간 후, 최소한의 인원으로 채워진 이사회가 열렸다. 에리카는 헨리의 기사가 자기 손에 들어온 경위와 이로 인해 이미 벌어진 일들에 대해 한 시간에 걸쳐 보고했다.

그녀가 말을 마치자 예상대로 다른 대안을 찾아보자는 제안이 튀어나왔다. 에리카는 내일자 신문에 기사를 게재할 거라고 설명했다. 그리고 오늘이 자신의 마지막 근무일이며, 이 결정은 철회할 수 없다고 못박았다.

그녀는 이사회로 하여금 두 가지 사항을 결정하도록 하고 이를 회의록에 남기게 했다. 첫째, 망누스 보리셰에게 즉각 대표이사직에서 물러날 것을 요구한다. 둘째, 임시 편집국장으로 안데르스 홀름을 임명한다. 에리카는 양해를 구한 후 임원들끼리 논의하도록 하고 회의실을 나왔다.

오후 2시, 인사과에 내려가 퇴직서류를 작성했다. 그리고 문화부에 들러 문화부장 세바스티안 스트란드룬드와 에바 칼손을 보자고 했다.

"문화부에서 에바 칼손을 유능하고 괜찮은 기자로 평가한다고 들었어요."

"그렇습니다." 세바스티안이 대답했다.

"지난 이 년간 예산 내역을 보니 정규직원을 최소한 둘은 충원해달라고 계속 요청해왔더군요."

"네."

"에바, 저번에 자네가 당한 일 때문에 내가 정규직을 제안하면 불쾌한 소문들이 떠돌 수도 있어. 그래도 괜찮겠어?"

"물론이죠."

"그렇다면 이 채용계약서에 서명하는 게 〈SMP〉에서의 내 마지막 업무가 되겠군."

"마지막이요?"

"얘기하자면 길어. 난 오늘 떠나. 두 사람 다 한 시간만 이 일을 비밀로 해줬으면 좋겠고."

"아니 대체……"

"곧 사내 공지가 뜰 거예요."

에리카는 계약서에 서명하고 테이블 맞은편에 앉은 에바를 향해 밀어 보냈다.

"자, 행운을 빌어." 그녀는 미소 지으며 말했다.

"리샤르드 검사 사무실에서 회의에 참석했던 나이 지긋한 남자는 예오리 뉘스트룀 총경입니다." 모니카가 토르스텐의 책상 위에 사진을 몇 장 내려놓으며 말했다.

"총경이라……" 토르스텐이 중얼거렸다.

"스테판이 어제 저녁에도 그를 봤답니다. 차를 몰고 아르틸레리가탄에 있는 그 아파트에 왔다고 해요."

"그에 대해 알아낸 건?"

"일반 경찰 출신으로 1983년부터 세포에서 근무했습니다. 1996년부터는 특별 영역에서 수사관으로 활동했고요. 내부 점검, 혹은 종료 사안 재확인 같은 업무를 했죠."

"좋아."

"토요일 이후로 그 건물에 드나든 흥미로운 인물은 모두 여섯입니다. 요나스 산드베리와 예오리 뉘스트룀 외에도 프레드리크 클린톤이 그 건물에 있습니다. 오늘 아침에 병원 차량을 타고 투석을 받으러 갔고요."

"나머지 세 사람은?"

"오토 할베리라는 자가 있습니다. 1980년대에 세포에서 근무했는데 실제론 합동참모본부와 연결되어 있습니다. 해군과 군 첩보부를 위해 일하고 있죠."

"그래. 이제 놀랍지도 않군."

모니카가 사진을 한 장 더 올려놓았다.

"이자는 아직 신원을 확인하지 못했습니다. 오토 할베리와 점심을 같이 먹더군요. 오늘 저녁 그가 집으로 돌아갈 때 확인해보려고 합니다."

"오케이."

"가장 흥미로운 인물은 바로 이 사람입니다."

그녀는 또다른 사진을 책상 위에 올려놓았다.

"이자는 누군지 알겠군." 토르스텐이 대꾸했다.

"이름은 비리에르 바덴셰입니다."

"맞아. 십오 년 전쯤에 대테러부에서 일했어. 주로 내근을 했고. 우리 '회사' 차기 대표 후보 중 하나였지. 대체 그에게 무슨 일이 있었던 건지 모르겠군."

"1991년에 사임했습니다. 그런데 그가 한 시간 전에 누구와 점심을 먹었는지 맞혀보세요."

그녀가 책상 위에 마지막 사진을 내려놓았다.

"사무처장 알베르트 스헨케와 예산처장 구스타브 아테르봄이군. 이 둘에게 24시간 감시를 붙이도록. 이자들이 또 어떤 사람들을 만나는지 정확히 알아봐."

"그건 불가능해요. 지금 쓸 수 있는 요원이 넷밖에 없어요. 자료를 정리할 사람도 필요하고요."

토르스텐은 고개를 끄덕이고 아랫입술을 지그시 깨물며 생각에 잠겼다. 얼마 있다 그는 다시 모니카를 쳐다봤다.

"어쨌든 인력이 더 있어야겠군. 혹시 얀 부블란스키 형사와 은밀히 접촉해서 오늘 업무 후에 저녁식사를 함께할 의향이 있는지 물어봐 줄 수 있겠나? 저녁 7시쯤이면 좋겠군."

그는 팔을 뻗어 전화기를 집어들고 단축번호를 눌렀다.

"안녕하신가, 드라간. 전에 자네가 멋진 만찬을 대접했으니 이번엔 내가 저녁을 사고 싶은데…… 아냐, 사양해선 안 돼. 7시 정도가 어떤가?"

리스베트는 스톡홀름 크로노베리 구치소의 가로 2미터, 세로 4미터짜리 방에서 밤을 보냈다. 최소한의 가구만 갖춰진 이 방에서 문이 잠긴 지 오 분 만에 잠들었다. 월요일 아침에는 일찍 일어나 살그렌스카 병원에서 물리치료사가 처방해준 스트레칭에 열중했다. 아침을 먹은 후에는 눈앞의 허공을 응시하며 침대에 조용히 앉아 있었다.

9시 30분. 교도관이 와서 그녀를 복도 끝에 있는 취조실로 데리고 갔다. 나이가 꽤 들어 보이는 교도관은 작달막한 대머리 남자였다. 둥글둥글한 얼굴에 뿔테 안경을 쓴 그는 리스베트를 정중하고도 친절하게 대했다.

안니카가 그녀에게 따뜻하게 인사를 건넸다. 리스베트는 한스 파스테를 거들떠보지도 않았다. 그리고 처음으로 리샤르드 엑스트룀 검사와 대면했다. 삼십 분간 그녀는 의자에 앉은 채 검사의 머리 위 벽면에 점 하나를 그려두고 고집스럽게 응시했다. 말 한마디 내뱉지 않았고, 근육 하나 움직이지 않았다.

10시. 리샤르드가 마침내 심문을 중단했다. 그녀의 입에서 한마디도 얻어내지 못했다는 패배감에 기분이 몹시 언짢았다. 오늘 그는 리스베트를 관찰하며 처음으로 의혹에 사로잡혔다. 저토록 가냘프게 생긴 여자가 어떻게 마게 룬딘과 소니 니에미넨 같은 깡패들을 때려 눕힐 수 있었는지 말이다. 아무리 설득력 있는 증거들이 있다 해도 이런 황당한 이야기를 과연 법관들이 믿으려 할지 알 수 없었다.

정오에는 간단한 점심식사가 제공되었고, 그후 한 시간 동안 리스베트는 머릿속으로 방정식을 몇 개 풀었다. 이 년 전 어떤 책에서 본 구면천문학에 생각을 집중했다.

오후 2시 30분. 다시 취조실로 불려갔다. 이번에 온 교도관은 젊은 여자였다. 방안은 텅 비어 있었다. 리스베트는 의자에 앉아 유독 난해한 어느 방정식에 계속 생각을 집중했다.

십 분쯤 지나 문이 열렸다.

"안녕, 리스베트?" 페테르 텔레보리안 박사가 상냥하게 인사를 건넸다.

그는 미소를 지었다. 리스베트는 얼어붙었다. 눈앞에 쌓아올린 방정식이 순간 바닥 위로 부서져내렸다. 숫자와 기호가 현실의 조각처럼 깨지는 소리가 들렸고 파편이 되어 튀어오르는 광경이 보였다.

페테르 박사는 일 분간 꼼짝 않고 서서 그녀를 관찰하다 맞은편 의자에 앉았다. 리스베트는 계속 벽면만 노려보았다.

잠시 후 그녀가 천천히 눈을 돌려 그의 시선에 맞섰다.

"네가 이런 상황에 처하게 되다니 참으로 유감이야." 박사가 말했다. "난 최선을 다해 널 도울 생각이야. 그러니 우리 사이에 작게나마 신뢰가 싹텄으면 좋겠어."

리스베트는 자기 앞에 앉아 있는 그를 세세하게 뜯어보았다. 부스스한 머리칼, 염소수염, 앞니 사이에 벌어진 가느다란 틈새, 얄포름한 입술, 번드르르한 새 갈색 양복, 단추 하나를 풀어 목을 드러낸 셔츠…… 그의 부드럽고도 메스껍게 상냥한 목소리가 귓전을 울렸다.

"우리가 처음 만났을 때보다 훨씬 큰 도움이 되면 좋겠어."

그는 조그만 노트와 만년필을 꺼내 테이블 위에 올려놓았다. 리스베트는 시선을 낮추어 만년필을 쳐다보았다. 길고 뾰족한 은색 원통이었다.

결과를 분석하라.

리스베트는 손을 뻗어 만년필을 움켜쥐고 싶은 충동을 간신히 억눌렀다.

그리고 박사의 왼쪽 새끼손가락으로 시선을 옮겼다. 한쪽에 희미하게 하얀 선이 보였다. 십오 년 전, 리스베트는 거기에 이를 박고 손가락이 절단될 정도로 굳게 턱을 닫아버렸다. 그 턱을 다시 벌리게 하려고 간호사가 셋이나 달려들어야 했다.

그때 난 겨우 십대가 된 겁먹은 여자애였어. 하지만 지금은 다 컸지. 마음만 먹으면 언제든 널 죽일 수 있어.

리스베트는 박사 뒤쪽에 있는 벽면 한곳에 시선을 단단히 고정했다. 그런 다음 바닥으로 떨어져내린 숫자와 기호를 하나씩 주워모아 침착하게 방정식을 다시 조립하기 시작했다.

박사는 그런 리스베트를 냉정한 얼굴로 지켜보았다. 그가 세계적으로 인정받는 정신과 전문의가 된 건 결코 우연이 아니었다. 그는 인간의 감정과 심리를 읽어내는 능력이 뛰어났다. 그는 차가운 그림자 하나가 취조실 안을 지나가는 걸 느꼈고, 이를 요지부동하는 환자의 표면 아래에서 두려움과 수치심이 일고 있다는 신호로 해석했다. 리스베트가 박사의 존재에 반응하고 있다는 긍정적인 신호였다. 박사는 옛날과 크게 달라지지 않은 그녀의 행동방식을 보며 만족스러움을 느꼈다. 됐어. 법정에 서면 스스로 교수대에 갈 짓을 할 거야.

에리카는 〈SMP〉에서 마지막으로 유리방에 앉아 전 직원에게 보내는 글을 썼다. 아직 분이 삭지 않은 상태로 3천 자나 되는 장황한 글을 통해 사임하는 이유와 특정 인물들에 대한 개인적인 의견을 마구 쏟아냈지만, 결국 전부 지워버리고 좀더 차분한 어조로 다시 글을 써내려갔다.

페테르 프레드릭손에 대해서는 언급하지 않았다. 사람들의 관심이 그에게 쏠려 자신이 사임하려는 진정한 이유가 성희롱이라는 자극적인 화제에 가려질 수 있었다.

에리카는 두 가지 이유를 들었다. 간부들의 임금과 주주들의 배당금을 줄이자는 자신의 제안에 경영진 전체가 반발하고 나섰다는 게 가장 중요한 이유였다. 결국 꼭 필요한 인력을 오히려 삭감하면서 자신이 임기를 시작할 수밖에 없었음을 밝혔다. 그리고 경영진의 이러한 행동을 두 가지 측면에서 묵과할 수 없다고 설명했다. 이것은 첫째, 그녀가 편집국장 자리를 수락했을 때 맺은 약속을 위반하는 행위였다. 둘째, 신문의 체질을 강화하고 장기적인 변화를 도모하기 위한 모든 시도를 불가능하게 하는 처사였다.

두번째 사임 이유는 망누스 보리셰에 관련된 일이었다. 그는 폭로기사를 은폐하라고 지시했지만 에리카는 편집국장으로서 할 일이 아니라고 밝혔다. 그리고 이런 상황에서 자신이 취할 수 있는 행동은 오직 하나, 사임밖에 없다고 설명했다. 마지막으로 〈SMP〉의 문제는 직원들이 아니라 경영진에 있다고 지적하며 보고서를 끝맺었다.

에리카는 보고서를 다시 한번 읽어보며 몇 군데 맞춤법이 틀린 곳을 수정한 다음 그룹 전 직원에게 발송했다. 언론계 소식지인 〈프레센스 티드닝〉과 〈유르날리스텐〉에도 인쇄본을 한 부씩 보냈다. 그녀는 자신의 노트북을 가방에 챙겨넣고 안데르스 홀름에게 갔다.

"잘 있어요."

"안녕히 가세요. 당신하고 일하면서 정말이지 골이 빠지게 힘들었어요."

그들은 미소를 주고받았다.

"마지막으로 부탁할 게 있어요." 그녀가 말했다.

"뭐죠?"

"요하네스 프리스크가 내 지시로 취재를 하고 있어요."

"그가 대체 무슨 짓을 하고 있는지는 아무도 모르죠."

"그를 도와주세요. 기사가 상당히 진척됐어요. 나도 그와 계속 연락을 주고받을 거고요. 기사를 완성할 수 있도록 해주세요. 분명 당신에게도 득이 될 거예요."

그는 잠시 망설이다 결국 고개를 끄덕였다.

둘은 악수를 나누지 않았다. 에리카는 그의 책상 위에 회사 카드키를 내려놓고 자신의 BMW를 타러 주차장으로 내려갔다. 〈밀레니엄〉 사무실 부근에 차를 세운 건 오후 4시가 조금 넘어서였다.

1 Jan

2 Feb

3 Mar

4 Apr

5 May

6 Jun

7 Jul

8 Aug

9 Sep

10 Oct

11 Nov

12 Dec

IV 시스템 재가동
7월 1일~10월 7일

고대 그리스, 남아메리카, 아프리카, 그리고 세계 여러 지역에 아마조네스 전설이 넘쳐나지만, 역사적으로 증명된 여성 전사의 예는 단 하나뿐이다. 서아프리카의 다호메이, 오늘날 베냉 공화국 폰족에 존재했던 여성 전사들이다.

이들은 공식적인 군대의 역사에서 한 번도 언급된 적이 없으며, 이들을 주인공으로 하는 영화도 제작된 적이 없다. 다만 역사책 본문에 조그만 각주로 존재할 뿐이다. 이들에 대해 쓴 학술서로는 역사가 스탠리 B. 알페른의 『검은 스파르타의 아마존들*Amazons of Black Sparta*』(Hurst&Co. Ltd., 런던, 1998)이 유일하다. 하지만 여성 전사들은 당시 조국을 위협해온 열강의 그 어떤 남성 정예군과도 능히 겨룰 수 있었다.

폰족 여성 전사 부대가 언제 결성되었는지 정확히 알 수 없지만, 어떤 이들은 그 연원을 17세기로 추정한다. 처음에는 왕을 지키던 근위대가 점차 커져서, 여신과 같은 위상을 지닌 당당한 여성 전사 육천 명으로 구성된 실질적인 병력이 되었다. 그들은 결코 장식적인 존재가 아니었다. 두 세기가 넘는 세월 동안 폰족의 선봉에 서서 유럽 침략자들과 맞서 싸웠다. 특히 수많은 전투에서 패배를 맛본 프랑스군은 여성 전사들을 두려워했다. 1892년 프랑스는 대포로 중무장한 현대식 군대, 외인 부대, 해군보병대, 그리고 기병대를 배로 가득 실어왔으며 여성 전사들은 결국 패배하고 만다.

전투에서 쓰러진 여전사가 얼마나 되는지는 알려지지 않았다. 살아남은 이들은 오랫동안 게릴라전을 펼쳤고, 생존한 노병들은 1940년대까지 인터뷰와 사진 촬영에 응했다고 한다.

23장
7월 1일 금요일~7월 10일 일요일

리스베트의 재판까지 이 주가 남은 이날, 크리스테르 말름은 '섹션'이라고 간략하게 이름 붙여진 364쪽짜리 책의 디자인을 마쳤다. 표지는 스웨덴 국기를 연상시키는 파란색 바탕에 노란색 글씨를 앉혔다. 표지 아래쪽에는 역대 스웨덴 수상 일곱 명의 흑백사진을 우표만하게 줄여서 배열했다. 그 위로는 커다란 살라첸코의 이미지가 드리워져 있었다. 크리스테르는 그의 여권 사진에 극단적인 명암 대비를 주고 어두운 부분만 부각시켜 그림자처럼 보이게 했다. 세련되지는 않았지만 효과적인 디자인이었다. 저자로는 미카엘 블롬크비스트, 헨리 코르테스, 그리고 말린 에릭손이 함께 올랐다.

오전 5시 30분이었다. 밤을 꼬박 새운 그는 속이 약간 메스꺼웠고, 빨리 집에 들어가 자고 싶은 마음뿐이었다. 함께 밤을 새운 말린은 마지막으로 표지 문안을 확인했고, 크리스테르는 수정사항을 반영해 출력까지 마쳤다. 말린은 벌써 사무실 소파에 누워 잠들었다.

크리스테르는 완성된 표지, 사진, 서체 등의 파일을 한 폴더에 모왔다. 그리고 CD 두 장에 각각 저장한 다음 하나를 편집부 캐비닛에 넣었다. 다른 하나는 7시쯤 잠이 덜 깬 눈으로 출근한 미카엘이 가져갔다.

"들어가서 눈 좀 붙여." 미카엘이 말했다.

"안 그래도 가려고."

그들은 말린을 소파 위에서 자게 놔두고 경보장치를 켰다. 8시에 헨리가 와서 교대할 예정이었다. 두 남자는 건물 아래에서 하이파이브를 하고 헤어졌다.

미카엘은 룬다가탄 거리까지 걸어갔다. 리스베트가 버려둔 와인색 혼다를 다시 한번 사용하기 위해서였다. 할빅스 레클람 인쇄소 사장 얀 셰빈에게 원고를 직접 전달할 생각이었다. 그러려면 살라 부근 모론고바 철로변에 있는 조그만 벽돌 건물까지 가야 했다. 결코 우체국에 원고를 맡길 수는 없었다.

천천히 차를 몰아 목적지에 도착했다. 얀 셰빈이 컴퓨터로 자료를 확인하는 동안 미카엘은 조용히 기다렸다. 그런 다음 재판이 시작되는 날 책을 배포해야 한다는 점을 확실히 해놓았다. 문제는 인쇄보다 시간이 더 걸리는 제본이었다. 얀 셰빈은 예정한 초판 1만 부 가운데 최소한 500부는 그날까지 꼭 준비해놓겠다고 약속했다.

미카엘은 인쇄소 직원들 전부 철저히 비밀을 지켜주어야 한다고 강조했다. 불필요한 당부일 수도 있었다. 이 년 전, 한스에리크 벤네르스트룀에 관한 책을 인쇄했을 때도 비슷한 경험을 했으니까. 그들은 〈밀레니엄〉이라는 조그만 잡지사가 인쇄를 의뢰하는 책에는 뭔가 특별한 게 있음을 잘 알았다.

미카엘은 느긋한 마음으로 스톡홀름에 돌아왔다. 벨만스가탄 거리에 차를 세우고 집에 잠깐 들러 옷가지, 면도기, 칫솔 따위를 가방에 챙겨넣었다. 그런 다음 베름되에 있는 스타브스네스 부두까지 차를 몰고 가 산드함행 페리에 몸을 실었다.

자신의 방갈로를 찾은 건 지난 크리스마스 이후로 처음이었다. 미카엘은 덧창을 모두 열어 환기를 한 뒤 생수를 병째 들이켰다. 이제 원고는 인쇄기에 들어가 손을 대고 싶어도 그럴 수 없었다. 일을 마치고 나면 항상 그렇듯 미카엘은 속이 텅 빈 것처럼 허전했다.

이어 한 시간쯤 걸려 바닥을 쓸고 먼지를 털고 샤워실을 닦았다. 냉장고를 켜고, 수도가 들어오는지 확인한 후 중이층 방의 침대보를 갈았다. 식료품점에 가 주말 동안 필요한 것들을 사오기도 했다. 미카엘은 커피머신을 켜고 베란다 마룻바닥에 걸터앉아 아무 생각 없이 담배를 한 대 피웠다.

오후 5시를 조금 남긴 시각, 미카엘은 모니카 피게롤라를 맞이하러 증기선 부두로 나갔다.

"당신이 시간을 낼 수 있을 거라고 생각 못했어요." 미카엘이 그녀의 볼에 입을 맞추며 말했다.

"나도 그랬어요. 그냥 부장님께 솔직히 말했죠. 지난 몇 주 동안 매 순간 팽팽하게 긴장해서 일한 탓에 효율성이 떨어지기 시작하니 이틀간 재충전할 시간이 필요하다고요."

"산드함에서?"

"어디로 떠난다고는 말 안 했어요." 그녀가 미소 지으며 대답했다.

모니카는 잠시 25제곱미터 남짓한 미카엘의 방갈로 구석구석을 살펴보았다. 주방, 샤워실, 중이층을 둘러본 그녀는 만족스러운 표정으로 고개를 끄덕였다. 그리고 미카엘이 와인으로 졸인 양갈비 요리를 베란다 테이블 위에 차리는 동안, 간단히 세수를 하고 가벼운 여름 원피스로 갈아입었다. 그들은 조용히 식사를 하면서 산드함 항구를 드나드는 수많은 요트들을 바라보았다. 와인도 한 병 나누어 마셨다.

"이 방갈로 정말 멋져요. 여기로 애인들을 데려오나요?" 모니카가 물었다.

"다는 아니고 중요한 사람들만요."

"에리카도 여기 왔었나요?"

"여러 번."

"리스베트도요?"

"내가 벤네르스트룀에 관한 책을 쓰고 있을 때 여기 와서 몇 주를 보냈죠. 이 년 전엔 여기서 크리스마스를 같이 보냈고요."

"그럼 에리카와 리스베트는 당신의 삶에서 중요한 사람들이군요?"

"에리카는 가장 친한 친구죠. 사귄 지 벌써 이십오 년째고요. 리스베트는 좀 달라요. 그녀는 아주 독특하고, 내가 지금껏 만난 사람 가운데 가장 사회성이 없는 사람이죠. 처음 만났을 때 강렬한 인상을 받은 건 사실이에요. 난 그녀를 좋아해요. 내 친구죠."

"그녀를 가엾게 생각해요?"

"아뇨. 그녀는 험한 꼴을 많이 겪었지만 스스로 자초한 부분도 있어요. 하지만 난 그녀를 깊이 이해해요. 공감도 많이 하고요."

"그런데 당신은 그녀도, 에리카도 사랑하는 건 아니란 말이죠?"

미카엘은 어깨를 으쓱했다. 모니카는 불을 밝힌 조그만 요트 한 척이 항구로 들어오는 모습을 눈으로 좇았다.

"만일 누군가를 몹시 좋아하는 게 사랑이라면, 난 여러 사람을 사랑하고 있다고 말할 수 있겠죠."

"나도 그중 하나고요?"

미카엘은 고개를 끄덕였다. 모니카가 미간을 찌푸리며 그의 얼굴을 쳐다보았다.

"혹시 기분이 나쁜가요?"

"당신한테 여자가 많아서요? 아뇨. 그저 우리 관계가 정확히 어떤 건지 모르겠어서 좀 심란해요. 난 마음 내키는 대로 여러 여자들과 잠을 자는 남자하고 관계를 지속할 수 있는 여자가 아닌가봐요."

"지금껏 내가 살아온 방식에 대해 굳이 변명하고 싶은 마음은 없어요."

"당신의 그런 점에 내가 끌리는 것 같아요. 있는 그대로 꾸미지 않으려는 모습 말이에요. 거짓이나 뒤끝이 조금도 없는 당신하고는 잠자리가 쉽고 편안하죠. 같이 있으면 조금도 불안하지 않아요. 그리고 이 모든 건 내 강렬한 충동에서 시작됐죠. 전혀 계획한 일도 아니고, 내겐 흔한 일도 아니에요. 어쨌든 결국 이곳에 초대받은 여자들 중 하나가 되어버렸네요."

미카엘은 잠시 말이 없었다.

"꼭 오지 않아도 됐어요."

"아뇨, 오지 않을 수 없었어요. 빌어먹을, 미카엘……"

"그래, 알아요."

"힘들어요. 당신과 사랑에 빠지고 싶지 않았어요. 끝나버리면 너무 아플 테니까."

"모니카, 내 얘기를 들어봐요. 난 부모님께 이 방갈로를 물려받았어요. 아버지가 돌아가시고 어머니가 노를란드로 귀향하셨을 때였죠. 두 분이 남긴 재산에서 여동생이 집을 가져가고, 난 방갈로를 차지했어요. 그러니까 벌써 이십오 년째 이걸 갖고 있는 거라고요."

"그렇군요."

"1980년대 초에 알고 지냈던 지인들을 빼면 이곳에 온 여자는 다섯 명이에요. 에리카, 리스베트, 80년대 말에 함께 살았던 전처, 그리고 90년대 말에 깊이 사귀었던 사람. 이 년 전에 처음 만나 지금도 가끔 만나는 연상 여자도 있는데…… 그녀와는 좀 특별한 사정이 있고요."

"물론 그렇겠죠."

"내가 이 방갈로를 가지고 있는 건 도시를 떠나 조용히 쉬기 위해서예요. 거의 혼자죠. 와서 책도 읽고 푹 쉬면서 부두에 앉아 지나가는 배들을 바라봐요. 독신 남자가 몰래 마련해둔 밀회 장소가 아니란 말입니다."

미카엘은 일어나 문가 그늘에 놔두었던 와인병을 들고 왔다.

"난 아무것도 약속 못해요." 그가 말을 이었다. "내 결혼이 깨진 건 에리카와 도저히 떨어질 수 없었기 때문이었죠. 당신 어디 있었어? 뭘 했는데? 이 티셔츠는 어디서 난 거야?"

미카엘은 와인잔들을 채웠다.

"하지만 당신처럼 괜찮은 사람을 난 아주 오랜만에 만나요. 첫날부터 우린 그야말로 활활 타올랐죠. 우리집 계단에서 처음 본 그 순간부터 당신에게 빠졌어요. 그후로 가끔씩 집에서 혼자 잘 때마다 당신이 생각나 한밤중에 깨고는 했죠. 내가 지속적인 관계를 원하는 건지는 잘 모르겠지만 당신을 잃게 될까봐 두려운 건 사실이에요."

미카엘은 그녀를 쳐다보았다.

"자, 당신은 우리가 어떻게 했으면 좋겠어요?"

"뭐, 고민해봐야죠." 모니카가 대답했다. "나도 당신한테 지독하게 끌리고 있으니까."

"이거 일이 심각해지는 거 아닌지 모르겠군요." 미카엘이 말했다.

고개를 끄덕이던 그녀는 갑자기 짙은 서글픔을 느꼈다. 둘은 한참 동안 아무 말도 하지 않았다. 그리고 어둠이 깔리기 시작할 즈음, 식탁을 치우고 안으로 들어가 문을 잠갔다.

재판 전주 금요일. 미카엘은 슬루센 거리의 신문 가판대 앞에 서서 일간지의 헤드라인들을 훑어보았다. 〈SMP〉 회장 망누스 보리셰가 드디어 굴복하고 사임을 발표했다. 그는 신문을 몇 부 사 들고 호른스가탄에 있는 자바 카페까지 걸어가 늦은 아침을 먹으며 기사를 읽었다. 망누스는 일신상의 문제로 갑작스럽게 사임한다고 밝혔다. 자신이 비타바라와 연루되었다는 사실을 에리카 편집국장에게 은폐하

라고 지시해 그녀 역시 사임하지 않을 수 없었다는 소문에 대해서는
답변을 거부했다. 하지만 그 옆에 붙은 짤막한 연관기사의 내용이 의
미심장했다. 아동 노동력을 착취하는 동남아시아 기업과 관련된 스
웨덴 기업들을 조사하기 위해 스웨덴기업연맹 회장이 윤리위원회를
구성하기로 결정했다는 소식이었다.

미카엘은 웃음을 터뜨렸다.

그런 다음 신문을 접고 에릭손 T10을 꺼내 TV4 기자에게 전화를
걸었다. 마찬가지로 점심을 먹고 있던 그녀가 샌드위치를 우물거리
며 전화를 받았다.

"잘 있었어, 자기?" 미카엘이 농담부터 던졌다. "여전히 나랑 사귈
생각은 없는 거야?"

"안녕, 미카엘." 그녀 역시 웃으며 농담을 받았다. "미안해. 당신은
전혀 내 스타일이 아니라서 말이야. 꽤 재밌는 사람이지만."

"그래도 오늘 저녁에 같이 식사하면서 일 얘기 정도는 할 수 있겠
지?"

"또 무슨 일을 벌이고 있는데?"

"이 년 전에 에리카가 벤네르스트룀 사건으로 자기하고 거래를 했
잖아. 그때 일이 아주 잘 풀렸었고. 그래서 이번엔 내가 비슷한 거래
를 하려고."

"얘기해봐."

"조건에 합의하기 전에는 안 돼. 그때하고 계획은 똑같아. 책과 잡
지 특집호를 동시에 낼 거야. 분명 난리가 날 테고. 자기한테 자료를
모두 줄게. 대신 우리가 발표하기 전까지 절대 정보가 새어나가면 안
돼. 그리고 이번 일은 굉장히 복잡할 거야. 이 모든 게 특정한 날에
한꺼번에 발표되어야 하거든."

"난리가 날 이야기라고?"

"벤네르스트룀 사건보다 훨씬 큰 거야. 어때, 관심 있어?"

"농담은 아니겠지? 그래, 어디서 볼까?"

"사미르스 그뤼타 알아? 에리카도 올 거야."

"그런데 에리카 얘긴 또 뭐야? 〈SMP〉에서 해고당하고 〈밀레니엄〉으로 돌아갔다고 하던데."

"해고당한 게 아냐. 망누스 보리셰와 의견이 맞지 않아서 참지 않고 나온 거야."

"그 인간 정말 형편없어 보이던데."

"잘 봤네."

프레드리크 클린톤은 이어폰을 꽂은 채 베르디를 듣고 있었다. 음악은 신장 투석기와 점점 심해지는 등 아래 통증으로부터 그를 멀어지게 해주는 유일한 삶의 위안거리였다. 그는 흥얼거리지 않았다. 그저 눈을 감고 멜로디를 따라 오른손으로 허공을 조금씩 휘저었다. 그렇게 허공을 유영하는 손은 한창 해체되어가는 그의 육체와는 별개의 생명을 지닌 듯했다.

인생이란 그런 것이다. 태어나고, 살고, 늙는다. 그리고 죽는다. 그는 자신의 삶을 다 살았다. 이제는 해체되는 일만 남았다.

기이하게도 그는 지금 이 삶이 만족스러웠다.

그는 친구 에베르트 굴베리를 위해 게임을 하고 있었다.

7월 9일 토요일이었다. 마침내 재판이 열려 섹션이 이 끔찍한 이야기를 정리할 수 있기까지 일주일도 남지 않았다. 아침에 그는 연락을 받았다. 에베르트는 그가 아는 누구보다 강인했다. 강한 금속으로 뒤덮인 풀 메탈 재킷 탄환을 자신의 관자놀이에 박았다면 당연히 즉사해야 한다. 하지만 그의 몸이 게임을 포기하기까지 세 달이라는 시간이 걸렸다. 지기 싫어하는 안데르스 요나손 박사의 끈질긴 노력도 있었지만, 운이 좀더 좋았다. 그리고 그의 최후를 결정한 건 총알이 아니라 암이었다.

고통스럽게 죽어간 그를 생각하면 프레드리크는 가슴이 아팠다. 사람들과 소통이 가능한 상태는 아니었지만 이따금 의식이 돌아오고는 했다. 의료진이 볼을 쓰다듬으면 희미한 미소를 지었고, 불편한 곳이 있으면 투덜거리듯 웅얼대기도 했다. 때로는 아무도 알아듣지 못할 소리를 내면서 의료진에게 무언가를 말하려고도 했다.

그에게는 가족이 없었다. 병원을 찾아오는 친구도 하나 없었다. 그가 생의 끝자락에서 마지막으로 본 건 에리트레아 출신인 야간 당직 간호사 사라 키타마였다. 그녀는 곁에 앉아 에베르트의 손을 잡고 그의 임종을 지켜보았다.

프레드리크는 자신도 얼마 안 있어 전우의 뒤를 따르게 되리라는 걸 알았다. 그 점에 대해선 조금도 환상을 품지 않았다. 절실히 필요한 신장을 이식받을 가능성은 하루하루 희박해져갔고, 육신의 해체는 가차없이 진행되고 있었다. 검사를 실시할 때마다 간과 내장마저 계속 나빠져 있었다.

그는 크리스마스까지만이라도 살 수 있다면 좋겠다고 생각했다.

하지만 만족했다. 뜻하지 않게 세포에 복귀할 수 있었던 지난 몇 달간 그는 극도로 황홀한 만족감을 느꼈다. 전혀 예상하지 못했던 축복과도 같았다.

아르틸레리가탄의 섹션 본부. 조그만 휴게실에 앉아 있는 그의 귓가에 베르디의 선율이 희미해져갈 때 비리에르 바덴셰가 문을 열고 들어왔다.

이내 그가 눈을 떴다.

그는 비리에르가 거추장스러운 짐에 불과하다는 사실을 깨달았다. 스웨덴 안보의 최전선에 선 이 조직의 대장이 되기에 전혀 적합하지 않은 인물이었다. 그 자신도 이해할 수 없었다. 자신과 한스 폰 로팅에르가 어쩌다 그를 적합한 후계자로 여기는 근본적인 실수를 저질렀는지 말이다.

비리에르는 순풍이 필요한 전사였다. 위기에 허약했고, 한 가지 결정도 제대로 내리지 못했다. 미풍 때나 항해할 수 있는 조타수였다. 배짱도 없이 겁 많고 무기력한 이 존재는 마비된 듯 꼼짝 않고 앉아 섹션이 침몰하는 광경을 바라만 보았을 것이다.

어떤 이들은 재능이 있고, 또 어떤 이들은 진실의 순간에 어김없이 뒤통수를 치고 만다. 이건 아주 간단한 진리다.

"하실 말씀이 있다고요?"

"앉게."

비리에르가 자리에 앉았다.

"내 나이에 장황하게 서론을 늘어놓을 시간이 없으니 요점만 얘기하지. 모든 일이 끝나면 섹션 수장 자리에서 내려와주게."

"네?"

프레드리크가 목소리를 약간 누그러뜨렸다.

"자넨 좋은 사람이야. 하지만 에베르트가 넘겨준 책무를 떠맡기에는 적합하지 않아. 자네에게 그 자리를 맡기지 말았어야 했어. 한스와 내가 실수했지. 아프기 시작했을 때 후계자 문제에 좀더 신경썼어야 했는데 말이야."

"선배님은 절 좋아한 적이 없었죠."

"그건 자네가 잘못 생각하는 거야. 한스와 내가 섹션을 이끌 때 자넨 훌륭한 관리자였어. 자네가 없었다면 우린 무척 힘들었을 걸세. 그리고 자네의 애국심을 깊이 신뢰하고 있어. 내가 믿지 못하는 건 바로 자네의 결정능력이야."

비리에르의 입가에 쓸쓸한 미소가 떠올랐다.

"제가 과연 섹션에 남아야 하는지조차 모르겠군요."

"에베르트와 한스가 우릴 떠났기 때문에 지금까지 나 혼자 중대한 결정들을 내려야 했네. 지난 몇 달간 자네는 내가 내린 결정들을 사사건건 반대해왔고."

"다시 말씀드리지만, 선배님이 내린 결정들은 모두 터무니없었습니다. 결국 재앙으로 끝날 일들이었다고요."

"그럴 수도 있겠지. 허나 자네의 우유부단함이 우릴 무너뜨릴 거라고 장담하네. 어쨌든 우린 작게나마 기회를 잡았어. 게다가 잘되어가고 있는 듯하고. 지금 〈밀레니엄〉은 꼼짝도 못하고 있어. 그들은 우리가 어딘가에 존재하고 있다고 의심하겠지만 증거가 없어. 그 증거를 확보하거나 우릴 찾아낼 가능성도 없지. 우리가 그들이 하는 일을 철저하게 통제하고 있으니까."

비리에르는 창밖을 바라보았다. 주변 건물들의 지붕이 보였다.

"이제 하나 남은 건 살라첸코의 딸이야. 어느 누가 과거를 파헤치기 시작해서 그녀의 이야기를 듣게 된다면 그땐 무슨 일이 일어날지 아무도 장담 못하네. 하지만 며칠 있으면 재판이 시작됐다가 얼마 지나 끝나겠지. 적어도 이번만큼은 그녀가 두 번 다시 나타나지 못하게 깊이 파묻어버려야 한다는 뜻일세."

비리에르가 고개를 설레설레 저었다.

"도무지 자네 태도를 이해하지 못하겠네." 프레드리크가 말했다.

"그러시겠죠. 왜 선배님이 절 이해하지 못하는지 압니다. 선배님은 올해 예순여덟이에요. 그리고 죽어가고 있죠. 선배님이 내린 결정들은 전혀 합리적이지 않습니다. 용케 예오리 뉘스트룀과 요나스 산드베리를 홀린 모양이더군요. 마치 하느님 아버지라도 되는 양 선배님을 따르고 있다고요."

"맞아. 섹션에 관한 모든 일에서 난 하느님 아버지야. 우린 설계된 플랜에 따라 움직이고 있어. 그리고 우리가 내린 결정이 섹션에 한 번의 기회를 가져다주었지. 분명히 말하는데, 앞으로 섹션이 이렇게 노출되는 일은 두 번 다시 없을 걸세. 이번 사안만 마무리되면 섹션 활동을 전면적으로 재검토할 거야."

"그러시군요."

"예오리 뉘스트룀이 새 부장이 될 거야. 늦긴 했지만 그가 유일한 대안일세. 적어도 육 년은 더 일하겠다고 약속했어. 요나스는 아직 젊은데다 자네 밑에서 제대로 경험도 쌓지 못했지. 지금쯤이면 수습을 끝냈어야 할 인재가 말이야."

"선배님, 지금 스스로 무슨 일을 저질렀는지 모르시는 건가요? 사람을 죽였어요. 삼십오 년간 섹션에서 일한 군나르 비에르크를 죽이라고 지시했죠. 이 사실이 무얼 의미하는지······"

"난 그게 필요한 일이었다는 걸 아주 잘 인지하고 있네. 우릴 배신했을 뿐만 아니라 경찰이 파고들면 그 압박감을 견디지 못했을 위인이야."

비리에르가 벌떡 일어섰다.

"내 말 다 안 끝났네."

"그럼 나중에 하시죠. 선배님이 전지전능한 환상에 빠져 여기 앉아 있는 동안 저는 끝내야 할 일이 있어서요." 그는 말을 마치고 문을 향해 걸어갔다.

"자네가 그토록 윤리적으로 분개한다면 왜 얀 형사를 찾아가 모든 걸 털어놓지 않는 거지?"

다시 그가 병자를 향해 몸을 돌렸다.

"그런 생각도 해봤죠. 선배님이 어떻게 생각하실지 모르겠지만 전 나름대로 힘을 다해 섹션을 지키고 있어요."

그가 문을 왈칵 열어젖힌 순간 예오리와 요나스의 얼굴이 마주 보였다.

"안녕하십니까." 예오리가 인사했다. "두세 가지 말씀드릴 게 있습니다."

"들어와요. 비리에르는 가봐야 한다는군."

예오리는 문이 닫히기를 기다렸다.

"프레드리크, 지금 심각하게 불안해지기 시작했어요."

"무슨 말이지?"

"요나스와 둘이서 곰곰이 생각해봤습니다만, 우리가 이해하지 못하는 일들이 일어나고 있어요. 오늘 아침, 리스베트의 변호사가 검사에게 그녀가 쓴 자전적 진술서를 제출했어요."

"뭐라고?"

리샤르드 엑스트룀이 보온병에 담긴 커피를 잔에 따르는 동안 한스 파스테는 안니카 잔니니를 유심히 살폈다. 리샤르드는 이날 아침에 출근하면서 전혀 예상치 못했던 자료를 받았다. 그는 40쪽 남짓한 리스베트의 진술서를 한스와 함께 읽어보았다. 그리고 이 기이한 자료를 두고 오랫동안 얘기를 나누었다. 결국 그는 안니카에게 비공식 면담을 위해 한번 들러달라고 요청하지 않을 수 없었다.

세 사람은 검사의 조그만 회의 테이블 주위에 자리를 잡았다.

"이렇게 와주셔서 고맙습니다." 리샤르드가 입을 열었다. "당신이 오늘 아침에 전달한 이…… 진술서를 읽어봤습니다. 그리고 몇 가지를 정리해야 할 필요성을 느꼈어요……"

"그러신가요?" 안니카가 기꺼이 대답했다.

"글쎄 어디서부터 얘기를 시작해야 할지 모르겠네요. 어쨌든 나와 한스 형사가 깊은 당혹감을 느꼈다는 사실부터 말씀드려야겠습니다."

"오, 그래요?"

"그쪽 의도가 뭔지 알고 싶습니다."

"무슨 말이죠?"

"이 자서전, 혹은 그렇게 부를 수 있는 이것 말입니다. 이걸 쓴 목적이 뭡니까?"

"난 당연한 일이라고 생각하는데요? 내 의뢰인은 지금까지 일어난 일을 자기 나름대로 설명하고 싶은 겁니다."

리샤르드는 제법 호인처럼 너털웃음을 터뜨렸다. 그러고는 수염난 턱을 손가락으로 탁탁 두드렸다. 자신은 허물없는 동작이라 생각했는지 모르지만 몇 차례 반복되니 안니카는 짜증이 일기 시작했다.

"그래요. 하지만 당신 의뢰인은 벌써 여러 달 동안 자신의 입장을 설명할 기회가 있었는데도 한스가 심문할 때마다 한마디도 하지 않았죠."

"한스 파스테 형사가 편리할 때 그녀가 진술해야 한다는 법은 존재하지 않습니다."

"그렇죠. 내 말뜻은…… 재판이 이틀밖에 남지 않은 이 마지막 순간에 어째서 이런 걸 가져왔느냐는 겁니다. 이런 돌발적인 행동에 저는 단순한 검사의 의무를 넘어 모종의 책임감마저 느끼고 있어요."

"그러세요?"

"당신에게 실례가 되는 말은 절대로 하고 싶지 않습니다. 추호도 그럴 의도는 없어요. 이 나라에는 소송 절차에서 존중해야 할 형식이란 게 존재합니다. 안니카 씨, 당신은 여성인권 전문 변호사이고, 형사 사건을 맡아본 적이 전혀 없죠. 내가 리스베트를 기소하는 이유는 그녀가 여성이기 때문이 아니라 중상해죄를 범했기 때문이에요. 아마 당신도 분명히 알 거예요. 그녀가 정신적으로 심각한 문제를 겪고 있는데다 사회적 도움이 필요한 사람이라는 걸요."

"말씀을 어렵게 하시는데 제가 도와드리죠." 안니카가 아주 상냥한 목소리로 말을 받았다. "그러니까 검사님은 제가 리스베트에게 만족스러운 변호를 제공하지 못할까봐 걱정되신다는 얘기죠?"

"누군가를 폄하하려는 의도는 전혀 없습니다. 난 당신의 능력을 문제삼는 게 아니에요. 단지 경험이 부족하다는 점을 말하고 싶은 겁니다."

"그러시군요. 그런 면에선 검사님께 전적으로 동의한다고 말씀드리고 싶군요. 맞아요. 전 형사 재판 경험은 많이 부족합니다."

"그런데 당신은 더 경험 많은 변호사들이 도움을 주겠다고 제안하는 걸 계속 거절해왔고요……"

"내 의뢰인의 뜻에 따른 겁니다. 리스베트는 오직 제가 변호해주길 원하고, 저 역시 이틀 후에 법정에서 그녀의 입장을 대변하고 싶습니다."

이렇게 말하고 안니카는 정중한 미소를 보냈다.

"좋아요. 그럼 한 가지 물어보죠. 정말 이 진술서를 법정에 제출할 생각입니까?"

"물론이죠. 그건 리스베트의 과거사인걸요."

리샤르드와 한스는 서로의 눈을 쳐다보았다. 한스는 눈썹을 움찔 들어올렸다. 검사가 왜 안니카의 마음을 돌리려고 저렇게 애쓰는지 도무지 이해할 수 없었다. 설사 변호사가 스스로 자신의 의뢰인을 망치고 있다는 걸 모른다 하더라도 검사가 신경쓸 일은 아니었다. 그냥 '고맙습니다' 하면서 넙죽 받아들이고 그대로 사건을 종결지으면 되었다.

한스가 생각하기에 리스베트는 완전히 미친 여자였다. 그는 최소한 그녀가 사는 곳이라도 알아내려고 온갖 수법을 동원했었다. 하지만 거듭되는 심문에도 불구하고 빌어먹을 계집애는 뒤쪽 벽만 뚫어지게 응시할 뿐 돌덩이처럼 말이 없었다. 시종 꿈쩍도 하지 않고 앉아 있었다. 담배를 내밀어보고 커피나 음료도 권해봤지만 다 거절당했다. 심지어는 애원하고 결국 화가 치밀어 언성을 높여도 전혀 반응이 없었다.

이렇게 울화통 터지는 심문은 처음이었다.

그는 한숨을 쉬었다.

"안니카 씨." 이윽고 리샤르드가 입을 열었다. "전 당신의 의뢰인이 이 재판을 면제받아야 한다고 생각합니다. 그녀는 환자예요. 뛰어난 자격을 갖춘 전문가가 실시한 정신감정 결과를 토대로 말씀드리는 겁니다. 그녀는 지난 세월 동안 자신에게 절실히 필요했던 정신의학 치료를 받아야 한단 말입니다."

"그럼 그 사실을 법정에서 얘기하시면 되겠군요."

"네, 그렇게 할 겁니다. 당신의 변호 방침에 대해 충고하는 건 내 일이 아니죠. 하지만 정말 그렇게 나온다면 상황이 우스워집니다. 이 진술서에는 무분별하고 근거도 없이 많은 이들을 고발하는 내용이 담겨 있습니다…… 특히 그녀의 후견인이었던 닐스 비우르만 변호사와 페테르 텔레보리안 박사를 고발하고 있죠. 아무런 증거도 없이 페테르 박사를 문제삼는 이런 이야기를 설마 법정이 받아들일 거라고 생각하는 건 아니겠죠? 이 진술서는 당신 의뢰인의 관—내 표현이 과하다면 용서하세요—에 마지막 못을 박게 할 뿐이에요!"

"알겠습니다."

"재판중에 당신은 그녀가 환자라는 사실을 부정하고 보충적인 정신감정을 요구할 수 있어요. 그럼 이 사안은 스웨덴 국립과학수사연구소로 넘어가겠죠. 하지만 다른 법의학자들도 리스베트의 진술서를 보면 페테르 박사와 똑같은 결론에 도달할 겁니다. 이건 그녀가 편집증적 정신분열을 앓고 있다는 명백한 증거가 될 뿐이라고요."

안니카가 정중한 미소와 함께 대꾸했다.

"또다른 가능성도 있죠."

"무슨 말이죠?"

"그녀가 쓴 진술서가 확실한 진실이고, 법정이 이를 믿어준다는 가능성이죠."

순간 리샤르드의 얼굴에 놀란 기색이 떠올랐다. 하지만 그는 이내 점잖은 미소를 지으며 턱수염을 어루만졌다.

프레드리크 클린톤은 그의 방 창가에 앉아 있었다. 그는 예오리 뉘스트룀과 요나스 산드베리가 하는 말을 주의깊게 들었다. 얼굴은 주름투성이였지만 바짝 집중한 눈은 날카롭게 빛났다.

"우린 지난 4월부터 〈밀레니엄〉 직원들의 전화와 메일을 감시해왔어." 프레드리크가 입을 열었다. "미카엘 블롬크비스트, 말린 에릭손, 그리고 헨리 코르테스가 거의 체념한 상태란 걸 알 수 있었지. 〈밀레니엄〉 다음 호의 개요도 읽어봤네. 심지어 미카엘마저 한 걸음 물러나 결국 리스베트에게 정신적으로 문제가 있는 게 아니냐는 관점을 취하는 듯했지. 그녀를 옹호하긴 했지만 사회적 차원의 주장이었어. 마땅히 받아야 할 사회적 원조를 받지 못했다, 따라서 자기 생부를 죽이려 했다면 그건 그녀의 잘못이 아니다…… 하지만 이건 공허한 일반론일 뿐 변론이라고 할 수도 없어. 그리고 자기집을 침입당한 일에 대해 한마디도 언급하지 않았어. 예테보리에서 여동생이 공격당한 일, 보고서들이 사라진 일에 대해서도 아무 말이 없었고. 그는 자신이 아무것도 증명할 수 없다는 걸 잘 알 거야."

"바로 그게 문제입니다." 요나스가 말을 받았다. "상식적으로 생각하면 지금 그는 뭔가가 이상하다고 느껴야 정상이에요. 그런데 주위에서 일어나는 이상한 일들을 하나같이 무시해버리고 있단 말입니다. 제 생각에 이건 전혀 〈밀레니엄〉 스타일이 아닙니다. 게다가 에리카 베리에르까지 복귀했는데도 이번 호에 아무런 내용이 없어서 장난처럼 느껴질 정도예요."

"그럼 자네 말은…… 이게 트릭이란 말인가?"

요나스가 고개를 끄덕였다.

"〈밀레니엄〉 여름 호는 원래는 지난 6월 마지막 주에 나왔어야 합니다. 말린 에릭손이 미카엘에게 보낸 메일들을 읽어보면, 쇠데르텔리에의 인쇄소에서 여름 호를 찍어내기로 되어 있습니다. 그런데 오늘 아침에 전화를 걸어 확인해보니 아직까지 인쇄용 원고를 못 받았답니다. 한 달 전에 받은 견적서 한 장이 전부라는군요."

"흐음……" 프레드리크가 낮게 신음했다.

"그들이 전에는 어디서 인쇄했지?"

"모른고바에 있는 할빅스 레클람이라는 인쇄소입니다. 거기에도 전화를 걸어 〈밀레니엄〉 직원인 양 지금 얼마나 인쇄가 진척됐는지 물어봤습니다. 그런데 별다른 말이 없더군요. 그래서 오늘 저녁에 한 번 들러볼까 합니다."

"예오리, 당신도 얘기할 게 있나?"

"지난주부터 그들 사이에 오간 통화 내용을 전부 검토했습니다. 그런데 이상하게도 〈밀레니엄〉 직원들 가운데서 재판이나 살라첸코 사건에 관해 얘기하는 사람이 하나도 없었습니다."

"아무 얘기도?"

"전혀요. 유일하게 외부 사람들과 대화할 때만 언급할 뿐이에요. 이걸 한번 들어보시죠. 블롬크비스트가 〈아프톤블라데트〉 기자로부터 전화를 받은 것입니다. 곧 있을 재판에 대해 논평할 게 있느냐고요."

예오리가 녹음기를 켜냈다.

—미안해. 별로 할말이 없어.

—이 사건에 처음부터 관여해왔잖아? 고세베르가에서 리스베트도 찾아냈고. 그런데 자네 아직 아무것도 얘기하지 않았어. 대체 언제 발표할 생각인 거야?

—적당한 때에. 발표할 거리가 생기면.

—그럼 내놓을 게 있다는 거야?

—글쎄, 궁금하면 〈밀레니엄〉을 사서 읽어보라고.

예오리가 녹음기를 멈췄다.

"전에는 생각해보지 못했죠. 시간을 거슬러올라가 아무 통화나 골라서 들어봤습니다. 그런데 항상 똑같은 식이더군요. 살라첸코 사건에 대해선 거의 아무것도 말하지 않아요. 극히 일반적인 얘기만 하고 있어요. 심지어는 리스베트의 변호를 맡은 여동생과도 그 얘기를 하지 않습니다."

"정말로 할말이 없는 건지도 모르잖나?"

"지금 그는 의문을 품거나 추측해보는 모습을 전혀 보이지 않고 있어요. 그런데 〈밀레니엄〉 사무실에서는 24시간 지내는 모양인지 벨만스가탄에 있는 집에는 들어가는 일이 거의 없습니다. 이렇게 밤낮으로 일하고 있다면 〈밀레니엄〉 다음 호에는 훨씬 알맹이 있는 내용이 있어야 정상 아니겠어요?"

"사무실에 도청장치를 설치할 가능성은 여전히 없는 건가?"

"없습니다." 요나스가 끼어들었다. "밤낮으로 항상 사람이 있습니다. 이 점 역시 의심스럽습니다."

"흐음."

"우리가 미카엘의 집에 침입했던 그날 이후로 언제나 사람이 있었습니다. 미카엘은 틈만 나면 사무실로 가고, 불도 항상 켜져 있고요. 그가 없을 땐 헨리 코르테스나 말린 에릭손, 아니면 크리스테르 말름이 있습니다."

프레드리크는 턱을 문지르며 잠시 생각에 잠겼다.

"오케이. 그럼 결론은?"

예오리가 잠시 머뭇거렸다.

"그러니까…… 다른 식으로 설명할 수 없다면, 지금 그들은 연극을 하고 있다고 생각해볼 수 있습니다."

프레드리크의 목덜미에 한기가 스쳤다.

"그런데 어떻게 지금까지 모르고 있었지?"

"우리가 그들이 말하는 것만 듣고 말하지 않는 건 파악하지 못했기 때문입니다. 전화나 메일을 감시하면서 그들이 당황하는 꼴을 보며 그저 좋아했을 뿐이죠. 미카엘은 자신과 여동생이 갖고 있던 1991년 보고서를 누군가가 훔쳐갔다는 걸 알았습니다. 그렇다면 그가 어떻게 반응했을지는 너무나도 뻔한 일 아닙니까?"

"그들이 습격당하고 나서 경찰에 신고하지 않았나?"

예오리가 고개를 저었다.

"리스베트가 심문받을 때마다 안니카 잔니니가 참석했어요. 정중한 태도로 일관하면서 별다른 얘기는 전혀 하지 않았습니다. 리스베트도 아무 말 없었고요."

"그렇다면 우리에게 유리한 게 아닌가? 그녀가 입을 다물수록 우리에게 좋으니까. 리샤르드는 뭐라고 말했지?"

"두 시간 전에 그를 만나고 왔습니다. 리스베트가 직접 쓴 진술서를 받았다면서 보여주더군요."

그가 프레드리크의 무릎 위에 사본을 올려놨다.

"지금 리샤르드는 당황하고 있어요. 외부자의 눈에 이 진술서가 외설적이고 비정상적인 음모론으로 보일 수 있다는 점은 다행입니다. 하지만 그녀가 과녁에 아주 가깝게 화살을 쏜 것도 사실입니다. 자신이 상트스테판 정신병원에 갇혔을 때 있었던 일을 정확하게 서술했고, 살라첸코가 세포를 위해 일했다고도 주장하고 있어요. 그녀는 이 모든 게 세포 내 어떤 집단과 연결되어 있다고 추정합니다. 다시 말해 섹션 같은 무언가가 존재한다고 의심하는 거죠. 전체적으로 우리를 매우 정확히 묘사하고 있습니다. 일반인이 본다면 그리 믿기지 않을 이야기지만요. 어쨌든 안니카 잔니니가 이런 내용을 바탕으로 변론을 펼칠 모양이라 리샤르드는 상당히 곤혹스러워하고 있습니다."

"빌어먹을!" 프레드리크가 외쳤다.

그는 고개를 숙이고는 몇 분간 골똘히 생각에 잠겼다. 그리고 이내 머리를 들어올렸다.

"요나스, 저녁에 모론고바로 가서 뭘 만들고 있는지 살펴보도록. 〈밀레니엄〉을 인쇄하고 있으면 하나 구해오고."

"네. 팔룬을 데리고 가겠습니다."

"좋아. 예오리는 오후에 리샤르드를 찾아가서 상태가 어떤지 한번 보고 오게. 지금까진 모든 게 순조롭게 진행됐어. 하지만 이젠 자네들이 해준 이야기들을 그냥 지나칠 수 없겠군."

"그렇죠."

프레드리크는 다시 한동안 입을 다물었다가 이렇게 말했다.

"가장 좋은 결과는…… 아예 재판이 열리지 못하게 하는 거야."

그는 고개를 들어 예오리의 눈을 똑바로 쳐다보았다. 예오리와 요나스가 고개를 끄덕였다. 그들은 서로의 생각을 잘 이해하고 있었다.

"예오리, 우리가 어떤 행동들을 취할 수 있을지 알아보도록."

요나스 산드베리와 팔룬으로 불리는 열쇠공 라르스 파울손은 철로에서 조금 못 미친 곳에 차를 세워놓고 걸어서 모론고바 마을을 가로질렀다. 저녁 8시 30분이었다. 아직 일을 벌이기엔 날이 너무 밝았고 시간도 일렀지만 건물과 근처 지형을 둘러보고 싶었다.

"건물에 경보장치가 있으면 문 안 따요." 팔룬이 경고했다. "그럴 땐 창문으로 들여다보는 게 나아요. 뭔가 눈에 띄면 돌로 유리창을 깨고 들어가 물건을 챙겨서 죽어라 도망치자고요."

"좋습니다." 산드베리가 동의했다.

"필요한 게 잡지 한 부뿐이라면 건물 뒤 폐기물통을 뒤져보는 것도 괜찮을 거고요. 분명 불량품이나 시험 삼아 뽑아본 것들이 있을 테니까."

할빅스 레클람 인쇄소는 나지막한 벽돌 건물이었다. 그들은 도로 반대편에서 건물 남쪽으로 다가가고 있었다. 요나스가 도로를 건너려는데 팔룬이 팔을 붙잡았다.

"똑바로 계속 가요."

"왜요?"

"그냥 산책하는 것처럼 똑바로 가라고요."

그들은 인쇄소 앞을 지나쳐 동네를 한 바퀴 돌았다.

"무슨 일인데 그럽니까?"

"눈 좀 크게 뜨고 다녀요. 여기엔 경보장치만 있는 게 아니라고. 건물 옆에 자동차 한 대가 서 있잖아요."

"그 안에 누가 타고 있단 말입니까?"

"밀톤 시큐리티 요원들이요. 제기랄! 인쇄소를 철통같이 지키고 있군."

"밀톤 시큐리티?" 프레드리크가 입을 딱 벌렸다. 명치를 한 대 얻어맞은 듯 큰 충격이었다.

"팔룬이 아니었다면 그대로 덫에 걸려들 뻔 했습니다."

"이거 아주 수상쩍군요." 예오리가 말했다. "시골 구석에 처박힌 조그만 인쇄소가 밀톤 시큐리티를 고용할 이유가 없잖습니까?"

프레드리크가 고개를 끄덕였다. 입술은 일자로 꽉 다물었다. 벌써 밤 11시, 쉬어야 할 시간이었다.

"〈밀레니엄〉이 뭔가를 꾸미고 있다는 얘기죠." 요나스가 말을 받았다.

"그래, 이제 분명히 알겠어." 프레드리크가 말했다. "오케이. 상황을 분석해보지. 우리가 상상할 수 있는 최악의 시나리오는 뭘까? 그들은 무얼 알고 있을까?"

그는 예오리에게 한번 대답해보라고 눈짓을 했다.

"1991년 보고서와 관계가 있겠죠. 그들은 사본을 도난당한 후 경비를 강화했어요. 자기들이 감시당하고 있다는 걸 알아챈 게 분명합니다. 최악의 경우엔 또다른 사본을 가지고 있을 수도 있고요."

"미카엘은 그걸 잃어버리고 완전히 절망에 빠졌었는데."

"그랬죠. 하지만 우릴 멋지게 속였을 수도 있죠. 그 가능성을 무시해선 안 됩니다."

프레드리크가 고개를 끄덕였다.

"그럼 그 가능성을 전제하고 생각해보지. 요나스?"

"리스베트의 변호 방침을 알게 된 건 우리에게 유리합니다. 그녀는 자신이 경험한 진실을 그대로 얘기하고 있습니다. 자서전이라 할 만한 그 진술서를 한번 더 읽어봤어요. 사실 우리에게 득이 될 수 있는 자료입니다. 그녀가 당한 강간과 인권침해를 고발하는 내용들이 너무도 심각해서 허언증 환자가 떠벌리는 헛소리로 느껴지니까요."

"게다가 그녀는 자신의 주장을 어느 한 부분도 증명할 수 없을 겁니다. 리샤르드는 이 진술서를 오히려 그녀를 공격하는 무기로 사용할 테고요. 그녀의 신뢰성을 박살내버리겠죠." 예오리가 고개를 끄덕이며 말했다.

"네. 그런 점에서 페테르 박사가 새로 쓴 소견서는 나무랄 데가 없습니다. 물론 안니카 변호사가 전문가를 출석시켜 리스베트는 정상이라고 주장할 수 있습니다. 그럼 모든 건 과학수사연구소 법의학부로 넘어가겠죠. 거기서도 사정은 같을 겁니다. 만일 리스베트가 같은 전략을 고수한다면, 그러니까 법의학부에서도 입을 열지 않는다면 그들은 페테르가 옳았고, 그녀에겐 정신적으로 문제가 있다는 결론을 내릴 겁니다. 리스베트에게 최악의 적은 그녀 자신인 셈이죠."

"그래도 재판 자체를 막는 게 가장 좋은데……" 프레드리크가 말했다.

예오리가 고개를 저었다.

"그건 현실적으로 불가능해요. 그녀는 지금 크로노베리 구치소에 있으면서 다른 수감자들과도 접촉하지 못하고 있습니다. 하루에 한 시간씩 옥상에서 운동할 수 있지만 우리가 접근할 수 없는 곳이고요. 구치소 직원 중에도 우리가 선을 댈 수 있는 사람은 없습니다."

"그렇군."

"그녀에게 손을 대려면 살그렌스카 병원에 있을 때 해야 했어요. 이제는 여건상 암살자가 붙잡힐 가능성이 거의 백 퍼센트입니다. 그리고 이런 일을 받아들일 사람을 어디 가서 구하겠습니까? 자살이나 사고로 꾸미기에는 시간이 너무 부족해요."

"나도 그렇게 생각했네. 갑자기 죽으면 의심을 살 수도 있고. 오케이. 법정에서 일이 어떻게 진행되는지 두고 보지. 실질적으로 변한 건 아무것도 없네. 그들이 반격하리라는 건 줄곧 예상했었으니까. 이른바 이 자서전이 그 반격인 모양이군."

"문제는 〈밀레니엄〉입니다." 요나스가 지적하자 다들 고개를 끄덕였다.

"〈밀레니엄〉과 밀톤 시큐리티지." 프레드리크가 생각에 잠겨 말했다. "리스베트는 드라간 아르만스키 밑에서 일했어. 미카엘은 그녀와 얽혀 있고. 그렇다면 그들이 힘을 합쳤다고 결론을 내릴 수 있을까?"

"잡지를 찍어내고 있는 인쇄소를 밀톤이 경비하고 있는 걸 보면 충분히 가능한 얘기죠. 우연일 리는 없으니까요."

"오케이. 그렇다면 잡지를 언제 발표할 생각일까? 요나스, 〈밀레니엄〉이 정상적인 출간일을 넘긴 지 벌써 이 주째라고 했지. 아무도 인쇄물에 손대지 못하게 밀톤이 지키고 있는 거라면 두 가지로 생각해볼 수 있겠군. 〈밀레니엄〉이 사전에 유출되어선 안 되는 무언가를 발표하려 하거나, 어쩌면 이미 그 내용이 인쇄되어 있거나."

"재판이 시작되는 시점에 맞춰서 말이죠." 요나스가 말했다. "그렇게밖에는 설명이 안 되죠."

프레드리크가 고개를 끄덕였다.

"대체 어떤 내용이 실렸을까? 최악의 시나리오는 뭐지?"

세 사람은 오랫동안 곰곰이 생각했다. 침묵을 깬 건 예오리였다.

"아까 말했다시피 최악의 상황은 그들이 1991년 보고서의 사본을 갖고 있는 겁니다."

프레드리크와 요나스가 고개를 끄덕였다. 그들 역시 동일한 결론에 이르러 있었다.

"문제는 그들이 그걸 가지고 무얼 할 수 있느냐는 겁니다." 요나스가 말했다. "그 보고서에 직접 연루된 사람은 군나르 비에르크와 페테르 텔레보리안입니다. 군나르는 죽었으니 그들은 페테르를 압박할 겁니다. 하지만 그는 지극히 통상적인 방식으로 정신감정을 행했다고 주장할 수 있습니다. 양자의 주장이 맞서는 상황에서 모든 혐의를 부정해야겠죠."

"그들이 보고서를 발표해버리면 우린 어떻게 대응해야 하죠?" 예오리가 물었다.

"조커를 쓸 수 있을 듯하네." 프레드리크가 대답했다. "만일 보고서 때문에 파문이 일면 세간의 시선은 섹션이 아니라 세포로 쏠릴 걸세. 그리고 기자들이 문제를 제기하면 세포는 문헌고에서 보고서를 꺼내들면 돼."

"그건 같은 보고서가 아니죠." 요나스가 고개를 끄덕였다.

"맞아. 우리가 리샤르드 검사에게 건넸던 조작된 보고서를 알베르트 사무처장이 세포 문헌고에 넣었어. 일련번호까지 붙여서 말이야. 그때 재빨리 정보를 흘리면서 언론몰이에 들어가면 돼. 게다가 닐스 비우르만이 입수했던 원본은 우리한테 있고, 미카엘이 가진 건 사본뿐이지. 우린 보고서를 날조한 장본인이 미카엘임을 암시하는 정보까지 퍼뜨릴 수 있어."

"좋습니다. 〈밀레니엄〉이 또 무얼 알고 있을까요?" 다시 예오리가 물었다.

"우선 그들은 섹션을 알지 못합니다. 불가능한 일이죠. 따라서 세포에 집중할 겁니다. 그러면 미카엘은 음모론자로 보일 뿐이고, 세포는 그가 헛소리를 한다고 주장하면 됩니다."

"한데 이름깨나 알려진 인물이란 말이지." 프레드리크는 느릿느릿 말했다. "벤네르스트룀 사건 이후 사람들이 그를 꽤 신뢰한다고."

예오리가 고개를 주억거렸다.

"신뢰도를 떨어뜨릴 방법이 없을까요?" 요나스가 물었다.

예오리와 프레드리크는 시선을 교환했다. 이내 동시에 고개를 끄덕였다. 프레드리크가 다시 예오리를 쳐다보았다.

"어디서 구해볼 수 없겠나? 코카인 50그램 정도."

"어쩌면 유고슬라비아 애들한테서 가능할 겁니다."

"오케이. 한번 시도해보지. 시간이 촉박하네. 재판이 이틀 후니까."

"아니, 그건 너무……" 요나스가 항의하려 했다.

"우리 직업만큼이나 오래된 비책이야. 여전히 효과적이지."

"모론고바?" 토르스텐 에드클린트가 미간을 찌푸리며 되물었다. 모니카에게서 전화가 걸려왔을 때 그는 가운 차림으로 거실 소파에 앉아 리스베트의 진술서를 세번째 읽고 있었다. 자정이 훨씬 넘은 시각에 전화가 온 걸 보면 수상쩍은 일이 일어난 모양이었다.

"네, 모론고바요." 모니카가 대답했다. "요나스 산드베리와 라르스 파울손이 저녁 8시 30분경에 그곳에 갔습니다. 얀 형사 팀의 쿠르트 스벤손이 그들을 미행했어요. 그들 차에 부착해둔 위치추적기 덕분에 쉽게 따라갔죠. 구 역사 근처에 차를 세워놓고 마을을 조금 어정거리다 다시 차로 돌아와 스톡홀름으로 왔다고 합니다."

"거기서 누군가를 만난 건가?"

"아뇨. 그게 이상합니다. 그저 차에서 내려 마을을 한 바퀴 돌더니 다시 차에 올라 스톡홀름으로 돌아온 거예요."

"그럼 왜 밤 12시가 넘은 이 시간에 전화를 한 건가?"

"저희도 알아내는 데 시간이 좀 걸렸습니다. 그들은 할빅스 레클람이라는 인쇄소 앞을 지난 거였어요. 미카엘에게 물어보니 바로 거기에서 잡지를 인쇄했다고 합니다."

"이런 젠장." 토르스텐이 신음했다. 그는 거기에 담긴 의미를 곧바로 이해했다.

"팔룬이 낀 걸 보면 아마 인쇄소 안으로 들어갈 생각이었나 봅니다. 하지만 중간에 그만뒀죠."

"왜지?"

"미카엘이 드라간 씨에게 잡지가 배포될 때까지 인쇄소를 경비해달라고 의뢰했거든요. 그들은 아마 밀톤 시큐리티의 차량을 보았을 겁니다. 부장님께 이 정보를 빨리 알려드리는 게 좋을 것 같아 전화했고요."

"잘했어. 그렇다면 그들이 무언가 낌새를 챘다는 건데……"

"밀톤 차량을 본 순간 머릿속에 비상벨이 울렸을 겁니다. 요나스는 팔룬을 동네에 내려주고 아르틸레리가탄 건물로 돌아왔어요. 그 안에 프레드리크 클린톤이 있는 게 분명하고요. 요나스와 거의 같은 시간에 예오리 뉘스트룀도 도착했습니다. 이제 그들이 어떻게 나올까요?"

"재판이 수요일에 시작되지…… 미카엘에게 전화해서 사무실 경비를 강화하라고 알려줘. 앞으로 무슨 일이 벌어질지 모르니까."

"그쪽 보안은 이미 철통같습니다. 도청되는 전화들을 이용해 연막을 피우는 방식은 프로가 울고 갈 정도예요. 미카엘이 얼마나 편집광인지, 우리도 배워둘 만한 교란술들을 개발해냈더군요."

"오케이. 그래도 전화는 해주도록 해."

모니카는 머리맡 테이블 위에 전화기를 내려놨다. 그러고는 눈을 들어 침대 머리판에 비스듬히 기대고 앉아 있는 알몸의 미카엘을 쳐다보았다.

"당신한테 전화해서 사무실 경비를 강화하라고 전하래요."

"귀중한 정보, 대단히 고맙습니다." 그가 건조하게 대꾸했다.

"난 지금 심각하게 말하는 거예요. 만일 그들이 무언가 낌새를 챘다면 앞뒤 가리지 않고 행동할 수 있다고요. 언제든 쳐들어올 수 있어요."

"오늘밤엔 헨리가 거기서 자요. 삼 분 거리에 있는 밀톤 시큐리티에 직통으로 연결된 경보장치도 있고."

미카엘은 잠시 입을 다물었다가 이렇게 웅얼댔다.

"그래…… 편집광?"

24장
7월 11일 월요일

밀톤 시큐리티의 수산네 린데르가 미카엘의 파란색 에릭손 T10에 전화를 걸어온 건 월요일 아침 6시였다.

"잠도 없습니까?" 미카엘이 잠이 덜 깬 목소리로 항의했다. 그러면서 모니카를 힐끗 쳐다보았다. 벌써 깨어나 옆에 서 있는 그녀는 운동복 반바지 차림이었지만 아직 티셔츠를 걸칠 시간은 없었던 모양이었다.

"왜 없겠어요. 하지만 야간 당직자 때문에 깼어요. 당신 아파트에 설치한 경보장치가 새벽 3시경에 울렸다고요."

"그랬나요?"

"무슨 일이 일어난 건지 직접 달려가서 봤는데 상황이 좀 이상해요. 아침에 밀톤 사무실로 와줄 수 있어요? 가능하면 지금 당장 오시고요."

"이거, 일이 심각해지는군." 드라간이 말했다.

그들이 밀톤 회의실 모니터 앞에 자리를 잡은 건 아침 8시도 채 안된 시각이었다. 거기에는 드라간, 미카엘, 그리고 수산네가 있었다. 그리고 솔나 경찰서 강력반 형사 출신에 지금은 밀톤 출동팀장인 예순두 살의 요한 프레클룬드와 리스베트 사건에 처음부터 관여해온 소니 보만도 드라간의 지시를 받고 나와 있었다. 다들 수산네가 보여준 영상을 두고 곰곰이 생각에 빠져 있었다.

"오늘 새벽 3시 17분에 요나스 산드베리가 미카엘 씨의 아파트 문을 열고 들어갔습니다. 그에겐 열쇠가 있었어요…… 다들 기억하실 겁니다. 몇 주 전 팔룬이라는 열쇠공과 예란 모르텐손이 아파트에 침입했을 때 열쇠를 복사해 갔죠."

드라간이 심각한 얼굴로 고개를 끄덕였다.

"그는 집안에서 팔 분 조금 넘게 있었습니다. 우선 주방에서 비닐봉투를 하나 찾아내더니 그 안에 무언가를 채웠습니다. 그리고 거실에 있는 스피커 뒤판의 나사를 푼 후 그 안에다 봉지를 집어넣었죠."

"흐음." 미카엘이 신음했다.

"그가 주방에서 봉투를 찾았다는 게 매우 수상합니다."

"콘숨 슈퍼마켓에서 가져온 봉지예요." 미카엘이 설명했다. "치즈 같은 걸 넣어두려고 버리지 않고 두었죠."

"저도 그렇게 해요. 여기서 수상하다는 건 봉투에 당연히 당신 지문이 남아 있기 때문이에요. 어쨌든 그리고 나서 이자는 현관으로 가 폐지 바구니에서 날짜가 지난 〈SMP〉 신문을 한 장 꺼내왔습니다. 그걸로 무언가를 싸서 옷장 위 칸에 올려놓았어요."

"흐음." 미카엘이 다시 한번 신음했다.

"이번에도 마찬가지죠. 신문에 당신 지문이 남아 있어요."

"그렇겠죠."

"제가 아파트에 들어간 건 새벽 5시경이었습니다. 그리고 재미있는 걸 발견했죠. 지금 미카엘 씨의 스피커 속에는 코카인 180그램이

들어 있습니다. 이게 내가 가져온 견본 1그램이고요."

수산네가 회의실 테이블 위에 증거물 봉투를 내려놨다.

"옷장 속엔 뭐가 있었죠?" 미카엘이 물었다.

"현금 약 12만 크로나."

드라간이 수산네에게 영상을 멈추라고 말했다. 그는 요한 프레클룬드를 쳐다보았다.

"미카엘 씨가 이젠 코카인 사업에 뛰어드셨군요." 요한이 사람 좋은 미소를 지으며 말했다. "저들이 이제는 슬슬 미카엘 씨가 하고 있는 일이 걱정되는 모양입니다."

"이건 일종의 반격입니다." 미카엘이 말했다.

"반격?"

"그자들이 어제 저녁 모론고바에서 밀톤 경비원들을 발견했어요." 미카엘은 모니카에게 들은 대로 요나스가 모론고바까지 찾아갔던 이야기를 전했다.

"쥐새끼 같은 놈!" 소니 보만이 혀를 찼다.

"그런데 왜 지금일까요?"

"재판이 시작됐을 때 〈밀레니엄〉이 발표할 기사 때문에 불안해하는 거겠죠." 요한이 말했다. "만일 미카엘 씨가 마약 밀매로 체포된다면 신뢰도가 바닥으로 떨어지지 않겠어요?"

수산네가 고개를 끄덕였다. 미카엘은 왠지 모르게 의심에 찬 얼굴이었다.

"그럼 이 상황에 우린 어떻게 대처해야 하죠?" 드라간이 물었다.

"그냥 가만히 있으면 됩니다." 요한이 제안했다. "우린 손에 쥔 패가 많습니다. 무엇보다 요나스가 미카엘 씨의 아파트에 마약을 숨기는 모습을 잡은 훌륭한 영상이 있죠. 그들이 덫을 풀도록 놔두자고요. 그럼 우린 곧바로 결백을 증명할 수 있어요. 게다가 섹션이 저지른 범법행위에 대해 증거를 하나 더 확보할 수 있는 일이죠. 저 웃기는 놈들이 법정에 끌려올 때 내가 검사였으면 참 좋겠네요."

"글쎄요……" 미카엘이 천천히 입을 열었다. "재판은 모레 시작됩니다. 〈밀레니엄〉은 재판 시작 3일째인 금요일에 발간되고요. 만일 저들이 마약 밀매 혐의로 날 잡아 가두려고 한다면 발간일 전에 움직일 겁니다…… 그러면 잡지가 나오기 전까지 난 해명할 방법이 없겠죠. 감옥에 갇힌 채 재판의 시작을 놓치게 되는 겁니다."

"그렇다면 이번주는 어디서 숨어 지내는 게 어떻습니까?" 드라간이 제안했다.

"음…… TV4와 처리해야 할 일도 있고, 준비중인 다른 일들도 있어요. 지금은 그러기가 곤란해요……"

"그런데 왜 하필 지금일까요?" 수산네가 불쑥 물었다.

"무슨 말인지?" 드라간이 되물었다.

"그들이 미카엘 씨를 진창에 빠뜨리고 싶었다면 지금까지 석 달이라는 시간이 있었어요. 그런데 왜 이제 와서 움직이기 시작한 걸까요? 이젠 무슨 짓을 하든 잡지가 나오는 건 막을 수 없게 되어버렸는데요."

회의 테이블 주위에 잠시 침묵이 흘렀다.

"아마 〈밀레니엄〉이 무얼 발표할지 모르기 때문이 아닐까요?" 드라간이 사람들을 향해 천천히 말했다. "그들은 미카엘 씨가 뭔가 꾸미고 있다는 걸 알아요…… 하지만 1991년에 군나르가 쓴 보고서에 대해서만 알고 있을 거라고 생각하겠죠."

미카엘이 고개를 주억거렸다.

"다시 말해 그자들은 당신이 섹션 전체를 드러내려 한다는 걸 눈치채지 못한 겁니다. 만일 문제될 게 1991년 보고서 정도라면 당신의 명성을 더럽히는 걸로 충분하다고 생각했겠죠. 폭로할 내용들이 당신의 체포와 구속 소식에 파묻혀버릴 테니까. 그야말로 엄청난 스캔들이죠. 유명 기자인 미카엘 블롬크비스트가 마약 밀매로 체포된다면요. 징역 육 년에서 팔 년에 처할 범죄라고요."

"이 영상을 두 부 복사해줄 수 있겠습니까?" 미카엘이 물었다.

"뭐하려고요?"

"하나는 토르스텐 부장에게 줄 겁니다. 그리고 세 시간 후에 TV4 기자와 약속이 있어요. 만일 태풍이 몰아친다면 이걸 그대로 방송에 터뜨릴 준비를 해두는 게 낫지 않겠어요?"

모니카는 DVD 플레이어를 멈추고 테이블 위에 리모컨을 내려놓았다. 그들은 프리드헴스플란에 마련된 임시 사무실에서 만났다.

"코카인이라……" 토르스텐이 말했다. "그 인간들, 상당히 지저분하게 나오는군."

모니카는 생각에 잠긴 듯했고, 이내 미카엘을 흘깃 쳐다보았다.

"당신들한테 알려주는 게 가장 낫겠다고 생각했어요." 그가 어깨를 으쓱했다.

"정말 이건 마음에 안 드네요. 그자들, 과연 생각이 있는 건가요? 마약 밀매 혐의를 씌워서 감옥에 넣으려 들면 당신이 호락호락 당하고만 있을 거라고 생각했을까요?"

"그러게 말입니다."

"설사 유죄판결을 받는다 해도 사람들은 오히려 당신 말을 믿을 거예요. 〈밀레니엄〉 동료들도 조용히 있지는 않을 거고요."

"게다가 돈은 또 얼마나 많이 들어갔는지." 토르스텐이 혀를 찼다. "그러고 보니 예산이 상당한 모양이군요. 12만 크로나를 눈 하나 깜짝 않고 뿌려대는 걸 보면. 코카인 값은 따로 치더라도 말입니다."

"맞습니다." 미카엘이 말했다. "하지만 그들의 계획이 그렇게 나쁘진 않아요. 이렇게 하면 리스베트는 다시 정신병원으로 들어가고, 난 스캔들에 파묻힐 거라고 생각한 거죠. 그리고 세간의 관심이 섹션이 아닌 세포에 집중될 거라고 믿는 겁니다. 일단 이 정도만 만들어놔도 그들에겐 상당히 괜찮은 출발이죠."

"그런데 당신에게 혐의를 씌우려면 집을 압수수색해야 하는데, 마약단속반을 어떻게 설득하죠? 익명 제보자의 말 한마디만 듣고 유명 기자의 아파트 문을 부수고 들어갈 순 없습니다. 그 작전이 성공하려면 적어도 48시간 안에 당신에게 그럴 만한 혐의가 씌워져야 하죠."

"뭐, 그자들 스케줄을 내가 어찌 알겠습니까?" 미카엘이 어깨를 으쓱했다. 그저 지칠 뿐이었고, 이 모든 게 빨리 끝났으면 하는 심정이었다. 이내 그가 일어섰다.

"어디로 가죠?" 모니카가 물었다. "앞으로 며칠 동안은 당신이 있는 곳을 내가 파악하면 좋겠어요."

"오후에 TV4에 들러요. 저녁 6시에는 사미르스 그뤼타에서 에리카를 만나 양고기 요리를 먹기로 했고요. 보도자료를 같이 다듬어야 해서요. 밤에는 아마 사무실에 있을 겁니다."

에리카라는 말에 모니카의 눈이 약간 가늘어졌다.

"낮 동안에는 연락을 유지했으면 해요. 재판이 시작될 때까지는 긴밀하게 접촉하는 게 좋겠어요."

"오케이. 그럼 며칠간 아예 당신 집에 들어가 살면 어떨까요?" 미카엘이 농담하듯 빙그레 웃으며 말했다.

모니카의 얼굴이 어두워졌다. 그리고 이내 토르스텐의 눈치를 살폈다.

"모니카 말이 맞습니다. 이 모든 게 끝날 때까지 가급적 숨어 지내는 게 좋을 것 같아요. 만일 마약단속반에 잡히게 된다면 재판 전까지 아무 말도 하지 말고요."

"진정들 하세요." 미카엘이 말했다. "내가 겁에 질려 허둥대다 일을 망쳐버릴지도 모른다고 생각하시는 모양인데, 그럴 일은 전혀 없습니다. 내 일은 내가 알아서 할 테니 그쪽 일들이나 잘하세요."

TV4 기자는 미카엘이 넘겨준 영상을 보고 흥분을 감추지 못했다. 먹음직스러운 음식을 앞에 둔 것 같은 그녀의 표정에 미카엘은 미소를 지었다. 지난 일주일간 그들은 방송에 내보낼 섹션 자료들을 구하느라 이리저리 뛰어다녔다. 담당 PD와 보도국장도 이것이 특종감임을 알아보았다. 최소한의 관계자만 참여해서 극비리에 방송을 제작하기로 했다. 그들은 재판 사흘째 되는 날 방송해달라는 미카엘의 요구를 받아들였다. 그리고 이를 특별방송으로 편성하기로 결정했다.

미카엘이 이미 그녀에게 꽤 많은 사진을 제공했지만 움직이는 영상에 비할 수는 없었다. 신원이 확인된 경찰이 미카엘의 집안에 코카인을 숨기는 광경이 깨끗하게 찍힌 영상이라니. TV4 기자는 숨이 막힐 지경이었다.

"최고의 방송이 될 거야!" 그녀가 외쳤다. "제목은 '세포가 기자의 아파트에 코카인을 심는 현장' 어때?"

"세포가 아니고…… 섹션이야. 둘을 혼동하지 말라고."

"요나스 산드베리는 분명 세포에서 일하잖아?"

"맞아. 하지만 일종의 잠입요원으로 봐야 해. 경계를 명확히 하자고."

"오케이. 어쨌든 이 이야기의 주인공은 세포가 아니라 섹션이란 말이지. 그런데 미카엘, 어째서 이렇게 뜨거운 사건마다 꼭꼭 끼는 거지? 당신 말이 맞아. 이 년 전 벤네르스트룀 사건보다 훨씬 요란하게 터질 거야."

"내가 재능이 좀 있는 모양이지. 그런데 운명의 장난이랄까, 이 이야기는 벤네르스트룀 사건이 터지면서 시작된 거야. 1960년대 초반의 그 간첩 스캔들 말이야."

오후 4시, 에리카가 전화를 걸어왔다. 그녀는 지금 신문발행인협회와 미팅중이라고 했다. 그녀가 사임한 후로 〈SMP〉의 인력 삭감안과 관련해 언론계에서 심각한 분쟁이 일어났다. 그녀는 이 사태에 대한 자신의 관점을 언론사 대표들에게 피력하고 있었다. 그녀는 저녁 약속에 조금 늦겠지만 6시 30분까지는 도착하겠다고 했다.

프레드리크 클린턴의 휴게실은 이제 아르틸레리가탄 섹션 본부에서도 중앙사령실이 됐다. 요나스는 프레드리크를 부축해 휠체어에서 침대로 몸을 옮길 수 있도록 도왔다. 그는 오후 내내 투석을 받고 방금 돌아왔다. 백 년을 산 사람처럼 어마어마한 피로감을 느꼈다. 지난 며칠간 잠 한숨 이루지 못한 그는 이 모든 일이 빨리 끝나기만을 바랄 뿐이었다. 그가 침대 위에 미처 자리잡기도 전에 문이 열리고 예오리가 들어왔다.

프레드리크는 남은 힘을 간신히 끌어모아 입을 열었다.

"그래, 준비는?"

예오리가 고개를 끄덕였다.

"니콜리치 형제를 만나고 왔습니다. 비용은 5만 크로나."

"그 정도는 댈 수 있네."

빌어먹을, 내가 몸만 젊다면……

그는 고개를 돌려 예오리와 요나스를 차례로 살폈다.

"마음에 거리끼는 건?"

둘 다 고개를 저었다.

"언제지?" 그가 다시 물었다.

"24시간 안에 합니다." 예오리가 대답했다. "미카엘이 어디에 있는지 찾아내는 게 몹시 힘들어요. 최악의 경우엔 잡지사 건물 앞에서 할 수도 있습니다."

프레드리크가 고개를 끄덕였다.

"어쩌면 오늘 저녁에 기회가 있을지도 모르겠습니다." 요나스가 끼어들었다. "두 시간 후에요."

"그래?"

"조금 전 에리카가 그에게 전화했어요. 저녁에 둘이 사미르스 그뤼타에서 만난다고 합니다. 벨만스가탄 쪽에 있는 레스토랑이죠."

"베리…… 에르……" 프레드리크가 천천히 이름을 발음해봤다.

"내 생각에 절대로 그녀는……" 예오리가 입을 뗐다.

"반드시 나쁘다고만 할 순 없습니다." 요나스가 말을 잘랐다. "한번 정리해보죠. 지금 우리에게 가장 큰 위협은 미카엘입니다. 〈밀레니엄〉 다음 호에 뭔가를 발표할 가능성이 큽니다. 그걸 우리가 막을 순 없는 상황이고요. 따라서 그의 신뢰도를 실추시킬 필요가 있습니다. 만일 그가 범죄조직의 거래에 휘말린 듯한 상황에서 살해되고 뒤이어 경찰이 집에서 마약과 현금을 발견한다면 담당 수사관들은 모종의 결론을 이끌어낼 겁니다. 어쨌든 세포와 관련된 음모론을 캐진 않을 테고요."

"계속해보게." 프레드리크가 말했다.

"그리고 에리카 베리에르는 그의 애인이죠." 요나스는 한층 힘주어 말을 이었다. "즉, 그녀는 불륜을 저지르는 기혼자입니다. 만일 그녀도 급작스레 죽게 된다면 또다른 억측들이 쏟아져나오지 않겠습니까?"

나머지 둘은 시선을 교환했다. 요나스는 연막을 치는 데 타고난 재능이 있었다. 그는 아주 빨리 배웠다. 하지만 예오리와 마찬가지로 프레드리크 역시 잠시 멈칫했다. 생사를 결정하는 순간에 요나스는 항상 거침이 없었다. 좋은 조짐은 아니었다. 살인은 반드시 어쩔 수 없는 상황에서만 이루어져야 하는 법이다. 아무 때나 휘두를 수 있는 칼이 아니라 다른 대안이 없을 때 쓰는 특단의 조치였다.

프레드리크는 고개를 저었다.

콜래트럴 데미지…… 불현듯 그는 이 모든 걸 이끌어나가는 일이 역겹게 느껴졌다.

국가를 위해 평생을 봉사한 우리가 이젠 비천한 살인범이 됐어……

살라첸코의 경우는 필요했다. 군나르 비에르크는…… 유감스러웠지만 결국은 에베르트가 옳았다. 군나르는 무너져내렸을 것이다. 미카엘은…… 아마 필요한 경우이리라. 하지만 에리카는 아무 잘못 없는 목격자에 불과하다.

그는 요나스를 흘깃 쳐다보았다. 부디 이 젊은 친구가 사이코패스로 변하는 일만은 없기를 바랐다.

"니콜리치 형제들은 얼마나 알고 있지?"

"아무것도요. 우리에 대해 아무것도 모릅니다. 그들을 만난 건 저뿐이에요. 신분을 위장했으니 정체를 추적할 수 없을 겁니다. 이 살인이 인신매매와 얽힌 일이라고 알고 있습니다."

"일을 치르고 나면 니콜리치 형제들은 어떻게 되는 건가?"

"즉각 스웨덴을 뜹니다." 예오리가 계속 설명했다. "군나르 때와 똑같죠. 이후 경찰 수사에서 큰 결과가 안 나오면 몇 주 후에 조용히 입국할 수 있습니다."

"방법은?"

"시칠리아 스타일입니다. 아주 간단하죠. 미카엘에게 접근해 탄창을 비워버리고 자리를 뜨는 겁니다."

"무기는?"

"그들에게 기관단총이 한 정 있습니다. 종류는 모르겠고요."

"제발 온 식당에 대고 갈기는 일은 없었으면 좋겠는데……"

"걱정 안 하셔도 됩니다. 차분한 친구들인데다 할 일을 정확히 알고 있습니다. 하지만 만일 에리카가 미카엘과 같은 테이블에 앉아 있다면……"

콜래트럴 데미지.

"내 얘기 잘 듣게." 프레드리크가 둘을 향해 말했다. "우리가 이 일에 연루됐다는 걸 비리에르 바덴셰가 알아선 절대 안 돼. 특히 에리카가 희생될 경우에는. 그렇잖아도 극심한 압박감에 폭발하기 직전인 사람이니. 이 일이 끝나면 은퇴시켜야 할지도 모르겠어."

예오리가 고개를 끄덕였다.

"다시 말해 미카엘이 살해됐다는 소식을 듣게 되면 연극을 해야 한다는 얘기지. 비상회의를 소집해서 다들 놀란 척해야 해. 배후에 누가 있을지 추측해보되 경찰이 증거물을 찾아내기 전까진 마약 얘기를 입 밖에 내서는 안 된다는 걸 명심하게."

미카엘이 TV4의 기자와 헤어진 건 5시가 조금 안 됐을 때였다. 그들은 자료 가운데 애매한 부분들을 정리했다. 그런 다음 미카엘이 메이크업을 하고 긴 분량의 인터뷰를 촬영했다.

여러 번 다시 촬영해야 했던 부분이 있었다. 기자가 던진 질문 가운데 그가 아무리 애를 써도 명쾌하게 답변하기 어려웠던 것이 하나 있었다.

이른바 국가공무원이라는 사람들이 살인까지 범했다고 말씀하셨는데, 이런 일이 어떻게 가능한 거죠?

TV4 기자가 묻기 이전에 미카엘이 스스로 고민했던 질문이기도 했다. 물론 섹션은 살라첸코를 심각하게 위협적인 존재로 간주했겠지만 이것만으론 만족스러운 대답이 될 수 없었다. 그리고 그가 내놓은 답변 역시 만족스럽지 못하기는 마찬가지였다.

"제가 생각해낼 수 있는 유일한 설명은 이렇습니다. 세월이 흐름에 따라 섹션은 진정한 의미의 광신집단으로 변해갔습니다. 점점 크누트뷔파*나 짐 존스 목사** 같은 사람들이 되어간 거죠. 자신들만의 율법을 세우고, 그 고립된 율법 안에서 선악의 개념은 설 자리를 잃게 된 겁니다. 그들은 정상적인 사회와 완전히 유리된 듯합니다."

"일종의 정신질환 같은 건가요?"

---

* 2004년 스웨덴 크누트뷔 살인 사건의 배후였던 신흥 종교 집단.
** Jim Jones(1931~1978). 미국 신흥 종교 집단 교주. 집단이 해체될 위기에 처하자 신도들에게 음독자살을 강요해 900여 명이 집단 사망했다.

"완전히 틀린 표현은 아닐 겁니다."

미카엘은 슬루센행 전철을 탔다. 사미르스 그뤼타로 가기에는 이른 시간이라 쇠데르말름 광장으로 올라가 잠시 거닐었다. 아직 걱정거리가 많았지만 그래도 엉클어졌던 삶이 다시 제자리로 돌아와 다행이었다. 에리카가 돌아오고 나서야 그녀가 자신에게 얼마나 필요한 존재였는지 깨달았다. 그녀가 다시 〈밀레니엄〉으로 돌아왔지만 갈등 같은 건 전혀 없었다. 오히려 그 반대였다. 말린은 편집차장 자리로 기꺼이 복귀했다. 그녀의 표현을 빌리자면 삶이 제자리로 돌아와 미칠듯이 기쁜 상태였다.

에리카가 돌아오고 나서 〈밀레니엄〉 사람들은 지난 석 달간 얼마나 끔찍한 인력난에 시달렸던 건지 분명하게 깨달았다. 그녀는 복귀하자마자 서둘러 일에 달려들어야 했고, 말린의 도움을 받아 그동안 방치된 업무를 배분하고 처리해냈다. 그리고 편집회의를 열어 회사를 확충할 필요가 있음을 확인하고 직원을 최소한 한두 명 늘린다는 결정을 내렸다. 하지만 필요한 재원을 마련하는 방법에 대해서는 아무 대책이 없었다.

미카엘은 신문을 사들고 커피를 마시러 호른스가탄의 자바 카페로 들어갔다. 에리카를 만나기 전까지 시간을 보내기 위해서였다.

검찰청의 랑힐드 구스타브손 검사는 회의 테이블 위에 돋보기안경을 내려놓고 좌중을 둘러보았다. 쉰여덟 살의 그녀는 뺨이 살짝 통통하면서도 주름진 얼굴에 흰 머리를 짧게 자른 모습이었다. 검사가 된 지 올해 이십오 년째로 1990년대 초부터 검찰청에서 근무했다.

그녀가 난데없이 검찰총장 집무실에 호출돼 헌법수호부장 토르스텐 에드클린트를 만나게 된 건 불과 삼 주 전이었다. 후사뢰의 시골 별장에서 육 주간 휴가를 보내러 떠나기에 앞서 통상적인 사건 한두 가지를 바삐 처리하던 날이었다. 랑힐드는 시골에 갈 수 없었다. 대신 세포라는 이름의 국가공무원 조직을 수사하라는 임무를 부여받았다. 모든 휴가 계획은 즉시 보류됐다. 그녀는 이 사안이 앞으로 한동안 자신의 주요 임무가 될 것이며, 작전팀을 구성하고 필요한 결정들을 내리는 데 거의 전적인 재량권을 행사할 수 있다는 설명을 들었다. 검찰총장은 이렇게 덧붙였다.

"스웨덴 역사상 아주 충격적인 범죄수사가 될 겁니다."

랑힐드 역시 이미 그런 느낌이 들었다.

다음은 토르스텐 부장 차례였다. 그는 이 사건과 수상의 지시 아래 벌였던 수사 상황을 간략히 보고했다. 이야기를 들으면 들을수록 그녀의 놀라움은 커졌다. 수사는 아직 완결되지 않았지만 검사에게 사건을 제출할 단계에는 이른 듯하다고 그는 설명했다.

랑힐드는 우선 토르스텐에게 받아온 자료를 훑어보았다. 저질러진 범죄의 규모가 어렴풋이 그려졌다. 그녀는 자신이 하게 될 모든 일, 그리고 자신이 내리게 될 모든 결정이 역사에 기록되어 미래에 낱낱이 다루어질 것임을 직감했다. 이때부턴 눈만 뜨면 쉬지 않고 일하면서 범위를 가늠하기조차 힘든 무수한 사건들을 총체적으로 파악하려고 애썼다. 그리고 이내 매우 특별한 작전팀이 필요하다는 걸 깨달았다. 스웨덴 사법 사상 유례없는 사안이었고, 최소한 삼십 년 전부터 자행되어온 범죄행위들을 체계적으로 파악해야 했다. 그녀의 생각이 자연스레 향한 것은 살아남기 위해 거의 지하에서 일해야 했던 1970~80년대 이탈리아 마피아 담당 수사관들이었다. 그녀는 헌법수호부장이 왜 그토록 은밀하게 작업할 수밖에 없었는지 이해했다. 이런 상황에서는 그 누구도 전적으로 믿을 수 없었을 것이다.

랑힐드는 가장 먼저 검찰청 직원 셋을 불러 팀을 구성했다. 아주 오래전부터 알아온 사람들만 골랐다. 그런 다음 범죄방지위원회 소속인 저명한 역사가를 합류시켜 지난 수십 년간 안보경찰의 직무와 권한이 어떻게 확대되어왔는지 분석하게 했다. 마지막으로는 모니카 피게롤라를 수사팀장으로 공식 임명했다.

이렇게 해서 섹션에 대한 수사는 헌법적으로 유효한 형태를 갖추었다. 극비리에 작전을 진행해야 했지만 이제는 여느 경찰수사와 다름없는 것으로 간주할 수 있었다.

지난 이 주간 랑힐드는 상당수의 관련자들을 소환해 정식이지만 극도로 은밀한 심문을 벌였다. 우선 토르스텐과 모니카를 비롯해 얀 부블란스키와 소니아 모디그, 쿠르트 스벤손, 예르케르 홀름베리를 불렀다. 이어 미카엘 블롬크비스트와 말린 에릭손, 헨리 코르테스, 크리스테르 말름, 안니카 잔니니, 드라간 아르만스키, 수산네 린데르, 그리고 홀게르 팔름그렌까지 만나봤다. 정보원을 노출시킬 수 있는 질문에는 원칙에 따라 답변하지 않는 〈밀레니엄〉 사람들을 제외하고는 모두가 호의적으로 상세한 보고서와 자료들을 제출했다.

랑힐드는 〈밀레니엄〉이 정해놓은 일정을 따라야 한다는 게 영 마음에 들지 않았다. 이는 정해진 날짜에 일정 수의 용의자를 체포해야 한다는 걸 의미했다. 그 단계에 이르려면 몇 달에 걸친 준비가 필요하다고 생각했지만 그녀에겐 선택의 여지가 없었다. 미카엘은 정말이지 다루기 힘든 인물이었다. 그는 어떤 정부 법령이나 규정에도 순순히 따르지 않았고, 재판 시작 사흘째 날에 잡지를 발행하기로 계획했다. 랑힐드로서는 거기에 맞춰 같은 날에 작전을 벌이는 수밖에 없었다. 그렇지 않으면 자신이 어물대는 사이에 용의자들, 그리고 어쩌면 증거들까지 사라져버릴 위험이 있었다. 토르스텐과 모니카는 놀라우리만큼 미카엘을 지지했고, 랑힐드 자신도 미카엘이 세운 계획에 확실한 이점이 있다는 걸 조금씩 깨달았다. 우선 체포 시기에 맞춰 언론이 사건을 집중적으로 조명해주면 자신의 기소 작업이 한결 용이해진다. 게다가 모든 과정이 전격적으로 신속히 진행되면 수많은 이해관계가 얽혀 아슬아슬한 수사의 내용이 행정조직의 복잡한 통로들로 누출돼 섹션의 귀까지 흘러들어가는 일을 막을 수 있었다.

"미카엘에게 무엇보다 중요한 건 리스베트를 위해 정의를 구현하는 일입니다. 섹션을 검거하는 일은 부수적인 결과일 뿐이고요." 모니카는 이렇게 말했다.

재판은 이틀 후인 수요일에 시작될 예정이다. 이날 월요일에는 지금까지 확보한 자료를 검토하고 각자의 임무를 나누기 위해 모인 것이었다.

참석자는 모두 열세 명이었다. 검찰청 소속으로는 랑힐드가 데려온 최측근 두 사람이 있었다. 헌법수호부에서는 수사팀장 모니카가 스테판 블라드와 안데르스 베리룬드를 데리고 나왔다. 헌법수호부장 토르스텐은 참관인 자격으로 참석했다.

랑힐드는 이 중대한 수사가 신뢰성을 확보하려면 세포에 국한되어선 안 된다고 판단했다. 따라서 일반 경찰인 얀 부블란스키 형사와 그의 팀원인 소니아, 예르케르, 쿠르트도 불렀다. 지난 부활절부터 리스베트 사건을 맡아왔기 때문에 사정을 잘 아는 사람들이었다. 여기에 예테보리 경찰서의 앙네타 예르바스 검사와 마르쿠스 엘란데르 형사까지 불러다 앉혔다. 섹션 수사는 살라첸코 살해 사건과도 직접적인 연관이 있었기 때문이다.

나아가 전 수상 토르비에른 펠딘도 증인으로 소환할 수 있다는 모니카의 말에 예르케르와 소니아는 움찔하며 시선을 교환했다.

그들은 다섯 시간에 걸쳐 섹션에서 활동한 걸로 확인된 인물들을 하나씩 철저하게 살펴나갔다. 그 결과, 명백한 범죄 정황과 관련자들을 체포해야 한다는 사실을 다시 한번 확인했다. 아르틸레리가탄의 아파트와 관련해 확인된 인물은 모두 일곱이었다. 섹션에 연루된 걸로 보이지만 그 아파트에 한 번도 오지 않은 사람은 아홉이었다. 주로 쿵스홀멘 경찰청사 내 세포 본부에서 일하면서 섹션 요원 한두 명과 접촉한 인물들이었다.

"현재로선 조직의 범위가 어디까지라고 말하기가 불가능해요. 이 사람들이 어떤 상황에서 비리에르 바덴셰나 다른 섹션 요원들을 만났는지 알 수 없으니까요. 이들은 단순한 정보제공자일 수도 있고, 막연하게 자신이 어떤 내부 수사 같은 일에 협조했다고 생각할 수도 있어요. 나중에 직접 심문해보기 전에는 음모 가담 여부를 확실히 판별하기 힘든 상황이죠. 게다가 이들은 우리가 조사를 시작한 지난 몇 주 사이에 확인된 인물들이에요. 그러니까 아직 모르는 관련자가 더 있을 수 있다는 얘기죠."

"사무처장과 예산처장은……"

"그래요. 그들은 섹션을 위해 일하고 있다고 확실히 말할 수 있어요."

저녁 6시가 되자 랑힐드는 한 시간 휴식한 뒤 다시 회의를 하기로 결정했다.

모두가 자리에서 일어나 움직이기 시작할 때 모니카의 팀원인 예스페르 톰스가 지난 몇 시간 동안 섹션을 감시한 내용을 보고하러 다가왔다.

"프레드리크 클린톤은 오늘 투석을 받고 아르틸레리가탄에 오후 3시경에 돌아왔습니다. 오늘 좀 특이했던 건 예오리 뉘스트룀뿐입니다. 무슨 일을 했는지는 정확히 모르겠지만요."

"아, 그래?"

"오늘 1시 30분, 그가 중앙역에서 두 남자를 만났습니다. 쉐라톤 호텔까지 함께 걸어가 바에서 커피를 마셨죠. 그렇게 이십 분 정도 얘기하다가 예오리는 아르틸레리가탄으로 돌아갔고요."

"누굴 만난 거지?"

"모르겠습니다. 처음 보는 얼굴이에요. 둘 다 삼십대 중반에 동유럽 쪽 사람으로 보였습니다. 그들이 지하철을 타는 바람에 우리 수사관이 놓치고 말았어요."

"그랬군." 모니카가 피로를 느끼며 대꾸했다.

"여기 사진입니다." 예스페르가 수사관이 찍어온 사진 몇 장을 내밀었다.

그녀는 확대한 두 남자의 얼굴을 보았다. 처음 보는 인물들이었다.

"오케이, 고마워."

그녀는 테이블 위에 사진을 내려놓고는 뭐라도 먹으러 가려고 자리에서 일어났다.

그때 바로 옆에 있던 쿠르트가 사진을 보았다.

"이거 니콜리치 형제 아닙니까? 얘들도 여기 꼈어요?"

모니카는 걸음을 멈췄다.

"누구요?"

"이 두 놈이요. 토미 니콜리치랑 미로 니콜리치. 정말 악질들인데."

"이자들을 알아요?"

"그럼요. 후딩에 있던 세르비아 놈들이에요. 얘들이 스무 살쯤일 때 여러 차례 감시했었죠. 당시에 난 조직범죄 단속반에 있었거든요. 두 놈 중에서도 미로가 특히 위험해요. 중상해 혐의로 일 년 전부터 수배중이죠. 둘 다 세르비아로 돌아가 정치인이라도 된 줄 알았는데……"

"정치인이요?"

"네. 이놈들은 벌써 1990년대 전반부에 유고슬라비아로 가서 인종청소를 도왔어요. 거기서 파시스트 민병대를 거느렸던 아르칸이라는 마피아 밑에서 일했죠. '슈터Shooter'로 꽤나 알려졌던 애들이에요."

"슈터?"

"예, 청부살인업자 말입니다. 베오그라드와 스톡홀름 사이를 오갔죠. 삼촌이 노르말름에 식당을 차려서 공식적으로는 거기서 일했어요. 가끔씩이었죠. '담배 전쟁'으로 알려진 유고슬라비아 조직의 내부 다툼에 얽혀서 적어도 두 차례 살인에 가담했다는 제보가 있었죠.

하지만 잡아넣는 데 실패했어요."

모니카는 묵묵히 사진을 들여다보았다. 그러다 갑자기 얼굴에 핏기가 가셨다. 그녀는 고개를 홱 돌려 토르스텐을 쳐다보았다.

"미카엘!" 겁에 질린 목소리로 그녀가 외쳤다. "섹션은 단순히 그의 평판을 더럽히려는 게 아니에요. 그를 죽이려 하고 있어요. 수사에 들어간 경찰이 코카인을 발견한 후에 나름의 결론을 내리도록 만들려는 거라고요."

토르스텐 역시 그녀를 뚫어질 듯 쳐다보았다.

"사미르스 그뤼타에서 에리카 베리에르를 만나기로 했을 거예요." 모니카가 쿠르트의 어깨를 툭 쳤다. "당신, 총 있어요?"

"있어요……"

"나랑 같이 갑시다."

모니카는 후다닥 회의실을 뛰쳐나갔다. 방 세 개가 떨어진 곳에 그녀의 사무실이 있었다. 열쇠로 문을 열고 들어가 책상 서랍에서 자신의 권총을 꺼냈다. 그리고 모든 규정을 무시하고 방문을 활짝 열어놓은 채 엘리베이터를 향해 미친듯이 달렸다. 쿠르트는 어찌할 바를 모르고 잠시 서 있었다.

"가!" 얀이 말했다. "소니아…… 자네도 같이 가."

6시 20분. 미카엘이 사미르스 그뤼타에 도착했다. 에리카도 막 왔는지 입구 근처의 테이블에 자리를 잡고 있었다. 미카엘은 그녀의 볼에 입을 맞췄다. 둘 다 맥주와 양고기 스튜를 주문했다. 맥주는 금방 나왔다.

"어땠어? TV4 기자는?"

"늘 그렇듯 시원시원하지."

에리카가 웃음을 터뜨렸다.

"조심하지 않으면 그녀에게 마음을 뺏기겠어. 미카엘의 매력에 저항하는 여자라니, 말이 돼?"

"몇 년을 같이 보내도 끄떡 않는 여자들이 수두룩하다고. 당신은 오늘 어땠어?"

"하는 일 없이 보냈지. 프레스 클럽에서 주최하는 토론에 참여하기로 했어. 〈SMP〉 일과 관련해서 나서는 건 이번이 마지막이야."

"잘했네."

"〈밀레니엄〉으로 돌아오게 돼서 얼마나 다행인지 몰라."

"당신이 와서 내가 얼마나 신나는지 상상도 못할 걸? 아직도 흥분이 가시지 않았어."

"출근하는 일이 다시 즐거워졌어."

"음……"

"난 행복해."

"그리고 난 화장실에 좀 다녀올게." 미카엘이 일어서며 말했다.

그러고는 몇 걸음을 내딛다가 막 식당 안으로 들어서는 삼십대 중반의 남자와 부딪칠 뻔했다. 미카엘은 동유럽 사람으로 보이는 남자가 자신의 얼굴을 빤히 훑어보는 걸 느꼈다. 기관총을 본 건 그다음 순간이었다.

경찰청을 떠난 세 사람이 리다르홀멘 부근을 지날 때 토르스텐이 전화를 걸어왔다. 미카엘과 에리카가 모두 전화를 받지 않는다고 했다. 아무래도 조용히 저녁을 즐기려고 꺼둔 모양이었다.

모니카는 욕을 내뱉고서 속도를 높여 쇠데르말름 광장을 지났다. 손바닥으로 경적을 꽉 누르며 호른스가탄 거리로 급커브했다. 그 통에 쿠르트는 차문에 손을 짚고 몸을 가눠야 했다. 그는 권총을 꺼내들고 장전이 됐는지 확인했다. 뒷좌석에 앉은 소니아도 마찬가지로 총을 확인했다.

"병력을 요청해야 합니다." 쿠르트 스벤손이 말했다. "절대 쉬운 상대가 아니에요."

모니카가 고개를 끄덕이고는 말했다.

"자, 이렇게 합시다. 나와 소니아 형사가 곧장 식당으로 들어가요. 두 사람이 무사히 앉아 있기를 바라면서요. 쿠르트, 당신이 그자들 얼굴을 안다고 했으니까 바깥에서 살펴줘요."

"오케이."

"아무 일 없으면 그 둘을 즉시 차에 태워 쿵스홀멘으로 데려갑니다. 이상한 낌새가 있으면 식당에 남아 지원군을 요청하고요."

"오케이." 이번엔 소니아가 대답했다.

모니카 일행이 아직 호른스가탄에 있을 때 무전기가 지직거리기 시작했다.

"전 대원에게 알린다. 쇠데르말름 타바스트가탄 거리에서 총성이 들림. 장소는 사미르스 그뢰타 레스토랑."

모니카는 가슴이 꽉 막혔다.

에리카는 입구 근처에 있는 화장실로 향하던 미카엘이 삼십대 중반의 어떤 남자와 부딪힐 뻔한 모습을 지켜보았다. 그리고 자신도 모르게 미간을 찌푸렸다. 에리카가 보기에 그 낯선 사내는 깜짝 놀란 눈으로 미카엘을 응시하는 듯했다. 혹시 미카엘을 아는 사람인 건가, 하는 생각이 스쳤다.

다음 순간, 그가 한 걸음 뒤로 물러서더니 바닥에 가방을 내려놓았다. 에리카는 처음에 자신이 본 광경이 무엇인지 알 수 없었다. 이내 그가 미카엘을 향해 총을 겨눴을 때 그녀는 그대로 굳어버렸다.

미카엘은 생각할 겨를 없이 반응했다. 왼손을 불쑥 내밀어 총부리를 붙잡아 천장을 향해 올렸다. 찰나의 순간, 시커먼 총구가 그의 얼굴 앞을 확 지나갔다.

이어 기관단총 소리가 좁은 식당 안을 가득 채우며 귀를 먹먹하게 만들었다. 미로 니콜리치가 총알을 열 발 넘게 갈겨대는 사이에 박살 난 천장에서 석회와 유릿조각이 머리 위로 비처럼 떨어져내렸다. 그 짧은 순간에 미카엘은 자신을 죽이려는 남자의 눈을 똑바로 쳐다보았다.

이내 미로 니콜리치가 한 걸음 뒤로 물러서면서 미카엘의 손에서 총을 빼냈다. 순간적으로 당한 미카엘은 총부리를 놓치고 말았다. 그리고 자신이 죽을 위험에 처했다는 걸 깨달았다. 본능적으로 곧장 괴한을 향해 돌진했다. 만일 이때 몸을 숙였거나 뒷걸음쳤다면 그 자리에서 죽었을 거라는 사실을 나중에 알았다. 미카엘은 다시 한번 총부리를 붙잡는 데 성공했다. 그는 온몸에 체중을 실어 괴한을 벽으로 밀어붙였다. 다시 총알 예닐곱 발이 발사되는 소리를 들으며 총부리를 바닥으로 돌리기 위해 죽기 살기로 잡아내렸다.

두번째로 총알이 난사되자 에리카는 본능적으로 몸을 숙였다. 의자에 머리를 찧으면서 아래로 몸을 던졌다. 바닥에 몸을 바짝 웅크리고 고개를 들어보니 방금 전까지 자신이 앉아 있던 바로 그 자리 벽면에 총알 구멍 세 개가 보였다.

그녀는 충격 속에 고개를 돌려 입구 근처에서 격투를 벌이고 있는 미카엘을 쳐다보았다. 무릎을 꿇고 두 손으로 총을 붙잡고는 빼앗으려 몸부림치고 있었다. 괴한 역시 벗어나려고 안간힘을 쓰면서 미카엘의 얼굴과 관자놀이를 계속 주먹으로 때렸다.

사미르스 그뤼타 맞은편에서 급히 브레이크를 밟은 모니카는 차 문을 박차고 나가 식당을 향해 내달렸다. 시그사우어 권총을 빼드는 사이 바로 앞에 서 있는 차 한 대가 언뜻 눈에 들어왔다.

운전대를 잡고 있는 토미 니콜리치를 알아본 그녀는 차창을 사이에 두고 얼굴을 향해 총을 겨눴다.

"경찰이다, 손들어!"

토미 니콜리치가 두 손을 번쩍 올렸다.

"차에서 나와 바닥에 엎드려!" 분노가 서린 맹렬한 목소리로 그녀가 고함쳤다. 그리고 고개를 돌려 쿠르트를 쳐다보며 외쳤다. "식당!"

쿠르트와 소니아가 곧장 뛰어서 도로를 건넜다.

소니아는 아이들을 떠올렸다. 지금 그녀는 경찰 수칙을 죄다 위반했다. 충분한 병력이 현장에 도착하기까지 기다리지도 않았고, 방탄조끼도 착용하지 않았다. 그리고 전체적인 상황을 파악하지도 않은 채 달랑 총만 하나 들고 건물 안으로 돌진하고 있었다……

이어 그녀는 레스토랑 안에서 터진 요란한 총성을 들었다.

미로 니콜리치가 또다시 총을 쏘려고 하는 순간, 미카엘은 방아쇠 뒤로 가운뎃손가락을 집어넣었다. 뒤에서 유리가 부서져내리는 소리가 들렸다. 괴한이 방아쇠를 당기려 할 때마다 손가락이 짓뭉개지면서 고통이 끔찍했지만, 손가락이 끼워져 있는 한 총알은 나올 수 없었다. 옆얼굴로 소나기처럼 퍼붓는 주먹질을 고스란히 당하고 있자니 이 상태로 버티기엔 자신이 너무 늙었다는 생각이 들었다.

이렇게 해선 살 수 없어. 이 상황을 끝내야 해.

이 기관단총 괴한과 마주하고 나서 처음으로 내린 이성적인 판단이었다.

미카엘은 이를 악물고 방아쇠 뒤로 손가락을 더 밀어넣었다.

그런 다음 두 다리에 힘을 주고 버티며 일어서면서 온 힘을 다해 어깨로 괴한의 몸을 밀어붙였다. 뒤이어 총을 잡은 오른손을 올려 팔꿈치로 날아오는 주먹을 막았다. 그러자 괴한이 이번에는 겨드랑이와 옆구리를 때리기 시작했다. 아주 잠시 동안 두 남자는 서로를 노려보았다.

그 순간, 미카엘은 괴한이 자신에게서 떨어져나가는 걸 느꼈다. 손가락이 찢어질 듯 아픈가 싶더니 쿠르트의 거대한 몸집이 눈에 들어왔다. 그는 미로 니콜리치의 목덜미를 틀어잡고 그대로 번쩍 쳐들어 머리를 벽에 박아버렸다. 놈은 바닥으로 허물어져내렸다.

"엎드려!" 소니아의 고함소리가 들렸다. "경찰이다! 엎드리고 움직이지 마!"

미카엘은 고개를 돌려보았다. 소니아가 다리를 넓게 벌리고 서서는 두 손으로 모아 잡은 권총을 앞으로 내민 채 이 혼란스러운 광경을 살피고 있었다. 마침내 총구를 천장 쪽으로 쳐든 그녀가 미카엘에게 시선을 돌렸다.

"다쳤어요?"

미카엘은 그녀를 멍하니 올려다보았다. 눈썹과 코에서 선혈이 흘러내렸다.

"손가락이 하나 부러진 것 같아요." 그는 털썩 바닥에 주저앉았다.

모니카가 토미 니콜리치를 보도에 엎드리게 한 지 일 분도 안 돼 쇠데르말름 무장대가 도착했다. 그녀는 경찰 신분증을 보여준 다음 무장대원에게 그를 맡긴 뒤 식당으로 달려갔다. 입구에 이르러서는 잠시 멈추고 상황을 파악했다.

미카엘과 에리카가 바닥에 앉아 있었다. 얼굴이 피범벅된 미카엘은 쇼크 상태에 빠진 듯했다. 모니카는 안도의 한숨을 내쉬었다. 그는 살아 있었다. 하지만 에리카가 그의 어깨에 팔을 두르는 모습이 보이자 자신도 모르게 얼굴을 찌푸렸다.

소니아는 미카엘 옆에 앉아 다친 손을 살폈다. 쿠르트는 화물트럭에 치인 사람처럼 널브러진 미로 니콜리치의 손목에 수갑을 채웠다. 바닥에는 스웨덴 군용 기관단총이 놓여 있었다.

모니카는 눈을 들었다. 식당 직원들은 충격에서 벗어나지 못한 얼굴이었고, 손님들은 겁에 질려 떨고 있었다. 무수한 총질에 박살난 그릇, 넘어지고 엎어진 의자며 테이블이 어지럽게 널려 있었다. 화약 냄새가 코를 찔렀지만 식당 안에 사망자나 부상자는 보이지 않았다. 이내 무장대원들이 들이닥쳤다. 그녀는 손을 뻗어 쿠르트의 어깨를 툭 쳤다. 그가 몸을 일으켰다.

"미로 니콜리치가 수배중이었다고 했죠?"

"그래요. 일 년 전쯤 중상해 혐의로요. 할룬다에서 한바탕 난투극을 벌였죠."

"오케이. 그럼 이렇게 합시다. 난 즉시 저 두 사람을 데리고 사라질게요. 당신은 여기 남아요. 공식적으로 이렇게 말을 맞추죠. 소니아와 당신, 둘이서 여기에 저녁을 먹으러 왔어요. 그런데 조직범죄 단속반에서 일했던 당신이 니콜리치를 알아봤어요. 체포하려는 순간에 놈이 무기를 꺼내 미친놈처럼 쏴댔고요. 그래서 당신이 그를 제압한 거죠."

쿠르트가 놀란 얼굴을 했다.

"안 통할 텐데요…… 목격자들이 있잖아요."

"웬 남자 둘이 갑자기 싸우더니 총질을 해댔다고만 증언하겠죠. 이 이야기가 내일 석간신문이 나올 때까지 유지되는 게 중요해요. 그러니까 당신이 니콜리치를 알아보고 체포한 걸로 하자고요. 됐죠?"

쿠르트는 이 난장판을 묵묵히 둘러보았다. 그러고는 고개를 한 번 까딱했다.

모니카는 거리에 가득찬 경찰들을 헤치고 빠져나와 미카엘과 에리카를 뒷좌석에 태웠다. 그런 다음 무장대 대장에게로 몸을 돌려 삼십 초 동안 낮은 목소리로 뭔가를 말했다. 대장은 당황한 표정을 지었지만 결국 고개를 끄덕였다. 모니카는 싱켄스담까지 차를 몰고 가 길 한쪽에 선 다음 뒤로 몸을 돌렸다.

"얼마나 다쳤죠?"

"주먹으로 몇 대 맞았어요. 이는 제자리에 붙어 있는 모양인데 손가락이 망가졌고요."

"상트예란 응급실로 가죠."

"대체 이게 무슨 일이죠?" 에리카가 물었다. "그리고 당신은 누구예요?"

"미안, 소개가 늦었네." 미카엘이 대답했다. "에리카, 이쪽은 모니카 피게롤라. 세포에서 일해. 모니카, 이쪽은 에리카 베리에르예요."

"네, 그럴 거라고 생각했어요." 모니카가 건조한 목소리로 대꾸했다. 에리카 쪽은 쳐다보지도 않았다.

"모니카와는 이번 수사를 통해 알게 됐어. 세포 쪽 접촉 창구지."

"그렇군." 말을 마친 에리카가 쇼크 상태에 빠진 듯 덜덜 떨기 시작했다.

모니카는 그런 그녀를 그저 빤히 쳐다볼 뿐이었다.

"모니카, 대체 어떻게 된 일이죠?" 미카엘이 물었다.

"우리가 코카인의 목적을 잘못 해석했어요. 당신을 스캔들에 빠뜨리려고 놓은 덫이라고만 생각했죠. 하지만 그들은 당신을 죽이려고 했어요. 경찰이 당신 집을 수색해서 코카인을 발견하게끔 만들려고요."

"코카인이라뇨?"

에리카의 물음에 미카엘은 눈을 질끈 감으며 말했다.

"자, 병원으로 갑시다."

"체포됐다고?" 프레드리크 클린톤이 소리쳤다. 그의 심장 주변이 서늘해졌다.

"괜찮을 겁니다." 예오리 뉘스트룀이 말했다. "전적으로 우연히 일어난 일 같습니다."

"우연?"

"미로 니콜리치는 전에 저지른 중상해죄로 수배중이었습니다. 그런데 조직범죄 단속반 출신 경찰이 우연히 그 식당에 갔다가 놈을 알아보고 체포하려 했답니다. 니콜리치가 놀란 나머지 총을 쏘고 도망치려 했고요."

"미카엘은?"

"이 사건에 연루되지 않았습니다. 니콜리치가 체포됐을 때 식당에 있었는지조차 모르겠고요."

"이런 제길, 믿을 수 없는 얘기야…… 니콜리치 형제는 얼마나 알고 있지?"

"우리에 대해서요? 아무것도요. 군나르와 미카엘이 인신매매 일로 얽혀 있다고 알고 있죠."

"하지만 목표가 미카엘이었다는 건 알고 있지 않나?"

"그건 그렇습니다. 하지만 자신들이 청부살인 일을 맡았다고 내뱉을 정도로 얼간이는 아닙니다. 법정에서까지 입을 꾹 다물 겁니다. 기껏해야 불법무기소지죄로 기소되겠죠. 추가하자면 공무원 폭행 정도."

"완전히 초보들이군."

"일을 아주 망쳐버렸습니다. 당분간은 미카엘을 놔두는 수밖에 없겠어요. 그렇다고 끝난 건 아닙니다."

밤 11시. 수산네 린데르는 밀톤 시큐리티 개인경호팀 소속 장정 둘과 함께 미카엘과 에리카를 데리러 쿵스홀멘 경찰청사를 찾았다.

"정말이지 많은 일을 당하네요." 수산네가 에리카를 위로했다.

"수고하게 해서 미안해요." 에리카가 침울하게 대꾸했다.

상트예란 병원으로 향하는 차 안에서 에리카는 쇼크 상태에 빠졌었다. 미카엘뿐 아니라 자신도 하마터면 목숨을 잃을 뻔했다는 걸 그제야 실감한 것이다.

미카엘은 응급실에서 한 시간 정도 있었다. 얼굴에 난 상처를 치료하고 엑스레이를 찍은 후 왼손 중지에 붕대를 감았다. 손 끝이 심하게 망가져 손톱을 잃을 가능성이 컸다. 아이러니하게도 가장 크게 다친 건 쿠르트 스벤손 때문이었다. 그가 미로 니콜리치를 뒤로 잡아챌 때 방아쇠 뒤에 껴 있던 손가락이 뚝 부러져버렸다. 끔찍하게 아팠지만 생명에는 지장이 없었다.

그러고서 두 시간 후 그에게도 쇼크가 찾아왔다. 경찰청 헌법수호부에 도착해 얀 형사와 랑힐드 검사에게 저녁에 있었던 일을 진술할 때였다. 갑자기 온몸이 부들부들 떨리기 시작하면서 격심한 피로가 몰려와 질문을 받는 와중에 졸기도 했다. 그가 안정을 되찾은 후 이런저런 얘기가 이어졌다.

"그들의 계획이 정확히 무엇인지 모르겠습니다." 모니카가 말했다. "미카엘 씨만 죽이려 했던 걸까요, 아니면 에리카 씨까지 노렸을까요? 이런 일을 또 시도할 건지, 〈밀레니엄〉의 다른 직원들까지 위험해질 건지도 모르겠고요…… 섹션에게 가장 큰 위협이라 할 리스베트는 왜 그냥 놔둔 걸까요?"

"미카엘이 치료를 받는 동안 우리 직원들한텐 연락해뒀어요." 에리카가 말했다. "잡지가 나올 때까지 최대한 조용히 지내라고요. 사무실에도 남아 있지 말라고 했습니다."

토르스텐은 가장 먼저 미카엘과 에리카에게 밀착 경호를 붙이자고 했다. 하지만 세포의 요인보호부를 통하는 건 그리 현명하지 못하다는 게 그와 모니카의 일치된 생각이었다.

다행히 에리카가 경찰 경호를 원하지 않는다고 못박으면서 문제가 해결됐다. 대신 그녀는 드라간에게 전화해 상황을 설명했다. 연락을 받은 수산네가 밤늦은 시간에 경찰청으로 달려왔다.

미카엘과 에리카는 에케뢰 방면 도로를 따라가다 드로트닝홀름 섬을 약간 지난 곳에 있는 어느 은신처 이층으로 인도됐다. 1930년 대에 지어진 대저택에는 바다가 내려다보이는 멋진 정원이 있고, 부속 건물과 토지도 딸려 있었다. 밀톤 시큐리티가 소유한 이곳에 실제로 거주하는 관리자는 예순여덟 살의 마르티나 셰그렌이었다. 그녀의 남편 한스 셰그렌은 밀톤에서 오래 근속한 직원이었고, 살라 근교의 폐가에서 임무를 수행하다 썩은 마룻바닥이 무너지는 바람에 추락사했다. 장례식이 끝난 뒤 드라간은 마르티나와 의논해 그녀를 건물 집사 겸 소유지 관리인으로 고용했다. 그녀는 일층에 딸린 공간에 공짜로 살면서 은신처 이층을 언제라도 사용할 수 있도록 준비해놓는 일을 했다. 실제적인, 또는 잠재적인 이유로 안위가 염려되는 사람들을 안전한 곳으로 대피시켜야 하는 경우가 일 년에 몇 차례 일어났기 때문이다.

모니카도 그들을 따라왔다. 미카엘과 에리카가 이층을 둘러보고, 수산네가 집 주변에 설치된 보안장치들을 점검하는 동안 모니카는 주방 의자에 몸을 묻고 마르티나가 대접하는 커피를 마셨다.

"욕실 앞 서랍장에 칫솔과 세면도구가 들어 있어요!" 마르티나가 이층에 대고 소리쳤다.

수산네와 두 경호원은 일층에 있는 방들을 쓰기로 했다.

"새벽 4시에 깨서 지금까지 잠시도 못 쉬었어." 수산네가 말했다. "둘이 알아서 당번표를 짜. 우선 난 5시까지 눈 좀 붙여야겠어."

"우리가 알아서 할 테니 밤새 푹 주무세요."

"고마워." 수산네는 말을 마치고 자러 들어갔다.

모니카는 두 경호원이 정원에 설치된 동작감지기를 켜고, 먼저 경비 설 사람을 정하느라 빨대로 제비뽑기를 하는 소리를 멍하니 앉아 듣고 있었다. 뽑기에서 진 사람이 샌드위치를 하나 만들어서 주방 옆 TV가 있는 객실로 갔다. 모니카는 꽃무늬 커피잔을 무심히 바라보았다. 그녀 역시 이른 아침부터 계속 움직였던 터라 진이 다 빠졌다. 차라리 집에 돌아가 쉬는 게 어떨까 생각하는 사이에 에리카가 내려와 잔에 커피를 따랐다. 그녀는 테이블 맞은편에 앉았다.

"미카엘은 눕자마자 곯아떨어졌어요."

"아드레날린 역반응이죠."

"이제 어떻게 되는 거죠?"

"앞으로 며칠간은 조용히 지내야 해요. 결론이 어떻든 일주일 후면 이 생활이 끝나겠죠. 기분은 어때요?"

"정신이 하나도 없어요. 흔히 겪는 일은 아니니까요. 방금 남편에게 전화해서 왜 오늘 집에 못 들어가는지 설명했죠."

"그랬군요."

"난 결혼했어요. 남편은……"

"네, 누군지 알고 있어요."

침묵. 모니카는 눈을 비비면서 하품했다.

"난 이제 자러 집에 가야겠어요."

"이봐요, 바보 같은 소리 말고 올라가서 미카엘하고 자요."

모니카는 그녀의 눈을 뚫어지게 쳐다보았다.

"그렇게 눈에 다 보일 정도인가요?"

에리카가 고개를 끄덕였다.

"혹시 미카엘이 뭔가를 말했……"

"한마디도 안 했어요. 만나는 여자들에 대해선 입이 아주 무거운 사람이죠. 하지만 가끔 얼굴에 다 쓰여 있을 때가 있어요. 당신도 마찬가지고요. 날 바라볼 때 노골적으로 적대감을 드러내더군요. 뭔가를 숨기려고 애쓰면서 말이에요."

"우리 대장 때문이죠."

"대장?"

"토르스텐 부장님이 알면 펄펄 뛸 거예요. 미카엘과 내가 이런다는 걸……"

"그랬군요."

침묵.

"당신과 미카엘 사이에 어떤 일이 있었는지는 모르지만 난 경쟁자가 아니에요."

"아니라고요?"

"미카엘과 난 이따금 섹스하는 사이에요. 하지만 결혼한 건 아니죠."

"난 두 사람이 매우 특별한 관계라고 알고 있어요. 산드함에 갔을 때 그가 얘기했어요."

"당신을 산드함에 데려갔다고요? 그럼 아주 심각한 사이군요."

"농담하지 말아요."

"모니카…… 난 당신하고 미카엘이…… 어쨌든 두 사람을 방해하지 않도록 노력할게요."

"만일 그렇게 할 수 없다면요?"

에리카가 어깨를 으쓱했다.

"미카엘과 내가 다시 만났을 때 그의 부인은 큰 충격을 받았어요. 그를 집에서 쫓아냈죠. 다 내 잘못이었어요. 미카엘이 혼자이고 자유로우면 난 죄의식 따위 느끼지 않을 거예요. 하지만 누군가와 심각한 관계라면 멀리 물러나겠다고 마음먹었어요."

"나 자신이 적극적으로 뛰어들 수 있을지 모르겠어요."

"미카엘은 특별한 사람이에요. 그를 사랑하지 않나요?"

"사랑하는 것 같아요."

"그럼 됐어요. 다만 너무 빨리 얘기하진 말아요. 자, 이제 올라가서 자요."

모니카는 잠시 생각했다. 그리고 이층으로 올라가 옷을 벗고 침대 위에서 잠든 미카엘의 곁으로 파고들었다. 그는 뭐라고 웅얼거리며 한 팔로 그녀의 몸을 껴안았다.

　에리카는 혼자 주방에 앉아 오랫동안 생각에 잠겼다. 갑자기 자신이 너무도 불행하게 느껴졌다.

25장
7월 13일 수요일~7월 14일 목요일

지방법원마다 스피커 소리는 왜 그렇게 약하게 해서 있는지 없는지도 모르게 해놨는지, 미카엘은 항상 의문이었다. 제5법정에서 오전 10시에 재판을 개정한다는 안내방송을 알아들을 수가 없었다. 아침 일찍 법원에 도착해 법정 입구에서 진을 친 덕에 그는 가장 먼저 들어간 사람들 중 하나가 될 수 있었다. 자리는 왼쪽 방청석에서 피고석이 가장 잘 보이는 곳으로 골랐다. 금방 사람들이 찼다. 재판 날짜가 다가오면서 언론의 관심이 점점 커졌고, 마지막 주에는 리샤르드 검사가 매일 인터뷰에 응해야 할 정도였다.

미카엘이 보기에 리샤르드가 그동안 놀고먹지는 않은 모양이었다.

그가 준비한 리스베트 살란데르에 대한 기소 항목은 다음과 같았다. 칼망누스 룬딘에 대한 폭행 및 중상해. 고故 칼 악셀 보딘, 일명 알렉산데르 살라첸코에 대한 살인미수 및 중상해. 가택침입 및 절도 두 건(고 닐스 비우르만 변호사의 시골별장과 오덴플란의 아파트), 차량 절도(MC 스바벨셰 조직원 소니 니에미넨 소유의 할리 데이비슨 오토바이), 불법무기 소지 세 건(최루액 스프레이, 전기충격기, 그리고 고세베르가에서 발견된 P-83 바나드), 절도 및 증거인멸(이 모호한 표현은 리스베트가 비우르만의 시골별장에서 찾아낸 자료와 관련이 있다), 그리고 기타 경범죄…… 이렇게 총 16개 항목에 달했다.

리샤르드 검사는 또한 리스베트의 정신 상태가 우려할 만한 수준이라는 말을 계속 흘려왔다. 그러면서 두 가지 근거를 들었다. 리스베트가 성년이 되던 해에 예스페르 H. 뢰데르만 박사가 작성한 정신감정 소견서, 그리고 예비심리 때 지방법원이 내린 결정에 따라 페테르 텔레보리안 박사가 작성한 또다른 정신감정 소견서. 그런데 리스베트가 언제나처럼 전문의들의 질문에 철저한 침묵으로 일관했기 때문에, 재판 한 달 전부터 그녀가 수감된 스톡홀름 크로노베리 구치소에서 실시한 이른바 '관찰' 내용을 바탕으로 심리 분석이 이루어졌다고 했다. 오랜 세월 리스베트를 겪어왔다는 페테르 박사는 그녀에게 심각한 정신장애가 있다고 밝히면서 '정신병질' '병적인 나르시시즘' '편집증적 정신분열' 같은 표현을 서슴없이 사용했다.

매체들의 보도에 따르면 그녀는 일곱 차례에 걸쳐 경찰의 심문을 받았다. 그때마다 피고인은 수사관들에게 인사 한마디 건네지 않았다. 초기 심문은 예테보리 경찰서에서 했고 그후에는 스톡홀름 경찰청으로 옮겨 진행했다. 조서에 첨부된 녹취 테이프를 통해 경찰이 피고인을 설득하기 위해 온갖 방법을 동원하고, 질문을 수없이 반복해도 그녀가 대꾸 한마디 하지 않았다는 걸 알 수 있었다.

그녀는 목청 고르는 소리 한 번 내지 않았다.

녹취 테이프에서는 안니카의 목소리도 가끔 들렸다. 그녀는 자신의 의뢰인에겐 답변할 의사가 없다는 말을 했다. 리스베트에 대한 기소는 전적으로 경찰수사로 밝혀낸 사실과 법의학적 증거에만 근거하는 셈이었다.

리스베트의 침묵은 때로 안니카까지 난처한 입장에 빠뜨렸다. 그녀 또한 의뢰인 못지않게 침묵을 지켜야 했기 때문이다. 두 사람이 서로 은밀하게 상의한 내용은 물론 비밀에 부쳐졌다.

리샤르드는 우선 리스베트를 정신병원에 입원시킬 것을 요청하고, 기각될 경우 차선책으로 장기간의 징역형을 구형하겠다는 자신의 의도를 공공연히 밝혀왔다. 법정에서 이 두 요청은 보통 뒤바뀐 순서로 제시되지만 이번 피고인은 정신적 문제가 명백하기 때문에 검사로서 어쩔 수 없었다고 설명했다. 법정이 법의학적 의견을 역행하기가 어렵다고도 했다.

또한 그는 리스베트의 후견 체제를 해제해서는 안 된다고 생각했다. 인터뷰에서 그는 우려 섞인 표정을 지으며 이렇게 설명했다. "지금 스웨덴에는 자기 자신과 타인에게 위험할 만큼 심각한 정신장애를 지닌 사람들이 상당수 존재합니다. 의학적으로 보면 이들을 감금해 치료하는 방법 말고는 다른 대안이 없는 실정입니다." 그가 사례로 든 건 아네트였다. 난폭한 성향을 보여 1970년대 언론의 관심을 받았다가 삼십 년 넘게 시설에 감금되어 치료를 받고 있는 여성이었다. 그 제약을 완화해주려 한 시도는 매번 부모와 의료진을 향한 난폭한 공격이나 자해 시도 같은 유감스러운 결과를 초래했다. 리스베트에게도 이와 유사한 정신적 장애가 있다는 게 검사의 주장이었다.

언론의 관심이 점점 고조된 것은 리스베트의 변호인이 지금껏 아무런 입장도 표명하지 않았다는 단순한 이유 때문이기도 했다. 안니카는 피고인의 관점을 설명할 기회를 얻을 수 있는 인터뷰를 모조리 거절해왔다. 따라서 기자들 역시 매우 곤혹스러운 상황에 처했다. 검사측이 제공하는 정보는 넘쳐나는 데 반해, 드물게도 변호인측에선 기소당한 피고의 반응이나 방어 전략에 대해 일말의 암시조차 하지 않았다.

한 신문사는 이 재판을 분석하고자 법률 전문가를 고용했고, 그가 이러한 상황에 대해 논평했다. 안니카 잔니니는 여성인권 분야에서 존경받는 변호사이지만 그 밖에서는 아무런 경험이 없다는 점을 지적하면서 전문가는 그녀가 리스베트를 변호하기에 부적합하다는 결론을 내렸다. 미카엘이 안니카에게 들은 바로는 이미 수많은 유명 변호사들이 도움을 주겠다고 접촉해왔지만 그녀는 모든 제의를 정중히 거절했다.

재판이 시작되기를 기다리면서 미카엘은 방청객들을 한번 훑어보았다. 눈에 들어오는 사람이 있었다. 입구 근처에 앉아 있는 드라간 아르만스키였다.

그들의 시선이 잠시 얽혔다.

리샤르드가 책상에 서류를 잔뜩 쌓아놓고 앉아 있었다. 그는 기자 몇 사람을 알아보고 가볍게 목례를 보냈다.

안니카는 그의 맞은편 책상에 자리잡고 있었다. 묵묵히 자료를 정리할 뿐 어느 곳에도 시선을 주지 않았다. 미카엘은 동생이 약간 긴장했다는 느낌을 받았다. 일종의 무대 공포증일 거라고 생각했다.

이어 주임 판사와 배석 판사, 그리고 배심원이 입장했다. 주임 판사 예르겐 이베르센은 57세의 남자였다. 깡마른 얼굴에 머리는 희끗했고 걸음걸이는 활력이 넘쳤다. 미카엘이 조사한 바로는 세간의 이목을 끈 사건들을 상당수 담당했던 매우 노련하고 정확한 판사였다.

마지막으로 리스베트가 법정으로 들어왔다.

그 순간, 미카엘은 입을 다물 수 없었다. 그녀가 얼마나 요란한 옷차림을 할 수 있는지 익히 알았지만 의뢰인이 저런 모습으로 법정에 등장하도록 안니카가 허락했다는 사실이 놀라웠다. 밑단이 다 해진 새카만 가죽 미니스커트와 '나 성질났어'라는 문구가 새겨진 검정 탱크톱. 그리고 그 탱크톱으로 감추기에는 문신이 너무 많았다. 부츠를 신었고, 허리에는 징 박힌 벨트를 두른데다 검정과 보라색 줄이 들어간 스트라이프 스타킹까지 신고 있었다. 양쪽 귀에 달린 귀걸이는 열 개 남짓이었고 입술과 눈썹에도 링이 달려 있었다. 수술 받은 후 석 달간 빽빽하게 자라난 새카만 모발은 말 그대로 쑥대머리였다. 화장 또한 강렬했다. 입술에는 회색 립스틱을 발랐고 눈썹은 짙게 강조했 으며 미카엘이 한 번도 본 적 없는 검은 마스카라까지 진하게 칠했 다. 과거 두 사람이 함께 지냈던 시절에 그녀는 화장에 특별히 관심 이 있는 편이 아니었다.

좋게 표현해서 지금 그녀는 약간 섹시했다. 이른바 '고스룩'이었 다. 1960년대 영화에 나왔던 뱀파이어를 연상시켰다. 그녀가 등장하 자 기자들 가운데 많은 이들이 깜짝 놀라 숨을 멈추거나 재미있다는 표정으로 씩 웃는 모습이 미카엘의 눈에 들어왔다. 이제 그들은 무수 한 스캔들의 주인공이자 자신들이 숱하게 써먹은 기삿거리였던 사 람을 마침내 실물로 보게 됐다. 그 모습은 그들이 기대했던 바와 거 의 일치했다.

이내 미카엘은 깨달았다. 지금 리스베트는 분장을 하고 나온 것이 었다. 평상시 그녀는 옷을 대충 입었고 별다른 취향도 없어 보였다. 미카엘은 그녀가 괴상한 옷차림을 하는 건 유행을 따르기 위해서가 아니라 정체성을 표현하기 위해서라는 생각을 늘 해왔다. 자신의 개 인적 영역이 하나의 적대적 지대라는 걸 드러내는 방법이었다. 미카 엘에겐 그녀의 가죽재킷에 박힌 뾰족한 징들이 고슴도치의 가시처 럼 일종의 방어기제로 느껴졌었다. 그것은 주위 사람들에게 보내는 신호였다. 날 만지려고 하지 마. 아플 테니까.

그런데 지금 그녀는 법정에 등장하면서 그런 옷차림을 한층 더 강 조했다. 얼마나 강렬한지 과장된 패러디로 보일 정도였다.

미카엘은 불현듯 또 한 가지 사실을 깨달았다. 이건 우연이 아니었 다. 안니카가 세운 변호 전략의 일부였다.

만일 리스베트가 단정히 빗은 머리에 얌전한 블라우스와 깔끔한 단화 차림으로 나타났다면 어땠을까? 분명 법정에 거짓말을 팔러 나온 속 보이는 사기꾼으로 비춰질 것이다. 이건 신뢰성의 문제였다. 지금 그녀는 다른 누구도 아닌 있는 그대로의 모습으로 등장했다. 심지어는 자신을 분명히 드러내려고 과장하기까지 했다. 자신이 아닌 누군가인 척하려 하지 않았다. 나 자신을 부끄러워할 생각도, 어떤 쇼를 할 생각도 없어, 이것이 그녀가 법정에 보내는 메시지였다. 법정이 이런 모습을 기분 나쁘게 생각할 수도 있었지만 그녀가 상관할 바가 아니었다. 사회는 여러 가지로 그녀를 비난하고 있었고, 검사는 결국 그녀를 이곳까지 끌고 들어왔다. 리스베트는 이런 모습으로 등장함으로써 자신은 검사가 기소한 내용들을 모두 엿 같은 소리로 여기고 있다는 걸 처음부터 분명히 보여준 셈이었다.

그녀는 거침없이 걸어나와 변호사 옆 지정석에 앉았다. 그리고 방청객들을 쓰윽 훑어보았다. 그녀의 눈엔 일말의 호기심도 없었다. 대신 지금까지 매체들을 통해 자신을 단죄해온 인간들을 도전적인 눈빛으로 하나씩 확인하고 마음에 새겨두는 듯했다.

고세베르가 농가 주방의 긴 의자 위에 피투성이 누더기 인형 꼴로 누워 있던 리스베트를 발견한 그날 이후로 미카엘은 그녀를 처음 보는 것이었다. 정상적인 상황에서 만난 건 실로 일 년 반만이었다. 리스베트를 만나면서 '정상적인 상황'이라는 표현을 쓰는 게 가능하다면 말이다. 두 사람의 눈이 몇 초간 마주쳤다. 리스베트의 시선이 잠시 미카엘의 얼굴 위에 머물렀지만 그를 알아보았다는 기색 따위는 없었다. 하지만 그의 볼을 뒤덮은 시퍼런 멍과 오른쪽 눈썹에 붙은 밴드는 확실히 보였다. 아주 짧은 순간, 미카엘은 그녀의 눈가에 희미한 웃음기 같은 게 스치는 걸 느꼈다. 자신의 환상에 불과한 건지는 알 수 없었다. 이어 예르겐 이베르센 판사가 의사봉을 두드렸고 마침내 재판이 시작됐다.

방청객이 법정에 앉아 있을 수 있었던 시간은 다 해서 삼십 분에 불과했다. 우선은 리샤르드 검사가 사건을 소개한 후 기소 항목을 열거했다.

검사가 기소할 내용에 대해서는 이미 다들 충분히 알고 있었지만 기자들은 부지런히 받아 적었다. 미카엘은 아무것도 적지 않았다. 벌써 기사를 써놨으니까. 그는 단지 리스베트를 응원하고 그녀와 눈이라도 한 번 마주치려고 법정에 나온 것이다.

검사의 모두진술은 이십이 분간 계속됐다. 다음은 안니카 차례였다. 그녀가 발언하는 데는 삼십 초가 걸렸다. 목소리는 차분했다.

"본 변호인은 한 항목을 제외한 모든 기소 항목을 부인합니다. 저의 의뢰인은 최루액 스프레이를 소지했음을 시인하며, 따라서 불법 무기 소지에 대한 유죄를 인정합니다. 그러나 나머지 항목에 대해서는 모든 범죄적 의도 및 책임을 부인합니다. 저희는 검사의 주장이 틀렸으며, 오히려 저의 의뢰인이 심각한 사법권 남용의 피해자라는 사실을 입증할 것입니다. 본 변호인은 의뢰인의 무죄선고, 후견 체제 해제 및 석방을 요구하는 바입니다."

기자들의 펜이 노트 위에서 바쁘게 달리는 소리가 들렸다. 드디어 리스베트측 변호인의 전략이 밝혀졌다. 기자들의 예상과는 전혀 달랐다. 많은 이들은 변호인이 리스베트의 정신질환을 내세워 유리하게 이용할 거라고 생각했다. 미카엘은 얼굴에 번지는 미소를 감출 수 없었다.

"알겠습니다." 예르겐 판사가 뭔가를 적었다. 그는 안니카를 쳐다보았다. "다 끝났습니까?"

"네, 이상입니다."

"검사측, 덧붙일 말 있습니까?"

리샤르드는 심리를 비공개로 진행할 것을 요청했다. 우선 피고인의 취약한 정신 상태와 복지를 고려해야 하고, 더불어 이 사건에는 국가안보를 침해할 수 있는 내용이 포함됐다는 이유였다.

"살라첸코 사안을 말하는 겁니까?" 판사가 물었다.

"그렇습니다. 알렉산데르 살라첸코는 끔찍한 독재 체제에서 벗어나기 위해 스웨덴으로 정치망명을 한 인물입니다. 이 사안의 처리 과정과 이해관계를 비롯해 몇 가지 내용들은 살라첸코가 사망했더라도 여전히 최고 기밀에 속합니다. 따라서 저는 본 심리를 비공개로 진행하고, 특별히 민감한 내용은 기밀을 보장할 것을 요청하는 바입니다."

"알겠습니다." 예르겐 판사의 이마에 깊은 주름이 잡혔다.

"더구나 심리에서 피고인의 후견 문제를 상당히 다룰 것입니다. 이는 자연히 비밀에 부쳐야 할 내용들로 연결되죠. 따라서 피고인에 대한 동정의 차원에서 비공개 심리를 요청합니다."

"변호인측 입장은 어떻습니까?"

"어느 쪽이든 상관없습니다."

판사는 잠시 생각했다. 그리고 배석 판사의 의견을 참고한 뒤 검사의 요청을 수락한다고 선언했다. 기자들은 일제히 분통을 터뜨렸고, 미카엘도 법정에서 나서야만 했다.

법원청사 계단 아래에서 드라간이 미카엘을 기다리고 있었다. 7월의 날씨는 찌는 듯 무더웠다. 미카엘의 양쪽 겨드랑이가 땀으로 젖어들기 시작했다. 두 경호원도 그를 따라 밖으로 나왔다. 그들은 상관인 드라간에게 인사한 후 곧바로 주위를 경계하기 시작했다.

"경호원들하고 돌아다니니 기분이 묘한데요? 돈은 얼마나 들어갑니까?"

"이건 우리 회사가 부담할 겁니다." 드라간이 대답했다. "당신이 살아 있는 게 내 개인적으로도 중요하니까. 물어보니 대답하자면 지난 몇 달간 25만 크로나 정도가 들었습니다."

미카엘은 고개를 끄덕였다. 그가 베리스가탄 거리의 이탈리안 카페를 가리키며 물었다.

"커피 한잔 할까요?"

미카엘은 카페라테를, 드라간은 우유를 조금 넣은 더블에스프레소를 주문했다. 그들은 테라스의 서늘한 그늘에 자리를 잡았다. 경호원들은 콜라 한 잔씩을 가지고 옆 테이블에 앉았다.

"비공개라······" 드라간이 말했다.

"예상한 일이었어요. 뭐, 잘된 일일 수도 있죠. 우리가 정보를 통제하기가 더 쉬워지니까요."

"맞습니다. 그렇게 중요한 일은 아니죠. 하지만 리샤르드라는 그 인간은 점점 더 싫어지는군요."

미카엘이 고개를 끄덕였다. 그들은 커피를 마시며 리스베트의 미래가 결정될 법원청사를 바라보았다.

"이제 반격이 시작되었네요." 미카엘이 말했다.

"준비도 완벽하고요." 드라간이 맞장구쳤다. "미카엘 씨 동생 분한테 놀랐습니다. 처음에 그녀가 변호 전략을 제시했을 때 농담이라고 생각했어요. 하지만 생각해볼수록 효과적인 방법 같더군요."

"재판은 저 안에서만 끝나지 않을 겁니다." 몇 달 전부터 그가 되뇌어온 말이었다.

"당신도 증인으로 소환될 거예요."

"알고 있어요. 준비됐습니다. 하지만 모레나 되어야겠죠. 그렇게 되길 바라고 있어요."

리샤르드 검사는 자신의 이중초점 안경을 집에 두고 왔다. 깨알만하게 쓴 메모를 훑어보려면 일반 안경을 이마에 걸쳐놓고 두 눈을 잔뜩 찌푸려야 했다. 그는 금발 염소수염을 후닥닥 비비면서 다시 안경을 쓴 다음 법정을 둘러보았다.

리스베트는 꼿꼿이 앉아 도무지 그 속을 가늠할 수 없는 눈빛으로 검사를 응시하고 있었다. 그녀의 얼굴과 두 눈은 미동도 하지 않았다. 완전히 그 자리에 없는 사람 같았다. 어쨌든 검사가 심문을 시작할 시간이었다.

"우선 피고인은 이 법정에서 선서하에 진술하고 있다는 사실을 상기시켜드리고 싶습니다."

리스베트는 미동도 하지 않았다. 리샤르드는 그녀가 반응을 보이기를 기대했었는지 잠시 기다렸다. 그리고 다시 눈을 들었다.

"자, 그럼 선서하에 진술하는 걸로 알겠습니다." 그가 반복했다.

리스베트는 아주 살짝 머리를 갸우뚱했다. 안니카는 예비수사 보고서를 읽는 데 열중해 검사가 하는 말에는 관심조차 없는 듯했다. 리샤르드는 흩어진 서류들을 주섬주섬 모았다. 어색한 침묵이 잠시 흐른 뒤 그가 목청을 골랐다.

"네, 좋습니다." 그리고 점잖은 말투로 질문을 시작했다. "즉시 본론으로 들어가죠. 우선 금년 4월 6일, 스탈라르홀멘에 있는 고 닐스 비우르만 변호사의 시골별장에서 일어났던 사건에 대해 얘기해봅시다. 제 모두진술의 출발점이었던 사건이죠. 자, 피고가 스탈라르홀멘에 가서 칼망누스 룬딘에게 총을 쏜 이유가 과연 무엇이었는지, 우리 한번 알아볼까요?"

리샤르드가 대답해보라는 눈빛으로 리스베트를 바라보았다. 그녀는 여전히 미동도 하지 않았다. 그러자 그는 맥빠진 표정을 지었다. 어깨를 으쓱하며 두 팔을 벌려 보이면서 판사를 돌아보았다. 예르겐은 잠시 머뭇거리다 변호인측을 힐긋 봤다. 안니카는 주변 일에 전혀 관심이 없는 듯 자료에만 머리를 박고 있었다.

판사는 목청을 고르고 리스베트에게로 시선을 옮겼다.

"피고의 침묵을 질문에 대한 답변을 거절한다는 뜻으로 받아들여도 되겠습니까?"

리스베트가 고개를 돌려 판사와 눈을 마주쳤다. 그러고는 대답했다.

"전 기꺼이 질문에 답변하고 싶습니다."

판사는 고개를 끄덕였다.

"그럼 제 질문에 답변해보겠습니까?" 리샤르드가 끼어들었다.

리스베트는 검사에게로 눈을 돌렸다. 하지만 아무 말도 하지 않았다.

"피고는 질문에 답변할 수 있겠습니까?" 판사가 물었다.

리스베트는 다시 재판장을 쳐다보며 눈썹을 치켜세웠다. 그러고는 또박또박 말했다.

"어떤 질문 말인가요? 지금까지 이분—그녀는 턱으로 그를 가리켰다—께선 증거도 없는 주장을 했을 뿐입니다. 저는 질문을 듣지 못했습니다."

안니카가 시선을 들어올렸다. 그녀는 책상 위에 두 팔꿈치를 올리고 손바닥 위에 턱을 괴었다. 눈에는 호기심 어린 빛이 반짝 떠올랐다.

리샤르드는 머릿속이 멍해져 몇 초 동안 제대로 생각할 수가 없었다.

"검사는 다시 한번 질문해주겠습니까?" 판사가 요청했다.

"그러니까…… 피고는 칼망누스 룬딘을 저격할 생각으로 스탈라르홀멘에 있는 닐스 변호사의 시골별장에 갔습니까?"

"아뇨, 아까 당신은 이렇게 말했어요. 피고가 스탈라르홀멘에 가서 칼망누스 룬딘에게 총을 쏜 이유가 과연 무엇이었는지, 우리 한번 알아볼까요, 라고. 그건 질문이 아니죠. 내가 답변할 내용을 미리 예상하고 던진 단언입니다. 난 당신이 만들어낸 주장에 응할 책임이 없습니다."

"억지 부리지 말고 질문에나 대답하세요."

"싫습니다."

정적이 흘렀다.

"싫다뇨?"

"당신 질문에 대한 내 답변입니다."

리샤르드는 한숨을 쉬었다. 무척 긴 하루가 될 것 같은 예감이 들었다. 리스베트는 대꾸를 기다린다는 듯 그를 빤히 쳐다보았다.

"좋습니다. 처음부터 다시 시작하는 게 좋겠군요." 마침내 그가 말했다. "피고는 금년 4월 6일 오후, 고 닐스 비우르만 변호사의 시골집에 있었습니까?"

"네."

"거기엔 어떻게 갔죠?"

"쇠데르텔리에행 교외선을 탔습니다. 스트렝네스에서 버스로 갈아탔고요."

"어떤 이유로 스탈라르홀멘에 갔죠? 거기서 칼망누스 룬딘과 그의 동료 소니 니에미넨과 만나기로 약속했습니까?"

"아뇨."

"그럼 그들은 거기에 어떻게 오게 됐죠?"

"그건 그자들에게 물어보세요."

"지금 전 피고에게 묻고 있습니다."

리스베트는 대답하지 않았다.

예르겐 판사가 헛기침을 하고는 도움을 주려는 듯 입을 열었다.

"지금 피고가 답변하지 않는 건 의미론적으로 검사측이 또 단언을 하기 때문인 것 같네요."

안니카가 풋 하고 웃음을 터뜨렸다. 다 들릴 정도로 큰 소리였다. 그녀는 곧바로 입을 다물고 다시 자료를 내려다보았다. 리샤르드가 짜증난 얼굴로 그녀를 힐긋 쳐다보았다.

"그렇다면 피고는 왜 그 두 사람이 닐스의 시골별장에 갔다고 생각하죠?"

"난 모릅니다. 아마 불을 지르러 가지 않았을까요? 칼망누스의 오토바이 안장 속에 휘발유가 든 플라스틱 병이 하나 들어 있었으니까."

리샤르드가 입을 삐죽 내밀었다.

"당신은 왜 그 시골별장에 갔습니까?"

"정보를 찾으려요."

"무슨 정보죠?"

"내 추측으론 칼망누스와 소니가 별장에 와서 그 정보를 없애려고 했던 것 같습니다. 그 쓰레기를 살해한 범인을 밝히는 데 도움이 될 정보 말이에요."

"피고는 닐스 변호사를 '쓰레기'로 여기는 건가요? 내가 정확히 이해했나요?"

"네."

"왜 그렇게 생각하죠?"

"그자는 가학증 걸린 돼지에 개자식에 강간범이니까요. 쓰레기죠."

리스베트는 변호사의 복부에 새겨진 문구를 그대로 인용했다. 즉, 자신이 그걸 썼다는 사실을 간접적으로 인정한 셈이었다. 하지만 이건 기소 항목에 포함되지 않았다. 닐스 비우르만이 이런 폭행 사실을 경찰에 신고하지 않았을 뿐 아니라, 자의로 시술받은 문신인지, 아니면 강제로 당한 일인지 판별할 방법이 없었기 때문이다.

"그렇다면 피고는 자신의 후견인에게 성적으로 학대당했다고 주장하는 거군요. 언제 성폭행을 당했는지 말해줄 수 있습니까?"

"2003년 2월 18일 화요일, 같은 해 3월 7일 금요일입니다."

"피고는 지금까지 심문 과정에서 대화를 시도했던 경찰들의 모든 질문에 답변하기를 거부해왔습니다. 왜 그랬죠?"

"그들에겐 할말이 전혀 없어요."

"며칠 전 피고측 변호인이 느닷없이 제출한 진술서를 읽어봤습니다. 나중에 다시 언급하겠지만 아주 놀라운 자료더군요. 진술서에서 피고는 이렇게 주장했습니다. 처음 만난 날부터 닐스 변호사가 당신에게 오럴 섹스를 강요했고, 두번째 만남 때는 심한 고문을 가하며 밤새도록 수차례 성폭행했다고요."

리스베트는 대답하지 않았다.

"맞습니까?"

"네."

"이를 경찰에 고발하지 않았습니까?"

"네."

"왜 안 했죠?"

"내가 뭔가를 얘기해보려 할 때마다 경찰은 들은 척도 하지 않았습니다. 그들에게 고발한다는 건 아무 의미 없는 짓이죠."

"성폭행 당한 일을 누군가에게 말했나요? 예를 들어 친구라든지."

"아뇨."

"왜 안 했죠?"

"그들과 상관없는 문제니까요."

"좋습니다. 변호사를 찾아간 적도 없고요?"

"없습니다."

"그때 생겼을 상처를 치료하려고 병원에 간 일은요?"

"없습니다."

"여성상담소를 찾아간 일도 없겠고요."

"또 단언하시는군요."

"미안합니다. 여성상담소를 찾아간 일은 없습니까?"

"없습니다."

마침내 리샤르드가 재판장을 향해 몸을 돌렸다.

"자신이 두 차례 성폭행을 당했으며, 두번째 경우는 극도로 심각했다는 피고인의 주장을 다시 한번 상기시켜드리고 싶습니다. 피고는 자신의 후견인이었던 고 닐스 비우르만 변호사를 가해자로 지목하고 있습니다. 하지만 여기서 우리는 다음 사실들을 고려할 필요가 있습니다……"

리샤르드가 자료를 뒤적거렸다.

"강력범죄 수사대의 수사 결과에 따르면 닐스 변호사의 과거 행적 가운데 피고의 진실성을 뒷받침할 만한 점은 조금도 없었습니다. 한 번도 유죄판결을 받은 적이 없고, 고발이나 경찰수사의 대상이 된 적도 없습니다. 그는 이전에도 후견인이나 법정 관리인으로서 여러 청소년들을 맡아왔습니다. 하지만 그들 중 어떤 형태로든 폭행을 당한 적 있다고 주장하는 사람은 없었습니다. 오히려 그 반대였죠. 항상 올바르고 친절하게 자신들을 대했다고 진술했습니다."

그는 자료를 한 장 넘겼다.

"또한 피고가 편집증적 정신분열을 진단받은 적이 있다는 사실을 상기시켜드려야 할 것 같습니다. 이 젊은 여성에게 폭력적 성향과 더불어 십대 때부터 사회와 소통하는 데 문제가 있었음을 숱한 자료들이 입증하고 있습니다. 피고는 소아정신병원에서 몇 년간 치료를 받았고, 열여덟 살 때부터는 후견을 받아왔습니다. 유감스럽지만 거기엔 그럴 만한 이유가 있습니다. 자기 자신뿐 아니라 주변에까지 위험을 끼칠 수 있는 존재이기 때문입니다. 따라서 피고에게 필요한 건 감옥이 아닌 치료라고 굳게 확신합니다."

그는 웅변적 효과를 위해 잠시 뜸을 들였다.

"한 젊은이의 정신 건강에 대해 논한다는 건 참으로 고약한 일입니다. 사생활을 크게 침해해야 하고, 한 인간의 심리적 상태를 온갖 해석의 대상으로 바라봐야 하기 때문이죠. 하지만 이번 사안은 좀 다릅니다. 우린 피고가 직접 보여준 그녀의 혼란스러운 세계관에 근거해 판단을 내릴 수 있습니다. 이 자전적 진술서만큼 피고의 세계관이 분명히 나타난 곳은 없으니까요. 현실에서 유리된 그녀의 상태가 아주 명확하게 드러나 있습니다. 그러니 더이상 증인도, 말장난이 될 수 있는 해석도 필요 없습니다. 피고 본인의 말이 있기 때문입니다. 그리고 그 주장의 신뢰성은 우리가 스스로 판단할 수 있습니다."

그의 시선이 리스베트를 향했다. 둘의 눈이 마주쳤다. 그녀가 갑자기 미소를 지었다. 그 표정에서 사악함이 느껴졌다. 그는 이마를 찌푸렸다.

"변호인측, 할말 있습니까?" 예르겐 판사가 물었다.

"없습니다. 검사의 결론이 제멋대로라는 것 말고는요."

오후 심리는 증인 심문으로 시작됐다. 후견위원회의 울리카 폰 리벤스탈이 증인석에 섰다. 닐스 변호사에 대한 불만이 제기된 적이 있었는지 확인하기 위해 리샤르드가 심문을 요청했다. 검사의 질문에 그녀는 불명예스러운 주장이라며 강력하게 부인했다.

"후견 체제는 엄격한 감독하에 운영되고 있습니다. 닐스 변호사는 후견위원회로부터 위임받은 임무들을 나무랄 데 없이 수행했습니다. 어처구니없는 죽음을 맞기 전까지 이십 년에 가까운 세월 동안 말이에요."

대답을 마친 울리카가 리스베트를 힐끗 노려보았다. 그녀가 닐스 비우르만 살인 혐의로 기소되지도 않았고, 이미 로날드 니더만이 진범으로 밝혀졌는데도 말이다.

"긴 세월 동안 닐스 변호사에 대한 불만은 한 건도 없었어요. 피후견인들에 대한 깊은 책임감을 보여준 양심적인 인물이었죠."

"그렇다면 증인은 닐스 변호사가 피고를 심각하게 성폭행했을 가능성이 희박하다고 보는 건가요?"

"정말 터무니없는 주장이에요. 닐스 변호사는 빠짐없이 월례보고서를 제출했고, 그가 제대로 임무를 수행하는지 파악하기 위해 개인적으로 여러 차례 만나기도 했으니까요."

"변호인측이 피고를 후견 체제에서 즉시 해제해달라고 요청했는데 어떻게 생각하시죠?"

"피후견인이 후견 체제에서 벗어난다면 누구보다 기뻐할 곳은 바로 후견위원회예요. 하지만 위원회는 무거운 책임을 지고 있고, 규정 또한 엄격히 준수해야 합니다. 리스베트 살란데르의 후견 체제를 변경하는 문제를 논의하려면 우선 그녀가 완전히 치료되었다는 정신과 전문의의 진단이 있어야 한다는 게 위원회의 입장입니다. 우리가 따라야 할 정상적인 절차이고요."

"그렇군요."

"결론적으로 그녀는 정신감정에 응해야 합니다. 알다시피 그녀는 거부했고요."

심문이 사십오 분 넘게 진행되는 동안 그들은 닐스 비우르만의 월례보고서를 검토했다.

증인 심문이 끝나기 직전에 안니카가 단 한 번 질문을 던졌다.

"2003년 3월 7일과 8일 사이 밤, 증인은 닐스 변호사의 침실에 있었나요?"

"물론 아니에요."

"그렇다면 증인은 제 의뢰인의 주장이 진실인지 거짓인지 전혀 모르는 게 아닙니까?"

"닐스 변호사에 대한 비난은 터무니없는 거예요."

"그건 증인의 의견일 뿐이죠. 당신이 닐스의 알리바이를 입증할 수 있나요? 혹은 그가 제 의뢰인을 성폭행하지 않았다는 걸 어떤 방식으로든 증명할 수 있나요?"

"그건 당연히 불가능하죠. 하지만 상식적으로……"

"고맙습니다. 이상입니다." 안니카가 말을 끊었다.

저녁 7시 무렵, 미카엘은 슬루센 근처 밀톤 시큐리티 사무실에서 안니카를 만났다. 재판 상황을 정리하기 위해서였다.

"거의 예상대로 진행됐어." 안니카가 말했다. "리샤르드가 리스베트의 진술서를 덥석 물었지."

"좋아. 리스베트는 잘하고 있어?"

안니카는 웃음을 터뜨렸다.

"얼마나 잘하는지, 완벽한 사이코패스로 보일 정도야. 그냥 자연스럽게 행동할 뿐인데."

"흐음."

"오늘 주로 다룬 건 스탈라르홀멘 사건이었어. 내일은 고세베르가가 될 테고. 과학수사대 증인 심문이 있겠지. 검사는 리스베트가 자기 아버지를 죽이러 거기에 갔다는 걸 입증하려 들 거야."

"오케이."

"그런데 절차상 문제가 생겼어. 오후에 리샤르드가 후견위원회의 리벤스탈이란 여자를 증인으로 불렀어. 내게 리스베트를 변호할 권리가 없다고 주장하더군."

"아니, 왜?"

"리스베트가 후견을 받고 있기 때문에 스스로 변호사를 선택할 권한이 없다는 거야."

"그래?"

"후견위원회가 날 승인하지 않는 한 리스베트를 변호할 수 없대."

"그래서?"

"재판장이 내일 오전에 입장을 밝힐 거야. 아까 심리 끝나고 그와 짤막하게 얘기를 나누었어. 아마 계속 변호를 맡으라고 할 것 같아. 나도 항의했지. 후견위원회가 이의를 제기할 시간이 세 달이나 있었는데 재판이 시작된 후 이렇게 트집을 잡는 건 너무 뻔뻔하지 않느냐고."

"페테르 박사는 금요일에 증언할 거야. 그땐 네가 그를 박살내야 해."

목요일. 리샤르드 검사는 지도와 사진을 검토하고 고세베르가 사건에 대한 기술적 의견을 광범위하게 듣는다는 이유로 오랜 시간 발언했다. 그러면서 마침내 리스베트가 친부를 살해할 목적으로 그를 찾아갔음을 이 모든 증거가 분명히 보여주고 있다고 결론을 내렸다. 일련의 증거들 가운데 그가 가장 핵심적으로 내세운 건 리스베트가 고세베르가에 P-83 바나드를 가져갔다는 사실이었다.

알렉산데르 살라첸코(리스베트의 진술에 따르면) 혹은 경찰을 살해한 로날드 니더만(암살되기 전 살라첸코가 살그렌스카 병원에서 진술한 내용 따르면)이 리스베트를 살해하려 했다거나, 혹은 그녀가 숲속 구덩이에 생매장됐다고 해서 친부를 살해하려 고세베르가까지 추적해 찾아간 혐의가 조금도 경감될 순 없었다. 게다가 도끼로 살라첸코의 얼굴을 가격해 거의 목적을 이룰 뻔했다. 따라서 검사는 리스베트가 살인계획 및 살인미수, 그리고 최소한 중상해 혐의로 유죄선고를 받아야 한다고 주장했다.

리스베트의 주장은 달랐다. 그녀는 친부로부터 다그 스벤손과 미아 베리만을 살해했다는 자백을 받아내기 위해 고세베르가에 갔다고 말했다. 그녀의 진술은 고의성 여부를 판별하는 데 결정적인 중요성을 지녔다.

리샤르드가 예테보리 과학수사대 소속 멜케르 한손에 대한 증인심문을 마쳤을 때, 안니카가 몇 가지 짤막한 질문을 던졌다.

"멜케르 씨, 당신이 수사한 내용과 수집한 모든 기술적 자료 가운데, 제 의뢰인이 고세베르가를 방문한 목적을 거짓으로 진술했다는 걸 입증할 요소가 있습니까? 다시 말해 당신은 그녀가 친부를 죽이려 그곳에 갔다는 걸 증명할 수 있습니까?"

멜케르는 잠시 생각했다.

"없습니다."

"당신은 그녀의 고의성에 관해 아무것도 단언할 수 없는 건가요?"

"그렇습니다."

"그렇다면 검사의 결론은 웅변적이고 장황하긴 하지만 억측에 불과하겠군요."

"그럴 수 있다고 생각합니다."

"제 의뢰인은 전날 스탈라르홀멘에서 소니 니에미넨으로부터 빼앗은 P-83 바나드를 어떻게 처리해야 할지 몰라 그저 배낭 속에 넣어두었다고, 다시 말해 우연히 그랬다고 진술했습니다. 당신이 수집한 기술적 증거 가운데, 이 진술을 반박할 요소가 조금이라도 있습니까?"

"없습니다."

"고맙습니다." 안니카는 심문을 마치고 자리에 앉았다. 한 시간가량 계속된 증인 심문에서 그녀가 한 유일한 발언이었다.

목요일 저녁 6시. 섹션 본부가 있는 아르틸레리가탄 건물을 나서는 비리에르 바덴셰는 자욱한 안개 속에서 낭떠러지를 향해 걷는 것만 같았다. 몇 주 전부터 알고 있었다. 특별 분석 섹션 부장이라는 자신의 직함이 알맹이 빠진 껍데기에 불과하다는 사실을. 그의 의견과 항의, 그리고 애원은 아무런 소용이 없었다. 프레드리크 클린톤이 모든 걸 결정했다. 만일 섹션이 공개적이고 공식적인 기관이었다면 이런 상황은 그에게 아무런 문제가 되지 않는다. 상급자를 찾아가 항의하면 간단히 해결될 일이니까.

하지만 지금은 하소연할 사람조차 없었다. 그는 혼자였고, 그가 보기에 정신병자에 불과한 인물의 손끝에 자신의 운명이 달려 있었다. 가장 절망적인 건, 프레드리크의 권위가 절대적이라는 사실이었다. 코흘리개 요나스와 광신도 같은 예오리가 곧바로 대열을 이루더니 죽어가는 노인의 눈짓 하나, 손짓 하나에 기계처럼 움직이고 있었다.

물론 비리에르는 프레드리크가 자신의 이익을 위해 그러는 게 아니라는 걸 알았다. 그는 오직 섹션의 이익을 위해, 아니 최소한 그가 섹션의 이익이라고 믿는 것을 위해 행동하고 있다. 하지만 그 결과는 조직 전체의 끝없는 추락이었다. 노련한 동료들조차 자신들이 행동할 때마다, 그리고 어떤 결정을 내리고 실행할 때마다 점점 더 깊은 수렁에 빠져들고 있음을 깨달으려 하지 않았다. 마치 집단 암시 상태에 빠진 것과 같았다.

전날 차를 세워놓은 린네가탄 거리에 접어든 그의 심정은 커다란 돌덩이가 얹힌 듯 무거웠다. 경보장치를 해제하고 열쇠를 꺼내 차문을 열려는 순간, 등 뒤에서 기척이 느껴졌다. 돌아서서 보니 불빛 때문에 눈이 부셨다. 보도에 키 큰 남자 하나가 서 있는 모습이 보였다. 얼굴을 알아보는 데 몇 초쯤 걸렸다.

"비리에르 바덴셰 씨, 안녕하십니까." 헌법수호부장 토르스텐 에드클린트가 인사했다. "현장에서 뛰지 않은 지 벌써 십 년째지만 오늘은 내가 나와야 할 듯싶어서요."

그는 어리둥절한 눈으로 부장의 양옆에 서 있는 두 사복 경찰을 쳐다보았다. 얀 부블란스키와 마르쿠스 엘란데르였다.

무슨 일이 일어난 건지 불현듯 깨달았다.

"유감입니다만 검찰의 결정에 따라 당신을 일련의 범죄 혐의로 체포하겠습니다. 범죄 사항이 하도 많아 목록을 완성하려면 몇 주는 족히 걸릴 겁니다."

"대체 무슨 말이죠?" 비리에르가 화를 내며 외쳤다.

"당신을 살인공모 혐의로 체포한다는 얘깁니다. 협박, 뇌물수수, 불법 도청, 공문서 위조, 공금 유용, 가택침입 및 절도, 공권력 남용, 간첩 활동 등의 혐의도 추가합니다. 이제 경찰청으로 가서 조용히 얘기를 나눠볼까요."

"난 살인한 적이 없어요!" 비리에르가 헐떡였다.

"그건 우리가 수사해서 밝혀보죠."

"프레드리크 클린톤이에요! 언제나 그랬다고요!"

토르스텐은 만족스러운 표정으로 고개를 끄덕였다.

알다시피 용의자를 심문하는 경찰에는 두 가지 고전적인 유형이 있다. 포악한 경찰과 친절한 경찰. 포악한 경찰은 용의자를 겁먹게 해 자백을 얻어내려는 목적으로 욕설을 퍼붓고 주먹으로 책상을 내리치는 등 대체로 거칠게 행동한다. 반면 친절한 경찰은 담배나 커피를 권하거나 공감하며 고개를 끄덕거리면서 점잖은 말투를 구사한다. 이 경우에 체격이 아담하고 머리가 희끗한 나이든 경찰이라면 더욱 좋다.

대부분의 경찰—다는 아니다—은 친절한 취조방식이 어떤 결과를 얻어내는 데 더 효과적이라는 사실을 안다. 포악한 경찰이 아무리 인상을 써보았자 산전수전 다 겪은 베테랑 범죄자는 눈 하나 깜빡하지 않는다. 아마추어는 그런 경찰 앞에서 물론 겁을 먹겠지만 실은 어떤 방법을 써도 어차피 입을 열 사람들이다.

미카엘은 옆방에서 비리에르를 심문하는 내용을 듣고 있었다. 경찰 내부에서 그의 존재는 논란의 대상이었지만 토르스텐은 어쩌면 그의 논평이 도움이 될지도 모른다고 판단했다.

미카엘은 토르스텐이 제3의 취조방식을 쓴다는 걸 알아챘다. 바로 무관심한 경찰 전략으로 이번 경우에 특히 효과적인 듯했다. 취조실에 들어온 토르스텐은 먼저 머그잔 두 개에 커피를 따른 다음 녹음기를 켜고 의자에 몸을 기댔다.

"우린 벌써 모든 증거를 확보한 상태예요. 따라서 우리가 아는 내용들을 확인해보는 것 외에 당신이 할 진술에는 아무런 관심이 없습니다. 그래도 한 가지는 물어봅시다. 왜죠? 사람들을 제거해버릴 결정을 내릴 만큼 어떻게 그리도 어리석을 수 있었죠? 피노체트 독재하의 칠

레도 아니고 지금 스웨덴에서 말입니다. 자, 녹음기가 돌아가고 있으니 뭐라도 할말이 있으면 지금 하세요. 얘기하고 싶지 않다면 녹음기를 끄겠습니다. 그리고 그 넥타이와 구두끈을 풀어서 당신이 변호사를 선임해 법정에서 판결을 받을 때까지 구치소에 잘 보관해두죠."

토르스텐은 커피를 한 모금 마시고 더이상 아무 말도 하지 않았다. 그렇게 침묵 속에서 이 분쯤 지나자 팔을 뻗어 녹음기를 껐다. 그러고는 일어섰다.

"당신을 데리러 갈 사람을 곧 보내죠. 잘 가십쇼."

"난 아무도 죽이지 않았습니다." 토르스텐이 문을 열었을 때 그가 말했다. 토르스텐은 걸음을 멈췄다.

"당신하고 하나마나 한 대화를 나누고 싶진 않아요. 하지만 당신의 입장을 제대로 해명하고 싶다면 다시 앉아 녹음기를 켜겠습니다. 나와 달리 이 나라 관리들—특히 수상이—은 모두 당신 이야기를 듣고 싶어 안달하고 있으니까. 만일 입을 열면 오늘밤 곧장 수상 관저로 가서 이 사안에 대해 당신이 진술한 내용을 보고할 겁니다. 그렇지 않으면 당신은 어쨌든 법정으로 끌려가 선고를 받을 거고요."

"앉으세요." 비리에르가 말했다.

그가 체념한 모습이 눈에 선했다. 미카엘은 크게 숨을 내쉬었다. 그 방에는 모니카, 랑힐드 검사, 세포 요원 스테판, 그리고 처음 보는 두 사람도 같이 있었다. 미카엘은 이들 중 적어도 한 명은 법무부 소속이리라 짐작했다.

"난 그 살인 사건들과 아무 관계가 없어요." 토르스텐이 녹음기를 켜자 비리에르가 입을 열었다.

"살인 사건'들'이라는군요." 미카엘이 모니카에게 말했다.

"쉿!"

"프레드리크 클린톤과 에베르트 굴베리가 했습니다. 난 그들이 무슨 짓을 벌일지 전혀 몰랐어요. 정말입니다. 에베르트가 살라첸코를 죽였다는 소식을 들었을 때 큰 충격을 받았고요. 믿을 수가 없었어요…… 정말 믿기지 않았죠. 그리고 군나르 비에르크에게 일어난 일을 전해 들었을 땐 너무 놀라 심장이 멎는 줄 알았습니다."

"군나르의 암살 사건에 대해 얘기해보시죠." 토르스텐의 말투에는 조금의 변화도 없었다. "어떤 식으로 한 겁니까?"

"프레드리크가 누군가를 고용했습니다. 어떻게 구했는지는 잘 모르지만 어쨌든 유고슬라비아인 두 명이었습니다. 세르비아 쪽이었을 거예요. 예오리 뉘스트뢲이 할 일을 설명하고 돈도 지불했습니다. 그 사실을 알았을 때 난 우리가 낭떠러지로 가고 있다는 걸 깨달았어요."

"자, 처음부터 얘기해보는 게 어떻겠습니까?" 토르스텐이 제안했다. "섹션에서 일하기 시작한 게 언제죠?"

비리에르는 이야기를 시작했고 한번 흘러나오기 시작하자 멈출 수가 없었다. 심문은 다섯 시간 가까이 계속됐다.

26장
7월 15일 금요일

금요일 오후, 증인석에 앉아 있는 페테르 텔레보리안 박사의 모습에선 자신감이 넘쳐흘렀다. 구십 분이 넘는 시간 동안 리샤르드 검사에게 질문을 받으며 차분하면서도 권위적인 말투로 대답했다. 이따금 얼굴에 짐짓 염려하는 기색이 스치거나 혹은 재미있어하는 표정이 떠오르기도 했다.

"요약하자면……" 리샤르드가 메모한 종이를 넘기며 말했다. "다년간 경험을 쌓아온 정신과 전문의로서 박사님은 피고가 편집증적 정신분열을 앓고 있다고 진단하시는 건가요?"

"전 항상 그녀의 상태를 정확히 평가하는 건 지극히 어렵다고 말해왔습니다. 아시다시피 이 환자는 의사나 당국자 앞에서 거의 자폐증에 가까운 모습을 보이고 있습니다. 전 이것이 심각한 정신질환이라고 생각합니다만 지금으로선 정확한 진단을 내릴 수 없습니다. 그리고 훨씬 광범위하게 검사해보기 전에는 그녀의 정신적 문제가 어느 단계에 이르렀는지도 결정하기 힘들고요."

"어쨌든 피고가 정신적으로 건강하다고는 생각하지 않으시는군요?"

"그녀의 개인사가 전체적으로 건강하지 못했다는 웅변적 증거죠."

"박사님은 피고가 작성해 법정에 제출한 자전적 진술서를 읽어보셨습니다. 거기에 어떻게 논평하시겠습니까?"

페테르는 어깨를 으쓱하며 두 손을 펴 보일 뿐 아무 말도 하지 않았다.

"말하자면 이 이야기에 어느 정도 신뢰성을 부여할 수 있겠습니까?"

"전혀 신뢰할 수 없습니다. 다양한 사람들을 두고 벌인 주장들이 하나같이 황당무계합니다. 전체적으로 보면 이 진술서는 그녀가 편집증적 정신분열을 앓고 있다는 의심을 더욱 강화시킵니다."

"몇 가지 예를 들어주시겠습니까?"

"가장 뚜렷한 예는 후견인 닐스에게 강간당했다고 주장하는 부분이죠."

"좀더 자세히 설명해주시겠습니까?"

"이야기 전체가 극도로 세밀합니다. 이건 아이들만 보여줄 수 있는 기괴한 상상력의 고전적 예라 할 수 있죠. 이와 유사한 사례들을 근친상간 사건에서 수없이 발견할 수 있습니다. 이 경우에도 아이들은 비슷한 묘사를 합니다. 아무런 증거도 없을 뿐 아니라 한마디로 불가능한 일이기에 사실로 받아들여질 수는 없죠. 즉, 이건 아주 어린 아이들도 꾸며낼 수 있는 에로틱한 환상이라고 보면 됩니다…… 아이들이 TV에서 보는 공포영화와 비슷하죠."

"하지만 피고는 어린아이가 아닙니다. 성인 여성이죠." 리샤르드가 지적했다.

"맞습니다. 물론 그녀의 정신적 수준이 어디에 머물러 있는지는 정확히 살펴봐야 할 문제겠죠. 기본적으로는 검사님 말씀이 맞습니다.

그녀는 성인이며, 자신이 하는 이야기를 아마 믿고 있을 겁니다."

"결국 이 모든 게 거짓이라는 말씀인가요?"

"아닙니다. 만일 그녀가 자신의 말을 믿고 있다면 그건 거짓이 아닙니다. 그저 그녀가 현실과 상상을 구별하지 못한다는 사실이 이 이야기를 통해 분명히 드러나고 있다는 걸 말씀드리고 싶습니다."

"그렇다면 피고가 닐스 변호사에게 성폭행당한 게 아니라는 말씀인가요?"

"어떻게 그런 일이 있을 수 있겠습니까? 리스베트 살란데르는 특별한 치료가 필요한 사람입니다."

"박사님 이야기도 피고의 진술서에 등장하는데요……"

"네, 아주 흥미롭더군요. 하지만 그것도 상상력이 발휘된 겁니다. 이 안타까운 아가씨의 주장이 사실이라면 저는 소아성애자나 마찬가지인 사람이 되는데요……"

박사는 미소를 짓더니 다시 말을 이었다.

"이런 대목들이 바로 제가 지금껏 말씀드린 그녀의 정신적 문제를 드러냅니다. 진술서를 보면 그녀는 상트스테판 정신병원에서 학대당했고, 오랜 기간 침대에 묶여 있었으며, 밤마다 제가 병실로 찾아왔다고 되어 있습니다. 현실을 해석하는 능력이 결여된 고전적인 사례죠. 더 정확히 말하자면, 그녀는 현실을 제멋대로 해석하고 있는 겁니다."

"고맙습니다. 변호인측에 심문 기회를 넘기겠습니다. 이상입니다."

안니카는 공판이 시작되고 이틀 동안 특별한 질문이나 이의 제기를 하지 않았다. 그래서 법정에 모인 사람들은 오늘도 그녀가 의무적으로 몇 가지 질문을 던지고 끝내리라 예상했다. 리샤르드는 속으로 투덜거렸다. 제길, 변호인측 반격이 이렇게 형편없어서야 재판이 빛이 나겠나……

"네, 심문하겠습니다." 안니카가 대답했다. "몇 가지를 질문할 텐데요, 시간이 좀 걸릴 수 있습니다. 벌써 11시 30분이니 점심식사 후에 끊김 없이 심문할 수 있도록 정회를 요청합니다."

예르겐 판사는 이를 받아들여 정회를 선언했다.

12시 정각. 한트베르카르가탄 거리 '매스테르 안데르스' 레스토랑 앞. 두 정복 경찰을 대동한 쿠르트 스벤손이 예오리 뉘스트룀의 어깨 위에 큼지막한 손을 척 올렸다. 깜짝 놀라 돌아보는 그의 코 앞으로 쿠르트가 경찰 배지를 들이밀었다.

"당신을 살인공모 및 살인기도 혐의로 체포합니다. 자세한 기소 항목은 오늘 오후 검사가 설명해줄 겁니다. 협조해주시죠."

예오리는 형사가 무슨 말을 하는지 도통 모르겠다는 표정을 지었다. 하지만 상대를 보니 쓸데없이 항의하지 말고 따라가야 한다는 사실을 이내 깨달았다.

같은 시각. 헌법수호부의 스테판이 쿵스홀멘 경찰청사 내 세포 본부가 있는 폐쇄구역 입구를 열었을 때 그 앞에는 소니아와 정복 경찰 일곱 명을 거느린 얀 형사가 서 있었다. 성큼성큼 걸어 복도 몇 개를 지났을 때 스테판이 걸음을 멈추고 한 사무실을 가리켰다. 얀이 경찰 배지를 내밀자 사무처장 비서가 당황하기 시작했다.

"조용히 앉아 계세요. 경찰 작전입니다."

얀은 문 안쪽까지 계속 걸어갔다. 사무처장 알베르트 스헨케가 한창 통화중이었다.

"아니, 뭐하는 거요?"

"얀 부블란스키 형사입니다. 당신을 헌법 위반 혐의로 체포합니다. 여러 기소 항목들은 오늘 오후에 설명할 겁니다."

"뭐 이런 말도 안 되는 일이 다 있어?"

"네, 저도 이런 말도 안 되는 일은 처음입니다." 얀이 대꾸했다.

그는 사무처장의 사무실을 출입금지 시켜놓고 문 앞에 경찰 둘을 세운 후 아무도 들이지 말라고 지시했다. 그리고 누군가가 무력진입을 시도한다면 곤봉이나 심지어 권총을 사용해도 좋다고 허락했다.

무리는 다시 움직여 복도를 몇 개 지나 이번에도 스테판이 가리키는 문 앞에 섰다. 예산처장 구스타브 아테르봄 역시 같은 절차를 밟았다.

〈밀레니엄〉편집부 사무실이 있는 예트가탄 거리. 그 맞은편 건물 삼층에는 임시 사무실이 하나 있었다. 역시 12시 정각. 사무실 문을 두드린 건 쇠데르말름 무장대의 지원을 받은 예르케르 홀름베리였다.

아무도 문을 열고 나오지 않자 예르케르는 문을 부수라고 지시했다. 하지만 대원들이 기다란 쇠지레를 쓰기 전에 문이 빼꼼 열렸다.

"경찰이다." 예르케르가 말했다. "손들고 나와!"

"뭐요? 나도 경찰이오." 예란 모르텐손이 대꾸했다.

"알고 있어. 그리고 총기면허가 잔뜩이라는 것도."

"난 공무수행중인 경찰이란 말이오."

"놀고 있네!" 예르케르가 차갑게 내뱉었다.

그는 대원들의 도움을 받아 예란을 벽에 마주서게 한 다음 총을 압수했다.

"불법도청, 심각한 직무유기, 미카엘 블롬크비스트의 아파트에 반복된 가택침입 등의 혐의로 체포한다. 수갑 채워!"

예르케르는 사무실을 쓱 한번 둘러보며 전문 녹음실을 차려도 될 만큼 어마하게 쌓여 있는 전자기기들을 확인했다. 그는 한 대원에게 경비를 맡기면서 증거물에 지문이 묻지 않도록 의자에 조용히 앉아 있으라고 지시했다.

그가 건물 입구로 예란을 끌고 나가자 기다리고 있던 헨리 코르테스가 니콘 카메라를 들어 사진을 스물두 장 정도 찍었다. 물론 전문가가 찍은 사진이 아니어서 질은 떨어졌지만 내일이면 한 타블로이드 신문사에 터무니없을 정도로 비싼 값에 팔릴 것이다.

이날 급습 작전에 참여한 요원 가운데 유일하게 예상치 못한 사건과 마주한 사람은 모니카 피게롤라였다. 12시 정각, 그녀는 노르말롬 무장대와 세포 요원 셋을 거느리고 아르틸레리가탄 건물 계단을 통해 벨로나 사가 소유주로 되어 있는 꼭대기 집으로 올라갔다.

작전 계획은 건물 아래에서 재빠르게 짰다. 무장대원들이 집 앞에 모이자마자 그녀는 오케이 신호를 했다. 무장대 제복을 입은 건장한 대원 두 명이 40킬로그램짜리 강철 원통을 내리꽂아 정확히 두 번 만에 문을 열었다. 방탄조끼와 자동소총으로 무장한 대원들은 단 십 초 안에 아파트를 점거했다.

새벽부터 잠복한 감시팀에 따르면 섹션 요원으로 확인된 사람 중 오전에 이 문으로 들어간 사람은 모두 다섯이라고 했다. 모두 몇 초 만에 발견되어 수갑을 찼다.

모니카 역시 방탄조끼 차림이었다. 1960년대 이후 섹션 사령부였던 아파트 안을 가로지르며 문들을 하나씩 열어젖혔다. 방마다 서류가 층층이 쌓여 있었고, 그걸 다 정리하려면 고고학자의 도움이라도 받아야 할 듯했다.

문을 부수고 들어간 지 불과 몇 초 지나지 않아 그녀는 상당히 안쪽에 있는 작은 방의 문을 열어보았고, 숙직용 방임을 금방 알아챌 수 있었다. 그리고 그 순간 요나스 산드베리와 딱 마주쳤다. 오늘 새벽, 요원들이 임무를 분담할 때만 해도 그의 행방이 묘연했다. 전날 저녁에 그를 감시하던 요원이 놓쳐버렸기 때문이다. 쿵스홀멘에 차를 세워놓고 어딜 갔는지 그의 집에서도 밤새도록 보이지 않았다. 그렇게 새벽이 될 때까지 요원들은 어떻게 해야 그를 찾아내 체포할 수 있을지 막막하기만 했다.

알고 보니 섹션은 보안을 위해 야간 당직자를 두고 있었다. 그래서 당직을 마친 요나스가 거기서 자고 있었다.

그는 팬티 차림에 잠도 깨지 않았는지 부스스한 얼굴이었다. 그러다 홱 몸을 돌려 머리맡 탁자에 놓인 권총을 집으려 했다. 모니카가 몸을 굽히며 팔을 쭉 뻗어 무기를 멀리 날려버렸다.

"요나스 산드베리, 당신을 군나르 비에르크와 알렉산데르 살라첸코에 대한 암살공모, 미카엘 블롬크비스트와 에리카 베리에르에 대한 암살공모 혐의로 체포한다. 어서 바지 입어!"

그가 모니카에게 주먹을 날렸다. 전혀 예측하지 못했지만 그녀는 반사적으로 피했다.

"지금 장난해?" 모니카가 요나스의 팔을 잡아 손목을 꺾었다. 얼마나 거셌는지 그는 그대로 기우뚱하면서 바닥에 나뒹굴었다. 그녀는 지체 없이 그를 엎드리게 한 다음 무릎으로 등을 찍어 눌렀다. 그리고 수갑을 채웠다. 세포에 근무하면서 수갑을 써보기는 처음이었다.

모니카는 정복 경찰에게 그를 맡기고 수색을 계속했다. 마침내 가장 깊숙한 곳에 있는 마지막 문을 열었다. 구청에서 얻은 도면상으로는 안뜰 쪽으로 창문이 난 쪽방이었다. 멈칫 문턱에 선 그녀의 눈에 들어온 건 한 남자였다. 여태껏 그렇게 마른 사람은 본 적이 없었다. 그녀는 눈앞에 있는 그가 중병에 걸려 죽어가고 있다는 걸 금방 알아챘다.

"프레드리크 클린톤, 살인공모 및 살인기도 등의 혐의로 체포한다. 침대에서 움직일 필요 없다. 구급차를 불러 쿵스홀멘으로 이송한다."

크리스테르 말름은 아르틸레리가탄 건물 출입구 바로 옆에서 기다리고 있었다. 헨리와 달리 그는 카메라를 제대로 다뤘다. 그가 짧은 망원렌즈로 찍은 사진들에서는 전문가의 손길이 느껴졌다.

거기엔 경찰이 섹션 요원들을 하나하나 끌어내 경찰차에 집어넣는 장면들이 담겼다. 크리스테르는 마지막으로 프레드리크를 이송하러 온 구급차를 찍었다. 셔터가 찰칵 열리는 순간, 노인의 시선이 카메라 렌즈에 못박혔다. 몹시 불안하고도 당혹한 표정이었다. 훗날 이것은 '올해의 사진'으로 선정될 것이다.

27장
7월 15일 금요일

12시 30분, 예르겐 판사는 심리가 재개되었음을 선언하며 의사봉을 두드렸다. 그는 변호인측 자리에 제3의 인물이 와 있는 걸 발견했다. 휠체어에 앉아 있는 그 인물은 홀게르 팔름그렌이었다.

"안녕하세요, 홀게르 씨." 판사가 인사를 건넸다. "오랜만에 법정에서 뵙네요."

"판사님, 안녕하십니까. 아시다시피 너무도 복잡한 사건을 맡은 젊은 친구들에게 도움이 필요할 때가 있죠."

"은퇴하신 걸로 알았는데요."

"몸이 안 좋았어요. 하지만 안니카 변호인이 보조를 해달라고 요청해서요."

"그렇군요."

안니카 잔니니가 목청을 가다듬었다.

"참고로 홀게르 팔름그렌 씨는 여러 해 동안 제 의뢰인의 후견인이었습니다."

"그 점에 대해선 논평하지 않겠습니다." 판사가 말했다.

그는 안니카에게 고갯짓하며 이제 시작해도 된다는 신호를 보냈다. 그녀가 일어섰다. 스웨덴 법정은 마치 한 테이블에 둘러앉아 만찬을 즐기는 사람들처럼 격의 없는 분위기에서 심리를 진행하곤 한다. 안니카는 이런 특이한 전통을 좋아한 적이 없었다. 그녀는 서서 말할 때 훨씬 기분이 좋았다.

"오늘 오전 심리를 마무리지었던 내용으로 시작해보겠습니다. 페테르 씨, 왜 당신은 제 의뢰인의 진술서를 철저히 부정하는 거죠?"

"명백하게 그녀의 말이 사실이 아니기 때문입니다."

그는 차분하고도 여유가 넘쳤다. 안니카는 고개를 끄덕인 다음 판사 쪽으로 몸을 돌렸다.

"재판장님, 페테르 텔레보리안은 제 의뢰인이 거짓말을 하고 황당무계한 이야기를 지어냈다고 주장하고 있습니다. 본 변호인은 그녀의 진술서에 담긴 내용이 한 글자도 빠짐없이 진실임을 증명하겠습니다. 증거들을 제시할 것이고, 거기에는 물론 문서와 증언이 포함됩니다. 이제 재판은 검사측이 논고의 핵심을 모두 제시한 시점에 이르렀습니다. 우리는 그 내용을 전부 들었고, 이제 리스베트 살란데르에 대한 기소 내용이 정확히 무엇인지 알게 되었습니다."

안니카는 갑자기 입이 바짝 마르면서 손이 살짝 떨렸다. 숨을 깊이 들이마시고 생수를 한 모금 마셨다. 그런 다음 자신이 긴장했다는 걸 드러내지 않기 위해 의자 등받이를 꽉 붙잡았다.

"검사의 논고에서 끌어낼 수 있는 결론은, 거기에는 개인적 의견이 무수히 많은 반면 증거는 극히 적다는 사실입니다. 검사는 제 의뢰인이 칼망누스 룬딘을 총으로 쏘려고 스탈라르홀멘에 갔다고 생각합니다. 그녀가 친부를 살해하려고 고세베르가에 갔다고 주장합니다. 그녀가 편집증적 정신분열을 앓고 있으며 어떤 점으로 보나 정신질환자라고 추정합니다. 그리고 이 추정의 근거로 삼는 건 오직 하나,

페테르 텔레보리안 박사가 제공하는 정보들입니다."

그녀는 잠시 멈추고 크게 숨을 골랐다. 자신을 억제해가며 천천히 말했다.

"다시 말해 검사는 전적으로 페테르 박사의 증언에 근거해 견해를 제시하고 있습니다. 만일 박사의 말이 옳다면 오히려 잘된 일이겠죠. 그러면 제 의뢰인이 검사측에서 요구하는 적절한 의학적 도움을 받아 건강을 회복할 수 있을 테니까요."

다시 멈춤.

"하지만 박사의 말이 옳지 않다면 이 사건은 그 즉시 다른 양상을 띠게 됩니다. 게다가 박사가 고의로 거짓말을 하고 있다면, 제 의뢰인은 사법권 남용에 희생되는 상황에 처하게 됩니다. 아주 여러 해 전부터 계속되어온 사법권 남용 말입니다."

안니카는 검사를 쳐다보았다.

"오늘 오후 심리에서 본 변호인은 검사측 증인의 진술이 거짓되었음을 증명하고, 이런 잘못된 결론을 받아들이지 않을 수 없도록 지금껏 검사가 이용당해왔다는 사실을 입증할 것입니다."

박사가 재미있다는 듯 큼지막한 미소를 지어 보였다. 그러고는 두 팔을 활짝 펼쳐 보이며 계속해보라는 뜻으로 안니카에게 고갯짓을 했다. 그녀는 다시 판사를 향해 몸을 돌렸다.

"재판장님. 본 변호인은 페테르 박사가 작성한 정신감정 소견서가 처음부터 끝까지 거짓임을 증명하겠습니다. 그가 고의로 거짓말을 하고 있다는 사실과, 제 의뢰인이 심각한 사법권 남용에 희생되어왔다는 사실도 입증하겠습니다. 또한 제 의뢰인이 이 법정에 있는 누구 못지않게 똑똑하고 분별력 있는 사람임을 증명하겠습니다."

"미안합니다만……" 리샤르드가 말을 끊었다.

"잠깐만요." 안니카는 손가락을 하나 들어올렸다. "전 지난 이틀간 한 번도 끼어들지 않고 검사측이 마음껏 발언할 수 있게 했습니다.

이제는 제 차례입니다."

그녀는 다시 판사에게 몸을 돌렸다.

"이곳은 법정입니다. 확실한 증거가 없다면 이처럼 중대한 고발은 하지 않았을 것입니다."

"계속하세요." 판사가 말했다. "하지만 음모론 같은 건 듣고 싶지 않습니다. 변호인 역시 허위진술로 기소당할 수 있다는 점을 염두에 두세요."

"고맙습니다. 명심하겠습니다."

그녀는 박사를 향해 몸을 돌렸다. 여전히 이 상황이 재미있다는 듯 그가 빙글거렸다.

"십대 시절 제 의뢰인은 당신이 근무했던 상트스테판 정신병원에 감금되었습니다. 본 변호인은 그 시기에 작성된 그녀의 의료 기록을 조회할 수 있게 해달라고 수차례 요청했습니다. 그런데 왜 저는 기록을 얻을 수 없었던 거죠?"

"지방법원이 그 기록을 기밀로 분류했기 때문입니다. 리스베트 살란데르를 보호하기 위한 결정이었지만 상급법원이 재고한다면 물론 피고측에 기록을 넘길 수 있습니다."

"고맙습니다. 제 의뢰인이 상트스테판에 있는 동안 총 며칠 밤을 신체 구속 상태로 있었죠?"

"갑자기 질문을 받으니 기억이 잘 안 납니다."

"제 의뢰인의 주장은 이렇습니다. 상트스테판에서 보낸 786일 밤 가운데 총 380일 밤이었다고요."

"정확한 숫자를 제시할 순 없지만 그건 과장된 숫자 같군요. 대체 어디서 나온 거죠?"

"제 의뢰인이 직접 쓴 진술서입니다."

"그녀가 자신이 묶여 있던 밤들을 모두 기억하고 있단 말입니까? 그건 불가능하죠."

"그렇습니까? 그럼 그게 며칠 밤이나 됐다고 생각하십니까?"

"그녀는 공격적이고 폭력성이 강한 환자였어요. 반드시 자극 요소가 제거된 치료실에 몇 차례 가둬야 했죠. 이 치료실의 목적이 무엇인지 설명해드리는 게……"

"고맙습니다만 필요 없을 듯합니다. 물론 환자를 불안하게 할 수 있는 모든 감각적 자극이 제거된 방이겠죠. 제 의뢰인은 열세 살 때 얼마나 많은 날을 그런 방에서 보내야 했나요?"

"대략…… 그녀가 입원한 기간 동안 서른 번 정도일 겁니다."

"서른 번이요. 그녀가 주장하는 380회의 극히 일부에 불과하군요."

"물론이죠."

"그러니까 10퍼센트도 안 되는군요."

"그렇습니다."

"그렇다면 그녀의 의료 기록이 사실을 보다 정확하게 알려줄 수 있겠죠?"

"그럴 겁니다."

"좋습니다." 안니카는 이렇게 말하면서 자신의 서류가방에서 두툼한 종이 뭉치를 꺼냈다. "본 변호인은 상트스테판 정신병원에 있는 리스베트 살란데르의 의료 기록 사본을 법정에 제출합니다. 그녀의 신체구속 횟수를 세어봤습니다. 381회, 그녀가 주장했던 것보다 하나 더 많았습니다."

박사의 눈이 커졌다.

"잠깐…… 그건 기밀입니다! 대체 어디서 난 거죠?"

"〈밀레니엄〉이라는 잡지의 한 기자가 준 겁니다. 잡지사 편집부에서 굴러다니고 있다면 더이상 기밀이 아닌 듯한데요? 〈밀레니엄〉이 이 기록에서 발췌한 내용을 오늘 발표한다는 사실도 알려드려야겠군요. 법정에 모인 여러분도 그 잡지를 한번 보셔야 한다고 생각합니다."

"이 모든 건 불법……"

"아닙니다. 제 의뢰인은 발췌문을 발표하는 데 동의했습니다. 숨길 이유가 전혀 없기 때문이죠."

"피고는 법적 무능력자로서 스스로 그런 결정을 내릴 권한이 없습니다."

"제 의뢰인의 법적 무능력 문제는 나중에 얘기하도록 하겠습니다. 상트스테판에서 그녀가 겪었던 일부터 검토해보죠."

예르겐 판사가 눈썹을 찌푸리며 안니카가 내미는 서류를 받아들었다.

"검사측에 드릴 사본은 없습니다. 이미 한 달 전에 제 의뢰인의 개인정보가 담긴 이 자료를 받으셨으니까요."

"지금 뭐라고 했죠?" 판사가 물었다.

"금년 6월 4일 토요일 오후 5시, 검사는 자신의 사무실에서 페테르 박사로부터 이 기밀 서류의 사본을 직접 건네받았습니다."

"사실인가요?"

그 즉시 리샤르드의 입에서 부인하려는 말이 튀어나오려 했다. 하지만 이내 그녀가 증거를 가지고 있을지도 모른다는 생각이 들었다.

"비밀을 유지하는 조건으로 일부를 보게 해달라고 요청했습니다." 그가 인정했다. "피고를 두고 혹자들이 주장하는 이야기가 사실과 부합하는지 확인해야 했습니다."

"고맙습니다." 안니카가 말했다. "그렇다면 페테르 박사가 지금 위증을 할 뿐만 아니라, 자신이 기밀이라고 주장하는 문서를 유출함으로써 법을 위반했음이 확인됐군요."

"이 사항은 기록해두죠." 판사가 말했다.

예르겐 판사는 정신이 번쩍 들었다. 안니카의 변호 전략이 지극히 비관례적이었기 때문이다. 증인을 강하게 공격하면서 이미 증언의 매우 중요한 부분을 박살내버렸다. 게다가 자신의 주장을 모두 증명할 수 있다고 장담하고 있으니…… 그는 안경을 똑바로 고쳐 썼다.

"박사님, 여기에 당신이 작성한 서류가 있습니다. 여기에 근거해 제 의뢰인이 며칠이나 치료실에 묶여 있었는지 말씀해주시겠습니까?"

"사실 그렇게 횟수가 많았는지 전혀 기억나지 않습니다. 서류에 그렇게 기록됐다면 믿는 수밖에 없겠죠."

"381일입니다. 예외적인 횟수가 아닌가요?"

"많은 건 사실입니다."

"만일 열세 살인 당신을 침대 프레임에 가죽끈으로 묶어 일 년이 넘는 시간을 보내게 한다면 기분이 어떨까요? 고문하듯이 말입니다."

"그녀는 자신에게 그리고 타인에게까지 위험한 존재였다는 사실을 이해해야 합니다."

"좋습니다. 자신에게 위험한 존재였다고요. 그녀가 한 번이라도 자해한 일이 있었나요?"

"그럴 위험성이……"

"다시 질문하겠습니다. 리스베트 살란데르가 한 번이라도 자해한 일이 있었나요? 없었나요?"

"정신과 전문의는 그림을 전체적으로 해석해야 합니다. 예를 들어 그녀의 몸에는 무수한 문신과 피어싱이 있습니다. 그건 자기파괴적인 행동이며, 자기 몸에 상처를 입히는 하나의 방식입니다. 우리는 이것을 그녀 자신에 대한 증오의 표현이라고 해석해야 합니다."

안니카는 리스베트를 향해 몸을 돌렸다.

"당신이 새긴 문신들이 스스로에 대한 증오의 표현인가요?"

"아뇨."

안니카는 다시 박사를 쳐다보았다.

"저 역시 귀걸이는 물론이고 아주 은밀한 부위에 문신도 하나 새겼습니다. 그렇다면 저도 스스로에게 위험한 존재인가요?"

홀게르 팔름그렌은 풋 하고 웃음을 터뜨린 뒤 이내 헛기침으로 둔갑시켰다.

"아니, 그런 얘기가 아니에요…… 문신이란 사회적 의식의 일부일 수 있죠."

"그렇다면 제 의뢰인만큼은 그 사회적 의식과는 관계없다는 얘기인가요?"

"아시겠지만 그녀의 문신들은 기괴하기 이를 데 없고 몸의 상당 부분을 뒤덮고 있어요. 일반적인 미적 페티시즘이라고도, 신체 예술이라고도 할 수 없습니다."

"그게 몇 퍼센트죠?"

"네?"

"몸 전체의 몇 퍼센트가 문신으로 덮여야 더이상 미적 페티시즘이 아닌 정신병이 되는 건가요?"

"제 말을 왜곡하시는군요."

"그랬나요? 어떤 사회적 의식이 저나 다른 젊은이들에겐 얼마든지 받아들여질 수 있는데, 제 의뢰인의 정신 건강을 평가하는 문제에서는 위험 요소가 된다는 사실을 어떻게 설명할 수 있을까요?"

"말했듯이 전 정신과 전문의로서 전체적인 그림을 봐야 합니다. 문신은 하나의 지표일 뿐이에요. 그녀의 정신 건강을 평가할 때 고려해야 할 수많은 지표 중의 하나란 말입니다."

안니카는 몇 초간 입을 다물고 박사를 뚫어지게 쳐다보았다. 그러고는 천천히 말했다.

"하지만 박사님, 당신은 제 의뢰인이 열세 살이었을 때부터 그녀를 묶어놓기 시작했습니다. 그 시기엔 문신이 하나도 없었죠. 안 그렇습니까?"

그는 잠시 머뭇거렸다. 안니카가 말을 이었다.

"아마도 그녀가 미래의 어느 날 문신을 할 거라고 예측했기 때문에 묶어놓았던 거겠죠."

"아닙니다. 그럴 리 없죠. 문신은 1991년 그녀의 상태와는 아무런 관계가 없어요."

"그렇다면 맨 처음 질문으로 돌아와보죠. 리스베트 살란데르가 그녀를 일 년 동안 침대에 묶어놓은 당신의 행위를 정당화할 수 있는 자해행위를 한 적이 있습니까? 칼이나 면도날, 혹은 비슷한 걸로 자신의 살을 그은 일이 있습니까?"

그가 언뜻 불안한 표정을 보였다.

"아니요. 하지만 그녀가 스스로에게 위험할 수 있겠다고 제가 믿게 된 데는 그럴 만한 이유가 있었습니다."

"믿게 된 이유라…… 그렇다면 당신은 어떤 가정하에 그녀를 묶어놓았던 건가요?"

"판단을 내리는 게 우리 일이죠."

"전 벌써 오 분 째 같은 질문을 반복하고 있습니다. 당신은 제 의뢰인의 자기파괴적 행동이 치료를 받았던 이 년 가운데 일 년이 넘는 시간 동안 묶여 있어야 했던 이유 중 하나였다고 주장하고 있습니다. 그럼, 이제는 제발 좀 말씀해주시겠어요? 그녀가 열두 살 때 보여준 자기파괴적 행동의 몇 가지 예를요."

"그녀는 극도의 영양결핍 상태였습니다. 먹기를 거부했기 때문이죠. 우린 거식증을 의심했어요. 그래서 여러 차례 강제로 먹일 수밖에 없었습니다."

"어떤 이유로요?"

"그야 물론 그녀가 먹기를 거부했으니까요."

안니카가 자신의 의뢰인 쪽으로 몸을 돌렸다.

"리스베트, 당신이 상트스테판 정신병원에 있을 때 먹기를 거부했다는 게 사실인가요?"

"네."

"왜 그랬죠?"

"저 쓰레기 같은 인간이 내 음식에 항정신성 약물을 섞었으니까요."

"박사가 당신에게 약을 투여하려 했군요. 왜 그걸 복용하려 하지 않았죠?"

"그 약들이 싫었어요. 먹으면 몸이 흐느적거렸어요. 제대로 생각할 수도 없고, 깨어 있는 대부분은 정신이 몽롱했죠. 기분이 나빴어요. 그리고 박사는 그 약들에 어떤 성분이 들어 있는지 설명하길 거부했어요."

"그래서 약을 먹으려 하지 않았고요?"

"네. 그러자 내 음식에 약을 집어넣기 시작했어요. 그래서 더이상 먹지 않았죠. 음식에서 뭔가가 나오면 오 일간 먹는 걸 거부했어요."

"그럼 배가 고팠겠네요?"

"항상 그렇진 않았어요. 간호사 중 몇 사람이 여러 번 샌드위치를 몰래 가져다줬어요. 특히 한 사람은 저녁 늦게 먹을 걸 주곤 했죠. 그런 일이 여러 번 있었어요."

"그렇다면 상트스테판의 간호사들은 당신이 배고프다는 걸 알고 있었고, 굶주리지 않게끔 먹을 걸 주곤 했다는 말인가요?"

"내가 항정신성 약물 때문에 저 쓰레기와 한창 싸우던 시기에 있었던 일이에요."

"그렇다면 당신이 음식물을 거부한 데는 매우 합리적인 이유가 있었군요?"

"네."

"음식물 자체를 거부한 건 아니었네요?"

"네. 자주 배가 고팠어요."

"당신과 페테르 박사 사이에 갈등이 있었다고 말할 수 있는 건가요?"

"그렇게 말할 수 있어요."

"당신이 상트스테판에 가게 된 건 친부에게 휘발유를 뿌리고 불을 붙였기 때문이었죠."

"네."

"왜 그렇게 했죠?"

"어머니를 때렸으니까요."

"그 사실을 누군가에게 얘기했나요?"

"네."

"누구에게요?"

"날 취조한 경찰들, 사회복지기관 직원들, 아동복지위원회, 의사들, 어떤 목사, 그리고 저 쓰레기."

"'저 쓰레기'라 함은?"

"여기에 있는 저 인간이요."

그녀는 박사를 가리켰다.

"왜 당신은 그를 쓰레기로 취급하죠?"

"상트스테판에 도착했을 때 내가 겪었던 일을 그에게 얘기하려고 했어요."

"박사는 뭐라고 했나요?"

"내 말을 들으려 하지 않았어요. 오히려 내가 허무맹랑한 이야기를 지어내고 있다고 했죠. 벌을 준다면서 더이상 이야기를 지어내지 않을 때까지 묶어놓겠다고 했고요. 그리고 항정신성 약물을 내 입에 쑤셔넣으려 했어요."

"말도 안 되는 소립니다!" 박사가 말했다.

"그래서 당신은 그와 얘기하지 않는 건가요?"

"열세 살 되던 밤부터 그에게 한마디도 하지 않았어요. 그날 밤에도 묶여 있었죠. 그 결심은 나 자신에게 한 생일선물이었어요."

"박사님, 제 의뢰인이 음식을 거부했던 이유는 당신이 처방한 항정신성 약물을 받아들이고 싶지 않았기 때문인 듯한데요?"

"그녀가 상황을 그렇게 받아들이는 것도 가능하겠죠."

"그렇다면 당신은 어떻게 보시죠?"

"전 극도로 어려운 환자를 맡고 있었습니다. 그녀가 스스로에게 위험할 수 있음을 그 행동방식에서 잘 알 수 있다고 생각합니다만, 물론 각자의 해석에 달린 문제일 수도 있죠. 하지만 그녀는 분명히 난폭했고 정신질환적 행동들을 보였습니다. 적어도 타인에게 위험한 존재였다는 데는 의심의 여지가 없죠. 그녀가 상트스테판에 입원한 이유가 친부를 죽이려 했기 때문이라는 사실을 잊지 맙시다."

"그 문제는 나중에 얘기하도록 하죠. 당신은 이 년간 그녀의 치료를 책임졌습니다. 그리고 381회 그녀를 묶어놨고요. 그렇다면 제 의뢰인이 당신의 명령에 복종하지 않을 때 처벌수단으로 신체 구속을 썼다고 말할 수 있나요?"

"그건 정말 말도 안 되는 얘깁니다."

"그런가요? 기록을 보니 신체 구속이 대부분 입원 첫해에 이루어졌더군요⋯⋯ 총 381회 중 320회. 신체 구속을 멈춘 이유는 뭐죠?"

"환자의 행동이 변했고 좀더 안정됐습니다."

"다른 의료진들이 당신의 방식이 불필요하게 거칠다고 판단했기 때문은 아니었나요?"

"무슨 뜻이죠?"

"예를 들어 그녀에게 강제로 음식을 먹이는 일에 대해 병원 직원들이 불평해서가 아닌가요?"

"물론 상황을 판단하는 방식에는 항상 이견이 있기 마련이죠. 전혀 특별한 일이 아닙니다. 그녀에게 강제로 음식을 먹이는 일이 힘들어진 건 사실입니다. 너무도 난폭하게 저항했기 때문에⋯⋯"

"자신을 멍하고 수동적으로 만드는 항정신성 약물을 복용하길 거부했기 때문이죠. 그녀가 약을 처방받지 않았을 때는 먹는 데 아무런 문제가 없었어요. 곧바로 강압적인 조치를 취하는 것보다 약을 주지 않는 게 훨씬 합리적인 치료법 아니었을까요?"

"미안하지만 여기서 의사는 저예요. 의학 지식은 당신보다 내가 더 뛰어납니다. 어떤 의학적 조치를 취할지 판단하는 건 저라고요."

"네, 전 의사가 아닙니다. 하지만 의학 지식이 전혀 없는 건 아니에요. 전 변호사 자격증뿐 아니라 스톡홀름 대학교에서 심리학 박사학위도 받았습니다. 법조인으로서 직무를 수행하기 위해 필요한 지식이기도 하죠."

법정이 쥐죽은듯 조용해졌다. 리샤르드와 페테르가 놀란 눈으로 안니카를 쳐다보았다. 그녀는 가차없이 말을 이었다.

"당신의 치료방식 때문에 당시 상관이었던 수석 의사 요한네스 칼딘과 심각한 의견 충돌을 빚지 않았나요?"

"아뇨…… 그렇지 않습니다."

"요한네스 칼딘은 여러 해 전에 작고해 이 자리에서 증언할 수 없습니다. 하지만 오늘 이 법정에 요한네스 박사를 수차례 만난 적 있는 분이 참석했습니다. 바로 제 보조 변호사인 홀게르 팔름그렌 씨입니다."

그녀가 홀게르를 향해 몸을 돌렸다.

"여기에 대해 자세히 설명해주실 수 있겠습니까?"

홀게르는 목청을 골랐다. 뇌졸중 후유증이 남아 있어 더듬거리지 않고 말하려면 몹시 집중해야 했다.

"제가 리스베트의 법정 관리인으로 임명된 건 그녀의 모친이 부친에게 심한 폭행을 당한 끝에 장애를 얻어 딸을 돌보지 못하게 됐을 때였습니다. 영구적인 뇌손상을 입었고, 반복적인 뇌출혈 증상을 보였죠."

"지금 알렉산데르 살라첸코에 대해 말하는 겁니까?" 검사가 바짝 긴장한 얼굴로 상체를 앞으로 내밀며 물었다.

"바로 그렇습니다." 홀게르가 대답했다.

검사는 큼큼 목을 고른 다음 말했다.

"지금 우리가 안보기밀로 분류된 주제를 다루고 있다는 걸 상기시 켜드리고 싶군요."

"살라첸코가 리스베트의 모친을 여러 해 학대한 사실은 결코 비밀 이 될 수 없죠." 안니카가 대꾸했다.

페테르가 한 손을 들었다.

"변호사님 말처럼 그렇게 명확하지 않을 수 있습니다."

"무슨 뜻이죠?"

"리스베트는 가정의 비극적인 상황을 목격했고, 그것이 1991년의 끔찍한 구타 사건을 촉발했다는 사실에는 의심의 여지가 없습니다. 하지만 변호사님이 주장하듯 이러한 상황이 여러 해에 걸쳐 계속됐 다는 걸 입증할 기록은 전혀 없습니다. 어쩌다 한 번 일어난 말다툼 이 크게 번졌을 수도 있어요. 사실을 말하자면 그녀를 구타한 사람이 살라첸코였다는 걸 증명할 자료가 없다는 겁니다. 우리가 확보한 바 에 의하면 그녀는 성판매 여성이었습니다. 그녀를 폭행한 건 다른 사 람들일 수도 있다는 얘깁니다."

안니카가 깜짝 놀란 눈으로 페테르를 쳐다보았다. 순간 할말을 잃 은 듯 보였지만 이내 그녀의 눈은 예리하게 빛났다.

"좀더 자세히 설명해주시겠습니까?" 그녀가 요청했다.

"제 말은 지금 우리가 리스베트의 주장만을 근거로 삼고 있다는 겁니다."

"그래서요?"

"첫째, 그 집에는 자매가 있었어요. 리스베트의 쌍둥이 동생인 카 밀라는 한 번도 아버지를 비난한 적이 없습니다. 그리고 이런 일을 부인했고요. 둘째, 당신의 의뢰인이 언급하는 그 시기에 정말로 폭행이 계속됐다면 당연히 사회복지기관 조사보고서에 기록됐을 겁니다."

"우리가 참조할 수 있는 카밀라의 심문 기록이 있나요?"

"심문 기록이요?"

"집에서 일어난 일에 대해 카밀라가 심문받은 적이 있다는 걸 보여줄 기록을 갖고 계신지 물었습니다."

동생의 이름이 거명되자 리스베트는 속에서 무언가가 치미는 듯 몸을 비틀었다. 그녀는 안니카를 쳐다보았다.

"전 당연히 사회복지기관이 조사를 했을 거라는 가정하에……"

"조금 전 당신은 카밀라가 한 번도 부친을 비난한 적 없으며 오히려 모친이 폭행당했다는 사실을 부인했다고 주장했습니다. 그 정보는 어디서 나온 거죠?"

페테르는 몇 초 동안 말이 없었다. 안니카는 그의 시선이 미묘하게 변하는 걸 알아챘다. 자신이 실수를 범했음을 마침내 깨달은 것이다. 이제 그는 안니카가 어떤 말로 공격해올지도 알았지만 피할 길은 전혀 없었다.

"경찰수사 보고서에 있었던 것 같습니다." 결국 그는 얼버무리듯 말했다.

"그랬던 것 같다…… 본 변호인은 살라첸코가 1991년 룬다가탄 거리에서 중화상을 입은 사건과 관련된 경찰수사 보고서를 찾아보려고 사방을 돌아다녔습니다. 결국 찾아낸 건 현장에 출동한 경찰들이 작성한 아주 빈약한 조서가 전부였죠."

"그럴 수 있겠죠……"

"그래서 알고 싶습니다. 본 변호인이 찾아낼 수 없었던 경찰 보고서를 당신은 어떻게 읽을 수 있었는지를."

"그 질문엔 답변할 수 있습니다. 1991년 리스베트가 친부를 살해하려 한 일이 있은 후 전 그녀에 대한 법의학 보고서를 작성해야 했어요. 그때 경찰 보고서를 참고할 수 있었습니다."

"검사도 그 보고서를 참고했나요?"

리샤르드는 몸을 꼬면서 애꿎은 턱수염만 만지작거렸다. 이미 그
는 자신이 그녀를 과소평가했다는 걸 깨달았다. 한편 여기서 그가 거
짓말해야 할 이유는 전혀 없었다.

"그렇습니다. 참고했습니다."

"왜 변호인은 그 자료에 접근할 수 없었나요?"

"이 재판과는 상관이 없다고 판단했기 때문입니다."

"어떻게 그 보고서에 접근할 수 있었는지 설명해주겠습니까? 경찰
에 문의할 때마다 그런 보고서는 존재하지 않는다는 얘기를 들었는
데요."

"그건 세포가 진행한 기밀수사였습니다."

"그렇다면 세포가 한 여성이 폭행을 당한 사건을 수사하고 그걸
기밀사안으로 분류했다는 얘긴가요?"

"그건 가해자…… 알렉산데르 살라첸코 때문이었습니다. 정치망
명자였죠."

"누가 수사했죠?"

침묵.

"전 대답을 못 들었습니다. 보고서 첫 장에 누구의 이름이 적혀 있
죠?"

"당시 세포 외국인 담당 특별부의 군나르 비에르크가 수사를 맡았
습니다."

"고맙습니다. 제 의뢰인의 주장에 따르면 1991년 그녀의 법의학
보고서를 날조하기 위해 페테르 박사와 공모했다는 군나르 비에르
크와 동일 인물인가요?"

"그렇다고 생각합니다."

안니카는 다시 페테르에게로 시선을 옮겼다.

"1991년 스톡홀름 지방법원은 리스베트 살란데르를 정신병원에 감금하기로 결정했습니다. 법원은 왜 그런 결정을 내렸죠?"

"법원은 그녀가 보이는 행동과 정신 건강에 대해 신중한 평가를 내린 겁니다. 어쨌든 친부를 불 붙여 죽이려 했으니까요. 정상적인 십대가 보이는 행동은 아니죠. 문신을 했든 안 했든 말입니다."

그가 안니카에게 정중한 미소를 지어 보였다.

"그렇다면 법원은 평가를 하면서 무엇을 근거로 삼았나요? 제가 알기로는 당시 법원이 판결에 참고한 법의학 소견서는 단 하나였습니다. 그걸 작성한 사람은 당신과 군나르 비에르크라는 경찰이었고요."

"변호사님, 우린 지금 리스베트가 주장하는 음모론에 빠져들고 있습니다. 전 이런……"

"잠깐만요. 안심하세요. 제가 헤매는 일은 없을 테니까." 안니카는 홀게르에게 몸을 돌렸다. "홀게르 씨, 페테르 박사의 상관이었던 수석의사 요한네스 칼딘 씨를 만났다고 말씀하셨죠."

"그렇습니다. 그때 전 리스베트의 법정 관리인으로 임명됐습니다. 그녀를 정식으로 만난 적은 없었고 몇 번 지나치기만 했죠. 제가 처음 받은 인상 역시 그녀에게 정신적으로 심각한 문제가 있다는 거였습니다. 임무를 맡은 이상 그녀의 건강 상태를 보다 정확히 알아볼 필요가 있었습니다."

"그래서 요한네스 박사가 뭐라고 했습니까?"

"리스베트는 페테르 박사의 환자였고, 요한네스 박사는 일반적인 평가에 참여하는 일 외에는 지나치게 관여하는 걸 삼갔습니다. 그렇게 일 년이 지난 후에야 그녀를 사회에 재편입시킬 방법을 논의하기 시작했죠. 전 그녀를 위탁가정에 맡기자고 제안했어요. 상트스테판 안에서 무슨 일이 있었는지는 잘 몰랐지만 어쨌든 그녀가 거기서 지낸 지 일 년이 지난 어느 때부터 요한네스 박사가 그녀에게 관심을 갖기 시작했습니다."

"그 관심은 어떤 방식으로 나타났나요?"

"그가 페테르 박사와는 다른 평가를 한 것 같았습니다. 하루는 자신이 치료방식을 몇 가지 바꾸기로 결정했다고 말하더군요. 그게 신체 구속을 없앤다는 뜻이었다는 건 나중에야 알았죠. 더이상 그녀를 묶어서는 안 된다고 분명히 못박은 겁니다. 박사는 그런 조치가 전혀 정당화될 수 없다고 말했습니다."

"그럼 그는 페테르 박사의 의견에 반대한 건가요?"

"이의 있습니다. 간접적으로 전해 듣는 말은 증언이 될 수 없습니다." 리샤르드가 말했다.

"아닙니다." 홀게르가 대답했다. "전 리스베트를 사회에 재편입시킬 여러 방법에 대해 요한네스 박사의 의견을 구했습니다. 그리고 그가 서면으로 전달해준 의견을 아직도 보관하고 있습니다."

그는 안니카에게 종이 한 장을 내밀었다.

"여기에 담긴 내용이 무엇인지 말씀해주시겠습니까?"

"요한네스 박사가 제게 보낸 편지입니다. 1992년 10월, 즉 리스베트가 상트스테판에 들어간 지 20개월이 지났을 때 작성됐습니다. 박사가 쓴 구절을 인용해보겠습니다. '환자의 신체를 구속해서도, 강제로 음식을 먹여서도 안 된다는 내 결정으로 그녀는 눈에 띄게 안정되었습니다. 항정신성 약물은 불필요합니다. 하지만 환자가 극도로 내성적이고 타인과의 소통이 거의 없습니다. 그녀에게는 지속적인 도움이 필요합니다.'"

"그 결정을 내린 건 요한네스 박사 자신이라고 분명히 밝히고 있군요."

"그렇습니다. 박사 개인적으로는 위탁가정을 통해 그녀를 사회로 재편입시켜야 한다고 결정하기도 했습니다."

리스베트는 고개를 끄덕였다. 상트스테판에서 있었던 모든 일을 낱낱이 기억하듯 요한네스 박사도 알고 있었다. 그녀는 그와도 대화하기를 거부했다. 그녀에겐 박사 역시 미친 사람을 다루는 의사, 자신의 감정을 마구 파헤치려 드는 하얀 가운들 중 하나일 뿐이었다. 하지만 그는 상냥하고 따뜻했다. 하루는 진료실로 불러 자신이 그녀를 어떻게 생각하는지 설명하기도 했다.

그녀가 자신과 얘기하려 들지 않자 박사는 상심한 듯했다. 결국 리스베트가 그의 눈을 똑바로 쳐다보며 자신의 결심을 밝혔다. "난 당신과도, 그 어떤 정신과 의사와도 얘기하지 않을 거예요. 당신들은 내 말을 듣지 않아요. 죽을 때까지 날 여기 가둬놔도 전혀 바뀌지 않을 거예요. 난 당신들과는 말하지 않아요." 그때 그는 놀란 눈으로 그녀를 쳐다보았다. 그리고 뭔가를 깨달은 듯 고개를 끄덕였다.

"페테르 박사님…… 지금까지 확인된 바, 정신병원에 리스베트를 감금시킨 사람은 당신이었습니다. 지방법원의 유일한 판단 근거가 된 보고서를 제출한 사람 역시 당신이었습니다. 맞습니까?"

"사실 자체는 맞습니다. 하지만 제 견해는……"

"당신의 견해를 설명할 시간은 앞으로 얼마든지 있을 겁니다. 그리고 리스베트가 성년이 됐을 때 당신은 또다시 그녀의 삶에 개입해 시설에 가두려고 시도했죠."

"그때 법의학 보고서를 작성한 건 제가 아니라……"

"예스페르 H. 뢰데르만 박사였죠. 우연처럼 당시 그는 당신의 지도하에 박사논문을 썼고요. 그렇다면 그 보고서에도 역시 당신의 의견이 많이 들어갔겠죠."

"그 보고서에 틀린 말이나 윤리에 어긋나는 말은 하나도 없습니다. 정신의학계의 규칙에 맞게 작성된 겁니다."

"이제 리스베트 살란데르는 스물일곱 살이 됐습니다. 그런데 당신은 그녀의 정신적 문제가 여전하니 폐쇄 시설에 감금해야 한다며 또

다시 법원을 설득하고 있습니다. 벌써 이런 상황이 세번째이고요."

페테르 텔레보리안은 숨을 깊게 들이마셨다. 안니카 변호사는 잘 준비되어 있었다. 그녀는 교묘한 질문으로 허를 찔러 박사가 앞뒤 안 맞는 답변들을 하도록 만들었다. 그녀는 그의 매력에 무감각했고, 그의 권위를 철저하게 무시했다. 박사는 자신이 말할 때 상대가 고개를 끄덕이는 모습에 익숙한 사람이었다.

대체 이 여자가 뭘 알고 있는 거야?

그는 리샤르드 검사를 힐끗 쳐다보았다. 그쪽에 도움을 기대할 수 없다는 걸 이내 깨달았다. 혼자서 이 궁지를 빠져나와야 했다.

그는 누가 뭐래도 자신이 막강한 권위를 지닌 거물이라는 사실을 떠올렸다.

저 여자가 아무리 지껄여봤자 소용없어. 결국 더 힘이 있는 건 내 의견이니까.

안니카가 책상에서 그가 쓴 법의학 소견서를 집어들었다.

"그럼 당신이 최근에 쓴 소견서를 좀더 자세히 검토해보죠. 제 의뢰인의 정신 세계를 분석하느라 상당한 에너지를 쏟고 계시군요. 이 소견서는 상당 부분이 그녀의 인격과 행동, 그리고 성적 취향에 대한 해석으로 채워져 있네요."

"이 소견서를 통해 그녀의 정신 건강에 대한 전체적인 그림을 그려보려 했습니다."

"좋습니다. 그 전체적인 그림을 바탕으로 제 의뢰인이 편집증적 정신분열 환자라는 결론에 이르렀군요."

"지나치게 정확한 진단명에 얽매이고 싶진 않습니다."

"막상 그녀와 대화를 나누고 이런 결론에 이른 걸로는 보이지 않는데요. 안 그렇습니까?"

"알다시피 리스베트는 저를 비롯한 정부 당국자들이 대화를 시도

해도 답변하기를 철저히 거부해왔습니다. 이 행동 하나가 벌써 많은 걸 시사해주지 않나요? 이에 대한 한 가지 가능한 해석은, 편집증적 성향이 너무도 강력하게 발현된 나머지 어떤 당국자와도 말 그대로 간단한 대화조차 할 수 없게 됐다는 겁니다. 그녀는 모든 사람이 자신을 해치려 한다고 믿고 있어요. 그런 위협을 아주 강하게 느껴 자신의 단단한 껍질 뒤에 숨어서 벙어리가 된 것이죠."

"자신의 생각을 아주 신중하게 표현하시는군요. 한 가지 가능한 해석이라고요?"

"네, 맞습니다. 전 지금 제 생각을 아주 조심스럽게 표현하고 있습니다. 정신의학이라는 분야에선 결론을 내리는 데 신중해야 하죠. 정신과 전문의들은 무언가를 상정할 때 결코 가볍게 하는 법이 없습니다."

"자신을 보호하려고 몹시 신경쓰시는군요. 하지만 현실은 이렇습니다. 당신은 제 의뢰인이 열세 살일 때부터 그녀와는 한마디도 대화를 나누지 못했죠. 그녀가 당신과 얘기하는 걸 철저히 거부했기 때문이에요."

"저한테만 그러는 게 아닙니다. 그녀는 어떤 정신과 전문의와도 대화를 나눌 수 있는 상태가 아니라고요."

"그 말은 즉 당신이 여기에 쓴 대로 이 모든 결론이 오로지 당신의 경험과 제 의뢰인을 관찰한 내용에 근거했다는 뜻이군요."

"그렇습니다."

"팔짱을 끼고 앉아서 아무 말도 하지 않는 소녀를 관찰해서 무얼 알아낼 수 있죠?"

페테르는 한숨을 쉬면서 지극히 당연한 사실을 설명해야 하는 상황이 너무나 피곤하다는 듯한 표정을 지었다. 그는 미소를 지었다.

"한마디도 하지 않고 앉아 있는 환자에게선 그가 한마디도 하지 않고 앉아 있는 걸 아주 잘한다는 사실을 알아낼 수 있죠. 이 자체가 이미 하나의 병적인 행동입니다만 그걸 근거로 제 결론을 이끌어내지는 않았습니다."

"본 변호인은 오늘 오후 심리에 또다른 정신과 전문의 한 명을 증인으로 소환할 예정입니다. 스웨덴 국과수 법의학부 수석 의사인 스반테 브란덴입니다. 그를 아나요?"

페테르는 안도감을 느꼈다. 미소가 절로 새어나왔다. 그렇지 않아도 소견서의 결론에 문제를 제기하기 위해 그녀가 다른 정신과 전문의를 데려오리라 예상했다. 이런 상황에 대비했으며, 이의가 제기될 때마다 조목조목 반박할 자신이 있었다. 거리낌없이 말을 걸고 넘어지거나 비꼬는 변호사보다 친숙하게 대화를 나눌 수 있는 학계의 동료가 훨씬 요리하기 쉬울 터였다.

"잘 압니다. 저명하고도 실력 있는 법의학 정신과 전문의이시죠. 변호사님도 아시겠지만 이런 전문 감정은 학술적이고도 과학적인 행위입니다. 제 결론에 당신이 이견을 제시할 수 있듯, 다른 정신과 전문의도 어떤 행동이나 사건을 다른 방식으로 해석할 수 있습니다. 관점이 서로 다르니까요. 혹은 의사마다 환자를 아는 깊이가 다르기 때문이기도 하죠. 스반테 박사는 어쩌면 전혀 다른 결론에 이를 수 있습니다. 정신의학 분야에선 결코 특별한 일은 아니죠."

"제가 그를 부른 건 그 때문이 아닙니다. 그는 제 의뢰인을 만나거나 검사한 적도 없고, 그녀의 정신 건강에 대해 그 어떤 결론도 제시하지 않을 겁니다."

"그렇군요."

"전 그에게 제 의뢰인과 관련해 당신이 작성한 소견서와 모든 문서, 그리고 상트스테판의 의료 기록을 훑어보고 평가해달라고 요청했습니다. 제 의뢰인의 건강 상태를 평가해달라는 게 아니라, 당신이 소견서에 제시한 결론에 확실한 근거가 존재하는지를 학문적인 관점에서 봐달라고 말입니다."

페테르는 어깨를 으쓱했다.

"그분을 무시해서 하는 말은 아닙니다만…… 저는 그 어떤 정신과 전문의보다 리스베트를 잘 압니다. 그녀를 열두 살 때부터 관찰해왔고, 안타깝게도 그녀가 보인 행동들은 결국 제 결론이 옳았음을 끊임없이 증명했습니다."

"그렇군요." 안니카가 비꼬듯 말했다. "그럼 당신의 결론을 한번 살펴보죠. 소견서를 보면, 제 의뢰인이 위탁가정에 맡겨진 열다섯 살 때 치료가 중단됐다고 적혀 있군요."

"맞습니다. 큰 실수였죠. 만일 치료를 끝까지 계속했다면 오늘 같은 날은 오지 않았을 겁니다."

"그 말은 즉 일 년 더 침대에 묶어놓을 수 있었다면 그녀가 한결 얌전해졌을 거란 뜻인가요?"

"말이 지나치군요."

"이런, 죄송합니다. 우선 제 의뢰인이 성년이 되기 직전 당신의 제자인 예스페르 박사가 작성한 소견서를 광범위하게 인용했군요. '그녀의 자기파괴적이고도 반사회적 성향은 상트스테판에서 퇴원한 이후 보인 각종 약물 남용과 난잡한 생활에 근거해 확증할 수 있다.' 이 문장은 정확히 무얼 의미하나요?"

페테르는 한동안 입을 다물었다.

"예…… 시간을 좀더 거슬러올라가야겠군요. 상트스테판에서 나간 그녀는 제 예상대로 알코올과 마약 남용에 빠졌습니다. 수차례 경찰에 체포됐죠. 또한 사회복지기관이 작성한 보고서에서는 그녀가 나이든 남성들과 무분별한 성관계를 가졌을 뿐만 아니라 성판매를 했을 가능성도 밝히고 있습니다."

"그 부분을 좀더 자세히 살펴보죠. 방금 제 의뢰인이 알코올중독에 빠졌었다고 진술했는데, 그녀는 얼마나 자주 술에 취해 있었죠?"

"네?"

"퇴원한 후 열여덟 살이 될 때까지 매일 술에 취해 있었나요? 아니면 일주일에 한 번 정도였나요?"

"제가 그걸 어찌 알겠습니까?"

"그녀가 알코올을 남용했다고 결론 내리지 않았습니까?"

"미성년자인 그녀는 술에 취해 수차례 경찰에 체포됐습니다."

"지금 '수차례 경찰에 체포됐다'라는 표현을 두 번 쓰셨습니다. 그건 얼마나 잦은 횟수를 의미합니까? 일 주에 한 번이라는 말인가요, 이 주에 한 번이라는 말인가요?"

"그렇게 자주는 아닙니다."

"리스베트 살란데르는 열여섯 그리고 열일곱 살, 이렇게 두 차례 술에 취해 체포된 적이 있습니다. 한 번은 심하게 취해서 병원에 실려가야 했죠. 이게 바로 당신이 말하는 '수차례'입니다. 그녀가 만취했던 다른 경우를 알고 있습니까?"

"모릅니다. 하지만 제가 우려하는 바는……"

"잠깐, 지금 제가 제대로 들은 건가요? 당신은 제 의뢰인이 청소년기 전체를 통틀어 두 번 이상 술에 취했었는지 그 여부는 잘 모르지만 아마 그럴 거라고 우려하고 있습니다. 그러면서 그녀가 지옥과 같은 술과 마약의 쳇바퀴에 빠졌다는 결론을 내리는 겁니까?"

"그건 사회복지기관에서 기록한 내용이지 제 주장이 아닙니다. 그녀의 전체적인 생활방식에 관한 거고요. 치료를 중단하면 언젠가 암울한 상황이 오리라고 충분히 예상했고, 역시 그녀의 삶은 술과 경찰의 개입과 통제 불능의 난잡함의 쳇바퀴에 빠졌습니다."

"지금 '통제 불능의 난잡함'이라는 표현을 쓰셨습니까?"

"네…… 그녀가 자신의 삶을 전혀 통제하지 못했다는 뜻으로 썼습니다. 나이 든 남성들과 성관계를 갖곤 했죠."

"그건 법에 어긋나는 행위가 아닙니다."

"열여섯 살 먹은 소녀에겐 비정상적인 행동이죠. 그녀가 자유의지로 관계를 맺었는지, 아니면 통제 불능의 충동에 휩싸여 그랬는지 문제를 제기해볼 수 있습니다."

"당신은 그녀가 성판매를 했다고 주장하지 않았습니까?"

"그건 그녀가 처한 상황에 따른 자연스러운 결과였을 겁니다. 제대로 배운 일도 없고, 수업을 따라갈 수 없으니 고등교육을 받을 능력도 없어 자연히 실업 상태에 빠졌으니까요. 아마도 나이든 남성들을 아버지처럼 느꼈겠죠. 성적 서비스를 제공하고 받는 돈은 보너스인 셈이고요. 제가 볼 때 결론적으로 이것은 일종의 신경증적 행동입니다."

"열여섯 살 소녀가 섹스를 하면 신경증 환자라는 말인가요?"

"제 말을 이상하게 왜곡하는군요."

"당신은 제 의뢰인이 성적 서비스를 제공한 대가로 돈을 받은 사실이 있는지 모르지 않습니까?"

"그녀가 성판매 혐의로 체포된 적은 없죠."

"그런 일이 일어나기는 힘들죠. 이 나라에선 성판매를 법으로 금지하지 않으니까요."

"음…… 맞습니다. 하지만 그녀의 경우를 보면 충동적인 신경증적 행동이라 할 수 있어요."

"이 빈약하기 그지없는 논리들을 가지고 주저 없이 제 의뢰인이 정신질환자라는 결론을 내렸군요. 전 열여섯 살 때 아버지 몰래 훔친 보드카 반병을 마시고 땅바닥에 구를 정도로 취한 적이 있습니다. 당신은 날 정신질환자라고 말할 건가요?"

"물론 아니죠."

"한 가지 더 묻겠습니다. 열일곱 살 때 당신이 파티에서 진탕 취해 움살라 시내로 여럿이 몰려나가 상가의 유리창들을 박살냈다고 하던데, 사실인가요? 경찰에 체포돼 술이 깰 때까지 유치장에 갇혔다가 벌금을 물고 풀려났었죠."

페테르는 경악했다.

"맞습니까?"

"그렇습니다…… 그 나이 땐 그런 바보 짓을 하는 법이죠. 하지만……"

"그렇다면 그 일에서 자신에게 심각한 정신질환이 있다는 결론을 이끌어냈습니까?"

페테르는 부아가 치밀었다. 이 빌어먹을 변호사가 자꾸 말을 비꼬면서 꼬치꼬치 파고들며 트집을 잡았다. 전체적인 그림을 보려 하지 않고 말이다. 그러다 난데없이 남의 과거사를 끄집어냈다. 오래전 술에 취해 딱 한 번 저질렀던 그 일을…… 대체 그걸 어떻게 알았지?

그는 목청을 고르고 목소리를 높였다.

"사회복지기관의 보고서들에는 의심의 여지가 없습니다. 그녀의 삶이 알코올과 마약과 난잡함에 빠졌음을 알 수 있고 또한 성판매까지 했다는 게 밝혀져 있죠."

"아뇨, 사회복지기관은 그녀가 성판매를 했다고 단언한 적이 없습니다."

"그녀는 경찰에 체포……"

"아니죠. 그녀는 체포되지 않았습니다. 열일곱 살 때 탄토룬덴 공원에서 훨씬 나이 많은 남성과 같이 있다가 검문받은 일이 다입니다. 같은 해에 또 나이 많은 남성과 함께 술 취해 있다가 단속된 일이 있고요. 사회복지기관은 그녀가 성판매를 하고 있는지도 모른다고 우려했었죠. 하지만 증거는 전혀 없었습니다."

"그녀의 성생활은 매우 방만했고, 많은 사람과 관계를 맺었습니다. 남자뿐 아니라 여자와도요."

"당신의 소견서 4쪽을 보면 제 의뢰인의 성적 취향에 대해 길게 써놓았습니다. '그녀의 친구 미리암 우와의 관계에서 일종의 성적 정신병질에 대한 우려를 확인할 수 있다'라고 주장했죠. 설명해주시겠습니까?"

그는 입을 꾹 다물었다.

"혹시 동성애가 질병이라고 주장하려던 건 아니었나요? 그런 의도가 아니었기를 진심으로 빕니다. 기소당할 수 있는 주장이니까요."

"물론 아닙니다. 그들의 가학적 성행위를 가리켰을 뿐이에요."

"그럼 그녀가 사디스트란 말인가요?"

"제 말은……"

"본 변호인측은 미리암 우가 경찰에 남긴 증언을 확보했습니다. 그들 사이에는 그 어떤 폭력도 없었습니다."

"그들은 신체 결박 및 갖가지 사도마조히즘적인……"

"타블로이드 신문을 너무 많이 읽으셨군요. 제 의뢰인이 친구 미리암 우와 가끔 에로틱한 유희를 벌인 건 맞습니다. 미리암은 상대를 묶어놓고 성적 만족감을 주곤 했죠. 특별히 괴상한 일도 아니고, 금지된 일도 아닙니다. 바로 이런 이유로 제 의뢰인을 감금하려 하는 건가요?"

그는 그렇지 않다고 손을 좌우로 저었다.

"제 개인적인 사례를 말씀드리죠. 열여섯 살 때 죽을 만큼 취해본 적이 있고, 고등학교에서도 여러 번 술에 취했습니다. 마약도 해봤습니다. 대마초를 피웠고, 이십여 년 전에는 코카인까지 해봤습니다. 성경험은 열다섯 살 때 반 친구와 처음 했고, 스무 살 때 사귀던 남자 친구는 침대 기둥에 내 손을 묶었죠. 스물두 살엔 마흔일곱 먹은 남성과 여러 달 관계를 갖기도 했습니다. 내가 정신질환자인가요?"

"변호사님…… 제 의도를 너무 삐딱하게 받아들이시는군요. 당신의 성경험은 지금 이 사안과 아무런 관계가 없습니다."

"왜죠? 당신의 이 소견서라는 걸 읽어보면 제게 그대로 적용되는 게 너무 많습니다. 그런데 왜 전 정신적으로 건강한 사람이고, 리스베트 살란데르는 위험한 사디스트가 되는 거죠?"

"그런 세부사항이 중요한 게 아닙니다. 당신은 부친을 두 차례나 죽이려 했습니까? 그리고……"

"페테르 박사님, 제 의뢰인이 누구와 섹스를 하든 당신과는 무관합니다. 파트너의 성별이 무엇이든, 그녀가 어떤 형태의 성생활을 영위하든 전혀 상관없는 일이란 말입니다. 그런데 당신은 그녀의 사생활을 세세하게 끄집어내 정신질환자라는 결론을 내리는 데 증거로 쓰고 있잖습니까?"

"초등학교 이후 그녀의 전체적인 삶은 각종 의학적, 사회적 기록들을 보면 파악할 수 있습니다. 하나같이 그녀가 교사들과 급우들에게 이유 없이 포악한 폭력성을 보였다고 증언하고 있어요."

"잠깐만요……"

안니카의 목소리가 얼어붙은 차창을 긁어대는 끌처럼 서늘해졌다.

"제 의뢰인을 한번 보십시오."

모두가 리스베트를 쳐다보았다.

"그녀는 끔찍한 가정환경에서 성장했습니다. 어머니에게 수년간 지속적으로 심각한 폭력을 가해온 아버지와 함께 말입니다."

"그건……"

"말 끊지 마세요. 그녀의 모친은 살라첸코를 너무도 두려워했습니다. 감히 항의하지도 못했습니다. 의사를 찾아갈 생각도, 여성상담소에 도움을 청할 생각도 하지 못했죠. 그렇게 만신창이가 되어가다 결국엔 너무나도 심한 폭행을 당한 나머지 영구적인 뇌손상을 입었습니다. 이때 가정을 책임진 사람이 누구인지 아십니까? 가정을 책임지려 애썼던 유일한 사람이 누구인지 아십니까? 채 사춘기에 접어들지도 않은 리스베트 살란데르였습니다. 그 무거운 책임을 어린 그녀가 혼자서 짊어져야 했습니다. 왜? 첩보요원 살라첸코가 리스베트의 어머니보다 더 중요한 존재였기 때문이죠."

"이건 이해할 수……"

"이게 바로 이 사회가 리스베트의 어머니와 그 아이들을 내팽개친 상황입니다. 그녀가 학교에서 몇 가지 문제를 일으켰다고 놀라셨나요? 그녀를 보세요. 아주 작고 야윈 여자입니다. 항상 반에서 가장 작은 여자애였죠. 내성적이었고 다른 아이들과 달랐습니다. 친구도 없었고요. 여러분은 아이들이 자신과 다른 급우를 보통 어떻게 취급하는지 아십니까?"

페테르는 한숨을 쉬었다.

"본 변호인은 지금 의뢰인의 학생기록부를 펼쳐서 그녀가 폭력성을 보였던 상황들을 하나씩 확인해볼 수 있습니다." 안니카가 말을 이었다. "항상 누군가가 먼저 도발을 해왔습니다. 따돌림과 괴롭힘의 흔적들이 너무도 분명히 나타나 있죠. 한 가지 더 말해도 될까요?"

"뭐죠?"

"전 리스베트 살란데르를 존경합니다. 저보다 훨씬 용기 있는 사람입니다. 만일 열세 살 때 제가 침대에 가죽끈으로 묶였다면, 결국 완전히 무너져버렸을 겁니다. 하지만 리스베트는 자신이 가진 유일한 무기로 대항했죠. 그건 바로 당신에 대한 경멸이었습니다."

안니카가 갑자기 목소리를 높였다. 긴장감은 사라진 지 오래였다. 그녀는 자신이 모든 걸 통제하고 있음을 느꼈다.

"오늘 박사님은 제 의뢰인이 지어낸 황당무계한 이야기들에 대해 많은 증언을 했습니다. 예를 들어, 닐스 비우르만 변호사의 성폭행은 지어낸 이야기라고 주장하셨죠."

"그렇습니다."

"어떤 근거로 그런 결론을 내렸습니까?"

"제 경험에 의한 겁니다. 그녀는 습관적으로 이야기를 지어냈으니까요."

"이야기를 지어내는 그녀의 습관을 경험하셨다고요…… 그렇다면 언제 그녀가 이야기를 지어낸다고 생각하시죠? 예를 들어 그녀는 380일 동안 신체구속을 당했다고 말했습니다. 당신은 지어낸 이야기라고 단언했지만 당신이 작성한 의료 기록은 그 일이 사실임을 보여줍니다."

"이건 전혀 다른 문제예요. 닐스가 리스베트를 성폭행했다는 증거는 전혀 없습니다. 유두에 핀을 여러 개 찔렀다고 했죠? 그런 심각한 폭행을 당했다면 당장 병원에 실려가야 했을 겁니다. 어떻게 그런 일이 일어날 수 있겠습니까?"

안니카가 예르겐 판사를 향해 몸을 돌렸다.

"증거로 영상 한 편을 볼 수 있도록 프로젝터 사용을 요청합니다."

"기계는 준비되어 있습니다." 판사가 대답했다.

"커튼을 내릴 수 있을까요?"

그녀는 자신의 노트북을 열고 필요한 케이블을 연결했다. 그런 다음 자신의 의뢰인에게 몸을 돌렸다.

"리스베트. 우린 영상을 한 편 볼 거예요. 준비됐나요?"

"이미 경험한 일이에요." 리스베트가 메마른 목소리로 대답했다.

"이 영상을 공개하는 것에 동의하나요?"

리스베트는 고개를 끄덕였다. 그녀의 시선은 페테르에게 못박혀 있었다.

"이 영상이 언제 촬영됐는지 말해줄 수 있나요?"

"2003년 3월 7일."

"누가 촬영했죠?"

"내가요. 밀톤 시큐리티가 기본 장비로 보유하고 있는 몰래카메라를 사용했어요."

"잠깐!" 리샤르드 검사가 외쳤다. "지금 법정이 서커스 판으로 변하고 있습니다!"

"우리가 볼 내용이 뭐죠?" 예르겐 판사가 날카롭게 물었다.

"페테르 박사는 제 의뢰인이 이야기를 지어냈다고 주장합니다. 본 변호인은 그녀의 진술이 한 자도 빠짐없이 전부 진실임을 보여드리려 합니다. 구십 분짜리 영상이지만 일부만 보여드리겠습니다. 몹시 불쾌한 장면이 포함되어 있음을 사전에 말씀드립니다."

"조작된 거 아닙니까?" 리샤르드가 물었다.

"확인할 방법이 하나 있죠." 안니카는 이렇게 말하며 영상을 틀었다.

"시계 볼 줄 몰라?" 닐스 비우르만이 퉁명스레 내뱉었다. 카메라가 그의 아파트 안으로 들어갔다.

구 분쯤 지났을 때 판사가 의사봉을 내리쳤다. 닐스가 리스베트의 항문에 딜도를 쑤셔넣는 순간이었다. 안니카는 볼륨을 충분히 높여 놓았다. 입을 덮은 접착테이프 사이로 새어나오는 리스베트의 숨 막힌 비명이 법정에 울려퍼졌다.

"영상을 멈춰요." 판사가 매우 크고 단호하게 말했다.

안니카는 멈춤 버튼을 눌렀다. 법정 안에 조명이 켜졌다. 판사의 얼굴이 벌게져 있었다. 검사는 석상처럼 굳었다. 페테르의 얼굴은 백지장처럼 하앴다.

"변호인, 이 영상이 전부 몇 분이라고 했죠?" 판사가 물었다.

"구십 분입니다. 제 의뢰인은 여섯 시간 동안 여러 차례 성폭행을 당했지만 나중에 가서는 어떤 폭행을 당했는지조차 제대로 기억하지 못했습니다." 안니카는 페테르에게 몸을 돌렸다. "이 영상에는 비우르만이 제 의뢰인의 유두를 핀으로 찌르는 장면이 있습니다. 박사님께서 그녀의 과장된 상상력이라고 주장한 장면입니다. 영상의 72분 지점에 있으며, 지금 당장 시청할 것을 제안합니다."

"고맙습니다. 하지만 필요 없겠습니다." 판사가 말했다. "그리고 피고인……"

그는 잠시 생각의 끈을 놓쳐 무슨 말을 해야 할지 떠오르지 않았다.

"…… 피고, 왜 이 영상을 촬영했죠?"

"닐스는 절 한 번 강간한 후로 더 요구했습니다. 맨 처음엔 구역질 나는 그 물건을 빨아야 했어요. 그때 전 이자에게 또 당할 수도 있겠다고 생각했죠. 그렇다면 충분한 증거를 확보한 후에 그를 협박해서 멀리 쫓아버릴 작정이었고요. 그런데 그를 과소평가했던 거죠."

"왜 신고하지 않았습니까? 이처럼…… 설득력 있는 증거를 확보했으면서요."

"경찰하고는 얘기 안 해요." 리스베트가 건조하게 대답했다.

이때, 홀게르 팔름그렌이 휠체어에서 벌떡 일어섰다. 그는 두 손으로 책상 모서리를 꽉 잡았다. 목소리는 아주 또렷했다.

"우리 의뢰인은 자신의 원칙에 따라 경찰을 비롯한 정부 당국자들과는 말하지 않습니다. 정신과 의사들과는 더욱 그렇죠. 이유는 간단합니다. 어린 시절부터 그녀는 경찰, 사회복지사, 그리고 기타 당국자들에게 끊임없이 말을 하려 했습니다. 자신의 어머니가 살라첸코에게 참혹하게 학대당하고 있다는 사실을 설명하려 했습니다. 그 결과가 무엇이었습니까? 매번 벌을 받았을 뿐입니다. 공무원들이 리스베트보다 살라첸코가 더 중요하다고 결정했기 때문이죠."

그는 한 차례 목청을 고른 후 다시 말을 이었다.

"아무도 자신의 말을 들어주지 않는다는 사실을 마침내 깨달았을 때, 그녀의 유일한 출구는 살라첸코에게 무력을 가해 어머니를 구하는 것이었습니다. 그때 의사라고 자칭하는 이 쓰레기 같은 인간―그는 페테르를 가리켰다―이 법의학 소견서를 날조한 후 그녀를 정신질환자라고 선언하고 381일간 상트스테판의 침대에 묶어놨습니다. 그야말로 파렴치한 인간입니다!"

홀게르는 자리에 앉았다. 갑작스러운 그의 분출에 예르겐 판사는 약간 얼떨떨한 얼굴이었다. 그리고 리스베트에게 물었다.

"피고, 잠시 휴식이 필요한가요?"

"왜죠?"

"좋아요. 그럼 계속하겠습니다. 변호인, 영상을 검토한 후 진위 여부에 대해 기술적 의견을 구할 것입니다. 지금은 이 끔찍한 장면들을 보고 싶지 않군요. 자, 심리를 계속합시다."

"좋습니다. 저 역시 보고 싶지 않은 영상입니다. 하지만 이게 바로 진실이죠. 제 의뢰인은 육체적, 정신적 학대와 사법권 남용에 희생되어왔습니다. 이 참혹한 상황의 책임자는 바로 페테르 텔레보리안입니다. 그는 의료인 서약을 어겼고, 자신의 환자를 배신했습니다. 세포 내 비정규 조직의 군나르 비에르크와 함께 자신들에게 거추장스러운 목격자를 묶어두기 위해 소견서를 날조했습니다. 실로 스웨덴 헌법 사상 초유의 사태가 아닐까 합니다."

"너무나 어처구니없는 주장입니다!" 페테르가 외쳤다. "전 리스베트를 돕기 위해 최선을 다했습니다. 그녀는 자기 아버지를 죽이려 했다고요! 문제가 있는 게 명백한……"

안니카가 그의 말을 끊었다.

"본 변호인은 이제 박사가 작성한 또다른 법의학 소견서에 대해 말씀드리고 싶습니다. 오늘 심리에서 여러 차례 언급됐던 소견서입니다. 1991년 보고서와 마찬가지로 이 역시 날조됐음을 주장합니다."

"아니, 이건 정말……"

"재판장님, 계속 말을 끊고 있는 검사측 증인에게 자제해줄 것을 요청합니다."

"페테르 씨……"

"네, 입 다물겠습니다. 하지만 이건 있을 수 없는 주장입니다. 제가 이렇게 분개하는 건 너무나도 당연한……"

"페테르 씨, 질문을 받기 전에는 조용히 해주시기 바랍니다. 자, 계속하세요, 변호인."

"페테르 박사가 법정에 제출한 법의학 소견서가 여기에 있습니다. 이는 제 의뢰인에 대한 이른바 '관찰'을 기반으로 작성되었고, 관찰은 그녀가 크로노베리 구치소로 이송된 6월 6일부터 7월 5일까지 이루어진 걸로 되어 있습니다."

"나도 그렇게 알고 있습니다." 판사가 말했다.

"박사님, 6월 6일 이전에는 제 의뢰인을 대상으로 그 어떤 검사나 관찰을 행할 기회를 얻지 못했던 것이 사실입니까? 다들 알다시피 그 전까지 그녀는 살그렌스카 병원에 격리되어 있었죠."

"그렇습니다."

"당신은 살그렌스카 병원에서 두 차례 제 의뢰인에게 접근하려고 시도했습니다. 그리고 두 번 다 거절당했고요. 맞습니까?"

"네."

안니카는 다시 자신의 서류가방을 열어 문서를 꺼냈다. 그리고 책상을 끼고 돌아가 판사에게 그걸 건넸다.

"음, 페테르 박사의 소견서 사본이군요. 말하려는 요점이 뭐죠?"

"본 변호인은 재판정 밖에서 기다리고 있는 두 증인의 입회를 요청합니다."

"누구죠?"

"잡지 〈밀레니엄〉의 기자 미카엘 블롬크비스트와 세포의 헌법수호부 부장 토르스텐 에드클린트 경정입니다."

"지금 밖에서 기다리고 있다고요?"

"네."

"들어오게 하세요."

"이의 있습니다. 절차상 문제가 있습니다!" 아까부터 입을 다물고 있었던 리샤르드가 항의했다.

자신의 주요 증인이 변호인에게 가루가 되도록 반박당하는 모습을 지켜본 리샤르드 검사는 거의 쇼크 상태에 빠졌다. 증거로 나온 영상은 치명적인 한 방이었다. 예르겐 판사는 검사의 항의를 무시하고 재판정 관리원에게 문을 열라고 손짓했다. 미카엘과 토르스텐이 입장했다.

"먼저 미카엘 블롬크비스트를 증인으로 세우고 싶습니다."

"페테르 텔레보리안 씨는 증인석에서 잠시 내려와주시죠." 판사가 명령했다.

"그럼 이제 전 가봐도 됩니까?" 그가 물었다.

"오, 천만에요." 안니카가 대답했다.

미카엘이 증인석에 섰다. 판사는 재빨리 요식 절차를 진행했고, 이어 미카엘이 증인 선서를 했다.

안니카는 판사에게 다가가 자신이 방금 제출했던 법의학 소견서를 잠시 가져가게 해달라고 부탁했다. 그러고는 그 사본을 미카엘에게 건네며 물었다.

"이 자료를 본 적이 있나요?"

"네. 모두 세 부를 가지고 있습니다. 첫번째 사본은 5월 12일 전후에, 두번째와 지금 여기에 있는 세번째 사본은 6월 3일에 입수했습니다."

"이 사본을 어떻게 얻게 됐는지 말해줄 수 있겠습니까?"

"전 기자로서 정보원을 통해 입수했습니다. 정보원의 이름은 밝히고 싶지 않습니다."

리스베트의 두 눈은 페테르에게 못박혀 있었다. 그의 얼굴에 핏기가 싹 가셨다.

"이 소견서를 가지고 어떻게 했죠?"

"헌법수호부의 토르스텐 에드클린트에게 주었습니다."

"고맙습니다. 자, 이제는 토르스텐 에드클린트를 증인으로 부르겠습니다." 안니카가 그에게서 소견서를 돌려받으며 말했다. 예르겐 판사는 그녀가 돌려준 증거물을 묵묵히 받아들었다.

아까와 같이 증인 선서가 진행됐다.

"토르스텐 경정님, 이 법의학 소견서를 미카엘 블롬크비스트로부터 받은 것이 사실입니까?"

"네."

"언제 받았습니까?"

"세포 문서대장에 6월 4일로 등록됐습니다."

"제가 방금 재판장님께 제출한 소견서와 동일한 것입니까?"

"그 사본 뒤에 제 서명이 있다면 동일한 소견서입니다."

판사는 문서를 뒤로 돌려 그의 서명이 있음을 확인했다.

"토르스텐 경정님, 당신은 병원에 격리되어 공식적인 정신감정을 받을 수 없었던 사람의 법의학 소견서를 받았습니다. 이것이 어떻게 가능한 일인지 설명해줄 수 있습니까?"

"네."

"얘기해주시죠."

"페테르 박사가 작성한 소견서는 요나스 산드베리라는 인물과 함께 날조한 자료입니다. 박사가 1991년에 군나르 비에르크와 함께 작성한 보고서와 마찬가지로 말입니다."

"거짓 증언입니다……" 박사가 힘없이 말했다.

"거짓말입니까?" 안니카가 물었다.

"전혀 그렇지 않습니다. 요나스 산드베리는 오늘 검찰의 결정에 따라 체포된 십여 명의 인물 중 하나입니다. 군나르 비에르크의 암살공모 혐의로 체포됐습니다. 그는 1970년대부터 살라첸코를 보호해온 세포 내 비정규 조직의 일원입니다. 1991년, 리스베트 살란데르를 감금시킨 판결의 배후에 바로 이 조직이 있었습니다. 저희는 이에 대한 무수한 증거뿐 아니라 조직 우두머리의 자백도 이미 확보한 상태입니다."

죽음 같은 정적이 법정 안에 감돌았다.

"페테르 텔레보리안 씨, 이 진술에 덧붙일 말이 있습니까?" 판사가
물었다.

그는 고개를 저었다.

"그렇다면 당신은 위증 및 기타 혐의로 기소될 수 있음을 알립
니다."

"재판장님, 죄송합니다만……" 미카엘이 조심스럽게 끼어들었다.

"뭐죠?" 판사가 물었다.

"페테르 텔레보리안에게는 이보다 더 큰 혐의가 있습니다. 그를 심
문하고 싶어하는 경찰 두 명이 밖에서 기다리고 있습니다."

"이 법정과 관계가 있는 사안인가요?"

"네, 그런 것 같습니다."

판사의 지시에 따라 재판정 관리원이 데리고 들어온 사람은 소니
아 모디그와 어느 형사였고, 리샤르드는 곧바로 그녀를 알아보았다.
리사 콜셰. 아동 음란물 및 아동 성적 학대에 대한 수사를 책임지고
있는 미성년자보호 특별수사대 소속 형사였다.

"두 분은 왜 오셨죠?" 판사가 물었다.

"심리를 방해하지 않는 선에서 기회가 생기는 대로 페테르 텔레보
리안을 체포하기 위해서입니다."

판사가 안니카를 쳐다보았다.

"심문을 완전히 끝낸 건 아니지만, 좋습니다. 연행해도 괜찮습니다."

"자, 집행하세요."

판사가 명을 내리자 리사 콜셰가 페테르 텔레보리안에게 다가
갔다.

"아동 음란물 관련법 특수 위반 혐의로 당신을 체포합니다."

페테르는 더이상 숨을 쉬지 못했다. 안니카는 이미 모든 빛이 꺼져
버린 그의 두 눈을 바라보았다.

"정확히 말해 8천 장이 넘는 아동 음란물을 컴퓨터에 소장한 혐의입니다."

그녀는 몸을 굽혀 그가 가져온 노트북 가방을 집어들었다.

"이 컴퓨터는 압수합니다."

그가 법정 밖으로 끌려나갈 때 여전히 이글거리는 리스베트의 시선이 그의 등에 꽂혔다.

28장
7월 15일 금요일~7월 16일 토요일

페테르 텔레보리안이 체포되자 여기저기서 속삭이는 소리가 들려왔다. 예르겐 판사는 볼펜으로 책상 모서리를 탁탁 두드려 정숙을 요구했다. 그리고 한동안 아무 말 없이 가만히 앉아 있었다. 이 재판을 어떻게 진행해나가야 할지 사뭇 난감한 표정이었다. 이윽고 그는 리샤르드 검사에게 말했다.

"지금까지 있었던 일들에 대해 덧붙일 말이라도 있습니까?"

리샤르드는 할말이 생각나지 않았다. 그는 일단 일어섰다. 판사와 헌법수호부장을 차례로 쳐다본 다음 고개를 돌려 리스베트의 냉정한 시선과 마주쳤다. 이미 싸움에서 졌음을 깨달았다. 얼른 눈을 돌려보니 미카엘 블롬크비스트가 보였다. 자신이 〈밀레니엄〉의 기사에 등장할 수도 있다는 생각이 들자 온몸이 오싹해졌다. 그건 끔찍한 재앙이었다.

대체 무슨 일이 일어난 건지 좀처럼 알 수 없었다. 이 사건 뒤에 숨겨진 얘기들까지 전부 파악하고 있다고 자신하면서 법정에 들어섰는데 말이다.

그는 예오리 뉘스트룀 경정과 수차례 진지하게 논의하면서 국가 안보를 위해선 미묘한 균형이 필요하다는 걸 이해했다. 1991년 보고서는 분명 가짜라는 얘기를 들었다. 필요한 기밀도 모두 제공받았다. 백여 개에 달하는 질문을 던졌으며 그때마다 확실한 답변을 얻었다. 그런데 이 모두가 트릭이었다…… 안니카 변호사의 말이 사실이라면 이제는 예오리마저 체포됐다. 그는 페테르 텔레보리안을 믿었다. 그는 굉장히…… 믿을 만하고, 사려 깊은 사람처럼 보였다. 설득력이 있었다.

맙소사! 내가 지금 어디에 빠진 거지?

그는 이내 머리를 굴렸다.

어떻게 해야 이 구렁텅이에서 빠져나올 수 있지?

그는 턱수염을 매만지고 목청을 골랐다. 그리고 천천히 안경을 벗어 들었다.

"유감스럽습니다만, 사건을 수사하는 동안 검사측에 잘못된 정보가 전달된 것 같습니다."

몇몇 수사관들에게 잘못을 전가할 수 있을지 생각하는 순간 안 형사의 모습이 떠올랐다. 형사는 절대로 그를 지지해주지 않을 터였다. 조금이라도 발을 잘못 내디디면 그 즉시 기자회견을 소집할 게 분명했다. 그리고 그를 침몰시켜버릴 것이다.

검사는 다시 리스베트와 눈을 마주쳤다. 그녀는 호기심과 복수의 갈증이 뒤섞인 눈빛으로 참을성 있게 기다리고 있었다.

타협의 가능성은 전혀 없었다.

그녀를 MC 스바벨셰 특수 폭행 혐의로 기소하는 건 아직 가능했다. 어쩌면 부친 살해 혐의로도 기소할 수 있었다. 하지만 그러려면 그의 전략을 전부 변경해야 했다. 페테르 박사가 내세웠던 모든 주장 역시 포기해야 했다. 그렇다면 리스베트를 사이코패스로 몰아갈 논리들이 무너지는 동시에, 1991년까지 거슬러올라가는 그녀의 주장들이 힘을 얻게 된다. 법적 무능력자 판결이 효력을 잃고……

그리고 그 빌어먹을 영상은…… 이내 그는 확실히 깨달았다.

맙소사. 그녀는 무죄야!

"재판장님…… 대체 이 상황이 무엇인지 이해하기가 힘듭니다만, 지금 제 손에 들려 있는 이 자료들을 더이상 신뢰할 수 없을 듯합니다."

"네, 그런 것 같군요." 판사가 차갑게 대꾸했다.

"검사측에서 진상을 정확히 규명해낼 때까지 본 재판의 임시 중단을 요청합니다."

"변호인측 의견은?"

"본 변호인은 모든 기소 항목에 대한 무죄선고와 즉각적인 석방을 요청합니다. 제 의뢰인의 후견 체제에 대해서도 지방법원이 분명한 입장을 밝힐 것을 요구합니다. 더불어 지금까지 제 의뢰인이 권리를 침해당한 사실에 대해서도 정당한 보상을 청구하는 바입니다."

리스베트는 판사를 쳐다보았다.

타협은 없었다.

판사는 리스베트의 진술서를 내려다보았다. 그리고 리샤르드 검사에게로 눈을 돌렸다.

"본 재판장 역시 진상을 정확히 규명하는 게 좋다고 생각합니다. 하지만 현 검사가 이 사건을 계속 맡기에 적합한지 의문이 드는군요."

그는 잠시 생각한 다음 말을 이었다.

"여러 해 사법관과 판사로 일했지만 이 사건만큼 난감한 법적 상황에 처한 적은 처음입니다. 굉장히 당혹스럽군요. 검사측 주요 증인이 재판이 진행중인 법정 안에서 체포됐다는 사례는 들어본 적이 없습니다. 꽤나 설득력 있어 보이는 증거들이 순식간에 날조물로 둔갑해버리는 경우도 본 적 없고요. 솔직히 지금 검사측 기소 항목 가운데 과연 무엇을 남길 수 있을지 모르겠습니다."

홀게르 팔름그렌이 헛기침을 했다.

"하실 말씀이라도?" 판사가 물었다.

"피고측 대변인으로서 저 역시 재판장님과 느끼는 바가 같습니다. 이럴 땐 한 발 뒤로 물러서서 상식적으로 일을 처리하는 것도 좋을 듯합니다. 제가 강조하고 싶은 건, 지금 재판장님은 스웨덴 최고 기관까지 뒤흔들 일대 스캔들의 시작만을 보셨다는 사실입니다. 오늘 하루에 세포 요원 십여 명이 체포됐습니다. 살인을 비롯해 숱한 범죄를 저지른 혐의로 기소될 예정이죠. 그 혐의가 너무도 많아 예심을 끝내려면 상당한 시간이 필요할 겁니다."

"그렇다면 이 재판을 잠시 중지해야겠군요."

"죄송하지만 그건 좋지 못한 결정이라고 생각합니다."

"말씀해보시죠."

홀게르는 말을 또렷이 내뱉는 데 어려움을 느끼는 기색이 역력했다. 하지만 더듬는 법은 없이 천천히 말을 이었다.

"리스베트 살란데르는 무죄입니다. 페테르 박사의 경멸적인 표현을 빌려, 이 황당무계한 진술서에 담긴 내용은 진실입니다. 전부 증명할 수 있죠. 그녀는 충격적인 사법권 남용의 희생양입니다. 그렇다면 법정이 취할 수 있는 행동은 무엇일까요? 우선 형식적인 절차를 고수해 그녀가 무죄라는 결론에 이를 때까지 한동안 재판을 계속해나가는 거겠죠. 하지만 분명 대안도 있습니다. 새로운 수사위원회에 리스베트 사건의 모든 걸 이관하는 겁니다. 이미 시작된 수사로 이 진흙탕은 깨끗이 청소될 것입니다."

"무슨 말씀인지 알겠습니다."

"이제 재판장님은 선택하실 수 있습니다. 절차상 현명한 선택은 검사측 예비수사 결과를 기각하고 처음부터 다시 해올 것을 요구하는 겁니다."

판사가 리샤르드 검사를 물끄러미 쳐다보았다.

"하지만 정의로운 선택은 피고를 즉각 석방하는 겁니다. 그녀는 사과를 받을 자격이 있습니다. 하지만 이 모든 걸 바로잡으려면 시간이 걸리고, 다른 수사의 결과도 기다려야 하죠."

"변호인의 입장을 이해합니다. 하지만 피고에게 무죄를 선언하려면 본 재판장이 사건 전체를 파악해야 합니다. 그럼 시간이 소요될 겁니다……"

판사는 잠시 머뭇거리더니 안니카를 바라보았다.

"이렇게 하면 어떻겠습니까? 다음 월요일로 재판을 연기하고, 피고를 더이상 구금할 이유가 없으므로 변호인측 요청을 수용해 방면한다고 판결하겠습니다. 이는 앞으로 그녀가 징역형에 처해질 일은 없다는 뜻입니다. 대신 법원이 소환할 경우, 이후 심리에 출석할 것을 약속할 수 있겠습니까?"

"물론입니다." 홀게르가 재빨리 대답했다.

"싫습니다." 리스베트가 딱 잘라 거절했다.

모두의 시선의 이 드라마의 중심에 있는 그녀에게 향했다.

"무슨 뜻이죠?" 판사가 물었다.

"방면되는 순간, 난 여행을 떠날 거예요. 이 재판 때문에 내 시간을 단 일 분도 더 쓰고 싶지 않습니다."

판사는 어안이 벙벙한 얼굴로 그녀를 쳐다보았다.

"그럼 재판에 출석하지 않겠다는 겁니까?"

"그래요. 만일 더 들어야 할 답변이 있다면 날 구치소에 잡아놓아야 할 겁니다. 석방되는 순간, 이제 이 사건은 나한테 옛 이야기가 될 테니까요. 더이상 법원이나 검사나 경찰이 무한정 사용할 수 있는 존재가 아니라는 뜻이죠."

판사는 한숨을 쉬었다. 홀게르는 멍한 얼굴이 됐다.

"본 변호인 역시 의뢰인과 같은 의견입니다." 안니카가 나섰다. "국가와 당국자들이 그녀에게 잘못을 범했습니다. 그 반대가 아닙니다. 그녀는 무죄선고를 받아들고 법정을 나가 이 모든 이야기를 홀홀 털어버릴 자격이 있습니다."

타협은 없었다.

판사는 손목시계를 흘깃 내려다보았다.

"곧 3시군요. 지금 변호인 의견대로라면 피고를 구속수사할 수밖에 없습니다."

"그게 재판장님의 결정이라면 받아들이겠습니다. 하지만 저는 리스베트 살란데르의 변호인으로서 검사의 기소 항목에 대한 무죄선고를 요청합니다. 그리고 아무 조건 없이 그녀를 즉각 석방할 것을 요청합니다. 또한 후견 체제 해제와 시민으로서 누릴 모든 권리의 즉각 회복을 요구합니다."

"후견 문제를 논의하려면 상당히 긴 과정이 필요합니다. 그녀를 검사할 정신과 전문의들의 의견을 구해야 합니다. 그렇게 간단히 판결할 문제가 아닙니다."

"우린 그 결정을 받아들일 수 없습니다."

"왜죠?"

"제 의뢰인은 다른 스웨덴 시민들과 똑같은 권리를 누릴 자격이 있습니다. 그녀는 범죄의 희생자였습니다. 날조된 자료를 근거로 법적 무능력자 판정을 받았습니다. 그 날조행위는 증명이 가능하고요. 따라서 그녀에게 후견 체제를 부과한 결정에는 법적인 근거가 전혀 없으며, 아무런 조건 없이 철회되어야 마땅합니다. 제 의뢰인이 법의학적 정신감정에 응해야 할 이유는 전혀 없습니다. 왜 범죄의 희생자가 도리어 자신이 미치지 않았음을 증명해보여야 합니까?"

판사는 잠시 생각에 잠겼다.

"변호인, 지금 이 상황이 예외적이라는 걸 잘 알겠습니다. 우선 몸도 풀고 머리도 좀 식힐 겸 십오분간 휴정을 선언합니다. 피고에게 죄가 없다면 오늘밤 구치소에 잡아두고 싶은 마음은 전혀 없습니다. 이 말은 즉, 오늘 우리가 모든 사안을 다 확인할 때까지 심리를 계속해야 한다는 뜻입니다. 동의합니까?"

"네, 좋습니다." 안니카가 대답했다.

미카엘이 여동생의 볼에 입을 맞췄다.

"그래, 어땠어?"

"오늘 나, 정말 멋졌던 것 같아. 페테르를 아주 박살내버렸어."

"말했잖아. 이 재판에서 널 당할 사람은 없을 거라고. 결국 이건 여자들이 당하는 일상적인 폭력과 그걸 가능하게 하는 남자들에 관한 이야기니까. 첩보요원이나 비밀 조직 따위의 문제가 아니라고. 눈치를 보니 아주 환상적이었던 모양이야? 리스베트는 분명 무죄를 선고받을 거야."

"응. 의심할 여지 없지."

휴정이 끝난 후 예르겐 판사가 다시 책상 위를 두드렸다.

"실제로 어떤 일이 있었는지 내가 파악할 수 있도록 처음부터 끝까지 이야기를 들려줄 수 있겠습니까?"

"기꺼이 그러겠습니다." 안니카가 대답했다. "먼저 자칭 섹션이라는 이름으로 활동하며, 1970년대 중반 한 소련 망명자를 확보했던 세포 내 조직의 경악스러운 이야기부터 시작하겠습니다. 이는 〈밀레니엄〉 출판부가 오늘 자로 출간한 책에도 실려 있습니다. 저녁이면 각 방송사에서 주요 뉴스로 다룰 거라고 예상합니다."

오후 6시경, 예르겐 판사는 리스베트를 석방하고, 후견 체제를 해제한다는 판결을 내렸다.

대신 조건이 있었다. 판사는 리스베트에게 한 차례 경찰 심문에 응할 것을 요구했다. 그 자리에서 살라첸코 사건에 대해 그녀가 아는 바를 정식으로 증언하도록 했다. 리스베트는 딱 잘라 거절했다. 격앙된 말이 오가다 급기야 판사가 언성을 높였다. 그는 상체를 앞으로 내밀고 그녀를 엄하게 노려보며 말했다.

"리스베트 씨, 내가 후견 체제를 해제하도록 판결한다면 당신은 다른 시민들과 똑같은 권리를 갖습니다. 하지만 동시에 의무도 부여된다는 걸 알아야 합니다. 이제 당신의 의무는 뭐죠? 자산을 관리하고, 세금을 내고, 법을 준수하는 겁니다. 그리고 중대한 범죄를 수사하는 경찰을 도와야 합니다. 수사에 제공할 정보를 지닌 다른 시민과 마찬가지로 당신 역시 소환될 겁니다."

이 논리가 그녀에게 효과가 있었던 모양이다. 그녀는 아랫입술을 삐죽 내밀며 불만스러운 표정을 지었지만 더이상 대꾸는 하지 않았다.

"경찰이 진술을 듣고 나면 예비수사 책임자인 검찰이 앞으로 있을 재판에 당신을 증인으로 소환할지 여부를 판단할 겁니다. 이때 당신은 여느 스웨덴 시민과 마찬가지로 소환 명령에 불복할 수 있습니다. 어떤 행동을 취하든 그건 본 재판장이 상관할 문제가 아니지만, 어쨌든 불복한다면 응분의 대가를 치러야 합니다. 증인 출석을 거부하는 경우, 이 나라의 모든 성인과 마찬가지로 사법 방해 혹은 위증 혐의로 기소될 수 있습니다."

리스베트의 얼굴이 한층 어두워졌다.

"자, 어떻게 하겠습니까?"

그녀는 잠시 생각해보더니 고개를 한 번 까딱했다.

좋아. 조금만 타협하지.

이날 저녁, 안니카는 살라첸코 사건을 요약하면서 리샤르드 검사를 사정없이 몰아세웠다. 그는 그간 자신이 벌여온 일들이 안니카의 진술과 거의 일치한다는 걸 조금씩 인정하게 됐다. 예비수사 때 예오리 뉘스트룀 경정의 도움을 받았으며, 페테르 텔레보리안이 제공한 정보도 수용했음을 시인했다. 하지만 공모 혐의는 성립할 수 없었다. 그가 섹션과 보조를 맞춘 건 사실이지만 예비수사 책임자로서 선의에 의한 행동이었기 때문이다. 음모의 실체가 완전히 밝혀지자 그는 기소를 포기했다. 그리고 이 결정에 따라 수없이 많고 복잡한 행정절차를 피할 수 있게 되었다. 판사는 비로소 안도한 표정이 되었다.

홀게르 팔름그렌은 몇 년 만에 법정에서 반나절을 보낸 끝에 녹초가 되어버렸다. 에르스타 재활센터로 돌아가 휴식을 취해야 했으므로 밀톤 시큐리티 경호원이 데려다주기로 했다. 그는 떠나기 전에 리스베트의 어깨에 손을 얹었고, 둘은 서로를 묵묵히 바라보았다. 그리고 리스베트가 먼저 옅은 미소를 머금으며 고개를 끄덕였다.

저녁 7시, 안니카가 미카엘의 전화번호를 바삐 눌렀다. 리스베트가 모든 혐의에서 무죄를 선고받았다는 소식과 함께 심문에 소환돼 몇 시간 더 경찰청에 남아 있어야 한다는 걸 알리기 위해서였다.

이 소식이 도착했을 때 〈밀레니엄〉 편집부에는 전 직원이 모여 있었다. 정오쯤 막 나온 잡지가 스톡홀름 내 신문사와 보도국으로 배부되기 시작한 후 끊임없이 전화가 울려댔다. 오후엔 TV4가 살라첸코와 섹션에 대한 특별방송을 방영했다. 곧이어 매체들은 물 만난 고기들처럼 법석을 떨었다.

미카엘은 편집부 한가운데로 달려가 입안에 손가락 두 개를 넣고 짧게 휘파람을 불었다.

"빅뉴스야! 리스베트가 전면 무죄를 선고받았어!"

환호와 박수가 터져나왔다. 그리고 이내 아무 일 없었다는 듯 다들 통화를 계속했다.

미카엘은 시선을 들어 편집부 한가운데 있는 TV를 쳐다보았다. TV4 저녁뉴스가 막 시작됐다. 우선 오늘의 주요 뉴스들이 소개된 후 벨만스가탄 아파트에 코카인을 숨기고 있는 요나스 산드베리의 영상이 짧게 나왔다.

한 세포 요원이 〈밀레니엄〉 기자 미카엘 블롬크비스트의 자택에 코카인을 숨기는 장면입니다.

이어서 본격적인 뉴스가 시작됐다.

세포 요원 십여 명이 암살을 포함해 일련의 범죄를 저지른 혐의로 체포됐습니다. 오늘 저녁뉴스에서는 이 소식을 집중적으로 보도해드리겠습니다.

TV4 기자와 함께 스튜디오 소파에 앉아 있는 자신의 모습이 화면에 나오자 미카엘은 소리를 껐다. 이미 다 아는 내용이었다. 그는 과거 다그 스벤손이 쓰던 책상으로 시선을 옮겼다. 그가 취재하던 여성 인신매매 기사의 흔적이 이미 사라져버린 책상 위에는 신문이며 아무도 찾아갈 생각을 않는 종이 뭉치가 뒤죽박죽 쌓여 있었다.
미카엘에게 그 책상은 살라첸코 사건이 시작된 곳이었다. 다그가 살아서 이 결말을 볼 수 있었다면 얼마나 좋았을까 하는 생각이 스쳤다. 그의 이름으로 이제 막 출간된 책들이 섹션에 관한 미카엘의 책 옆에 놓여 있었다.
다그, 당신이 이걸 봤다면 정말로 좋아했을 텐데……
미카엘의 사무실에서도 전화벨이 끊임없이 울려댔지만 수화기를 들 힘도 없었다. 그는 열려 있던 자기 사무실 문을 닫고 에리카에게로 가 창가의 폭신한 소파에 깊이 몸을 묻었다. 에리카는 수화기를 붙잡고 있었다. 그는 주위를 둘러보았다. 돌아온 지 벌써 한 달이 되어가지만 그녀는 지난 4월에 떠날 때 가져갔던 물건들을 다시 풀어

방을 꾸밀 시간도 없었던 모양이었다. 서가는 휑했고 벽에도 그림들이 걸려 있지 않았다.

"자, 기분이 어때?" 전화기를 내려놓으며 에리카가 물었다.

"글쎄, 행복한 것 같아."

그녀는 웃으며 말했다. "『섹션』은 엄청난 폭풍을 몰고 올 거야. 지금 편집국이며 보도국마다 이 책 때문에 난리가 났어. 이따 9시에 〈악투엘트〉 인터뷰에 나가볼 거야?"

"싫어."

"그럴 줄 알았어."

"앞으로 몇 달간은 계속 이 얘기만 해야 할 텐데 급할 거 없잖아."

그녀는 고개를 끄덕였다.

"그럼 오늘 저녁엔 뭐 할 거야?"

미카엘은 아랫입술을 살짝 깨물었다.

"에리카…… 나 말이야……"

"모니카 피게롤라?" 에리카가 미소를 지으며 물었다.

그는 고개를 끄덕였다.

"심각해?"

"모르겠어."

"그녀는 당신을 엄청 사랑하는 모양이던데?"

"나도 그녀를 사랑하는 것 같아."

"그럼 확실히 알게 될 때까지 난 떨어져 있을게."

그는 고개를 끄덕였다.

"아마도 말이야." 그녀가 덧붙였다.

저녁 8시. 드라간 아르만스키와 수산네 린데르가 편집부 문을 두드렸다. 이런 날 샴페인 한잔을 마시지 않을 수 없다며 봉지 하나에 가득 병을 담아 들고 왔다. 에리카가 수산네를 꼭 포옹하고는 편집실을 보여주는 동안 드라간은 미카엘의 사무실에 자리를 잡았다.

둘은 술을 마셨다. 한동안 말이 없었다. 침묵을 깬 건 드라간이었다.

"그거 알아요? 헤데스타드 사건 때문에 우리가 처음 만났을 때, 그때 정말로 당신을 미워했었어요."

"아, 그래요?"

"리스베트를 조사원으로 채용하고 싶다면서 날 찾아왔을 때 말이에요."

"기억합니다."

"당신을 질투했나봅니다. 그때 당신은 리스베트를 만난 지 몇 시간밖에 안 되었는데, 그녀가 당신과 함께 웃고 있더군요. 리스베트와 친구가 되어보려고 몇 년간 무진 애를 써봤지만 내겐 한 번도 그렇게 밝은 얼굴을 보여준 적이 없었거든요."

"글쎄요…… 사실은 나도 그렇게 성공적이진 못했어요."

그들은 한동안 침묵을 지켰다.

"일이 이렇게 끝나 정말로 다행입니다." 드라간이 말했다.

"아멘." 미카엘이 화답했고, 둘은 잔을 들어 건배했다.

리스베트를 심문하는 일은 얀 부블란스키와 소니아 모디그, 두 형사가 맡았다. 그들은 유난히 길었던 이날의 업무를 마치고 집으로 돌아가 가족들에게 얼굴을 비치자마자 다시 연락을 받고 쿵스홀멘 경찰청으로 나가야 했다.

리스베트 옆에는 안니카가 앉아 있었다. 하지만 그녀가 두 형사의 질문에 충분히 정확하게 답변했으므로 변호사로서 끼어들 이유가 없었다.

그녀는 지금까지 그래왔던 것처럼 두 가지 거짓말을 했다. 스탈라르홀멘 사건을 진술할 때 칼망누스 룬딘의 발에 총을 쏜 건 소니에미넨이라고 고집스레 주장했다. 몸에 전기충격기를 댔을 때 그가 사고로 총을 발사했다고 했다. 그러면 전기충격기는 어디서 났는가? 그녀는 칼망누스 룬딘에게서 빼앗았다고 말했다.

얀과 소니아는 심히 의심스럽다는 표정이었지만 그녀의 진술을 반박할 만한 증거나 증인이 전혀 없었다. 여기에 항의할 수 있는 사람은 물론 소니 니에미넨 본인이었지만 그는 도통 입을 열려 하지 않았다. 사실 그는 전기충격기를 맞은 후 완전히 까무러쳐버렸기 때문에 그후 무슨 일이 일어났는지 전혀 몰랐다.

고세베르가에 찾아간 이유를 묻는 질문에는 친부를 만나 경찰에 자수하라고 권유할 생각이었다고 대답했다.

이렇게 말하며 리스베트는 자못 진실된 표정마저 지었다.

그녀의 말이 진실인지 거짓인지 판단할 방법은 없었다. 안니카 역시 굳이 진실을 알아내려 애쓸 필요가 없는 입장이었다.

리스베트가 아버지와 얽힌 관계를 완전히 끝내겠다는 굳은 결심으로 고세베르가에 갔음을 아는 유일한 사람은 미카엘이었다. 하지만 그는 심리가 재개되고 나서 곧바로 법정에서 나가야 했다. 그녀가 살그렌스카 병원에 격리되어 있을 때 이 둘이 온라인에서 긴 대화를 나눴다는 걸 아는 사람은 아무도 없었다.

매체들은 그녀의 석방 장면을 포착하지 못했다. 석방 시간이 알려졌다면 경찰청사 앞에는 구름 같은 인파가 모였을 것이다. 하지만 신문 가판대에 〈밀레니엄〉이 깔리고, 세포 요원 몇 사람이 동료 요원들에게 체포된 이날의 혼란과 흥분으로 인해 기자들 대부분은 녹초가 되었다.

TV4 기자는 이번에도 유일하게 사정을 알고 있었다. 그녀가 진행하는 한 시간짜리 방송은 일약 전설의 반열에 올랐고, 몇 달 후엔 '최고의 탐사보도 프로그램상'을 받았다.

리스베트를 청사 밖으로 안내한 건 소니아였다. 그녀는 리스베트와 안니카를 데리고 지하 주차장으로 내려가 두 사람을 차에 태워 쿵스홀름의 쉬르코플란에 있는 변호사 사무실까지 데려다줬다. 거기서 내린 둘은 안니카의 차로 갈아탔다. 안니카는 소니아의 차가 사라질 때까지 기다렸다가 시동을 걸었다. 그리고 쇠데르말름 쪽으로 향했다. 국회의사당 부근을 지날 때 그녀가 침묵을 깼다.

"리스베트, 어디로 갈 거죠?"

리스베트는 잠시 생각했다.

"룬다가탄 거리 아무데서나 내려줘요."

"미리암 우는 거기 없어요."

그녀가 안니카를 힐끗 쳐다보았다.

"퇴원하고 얼마 후에 프랑스로 갔어요. 그녀와 연락하고 싶다면, 지금 부모님 집에 살고 있어요."

"왜 미리 얘기해주지 않았죠?"

"물어보지 않아서."

"흠."

"얼마간 멀리 떨어져서 쉬고 싶은 모양이에요. 그건 그렇고, 오늘 아침 미카엘이 이걸 전해주라고 했어요. 아마 당신이 돌려받고 싶을 거라면서요."

안니카가 열쇠꾸러미 하나를 내밀었고, 리스베트는 말없이 받아들었다.

"고마워요. 그럼 폴쿵아가탄 거리 아무데나 내려주면 돼요."

"나한테도 어디 사는지 말해주지 않을 거예요?"

"나중에요. 지금은 날 혼자 조용히 내버려뒀으면 좋겠어요."

"오케이."

안니카는 심문을 마치고 경찰청을 나올 때 휴대전화를 켜두었다. 슬루센을 지날 때 전화가 울리기 시작했다. 그녀는 화면을 들여다보았다.

"미카엘이네요. 십 분에 한 번씩 전화를 걸어대고 있어요."

"난 할말 없어요."

"좋아요. 개인적인 질문 하나 해도 될까요?"

"뭔데요?"

"미카엘이 무슨 짓을 했기에 그렇게 미워하죠? 내 말은, 그가 아니었다면 당신은 오늘 저녁에도 어딘가에 갇혀 있지 않았겠어요?"

"난 미카엘을 미워하지 않아요. 그는 내게 아무 짓도 안 했어요. 단지 지금은 그와 얘기하고 싶지 않을 뿐이에요."

안니카는 자신의 의뢰인을 곁눈으로 쳐다보았다.

"남의 사생활에 관여할 마음은 없지만 말이에요, 전에 그를 많이 좋아하지 않았나요?"

리스베트는 대답 없이 창밖을 바라보았다.

"미카엘은 여자 관계에서 참 무책임한 사람이에요. 마음 가는 대로 여러 여자들과 자면서 자기가 원하는 대로 살죠. 그런 태도가 상대에게 상처를 줄 수도 있다는 걸 모르는 채 말이에요. 그를 일회용 상대 이상으로 생각하는 여자들도 있으니까요."

리스베트는 그녀와 눈이 마주쳤다.

"당신과 미카엘에 대해 얘기하고 싶지 않아요."

"오케이." 안니카는 에르스타가탄에 조금 못 미친 길가에 차를 세웠다. "여기면 괜찮겠어요?"

"네."

그들은 잠시 말없이 앉아 있었다. 리스베트가 문을 열 기미를 보이지 않았다. 조금 있다 안니카가 시동을 껐다.

"이제 어떻게 되는 거죠?" 마침내 리스베트가 입을 열었다.

"이제 어떻게 되느냐고요? 오늘부터 당신은 후견 체제에서 해제되었어요. 원하는 걸 다 할 수 있죠. 오늘 우리가 승소하긴 했지만 아직 처리해야 할 행정 절차가 많이 남아 있어요. 후견위원회에서 책임성 검사도 몇 번 받아야 할 거고, 피해 보상 문제도 해결해야 하고, 자질구레한 일이 많죠. 세포 수사도 계속될 거고요."

"피해 보상 따위 필요 없어요. 그저 내버려두기만 하면 좋겠어요."

"그 심정 이해해요. 하지만 당신 생각은 그리 중요하지 않아요. 이런 과정은 당신이 어떻게 할 수 없는 것들이니까. 그리고 이런 일들을 도와줄 변호사를 하나 구하는 게 좋을 거예요."

"내 변호사를 계속할 생각은 없는 건가요?"

안니카는 눈을 비볐다. 이날 하루 남김없이 에너지를 쏟아낸 탓에 몸이 텅 비어버린 것만 같았다. 집에 들어가 샤워를 하고 남편에게 등 마사지를 받고 싶을 따름이었다.

"모르겠어요. 당신은 날 믿지 않죠. 나도 당신을 믿지 않고요. 다시 그 기나긴 과정 속으로 들어가고 싶진 않아요. 내가 뭔가를 제의하고 싶을 때, 혹은 뭔가를 상의하고 싶을 때, 오로지 맥빠지는 침묵만이 기다리고 있는 그 길고 힘든 과정 속으로는……"

리스베트는 오랫동안 침묵을 지켰다.

"난…… 인간관계에 서툴러요. 하지만 당신은 믿어요."

마치 사과하는 말처럼 들렸다.

"그럴 수 있겠죠. 하지만 당신이 인관관계에 젬병이든 아니든 그건 내가 상관할 바가 아니에요. 내가 당신의 변호사가 될 때 문제가 되는 거죠."

침묵.

"내가 계속 당신 변호사로 남기를 원하나요?"

리스베트는 고개를 끄덕였다. 안니카는 한숨을 쉬었다.

"난 피스카르가탄 9번지에 살아요." 리스베트가 불쑥 말했다. "모세바케 광장 위쪽이요. 거기까지 태워줄 수 있나요?"

안니카는 의뢰인을 곁눈으로 잠시 쳐다보았다. 그리고 결국 시동을 걸었다. 리스베트가 안내하는 대로 길을 따라 가다가 건물에서 약간 떨어진 곳에 차를 세웠다.

"좋아요." 안니카가 말했다. "시험삼아 한번 해보죠. 자, 내 조건을 말하겠어요. 앞으로 난 당신의 변호인입니다. 당신과 연락해야 할 때 응답해주면 좋겠어요. 당신의 변호인으로서 어떻게 행동해야 할지 의견을 물을 때 명확하게 답변해줬으면 해요. 내가 당신에게 전화를 걸어 경찰, 검사, 혹은 수사와 관련된 누군가를 만나야 한다고 말한다면, 그건 내가 필요하다고 판단했기 때문이에요. 그러니 말썽부리지 않고 정해진 장소와 시간에 맞춰서 나와주면 좋겠어요. 할 수 있겠어요?"

"알았어요."

"또 말썽부리기 시작하면 그날로 그만둘 거예요. 알겠어요?"

리스베트는 알겠다고 고갯짓을 했다.

"하나 더. 난 당신과 우리 오빠 사이에 끼어들고 싶지 않아요. 만일 그와 문제가 생긴다면 당신이 알아서 해결해요. 하지만 그는 당신의 적이 아니에요."

"알고 있어요. 그 문제는 해결할 거예요. 하지만 시간이 좀 필요해요."

"이젠 뭘 할 건가요?"

"모르겠어요. 연락은 이메일로 해요. 최대한 빨리 답하겠다고 약속하겠지만 매일 확인하는 건 아니라서……"

"변호인을 선임했다고 해서 꼭 얽매일 필요는 없어요. 자, 오늘은 이 정도로 해두죠. 이제 차에서 내려줘요. 너무 피곤해서 들어가 좀 쉬어야겠어요."

리스베트는 차문을 열고 길 위로 내려섰다. 그런데 문을 닫으려다 말고 동작을 멈췄다. 무언가를 말하고 싶은데 어떻게 표현해야 할지 모르는 얼굴이었다. 그 짧은 순간, 안니카는 그녀에게서 어떤 연약함을 느꼈다.

"자, 됐어요. 이제 들어가 잠 좀 자요. 앞으로 몇 주는 골치 아픈 일들 다 잊고 지내도록 해요."

리스베트는 보도에 서서 후미등 불빛이 건물 모퉁이를 지나 사라질 때까지 차를 지켜보았다.

"고마워요." 마침내 그녀가 중얼거렸다.

29장
7월 16일 토요일~10월 7일 금요일

현관 서랍장 위에 그녀의 PDA가 놓여 있었다. 룬다가탄의 아파트 앞에서 칼망누스 룬딘에게 습격당했던 밤에 잃어버린 차 키와 가방도 거기 있었다. 누군가 호른스가탄 우체국 사서함에 가서 찾아왔는지 우편물도 잔뜩 쌓여 있었다. 봉투가 뜯긴 것도 있고, 그렇지 않은 것도 있었다. 미카엘 블롬크비스트……

가구들을 천천히 둘러보았다. 도처에 그의 자취가 남아 있었다. 그녀의 침대에서 자고, 그녀의 책상에서 일한 모양이었다. 프린터도 쓴 듯했고, 섹션에 관해 쓴 초고며 구겨서 버린 메모가 휴지통에 있었다.

냉장고를 열어보니 1리터짜리 우유, 빵, 치즈, 캐비아, 그리고 대형 빌리스 팬피자가 보였다. 전부 그가 사서 넣어둔 것이었다.

식탁 위에는 그녀의 이름이 적힌 조그만 흰색 봉투 하나가 있었다. 그가 남긴 메시지였다. 내용은 간단했다. 그의 휴대전화 번호였다. 그게 다였다.

순간 그녀는 미카엘이 이렇게 자신에게 공을 넘겼다는 걸 알았다. 그는 더이상 그녀를 귀찮게 하고 싶은 마음이 없었다. 그는 글을 다 썼고, 열쇠를 돌려주었고, 앞으로는 전화를 하지 않을 것이다. 만일 그녀가 원하는 게 있으면 이 번호로 전화하면 된다. 빌어먹을! 끝까지 고집을 부리는군……

그녀는 커피머신을 켰다. 작은 오픈 샌드위치 네 개를 만들어 창가 구석에 자리잡고 앉아 유르고르덴만의 밤 풍경을 물끄러미 바라보았다. 그러다 담배 한 대를 피워 물고는 생각에 잠겼다.

이제 모든 게 끝났지만 삶이 어느 때보다 더 답답하게 느껴졌다.

밈미는 프랑스로 떠났다고 했다. 넌 나 때문에 죽을 뻔했어…… 그녀를 만난다는 생각을 하면 두려웠지만, 그래도 석방되면 가장 먼저 찾아가려고 마음먹은 터였다. 그런데 파리로 가버렸어……

문득 자신이 많은 사람들에게 빚을 졌다는 생각이 들었다.

홀게르 팔름그렌과 드라간 아르만스키. 그들에게 연락해서 감사를 전해야 한다. 파올로 로베르토, 그리고 플레이그와 트리니티. 심지어 빌어먹을 경찰 얀 부블란스키와 소니아 모디그까지도 객관적으로 말하자면 그녀의 편을 들어줬다. 리스베트는 빚지고 사는 걸 아주 싫어했다. 그럴 때면 자신이 전혀 통제할 수 없는 게임에서 졸병이 된 기분이 들었다.

빌어먹을 칼레 블롬크비스트. 그리고 어쩌면 에리카 베리에르. 예쁜 보조개와 값비싼 옷과 자신감을 지닌 그녀마저도 자신을 도와줬을지 모를 일이었다.

이제 끝났어요. 경찰청을 나오면서 안니카가 한 말이었다. 그렇다. 재판은 끝났다. 안니카에게도 모든 게 끝이었다. 미카엘도 마찬가지였다. 그는 자기 책을 냈고, 방송에도 등장할 테고, 분명 이런저런 상들도 받을 것이다.

하지만 리스베트는 끝나지 않았다. 이것은 여전히 막막한 그녀의 남은 삶의 첫번째 날일 뿐이었다.

　새벽 4시, 리스베트는 긴 상념에서 깨어났다. 요란한 옷을 모두 벗
어 바닥에 내던지고 욕실로 들어가 샤워를 했다. 법정에 들어갈 때
했던 진한 화장을 다 씻어내고 헐렁한 짙은 색 리넨 바지, 하얀 민소
매 티, 그리고 가벼운 재킷을 걸쳤다. 조그만 여행가방에 갈아입을
옷가지, 속옷, 민소매 티 몇 벌 등을 챙겨넣고 심플한 디자인의 단화
를 골라 신었다.

　마지막으로는 PDA를 집어들고 모세바케 광장 앞으로 택시를 불
렀다. 아를란다 공항에 도착한 건 6시가 조금 못 된 시간이었다. 출
발 안내 전광판을 훑어보면서 가장 먼저 눈에 띈 행선지를 골라 표
를 끊었다. 본명이 적힌 여권을 사용했다. 표를 살 때도 탑승 수속을
밟을 때도 아무도 자신의 이름을 알아보거나 반응을 보이지 않아 조
금 놀라웠다.

　스페인 말라가행 아침 비행기를 타고 태양이 작열하는 그 땅에 착
륙한 건 정오 무렵이었다. 그녀는 잠시 어찌할 바를 몰라 공항 터미
널에 서 있었다. 벽에 걸린 지도를 쳐다보며 스페인에서 무얼 할지
생각해봤다. 그리고 잠시 후, 그녀는 마음을 정했다. 버스나 다른 교
통수단을 알아보려고 시간을 허비할 필요는 없었다. 공항 상점에서
선글라스를 하나 사서 쓰고는 터미널에서 나와 맨 먼저 눈에 들어온
빈 택시에 몸을 실었다.

　"지브롤터로 가주세요. 신용카드로 계산할게요."

　남쪽 해안을 따라 새로 건설된 고속도로를 타고 세 시간을 달렸다.
택시는 영국령 출입국관리소 앞에 그녀를 내려줬다. 거기서부턴 유
로파로드를 따라 425미터의 거대한 절벽 위에 자리잡은 로크 호텔
까지 걸어올라갔다. 이인실 하나가 비어 있었다. 그녀는 이 주간 묵
겠다고 말하고 신용카드를 내밀었다.

우선 샤워부터 하고 목욕타월로 몸을 두른 채 테라스에 앉아 지브롤터 해협을 내려다보았다. 화물선들이며 흰 돛을 펼친 요트들이 보였다. 해협 저편에는 모로코 땅도 아스라이 보였다. 평화로운 풍경이었다.

얼마 후, 침대로 돌아온 그녀는 곧바로 잠에 빠져들었다.

다음날, 리스베트는 새벽 5시 반에 깼다. 일어나 씻고 일층 호텔 바로 내려가 커피를 마셨다. 7시에는 호텔을 나와 망고와 사과 몇 개를 사들고 택시를 타고 타리크산으로 갔다. 그곳에 사는 야생 원숭이들을 구경했다. 이른 시간이라 관광객이 거의 없어, 원숭이들 사이에 그녀 혼자 끼어 있는 형국이었다.

그녀는 지브롤터를 무척 좋아했다. 터무니없이 인구밀도가 높은 영국령 도시를 끼고 지중해를 굽어보고 있는 이 기이한 바위산을 찾은 건 이번이 세번째였다. 지브롤터는 세상 그 어느 곳과도 같지 않았다. 이 도시는 스페인에 병합되기를 고집스레 거부하면서 오랫동안 고립되어 살아온 영국 자치령이었다. 물론 스페인 정부는 이러한 점유에 항의해왔지만 그들 역시 해협 저편 모로코 안에 세우타라는 고립 영토를 점유하고 있었다. 그 땅을 붙잡고 있는 한 입 다물고 있어야 한다는 게 그녀의 생각이었다. 도시는 세상을 등지고 앉은 듯한 재미있는 지형에 기괴한 절벽과 손바닥만한 시내, 그리고 활주로 양 끝이 바다와 맞닿아 있는 공항 하나로 이루어져 있었다. 영토는 너무 좁아 한 치의 땅도 남김없이 사용되고 있었고, 팽창의 힘은 어쩔 수 없이 바다로 향했다. 도시로 들어가려면 공항 활주로를 건너야 했다.

지브롤터는 이른바 '콤팩트 리빙compact living'의 완벽한 예시였다.

커다란 수컷 원숭이 한 마리가 산책로와 가까운 나지막한 담벼락으로 기어오르는 모습이 보였다. 녀석은 그녀를 슬금슬금 곁눈질했다. 바버리 원숭이였다. 이런 녀석들을 쓰다듬으려 해선 안 된다는 걸 리스베트는 알고 있었다.

"안녕, 친구?" 그녀가 인사를 건넸다. "나야. 내가 돌아왔어."

처음 지브롤터에 왔을 때만 해도 원숭이들에 대해선 들어본 적도 없었다. 그저 바다나 보려고 바위산 꼭대기를 향해 오르고 있었을 뿐이었다. 한 무리의 관광객 뒤를 따라가던 그녀는 어느 순간 오솔길 양쪽에서 우르르 기어나온 원숭이 떼 가운데에 갇혀버렸다. 오솔길을 걷다 난데없이 스무 마리 남짓한 원숭이에게 둘러싸인 기분은 참으로 묘했다. 우선은 바짝 경계하며 녀석들을 살폈다. 녀석들은 위험하지도 공격적이지도 않았다. 대신 흥분하거나 위협을 당한다면 상대를 물어뜯어 심각한 상처를 입힐 수 있었다.

관리인 한 사람이 보이기에 과일이 든 가방을 열어 보이며 저 수컷 원숭이에게 주어도 되느냐고 물었다. 남자는 괜찮다고 대답했다.

그녀는 망고 하나를 꺼내 조금 떨어진 담벼락 위에 올려놓았다.

"자, 아침식사야." 이렇게 말하고 자신은 담벼락에 등을 기대고 사과 하나를 먹기 시작했다.

수컷 원숭이는 그녀를 노려보며 이빨을 드러냈다. 그런 다음 아주 만족한 기색으로 망고를 집어들었다.

닷새가 지난 어느 날 오후 4시경, 로크 호텔에서 두 블록 떨어진 메인스트리트 어느 골목에 있는 술집 '해리스 바'에서 스툴에 앉아 있던 그녀가 굴러떨어졌다. 원숭이 산에서 돌아온 이후 그녀는 거의 항상 취해 있었다. 주로 술을 마시는 곳은 평생 아일랜드 땅을 한 번도 밟아보지 못했지만 아일랜드 억양이 강한 해리 오코넬이라는 주인이 하는 술집이었다. 해리는 걱정스러운 눈으로 그녀를 쳐다보았다.

나흘 전 오후, 첫번째 잔을 주문했을 때 해리는 그녀를 미성년자라고 생각하고 신분증을 보여달라고 했다. 리스베트라는 이름을 알게 된 후로는 그녀를 '리즈'라고 불렀다. 그녀는 보통 점심 무렵 그곳에 가 카운터 끝 스툴에 앉아 벽에 등을 기댔다. 그러고는 맥주와 위스키를 꽤나 마셨다.

맥주를 마실 땐 상표를 전혀 신경쓰지 않았다. 그저 주인이 주는 대로 받아 마셨다. 반면 위스키는 언제나 털러모어 듀를 골랐다. 딱 한 번, 카운터 뒤에 진열된 병을 훑어보고 라가불린 위스키를 마셔보겠다고 한 적이 있었다. 술잔에 코를 대고 냄새를 맡아본 그녀는 눈썹을 움찔 들어올리고 그 술을 아주 조금 마셨다. 그러고는 위험한 적이라도 마주한 얼굴로 내려놓은 잔을 한동안 뚫어지게 쳐다보았다.

결국 손등으로 잔을 밀어버린 그녀는 보트 틈새에나 바를 법한 이런 것 말고 다른 술을 달라고 했다. 해리가 털러모어 듀를 따라주자 이내 그녀는 다시 술을 마시기 시작했다. 지난 나흘간 혼자서 위스키 한 병을 비웠다. 맥주는 세어보지도 않았다. 가녀려 보이는 여자가 그렇게 많이 마실 수 있다는 게 그로선 놀라우면서도, 일단 작정했다면 이 술집이 아니더라도 결국엔 끝까지 마실 사람이라는 생각이 들었다.

그녀는 천천히 술을 마셨다. 누구와 얘기하지도 않았고, 문제를 일으키지도 않았다. 술을 마시는 것 말고는 이따금 휴대전화에 PDA를 연결해 만지작거렸다. 해리가 몇 차례 대화를 시도해봤지만 그때마다 미간을 찌푸린 침묵만 돌아왔을 뿐이다. 사람들과 함께 있는 것도 피했다. 술집 안에 사람이 많아지면 테라스로 자리를 옮기거나 두 집 건너 있는 이탈리안 레스토랑에 가서 뭔가를 먹고 돌아와 다시 털러모어 듀를 주문하기도 했다. 보통 밤 12시에 술집을 나가 북쪽 방향으로 사라졌다.

이날은 평소보다 많이 마신데다 속도도 훨씬 빨랐기 때문에 해리는 주의깊게 지켜보고 있었다. 두 시간 만에 털러모어 듀 일곱 잔을 비워버렸을 땐 이제 주문을 받지 말아야겠다고 마음먹었다. 하지만 이 결심을 실행할 틈도 없이 쿵 소리와 함께 그녀가 의자에서 굴러 떨어졌다.

그는 닦고 있던 잔을 내려놓은 뒤 카운터를 돌아 나가 그녀를 일으켜세웠다. 아주 기분이 나빠 보이는 표정이었다.

"리즈, 오늘은 충분히 마신 것 같아."

그녀가 흐릿한 눈으로 주인을 쳐다봤다.

"그래, 당신 말이 맞겠죠." 놀라울 정도로 또렷한 목소리였다.

한 손으로 카운터를 붙잡고 선 그녀는 재킷 안주머니를 뒤져 지폐 몇 장을 꺼내놓고는 출구 쪽으로 비틀비틀 걸어갔다. 해리가 그녀의 어깨를 부드럽게 잡았다.

"잠깐만. 화장실에 가서 뱃속에 든 위스키 좀 토하고 잠시 앉는 게 좋겠어. 이 상태로 가면 안 좋아."

그녀는 주인이 인도하는 대로 순순히 화장실에 갔다. 그리고 목구멍에 손가락을 집어넣어 그가 시킨 대로 했다. 카운터로 돌아와서는 그가 큰 컵에 생수를 따라주었다. 잔을 다 비운 후 트림하는 그녀에게 다시 한 잔을 따라주었다.

"내일 아침에 숙취로 고생 좀 할걸?"

그녀는 고개를 끄덕였다.

"상관할 일은 아니지만 내가 너라면 앞으로 며칠은 술을 끊겠어."

그녀는 한번 더 고개를 끄덕거렸다. 그리고 다시 화장실로 가서 토했다.

해리스 바에 한 시간을 더 앉아 있은 끝에 눈빛이 조금 또렷해지자 해리는 마침내 그녀를 떠나보냈다. 그녀는 여전히 불안한 걸음걸이로 술집을 나와 공항 쪽으로 향하다 요트 정박지를 따라 걸었다. 땅이 흔들거리는 느낌이 사라질 때까지 계속 걷다보니 저녁 8시 30분이었다. 그제서야 호텔로 돌아왔다. 곧장 방으로 올라가 이를 닦고 세수를 하고 옷을 갈아입은 뒤 호텔 바로 내려가 블랙커피 한 잔과

물 한 병을 주문했다.

그녀는 한쪽 기둥 뒤에 조용히 앉아 바 안의 사람들을 관찰했다. 우선 낮은 목소리로 대화하는 삼십대 부부가 보였다. 여자는 밝은색 여름 원피스 차림이었고, 남자는 테이블 아래로 여자의 손을 잡고 있었다. 거기서 두 테이블 옆에는 아프리카인 가족이 앉아 있었다. 남자는 옆머리께가 희끗했고, 여자는 노랑, 검정, 빨강이 알록달록하게 뒤섞인 아름다운 드레스를 입었다. 두 아이는 십대로 보였다. 흰 셔츠에 넥타이를 맨 사업가 무리도 유심히 살폈다. 그들은 의자 등받이에 재킷을 걸쳐놓고 맥주를 마시고 있었다. 미국인 관광객이 분명한 은퇴자들의 무리도 보였다. 남자들은 하나같이 야구모자와 폴로 티셔츠에 편한 바지 차림이었고, 여자들은 브랜드 청바지에 빨간 상의를 입고 줄 달린 선글라스를 끼고 있었다. 그리고 남자 한 명이 들어오는 게 보였다. 밝은색 리넨 재킷과 회색 셔츠에 짙은 색 넥타이를 맨 그는 안내데스크에서 열쇠를 찾은 다음 바 안으로 들어와 맥주를 시켰다. 3미터쯤 떨어진 카운터에 앉아 휴대전화를 꺼내 독일어로 통화하기 시작한 그에게로 그녀의 시선이 쏠렸다.

"여보세요? 나야…… 아무 일 없어? 음, 난 괜찮아. 다음 미팅은 내일 오후에…… 아냐, 잘될 거야…… 여기에 적어도 오륙 일 더 있다가 마드리드로 갈 거야…… 아니, 집에는 다음주에나 들어가…… 나도 사랑해…… 물론이지…… 주중에 다시 전화할게……" 키스.

키 185센티미터 정도에 쉰에서 쉰다섯 살 사이로 보였다. 약간 긴 모발에는 흰머리가 섞여 있었고 턱선은 희미했으며 허리엔 살이 두둑이 붙어 있었다. 하지만 나이에 비해 관리가 잘된 편이었다. 읽고 있는 건 〈파이낸셜타임스〉였다. 그가 잔을 다 비우고 엘리베이터로 향하자 그녀는 곧바로 일어서서 따라갔다.

남자가 6층 버튼을 눌렀다. 그녀는 고개를 뒤로 젖혀 엘리베이터 벽에 머리를 기댔다.

"나, 취했어요."

그가 미소를 지으며 돌아보았다.

"오, 그런가요?"

"일주일 내내 마셨죠. 한번 알아맞혀볼까요? 당신은 사업가 아니면 뭐 비슷한 사람이에요. 하노버나 독일 북부에서 왔죠. 기혼이고, 아내를 사랑하죠. 지브롤터엔 며칠 더 있을 테고요. 아까 바에서 통화하는 걸 듣고 알아냈어요."

그가 깜짝 놀랐다.

"난 스웨덴에서 왔어요. 지금은 섹스하고 싶어 미치겠고요. 당신이 결혼을 했든 안 했든 상관없고, 당신의 전화번호도 원치 않아요."

그의 두 눈썹이 둥그렇게 올라갔다.

"난 711호예요. 당신보다 한 층 위죠. 난 지금 방에 들어가 옷을 벗고 목욕하고 침대에 누울 거예요. 나랑 같이 있고 싶으면 삼십 분 후에 와서 노크해요. 아니면 그냥 잘 거니까."

"지금 농담하는 거예요?" 엘리베이터가 멈췄을 때 그가 물었다.

"아뇨. 술집을 돌아다니며 남자 꼬시기가 귀찮아서 그래요. 와서 문을 노크해요. 싫으면 할 수 없고요."

이십오 분 후 문에서 노크 소리가 들렸다. 문을 연 그녀는 목욕타월로 몸을 두른 채였다.

"들어와요."

안으로 들어온 그는 의심쩍은 눈으로 방을 둘러보았다.

"나밖에 없어요."

"그런데 몇 살이죠?"

그녀가 손을 뻗어 서랍장 위의 여권을 집어서 내밀었다.

"나이보다 훨씬 어려 보이는군요."

"알아요." 그녀는 대답하면서 타월을 벗어 의자 위로 던졌다. 그러고는 침대로 몸을 돌려 이불을 들어올렸다.

그는 등 위의 문신을 뚫어지게 쳐다보았다. 그녀는 어깨 뒤로 그런 그를 돌아보았다.

"걱정 마요, 함정은 아니니까. 난 그냥 보통 여자예요. 싱글이고, 여기에 며칠 더 있을 거예요. 몇 달 째 섹스를 못했죠."

"그런데 왜 하필 날 골랐죠?"

"바에서 혼자 있는 사람이 당신뿐인 것 같아서."

"나는 결혼했어요……"

"난 당신 아내가 누군지, 심지어 당신이 누군지도 알고 싶지 않아요. 사회학에 대해 쓸데없이 토론할 생각도 없고요. 그냥 섹스하고 싶을 뿐이에요. 옷을 벗든지, 아니면 당신 방으로 돌아가요."

"다짜고짜 이렇게요?"

"안 될 거 있나요? 난 성인이에요. 당신도 지금 무슨 일을 하는 건지 잘 알고 있고요."

그는 고민이 되는지 삼십 초쯤 우두커니 서 있었다. 그 모습만 봐서는 금방이라도 가버릴 것 같았다. 그녀는 침대 끝에 앉아 기다렸다. 그가 아랫입술을 질끈 깨물었다. 그러고는 바지와 셔츠를 벗은 다음 팬티만 걸친 채로 엉거주춤 섰다.

"다 벗어요. 팬티를 걸친 사람과는 하고 싶지 않아요. 콘돔도 하고요. 난 내가 어떤지 알지만, 당신이 어떤지는 모르니까."

그는 팬티를 벗었다. 그리고 그녀에게 다가가 어깨에 손을 얹었다. 그가 몸을 굽혀 키스하자 그녀는 눈을 감았다. 기분 좋았다. 자신을 침대에 눕히는 그의 손에 몸을 맡겼다. 그의 몸은 묵직했다.

요트 정박지 옆 퀸스웨이 부두에 위치한 뷰캐넌하우스. 이 건물에 있는 자신의 사무실 문을 연 제러미 스튜어트 맥밀런 변호사는 순간 소름이 돋았다. 담배 냄새가 코를 찔렀고 의자가 삐걱거리는 소리도 들렸다. 아침 7시가 조금 못 된 시간. 가장 먼저 도둑일 거라는 생각이 스쳤다.

그리고 이내 주방 쪽에서 향긋한 커피 향이 났다. 그는 머뭇거리며 문턱을 지나 널찍하고도 우아하게 꾸며진 사무실을 살폈다. 안락의자에 리스베트 살란데르가 앉아 있었다. 등을 돌리고 앉아 창턱에 두 발을 올린 채였다. 컴퓨터가 켜져 있었다. 어렵지 않게 비밀번호를 알아낸 모양이었다. 보안 캐비닛을 여는 데도 어려움이 없었던 듯했다. 그의 개인적인 서신과 회계 자료가 든 문서철이 그녀의 허벅지 위에 펼쳐져 있었다.

"안녕하십니까, 리스베트 씨." 그가 겨우 인사했다.

"으흠." 리스베트가 뒤돌아보지도 않고 인사했다. "주방에 뜨거운 커피와 크루아상이 있어요."

"고마워요." 그는 체념 섞인 한숨을 내쉬며 대답했다.

그녀의 돈으로 이 사무실을 산 건 맞지만 이런 식으로 예고도 없이 불쑥 나타날 줄은 정말 몰랐다. 게다가 책상 서랍 속에 숨겨둔 포르노 잡지까지 꺼내 뒤적이고 있었다.

사람 참 난처하게 만드네……

아니, 아닐 수도 있었다.

그가 느끼기에 리스베트는 양면적인 여자였다. 만일 누가 성질을 건드린다면 세상에서 가장 가혹할 사람은 바로 그녀였다. 반면, 상대의 인간적인 약점에 대해선 눈 하나 찡그리는 일이 없었다. 자신이 공식적으로는 이성애자이지만 실은 남성에게 끌리고 있으며, 십오 년 전 이혼한 이래 그간 품어왔던 가장 내밀한 환상들을 직접 실현해왔다는 사실을 그녀는 잘 알고 있었다.

참, 희한해. 저 여자와 있으면 마음이 놓인단 말이야.

리스베트는 지브롤터에 온 김에 재정을 관리하고 있는 제러미 맥밀런 변호사를 방문하기로 했다. 연초부터 전혀 연락이 없었던 터라 자신이 없는 틈을 타 파산하지는 않았는지 궁금했다.

하지만 급할 게 전혀 없었고, 석방되자마자 곧장 지브롤터로 온 것도 그 때문은 아니었다. 그저 절실히 다른 공기를 마시고 싶었고, 그러려면 지브롤터만한 곳이 없었다. 거의 일주일은 술에 취해 있었고, 그다음 며칠은 뒤늦게 '디터'라고 이름을 밝힌 독일 사업가와 섹스를 하며 보냈다. 본명인지 의심스럽긴 했지만 더이상 알려고 하지 않았다. 그는 낮에 미팅에 갔다가 저녁엔 리스베트와 식사한 뒤 자기 방이나 그녀의 방으로 같이 올라가고는 했다.

그는 침대에서 그렇게 나쁘지 않았다. 미숙하기도 했고 불필요하게 거칠기도 했지만.

디터는 그녀의 행동에 정말로 놀랐던 모양이었다. 몸매도 후덕하고 특별히 불장난을 찾아 나선 것도 아닌 독일인 사업가를 순간적인 충동만으로 유혹할 생각을 했는지 말이다. 그는 결혼한 몸이었고, 평소 바람을 피우는 일도, 출장지에서 함께 있을 여자를 찾아다니는 일도 없었다. 하지만 문신을 한 가냘픈 아가씨가 유혹해오는 걸 도저히 뿌리칠 수 없었다, 라고 아무튼 그가 설명했다.

리스베트는 그의 설명이야 어찌됐든 신경쓰지 않았다. 그저 몇 번 즐기면 그만이었다. 남자가 그녀를 만족시키겠다고 끙끙대고 있으니 오히려 놀라울 따름이었다. 네번째 밤, 그러니까 둘이 보내는 마지막 밤에 남자는 느닷없이 격심한 불안감에 사로잡혔다. 아내가 알게 되면 뭐라고 할지 고민하기 시작한 것이다. 리스베트가 생각하기에 해결책은 간단했다. 그저 입을 꾹 다물고 아무 말도 하지 않으면 그만이었다.

하지만 굳이 이 생각을 말하지 않았다.

그는 성인이고 얼마든지 그녀의 제안을 거절할 수도 있었다. 죄책감에 사로잡히든, 혹은 아내에게 얘기하든 그녀가 상관할 바는 아니었다. 등을 돌리고 십오 분 정도 듣던 그녀는 결국 짜증이 나 천장을 휙 올려다보고 몸을 돌려 그의 위에 올라탔다.

"자, 고민은 접어두고 날 한번 더 만족시켜주지 않을래요?"

제러미 맥밀런은 전혀 다른 부류의 사람이었다. 리스베트는 그에게서 아무런 성적 매력을 느낄 수 없었다. 그는 사기꾼이었다. 그런데 재미있게도 그와 디터는 상당히 닮았다. 마흔여덟 살의 제러미는 매력적인 구석이 있었고 살이 두둑이 붙은데다 뒤로 벗어 넘긴 머리에는 디터처럼 흰머리가 섞여 있었다. 그리고 가느다란 금테 안경을 썼다.

그는 케임브리지 대학을 졸업하고 런던에서 활동하는 상법 전문 변호사였다. 부동산 투자와 절세에 관심 많은 젊고 부유한 전문직과 대기업이 즐겨 찾는 한 로펌의 전도유망한 변호사였다. 호황기였던 1980년대에는 스타 행세를 하는 신흥 부호들과 어울려 다녔다. 술도 많이 마셨고, 다음날 일어나 별로 마주하고 싶지 않은 인간들과 함께 코카인도 흡입했다. 한 번도 기소된 적은 없지만 우선 아내와 두 아이가 떠나갔고, 그다음엔 거래 몇 건을 잘못 처리했다. 하루는 조정 공판에 술에 취한 채 들어가는 바람에 로펌에서 쫓겨났다.

비로소 정신이 든 그는 아무 생각 없이 도망치듯 런던을 떠났다. 왜 지브롤터를 선택했는지는 스스로도 모를 일이었지만, 어쨌든 1991년에 이 지역 변호사와 동업해 뒷골목에 허름한 법률 사무소를 열었다. 공식적으로는 상속 문제나 유언장 작성 같은 시시한 일들을 처리했다. 하지만 맥밀런 앤드 마크스 법률 사무소의 비공식적 업무는 유럽에서 활동하는 수상쩍은 인물들을 위해 '사서함 회사'를 설립해주고 문지기 역할을 하는 거였다. 그렇게 사무소가 간신히 명맥을 이어가는 와중에 리스베트가 붕괴해버린 한스에리크 벤네르스트룀의 금융 제국에서 훔쳐낸 24억 달러를 관리해줄 인물로 제러미 맥밀런을 선택했다.

제러미는 의심의 여지 없이 사기꾼이었다. 하지만 리스베트는 그를 자신을 위해 움직여줄 사기꾼으로 여겼으며, 그 역시 스스로도 놀랄 정도로 흠잡을 데 없이 정직한 모습을 보여왔다. 처음에 리스베트는 간단한 일부터 맡겼다. 비교적 적은 금액으로 그가 사서함 회사를 몇 개 만들면 그녀가 거기에 각각 100만 달러를 넣었다. 전화로 접촉해오는 그녀는 먼 곳에서 울리는 목소리에 지나지 않았다. 그는 돈의 출처는 묻지 않았다. 그녀의 지시대로 움직이면서 5퍼센트의 수수료를 챙기는 것에 만족했다. 그러자 얼마 후 그녀가 훨씬 큰 금액을 보내줬다. 그 돈으로 그는 회사를 하나 설립했고, 그렇게 탄생한 '와스프 엔터프라이즈' 명의로 스톡홀름에 대형 아파트를 한 채 매입했다. 이처럼 그녀와의 거래는 꽤 짭짤했지만 여전히 껌값에 불과한 액수였다.

그러다 두 달 후, 그녀가 갑자기 지브롤터까지 찾아왔다. 난데없이 전화를 걸어와 둘만의 저녁식사에 초대했다. 이곳에서 가장 크다고는 할 수 없지만 적어도 가장 유명하다고 할 수 있는 로크 호텔의 그녀 방에서. 제러미는 자신의 의뢰인이 어떤 인물일지 예상하기 힘들었지만, 열다섯 살도 안 되어 보이는데다 인형처럼 생긴 어린 여자일 거라고는 생각해본 적 없었다. 그 순간, 혹시 이상한 장난에 걸린 건 아닌지 의심스러웠다.

하지만 그는 곧바로 생각을 바꾸었다. 이상한 소녀는 그를 향해 아주 거침없이 얘기했다. 미소 짓는 법도, 인간적인 따스함을 보여주는 법도 없었다. 냉정하기 그지없었다. 그토록 유지하려고 애썼던 세련된 품위라는 직업적 가면이 그녀 앞에서 불과 몇 분 만에 벗겨졌을 때, 그는 꼼짝할 수가 없었다.

"그래, 원하는 게 뭐죠?" 그가 먼저 물었다.

"내가 돈을 좀 훔쳤어요." 그녀는 더없이 진지하게 대답했다. "그걸 관리해줄 사기꾼이 필요해요."

그때 그는 이 여자가 제정신이 아닌 것 같다는 생각이 들었지만 정중함을 잃지 않은 척했다. 어쩌면 자신이 돈을 굴려 짭짤한 수입을 얻어낼 수도 있는 잠재적 대상일 수도 있었다. 하지만 얼마 지나지 않아 그는 벼락에 맞은 듯 정신이 멍해졌다. 그녀가 누구에게서 돈을 훔쳤는지, 어떻게 했는지, 그리고 그렇게 번 액수가 얼마인지를 설명해줬을 때였다. 벤네르스트룀 사건은 당시 국제 금융계에서 가장 뜨거운 화제였다.

"그렇군요."

여러 가지 가능성이 그의 머릿속을 스쳤다.

"당신은 괜찮은 상법 변호사이자 투자가예요. 만일 당신이 멍청했다면 1980년대 사람들이 당신에게 그런 일들을 맡기지 않았겠죠. 하지만 결국 멍청이같이 행동하는 바람에 쫓겨나고 말았고요."

그는 눈썹을 움찔 올렸다.

"앞으론 내가 당신의 유일한 고객이 될 거예요."

그때껏 본 적 없는 가장 해맑은 눈으로 그녀가 그를 쳐다보았다.

"당신에게 두 가지를 요구하겠어요. 첫째, 당신은 절대로 범죄를 저질러선 안 됩니다. 문제가 될 수 있거나, 당국이 내 회사나 계좌에 관심을 쏟을 만한 일에 절대로 연루되면 안 돼요. 둘째, 절대로 내게 거짓말을 하면 안 돼요. 절대로. 알겠어요? 단 한 번이라도, 그 어떤 이유로도 해서는 안 돼요. 만일 내게 거짓말한다면 그 즉시 우리 관계는 끝납니다. 또한 날 굉장히 화나게 만들면 당신을 파산시켜버리겠어요."

그녀는 그에게 와인을 따라주었다.

"당신이 내게 거짓말할 이유는 없어요. 난 이미 당신에 대해 알아야 할 것을 모두 압니다. 당신이 많이 버는 달과 적게 버는 달의 수입을 알아요. 얼마나 쓰는지도 알죠. 종종 돈이 떨어진다는 것도요. 장기 부채와 단기 부채를 포함해 빚이 모두 12만 파운드에, 여기저기에 난 구멍을 메우기 위해 자주 모험을 해야 하고 사기를 쳐야 하죠. 지금까지는 그럭저럭 우아하게 체면을 유지하려고 애썼지만 점점 더 수렁으로 빠져들고 있고, 지난 몇 달 동안은 새 재킷 한 벌 사지 못했어요. 이 주 전엔 낡은 재킷 안감을 수선하려고 맡기기도 했고요. 전에는 희귀 도서도 수집했지만 점차 팔아치우는 형편이죠. 지난달에『올리버 트위스트』초기 판본을 760파운드에 팔았군요."

잠시 그녀가 입을 다물고 그를 쳐다보았다. 그는 침을 꿀꺽 삼켰다.

"그래도 지난주엔 한 건 올릴 수 있었죠. 어느 과부 의뢰인을 교묘하게 등쳐먹었더군요. 6천 파운드를 긁어냈지만 그녀는 알지도 못하겠죠?"

"빌어먹을, 어떻게 알았습니까?"

"당신은 한때 결혼했었죠. 아빠를 보려 하지 않는 두 자녀가 영국에 살고 있고요, 이혼한 후로는 과감히 결심한 끝에 주로 동성애 관계를 맺으며 살고 있죠. 그런데 그게 부끄러운 모양인가봐요. 게이바에 드나들거나 애인과 함께 있는 모습을 보이려 하지 않으니까요. 남자들을 만나러 국경을 넘기까지 하고요."

그는 충격으로 할말을 잃었다. 갑자기 공포가 밀려왔다. 대체 어떻게 알아냈는지 알 수 없는 일이었지만 어쨌든 그녀는 자신을 파멸시키기에 충분한 정보를 쥐고 있었다.

"난 이 이야기들을 지금 한 번만 말할 거예요. 당신이 누구와 그 짓을 하든 상관없어요. 나와는 전혀 관계없는 일이니까. 당신이 어떤 인간인지 알고 싶지만, 그 지식을 절대 사용하진 않을 겁니다. 당신을 위협하지도 협박하지도 않을 거예요."

제러미는 바보가 아니었다. 물론 알고 있었다. 그녀 손에 들어간 정보들이 자신에게 심각한 위협이 된다는 사실을. 그녀가 모든 걸 통제하고 있었다. 그녀를 번쩍 들어 테라스 난간 너머로 던져버릴까 하는 생각도 스쳤지만 참았다. 세상에 태어나 이렇게 두려운 순간은 없었다.

"원하는 게 뭡니까?" 그는 간신히 내뱉었다.

"당신과 동업하고 싶어요. 지금 맡은 일을 모두 정리하고 오직 나만을 위해 일해줘요. 당신이 꿈꾸는 것보다 훨씬 더 많은 돈을 벌게 될 거예요."

리스베트는 그에게 어떤 일을 해줬으면 하는지, 그리고 자신이 구상하는 큰 그림은 무엇인지를 설명했다.

"난 모습을 드러내고 싶지 않아요." 그녀가 말했다. "당신이 내 사업을 관리해줘요. 모든 게 합법적이어야 해요. 내 쪽에서 개인적으로 생기는 돈이 이 공동 사업으로 연결되는 일은 절대 없을 거예요."

"무슨 말씀인지 알겠습니다."

"일주일을 줄 테니 다른 고객들을 정리하고 벌여놓은 자질구레한 사기 계획도 모두 중단해줘요."

그는 이것이 두 번 다시 받을 수 없는 제안임을 깨달았다. 잠시 생각해보고는 그러겠다고 수락했다. 단 질문이 하나 있었다.

"내가 당신에게 사기치지 않으리란 걸 어떻게 압니까?"

"한번 해봐요. 그 불쌍한 인생이 끝날 때까지 후회하며 살게 될 테니."

그녀를 속여야 할 이유는 없었다. 지금 그녀가 제안하는 일은 그야말로 황금광이었다. 푼돈 좀 만지겠다고 금광을 버린다면 그보다 멍청한 짓은 없었다. 지나친 야심을 품지 않고 멍청한 짓거리만 하지 않는다면 인생이 탄탄하게 보장되는 일이었다.

제러미는 그녀를 속일 생각이 전혀 없었다. 그래서 정직할 수 있었다. 정확히 말하자면, 천문학적 액수에 달하는 훔친 돈을 관리해주는 썩어빠진 변호사로서 할 수 있는 최대한의 정직성을 발휘하고 있었다.

리스베트는 직접 자산을 관리하는 일에 전혀 관심이 없었다. 그녀의 돈을 투자하고, 그녀가 쓰는 신용카드 대금이 잘 처리되도록 돈을 관리하는 건 제러미의 몫이었다. 둘은 장시간 논의했다. 리스베트는 자금이 어떻게 운용되기를 원하는지 설명했고, 그의 임무는 그녀가 원하는 대로 돈을 관리하는 것이었다.

홈친 돈의 상당 부분은 안정적인 펀드 종목들에 투자됐다. 그녀가 원 없이 돈을 쓰며 흥청망청 사는 여생을 선택한다 할지라도 경제적으로 문제가 없도록 말이다. 신용카드 계좌들도 이 펀드에서 나오는 돈으로 채워질 터였다.

나머지 돈은 그가 마음껏 투자하고 운용할 수 있었다. 단, 경찰과 어떤 식으로든 엮일 수 있는 곳에는 투자하지 않는다는 조건이 붙었다. 그녀는 멍청한 좀도둑질이나 하찮은 사기행위는 절대 안 된다고 경고했다. 운 나쁘게 걸렸다간 경찰수사를 받거나 정밀 조사로 이어질 수 있기 때문이다.

남은 문제는 이 거래를 통해 그가 얼마나 벌게 되느냐였다.

"우선 착수금으로 50만 파운드를 지불할게요. 이 정도면 빚을 다 갚고도 상당한 액수가 남을 겁니다. 그다음엔 스스로 돈을 버세요. 우리 두 사람 명의로 회사를 하나 설립하세요. 당신은 수익금에서 20퍼센트를 챙기고요. 난 당신이 충분히 부자였으면 좋겠습니다. 그래야 멍청한 짓거리를 안 하죠. 돈이 넘쳐나서 쓸데없이 바빠지는 일도 없도록 하고요."

그는 2월 1일에 새 업무를 시작했다. 3월 말에는 빚을 다 갚고 개인적인 자금 사정을 안정시킬 수 있었다. 리스베트가 그에게 빚을 청산하고 그의 재정 상태부터 정리하라고 요구했기 때문이다. 5월에는 알코올의존증이 있는 동업 변호사 조지 마크스와의 관계를 청산했다. 그는 옛 파트너에 대해 죄책감을 느꼈지만 그를 리스베트의 사업에 끌어들인다는 건 생각할 수 없는 일이었다.

그는 이 문제를 리스베트와 의논했었다. 7월 초, 이번에도 불쑥 그녀가 지브롤터를 찾았을 때였다. 제러미는 전에 일하던 뒷골목 사무실이 아닌 자기집에서 일하고 있었다.

"내 파트너는 알코올의존증이 있어서 우리 일에 끼면 제대로 처신하지 못할 겁니다. 오히려 시한폭탄이 될 수 있죠. 그래도 십오 년 전 이곳에 왔을 때 날 동업자로 받아줘서 살 수 있었어요."

리스베트는 그의 얼굴을 가만히 쳐다보며 잠시 생각에 빠졌다.

"알겠어요. 의리 있는 사기꾼이네요. 높이 살 만한 자질일 수도 있겠죠. 자, 이렇게 하죠. 그가 마음껏 놀 수 있도록 계좌를 하나 만들어주세요. 한 달에 1천 파운드 지폐 몇 장이면 충분하지 않겠어요?"

"그럼 허락하는 겁니까?"

리스베트는 고개를 끄덕이고 그의 거처를 둘러보았다. 작은 주방이 딸린 병원 옆 골목의 원룸이었다. 단 하나 유쾌한 건 바다가 보이는 전망이었다. 지브롤터 어디에서도 피하기 힘든 전망이긴 하지만.

"사무실과 더 나은 집을 얻어야겠어요." 그녀가 말했다.

"그동안 시간이 없었어요."

"오케이."

그녀는 당장 그를 데리고 사무실을 보러 나갔다. 지브롤터에서 가장 비싼 동네인 퀸스웨이 부두로 가 뷰캐넌하우스 빌딩 안에서도 바다 쪽으로 조그만 테라스가 딸린 130제곱미터까지 사무실을 매입했다. 그녀는 인테리어 업자를 불러 실내를 보수하고 가구를 들였다.

제러미는 그때 이런저런 서류를 쓰느라 정신이 없었다. 하지만 새 사무실에 경보장치, 컴퓨터, 보안 캐비닛 등이 설치되는 걸 그녀가 직접 지켜봤었다는 사실이 떠올랐다. 이날 아침, 자신이 도착하기 전에 그녀는 이 모든 걸 해제해버렸다.

"이제 난 쫓겨납니까?"

리스베트는 훑어보던 서신들을 내려놓았다.

"아뇨, 당신은 쫓겨나지 않아요."

"다행이네요. 예상치 못한 때 쳐들어오는 재주가 탁월하군요."

"한동안 바빴어요. 그냥 최근 소식들을 알고 싶어서 들렀어요."

"내가 알기로 당신은 삼중살인 혐의로 수배됐었고, 머리에 총알도 맞았고, 숱한 범죄 혐의로 기소까지 됐죠. 한동안 상당히 겁이 났어요. 아직 구속 상태인 줄 알았는데, 탈옥했나요?"

"아뇨. 전부 무혐의 판결을 받고 석방됐어요. 내 얘기를 어디까지 들었죠?"

그는 잠시 머뭇거렸다.

"오케이. 속이지 않을게요. 당신이 진창에 빠졌다는 걸 안 후로 번역자를 고용해 스웨덴 쪽 신문을 샅샅이 훑게 했어요. 그렇게 꾸준히 소식을 얻어서 비교적 상세히 알고 있습니다."

"신문을 통해 정보를 얻었다면 결코 제대로 알았다고 할 수 없어요. 어쨌든 내 비밀 몇 가지는 찾았겠군요?"

그가 고개를 끄덕였다.

"이제 어떻게 되는 겁니까?"

리스베트가 놀란 표정으로 그를 쳐다보았다.

"어떻게 되다뇨? 전처럼 계속하는 거죠. 우리 관계는 스웨덴에서 있었던 내 문제와는 전혀 관계 없어요. 내가 없는 동안에 있었던 일이나 얘기해보죠. 어떻게 해나가고 있죠?"

"술은 안 마십니다. 그걸 묻고 싶은 거였다면요."

"아뇨. 사업에 방해만 안 된다면 당신 사생활은 내가 상관할 바 아니에요. 일 년 전에 비해 내 재산이 늘었는지, 아니면 줄었는지 알고 싶다고요."

제러미는 손님용 의자를 끌어당겨 앉았다. 그녀가 자기 자리를 차지한 건 전혀 중요하지 않았다. 그녀와 체면 싸움을 벌일 이유는 없었다.

"나한테 24억 달러를 맡겼었죠. 그중 2억은 당신을 위한 펀드에 투자했어요. 나머지는 마음대로 굴려보라고 했었고요."

"그랬죠."

"펀드에선 이자만 늘었습니다. 수익을 더 늘릴 수도 있었는데……"

"수익 늘리는 일에는 관심 없어요."

"오케이. 나간 돈은 별로 없습니다. 가장 큰 지출이라야 내가 계약해준 아파트, 홀게르 팔름그렌 변호사를 위해 설립한 자선재단 정도죠. 그 외에는 아주 평범하게 지출했네요. 그간 이율은 좋았습니다. 그래서 제하고 더하면 대략 원점으로 돌아왔어요."

"좋아요."

"나머지 돈으로는 직접 투자했습니다. 작년엔 별로 못 벌었어요. 실력이 녹슬어서 시장을 다시 파악하는 데 시간이 걸렸죠. 그래서 돈이 좀 빠져나갔어요. 올해 들어서야 수익이 나기 시작했습니다. 당신이 구속된 시기에 700만 조금 넘는 돈이 들어왔죠. 달러로요."

"20퍼센트는 당신이 갖고요."

"네, 20퍼센트는 내가 갖습니다."

"만족하나요?"

"육 개월 만에 100만 달러 넘는 돈을 번 셈이죠. 만족합니다."

"그런데…… 너무 욕심 부리진 마요. 어느 정도 만족하면 이 일에 시간을 줄여도 돼요. 가끔 시간을 내서 관리해주는 걸로 충분하니까."

"1천만 달러입니다." 그가 말했다.

"네?"

"1천만 달러를 모으면 난 그만둡니다. 마침 잘 왔어요. 그렇잖아도 상의할 게 있었는데."

"얘기해봐요."

그는 양손을 쳐들며 말했다.

"사실 액수가 어마어마해서 조금 겁이 납니다. 대체 어떻게 해야 할지 모르겠어요. 이 모든 사업의 목적이 대체 뭔가요? 더 많이 버는 것 말고는 없지 않습니까? 이 모든 돈은 어디에 쓰일 거죠?"

"몰라요."

"나도 잘 모르겠습니다. 물론 돈 자체가 목적이 될 수는 있죠. 하지만 그건 좋지 않습니다. 그래서 1천만 달러가 모이면 그만두기로 결정한 겁니다. 더는 이 모든 책임을 떠맡고 싶지 않아요."

"오케이."

"내가 물러나기 전에 당신은 앞으로 이 재산을 어떻게 관리할지 결정해야 해요. 돈을 운용하는 목적과 지침을 정하고 책임을 맡을 조직을 만들어야 합니다."

"음."

"이 모든 걸 한 사람이 감당하기란 불가능합니다. 난 돈을 쪼개서 부동산이나 유가증권 같은 장기 투자로 돌렸습니다. 자세한 목록은 컴퓨터에 있고요."

"읽어봤어요."

"나머지는 투기 쪽으로 돌렸는데 관리할 액수가 너무 커 혼자서는 감당이 안 됩니다. 그래서 영국해협 저지섬에 투자회사를 설립했습니다. 직원 여섯 명이 런던에서 업무를 보고 있고요. 둘은 젊고 유능한 투자 전문가이고, 나머지는 사무직원입니다."

"옐로 볼룸 Ltd? 그렇잖아도 이게 뭔가 했어요."

"그게 우리 회사입니다. 여기 지브롤터 사무실에는 비서와 실력 있는 변호사를 고용했는데…… 삼십 분 후면 둘다 출근할 겁니다."

"아하, 마흔세 살인 몰리 플린트와 스물여섯 살인 브라이언 덜레이니 말이군요."

"만나보고 싶어요?"

"아뇨. 브라이언은 당신 애인인가요?"

"뭐요? 천만에요!"

그는 충격을 받은 듯했다.

"난 절대 일과……"

"알겠어요."

"어쨌든…… 난 젊은 애들한텐 관심 없어요…… 그러니까 경험 없는 애들 말입니다."

"알아요. 당신은 애송이보단 터프한 근육질 남자에게 끌리죠. 뭐, 나와는 상관없는 일이지만. 그런데 제러미……"

"네?"

"조심해요."

리스베트는 지브롤터에서 이 주 넘게 머무를 줄 정말이지 예상하지 못했다. 그 정도 시간이면 앞으로의 삶의 방향을 찾을 수 있으리라 생각했다. 하지만 문득 앞으로 무얼 해야 할지, 어디로 가야 할지 전혀 알 수 없었다. 그래서 십이 주 동안 머물러 있었다. 매일 한 번씩 이메일을 체크하고, 가끔씩 안니카가 소식을 전할 때마다 꼬박꼬박 답장을 보냈다. 자신이 어디에 있는지는 밝히지 않았다. 다른 메일들에는 답하지 않았다.

해리스 바에는 계속 갔지만 저녁에 잠시 들러 맥주를 마시는 정도였다. 대부분은 호텔방 테라스에서, 혹은 침대에서 보냈다. 삼십대 영국 해군 장교와 한 번 밤을 보내기도 했다. 그저 하룻밤 상대였고 별다른 흥미도 느끼지 못했다.

그녀는 지루했다.

10월 초에는 제러미와 함께 저녁을 먹었다. 그녀가 이곳에 머무르는 동안 자주 보지는 않았다. 어둠이 깔리는 가운데 둘은 과일 향 나는 화이트 와인을 마시며 수십 억 달러에 이르는 그녀의 돈을 어떻게 사용할지 얘기했다. 그때 그가 불쑥 물었다. 혹시 걱정거리라도 있느냐고 말이다. 그들 관계에 걸맞지 않게 느닷없는 질문이었다.

리스베트는 한참이나 그를 물끄러미 쳐다보았다. 그리고 그녀 역시 불쑥 미리암 우와의 관계에 대해 얘기하기 시작했다. 그녀가 로날드 니더만에게 폭행당해 거의 죽을 뻔했다는 것, 그리고 그게 자신 탓이었다는 것, 안니카를 통해 들은 작별인사 말고는 지금까지 아무 소식도 없다는 것, 지금은 프랑스에서 살고 있다는 것까지.

제러미는 한동안 아무 말이 없었다.

"그녀를 사랑해요?"

리스베트는 대답하기 전에 곰곰이 생각해봤다. 그러고는 끝내 고개를 저었다.

"아뇨. 난 사랑에 빠질 수 있는 사람은 아닌 것 같아요. 그녀는 친구예요. 그리고 잠자리에서 잘하고요."

"사랑에 빠지는 건 누구도 피할 수 없는 일이에요. 부인하고 싶을 수 있죠. 하지만 사랑의 가장 흔한 형태가 우정 아닐까요?"

그녀는 깜짝 놀란 얼굴로 제러미를 쳐다보았다.

"내가 개인적인 얘기를 해서 화났나요?"

"아뇨."

"뭐해요, 빨리 파리로 가지 않고!"

리스베트가 샤를 드골 공항에 내린 건 오후 2시 30분이었다. 공항버스를 타고 개선문까지 가 빈 호텔방을 찾으려고 두 시간을 헤맸다. 결국 센강을 향해 남쪽으로 발길을 옮긴 그녀는 한참 후에야 코페르니크 거리에 있는 빅토르 위고라는 아담한 호텔에 방을 얻을 수 있었다.

샤워를 하고 미리암에게 전화를 걸었다. 밤 9시. 둘은 노트르담 성당 근처 술집에서 만났다. 미리암은 흰 블라우스 위에 재킷을 걸친 차림이었다. 눈부시게 아름다웠다. 리스베트는 가슴이 떨릴 정도였다. 이내 둘은 볼 키스를 나눴다.

"그동안 소식 못 전해서 미안해. 재판에도 못 가고." 미리암이 사과부터 했다.

"괜찮아. 어차피 비공개 재판이었어."

"병원에 삼 주 정도 있었어. 퇴원해서 룬다가탄 집에 돌아가보니 엉망진창이더라고. 도저히 잠을 이룰 수 없었어. 계속 로날드 그 개자식이 나오는 악몽을 꿔서. 결국 엄마한테 전화해서 집으로 가겠다고 했어."

리스베트는 고개를 끄덕였다.

"미안해." 미리암이 말했다.

"무슨 바보 같은 소리야? 내가 너한테 용서를 빌러 왔는데."

"아니, 왜?"

"난 정말 형편없는 인간이야. 내 아파트에 들어가 살라고 열쇠를 주면서 네가 위험에 빠질 수도 있다는 생각을 전혀 하지 못했으니까. 네가 죽을 뻔한 건 다 내 잘못이야. 네가 날 미워하는 심정, 충분히 이해해."

놀란 미리암이 멍한 얼굴을 했다.

"세상에, 한순간도 그런 생각 한 적 없어. 날 죽이려 했던 건 그 자식이지 네가 아니잖아."

둘은 한동안 침묵을 지켰다.

"좋아." 이윽고 리스베트가 입을 열었다.

"그래."

"이렇게 여기까지 온 건 널 사랑해서가 아냐." 리스베트가 말했다.

미리암이 고개를 끄덕였다.

"넌 침대에서 정말로 좋아. 하지만 널 사랑하는 건 아니야." 리스베트가 강조했다.

"리스베트, 내 생각은…… "

"그러니까 내가 하고 싶은 말은, 난 널…… 젠장……"

"얘기해봐."

"난 친구가 그리 많지 않아……"

미리암이 고개를 끄덕이며 끼어들었다.

"난 파리에 한동안 더 있을 거야. 스웨덴에서 하던 공부를 망쳐버려서 여기 대학에 등록했어. 적어도 일 년은 더 있을 듯해."

리스베트는 알겠다고 고갯짓을 했다.

"그다음엔 잘 모르겠어. 어쨌든 스톡홀름으로 돌아갈 거야. 룬다가 탄 집 관리비는 계속 내고 있어. 너만 괜찮다면 아파트를 계속 놔두고 싶어."

"그건 네 집이야. 하고 싶은 대로 해."

"리스베트, 넌 정말로 특별한 사람이야. 네 친구로 오래 남고 싶어."

그들은 두 시간 동안 얘기를 나누었다. 리스베트는 그녀 앞에서 자신의 과거를 감춰야 할 필요가 없었다. 스웨덴 신문을 읽는 사람에게 살라첸코 이야기는 더이상 비밀이 아니었고, 미리암 역시 관심을 갖고 그 일을 지켜봐왔다. 미리암은 파올로 로베르토가 자신을 구해준 그날밤 뉘크바른에서 있었던 일들을 리스베트에게 자세히 들려주었다.

그러고 나서 두 사람은 미리암이 다니는 대학교 근처 기숙사 방으로 향했다.

12월 2일 금요일~12월 18일 일요일

안니카 잔니니는 밤 9시에 쇠드라 극장 근처에서 리스베트를 만났다. 리스베트는 벌써 맥주를 한 잔 마시고 이제 두 잔째를 비워가고 있었다.

"늦어서 미안해요." 안니카가 손목시계를 힐끗 보고서 사과했다. "의뢰인하고 문제가 좀 있었어요."

"괜찮아요."

"그런데 무슨 축하할 일이라도 있나요?"

"아니요. 그냥 술 한잔 하고 싶어서요."

안니카는 의심적은 눈으로 리스베트를 쳐다보며 의자에 앉았다.

"자주 그런 생각이 들어요?"

"석방된 후로 죽도록 마셨죠. 그래도 알코올의존증 기미는 없어요. 만일 그게 걱정된다면 말이에요. 그냥 문득 한 가지 사실을 의식하게 됐어요. 난 성인이고, 이 스웨덴 땅에서 마음껏 취할 수 있는 권리가 있다는 것."

안니카는 캄파리* 한 잔을 시켰다.

"좋아요." 다시 안니카가 말했다. "혼자 마시고 싶나요, 아니면 내가 같이 있으면 좋겠어요?"

"혼자가 좋겠죠. 당신이 말만 많이 안 한다면 같이 있어도 상관없어요. 우리집에 가서 같이 잘 생각은 없을 거고요. 그렇죠?"

"뭐라고요?" 안니카가 기겁하며 물었다.

"아니죠. 그럴 거라고 생각했어요. 당신은 완전히 이성애자니까."

안니카의 얼굴에 갑자기 즐거워하는 기색이 떠올랐다.

"의뢰인이 섹스를 제안하는 건 처음이네요."

"관심 있어요?"

"미안해요. 전혀 관심 없어요. 제안은 고맙군요."

"자, 내게 원하는 게 뭐죠, 변호사님?"

"두 가지예요. 내가 지금 여기서 당신 변호인 노릇을 그만두든지, 아니면 앞으로 당신이 내 전화를 즉각 받든지, 둘 중 하나 골라요. 당신이 석방될 때 벌써 한 번 얘기했었죠."

리스베트가 그녀를 쳐다보았다.

"당신하고 연락하려고 애쓴 게 벌써 일주일째예요. 전화에 편지에 이메일까지, 별짓 다 했다고요."

"여행중이었어요."

"가을 내내 연락하기가 쉽지 않았잖아요. 이런 식이면 정말 곤란해요. 난 국가를 상대로 해야 할 모든 일에서 당신의 법적 대리인이 되기로 했어요. 하지만 이게 나 혼자 할 수 있는 일인가요? 처리할 행정 절차가 수두룩해요. 서명해야 할 서류도 있고요. 답변해야 할 질문도 있죠. 이렇게나 당신이 필요한데 의뢰인이 대체 어디에 있는지조차 모르는 나 자신이 정말 바보처럼 느껴지지 않겠어요?"

---

* 붉은 빛을 띠는 이탈리아 술.

"알아요. 이 주간 또 외국에 나갔다가 어제 돌아왔어요. 당신이 날 찾고 있다는 걸 알고 바로 전화한 거예요."

"이건 좋지 않아요. 당신이 있는 곳 정도는 알려줘야죠. 보상 문제며 다른 일들이 해결될 때까지 적어도 일주일에 한 번은 소식을 줘야 한다고요."

"보상 따위는 전혀 관심 없어요. 국가가 날 조용히 내버려두기만 하면 좋겠어요."

"하지만 국가는 당신을 조용히 내버려두지 않아요. 당신 뜻대로 되는 문제가 아니라고요. 당신이 무죄판결을 받게 되면서 온갖 결과들이 줄줄이 이어질 거예요. 여기엔 당신만 관련된 게 아니에요. 페테르 텔레보리안은 기소될 예정이에요. 즉 당신이 증언해야 한다는 얘기죠. 리샤르드 엑스트룀은 업무상 과실 혐의로 수사받는 중이고, 만일 그가 섹션의 요청에 따라 고의로 직무를 유기했다는 게 밝혀진다면 그 역시 기소될 수 있어요."

리스베트는 눈썹을 움찔 들어올렸다. 잠시 그녀의 얼굴에 관심을 보이는 기색이 스쳤다.

"하지만 그렇게 되진 않을 거예요. 그는 완전히 속아넘어갔고, 섹션과는 무관한 사람이니까. 그리고 지난주에 검찰이 후견위원회 예비수사에 착수했어요. 동시에 관련 고소장들이 의회 옴부즈맨에 여러 건, 그리고 법무부에 한 건이 제출됐고요."

"난 아무도 고소하지 않아요."

"알아요. 하지만 심각한 직무유기가 있었다는 게 명백한 이상 전부 파헤쳐야 해요. 후견위원회에 관련된 사람이 당신 혼자만은 아니니까요."

리스베트는 어깨를 으쓱했다.

"어쨌든 나와는 상관없는 일들이에요. 앞으론 당신과 연락하는 일에 좀더 신경쓰겠다고 약속할게요. 지난 이 주는 좀 특별했어요. 일을 했거든요."

안니카가 의심쩍은 눈으로 의뢰인을 쳐다보았다.

"무슨 일인데요?"

"컨설팅."

"…… 오케이. 그럼 두번째 용무로 넘어가죠. 상속 재산 목록을 다 작성했어요."

"무슨 목록이라고요?"

"당신 아버지의 유산 목록이요. 담당 사법관이 연락해왔어요. 당신과 연락할 방법을 아는 사람이 아무도 없었던 모양이죠. 당신과 여동생이 유일한 상속자예요."

리스베트는 미동도 없이 안니카를 뚫어지게 쳐다보았다. 이내 종업원과 시선이 마주치고 자신의 빈 잔을 가리켰다.

"아버지가 남긴 유산은 관심 없어요. 당신 마음대로 처분하세요."

"아니죠. 그 유산을 마음대로 처분할 수 있는 사람은 내가 아니라 당신이에요. 당신이 그 일을 할 수 있도록 돕는 게 내 일이고요."

"그 돼지 같은 자식이 남긴 돈은 한푼도 받고 싶지 않아요."

"오케이. 그럼 그린피스나 어디 비슷한 곳에 기부해요."

"고래들이 죽든 말든 나랑 무슨 상관이죠?"

순간 안니카가 목소리가 단호해졌다.

"리스베트, 정말 성인으로 살아가고 싶다면 앞으로는 책임감 있게 행동해야 할 거예요. 당신이 그 돈으로 무슨 짓을 하든 난 신경 안 써요. 하지만 유산을 받았다고 서명은 해줘야 하지 않겠어요? 그러고 나서 마음껏 술을 퍼마시라고요."

리스베트는 그녀를 힐긋 쳐다보고 이내 테이블 위로 시선을 떨구었다. 안니카는 이것이 감정 표현이 서툰 그녀의 사과 방식일 수도 있겠다고 생각했다.

"오케이. 전부 얼마나 되죠?"

"적다고 할 순 없어요. 살라첸코는 우선 30만 크로나 조금 넘는 유가증권을 갖고 있었어요. 임야가 포함된 고세베르가의 소유지는 시가로 150만 크로나 정도 되고요. 여기에 다른 부동산이 세 채 있어요."

"부동산이요?"

"그래요. 돈을 좀 투자했던 모양이네요. 큰 가치가 있는 물건들은 아니지만요. 우선 우데발라에 건물이 한 채 있어요. 그 안에 집이 모두 여섯 채이고, 각각 임대료가 조금씩 들어오고 있죠. 관리가 소홀해서 건물 상태는 열악해요. 얼마나 안 좋았는지 임대관리위원회에서도 언급했을 정도로요. 이걸 팔면 부자는 못 되더라도 꽤 괜찮은 액수가 들어올 거예요. 그리고 스몰란드에는 25만 크로나 상당의 여름별장도 한 채 있어요."

"그렇군요."

"노르텔리에 쪽에도 다 무너져가는 산업용 건물이 하나 있고요."

"대체 왜 그 지저분한 것들을 잔뜩 사들였던 거죠?"

"알 수 없죠. 어쨌든 이것들을 다 매각하고 세금을 제하면 상속받을 액수가 400만 크로나쯤 될 거예요. 그런데……"

"그런데?"

"이걸 여동생과 반으로 나눠야 해요. 문제는 그녀가 있는 곳을 아는 사람이 아무도 없는 듯해요."

리스베트는 무표정한 침묵 속에서 안니카를 멀뚱히 바라볼 뿐이었다.

"어쩌죠?"

"뭘요?"

"당신 동생이 어디 있는지 아느냐구요."

"전혀 몰라요. 못 본 지 십 년째예요."

"그녀의 신상은 안보기밀로 분류되어 있어요. 그래도 지금 이 나라에 살지 않는다는 것 정도는 알려주더군요."

"그런가요." 리스베트는 별다른 관심을 보이지 않았다.

안니카는 체념의 한숨을 내쉬었다.

"좋아요! 그럼 이렇게 하면 어떨까요. 모든 자산을 매각하고 그 절반은 동생의 행방을 알게 될 때까지 은행에 예치해두죠. 당신이 동의만 하면 일을 시작할 수 있어요."

리스베트는 어깨를 으쓱했다.

"그의 돈은 원치 않아요."

"이해해요. 그래도 대차대조표는 작성해야 하지 않겠어요? 이건 성인으로서 당신에게 부과된 의무라고요."

"그 빌어먹을 것들, 다 팔아치워요! 반은 은행에 넣고, 나머지는 당신이 맘대로 아무데나 줘버려요."

안니카는 한쪽 눈썹을 움찔 올렸다. 리스베트에게 어느 정도 돈이 있다는 건 알고 있었다. 하지만 200만 크로나, 혹은 그 이상이 될 수도 있는 금액을 무시해버릴 수 있을 만큼 부자라는 사실은 알지 못했다. 그녀의 돈이 어디서 나오는지, 그 액수가 얼마나 되는지도 전혀 몰랐다. 어쨌든 그저 이 행정 절차가 빨리 마무리되기만을 바랄 뿐이었다.

"제발, 리스베트…… 이 상속 재산 목록을 가져가서 한번 훑어봐요. 그래야 내게 위임할 일이 제대로 처리되지 않겠어요?"

리스베트는 잠시 구시렁거리다 결국 가방 속에 서류를 집어넣었다. 직접 읽어보고 어떻게 할지 알려주겠다고 약속도 했다. 그런 다음, 다시 맥주에 빠져들었다. 안니카는 주로 물만 마시면서 한 시간 동안 그녀 함께 있어주었다.

여러 날이 지난 후, 안니카는 리스베트에게 전화해 유산 문제를 어떻게 할지 재촉했다. 리스베트는 그제서야 서류를 꺼내 들었다. 식탁 앞에 앉아 꾸깃꾸깃 구겨진 그 종이들을 펴서 읽기 시작했다.

여러 장으로 된 상속 재산 목록에는 온갖 잡동사니까지 세세하게 기재되어 있었다. 고세베르가 농가 찬장 속 식기들부터 의복, 카메라, 그리고 각종 개인 물품까지. 살라첸코가 남긴 유품 가운데 값나가는 건 별로 없었고, 눈곱만큼이라도 그녀가 애착을 느낄 만한 물건도 전혀 없었다. 잠시 생각해본 그녀는 자신의 마음이 술집에서 안니카를 만났을 때와 조금도 달라지지 않았음을 확인했다. 이 쓰레기들을 모조리 팔고, 그 돈은 태워버리고 싶은 심정이었다. 그의 돈이라면 단 한푼도 받지 않겠다는 마음에는 조금도 변함이 없었다. 동시에 살라첸코의 진정한 재산은 국세청마저 찾을 수 없도록 숨겨놨을 게 뻔하다는 생각도 들었다.

이어 그녀는 노르텔리에에 있는 산업용 부동산에 대해 설명해놓은 페이지를 펼쳤다. 노르텔리에와 림보 사이 스케데리드 부근에 2만 제곱미터 남짓한 대지가 펼쳐져 있고, 그 위에 지어진 건물은 세 동이었다.

목록을 작성한 감정인이 장소를 얼추 둘러보고 기록한 내용을 보면, 이 벽돌 공장은 1960년대 폐쇄된 이후 거의 버려진 상태로 있다가 1970년대에 목재 창고로 사용됐다고 한다. 건물들의 상태가 '극히 불량'해 다른 용도로 개수할 수 있는 가능성이 희박해 보인다는 평가였다. 상태가 불량한 이유는, 조사관이 '북관'이라고 표현한 건물이 화재로 무너져내렸기 때문이었다. 반면 '본관'은 어느 정도 보수 작업이 행해졌다고 감정인은 덧붙였다.

리스베트의 흥미를 끈 건 거기에 얽힌 역사였다. 살라첸코는 1984년 3월 12일에 이 부동산을 헐값에 사들였고, 매입자 명의는 앙네타 소피아 살란데르였다.

다시 말해 그녀의 어머니가 소유주인 셈이었다. 하지만 1987년에 소유권이 소멸됐다. 살라첸코가 자신의 명의로 이 부동산 전체를 단돈 2천 크로나에 매입했기 때문이다. 그후 십오 년 넘게 건물들이 방치된 듯했다. 그러다 2003년 9월 17일, KAB 주식회사는 건설회사 노르뷔그에 의뢰해 바닥과 천장을 보수하고 전기 및 수도 시설을 수리했다. 개수 공사는 2003년 11월 30일까지 두 달간 계속되다 그후로 중단됐다. 그리고 노르뷔그가 발행한 청구서는 그대로 지불되었다.

리스베트는 생부가 남긴 이 재산이 뭔가 석연찮았다. 그녀는 미간을 찌푸렸다. 살라첸코가 산업용 부동산을 소유한 건 이해할 수 있는 일이었다. KAB가 합법적인 사업을 하고 있다거나 실질적인 자산을 소유하고 있음을 가장하고 싶었을 테니까. 앙네타를 매입자로 이용했다가 곧바로 헐값에 사들인 꼼수도 충분히 알 수 있었다.

하지만 금방이라도 무너져내릴 듯한 낡은 건물을 무려 44만 크로나나 들여서 보수해야 했던 이유는 대체 무엇이었을까? 게다가 감정인의 기록을 보면, 그런 공사를 해놓고도 2005년까지 여전히 사용하지 않고 있었다.

리스베트는 여전히 혼란스러웠지만 이런 걸 생각하느라 더이상 시간을 허비하고 싶지 않았다. 서류를 덮고 안니카에게 전화를 걸었다.

"목록을 읽어봤어요. 내 결정은 변함없어요. 이 빌어먹을 것들을 다 팔아버리고 돈은 원하는 대로 하세요. 그가 남긴 건 조금도 받고 싶지 않아요."

"알았어요. 매각금의 절반은 동생 계좌에 예치할게요. 그런 다음 당신에겐 몇 가지 기부 방안을 제시할 거고요."

"좋아요." 리스베트는 더이상 얘기하지 않고 전화기를 내려놓았다. 그리고 창가에 앉아 담배 한 대를 피워 물고 살트셴만을 바라보았다.

리스베트는 드라간 아르만스키를 도와 긴급한 일을 하나 처리하면서 그다음 주를 보냈다. 스웨덴 여성이 레바논 시민권자와 이혼하면서 양육권 분쟁이 벌어졌는데, 그 아이를 납치해주고 대가를 받기로 한 인물을 추적해 알아내는 임무였다. 그녀가 맡은 일은 부부 가운데 납치범을 고용한 걸로 추정되는 쪽의 이메일을 체크하는 것이었다. 사건은 양쪽이 합의하고 법정이 제시한 해결책을 받아들이면서 종결됐다.

12월 18일. 크리스마스 전 마지막 일요일이었다. 아침 6시 반에 잠이 깬 리스베트는 홀게르에게 줄 크리스마스 선물을 사러 가야겠다고 생각했다. 다른 누군가―안니카 정도?―에게도 선물을 해야 할지 잠시 생각해봤다. 서두를 것 없으니 침대에서 일어나 샤워한 후 커피, 그리고 치즈와 오렌지 마멀레이드를 얹은 토스트를 먹으며 여유 있는 아침을 즐겼다.

별다른 계획이 없었던 그녀는 책상에 무더기로 쌓여 있는 서류와 신문 따위를 치우며 잠시 시간을 보냈다. 그러다 우연히 상속 재산 목록이 눈에 들어왔다. 노르텔리에의 산업용 부동산을 설명한 부분을 다시 한번 읽었다. 결국 그녀는 한숨을 쉬고 말았다. 오케이. 하는 수 없지. 그가 무슨 짓을 꾸미고 있었는지 알아보는 수밖에.

리스베트는 따뜻하게 옷을 껴입고 부츠를 신었다. 8시 30분쯤 와인색 혼다를 몰고 피스카르가탄 9번지 주차장을 빠져나왔다. 공기는 얼음처럼 차가웠지만 화창한 날씨에 하늘은 파스텔블루 색이었다. 그녀는 슬루센과 클라라베리 우회도로를 지나 E18 고속도로를 시원하게 달리며 노르텔리에로 향했다. 급할 건 없었다. 옛 벽돌 공장의 위치를 물으려고 스케데리드에서 몇 킬로미터 떨어진 주유소에 들른 건 10시가 다 되어서였다. 그런데 차를 막 세우려는 순간, 특별히 물어볼 필요도 없다는 걸 알게 됐다.

지금 그녀가 있는 곳은 나지막한 언덕이었고, 도로 건너편으로 골짜기가 내려다보였다. 노르텔리에 방면인 왼쪽에는 도료 같은 건축

재를 생산하는 공장 하나와 불도저들이 세워져 있는 일종의 주차장
이 있었다. 오른쪽은 공장 지대가 끝나는 지점이었다. 간선도로에서
약 400미터 떨어진 곳에 음울한 분위기가 물씬한 벽돌 건물 한 채가
다 허물어진 굴뚝을 이고 서 있었다. 도로와 좁은 강을 사이에 두고
외따로 떨어져 있는 그 건물은 공장 지대를 지키는 마지막 초소병
같았다. 그녀는 건물을 묵묵히 내려다보며 대체 왜 자신이 하루를 들
여 이 낯선 노르텔리에까지 찾아와야 했는지 자문해보았다.

고개를 돌려보니 주유소 한쪽에 번호판이 TIR로 시작하는 화물트
럭 한 대가 막 멈춰 서고 있었다. 그 번호판을 보고 지금 자신이 스웨
덴과 발트 연안국 사이의 물류 대부분이 통과하는 카펠스케르 항구
로 연결된 도로 위에 있다는 걸 깨달았다.

리스베트는 시동을 걸고 도로에 올라 곧장 좌회전해 버려진 공장
쪽으로 들어갔다. 그리고 뜰 한가운데에 차를 세우고 내렸다. 영하의
날씨였지만 그녀는 검은 털모자와 같은 색 가죽장갑으로 든든히 무
장하고 있었다.

본관은 이층짜리 건물이었다. 일층 창문들은 모조리 합판으로 막
혀 있었다. 이층을 올려다보니 유리창이 깨진 곳이 부지기수였다. 벽
돌 공장은 상상했던 것보다 훨씬 컸고, 건드리면 그대로 무너져내릴
듯 황폐해 보였다. 보수한 흔적은 전혀 찾아볼 수 없었다. 살아 있는
건 개미 한 마리 보이지 않았지만 뜰 한복판에는 누군가가 쓰고 버
린 콘돔 하나가 뒹굴고 있었고, 건물 벽은 온통 그라피티 예술가들의
공격을 받아 얼룩져 있었다.

왜 살라첸코는 이 건물을 갖고 있었을까?

공장을 한 바퀴 돌다보니 뒤쪽에 다 허물어진 북관이 있었다. 본관
에 달린 문들은 전부 철통같이 잠겨 있었다. 그녀는 맥이 쭉 빠진 채
건물의 마지막 문으로 다가갔다. 다른 문들에는 굵직한 볼트와 강화
철판 등으로 튼튼히 고정된 자물쇠가 달려 있는 반면, 이 문의 자물

쇠 고리에는 대못이 박혀 있을 뿐이어서 한결 허술해보였다. 빌어먹을! 어차피 주인은 나잖아? 주위를 둘러보니 잡동사니 무더기 위에 쇠 파이프 비슷한 게 눈에 띄었다. 그녀는 그걸 지렛대 삼아 자물쇠 고리를 뜯어냈다.

그렇게 들어가 보니 계단이 나 있었고, 따라 올라가자 커다란 일층 공간이 나타났다. 창들을 막은 합판 가장자리 틈으로 희미한 빛이 몇 줄기 새어들어올 뿐 암흑에 가까운 어둠이 공간을 지배했다. 리스베트는 눈이 어둠에 익숙해지기를 기다리며 한동안 꼼짝 하지 않았다. 차츰 주변이 눈에 들어왔다. 거대한 기둥들이 천장을 떠받치고 있었고, 가로 20미터에 세로 45미터쯤 되어 보이는 작업장 여기저기에 버려진 나무 팰릿, 녹슨 부품, 목재 같은 온갖 잔해가 쌓여 있었다. 벽돌을 제조할 때 쓰는 낡은 화덕들은 철거된 듯했다. 그것들을 들어낸 곳에 물이 고여 저수지처럼 변해 있었고, 곳곳에 웅덩이가 패인 바닥은 곰팡이 천지였다. 이 혼란의 무더기에서는 폐쇄된 공간 특유의 퀴퀴하고도 썩은 냄새가 났다. 그녀는 역겨움에 콧등을 찡그렸다.

발길을 돌려 계단을 올라갔다. 건조한 이층에는 큰 공간 두 개가 잇달아 있었고, 각각 가로, 세로 20미터 면적에 높이가 적어도 8미터는 되는 듯했다. 천장 가까이에 난 창들은 도저히 닿을 수 없는 높이에 있었다. 그 창으로 밖을 내다볼 순 없었지만 덕분에 이층은 빛으로 채워졌다. 이곳 역시 아래층 못지않게 잡동사니들이 혼란스럽게 널려 있었다. 그녀는 높이가 1미터쯤 되는 화물용 궤짝 여남은 개가 차곡차곡 쌓여있는 곳으로 갔다. 하나를 열어보려했지만 궤짝은 꼼짝도 하지 않았다. 가만히 들여다보니 그 위에 '기계 부품0-A77'이라는 글씨가 있었다. 그 아래에는 아마도 같은 뜻인 듯한 러시아어가 적혀 있었다. 그녀는 벽 중간에서 열려 있는 화물용 엘리베이터를 발견했다. 이곳은 일종의 기계 창고인 셈이었다. 하지만 이런 낡은 공장 안에서 녹슬고 있는 한 수익이 발생하기는 어려울 터였다.

안쪽 공간으로 건너간 그녀는 이곳이 바로 보수한 곳이라는 걸 알았다. 어김없이 온갖 고물과 궤짝과 낡은 사무용 가구 따위가 미로처럼 늘어서 공간을 가득 채우고 있었다. 그나마 공간 한쪽이 치워져 있었고, 드러난 마루에는 갈아 끼운 새 널판들이 눈에 띄었다. 보수공사가 갑작스레 중단됐을지도 모른다는 생각이 들었다. 회전톱, 가로톱, 네일건, 쇠지레, 긴 쇠꼬챙이 같은 연장이며 공구함들이 여전히 남아 있었다. 그녀는 미간을 찌푸렸다. 공사가 중단됐어도 공구는 챙겨서 가야는 거 아냐? 하지만 의문은 곧바로 풀렸다. 굴러다니는 드라이버를 하나 집어보니 자루에 러시아어가 새겨져 있었다. 살라첸코는 공구들, 그리고 어쩌면 인부들까지 수입해온 모양이었다.

그녀는 회전톱으로 다가가 버튼을 눌러보았다. 녹색 램프 하나에 불이 들어왔다. 전기가 들어오고 있었다. 이내 그녀는 전원을 껐다.

안쪽에 문 세 개가 보였다. 아마도 사무실로 쓰였을 조그만 방들이리라. 가장 북쪽에 있는 방으로 다가가 문고리를 돌려봤다. 잠겨 있었다. 그녀는 주위를 돌아보고는 공구들이 있는 곳으로 가서 쇠지레를 집어왔다. 문을 여는 데는 시간이 약간 걸렸다.

방은 칠흑같이 어두웠고 쾨쾨한 냄새가 코를 찔렀다. 손으로 더듬어 찾은 스위치를 올리자 천장에 노출된 전등에 불이 들어왔다. 리스베트는 놀란 눈으로 방안을 둘러보았다.

더러운 매트리스가 깔린 침대 세 개, 바닥에 뒹굴고 있는 매트리스 세 개, 사방에 널린 불결한 이불들, 오른쪽에 녹슨 수도꼭지 옆에서 굴러다니는 전기 플레이트 하나와 냄비 몇 개, 그리고 한쪽 구석에 놓인 양동이와 두루마리 휴지……

누군가가 여기 살았다는 얘기였다. 그것도 여러 사람이.

그녀는 방문 안쪽에 문고리가 없다는 사실을 발견했다. 오싹한 전율이 등골을 타고 내렸다.

방 안쪽에는 커다란 옷장이 하나 있었다. 열어보니 옷가방 두 개가 보였다. 위에 있는 걸 여니 옷가지 몇 벌이 들어 있었다. 그 안을 뒤져 러시아어 상표가 붙은 치마를 하나 찾아냈다. 핸드백 하나가 보이기에 뒤집어서 안에 든 걸 쏟았다. 화장품이며 잡동사니 사이에 여권이 하나 있었다. 스무 살 정도로 보이는 갈색머리 여자의 것이었다. 여권에 쓰인 글은 러시아어였다. 그녀는 이름을 소리내 읽어보았다. 발렌티나.

리스베트는 천천히 방을 걸어나왔다. 마치 데자뷔 같았다. 이와 똑같은 범죄 현장을 조사한 적이 있었다. 2년 반 전, 헤데뷔섬의 지하실…… 여자 옷들…… 감금…… 그녀는 한참 동안 꼼짝 않고 골똘히 생각했다. 여권과 옷가지가 아직 여기 있다는 사실이 그녀를 불안하게 했다. 뭔가 불길했다.

그녀는 공구들이 쌓인 곳으로 돌아가 잠시 뒤져본 끝에 강력 손전등 하나를 찾아냈다. 건전지를 확인하고 일층으로 내려가 작업장으로 들어갔다. 웅덩이에 고인 물이 신발 속으로 스며들었다.

작업장 안으로 들어갈수록 썩은 냄새가 더욱 지독해졌다. 악취는 작업장 한가운데에서 가장 심한 듯했다. 그녀는 벽돌 화덕을 들어낸 자리 앞에서 걸음을 멈췄다. 구덩이 가장자리까지 물이 차 있었다. 그 검은 물을 손전등으로 비춰보았지만 아무것도 분간할 수 없었다. 수면 일부를 뒤덮은 수초는 녹색 점액으로 엉켜 있었다. 주위를 살펴 3미터쯤 되는 철근을 찾아낸 그녀는 물속에 집어넣고 휘저어봤다. 깊이는 50센티미터 남짓했다. 곧바로 묵직한 게 느껴졌다. 몇 초간 힘을 쓰니 시체 하나가 수면 위로 떠올랐다. 먼저 나타난 건 부패로 기괴하게 일그러진 얼굴이었다. 리스베트는 입으로 호흡하면서 손전등 빛에 드러난 얼굴을 들여다보았다. 여자였다. 어쩌면 이층에 있던 여권의 주인일지도 몰랐다. 그녀는 고여 있는 냉수 속에서 시체가 얼마나 빨리 부패하는지 전혀 아는 바가 없었지만, 꽤 오래전부터 잠겨 있었던 것 같았다.

수면 위에서 뭔가 움직이는 게 보였다. 애벌레들이었다.

그녀는 시체를 놓아 다시 가라앉게 한 다음 구덩이 안을 철근으로 계속 저어봤다. 수조 가장자리에서 또 시체 같은 것이 걸렸다. 하지만 거기에 그냥 놔둔 채 물에서 철근을 빼내 바닥에 던져버렸다. 리스베트는 그 앞에 꼼짝 않고 서서 골똘히 생각에 잠겼다.

리스베트는 다시 이층으로 올라갔다. 쇠지레를 써서 중간 방을 열었다. 이 텅 빈 방은 아무도 쓴 적이 없는 듯했다.

이번엔 마지막 방문 앞으로 가 다시 쇠지레를 밀어넣는데 힘을 주기도 전에 문이 스르르 열렸다. 잠겨 있지 않았다. 그녀는 쇠지레로 문을 밀어 활짝 열어젖힌 다음 방안을 둘러보았다.

방은 30제곱미터 남짓했다. 창문들은 보통 높이에 나 있었고, 공장 앞뜰이 내려다보였다. 도로 저편 언덕 위 주유소도 보였다. 방안에는 침대 하나, 테이블 하나, 그릇들이 놓인 싱크대가 있었다. 이어 기다란 가방 하나가 열린 채로 바닥에 놓여 있는 게 눈에 들어왔다. 지폐들이 들어 있었다. 그녀가 깜짝 놀라며 앞으로 두 걸음을 내딛는데 문득 뜨거운 공기가 느껴졌다. 이내 시선을 끈 건 방 한가운데 놓인 전기 히터였다. 커피메이커도 보였다. 빨간 램프에는 불이 들어와 있었다.

사람이 살고 있어. 이 안엔 나만 있는 게 아냐.

그녀는 걸음을 멈췄다. 그리고 몸을 돌려 왔던 길을 전속력으로 달렸다. 안쪽 공간을 가로질러 중간 문들을 지나 바깥쪽 공간의 출입구를 향해 뛰었다. 계단까지 다섯 걸음을 남겨놓고 그녀는 급히 멈춰 섰다. 출입구가 자물쇠로 잠겨 있었다. 그녀는 갇혀버렸다. 천천히 몸을 돌려 주위를 둘러보았다. 아무것도 보이지 않았다.

"안녕, 여동생?" 옆에서 가벼운 목소리가 들려왔다.

고개를 돌려보니 쌓여 있는 궤짝들 뒤에 로날드 니더만의 거대한 형체가 서 있었다. 손에는 큰 칼이 쥐여져 있었다.

"널 꼭 다시 보고 싶었어." 로날드가 말했다. "지난번엔 너무 정신 없이 지나가서 말이야."

리스베트는 주위를 둘러보았다.

"소용없어. 여기에는 너하고 나밖에 없으니까. 출구는 네 뒤에 잠긴 그 문이 다야."

그녀는 자신의 배다른 오빠에게 시선을 돌렸다.

"손은 어때?"

로날드는 여전히 미소 짓고 있었다. 그러면서 오른손을 들어 보였다. 새끼손가락이 보이지 않았다.

"감염됐었어. 절단해야 했지."

선천성 무통각증 환자인 그는 통증을 느끼지 못했다. 고세베르가에서 살라첸코가 쏜 총알에 머리를 맞기 몇 초 전, 그녀는 삽을 휘둘러 그의 손을 찢어놨었다.

"네 머리통을 노렸어야 했는데." 그녀가 무표정한 목소리로 말했다. "그런데 대체 여기서 뭐 하는 거야? 벌써 몇 달 전에 외국으로 튄 줄 알았는데."

로날드는 그녀에게 싱긋 웃어 보였다.

설사 리스베트의 질문에 대답할 마음이 있었다 해도 그는 그럴 수 없었을 것이다. 다 허물어진 벽돌 공장 안에서 대체 뭘 하고 있는 건지 자신도 설명하기 힘들었다.

고세베르가를 뒤로 하고 떠날 때 그는 해방감을 느꼈다. 살라첸코가 죽었다고 생각하고 이제 자신이 기업을 이어갈 작정이었다. 그는 자신이 탁월한 리더라는 걸 알고 있었다.

그는 알링소스에서 차를 바꿔 탔다. 겁에 질린 치과 간호사 아니타 카스페르손을 트렁크에 쑤셔넣고 보로스 쪽으로 향했다. 아무 계획도 없었고, 그때그때 즉흥적으로 행동했다. 아니타의 운명에 대해선 단 일 초도 생각해본 적이 없었다. 그녀가 죽든 살든 전혀 상관없는 일이었지만 거추장스러운 목격자인 만큼 적당히 제거해야겠다고 마음먹고 있었다. 보로스 외곽 어딘가에 이르렀을 때 문득 그녀를 달리 써먹을 수 있겠다는 생각이 들었다. 남쪽으로 조금 내려간 그는 세글로라에서 외딴 숲 지대를 발견했다. 그는 한 헛간에 그녀를 묶어놓고 떠났다. 몇 시간이면 그녀가 탈출할 수 있을 테고, 그러면 경찰은 자신이 남쪽으로 도주했다고 믿을 거라는 계산이었다. 만일 그녀가 탈출하지 못하고 굶주림이나 추위로 죽게 된다고 해도 자신이 상관할 바 아니었다.

그는 보로스로 돌아와 동쪽으로 방향을 틀어 스톡홀름 쪽으로 향했다. 그렇게 곧장 MC 스바벨셰를 찾아갔지만 클럽 본부로 가는 건 피했다. 칼망누스 룬딘이 체포된 건 짜증나는 일이었다. 대신 클럽 총무인 한스오케 발타리의 집을 찾아갔다. 도움과 은신처를 부탁하자 한스오케는 클럽의 재무 담당인 빅토르 예란손에게 그를 보냈다. 하지만 그곳에 몇 시간 머물지 못했다.

로날드 니더만은 돈을 걱정할 이유가 없었다. 고세베르가에 20만 크로나에 가까운 현금을 두고 왔지만 그보다 훨씬 많은 돈이 해외 펀드들에 예치되어 있었다. 문제는 지금 당장 현금이 없다는 사실이었다. 그런데 마침 빅토르가 MC 스바벨셰의 돈을 관리하고 있었으니 로날드는 기막힌 기회가 찾아왔음을 직감했다. 금고를 숨겨둔 헛간으로 빅토르를 앞장서게 해 80만 크로나를 챙기는 건 아이 손에 들린 과자 뺏어 먹기보다 쉬웠다.

로날드가 기억하기로는 그 집에 여자도 하나 있었던 듯했지만 자신이 그녀를 어떻게 했는지는 확실히 기억나지 않았다.

빅토르에겐 아직 경찰이 수배하지 않은 차도 한 대 있었다. 그 차를 타고 북쪽으로 달렸다. 카펠스케르 항구에 가서 탈린행 페리를 탈

계획이었다.

항구 주차장에 도착한 그는 시동을 끄고 삼십 분가량 주위를 살폈다. 사방에 경찰이 우글거렸다.

어쩔 수 없이 다시 시동을 걸고 정처 없이 계속 달렸다. 한동안 숨어 있을 은신처가 필요했다. 그러다 문득 노르텔리에 쪽에 있는 벽돌 공장이 떠올랐다. 지난번 보수 공사를 중단한 이후로 일 년 넘게 잊고 있던 곳이었다. 원래는 하리 란타와 아토 란타 형제가 발트 연안국과 밀무역을 하면서 중간 창고로 쓰고 있었다. 그런데 〈밀레니엄〉의 다그 스벤손이라는 기자 놈이 성매매 사업을 뒤져대기 시작한 후로 란타 형제는 외국으로 튀지 않을 수 없었다. 지금 공장은 비어 있었다.

그는 빅토르의 사브를 공장 뒤쪽 헛간에 숨겨놓고 건물 안으로 들어갔다. 일층에 난 문 하나를 부숴야 했다. 들어가서는 맨 먼저 비상 탈출구를 하나 만들었다. 밀면 그대로 떨어져나가게끔 건물 측면 한쪽에 합판을 대놓았다. 뒤이어 들어올 때 부순 자물쇠 고리를 교체했다. 그리고 마침내 이층의 아늑한 방 하나를 골라 아예 둥지를 틀었다.

그러던 어느 날 오후, 벽 쪽에서 소리가 들렸다. 처음에는 평소 자신을 따라다니는 유령들이라고 생각했다. 한 시간 동안 바짝 신경을 곤두세우고 있다가 결국 밖으로 나가 귀를 기울였다. 처음엔 아무 소리도 들리지 않았다. 하지만 끈기 있게 기다려보니 마침내 무언가를 긁는 소리가 들렸다.

그는 방으로 돌아가 싱크대 옆에서 열쇠를 찾아냈다. 문을 열어보니 러시아에서 온 매춘부 둘이 있었다. 그는 그때처럼 놀라본 적이 없었다. 그들은 뼈와 가죽만 남아 있었다. 보아하니 마지막 쌀 봉지를 비우고 한동안 차와 물로만 연명해온 모양이었다.

그중 하나는 얼마나 탈진했는지 침대에서 몸을 일으킬 기력조차 없었다. 나머지는 그나마 상태가 나은 편이었다. 그녀는 러시아어밖에 하지 못했다. 러시아어를 어느 정도 알고 있던 그는 그녀가 무슨 말을 하는지 대충 이해할 수 있었다. 자신들을 구해준 그와 신에게 감사의 말을 늘어놓고 있었다. 그는 황급히 그녀를 밀쳐버리고 뒷걸음질쳐 방을 빠져나와 다시 문을 잠갔다.

대체 이 여자들을 어떻게 해야 할지 난감했다. 일단 그는 주방에서 찾아낸 통조림으로 수프를 만들어 두 여자에게 먹였다. 침대 위에 누워 있던 여자도 조금씩 기력이 돌아오는 듯했다. 그리고 그날 저녁에 그들에게 여러 가지를 물었다. 알고 보니 그들은 매춘부가 아니었다. 란타 형제에게 돈을 지불하고 스웨덴에 밀입국한 러시아 대학생들이었다. 형제는 그들에게 체류증과 일자리를 약속한 모양이었다. 2월에 카펠스케르에 도착해 곧장 이 창고로 끌려와 감금됐다고 했다.

그의 얼굴이 어두워졌다. 빌어먹을 란타 형제가 살라첸코 몰래 부속 사업을 벌였다는 얘기였다. 놈들은 스웨덴 밖으로 황급히 도주하면서 가둬놓은 이 여자들을 까맣게 잊어버린 것이다. 아니면 뻔히 알면서도 그렇게 했거나.

문제는 이 여자들을 어떻게 처리하느냐였다. 로날드는 그들을 해칠 이유가 없었다. 그렇다고 해서 풀어줄 수도 없는 노릇이었다. 이 벽돌 공장으로 경찰들을 끌고 올 게 분명했다. 두말하면 잔소리다. 러시아로 돌려보낼 수도 없었다. 그러려면 그들을 카펠스케르 항구까지 데려다줘야 하는데, 너무 위험한 일이었다. 발렌티나라는 갈색 머리 여자는 도와주면 자기 몸을 주겠다고 했다. 로날드는 둘 중 누구와도 그 짓을 하고 싶은 마음이 전혀 없었다. 게다가 그 말을 내뱉는 순간, 로날드에게 그녀는 매춘부나 다름없었다. 결국 여자들이란 모두 창녀였다. 이 또한 그에게는 두말하면 잔소리였다.

그렇게 사흘이 흘렀다. 두 여자는 끊임없이 애원하고 호소하고 벽을 두드려댔다. 로날드는 아주 신물이 나버렸다. 다른 해결책이 보이지 않았다. 자신은 그저 조용히 지내고 싶을 뿐이었다. 결국 그는 마지막으로 그 방문을 열어 신속하게 문제를 해결했다. 먼저 발렌티나에게 미안하다는 말을 한 후 두 손을 뻗어 제2경추와 제3경추 사이를 우두둑 비틀어버렸다. 그런 다음 이름도 모르는 침대 위의 금발 여자를 처리했다. 그녀는 가만히 침대에 누워 있을 뿐 아무런 저항도 하지 않았다. 그는 시신 두 구를 일층으로 옮겨 찬물이 고여 있는 구덩이 속에 숨겼다. 그러고 나니 비로소 평화가 찾아왔다.

그는 한정 없이 벽돌 공장에서 지낼 작정이 아니었다. 경찰수사가 어느 정도 잠잠해질 때까지만 기다릴 생각이었다. 그는 머리를 빡빡 밀고 수염을 덥수룩하게 길러 외모를 바꿨다. 그와 체격이 비슷했던 노르뷔그 건설사 인부의 작업복도 찾아내 입었다. 거기에 페인트 회사 마크가 붙어 있는 버려진 야구모자를 눌러쓰고, 바깥 호주머니에 1미터짜리 접자를 찔러넣은 후 길 건너 언덕에 있는 편의점에서 장을 봤다. MC 스바벨셰에서 탈취한 현금이 잔뜩 있었다. 편의점에는 오후 느지막이 갔다. 퇴근길에 들러 물건을 사는 인부처럼 보이는 그를 아무도 눈여겨보는 것 같지 않았다. 그러면서 일주일에 한두 번 장을 보는 습관을 들였고, 어느새 상점 사람들은 그를 알아보고 친절하게 인사를 건넸다.

처음부터 그는 건물 안에 살고 있는 그 존재들로부터 자신을 보호하느라 많은 시간을 보냈다. 그들은 건물의 벽 속에 숨어 있다가 밤이 되면 스멀스멀 기어나왔다. 그들이 돌아다니는 소리가 들렸다.

일단은 방에 웅크리고 있었지만 며칠이 지나자 그도 더는 참을 수 없었다. 주방 서랍에서 찾아낸 큰 칼을 들고 괴물들과 싸우러 나갔다. 이제는 모든 걸 청산해야 할 시간이었다.

그런데 갑자기 그들이 슬금슬금 물러섰다. 그는 생전 처음으로 그들을 통제할 수 있게 됐다. 그가 다가가자 그들은 도망쳤다. 궤짝과

가구 사이로 요리조리 빠지며 황급히 도주하는 꼬리들과 일그러진 몸들이 보였다. 새벽이 되자 그들은 다시 공격해왔고, 그는 한번 더 그들과 맞서야 했다. 이번에도 그들은 도망쳤다.

그는 공황감과 희열 사이를 오갔다.

그는 평생 이 어둠의 괴물들에게 쫓겨다녔다. 그런데 처음으로 그들을 통제하게 됐다. 그는 아무 일도 하지 않았었다. 그저 먹고, 자고, 생각했다. 평화로운 나날이었다.

며칠이 몇 주가 되었고 여름이 찾아왔다. 로날드는 라디오와 신문을 통해 자신을 추적하는 수사가 점차 잦아드는 상황을 지켜보았다. 그는 살라첸코 살인 사건에 대한 탐사기사들을 흥미롭게 읽었다. 참 우습군! 살라첸코의 인생이 어느 싸이코 손에 끝나버리다니. 7월에는 리스베트 공판이 열리면서 다시 사람들의 관심이 일었다. 그런데 그녀가 무죄판결을 받았다는 소식에 그는 어안이 벙벙해졌다. 이상했다. 자신은 이렇게 숨어 지내야 하는데 그녀는 자유롭게 돌아다닐 수 있다니.

그는 편의점에서 〈밀레니엄〉 한 부를 사서 리스베트와 살라첸코, 그리고 자신에 관한 특집기사를 읽었다. 미카엘 블롬크비스트라는 기자는 그를 정신병자 살인마나 사이코패스로 묘사했다. 그는 눈살을 찌푸렸다.

어느새 가을이 찾아왔고, 그는 여전히 거기에 있었다. 날씨가 추워지자 편의점에서 전기 히터를 한 대 샀다. 왜 공장을 떠나지 못하는지 자신도 설명할 수 없었다.

이따금 젊은 애들이 몰려와 공장 앞뜰에 차를 세워놓곤 했다. 그를 귀찮게 한다거나 건물 안으로 들어오려고 하는 애들은 없었다. 9월에는 차 한 대가 뜰에 들어와 서더니 파란 점퍼를 입은 남자가 공장 문들을 만지거나 하면서 일대를 쑤시고 다녔다. 로날드는 이층 창문에서 남자를 지켜보았다. 남자는 이따금 수첩에다 뭔가를 적기도 했다. 그렇게 이십 분쯤을 돌아다니다가 마지막으로 주위를 한 번 둘러보더니 다시 차에 올라 떠나버렸다. 로날드는 숨을 크게 내쉬었다. 그 남자가 누구인지, 무얼 하러 왔는지 전혀 알 수 없었지만 건물에 대한 감정 같은 걸 하는 것처럼 보였다. 그는 살라첸코가 죽은 후에 상속 재산 목록이 작성되고 있다는 사실을 알지 못했다.

그는 자주 리스베트를 생각했다. 다시 마주칠 일이 있을 거라고는 생각하지 않았지만 그녀는 여전히 그의 정신을 사로잡고 그를 두려움에 떨게 했다. 그에게 살아 있는 사람들은 전혀 두렵지 않았다. 하지만 자신의 배다른 여동생만큼은 너무나도 강렬한 인상을 남겼다. 그녀처럼 자신을 무참히 굴복시킨 사람은 없었다. 땅속에 파묻었지만 다시 돌아왔다. 다시 돌아와 자신을 쫓아버렸다. 밤마다 꿈에 그녀가 나오는 바람에 흥건히 땀에 젖어 잠에서 깨곤 했다. 그리고 깨달았다. 그녀가 자신의 유령들을 대체해버렸다는 사실을.

10월이 되자 그는 결심했다. 여동생을 찾아내 완전히 없애버리기 전까지 이 스웨덴 땅을 뜨지 않을 생각이었다. 구체적인 계획은 없었지만 이제 삶의 목적을 갖게 됐다. 그녀가 어디에 있는지, 어떻게 추적할지는 전혀 몰랐다. 그저 벽돌 공장 이층 창가에 우두커니 앉아 여러 날을 보낼 뿐이었다.

그런데 어느 날, 난데없이 와인색 혼다 한 대가 건물 앞에 서더니 기막히게도 거기에서 리스베트가 내렸다. 오, 은혜로우신 주님! 리스베트는 이름도 기억나지 않는 두 여자를 따라 일층 구덩이에 잠기게 될 것이다. 이제 그는 기다림을 끝내고 마침내 자신의 인생을 살아갈 수 있게 됐다.

리스베트는 상황을 분석했다. 그리고 자신이 전혀 통제할 수 없다는 걸 깨달았다. 그녀의 두뇌는 최대 속도로 돌아갔다. 클릭. 클릭. 클릭. 손에는 여전히 쇠지레가 있었지만 통증을 조금도 느끼지 못하는 그에게는 지푸라기나 다름없었다. 지금 그녀는 지옥에서 튀어나온 이 살인 로봇과 마주한 채 1천 제곱미터짜리 공간에 갇혀 있었다.

로날드가 갑자기 자신을 향해 다가오자 리스베트는 쇠지레를 휘둘렀다. 그는 여유 있게 피했다. 그녀가 뛰어올랐다. 한 발로 팰릿을 딛고 화물용 궤짝 하나에 올라선 다음 거미처럼 민첩한 동작으로 궤짝을 두 개 더 기어올랐다. 그리고 멈춰 서서 자신보다 4미터쯤 아래에 있는 로날드를 내려다보았다.

"내려와." 그가 차분하게 명령했다. "넌 못 도망가. 죽음을 피할 수 없다고."

리스베트는 혹시 그가 총을 가지고 건 아닌지 궁금했다. 그렇다면 분명히 큰 문제였다.

그는 몸을 굽혀 의자를 하나 집어들더니 리스베트에게 던졌다. 그녀는 몸을 숙여 피했다.

그의 얼굴에 갑자기 짜증기가 가득해졌다. 자신도 팰릿에 발을 올려놓더니 기어오르기 시작했다. 리스베트는 그가 자신이 있는 높이까지 올라오기를 기다렸다가 다시 펄쩍펄쩍 두 번을 뛰어 궤짝들 사이로 난 공간을 넘은 다음 반대편 궤짝 위로 내려섰다. 그리고 바닥으로 내려가 쇠지레를 주워들었다.

로날드는 그렇게 굼뜬 편이 아니었다. 하지만 그대로 뛰어내리면 한쪽 발 정도는 골절될 수 있다는 걸 잘 알았다. 천천히 기어내려가 바닥에 발을 디뎌야 했다. 그는 항상 천천히, 그리고 체계적으로 몸을 움직였고, 평생 자신의 몸을 조심스럽게 제어해왔다. 거의 바닥에 이르렀을 때 등뒤에서 발소리를 들은 그는 리스베트가 휘두르는 쇠지레를 아슬아슬하게 피했다. 하지만 그 통에 칼을 놓쳐버렸다.

리스베트 역시 쇠지레를 휘두르다 놓쳤다. 칼이 눈에 들어왔지만 주울 시간이 없어 대신 늘어선 팰릿을 따라 발로 저멀리 차버렸다.

그때 뒤에서 로날드의 거대한 주먹이 날아왔다. 그녀는 가까스로 피하면서 통로 저편에 쌓인 궤짝 무더기 위로 후퇴했다. 곁눈으로 힐긋 보니 그가 다시 달려들고 있었다. 다시 번개처럼 궤짝 위를 기어올랐다. 통로 양쪽에는 궤짝들이 각각 두 줄로 놓여 있었다. 통로 안쪽 줄은 세 층씩, 바깥쪽 줄은 두 층씩 쌓여 있었다. 그녀는 바깥쪽 궤짝 위에 올라서서 안쪽 줄 세번째 궤짝에 등을 기대고 두 다리로 버티며 있는 힘을 다해 밀었다. 무게가 적어도 200킬로그램은 되어 보였다. 궤짝은 마침내 흔들거리는가 싶더니 통로로 떨어져내렸다.

로날드는 떨어지는 궤짝을 보고서 간발의 차로 비켜섰다. 한 귀퉁이에 가슴을 부딪혔지만 심각한 타격은 아니었다. 그는 움직임을 멈췄다. 지독하게 끈질기군! 그는 다시 리스베트가 있는 쪽으로 기어올랐다. 그의 머리가 세번째 궤짝이 있는 곳까지 올라오자 그녀는 발길질을 했다. 묵직한 신발 굽이 이마에 적중했다. 그는 낮게 으르렁대며 궤짝 위로 몸을 올렸다. 하지만 그녀는 다시 통로 반대편 궤짝으로 폴짝 뛰어 달아났다. 곧장 궤짝 너머로 뛰어내려 그의 시야에서 사라졌다. 이어 발소리가 들리는가 싶더니 문을 지나 안쪽 공간으로 들어가는 그녀의 뒷모습이 보였다.

리스베트는 끊임없이 상황을 분석하며 주위를 둘러보았다. 클릭. 자신에게 전혀 승산이 없음을 알고 있었다. 로날드의 어마어마한 주먹을 피하면서 일정한 거리를 유지하는 동안은 살 수 있었다. 하지만 그녀가 조그만 실수라도 하게 된다면—조만간 그리 되겠지만—이미 죽은 목숨이었다. 무슨 수를 써서라도 그를 피해야 했다. 그의 손에 붙잡히는 순간, 싸움은 끝난다.

그녀에게 무기가 필요했다.

권총. 기관단총. 유탄 발사기. 대인 지뢰.

뭐든 하나가 필요하다고, 빌어먹을!

그녀는 주위를 둘러보았다.

무기로 쓸 만한 게 아무것도 없었다.

널린 건 공구뿐이었다. 클릭. 가로톱이 눈에 들어왔다. 하지만 그를 작업대 위에 드러눕게 하려면 대단한 능력이 필요하다. 클릭. 창처럼 쓸 수 있는 기다란 쇠꼬챙이가 보였다. 하지만 너무 무거워서 쉽게 다루기 힘들 터였다. 클릭. 문 쪽을 힐긋 보니 로날드가 궤짝을 내려와 십오 미터쯤 떨어진 곳에서 다가오고 있었다. 그녀는 문에서 먼 쪽으로 물러서기 시작했다. 오 초쯤 후면 그에게 잡힐 수도 있었다. 그녀는 흩어진 공구들을 마지막으로 훑어보았다.

무기…… 아니면 숨을 곳을 찾아야 해. 그 순간, 그녀는 걸음을 멈췄다.

로날드는 결코 서두르지 않았다. 출구가 없는 이곳에서 조만간 동생을 잡게 될 거라고 생각했다. 하지만 그녀는 의심의 여지 없이 위험한 존재였다. 어쨌거나 살라첸코의 딸 아닌가? 로날드는 부상당하고 싶지 않았다. 그녀가 힘을 다 빼도록 놔두는 것도 괜찮았다.

그는 문턱에 서서 공구들, 깔리다 만 널판들, 가구들이 어지러이 널려 있는 안쪽을 살폈다. 그녀는 보이지 않았다.

"여기 있는 거 다 알아. 내가 찾아내겠어."

그는 움직임을 멈추고 귀를 기울였다. 들리는 것이라곤 오직 자신의 숨소리뿐이었다. 리스베트는 숨어 있었다. 이내 그의 얼굴에 미소가 번졌다. 찾을 테면 한번 해보라는 뜻으로 받아들였다. 그녀의 방문이 갑자기 오빠와 여동생의 숨바꼭질로 변했다.

안쪽 공간 어디선가 끌리는 소리가 났다. 고개를 돌려보았지만 소리가 나는 곳을 정확히 알 수 없었다. 그러다 다시 빙그레 미소를 지었다. 그 가운데쯤, 잔해 무더기에서 약간 떨어진 곳에 5미터짜리 커다란 목재 작업대가 있었다. 그 위에는 박스들이 놓여 있었고 밑에는 서랍과 미닫이문이 달려 있었다.

그는 작업대 옆으로 가 뒤쪽을 보았다. 아무것도 없었다.

그럼 작업대 안에 있다는 얘기군. 멍청하기는.

가장 왼쪽에 있는 미닫이문부터 열어보았다. 그때 작업대 안에서 뭔가가 움직이는 소리가 들렸다. 가운데 부근이었다. 그는 재빨리 두 걸음을 옮겨 당당하게 문을 활짝 열었다.

텅 비어 있었다.

바로 이때, 총성 같은 소리가 연달아 들렸다. 너무도 갑작스러워 대체 어디서 나는 소리인지 전혀 감을 잡을 수 없었다. 그는 두리번거렸다. 그러다 왼발에서 이상한 묵직함이 느껴졌다. 아프진 않았다. 그가 눈을 아래로 내리는 순간, 리스베트의 손에 들린 네일건이 막 자신의 오른발을 향하고 있었다.

작업대 밑에 있었잖아!

몇 초간 그가 마비된 듯 멍하니 서 있는 틈을 타 리스베트는 그의 신발 끝을 조준해 17센티미터짜리 목공용 못을 다섯 발 더 발사했다.

그는 움직여보려 했다.

그렇게 귀중한 몇 초가 흐르고 나서야 자신의 두 발이 새로 깔린 마루에 못박혀버렸다는 사실을 겨우 알았다. 리스베트의 손에 들린 네일건은 다시 그의 왼발로 향했다. 그건 마치 연달아 총알을 뿜어대는 기관총 같았다. 그가 이제는 움직여야겠다고 생각할 때, 리스베트는 보강하는 차원에서 다시 네 발을 발사했다.

그는 여동생의 손을 붙잡으려고 몸을 굽히려 했지만 이내 균형을 잃고 말았다. 작업대 모서리를 잡고 간신히 균형을 잡은 순간 네일건이 다시 못들을 뿜어내는 소리가 들렸다. 따당! 따당! 따당! 그리고 네일건은 다시 왼발을 향했다. 리스베트는 이번엔 못들이 발꿈치를 비스듬히 꿰뚫고 바닥에 박히도록 각도를 조절했다.

로날드가 갑자기 거센 분노에 휩싸여 괴성을 토했다. 그리고 그녀를 잡으려고 다시 손을 뻗었다.

작업대 밑에 엎드려 있던 리스베트는 그의 바짓단이 약간 올라가는 걸 보았다. 그가 몸을 앞으로 굽히고 있다는 걸 알 수 있었다. 그녀는 네일건을 놓아버렸다. 로날드는 자신이 붙잡기도 전에 파충류처럼 잽싸게 작업대 밑에서 쏙 사라져버리는 그녀의 손을 보았다.

그는 네일건을 집으려했다. 하지만 손가락 끝이 닿으려는 순간, 리스베트가 작업대 안으로 전선을 확 잡아당겼다.

바닥과 작업대 사이의 공간은 20센티미터가 조금 넘었다. 그는 있는 힘을 다해 작업대를 쳐들어 엎어버렸다. 리스베트는 화가 치밀어 눈을 부릅뜨고 그를 노려보았다. 그리고 이내 네일건을 홱 돌려 50센티미터쯤 떨어진 거리에서 그를 향해 발사했다. 못 하나가 그의 정강이 한가운데에 박혔다.

리스베트는 네일건을 놓고 번개처럼 몸을 굴렸다. 그렇게 그의 손이 닿지 않는 곳까지 가 몸을 일으켰다.

로날드는 반사적으로 움직이다가 또 균형을 잃었다. 이번엔 몸을 앞뒤로 비틀며 풍차처럼 두 팔을 돌린 끝에 겨우 균형을 잡을 수 있었다. 그리고 맹렬한 분노에 휩싸인 채 앞으로 몸을 굽혔다.

이번엔 네일건을 잡는 데 성공했다. 그걸 들어올려 리스베트를 겨냥했다. 마침내 방아쇠를 당겼다.

하지만 조용했다. 당황한 그가 공구를 살피다 리스베트에게로 눈을 돌렸다. 그녀는 무표정한 얼굴로 뽑힌 플러그를 가리켰다. 결국 그는 분통을 터뜨리며 그녀를 향해 네일건을 집어던졌다. 그녀는 잽싸게 피했다. 그런 다음 다시 플러그를 꽂고 네일건 전선을 자기 쪽으로 잡아당겼다.

그는 리스베트의 무표정한 두 눈을 바라보았다. 그리고 그 순간 경악했다. 그녀가 승리했음을 깨달았다. 저 여잔 이 세상 사람이 아니야. 그는 본능적으로 바닥에서 발을 떼려고 했다. 저 여잔 괴물이야. 몇 밀리미터 정도 간신히 들어 올릴 수 있었지만 넓적한 못대가리 때문에 더는 불가능했다. 게다가 못들이 다양한 각도로 여기저기 박혀 있어 발을 떼려다간 그대로 갈가리 찢겨나갈 판이었다. 괴력을 발휘한다 해도 바닥에서는 벗어날 수 없었다. 그는 금방이라도 쓰러질 사람처럼 몇 초간 앞뒤로 휘청거렸다. 하지만 여전히 못박혀 있었다. 두 신발 사이로 서서히 피 웅덩이가 고이는 광경을 지켜볼 뿐이었다.

리스베트는 그 앞에 의자를 놓고 앉아서 그가 바닥에서 발을 뗄 만한 기미가 보이는지 조용히 관찰했다. 고통을 느끼지 못하는 자이니 중요한 건 못대가리에 살이 뜯겨나갈 수 있음에도 불구하고 그가 발을 들어올릴 것인가 하는 문제였다. 그녀는 미동도 하지 않고 십분 정도 그 몸부림을 지켜보았다. 시종일관 그녀의 두 눈에는 아무런 표정도 없었다.

마침내 일어선 그녀가 로날드의 뒤로 갔다. 그런 다음 그의 목덜미 바로 아래 등뼈에 네일건을 가져다 댔다.

리스베트는 골똘히 생각했다. 자기 앞에 있는 이 남자는 수많은 여자들을 들여와 마약을 먹이고, 학대하고, 도매로 혹은 소매로 팔아치웠다. 그는 고세베르가의 경찰과 MC 스바벨셰 조직원을 포함해 최소한 여덟 사람을 살해했다. 그녀는 자신의 배다른 형제의 양심을 짓누르고 있는 생명이 대체 몇이나 되는지 알 수 없었다. 하지만 한 가지 분명한 건 그가 저지른 살인 세 건을 자신이 뒤집어썼고, 그 때문에 미친개마냥 온 나라에서 쫓겨다녀야 했다는 사실이었다.

방아쇠 위에 올린 손가락에 좀더 무게가 실렸다.

그는 다그 스벤손과 미아 베리만을 죽였다.

살라첸코와 함께 그녀 자신을 죽였으며, 고세베르가에서 그녀를 파묻어버렸다. 그리고 지금 또 그녀를 죽이려 했다.

이 정도면 짜증을 낼 만하다.

그를 살려줘야 할 이유가 전혀 보이지 않았다. 차마 헤아릴 수 없을 정도로 그는 강렬하게 그녀를 증오했다. 이자를 경찰에 넘기면 어떻게 될 것인가. 재판? 무기징역? 만일 가석방이라도 받는다면? 탈옥이라도 한다면? 드디어 아버지가 죽어버린 지금, 언제 다시 오빠가 나타날지 모른다는 불안감에 휩싸여 끊임없이 뒤를 돌아보며 살아가야 할까? 그녀는 네일건의 묵직함을 느꼈다. 지금 이 모든 걸 완전히 끝내버릴 수 있었다.

결과들을 분석하라.

리스베트는 아랫입술을 깨물었다.

그녀는 그 누구도, 그 무엇도 두렵지 않았다. 그러기에는 자신의 상상력이 부족하다는 걸 잘 알았다. 뇌에 문제가 있다는 증거일 수 있었다.

로날드는 그녀를 증오했고, 그녀 역시 가차없는 증오를 그에게 되갚아주었다. 그는 칼망누스 룬딘, 마르틴 방에르, 알렉산데르 살라첸코, 그리고 살아남은 자들 가운데 그녀가 생각하기에 목숨을 부지할 자격이 없는 여남은 개자식들과 같은 부류였다. 무인도에 이들을 죄다 모아놓고 그 위에 핵폭탄을 터뜨릴 수만 있다면 그녀는 아주 만족스러울 터였다.

하지만 살인은? 그럴 만한 가치가 있을까? 만일 그를 죽인다면 무슨 일이 일어날까? 자신이 발각되지 않을 가능성은 얼마나 되는가? 마지막으로 한 번 더 네일건을 발사하는 만족감을 위해 자신은 과연 어떤 희생을 치를 준비가 되어 있는가?

정당방위를 내세울 수 있으리라······ 아니다. 이렇게 그의 발이 바닥에 못박혀 있는 상황에서는 어려운 일이었다.

문득 그녀는 자신과 마찬가지로 아버지와 오빠에게 끔찍한 학대를 당했던 하리에트 방에르가 떠올랐다. 그리고 자신이 그녀를 사정없이 비난했을 때, 미카엘과 나눴던 대화를 되짚어 생각해봤다.

넌 어떻게 하겠어?

나라면 그 쓰레기들을 없애버리겠죠.

그녀는 얼어붙은 영혼의 깊은 곳에서부터 확신하며 이렇게 대답했었다.

그리고 이제 그녀 자신이 하리에트와 똑같은 상황에 놓이게 되었다. 만일 로날드를 놓아준다면 또 얼마나 많은 여자들을 죽일 것인가? 하지만 그녀는 성인으로서 자신의 행동을 책임져야 했다. 자신은 얼마나 많은 세월을 희생할 준비가 되어 있는가? 하리에트는 얼마나 많은 세월을 희생하려 했던가?

네일건이 너무 무거워서 두 손으로 들고서도 그의 목덜미를 겨누고 있기가 힘들었다.

리스베트는 무기를 내려뜨렸다. 문득 현실로 돌아온 듯한 기분이 들었다. 로날드가 독일어로 횡설수설 지껄였다. 어떤 악마가 그를 데리러 왔다는 얘기였다.

문득 그녀는 지금 그가 자신에게 말하는 게 아니라는 걸 알아차렸다. 저쪽 끝에 있는 누군가를 보고 있는 듯했다. 그의 시선을 따라 고개를 돌려봤지만 아무것도 없었다. 온몸에 소름이 돋았다.

리스베트는 몸을 홱 돌렸다. 그리고 쇠꼬챙이를 집어들고 바깥 공간으로 나가 메고 왔던 배낭을 찾았다. 그리고 배낭을 집으려 몸을 굽히는 그녀의 눈에 바닥에 떨어진 큰 칼이 들어왔다. 여전히 장갑 낀 손으로 칼을 집어들었다.

그녀는 잠시 망설이다 궤짝 사이 통로 눈에 잘 띄는 곳에 그 칼을 놓았다. 그러고선 출구를 막은 자물쇠를 부수기 위해 쇠꼬챙이를 들고 삼 분 정도 씨름했다.

리스베트는 차 안에 꼼짝 않고 앉아 오랫동안 생각했다. 그리고 마침내 휴대전화를 집어들었다. MC 스바벨셰 아지트의 전화번호를 알아내는 데 이 분쯤 걸렸다.

"여보세요?" 수화기 저편에서 목소리가 들렸다.

"소니 니에미넨."

"잠깐 기다려요."

삼 분 정도 기다리자 MC 스바벨셰 회장인 소니 니에미넨이 응답했다.

"누구요?"

"누군진 신경쓸 필요 없어." 리스베트의 목소리는 너무도 낮아 제대로 알아듣기 힘들었다. 소니는 전화한 사람이 남자인지 여자인지조차 구별할 수 없었다.

"원하는 게 뭐지?"

"로날드 니더만을 찾고 있다던데."

"우리가?"

"엿 같은 소리 집어치워. 그가 어디 있는지 알려줘, 말아?"

"얘기해봐."

리스베트는 노르텔리에 근교에 버려진 벽돌 공장으로 오는 길을 설명했다. 그리고 그들이 도착할 때까지 로날드가 거기 남아 있을 거라고 알려주었다. 단, 서둘러야 한다는 조건을 붙였다.

그녀는 휴대전화를 내려놓았다. 그러고는 시동을 걸고 도로 반대편 주유소까지 올라간 후 벽돌 공장이 바로 보이게끔 차를 세웠다.

두 시간 넘게 기다려야 했다. 오후 1시 30분이 조금 넘었을 때 아래쪽 도로에서 승합차 한 대가 천천히 다가오는 모습이 눈에 들어왔다. 승합차는 근처 주차장에 차를 세우고 오 분쯤 가만히 있다가 이내 유턴해 벽돌 공장으로 통하는 길로 들어갔다. 날이 저물고 있었다.

리스베트는 수납함에서 미놀타 쌍안경을 꺼내어 주차하고 있는 승합차를 살폈다. 소니 니에미넨, 한스오케 발타리, 그리고 본 적 없는 세 사람이 있었다. 새로운 피라…… 조직을 정비할 필요가 있었겠지.

소니와 졸개들이 건물 측면에 난 입구를 발견했을 때 리스베트는 다시 전화기를 집어들었다. 그리고 문자메시지 하나를 써서 노르텔리에 경찰서 상황실로 발송했다.

경찰 살해범 로날드 니더만은 스케데리드 주유소 부근 옛 벽돌 공장 안에 있음. S. 니에미넨과 MC 스바벨셰 조직원들이 그를 살해하기 직전임. 1층 저수조에 사망한 여자.

공장 쪽에선 아무런 움직임도 포착되지 않았다.

리스베트는 느긋하게 기다렸다.

기다리는 동안 휴대전화에서 SIM 카드를 꺼내 손톱가위로 조각조각 자른 뒤 차창 밖으로 던져버렸다. 그런 다음 지갑에서 또다른 SIM 카드를 꺼내 끼웠다. 그녀는 위치 추적이 거의 불가능한 콤빅 충전 카드를 쓰고 있었다. 그녀는 콤빅 고객센터에 전화를 걸어 새 카드에 500크로나를 충전했다.

경찰 승합차 한 대가 공장에 도착하기까지 십일 분이 걸렸다. 노르텔리에 방면에서 달려온 승합차는 사이렌을 끈 채 경광등만 번쩍이고 있었다. 그 차는 공장 진입로에 멈춰 섰고, 몇 분 후 경찰차가 두 대 더 도착했다. 모여서 뭔가를 의논하던 경찰들이 무리를 이뤄 소니의 승합차로 다가갔다. 리스베트는 쌍안경을 눈에 가져다 댔다. 경찰 하나가 승합차의 번호판을 보며 무전기에 대고 말하고 있었다. 다른 경찰들은 주위를 살폈지만 움직이지는 않았다. 이 분 후 또 한 대의 경찰 승합차가 빠른 속도로 달려왔다.

리스베트는 불현듯 모든 것이 끝났음을 깨달았다.

그녀가 태어난 날에 시작된 이야기가 이 벽돌 공장 안에서 끝을 맞이했다.

그녀는 자유로웠다.

경찰들이 승합차에서 총을 꺼낸 후 방탄조끼를 입고 공장을 포위하기 시작하는 가운데, 그녀는 편의점에 들어가 커피와 비닐 포장된 샌드위치를 사서 테이블에 앞에 선 채로 그것들을 먹었다.

그녀가 차로 돌아왔을 때는 벌써 밤이었다. 차문을 여는데 도로 건너편에서 권총 소리임이 분명한 총성이 두 번 들렸다. 경찰로 보이는 검은 실루엣들이 건물 입구 옆 벽면에 몸을 바짝 붙이고 있었다. 웁살라 쪽에서 지원하려고 달려오는 또다른 경찰 승합차의 사이렌 소리도 들렸다. 아래쪽 도로에서는 지나가던 차량 몇 대가 멈춰 서서 이 광경을 구경하고 있었다.

그녀는 와인색 혼다의 시동을 걸고 E18 고속도로를 타고 스톡홀름에 있는 집으로 돌아갔다.

저녁 7시. 리스베트는 몹시 깊은 짜증을 느꼈다. 현관 초인종이 울렸기 때문이다. 그녀는 아직 김이 모락거리는 욕조에 몸을 담그고 있었다. 이 집 현관문을 두드릴 사람은 오직 한 명뿐이었다.

처음에는 초인종 소리를 무시하려고 했다. 하지만 세번째로 울리자 결국 한숨을 내쉬며 목욕타월로 몸을 둘렀다. 아랫입술을 내밀고는 물을 뚝뚝 흘리며 현관으로 걸어갔다.

"안녕?" 문을 열자 미카엘이 인사했다.

그녀는 대답하지 않았다.

"뉴스 들었어?"

그녀는 고개를 저었다.

"네가 이 소식을 들으면 좋아할 것 같아서 왔어. 로날드 니더만이 죽었어. 오늘 노르텔리에에서 MC 스바벨셰 패거리한테 살해됐대."

"아, 그래요?" 그녀는 짐짓 차분하게 대꾸했다.

"노르텔리에 경찰서 당직 경찰하고 통화했어. 한바탕 복수극이 벌

어졌었나봐. 로날드 니더만은 고문당하고 칼로 배까지 갈린 모양이
더라고. 현금 수십만 크로나가 든 가방도 하나 있었대."

"그렇군요."

"스바벨셰 패거리가 범행중에 딱 걸렸지. 저항하는 바람에 총격전
까지 벌어져서 스톡홀름 경찰청에 지원을 요청했다더군. 놈들은 저
녁 6시경에 투항했고."

"그래요."

"너의 스탈라르홀멘 옛 친구 소니 니에미넨은 죽었어. 거기서 빠져
나가보겠다고 미친놈처럼 총을 쏴댔나봐."

"잘됐네요."

미카엘은 이내 몇 초간 말이 없었다. 그들은 열린 문틈으로 서로를
바라보고 있었다.

"내가 와서 방해됐어?"

리스베트는 어깨를 으쓱했다.

"욕조 안에 있었어요."

"응, 그래 보였어. 잠시 같이 있어줄까?"

그녀는 싸늘한 눈으로 그를 쳐다보았다.

"욕조 안에 같이 들어가겠다는 게 아냐. 베이글을 좀 가져왔다고."
그가 봉지 하나를 보이며 말했다. "에스프레소용 원두도 좀 사왔어.
주방에 쥐라 엥프레사 X7을 갖췄으면 적어도 사용법 정도는 알고 있
어야 할 거 아냐?"

그녀는 눈썹을 움찔 들어올렸다. 지금 자신이 느끼는 감정이 실망
인지, 혹은 안도인지 분간할 수 없었다.

"그냥 같이 있기만 하는 거죠?"

"그냥 같이 있기만 하는 거야." 그가 확실히 말했다. "난 좋은 친구
를 방문한 다른 좋은 친구일 뿐이야. 환영해야 할 손님이라고."

리스베트는 잠시 망설였다. 지난 이 년간 그녀는 미카엘을 최대한

멀리해왔다. 하지만 인터넷상에서나 실제 삶에서나 마치 신발 밑에
붙은 껌처럼 그는 언제나 그녀에게 들러붙었다. 인터넷상에선 문제
될 게 없었다. 거기서 그는 전기와 텍스트에 지나지 않으니까. 하지
만 문밖에 펼쳐진 실제 삶에서는 여전히 매력적인 빌어먹을 남자였
다. 그는 그녀의 모든 비밀을 알고 있었다. 그녀가 그의 비밀을 다 알
고 있듯이.

리스베트는 그를 물끄러미 쳐다보았다. 그리고 이제 더이상 그에
게 별다른 감정이 없음을 확인했다. 적어도 그런 감정들은.

올해 내내 그는 진정으로 그녀의 친구였다.

그녀는 그를 신뢰했다. 어쩌면. 자신이 애써 피하려는 사람이 한편
으론 자신이 신뢰하는 몇 안 되는 이들 가운데 하나라는 건 짜증나
는 일이었다.

그녀는 결심했다. 그가 존재하지 않는다는 듯 행동하는 건 어리석
은 짓이었다. 그를 봐도 더이상 아프지 않았다.

리스베트는 문을 열어 다시 한번 자신의 삶 안으로 그를 받아들
였다.

밀레니엄 3권 끝.

옮긴이 임호경

서울대학교 불어교육과를 졸업하고 파리 제8대학에서 문학 박사학위를 취득했다. 현재 전문 번역가로 활동하고 있다. 옮긴 책으로 엠마뉘엘 카레르의 『러시아 소설』, 요나스 요나손의 『창문 넘어 도망친 100세 노인』 『셈을 할 줄 아는 까막눈이 여자』 『킬러 안데르스와 그의 친구 둘』, 피에르 르메트르의 『오르부아르』, 기욤 뮈소의 『7년 후』, 아니 에르노의 『남자의 자리』, 조르주 심농의 『갈레 씨, 홀로 죽다』 『누런 개』 『센 강의 춤집에서』 『리버티 바』, 베르나르 베르베르의 『카산드라의 거울』 『신』(공역), 앙투안 갈랑의 『천일야화』, 파울로 코엘료의 『승자는 혼자다』 등이 있다.

문학동네 세계문학

밀레니엄 3권
벌집을 발로 찬 소녀

1판 1쇄 2017년 9월 19일 │ 1판 3쇄 2024년 6월 28일

지은이 스티그 라르손 │ **옮긴이** 임호경
책임편집 고선향 │ **편집** 신견식 김정희 이현정
디자인 김이정 최미영 │ **저작권** 박지영 형소진 최은진 서연주 오서영
마케팅 정민호 서지화 한민아 이민경 안남영 왕지경 정경주 김수인 김혜원 김하연 김예진
브랜딩 함유지 함근아 고보미 박민재 김희숙 박다솔 조다현 정승민 배진성
제작 강신은 김동욱 이순호 │ **제작처** 영신사

펴낸곳 (주)문학동네 │ **펴낸이** 김소영
출판등록 1993년 10월 22일 제2003-000045호
주소 10881 경기도 파주시 회동길 210
전자우편 editor@munhak.com │ 대표전화 031)955-8888 │ 팩스 031)955-8855
문의전화 031)955-1927(마케팅) 031)955-1917(편집)
문학동네카페 http://cafe.naver.com/mhdn
인스타그램 @munhakdongne │ 트위터 @munhakdongne
북클럽문학동네 http://bookclubmunhak.com

ISBN 978-89-546-4660-4 04850
       978-89-546-4657-4 (세트)

www.munhak.com

밀레니엄 시리즈

악마도 부러워할 실력자 해커
리스베트 살란데르

"쓰레기는 뭘 해도 쓰레기에요.
난 쓰레기들에게 마땅한 것들을 돌려줄 뿐이라고요."

예리하면서도 순진한 면모가 있는 탐사기자
미카엘 블롬크비스트

"오랜 경험을 통해 한 가지 배운 게 있다면
자신의 본능을 믿어야 한다는 사실이다."

스웨덴의 사회고발 전문 기자 스티그 라르손은 범죄 미스터리 소설 시리즈 10부작을 기획한다. 그는 미스터리 소설의 흥행요소를 잘 알았지만 판에 박힌 틀에서는 벗어나고자 했다. '전에 없던 새로운 히로인'이라는 호평을 받은 '리스베트 살란데르'는 성인이 된 '말괄량이 삐삐'를 상상하여 창조한 캐릭터이고, 그녀와 함께 미스터리를 파헤치는 '미카엘 블롬크비스트'는 집요한 일 중독자였던 실제 작가의 모습을 닮았다. 두 주인공을 중심으로 친근하면서도 전형적이지 않은 캐릭터들과 함께 숨가쁘고 거대한 서사의 향연이 펼쳐진다. 3권까지 집필을 마친 그는 출간 6개월을 앞두고 돌연 심장마비로 사망한다.

스티그 라르손의 사후 출간된 '밀레니엄 시리즈'가 경이로운 판매 기록을 세우며 전 세계에 신드롬을 일으키자 작가의 죽음으로 3권에서 중단된 시리즈에 대한 독자들의 아쉬움은 커져갔다. 이후 유족과 노르스테츠Norstedts 출판사는 범죄 사건 전문 기자 출신 다비드 라게르크란츠를 공식 작가로 지정해 시리즈를 이어간다. 우려와 기대 속에 선보인 밀레니엄 4권 『거미줄에 걸린 소녀』는 시리즈의 계승작으로 그 자격이 충분함을 입증하며 전작 못지않은 흥행을 일으켰고, 돌아온 '리스베트와 미카엘'에 팬들은 열광했다. '밀레니엄 시리즈'는 총 6권으로 그 경이로운 세계를 완성한다.